中华优秀传统文化传承发展工程

Project for Transmission and
Development of Fine Traditional
Chinese Culture

中国
民间文学
大系

故事

Treasury of
Chinese Folk Literature

Collection of Folktales

4-41

河南卷 | 南阳分卷（一） |

Henan Volume:
Tales from Nanyang I

中国文学艺术界联合会 中国民间文艺家协会 总编纂

中国文联出版社
http://www.clapnet.cn

图书在版编目（CIP）数据

中国民间文学大系 . 故事 . 河南卷 . 南阳分卷 . 一 /
中国文学艺术界联合会 , 中国民间文艺家协会总编纂 .
北京 : 中国文联出版社 , 2024. 11. -- ISBN 978-7-5190-
5559-2

Ⅰ . I277

中国国家版本馆 CIP 数据核字第 202402MY81 号

中国民间文学大系·故事·河南卷·南阳分卷（一）

Zhongguo Minjian Wenxue Daxi
Gushi Henan Juan Nanyang Fenjuan（Yi）

总编纂	中国文学艺术界联合会 中国民间文艺家协会
终审人	姚莲瑞
复审人	周小丽
责任编辑	王素珍
责任校对	胡世勋　方　悦
书籍设计	XXL Studio
排版制作	山东根德文化
责任印制	陈　晨
出版发行	中国文联出版社有限公司
地址	北京市朝阳区农展馆南里 10 号，100125
电话	010-85923025（发行部），010-85923091（总编室）
印刷	北京雅昌艺术印刷有限公司
开本	635×965，1/8
字数	1248 千字
印张	108
版次	2024 年 11 月第 1 版
印次	2024 年 11 月第 1 次印刷
书号	ISBN 978-7-5190-5559-2
定价	1080.00 元

中华优秀传统文化传承发展工程

中国民间文学大系出版工程领导小组

组长　　　　　　　铁　凝　　李　屹

副组长　　　　　　徐永军　　董耀鹏　　俞　峰　　诸　迪　　张雁彬
　　　　　　　　　张　宏　　黄豆豆　　冯骥才　　潘鲁生

办公室主任　　　　张雁彬　（兼）

办公室副主任　　　邱运华　（常务）　　韩新安　　杨发航　　邓光辉
　　　　　　　　　谢　力　　周由强　　暴淑艳　　尹　兴

成员　　　　　　　各省区市和新疆兵团宣传部分管领导和文联党组书记；
　　　　　　　　　有关文艺家协会分党组书记；学术委员会主任、编纂出
　　　　　　　　　版工作委员会主任和中国文联出版社社长等。

中国民间文学大系出版工程学术委员会

中国民间文学大系出版工程编纂出版工作委员会

总序

　　5000 多年的中华文化源远流长、灿烂辉煌，滋养着中华民族生生不息、发展壮大，积淀着中华民族最深沉的精神追求，镌刻着中华民族独特的精神标识，也蕴藏着解决当代人类面临难题的传统智慧，是涵养社会主义核心价值观的精神之源，更是我们在世界文化中站稳脚跟的坚实根基。中华优秀传统文化是我们必须世代传承的文化根脉、文化基因，在实现"两个一百年"奋斗目标和中华民族伟大复兴中国梦的历史进程中，追溯中华文化的源流、探究中华文化的传续、前瞻中华文化的走向，对于为中华民族精神家园立根铸魂、为新时代中国特色社会主义事业发展凝心聚力，具有重大意义。

　　编纂出版《中国民间文学大系》（以下简称《大系》）是新时代传承发展中华优秀传统文化的国家级重点工程。党的十八大以来，以习近平同志为核心的党中央高度重视中华文化的传承发展。2017 年 1 月，中央印发《关于实施中华优秀传统文化传承发展工程的意见》（以下简称《意见》），编纂出版《大系》列为其中的重大工程。《意见》从建设社会主义文化强国，增强国家文化软实力，实现中华民族伟大复兴中国梦的高度，深刻阐述了中华优秀传统文化传承发展的重要意义、指导思想、基本原则和总体目标，对传承发展工程的主要内容、重点任务、组织实施和保障措施等作出了重要部署，是当前和今后一个时期指导我们传承发展好中华优秀传统文化的重要遵循。民间文学是中华优秀传统文化中最主要的基础资源之一，它鲜明而又直接地反映着人民群众的日常生活和价值观、审美观。中国民间文学大系出版工程（以下简称大系出版工程）由中国文联负责组织实施，是中华优秀传统文化传承发展工程的重点项目之一，也是中国民间文学遗产抢救保护与传承的民心工程。这一工程的主要任务是以客观、科学、理性的态度，收集整理民间口头文学作品及理论方面的原创文献，编纂出版《大系》大型文库，完善中国口头文学遗产数据库，为中华民族保留珍贵鲜活的民间文化记忆。在编纂同时，开展一系列以中国民间文学为主题的社会宣传活动，促进全社会共同参与民间文学的发掘、传播、保护，形成全社会热爱、传承优秀传统民间文学的热潮，形成德在民间、艺在民间、文在民间的共识，推动民间文学知识普及与对外交流传播。

民间文学产生于民间，流传于民间，具有与生俱来的人民性。习近平总书记在文艺工作座谈会上的讲话中指出，"人民既是历史的创造者、也是历史的见证者，既是历史的'剧中人'、也是历史的'剧作者'"。因为民间文学活动本身就是人民的审美生活，是人民不可缺少的生活样式，具有浓厚的生活属性。民众在表演和传播民间文学时，就是在经历一种独特的生活方式。人民创作、人民传播和人民享受，是民间文学人民性的具体表现。

民间文学是培育和践行社会主义核心价值观的重要载体。首先，民间文学是宝贵的历史文化遗产，是中华民族祖祖辈辈集体智慧的结晶，积淀着中华民族特有的极为丰富的思想道德和文化意识形态。其次，民间文学是人民群众自己的文学和学问，具有最为广泛的人民性，没有哪一种文学艺术形式拥有如此众多的作者和观众。它对人们的生活方式和思想观念所产生的潜移默化影响也是最为深刻和久远的。再次，民间文学是人民群众最为喜闻乐见和熟悉的审美方式，也是最为便利的文学活动形式。每个地方都有祖辈延续下来的传说、故事、歌谣、谚语、小戏、说唱等等，为当地人耳熟能详。这些民间文学一旦进入当地人的生活世界，便释放出强大的感化能量。

新中国成立后，党和政府十分重视民间文艺的传承保护。民间文学搜集抢救整理成果丰硕，为编纂出版《大系》奠定了坚实基础。1950 年 3 月，我国民间文学、民间戏剧、民间音乐、民间美术、民间舞蹈等领域的文艺家与研究家发起成立了中国民间文艺研究会（以下简称民研会；1987 年更名为中国民间文艺家协会），开始在全国范围内统一组织实施中国民间文艺的传承与研究工作。在民研会成立大会上，代表们讨论并通过了《征集民间文艺资料办法》。1979 年 9 月，全国少数民族民间歌手、民间诗人座谈会在京召开，众多民间歌手和艺人恢复名誉，抢救保护民族民间文化遗产工作也随之重启。1984 年 2 月，中宣部印发《关于加强少数民族文学研究和资料搜集工作的通知》。同年 5 月，文化部、国家民委、民研会印发《关于编辑出版〈中国民间故事集成〉〈中国歌谣集成〉〈中国谚语集成〉的通知》，全国各地大批民间文艺专家和民间文艺工作者代表们会聚起来，形成强大的学术力量和社会力量，开始了民间文学抢救整理工作。1987 年至 2009 年，在全国普查、采录的基础上，全国各地民间文学"三套集成"陆续编辑出版。"三套集成"从酝酿、立项到全面实施，历经近 30 年，全国 30 个省市自治区（不含重庆、港澳台）编纂出版 90 卷（102 册），总计 1 亿多字，一大批珍贵的各民族神话、传说、故事、歌谣、谚语等民间口头文学作品，成为民间文学爱好者和研究者的通用读本。进入新世纪以来，中国民间文化遗产抢救、中国民族民间文化遗产保护等工程又相继开展，取得扎实而宝贵的工作进展。为了进一步适应今后文化发展以及科学技术进步带来的阅读、研究与利用的实际需要，2010 年 12 月，中国民间文艺家协会启动实施了中国口头文学遗产数字化工程，已陆续完成 10 多亿字民间口头文学记录文本的数字化存录，最终将形成体系完备的"中国口

A006

头文学遗产数据库",以有效避免因各种因素造成的纸质资料遗失和损坏,并使阅读、检索和利用这些作品及资料变得更为方便、快捷和准确,从而实现更大范围的资源共享。新中国成立70年来民间文艺工作的实践与经验,数十亿字民间文艺资料的积累与储备,数十万民间文艺工作者的心血和智慧,是我国民间文艺事业发展的宝贵财富,也为《大系》的编纂工作确立了综合实力和巨大优势。

大系出版工程是新时代中国民间文学保护、传承工作的扩充、延伸、深化、升华,更是民间文学创造性转化和创新性发展的理论探索和实践行动。《大系》文库按照神话、史诗、传说、故事、歌谣、长诗、说唱、小戏、谚语、谜语、俗语、理论12个门类进行编纂,计划到2025年出版大型文库1000卷,每卷100万字,共10亿字。该工程制订的长期规划、分步骤分阶段分类别的运作策略和实施举措,保障了项目的可持续性发展和科学化运用。

《大系》既是有史以来记录民间文学数量最多、内容最丰富、种类最齐全、形式最多样、最具活态性的文库,也是在民间文学搜集整理领域开展的新时代综合性成果总结、示范性的本土文化实践活动。它将几千年来在民间普遍传承的无形精神遗产变为有形的文化财富,从而避免在全球化语境下民间文学遭遇民众文化失语和传统经典样式失忆的尴尬与窘境,为世人了解中国民间文艺发展规律、应对社会转型和变革所带来的传统文化衰微之势,提供了文化复兴的有效良方和经验范式。

《大系》充分吸收当代民间文学研究的新成果、新理念,在选编标准上,始终坚持正确的政治导向,坚持优秀传统文化的标准,萃取经典,服务当代。各分卷编委会着力还原民间文学的本真形态,忠实保持各民族作品原文意蕴,在内容、形式、类型等方面力求反映出民族风格和当地口承文化传统特点,按照科学性、广泛性、地域性、代表性的"四性"原则,在各类文本中,精心编纂出具有民间文化传统精神和当代人文意识的优秀作品文库。

编纂出版《大系》,我们始终坚持具有鲜明导向的指导思想和基本原则。《大系》汇集全国各地民间文艺领域上千名专家、学者,计划用8年的时间对民间文学12个门类进行搜集整理、编纂出版,是一项复杂的系统工程。《大系》既是党中央交给中国文联的一项重要的文化建设任务,又是民间文艺界的一项重大学术研究活动;既是一项中华民族大型文化精品创建工程,又是一次中国民间文学主题实践宣传活动;既要深入田间地头调查搜集采录第一手资料,又要坐在书斋静下心来进行归纳整理研究。《大系》具有很强的政治性、学术性、专业性、群众性。我们的指导思想是,始终高举中国特色社会主义伟大旗帜,全面贯彻落实习近平新时代中国特色社会主义思想和党的十九大精神,紧紧围绕实现中华民族伟大复兴中国梦,深入贯彻新发展理念,坚持以人民为中心的工作导向,坚持以社会主义核心价值观为引领，坚持创造性转化、创新性发展，坚定文化自信，增强文化自觉，树立正确的价值观、历史观、审美观，积极思考和探索民间文学的继承与发展等时代命题，坚持交流互鉴、开放包容，关注民间文学新的时代内涵和现代表达形式，使我们民族创造的民间文艺更接地气、更有底气、更具生气。

《大系》编纂出版工作确立了"三个坚持"的基本原则：一是坚持社会主义先进文化前进方向和正确价值取向，对民族民间文学中的制度风俗、思想观念、价值理念、乡规家风等加以梳理和诠释，去粗取精、去伪存真，发掘民间文学蕴含的核心价值观，充分发挥民间文学在"美教化、厚人伦、移风俗"等方面的特殊作用；二是坚持广泛性和代表性相结合，在广泛普查和科学分类的基础上，加强对各民族民间文学精神与思想内涵的挖掘和阐发，把强调先进价值观与突出地域文化特色、民族风格密切结合起来，推动建设中华民族和合一体的共同精神家园；三是坚持学术性与普及性相结合，以民间文学理论研究成果和当代文化思想为学术指导，加强民间文学各类别经典文本呈现、精品范本出版，促进民间文学的创造性转化和创新性发展，并注重与时代发展相适应，实现从口耳相传到多媒体传播的时代变化，激活其当代价值，高标准、高质量、高要求地打造体现中国精神、中国形象、中国文化、中国表达的经典传世精品。

编纂出版《大系》是新时代赋予我们的光荣职责和神圣使命。我国各民族民间文艺积淀深厚，灿烂博大，与人民生活紧密联系着，是中华优秀传统文化的土壤和基石。千百年来，我国民间文学薪火相传、生生不息，深深融入中华民族的血脉，深刻影响着中国人的精神世界，印刻着中华民族独特的文化记忆，鲜明地表现着广大人民群众的精神向往、道德准则和价值取向，充分彰显着中国人的气质、智慧、灵气、想象力和创造力，是中华文化的亮丽瑰宝和鲜明标志，不论过去还是现在，都有其永不褪色的价值。但同时也要看到，民间文学又是脆弱的。随着转型期社会的深刻变革和城镇化带来的高速发展，民间文学赖以生存的土壤正在迅速流失，不少优秀民间文学正在成为绝唱，更多的民间文学资源业已消失。因此，抢救与保护散落在中国大地上各区域、各民族现存的不可再生的文化遗产，按照当代学术规范和学科准则，大规模开展民间文学的搜集、整理、出版、推广、研究，激发全社会对我国优秀民间文学的热爱和珍视之情，促进民间文学保护、传承与发展，延续中华文脉，造福人民大众，为繁荣发展社会主义文艺事业提供民间文学精致文本和精彩样式，已成为热爱中华优秀传统文化有识之士的共同心声。

当前，中国特色社会主义步入新时代，在以习近平同志为核心的党中央领导下，各级党委和政府更加自觉、更加主动推动中华优秀传统文化的传承与发展，开展了一系列富有创新、富有成效的工作，有力增强了中华优秀传统文化的凝聚力、影响力、创造力。进一步发扬优秀传统，充分尊重人民群众的思想观念、风俗习惯、生活方式、民族情感、表达形式，充分尊重一代又一代民间文艺创造者、传承者的经验智慧与劳动成果，进一步凝聚共识，精耕细作，落实好、完成好大系出版工程的各项工作，不断书写出中国民间文学新的辉煌，既是新时代赋予广大民间文艺工作者的光荣职责，更是我们共同担当的神圣使命。

我们郑重呼吁：全社会都行动起来，共同承担起抢救中华民族民间文学遗产的神圣职责！

中国文学艺术界联合会

中国民间文艺家协会

2019 年 3 月 5 日

General Prologue

The splendid culture of China, with a time-honored history of more than 5000 years, has ensured the lineage, development, and growth of the Chinese nation, encompassed the deepest intellectual pursuit of the Chinese nation, engraved the distinctive cultural identity of the Chinese nation, containing the traditional wisdom to tackle today's problems faced by humanity. Moreover, the profound culture of China constitutes the spiritual source for cultivating the core socialist values, laying down a solid foundation for us to stand firm in the diverse global cultures. Fine traditional Chinese culture comprises the cultural root and gene that we must transmit from generation to generation. In the historical process of achieving the Two Centenary Goals and realizing the Chinese Dream of rejuvenation of the Chinese nation, China's fine traditional culture is of great significance in tracing the source and course of the culture of the Chinese nation while gaining a foresight of its future direction, so as to reinforce the rootedness and soulfulness of the spiritual homeland for the Chinese nation, and to pool the wisdom and strength for developing the socialism with Chinese characteristics in the new era.

The compilation and publication of the *Treasury of Chinese Folk Literature* (hereafter referred to as "the *Treasury*") is one of the national key projects for transmitting and promoting China's fine traditional culture in the new era. Since the 18th National Congress of the Communist Party of China (CPC), the CPC Central Committee with Comrade Xi Jinping at its core has been attaching great importance to the transmission and development of traditional Chinese culture. In January 2017, the central authorities issued the Opinions on Implementing the Project for Transmission and Development of Fine Traditional Chinese Culture (hereafter referred to as "the Opinions") in which the compilation and publication of the *Treasury* is included as one of the key projects. With a perspective of building China into a country with a strong socialist culture, strengthening its cultural soft power, and realizing the Chinese Dream of the rejuvenation of the Chinese nation, the Opinions not only profoundly expounds the significance, guiding ideology, basic principles, and the overall objectives of transmitting and developing China's fine traditional culture, but also conceives a holistic strategy for a series of projects on their main content, key tasks, organizational implementation, and supporting measures. It is, accordingly, a crucial guideline for us to better transmit and develop fine traditional Chinese culture at present and in the near future.

As one of the most fundamental resources in China's fine traditional culture, folk literature reflects, directly yet vibrantly, the daily life, values, and aesthetics of the people. The Publishing Project for the *Treasury of Chinese Folk Literature* (hereinafter referred to as "the Project"), organized and implemented by China Federation of Literary and Art Circles (CFLAC), is one of the key projects under the framework of the Projects for Transmission and Development of Fine Chinese Traditional Culture, and also a people-to-people exchange project for salvaging, preserving, and transmitting Chinese folk literary heritage. In an objective, scientific, and rational manner, the main tasks of the Project are 1) collect and collate the first-hand materials of folk oral literature and original documents of theoretical studies, 2) set up a large-scale textual library through compiling and publishing the *Treasury*, 3) enrich the Chinese Oral Literature Heritage Database, and 4) keep folk cultural memories alive for the Chinese nation. At the same time of compilation, a series of social publicity activities centered on the theme of Chinese folk literature should be carried out to promote the participation of the whole society in the exploration, dissemination, and safeguarding of folk literature, to unfold vigorous mass campaign for practicing and transmitting the fine traditional Chinese culture, and to reach the consensus that the people are the source of morality, art, and literature, giving impetus both to the popularization of folk literature knowledge and cultural exchanges and communication with foreign countries.

It is precisely because its origin is in the people while its spread is among the people, folk literature stands in the immanent affinity to the people. General Secretary Xi Jinping of the CPC Central Committee pointed out in his speech at the Forum on Literature and Art, "The people are both the creators and the observers of history, and both its protagonists and playwrights." Since folk literary activity itself has shaped not only the aesthetic life of the people, but also the indispensable life model of the people, it bears a strong life-attribute. When people perform and disseminate folk literature, they are experiencing a specific way of life itself. The affinity to the people of folk literature is alive in the concrete manifestations that it has been created, transmitted, and enjoyed by the people.

Folk literature is an important carrier for fostering and practicing core socialist values. Firstly, folk literature is the irreplaceable historical and cultural heritage, representing a crystallization of the collective wisdom handed down for generations of the Chinese nation, while testifying the accumulation of the distinctive and profound philosophical thoughts, moral essence, and cultural ideology attributed to the Chinese nation. Secondly, folk literature stands for people's own literature and learning and boasts the most extensive affinity to the people. No form in literature can match folk literature in terms of the number of creators and audience, and no literary form has exerted such profound and long-lasting yet subtle influence on people's mode of life and way of thinking as folk literature. Thirdly, folk literature is one of the most celebrated aesthetic means that is familiar to the average people and is also the most easily-accessible form of literature. No matter where it is, there must be legend, tale, song and ballad, proverb, drama, telling and singing, as well as other oral genres that are widely known to the local people for generations. Accordingly, once entering the life-world, folk literature will release powerful inspirational appeals.

Since the People's Republic of China was founded in 1949, the CPC and the competent authorities of government at all levels have been attaching importance to transmitting and promoting folk literature and art. The work of collecting, salvaging, and collating folk literature has yielded fruitful results, which lays a solid foundation for the compilation and publication of the *Treasury*. In March 1950, with the initiative of artists and researchers from related fields, such as folk literature, folk operas, folk music, folk fine art, folk dance, and so forth, the Chinese Society for Folk Literature and Art Research (hereafter referred to as "the Society," which was officially renamed as the Chinese Folk Literature and Art Association in 1987) was established. The Society immediately embarked on organizing and implementing the promotion and research work of folk literature and art in a unified way throughout the country. The "Measures for Collecting Materials of Folk Literature and Art" was discussed and adopted at the founding assembly of the Society. In September 1979, the National Symposium of Ethnic Folk Singers and Folk Poets was held in Beijing, with the aim of restoring the reputation of folk singers and artists who had been degraded during the Cultural Revolution, and the work of salvage and preservation of the folk cultural heritage was also resumed along the event. In February 1984, the Publicity Department of the CPC Central Committee issued the Notice on Strengthening the Research and Data-Collection of Ethnic Literature. In May 1984, the Ministry of Culture, the National Ethnic Affairs Commission, and the Society jointly issued the Notice on Compilating and Publishing *The Collection of Chinese Folktales, The Collection of Chinese Songs and Ballads, and The Collection of Chinese Proverbs*. Many experts and workers devoted to folk literature and art from all over the country were convened to form a strong academic force and social synergy and started to dedicate themselves to salvaging and collating folk literature. From 1987 to 2009, the Three Collections of Folk Literature were successively compiled and published on the basis of the nation-wide survey and collection. After nearly 30 years from preparation, project approval to full implementation, the Three Collections finally came into view of readers in 90 volumes (102 copies) in 30 provinces and autonomous regions (apart from volumes of Chongqing, Hong Kong, Macao, and Taiwan), with a total of more than 100 million characters in Chinese. Since then, a great amount of folk oral literary texts, such as myth, legend, folktale, folk song and ballad, proverb, and so forth, have become the general readers both for folk literature enthusiasts and scholars.

Since the beginning of the new century, the Project for Salvaging Chinese Folk Literature and the Project for Safeguarding Chinese Ethnic Folk Cultural Heritage have both been implemented by the Chinese Folk Literature and Art Association (CFLAA) and made remarkable achievements. In order to further adapt to the actual needs of reading, research, and utilization brought about by cultural development along with scientific and technological advancement in the future, in December 2010, the CFLAA initiated and implemented the Project for the Digitization of Chinese Oral Literature Heritage and has hitherto completed the digitization of the folk oral literature of over one billion Chinese characters. The goal of the digitization project is to create a well-established system of the Chinese Oral Literature Heritage Database, to effectively avoid the loss and damage of printed materials caused by various factors, to make reading, retrieving, and using these texts and materials more convenient, fast, and accurate, thereby enabling a wider range of resource sharing.

Over the past 70 years, the practices and experiences of folk literature and art, the accumulation and preservation of folk literary data in billions of Chinese characters, as well as the efforts and wisdom of hundreds of thousands of cultural workers, have constituted the invaluable assets for the development of Chinese folk literature and art, and also established the comprehensive strength and considerable advantage for the compilation of the *Treasury*.

The Project is not only the augmentation, extension, intensification, and sublimation of the preservation work of Chinese folk literature in the new era, but also the theoretical exploration and practical action in transforming and boosting folk literature in a creative way. The *Treasury* is to be compiled under 12 categories, namely myth, epic, legend, folktale, song and ballad, long poem, telling and singing, folk drama, proverb, riddle, folk adage, and theory. It is planned that by 2025, 1000 volumes with one million characters each and one billion characters in total will be registered. The sustainable development and scientific applying value of the Project will be ensured by its long-term planning and holistic measures with operation strategies for implementation in phases, steps, and categories.

The *Treasury* is not only the library that documents the largest number of folk literary texts with unprecedented resources in terms of content, genre, form, style, and living nature throughout history, but also provides a summarization of the comprehensive achievements in the field of collecting and collating folk literature, demonstrating local cultural practices in the new era. It turns the intangible spiritual legacy that has been generally transmitted for millenniums among the masses into tangible cultural wealth, thereby obviating the dilemma and predicament of folk literature suffering both from cultural aphasia of the folks and amnesia of the fine traditional patterns in the context of globalization. To understand the laws governing the evolution of Chinese folk literature and art, to cope with the decline of traditional culture brought about by social transformation, the *Treasury* provides an effective prescription and experience paradigm for cultural rejuvenation.

The *Treasury* fully draws on the new achievements and new conceptions gained in contemporary folk literature research. With regard to the selection criteria, it always adheres to the orientation of the people-centered and the standards of fine traditional culture to make the past serve the present. The editorial committees of each collection and each volume strive to represent the cultural reality and diverse implication of folk literature collected from Chinese people of all ethnic groups, giving specific attention to maintaining ethnic characteristics and local feature of oral-based cultural tradition in terms of content, form, genre, type, and so forth. In accordance with the Four Principles, namely, Scientificity, Extensiveness, Locality, and Representativeness, the well-elaborated Treasury collects fine folk literature works from all kinds of texts that are embedded with traditional cultural ethos and contemporary humanistic perception.

The compilation and publication of the *Treasury* always upholds the guiding ideology and basic principles with well-defined orientation. As a collaborative undertaking of thousands of experts and scholars in the field of folk literature and art across the country, it is a complicated systematic project that is planned to take 8 years to collect, clarify, collate, compile, and publish the folk literature materials under 12 categories. The *Treasury* is not only a crucial task entrusted to the CFLAC by the CPC Central Committee, but also a significant academic research project in the field of folk literature and art; it is not only a large-scale cultural project for promoting fine works of the Chinese nation, but also a promotional activity in practice highlighting the theme of Chinese folk literature; it is thus necessary both to go deep into the field to investigate, collect, and document the first-hand data, and to sit down at the desk to conduct induction, collation, and research with a will.

The *Treasury* is highly political, academic, professional with a strong connection to the grass-roots. Our guiding ideology includes to uphold socialism with Chinese characteristics and comprehensively implement Xi Jinping's Thought on Socialism with Chinese Characteristics for a New Era and the guiding principles of the 19th CPC National Congress; to make the unremitting endeavor to the realization of the Chinese Dream of national rejuvenation and push forward the new development concepts in an all-round way; to adhere to the people-centered approach, the guidance of the core socialist values, and transform and boost traditional culture in a creative way; to have full confidence in culture, enhance cultural consciousness, foster sound values and outlooks of history and aesthetics, and actively ponder over and explore into propositions put forward by the times, including the transmission and development of folk literature; to persist in deepening exchanges and mutual learning in a spirit of openness and inclusiveness, while ensuring the attentiveness of new connotation of the times and the contemporary form of expressions introduced in folk literature. In accordance with the above-mentioned guiding principles, the folk literature created by the Chinese nation should be more grounded, more uplifted, and more energetic.

The compilation and publication of the *Treasury* has established the basic principles of the Three Adherences. First, to adhere to leading direction of advanced Socialist culture and sound value orientation. In the process of clarifying and annotating the conventional custom, idea, conception, and family tradition carried in the ethnic and folk literature, we should discard the dross and keep the essential, eliminate the false and retain the true, explore the core values contained in folk literature, and to give full play to the special role of folk literature in the aspects of "giving depth to human relation, fostering sound moral values, and breaking with undesirable customs." Second, to adhere to the combination of extensiveness and representativeness. On the basis of extensive survey and scientific classification, we should strengthen the exploration and elucidation of the literary spirits and ideological connotation of folk literature among various ethnic groups, integrate the manifestation of sound values with prominent regional cultural characteristics and ethnic features, and promote the construction of a common spiritual homeland of harmony and unity for the Chinese nation. Third, to adhere to the combination of academicity and popularization. Under the professional guidance of the theoretical research results of folk literature and contemporary cultural thoughts, we should strengthen the presentation of fine texts in various categories of folk literature and the publication of quality model-texts, promote the creative transformation and innovative development of folk literature, and lay stress on keeping pace with the times, facilitating the appropriate transition from word of mouth to multimedia communication, and activating its contemporary value. With high standards, high quality, and high requirements, the *Treasury* aims to create a fine library that exemplifies Chinese spirit, Chinese image, Chinese culture, and Chinese expression that will be handed on from age to age.

The compilation and publication of the *Treasury* is the glorious duty and sacred mission delivered to us by the new era. Closely connected to the people's lives, folk literature and art of all ethnic groups of Chinese nation are profoundly developed and accumulated with its splendid, extensive, and broad spectrums, offering soil and cornerstone for the growth of fine traditional culture with Chinese features. For thousands of years, the Chinese folk literature has been passed on from generation to generation, running deep in the blood of the Chinese nation with great influence on the spiritual world of the Chinese people, and thus establishing the Chinese nation an imprint of the distinctive cultural memory. The folk literature in China thus evidently represents the spiritual aspirations, moral principles, and value orientations of the broad masses of the people, fully demonstrating the temperament, wisdom, intelligence, imagination, and creativity of Chinese people, thereby, endowing Chinese culture with the bright gem and distinctive symbol, which has its values that never faded, no matter in the past or at present. At the same time, however, we should be aware of the fact that folk literature is fragile. With the profound transformation of society and the rapid development brought about by urbanization during the transitional period, the soil that folk literature lives on is rapidly losing; many expressions of fine folk literature are becoming swan songs, and more and more folk literary resources have disappeared. Therefore, it has become the shared aspirations of those of vision to salvage and safeguard the existing nonrenewable cultural heritage scattered in various regions and ethnic groups in China, to undertake collection, collation, publication, promotion, and research of folk literature on a large scale in accordance with contemporary academic norms and disciplinary criteria, to motivate the whole society to love and cherish China's fine folk literature, to strengthen the protection, transmission, and development of folk literature so as to continue the lifeline of Chinese culture, and benefit the people's wellbeing, as well as to provide exquisite texts and wonderful formats of folk literature for the prosperity and development of socialist literature and art.

At present, the socialism with Chinese characteristics has entered a new era, the CPC committees and governments at all levels, under the leadership of the CPC Central Committee with Comrade Xi Jinping at its core, have been more conscious and more active in promoting the transmission and development of fine traditional Chinese culture, and launched a series of innovative and productive work, which has effectively enhanced the cohesion, influence, and creativity of fine traditional Chinese culture. In order to further carry forward the fine traditions, we should 1) fully respect the people's ideological concepts, customs and folkways, lifestyles, feelings and sentiments, as well as their ways of expressions, 2) fully respect the experience, wisdom, and labor outcomes of bearers and practitioners of folk literature and art in generations, 3) further consolidate consensus to carry out intensive and meticulous operations, to implement and complete all the work of the Project, and to make new achievements in Chinese folk literature. All these tasks are not only the honorable responsibilities of the practitioners of folk literature and art in the new era, but also the noble mission that we share.

We hereby earnestly call on the whole society to take actions together on the solemn duty of salvaging folk literary heritage of the Chinese nation.

China Federation of Literary and Art Circles (CFLAC)
Chinese Folk Literature and Art Association (CFLAA)
March 5, 2019

（陈婷婷　安德明　巴莫曲布嫫 译；侯海强 审订）

中国民间文学大系出版工程编纂出版工作委员会
"民间故事"编辑专家组

组长　　　　　　万建中

副组长　　　　　江　帆　　陈建宪

组员　　　　　　（按姓氏笔画排序）

马光亭　　刘珊珊　　李生柱　　汪梅田　　陈华文
林亦修　　尚　炜　　钟俊昆　　段　勇　　郭俊红
黄清喜　　康　丽　　隋　丽　　傅功振　　谢红萍
詹　娜　　漆凌云

联络员　　　　　康　丽

序言

月亮在白莲花般的云朵里穿行，迎面吹来阵阵凉风，我们依偎在祖母的怀里，听她讲那遥远的故事，《狼外婆》《狗耕田》《七仙女》《叶限》……构成了很多人儿时的记忆。一些故事以文字的形式记录了下来，但大量民间口耳相传的故事，因为演述人的断代而渐渐失传。那些散落在祖国大地上的民间文学"遗珠"，若不能及时得到抢救整理，我们失去的不仅是一个个好听的故事，更是民族文化的根脉。《中国民间文学大系·故事卷》正是举全国之力延续这一根脉的伟大工程，旨在将那些正在被遗忘的民间故事传统重新打捞起来，使之成为永远不会消失的纸质文本，供后人阅读、保存、研究和享用。

一、民间传统生活的"活化石"

民间故事具有浓厚的生活属性，民众在表演和传播民间故事时，是在经历一种独特的生活，一般不会意识到自己在从事文学活动。民间故事演述活动本身就是民众的生活，是民众不可缺少的生活样式。自古以来，民间故事的演述往往不是单独进行，而是和民众的生产生活及各种仪式活动紧密结合，有着很大的实用价值。故此，其价值包含在当地人的思想、历史、道德、审美等一切意识形态里面，也伴随着当地人的一切物质活动，远远超越了单纯的审美维度。民间故事延续了当地的文化传统，深深影响着当地人的生活世界。

民间故事的演述始终与某一生活情境联系在一起。民间故事与生活情境之间的联结最为牢固，同时也具有多向度的社会意义。民间故事的演述过程具有浓厚的表演色彩，但故事的演述者从来都不是独自站在舞台上演独角戏，听众随时随地都有插话、打岔、插科打诨的可能。故事的演述，往往都是因某次偶然的闲谈或者某个偶然发生的事件引起的，演述人通过演述某个与当时当地情景相符的故事，来表达自己的思想感情。因此，对于当地人来说，民间故事具有重要的交流意义。只有在民间故事演述的各种因素的关联情境中以及从头至尾的过程之中把握民间故事的生活形态，民间故事才能被全面理解。譬如，独龙族的"坛嘎朋"贯穿于独龙族各种仪式场合，表现了对祖先丰功伟绩的追忆。这种民间故事现象在民族地区尤为普遍。倘若脱离了具体的生活情境，民间故事便无法演述，也失去了演述的必要。

民间故事演述中机智、调侃的语言，伴随的插科打诨，夸张的形体动作，惟妙惟肖的表情，表演者与观众奇妙的互动，等等，都可引发现场哄堂大笑。恩格斯在《德国民间故事书》中说：民间故事书的使命是使农民在繁重的劳动之余，晚上疲惫不堪回来的时候，娱乐他，恢复他的精神，使他忘掉沉重的劳动，把他那贫瘠沙砾的田地变为芬芳的花园。这是民间文学特有的生活魅力。

在夜间讲故事是民间一种十分普遍的生活现象，有些著名故事集的名称就反映了这种情况。如 16 世纪中叶意大利斯特拉佩鲁勒收集的一个故事集叫作《愉快的夜晚》。日本故事学家关敬吾说，他开始研究民间故事时，阅读的是一位老大娘演述的《加无波良夜谭》。著名故事家刘德培的很多故事就是在这种场合下获得，在这种场合下演述。夜谈不限于室内，夏季夜晚在室外乘凉，秋收季节夜晚在月光下剥玉米、绩麻，这种轻体力劳动都不妨碍讲故事。在故事的演述和接受的过程中，人们的生活变得更充实，更有情趣。

二、演述者的演述魅力

民间故事的叙述人不是一般的说话人，即不是正在"说话"的人本身，而是一个秉承了某一地方传统并在传播和演绎传统的人物。一个人一旦进入叙事，他就必须改变自己的身份、角色和角度。叙述人是叙述人所创造、所想象、所虚构的角色。他可以根据需要，用不同的声音和方式进行叙述，并伴以各种形体和表情动作。故事的叙述人在演唱或讲故事时极为自然地把"说"扩展为一种表演、一种戏剧化的形式。叙述者不仅是一个故事的叙述人，他们还身兼数职地模拟故事中不同人物的口吻、音容笑貌、行为动作，以有声有色的方式富有临场感地叙述民间故事或演绎民间口头传统。

德国哲学家瓦尔特·本雅明（Walter Benjamin）在《讲故事的人》（1936 年）一文中说："民间故事和童话因为曾经是人类的第一位导师，所以直至今日依旧是孩子们的第一位导师。无论何时，民间故事和童话总能给我们提供好的忠告；无论在何种情况，民间故事和童话的忠告都是极有助益的。"[1] 在这篇著名文章中，本雅明解释了民间文学教育作用的来源：故事演述者拥有丰富的生活经验。他们为两种人，一是远游者，讲故事的人都是

[1] [德] 瓦尔特·本雅明著：《本雅明文选》，陈永国、马海良编，北京：中国社会科学出版社，1999 年，第 309 页。

从远方归来的人，"远行者必会讲故事"。这样一种人见多识广，比当地其他人有着更为丰富的社会阅历，在崭新的生活道路上行进又不会深陷其间。《一千零一夜》中的故事大多来自从遥远地方归来的商人和商船上的水手；中国上古神话中有大量关于远国异人的描绘，《禹贡》《山海经》等都是有关殊方绝域、远国异人的故事。远游者的演述魅力在于空间方面，在于他们和另一空间的联系和有关的知识。人们总想知道山外的世界，远游者拓展了人们的生活空间，这是神秘的、异质的、充满悬念的、可以引发人们不断追问的生活空间。于是，从此人们的生活增添了一种崭新的空间上的联系、比较和向往。

故事演述者的另一种类型是当地德高望重者，他们是一群了解本地掌故传说的人。他们同样见多识广，比当地其他人有着更为深刻的社会阅历，在传统的生活道路上行进又在延续传统。他们是深深了解时间的人，是当地历史记忆的代表和演述者，其行为是在积极延续当地的口头传统，其故事和知识来自于对历史和传统的掌握。演述的魅力在于将过去与现在联系在一起，通过聆听故事，人们知道了现在的生活是对过去的延续，更加理解当下生活的意义和合理性。

两种故事演述人"代表着人们生活和精神世界在空间和时间两个维度上的联系的维持与拓展"[1]。因此，这种演述活动的教育意义是全方位的，不仅是知识、道德及宗教信息的传输，而且让一个地方的文化传统在代际间不断传承，使当地人从故事中获得生活时空坐标上的恰当认定。法国著名藏学家石泰安（R.A.Stein，1911—1999）在《西藏史诗和说唱艺人的研究》[2]一书中，强调故事演述者是当地传统文化和历史的保护者，是一个民族或族群记忆的保持者。因为民间故事属于"过去"或历史，是对过去记忆的意识的母体。他们神圣的责任和目的就是让传下来的意识母体再传下去。

每个演述者都声称是由于听到过这个故事，所以才具有了讲述它的能力。他们用第一人称的口吻叙述事情发展的经过，绘声绘色，手舞足蹈，似乎说的就是历史本身，叙述本身就是历史，俨然就是祖先历史的重现。

三、民间故事的生活意义

在中国，发达的是以抒情行为及其产品为主要研究对象的诗学。直到 20 世纪 70 年代末改革开放后，西方建立在结构主义和现代语言学基础上的叙事学才传入进来。"叙事"又称"叙述"，英文翻译为"narrative"一词。叙事问题是当代人文学科中最具争论性的

---

[1]　耿占春：《叙事美学：探索一种百科全书式的小说》，郑州：郑州大学出版社，2002 年，第 21 页。
[2]　[法] 石泰安（R.A.Stein）：《西藏史诗和说唱艺人的研究》，拉萨：西藏人民出版社，1993 年。

问题的核心，叙述就是"讲故事"。"'讲故事'是'叙事'这种文化活动的一个核心功能。古往今来的不少批评家都注意到了讲故事作为人类生活中一项不可少的文化活动的意义，不讲故事则不成其为人。"正像世人皆知的《一千零一夜》所喻指的：从人最终的命运来看，"叙事等于生命，没有叙事便是死亡"。它用无穷无尽的故事赞美了故事本身，赞美了讲故事的人。将这部百科全书般的故事集译成中文的纳训先生在"译后记"中提到：伏尔泰说，读了《一千零一夜》四遍以后，算是尝到了故事体文学作品的滋味。

日本学者关敬吾在描写故事演述活动中的这种情形时说："随着故事情节的发展，不管它的主人公是人，是动物，是天狗，还是老山妖，故事里的主人公、讲故事的人和听众们能完全融为一体。人们沉浸在故事里，形成了一种精神集体。"[1] 演述活动这种现场效果无疑起着联合人们、创造生活的作用。民间故事每篇作品的具体内容各不相同，但其所体现的情绪、思想倾向、生活理想有一定共同性。因此，在演述活动中，作品本身这种共同性经过演述者的发挥，很容易和听众（观众）发生心理共鸣，被听众（观众）接受，使"个体知觉变成集体知觉"，达到人们的共识和共有的精神趋同。

故事演述活动作为民众最基本的生活样式，之所以得以传承，主要不是依靠信仰的支撑，也不是依附仪式的神圣，而是出于民众对审美的基本需要，也是各民族、各地区民众将生活诗意化的产物。因而，其中也深刻地凝聚着各民族、各地区民众的审美理想、审美观念与审美情趣。说故事、听笑话的文学活动本身给人带来身心的欢愉。现实生活中的民间故事各种形式的表演，喜剧的成分远远大于悲剧成分。一些比较严肃甚至神圣的民间表演过程，也总会融入一些插科打诨的形式。江西省赣南地方小戏采茶戏有一种舞蹈动作叫"矮子步"，幽默，诙谐，让观众感官得到满足。"矮子步"模拟并夸张地表现了采茶负重等姿态，老虎头鲤鱼腰，双手柔如月，腕、手、腿、脚、头具有几种不同的节奏，演员根据情感表达的需要可随时调整。整个舞蹈动作融合在完整统一的音乐之中，表现出气氛的欢快活跃，人物心情的舒爽轻松。小孩观看备感亲切，大人欣赏之后如回到童年，有一种返璞归真的舒畅。

民众运用民间故事进行传统的道德教育，这对于中华民族品格的形成，具有不可替代的作用。我国传统的道德思想，相当部分存在于民间故事之中，并借助民间故事得以传播。在民间，传统道德教育主要是通过民间故事演述的形式得以实施的。道德力量的释放往往是在故事的演述中实现的，演述者和听众共同营造了神秘的训诫和警示的氛围。"故事中的事件被看作他们生活的一部分，而不是与他们分离的或者是发生在别人身上的。我们每个人的身上都存在善和恶的潜能，因此每个角色体现了一个完整的人的某一部分。"[2]

[1]　[日]关敬吾：《日本民间故事选·致读者》，北京：中国民间文艺出版社，1982年，第5页。
[2]　[美]麦地娜·萨丽芭：《故事语言：一种神圣的治疗空间》，叶舒宪、黄悦译，《广西民族学院学报》，2003年第5期，第31页。

故事戏剧性地表现了这些部分, 用形象来提醒人们: 应该如何行为举止, 可能在哪里误入歧途。故事演述完后, 在场的人会有一番交流和讨论, 这种演述空间、故事和故事之后的讨论都是一个完整过程中的要素。在这个过程中人们 (尤其是年轻人) 认识到道德的生命意义, 从而使人们的行为都符合道德规范。

民间故事对青少年教育的作用更为明显。童话中往往出现魔法宝物母题, 如何使用魔法宝物, 既是故事情节发展的重心, 也是两种道德观念交锋的焦点。魔法宝物实际上是诱使矛盾对立的双方充分表现各自品格和品性的道具。在使用魔法宝物的过程中, 善和恶、无私与自私、正义与邪恶、高尚与卑鄙相互对照和衬托, 前者建设力的高扬和后者破坏力的放纵泾渭分明。这是借用神灵的手笔摹写人世间善良、憎恶及贪婪的剧本。魔法宝物母题故事非常巧妙地制造了谁都难以摆脱其诱惑的魔物道具, 让把玩它的人不得不暴露自己的道德景况。当正义最终战胜了邪恶, 儿童欢快的内心也被注入了高尚的情愫。

四、民间故事: 核心价值观的载体

培育和践行社会主义核心价值观需要优秀的民族民间故事传统。什么是社会主义核心价值观? 它是建立在民族优秀传统文化基础上的, 它是历史文化系统中凝聚提炼出来的, 分别指向国家、社会和公民个人的价值目标、价值取向和价值准则, 而这种公民个人的价值准则在不断规范人的成长, 浇铸人的品格。核心价值观的 12 个词尽管都是面向当下和未来的, 但也是对中国传统文化包括民间故事传统提炼和升华的结晶, 具有鲜明的历时性向度。

培育和践行社会主义核心价值观之所以需要民间故事, 主要基于两个方面: 一是民间故事是历史的、民族的, 或者说是民族历史的积淀。民间故事既是当下的, 又是历史的、传统的和民族的, 是优秀传统文化有机的组成部分。二是民间故事是民众的、人民的。民间故事根植于民族历史文化的土壤, 带有深厚的民族特质; 同时, 民间故事的创作者和演述者是具有人民思想、愿望的人民本身, 因此, 民间故事具有直接的人民性。社会主义核心价值观延续着民族精神, 承载和演绎着民族精神的民间故事在培育和践行社会主义核心价值观中的作用便举足轻重。我国源远流长的民间故事, 从根本上使社会主义核心价值观符合广大民众的意愿和历史发展的方向。在我们建设中国特色社会主义和实现"中国梦"的过程中, 当然应该吸取外国优秀的文学形式和文学作品, 但最能够代表民族群体的崇高精神, 最能够表达这种崇高精神的, 不可能是外来的, 而只能是本民族具有悠久历史的包括民间故事在内的文学传统。

新华社消息: 为更好地培育和践行社会主义核心价值观, 发掘、传承中华优秀传统文化，努力实现中华传统美德创造性转化、创新性发展，努力使中华民族最基本的文化基因与当代社会相协调，人民网、新华网、光明网定于 2014 年 7 月下旬起至 2014 年 9 月举办"聚焦核心价值观——中国传统名诗词、名故事、名折子戏推荐活动"。这一活动说明，党委宣传主管部门已认识到，培育和践行社会主义核心价值观需要民间故事。

一般而言，民间故事讲述活动在年节期间以及人生礼仪期间最为活跃。这种群体的场合，是民众进行道德教化的最佳时间。马克思和恩格斯早就指出：人是在十分确定的前提条件下创造历史的，这种前提和条件，包括"传统"在内。讲故事作为社会文化现象之一，它先于个人而存在。民间故事在个体社会化的过程中所起的教化作用，别的东西是不能替代的。所以恩格斯在讲到德国民间故事书的重要作用时，说民间故事书像《圣经》一样培养着人民的道德感，使人们认识到自己的力量、权利和自由，唤起对祖国的爱。

总而言之，新时期的民间故事，本身就是社会主义核心价值观的具体表现，是其承载体系中的有机组成部分，同时民间故事又通过教化、娱乐等途径，不断地把社会主义核心价值观渗入人们的日常生活，使社会主义核心价值观与民间及民族传统紧密联系在一起。利用民间故事开展培育和践行社会主义核心价值观活动，可以在民间、民族和传统情怀的语境中，使核心价值观进入人们的生活世界，并且深入人心。

五、记录文本的学术价值

与其说民间故事是文学的，不如说它是生活的；与其说它是审美的，不如说它是文化的。这是对处于"表演"状态的民间故事所下的判断。也就是说，田野语境中的民间故事不是真正的民间"文学"，而是与生产生活浑然一体的表演文本。从"文学"的角度关注民间故事，民间故事可以与田野没有关系。因为田野中的民间故事已不是纯粹的文学，而是文化与生活。纯粹的民间故事指的就是中国民间文学大系出版工程故事卷中这样的记录文本。故事卷生产的过程就是认识民间故事和将口头表演转化为纯文学文本的过程。

记录文本具有独立于田野之外的意义，以田野语境去衡量记录文本是徒劳的。民间故事文本尽管远离了现实生活和口头语言系统，却更加容易地进入了学术话语系统之中，自在地展开学术历程。以记录文本为考察对象，有着与表演理论和民族志诗学迥异的学术路径，沿着这条路径，产生了"故事形态学""口头程式理论"和"结构主义"分析方法。记录文本的生命力不在于作品本身的流传，在于不断被阅读，在于被学者们用于建构学术话语、从事学术活动之中。

中外民间文学学者大多关注民间文学的文学属性，而没有认识到其生活属性或排斥其生活属性。民间文学学科的正规名称是"民间文艺学"，是和作家文艺学相对的文艺学。这足以表明以往人们对民间文学的考察和研究主要是基于文艺学或文学的视角。民间文学被记录下来，变成了与作家文学同样的文学文本。唯有"记录"，民间文学才能抖露沉重的生活属性，而给予民间文学纯粹的文学性。民间文学研究的主要流派，有神话学派（包括语言学派）、功能学派、人类学派、心理分析学派、原型批评学派、流传学派、结构学派、符号学派等等。这些流派的研究对象一般也是民间文学的文学文本，而不是民间文学的生活文本。

其实，现有民间文学的学科体系主要是依据记录文本建立起来的。没有民间文学的记录文本，就不可能建构出民间文学的学科体系，也不可能将民间文学进行比较明确的分类，神话学、史诗学、故事学、歌谣学、传说学等也无从产生。记录文本可以让我们更为静态地、清晰地把握各种民间文学的体裁特征。一个无可辩驳的事实是，民间文学的文本研究已经取得了十分丰硕的成果。中国是如此，在西方现代话语的语境中也是这种情况。美国耶鲁大学的哈维洛克（E.A.Havelock）教授 1986 年出版了《缪斯学写：古今对口传与书写的反思》（*The Muse Learns to Write*）一书，提出了"文本能否说话"（Can a text speak?）的著名论断，并尝试让古希腊的文本重新"说话"，使记录的民间文学作品进入民族志诗学和人类学研究的视野之中。研究民间文学的一个重要路径，就是通过对文本的阅读实例揭示出潜藏在这些文本下面的文化无意识，因为如果我们调动一切可资借鉴的手段（诸如符号学、结构主义、原型批评、语义学及传统的文化人类学等），对之进行适当的质询，"文本必然会显示出它表面上试图掩盖的东西"[1]。

大系故事卷为开创我国民间故事研究的新局面奠定了坚实的基础，可以说现在已进入了研究民间故事条件最好的时期，难以胜数的民间故事作品足以满足故事学家们各方面的学术需求。

六、口传故事渐趋枯竭

讲故事实际为一种"话语转述"，因为故事原本就存在，而且演述者从不追问故事的真假。任何叙事都包含虚构的因素，而我们的当下社会却力图追求知识的客观性，包括人文的知识也被披上科学的外衣，冠之为"人文科学"。我们在不断吸纳和输出既不包含故事叙述又不包括讲故事的人即叙述人这一主观立场的知识或所谓的学问。伴随着知识客观化的进程，我们学会了计算、分析、推理、归纳、总结、报道和评述等等，而失去了讲故事的能力。于是，叙事这种古老的表现方式逐渐成为作家们的专利，尤其是明清古典小

---

[1]　[爱尔兰] 安东尼·泰特罗（Antony Tatlow）讲演：《本文人类学》，王宇根等译，北京：北京大学出版社，1995 年，第 1 页。

说显示了其无穷的活力和广阔的空间。信息的密集和更替的加速，促使我们需要直接而快捷地领会真理与精髓，于是不得不抛弃叙事，远离情节，民间故事等逐渐成为古老的传统，成为可供解释的符号。寓言故事中的情节早已被遗忘，凝练为意义深刻而又固定的成语。叙事形式成了累赘，或者成了一种奢侈的我们无法在现实生活中享用的东西。

记得读小学的时候，语文老师时常给我们讲一些民间故事。大家每次听得都很入迷，听完一个总会央求老师："再讲一个吧！"现在的学生似乎已不屑于听故事了，老师也不善于讲故事了，实在要讲的话，只能找一本故事书来读。借助大众传媒，各色各样的新闻将故事遣回故事的家乡。人们不再对传统民间故事津津乐道了。先秦的寓言、汉代的史传、六朝志怪、唐人传奇、宋元话本、明清文人笔记等都在说明当时是讲故事的黄金时代。在过去，民间叙事是在民间社会的一所所大学：尽管这是一些不登大雅之堂的"大学"——瓦子里、街巷间、茶馆烟馆里进行的。在文学、历史、宗教以及哲学、社会学这样一些"文科"成为现代社会大学里的专门知识之前，传统社会里的文化教育以及个人的教养全都是文学性质的。而且对于这个社会中的大多数人来说，所受教育的地方大多是上面所说的休闲与娱乐的空间，而其方式则是听故事的形式。因此，他们的精神世界不仅是用祖先或人类的"过去"所充实的，也是用叙述故事的方式所建造的。现在都不会讲故事了，这却是已往时代里常见的能力和生活现象。

民间口头文学为集体演述，民间口头传统通过参加者共同发出的声音，成为一条口耳相传的流动的传播链。口头传统在"声音"中获得生命。随着私人生活空间的出现，书写语言和书写活动变成"私语"，开始带有鲜明的个人色彩。如今的我们都热衷于个人的独创，养成了具有独白性质的思维习惯。我们再也不会重复口头传统了，再也不擅于在公共场合集体叙述同一个故事。我们已经进入个人化写作的时代，强调一种创造性的书写行为，演述原本就有的口头文学不再为我们所能。

民间故事的实际状况让民间故事研究遭遇前所未有的挑战，即城乡一体化进程迅速导致民间口传故事文本枯竭，民间故事研究不再可能从田野中获得源源不断的文本资源。如今，在大部分乡村，人们已听不到村民演述农耕生活的各种口头故事了。有一典型事例，晋代干宝《搜神记》中有"毛衣女"篇，开头指明故事发生在豫章新喻，即现在的江西新余市。在日常生活中，除了新余仙女湖和仙女洞的导游，现在谁还会演述这一故事呢？这一故事早已失去了演述的环境，口传的链条已然中断。然而，在新余，还有以仙女命名的学校、道路、村落以及人文景观，许多年轻男女还特意到仙女湖畔喜结良缘，仙女故事之符号频频出现并得到广泛使用。这是以现代生活样式演述着"毛衣女"的故事。民间文学文本难以寻觅，而民间文学生活仍在持续。在汉民族地区，传统民间文学的命运大体如是。

七、维护记录文本的本真性

"忠实记录"可以说是"五四"歌谣运动开始以来，一个恒久不变的核心理念。[1] 早期，学者们注意到了方音、方言对于歌谣表达的重要意义，认为这是歌谣的"精神"所在。因而，诸多学者在搜集歌谣时，将注意力投向了方音、方言的记录与解释。

1958 年 7 月召开的全国民间文学工作者第一次代表大会，总结提炼出了民间文学工作的 16 字方针，即"全面搜集、重点整理、加强研究、大力推广"。其中前八个字，演变为"全面搜集，忠实记录，慎重整理，适当加工"。对此，时任《民间文学》执行副主编的贾芝先生，在 1961 年的少数民族文学史讨论会上曾作过一次长篇发言，指出："我同意当面逐字逐句记的。……逐字逐句当面记录，保留的东西显然会更多，可靠性也更大些。不管采取什么方法，都应达到'忠实记录'为准。而由于记录口头文学最大的问题是保持民间语言的问题，因此逐字逐句记录，应当是我们努力学习采用的一个比较好的方法。"[2]

20 多年后，钟敬文先生在给马学良《少数民族民间文学论集》所作序中，再一次强调了忠实记录原则的重要性。[3] 虽然"忠实记录"在"五四"歌谣运动中成为实践准则，在 20 世纪 50 年代的搜集工作中就已提出，并在集成《工作手册》中反复强调，然而对于如何做到忠实记录，除口头文本外，哪些方面也需要忠实记录，则没有更加翔实的具体要求。

其实，只是"一字不动"文字上的忠实，而不注意民间故事表演性的描写再现，并不是真正的"忠实记录"。从以往记录文本实际情况看，造成偏离"忠实记录"境况的根本原因主要不在于对内容的篡改，而是没有将文本置于具体的表演环境当中加以书写。民间文学是演述的，而非陈述的。"(民间文学) 可能在劳动中配合一定动作演唱，也可能配合音乐舞蹈载歌载舞，甚至穿插进日常谈话，或者为了劳动、宗教、教育、审美、娱乐等实用目的在各种场合或仪式上说唱而表演。"[4] "民间文学的表演性使其形成多面立体。"[5] 因此，仅仅记录叙述了什么远远不够，还需要书写怎么演述故事，描绘出影响表演的其他因素。民间故事田野作业应该关注的是故事"表演"和表演的现场。应注意故事演述过程

[1] 段宝林：《民间文学科学记录的新成果——兼谈一些新理论的创造与论争》，《广西师范学院学报》，2008 年第 3 期。

[2] 贾芝：《谈各民族民间文学搜集整理问题——1961 年 4 月 18 日在少数民族文学史讨论会上的发言》，载《拓荒半壁江山：贾芝民族文学论集》，北京：文化艺术出版社，2012 年。

[3] 钟敬文：《忠实记录原则的重要性——序马学良〈少数民族民间文学论集〉》，《思想战线》，1987 年第 2 期。

[4] 段宝林：《加强民族民间文学的描写研究》，载段宝林《立体文学论——民间文学新论》，北京：高等教育出版社，2007 年，第 10—16 页。原文发表于《广西民间文学》，1981 年第 5 期。

[5] 段宝林：《论民间文学的立体性特征》，《民间文学论坛》，1985 年第 5 期。

中"语境"和"表演"的因素，包括"演唱的风度：姿势、面部表情、语气以及速度。把他作为一个艺术家来描述"，"观众、听众的反映、评语。包括：听众的成分（青年、老年、妇女、儿童还是其他），肯定的和否定的评价等（这些最好能记进正文中去，放在括号里，如：笑、大笑、鼓掌、欢呼，或'可惜'、'好！'等等）"。[1] 这一颇具操作性的"立体描写"办法，至今仍值得民间故事田野记录遵循。

八、让传统故事焕发时代活力

民间故事遗产的传承大多以"保护"为重，保护是活态的，即努力使民间故事遗产维持于生活状态，以口头演说及相关民俗活动为基本生存表征。但从传统民间故事的实际境遇看，一味强调"保护"似乎违拗了现实。民间故事传承所取得的主要成果并非来自于"保护"，反而是"保存"。"保存"就是以实物、文字、图片、音像以及数字化的形式将民间故事遗产呈现出来，属于一种转化型的记录和记忆。

我国各民族都有好听故事和好讲故事的传统，打捞民间故事就是要让这一传统发扬光大，使传统的民间故事融入我们的生活，重新进入富有生气的叙述状态。

民间故事具有极强的时代适应性，原因就在于这一民间体裁的一个特殊性。什么特殊性？故事并不专属于某种民间艺术形式，各种民间艺术形式可能表演同一个民间故事。因此，故事是超越民间体裁的，是其他民间叙事体裁的源泉。各种民间艺术形式在同一空间里可能建构同一故事的共同体。围绕同一个故事，不同的文学体裁可以互相转化。这种转化可以在具体操作中完成，然而在更多情况下，是在自然状态中不知不觉中完成的。这段话实际上已触及"互文性"的问题。"互文性"一词指的是一个（或多个）信号系统被移至另一系统中，就文本而言，就是每一篇文本都联系着若干篇文本，并且对这些文本起着复读、强调、浓缩、转移和深化的作用。在文学文本相互转移的过程中，故事一直处于中心地位。

可喜的是，民间故事这一"元文本"特性正在被有意识地充分利用。国家有关部门正在组织实施中国经典民间故事动漫创作工程，就是用动漫的形式对《盘古开天》《牛郎织女》《精卫填海》等一些中国民间故事进行再创作，让民间故事进入大众传媒，成为影视作品、网络小说和电子游戏创作的基本元素，民间故事已不再专属于口头语言，其讲述的形式具有丰富的科技含量。可以预见，在不久的将来，一些经典的民间故事将会以年轻人喜好的现代样式重新焕发生机，并逐渐进入人们的日常生活当中，展示出强大的社会教

---

[1] 段宝林：《中国民间文学概要》，北京：北京大学出版社，1981年，第306页。

A030

化功能。

　　事实上，许多记录文本仍具有旺盛的生命力。甚至还有这种现象：经过重新创编的民间文学反而被民众广泛接受，《格林童话》就是一个典型的例子。尽管民间文学记录文本属于纯文学的范畴，但其毕竟来源于民间的社会生活，本身的特质远远超越了文学本身，为各种人文社会科学的研究提供了可能。已全面展开的大系出版工程将为开创我国民间文学事业的新时代奠定坚实基础。民间故事的记录文本努力保存其应有的口传经验和集体经验，使之能够经受历史的检验，这是民间文学工作者的神圣使命。

万建中

(中国民间文艺家协会副主席、北京师范大学文学院教授)

2018 年 12 月 26 日于京师园

本卷主编　田　晓

中国民间文学大系出版工程河南省工作领导小组

组　长　　　　　　方启雄

副组长　　　　　　蒋愈红　彭恒礼

办公室主任　　　　刘炳强

中国民间文学大系出版工程河南省专家委员会

主　任　　　　　　程建军

副主任　　　　　　夏挽群　乔台山　彭恒礼

委　员　　　　　　(按姓氏笔画排序)

丁永祥　王　静　田　晓　刘二安　刘小江
刘炳强　刘康健　李广宇　吴亚明　汪振军
张守镇　陈江风　孟宪明　邵冬萍　姚向奎
耿相新　高天星　高艳芳　梅东伟　常松木
葛　磊　魏　敏

民间故事组组长　　乔台山

专家委员会秘书　　王博峰

《中国民间文学大系·故事·河南卷·南阳分卷（一）》编委会

1

参加河南省故事大赛的南阳代表团

1982 年 11 月

2

南阳地区民间文艺工作者第一次全体代表大会合影

1984 年

3

河南省新故事作品分析会

1986 年 4 月

4

河南省新故事作品分析会 禹县

杨清江 提供　田晓 翻拍

1986 年 10 月 10 日

5

南阳地区首次民间文学学术研讨会

1987 年

6

中国民间文艺家协会在淅川县组织召开全国民间故事研讨会

1987 年

7

在唐河县召开南阳地区第八届故事会

阎天民 提供　田晓 翻拍

1991 年 5 月 18—22 日

8

桐柏县南阳市第十一次故事艺术研讨会暨孙建英新故事作品研

论会

阎天民 提供　田晓 翻拍

1996 年 11 月 12 日

9

　　南阳第十二次新故事创作研讨会

　　1997 年 5 月 8 日

10

　　《故事家》南阳第 15 次故事创作研讨会合影

　　2000 年 12 月 18 日

11

　　考察学习平顶山故事示范卷本编纂工作

　　2020 年 7 月 14 日

12

　　镇平调研座谈会

　　2020 年 8 月 12 日

13

  唐河县调研座谈会

  2020 年 8 月 21 日

14

  在郑州，程健君、夏挽群、乔台山三位主席对南阳卷编纂工作

  提出"河南故事看南阳"高标准

  王健　摄

  2020 年 10 月 15 日

15

  在方城县召开调研座谈会

  2020 年 10 月 20 日

16

  编纂启动工作会暨培训会

  2020 年 11 月 20 日

17

《中国民间文学大系·故事·河南卷·南阳分卷》审读会

2021 年 1 月 26 日

18

《中国民间文学大系·故事·河南卷·南阳分卷》县选本审读会

2021 年 3 月 12 日

19

《中国民间文学大系·故事·河南卷·南阳分卷》推进会

2021 年 4 月 13 日

20

编辑组在方城县柳河镇高庄村拍摄讲民间故事

程健君 摄

2021 年 4 月 13 日

21

杨清江

2021 年 10 月 8 日

22

在新野县曹宝泉家调研

2021 年 10 月 8 日

23

在新野县杨清江家调研

2021 年 10 月 8 日

24

在邓州市调研合影

2022 年 8 月

目录

概述

一

南阳是民间故事之乡。

南阳历史悠久，地大物博，人才辈出，文化灿烂。盘古神话在桐柏、泌阳（原属南阳市，1965 年划归驻马店市）产生，更是把南阳的历史推向了远古时期。泌阳大磨村的一对石磨是兄妹婚的见证，而一年一度的桐柏县盘古祭祀大典，则是神话历史的延续。50万年以前，和北京猿人时期相当的中原人类的祖先"南召猿人"就在这里繁衍生息。从猿到人的漫长进化过程，留下许多动人的故事。在大禹治水的主战场淮河源头，传说中系麒麟舟的一对石柱，至今巍然屹立于唐河县石柱山的顶峰。商周时期，现南阳境内有申、吕、谢、邓、楚、应、缯、随、唐、蓼、都等诸侯国。这些诸侯国的更相诛伐，此消彼长，都是民间故事生长的原始素材。南阳还是楚汉文化的发源地。楚南迁的第一站丹阳（今淅川），是南北文化的交汇点；东汉刘秀在南阳起家，开创了中国历史上"风化最美、儒学最盛"的光武中兴时代。楚风汉韵至今仍是南阳文化的底色。

中华悠久的历史，也是民间故事产生的历史。先民们结绳记事，民间故事就是历史长绳上的一个个"结"。中国第一部诗歌总集《诗经》，对南阳有过记载。周朝的南部边陲古谢国不断被强楚蚕食，周宣王派其母舅、文韬武略的申伯前去守卫边疆。《诗经》中《黍苗》和《崧高》两首诗，记录了这次迁封。申伯迁封，官方作歌，载入《诗经》。口耳相传于民间，则成为故事。

南阳地大物博，位置优越，人口众多。南阳上承天时之泽，下秉山川之惠。地处鄂、豫、陕三省交界处，襟三山而带群湖，枕伏牛而蹬江汉。北部和西北部为雄伟挺拔的伏牛

C001

山，西部为厚重雄浑的秦岭余脉，东部及东南部为蜿蜒起伏的桐柏山。地势呈阶梯状向中部和南部倾斜，构成了向南开口并与江汉平原相连接的马蹄形盆地。南阳盆地东北角的方城缺口又可与华北平原相通，形成了历史上颇负盛名的南襄隘道。南阳境内的山脉沿着北西——南东的方向展布，构成了长江、黄河、淮河三大水系及我国南北气候分界线，同时也是南阳盆地的天然屏障。南阳境内的山地、丘陵和平原，基本上各占区域总面积的三分之一，呈现了三足鼎立的地貌格局。南阳地处亚热带向暖温带过渡地带，属于典型的季风型大陆半湿润性气候，冬季严寒，夏季酷热，春季温暖，秋季凉爽，四季分明，阳光充足，雨量充沛，干湿适中。八百里伏牛山，姿态万千，钟灵毓秀，其中的宝天曼是一个动植物宝库、地质画廊，既是国家级自然保护区，也是被联合国教科文组织命名的"人与自然生物圈保护区"。景色如画的丹江水库既是亚洲最大的人工淡水湖，又是南水北调中线工程的水源地。桐柏山是千里淮河的发源地，造化独钟，神奇秀丽。穿城而过的白河在南阳城区形成碧波荡漾的万亩水面，风光无限，美不胜收。这样的地理环境，适宜南北物种交汇生长，更适宜人们生产生活，繁衍生息。自古以来，南阳为人口稠密之地。2020 年第七次全国人口普查分县资料显示，河南省南阳市共有常住人口 971 3112 人，接近千万！在河南省 18 个省辖市中面积最大、人口最多。宜居的环境，稠密的人口，则是民间故事产生、传播的土壤。

南阳物华天宝。春秋时期，南阳的楚文化斑斓璀璨，浩荡的丹江水库下面，至今掩埋着许多亭台楼阁遗迹、帝王将相墓葬。战国时期，南阳一度成为冶铁中心。作为先进生产力代表的南阳，生产条件和生活水平都在全国遥遥领先。汉代的南阳更是辉煌鼎盛。西汉时的南阳"商遍天下，富冠海内"。东汉的刘秀从南阳起兵中兴汉室，故南阳被称为南都、帝都。武侯祠、医圣祠、张衡墓、范蠡公园等历史名人胜迹，已经成为闻名遐迩的旅游胜地。南阳汉画馆是我国最大的汉代石刻艺术宝库，近两千块画像石刻大巧若拙地展现出一个恢宏博大的艺术世界。南阳府衙、内乡县衙、唐河泗洲塔、社旗山陕会馆、邓州花洲书院、淅川荆紫关古街道等不同时期的各类古建筑，生动地展示了南阳文化的不同内涵。

南阳历代人才辈出，群星灿烂。南阳曾孕育出科圣张衡、医圣张仲景、商圣范蠡、智圣诸葛亮、谋圣姜子牙、名相百里奚等历史名人。南阳这块风水宝地，也曾吸引了无数文人骚客，仅唐宋两代，就有诗人李白、刘禹锡、韩愈、皮日休、张九龄、孟浩然、骆宾王、王维，黄庭坚、苏辙、欧阳修、苏东坡等来这里游览，并写下许多脍炙人口的诗篇。

二

南阳厚重的历史，必然孕育厚重的文化。而民间故事就是厚重文化中的一枝奇葩。南阳民间故事的厚重，首先表现在它的体量宏大。1984 年为编纂民间文学三套集成开展的民间故事普查搜集，各县都搜集到了总计千余万字数的民间故事。其次是民间故事涵盖面广，人物、事物、动植物、神鬼妖魔，天上地下，无所不有。其三是民间故事品位高，多数讲述者虽然文化程度不高，但世事练达，通晓人情世故，所讲述的故事是非分明，形象丰满，入情入理，寓教于乐。其四是讲述者众多，几乎每一个稍大的村庄代代都有一两个名气较大的"故事篓子"，他们或男或女，以讲述故事、传播故事为己任，乐此不疲。因为这种讲述没有报酬，也有人称其为"穷呱嗒儿"或"故事篓子"。"穷呱嗒儿"为何生生不息？恐怕就与南阳人的天性与遗传有关了。

南阳丰美的水土养育了勤劳、智慧、勇敢的南阳人。南阳人创造了车载斗量的民间故事，这些故事又反过来哺育着一代代的南阳人。在南阳民间故事俗称"瞎话儿"，既然是"瞎话儿"，那就包含了许多文学创作的成分，所以对其中超越现实的东西就不必去"白证"。"白证"是方言，有"死磕"的意思。讲故事则被称为"说瞎话儿"或"拍瞎话"，讲故事能手为"瞎话儿篓子"或"故事篓子"。一个村庄有许多"瞎话儿篓子"，更有许多爱听"瞎话儿"的听众，人们把说故事、听故事当作主要的业余文化生活，人们则把这些村子称为"故事窝子"或"故事村"。随着人们文化知识的普遍提高，南阳又涌现出一批民间文学的搜集、记录者，把各类故事、歌谣、谚语等分门别类整理成册，从兴趣使然到有意识地投稿、印行，把口头文学变为文字保留下来。正是有了大大小小的"瞎话儿篓子"和搜集整理者的存在，南阳的民间故事才能代代传承、延续，将最质朴的人生哲理，生产、生活经验及教训传送下去，沁润人心，培育真善美，鞭挞假恶丑，使人心变得美好，生活充满希望。

南阳人在集体创作民间故事的时候，并没有刻意注意故事的结构是否符合文学的要求。但因其毕竟是文学创作，不经意间恰恰走进了"三段式"的故事模式。著名南阳籍作家田中禾有一篇文章《一个小故事的结构悬念》，举了民间故事《王小放羊》的例子：这个小故事是民间故事常用的三段式，其实是文章结构的基本模式。三段式的奥妙就在这儿，两段不过瘾，四段太拖拉，三段正好。——前两段是设下的圈套，引我们走入迷途，为的是最后抖出包袱，出奇制胜。

三

本卷收录的故事分为生活故事、笑话。这两类故事各有千秋，特点显著。生活故事又分出8个小类，依次为机智人物故事、诗词联对故事、巧女和傻女婿故事、老行当故事、婚姻家庭故事、为人处世故事、长工与地主的故事、生产生活故事。

机智人物故事首推庞振坤故事，这是南阳地区的"唯有故事"。虽然有历史原型，但民间流传的故事已超出原型，而成为机智人物的代表，其故事具有"箭垛"性质。庞振坤是清代邓州穰东人，乾隆年间的拔贡和举人，先后任广西武宣县和岑溪县令。莅政勤能，兴学爱民，有廉慈声。庞振坤出仕前曾设馆授徒，致仕后仍以舌耕糊口，因材施教，诲人不倦，受业弟子多有成材者。庞振坤聪明睿智，秉性耿直，愤世嫉俗，常以嘲弄官宦、鞭挞豪强为乐事，也作弄邻亲，搞些恶作剧，是有名的奇才、歪才、怪才，留下了许多耳熟能详的智慧故事。南阳十三个县区，提起他的大名几乎无人不晓，每个县都有他的故事流传，可见知名度之高，影响之大。当然，连篇累牍的故事并非庞振坤一个人"独创"，而是诸多机智人物故事在他身上的附会、融合。庞振坤故事以历史人物庞振坤的逸事趣闻为基础，吸纳了大量机智人物的故事类型，日积月累，渐趋丰满，经民间流传、筛选、加工，形成了一个庞大的故事群。庞振坤故事内容丰富，全方位展现了庞振坤聪明机智、幽默诙谐、亲近平民、蔑视权贵等品性，具有浓郁的南阳特色和乡土气息。

各个县区也都有一部分机智人物故事，大抵以捉弄县官、财主见长，但没有像庞振坤故事那样形成系列。民间故事中的机智人物，有些就是南阳农民的化身，农民式的智慧与狡黠，在他们身上发挥得淋漓尽致。还有一类机智人物，以幽默滑稽见长，他们或以眼前的景物，或以漫画式的手法抓取某人的一些特征，临场编出一个笑话，逗乐众人，类似今天的"笑星""谐星"。清代唐河县古城乡有一个刘端，惯于制造笑料，人们把他所在的村庄称为刘端村，现在仍为村名；因他而留下的一条歇后语"刘端看告示——没多大意思"，至今还"活"在当地口语里，用来浅嘲不懂装懂。机智幽默爱开玩笑的"笑星"给人们带来了精神上的愉悦，人们用他的名字作村名。

巧女故事也是生活故事中的大宗，且偏重于为人处世、选当家人一类。在农耕社会，十几口人在一起生活，三世、四世同堂的大有人在。兄弟多，妯娌自然也多。于是，把家庭的权力交给哪一个儿子或儿媳，就成了一个问题。兄弟妯娌为争夺权力闹得鸡犬不宁也很常见。但是，要支配一家人的衣食住行，也是要能耐的。所以，老当家的在选择接班人方面总是慎之又慎。民心总是向善、向往美好的，所以就有人编出一些分家故事，教化芸芸众生，把权力交给德才兼备之人。在家庭普遍多子多媳的大背景下，这样的故事是有一定的教化意义的。其他"巧女"要么嘴巧，要么手巧，或者二者兼顾心灵手巧，是妇女中的佼佼者，是智慧和道义的化身，深受人们喜爱，也是广大妇女们学习的榜样。这类故事的传承与传播，可以启迪智慧，开发妇女们身上的正能量。傻女婿的故事同样是笑料百出，以人物的愚拙造出喜剧效果，给听众带来快乐。傻女婿故事也分好几种。一种是机缘巧合，掩盖了傻子的傻气。一种是一傻到底，无可救药。还要看到，傻女婿故事背后隐藏着一个社会问题，那就是包办婚姻给妇女带来的痛苦，如果婚姻自主，一个正常的女子是不会找一个傻子成婚的。

老行当故事，讲的是各个行当以及手艺匠人的故事。介绍五行八作里的规矩、技艺，歌颂诚实守信的道德规范、敬业进取，对专业的精益求精，以及对破坏规矩、规范者的嘲弄、惩罚，都是这类故事的内容。对绝活、绝招、绝技的演绎，则叫人大开眼界，增长见识。如《卖油状元》所阐明的"行行出状元"，既是绝活的介绍，也蕴含了一定的哲理。《变戏法》则使人身临其境，好似看了一场古彩戏法的演出，领略了杂技艺人的高超绝技。

婚姻家庭故事不外乎选女婿、选儿媳，父母子女如何相处、公公婆婆如何与儿媳相处，兄弟之间怎样孝顺父母、尊敬兄长、爱护弟弟。南阳这类故事为现实生活中的家庭，提供了很好的借鉴。当然了，也有一部分故事对为老不尊或子女忤逆行为进行了鞭挞批判，对于听众有着强烈的警示意义。

为人处世故事传递的是为人的基本准则，正直、勇敢、善良、诚实、友爱等等。《邢清风和王细雨》用生动的情节和丰满的人物形象，传递了满满的正能量，行了清风才能换来细雨，有付出才有回报，演绎了一句民间俗语，解析了一种为人处世哲理，因此在讲述时大受欢迎。《道歉酒席》讲述的是一个类似于民间调解员的角色，自己花钱摆酒席为他人调解矛盾，使双方握手言和，皆大欢喜。故事的讲述者自述受这个故事的影响，也主动帮助乡邻调解矛盾，为和谐社会贡献绵薄之力。《十串钱》用变猪还债的极端事例警示世人，欺心之事不可为。《两好合一好》与《邢清风和王细雨》一样，把民间俗语演绎得十分到位。

生产生活故事偏重于家庭伦理和生活情趣。《自己挣来的才是福》提醒做父母的一定要"一碗水端平"，在子女面前不能"偏心眼"，否则可能会自取其辱。《房檐滴水点点照》这个标题本就是流传在南阳地区的一句俗语，是说上行下效，尤其是坏的行为会被后代仿效，代代相传。这篇故事的情节、主旨与三弦书《拉荆笆》相似。《拉荆笆》说的是一对夫妇用荆笆将老娘拉进深山抛弃，孙子救回奶奶，将荆笆珍藏，声言以后用来拉父母，从而使父母悔悟。这篇故事情节更加简单，但有异曲同工之妙。《吹破天和喷塌地》充满生活情趣，娱乐性强，在农村很有市场，以致在 20 世纪六七十年代，还有人模仿这种形式编出新的故事并广为流传：说有外宾到南阳的一个农村集市访问，被爆爆米花的声音吓了一跳，忙问怎么回事。陪同的领导灵机一动，说那是粮食放大器在工作。老外一看，一粒小小的玉米粒经过放大，像枣子那么大，回到国内就对总统说：中国人不好惹，他们有粮食放大器，连农民都掌握了高科技。这是新版的吹破天，但长了中国人的志气，听众还是乐意接受的，也足见民间故事的繁殖能力和再生能力。

长工与地主的故事，也是生活故事的大宗。在封建社会，地主恶霸凭借自己的政治经济势力，巧取豪夺，霸占土地。仅以唐河县为例，在民国时期，大大小小的地主人口仅占全县总人口的 10% 左右，却控制着全县 50% 以上的土地。因此，长工与地主就是一对天然的矛盾。生活中地主恶霸欺压长工的事情比比皆是，而长工却无力抗衡。唯一例外的是，长工可以利用民间故事来发泄自己的不满，让地主恶霸在故事中成为被嘲弄、被批判、被报复的对象。这类故事大体有一个模式，那就是地主恶霸贪婪、蛮横，以强欺弱；长工机智勇敢，以弱胜强。一般是两兄弟与一个地主斗，老大老实，被地主糊弄，白干一年分文未得。老二聪慧，以其人之道还治其人之身，让地主付出双倍的工钱。或者是因为地主的过激行为惹得天怒人怨，遭到报应。比如《鸡杀人，鱼放火》标题就给出悬念，鸡怎么会杀人？鱼怎么会放火？原来是地主说了过天话：要得穷了我，除非鸡杀人来鱼放火。也是机缘巧合，鸡蹬掉瓦刀砸坏了人，鱼从灶膛里跳出引发了大火，加上长工们的见"死"不救，地主的谶言变成了现实，让"幸灾乐祸"的长工们心理上得到了极大的满足。《吹破天》说的是长工利用地主的贪婪心理，设下三个陷阱，一步一步把地主引向死亡。《刘根施礼》《喝砒霜》等故事，都以长工的智慧，对地主的粗暴或贪婪行为施予了惩治，让地主吃了亏却又如同哑巴吃黄连，有苦说不出。

在南阳民间故事中，笑话故事占了不小的比例。南阳笑话是南阳民间口头传播的简短而又引人发笑的故事。笑话以短小精巧的结构、灵活随意的创作，无孔不入地渗入社会生活的各个方面。它用精致巧妙的情节、诙谐夸张的手法、轻松幽默的语言和入木三分的嘲讽，笑尽天下可笑之事。南阳笑话故事结构精巧，内容看似粗浅甚至粗俗，若要细细品味，一笑而过之后，揭露的却是深刻的现实问题，有很强的写实色彩。今天流行的笑话，多是旧瓶装新酒，用传统笑话的模式，换上新的时代元素。传统文化的借鉴价值，还是无处不在的。

诗词联对故事是南阳故事中的一大特色。作诗联对，需要丰厚的文化底蕴，诗句的押韵是最基本的常识，平仄、对仗也是对联的基本要求。而南阳从《诗经》时代开始，历来不缺乏文人。南阳历代的许多文学家以继往开来的创造精神笔耕不辍，以不同的文学形式，创作了大量的灿烂辉煌的作品，反映了中国文学的发展概况，在文学的体裁、题材、语言等方面，都有着不同凡响的贡献。张衡、何晏、范晔、庾肩吾、庾信、岑参、张继、元好问等等，他们在主业之外创作的诗词歌赋如春雨一般，随风潜入夜，润物细无声，对南阳一般的文人，甚至贩夫走卒，都会产生影响。表现在民间文学领域，那就是涌现出一大批诗词联对故事。

民间诗词近乎顺口溜，方言土语入诗，易懂易记易传，老百姓喜闻乐见，饭场儿酒局讲述，常常令人喷饭。而拆解汉字，用偏旁部首做游戏的诗词，则多出于文人之手，也多在文化人中流传。联对故事中的对联，不少都属精品。如《秀才斗联出丑》，秀才和道士鄙视下里巴人，出口伤人，步步紧逼，泥水匠针锋相对，轻松化解，而且技高一筹，两次都占了上风，显示了深厚的对联功底。时至今日，南阳地区一些人家还保留着春节自己编写春联的习惯，不去大街上买千篇一律的印刷春联。这也是传统文化的一种延续和继承。

四

"说瞎话儿"是南阳民间的传统。炎热的午后,漫长的冬夜,在居住分散、人口稀少的村庄,村民们的无聊时光就全凭"说瞎话儿"来打发了。特定的时代、环境、人群,给民间故事的创作、讲述提供了时间、空间和土壤。

"说瞎话儿"活动本身就是民众的生活,是民众不可或缺的生活样式。民间故事延续了当地的文化传统,深深影响着当地人们的生活世界。首先是精神愉悦的需要。笑一笑十年少,紧张艰辛的劳动之余,一个笑话就可以消除不少疲劳。其次是通过"说瞎话儿"进行传统的道德教育。中华民族的传统的道德思想,有一部分是蕴含在民间故事之中,并借助故事讲述得以传播。农耕时代的农民,大多数是没有机会走进学校接受儒学教育的,他们的道德观念的形成,一部分靠老一代的言传身教,另一部分就靠民间故事了。还有一些生产生活经验,也只能通过听故事进行了解、学习和借鉴。民间故事对青少年的教育作用更加明显,尤其是幻想故事中的无私与自私、正义与邪恶、高尚与卑鄙的相互对照,对青少年世界观的形成影响极大。而魔法宝物的出现与使用,又会给青少年插上想象的翅膀。

"说瞎话儿"的场地不受限制。唱戏需要搭戏台,请艺人说书唱曲儿也要一桌一凳和一个空场儿。唯独"说瞎话儿"对场地没有任何要求,田间地头、牛屋磨房、客厅卧室,甚至几个人坐在床上偎在被窝里,也可以说,可以听。"说瞎话儿"甚至不影响劳动,在过去的农村,老奶奶一边纺线一边"说瞎话儿"的场景也是随处可见。

"说瞎话儿"还经常产生互动。一个故事讲完了,大家总会联系实际发些议论:那恶婆婆多像谁谁家的老太太,那贤惠儿媳多像谁谁家的媳妇。甚至会善意地提醒在座的某一位:明天出去做生意可别缺斤少两,刚才"瞎话儿"里那个卖油的,因为缺斤少两就摔断了腿。"说瞎话儿"的现场热热闹闹,冬夜的寒冷、夏季午后的炎热,被驱散得干干净净。

会"说瞎话儿"的人一般都是记忆力超强,为人正直和善或幽默风趣,待人热情,气场强大。农闲的时候,几乎每天晚上乡邻满座。有些"故事篓子"还能对原有的故事进行修改或再创作,使之尽善尽美。他们会设置悬念,使故事环环相扣。有时讲到紧要处,他们还会卖个关子,故意吊吊听众的胃口。有一些"故事篓子"肚里有"字墨儿",是乡村公认的文化人,那些诗词联对故事多出自他们之口。还有一些人年轻时走南闯北,见多识广,晚年安居在家,讲见闻,讲故事,听众众多,门庭若市,渐渐就成了"故事篓子"。桐柏县的曹衍玉,新野县的吴根兰,宛城区的邱海观等,都是著名的故事讲述家,"故事篓子"中的代表人物。邱海观、曹衍玉还出版了个人故事集,吴根兰等人的故事集也已整理成册。

中华人民共和国成立之后，南阳十分重视民间故事的发掘搜集整理。据故事作家杨清江回忆，20世纪70年代末开始，南阳地区文化局先后举办了十届故事会讲。会讲采取两条腿走路的方针，反映现实生活的新创作故事与优秀传统故事并重。地区提前下发通知，各县市文化馆组织业余作者，创作新故事和搜集整理优秀民间故事，并对故事员进行培训，然后向地区呈报三篇故事作品、推荐三名故事员参加比赛。择优评出一、二、三等奖，奖项分为组织奖、创作奖、讲表奖。后来，还加设一项荣誉奖，奖给那些甘当人梯、无私奉献、积极提携后进的老一代民间文艺工作者。

每次说讲之前，地区群艺馆都要提前半月至30天举行一至两次故事作品分析会，会期三天，让各县作者带上搜集整理或新创作的故事作品参加研讨，相互观摩学习，集思广益，专家参与，提出加工提高的意见，初步定出参赛的稿子。作品分析会的气氛一直很好，相互之间都能诚恳地进行交流，肯定优点，指出不足。推心置腹，畅所欲言，毫无保留地将自己的好点子拿出来。大家为了一个共同的目标，多出故事，出好故事，努力营造一个良好的故事说讲活动的大环境，让南阳的民间故事早日走出南阳，走向全国，让故事之乡实至名归。

在说讲比赛中，讲述民间故事基本上都是采用拉家常式。采用这种形式的基本是来自民间的故事讲述家（俗称"故事篓子"）。他们的语言家常朴实，通俗易懂，生动亲切，不紧不慢，娓娓道来，就像邻里之间拉家常一样。如唐河的赵云生，南阳（宛城区）的田兆斌、边富冉，方城的王幼猛，南召的褚虎臣等，都是这种形式的代表人物。他们的讲述不需排练，上场不需化妆，随时随地张口就来，按照南阳民间的说法："掏出干粮就是馍。"与其他故事员为了参赛而讲故事不同，他们在赛事结束以后依然为乡亲邻里"穷呱嗒"，他们是开展群众性故事说讲活动的中坚力量。

南阳地区的故事说讲活动，吸引了中国社会科学院民间文学研究员祁连休、河南大学教授张振犁等一批专家学者的关注；全国数十家故事报刊的主编、编辑，更是南阳说讲活动的常客。《民间文学》《故事家》《故事世界》《传奇故事》等杂志社，会同省、地、县文化部门，先后为桐柏县的孙建英、唐河县的曲凡杰、新野县的杨清江举办了个人作品研讨会，为故事之乡的发展起到了推波助澜的作用。

五

南阳分卷故事来源主要有三个：20世纪80年代的《中国民间故事集成》，21世纪初的《中国民间故事全书》，此次分卷编辑期间新搜集的故事。

为编纂中国民间文学三套集成而开展的全面普查,在南阳起始于 20 世纪 80 年代。由各县区文化局主管,文化馆具体承办。成立了办公室、编辑室,抽调业余作者充实编辑队伍。这些业余作者有一定的文学功底,热爱包括民间文学在内的文学事业;在农村生长,熟知民间故事的讲述传播流程,有些甚至和一些"故事篓子"是好朋友,便于民间故事的采录和整理,给三套集成的普查提供了极大的便利。再是充分发挥乡镇文化站的作用,由文化局给文化站下达民间故事搜集任务,文化站协调学校的校长、老师,给学生布置任务,向爷爷奶奶、爸爸妈妈要故事,每个学生以民间故事为内容,上交一篇或两篇作文。把民间故事当作作文内容,激发了学生搜集民间故事的兴趣,也使民间文学得到了赓续传承。

2011 年的中国民间文化遗产抢救工程项目之一《中国民间故事全书》是在三套集成故事卷的基础上,挑选故事、补充要素而最后成书。

因为 2020 年启动的《中国民间文学大系·故事·河南卷·南阳分卷》编纂工作,有故事讲述音频资料的要求,各县区再一次对区域内的故事篓子、故事窝子,故事的讲述、传播情况进行了普查。民间故事的传承现状不容乐观。可称故事篓子的人大多作古,硕果仅存的也因身体原因影响了故事讲述。更普遍的现象是,作为民间故事生存土壤的广大农村,青壮年在外地打工,少年儿童在城镇学校学习住宿,只有为数不多的老弱病残留守在家,不少农家关门闭户,院子里长满青草,不少农村都成了空心村。没有了听众,没有了讲述者,民间故事生存的土壤面临着消失的危险。

当然也有例外,在这次普查中,在方城县的柳河镇,意外发现了一个故事村。这个高庄村属浅山丘陵区,地处方城、南召结合部,叫茧场沟的自然村有唱戏的传统,戏曲、曲艺、舞蹈都有传人。村民自办有戏剧舞台,不定期举办演出活动,其中就有故事讲述。在高庄村委,村民们把故事情节绘在墙壁上,把它作为优秀的传统文化影响人、教化人。堪忧的是,现在能讲故事的也都是老人,依然存在着后继无人的忧患。

作为传统文化的精华之一的民间故事的传承赓续,必须另辟蹊径,用出版民间文学大系故事卷的形式,用音频纪实的形式,把这一份珍贵的文化遗产保存下来,进入中华文化资源宝库,发挥其不可替代的作用。在这样的背景下,南阳故事卷的出版,可谓功在当代,利在千秋,意义深远。

本卷编委会

执笔人:曲凡杰

2021 年 5 月 25 日

凡例

一、　本卷分为生活故事、笑话两大类，收录生活故事 471 篇（不含异文）和笑话 100 篇（不含异文）。

二、　本卷收录故事流传时间不设上下限。以 20 世纪 80 年代中国民间文学"三套集成"普查资料县卷本为基础，按照科学性、广泛性、地域性、代表性的原则甄选编纂成书。其中部分作品是近年来地方民间文艺工作者搜集的。

三、　本卷在收录故事正文的基础上，将内容相近的同类型故事作为异文一并收录，一般以情节结构完整、语言文字生动的作品为正文。异文一般保留原标题。

四、　本卷收录的作品尽可能保留方言、口语等地方特色。计量单位沿用旧时的民间习惯，如"斤、里、亩"等。地名、官府名、职官名等一般保留当时名称。

五、　本卷收录的作品后附列讲述者和采录者的信息，包括姓名、性别、年龄、工作单位（家庭住址）、文化程度、职业，以及采录的时间和地点。少量篇目原稿中缺失讲述者、采录者基本信息，收入本书时根据相关资料进行了补充。无法采集到讲述者和采录者有关信息的，遵从原稿标注或标注"不详"，或在附记中说明。

六、　本卷收录的部分作品后设"附记"。附记内容主要包括故事讲述语境、故事的文化背景、故事类型、故事来源、流传情况、故事研究情况等。

七、　本卷版权页处附二维码。用手机扫描二维码，可浏览部分故事相关的视（音）频。

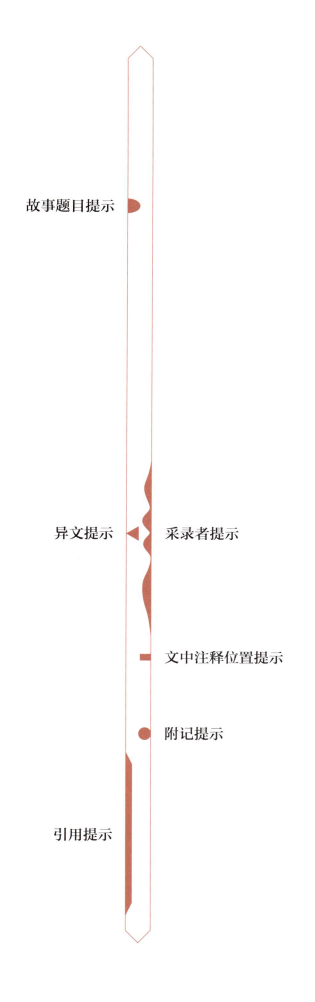

故事题目提示

异文提示　　采录者提示

文中注释位置提示

附记提示

引用提示

C015

故事·河南卷·南阳分卷（一）

一 生活故事

（一）机智人物故事

1

庞振坤来了

庞振坤小时候，跟着他叔过活。他看到别的孩子读书，很眼气，可他叔就是不让他上学。他自己偷偷跟人家学，学会了不少字。

有一次，他叔家来了个朋友，俩人聊天。那个朋友说，古时候有个司马光，五六岁就知道砸烂缸救朋友，真聪明。庞振坤他叔接着说："要是咱有恁[1]能的娃儿，花钱再多也要供他上学，将来也会成个名堂。"坐在一旁的庞振坤接着话茬儿说："司马光跟着你，恐怕也舍不得掏学费。"他叔一听，觉得很没面子，大声吵他："小毛猴子[2]，大人说话，哪有你插的嘴，快出去玩。"庞振坤赶紧出来了。

客人走后，庞振坤见到他叔，说："你说我是小毛猴子，咱俩明天一起去邓州城，看谁认识的人多。"他叔说："你不过想到城里看看，就叫你去，看谁会认识你。要是没有人认得你，小心回来屁股发烧[3]。"

第二天，庞振坤手里提着一个小孩玩的灯笼，做得非常花哨，跟他叔一起去邓州城。

到了城里，庞振坤跟着他叔转完南街转北街，串罢东巷串西巷。庞振坤不论走到哪里，都有不少人看他，嘴里还说："看，庞振坤来了！"庞振坤点点头回答说："嗯，来了。"起初，他叔以为大街上人多重了名，一个没出过门的小娃谁会认得？就把他领到背巷里转。走不远，碰上一群学生，刚走到跟前，就见学生指着说："看'庞振坤来了'！"庞振坤又说："嗯，来了。"他叔感到奇怪，又把他领到茶馆里。他叔进了门，只有卖茶的向他打了个招呼。庞振坤一跨进门，几个老学究就说道："看，'庞振坤来了'！"庞振坤小声说："嗯，来了。"他叔更觉得稀奇，就领他回了家。

到了家里，他叔问他："你没进过城，城里人们咋会都认识你？"庞振坤笑了笑说："你不是说我是毛猴子，这会儿你知道谁认识的人多了吧？"说完，把手里的灯笼高高举了几下。他叔一看，见庞振坤做得花花绿绿的灯笼上写着"庞振坤来了"五个字，这才忽然明白，原来人家并不认识庞振坤，是在念灯笼上写的字。他叔笑了，说："你门道真多，你门道真多，我一定供你上学。"

讲述者： 韩秀本，男，50岁，邓县城西人，不识字，农民

采录者： 刘平均，男，28岁，邓县都司镇人，大专，曾任邓州市委党校校长

采录时间： 1980年4月

采录地点： 邓县城西柳林村

选自： 河南民间故事丛书之七《庞振坤的故事》

附记

庞振坤，字应南，河南邓州人（今邓州市古城街道柳南村人）。清乾隆二十五年中举，历任广西浔州府武宣县县令、梧州府岑溪县县

---

[1] 恁：那么。

[2] 小毛猴子：调皮捣蛋的小孩。

[3] 屁股发烧：隐喻挨打，把屁股打得火烧一样疼。

令。致仕回邓，死后葬于六门堤旁。门人冀复礼等人勒石纪念，称其"攀月桂，仕西广，德举政事，当于名山并寿""设教吾乡，几历星霜，坐皋比而解经滚滚不倦，倚寒窗而搦管咄咄逼人，尘氛者沃以风华，猥琐者诱以高骞"。著述有《月池四书讲义》《卓尔堂文集》，今存文集残本 55 篇，有五律《泉池》，七律《早春游杏山》等。他愤世嫉俗，常以超人的智谋嘲弄贪官污吏，鞭挞豪强，深受百姓称颂。其机智故事在豫西南、鄂西北地区广为流传。以庞振坤为素材拍摄有电视连续剧《混世奇才庞振坤》，出版有故事集《庞振坤的故事》。

庞振坤故居位于湍河北岸邓州市振坤路北柳林村 241 号，现为村落民居包围，现存院落前开阔地当为其原建筑穿堂（过厅）地基，中原地区歇山式楼门与青砖围墙、院内东偏房为现房主所建。现存三间主房为原建筑上房，屋顶已洞开，西山墙已倒塌。故居整体建筑中仅东偏房两间可居人，现租与外地打工者居住。在南阳一带"庞振坤"成了机智和机智人物的代名词。谁要是花花点子多，就说："那人真庞振坤！"（王林森）

庞振坤故居（王林森 摄）

2

送礼

庞振坤村里有个财主，是有名的吸血鬼。他的老婆生第八个娃儿的时候，按地方规矩，不是第一胎不兴请客，可财主想借机刮点民财，就叫家丁通知各家各户，十二天后大待客，送的礼越重越好，不送的小心抽地[1]。

村里好多家都是财主的佃户，年年有干不完的活，到头来没有吃的饭没有穿的衣，哪儿有钱送礼？可不送又不行，都十分发愁。于是，大伙儿就去找庞振坤给想个办法。庞振坤听大伙儿一说，想了一会儿说："这事好办，到了待客那天，各人都背一块大石头，我领你们去就是了。"大伙儿都会意了。

到了财主待客那天，庞振坤前头走，大伙儿背着石头后边跟，一起来到财主家。大伙儿背的石头把收礼的上房堆得满满的。财主一见，气得吹胡子瞪眼，大声吵着说："纯是胡闹台[2]，谁叫你们背这么多大石头？"庞振坤不紧不慢地说："老东家，你不是说礼越重越好吗？"大伙儿

[1] 抽地：把租出去的地收回来。

[2] 胡闹台：闹台指演戏开场的锣鼓曲。胡闹台指乱打一气没有章法。

接着说："我们都看石头怪重。"财主明知大伙儿摆弄他，气得肚子一鼓一鼓的。

大伙儿趁财主气得说不出话的工夫，把摆好的酒席一吃，起来就走了。

讲述者： 张书泽，男，邓县城郊乡人，不识字，农民

采录者： 刘平均，男，邓县都司镇人，大专，文化馆干部

采录时间： 不详

采录地点： 邓县城关镇

选自： 河南民间故事丛书之七《庞振坤的故事》

附记

据采录者刘平均讲，他和张书泽一个村的，张书泽是个故事篓子，会讲很多庞振坤的故事。过去几乎家家都养有耕牛，牛有专门一间房，叫作牛屋。有一次，他和几个小伙伴又去找张书泽听故事。张书泽正在出牛圈，累得喘气，见他们来了，就说，今天听庞振坤不能白听，得帮我干会儿活。几个小孩就干了起来，由于干活不得要领，每人身上都沾了不少牛屎，以至于大家聚在一起听故事时还能闻到身上的牛屎味。（王林森、高宏民）

3

巧治"铁公鸡"

村东刘老抠，家里虽然富足，却一毛不拔，众人送他外号"铁公鸡"。

铁公鸡门前有个桃树园，果子结得压断枝，可谁也别想吃一个。庞振坤和小伙伴们上学，这里是必经之路。铁公鸡很不放心，老疑心娃儿们要摘他的桃，常常没事找事训娃儿们。娃儿们都很委屈。

庞振坤劝小伙伴们说："别急，过两天，他就待咱亲热了。"小伙伴们有的信有的不信，都等着看看庞振坤咋整治刘老抠。这天晚饭后，庞振坤不声不响，拿走了老师厨房里的竹箩头[1]。天黑了，铁公鸡绕着桃树园转了一圈儿又一圈儿，转累了，打算吸一袋烟，就在桃园中铺板上合合眼，直直腰。想不到，他坐下来刚刚捺满烟袋锅，猛听见果树园里有响动，便大声吆喝："谁，干啥哩？"无人应，只听见一溜脚步声跑远了。铁公鸡并不去追，他害怕那是调虎离山之计，就手举麻秆火在桃园里仔细察看。他看见在一棵"六月白"树下放着一个盛面用的大竹箩

[1] 竹箩头：用竹篾子编织的筐子，体形较大，盛放东西多。

头，心里咯噔一下，后怕了：乖乖，真贪心，这么大个筐子，要不是我看得紧，摘走这一大箩头"六月白"桃，多叫人心疼啊！又一想，不该我破财，还得个大竹箩头哪，这才是拉纤拾个鳖——外赚。铁公鸡被这一惊，更加小心了，生怕桃子再丢了，呵欠一个接一个里打，也不敢合一合眼皮，也不敢躺到门板上歇歇，一个劲儿地围着桃树转呀转……

第二天早上，老师发现竹箩头不见了，心里很生气。这时候，庞振坤来了，听老师说罢此事，也很生气，说："这分明是欺负学董[1]哩，我找学董报告去！"庞振坤找到学董，细说了老师被偷的事。学董非常恼火，说："这还了得，欺负到我头上来了，马上给我挨家搜！"就这，学董领上一群学生在村上挨门逐户搜起来。铁公鸡是村东第一家，就从他家开始搜。铁公鸡说啥也不让搜。学生们平时对他就有气，越说不让搜，才越要搜哩。学生们七手八脚在他屋里翻腾开了，在铁公鸡的厨房里搜出了老师那个盛面的竹箩头。学董当场就要罚款，说铁公鸡是有意弄垮学校。铁公鸡是哑巴吃黄连，有苦难说，憋得脸红脖子粗，干打鸣啦说不出话来。就在他下不来台的时候，庞振坤出面讲情："老师，学董，偷竹箩头是他一时糊涂了，念起他平时待我们学生好，这次就饶了他吧！"老师消了气，学董也同意，就警告铁公鸡："以后，你若和学生、老师作对，我就新账老账跟你一起算，绝不轻饶！"铁公鸡连连称是。从此以后，庞振坤及小伙伴们上学打桃树园边过，铁公鸡再也不敢训娃儿们了。

庞振坤故居——柳林村 241 号（王林森 摄）

讲述者：　　不详
采录者：　　周学忠，男，邓县白落人，大学
采录时间：　不详
采录地点：　邓县文联
选自：　　　河南民间故事丛书之七《庞振坤的故事》

[1]　学董：旧时学校负责人。

4 吟诗答对

庞振坤小的时候，有一次到舅家去。舅家的仨表嫂都有些文采，听说他能出口成章，便想逗逗他。吃饭前，大表嫂拎来一壶黄酒，要与表弟行酒令，谁输了，只准喝酒，不准吃菜。酒令规定：第一句把一个单字拆开念，第二句要把这个字分成三个相同的字，第三句必须是第二句中分出来的那三个字，第四句要用第一句中头两个字合成的那个字收尾。

庞振坤笑笑说："这酒令拐的弯多，还是请表嫂们起个头让我学学。"于是，大表嫂先起诗：

豆页为头，犇字三牛，
牛牛牛，不知赶来多少头。

大表嫂念罢，轮着了二表嫂念：

尸至为屋，森字三木，
木木木，不知能盖多少屋。

三表嫂笑着看看表弟念道：

水酉为酒，品字为口，
口口口，不知该罚谁喝酒。

仨表嫂念罢，一齐盯着庞振坤。庞振坤伸了一下舌头说："我不会，饶了我吧！"仨表嫂哪里肯依，有的拧耳朵，有的捏鼻子，说："作不出诗来，捏着鼻子往里灌。"庞振坤见闹不过仨表嫂，就说："我作，我作。"于是随口念道：

田心为思，姦字三女，
女女女，不知何人害相思。

庞振坤刚念完，仨表嫂齐声说："不好，不好！罚酒，罚酒！"

庞振坤赶紧对上去，念道："真坏，真坏！添菜，添菜！"逗得仨表嫂哈哈大笑，殷勤招待了这个小表弟。

讲述者： 不详
采录者： 周学忠，男，邓县白落人，大学，曾任邓州市文联主席
采录时间： 不详
采录地点： 邓县文联
选自： 《中国民间故事全书·河南·邓州卷》

附记

周学忠为搜集散落在民间的故事，常常骑着自行车，走村入户，与村人交朋友。村人见他来了，热情接待，纷纷把自己知道的故事讲出来，场面热烈。学忠瘦小，经常出没于田野、乡村，为不少人所知，看见他又来时，有人就说，那个喜欢瞎话儿的小个子又来了！本篇故事最早收入河南民间故事丛书之七《庞振坤的故事》，原题为《云诗

答对》，后收录在《中国民间故事全书·河南·邓州卷》，更名为《吟诗答对》。(高宏民、田晓)

轩店火神阁碑 庞振坤撰文（王林森 摄）

5

不
准
说
『
不
』

有个财主娃儿叫狗子，听人们夸奖庞振坤能得很，心里很不服气。这一年，他恰巧和庞振坤等一群学生一起去赶考，很想捉弄一下庞振坤。

一天早上，大伙儿正慌着赶路，狗子突然说："今天咱立个规矩，都不准说'不'，谁先说了谁掏饭钱和店钱。"庞振坤和学生们都说："行。"狗子接着说："庞振坤你今早请大伙儿的客。"庞振坤说："行。"到了一家饭店，庞振坤要了一桌子好饭菜，跟店家算账的时候，庞振坤摸了摸口袋，对狗子说："今日你先请吧，我钱忘带了。"狗子说："不行，不行。"庞振坤说："不行不行，你掏钱。"狗子这时才醒过劲儿，自己犯了自己立的规矩，不得不掏钱。

吃过早饭，狗子一边走路一边想着点子，非报复一下不可。走到一条河边，见里面落一群野鸭子，狗子就对庞振坤说："我这群鸭子卖给你，一只一块钱，一群一百块钱。"庞振坤说："行，我得把鸭子赶过来，查查[1]有多少，

[1] 查查：数一数。

够一百了给你钱，少了你倒找一百。"说着拿起坷垃就往河里打。一打野鸭子都飞了。狗子急忙说："不准打，不准打。"庞振坤笑笑说："你说'不'，你再掏钱。"狗子只好又给大家掏了晌午饭钱。

下午赶路时，狗子又想出一句厉害话，对庞振坤说："把你的头割下来，称称有多重？"

庞振坤说："行，你割时要用关云长的青龙偃月刀。"狗子一听又傻眼了，天快黑了也不提割头的事。庞振坤对狗子说："我等着你割头哩。"狗子说："没那刀。""那咋办哩？""不割了。""不割不割拉倒，店钱饭钱你都包。"狗子只好又掏了店钱和饭钱。

讲述者：	刘文秀，男，邓县都司镇人，不识字，农民
采录者：	刘平均，男，邓县都司镇人，大专，干部
采录时间：	不详
采录地点：	邓县都司镇户张村
选自：	原载河南民间故事丛书之七《庞振坤的故事》，后收入《南阳民间故事》（下卷）。

6

治疙瘩

庞振坤近门[1]有个神婆子，说什么是王母娘娘附了她的身，只要你信她，百病能治。方圆左右确实有人信她的胡哼唧[2]，庞振坤的妈就是其中一个。

有一天，庞振坤泪汪汪地手捂着腮帮，妈问他咋了，他只是摇头，不说话。妈把儿子搂到怀里一看："嗯，长了恁大个疙瘩！"用手一摸，不冷不热，妈妈可着了急。常言道：红肿高大，大夫不怕；不红不肿，大夫心惊。心想这一定不是个小毛病，除了神仙是治不好的。于是，振坤妈就去请来神婆子为儿子治疙瘩。

神婆子坐到神龛前的椅子上打了几个呵欠，就下起神来。振坤妈赶紧上了三炷香，烧了一道黄表纸，跪在香案前叩头如捣蒜。庞振坤在一旁只哼疙瘩疼。那神婆就"哼哼哈哈"地唱开了：

王母娘娘下凡来，

[1] 近门：近族。
[2] 胡哼唧：胡说八道，胡诌。

单治造孽小奴才。

巴掌打在儿脸上，

长个疙瘩遭祸灾。

要想好了儿的病，

浑猪浑羊[1]摆神台。

十斤香油点灯用，

丈二红绫搭棚彩。

……

庞振坤书"德配河洲"匾（王林森摄）

神婆子唱到这里，可把振坤妈吓坏了，赶紧应承。庞振坤实在憋不住了，"呸"的一声，把一颗大红枣吐到神婆子的脸上，把神婆子吓得"妈呀"一声，急忙睁开眼来，见一颗红枣掉在桌子上，庞振坤脸上的疙瘩没有了，站在一旁哈哈大笑。神婆子傻了眼，拍拍屁股赶紧走开。振坤妈不好意思地白了儿子一眼，也笑了。

这件事一传开，再没人来找那个神婆子治病了。

讲述者： 李法中，男，51岁，邓县文渠乡王冲村人，
略识字，农民

采录者： 郭力，男，35岁，邓县人，高中，县文
化馆干部

采录时间： 1979年12月

采录地点： 邓县文联

附
记

原载河南民间故事丛书之七《庞振坤的故事》，讲述人为郭光前，后收录在《南阳民间故事》下卷，讲述人为李法中。（田晓）

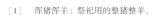

[1] 浑猪浑羊：祭祀用的整猪整羊。

7 才压三江

庞振坤进京赶考时，和三江[1]举子住在对面两个客店里。这些三江举子自恃才高，目中无人，竟在住店门口挂的灯笼上写了"三江才子"四个大字。庞振坤一看，决心要杀杀这些人的骄气，就在自己住的店门口也挂了个灯笼，上写"压三江"三个字。那些三江才子一见恼火了，就派人给庞振坤送去一道"战表"，约定第二天在庞振坤的住处比试学问。庞振坤立即回信"应战"。

第二天一早，庞振坤就和书童互换了衣裳，让书童上街去玩，不要回来。书童走后，三江才子们来了。庞振坤迎着说："我是书童，俺先生有要事出门去了。他临走时对我说：如果三江才子们来了，你先和他们比试一番。如果他们输了，莫忘记让他们在灯笼上添个'才'字，凑成'才压三江'四字。"三江才子们一听非常恼火，心想：量你一个书童，该有多少学问？比就比吧。庞振坤问："比什么？"三江才子们说："背皇历。"于是，有个三江才子把皇历从头至尾背了一遍。庞振坤说："你们这算啥本事，

[1] 三江：为江苏、浙江、江西三省。

我能倒背皇历。"说完，他不慌不忙从后边往前边倒背起来。三江才子个个感到惊奇，可是又一想，许是这书童把皇历读的遍数多了，这是练下的功夫，算不了什么。他们一商量，提出背碑文，只许读一遍就得背下来。他们来到店门外一块石碑前，三江才子往前边站成一排，一齐默读起来。庞振坤只好站到石碑的背面。三江才子读完了碑文，才让庞振坤到前面读。庞振坤说："我在背面已经读过了。"于是，一字不差地背完了碑文。三江才子一个个目瞪口呆，心想：好家伙，这书童都这样厉害，那庞振坤就更了不起了。于是乖乖地在灯笼上添了个"才"字，凑成"才压三江"四个大字。

原来这庞振坤爱学好问，每到一处，凡是文字，他都要细细地读它几遍。这块石碑在他住的店门外，当然他早就读过了。

讲述者： 张景贵，男，50岁，邓县城关镇大丁村人，不识字，农民
采录者： 张如平，男，50岁，邓县城关镇人，教师
采录时间： 1987年
采录地点： 邓县城关镇大丁村
选自： 河南民间故事丛书之七《庞振坤的故事》

庞振坤故居内院（王林森 摄）

8

装神

一年秋天，南阳大旱。遇着这种时候，地主老财们可乐啦，不仅高利放债，低价买地，还请神祈雨，以买香表供品为名，再搜刮一笔钱财。

这一天，庞振坤从南阳回邓州，路过青华街。一进街东头，就见路边摆着请神的香案，一个阴阳怪气的人正在焚香烧表，磕头请神。他口中念念有词，祷告了一阵，突然有个人浑身抖了起来。庞振坤忙问这人咋啦，有人小声说："他是个神汉。"阴阳怪气的人看见神汉发抖，忙到跟前打躬作揖，问道："不知请来的是哪家尊神？"神汉一本正经地说："我乃齐天大圣孙悟空。"说罢，跳上绑着抬杆的方桌，坐到圈椅里。阴阳怪气的人忙招呼人来抬，要游街夸神啦。

庞振坤觉着很可笑，有心治治这些骗人的人。他顺街往西走，见街西头一家地主串通个法官正在请神。庞振坤一看，计上心来。他碰见一个五大三粗的卖菜的黑大汉，便把那人拉到僻静处，密谋一番，然后挤进正在请神的人群里。当法官祷告上神下界时，庞振坤便浑身抖了起来。法官问他是哪家尊神来了，他说："我乃协天大帝关云长。"说罢，也跳上方桌，坐到圈椅里，等着抬他游街夸神。

十字街口，两位"尊神"碰了面。互通大名之后，庞振坤喝道："孙猴子，你是假的。"神汉也吼道："关老二，你是冒牌。"庞振坤说："咱俩谁真谁假，百姓也分不清，你说咋办？"神汉看着庞振坤是个书生，不是他的对手，就说："我们当场比武。"庞振坤看看卖菜的黑大汉，拿着扁担，在路边等着，暗暗高兴，对神汉说："比就比吧，今天一定要分出个真假！"

于是，神汉要棒伺候，庞振坤要刀伺候。法官和那个阴阳怪气的人便派人去找。

一时，刀和棒都拿来了，两人就要对打。突然，路边那个黑大汉也浑身抖了起来。庞振坤大声问道："那不是我儿周仓？"黑大汉答道："咋不是哩？"庞振坤说："还不替为父下手！"

黑大汉抡起扁担朝神汉打去。神汉见卖菜的黑大汉向他打来，知道打不过，从桌上蹦下来溜号了。

街东头那个阴阳怪气的人见他们请来的"孙悟空"逃跑了，只得把庞振坤当作真神，又磕头，又作揖，要一同前去祈雨。庞振坤本想当场戳穿他们的骗局，又怕在街上得罪了地头蛇招惹麻烦，耽误自己赶路，也没吭声。

法官问"协天大帝"到哪里祈雨，庞振坤信口说道，"到邓州，汤山禹山。"并让立即动身。

走了二十来里，庞振坤让人站住，下了方桌，向抬他的人打了个躬，说："谢谢大伙送我一程。你们拐回去吧。实话给你们说，那个孙悟空是假的，我装协天大帝就是想治治那个装神弄鬼的神汉。周仓也是假的，是我掏钱请他帮忙。"

法官和阴阳怪气的人一见庞振坤露了他们的底，恼羞成怒，抓住他的衣领，问他姓甚名谁，要拉回青华街去。

庞振坤哈哈一笑说："邓州庞振坤，不认识吗？"他们一听是庞振坤，倒吸一口凉气，连忙松了手。庞振坤问："你们想把我再抬回去吗？""不不不，"法官和阴阳怪气的人点头哈腰，"我们想再送你一程。"

庞振坤把袖子一甩，自回邓州去了。

讲述者： 孙维民，男，60多岁，邓县文渠乡人，初中，图书管理员

采录者： 张楚北，男，47岁，南阳市人，河南省文联干部，大学

采录时间： 1981年5月

采录地点： 邓县图书馆

选自： 河南民间故事丛书之七《庞振坤的故事》

9

庞振坤的灯笼

庞振坤故居——对厅（或穿堂）房基（王林森 摄）

　　早年，邓州城有个叫潘高的人。此人狗舌头[1]，势利眼儿，是个当面叫哥哥、背地掏家伙的谄媚小人，整天想踩着别人往上爬。庞振坤摆治[2]过他几次，他心里很恼恨。

　　一天晚上，庞振坤打着灯笼从他门前走过。潘高见庞振坤的灯笼上写着"我是天子"四个大字，直笑得嘴咧到脑门后。他想：该你庞振坤背时，写的反话叫我看见了。我去给州官大人一说，哼，说不定还封我个小官儿呢！潘高越想越高兴，碗里饭也顾不得吃完，就撂下碗飞奔而去。不大一会儿，四个衙役便把庞振坤抓上大堂。

　　州官嘿嘿一笑说："庞振坤你是望乡台上打转转儿——活过月了吧，竟敢自称天子。先把他绑了！"

　　庞振坤说："慢来！先说个一二三再绑。"

　　州官说："你自称天子，图谋犯上作乱，这一条就够了！还说啥一二三呢？"

　　庞振坤："常言说，病从口入，祸从口出。我若自称

[1] 狗舌头：暗喻"舔"字，指小巴结。

[2] 摆治：戏弄。也有整治、修理的意思。

天子，是我口招是非，应该打嘴巴，头和身子分分家也好。若无有凭据，大人，咱们是要黄鹭鹭[1]垒窝——麻缠麻缠哩！"

潘高听了这话，没等州官开腔，一把夺过庞振坤的灯笼说："大人，你看这四个字是啥？"

州官见灯笼上确实写着鸡蛋大四个字：我是天子。于是，厉声喝道："庞振坤，人证物证俱在，你还有何话可说？"

庞振坤说："大人，怕是你喝酒喝多了，烧花了眼，眼皮底下吊秤砣——只见大，不见小。请你往下面看。"

州官凑近灯笼仔细一看，原来在"我是天子"后边还有三个小字"一小民"，就说："你这是故意捣乱，无事生非。为啥把'我是天子'写恁大，'一小民'写恁小？"

庞振坤说："不怨我字写得小，是你眼大，只看见天子，看不见小民。你想想，我这'小民'咋能比上'天子'呢？"

庞振坤一席话，说得州官张口结舌。

州官满肚子憋气无处发泄，就迁怒潘高多事，大声说："来人，把潘高按倒，狠扇他嘴巴子。今后，不许你姓潘的再搬弄是非，嘴要痒了，去老枣树上蹭蹭。"

庞振坤墓地——牡丹园东北角，距后墙 10 丈处（王林森摄）

讲述者： 芦光建，男，65 岁，邓县人，初中，退休教师

采录者： 郭力，男，36 岁，邓县人，高中，县文化馆干部

采录时间： 1980 年 9 月

采录地点： 邓县文化馆

选自： 河南民间故事丛书之七《庞振坤的故事》，原题为《我是天子》，后收入《中国民间故事集成·河南卷》，改篇名为《庞振坤的灯笼》

[1] 黄鹭鹭：黄鹂。

10

买石磙

有个王老财，十分贪财，对穷人又非常狠毒。庞振坤决心要治他一治。

庞振坤来到王老财庄园转了一圈，见打麦场里放着一个石磙，就走上前去，上下摸摸，左右看看，敲敲打打，贴耳听听，然后对护场人说："请对你们东家说，我愿掏五个石磙的价钱买这个石磙，你去问问卖不卖。"护场人赶紧去给王老财报信。

王老财听后，心想，我这石磙说不定是宝贝，要不他怎么掏恁大价钱？急忙来到场中，见了庞振坤，满脸堆笑问道："敢问先生，买我这石磙做啥用？"庞振坤答道："这个不能对你说，卖就卖，不卖算了。"王老财说："先生不知，这石磙是祖上留下来的，实不敢卖。先生要肯说出它的贵处，我一定重金相谢。"庞振坤说："你家祖辈之物，它的贵处你知道。"说罢就要走。王老财急忙上前拉住说："生意不成人情在，快晌午了，请到寒舍用饭。"庞振坤说："谢谢你的盛情，我寻宝要紧，不能耽误了。"王老财听了，更觉神乎，硬是把庞振坤拉到家中，摆开了宴席。

宴席间，王老财连连问石磙的贵处，并一再表示，说出来必有重金相谢。庞振坤不慌不忙说道："别人场里石磙都是一头小一头大，你家的与众不同，两头一般粗，俩磙窝一般圆。至于贵处嘛，从中间截开后便知。"王老财赶紧派人把石磙从中间截开，不见里面有啥宝贝，又来问庞振坤。庞振坤笑道："说就说吧，请东家耳朵伸来。"王老财急忙伸长了脖子。庞振坤对着王老财的耳朵小声说道："你没看把石磙截成两截，做两个柱顶石正合适，这就是贵处。"说罢，扬长而去。

王老财赔了酒席，毁了石磙，气得脸上一阵青一阵白，半晌说不出话来。

讲述者： 刘子云，男，邓县都司镇人，私塾先生
采录者： 刘平均，男，邓县都司镇人，大专，干部
采录时间： 不详
采录地点： 邓县都司镇小河刘村
选自： 河南民间故事丛书之七《庞振坤的故事》

11

说媒

有个县官，是个贪色鬼。他已经有了妻子，还差人左挑右选，一心想再讨个称心如意的小老婆，弄得有女子的人家惶惶不安。

这事儿叫庞振坤知道了，就去见县官，说："老爷，听说您要娶个小老婆，不知道要什么样的？"县官嘻嘻笑了两声，回答说："我要的模样嘛，是樱桃小口杏核眼，月牙眉毛天仙脸，不讲吃喝不讲穿，四门不出少闲言。像这样的，你能给我找一个？"庞振坤思索一下，笑着说："老爷，巧啦！俺村上就有这样的女子，我情愿替老爷去说媒，保管您满意。"当下二人商定了娶亲的日子。县官大喜，摆了宴席，请庞振坤吃喝一场。

到了迎亲那天，县官十字披红，成了挺神气的新郎官。那些财主绅士们，都来祝贺。老百姓听说是庞振坤说的媒，也赶来看热闹。

中午，鞭炮、锣鼓齐鸣，喇叭嘀嘀嗒嗒，花轿来了，县官喜滋滋地上前深施一礼，司仪高叫着："新娘下轿啦！"可是叫了半天，轿帘纹丝不动。庞振坤见县官有些不耐烦，就说："新娘是争竞[1]礼，她是想叫新郎多磕几个头哩。"县官无奈，只得磕了三个头。可是轿帘仍然纹丝不动。

县官掀开轿帘，酸不溜溜地说："一会儿拜了花堂就成了一家人啦，你还扭捏什么！"上前一把揭掉新娘的花盖头。

这一揭不打紧，众人都惊呆了！这哪里是什么新娘，原来是一个穿了花衣裳的泥胎女菩萨。

县官大怒，气冲冲地要拿庞振坤治罪。庞振坤指着泥菩萨朝县官说："老爷你看，她不是'樱桃小口杏核眼，月牙儿眉毛天仙脸，不讲吃喝不讲穿，四门不出少闲言'吗？我都是按照您的吩咐办的，哪点做错了？"

众人哄笑了起来，笑得县官面红耳赤，张口结舌。

讲述者： 不详

采录者： 黄毓钊，男，邓县仓房乡人，高中，农民

采录时间： 不详

采录地点： 邓县

选自： 河南民间故事丛书之七《庞振坤的故事》

[1] 争竞：计较，要求。

12

讨戏钱

庞振坤从襄樊回邓州走到黄集，见有一伙人在哭。他到跟前一看，原来是一伙唱戏的。他就问掌班的为啥哭。掌班的说："我们在这里唱了三天戏，最后唱的是《斩杨凡》。有个绅士先儿[1]说我们的戏唱白了，说斩了人，咋不见流血？咋不见人头落地呢？一个钱也不给。我们连盘缠也没有，咋回家呢？"庞振坤说："这不难，你这戏班叫我领上再去唱，一定要讨回两次的戏钱。"掌班的认出是庞振坤，知道他的门道多，就答应了。

庞振坤领着戏班子又来到原先那个地方，见了那个地头蛇绅士说："我来晚了一步，他们把戏唱白了，我再给你们补上。"

那个绅士打量一下庞振坤说："看胡须你也不像杨延景，你根本就不是唱戏哩！"庞振坤说："你是隔门缝看吕洞宾——把神仙看扁了。唱戏的有啥记号？你点哪儿我唱哪儿，戏若唱白了，你再说也不晚。"

那地头蛇绅士是个鸡蛋里挑骨头的人，多少戏班来唱戏，到最后，他都要来找毛病，不给戏钱。这家伙见庞振坤说得怪硬，心想：好吧，走着瞧！他便说："要是把戏唱白了咋办？"

庞振坤笑着说："地没坏地，戏没坏戏，全在唱的功夫到不到。你莫看我这破布装，麻秆枪，烂裤裆，破戏箱，可尽唱些好戏！若把戏唱白了，咱一文钱不要。可是丑话先说头里，若唱不白，你说咋办？""唱不白，一天给两天的钱。""好，一言为定，咱立个文约。"于是，双方立下了文约。

一开台，那地头蛇绅士点了一出《曹操下江南》。开演了，文武场[2]闹台一毕，出来了四对黑旗兵，"嗨嗨"呐喊着走了个龙套进去了。又出来四对红旗兵，"嗨嗨"走了龙套又进去了……如此这般，黑、红、蓝、白、绿旗兵轮番上场，一"嗨"到底，鼓锣齐鸣。直闹了三天，最后，庞振坤扮曹操上场念白："本相曹孟德，带领八十三万人马，杀奔江南而去。"念罢，马鞭一挥进去了，戏也完了。

那地头蛇绅士一看，脑灵盖儿都恼崩了，气势汹汹地上到后台质问庞振坤："你唱这是啥戏？"庞振坤一边卸妆一边说："我唱的是《曹操下江南》，你说我哪一点唱白了？""《曹操下江南》咋会光过兵不唱戏了？"庞振坤笑着说："你说曹操下江南带多少人马？""八十三万。""是啊，你说八十三万人马得过几天？这才三天就过到了中军还嫌多吗？"那绅士嘴一张一张，回答不上来，只得按文约给了双倍的戏钱。

讲述者：　不详

采录者：　郭力，男，邓县人，高中，县文化馆干部

采录时间：　不详

采录地点：　邓县文化馆

选自：　河南民间故事丛书之七《庞振坤的故事》

[1]　先儿：在南阳地区，教师、医生、算命先生等，被尊称为"先儿"，如张先儿、李先儿。

[2]　文武场：戏剧用语，管弦乐叫文场，打击乐叫武场。

郭力从小跟着戏班走，对唱戏行当非常熟悉，知道的曲目也很多。他也会讲很多故事，肚里故事多，连他自己也分不清楚哪个故事是听哪个人讲的。（高宏民、田晓）

13

庞振坤卖画

有一年，庞振坤和一位卖字画的朋友去汉口办事，二人同住在一个店里。

第二天，卖字画的刚把字画挂到街上，就遇上汉口的水陆提督打这儿路过。这个水陆提督喜欢收藏字画，但总是仗着权势向别人要，从来不肯掏钱去买。他看见字画，觉着不错，就挑了几张，对卖字画的说："老爷我肯收藏你的字画，是看得起你。"说着，让随人掏出一把铜钱，递了过去，"老爷看你是外地人，特地送你几个盘缠。"卖字画的好恼：看我是外地人，送几个盘缠。我若不是外地人，你能白拿走吗？可他惹不起水陆提督，干气也没说啥。

卖字画的晚上回到店里，把这事对庞振坤说了。庞振坤一听就骂："阎王爷不嫌鬼瘦。好一个汉口水陆提督，仗势欺人！几幅字画，只给一把铜钱，还不够买纸钱。混账东西，看老子治你！"

庞振坤叫他朋友画几张月夜图，除月亮圆缺不同外，别的景色一模一样。画好后，用烟子熏熏，看起来很像年代很久的古画。然后，他住到提督府附近的一个小店里，随着月亮圆缺变化，轮换挂出跟月亮相同的月夜图。很快，人们就传开了："提督府旁边一个小店里，有个客人挂的月夜图，随着月亮圆缺会变化，真是稀世之宝！"

水陆提督听说了，借故去看过几次，确认是一幅宝画。他把庞振坤请到府里，设宴招待，死缠活缠，要买下这幅画。双方讨价还价，最后以一千两银子成交。当时是月初，庞振坤就把那张上弦月图给了水陆提督。

水陆提督把上弦月图挂在屋里，等着看它随月圆月缺变化。谁知从月初挂到月底，一点儿变化也没有。水陆提督知道上当了，就派人捉拿庞振坤，汉口大小客店找遍，哪里也找不到。庞振坤早把银子交给他卖画的朋友，离开了汉口。

讲述者：	卢光建，男，65 岁，邓县人，初中，退休教师
采录者：	郭力，男，36 岁，邓县人，高中，文化馆干部
采录时间：	1980 年 9 月
采录地点：	邓县文化馆
选自：	《中国民间故事集成·河南卷》

14

竹竿与水桶

庞振坤去应试，考官听说他是邓州的奇才，故意在科试完毕，又对他口试一番。考官说："庞振坤呀，我昔日在江南为官时，见那地方的水桶大。"

庞振坤恭敬地问："大人，咋个大法呢？"

考官说："装了半桶水，里头卧了九条老水牛，水牛在这边用尾巴甩水，那边的水纹丝不动。"

庞振坤说："大人，这不足为奇。小时候我在家乡读书曾见到一根竹竿特别长。"

考官屈下身问道："咋个长法呢？"

庞振坤说："头一年八月十五，有一人扛着那根竹竿从我们学堂门前过，直到第二年五月端阳，我还看见几节竹竿在门前甩动哩！"

考官来了兴趣，惊奇地问："天下哪有这么长的竹竿？"

庞振坤恭恭敬敬地说："考官大人，没有这么长的竹竿，如何箍着您那么大的水桶呢？"

讲述者： 不详

采录者： 甘心田，男，邓县城关镇人，高中，农民

采录时间： 不详

采录地点： 不详

选自： 河南民间故事丛书之七《庞振坤的故事》

15

祝 寿

　　清朝时候，邓州有个知州，姓汤名似慈。这人是个财迷，只要有发财的机会，决不放过。

　　这年，汤知州五十大寿，又是个发财的好机会，老早就嚷嚷开啦。

　　消息传出去，四乡地主豪绅慌了手脚，到处置买大礼，一心要讨知州的如意。各地的地保爪牙也向百姓派粮派款，逼得家家户户骂不绝口。

　　汤似慈寿诞这天，祝寿送礼的人从四面八方都来啦，有的担，有的抬，有的骑马，有的坐轿，熙熙攘攘，比赶春会还热闹。知州这天高兴得很。一来是州里大小豪绅各界名流都到了，非常光彩；二来是送的礼物很多，金银珠宝，绫罗绸缎，山珍海味，名人字画，金石古玩……各种贵重的东西应有尽有，达到了他借机发财的目的。

　　拜寿开始啦，汤似慈往太师椅上一坐，就要按照头面大小行礼祝贺，忽听寿堂门口有人禀报："老爷，庞振坤来给你送寿礼啦！"

　　汤似慈听说庞振坤给他送礼祝寿，觉得增光不小。他越想越得意，便吩咐道："快快请进来！"

庞振坤捧着一卷红纸来到堂下，打躬施礼道："大人，这是特地为您敬写的一副寿联。"

汤知州知道庞振坤不会给他送来值钱东西，不过，送副寿联也好。谁不知道庞振坤文才出众，落笔不俗，想必是绝妙好辞。想到这里，知州笑着说："庞先生，送来了就念给诸位听听吧。"

庞振坤说："大人，这寿联是按你的姓名联成的，不知该不该？"

汤似慈说："好！好！为我祝寿，以我的名字写联，在理，在理！请念，请念！"

庞振坤清了清嗓子，面对众人念了起来。

上联是：似者像也像虎像豹像豺狼不像州主。

下联是：慈者爱也爱金爱银爱钱钞不爱黎民。

横批是：不成汤水。

庞振坤一口气念完，抬头看看汤似慈，见他嘴脸乌青，"扑通"一声栽了个嘴啃地。

寿堂里乱成一团。庞振坤趁机离开了州府。

讲述者： 孙维民，男，60多岁，邓县文渠乡人，初中，图书管理员

采录者： 张楚北，男，47岁，南阳市人，大学，河南省文联干部

采录时间： 1981年5月

采录地点： 邓县白落乡歪子村

选自： 河南民间故事丛书之七《庞振坤的故事》

16

刁难进士

庞振坤有一次从京城回来，和一个新科进士坐在一条船上。那新科进士趾高气扬，庞振坤看着老不顺眼，就走过去对进士说："大人，我刚才睡着了，在梦中做了一首诗，很有趣。只是我学问太浅，写它不来，我想请大人代我记录下来。不知大人意下如何？"

那新科进士正在得意之时，就说："好吧，你念我写。"

庞振坤念道：

夯儿夯儿一小舟，
喘儿喘儿水长流。
咳儿咳儿止不住，
喷儿喷儿止住舟。

进士一听傻了眼，这诗里的象声字在五经四书上也难找到啊，他急得直冒汗也写不出来。

庞振坤见这新科进士窘得满面通红，哈哈大笑，说："老兄只知读圣贤的书，哪里知道这民间还有许多好听的

诗句？你看那唱戏的人就有个儿韵，就可帮你写出这些象声字来。比如：水流声阵阵似喘，若把喘字加个'儿'，就是喘儿喘儿水长流了。"

庞振坤说罢，用笔在纸上写下了这首诗，羞得新科进士面红耳赤。

讲述者：　孙维民，男，60多岁，邓县文渠乡人，初中，图书管理员

采录者：　郭力，男，39岁，邓县人，高中，文化馆工作人员

采录时间：　1983年

采录地点：　邓县刘集齐集村

选自：　河南民间故事丛书之七《庞振坤的故事》

17

巧断钱袋

庞振坤的邻村有一个割草娃，在路边草丛里拾到一个青布钱袋，内装八十二块铜钱，便拿回家去交给了母亲。母亲教育他："别人的东西不能要，赶快送给丢钱的人。丢钱的人现在该有多着急啊，我们要替人家着想。"割草娃听了母亲的话，就跑到拾钱袋的地方等失主。

割草娃等了好半天，见一个人一边跑一边东瞅西看地走过来。割草娃问来人找啥哩，那人答道："钱袋掉了。"割草娃举起钱袋说："这是你的钱袋吧？我在这里等你大半天了。"那人一见钱袋，忙接过来，一数钱，八十二块一块不少，转忧为喜，连声谢都没说，回身便走了。

原来丢钱的人叫二赖子，是个赌棍，那天赢了八十二块铜钱，高兴得不知东南西北，回家时不小心把钱袋丢了。二赖子拿着钱袋走了不远，心想：这割草娃真憨，拾到钱都不要，我不如再讹他几块钱花花。他想到这里又拐回来，叫住了正在回家的割草娃，大声说："我这钱袋里装的是一百块铜钱，现在咋会只剩下八十二块了？"割草娃说："我拾到的就是八十二块。"二赖子说："不对，明明是你把那十八块昧起来了。你若不给我，我就拉你去见官。说

你偷了我的铜钱，管叫你皮肉开花，还得给钱。"割草娃心想：自己没做亏心事，见官也不怕。他们拉拉扯扯来到了城里。

他们走到大街上，正好碰上州官出来游玩，就争着上前，跪下说道："小人有冤，请大老爷明断。"州官问明了事由，心中已明白了八九分，断定割草娃是个老实娃，派人去问了他母亲，和割草娃说的前后经过一样，就决定罚二赖子。可这二赖子也不是好对付的，能缠会磨，州官犯愁找不出好法子处理这件案子。

正在这时，庞振坤从旁边经过，见好些人围着看热闹，上前一打听，知道是为钱袋打官司。他见州官犯愁，就"嘿嘿"一笑说："这案好办得很。人家拾的是八十二，二赖子掉的一百，说明这钱袋不是他的。"州官一听，受了启发，连声说："对，对。这钱袋暂给割草娃，去另等失主，等不来失主，本官断给你自用。二赖子另去找你的钱袋，不准胡赖。"二赖子一听，说："这青布袋明明是我的啊！"庞振坤拍了拍自己的青布袋说："我这也有个青布钱袋。青布钱袋多着哩！你应记着你那一百块才对。"二赖子干张嘴没啥说，只得垂头丧气走了。

讲述者：　孙维民，男，60多岁，邓县文渠乡人，初中，图书管理员
采录者：　刘平均，男，31岁，邓县都司镇人，大专，干部
采录时间：1983年
采录地点：邓县城关镇
选自：　河南民间故事丛书之七《庞振坤的故事》

18

断妻

庞振坤是个有名的"主意包"[1]，就连当时的州官也常请他去协理难办的案子。

这天，州官接到一件"花官司"。原告是一个老实巴交的庄稼人，他告一个商人拐去了他的妻子。他妻子又是一个见钱眼开的人，只承认和商人是夫妻关系。州官为此犯了愁，就把庞振坤请来协理此案。

庞振坤来到大堂，打量了一眼原告、被告，就命衙役到街上买了些糖果来，他把那个女人身边刚会走路的孩子抱过来，先给那孩子几块糖果吃了，然后，又给那孩子一块糖果说："这一块给你爹送去。"那孩子把糖果送给了庄稼人。这一下可把那商人和女人吓坏了，只好交代了实情。

讲述者：　杨维镇，男，70多岁，邓县人，不识字，农民

[1]　主意包："包"在南阳方言里是对程度的强调，如：特别淘气的小孩为淘气包，哮喘病严重的人称为嗝唠包。

采录者：　郭力，男，39岁，邓县人，高中，文化
　　　　　馆工作人员

采录时间：　1983年

采录地点：　邓县县城

选自：　河南民间故事丛书之七《庞振坤的故事》

19

买鸡蛋

　　有个生意精，常来庞振坤住的村里收鸡蛋。他总是老
的欺少的哄，压秤又压价。庞振坤看他太不像话，就说：
"城有城里价，乡有乡里价，买卖公平，你不能欺老哄
少。"生意精说："做生意是一个愿卖一个愿买，两下情愿
就行。"庞振坤听了更生气："价钱不公道，小心你破财。"
生意精听了满不在乎，心想这人说话怪冒失，随口答道：
"做生意不坑人就不会发财。"庞振坤不再理他，要找个机
会治治他。

　　一天下了雨，庞振坤到城里茶馆喝茶，恰好遇上生意
精蹲在茶馆门口卖鸡蛋。他看旁边还立着个石碨，心里有
了门道，上前对生意精说："鸡蛋咋卖的？"生意精答：
"城里老价钱，一个钱仨。"茶馆里人听了都说太贵了，一
个钱四个才公道。庞振坤说："啥贵贱，我等着走亲戚。"
说着就去挑鸡蛋。庞振坤空着两手没拿东西，地下又都是
泥汤子，鸡蛋没处放，庞振坤就把鸡蛋挑挑放在石碨上。
石碨上面只有个藕叶那么大，又很光，鸡蛋放上去直往下
滚，生意精赶紧用胳膊圈住。庞振坤挑了一百个，不挑
了。生意精劝他再挑一些，庞振坤又挑了五十个，把一个

石磙上面堆得再也不能放下一个了。生意精用胳膊抱，胸脯挡，一动也不能动。庞振坤拍拍手说："你别动，打了[1]可算你的。我去对门找小筐就来，要是耽误的时间长一点儿，说明有客缠住了，你喊一声，我好脱身，我叫'狗娃儿'。"生意精想着一百五十个鸡蛋卖了好价钱，心里美滋滋的，连连说："行，行，你去吧。"

庞振坤钻进对门的巷道，一去就是老半天。生意精胳膊也困了，腿也酸了，头上也急出了汗，一动也不敢动，要多难受有多难受。最后他再也等不下去了，就扯着嗓子大声喊："狗娃儿，狗娃儿……"这一喊不打紧，从巷道里窜出几只狗来。狗见生意精撅着屁股弯着腰，汪汪叫着往上扑，吓得生意精拔腿就往茶馆里钻。他刚一动身，鸡蛋从石磙上呼呼拉拉往下滚，只听吧嗒吧嗒连声响，一百五十个鸡蛋变成了一摊黄汤子。

正在这时，庞振坤从巷道里拎个筐走出来，见了生意精先埋怨道："你老兄，真太没耐性。"生意精恼崩了，上前叫道："你这货儿，真不是好东西，专门摆治人。"庞振坤回道："你嘴放干净点儿，做生意是一个愿卖，一个愿买，两下情愿就行。这是你说过的话。这回咱俩也是周瑜打黄盖——一个愿打一个愿挨，你能埋怨谁？"生意精听了一细看，见是在乡里拌过嘴的那个人，知道是在故意给他上劲儿[2]，但又干气没啥说，白白赔了一百多个鸡蛋，又受了半天劳役。

讲述者：　史明侦，男，45岁，邓县人，小学，农民
采录者：　杜振学，男，34岁，邓县城关镇人，大学，教师
采录时间：1983年
采录地点：邓县城关
选自：　河南民间故事丛书之七《庞振坤的故事》

[1]　打了：碎了。
[2]　上劲儿：较劲。

20

好主意

庞振坤住的村里有一个地主，为人寒酸，处事抠搜，头上戴袜子——拐弯能，人送外号"两头尖"。长工们给他编了个顺口溜：

饿死饿活，
不给"两头尖"干活。
光见磨麦，
不见吃馍。
俺上东坡薅谷子，
蚂蚁上屁股里掏麸子。

长工吃麸子馍不说，每顿饭两个人才给一调羹辣椒，有时有个油珠儿，有时连个油珠儿也没有。长工们气得干瞪眼没法子。

路不平，有人铲。庞振坤见这个前仓挨后仓、新粮下来吃陈粮的财主这样对待长工，实在气愤不过。这天，他碰到两头尖的长工李二和王五，就说："我给你们出个主意治治这个老抠。"李二和王五说："那太好了。"庞振坤

就细细地把这个主意告诉了李二和王五。

这天，李二和王五合吃一碟辣椒水儿。李二把馍一掰两半，这么一下，那么一下，把碟里的辣椒水儿全蘸光了。王五猛地跳起来，大声说："吃麸子馍全凭点辣子才能吃下去，就这么一点儿辣子水儿你全蘸去了，叫我吃啥？"说着抓起碟子从李二头顶抢过去，"砰"的一声撞在对面墙上碎了。李二也不示弱，掂起碗，"呼"的一声向王五抢过去。王五一闪身子，碗落在地上烂了。王五顺手掂过一口铡刀向李二冲去，李二急忙抓起一张木锨招架，"叭"的一声，把木锨一劈两半。李二回头便跑，王五紧追不放。李二一个箭步跳过石磙，王五就势一铡刀砍下去，"咔嚓"，正好砍在石磙上，把石磙震为两段，铡刀也砍坏了。两头尖见两个长工为争吃辣子水儿动武，虽没闹出人命，却毁坏了家具，真是哑巴吃黄连——苦在心里。两个长工还要去见官，被正巧赶来的庞振坤劝住了。

庞振坤一本正经地对两头尖说："看看，为了一点儿吃的，毁了几件家具，外人知道了，岂不坏了你的名誉？倘若以后闹出人命，你还要吃官司哩！哪值多？哪值少？"两头尖一听，吓得舌头搐到鬓角上。他为了少生是非，就改善了长工们的生活。

后来，李二和王五见了庞振坤，把大拇指一伸，说："谢谢你出的好主意。"

讲述者： 吴明聚，男，58岁，邓县城关镇人，农民
采录者： 郭力，男，39岁，邓县人，高中，文化
馆工作人员
采录时间： 1983年
采录地点： 邓县城关镇
选自： 河南民间故事丛书之七《庞振坤的故事》

21

告驴子

有一年麦罢，老百姓到县城去交皇粮。这一年的收粮官是个蚊子变的吸血鬼，挖空心思苦害百姓。他用杉木杆子做秤，石磙做秤锤，毛笔画的秤星一片黑，是一杆实实在在的坏良心秤。一大车麦子连车带牛，称不过几百斤。

有一个农民叫任实成，这天也来交粮。他为人仔细，在家把麦子过过秤，没零头正好三百斤。可是用坏良心秤一称，一下子少了几十斤。他就把粮食布袋往牲口身上一搭，赶起驴就走。收粮官说："粮食已经过秤，你为啥不入库呢？"任实成说："我这粮食在家称过，错也不能错恁些。你们坑人，我不交了。"收粮官一见可恼了，说："胆大的刁民，抗交皇粮，你该当何罪？来人！与我绑下问罪。"众衙役一听，如狼似虎扑了过来，要绑任实成。正巧庞振坤过来了。他问明了原因，说："且慢，这不怨他抗粮不交，只怨这头驴把皇粮打拐[1]了。"说着走过去对那驴说："我说你这个驴啊，三百斤小麦到你身上咋会少了几十斤，你把皇粮弄哪儿去了？你打拐了多少皇粮？

[1] 打拐：暗中把东西截留一部分。

你说呀！你说呀！"

那驴见庞振坤指手画脚地问它，吓得往后一退一退、头一仰一仰的。庞振坤说："你往后退，是想逃脱罪名，还是咋着哩？你头一仰一仰，是仗你有势力，还是想去打官司？想打官司也可以，咱就走！"说着，就要拉那驴子去见官，那收粮官可发了毛。他知道这庞振坤不好惹，一到官堂上，定要牵连到自己，急忙上前去拦挡。庞振坤把脸一沉说："我告驴打拐了皇粮，你拦挡什么？"那收粮官拦挡不住，气得像个癞蛤蟆，可是已经晚了。

庞振坤把驴拉到县衙大堂，让任实成把交皇粮的经过讲了一遍。县太爷把粮食当堂过秤，三百斤一斤不少。就把那收粮官抓来问罪，重打八十大板，押进监牢，还把和他同流合污的人一一惩处。老百姓听说这事儿，非常开心，感谢庞振坤为大家出了气。

讲述者： 张国兴，男，45 岁，邓县人，干部
采录者： 郭力，男，39 岁，邓县人，高中，文化馆工作人员
采录时间： 1983 年
采录地点： 邓县城关镇
选自： 河南民间故事丛书之七《庞振坤的故事》

22

哑巴告状

清朝乾隆年间，邓州大西关外有一个姓王的哑巴，娶妻辛氏，很有几分姿色。邻居有一个姓孙名保的浪荡公子，多次调戏她，最后上了手。哑巴知道后，气得直哇哇叫。别人同情哑巴，又怕得罪孙保，就暗暗指点哑巴，让他去找庞振坤出主意。哑巴找着庞振坤，趴地下就磕头。庞振坤问他有什么冤枉之事，他啊啊啊叫说不出话来。庞振坤一看，知道他是个哑巴，估计他一定有满腹冤枉。有心替他写个状子，可是哑巴不会讲话，如何下笔呢？经过冥思苦想，心头忽然一亮，挥笔写了状纸。

哑巴手捧状纸上了邓州公堂。州官接过状纸，只见上边写着：具状人，聋哑人，特写状纸告那人。求老爷，派差人，跟着哑人找那人，找着那人抓那人，抓来那人打那人，打罢那人问那人。

州官看罢状纸，认出是庞振坤的手笔，心想其中必有一番道理，于是就按照状上指点的去做，派一差役，跟随哑巴，前去捉人。哑巴见州官派了人，知道状已告准，就在前边带路，正好在自己家里找到了那个孙保，当即把他抓上公堂。经过审讯，那孙保见哑巴在场，知道事已败露，

害怕受刑，不得不招出跟辛氏通奸的事来。于是，哑巴冤情大申，庞振坤为哑巴写状的故事，也跟着传遍了乡里。

讲述者： 不详

采录者： 冀振东，男，邓县人，高中，县文化局干部

采录时间： 不详

采录地点： 邓县文化局

选自： 河南民间故事丛书之七《庞振坤的故事》

23

为船家作诗

一天，庞振坤来到湍河渡口搭船过河。船老板认识他，笑着说："听说你是个秀才，能出口成章，就请你给我作首诗吧。你知道，我是个大老粗，作的诗要我听得懂为好。作得好，我就渡你过河。"

庞振坤点点头说："好吧。以什么为题目呢？"船老板指着城内高高的宋塔说："就以这塔为题。"庞振坤望了望塔，沉吟了一下，随即念道：

好大一个拴地橛，
攘进青天大半截。
若非女娲将天补，
窟窿掉下老天爷。

船老板听了，哈哈大笑说："好诗！好诗！快快上船。"

讲述者： 孙维民，男，60多岁，邓县文渠乡人，初中，农民

采录者： 郭力，男，邓县人，高中，文化馆工作人员

采录时间： 不详

采录地点： 邓县城西柳林村

选自： 河南民间故事丛书之七《庞振坤的故事》

24

住店

庞振坤和两个学生一起去赶考，一天晚上，来到一个小镇上。这镇上只有一个客店，早已挂了"客满"牌。天冷，不住店，人是受不了的。学生们就去敲店家的门。店老板隔着门说："对不起，没处住了。"不管他们怎样喊门，老板就是不开门。

俩学生都发愁住不上店，没法儿过夜。庞振坤说："我再去叫回门试试看。"他一敲门，店老板问："你们是哪里的？""邓州的。""邓州有个庞振坤！""惹你见笑。""都说你文采好，我说个对子，你对上了，今晚就安排你们住店。""好，请你说吧。"

老板看了看自己的客店说："住店，住店，客人身上暖。"庞振坤随口对道："掏钱，掏钱，主家兜里满。"老板一听连声称赞，就生方安排他们住下了。

第二天早上，庞振坤去算店钱，老板说："我再说一句，你对上了，我不要店钱。"庞振坤笑着点了点头。老板指着东西两个当铺说："东当铺，西当铺，东西当铺当东西。"庞振坤眼睛一转，又对道："春读书，秋读书，春秋读书读春秋。"老板一听，拍桌子叫好，说道："不收店

钱，请庞才子再住两天。"庞振坤说："谢谢你的高看，考期近了，不能再停。"就这样，靠庞振坤一张嘴，三人住上了店，还不掏钱。

讲述者：　严辉瑛、吴明聚，二人均为邓县农民
采录者：　刘平均，男，邓县都司镇人，大专，干部
采录时间：　不详
采录地点：　邓县构林镇郭庄村
选自：　《中国民间故事全书·河南·邓州卷》

25

胡乱锯

有一个秀才，没有多少真才实学，可偏偏爱到处乱讲一气，真是见树不说踩三脚。他谈历史，总是东扯葫芦西扯瓢，驴头扯到马胯上。但听的人只能说讲得好，不能说讲得坏。谁要说讲得坏，他就和你大吵大闹。因为他有这个毛病，所以，人们一见他就赶紧躲起来。

有一次，庞振坤在屋里看书，秀才见了凑上去，刚到跟前，就讲起三国故事来。他头上一句，脚下一句，说得一嘴白沫也不停。庞振坤听得心烦，起身要走，又被秀才拉住了。庞振坤走不开，就对秀才说："你不叫走，你先歇歇，让我给你讲个瞎话[1]。"秀才答应了。原来躲着的人们一听说庞振坤要讲故事，也都围了上来，庞振坤便慢悠悠地讲起来了："从前，有个木匠出门做活，到很晚才回家。走到半路上，让几个鬼缠住了。木匠把锛一举说：'快走开，不然，我用锛锛你们。'几个小鬼一齐说道：'不怕。'木匠又把斧头一举说道：'快走开，不然我用斧头砍你们。'几个小鬼又一齐说道：'不怕。'木匠把锯一

[1]　说瞎话：讲故事。

举说：'快走开，不然，我用锯锯你们。先把你们的头锯掉，再把你们的脚锯掉。'几个小鬼听了，都吓得急忙跪下说：'你可别这样，我们不怕你砍不怕你锛，就怕你头上一锯（句），脚下一锯（句），胡乱锯呀。'"

周围的人们，听完都哈哈大笑起来，那秀才红着脸走了。

讲述者：　张书泽，男，邓县城郊乡人，不识字，
　　　　　农民
采录者：　刘平均，男，邓县都司镇人，大专，干部
采录时间：不详
采录地点：邓县城郊乡水车村
选自：　　河南民间故事丛书之七《庞振坤的故事》

26

两句状

有一个寡妇六十多岁了，两个儿子，大儿子在家种地，二儿子当了和尚。后来，大儿子不幸去世，撇下寡妇老妈无人照看，实在可怜得很。这老婆儿有心让二儿子还俗回来养活自己，就去找那当家和尚求告，好话说有两大车，那老和尚硬是不答应，说什么："你儿子既然出家，就不能还俗了，这是出家人的规矩。"

这老婆为了这事儿眼泪哭了有几桶，最后，实在没有办法了，就到衙门去告状。告了一回又一回，当官的硬说要按佛家的规矩办事，这老婆儿的官司就打输了。后来，别人就叫这老婆去找庞振坤想办法。庞振坤非常同情这个孤寡老婆儿，就替她写了一张状纸：

和尚有再收之徒，寡妇无再生之子。

这老婆虽说不识字，但一看这状纸上就这十几个字，心里就凉了半截。以往那状纸写了满满几大张都不行，这几个字咋能行呢？有心不告吧，儿子回不来，谁养活自己？去告吧，又怕白跑腿。旁人对她说："胶多不黏，糖多不甜，盐多不咸。莫看字少，可胡椒虽小辣人心，秤锤虽小压千斤。人家庞振坤是有名的才子，字少定有字少的

妙处，你还是去试试吧。"

这老婆儿来到县衙，递上状纸。县官看了，一品味，觉得这两句话说得入情入理，越想道理越明。当堂传来那老和尚，叫他放这老婆儿的儿子回家，再收一个徒弟。

讲述者：　阎冠三，男，邓县人，不识字，农民

采录者：　郭力，男，邓县人，高中，文化馆工作人员

采录时间：　不详

采录地点：　邓县城关乡

选自：　《中国民间故事全书·河南·邓州卷》

27

一肚子青菜屎

有一个阔公子，本来什么都不懂，可他说起话来，偏文里文气的，以为这样才能显示出学问大。一天，阔公子碰见了庞振坤，指手画脚、摇头晃脑地说："请贵先生讲段故事，不亦乐乎？"

庞振坤点了点头，吐了口唾沫，讲了起来："有一个喜鹊搭了个窝，斑鸠要去卧，喜鹊不让卧，两下便打起来了，从树上滚到了地上。芝麻虫爬过来说：'别打了，别打了，我来给你们评评理。'喜鹊和斑鸠各说各有理，芝麻虫听后说：'一鹊做穴，千鸟可卧。'喜鹊一听，走上前去，用尖嘴叼起芝麻虫，使劲往地上一摔，芝麻虫被摔得稀烂。喜鹊气狠狠地说：'一肚子青菜屎，还文气啥哩！'"

庞振坤刚讲完，阔公子赶紧溜了。

讲述者：　张书泽，男，邓县城郊乡人，不识字，农民

采录者： 刘平均，男，邓县都司镇人，大专，干部

采录时间： 不详

采录地点： 邓县构林镇沈马岗村

选自： 河南民间故事丛书之七《庞振坤的故事》

28

劝架

　　庞振坤住的村里，有两个出名的人，一个外号叫"惹不起"，一个外号叫"人人愁"。

　　一年夏天，正是焦麦炸豆[1]的时候，针尖对着了麦芒，惹不起和人人愁在麦场上吵起架来。

　　人们知道他俩难缠，跟他俩说不清理，谁也不来劝解。后来他们吵着吵着就撕打开了。

　　不一会儿，只见人人愁"哎呀"一声躺倒在地，娘呀妈呀嚎叫起来。惹不起一看人人愁耍赖要讹人，怕上了他的当，趁势也躺倒在地，哼哩嗨哩装着不得了啦。

　　人们看见打倒了人，这才跑过来看。

　　人人愁见来了人，叫得更惨，说："他把我打伤啦，得给我养病，拿汤药钱。"惹不起见来了人，哼得更可怜，说："他把我打得不能动啦，得觅人给我收麦、种秋，给我治病。"两人躺在太阳地上，各说各的理，各提各的条件，谁也不让步。

　　这时候，两人的老婆也跑来啦，又是一阵对骂。眼看

[1]　焦麦炸豆：夏季农忙时候。

两个女人又要动手，在场的人没有办法，只好去请庞振坤来劝架。

庞振坤听说是惹不起和人人愁的事，心中就有了数，到麦场上一问一看，便有了主意。他往场中间一站，说话了："你们都不懂事！大热天不怕把他俩晒坏了，赶紧抬到场边王老三的房山墙底下，让他们凉快凉快，有话慢慢说。"

惹不起和人人愁躺在场里，下蒸上晒，早已招架不住，听说往阴凉处抬，满心喜欢。但他们万万想不到要到王老三的房山墙底下。他们知道王老三的房山墙早就歪了，那地方是躺不得的。可他们还要装着不能动弹，又不好说拣别的阴凉处去躺，只好硬着头皮让抬了过去。

他俩看着向外歪斜的山墙，心里跳得像捣蒜。他们想：躺在这里，可要放机灵点儿，发生意外，翻身就跑，等别人来抬就晚了。

庞振坤刚坐下来，要给他们评理。突然，"呼呼啦啦"从山墙上边落下土来。围着看热闹的孩子们听见响声，一哄而散，喊着墙要倒了，惹不起和人人愁也不怠慢，忽一下爬起来，撒腿便跑。

庞振坤喊他们站住，问道："你俩跑得好快，伤都好了吧？"惹不起和人人愁没话可说，都看着山墙发愣：哗哗往下掉土，咋没倒哩？庞振坤说："房子没长歪心眼儿，不会骗人。你俩也别装孬骗人啦，干活去吧。"

原来房子上落下来的土，是庞振坤让人撒的。

讲述者：　李洪林，男，邓县人，小学，职工
采录者：　张楚北，男，南阳市人，大学，河南省文
　　　　　联干部
采录时间：不详
采录地点：邓县城关镇
选自：　　河南民间故事丛书之七《庞振坤的故事》

29

一语断案

庄稼汉李忠没钱过年，只好将妻子织的七尺白布拿到城里去卖。

因家离县城太远，便借了一头驴子骑着上路了。走了十多里路，看到路旁有一个瞎子。瞎子听到驴蹄声，便带着哭腔喊道："好心肠的人呀！可怜可怜我这瞎眼人吧！"李忠听了，心里十分同情，便上前问他要到哪里去。这瞎子自称有事要到城里亲戚家去。李忠看是顺路，便让他骑在驴上，将白布搭在瞎子的面前，自己牵着驴走在前面。

到城里，李忠说："这位大哥，到了，下来吧。"瞎子抱着布下来。李忠问他要，瞎子却翻脸不认人，说是李忠要讹他，二人争吵起来。

正在这时，县官路过大街，听到有人吵闹，便命手下人将他俩带来。县官便在大街设堂问起案来。二人各说了一遍理，县官问："你们知道布是多少？"瞎子连忙说道："回禀大人，小人的布正好七尺。"瞎子早就准备昧布，路上已经偷偷地量了尺寸。县官听了转向李忠，李忠说："我的布也是七尺。"这下县官搔起头来，无计可施，眼看就要丢丑。在一旁看热闹的庞振坤走上前来。县官如遇救

星，忙施礼道："庞年兄，快帮本官一把。"庞振坤哈哈一笑，说："区区小事，何足挂齿？"说着，上前展开布块问："这蓝布染得不错嘛。在哪儿染的？"瞎子一听，又连忙说："这是俺孩他舅染的。他是老染匠，能会染得不好吗？"众人一听，哄堂大笑，这本是一块白布。县官也顿时明白了，命人打了瞎子四十大板，把白布物归原主。众人都称赞说："县官威风瞎恁大，不胜庞先生一句话。"

讲述者：　卫广省，男，46 岁，南召县南河店镇龙泉寺村人，初中，农民

采录者：　乔明宪，男，49 岁，南召县留山镇黄楝村人，大学，文化馆干部

采录时间：　1986 年 9 月

采录地点：　南召县文化馆

选自：　《中国民间故事集成·河南南召县卷（下）》

30

喝酒吃肉

庞振坤有个朋友，是个老抠，谁到他家想吃顿好饭，喝点儿酒，那算是大白天睡瞌睡——白日做梦。庞振坤想破一下他的老规矩。

一天，他拎个糖包子，骑着毛驴，到老抠朋友家做客。朋友一见庞振坤来了，很高兴，说了一大堆寒暄话，接到屋里，泡上茶，递过烟袋，就叫老婆去做饭。

庞振坤知道朋友酿了两缸黄酒，已经能喝了，可是只见朋友的老婆做饭，不见筛酒。他猜着又是舍不得叫喝酒。他看着放在墙角的酒缸，想给朋友提提引子。他和朋友边喝茶吸烟，边说东道西起来了。庞振坤对朋友说："今年秋里，风调雨顺，五谷丰登，庄稼长得真好。"朋友说："是比往年都好，你家棉花、芝麻收多少？""咱先不说这卖钱的。""对，对，先说那好吃的，你家苞谷、豆子打多少？""咱们也先不说这，咱先说那红薯。""红薯长有多大？""咱先不说那红薯有多大，你先猜猜那红薯秧有多长。""多长。""一丈长。"庞振坤站起来边走着比画，一

边说："从这儿一气儿[1]到你这酒缸跟。"说着把酒缸使劲儿地拍了几下。朋友明白了庞振坤绕弯转圈，是为了要酒喝，就说："你来我都想给你筛酒[2]喝，可又一想，酒还不太熟，所以也没叫你嫂子筛。"庞振坤接上说："咱俩相好这么长时候了，你咋忘了我就是喜欢喝那稍微生一点儿的酒？"朋友没话说了，只好让老婆赶快筛酒、炒菜。

酒菜端上来，只有一个素菜。朋友怕庞振坤再转弯要肉吃，先开了腔："庞贤弟来了，也不先打个招呼，今晌午连肉都来不及去割。"庞振坤笑道说："酒肉、酒肉，有酒没肉不好下。"说完跑到厨房里，伸手抓过菜刀，挽起袖子，走到驴跟前要杀驴。朋友一见，急忙上前拦住说："庞贤弟，你干啥？""杀驴下酒啊。""杀了驴你走时骑啥？""后半晌我走时，你不会把你养的老公鸡借给我骑骑？"朋友脸红了，很不好意思地说："不是我舍不得一个毛公鸡，你不知道，咱养了一大群鸡，只有一个公鸡，杀了没有叫鸣的。""我就不爱吃公鸡肉，光想吃老母鸡肉。"朋友又没话说了，只得割心割肝地杀了一只老母鸡，给庞振坤下酒。

讲述者： 唐海操，男，邓县白落乡人，小学，农民
采录者： 刘平均，男，邓县都司镇人，大专，干部
采录时间： 不详
采录地点： 邓县白落乡上河村
选自： 河南民间故事丛书之七《庞振坤的故事》

[1] 一气儿：这里表示"一直"，是一鼓作气的方言化。
[2] 筛酒：古时候用大米酿酒，在酒缸里放一竹筛子，酒水渗入竹筛，将米粒挡在筛外。后来指斟酒、倒酒。

31

医心病

庞振坤有个朋友叫王石头。这个人四门不出。有一次庞振坤劝朋友进城开开眼界，王石头高兴地答应了。他俩一起来到邓州城里，首先就去看塔。

"邓州有个塔，离天一丈八。"这个民谣邓州的大人小孩都知道，可是乡下人真见过塔的不多。王石头第一次见到塔，非常惊奇。他抬头望望玄高玄高的砖塔，又看看塔周围的住房，心里忽然想道：塔倒了砸坏房子砸死人咋办？王石头从城里回来，心里早晚放不下这件事。没过几天，忧虑得害了病，卧床不起。他睡在床上成天念叨着：塔倒了可咋办，塔倒了可咋办？

王石头的老婆请了好些大夫给丈夫治病，可是不论怎样吃药调治，病还是越来越重。有一天，王石头问老婆："我死后，你咋办？"老婆不高兴他说丧气话，没好气地说："你死了，我嫁给'老姜'。"在邓州方言里，老姜不指任何人。可是说者无心，听者有意。王石头想起邻村有个光棍叫老江，还和自己吵过嘴，自己死后，老婆要嫁给他老江真叫人生气，想来想去，更加忧虑，病越来越厉害，整天眼都不睁。他老婆熬煎得没门儿，就去找庞振坤给想

想办法。

庞振坤听王石头老婆细说一遍，知道朋友害的是心病，吃药是不行的，眉头一皱，心里便有了主意，安慰王石头老婆几句，让她先回去，随后就去看望朋友。

庞振坤到街上买了一小捆火纸，慌慌忙忙来到王石头床前，大声说："嘿嘿，十来天没见你咋病成这个样子？"王石头一听庞振坤说话，睁开了眼，看见了火纸，就生气地说："我还没死，你今儿个可拿着火纸来给我吊孝，多亏你还识文断字。"庞振坤听后，看了看手里拎的火纸，装着恍然大悟似的说："看我慌的，怎么把给后庄老江吊孝的纸拎到屋里来了？"王石头一听说老江死了，忙问："老江死了？他好好的咋会死了？"庞振坤说："你还不知道？昨天老江进城看塔，塔倒了把他砸死啦。"王石头一听，一骨碌坐起来，急忙问："砸住房子了没有？"庞振坤不慌不忙地说："倒在空地里，没砸住房子，就是老江不巧走到跟前，把他砸死了。"王石头听后长出了一口气说："这算罢了。"从此，王石头也不吃药了，病很快就好了。

讲述者：　刘秀亭、杨中太，二人均为邓县城东赵营村农民
采录者：　刘平均，男，邓县都司镇人，大专，干部
采录时间：　不详
采录地点：　邓县城东赵营村
选自：　河南民间故事丛书之七《庞振坤的故事》

附
记

讲述者刘秀亭、杨中太虽然是农民，讲起故事来神情庄重，一字一板。当初不觉得这种神情有什么特别，现在觉得他们哪里是在讲故事，分明是医生在给病人号脉。（高宏民）

32

巧对黄员外

庞振坤的家门前，正对黄员外的后宅。黄员外的后宅院里，种满了绿竹，高出墙一丈多。新年来了，庞振坤提笔写了一副对联："门对千竿竹，家藏万卷书。"贴在门上，黄员外看了很生气。他说："年轻人，口气不小，这还了得！"回到家里，吩咐伙计们把绿竹高出墙头的上半截用锯截了。庞振坤一见，把门上的对联改成："门对千竿竹低于墙下，家藏万卷书高在柜中。"

黄员外看了，更是生气，骂道："竟敢跟老子斗起智来。"他又回去，立即吩咐家丁，把竹子就地截完。庞振坤一看，又把门上的对联改成："门对千竿竹低于墙下根尚存，家藏万卷书高在柜中传后代。"黄员外看了，气得半天才哼一声说："骑驴看唱本，走着瞧吧。"

新年佳节，黄员外家来了两位客人，一个叫侯先，一个叫钱占，二人都是有名文士。他们听黄员外说庞振坤这样嚣张，心里好不服气，叫黄员外去把庞振坤找来，要云几首诗来难倒他，给黄员外出这口气。

黄员外当下就叫人去请庞振坤来陪客，庞振坤来后，大家落座。黄员外提出要对诗对联，对答不上来，就要罚

酒三杯。黄员外先说上联："木匠铺中，小猴子掂把斧头，看你怎样在鲁班面前砍打。"说罢，洋洋得意地瞅着庞振坤，要是对不上，就轰他出去。谁知庞振坤眼一眨，开口答出下联："彩画店里，买回来一张灶君，请到的神无供香岂肯罢休。"一联出口，三人兴气尽扫。黄员外虽然气恼，也只好认输，吃了三杯罚酒。

侯先接着说了上联："花公鸡，叫一声，洋洋得意，尾巴翘到天上。"庞振坤随口答出下联："哈巴狗，馋嘴吃，涎涎着急，眼睛看着地下。"侯先无奈，也举盅连饮三杯罚酒。钱占看着连失两局，不好开口，一方面忙给庞振坤敬酒，一方面暗暗搜肠刮肚，一时无题再出。他抬起头来，忽然看见厅外的柱子挂着一个鸟笼，笼内养着一只八哥，就顺势口出上联："我看你，笼中小鸟，教一句，学一句，不知己身黑丑。"庞振坤也一时难以对上，忽然听到家中养的那条老驴正在叫唤，灵机一动，随即对了下联："你听我，家中老驴，喷大话，唱高调，腹内直肠一条。"

三人听罢，自知不是对手，也就不敢轻视他了。

讲述者：　不详
采录者：　陈秀贤，男，邓县人，大专，邓县史志办
　　　　　主任科员
采录时间：　不详
采录地点：　不详
选自：　《中国民间故事全书·河南·邓州卷》

33

相面

有一次，庞振坤到湖北老河口去办事，不巧天下起雨来，困在那里。在他住的那个小店里，还有个会看麻衣相的老乡。

这天天放晴，这位看麻衣相的先生急忙把招牌挂出去揽生意。谁知道，刚挂好招牌，大街上就过来一模一样三顶小轿。这轿子刚到店门口忽然停住了，一个衙役走过来问："喂，这是谁的招牌呀？""我的。""你真的会看麻衣相吗？""啊，不错，不错。我会看五官，定祸福，决生死。先生，你要相面吗？""我不相面，是俺太太相面。相得准了，不但赏银多，县太爷还要置席待客哩！若相得不好，哼，叫你吃不了兜着走。"

那相面的人是久走江湖的行家，别说是县官太太，就是县官他也不怕，就满不在乎地说："咱这是武当山的神——见了才知道灵。说出来，做出来，生个娃子抱出来。快请你家太太。"那衙役走到轿前，说声："有请太太！"三个轿帘一齐打开，走出三个长相、穿戴、个头都差不多的女人来。三个女人一齐开口说："你说你会看相，今天就试试你的本事。你先认认我们三个哪个是大太太，认出

来，赏银三十两；若要认错，莫怪太太们脾气不好。"

那相面人已经夸下了海口，想不到这三个女人恁刁，冷不丁出这号难题，吓得"轰"地出了身急汗，大张嘴不敢说话。恰在这时候，一旁的庞振坤开腔了："老师，这不难，用不着你再费心劳神磨嘴皮，叫我今天露一手！"众人一看，真当他们是师徒俩。那衙役说："好吧，你先认，认不出来再叫你师傅认。"庞振坤笑着说："这有啥相头哩，贵人贵相，贱人贱貌，搁一堆儿搅搅也认不错。大太太脑后有三根金头发，离老远就看见了，那还用相？"两个女人和衙役都不由向站在中间的那个女人脑后看去，看了好一阵，也没看见一根金头发。庞振坤又说："贱眼是看不见贵物的，要是都看见了，那算啥贵处？"那两个女人和衙役只怕落下"贱"字，都争着说："在这里，我看见了。"庞振坤走过去拉住中间的那个女人说："大太太，该赏钱了吧？"那个女人喜得合不拢嘴，急忙命衙役取来三个元宝递给了庞振坤。

三个女人走后，庞振坤把相面先生叫到背处说："这三个元宝送给你，以后别再胡闹了，看看今天多悬[1]。"

讲述者： 杨显太，男，55岁，邓县文渠乡王冲村人，不识字，农民

采录者： 郭力，男，35岁，邓县人，高中，文化馆干部

采录时间： 1979年11月

采录地点： 邓县文渠乡王冲村

选自： 《南阳民间故事》（下卷）

34

送驴比瘿

庞振坤他爹是个瘿包脖[2]，儿子为了老子的病东求医、西找方也没治好，可老人家总埋怨儿子不上心。糊涂老子连阴天，这有啥法子？

这年，庞振坤要到汴梁会试。他爹不知听谁说汴梁城相国寺有个老和尚会治瘿包脖，治一个好一个，非叫儿子打听打听。

庞振坤到了汴梁城，啥事没办就先到相国寺，找那会治瘿包脖的和尚。刚进门就碰见一个和尚长了个跟葫芦恁大的瘿包。他上前施礼说："长老这么大个瘿，咋不治一治呢？"和尚摸着瘿说："上哪儿去找个治瘿的大夫？"庞振坤一听，知道这相国寺根本没有会治瘿包的和尚，可又怕爹说他不操心，眉头一皱，计上心来，说："这个不难，我爹就是个治瘿包的大夫。你要不嫌路远的话，一去便知。"和尚说："我四方求医，巴不得遇上个治瘿的大夫，你给说说家住哪里，我一定去。"庞振坤说："俺是邓州城

[1] 多悬：多危险。

[2] 瘿包脖：即俗话说的大脖子。瘿：机体组织受病原刺激后的局部增生。一般为囊状物。如叶瘿、线虫瘿。

西柳林人，俺家宅子坐北面南，门前有个木瓜树，木瓜树上爬着葫芦秧，木瓜、葫芦比着长。你要去时，请把俺这头驴骑上，我再给些银子做盘费。你看中不中？"那和尚说："把驴捎上行，俺可不要你的银子，给写个信，到那儿俺也好说话。"

那和尚便骑上庞振坤的毛驴，带着庞振坤的亲笔信上路了。一路上无风无雨，倒也顺利，十来天就到了邓州。那和尚来到庞振坤家门前，见有一个老头在门外坐着，脖子上那个瘿比葫芦还大。和尚说："老先生可是姓庞？""不错，你有个儿子去汴梁了吗？""有。""原来你就是庞夫子的老爹，你儿子说你会治瘿，闹来闹去，你也是瘿包脖。"

和尚生气地把信交给老人，老人打开一看，上面写着："一来送驴，二来比瘿。"下面还有四句诗：

孩儿访医汴梁城，拜托长老把信通。

东京若有良医在，哪会两老来比瘿？

俩人哭笑不得，只好让疙瘩提溜着吧！

讲述者： 杨显太，男，邓县构林镇人，农民

采录者： 郭力，男，邓县人，高中，文化馆工作人员

采录时间： 1979 年

采录地点： 邓县构林镇王冲村

选自： 《中国民间故事全书·河南·邓州卷》

附记

"瘿"俗称"瘿脖子"，或"粗脖子病"，是一种因缺碘引发的地方性疾病。人得了这种病之后，严重的脖子上像挂一个"葫芦"，影响个人形象和生活质量。1949 年前，南召、邓州等地普遍缺碘，"瘿脖子"十分常见。后来，国家和当地政府采用食盐中加碘等办法，防止这种疾病的发生，效果十分明显，所以这种病现在已经很少见了。

（乔向东）

35

庞振坤智胜财主

从前，邓州有个财主，听说庞振坤机智善辩，经常戏弄贪官污吏和富豪财主，很是气愤，他决定亲自登门教训教训庞振坤。

一天，财主来到庞振坤的住处，庞振坤客气地让进屋里，倒水让座。尔后，他拱手问道："你我素昧平生，不知先生有何见教？"财主装出一副温文尔雅的样子，拱手还礼，说："不敢！不敢！听说庞秀才学识渊博，特来请教。"庞振坤一听，知道来者不善，说道："过奖了，但不知先生要给庞某出何难题？"财主清了清嗓子说："庞秀才，我坐在这椅子上不动，看你有什么办法让我离开这座位。"庞振坤沉思片刻，装出为难的样子说："哎呀，你怎么给我出了这样一个难题呢？就是当今最有学问的翰林大学士来，恐怕也难想出上策。不过，先生，不是庞某夸口，如若先生现在站着，我定能想法叫您坐到椅子上，不知先生信不信？"财主撇了撇嘴，心想：庞振坤，你可真不知道羞，没有办法让我离开座位，却夸口说能让我站着再坐到椅子上。好，我站着，看你如何让我再坐下。于是，他站起身，"呵呵"地嘲笑着，离开椅子。

庞振坤一见，"哈哈"大笑着说："先生这不是离开了座位吗？"财主一听，羞得无地自容。

讲述者：　不详

采录者：　靳红玉，男，18岁，镇平县晁陂镇老张营村人，大专，干部

采录时间：　1987年2月

采录地点：　镇平县晁陂镇老张营村

选自：　《南阳日报》1987年2月14日二版

附记

庞振坤的故事，在镇平县流传甚广，特别是靠近邓县的马庄、贾宋、张林、侯集等镇平县的南部乡镇，高丘、王岗、卢医等西北部乡镇，不管是男女老少，对庞振坤的故事都耳熟能详。据采录者所言，这个故事是当时他去外婆家听到的。是在吃饭场上讲给大家听，听众除了各家的父母辈、祖父母辈，还有年龄不一的大、小孩子。大孩子听懂了故事，他们吃过饭后，就模仿着庞振坤的话语，现学现卖又将情景演绎了一遍，捉弄了一些没有听懂的小孩子。那天的吃饭场子就变成了游乐场子。讲述者当时就捉弄过他的弟弟。他对站着的弟弟说："信不信，我能让你坐地下？"他弟弟当然不坐地上，然后他说："那好吧，不过，如果你坐在地上，信不信我一定能让你站起来？"他的弟弟不明就里，就立刻坐在地上，然后，大小孩子都哈哈大笑起来，他弟弟才知道上了当。后来好多大孩子和小孩子模拟这个游戏，以至于好多人见面的问候语就变成了："信不信……"（陈志国）

36

绿豆六升

邓县城里有家大粮行，叫裕丰行。粮行的张掌柜常常缺斤短两，以次充好，剥削百姓，老百姓对他恨之入骨。这货手眼通天，和当地的地方官伙穿一条裤子，百姓们也奈何他不得。

庞振坤喜好抱打不平，爱帮助穷人，他听说此事以后，决计治治张掌柜。

一天，邓县城逢集，庞振坤找了几个穷百姓做帮手，抬着六升绿豆，到裕丰行来卖。到粮行门外，庞振坤使个眼色，跟来的人分作两伙：两人抬着绿豆等在门口，其余的先进了粮行，把记账的和过斗[1]的围了个不透风。

庞振坤大摇大摆地进了粮行，张掌柜见庞振坤来了，赶紧过来迎接。庞振坤坐下，张掌柜问："庞兄光临小店，有何贵干哪？"庞振坤微微一笑，说："哪里哪里！小弟是无事不登三宝殿啊！抬进来！"说着便朝门外招呼了一声。

那两个人一听到叫声，立刻把六升绿豆抬了进来。张

[1] 过斗：斗是计量器具，过斗相当于现在的过秤。

掌柜一见，心里暗自发笑：庞振坤呀庞振坤，你真是个"圣人蛋[1]"，就那一点儿东西你还怪神气呢！我非出出你的丑不可！他心里虽然这样想，但嘴里却蛮殷勤："哎！庞兄也卖粮啊！来！来！小弟亲自给你过斗。"说着便动手过了起来。张掌柜觉得像庞振坤这样"疙家货[2]"主家，一次卖这一点儿粮食有失身份，因此过了斗以后，他就故意大声唱数："庞振坤，绿豆六升！"唱着还不时地拿眼瞥瞥庞振坤，那意思是想寒寒[3]庞振坤。庞振坤装作没听见，只顾品茶。那掌柜喊声还没落，卖粮的人们乱哄哄地议论开了，并且个个面带讥容。张掌柜见状更加得意，又大声唱了一遍。

那边记账的伙计被人们围着，啥也听不清，啥也看不到，只知道庞振坤来卖粮，后来掌柜第一次唱数，他只听到"绿豆"两字，就赶紧记下了，后来掌柜第二次唱数"绿豆六升"他听成了"六[4]斗六升"。他知道庞家富足，就记下了"庞振坤绿豆六斗六升"。庞振坤见计已成，就起身向张掌柜告辞："张兄，打扰了，您今天太忙，小弟这点银子暂且不取，等您有空，再说吧！"张掌柜一面应酬一面心里乐：姓庞的，你烧啥哩，还不觉得丢人吗？

三天以后，庞振坤拿着银票前来兑银子。张掌柜一见银票可火了："仁兄，你怎么私自改票呢？你那天不是卖了六升吗，今天咋变成六斗六升哩？""六升？"庞振坤故作惊讶，接着又"哈哈"大笑起来说："仁兄，别开玩笑了吧，老弟再穷也不至于到这般地步呀！"张掌柜火气更大了，说："庞振坤，你想讹诈我呀？没门儿！"于是两人便吵了起来。那掌柜咋敌得过才智过人的庞秀才，俩人就闹到了县衙。那县官姓王，本来和张掌柜是"一个槽上拴的"，见张掌柜来打官司，就想包庇他，怎奈庞振坤做事细致，口才又好，人证物证俱全。王知县这个草包审来审去也没审倒庞振坤，反倒审住了张掌柜，最后只好定了张掌柜个讹诈罪，罚银子，打板子，了结此案。

张掌柜挨了板子以后，害怕庞振坤再找他麻烦，就不敢再欺诈穷人了。

庞振坤设计斗败了张掌柜，替乡亲们出了气，把银子分给了穷乡亲。从此，人们更加信任他了，把他誉为"智多星"。

讲述者：　不详

采录者：　孙红旗，男，镇平县高丘镇孙湾村人，小学，农民

采录时间：　不详

采录地点：　不详

选自：　《中国民间故事集成·河南镇平县卷》

附记

在过去，粮食作为一种特殊商品，交易量大、流通面广、收支频繁，被人们用来交租、纳税、买卖、易物、支付报酬。本文中的庞振坤抬的绿豆就是用来兑换银票。由于时代不同，粮食的计量单位也不同，但是人们习惯用石、斗、升来计量，一石等于十斗，约为400斤。在镇平方言里，"绿豆"和"六斗"的发音完全相同，这就给庞振坤巧治粮行掌柜提供了契机。采录者孙红旗说，自小他都听他奶奶讲故事，其中好多都是劝人行善，还有一些反映邻里和睦的故事。当时他感觉这个故事与众不同，就对他奶奶说："咱这儿流传庞振坤的故事很多，但你讲的这个利用同音词巧治张掌柜的故事，最有智慧，我要把这个故事记录下来，让更多人知道！"他奶奶笑着同意了。本篇故事流传于镇平县贾宋、马庄、张林一带，这里的大人小孩都能讲述一些庞振坤秉性耿直、愤世嫉俗、嘲弄官宦、鞭挞豪强的趣事。（陈志国）

[1]　圣人蛋：故作文雅，骂人的话。

[2]　疙家货：意指难缠，小气、吝啬的人。

[3]　寒寒：寒碜，作动词用，有取笑、羞辱的意思。

[4]　六：镇平方言"绿"字发音与"六"字相同。

37

庞振坤吃螃蟹

庞振坤进京赶考落了榜，垂头丧气往家赶。走到南阳，身上连一个子儿[1]也没了，脚板儿也磨了许多血泡。他想，总不能打滚儿要饭回邓州呀，便到城东舅舅家求助。舅舅一看他那个穷酸样儿，心就烦了，巴不得赶快把他打发走。

庞振坤借钱，舅舅说他外面拉了一屁股债；庞振坤借面做干粮，舅舅说麦让冷子[2]打了，缸底儿剩了一捧面。他知道舅舅嫌弃他，就偏偏想气气舅舅，硬要赖在这儿吃了饭再走。恰好舅舅的儿子在河里摸了几只螃蟹，烧好端上桌正要吃。舅舅说："别慌，你口口声声说自己是个才子，今天舅舅要考考你。我说出一句诗你来对，对上了，螃蟹让你一伙[3]吃，对不上就别想抄一筷子。"庞振坤说："中。"舅舅出一句，他对一句，出一句，他对一句，出了九句都没难住他。庞振坤伸出筷子就要去夹那只螃蟹腿，舅舅急了，忽然来了灵气，拦住他又出道："吃蟹不

足吃蟹足，蟹足也不足。"

庞振坤被难住了。他只好乞求舅舅借给他一头驴回家。哪知舅舅借给他一头瘦驴，满身骨头架。庞振坤刚坐上，就把屁股垫得生疼，只得往驴腔上挪，挪着挪着，突然跳下来说道："我对上了！"随即说道："骑驴垫腔骑驴腔，驴腔还垫腔。"

舅舅无奈，眼睁睁看着庞振坤把几只香喷喷的螃蟹吃个精光。

讲述者： 黄毓钊，男，24 岁，淅川县仓房人，高中，农民

采录者： 黎玲，女，30 岁，淅川县人，高中，县一小教师

采录时间： 1986 年 9 月

采录地点： 淅川县仓房镇仓房街

选自： 《中国民间故事集成·河南淅川卷（二）》

[1] 一个子儿：一个钱。
[2] 冷子：冰雹。
[3] 一伙：全部。

38

庞酒壶智对拆字诗

庞振坤经常酒不离壶，壶不离手，人称庞酒壶。据说，他以前并不沾酒，只因次次落榜，就常常借酒浇愁，发泄怨愤。

一次，他去参加乡试，路上结识了南阳府的三个富豪子弟。考试过后，唯他榜上无名。三个中举的富豪子弟便对他冷眼旁观，侧目而视。

这天，三个富豪子弟打了一壶好酒，想热闹一番，忽见庞酒壶头枕双手，躺在床上，高跷着二郎腿，脚点着拍节，哼着大调曲[1]，一副毫不在乎的样子，就嘀咕说："这小子，落了榜还得意什么！"他们商量要奚落他一番。

一个姓赵的子弟招呼他过来说道："咱们都是南阳老乡，有酒一块喝。不过，得讲个喝法儿。咱们不管中上的没中上的，都是读书人，咱来个拆字吟诗喝酒。就是说，从孔夫子他老人家的《论语》里挑一个字出来，把它拆开，再合成一个字，凑成一首诗，而且，这首诗里必须有'风、中、去、盅'四个字。谁输了，不但不能喝酒，还要掏酒

[1] 大调曲：也称鼓子曲，是流行于南阳的曲艺种类之一。

钱。"那姓王的、姓李的子弟都说："好！有趣，有趣。"庞酒壶品出话味，爽快地说："好吧。"

姓赵的先说：

田字不透风，
十字在当中。
十字推上去，
古字喝一盅。

姓王的紧接着说：

回字不透风，
口字在当中。
口字推上去，
吕字喝一盅。

姓李的抢着说：

困字不透风，
木字在当中。
木字推上去，
杏字喝一盅。

《论语》中仅有这三个字拆开可合成一个字，让这仨子弟全用了，庞振坤哈哈一笑，说道：

日字不透风，
一字在当中。
一字推下去，
口口不离盅。

说罢，他掂起酒壶一盅不离一盅地一口气儿把那壶酒喝了个溜净。

三个子弟不依了，说他犯了规矩，要罚他掏酒钱。庞酒壶理直气壮地反问道："把这壶酒推下去碎不碎？把你们三个从崖上推下去完不完？把日字中间那个一字推下去

不就剩个口字吗？"

三个富豪子弟目瞪口呆，哭笑不是。

讲述者：　苗振甫，男，62 岁，淅川县滔河乡金营
　　　　　村人，念过私塾，农民

采录者：　徐文，男，淅川县滔河乡金营村人，初中，
　　　　　农民

采录时间：1985 年 8 月

采录地点：淅川县滔河乡金营村讲述者家中

选　自：《中国民间故事集成·河南淅川卷（二）》

附
记

据采录者说，讲述人苗振甫是他的亲娘舅，曾是个驾船艄公，是船上一个喊号子头。可别小看船上的号子头，驾过船的人都知道，船上的号子头，就像过去戏班里唱丑角的三花脸，不是班主胜似班主。行外人不知，行内人谁都知道，船上的号子头在新船启航的头天晚上，船的主人要在新船上为号子头大摆宴席，此宴叫"开叫宴"。不仅船主要请号子头坐上席，而且所有赴宴船工（包括船主在内），谁也不能先拿筷子抄菜，更不能动宴席上那道主菜——全鸡。必须看着号子头率先拿筷子夹起鸡头开口吃，大家方可动筷子抄菜。之所以船上号子头如此尊贵，是因为号子头就像将军手上的战刀，三军阵前的帅旗，船随着他的号子声乘风破浪前进，船随着他的号子声绕越险滩暗礁，一船人的手都随他的口号行动，一船人的力都随着他的号子声而使劲。关键时刻船的安危，一船人的命运，都掌握在号子头嘴上。他舅在船上喊了半辈子号子，随船三江四码头跑，肚里不仅装着丹江号子，还装了好多故事。他很会讲故事，声音清晰洪亮，不管大小故事，经过他的嘴讲出来，都讲得津津有味，环环相扣，起伏跌宕。尤其庞振坤的故事，机智巧妙，幽默好笑，能让你听得如痴如醉，听了还想听。（刘国胜）

39

对诗借银

庞振坤和几个举子一同进京赶考，还没到京城，银子就花完了。他们路过一个村子，听说有个赵员外，很有学问，对人慷慨义气。一个姓张的举子自告奋勇去借银子。

可是，停了一会儿，张举子垂头丧气地回来了。原来，赵员外给他出了个题，叫他回答。答对了，奉送白银十两；答不对，一两休想。张举子自认为回答得对，却叫赵员外给撵出来了。

举子们问是啥题。张举子说："什么高，什么低，什么稠，什么稀？我回答的是，蓝天高，海底低，星星稠，月亮稀。"

举子们七嘴八舌议论一会儿，都认为答得对。只有庞振坤说："不对，我去试试。"

庞振坤一去，赵员外又说出刚才那个题叫他回答。庞振坤不假思索地说："在家高，出门低，小人稠，君子稀。"

赵员外一听，非常高兴，不但送给庞振坤十两银子，还留他吃了一顿酒。

举子们一看庞振坤把银子借来了，都急忙问他是怎

么回答的。他一讲，几个举子呆住了，说："这有啥讲头[1]？"

庞振坤说："按张兄的回答，赵员外会想，你是星星，我是月亮，你来我这儿借银子，是小秃跟着月亮走——沾点光，是理所当然的。赵员外能借给你吗？我回答的意思是，一个人在家自觉很尊贵，可一出门，免不了就要求别人，自然就降低了身份。人世上小人是很多的，而君子是很少的，他难道想当小人吗？"

举子们一听，都暗暗佩服庞振坤。

讲述者： 杨风岐，男，64岁，淅川县厚坡镇人，念过私塾，农民
采录者： 黄毓钊，男，23岁，淅川县仓房乡人，高中，农民
采录时间： 1984年3月
采录地点： 淅川县厚坡镇厚坡街讲述者家中
选自： 《中国民间故事集成·河南淅川卷（二）》

40

赞美千金

县令的千金小姐长得丑，黄瓜脸、面瓢嘴、渡船脚。可她偏爱听别人说她长得美。

县衙里有个师爷，是个独眼龙，很想攀上千金这个高枝儿。每次见了千金，总要搜肠刮肚地把她赞美一番。什么"闭月羞花之貌呀，倾国倾城之色呀，天下第一美人儿呀"！想以此讨得千金的欢心。可越是这样，千金越觉得自己身价高，也越瞧不起独眼师爷。

一次，师爷又当面赞美千金，说她是绝代佳人儿。千金心里美滋滋的，可她面儿上却撇撇大嘴，说："哼！你别用蜂糖糊我了！只有你能让庞振坤也当面夸我美，我才相信你。"因为全城都知道庞振坤最爱挑刺儿。

师爷本就嫉恨庞振坤爱管个闲事儿，好写个状子，早想治他一治。这时，他把独眼珠骨碌碌一转，心想，把庞振坤找来也好。如果他刺儿了千金，正好惩治他；如果他赞美了千金，正好帮了我的忙。他把庞振坤找来，交代了一番，就去见千金。

庞振坤一见千金扭扭捏捏出来，马上吟诗道：

来到大厅上，

拜见小脚娘。

金莲三寸小，

横量。

那千金听了头三句，高兴得眉飞色舞，听到末一句，气得脸色蜡黄，嘴噘得能挂油瓶。

庞振坤接着云道：

樱桃小口过半腮，

说话不用全张开。

清早起床打呵欠，

看见脑灵盖。

千金又羞又气，不由号啕痛哭。师爷一见，吓坏了，忙也陪着哭开了。

庞振坤见状，又云道：

娇娘好心伤，

师爷陪娇娘。

二人齐落泪，

三行。

师爷大怒，喝令衙役把庞振坤拘押起来，要等县令明日从府里回来，好好惩治他一顿。可他知道庞振坤门儿多，怕他逃走，夜里就让人把庞振坤和他拴在一起，睡在一床。

夜半，庞振坤醒来，一伸手，摸住了师爷的腿，顺口云道：

作诗犯了罪，

罚与师爷睡。

半夜摸一把，

狗腿！

据说，后来县令回衙，听了师爷的禀报，怕此事闹大，

传扬出去有损千金的名声，便吩咐作罢，放了庞振坤。

讲述者： 黄毓钊，男，23 岁，淅川县仓房乡人，高中，农民

采录者： 徐文

采录时间： 1985 年 10 月

采录地点： 淅川县厚坡镇

选自： 《中国民间故事集成·河南淅川卷（二）》

附

记

根据黄毓钊回忆，讲述者是个石匠，故事是在与香严寺挨着的磨沟村听到的。那时香严寺还不通车，他徒步翻山走捷径往香严寺去，走到磨沟累了，口也有点渴，想找点水喝。于是就循着凿磨声来到一家门上，茶没喝上，却听石匠讲了这个故事。当天回来就把这个故事记录下来，拿到乡文化站。因文化站长是他同学，几天前还给他说搜集民间故事的事。他同学一看说很好，让他再多搜集一些。同学一句鼓励的话，他一连几天去找那石匠讲故事。石匠上过私塾，看的古书也多，不仅会拍庞振坤故事，还会拍三国、水浒、大八义、小八义。黄毓钊也从此爱上民间故事搜集，后来还跟他同学到县文化馆开了多次故事会，县文化馆把他搜集整理的故事编入县三套集成，他由此被介绍到县里一个局写志书。由于他搜集民间故事多，后来还得了奖，因此转为干部有了工作。（刘国胜）

41

巧敲店主

庞振坤出外办事儿。走到半路上，天黑了，他肚子里连一粒米星儿也不剩了，就向路上的人打听饭店。过路人说："远近只有一家饭店，店老板刻薄尖酸得能挖出骨子里面的油。你掏一斤面的钱，他只能给你做半斤的饭，你要指责他，他脾气很暴，就会给你来个没完。你还是不去的好。"庞振坤一听，觉得很新鲜，又问了问其他情况，就决定到饭店里去闯一闯。

庞振坤找到店老板，说："掌柜的，给我下一斤面。"

"好啊。"店主动手称面，就在这时，庞振坤唉了一声，说："出门容易在家难啊！"

店主听到这里，随便搭话说："客官，你说错了，应该是在家容易出门难啊！"

"嗨！掌柜的，你不知道。"庞振坤说，"我有个老婆儿，待人很差心眼儿。我次次回家，让她给做一碗面，她就做一碗，叫她做一斤，她就实打实做一斤，一点儿也不会过光景。哪像你，我让你给做一斤面，你做半斤，留半斤，让我再吃一顿，你们想得可真周到啊。你说，这不是出门容易在家难吗？"

店主听到这里，十分尴尬，只好打着哈哈说："对，对，明天早晨，您不掏钱再吃一顿吧！"

讲述者： 李林汉，男，63岁，淅川县大石桥乡杨营八队人，不识字，农民

采录者： 严清芳，女，大石桥乡西岭人
李春胜，男，24岁，淅川县大石桥乡杨营八队人，高中，农民

采录时间： 1985年3月
采录地点： 淅川县大石桥乡杨营村讲述者家中
选自： 《中国民间故事集成·河南淅川卷（二）》

附记

讲述者李林汉早已去世，通过采录者得知，李林汉幼时父母早丧，靠吃百家饭长大。因为李林汉家穷没地没房，开始给地主家干活，由于给地主犁地牛掉下石堎子摔折了腿，地主逼他白干了一年活。一年期满，他发誓不再给地主干活了，就向一个朋友借了点本钱，扛着一根扁担下东乡（到内乡、邓县）担烟叶回淅川山里换红薯片卖钱顾肚子。李林汉从小跑百家门要饭，听了一肚子故事，嘴也会说，又能吃苦，不论到哪儿，故事就是他的敲门砖、介绍信，结了不少朋友。后来，李林汉当了生产队长，不管队里小两口生气，还是邻里不和，他都用拍故事调解。因为他调解得法，支书还让他兼任大队调解委员。（刘国胜）

42

巧治恶棍

刘财主的大少爷刘武，是邓州一带"臭百里"的哈公子[1]。刘武整天没事儿，就是牵着条狗，抱着鹌鹑篓，到处找人家姑娘媳妇打俏取乐。好多闺女媳妇虽然受了他的侮辱，但都怕刘财主的势大，不敢惹他。

庞振坤决心要治治他。

这天正下着大雪，庞振坤捡了一袋鹅卵石蛋，带了把小刀，悄悄地钻到刘家的厕所里，鬼弄了一会儿，然后出来跑了。不一会儿，刘武往厕所里来了。他这几天正拉着肚子，慌里慌张往厕所沿上一蹲，只觉脚下一"骨碌"，身子一歪，急忙去抱面前的小树，小树"喀嚓"一声，从根断了。刘武立站不住，仰面朝天掉进粪池里，"咕咕嘟嘟"喝了几口粪水。好不容易才爬上来，见小树上刻着"庞振坤"三字。刘武气得要死，一下子把庞振坤告到县官那儿。

县官在堂上问道："庞振坤，刘武告你是人证，树上刻有你名字是物证。人证物证都有，你这次还有啥理由可

[1] 哈公子：浪荡公子。

讲呀？"庞振坤大叫道："老爷，我是一个大傻瓜。"县官大怒道："胡说，三江四海谁不知道你庞振坤心眼儿比马蜂窝还多，竟敢在大堂之上冒充傻瓜，蒙混老爷。"庞振坤傻乎乎地说："老爷说我不是傻瓜？""不是。""大老爷也说我不是傻瓜，可我不是在做着傻瓜事儿？这旋树根的事要是我做的，我能留下自家的名字，自找上门来让大老爷打棍吗？"这县官一想：是呀，那这事儿是谁干的呢？庞振坤道："分明是刘武设下圈套，陷害小人，欺哄老爷。"县官"嗯"了一声，猛把惊堂木一拍："胆大恶棍刘武，竟敢假设现场，欺压百姓，戏弄本官，给我拉出去，打八十大棍！"

刘武控告庞振坤不成，还被打得腿瘸胳膊歪。老百姓们高兴地传唱此事：

庞振坤，旋树根儿，
巧治恶棍喝粪水儿；
喝过粪水又挨棍儿，
给穷苦百姓出口气儿。

讲述者：　杨青山，男，淅川县大石桥乡杨营村人，不识字，农民

采录者：　杨希泉，男，28岁，淅川县大石桥乡安洼村人，初中，农民

采录时间：　1980年9月

采录地点：　淅川县大石桥乡杨营村

选自：　《中国民间故事集成·河南淅川卷（二）》

附记

在大石桥乡杨营，一提起杨青山，上点年纪的人都知道他。杨青山会说书，还会弹三弦。他年轻时声音洪亮，吐字也清，肚子里装得也多，说书声情并茂，起伏跌宕。所以，他当年出门说书坐得住场子，

一讲就是半个月。后来不再出门说书，高兴了就给村里人讲故事解个闷。由于他声音好，又说过书，可谓会讲还能表演。加上那年月农村文化生活贫乏，几个月看场电影，一年到头看不到一场戏，人们一有空闲就拥到家里要他说书拍故事。他总是推辞说有事忙，可他一拍啥事就忘了。（刘国胜）

43

祭 寿

庞振坤赶考落榜回家，路上遇到几个人，衣着破烂，哭哭啼啼。他上前一问，原来这几个人给财主贾善人干了一年活，到头来分文不给，还挨了一顿鞭子。庞振坤非常气愤，眼珠一转："你们先回，我给你们要。"

第二天，有个算命先生，在贾善人门外摆起卦摊。

贾善人听说门外有个算命人，忙走出来。一报生辰，算命先儿大惊失色："哎呀，不好！你只有四十九天的阳寿了。"贾善人当是算命人咒他，不由大怒，一脚踢了卦摊。算命先儿冷笑道："哼，死到临头还不知，到时间喊我喊爷，都不救你！"

第二天，贾善人见门外树上写了个"死"字，一阵心悸："不利！不利！"忙叫伙计把"死"字刮去。谁知"噌！噌！噌！"刮了半天，那个"死"字也没掉。贾善人心想：难道我真活不成啦？莫非昨天那个先生是个神仙？贾善人正害怕，忽见那个先生在不远处转悠。他像见了救星，飞跑过去，大叫："先生，救救我吧……"

"救活人不救死人！"

"先生，只要救了我，要多少钱我都给。"

"我活人不要死人钱！"算命先生说着，转身就走。贾善人一听更怕，边追边叫："先生，救救我吧！"追了一阵，只见算命先生在地上支起锅做饭。他近前一看，只见算命先生在用石头当火烧，本是一锅清水，用勺搅了几下，就变成一锅米饭。贾善人想：这先生准是个神仙。就"扑通"跪倒在地："小人有眼不识泰山，冲撞了大仙，望大仙大发慈悲，救救我吧！"

算命先生这才开口说："救你容易，不过得修个祭寿台，上放七七四十九个元宝，祭七天，七天以内你家老少都要在台前叩拜，这叫祭寿。"

贾善人一口答应。修了三丈高的祭寿台，台上放了四十九个元宝，贾善人全家一天到晚跪在下面叩拜。

祭到第七天，祭寿人都熬得眼圈发黑，一个个趴在地上，打起了"呼噜"。

天亮后，贾善人以为大难已过，高兴地对儿子说："心到神知，快去把元宝都收回来，把大仙抬回来，好好招待。"儿子上台一看，叫道："爹呀，大仙不见了。"贾善人一听，鞋里长草——慌脚啦。他跑上祭寿台一看，不但大仙不见影，连元宝也不见影踪了。只在祭寿台上留了两句话："盘剥伙计整一年，个个元宝自归还。"贾善人看罢"啊"的一声，晕倒在地。

算命先生哪里去啦？原来，那先生是庞振坤所扮。这会儿，庞振坤正在酒店里给伙计们分元宝哩！

有的伙计问："先生，你在树上写的字，为啥刮不掉？一堆石头咋能烧着？一锅清水，又咋会熬成一锅米饭？"

庞振坤笑笑地说："蛤蟆尿加墨写的字，能入木十分。石头外包有白蜡，自然能燃烧。至于清水锅里搅出米饭嘛，我用的勺子把是空心的，它和我袖筒里的米袋相连，勺子一搅一动，米顺着空心勺把都流到锅里去了。"

讲述者： 刘炳乾，又名刘书香，男，70岁，淅川县大石桥乡西岭人，上过私塾，农民

采录者： 刘国胜，男，24岁，淅川县大石桥乡西岭人，高中，农民

采录时间： 1982年2月20日
采录地点： 淅川县大石桥乡西岭村
选自： 《中国民间故事集成·河南淅川卷（二）》

附记

讲述者是我父亲，我父亲能讲好多故事，尤其庞振坤的故事。他上过私塾，年轻时在李官桥学过生意。听父亲说，当年的李官桥和荆紫关、老城、埠口并称为淅川四大古镇。这里四通八达，水陆畅通，三江四码头人来人往，你拍个这，他拍个那，拍啥的都有。我父亲听一肚子故事，记得小时候，每到夏天黑上，父亲就在稻场上给人们拍故事，拍得人们意犹未尽，听了还想听。俗话说："近水楼台先得月。"我不仅从小听着父亲的故事长大，而且后来把父亲讲的故事加以整理，收入《中国民间故事集成·河南淅川卷》，还出版了《一代商圣范蠡故里趣闻》故事集，并获奖转干有了今天的工作。（刘国胜）

44

卖龙潭

前清时候，河南邓州有个地霸，姓赖，为人尖酸刻毒，拐、讹、沾、骗是他的拿手戏。别人盖房不敢和他挨山墙，种地不敢和他挨地边，沾铆四两铁，不是房被讹走，就是地被霸占。百姓对他恨之入骨，人送外号"赖皮虎"。

这天，庞振坤和好友李小栓，来龙潭游玩散心，忽听远处画眉叫，一看，赖皮虎手托鸟笼晃了过来。李小栓说："快走，莫惹了他。"庞振坤笑了笑说："我看他能吃人？哼，这回，我非摸摸他这老虎屁股不可！"说着，对李小栓耳语了一阵。

画眉的叫声，越来越大，赖皮虎越来越近。只见庞振坤指手画脚，高喉咙大嗓儿地对小栓说："仁兄，你看那南北两条大路，就像两条蛟龙，向着深潭朝来。不瞒你说，有位风水先儿告诉我，这叫二龙戏珠。此处乃风水宝地，不管埋人、盖屋，定会年年发大财，辈辈出高官哇！"他二人边说边向远处走去。

这话，被赖皮虎听了个真真切切，一字不漏。他来到潭边一看，涎水直流，心里直痒：嗯，生什方儿也要把这块肥肉吃到嘴里！

他回到家，在床上翻了一夜滚儿，想了一夜门儿，可连一个好点子也没想出来。天一亮，他就把两个宝贝儿子大狗、二狗吆喝起来，让他们出个点子。大狗说："咱明讹！"二狗说："咱暗哄！"不料，女儿冬梅闯进来说："庞振坤可不是好惹的，给他好商好量卖给咱吧！"赖皮虎一听："那吧，咱来个先礼后兵！"冬梅说："买来，可给我作陪嫁吧？"赖皮虎脸一沉："娘那个腿！我以后死了要往那儿埋，叫你哥哥们上朝坐大官哩！你倒想得怪美，没出门，可想埋你老公公哩？"他这一骂，冬梅哭着走了。

赖皮虎把庞振坤和李小栓请来，设宴招待。酒过三巡，赖皮虎提起想买龙潭之事。庞振坤哈哈笑道："地是我的，草深石头多，赖员外若不嫌弃，这事儿好说。"正在这时，冬梅突然闯进来说："我爹嫌弃，我不嫌弃！"说着，脸蛋一红，使劲儿朝李小栓瞟了几眼。赖皮虎怒道："娘那脚，没你插的嘴，爬上楼去！"冬梅气得包着一眶泪水，又瞟了小栓一眼，回房去了。

原来，今春赶庙会时，冬梅看上了李小栓。她让李小栓托人来提媒，可小栓知道门户不对，赖皮虎不好惹，一直不敢登门。哪知冬梅恋小栓恋得如迷如痴，所以，一听说卖龙潭与小栓有牵连，就来了个两次闯堂。

赖皮虎不解其意，还当是女儿又想要龙潭作陪嫁呢。此时，庞振坤和小栓对笑了一下，对赖皮虎说："看来，连你女儿也不嫌弃。不过，那块地是六亩三分，只能卖给你一亩三分。"赖皮虎说："我瞅中那地方土色好，离水近，想建个砖瓦窑。只要靠近龙潭，方便取水，一亩三分也可。"庞振坤道："好说，好说。"随即让小栓作中，写好契约，交给赖皮虎过目。赖皮虎大笑着说："哈哈，咱都不是外人，你们还能哄我？"随手把契约递给庞振坤，说："你念念，我听听就行了。"

其实，这赖皮虎父子仨都是目不识丁的睁眼瞎[1]。庞振坤展开契约念道："卖地人，庞振坤。地向：坐落河头龙潭，西至潭边，东至滩边，南北至路边，中间一水窝。少要七串钱，正价二百串，实收一百九十三。中人，李小栓。"

[1] 睁眼瞎：不识字。

赖皮虎一听，咧嘴笑道："这契约写得漂亮！"于是，双方画押。但交地价时，赖皮虎却说："家里现钱不凑手，等管家讨回账钱，再全部付清。"庞振坤知道这家伙又要诓地赖钱，好哇！吃浆水还醋，等着瞧吧！就顺嘴说："钱有一时不便，有几个，先给几个吧。"赖皮虎在抽屉里扒拉了半天，才摸出三串钱来，说："按正规，一百个大钱为一串，可如今，九十个大窟眼儿钱再加五个鸡眼儿钱，合为九十五个算一串。不是我小气，这可是朝廷老子定过的，留五个钱给灾民用哩！"庞振坤说："小意思。不过，契约上得另批两句，先付现钱三串，下欠一百九十串。"赖皮虎眨眨眼睛，说："好好好！"庞振坤对小栓使了个眼色，让小栓添上两句。赖皮虎暗暗高兴，说："今儿个招待不好，请多包涵。"庞振坤说："不用客气，明天咱带上尺子、长绳去量地。"

北风呼呼，雪花飘飘。赖皮虎怕夜长梦多，也不顾天寒地冻，还是早早赶到潭边。人员到齐，开始量地。庞振坤和大狗拉开长绳，各攥一头。一量长度，庞振坤说："三十二丈三。"大狗说："三十二丈二。"俩人争论不休。赖皮虎脸一变，说："我来量。"他紧拉绳头，直往潭边靠，心想：贴住二龙戏珠，后辈做官享福。庞振坤站在上坡，高喊："赖员外，拉紧，别松手！"赖皮虎巴不得把整个龙潭圈起来，听他这么一喊，正中下怀，便死死拉住，直贴潭边儿。众人都在聚精会神看绳子。突然，庞振坤一个碰脚，"哎哟"一声，跌倒在地，绳子一松，那边儿"扑通"一声，赖皮虎仰拉四叉掉进潭中。只见他"啊卜、啊卜"，两个爪儿在水面上乱抓叉。大狗、二狗忙喊救人。但今天寒风刺骨，谁愿下水？大狗、二狗也是干叫唤。庞振坤让二狗找了根长竹竿，伸下去，让赖皮虎抓。可赖皮虎手也冻木了，舌头也冻硬了，干撩乱，抓不住，不多一时，像个癞蛤蟆，四肢朝天，漂在水面。大狗忙用竹竿将尸体拨到潭边，打捞上岸。

庞振坤说："冷骨可不能入宅，不如就在这儿做道场，早早埋葬，你们也可早得地气早做官哪！"大狗、二狗听说"做官"二字，马上转悲为喜，找人觅工，搭起灵棚，请来道、僧，大做道场。

正在热闹之时，只见李小栓的父亲李老栓手持笤把扫帚，不容分说，扯了灵棚，砸了灵柩，抓住大狗、二狗，边打边骂："瞎眼狗，别明欺负人。我们这麦苗长多好，被你们踏得像稻场，明年夏天让我们吃啥？"说着，把大狗、二狗死拉硬扯，扯到县衙，状告赖皮虎父子诓田霸地，横行乡里。

县官一听，就要对大狗、二狗用刑。两个恶货急忙叫道："冤枉呀！地是庞振坤卖给我们的，现有地契为证。"县官接过地契，展开一看，上写：卖地人李老栓。地向：坐落河头龙潭。西至潭边，东至潭边，南北至路边，水下潭底一亩三，中间一旋涡。少要七串钱，正价二百串，实收一百九十三。旁边另批有两行：家中只有三串钱，愿将女儿冬梅折价一百九十串，卖与其子李小栓。中人，庞振坤。

县官念完，拍案大怒："胆大刁民，卖地人明明是李老栓，为啥说是庞振坤？卖的是水下潭底儿一亩三，为啥不把你参埋到潭中间，反而践踏人家青苗？既然将你妹子换地成亲，为啥赖账不发人？尔等竟敢欺哄本官老爷，你那赖皮参理当扔到潭里喂鳖！"

大狗、二狗闻听，吓得目瞪口呆，不知所措，只是连呼冤枉！

县官命差役把庞振坤、李小栓和赖冬梅一起带到堂前对质。庞、李二人一口咬定地契上写的句句是真，无半点差错。冬梅说："我和李小栓早已订婚，但爹爹嫌人家穷，不肯答应，没想到他竟把我卖了换地？这样尖酸狠毒的爹，死了不亏，我也不哭。只求老爷做主，让我与李小栓早日成婚，免得跟着赖家丢人！"那大狗、二狗，有口难辩，只在肚里叫苦。

这时，县官判道："赖家父子永得水下潭底儿一亩三分，赖冬梅与李小栓当堂成亲。"于是，鼓乐齐鸣。庞振坤忙叫小栓、冬梅叩头山呼："谢青天大老爷！"

讲述者： 魏新栓，男，24岁，高中，淅川县金河乡人，农民

采录者： 小畦，男，28岁，高中，淅川县文化馆干部

采录时间： 1980 年 5 月

采录地点： 淅川县金河乡魏营村

选自： 《中国民间故事集成·河南淅川卷（二）》

45

出主意

　　有一天，庞振坤正在歇凉，只见邻村赵老别的儿子赵贵拿着礼物来找他。一问，原来是赵贵跟他爹打架，失手把他爹的一颗牙打掉了。他爹上县里去告状，他怕坐牢，来请庞振坤出主意。

　　庞振坤一听，原来是这么回事儿。心想：这赵家可不是好缠哩，不说他们和村里谁都搁不住[1]，就是爷儿俩也不搁，三天两头吵嘴斗舌，不得安生，这回可得治治他们。想到这儿，他说："礼你拿回去，你明儿晌午来。明儿是六月六，好日子，我一定给你想个好主意，叫你输不了。"

　　第二天晌午，赵贵来了。只见庞振坤头戴棉帽，身穿袄子棉裤，脚蹬棉靴，面前还放着一盆银炭火。赵贵很奇怪，不知道庞振坤搞的啥鬼把戏。庞振坤说："你来，我给你出主意。"赵贵走过去，庞振坤叫他耳朵扭过来。他一扭，庞振坤猛地在他肩头上狠狠咬了一嘴，赵贵疼得"妈呀"大叫。庞振坤说："可叫不得，叫了官司就不得赢。"然后说："你爹告你，县官肯定传你对质。到时候，

[1]　搁不住：合不来。

你就指着这伤，说你爹咬你时候，绊掉了牙，保管你无事。"赵贵捂着肩"哼哼唧唧"去了。

果然，赵贵被叫到县衙对质后，没有吃官司。

可是，赵贵爷儿俩不几天仇恨就消了。这一天，赵老别问儿子："儿呀，那一天你咋想起来那个鬼主意，叫老子打个输哩？""爹呀，你是不知道，那还是庞振坤给我出的主意哩！"

赵老别一听，气不知从哪儿来："妈的，这样来摆治咱们，咱明儿去告他，看他咋说。"

第二天，赵家爷儿俩备了礼物去告庞振坤，庞振坤被叫到县衙。县官一拍惊堂木："庞振坤，你为何无故咬人，编造瞎话，教人欺骗本县？"庞振坤说："大人说的是谁呀，我咋听不明白哩。"县官指指赵贵："他就是证人，你还狡辩？"庞振坤扭头看看说："我对他素无冤仇，咋会咬他？你叫他说说，我在何时、何地，在啥场合咬他的？"

赵贵洋洋得意地说："你装啥糊涂哩？六月六那天晌午，你叫我去你那儿。你身穿袄子棉裤，头戴棉帽，脚穿棉靴，坐在屋里烤火。你把我喊到跟儿咬我一嘴，还想狡辩！"庞振坤一听，哈哈大笑说："赵贵你开的啥玩笑，六月六，天热得要死，谁还穿棉衣烤炭火？县太爷，你听听这岂不是天大笑话？"县官一听："是啊！赵贵你胡说什么？简直是胡闹台。来人，给我轰出去！"

讲述者： 杨清顺，男，淅川县荆紫关镇南街村人，
          小学，农民
采录者： 吴云贵，男，淅川县荆紫关镇南街村人，
          高中，农民
采录时间：1980 年 10 月 7 日
采录地点：淅川县荆紫关镇南街村
选自：   《中国民间故事集成·河南淅川卷（二）》

附
记

此故事流传于淅川县荆紫关一带。荆紫关当年曾是淅川丹江沿岸最大的集镇大码头，不仅是达官贵人过往之地，也是戏班、说书、卖唱、耍把戏艺人扎堆之处。当年此地故事爱好者吴云贵搜集整理了好多故事，不仅大多故事编入《中国民间故事集成·河南淅川卷》，而且还出版了《荆紫关传说》等。此篇故事讲述者已故，他文化程度不高，但以前住在荆紫关南街，从小在荆紫关街上听故事看戏长大。用吴云贵的话说，"杨清顺的故事，可是装一肚子，憋一喉咙眼子，呸个唾沫星都是故事。"他讲故事幽默起伏会抖包袱，能让人听得着迷，连饭都忘记回去吃。在南街，据说谁家娃子或谁家男人、婆娘到时不见回家，都要先到杨清顺那儿找。（刘国胜）

46

庞振坤讲故事

衙门里有个红笔师爷姓赵名有德，常给县官出歪点子，人们暗地里都叫他赵无德。赵师爷除了坏，还有个故事瘾。瘾一来，又蔫又瘫，心慌难受，一听故事，哪怕是家里失了火，只要不烧着他屁股，也要听到底。衙役们找了一个又一个故事篓子，都叫他给掏得一干二净。最后，衙役们把庞振坤带到了赵师爷那里。

"赵师爷，我才听说一个好故事。"庞振坤说，"不过，故事一完你得让我走。"

"行啊，行啊，你快拍[1]吧。"赵师爷满口应承。

我听说咱们这一带有一只老虎、一只狐狸和一头熊。一天，它们在一座土地庙里相遇，都乐意在一起称兄道弟，结为金兰[2]，就一起跪到土地爷脚下，拜成了干兄弟。老虎是老大，黑熊是老二，狐狸是老三。

老三说："我们好坏得有个名字呀。"老二接口说："对呀，对呀，咱们去找先生给起个名儿吧！"老大说："远水解不了近渴，还是咱们自己想想法子吧。"

大家头碰头一合计，决定就按平时听来的词作为自己的名字。老大说："我听说有个词儿叫赵钱孙李。"大家都说："那你就叫赵钱孙李吧。"老二说："我听说有个词儿是无中生有。"大家都说："你就叫无中生有吧！"老三说："我听说有个词儿是德高望重。"大家都同意它叫德高望重。

名字起罢，老大说："名字好是好，可就是四个字，听着怪别扭。"老二说："我拙嘴笨舌，还怕不会打弯儿。"大家犯起愁来。

就在这时，有一只干豺狼也来到了土地庙。它听大家说了经过后，心里也痒痒的，可怜巴巴地说："让我也和你们拜兄弟吧！"大家见它摇头摆尾，苦愁[3]着鼻儿，就同意了。

可是，给狼起个啥名儿呢？狐狸脑子咕噜转过来，咕噜荡过去，想了半天说："既然大家都嫌名字多一个字儿，那咱们弟兄仁就把第一个字儿让给它吧！"

狐狸一点醒，大家都又蹦又跳，叫起好来。

———————————

庞振坤讲到这里，起身就走。

赵师爷和衙役们愣了好半天才品出味儿来。赵师爷恼羞成怒，把衙役们骂得鸡子认不得鸭子。

讲述者： 刘谦娃，男，淅川县大石桥乡西岭村刘营人，小学，农民

采录者： 严青芳，女，淅川县大石桥乡西岭村严营人，高中，教师

采录时间： 1984 年 3 月

采录地点： 淅川县大石桥乡西岭村刘营讲述者家中

选自： 《中国民间故事集成·河南淅川卷（二）》

[1] 拍：讲、说的意思。

[2] 结为金兰：比喻两个人一条心，能焕发很大的能量。后人把拜把子，称为义结金兰或结为金兰。

[3] 苦愁：枯绌、哭龊、苦楚都表示哭丧着脸，脸部的表情很难看，都皱在一起了。

附
记

此故事流传于邓县和淅川县丹江两岸。邓县与淅川、湖北省的均州、老河口毗邻，邻里间的商贸交易、文化语言传播，自然会把邓州庞振坤故事传递到丹江两岸。（刘国胜）

47

歪才料庞振坤

清朝的时候，邓州庞营有个庞员外，是方圆几十里的好家[1]。

一天，庞家来了个阴阳先生。庞员外十分亲热地领着先生在野外转了一大圈，阴阳先生给他选了一片茔地，阴阳先生说："这片地将来能出一个丞相，两个总兵。虽说是这样，我也不能给你点正穴。"庞员外听了，苦苦求告，发誓许愿："将来先生如有三长两短，我一定要像侍候老父亲一样侍候你，养老送终。"先生听了，无可奈何，只好给他点了正穴。庞员外把他祖先的干骨从别处起嗒起嗒[2]埋进新茔地。后来，阴阳先儿真的双目失明了。阴阳先生眼瞎后的头一年，庞员外对他还真不错。后来一家老小便慢慢嫌弃这个先生来了。白天叫他推磨，说瞎眼人头不晕，晚上睡在磨房，说省得来回走路绊跟头[3]。阴阳先生后悔极了。

[1]　好家：方言，富裕的人家。
[2]　起嗒起嗒：不仔细，不认真，匆匆忙忙地移过去。
[3]　绊跟头：摔跟头。

过了一年多，阴阳先生的徒弟来看师傅，问师傅掌柜对他如何。先生见徒弟问他，"哇"的一声哭了起来，徒弟才知道是怎么回事。问："老师，你说咱们怎么才能惩治他们？"先生小声说："今晚夜值三更，你带上快刀一把到他家坟地，不管长出什么东西，都要砍掉，要搭救老师，全靠这一着[1]了。"徒弟一一记下，便去行事。

徒弟来到庞家坟园，坐在坟边。等到三更，只听"呼呼呼"响，只见从坟上长出一棵竹笋，徒弟举刀把它砍了。接着又长出一根，徒弟又把这第二根砍断。刚砍倒第二根，可又长出来第三根，这下可气坏了徒弟，慌忙中用刀又砍了下去，刀使翻了[2]，这第三根被刀背砍歪了，窝憋[3]在坟里。

地气一毁坏，第二天，阴阳先生的双眼又重见光明，他和徒弟起早偷偷逃跑了。

由于徒弟没有砍好第三刀，不是把竹笋除了根，而是砍歪了，庞家才没有挖苗断根。后来庞家只生一子，也就是人们常说的那个庞振坤。本来他有将相之才，可是地气叫砍坏了，所以一肚子歪才料。

讲述者：　赵振营，男，47岁，南召县板山坪镇粉
　　　　　房村人，小学，农民
采录者：　赵文学，男，21岁，南召县板山坪镇粉
　　　　　房村人，高中，农民
采录时间：　1986年5月
采录地点：　南召县板山坪镇粉房村讲述者家中
选自：　《中国民间故事集成·河南南召县卷（下）》

[1]　这一着：这一步棋。
[2]　使翻了：把刀背当成刀刃使用。
[3]　窝憋：空间小，舒展不开。

附
记

粉房村是南召县板山坪镇的一个深山村，位于南召、镇平、内乡三县交界处，241省道穿村而过，通往内乡县的马山口镇，这条路是历史上著名的"武关孔道"，或称"板山坪孔道"，直通陕西商洛地区。粉房村的群众文化生活非常活跃，老村部旁边曾有一块黑板，长12米左右，在20世纪八九十年代，据说是全县最大的黑板，村里人办的黑板报，内容丰富多彩，在当地很有影响。村里还曾经出现过一个象棋"小神童"，一般的成年人下不过他。村里有很多文艺人才，说拉弹唱的都有，每逢农闲之时，这些文艺人才经常利用村文化中心开展讲故事、猜谜语和曲艺演唱活动，活跃了山区群众的文化生活。
（乔向东）

48

说媒

这都没瞒你吧？这门亲，咱可是当面鼓，对面锣，说得明，叫得响，又是你亲口应允。你若昧亲，咱就到县衙去过大堂。王东家，这昧亲的名声可是不好听啊。"王财主深知庞振坤的厉害，只气得张口结舌，瘫坐在太师椅上。

讲述者：　张兆浩，男，35岁，南召县皇路店镇薛庄村人，高中，农民

采录者：　郝建秀，女，34岁，南召县皇路店镇人，高中，镇文化站干部

采录时间：　1986年8月

采录地点：　南召县皇路店镇文化站

选自：　《中国民间故事集成·河南南召县卷（下）》

　　王财主跟前有一个独生女，他一心想把闺女嫁个名门大户，好有个靠山。但是，高门他攀不上，穷家他又看不起，选来选去把闺女耽误到二十七八岁，渐渐地也没人再来提亲了，王财主心里着了慌。

　　这天，庞振坤来到王财主家，给他女儿提亲，说："南乡有一家，家里十亩地，粮食挨着梁，还有一牛一驴。"王财主一听，心想：虽不是名门富户，也算得小康人家，再说女儿眼看要过卯[1]了，也就答应了下来。

　　谁知女儿头一天过门，第二天可哭着回来了。王财主一问，才知道亲家原是一家佃户，不禁大怒，找来庞振坤问。庞振坤不慌不忙地说："我不是给你说得很清楚吗？他实没地，粮食嘛，这一集量[2]了下集还得量，不是挨着量？"王财主气呼呼地又问："那一牛一驴呢？"庞振坤赶忙说："有，有，他家大娃叫个牛儿，二娃儿叫个驴儿。

[1]　过卯：过了婚配的年龄。
[2]　量：本意是用器具确定东西的多少或长短或其他性质，如丈量土地、量血压等。这里是方言用法，代指购买。

49

苦治刁二

邓州城原先有一家"兴隆"字号的饭馆旅店，掌柜的名叫刁二。他对客人总是看人下菜碟。是家了[1]，给好饭菜吃，住好房，还少要钱，吃饭住店不吃亏。庞振坤听说后，便想个门道，进城去治刁二。

中午，庞振坤大摇大摆地走进兴隆饭馆，高声叫道："掌柜的，有啥好吃的端上来。"刁二一见来人穿戴不俗，不敢怠慢，赶快端上了最好的饭菜，庞振坤快吃饱时，把刁二叫过来说："掌柜的，你看这盘子里是啥？"刁二瞪眼一看，乖乖，盘底的剩菜里有两只大苍蝇，忙小声求告："先生，您老别声张，千万积个福，这顿饭不要钱。"边说边忙不迭地给庞振坤打躬施礼。庞振坤看着刁二那副刁相，心中暗暗发笑。原来，那两只苍蝇是庞振坤放在盘里的。

到了晚上，吃的是羊肉包子。又是快吃饱时，庞振坤大声叫道："掌柜的，过来！过来！中午的事儿，我忍着不吭了，晚上你还想欺负我？你看看，这馍馅里是啥东西？"说着拿起半块包子叫他看。刁二一看馍馅里有一根很长很长的头发，吓慌了，连忙又施礼又赔情："先生原谅，先生海涵，千万别吵，一吵我们这门面可就倒了，求您开开恩，这顿饭我还不要钱。"说着，把庞振坤领到最好的房间里歇息。

第二天一早，庞振坤起来就走，刁二拦着他说："哎哎哎，你没给住宿的钱呢。"庞振坤反问说："你凭啥向我要钱？""凭啥问你要钱，就凭你住我的房，盖我的被子。"

庞振坤冷冷一笑："哼哼，我没向你要钱都不错了，你还向我要钱？我睡你床上，你的被子压在我身上，我住你的房，给你看门了，你得倒找我钱，走，见官去！"那刁二也不服气说："去就去。"两个人便一起向县衙走去。

县官升堂一看，哟嘿！这不是庞振坤吗？这个人咱惹不起。于是县官问了案情，随即判道："他睡了你的床，你的被子压在他身上，两不相找；他住你房子，给你看了门，罚你给人家十串钱。"

刁二哑巴吃黄连，有苦说不出，只得忍痛付了钱。后来一打听，才知道他就是有名的庞振坤，是专门进城来治他的。从此，刁二再也不敢看人下菜碟了。

讲述者： 刘世昌，男，30岁，邓县人，中专文化，教师

采录者： 乔明宪，男，48岁，南召县留山镇黄楝村人，大学，县文化馆干部

采录时间： 1985年5月

采录地点： 南召县文化馆

选自： 《中国民间故事集成·河南南召县卷（下）》

---

[1] 是家了：家，代指人，看上去有钱有势的人。

附
记

这篇故事是刘世昌到南召走亲戚时，听说南召在普查搜集民间故事，专门到文化馆找到民间文学专干乔明宪讲的。（乔向东）

50

千里驹和万里哼

庞振坤才高识广，捉弄了不少财主，也坑过不少好人。他这个"歪才料"人物被阎王爷知道了，阎王爷十分恼火："这还了得，一个簧门秀才竟然坑先生，闹官府，坑妻室，简直无法无天了。"当即命两个小鬼前去捉拿他。

庞振坤夜里梦见小鬼要来抓他，便叫伙计割了许多酸枣刺放在当院中，把床放在枣刺堆中间。两个小鬼见庞振坤睡着，就要上前去捉拿，一动手被枣刺扎得嗷嗷乱叫，赶紧缩了回去。原来小鬼是最怕枣刺的。二小鬼回去向阎王爷诉说一番，阎王爷更加恼怒，叫牛头马面[1]再走一趟。那牛头马面得令，就杀气腾腾，直奔庞营而来。

庞振坤料定两个小鬼走后，牛头马面一定要来，便又在一个大臭腥泥坑里放了三张桌子，自己坐在桌子正当中。那牛头马面来到坑前一见这个情景，到不了跟前，只好马蜂蜇着乌龟头——收家伙。

阎王一见牛头马面收兵卷旗，便亲自骑着千里驹直奔庞营。来到庞振坤家里，只见庞振坤正在往一头大肥猪身

[1]　牛头马面：牛头马面是俗信中阴曹地府的鬼卒。

上搭鞍子。一见阎王来了，庞振坤连忙跪倒在地，连连叩头说："小人正在收拾'万里哼'，准备启程，不料王爷驾到，有失远迎，万望恕罪。"阎王一听"万里哼"三个字，一肚子火气烟消云散，心中暗暗嘀咕：我骑的千里驹已是阴阳间少有之坐骑，他还有个"万里哼"，难道比我的更宝贵？随即温声细语地说："庞振坤，不知你的'万里哼'是个什么东西，换给我骑上试试，你看如何？"庞振坤见阎王上钩，就说："既然王爷见爱，小民不敢不换，但有一条须得言明。我这'万里哼'乃人间稀有之物，动如闪电，是我从小驯熟了的，只认衣帽不认人，王爷要骑，必须得连衣帽全部换掉才行。"阎王得宝心切，连连答应。两人换衣已毕，庞振坤说："笨马先行，我先走一步，你在后边不用加鞭就赶上我了。"说完一溜烟不见了。庞振坤走后，阎王爷骑上猪身，那猪干哼就是不跑。阎王急得只甩鞭子，它才慢慢地往前晃来。一直到中午才赶到家。这时庞振坤穿着阎王的衣冠，端坐阎罗殿，早已命小鬼门外等候。小鬼也是只认衣冠不认人，阎王一到，他们看衣着是庞振坤，不论分说连拉带拽地拖到阎罗殿。庞振坤坐在大殿上，喝令："把庞振坤拉下去给我往死处打。"两个小鬼领命，使劲地打。阎王疼得只叫："别打了，我是你们千岁爷！""胡说，我们的千岁在大殿上坐着，你罪过滔天，用刺扎我们，如今还敢冒充我们千岁。"两个小鬼越说越恨，都请求阎王斩了庞振坤。这时庞振坤马上准奏传令："把庞振坤铜铡分尸。"阎王爷竟死在庞振坤手下，成了鬼魂，从此死无对照，庞振坤就当起了阎王爷。据说，现在的阎王爷还是庞振坤呢。

讲述者： 赵振营，男，47岁，南召县板山坪镇粉
　　　　房村人，小学，农民
采录者： 赵文学，男，21岁，南召县板山坪镇粉
　　　　房村人，高中，农民
采录时间： 1985年8月
采录地点： 南召县板山坪镇粉房村赵文学家中
选自： 《中国民间故事集成·河南南召县卷（下）》

附
记

　　此篇故事中说，庞振坤"坑先生，闹官府，坑妻室"。在南召确实流传着一些庞振坤这样的故事。比如说一个有关庞振坤的故事是这样的：庞振坤家的后柴院（厕所）里有一棵弯腰树，他老师解大手时总爱扳着这棵树，庞振坤就悄悄地把树锯了半边儿，他老师又去解大手时，用力一扳把树扳断了，四仰八叉掉进了粪坑里。还有一则故事：说庞振坤的老婆长得非常漂亮，这让庞振坤很不放心。一天，他老婆生了病，躺在床上想吃油馍（油条），他说："咱把油馍锅支到床头起，边炸边吃，你连床都不用下了。"他老婆一听，这主意好，就同意了。于是，就在床头支起了油馍锅。他老婆伸头去吃油馍时，庞振坤抓把盐丢到油锅里，滚油溅了他老婆一脸，把脸烫伤了，庞振坤顺势抓一把草木灰抹到他老婆脸上，从此以后，他老婆变成了一个丑八怪，他再也不用担心老婆长得漂亮了。当人们听到这些故事时，并不指责庞振坤，反而发出欢快的笑声。人们也只是说：庞振坤的"歪才料"没使到正经地方。大家对庞振坤总体上是包容的，他毕竟为穷人办了不少好事，即便他做了一些出格过激的事情，大家也不去计较。
（乔向东）

51

巧写状纸济乡邻

邓州才子庞振坤，智谋过人，能言善辩。他对横行乡里的财主恨之入骨，对老百姓敬若父母。

东庄有个李财主，西庄有个王财主，两家都是方圆百里以内的富户。这两家人一样心狠手辣，欺压百姓。但两家也为些鸡毛蒜皮的小事儿，结下了怨仇。这天，王家的猪啃了李家的麦苗，李财主一想，正好趁此机会告他一状。凡是庞振坤写的状子，没有打不赢的官司。于是，李财主准备了一份厚礼，来见庞振坤。

庞振坤正在屋里为乡亲遭灾的事发愁，见李财主带着礼物来了，忙迎接进屋。李财主说："王财主我们两家有仇气[1]，他欺人太甚，放猪啃我的麦苗，劳驾劳驾，请主持公道，给我写个状子。"说着递上了五两银子。

李家把状子递到县衙，县官升堂，原告被告一齐传到，开读状纸：

王家太阴险，故意欺压俺。

放出圈里猪，专把麦苗翻。

一天六分五，两天一亩三。

明年要减产，少说五六石。

太爷主公道，为俺申屈冤。

县官读罢，十分气愤，惊堂木一拍，"呔！大胆王财主，放猪啃坏麦苗，该当何罪？来人，重打四十，罚银五十两，赔偿李家损失。"

王财主挨了打，又罚了银子，也不知猪到李家地边没有，心里怒气难消。知道李家能打赢官司，是央[2]庞振坤写的状子。为争这口气，他也备了一份厚礼，来求庞振坤了。

庞振坤为难地说："我替李家写了，咋能再给你写！"

"你是给李家写了，可咱们两家近乎着哪！"

"唉，"庞振坤长叹了一声，"本来我是谁也不写的，可李财主给我送了银子。"

王财主忙问："李财主给了多少？"

"五两白银。"

"庞秀才，你只要能叫官司打赢，我许你十两。"

庞振坤装作无可奈何的样子，提笔铺纸，一张状子一挥而就。

王财主反告，县官升堂，接状一看，上写：

十冬腊月天，地冻如焦砖[3]。

猪嘴软又软，咋把麦田翻？

李家是讹诈，你说冤不冤？

太爷显英明，重新来公断。

县官看罢，口里说："哎，嘿，这事，冤，冤！确实是冤！"

于是提笔批道：

李财主血口喷人，好不该状告良民。

先打你四十大板，再退回五十纹银。

---

[1] 仇气：在南阳地区，把仇、仇恨、仇怨，统称仇气。

[2] 央：请求。

[3] 焦砖：烧过了火的砖，俗称"琉璃头"，非常坚硬。

这李财主见王财主打赢了官司，听罢也是庞振坤给写的状，便满脸怒气地来找庞振坤："庞秀才，你既给我写了状子，咋又给王财主写呢？"

"这事实在抱歉，要说嘛，不该再给他写了，可是，他送了十两银子，你知道我眼下生活困难，正急用钱，看着这白花花的银子，我咋能不给他写呢？"

李财主长长地叹了一口气，唉！咬咬牙，狠狠心，既然是这，为了争这口气，就说："给你二十两银子，你能再叫我官司打赢吗？"

"能赢，保险能赢。"庞振坤说着，提笔又给李财主写了一张状子。

十冬腊月天，地冻虽如砖。
猪嘴有热气，拱着哈着翻。
一天六分五，一点没多算。
损失要赔偿，老爷如青天。

县官在大堂之上看罢，连说："有理，有理，猪嘴是热哩，咋不能拱麦苗哩！"提笔批道：

王家心歪，放猪啃麦，
扰乱本县，另罚一百。

县官批罢说道："下次再为鸡毛蒜皮之事，前来打扰本县，连打带罚，下堂去吧！"

庞振坤得了三十五两银子，按人口多少马上分给了乡邻们，乡亲们有了这活命的银子，才度过了荒春。

讲述者：　张彪，男，21岁，南召县四棵树乡北大河村人，高中，司机
采录者：　张万山，男，19岁，南召县板山坪镇松东村人，初中，农民
采录时间：1986年3月
采录地点：南召县板山坪镇松东村张万山家中
选自：　　《中国民间故事集成·河南南召县卷（下）》

52

巧对妙联免酒账

邓州才子庞振坤，这天冒雪访友归来，走在街上，觉得又饥又冷，准备走进街心酒店喝上二两好酒。

善于吟诗联对的酒店掌柜，正在门口和一个卖炭老汉说话，远远看见庞振坤走来，忙搭话道："那不是庞三爷么！"

"咋不是哩！"

"多日不见三爷，今日偶得半联，请三爷锦上添花。"

"刘掌柜有何妙联，快快念来。"

刘掌柜用手指指卖炭老汉的炭挑，念道："一挑黑炭洁白。"

庞振坤抬头看看店门口的炭挑，黑黝黝的木炭，上面盖了一层洁白的雪花，他不假思索，出口对道："两根黄瓜纯青。"

刘掌柜拍手称妙，连说："请，请，请……"

进到店里，刘掌柜忙命小二泡上热茶一壶，只是不见端酒上来。庞振坤正要发话，刘掌柜却面带微笑，幽默地说："想喝酒吗？三爷，只是有这么一副对子……"他顿了顿说道："为名忙为利忙忙里偷闲喝杯茶去。"

庞振坤接口道："劳心苦劳力苦苦中作乐拿壶酒来。"

刘掌柜无话可说，拿出上等好酒招待。庞振坤三杯好酒落肚，又觉得太干燥，又问掌柜要菜。掌柜让女儿给他炒了一盘黄花菜端来，庞振坤不高兴地说："怎么就这一样呀？你柜台里面鱼肉不是多得很吗？"

刘掌柜一笑："哈哈，鱼肉有的是，可就是不能白白地送给你吃，我有一副对子，如你对得工稳、巧妙，莫说鱼肉，就是连酒菜账一齐免掉，如何？"

"那好，领教了，请吧！"

"黄花女炒得一盘黄花可否？"

刘掌柜话音未落，庞振坤不觉吃了一惊。众人皆知我庞三善于吟诗联对，每到一处，众人总要出奇联，索巧对，但从来没有难着过我，今天遇着这个不起眼的酒店掌柜，出联怪巧。这短短的一联中，出现了两个"黄花"，前者指人，后者指物，上联随口拈来，对下联却不容易……

庞振坤正在思索之时，恰巧店小二从街上买东西回来，说道："你要的二两八角茴香买回来了。"

"多少钱一斤？"

"四块。"

庞振坤听此一言，顿时有了下联：

"八角钱买来二两八角不行！"

刘掌柜听了，不住地称赞庞振坤才思敏捷对句绝妙，忙命女儿端上来四盘热气腾腾的鱼肉菜肴，供他下酒，以表示对他的敬佩之意。庞振坤喝足吃罢，掏钱算账，刘掌柜再三推辞，有言在先，绝不食言，坚决不收钱。

讲述者： 张彪，男，21岁，南召县四棵树乡北大
　　　　 河村人，高中，司机
采录者： 张万山，男，19岁，南召县板山坪镇松
　　　　 东村人，初中，农民
采录时间：1986年3月
采录地点：南召县板山坪镇松东村张万山家中
选　自：《中国民间故事集成·河南南召县卷（下）》

讲述者张彪是张万山的一个同姓本家，家住南召县四棵树乡北大河村，常年在外跑运输，以拉大理石等矿石为主，常到张万山家落脚。张彪既有文化，又走南闯北，见多识广，和张万山又很是投缘，每当他到张万山家中时，总要讲一些山外的见闻和奇闻轶事，张万山就把他讲的一些故事记录了下来。值得一提的是，板山坪镇和四棵树乡都是南召大理石矿的主产区，是著名的"石材大乡"，大理石、花岗岩矿蕴藏量丰富，是山区群众发家致富的重要资源。所以，两个乡镇的群众大多从事石材产业。张彪在外学得一手开车技术，自家买了一部车，成了最早的一批运输"专业户"，常年在这两个乡镇搞运输，向山外运送大理石，这样就产生了文化的交流与传播，这篇故事就是这样流传到了板山坪镇的。（乔向东）

53

智戏李百万

庞振坤进京赶考，路过一个小村庄，听说这里有个富豪叫李百万，他横行乡里，鱼肉百姓。贫苦百姓都恨透了他，但又没法办他，庞振坤决定摸摸这个老虎屁股，戏一戏李百万。

庞振坤来到李百万家门前，见李百万的儿子正在玩耍。要说他的长相，简直污人眼睛：蛤蟆眼，塌鼻子，大叉嘴，脸上麻子一堆堆。不但长相丑，还傻里傻气的，李百万整天为这个儿子发愁。

庞振坤恭恭敬敬地来到他面前，上看看，下看看，左看看，右看看，前看看，后看看，抱起来掂掂，又用尺子量量，嘴里还自言自语地说："真是少见，真是少有。"最后，又在本子上记记。看见这个情景，陪同的仆人忙给李百万报信。

李百万暗想：莫非我儿有什么惊人之处？要不然那举子会说我儿少见少有？嗯！我得打听个清楚。李百万走出大门，正好庞振坤要走，他忙说："请留步，请到客厅少坐一会儿。"他恭恭敬敬地把庞振坤让进客厅，殷勤献茶，又吩咐做饭。

不大一会儿，摆上宴席，李百万连连劝酒，十分殷勤。饭后，庞振坤告辞，李百万拿出二十两银子对庞振坤说："此银权当路费，万望笑纳。"庞振坤再三推辞不过，装作无可奈何的样子收下银两。接着，李百万吩咐仆人备轿，送客。

仆人把庞振坤送出好远，庞振坤才吩咐仆人回去。仆人说："我家老爷想让我动问您一声，我家少爷有什么惊人之处，为什么少见少有，他的前途如何。""回去替我回禀你家老爷，他儿子的长相丑得惊人，可以说是少有，少见。他欺压百姓，横行乡里，有这样的儿子，还算烧高香了！谢谢他的银两！"说罢，扬长而去。

李百万听罢仆人的禀报，只气得天地乱转，头昏眼花，"扑通"一声，跌倒在地。

讲述者： 秦文献，男，66岁，南召县云阳镇西坪村人，小学，农民

采录者： 朱立民，男，23岁，南召县云阳镇人，高中，云阳镇文化专干

采录时间： 1986年6月

采录地点： 南召县云阳镇西坪村

选自： 《中国民间故事集成·河南南召县卷（下）》

54

许鳖谢兔

清朝乾隆年间，邓州有个官姓许，他的刑房师爷姓谢，两人贪赃枉法，狼狈为奸。只要有人举讼，他们就乘机发财，弄得黎民百姓叫苦连天。所以，百姓宁愿忍受委屈，也不弄墨诉讼。

当时，有一拔贡[1]姓庞名叫振坤，以贤达身份，常在州衙来往。州官人等必以宾礼相待。有一天，庞振坤又去衙署面晤知州，一见面便彼此寒暄。知州因久无诉讼，弄不来钱，别话不提，就向庞振坤问："年兄，乡下有无民事？"

庞振坤心想：老贼又想敛钱，何不趁机骂他俩一顿，以泄积愤？于是就说："大事没有，小事不足与闻，有一刁民曾与一医者发生口角。"州官一听"刁"字，于是答言："我乃民之父母，知一州事，自然事无大小，理应知之。请兄详述其事。"庞振坤遂说："刁民某，因母患病沉

重，去请医生来治。适逢医生患痢未愈，婉言相辞，不愿外出看病。刁民再缠，佯说：'先生有病何不自医？'先生说：'痢疾腹疼，不需药物，只要吃二斤鳖肉，即能痊愈。只是没有人卖，求之不得，也算闲说。'刁民顺口答道：'先生想吃鳖肉，那有何难？我素有捉鳖之技，只要下河，别说二斤，就是十斤八斤也是容易。请先生劳驾，去给我妈治一治。'先生就强打精神去刁民家，三剂药可将他妈的病治好了，回来等着刁民给他送鳖。过了几天，不知刁民在哪里弄只死兔送去，抱歉地对先生说：'先生，你看很不凑巧，这几天偏偏河里没鳖，跑了几天只捉来这只兔子，权且感谢！权且感谢！'先生一听大发脾气说：'你妈有病，许先生是鳖；你妈病好了，谢先生是兔子。这算啥？'"许州官、谢师爷一听，知道是庞振坤借故骂他俩是"许鳖谢兔"，可就是干气没法子。

讲述者、采录者：申光荣，男，65岁，西峡县丁河乡丁河村人，初中，农民

采录时间：1981年4月

采集地点：西峡县丁河乡丁河村

选自：《中国民间故事集成·河南西峡县卷（下）》

附记

庞振坤被人们称为"歪才"。民间相传有"君臣辅佐"一说：庞振坤是天降的文臣宰辅之才，本应是先降生君王，而后才有文武大臣降生辅佐。然而庞振坤却是先于君王而降生的文臣武将之一，而将要降生的君王却因斩了龙脉而夭折，文武大臣也就没有辅佐一朝天子的用武之地，因此空有一身本领，却不能匡世济民，因此怪点子才招颇多，便成了人们口中的"歪才"，也就是民间术士称的"困臣"。与此相对应的还有一位与庞振坤同一时期降生的李其志，民间相传其是"武将"之才，传闻他苦练武艺，脚缚重物，并日增缚物重量，待练成后取下束缚物，健步如飞，夜行数百里。有一次，李其志坐在碾盘上歇息，手扶着扁担，站起欲走时，无意中，扁担插到碾盘眼儿里，居然挑起碾盘就走了。庞振坤这些故事，本人自小也听父亲和乡邻讲

[1]　拔贡：科举制度中选拔贡入国子监的生员的一种。清制，初定六年一次，乾隆七年改为每十二年（即逢酉岁）一次，由各省学政选拔文行兼优的生员，贡入京师，称为拔贡生，简称拔贡。同时，经朝考合格，入选者一等任七品京官，二等任知县，三等任教职；更下者罢归，谓之废贡。

过，而父亲所说关于这"一文一武"两个"困臣"的故事，也是听爷爷给别人讲时他记住这么几句的。然而李其志这个人没有太多的故事流传，慢慢地也就淹没在乡里坊间了。（杨琳）

55

庞大麻子

庞振坤处处给老百姓抱打不平，得罪了当地的官吏和财主，他们想方设法来诬害他。

一天，庞振坤正在家读书，突然闯进来两个差人，不由分说，要带他到县衙问罪。庞振坤问犯了何罪，差人说："你家养的贼，偷了这一带财主的东西，已被告上了。"庞振坤说："贼现在哪里？""已被捉拿，在县衙候审。"庞振坤说声"好"，就和差人一起去县衙。

路过一家药店，庞振坤向店主要了一个纸盒，戴在头上，把脸盖住，只留两只眼睛。进了县衙，就跪下请罪。县官一见，十分惊疑，忙问你是怎么啦。庞振坤说，因为家里养了贼，到处偷人，没脸见人，所以才用纸盒盖住。县官问那贼："这就是你主人？"贼说："是的。""你在他家几年了？""整三年了。"庞振坤说："我庞振坤不出名，我这个庞大麻子可是远近都知。你在我家三年了，你说我是大麻子还是小麻子？是黑麻子还是白麻子？"那贼闷了半天，才说："你这个麻子嘛，不大不小，不黑不白。"庞振坤听到这里，把头上戴的纸盒唰地取下来，大声说："县太爷你看，我脸上哪有麻子？"县官一看，慌了手脚，忙令衙役把那"贼"按下就打。那"贼"受不了皮肉之苦，便供了真情。原来是财主们凑钱，买通一个二流子，冒充庞振坤家养的贼，以此来惩治庞振坤出气。不想却被庞振坤揭穿了鬼把戏。

真相大白后，县官对庞振坤安抚了几句。庞振坤却说："县太爷你吃了灯草，说得轻巧！那些财主们诬告我，是要反坐的；你偏信诬告，无缘无故把我抓来，哄得四乡八堡都知道了，我还咋有脸见人？你要不说个清楚，我要到知府那里上告。"县官知道庞振坤不好惹，赔着笑脸说："就这么点小事，你说咋办就咋办。"庞振坤说："你得出钱，请台大戏唱三天。每逢戏开始时，你得对看戏的百姓们说：我听信了财主的谗言，把庞振坤的案子办错了。我枉为父母官……"县官说："出钱唱戏可以，我咋能那样讲啊！"庞振坤说："要不，我就到知府那里告你！"县官无法，只得一一照办。

县官丢了人，没好气，就把这一带的财主绅士们，每人重打十大板，罚白银百两。

讲述者： 朱玉强，男，47 岁，西峡县回车乡大块
地村人，小学，农民
采录者： 朱文举，男，31 岁，西峡县回车乡大块
地村人，高中，农民
采录时间： 1986 年
采录地点： 西峡县回车乡大块地村
选自： 《中国民间故事集成·河南西峡县卷（下）》

56

见鳖就捉

一日，庞振坤走舅家，舅家距他家有一条七里河相隔，徒步要走十多里路，行至一棵树荫下，见一个算命瞎子正给一个老太太掐八字：子午流主已毕，说老人命里主贵，老来福，开口要卦金半吊铜钱。老太太抽了抽嘴角，也没说什么，如数给瞎子付了卦金，拄杖而去。

瞎子接钱心中高兴，数了数装入口袋。庞振坤看在眼里，说道："线上[1]的，生意好哇！"瞎子一听，心想，碰上同行了，忙回话说："道上[2]客，是镜[3]还是圈儿[4]？"庞振坤说："我是阴阳世家。"瞎子一听是睁眼的，忙笑着说："我还怕过河没伴，借光了。""哪里，哪里，秋蛛不咬蚂蚱，咱俩是一块地里的虫。"庞振坤拿起竹杖，拉瞎子上路。路上，二人"乾三连，坤六断"海阔天空扯了起来，扯着扯着，话意投机，大有相见恨晚之感，便互通姓名，瞎子说："我叫钱如命。"庞振坤说：

[1] 线上：打卦算命的江湖术语。
[2] 道上：打卦算命的江湖术语。
[3] 是镜：打卦算命的江湖术语。
[4] 是圈儿：打卦算命的江湖术语。

"我叫人都来。"钱、人一叙年庚，庞振坤管钱瞎子叫哥，庞振坤问道："钱大哥，刚才那老太婆是啥命？恁都收半吊钱。""啥命？鸡刨命，这叫见鳖不捉一场大罪。"瞎子说罢，嘿嘿笑个不停，庞振坤附和着说："是啊！人不骗人难得过，驴不捂眼不拽磨。钱大哥说得对，干咱这一行，见鳖就得捉。"

二人说着说着来到河湾，瞎子脱了鞋，庞振坤顺手拾起朝腋下一夹，拉瞎子过河，二人过了河，还要走半里多沙滩，盛夏正午，七里河滩上，烈日蒸空，火沙燎地。赤脚踏在卵石上，犹如踩着烤红薯，灼皮毛，疼痛剜心，不过一丈远，烙得瞎子龇牙咧嘴，唧猫嚎叫："人老弟，快让我把鞋穿上。"瞎子连呼数声，不见"人都来"应腔，听听四周静悄悄无人，原来"人都来"早溜了，瞎子一步一跌，瞎摸乱撞，摸了一阵，汗如水捞，疼痛难熬，高喊："人都来哟！人都来——！"正在稻田除草的庄稼汉，听瞎子大呼小叫，只当遇上急难大症，急忙下河滩来拉他。瞎子听见脚步声，认定是人都来前来拉他，一腔恶气泼在嘴上："人都来——我日你妈啦！"庄稼汉听了一怔，这瞎子好不知趣，前来救你，反而骂人，上前打了瞎子两耳刮子，踅身走了。

瞎子挨了两耳光，顿时灵醒多了，他再也不敢喊"人都来"了，跪在卵石上连连告饶："爷呀，我错啦，救我瞎子一命吧！"那庄稼汉见他改口，又转身把他拉出河滩，庄稼汉问他是怎么回事，瞎子哪敢明告，火烧乌龟肚里疼。

讲述者： 刘伟英
采录者： 李华玉
采录时间： 1986 年
采录地点： 内乡县西庙岗乡
选自： 《中国民间故事全书·河南·内乡卷》

附
记

南阳农村有句俗语叫"吃鳖喝鳖不谢鳖"，与"见鳖就捉"异曲同工，是对冤大头的轻慢和侮辱。冤大头多是弱者和老实人，如果谁欺辱他们容易受到舆论的非议。人们借助庞振坤这个故事形象，以其人之道还治其人之身，表现了对弱者和老实人的同情，也表现了南阳人的品格。讲述者和采录者其他信息不详。（曲凡杰）

57

闹店

庞振坤一行数人赴省城应试，天色已晚，便在路旁一家客店住下，店掌柜见他们一副穷酸相，便态度冷漠，敷衍应酬了事。

庞振坤心中十分窝火，皇帝尚且重才礼贤，科举应试，你一个小小店掌柜，竟狗眼看人低，看我今晚怎个收拾你。

入夜，庞振坤对同行交代了一番，自己则绕着客店仔细打听这家掌柜的为人。原来掌柜名叫李富，为人尖刻，前年死了当头儿子，留下一个年少寡妇儿媳。

庞振坤听了，归店佯装睡觉，三更时分，他独自一人悄悄溜出客房，来到李富儿媳卧室门下，用小刀拨去门闩，轻身闪了进去，李富儿媳从梦中惊醒，一边呼喊，一边用手朝来人脸上抓，庞振坤一听掌柜李富应腔，忙抽身出门，临去时，把备好的扫帚靠在门上。

掌柜李富听见小媳呼救，急切间哪顾得秉灯执烛，黑灯瞎火地朝儿媳房间里闯，一步踏进门里，只听"哎哟"一声，一头撞在扫帚上，把他扎得满脸开花。当他得知儿媳身体幸免，便龇牙咧嘴回到自己房内。洗去脸上血迹，坐下静思，准是这一行王八羔子所作所为。天不明，他便

找来地保拉庞振坤一行见官。

公堂上，掌柜李富告发庞振坤一行图谋不轨，夜欺寡妇，要县令严惩凶犯。庞振坤申辩说："店主李富，敲诈勒索，重利盘剥，诬良为盗，暗通儿媳，败坏人伦，望县太爷秉公断案，除害一方。"县太爷听了，一时委决不下，忙问双方各有何证据，李富只是心疑他人，哪里来的证据，一时答不上话来。庞振坤则迈前一步："启禀老爷，要得案情理明，须传被害者到案，一问便知。""言之有理。"县令传下火签，着公差随地保带李富儿媳到案，不一会儿，李富儿媳来到公堂，县令便问她夜间罪犯作案，可留有什么赃证痕迹，李富儿媳回禀说："夜来狂徒入内，欲行无礼，奴家死也不从，并用手抓破狂徒面皮为证！"一语未了，庞振坤笑道："大人，事情真相大白，当堂验证我等一行脸上可有手抓痕迹，再看李富有否，不就结了吗？"县令审视一毕，庞振坤一行脸皮没有破损现象，倒是掌柜李富脸上血迹斑斑，深浅不等数条道道，不觉大怒，一拍惊堂木喝道："大胆李富，欺媳暗室，嫁祸于人，来呀！重责四十，以戒下次。"李富到了此时，有口难辩，打得他皮开肉绽，叫苦不迭。庞振坤趁势扇风加火："大人明镜高悬，洗学生一世清白之身，只是我等由此一闹，误了路程，身上川资馨尽，还望大人怜悯一二。"县令不假思索地说："李富阻科误卯，每人赔钱十吊。"

李富挨打赔钱，自认晦气，庞振坤一行得钱上路，无不欢喜，一行人打趣庞振坤怎的拉了女人又得银，庞振坤哈哈一笑，解下腰带，说机关就在这里，众人一看，只见庞振坤屁股上被手指抓了数道指痕，众人醒悟，一个个笑得前仰后合，就地打转。

讲述者：　张子芳，男，66岁，内乡县人，医生
采录者：　凌晨，不详
采录时间：1986年
采录地点：内乡县西庙岗乡
选自：　《中国民间故事全书·河南·内乡卷》

58

唱戏

庞振坤因为在上京赶考的路上抱打不平而误了考期，怅怅而回，这一天来到南镇县，感到腹中饥饿，忙走进一家饭馆，找个座位坐下，胡乱叫了饭菜，狼吞虎咽地吃起来。

"唉！"庞振坤正吃着饭，忽见一人满脸愁云，眉头紧锁，长叹一声，在他对面坐下，也是庞振坤生来爱多管闲事，忍不住问道："我观大哥气色不好，莫非有什么为难之事？"那人点头默认，却不说话，庞振坤又说："有什么为难之事，诉说诉说，出出胸中闷气，岂不畅快一些。"那人摇头叹息道："说也无益。这世道哪有个公理。"庞振坤听罢，越发想打听明白："大哥说说何妨，我虽不能为你排忧解难总也坏不了你的事吧。"那人见庞振坤眉清目秀，说话和气在理，便将肚里的苦水倒了出来：原来那人是靠卖艺为生，能拉会唱，上有父母，下有妻儿，全靠他卖艺养家糊口。半年前跟一个戏班，到处飘零卖艺，如今想回去看看家人，戏主却分文不给，还把他踢出戏班。

庞振坤听完，愤愤不平道："岂有此理。"他略加思索之后，站起身来，对那人说："大哥你在此等候，待我去找那戏主算账。"说罢，拔腿就走，不多时来到戏馆，找着戏主，毛遂自荐道："我自幼学戏，生、旦、净、末、丑样样俱精，愿跟贵班献丑半年，不知肯留不肯？"戏主正为找不到生角而犯愁，见来了个多才多艺的白面书生，自然喜欢不尽，商议好酬金，便一口答应下来。

戏主为了多捞钱，同时要看看这"毛遂"的功夫如何，当天就叫庞振坤上演，庞振坤上得台来，撕开喉咙唱道："一月哩那个二月哩，三月哩那个四月哩，五月哩那个六月哩。"台下观众一听，这叫什么台词呀，简直是乱弹琴，便一哄而散。可把戏主给气蒙了，急忙从后台出来制止："别唱了，别唱了。"

庞振坤也真听话，转身向戏主伸手说："不唱就不唱，请给钱。""什么，给钱？"戏主简直给气糊涂了，愣了半天，终于明白了庞振坤要的是啥钱，心想：没让你赔偿损失，反倒问我要钱，哪有这样的便宜事？就这样一个硬要钱，一个硬不给，二人吵吵闹闹，拉拉扯扯，直奔县衙而来，知县正要退堂，见二人你拉我拽进了大堂，心中早不耐烦，把惊堂木一拍，喝道："公堂之上，休得无理。谁是原告，照实讲来。"庞振坤忙说："老爷，我唱了半年戏，戏主他不给我一文钱，求老爷做主。"戏主听了，忙分辩道："不，老爷，他唱了六个月就问我要半年的钱。""嘟！"知县将惊堂木又一拍，厉声喝道："大胆，混账东西，他既然唱了六个月的戏，你就该给半年的钱。""不，不……老爷不知，他今天才唱够六个月，不够半年。"那戏主越急越说不明白，知县又气又恼又想笑，对两边衙役说道："这样的刁民，不动大刑怎肯老实。来呀，大刑伺候。"戏主一听要动大刑，吓得抖作一团，连连求饶："老爷息怒，饶小人一命，我给他钱就是了。"

"轰下去，退堂。"知县说完，先离公堂。

常言说："见官就是理。"戏主被轰出县衙，只好乖乖地给庞振坤付了钱。庞振坤拿了六个月的钱，急急回到饭馆，把钱往那人面前一放，头也不回，扬长而去。

讲述者：　　不详

采录者：　　陈洪义

采录时间：　1986 年

采录地点：　内乡县岞曲乡吴家村

59

乞丐断案

　　有一个穷人上山采蘑菇，发现荆棘丛中有一丝亮光，他过去一看，是一块石头发光，他就把这块石头捡回家，找了个行家看看，还真是一块很名贵的宝石。

　　穷人得了块宝石的消息很快就传开了。传到一个富人的耳朵里，富人就打起了鬼主意，他想得到这块宝石，可是穷人不卖给他，想偷过来吧，穷人肯定保管得非常严密。于是他就到县衙报官，说是穷人偷了他的宝石。偏偏遇上个糊涂官，他也认为穷人那么穷哪里有宝石，肯定是偷来的。

　　县官接了富人的状子，升堂那天围了好多人观看。

　　县官大老爷坐到大堂上，三班衙役站立两边，原告被告一齐上堂，富人还找了两个伪证人。四个人跪在堂口，原告被告一齐喊冤枉。

　　县太爷先问原告："你有何冤屈对本县说来！"

　　富人说："大老爷，俺家有一块祖传的宝石被这个人给偷了去。"

　　县太爷又责问穷人："你有何冤枉？为何偷人家祖传宝石？从实招来，如若不然大刑伺候！"

穷人大呼："冤枉啊，宝石确实是俺的，怎么能说是我偷他的？请大老爷明察啊！"

县官大怒，一拍惊堂木："大胆刁民，偷了人家的宝石还敢抵赖！来人哪，拉下去重打四十大板，看他招不招！"

众人看县官审案唏嘘不已，有一个乞丐在人群中嚷道："就这本事能做父母官？"县官恼道："叫花子，有本事你来断案！"

乞丐毫不客气地说："这有何难？我来断就是了。"

乞丐就到一个水塘边挖来一团泥巴，分给原告和被告、两个证人一人一块，让他们四人背靠背，每人捏一个宝石的样子来。四个人一会儿就都把宝石给捏好了，一齐放到大堂上，再让穷人去把真宝石给拿出来一对照，真相便大白了。

富人和俩伪证人根本就没有见过宝石的样子，捏出来的宝石哪里能像啊？县官无话可说，在众百姓面前丢了面子，只好把怒气撒到富人身上："家财万贯还恁贪得无厌，若不重重罚你，怎能服众？拉下去重打四十大板再罚银五十两！"

讲述者：	范凤兰，女，70 岁，新野县施庵镇人，农民
采录者：	王坚，31 岁，新野县人，大学
采录时间：	2019 年春节
采录地点：	新野县施庵镇粮管所院内

60

雄
鸡

一位秀才在外做官，休假回家。他媳妇看他回家来了，十分高兴，把她养了三年多的一只老公鸡杀了，让她丈夫吃。秀才吃完鸡，立即就死了。

秀才媳妇没生育，偌大一份家产没儿子继承。近门人想她的家产，就打起了歪主意，到县衙里告她，说她把丈夫毒死了。新上任的知县，是个清官，一问案情，知道秀才媳妇是冤枉的。她品行端正，夫妻关系很好，她没理由毒死丈夫。别人告她，是想她的家产。知县查来查去也查不出秀才的死因，只好把秀才媳妇暂且收监。

知县破不了这桩奇案，就不能为秀才媳妇开脱罪名。为这桩奇案，急得知县茶饭不思，睡眠不安。他的棋友来找他下棋，此案不破他无心下棋，既然棋友来了，就杀他两盘解解闷，清醒清醒头脑。一盘杀下来，他的棋友说："你今天是咋啦，为何与往日不同，出子恁毒，像雄鸡一般？"知县是读了很多书的人，猛听雄鸡二字，立即醒悟，问他的棋友："你刚才说啥？"棋友说："你出子像雄鸡一般。"知县对棋友说："今天到此为止，我有事，改日我请你再下。"

知县立即升堂，提人犯，审问秀才媳妇："你丈夫回家时你给他做的啥饭？"秀才媳妇说："杀了一只我养了三年的老公鸡。"知县问："在哪儿吃的？"秀才媳妇说："我家院子里有棵葡萄树，阴凉很好，葡萄架下有块大石头，天热了俺们就把石头当饭桌。那天我把鸡炖好，盛了一碗，放到石头上，他吃完就死了。"案情大白，秀才死时，正是葡萄开花的时候。"葡萄花见雄鸡是剧毒，吃了没得救。"

讲述者： 范凤兰，女，70 岁，新野县施庵镇人，农民

采录者： 王坚，31 岁，新野县人，大学

采录时间： 2019 年春节

采录地点： 新野县施庵镇粮管所院内

附
记

民间有很多生活常识，如什么与什么相克，什么与什么相配有毒。长辈常用故事向晚辈普及此类生活常识，如在楝树下不能喝蜂蜜水，楝花掺蜂蜜水会毒死人，是否是真的，谁也不敢尝试。（田晓）

61

智审店主

从前，有个人带两锭元宝出门，赶黑了[1]住进一家客店。他怕元宝丢失，就用块布裹着，交给店主说："我有两个蒸馍，夜里怕老鼠咬啃，你给我收管着吧！"店主答应了。

第二天早起[2]，客人从店主手里接过布包，解开一看，元宝真的变成是两个蒸馍。客人不依，哭叫着向店主要元宝，店主哪肯认账，俩人吵到县衙说理。

县官听了二人申辩，把他俩打量一番，想了想，把惊堂木一拍："你这客人！店主好心替你保管蒸馍，你倒反咬一口，真是岂有此理！"说罢，吩咐衙皂，把客人押进牢里。

随后，县官把店主请到二堂，聊起闲话来。县官说："听你说话，肚子里还有些墨水哩。"店主忙说："不敢不敢，小人虽念了些书，比老爷可差远了。""不必客气，我上了年纪，提笔忘字，这银子的'银'咋个写法？"说着，

[1] 赶黑了：黑了，晚上。
[2] 早起：早上。

递给店主一支笔，要他把"银"字写在手掌上。店主不敢急慢，工工整整写好，伸手让县官看。县官一边说写得不错，一边大声喊："来人哪！把他手心的'银'字给我剜下来！"店主大惊，跪下苦苦求情。县官说："饶你也中，可你得把手心上的'银'字保管好。我一天要看几遍，缺一点，少一撇，就治你的罪。"接着也把他押进牢里。过一会儿，县官就去问"'银'字哩？"店主忙回："老爷呀！'银'字我保管得好好的！"就这样，县官一天去问了十来遍。

第二天，县官把店主婆叫来，送进牢房隔壁房子里。店主婆听见县官厉声问她当家的[1]："'银'字哩？"店主答："'银'字我保管得好好的。"店主婆大惊，以为丈夫已经招供了，就把她男人昧客人元宝的事如实给县官招了。

讲述者： 李如莲，女，42岁，唐河县古城乡古刘庄人，初中，农民

采录者： 古秋菊，女，18岁，唐河县古城乡古刘庄人，初中，学生

采录时间： 1986年1月

采录地点： 唐河县古城乡古刘庄村

选自： 《中国民间故事集成·河南唐河县卷》

[1] 当家的：丈夫。

62

理断猪案

有一年腊月，将近年关，王老汉用牛车装了一大车柴禾进城去卖。城里人多嘈杂，牛惊了，车在街上直跑起来，吓得鸡飞狗跳人乱窜。车跑到粮行门前，把粮行掌柜的一头小猪给轧死了。事出来了，粮行掌柜非叫王老汉赔猪不可。这王老汉老实巴交的，身上又没带分文，好话说了一大车也不行。粮行掌柜只是说："没钱赔？车、柴、牛给我留下。"王老汉急得只想哭。

这粮行掌柜，当时在南召县城也算一只"坐地虎"，没几个人敢惹他。因他平常尖斗进，平斗出，高秤买，低秤卖，不少人都恨他。这王老汉轧死他一头小猪娃子，让车、柴、牛全留下做抵押，这明明是讹人。在场的人看着理不顺，就有人给王老汉出主意，叫他找张文申张先生想想办法。不一会儿，张文申头戴礼帽，身穿大布衫，戴副墨镜，手拄文明棍，由西往东而来。走到车前，大声喊道："谁的柴禾车，停在大街上！"王老汉说道："张先生，是我的车。"张文申说："大街上是停车卖柴的地方？影响走路，快拉走！"这时，粮行掌柜说："张先生，他的车

把我的猪轧死了，不赔不能走！"

张文申听了，哼了一声，扭头问王老汉："是你的车把人家的猪轧死了？"王老汉说："是。"张文申高声吓唬道："你车是咋拉的，把车拉到人家猪圈里，轧死猪还不赔？"王老汉说："张先生，我没拉到他猪圈里，车是在大街上走着的啊！"听王老汉说到这里，张文申把话锋一转，说："大街上就是人马车辆行走之处，猪有猪圈，鸡有鸡笼，大街上轧死猪羊都不能包[1]，没事，你走吧！"王老汉使着牛，咯咯当当地把柴拉到柴市上卖去了。张文申扭过头来，故意对粮行掌柜说："乡下人真是没见过世面，不懂大理，蛮有理的事就不敢走了。"粮行掌柜听了，自知理屈，有口难言，只得赔着笑脸说道："张先生说得也是！也是。"

讲述者：　陈岱谟，男，49岁，南召县云阳镇大关
　　　　　村人，初中，职工
采录者：　乔明宪，男，47岁，南召县留山镇黄楝
　　　　　村人，大学，县文化馆干部
采录时间：1984年9月
采录地点：南召县文化馆
选自：　　《中国民间故事集成·河南南召县卷（下）》

附记

乡里都说张文申是清朝末年南召老县城（今云阳镇）有名的穷秀才，他才华满腹，机智过人，人称南召第一才子。穷人受了土豪劣绅的欺压，有了冤情，状子经过他一写，十有八九能打赢。对于那些地痞流氓，赃官显贵，他总要生些巧计，捉弄奚落一番。他不怕官僚豪绅，好打抱不平，官僚豪绅说他是一个"牙骨头"（能说会道的人）。当时，每个新知县到任，第一个总要先拜访他。至今，南召县云阳镇一带流传着张文申许多有趣的故事。本篇故事选自《中国民间故事集成·河南南召县卷（下）》，《中国民间故事全书·河南·南召卷》以及《南召才子张文申故事三则》也收录了此故事。（乔向东）

[1]　包：赔偿。

63

康小巧设连环计

清朝康熙年间，伏牛山里有个康家大庄。庄上有个姓康的小孩，名叫康小。这康小三岁丧父，七岁死了老娘。无亲无故，无依无靠，无法生活，只得沿村乞讨，流浪街头。康小虽然是个要饭花子，可好打抱不平。因此村上的人称他义康小。

那时候，讨饭的有个规矩，就是大年初一不能要饭，要也没人给。年三十这天，义康小躺在村外麦秸堆里，翻来覆去，左思右想，明天就是大年初一，不兴要饭，难道我能白白饿一天不成？想来想去，想出了一个点子。他想：这半山腰里有个山神庙，每逢年三十晚上，就有人到那里烧香祷告许愿，我不如今晚前去弄点供飨吃吃。主意已定，候到天黑，他就迈开大步，直奔山神庙而去。到了庙里，他这儿瞅瞅，那儿看看，心里想：若叫烧香的瞧见，问起我来，我可拿何言回答？况且这烧香许愿，又是连鸡狗都不能叫知道的悄密事[1]，我坐在这儿，哪能行？他猛然扭头一看，见山神爷胎后可以藏着人。他就跳上供桌，

躲到山神爷胎后边。

没多大一会儿，只听到门外有脚步声，踏、踏、踏，由远而近，向庙中走来。康小偷眼这么一看，原来是周营的周大财主。这周财主提个竹篮子，来到供桌前边，把供飨摆在供桌上，当然是大肉白馍。然后，烧香焚表，跪在地上叩了个头，说道："山神爷啊，你老在上，弟子我是周营的周大财主。只因这二年风调雨顺，五谷丰登，我家东南西北四个仓，都装得仓仓轩尖[2]、囤囤流，多得无处存放。你老若叫明年大旱八个月，一点雨也别下，寸草不长，秋麦二季颗粒不收，等我的粮食卖上价钱，我许你大戏三台连唱三天！"这周财主许愿的时候，低拉着头，康小伸手把大肉、白馍偷到山神背后，装入褡裢内。周大财主许罢口愿，站起身来，去收拾供飨，抬头一看，不由激凌凌直打冷战，供飨哪里去了？他心里暗暗吃惊：自从我烧香以来，还没经见过这号事[3]哩。可他又一想，山神爷莫非准了我的口愿，才显灵收了我的供礼不成？他想到这里，心里很是高兴，也不害怕了，又跪在地上，恭恭敬敬地叩了五个头，站起身来，提着空篮出庙走了。大家知道，这叩头也有个路数，给人叩是一个头，给神叩是三个头，给鬼叩是四个头。周大财主为啥要叩五个头哩？因为他以为山神爷准了他的口愿，他就想多叩个头，表示谢承。

周财主走后，康小暗暗骂道：呸！好你个周大财主啊，你真是人面兽心，黑心歪尖，你为粮食卖上价钱，叫老天大旱八个月，别说老百姓饿死，就连我这吃百家饭的康小也活不成。像这号坏东西，我非得想个办法，整治他一下，出出心头之气不可！

这时，听到庙外又有脚步声。康小再一看，又有一个人来到供桌面前，把供飨摆好，跪在地上叩了个头。只听这人祷告说："山神爷你老在上，我是东庄药铺的王掌柜。只因这两年风调雨顺，冷热均匀，世人不再生疮害病，我也没人请，药也卖不出去，求你老保佑，叫明年气候捣故[4]，忽冷忽热，让人多得瘟疫痨病秧子病[5]，叫我生意兴

[1]　悄密事：秘密的事。

[2]　轩尖：非常尖，尖得再也装不下。

[3]　这号事：像这样的事儿。

[4]　捣故：也作捣鼓，摆弄、摆布。这里是捣乱的意思。

[5]　秧子病：一时半会儿治不好的病。

隆，四季财旺。到明年这个时候，我请愿囵囵猪囵囵羊，大祭于你。"康小听到这里气得浑身直哆嗦，碰着神胎发出一阵"嗦嗦"声，王掌柜祷告已毕，听见山神似有声响，吓得看也不敢看一眼，出门走了。

王先生一走，康小心想：半天，外表大慈大悲的王先生和周财主是一号货物，像这些坏心肝烂肚子的人，绝没有好下场。

康小刚收起王先生留下的供食，门外又响起"扑塌扑塌"的脚步声。康小又一看，认得是西庄木匠铺的木匠张大麻子来了。那张木匠来到供桌面前，也把供飨摆好，叩头说道："山神爷呀，这几年，人寿年丰，人该死的也没人死了，我做的棺材也卖不出去了，望你老大显神灵，明年叫人得病就死，把我的棺材卖出去，我檀香木给你再雕金身。"那张木匠许罢口愿，也就走了。

康小把供飨装进褡裢以内，跳上了供桌。他看收的供飨足够"破五"以内吃了，也就出庙去了。康小边走边想：张木匠，本是下力之人，难道你的心长到了胯骨上了不成！既然你和王先生、周财主穿一条连裆裤，我总得想个办法，摆治摆治你们，叫你们好梦做不成，害人不成害自己。想着，不由大步流星地直奔东庄而来。

夜半子时，人都已经睡了。康小来到药铺王先生门前，用手照门上"啪啪啪"猛拍三下，口中喊道："王先生，王先生，西庄张木匠家里，夜值三更，得了紧病，很是厉害。他走不开，叫我来请你，你赶快起来去看看吧！"王先生一听，一骨碌坐将起来，边穿衣裳边自语道："这山神爷真是灵应啊！前半夜许的口愿，后半夜就有人喊我看病。"心里那个高兴劲儿就别说了。

康小喊罢王先生的门，一溜小跑来到了西庄，找到了张木匠的门，也用手照门上"啪啪"这么一拍，失急慌忙地说道："张大叔，张大叔，东庄王先生的老婆半夜得了紧病死了，叫我来问问你，有做好的棺材没有。有了，给他准备一副，没有喽您老还得赶赶工哩。"张木匠一听，连声答应："有，有，有！多着哩！"张木匠急忙下床，开门一看，喊门的人已经走了。由于心里高兴，他也不睡了，点着蜡，坐在屋里，一个劲地吧嗒吧嗒吸起烟来，单等着王先生来抬棺材。

再说康小喊罢张木匠的门，心里暗暗想道：王先生见了张木匠，他们二人必定口角相争，一争就要找周财主评理。这周财主是一方绅士，有头脸的人物，附近庄上的吵架斗殴都要找他评理。对！这事少了周财主，还办不圆哩。康小又合跑连天[1]到了周营，见了周财主说道："周大爷呀周大爷，这东庄王先生西庄张木匠家里都死了人啦，他们马上要来找你借粮食，借钱埋人哩。"周财主一听，喜上眉梢，心想这一回我可要放个高利贷。嘿，就命伙计们取两个白馍夹上腊肉递给了康小。康小接过馍，往腰里一披，扬长而去。

回头再说王先生，出得药铺，直奔西庄而来。俗话说，人逢喜事精神爽，王先生边走边哼着大调曲子，没多大一会儿，来到了西庄张木匠家里。这时候张木匠正立等着他哩。张木匠见了王先生到来，赶紧让到屋里。二人落座，你看看我，我看看你，都没吭声。后来，还是张木匠开了腔，说："王先生你要不来，我也没法给你送，新年巴节[2]的，多不吉利呀，走！跟我到后边瞅瞅去。"那王先生还以为说的是病人的事哩，就说："人嘛，谁没个头痛发热的？不过还是应该我来呀。"张木匠在前，王先生在后，脚跟脚二人来到后院。张木匠边走边用手指着说："王先生你来看，窗户下边是三四五[3]的中等货，那边是四五六的大货，这是二三四的小货，那一谷堆是一二三的小匣子，你看哪一副好，回头我打发人给您抬去，你多少出几个脚钱就行了。"王先生一听，火冒三丈，大声说道："你老婆半夜得了紧病，你打发人请我来看病哩，你说这算是啥话哩你？你真是狗嘴里吐不出象牙，大年节下，你真骚人八辈子气！真是欺人太甚！"那张木匠性情粗暴，一听王先生咒他女人得紧病，厉声吼道："你打发人来说，半夜你女人死了，要买棺材，你一张嘴里能掏出几个舌头[4]？"说着，一拳头打在王先生的眼窝里。二人互不相让，扭打成一团，邻居前来相劝，也拉扯不开。两人撕撕拽拽，去找周财主评理。

[1] 合跑连天：跑得气喘吁吁，一刻也不耽误工夫。

[2] 新年巴节：新年节气中间。

[3] 三四五：三四五、四五六、二三四均是棺材的固定尺寸。

[4] 一张嘴里能掏出几个舌头：意思是话不能来回说。

二人来到周营，天已经大亮了。周财主一看，二人都不喜欢，他不容分说，便皮笑肉不笑地说："你们的事我都知道了，你们家里死了人，无钱安葬，我这里有哇，得多少，尽管说，不过丑话说到头哩，得给我封几个利钱。"那王先生、张木匠一听，气不打一处来，不由心中勃然大怒，开口骂道："狗老财，你这算什么话，大年初一说出这样不吉利的话，我说是你家死人了，你一家都死绝种了！"三人就在周家大院，吵闹起来。这周财主认为自己无辜受辱，满肚子委屈，哪里肯依，上前拉着张王二人就去县衙评理。

三人来到县衙门前，击动了堂鼓。县大老爷一听有人击鼓，立刻升堂，衙役两旁侍立。周张王三人跪在堂下，各说各的理。县太爷一听，其中连带着康小，就抽了一支火签，命人去传康小，衙役接过火签，不敢怠慢，吸袋烟工夫就把康小带到堂前。康小抬头一看，只见周张王三人跪在一旁，单等县太爷开口一问，他就把大年初一不兴要饭，夜里去山神庙捡供飨，听到周张王三人所许的伤天害理的口愿，原原本本，详详细细，清清楚楚，一字不漏地向县太爷说了一遍。接着，也把自己生法摆调[1]三人的事亮了出来。

县太爷不听便罢，一听康小的口讼，冲冲大怒，把惊堂木"啪嚓"一拍，大声喝道："你们这三个坏东西，光天化日之下，竟敢许出这样的口愿，祷告天降灾星，咒骂良民百姓，居心不正。来呀！给我拉下堂去，每人重打八十！"衙役闻听，走上前去七手八脚把三人掀翻在地，"噼里啪啦"一阵好打，只打得三人皮开肉烂，哭爹喊娘。这时县太爷命人取来纹银十两，赏给了康小，让他出衙玩耍去了。正是：

周张王三人心不正，
山神庙许愿把人坑。
义康小巧设连环计，
惩暴治恶落下美名。

[1] 摆调：来回摆治。

讲述者： 褚虎臣，男，72 岁，南召县太山庙乡朱砂铺村人，私塾四年，农民

采录者： 乔明宪，男，47 岁，南召县留山镇黄楝村人，大学，县文化馆干部

采录时间： 1984 年 5 月

采录地点： 南召县太山庙乡朱砂铺村讲述者家中

选自： 《中国民间故事集成·河南南召县卷（下）》

64

审堂鼓

民国十二年，邓县有个徐县长，因为他一脸麻子，所以人称麻子县长。徐县长为官清正，问案简短捷白，无论啥疑难案件，他都能生些非方儿[1]审清问明。因此，人们给他编了一句坎子[2]语：徐县长的心眼儿麻子的脸儿——点儿多。

只说这一年秋天，邓县刁河店上河口二里多地的唐坡有一家姓唐的，是个地主，顷把地，吃个二三十石[3]稞[4]，小光景过得糊流流的。全家老两口一个娃儿。老婆名叫王凤匠，娘家是王良店的人。娶个儿媳妇名叫路华阁，娘家是罗光寨的人。

俗话说：天有不测风云，人有旦夕祸福。儿媳妇接过来不到半年，娃儿就不在了[5]。又过了半年，老汉儿也不在了。婆媳俩成了老少寡妇了。

[1] 生些非方儿：豫西南土话，即奇巧计谋。
[2] 坎子：南阳地区称歇后语为"坎子"。
[3] 石：指中国市制容量单位，一石为十斗，相当于现在的120斤。
[4] 稞：一种麦类植物，如大麦。此处泛指颗粒状粮食。
[5] 不在了：豫西南口语，即去世了。

老婆儿岁数也算不太大，四十几岁不到五十，守不住寡，勾搭她叔伯兄弟，二人通奸，不开不交。

儿媳妇正派，心想：我年纪轻轻的都没走这条路，你是老人家哩，都快近五十的人了，还走这条路？嫂子偷小叔，传出去多难听！就央亲戚们规劝婆子。

谁知道老婆不识劝，找着她野男人说："咱俩这事儿，我儿媳妇她知道了。她出去扬撒[6]咱，我气得很！生个啥门儿，能给她打一顿才出气。"

小叔子说："生个啥门儿哩？我想不出来。"

老婆说："我倒有个门儿。媳妇俺俩是三间两房屋儿，两头睡，只有门帘没有门。把你的衣裳脱一身给我，今黑你可别来，等我媳妇半夜睡着了，我偷偷给你脱这身衣裳搁她床上，我可喊有贼了。我媳妇必定要起来撵贼，我也装着撵贼。我照个灯找到她房屋儿里，把你这身衣裳找出来。我可就说你俩有事儿，借此缘故，把她暴打一顿，叫她吃个哑巴亏。你看这门儿使得使不得？"

小叔子想想说："行，这样一来算拿住她赃证了。以后咱俩再咋办事，她就不敢吭气了。"

当天夜里这个事儿就这样做了，老婆把她媳妇暴打一顿。媳妇想着生气，没有这号事却挨顿冤枉打，名声不好听啊！俗话说，娘家是闺女的出气人。第二天，媳妇回到罗光寨给娘家说说。媳妇娘家可是赫赫有名哩！一听说恼坏了！哼！俺闺女就没这号事，胡乱安赃糟蹋俺闺女，揍这个老婆去！媳妇娘家来了七八个小伙子，扣住老婆儿也暴打一顿。

这一打老婆也气了，回到王良店也去给她娘家说说。老婆娘家也是有名声的户，听老婆一挑唆，火了，来几个小伙子，给媳妇又暴打一顿。两下娘家出头不依了，打起官司来了。

官司打到徐县长手里了。徐麻子带领护兵马弁跑去了，把野男人抓来了，老寡妇也带来了，少寡妇也带来了，当天下午就升堂审问。老寡妇说是少寡妇有野男人，少寡妇说是老寡妇有野男人。徐县长叫野男人对嘴。野男人一看这架势，心想，这一回我怕是活不成了，反正是一死，

[6] 扬撒：卖赖，坏她名声。

我不免对到少寡妇头上，临死我也要捞她个垫背的。他就说："县长大人，你没想想？我既是嫖，我不嫖个年轻的？能去嫖个年老的哩嘛？我是跟路华阁有场儿[1]，并没有跟她婆子有场儿。"

少寡妇一口咬定这是诬赖，陷害好人死不认账。少寡妇娘家也吵得不行。过去逢审这号脏摊子事儿，百姓看家多，县衙院里围的人实透透的。一方承认有场儿，一方不承认有场儿，落不了案。徐县长心想这里头必有原因。可是一时也审不清，问不明，这咋弄哩？徐县长想想，计上心来，对老百姓们说："老乡们，今天天色已晚，先不问了，把他们暂且押进监里，明天再审。我有个审堂鼓灵验得很。明天上午我叫我审堂鼓来审案，一审即明。退堂！"好！老寡妇押那儿了，少寡妇也押那儿了，野男人更不用说也押那儿了。两下娘家人也都住在县衙里，等着第二天上午再过堂。

第二天吃罢早饭，大堂前院里人就围满了，简直跟看大戏一样，挤得密不透风。都想来看看审堂鼓是个啥号样，咋会能审案哩！

不多一时，徐县长升堂了，吩咐警察们去后堂把审堂鼓连鼓架子抬来，支到堂桌前头。人们都踮脚尖看。看来看去，没啥出奇，跟戏班敲那堂鼓差不多。其实这堂鼓就是从戏班借来的。徐县长又叫警察去找来根律顺[2]点的劈柴棒子，有鸡蛋恁粗，一尺来长，搁到堂桌上。一切准备齐毕，徐县长坐在审案桌后说道："老乡们，你们都看清，都听清啊！谁对谁不对，我这审堂鼓一会儿就要说话了。"老百姓们眼都瞪得滴溜溜圆，耳朵支棱着听审堂鼓咋审案说话哩！

只听徐县长惊堂木一拍，大喝一声："来！""有！""带有关人等一起上堂！""是！"好！一干人带到堂上。叫野男人跪在大堂正中，叫老寡妇跪在左边儿，少寡妇跪在右边儿，老寡妇娘家人立在老寡妇跟前，少寡妇娘家人立在少寡妇跟前。人一站好，徐县长开口说道："有关人等，观审百姓，现在堂鼓开始审案，一律肃静，不得喧

[1] 有场儿：有私情。
[2] 律顺：豫西口语，意思是直溜溜没有权的棍子。

哗！"人们鸦雀无声。只见徐县长拿起桌上搁的那个劈柴棒子，递给老寡妇说："你也不用吭声，只用给我这审堂鼓打一下，再给那个野男人头上打一下，各打三回，我这审堂鼓自会说话。"

老寡妇把劈柴棒子掂量掂量，照那审堂鼓上"咚"重重打了一下，照那野男人头上"当儿"轻轻点了一下。如此这般才各打两回，县长拦住老寡妇说："好了，你不用打了。"老寡妇说："我还差一下没打够哇。"县长说："行了，打两下也可以了。"伸手要过劈柴棒子递给少寡妇说："你也跟她一样，给堂鼓打一下，再给野男人头上打一下。也各打三回，然后听堂鼓断案。"

少寡妇接过劈柴棒子掂量掂量，先照着审堂鼓只"当儿"轻轻点了一下，紧接着照那野男人头上"梆梆梆"就是三下子！又照审堂鼓上轻轻点了一下，照野男人头上"梆梆梆"又是两三下子。打得野男人呲啦着牙直揉头。少寡妇扬着棒子还要打哩，徐县长拦住不叫打了。少寡妇说："我还各差一回没打够数哩。"县长说："行了，不用再打了。我这审堂鼓已经说罢话了，案已审清白问明了！"

老百姓一听说案已审清问明了，就哄着问徐县长："县长大人，都没听见堂鼓说的啥嘛，你咋说案已经审清问明了？"

"哎，难道说你们都没有听见审堂鼓说啥？"

"没有哇！"

"没有听见，你们也没有看出啥门道吗？"

"看不出来呀！"

徐县长说："哎，你们没看到？这个老寡妇她不心疼我的审堂鼓哇！照着我的鼓上'咚咚'，使劲打了一下子，得亏我的鼓结实，要不结实她可能把我堂鼓打烂。你们没看她打这个野男人头，只是轻轻点一下，咋哩？她俩有感情，舍不得打，心疼她野男人的头！你们没看到这个少寡妇是咋打哩？她心疼我这审堂鼓，照我这审堂鼓上只轻轻点了一下，响都不响，照那野男人头上'梆梆'就打两三下子。才打了两回，她都打了野男人五六下子，攒着劲咬牙切齿哩打！你们看这个男人头上，已经叫她打了五六个青疙瘩。咋哩？她俩没感情舍得打，恨不得给他头打烂！

为啥？恨他不该栽赃陷害她。"这一说，满院老百姓都省开劲了：可不是哩！就是这个门道！

徐县长把惊堂木"啪"一拍，喝叫老寡妇、野男人快快招供。老寡妇、野男人知道招了供不得了，抵赖不招。县长说："不动大刑，谅你们也不肯招供。来呀！大刑伺候！"一说要动大刑，俩吓瘫了！总是赖不过去，多余再受些苦干啥？招了，几月几日上钩，俩人咋咋通奸，咋咋定计陷害少寡妇，一一供说一遍。

县长问道："招供可是实事？"

"是事实！"

"屈枉不屈枉？"

"不屈枉。"

"不屈枉画押！"

画押已毕，徐县长当堂判决："唐门王氏老不守寡，淫风大作，勾结小叔，有伤风化，诬陷儿媳，事实确凿。奸夫奸妇，即日处决！王氏娘家，颠倒黑白，暴打好人，毁誉嫁祸，出钱立碑表彰华阁贞节，以正风化。"判决已毕，老寡妇、野男人被拉出西城门枪决，老寡妇娘家丢人打瓦，少寡妇扬眉吐气。直到现在人们还在传说此事。

从那以后，就留下一句口头语：徐县长的心眼和徐麻子的脸儿——点儿多！

讲述者：　罗廷绪，男，65 岁，西峡县丁河乡下街村人，不识字，农民
采录者：　谢起超，男，40 岁，西峡县城关镇人，高中，县文化馆干部
采录时间：1981 年 11 月 23 日
采录地点：西峡县丁河乡
选自：　《中国民间故事集成·河南西峡县卷（下）》

65

戏迷

从前有个叫张三的人好听戏。戏楼上来了个大戏班子，唱了几天的大戏。张三就跟着戏班子听戏，听得饭也不吃，觉也不睡。

那戏唱的是有一个大将率兵开赴边关，遇到坏天气。大将及兵卒不识路径，深入敌阵，被敌军围困。内无粮草，外无援兵，全军危在旦夕。唱到这里告一段落，戏班子走了。

张三熬煎坏了，成天饭也不吃，觉也不睡，急得要命，朝廷怎不赶快发兵？这许多天了，粮草已尽，兵士怎样活下去？敌寇进兵了没有？张三完全迷入戏中了，忧郁成疾。妻子没办法，只得去寻医治疗。请遍了当地的医生，吃遍了各种草药，但都治不了张三的心病。

久而久之，张三只觉得精神恍惚，浑身瘫软。心想我死了，我的孩子该怎么生活？若妻子不守节，改嫁出去，我孩子这点骨血也不能保。我不如先试试妻子的心意。张三把妻子叫到床前问道："你我夫妻一场，可叹我不能自保，命在旦夕。我死之后，你嫁给谁好？"

妻子虽见丈夫的病态危急，但并未泄气，听丈夫说些

失意的话，心里很不高兴，便没好气地说："嫁给谁？嫁给老脽子[1]呗！"

丈夫一听妻子的话，心更悲凉了。果然怕处有鬼，痒处有虱！原来她心目中早已有人了，我还没死，她倒把改嫁的处所选好了呀。

张三忧虑朝廷不发兵救边，又忧虑妻子不守节要改嫁，病情日益加重，茶水不进，奄奄一息，快不久人世了。

妻子自觉失言，使丈夫误解了，加重了病情，但已经来不及了，只好忍悲含泪去为丈夫准备后事。

妻子来到表兄家，表兄听说表弟张三病危，吃了一大惊，忙问怎么得的病，是啥症候。

妻子就把张三看戏着魔，医治无效，及自己失言，使他病情加重等话告诉了表兄。

表兄一听笑了笑，对表弟媳妇说："你先回去吧，不用担心。"

不久，表兄就来了。他手里拿着几张火纸，往桌子上一放，闪目一看表兄病势重危，但还装作不知的样子，笑着对表弟说："表弟你咋还睡懒觉不起床？全城多少人去看榜文了。最近皇上派出了救兵，去解救边关之急。里应外合，消灭了敌寇。朝廷还给那些被围立功的官兵加功受禄，现在他们已赴京受赏去了。"

张三一听，神态顿醒，忽然折身坐起，畅出一口气说："太好了，总算把我的心病去了。"

妻子见丈夫卧病几十天不能起床，今天能够轻松坐起，高兴极了，真心烧些鸡蛋茶[2]，为他补养身体。

吃过饭，张三见桌上放着几张火纸，就惊讶地问表兄："表兄，拿这些东西干啥？"

表兄说："表弟你不知道，我有个朋友叫老脽子。我们从小在一起，关系密切，交往至厚，不想他忽然死了。念起前情，我就买几张纸，准备到他坟上去烧烧。"

张三一听大喜，不再忧愁边关遭困，也不再忧愁妻子二心了，病很快就好了。

等到表兄告辞回家，张三就能起床相送了。

[1] 老脽子：大腹便便、窝窝囊囊的人。
[2] 鸡蛋茶：鸡蛋搅碎用开水冲的汤水。

讲述者： 封广定，男，38 岁，西峡县五里桥乡杨岗村人，不识字，农民

采录者： 代新强，男，22 岁，西峡县五里桥乡杨岗村人，高中，农民

采录时间： 1986 年 4 月 9 日
采录地点： 西峡县五里桥乡杨岗村
选自： 《中国民间故事集成·河南西峡县卷（下）》

66

这是『抓字儿』

从前，有兄弟两个，老大在书馆教书，老二在家里务农。

转眼到了年底，家里穷得揭不开锅盖，都眼巴巴地盼望着老大挣钱粮回来过年。谁知，腊月三十晚上，老大空着手回来，一进门，二话没说，一头栽倒在床上，蒙着被子生闷气，一家人围在床前问他怎么了，老大长吁短叹，说出一段事由。

原来，书馆的东家是出了名的吝啬鬼，光想用人，不想给工钱。他看老大在书馆教书已到了年底，生法子总想克扣几个。这天晌午吃饭哩，吝啬鬼对老大说："先生一年辛勤，娃子确实长进不小。前天我让娃子给他舅舅写信，语言流畅，字迹工整，只是写到结尾，冒[1]了两个字不会写，不知先生是否能写得来？"老大听了，心里想："《康熙字典》虽说不上顺溜倒背，生僻字还可以背全千儿八百的，你一个土老财还能难住了我？"便毫不谦虚地说："有什么不懂的字，东家只管问吧！"吝啬鬼说："既是如

此，我问先生'抓字'[2]二字咋写？""抓字儿？"老大嘴里不说，肚里犯难，一时语塞，闹了个大红脸，舍下工钱就回家了。

老大说完，老二安慰说："生气有啥用处，得想个法才是正理。我先去借点钱粮，凑合着过年。过了年，工钱我去要。"老大问："你怎个要法？"老二笑笑，说："这个事儿，你就别管了。"

转眼间到了正月初五，老二把老大的长衫穿了，礼帽戴上，来到吝啬鬼家里。吝啬鬼见了老二不认识，问道："你是谁呀！"老二说："我是二先生。上年我哥在贵府教书，冒了两个字不会。年也过罢，今年的书我来教。我替他要工钱，顺便把那两个字给你说了。""什么？那两个字你会？"吝啬鬼一听说要工钱，吃惊地问。老二笑着说："岂敢鲁班门前弄斧？这两个字太平常了。"吝啬鬼说："如此说来，怠慢二先生了。不过有言在先，这两个字，要是二先生也不会呢？"老二说："若不会，不但大先生一年工钱不要，二先生我也当奉送一年学金。""好说，好说。你可当面写来我看。"老二说："慢，古人说得好，二人无凭，三人为证，咱们还是上大街写吧。那里人多理直，免得谁输了反悔。"吝啬鬼心想：不怕你吹破天，这两个字我考过三省十八县，从来无人会写，去就去，难道怕你不成？想到此处，便问："二先生还需要带什么东西？""东西倒不要，带把笤帚和一个水桶，到染房找点靛角[3]，和成墨水即可。"老二说完，吝啬鬼照办。收拾停当，二人便抬着水桶上街了。

大街上，店铺林立，车水马龙，人群熙熙攘攘，听说二人写字斗输赢，哪个不想看古经，都来见识见识。一时间，人们围得里三层外三层。老二拿起笤帚，在墨桶中蘸了，就照着大街地上东一刷子，西一刷子，南一刷子，北一刷子，人们看了半天也弄不明白，都奇怪地问："这是抓字儿哩？"看不到的更是着急，"抓字儿""抓字儿"嚷嚷开了。

老二把笤帚一扔，说："东家，给我钱吧！"吝啬鬼

[1] 冒：剩下。

[2] 抓字：即做啥子。按当地口音，读作"抓字儿"。

[3] 靛角：靛是一种深蓝色的染料。角是指一小块。

只得乖乖地付了工钱，拎着空桶回家了。

讲述者：	张荣先，女，51 岁，内乡县王店乡人，初中
采录者：	魏一民
采录时间：	1985 年
采录地点：	内乡县城关镇
选自：	《中国民间故事全书·河南·内乡卷》

附记

南阳地处豫鄂陕三省交界，楚汉文化相互渗透、影响，其方言土语别具一格，各县方言又有差别。比如这篇故事中的方言"抓字儿"，在宛东一带则简单到一个字"抓"。相声大师侯宝林先生在一个相声中说到河南的语言：两个人晚上起夜相遇，询问对方是谁，晚上起来干什么。河南的问答最为简洁："谁？""我。""抓？""尿。"（曲凡杰）

67

黄蜡印

从前，内乡城南有位秀才叫王书智，有胆有识，见义勇为，因厌恶功名利禄，无心进取，浪迹江湖。

一天，他来到陕西一个小县城，在一家茶馆坐下歇脚，听见几个客人谈论：福永泰饭店掌柜打死了一个外乡来的老叫花子。究其原因，是老叫花子进店讨饭，势利眼掌柜哪里容得，夺了老叫花子的讨饭碗，摔碎在店门外。老叫花子心疼饭碗，骂出声来。掌柜恼羞成怒，令人将老叫花子活活打死。王书智听后十分气愤，匆匆付了茶钱，大步朝丁字街走去。来到福永泰饭店门口，果见地上还残留些碎碗片，便弯腰捡起数块，用手巾包好装入口袋。然后大模大样地进入店堂坐下，轻轻摇起折扇。

福永泰饭店掌柜姓杨，外号"活眼皮"。此人见风使舵，处事从不吃亏。今天，见王书智那神态气派，心里一咯噔：近日京城传出消息，说是有位御史大人要到这一带私访，莫非正是此人？便上前问道：客官从哪里来？王书智淡淡一笑，把扇子轻轻向上一点，那意思是奉天意而来。"活眼皮"何等精明，马上"心领神会"，"扑通"一声跪倒在地，连连叩头："不知御史大人至此，小人有眼不识泰山，冒犯了，小人失敬，罪该万死！"王书智把扇子一按，压低声音说："尔既识破本台行藏，那就小心伺候，日后定有好处。""活眼皮"受宠若惊，忙置席备酒，请来几位豪绅富商，为王书智接风洗尘。

宾主对坐，陪客入席，彼此寒暄，酒过三巡。王书智从口袋里摸出手巾布包，小声神秘地问："众位乡绅可识这内中藏物？"有位绅士看了一会儿，哈哈一笑，说："大人真会开玩笑，此乃是一个老叫花子讨饭碗，前日被杨掌柜摔碎在门外。大人收藏此物，不知有何用场？"王书智听后，故作惊诧地问："老叫花子如今何在？"绅士说："已经死了。""嘟！"王书智突然变色，用手把桌子一拍，说："你们可知本御台此次来访作何差事？"众人诚惶诚恐，吓得说不出话来。王书智把碗片重新包起，厉声说："三年前，朝中钦差张大人奉旨私访，此碗系圣上御赐张大人的宝碗，本御台曾亲眼所见。如今，张老大人离京三年，音信全无，圣上放心不下，特派本御台私访查找，想不到今天竟死于杨掌柜手下！""活眼皮"一听，犹如五雷轰顶，登时稀泥一摊，连连磕起响头，说："奴才该死！奴才该死！"众乡绅也一齐伏在地上，为杨掌柜说情。

王书智见好戏入门，佯装怒色，背着手在桌前转了一圈儿，说："事关重大，本御台怎好自作主张，眼下紧要的是把张大人尸体扒出来，盛装入殓。杨掌柜可披麻戴孝，先遮人耳目。到时，本御台方好与尔等开脱。"此时，"活眼皮"保命要紧，满口应允，百依百顺。

第二天，消息传开，小县城热闹非凡，人们争相观看。"活眼皮"披麻戴孝，手扶着柏木棺材银档头，四角四个银轱辘，痛哭流涕，如丧考妣。人们看在眼里，喜在心头，拍手称快。就这一下，把个"活眼皮"弄得倾家荡产，还不足安葬老叫花子的一半费用。

这么一折腾，吓着了知县丁平。这位丁知县，仗着天高皇帝远，凶狠贪婪，不干正事，专意搜刮民财。如今听说御史大人来到县里，不由心虚，备了厚礼，把王书智请入驿馆，准备次日在县衙二堂设宴接风。

王书智本来惩罚了"活眼皮"，就想一走了事。如今又见丁知县缠住不放，便乔装改扮，溜到街上，买了一斤

黄蜡，以备捉弄丁知县之用。

丁知县把王书智迎进县衙。双方寒暄已毕，丁平故意把话题引到当朝九卿四相八大臣身上，意在试探虚实，辨别这位御史大人的真假。然而，他哪知王书智早有防备？只见王书智站起身来，撩开衣襟，取出一个小红布包裹，托在手上，轻轻展开，露出一个金灿灿的虎头大印，说道："丁知县，休得盘查，你看这是什么？"一句话，吓得丁平魂出七窍，"扑通"一声跪倒在地，连连告饶："小人知罪，小人知罪！"原来，王书智早用黄蜡造出一颗足以乱真的假印。丁平哪敢细辨，王书智也见好即收，冷冷一笑说："本御台一路查访，知你所犯之罪罄竹难书，限你半日将所刮民财如数交出，赈济贫民，如若抗拒狡诈，本御台将奏明圣上。圣上若怪罪下来，莫怪我不近人情。"王书智恩威并用，把丁平吓得屁滚尿流，不迭声地说："大人法外施恩，下官一一照办。"一时间，从后院搬出千两黄金、万两白银，还有许多古玩字画。王书智当场令本县师爷具单造册，分与贫苦百姓。一时欢声雷动，万民称颂，齐呼"王青天"。

办完这两桩事，王书智在驿馆长长出了口气，叫人弄了四个小菜一壶老酒，自斟自饮，慢慢坐喝。待到三更过后，悄悄离开了驿馆，踏着月色，乘兴向秦岭走去。

讲述者：	杨景希，男，70 岁，内乡县灌涨镇胡齐人，小学，农民
采录者：	刘伟英
采录时间：	1986 年
采录地点：	内乡县灌涨镇
选自：	《中国民间故事全书·河南·内乡卷》

68

智斗

从前，有兄弟俩。哥叫白文，在外边学馆教书。弟叫白丁，跟嫂嫂在家务农。

年终，白文从学馆归来，愁眉不展，唉声叹气。弟弟白丁见了忙问："哥哥，每年回来高高兴兴，今年回来为何闷闷不乐？"哥哥说："兄弟你是不知，往年回来腰缠年金，自然欢喜，今年两手空空，乐从何来？"白丁听了迷惑不解："哥哥，今年的年金哪儿去了？"白文说："弟弟哪里得知，为兄今年的年金被赖去了。"接着便讲起事情的原委。

原来，北山有一个既尖刻又吝啬的财主，贴出招贴，要请一位学馆先生。招贴上写明：若有应聘者，可得倍二的年金。但是有一条，年终由东家提出三个问题，如有一题答不上，年金便要全部扣除。白文心想，自己学富五车，怎么也能应对得了，就揭了招贴应聘了。到了年终，老财主指着一条黄狗问白文："这叫什么？"白文是个老实人，哪里想得许多，随口应道："老黄狗呗！"老财主哈哈大笑："亏你也是教书人，狗者犬也，狗犬不明，何分白痴与先生乎？"一席话羞得白文从脸红到脖子，哪敢再讨年金，卷起铺盖便回家了。

老二白丁听完了事由，不但不恼，反而笑着劝慰哥哥说："难怪你老实本分，竟把黄毛犬念成老黄狗。马善被人骑，心善被人欺，你这事不足为怪。安心过年，为弟明年代你去讨还年金是了。"白文惊讶地问道："兄弟，你目不识丁，怎个去讨？"白丁笑了笑："这个，哥哥不用担心，到时候让你高兴就是。"

过了正月十六，老二白丁穿上老大白文的长衫来到财主家。老财主问他是何人，白丁说："去年，白大先生教学年金未付，白二先生特来讨账。"老财主看了看白丁，冷笑说："年金好付，不过有个不成文的规矩，二先生若能答出三个问题，莫说去年的年金，再奉献你三年的年金若何？"白丁笑道："口说无凭。"财主说："立字为证。"二人立字画押。老财主说："第一题，限你半日之内，以我为题写副对联，不但对仗，还要一扫他人俗气，什么真草隶篆，我全不要，行吗？""行。"白丁满口应承。就这样，老财主把白丁让进书馆，由他自己写去。

白丁在书馆内左思右想，怎么也想不出该如何应对。斗大字不认一升，莫说写对联，黑门洞也不会画呀。他索性沏茶自饮，一会儿工夫便想小解。他信步出门，到屋后山上，一则乘乘凉风，二则动动脑筋。当他拐到一块大石后面小解时，发现一堆粪便中爬着不少屎壳郎，你拱它掀，又推又抗，嗡地飞来，嗡地飞去，好不热闹。他灵机一动："好了，这副对联就劳驾它们吧！"他拿棍子拨出几只屎壳郎，用树叶包了包，就转回书馆来。

回到书馆，他把红纸裁定，拟好每个字的距离，磨了满满一砚墨，将屎壳郎放在墨中蘸了蘸，再把它们挨个搁到红纸上，不到一刻工夫，一副对联便完工了。晾干叠拢，想好应对的词句，便躺到床上养神。

下午，老财主请来几个半瓶子咣当的读书人，然后才去喊白丁，当众把上午立字据和打赌的事说了说。接着，就让白丁拿出对联来。白丁把对联朝桌上一摊，老财主便邀众人观看。几个人眯着眼睛呲着鼻，看了半天，谁也看不懂这位白二先生写的是什么字体。白丁笑了笑说："老东家既不要'真''草'，又不要'隶''篆'，学生只好写这种'千古文'体了。""千古文体，好，好！"几个读书人不懂装懂，随口附和。老财主揉揉眼，无可奈何地问道："二先生既用千古文写，那么你这对联该怎么念哪？"白丁笑道："老东家，我这对联：远看像疙瘩，近观似梅花。横批是：啥不是啥。"老财主忙问意思怎讲。白丁说："老东家，你让俺以你为题。学生站在远处看，你肠肥脑满，横肉一团，所以上联叫'远看是疙瘩'。当你来到跟前，你那衣服绣的尽是福禄寿，因此，下联叫'近看似梅花'。随后，我又顶真给你看了看，你家虽有高楼，却不是宦门，广有钱财，但没有官威，所以横批写成'啥不是啥'。"当着众人，一席话说得老财主脸皮煞白，半天还不过话来。白丁笑着又说："这一题认输了吧。请出第二题。"

老财主抹拉抹拉脸皮，说道："你既为先生，必然上通天文、下知地理。我问你，这天地间究竟有多高？"白丁听了，对，你要麻缠，我就胡来，于是说："老东家，这个不难，说出来你自己算去。老灶爷上天，二十三日去，初一五更还，一站九十里，七天打来回。"

老财主听了，闷了一会儿，拿眼瞅瞅几个读书人，都直摇头。也不知道老财主算了没有，只见他走到后窗前，用手拉开窗门。这时山上正起大风，老财主转身对白丁说："二先生精通天文地理，势必知晓阴阳五行，这是树响，还是风响？"白丁听了，他突然站起身，来到老财主面前，甩开手臂，左右开弓。啪！啪！打了老财主两个耳光，问道："请问老东家，这是你脸响，还是我手响？"

老财主拿手捂着腮帮子，只觉着眼冒金星，疼得钻心，哪能答应上来？白丁接着又说："老东家三道题未能难住学生，如今学生献丑一题，在位不论谁能答复得对，不要说大先生那年金不再索取，就是学生在此再教三年书，也分文不取。这道题是：朱夫子有七子，三子上山，三子下海，余下一子，不知道流落何处？请教了。"白丁说完，老财主和几个读书人，张飞穿针——大眼瞪小眼。虽说在位都是老私塾底子，诸子百家读了不少，但听这样的题还是第一次。一个个涨红脸皮、挠破头皮，谁也对不上来。老财主见几个读书人一群笨蛋，白二先生又粘嘴腻牙[1]，只

得剜心割肝，捧出三年俸银，送客出门。

白丁捧着白花花的银子回到家里。白文傻眼了，忙问老二是怎么回事，老二便把前后经过说了一遍。白文听得发呆，说道："老二，别说你出的那题他们答不上来，就是哥我也让你给装了[2]。你快说是怎的解法。"白丁笑着说："哥，你忘了，隔壁大妈家那头老母猪下了七个猪崽，三个叫狼背上山吃了，三个掉茅池淹死了，剩下一个不是叫咱大姐逮去了吗？"

老大白文听了，一时哭笑不得，嘴里只是一个劲地念："智哉，愚也！愚哉，智也！"

讲述者：　邹隆俊，男，67岁，内乡县城郊乡邹营人，小学，农民

采录者：　符正国

采录时间：　1985年

采录地点：　内乡县城郊乡

选　自：　《中国民间故事全书·河南·内乡卷》

[1]　粘嘴腻牙：难缠。

[2]　装了：弄懵了。

69

捧家儿

这时，金殿上的一位大臣实在听不下去，就质问丞相："请问丞相，以此推理，那么铁筒生锈咋办，岂不是江山生锈了吗？"皇帝听了大惊，忙问丞相："你说呢？"丞相不慌不忙地说："万岁圣明，自古锈者，黄色也。黄色乃金的象征，这正应了'锦绣江山万年长'呀！"

讲述者： 庞守杰，男，53岁，内乡县十字路村人，中专

采录者： 习仲生

采录时间： 1987年

采录地点： 内乡县瓦亭乡

选自： 《中国民间故事全书·河南·内乡卷》

从前，有一个昏庸的皇帝和一个贪财的丞相。皇帝为寻欢而不理朝政，丞相为发财而阿谀逢迎。

一天，丞相见皇宫有一对玉筒，工艺精巧，玲珑剔透，不禁眼馋。夜间，派人为自己偷了一只来。

第二天早朝，皇帝责成丞相破案。丞相仰天大笑，还神秘地告诉皇帝："万岁，此乃天意也！"皇帝听了，大惑不解，问："寡人宝筒被盗一只，你怎的乐哉，还说是天意？"丞相答道："江山岂能两筒（统），天意所在，就在我主万里江山成一筒（统）也！"丞相说罢，皇帝连连点头："噢，偷得甚好，偷得甚好哇！"

又过了几天，丞相又派人把另一只玉筒也偷归己有，并且做了一只铁筒放在原处。早朝时，皇帝又问丞相："剩下的一只玉筒又被偷走了，并且换成了铁筒，你能说还是天意吗？"丞相则更神秘地说："万岁，这不但是天意，而且要我主江山万代长存啊！"皇帝问："此话怎讲？"丞相答："万岁你想，玉者易碎，铁者坚韧，这岂不是让我主的江山牢固得像铁筒一般吗？"皇帝听了，连连称妙，高兴得竟手舞足蹈。

70

智斗王先生

从前，默河岸边王家庄有个读书人，人们都称他王先生。其实，这王先生可不像个读书人。谁想用用他肚子里那几个字，没点银钱礼物可不行。

有一年，村里有个叫李兴的人来找他写对子。他看李兴穿得破破烂烂，又没带一点礼物，心里就不高兴，就胡乱提笔与他写了一副对联。这李兴也不识得字，就拿着回家。路上碰到邻村一个秀才，李兴想让秀才看看写的啥，给他讲讲，取个吉利。秀才看后非常生气，就对李兴讲了实话。李兴听后十分恼怒，衣裳一甩，就要去与王先生拼命。秀才忙拦住他说："拼不得，拼不得！你过来，我与你定一计策，治治他这个王先生。"李兴听了秀才的劝告，和秀才合计了一阵，就回家了。

再说这王家庄有一户财主，是方圆百里有名的大户，因平常心狠手毒，人们都称他"王蜈蚣"。大年初一清早，王蜈蚣在屋内敬过神后，又到外边放鞭炮，正转身回家，忽然看见大门上的对联被人换掉。新换的对联写着：千张牛皮没四两，芝麻绿豆一树生。横额是"杂种"。王蜈蚣看后火冒三丈，破口大骂。一时三刻，门口围了一大帮

人，乱哄哄地都来看热闹。这时，邻村的秀才也来了。只见他挤进人群，走到王蜈蚣跟前，作了个揖，说："王大爷，大年初一出这号事，你得赶紧找找是谁写哩，得整他一下破破。要不，你家非败不行。"这时，李兴在一旁说："咱们这儿除了王先生，谁还会写对子？"王蜈蚣一听说："对了，咱这儿除了他，再没人识得字，肯定是他个龟孙干哩。"话还没落地，王蜈蚣就看见王先生往这儿来，顺手拿根杠子，没头没脑向王先生打过去。当王先生问明情由后，立马瘫倒在地。

这时，秀才出面与他们双方和解，让王先生请三天大戏赔礼道歉，再送十两礼银，王蜈蚣从此也不许重提此事。

讲述者： 刘俊英，女，74 岁，内乡县灌涨镇胡刘村人，不识字，农民

采录者： 刘伟英

采录时间： 1986 年

采录地点： 内乡县灌涨镇胡刘村

选自： 《中国民间故事全书·河南·内乡卷》

71

标点案

从前，内乡有个油嘴滑舌的媒婆，专靠说媒取利为生。

东庄张员外，女儿长相丑，秃头、麻脸，柴脚两片，无人提亲，便送媒婆一份贵重礼物，央求为女儿择个门当户对的婆家。

收下礼物，媒婆遍想也没有合适的。忽省儿[1]，她想起了尖酸琉璃[2]的西村李员外。上次为他大儿子说媒，竟没捞到一点儿油水。想到这儿，不由气上心来，决计把张家丑女说给李家老二为妻。

订婚传帖上写着："乌黑头发无麻子脚不大秀气。"

李员外见婚帖，欣喜选了个称心如意的好媳妇。谁知把媳妇接过门，原来是个奇丑无比的柴女[3]。李员外不依，拉媒婆去见官。公堂上，李员外告说："婚帖上写的是'乌黑头发，无麻子，脚不大，秀气'。"媒婆反辩道："婚帖写得清清，'乌黑头发无，麻子，脚不大秀气'，有

字为据，何言欺骗？"

原来古时候写信行文，多不加标点。县官听罢，觉得都有道理。为了既惩治媒婆，又成全婚事，他传令，重打媒婆四十大板，又赠诗与李员外道：

貌丑心地美，
丑媳也是媳。
娶个丑媳妇，
未必不是福。

李员外点头称是，连连谢恩。

讲述者： 不详
采录者： 王杰臣，男，43 岁，内乡县城关人，高中
采录时间： 1986 年
采录地点： 内乡县城关镇
选自： 《中国民间故事全书·河南·内乡卷》

---

[1] 忽省儿：指猛然醒悟。
[2] 尖酸琉璃：形容人吝啬、抠搜。
[3] 柴女：指丑女子。

72

知县设计成美眷

愁云。他们哪里知道，这是县官在成全他俩。原来豹子滩、老虎岗，是内乡县的两个地名，既没豹子，也没老虎。

讲述者： 不详
采录者： 王杰臣，男，43 岁，内乡县城关人，高中
采录时间： 1986 年
采录地点： 内乡县城关镇
选自： 《中国民间故事全书·河南·内乡卷》

清代，有个内乡人在陕西做县令。他为官清正，百姓无不称颂。

一天，有个姓赵的员外来告状，状告伙计拐骗了他的儿媳，恳请大人做主，惩治伙计。县令就派差役捉来两个被告，经过堂审得知，这个伙计是南阳人，因白河泛滥，妻小淹死，田产淹没，难以营生，只身跑到陕西，给赵员外当伙计。赵员外儿媳守寡多年，也是半边人[1]。他们同病相怜，天长日久，心生爱意，就私订终身，准备逃奔他乡。

县令听罢，沉思片刻，将伙计拍案定罪："南阳逃荒人，斩首不解恨。做出此等事，冒犯礼仪人。放逐豹子滩，看你怎存身。"赵员外听说要喂豹子，暗暗高兴。接着，县令又定寡妇之罪："丧夫是命运，守寡是本分。私通败门风，说来羞煞人。发落老虎岗，猛虎抓你心。"赵员外闻听要喂老虎，心里更加舒坦。

这对不幸的有情人，在被押解"处死"的路上，满腹

[1] 半边人：丧偶独身的人。

73

小三和县官

现在该看你的了，快把狮子给我从墙上赶下来吧！"

县官一听，目瞪口呆，半天说不出话来。

讲述者：　　陈文通，男，59 岁，内乡县城关人，小学

采录者：　　姚天舜

采录时间：　1979 年

采录地点：　内乡县城

选自：　　　《中国民间故事全书·河南·内乡卷》

从前，卢氏县有个农民的儿子叫小三，天资聪明，智力过人，远近闻名。县官听说后，很不以为然："一个毛孩子，乳臭未干，能有多大能耐，老爷我倒要见识见识。"

这天，县官在院内散步，一抬眼看见影壁上的彩画，猛然计上心来，赶忙拔出一签，差人传小三来见。又打发衙皂传来火工杂役、在押人犯，到影壁墙下聚齐。他要叫小三当众出丑。

小三来了。县官指着墙上彩画，问："你看见这墙上的狮子吗？"小三回答说看见了。县官说："狮子是百兽之王，如果你真聪明，就给我把这头狮子捆起来吧！"大伙儿一听，不知县官葫芦里卖的什么药，都暗暗替小三捏着一把汗。

小三看了看彩画，说："太爷，你不给我绳子，我怎么能捆住狮子呢？"县官嘿嘿一阵冷笑："来人呀，拿几根绳子来！"心里想："我倒要看看你怎么捆得住这头狮子。"

绳子拿来了，小三接在手里，挽了一个绳圈，不慌不忙地退到门口，弯下腰，对县官说："太爷，我准备好了，

74

刘四方说笑话

过去咱们这地方有个人叫刘四方，也算个饱学才子。他在外教书，家里穷得很，穿着打扮不像个样。他好说好笑，老百姓都很喜欢他。可有些好家儿人家，还有一些绅士瞧不起他，总是取笑他，拿他开心。刘四方脑子灵，眨眼就是见识。平时，说笑之间，就能把绅士们嗷[1]得鼻子不是鼻子、脸不是脸。绅士们气得干瞪眼，就是对付不了他。

有一天，绅士们商量商量，要狠狠给刘四方嗷嗷。他们在街上找个处儿，摆上酒菜，请刘四方来。他们事先找了个卖唱的妓女，对妓女说："等一会儿，刘四爷来了，你赶紧上去拉住他喊爹。"妓女说："我不敢喊。"这一伙人说："有俺们在这儿，你只管喊，他不敢给你咋一点儿。"一会儿，刘四方甩着又脏又烂的长袍子，扑扑扇扇地来了。妓女上前拉着他的袖子喊起"爹"来，惹得绅士们哄堂大笑。刘四方不慌不忙，拉着妓女慢悠悠地走进屋去，说："我哪有这个闺女？谁说我是她爹哩？"绅士们

笑着蹦着说："她就是你闺女，还问你叫爹，你有一个妓女闺女不错呀！了不起啦！"刘四方说："我这个闺女是最小的一个，她三岁，我就把她卖了。卖的时候，别人没人知道，就她几个哥哥知道。"他这样一说，绅士们知道吃了亏，都傻眼了。

有一年，到鳌山赶会，刘四方家穷没啥吃，早上煮的豌豆角，吃了往鳌山赶。到了鳌山祖师庙，见绅士们都坐在泥胎神像跟儿，他也往地下坐。才坐下来，豌豆角在肚子里发作了，放个屁也不响，弄得满屋子臭烘烘的。绅士们叫起来，说："臭！真臭！谁放屁了，是豌豆屁！"绅士们都说是刘四方放的。刘四方也觉得没意思，气不过，站起身，拿出长长的烟袋杆，照这个绅士头上敲一下说："是你放哩不是？"人家说"不是"。又照那个绅士头上敲一下说："不是他放哩，是你放哩不是？"人家也说"不是"。他把绅士们敲打了一个遍，都说不是。最末了，他给泥胎神像敲一烟锅子说："都说没放屁，那是爷放哩吧？"又嗷了绅士们。

还有一回，刘四方从街上往回走，半路上有三个人在歇息，一个叫杨一，一个外号叫三破鞋，另外一个是个染匠。这三个人一见刘四方就骂起来，说："刘四爷，你走恁快，也不知道是你老婆在屋下牛娃哩？"刘四方笑着说："不是老婆要下牛娃，听说，是俺们那个老羊正在下羊娃。羊娃下不出来，给老羊憋里乌青，羊衣胞[2]不掉，急哩坠个破鞋还不掉，一下坠了三个破鞋才掉了。我赶紧回去瞅瞅。"刘四方走过去多远了，这三个人才知吃了亏。

讲述者： 刘俊英，女，73岁，内乡县灌涨镇胡刘村人，不识字，农民

刘培三，男，85岁，内乡县灌涨镇胡刘村人

采录者： 刘伟英

采录时间： 1985年

采录地点： 内乡县灌涨镇胡刘村

选自： 《中国民间故事全书·河南·内乡卷》

[1] 嗷：骂。

[2] 羊衣胞：羊胎盘。

75

评理

讲述者：　曹天，男，54 岁，内乡县师岗镇曹营人，小学，农民

采录者：　党希昌、谢振轩

采录时间：　1985 年

采录地点：　内乡县赤眉镇

选自：　《中国民间故事全书·河南·内乡卷》

头来。"

一天，刘五、刘六两家为猪吃麦苗，吵得不可开交。最后，拉拉扯扯来找刘举人评理。举人听完事由，笑着对他俩说："区区小事，反目为仇，全不记父母之恩、手足之情。清官难断家务事，还是以和为贵吧。"刘五听了不依，拉住举人说："十冬腊月天，猪嘴赛钢锨。跑我麦地里，庄稼连根剜。地里没麦苗，指啥度荒年？"

刘举人听了说："若是这样，叫刘六赔你一斗麦子好了。"刘六一听，更是不依，也拉着刘举人说："十冬腊月天，地皮冻如砖。猪嘴本是肉，怎能把地翻？打折我猪腿，不赔我不沾。"

刘举人哈哈一笑："在理！在理！刘五，你就赔刘六一斗豌豆，让刘六的猪养伤。"这下子，刘五、刘六都不依了，一齐质问刘举人评理评的啥牌名（名堂）。

刘举人也不依了，抬高嗓门说："兄弟吵架太不该，全为鸡子尿湿柴。倘若去见县太爷，各打五十够一百。"

兄弟两听了，一时说不出话，都乖乖地走了。事后，为刘举人评理一事，人们编了几句顺口溜："举人评理真不歪，一斗豌豆一斗麦。评罢刘五评刘六，两下一头一

76

店主人与三旅客

城关西大街有一家旅店，住了三个旅客，一个是教书先生（儒家），一个是治病先生（医家），一个是风水先生（阴阳家）。因为下着连阴雨，盘缠又带得少，所以离店结账时，每个旅客都欠了店主人四串钱。

店主人说："我出个哑谜，谁对上，谁背着行李走人，对不上的，留下行李抵押，以后拿钱来赎。"

三个旅客都觉得自己很有学问，想着这四串钱是不用还了，于是，一齐催店主快出哑谜。

店主人用手向上一指，向下一指，向左一指，向右一指，向前一指，向后一指，三指一伸，中指一展，胸前一拍，然后请三位旅客解答。

教书先生说："上不怨天，下不尤人，若在其左，如在其右，瞻之在前，顾之在后，三十而立，四十而不惑，从心所欲。"

治病先生说："上焦火，下聚寒，左瘫，右痪，前痈，后疽，三片生姜，四个枣儿，空腹服下。"

风水先生说："上有来龙，下有去脉，左青龙，右白虎，前朱雀，后玄武，三十年发，四十年塌，万般皆归于

心田。"

三个旅客都说自己的对，背着行李要离开旅店。

店主人说："你们说的都不对。我出的是：上有天，下有地，侍候左，服侍右，前思后想，三个人欠我四串钱，不给，于心何忍？"

三个旅客听罢，都觉得非常羞愧，一个个留下行李作抵押，空手而去。

讲述者：　　不详

采录者：　　王秀山，男，79 岁，内乡县城关人

采录时间：　1987 年

采录地点：　内乡县城关镇

选自：　　　《中国民间故事全书·河南·内乡卷》

77

七岁顽童斗府官

有一年，南阳大旱，六粮不收，知府还派人到处催交官税。这天，来到南阳东边一个庄上。这个庄上的人说："恁大灾还叫交税，还不胜叫交公鸡蛋哩！"知府听说以后，立逼着这个庄的地保交五个公鸡蛋。

地保愁得连饭也吃不下去。他儿子说："甭发愁，知府来了有我哩！"

这天，知府带着人，坐着八抬大轿来了。地保的儿子对知府说："我爹夜儿黑生个小孩，不能出门，他叫我来对你说说。"知府见地保的儿子只有六七岁，眼一瞪说："胡说！世上哪有男人生小孩的？"地保他儿子说："男人不会生小孩，公鸡咋会下蛋？"知府一听这话才知道这小孩不简单，就想难为他一下，接着又说："你说一棵树有几条根？"地保他儿子说："你是一府百姓的父母官，只要你能说出来俺庄有多少男多少女，多少大人，多少小孩，我就能说出来一棵树有几条根。"知府没想到他会问这，干着急说不上来，忙把话题岔开说："小孩，你要是能作四句诗，每句都带上二十八条腿，你庄的官税我就全免了。"地保的儿子说："咱说话可得算数。"知府说："决

不反悔！"地保的儿子随口就说出了四句诗：

四人五马去出征，
五狼二虎归山东。
三猫逮着四只鼠，
十三媳妇拜公公。

知府听罢，掏出个元宝赏给地保他儿子，坐上轿走了。

讲述者： 马运亭，男，71 岁，社旗县青台乡宋庄村人，小学，农民

采录者： 李廷，男，34 岁，社旗县青台乡宋庄村人，初中，农民

采录时间： 1986 年 3 月

采录地点： 社旗县青台乡宋庄村

选自： 《中国民间故事集成·河南社旗县卷》

78

鸡子案

从前有个叫李孝的人，娘俩过日子。母亲害病无钱买药，就把家里的一只老母鸡拿到城里去卖。不小心鸡子脱手飞了，李孝紧追不放，一直追到王员外的院子里，才把鸡子捉住。

王员外一把夺过李孝的鸡子高声骂道："好胆大的贼子，竟敢大白天来偷鸡！"李孝说："这是我的鸡子，哪个偷你的？"两个人正在争吵，忽然一个地痞走过来说："我和王员外是老邻居，这个鸡子从小我都认得，分明是你乡下人偷了员外的鸡子，还狡辩什么？"

李孝一张嘴说不过两张嘴，只得去县衙告状。县官把李孝打量一番，见是一个忠厚的庄稼人，就问王员外："你看清楚了没有？到底是不是你的鸡子？"王员外还没开口，那个地痞就接着话茬："我和员外是老邻居，这鸡子我是看着长大的。大老爷，人家员外家啥子没有，为啥要讹他这一只毛鸡子呢？"县官没理这个地痞，问王员外："你的鸡喂的啥东西？""喂的是五谷杂粮。"员外假装镇静答道。"李孝，你的鸡喂的啥？"

"今天我来卖鸡前，剁了些红薯皮喂了它。"李孝答道。

"班头，去拿刀来，把鸡子杀了，看看嗉子里到底是啥东西。"

班头杀了鸡。一看，果然不错，全是碎红薯皮，没有一粒粮食。王员外和地痞吓得直出虚汗，心想，有个地裂缝钻进去才好啊！

出乎所料，县官并没有发脾气，只淡淡地问了一句："你俩狼狈为奸，讹诈好人，是认罚，还是认打？"

"认罚罚多少？认打打多少？"王员外胆怯地问道。

"认打，每人八十大板，认罚，罚你银子四两，罚那个作证人蜂糖四两。"

"那……我情愿认罚。"地痞急忙答应。

于是，王员外拿出四两银子，算作李孝的鸡子钱。地痞灌来了四两蜂糖。县官一声喝道："姓王的扒下裤子趴到板凳上！"把个王员外吓得面如土色，只好照办了。县官叫李孝端着蜂糖碗顺着王员外的屁股倒下去，厉声喝道："巴结狗，快把蜂糖给我舔了！"地痞只得趴在王员外的屁股上舔了起来。

讲述者：	杨中太，男，邓县人，农民
采录者：	刘平均，男，28 岁，邓县都司镇人，大专，干部
	郭力，男，36 岁，邓县人，高中，文化馆工作人员
采录时间：	1980 年 12 月
采录地点：	邓县都司镇
选自：	《中国民间故事全书·河南·邓州卷》

79

醉官问案

有个县官好酒贪杯，经常喝得醉醺醺的，问起案来颠三倒四，闹了不少笑话，人们背后都叫他"醉官"。这天一早，醉官正在后衙喝酒，忽听一阵堂鼓声响，有人前来告状，便捧着酒壶上了大堂。他在公案后坐定，才命衙役带击鼓人上堂。

不一时，一个破衣烂衫、面黄肌瘦的老汉来到堂上，朝着醉官"扑通"跪下，就哭了起来。醉官忙问："老人家为何啼哭哇？"老汉擦了一把泪，诉说起自己的苦处。原来他姓牛，老伴儿早年下世，他一直跟着独生儿子过活。他这个儿子忤逆不孝，见他年老不中用了，就不把他当人看，经常不让他吃饭，从不叫他一声爹，张嘴合嘴就是"老不死"。老汉说完，给醉官磕了个头："老爷，你要为小民做主哇！"

醉官一听很生气："老人家起来！我一定为你主持公道！你拿上我这块令牌，立即去把你儿子传来见我！"

老汉再三拜谢后，拿上令牌就回家找儿子去了。他儿子一见令牌吓得拔腿就跑！老汉跟后就追。儿子年轻力壮跑得快，老汉年老体弱跑得慢，越追距离拉得越远。老汉

急了，顺手从地上拾了块半截砖，朝儿子身上砸去。不料，迎面过来个卖锅的后生，儿子一闪身，砖头落到了锅挑子上，只听咣啷一声，两口铁锅给砸破了。

卖锅后生恼透了，抓住老汉吵闹起来，那忤逆子趁机逃掉了。卖锅后生一定要老汉赔锅，老汉作揖求饶不顶用，两个人拉拉扯扯去县衙评理。

此时醉官坐在大堂上没事可干，忍不住又喝起酒来。正喝得来劲，看见老汉扭着个年轻人进来了，以为这年轻人就是那个忤逆子，就把惊堂木一拍，怒喝道："嘟！大胆蠢材，你可知罪？"卖锅后生见县太爷冲着自己发火儿，不知怎么回事，急忙跪下喊道："大老爷，我冤枉啊！""你有何冤枉？""是他砸烂了我的锅，我没有错呀！"醉官冷笑道："他砸你的锅活该！你不管他吃饭，他能不砸你的锅？别说是他，我是你爹也要砸你的锅！"卖锅后生一听急了："大老爷，他他，他不是我爹！我不认识他！"醉官一听更加恼火儿，喝道："好个忤逆不孝之子，竟敢当堂不认亲爹！"老汉见县太爷认错人了，急忙解释："大老爷，我不是……"醉官截断他的话头儿："你没有不是，都是他的不是！你不必害怕，不要插嘴，老爷一定替你做主！"接着命令衙役："来呀！把这孽子拉下去重打二十大板，看他还敢不认他爹！"卖锅的后生被打得杀猪似的惨叫起来："别打了！我认他是我爹中不中？"醉官得意地笑了："真是敬酒不吃吃罚酒！既是你的亲爹，你就跪着喊他一声，叫老爷听听。"

卖锅的万般无奈，只得跪在老汉面前，羞答答地喊了一声"爹"。老汉再也忍不住了，一把拉起卖锅的，对醉官说："老爷，我真不是他爹呀！"醉官这时酒劲上来了，指着老汉大吼一声："你这老头儿真不识抬举！给我拉下去打——"话还没说完就有些迷糊了。衙役们等半天听不到下文，齐声问道："老爷，打多少？"醉官伸出三个指头摇晃着说："给我打，打三斤！"说完伏在案上打起呼噜。

衙役们冲着老汉和卖锅的使了个眼色，两人赶紧跑出去了。

讲述者：　　冯万全，男，年龄不详，新野文化馆内
　　　　　　茶客

采录者：　　曹宗鑫，女，18 岁，新野县城关镇人，在
　　　　　　校学生

采录时间：　1990 年 5 月

采录地点：　新野县文化馆办公室

选自：　　　《中国民间故事全书·河南·新野卷》

0101

（二）诗词联对故事

80

多情先生与清纯村姑

从前，有个私塾先生，常年保持着午睡的习惯。一天午饭后，刚刚躺下，便有人来访，无奈，只好起来同客人谈话，占去了整个午休时间。下午上课时，先生又困又乏，怨恨客人不该打扰他休息，有感而发，出了个七字联句"门外有客惊吾梦"，要学生对下联，并指定第二天上午交卷。学生个个咬笔杆，先生便躲进寝室睡觉去了。

有个叫灵心的学生，年纪最小，一下午也没答出下句来，晚上只好坐在灯下开夜车。三更时分，灵心的姐姐灵慧一觉醒来，发现弟弟还在用功，十分心疼。灵慧倒是个聪明伶俐的女孩，诗词歌赋，无所不通，针纺织绣，没有不会。为了叫弟弟早点去睡，她看着上句，掂笔写出了下句。第二天，灵心捧着答卷递给先生，先生看后吃了一惊，见写的下联是：枕边无人动春心。他暗自思忖，一个小男孩，怎么会写出一个少女的心思，其中必有原因。于是抓起戒尺，责问灵心。灵心一看要挨打，只好说出是姐姐替做的。先生早听说灵心的姐姐是个聪颖貌美的姑娘，暗想，她为何轻易透露春心呢？莫非有意……

为了试探真假，先生忙又写了个联句，要灵心回去交与姐姐。灵慧接过一看，不禁羞红了脸，那上联是：竹本无心，喜艳花有意相戏。她想，答者无意，看者有心，悔不该昨晚挥笔联句，惹得私塾先生胡乱猜疑，就提起笔写道：藕虽有孔，却出水不沾污泥。命弟弟快快去交与先生。

先生看了灵慧的下联，心里顿时凉了半截，沉吟半晌，仍不死心，决心再次挑逗，又写下了"梅兰竹菊问群花如何结果"，还让灵心传给姐姐。灵慧看罢非常气愤，想这先生乃圣门之徒，竟然如此无耻，枉为人之师表，不骂难解心头之恨，于是挥毫成句"稻粱麦菽问杂种谁是先生"，要灵心速送与先生。

先生自作多情挨了骂，淫心邪念这才收敛。但对挨骂之事终日耿耿于怀，总想伺机报复一下。

后来，灵慧同村里的一个庄稼后生结了婚，小两口过得十分美满。第二年，灵慧生了一对孪生子，乡亲们无不感到欣喜，私塾先生却非常嫉恨。根据风俗习惯，第十二天时，主人待客，给两个幼儿取名。先生坐在宾客席上，自作聪明，抢先询问了小孩的生辰八字，又一字一板地说："请问，哪个是先生的，哪个是后生的？"只听灵慧在里屋床上答道："不管是先生、后生，都是我儿！"一问一答，惹得宾主哄堂大笑，私塾先生情知又吃了亏，快快地溜走了。

讲述者： 马俊乾，男，61岁，南阳市人，中专，干部

采录者： 党铁九，男，35岁，南阳市人，大专，干部

采录时间： 1986年6月

采录地点： 南阳市第十小学院内

选自： 《中国民间故事集成·河南南阳市卷》

附记

据党铁九老师回忆：马俊乾老师是在南阳市第十小学后院他的家门前对我讲的。当时是中午，学生们放学了，院内很静。他先给我讲了一个张衡造地动仪的故事，然后对我说，我给你拍个故事吧。讲到对联部分，他怕我记不上，放慢了讲述速度。这篇故事最初是听他老师讲的，大致流传于南阳市县区域，还听黄台岗一个鼓词艺人也讲过。（史锡儒）

从前，有兄弟四人，好云诗，锄着地也不耽误云。这天，四个人又下地干活，老大说："我作一句诗，你们来对，要能对上，我不歇气儿干到晌午头，要是对不上，我好睡觉，你们不歇气儿干到晌午。"兄弟几个都说中。

老大说："高高山上有一场。"

老二接着说："四面风儿都使上。"

老三说："就怕碌子上不去。"

老四说："咱用扁担打他娘。"

老四刚说了，他爹来了，正好听见"扁担打他娘"，心想，眼下我还活着哩，儿子们就要打他娘，我要死了，还不叫他们把娘杀了。老汉越想越气。算了！不要这不孝的儿子了，一跺脚到县衙告状去了。

县官一听说四个儿要打他娘，好恼！忙派人把他们兄弟四人抓来了。县官说："胆大的不孝儿子，咋敢打你娘！"老大说："不是这回事儿，是俺兄弟四人云诗哩。"老爷一听说诗，说："好，咋云的，再云一遍叫我听听。"四弟兄又按原诗云了一遍。

县官想着：这四兄弟是有才，这官司咋了结呢？有了，他对四兄弟说："我出个题，你们云诗一首。云得好，饶你们无罪；云不好，重打二十大板！"县官看见了窗外的竹子，说："就以这竹子为题吧。"

老大想了想，说："堂前一棵竹。"

老二接着说："碗口那么粗。"

老三说："粗了好解板。"

老四说："解板打屁股。"

县官一听，这诗云得好，惊堂木一拍，说："胆大老头儿，敢来欺骗本官，诬告他人，该当何罪？来呀，拉下去，打二十大板！"老汉哭不是，笑不是，重重挨了二十大板，回家了。

老汉走在前头，四个儿子跟在后，看他爹一瘸一拐的，老大说："咱们作首诗吧？"几个人都说中。

老大说："爹爹来告状。"

老二说："告也没告上。"

老三说："挨了二十板。"

老四说："犟也不敢犟。"

讲述者：　黄发美，女，50岁，桐柏县吴城镇人，初中，农民

采录人：　黄正明，男，28岁，桐柏县固县镇人，高中，文化站长

采录时间：1987年7月

采录地点：桐柏县固县镇黄正明家里

选自：　《中国民间故事集成·河南桐柏县卷（第三分册故事）》

82

圣贤愁喝酒

从前，有甲、乙、丙、丁四个好友，爱下棋，爱喝酒。下完棋就围着桌子喝酒作乐。有个叫圣贤愁的人，好来喝混酒，四个好友一撑摊儿[1]，他就凑上来了，气人得很，也没法撑他。四个好友一商量，生了个治圣贤愁的主意。

这天，四个好友刚一撑摊儿，圣贤愁又来了。

甲说："今天喝酒改改规矩儿，每个人都得云诗，云得好的喝酒，云不好的不准喝酒，还得罚一桌酒席钱。"

圣贤愁说："中。云诗有啥限制哩？"

甲说："就按有口的字，把口中的字推上去还是个字才行。"

圣贤愁说："那好，你们先说吧。"

甲说："田字不透风，十字在当中，十字推上去，古字赢一盅。"

乙说："困字不透风，木字在当中，木字推上去，杏字赢一盅。"

丙说："回字不透风，口字在当中，口字推上去，吕

[1]　撑摊儿：摆简易的酒席。

字赢一盅。”

丁说：“囹字不透风，令字在当中，令字推上去，含字赢一盅。”

圣贤愁说：“日字不透风，一字在当中，一字推上去，……”

四个好友忙说：“口字上面加一横不是个字，不准喝酒，罚一桌酒席钱，明日用。”

圣贤愁说：“莫急，莫急！”说着伸手端起一盅酒，说：“一字推上去，我一口一大盅。”

讲述者：　胡支明，男，55 岁，桐柏县城关镇人，初中，市民

采录者：　李修对，男，22 岁，桐柏县二郎山乡人，高中，文化站专干

采录时间：　1987 年 7 月

采录地点：　桐柏县城关镇胡支明家里

选自：　《中国民间故事集成·河南桐柏县卷（第三分册故事)》

83

作诗

从前，有一个老头儿，有个毛妮[1]整十八，有个毛孩一十二岁。毛妮聪明伶俐，老汉不愁。让他发愁的是毛孩，十几岁了大字不识一个，吃饭不知饥饱，睡觉也不知颠倒。老汉就想请个先生来教教他，还说三年时间，能教会儿子识字，每年给钱一串，要是没有成家，就把毛妮许配给他。

有一位先生来应聘了。

老汉家有薄田十亩，自己年龄大了，儿子也指望不上，就想找一个长工，应承三年内如果粮能每年打十斗，每年给工钱一串，要是没有成家，就把毛妮许配给他。

也有一人来应聘了。

还有一件事，让老汉心里不美气。家里的两头老母牛，养了几年，半个牛娃也没勃过[2]。就说：三年时间，谁能叫母牛勃牛娃，就每年给一串钱，要是没成家，就把毛妮许配给他。

有一个放牛娃来应聘了。

[1]　毛妮：指小姑娘，毛孩是小男孩。是亲昵的称谓。
[2]　勃过：生过。

一晃三年时间到了。儿子在教书先儿那里学会写"一""人""丁"啦。长工起早贪黑地干，每年粮食能打十几斗。最叫老汉高兴的是，两个母牛下了俩牛娃。

高兴劲还没过，老汉又发愁了。

明天就要下工了，他们三个要是都要娶女儿该咋办哩？愁得老汉饭也吃不进，觉也睡不好，只有唉声叹气的份了。

毛妮一见爹爹这个样子，就问："爹，你愁啥哩？"老汉就把这事给她说了。女儿说："爹，你别发愁，等明个儿，我自有办法。"

到了明个儿，老汉把教书先儿、长工和放牛娃都叫过来吃饭，桌上三人都提到当时老汉说过的话，都说想娶毛妮为妻。

这时候，毛妮出来说："俺作四句诗作个谜，谁能答上来，俺就嫁给谁。"

三个人一听，都说中。

毛妮就说："听好了。啥子一点红？啥子赛弯弓？啥子成双对？啥子雾腾腾？"

教书先儿想："俺是先生，这咋能难得住俺？"就急忙说："俺先答，日头出来一点红，天上月牙赛弯弓，晚上星星成双对，刮风下雨雾腾腾。"

毛妮说不对，日头到不了正午不会红，月亮十六是圆的，天阴下雨尚有星星，出着太阳也会刮风下雨。

先生想也对，就不吱声了。

长工想："俺总比放牛娃强。"急着说："桃花开开一点红，树上桃枝赛弯弓，结的桃子成双对，叶子一落雾腾腾。"

毛妮说："也不对，桃花有红也有白，树枝有弯也有直，树上桃子并不都是双数，落叶有青也有黄。"

长工也不吭声了。

放牛娃心想："他们两个都比我强，都答不对，我一个放牛的，也不一定不中。"就存心想戏弄她，说："毛妮你口点胭脂一点红，两道眉毛赛弯弓，两个妈子[1]成双对，屙屎尿尿雾腾腾。"

毛妮一听，脸"哗"的一下红了，低头害羞地说："你答对啦。"原来，她早就相中放牛娃了。

后来，放牛娃和毛妮真成了亲，两个人都很勤劳，日子过得美美气气的。

讲述者： 黄道玉，男，60岁，桐柏淮源镇铁板桥湾人，农民

采录者： 黄安杰，男，35岁，桐柏县人，郑州市烟草公司副总经理
黄道云，男，39岁，桐柏县淮源镇人，高中，农民
卢伟，男，35岁，桐柏县城关镇人，高中，职工

采录时间： 2004年

采录地点： 桐柏县淮源镇铁板桥湾

选自： 《中国民间故事全书·河南·桐柏卷》

[1] 妈子：妈子，儿化的妈儿妈儿、妈儿扒儿和重音的妈扒子，统指乳房。

84

酒鬼与家人对诗

有一家人，父子俩和儿媳妇都能溜几句诗。儿子是个酒鬼，整日喝得醺醺大醉。他爹很不满意，写了一首诗贴在儿子门口：

劝儿莫吃瓮头春[1]，
做件衣服穿在身。
如今世态多炎凉，
只重衣衫不重人。

儿子见了不以为然，也和诗一首，贴在父亲的房门上：

儿今偏吃瓮头春，
不做衣服穿在身。
倘若一日无常到，
不要衣衫只要人。

他爹见诗很生气，买来一口大缸，盛满酒，把儿子推进酒缸内，用磨扇往上一盖，狠狠地说："你想喝酒，就在酒缸里喝个够吧！"

媳妇听说后，急忙跑出绣房来看丈夫，边哭边吟诗一首：

闻得公公盖酒缸，
匆匆移步出兰房。
倘若丈夫真淹死，
奴家一世作孤孀。

儿子听到媳妇的声音，在酒缸内又和诗一首：

我妻何必哭哀哀，
严父盖缸谁敢开？
倘念夫妻情分重，
磨眼儿塞块肉进来。

讲述者： 王闯京，男，30岁，新野县城关镇北关人，高中，工人
采录者： 葛磊，男，38岁，新野县城关镇人，高中，房管局干部
采录时间： 1986年4月
采录地点： 新野县新纺一生活区
选自： 《中国民间故事集成·河南新野县卷》

[1] 瓮头春：酒名。

85

秃子和麻子对诗

一轮明月照九州，

大西瓜圆葫芦，

不用梳和篦，

只虱难留，

光溜溜，

净肉，

球。

麻子吟罢，秃子羞得满脸通红，对不上来了。

讲述者： 李成立，男，40岁，新野县城郊乡闽营
村人，初中，农民

采录者： 李成好，男，30岁，新野县城郊乡闽营
村人，高中，文化干部

采录时间： 1985年9月

采录地点： 新野县城郊乡闽营村

选自： 《中国民间故事集成·河南新野县卷》

有一个秃子，头上光油油的连一根头发也没有。一天，他到酒店喝酒，正好和一个麻子坐在一起。他看那人脸上大窝套小窝，没一点儿平展地方，就想要弄人家。他对麻子说："喝闷酒没意思，咱俩对诗饮酒如何？"麻子点头同意。

秃子说："我先吟一首从一字到七字的山尖诗。"

脸，

招牌，

糯米筛，

雨洒尘埃，

新鞋踩软泥，

石榴皮翻过来，

豌豆堆里坐起来。

秃子吟完，洋洋得意地看着麻子发笑。麻子说："走老路没意思，我今儿里吟一首从七字到一字的倒山诗给你听听。"

86

马一山妙联戏和尚

有一年夏天，马一山出门跑"老犍"[1]，身上穿件破小袄，头上却戴顶草帽，看上去很滑稽。这时候，从南面走过来个酸秀才，触景生情，随口挖苦他说："穿冬衣戴夏帽可知春秋？"马一山一听不乐意了，立即对答："从南来往北走不是（识）东西！"酸秀才自讨没趣，赶紧向他赔礼道歉。

又一次，马一山到鲁山游玩，路过一座寺院，见一群人围着一张桌子看一个和尚写对联，就凑上去看热闹。和尚的字写得很平常，可是村里人没见过大世面，大家都争着夸"好"，和尚高兴得摇头晃脑。马一山不由冷笑了一声。和尚抬头一看：噫！这家伙衣着平常，貌不惊人，竟敢对我有不恭之态！莫非瞧不起我这字？于是，他把手中的笔往桌子上一放，毫不客气地问："这位施主，你看贫僧这字写得如何？"马一山撇撇嘴说："嗯，这字么，墨怪黑哩。"

和尚受了戏弄，很不痛快，但仍耐住性子问："你再认真看看，字写得到底如何？"

马一山说："这字么，猛一看不咋着。"

和尚进一步问："那顶真看呢？"

马一山说："顶真看哪，还不如猛一看。"

和尚羞得满脸通红，跳起来吼道："你这人真狂妄！大话少说，敢不敢和我当场比试？"

马一山也不回答，他往桌前一站，抓笔在手，悬腕对着一副空对子"唰唰唰"写了起来，转眼间书写完毕。众人一看：上联是"凤落禾下鸟飞去"，下联是"马到芦边草不生"。这悬笔字写得龙飞凤舞，妙不可言，一圈儿人都看傻眼了。那和尚大惊失色，连连打躬说："失敬，失敬！施主真乃二王转世，颜柳复生！贫僧今日大开了眼界，还望大师多多赐教！"

马一山摆摆手说："岂敢岂敢，雕虫小技不足挂齿！就把这副对联留给你临摹用吧。"说罢，扬长而去。

和尚立即把那副对联裱糊一遍，恭恭敬敬张挂到山门前，向人们炫耀。往来过客谁见谁说好，还有人专程前来观赏。和尚们都觉得满寺生辉，很是光彩。

一天，有个老秀才路过这里，背叉着手看了看这副对联，不但没有叫"好"，反而摇摇头感叹道："唉，可怜！可笑！全寺尽白痴也！"和尚们惊问缘由，秀才说道："这'凤落禾下鸟飞去'乃是一个'秃'字，'马到芦边草不生'乃是一个'驴'字，写联人故意骂你们是'秃驴'，你们却拿它来炫耀。"和尚们一听，顿时都傻眼了。

讲述者： 吴根兰，男，59岁，新野县施庵乡桥楼村人，中师肄业，农民

采录者： 吴韵芳，女，29岁，新野县施庵乡桥楼村人，高中，新野县施庵乡曾营联中教师

采录时间： 1986年

采录地点： 新野县施庵乡桥楼村

选自： 《民间文化杰出传承人吴根兰先生讲述的精品故事》

[1] 老犍：疟疾的俗称。当地传说，得了疟疾一跑就好，谓之"跑老犍"。

87

小叔子吟诗戏嫂子

据说马一山确有此人，新野清朝末年的一个大才子、大学问家，还著过书哩。他满腹经纶却不愿做官，在城北的青羊村老家隐居。他还写得一手好字，人们都说他得了王羲之的真传。不过此人很高傲，对谁也不服气儿。乡间流传着他一些逸闻趣事，真假难辨。（吴韵芳）

附
记

咱们这一带，叔嫂之间说话不讲忌讳，开玩笑是家常便饭。

一天，有一家妯娌三个闲来无事了，就招呼她们的小叔子过来，要一块儿吟诗答对。

他们约定作叠字诗，就是第一句的前两个字合起来是最后一个字，第二个字拆开以后是三个字，第三句的落尾还得重复第一句的开头。

谁先作诗哩？他们相互推让了一番，还是让大嫂先作一首，大嫂也不再推辞了，想了一下说：

豆頁頭，豆頁頭，一犇三牛，牛牛牛，牛牛牛，一辈子不知吃了多少豆頁頭。

轮到二嫂了。二嫂也是个很聪明的女子，她略加思索后，也作了一首诗。二嫂的诗是这样的：

水酉酒，水酉酒，一品三口，口口口，口口口，一辈子不知喝了多少水酉酒。

大嫂、二嫂的诗都作得很好，三嫂当然也不示弱，这位书香门第出身的小姐张口便出来一首很巧的诗：

尸至屋，尸至屋，一森三木，木木木，木木木，一辈子不知盖了多少尸至屋。

三个嫂子都作了既符合约定的条件，又不失韵味的好诗，一个个都得意洋洋地看着小叔子。

小叔子看了看三位嫂子，眨巴眨巴眼，伸伸懒腰说："三位嫂嫂真是了不得啊！小兄弟我甘拜下风，算我输了，走了啊！"

小叔子说罢，做出要走的架势。三位嫂嫂不依了，大嫂上去抓住胳膊，二嫂上前绊住他腿，三嫂呢，拽住小叔子的后衣襟。

嫂子们说："不会作诗就想溜走，没那么便宜的事。"

小叔子做个鬼脸问："三位嫂嫂不让小弟走，倒是说说要小弟怎样？"

大嫂让他学狗叫；二嫂让他学鸡鸣；三嫂非让他学驴打滚，在地上滚几个圈才行。

小叔子忽然郑重道："嫂嫂们，如果我能做出比你们更好的诗，你们还敢刁难我吗？"

嫂嫂们说："你真能做出来诗，我们就放过你。"

小叔子狡猾一笑，顺口道：木午杵，木午杵，一姦三女，女女女，女女女，一辈子不知亲过多少木午杵。

三位嫂子一听，又要去揪小叔子的耳朵。小叔子腰一猫，嬉笑着跑开了。

讲述者： 吴根兰，男，59 岁，新野县施庵乡桥楼村人，中师肄业，农民

采录者： 吴韵芳，女，29 岁，新野县施庵乡桥楼村人，高中，新野县施庵乡曾营联中教师

采录时间： 1986 年

采录地点： 新野县施庵乡桥楼村

选自： 《中国民间故事集成·河南新野县卷》

88

拾粪佬吟诗讽举子

早先，有姓张的和姓李的两个秀才一起进京赶考，他俩结伴走了几天，来在开封汴京城下。见到巍峨的城墙，俩人的诗兴顿时大发，决定吟诗一首，抒发情怀。

张秀才摇头晃脑先吟道：

远看城墙似锯齿，
近看城墙似锯齿。

李秀才也不示弱，接下去吟道：

不看城墙不锯齿，
越看城墙越锯齿。

两个人对这首诗非常满意，一边反复吟诵，一边高高兴兴地进了城。

他俩走过一道街，忽然看见高耸入云的铁塔，诗兴更高了。于是，又吟起来了。张秀才先吟：

远看铁塔一轱辘，

上头没有下头粗。

李秀才接下去吟道：

要是把它倒过来，

下头没有上头粗。

二人吟罢，越品越觉得这两首诗吟得好，简直是前无古人了，如果李白、杜甫在世也会自愧不如的。他俩互相夸奖了一阵子。李秀才忽然大哭起来。张秀才忙问李秀才哭啥哩，李秀才擦一把眼泪说："张兄啊，你没听说过'才高折寿'吗？咱俩有这么高的诗才，恐怕会不久人世呀！"

张秀才一听，觉得是个理儿，也抱头痛哭起来。两人越哭越伤心，正哭到痛处时，从远处过来个拾粪老头儿。拾粪佬问他俩咋会哭恁伤心哩，他俩就把他们吟诗的事儿和他们的忧虑细说了一遍。

拾粪佬听罢他俩的话，也放声哭起来。俩秀才大吃一惊，也顾不得哭了，问老头说："老头儿，我俩是因为才高怕折寿才伤心落泪，你不过是个拾粪的粗人，你哭啥哩？"

拾粪佬叹口气说："唉，我哭我的粪叉子太短了，掏不出来你俩满肚子的青菜屎啊！"

俩秀才一听很生气说："你敢挖苦俺俩，你说俺俩今哩作这两首诗跟李白、杜甫比较起来咋样？"

拾粪佬冷笑一声说："这两首诗嘛——"

不讲平仄不知韵，

拾到篮里都是粪，

假若李白杜甫在，

打你一人一百棍。

俩秀才一听傻眼了。

讲述者： 吴根兰，男，59岁，新野县施庵乡桥楼村人，中师肄业，农民

采录者： 吴韵芳，女，29岁，新野县施庵乡桥楼村人，高中，新野县施庵乡曾营联中教师

采录时间： 1986年

采录地点： 新野县施庵乡桥楼村

选自： 《民间文化杰出传承人吴根兰先生讲述的精品故事》

89

清和桥对诗

清和桥刚落成，就有三个人争着先过桥。这三个人一个是和尚，一个是秀才，还有一个是小媳妇。按照当地人的说法，第一个过新桥的人会交上好运气的。因此，这一同走到桥头的三个人都争抢着上桥，三人你挤我抗，互不相让。

桥头有个石匠见此情景，给他们解个和说："你仨也别争了，我给你们生个法子。你们各人用'清和桥'这三个字中的一个字为题作一首诗，谁做得好谁先过桥。咋样？"三个人想想就同意使这个法子。

和尚抢先说："我先作诗，就以'清'为题吧！"

有水是清，无水还是青，
去水加争便为静。
清清静静人人爱，
我到西天拜如来。

和尚刚住口，秀才抢着开口道："那我以'和'为题作诗"，你们听好了！

有口是和，无口还是禾，
去口加斗便为科。
科举人人爱。
我去东京做学台。

两个人做完诗，作出一副洋洋得意的样子，都迈着脚等着上桥哩。

小媳妇上前阻拦道："慢！"

和尚把嘴一撇说："咋？你也会作诗？"

秀才扑哧一笑道："你要是能作一首诗，哪怕作得不好，那我也就谦让你了！咋样？我够大方吧？嘿嘿！只怕是你连个诗毛也不懂。"

小媳妇笑笑说："那你们都洗耳恭听好了。你们二位把前两个字都抢跑了，我就只好以'桥'为题了，你俩听清楚啊！"

有木是桥，无木还是乔，
去木加女便为娇。
娇娇滴滴人人爱，
为娘生下双胞胎：
一个拜如来，
一个做学台。
来，来，来！
俩儿随娘过桥来！

小媳妇话音未落，一只脚就踏上了桥面。两个男人顿时满脸羞红，老石匠哈哈大笑起来。

讲述者：	吴根兰，男，58岁，新野县施庵乡桥楼村人，中师肄业，农民
采录者：	吴韵芳，女，29岁，新野县施庵乡桥楼村人，高中，新野县施庵乡曾营联中教师
采录时间：	1985年
采录地点：	新野县河北村

选自：《中国民间故事集成·河南新野县卷》。原名为《清和桥》，后收录于《中国民间故事全书·河南·新野卷》更名为《清和桥对诗》。

90

王贝秋赚神仙

早年，有个市井无赖名叫王贝秋，他不务正业，游手好闲，整天东荡西转，骗吃骗喝。遇上谁家摆宴请客，他不请自到，吃罢喝罢嘴一抹就走。乡邻们都非常讨厌他，可谁也拿他没有办法，由着他白吃白喝混日月。

镇上有家小酒馆儿，也是王贝秋经常光顾的地方，酒客们一看见他到来就害怕，生意越来越清淡，掌柜哩很犯愁。

这天，酒馆里来了一位专给人看宅势的阴阳先儿，掌柜哩一看是老朋友到了，赶紧摆上酒菜，准备陪他喝上几盅儿，再交谈一番。不料，酒菜刚摆上桌，就看见王贝秋跋着双破鞋，不紧不慢从远处向这里走来。掌柜哩一见大为扫兴，不住地唉声叹气。

阴阳先儿想了想对掌柜哩说道："老兄不必犯愁，咱今天生法子摆治摆治这个无赖！"于是，对着老朋友耳朵如此这般交代了一番。

两人正说着话哩，王贝秋已经进来了，而且老实不客气地一屁股坐了上位。阴阳先儿看他一眼，板着脸说："哟嗬！你就这么坐上了？"

王贝秋厚着脸皮嘿嘿一笑道："都是老熟人了，我还能等着你们请吗？俗话说'烟酒不分家'，看见你二位对饮，我若不来凑凑场子，不是太不给你们面子了嘛！"

阴阳先儿不客气地说："我们今天是文人雅会，要对诗饮酒，对上了坐下喝酒；对不上立刻走人。而且从今往后不准再来这里厮混！"

王贝秋毫不在意地说："好哇！你说这诗咋个对法儿？"

阴阳先儿想了想说："咱今天各吟五句诗，全诗要贯通一个意思，符合自己的身份，而且第一句要带'三'字，第二句要带'四'字，第三句要带两个'也'字，第四句要带个名人名字，最后一句带个'洋'字。"

王贝秋听罢笑道："这有何难？请两位老兄先给我做个样子吧。"

阴阳先儿咳嗽一声说："好吧，我先来一首！"便朗声吟道：

我的罗镜三寸长，
为人选宅走四方。
也看阴，也看阳，
比得上昔日太公望，
哪一天不挣它几块现大洋！

酒馆掌柜接着吟道：

我的酒幌三尺长，
家酿好酒四大缸。
曲也好，酒也壮，
比得上茅台和杜康，
哪一缸不赚几块现大洋！

两人吟罢，都看着王贝秋冷笑，等着他当场出丑。不料，王贝秋没让难住，不慌不忙地开口吟道：

我这张大嘴三拃长，
走村串户吃四方。

也能吃，也能喝，
酒量赛过吕纯阳，
就是掏不出一块现大洋！

王贝秋吟罢，掂起酒杯就喝了起来。阴阳先儿和酒馆掌柜干瞪眼没啥说。

这件事传开后，人们把王贝秋的名字进行一番改造，"王"字上边加上"耳""口"两字，组成个繁体"圣"（聖）字，"贝"字上边加上"臣""又"两字，组成个繁体"贤"（賢）字，"秋"字下边加上个"心"字，组成个"愁"字，给他起个外号叫"圣贤愁"，意思是说连圣贤也拿他没法子。后来，这个外号越传越开，他成了远近闻名的人物。

有一天，吕洞宾和韩湘子云游四海从这里经过，拐进这家酒馆里歇脚。正好那位阴阳先儿也在场，他正在跟酒馆掌柜议论"圣贤愁"的事情哩。只听阴阳先儿摇头叹息道："唉，像这样没皮没脸的白吃客，不用说圣贤犯愁，就是神仙下凡也拿他没有办法呀！"

酒馆掌柜向外瞄了一眼说："快别说了，你看，说曹操，曹操就到了！"

吕洞宾和韩湘子抬眼向门外一看，不由暗暗发笑：就是这么个衣衫不整的黄脸汉，敢称"圣贤愁"，而且连神仙也拿他没办法吗？今天倒要见识见识！两人交头接耳一番，喊掌柜端来四盘蔬菜、一壶酒，就举杯对饮起来。

不多时，"圣贤愁"就进了酒馆，咧嘴一笑，一屁股坐到他俩身边，张口说道："嘿嘿，二位是外地人吧？欢迎，欢迎！为尽地主之谊，我来借花献佛，敬二位一杯，先干为敬！"边说边伸手捏酒盅。

吕洞宾把酒盅一捂说："我俩在这里对饮，没有多余的酒盅和筷子，你就免了吧！"

"圣贤愁"嘿嘿一笑，伸手从衣兜儿里掏出一双筷子和一只茶碗放到了桌子上，掂起酒壶就要往碗里倒酒，一边说道："初次见面岂可失礼？我与二位一醉方休！"

韩湘子瞪他一眼说："老弟一定要充'光棍儿'，咱就得讲讲条件。桌上都是蔬菜，没荤怎好下酒？咱仨都从自己身上割下一点儿东西，凑个荤盘儿，再作上一首诗，然后才允许端杯，你办得到吗？"

"圣贤愁"知道遇上了难剃的头了，但因急着喝酒也没顾上多想，就随口答应了："这有何难？请二位出题吧！我若办不到也不敢称'圣贤愁'！"

韩湘子说："原来你就是大名鼎鼎的'圣贤愁'哇！久仰了！今天咱就拿你这名字作诗，每人各选一个字，以喝酒吃菜为题作诗一首。"

"圣贤愁"笑笑说："好哇，两位是客人，就让你们先来吧！"

吕洞宾说道："我先来吧，以'圣'字为题。"朗声吟道：

耳口王，耳口王，
壶里有酒我先尝。
桌上没肴难下酒，
割只耳朵来兑上。

吟罢，从腰间拔出佩剑，"嚓"地割下一只耳朵，往盘子里一放就喝起酒来。

韩湘子选了个"贤"字，接着吟道：

臣又贝，臣又贝，
壶里有酒我先醉。
桌上没肴难下酒，
割下鼻子配一配。

吟罢，也割下自己的鼻子，扔到桌子上。"圣贤愁"一见吓愣了，乖乖，他们竟动了真格的！我可割啥哩？他急得直拍大腿，这一拍有主意了，他把裤腿儿往上一卷，高声吟道：

禾火心，禾火心，
壶里有酒我先斟。
桌上没肴难下酒，
我把汗毛拔一根。

吟罢，顺手从大腿上拔下一根汗毛，放到盘子里，端起酒碗一饮而尽。

吕洞宾恨恨地说道："我俩是割耳朵割鼻子，你为啥只拔一根汗毛？"

"圣贤愁"嘿嘿笑道："这是碰上你二位，若是别人哪，我连一根汗毛也不会拔的！"

讲述者：　吴根兰，男，67岁，新野县施庵乡桥楼村人，中师肄业，农民

采录者：　曹宝泉，男，53岁，新野县人，高中，县文化馆干部

采录时间：　1994年

采录地点：　新野县城茶馆

选自：　《民间文化杰出传承人吴根兰先生讲述的精品故事》

附记

对诗故事一直是吴根兰老先生的拿手好戏，茶客们都爱听这个故事。一个原籍新甸的茶客说，他早年在新甸街的一个茶馆内，听一个老私学先儿说过这个故事，只是他说的《圣贤愁》名叫"王臣秋"，诗句都一样。早年，新野县城不止一个茶馆，1958年后，坐着喝茶的人都被看成是懒汉、寄生虫，茶馆就被取消了。后来，县文化馆开的露天茶馆填补了这个空白。可惜，在20世纪90年代初，因文化馆转租场地歇业了，从此偌大一个县城又没茶馆了。（曹宝泉）

91

偾老财因诗告儿子

有个老财主，生了四个儿子。

他对儿子们从小娇生惯养的，儿子们长大后都不成器，整天吃、喝、嫖、赌，没几年工夫就把老财主的万贯家产挥霍个一干二净。

老财主十分痛心，后悔自己没有管好儿子。就想从头开始，逼着儿子们学做庄稼。

一天，兄弟四人去栽稻谷。四人刚干了一会儿就不想干了。老大说："今儿哩咱们立个规矩，咱吟诗答对，谁对上了谁回家，谁对不上了留下来干活儿。"三位弟弟马上响应了。

老大先说："天空黑洞洞。"

老二接住说："马上要刮风。"

老三说道："刮风要下雨。"

老四说："赶快躲家中。"

四个人都对上了，便得意洋洋地回家了。

老财主见四个儿子下地不大一会儿就回来了，问明情况后气哩直跺脚，却又拿他们毫无办法。

老财主只好把儿子们拉到公堂上请县官管教。县官问过口供，不相信他们会吟诗，便一拍惊堂木，大喝道："你们这四个不孝子，今儿哩老爷我先不打你们，罚你们作首诗。作好了免刑；作不好，可别怪老爷我不客气。"

兄弟四人大眼瞪小眼，干着急没有办法。

正在这时候，县官"腾哧"放了个响屁。

老大顿时精神一振，大声说："老爷'扑通'放个屁。"

老二说："就像天上炸雷起。"

老三说："小民闻来又闻去。"

老四说："比喝美酒还爽气。"

县官立刻高兴得眉开眼笑，他一拍惊堂木斥责老财主道："老东西，你这四个儿子实在聪明过人，根本不是做庄稼的料儿，应该读书做官才对。来人呀！把这个不识好歹的老东西打四十大板，轰出衙门！"

老财主被打得皮开肉绽，连家都走不回去了。他叫儿子们背他回家，儿子们怪他找事儿，又依次吟诗挖苦他。

老大说："不叫你告状。"

老二说："撺都撺不上。"

老三说："打你四十板。"

老四说："一句不敢犟。"

老财主听了，当时就气个直愣登。

讲述者： 吴根兰，男，59岁，新野县施庵乡桥楼村人，中师肄业，农民

采录者： 吴韵芳，女，29岁，新野县施庵乡桥楼村人，高中，新野县施庵乡曾营联中教师

采录时间： 1986年

采录地点： 新野县施庵乡桥楼村

选自： 《民间文化杰出传承人吴根兰先生讲述的精品故事》

92

好儿女对诗比贤孝

话说从前有一家三口人：母亲、儿子和女儿。

母亲千辛万苦把一双儿女养大成人。儿子娶了媳妇，女儿出嫁有了女婿。老人也一天比一天老，年轻时劳累落下的毛病都发作了，老寒气腿也疼痛得难以招架，行动起来很困难，动弹一下都得别人搀扶着。

每天，儿子、儿媳妇争先恐后要搀扶母亲出门走动，隔一两天，女儿和女婿也来家帮助哥哥嫂子照顾母亲。这让母亲心里实在过意不去，总嫌自己拖累了晚辈儿，后来，她就整天木呆呆地坐在椅子上，不肯让娃儿们搀自己出门。

她儿媳妇是个十分贤惠、孝顺的媳妇，经常惦记着婆婆的衣食住行问题，想搀婆婆出门晒晒太阳、看看野景儿、散散心……但是婆婆每次都拿"怕太阳晒、烦野景儿、坐着心里舒坦"的话搪塞住儿媳妇的行动。

女儿、女婿回家来了，给母亲带了冰糖、红糖和点心，母亲说："喝糖水要血糖高，吃零食儿消化不了。"她是不想让女儿在自己身上多花钱。

儿女们都心如明镜一般，知道母亲认为自己老了，不想给晚辈儿找麻烦。咋办呢？儿女们开始苦苦思索着怎样

能解开母亲的"心病"呢？

有一天太阳很好，儿媳妇又看见婆婆一副愁眉苦脸的样子，就喊来丈夫一起，好说歹说把婆婆搀到了花园里看花。正好女儿和女婿也回来孝敬老娘。大家一起聚到了花园里。

老太太看见了刺梅花，触景生情，顺口便说出两句诗来："刺梅花，一窝麻，老了不死活哩啥？"

儿媳妇听见了，赶紧接过话茬儿，吟了三句诗："枝枝花，香满院，人老了赛过菩萨仙，端水送茶到面前！"

儿子听媳妇这么一说，很受感动，也很快接下去吟了四句诗："玉簪花，奔拉萁，贤德孝顺俺哩人。你孝母亲孝四两，俺敬贤妻敬半斤。"

女婿在一旁也赶紧凑上了五句："海棠花，娇艳艳，父母恩德报不完。哥嫂敬母孝领先，半个儿也学典范，敬请老人心放宽。"

女儿听哥嫂和丈夫都劝慰母亲表示决心，她也吟上六句承兑心愿："玫瑰花，红彤彤，祖宗美德谨继承。二十四孝好传统，古人古训言必行。虽嫁外村心恋母，女儿敬母看行动！"

老太太听了儿女们的诗，心里顿时畅快了很多，脸上也笑成了山菊花儿。

从此以后，这一家人更加和睦、亲切。母亲爱抚儿子、儿媳妇；儿子、儿媳妇轮流换班，每天搀着母亲出门散心；女儿、女婿经常回家走动，协助哥嫂照顾好母亲。

他们家的日子也过得更加顺心且快乐极了。村里人都羡慕得不得了。

讲述者： 吴根兰，男，59岁，新野县施庵乡桥楼村人，中师肄业，农民

采录者： 吴韵芳，女，29岁，新野县施庵乡桥楼村人，高中，新野县施庵乡曾营联中教师

采录时间： 1986年

采录地点： 新野县施庵乡桥楼村

选自： 《民间文化杰出传承人吴根兰先生讲述的精品故事》

93

对字免役

采录者： 徐德森，男，44 岁，社旗县大冯营乡吕营
人，小学，农民

采录时间： 1986 年 3 月

采录地点： 社旗县大冯营乡吕营村

选自： 《中国民间故事集成·河南社旗县卷》

附记

讲述者张德昭，毛笔字写得好，每到过年，就给村里人写对子。写时，妻子帮忙拉纸，张德昭喜欢讲故事，大家都喜欢听。在 20 世纪 80 年代以前，春夏傍晚，他或在桥边，或在麦场，时常兴致勃勃地给大家讲各种各样的故事。讲到高兴处，大家哈哈大笑；讲到悲伤处，大家跟着叹息；讲到吓人处，小孩不敢回家。闲暇时间，常和文朋诗友一块论诗赏画。这则故事是在一天傍晚，乡亲们在饭场吃饭，闲说字谜时，张德昭老人讲述的一个故事。讲说中，张德昭老人怕大家不明白，专一用小石子在地面上写了"图""伞"两个字的繁体写法。大家看了，齐赞对对子的孩子"不简单"。（张殿举）

从前，有个县太爷要建一座大官衙，就叫全县的老百姓轮流去干活。

这天，轮着一个六十多岁的老头。这老头有个十来岁的孩子，很孝顺，跑到县衙，对县太爷说："我爹岁数大了，来不成，叫我替他在这儿干活吧！"

县太爷见他很聪明，就想试试他，把惊堂木一拍说："四口同图[1]，内口皆归外口管。你爹为啥不按本县说的办？"那小孩说："五人共伞[2]，小人全靠大人遮。望大人念我爹年迈多病，法外施恩。"

县太爷见那孩子年纪不大，对子对恁好，连声说："好，好，好，本县准许你爹不来。"

讲述者： 张德昭，男，62 岁，社旗县大冯营乡吕营
人，小学，农民

[1] 图：这里指繁体"圖"字。
[2] 伞：这里指繁体"傘"字。

94

妙对求财

采录时间： 1986 年 2 月
采录地点： 社旗县大冯营乡吕营村
选自： 《中国民间故事集成·河南社旗县卷》

从前，有个年轻人，想出门做生意，手里就是没有钱，想问他岳父要点，又不好意思开口。

这一年，他趁岳父过生日的时候，请了一个会写词的先生，给他岳父写了一副祝寿联。上联叫把他岳父写得高贵无比，下联叫把他写得十分贫贱。

先生想了一阵写道：

大尊翁，尊翁在上，上至三千里云霄，云霄建高楼，高楼为你祝寿，寿山寿海寿千年，千年永健康。

小晚婿，晚婿在下，下至十八层地狱，地狱挖陷阱，井底让我挖泥，泥人泥鬼泥一世，一世不出头。

众人和他岳父看了以后，哈哈大笑起来。临走，他岳父送给他一百两银子。

讲述者： 张德昭，男，62 岁，社旗县大冯营乡吕营村人，小学，农民

采录者： 徐德森，男，44 岁，社旗县大冯营乡吕营村人，小学，农民

95

武对联

有个老员外过生日，亲戚朋友们都来给他祝寿。老员外跟前有个儿子，平时百般娇惯，只叫别人说好，不叫别人说赖，那些亲朋好友为了讨老员外的好，见这娃儿就夸奖。老员外说："这孩子调皮是调皮些，就是心里有点子，特别是对联对得好，往日我出上联，让他对下联，没有对不上的。"客们听了都说："您爷俩对一个，让俺长长见识。"老员外就把儿子喊到跟前。

老员外出上联说："春读书秋读书春秋读书读春秋。"

他娃儿出口对了句："东当铺西当铺东西当铺当东西。"

对得怪工整，就是意思不太好。为了让儿子表现大气一些，老员外接着又出了个上联："午朝门外排两行文文武武。"

谁知他儿子随口又对了句："十字街头喊一声爷爷奶奶。"

员外听了怪生气，可当着亲戚朋友们的脸儿，也没法发火，就又出了句："油菜开花似黄金遍地。"

他儿子又随口接了句："高粱结籽如臭虫一窝。"

员外气得心里直骂：你这个不争气的东西，当着这么多人，连句排场话都不会说。为了顾面子，员外最后又出了一联："天生神童子。"

儿子马上又对了句："地死鬼老爹。"

员外再也忍不住了，破口大骂："放狗屁！"

儿子以为他爹又出了一联，立即又接了句："撒猪尿。"

员外气得浑身直抖，伸手朝他儿子打去。他儿子挨了一巴掌，愣了一会儿，抬腿朝员外就是一脚。

客们见他爷俩打起来了，忙上前去拉。员外的儿子说："别拉，别拉，这是武对联！"

讲述者、采录者： 张海亮，男，33 岁，社旗县城郊乡柳营人，高中，农民

采录时间： 1986 年 3 月

采录地点： 社旗县城郊乡柳营村

选自： 《中国民间故事集成·河南社旗县卷》

96

秀才斗联出丑

石柱山下有个焦影村，村里的贾秀才和天柱宫的陈道士是好朋友。贾秀才自以为自己一肚子墨水，张口就是之乎者也，与村里那帮下里巴人没有共同语言。而陈道士修研道家学说以外，对儒学也颇有研究，因此两个人交谈很是投机。这几天阴雨连绵，贾秀才待在家里很是烦闷，因此天刚放晴他就来石柱山找陈道士聊天。

远远地看见陈道士站在祖师殿门前，贾秀才高兴地喊道："老朋友，你是在等我吗？"

陈道士说："估计你今天会过来的。同时我也在等另外一个人。"陈道士说这几天雨水太多，弄得厨房漏水，一日三餐做饭极不方便。昨天已经派了小道士去山下请人修理，约好一个姓倪的泥水匠人今天上午过来，所以在这里候他。

贾秀才问："姓倪的泥水匠人，可是那个什么倪麻子吗？"

陈道士说："不晓得。怎么了？你认识那个人？"

贾秀才说："人我倒没有见过，只是听说狂妄得很。自称博览群书，如果有意举业的话，中个秀才、举人不在话下。人前人后自封儒匠，有辱斯文！早晚碰到我的手上，定要教训他一番！"

陈道士说："若是此人，今天可不就是一个机会？"

话音刚落，就见一个人扛着尺杆、拎着瓦刀走了过来。陈道士见这人长一脸大麻子，又是一身工匠打扮，主动打了个招呼，果然就是倪麻子。这副尊容也敢自称儒匠？贾秀才见倪麻子脚上穿那一双靴子，为了防滑，在靴底镶了两排铜钉，本地叫作钉靴。穿着钉靴一路走来，在湿地上自然留下许多麻坑。他眼珠子一转就有了主意，先做了自我介绍，然后说道："听说你自称儒匠，能对对子吗？"

倪麻子也听说过这个姓贾的一向自命不凡，看不起种田、做工之人，常爱即兴编对联难为或者嘲笑甚至辱骂别人。这会儿一看他那挑战的姿态，就不屑地说道："什么对对子，不就是文字游戏吗？有什么不能！"

贾秀才暗叫一声好大的口气，说道："那你就听好了！"摇头晃脑地吟道："钉靴踏地泥麻子。"

陈道士首先叫了一声好。这上联拿对方脚上的靴子、眼前的情景说事，骂了人还让你无可辩驳。陈道士怕倪麻子听不出上联里倪、泥同音的妙处，还特意提示说："这位匠人，不要以为人家骂了你，人家说的那可是泥巴的泥！"

贾秀才更是洋洋得意，问："能对出下联吗？"

倪麻子说："有什么不能对的？对出来只怕你不爱听。"

贾秀才断定这泥水匠对不出来，越发催得紧了："斗联无非图个乐趣，你怎么知道我不爱听？"

倪麻子瞧见贾秀才披了一件黑油油的皮大衣，早把下联想好了，因此不动声色地说："那你就听好了！"吟道："皮衣披身假畜生。"

陈道士张了张口，却没有说出话来。平心而论，这个下联对得更妙，同样是拿对方的穿戴、眼前的情景说事，同样是贾、假同音，骂人却更加入木三分。不过他不能喝彩，喝彩等于帮老朋友的倒忙。

贾秀才也是干气没有话说。这下联从字面上挑不出毛病，在骂人的程度上却占了上风。可自己骂人在先，此刻也只能眼睁睁地吃个大亏。

倪麻子也学陈道士欲盖弥彰的口气，松松儿地补了一句："我说的假畜生，是真假的假，可不是姓贾的贾。"

见老朋友吃亏挨骂，陈道士自然是不服气的，说道："泥水匠自称儒匠，果然名不虚传。我也有一个上联，烦你作对。"也不管对方同意不同意，就开口吟道："匠名儒匠，君子儒，小人儒？"

轮到贾秀才拍手叫好了。且不说这个上联里边含了两个匠字、三个儒字，对起来极其困难。更重要的是，这个上联典出《论语·雍也》："汝为君子儒，无为小人儒。"他不相信倪麻子一个泥水匠人真的读过儒家经典，就在一旁等着看倪麻子出丑。

出他们意外的是，倪麻子不仅熟读儒家经典，还旁及了不少杂学。他几乎是未加思索，张口就吟：人号道人，饿鬼道，畜生道？

贾秀才暗自吃惊，先不说这个下联骂人的程度超过了上联，单是其中的两个人字、三个道字，与上联一一相对，让人实在无可挑剔。而陈道士则知道，人家倪麻子这个下联同样用典，饿鬼道与畜生道是六道轮回中的两种，虽然典出佛教，但拿来回应上联，骂自己这个道人，可谓别出心裁，翻出新意了。

两个人本想以各自的学识嘲弄一个泥水匠人，结果却是自寻其辱，人家没出丑反倒自己出了丑，心有不甘却又不敢继续出对，就那样面面相觑，无比尴尬。

讲述者：　曲凡杰，男，68 岁，唐河县人，高中，文联退休干部

采录者：　曲剧，女，40 岁，研究生学历，信阳师范学院工作

采录时间：　2021 年 1 月 6 日

采录地点：　唐河县城曲凡杰家中

附　记

石柱山在祁仪镇境内。祁仪一个半山区小镇，曾走出冯友兰、冯沅君、李季、宗璞等一批唐河县文化名人。在祁仪镇走访，了解到这样一个信息：在新中国建立以前的祁仪镇，家有余粮不算富，家有藏书才算富足。镇内镇外的富户，办私塾的有十余家，而且都质量上乘。就是一般的人家，家里也要有几本书，以备儿子定亲，女方来"看家儿"，随意询问："家里有书吗？"如果有，还可以对付；如果没有，那就尴尬了，甚至亲事都会黄了。读书人多了，吟诗"斗联"的事情就会时常发生。流传下来，就成了故事。（曲凡杰）

97

七岁儿巧戏傲秀才

过去有个秀才，读了几本诗书，自认为了不起，走起路鼻孔朝天。有一天，一个七岁小儿蹲在路边，在两块石头上架起一段横木，做搭桥游戏。傲秀才正好从他身边走过，一脚将小孩搭的小"桥"踢翻了。小孩认识傲秀才，一把拽着他的衣服说："别忙走，赔我桥！"秀才轻蔑地看他一眼，待要发火，又怕与小儿争执起来惹人笑话，只好忍着气说："我再给你搭起来。"可是搭了几次，小孩都说不中。秀才走不脱，又发不得火，只好问小孩："你到底要咋着？"小孩说："我要你给我答对。对得来，走你的路。对不来，赔我的桥。啥时搭得让我满意了，啥时让你走。"

秀才听说答对，料定一个小儿也难不住自己，就让小孩说上句。小孩说："就以这座'小桥'为题。"说着，滚了滚眼珠说："踏倒石垒一孔桥。"秀才一听慌了神，半晌答不上来，羞得满面通红。只好推着说有急事，明天再来答对。小孩说："好，明天就明天。不过得说话算话，我一早就赶来等你。"

秀才回到家里，想啊想，就是想不出恰当的词句。妻子见他神色不安，问："啥事把你急成这个样子？"秀才就把与小儿答对的事说了。妻子笑了笑说："亏你还是个秀才，让一个小儿难倒了！两块石头中间横一木梁，只用把木梁剪断，就成两座石山，这句子不是明摆着的'剪断木梁两重山'吗？"秀才一听，拍手叫绝。

他一早就找到小孩，把妻子替他想的答句说给他听。小孩听见后，拍手大笑说："丢人，丢人。"秀才一愣："咋？我对错了？"孩子说："错是没错，可惜不是你的句。"秀才以为孩子故意奚落他："咋见得不是我的句子？"孩子嬉笑着说："我问你，男子汉大丈夫有几个使剪子的，用剪子的都是女人。我敢说，这句子是你妻子替你想的。"

一句话揭了秀才的老底，他自觉惭愧，一句话也说不出来。从此，他再也不在人们面前耍傲了。

讲述者： 张金锦，男，26岁，唐河县上屯乡高庄村人，高中，农民

采录者： 李文成，男，32岁，唐河县上屯乡人，高中，文化站专干

采录时间： 1985年10月

采录地点： 唐河县上屯乡

选自： 《中国民间故事集成·河南唐河县卷》

98

诗人兄弟

有兄弟二人，老大胡抡作诗，常能得些好处。老二胡砍跟哥学作诗，不肯下功夫，常吃些苦头。

新来的县官喜欢会作诗的人，就把胡抡请到县衙，请他当堂作诗，作得好，就有赏。县官的家属也喜欢作诗的人，母女俩听说当家的请了个诗人，忙从街上赶回来，买的羊和鳖也顾不得朝后堂送，就站在一边听。

胡抡见县官的小姐牵着羊，就以羊为题，随口吟道：

这个山羊白如银，一年四季啃草根。
老爷要它没有用，不如送给作诗人。

县官有点不高兴：老爷我好喝羊肉汤，才让小姐上街买羊，你怎么说我没用？可这诗又作得这么好，只好说："这羊就送给你吧！请再作。"

胡抡又看见县官太太手里提的老鳖，就以鳖为题又作了一首。

这个老鳖圆周周，四个爪子一个头。

当心能做四样菜，剩个鳖壳药铺收。

夫人和小姐一听就笑，县官也连叫："好诗，好诗！"心里一高兴，就赏了胡抡二两银子。

胡抡得了银子和山羊，高高兴兴离开县衙。在街上遇到弟弟胡砍，便把县官如何喜欢诗人的事说了。胡砍想，我诗作得不比哥哥差，也去县衙弄他二两银子花花。便把哥哥刚才作的两首诗用心背了一遍，就去县衙。

县官一听又来个诗人，很高兴，夫人和小姐也都来到堂前听诗。县官说："以什么为题都行，只要诗作得好，就有赏！"

胡砍没看到山羊，但见小姐长得很白，就以小姐为题吟道：

小姐长得白如银，一年四季啃草根。
老爷要她没有用，不如送给作诗人。

小姐听第一句笑，听第二句就哭，听完全诗就又哭又叫："爹，可别把我送给他！"

县官也恼：老爷的千金，细米白面还吃不完哩，咋会啃草根？再说，我要她怎会没用？就这一个宝贝，还指望招个乘龙快婿，给我送终养老哩，咋会没有用？送给你干啥？当下忍着没发作，只催道："再作一首。"

胡砍没看见老鳖，只见太太长得又圆又胖，略一思索，就有了主意，开口吟道：

太太长得圆周周，四个手脚一个头。
当心能做八样菜，剩个鳖壳药铺收。

太太一听就闹起来："天爷，他把我比成什么样了呀！"

县官这次再也忍不住了，喝令衙皂："重打四十大板，赶出县衙！"

胡砍出了县衙，屁股疼得连路都走不成了，又气又恨，又作诗一首：

弟兄两人进县衙，一个领赏一个罚；

骂声县官真糊涂，弟弟咋比哥哥差？

99

三个女婿吟诗

讲述者：　刘瞎，60 岁，唐河县张店镇人，略识字，
　　　　　坠子书艺人

采录者：　曲凡杰，男，32 岁，唐河县人，高中，县
　　　　　文化馆干部

采录时间：1985 年 10 月

采录地点：唐河县上屯镇温基屯村

选自：　　《中国民间故事集成·河南唐河县卷》

附
记

早年间，农村文化生活匮乏，一年难得看一场戏或是电影。倒是说书的艺人走村串户，给文化生活匮乏的农村增添了不少乐趣。在唐河县农村，唱坠子的、说大鼓书的、唱大调曲的，统称说书的。说书的团队小，一人或二人，住宿好解决，他们一般都是自带被褥，随便有张床就能安歇。对场地要求简单，河堤上、庭院里、大树底下，只要有个空场就行。戏价低，一个晚上演出，三两块钱就行，或者十斤八斤小麦也可以。当时我们相邻的张店公社有个说书艺人，是个盲人，大名刘玉和，多数人不知道，刘瞎儿倒是妇孺皆知。我们村里有个赵姓的残疾姑娘是他的老婆，也是他的"拐杖"，用一根细竹竿牵着他，到处走村串户说书。残疾姑娘辈分高，多数人都要喊刘瞎儿姑父或姑爷。那一带的风俗，侄子、侄孙可以给姑父、姑爷开玩笑。刘瞎儿一进我们村，嘴"泼"的媳妇们就"乱"开了。说书的嘴不笨，刘瞎儿也对着"乱"。因此还没有开始说书，欢乐的气氛就充满了村庄。刘瞎儿在开书之前，常用一个故事做铺垫。为的是收拢人，静场。他的故事风趣幽默，好听好记易传。这个《诗人兄弟》，就是那时候听刘瞎儿说的。（曲凡杰）

从前，有个财主有三个女儿。大女儿、二女儿都嫁给了官家子弟，唯有三女儿嫁给了庄稼汉。

有一回，三个女婿都来给岳父拜寿。头天晌午，岳父在桌上摆了一盘菜、一只酒杯和一双筷子，说："今天咱们吟诗喝酒，谁吟得好，喝一杯，吟不好，只能陪着。"大女婿晓得岳父想出三女婿的洋相，抢先说："二八一十六，先吃一块肉。"说罢吃肉一块，喝酒一杯。二女婿也知道岳父的用意，接着说："二九一十八，两块一起夹。"说罢，夹肉两块，喝酒两杯。轮到三女婿了，他想：明摆着想出我的难堪，看咱们谁出谁难堪。他一只手端起盘子，一只手抄起酒壶，不紧不慢地说："三七二十一，酒肉尽我吃！"三下五去二把酒肉一扫光。

岳父见奚落三女婿没成反讨了没趣，非常气恼。晚上，他把大女婿安排在东书房休息，把二女婿安排在西楼歇息，把三女婿安排在伙屋里休息。第二天重新开宴，桌子的摆设还是老规矩，单把吟诗的题目改成"睡觉"。吟得好，尽兴吃喝，吟不好，撵出客厅。

大女婿吟道：

0129

故事·河南卷·南阳分卷（一）
生活故事

昨夜三更进书房，

绫罗帐子象牙床。

心里仔细想一想，

好似当朝一宰相。

二女婿吟道：

昨夜三更进西楼，

身铺绫罗头枕绸。

心里仔细想一想，

好似当朝一品侯。

三女婿吟道：

昨夜三更进伙房，

身垫木柴头枕墙。

心里仔细想一想，

有钱人瞧不起种田郎，

我不种田你吃糠。

岳父和大女婿、二女婿听了三女婿的诗都不吭声了。仔细想想，在理，再也不敢轻看庄稼汉了。

讲述者： 马老九，男，70岁，唐河县古城乡付湾村人，农民

采录者： 田小玉，男，24岁，唐河县古城乡付湾村人，农民

采录时间： 1986年2月

采录地点： 唐河县古城乡付湾村

选自： 《中国民间故事集成·河南唐河县卷》

100

各夸各

从前有个老翁，他有四个女儿都出嫁了。大闺女嫁了个当官的，二闺女嫁给一个走江湖的，三闺女嫁了个花花公子，四闺女嫁了个庄稼汉。

一天，老翁八十大寿，四个女婿都来祝寿。老翁对四个女婿说："今天你们每个人吟诗一首，为我助兴，咋样？"

四位女婿一听都很赞成，说："请大人出题。"老翁想了想说："题目就叫'各夸各'，必须三字同头和三字同旁。吟得好的，有赏。吟不好可要罚酒哇！"

四个女婿齐说："中，中。"

大女婿先吟：

三字同头官宦家，三字同旁绫缎纱。

没有穿过绫缎纱，就算不得官宦家。

二女婿吟道：

三字同头左右友，三字同旁江海湖。

没有走过江海湖，就算不得左右友。

轮到三女婿了，他见岳母身旁站着几位女儿，吟道：

三字同头茉莉花，三字同旁姐妹妈。
没有插过茉莉花，就算不得姐妹妈。

四女婿虽是庄稼汉，赖好也念过几天书，随口吟道：

三字同头屎尿屁，三字同旁肝肠肺。
一刀捅烂肝肠肺，放出许多屎尿屁。

大家听罢，都憋不住笑了起来。

讲述者： 冯新生，男，28 岁，唐河县昝岗乡人，初
中，农民
采录者： 冯新德，男，26 岁，唐河县昝岗乡人，高
中，乡文化站专干
采录时间： 1985 年 2 月
采录地点： 唐河县昝岗街
选自： 《中国民间故事集成·河南唐河县卷》

101

四妯娌作诗

从前有个老头，刁钻古怪，常在屋里指鸡骂狗，搅得一家不得安宁。四个儿子都怕他，常常见他绕弯走，不敢打照面。只有四个媳妇不买他的账，常常作诗奚落他。

有一天，老头在院里扫地，一面扫，一面骂，见没人理他，故意拿鸡子出气，挥起扫帚，打得鸡子满院跑。四个媳妇觉得可笑，互相递个眼色，遂联诗一首：

大媳妇说："院里有个佬。"
二媳妇说："拿着扫帚扫。"
三媳妇说："扫到鸡腿上。"
四媳妇说："吓得满院跑。"

老头听出四个媳妇作诗奚落他，气得一蹦三尺高。为了治服四个媳妇，他到县衙告了一状，说四个媳妇忤逆不孝，欺侮老人。县官把四个媳妇传到公堂，问："你们为啥搁成伙子[1] 欺侮你家公公？"四个媳妇说："我们谁也没有欺侮他，是他成天横挑鼻子竖挑眼，跟我们无故找事。"老头知道媳妇们能说会道，怕自己吃亏，忙说：

[1] 搁成伙子：抱团。

村人，高中，农民

采录时间： 1985 年 5 月
采录地点： 唐河县古城乡大张庄村
选自： 《中国民间故事集成·河南唐河县卷》

"大老爷，她们刚才还在作诗骂我，现在却想赖账。"县官惊堂木一拍，向四个媳妇喝道："可有此事？"四个媳妇说："作诗是真，可那是小人的爱好，与忤逆挂不上钩。"县官见四个媳妇聪明伶俐，早偏爱几分，又听说她们会作诗，来了兴头，对四个媳妇说："你们会作诗，就作一首让老爷听听，作得好，便放了你们。"四个媳妇说："请老爷出题。"县官向外一看，院里长着一棵杏树，树上结满了杏子，酸味像是要冒出来了，就说："大老爷我爱吃杏，你们就比着院里的杏树作诗吧。"四个媳妇向院里看看，随联诗一首。

大媳妇："院里有棵杏。"

二媳妇："结得成梗梗。"

三媳妇："老爷咬一口。"

四媳妇："酸得上下蹦。"

县官一听，四句诗通情达理，幽默风趣，句句说到点子上，根本不是胡搅蛮缠的人，便对老头喝道："我听你这四个媳妇个个聪明豁达，打着灯笼难找。你当老的不爱怜她们，反加诬告，违情悖理。"喝令拉下去打二十大板，把四个媳妇放了。

老头挨了二十大板，回到家里，又气又羞，一屁股坐在门槛上，哭得鼻涕一把泪一把。四个媳妇见了，又联诗一首。

大媳妇："爹爹门槛坐。"

二媳妇："绕他身边过。"

三媳妇："千万别惹他。"

四媳妇："撞他就是祸。"

老头听了这四句诗，想想县官的话，觉着也有道理。自己当老的不像老的，嘴碎[1]多事，准招人家不抬举！以后老头坏脾气改了，一家人过得和和睦睦。

讲述者： 王修杰，女，62 岁，唐河县古城乡大张庄
村人，不识字，农民
采录者： 高福云，女，30 岁，唐河县古城乡大张庄

[1] 嘴碎：爱唠叨，好说闲话。

102

羞状元

讲述者： 陈大江，男，42 岁，唐河县城关镇新华街
人，初中

采录者： 潘保林，男，26 岁，唐河县城关镇人，高
中

采录时间： 1981 年 6 月

采录地点： 唐河县城关镇

选自： 《中国民间故事集成·河南唐河县卷》

从前，有文武两个状元，都爱卖弄自己的才学。

有一次，二人在船上碰到一个孕妇，见孕妇长得很漂亮，都有点动心，想在她面前露一手。文状元说：

我的笔儿尖，我的砚儿圆。

文章三篇好，中个文状元。

武状元说：

我的箭儿尖，我的弓儿圆。

一连射三箭，中个武状元。

孕妇听他俩吟后，微微一笑，也和了一首：

我的脚儿尖，我的肚儿圆。

一胎生两个，文武两状元。

两个状元听了，都羞得满脸通红，再也不说话了。

103

馋秀才吟诗

墙上倒插一朵梅——脏水！

讲述者：　张东升，男，24 岁，唐河县人，初中，县豫剧团职工

采录者：　张果夫，男，43 岁，唐河县人，高中，县文化馆干部

采录时间：　1986 年 10 月

采录地点：　唐河县文化局

选自：　《中国民间故事集成·河南唐河县卷》

从前有个落第秀才，眼见往上爬是不行了，可又放不下架子干活；日子一久，就学得流里流气，串酒场，吃混食，张口闭口之乎者也，半文半诗，弄得人们都很厌恶他。

一天，秀才听说邻家待客，又凑上去赶热闹。同席的人见他是个无赖，就搁起伙子灌他。谁知正合他意，放开肚皮，大吃大喝。晚上睡在自家小阁楼上，觉得肚子咕咕噜噜，憋饱闷胀，很不好受。知道要出酒[1]，赶忙扶梯下楼。谁知刚踏上楼梯就憋不住了，哗地，一肚子脏物洒在墙壁上。

第二天，人们知道他夜里出酒，嘲笑他说："秀才，昨夜有诗没有？"秀才这时已经酒醒，知道人们奚落他，咧嘴一笑说："有，有！"随吟诗一首：

~~~~~~~~~~~~~~~~~~~~

我去东邻吃火腿——真美，

肚里咕噜如打雷——有鬼。

慌慌张张把楼下——凉腿，

[1]　出酒：酒醉呕吐。

0134

中国民间文学大系 4-41

104

咏『风』

化站专干

采录者：　曹永宪，男，35 岁，唐河县城关镇人，初中，干部

采录时间：　1984 年 2 月

采录地点：　唐河县城关镇

选自：　《中国民间故事集成·河南唐河县卷》

　　有四位朋友一起喝酒。甲说："今天咱们吟诗答对，以风为题，还不许说出风字。谁吟得好谁吃喝，谁吟得不好，谁拿酒钱。"三人一听，齐声说好。

　　甲说："细雨斜斜打湿窗。"

　　乙说："何处开花何处香。"

　　丙说："平湖激起千层浪。"

　　丁说："脚指头肿得明晃晃。"

　　人们听了前三句，都拍手叫好。一听第四句，都说丁跑题了，要罚他掏酒钱。丁却不慌不忙地说："前天我脚上生了点毛病，找郎中去看。郎中说：'你这脚指头受风了。'你们开初又没规定说只有天上刮的风算风，为啥要我拿酒钱呢？"

　　大伙一听都哈哈大笑，连说："说得好，说得好，酒钱还是我们大伙平摊了吧！"

講述者：　韩中显，男，31 岁，初中，唐河县王集文

105

主考大人批白卷

结果，这个白卷书生是"水中捞月一场空"。

讲述者： 李明谦，男，37岁，唐河县龙潭乡严营村人，初中，农民，

采录者： 薛霞，女，19岁，唐河县龙潭乡人，初中，农民

采录时间： 1984年4月

采录地点： 唐河县龙潭街

选自： 《中国民间故事集成·河南唐河县卷》

从前，有个书生，不下苦功夫读书，却一心想金榜题名，捞个官儿做做。有一年他去京城应试，眼看交卷的时间就要到了，他的卷上还是空无一字。为了能让主考大人开恩录取，他在卷末写下这么一首诗：

白卷书生泪涟涟，
寒窗苦读整十年。
今日你不把我取，
可怜一命丧黄泉。

主考大人看到这份卷子，立即挥笔在卷后添了几笔，使原诗变成了这样：

白卷书生泪涟涟——可怜
寒窗苦读整十年——识浅
今日你不把我取——公断
可怜一命丧黄泉——自愿

106

好炫耀的财主

古时候，有个财主，常爱在人们面前卖弄他的儿子聪明。他请来一位私塾先生住在家里，教他儿子读书。可是不论先生咋样耐心教，财主的儿子总是读了这句忘那句，榆木疙瘩不开窍。有一天，先生带他到野地玩，看见一个农民种稻，就吟诗一首：

人们种稻不种米，
种下稻子收稻子；
种稻打米不容易，
不如当初就种米。

儿子一听，急忙说："我当作诗多难，谁知恁容易。谁不会？"先生就以"下雪"为题，让财主的儿子作一首。财主儿子说：

天上下雪不下雨，
落到地上变成雨；
下雪化雨不容易，
不如当初就下雨。

先生一听觉得不错，回家把这件事对财主说了。财主一听说儿子会作诗，高兴起来，就摆了一桌酒席，把亲朋好友都请到家里来做客。酒喝到兴头上，他把儿子叫来作诗助兴！儿子说："作诗得有个题目。"财主高兴地说："今天是我请客吃饭，你就以吃饭为题吧。"儿子随口作诗一首：

爹爹吃饭不吃屎，
吃到肚里变成屎；
吃饭变屎不容易，
不如当初就吃屎。

诗没吟完，财主就气得脸色发青，气也出不来了。

讲述者： 李明谦，男，37 岁，唐河县龙潭乡严营村人，初中，农民

采录者： 陈玉玺，男，20 岁，唐河县龙潭严营村人，初中，学生

采录时间： 1984 年 2 月

采录地点： 唐河县龙潭乡严营村

选自： 《中国民间故事集成·河南唐河县卷》

107

不打

相传有一才女，能出口成章。一天，她丈夫被县官扣了起来，才女找到县衙为丈夫求情。县官故意刁难说："都说你是才女，今天老爷想试试是真是假。"才女说："老爷尽管试。不过，要是真的，放不放我丈夫？""当然放。"县官想了想说，"你给我吟首诗，说出八个不打，可不能提到一个打字，能吟上来吗？"

才女想了想吟道：

月移谯楼更鼓罢，
渔夫收网转回家；
卖艺小店去投宿，
铁匠熄火正喝茶；
猎人山中搏死虎，
飞蛾团团绕灯花；
院中秋千已停歇，
油郎改行谋生涯；
为夫求情在县衙，
望求老爷饶恕他。

县官听罢连声称好，免打四十大板，放了才女的丈夫。

讲述者： 李明谦，男，37岁，唐河县龙潭乡严营村人，初中，农民

采录者： 薛霞，女，19岁，唐河县龙潭乡严营村人，高中，学生

采录时间： 1985年6月

采录地点： 唐河县龙潭乡严营村

选自： 《中国民间故事集成·河南唐河县卷》

108

出联觅偶

讲述者： 刘华民，男，邓县人，农民
采录者： 刘鼎炜，男，邓县人，教师
采录时间： 1988 年 3 月
采录地点： 邓县东南南楼村
选自： 《中国民间故事全书·河南·邓州卷》

清朝时候，邓州有位出身于名门望族的女子，颇有文采，出嫁不久，丈夫突发暴病而亡。日子久了，她欲择一位与己般配的男子为偶，便以对对联征婚。她出了一副上联让人答对，并宣布谁若能对得出下联，不计条件，便与其成婚。上联是：

霜降降霜，孀妇无双，双足冷。

这上联非常绝妙，既点明一个节令，又说明节令的意思，同时利用节令的第一个字和第八个字的谐音，说明个人身世和求婚意图。

上联一出，难住了很多人。不久邓县城东南一位穷困潦倒的秀才知道了，正好他也未婚，眉头一皱便作出了下联：

清明明清，情郎有情，情义长。

这女子收到下联，看到对仗恰到好处，非常满意，于是便与其结为夫妻，成就了百年之好。

109

长工四兄弟吟诗

从前，有亲兄弟四个，一起给一家大财主扛长工。他们不仅是种地的好把式，还会吟诗。

一天，四兄弟吃完饭去锄地。刚到地头，天阴了，还起了风。

老大说："云彩满天空。"

老二说："呼呼起了风。"

老三说："刮风必下雨。"

老四说："下雨好歇工。"

不大一会儿，天下起雨来，弟兄四个忙跑回家歇工去了。财主一看天降大雨，干不成地里活了，就想了个歪点子，指使四兄弟做屋里活，让他们每人磨一斗麦子，还叫给财主包饺子吃。气得四兄弟火冒三丈。

老大说："可恨财主佬。"

老二说："心像一把刀。"

老三说："拿人当牛使。"

老四说："下雨也不饶。"

财主一听可气坏了，便到县衙去告状。他先给县官一些钱，诬告四兄弟骂了他，县官就传来了四弟兄。

县官一拍惊堂木，说道："胆大四弟兄，敢骂你家主人，该当何罪？"四兄弟一听，知道这一面官司可没法打，齐声说道："大人，我们没骂东家，只因我们会作诗，东家听了我们作的诗，说我们骂他，这多冤枉人哪！"

县官一听这几个庄稼人自称会作诗，简直一点也不信，就要四兄弟给他在堂上作一首听听。

四兄弟听说要叫作诗，就说："大人，我们作不来便罢，作来了咋办？"县官说："作来了你们的官司就打赢了。"四弟兄忙说："俺打赢了官司要打财主四十大板，治他个诬告罪。"县官说："行！"

四兄弟让县官出题。县官指一座房子为题。四兄弟一看，房子三间，房前两棵柳树，房后三棵桑树，便开始了。

老大说："一座三间房。"

老二说："一门两个窗。"

老三说："房前两棵柳。"

老四说："房后三棵桑。"

诗作罢，县官又惊又喜，四兄弟又说："我们作了诗，该不打我们了吧？"意思是提醒县官要打财主四十大板，县官只好照办，叫人把财主带来重打四十大板。

退堂以后，四兄弟走出衙门，财主哼哼着跟了出来，四兄弟又吟起诗来。

老大看看财主说："下回记着别告了！"

老二看看财主对老大说："不告怎挨四十下？"

老三看看财主对老二说："四十大板不算疼！"

老四看看财主对老三说："不疼为啥直哼哼？"

讲述者：　阎德方，男，70岁，方城县小史店镇申营村人，不识字，农民

采录者：　向国宝，男，38岁，方城县博望镇人，中专文化，职工

采录时间：1985年5月2日

采录地点：方城县小史店申营村

选自：《中国民间故事集成（方城卷）》

民间居住习俗，前不栽桑，后不种柳。屋前栽桑树，桑与丧谐音，寓意堵了财路；屋后栽柳，柳与流谐音，寓意家财外流。（田晓）

110

秀才智对寺老

宝泉寺内有一个长老，精通文墨，在那一带很有名气。

一日，寺内来了一位秀才，长老为了试试他的文才，便说出一联让秀才应对。寺老出的上联是：

万砖千瓦百人造成宝泉寺。

秀才听罢，左思右想，对不出下联，自觉没趣，起身离开寺院，乘船游玩去了。

秀才乘的那只船，和船家在内，共三人。那只船游着游着，忽然前面出现一座石桥，形态优美，令人喜爱。秀才开口问道："船家，那座石桥叫什么名字？"船家答道："叫四仙桥，因桥上那四个石块酷似神仙。"秀才听后，马上让船家送他回去，言说找寺内长老有事。

秀才赶忙找到长老，说道："长老，我有下联了。"秀才对的下联是：

一舟二橹三人摇过四仙桥。

长老听罢，连声称赞道："对得好，对得好！"问秀才是怎样想出来的，秀才说出乘舟游玩，忽得灵感的经过。长老说："相公精通文墨，又知道观察联想，日后必可成才！"秀才连忙施礼。后来，这位秀才果真做了官。

讲述者：　陈付成，男，68岁，方城县赵河乡后滩村
　　　　　人，不识字，农民
采录者：　陈书先，男，23岁，方城县赵河乡人，高
　　　　　中，干部
　　　　　张成义，男，25岁，方城县赵河乡人，高
　　　　　中，职工
采录时间：　1985年4月2日
采录地点：　方城县赵河后滩村
选自：　《中国民间故事集成（方城卷）》

111

曹龟答对胜举人

传说，二龙山下的小村上，有一家姓曹的老两口，年过半百才得一子，起名曹龟。老两口省吃俭用，送儿子去读书。曹龟勤奋好学，很有出息。

一天，有几个秀才和举人，游山玩水路过村头，见雾罩丛山，触景生情，一个举人随口吟道"天压山头，走到山头天又远"，再也想不出下联了，举人和秀才你看我，我看你，憋了个满头大汗，谁也接不上来。这时正在打草的曹龟对道："月坠水底，捞至水底月还沉。"声音虽然不大，把举人都惊呆了。他们连声叫好，但有个老举人不服气，心里想：一个十二三岁的毛孩子，能有这样的才华？我看是碰上的。就把小曹龟叫到跟前说："我再出个上联，你能对吗？"曹龟说："请老先生指教！"老举人望着山水树林，摇头晃脑地说："山石岩头古木枯，此木是柴。"

小曹龟略加思索答道："土皮坡前林火焚，因火成烟。"

"对得好，对得好！"老学究心服口服，连声称赞。

讲述者： 史朝然，男，80岁，方城县券桥乡龙庄村
人，不识字，农民
采录者： 冯金声，男，54岁，方城县券桥乡人，高
中，农民
采录时间： 1985 年 2 月 11 日
采录地点： 方城县券桥乡龙庄村
选自： 《中国民间故事集成（方城卷）》

112

王昆作诗

相传北宋年间，河南方城县王楼村有个叫王昆的人。父亲望子成名，逼着他读诗习文，他自己却浪荡鬼混，不求上进，功不成名不就，作起诗来第四句的字数总少于前三句，好像少一个角，人们就叫它缺角诗。

一天，王昆进城办事，看见迎面过来个大脚女子，随口吟道："前面过来一娇娘，金莲不满三寸长。"这女子因为没缠脚，外人经常笑她脚大，今天居然有人夸她脚小，喜得眉开眼笑，不料想王昆接着吟道："谁要不信我这话，横量。"这女子一听，由喜变羞，由羞变怒，指着王昆骂道："大胆狂徒，光天化日之下，你竟敢调戏良家女子，该当何罪？你与我见官去。"

恰在这时，知县下乡察看，遇见二人争吵，落轿问话。那女子诉说了情况，王昆不慌不忙地说："大老爷，你万不可听她一面之词，小人路遇这一女子，见她脚大，感到稀奇，就信口吟了一首缺角诗，实在不曾调戏于她。"县官也会诌几句诗，一听说王昆会吟诗，高兴起来，忙说："你作首诗让我听听，你若真会作诗，可将功折罪，吟不出来，要重重处罚。"王昆说："请大老爷赐个题目，小人

好作。"知县说："也好，本县名叫张西坡，你就以我这名字作首诗吧！"王昆眉头一皱就说出两句："往日有东坡，今日有西坡。"知县一听，高兴坏了，他想：东坡是古代有名的文人，将我和苏东坡相提并论，够抬举老爷了。忙催王昆往下作。王昆接着说："西坡比东坡，错哩多。"知县一听，不禁冲冲大怒，命差役打王昆二十大棍，并充军渔阳。

王昆自觉霉气，只好上路去渔阳。路遇他的亲舅舅。他舅见他披枷戴锁，和他抱头痛哭。哭了一阵，王昆又笑了起来。他舅说："外甥啊，你到了这步田地，咋还有心笑？"王昆说："舅舅有所不知，我的诗兴又来了。"接着吟道："充军到渔阳，见舅如见娘，流下伤心泪，三行。"他舅一听，"啪啪"给他两耳光。因为他舅只有一只眼。

讲述者：　成广民，男，38岁，方城县杨集乡张庄村人，中师，教师

采录者：　刘延文，男，25岁，方城县博望镇人，农民

采录时间：　1984年8月20日

采录地点：　方城县杨集乡张庄村

选自：　《中国民间故事集成（方城卷）》

异文一：实心眼秀才吟诗

从前，有个秀才是个诗迷，见事就要吟几句。

有一回，他碰到一个县太爷巡街。县太爷好摆阔气，带着三班衙皂，前呼后拥，招得很多人围着他的轿看稀奇。秀才也挤进去一看，不由捂着嘴笑了。原来县官是个丑八怪，比猪还难看！秀才觉得好笑，哼哼唧唧吟起诗来。有个好舔沟子[1]的人听见了，把他拉到一边问："你哼的是啥？""作诗。""啥诗？"秀才不知道这个人的底细，就对他说了：

[1]　舔沟子：也作舔屁股，巴结的意思。

太爷出外行，
刀枪放光明，
样子真好看——猪形！

那人听他说了实话，认为是个讨巴结的好机会，就把这事向县太爷说了。县太爷一听，气得吹胡子瞪眼的，把秀才抓进县衙，不由分说，让衙皂把他捺倒在地上，就要毒打。太太听说秀才会作诗，赶忙从后堂跑出来，摆手说："老爷，慢住。为了这点小事打一个秀才，名声不好听。你干脆让他再作一首听听，作得好，免打！作得不好，再打不迟。"县官一想，有理。就让人把秀才放下来，让他作诗。秀才问："以啥为题？"县官太太好听奉承话，就说："以我为题吧。"秀才把县官太太从头到脚看了一遍，吟道：

太太出后堂，
环佩响叮当，
金莲整三寸——横量。

县官太太本来脚大，最怕人揭短，秀才偏哪儿不痒往哪挠。县太爷觉着太失面子，就让衙皂把秀才狠狠打了一顿，还不解恨，又罚秀才到新疆充军受苦。

两个衙役在带着秀才往新疆去的路上，对秀才说："你作诗也不分人，该奉承就奉承，看受这罪多亏？"秀才就是不吭声。

秀才一到新疆，正巧碰到舅舅。几千里外碰到一个亲人，能不伤心？舅甥就抱头哭起来了。俩衙役听他们哭得伤心，也很难过，对他说："俺看你怪可怜的，想放了你，不过想再听听你的诗。"秀才点点头，让他出题，衙役说："就以你舅甥见面为题吧！"秀才想了想，吟道：

充军到新疆，
见舅如见娘，
二人齐下泪——三行。

二人听不懂最后一句诗的意思，问："二人四行泪嘛，为啥说成三行呢？"秀才指着舅舅的眼睛说："你看，我舅是个一只眼嘛！"

讲述者：　　田书贵，男，48 岁，唐河县城关镇新春街人，高中，农民

采录者：　　田小涨，男，20 岁，唐河县城关镇人，高中，学生

采录时间：　1980 年 2 月

采录地点：　唐河县城关镇

选自：　　　《中国民间故事集成·河南·唐河县卷》

异文二：三句半诗

先时个[1]，有个马员外，晚年得子，取名宝来。宝来长到四五岁，就很机灵。马员外给他请了个教书先生。不几年光景，宝来就通了"五经四书"，学会了吟诗作词，三句半作得最好。

十岁那年，宝来进京赶考。一天中午，他走到一个小村庄，渴得嗓子眼儿直冒烟。他看见一个小媳妇在井边打水，就去向她讨水喝。小媳妇问他是干啥的，他说是赶考的。小媳妇看他还是个毛孩子，不相信，想试试他到底中不中，说："你要能照我作首诗，管你喝个够。"宝来就顺口道："遥看嫦娥妆，近瞧赛玉嫱。三寸小金莲，横量。"小媳妇听到后两句，气得不行，伸手就打。

这时，从村里走来一个和尚，问她为啥事儿要打人，小媳妇把事儿从头到尾说了一遍。和尚不相信这个娃娃会作诗，就叫宝来以他作个试试。宝来看看和尚，说："堂堂一和尚，貌似佛祖像。头上无根毛，贼光。"和尚一听，就和那小媳妇一起打宝来。

正好县官路过这里，见一个和尚和一个媳妇在打一个小娃娃，就命人把他俩押到县衙。这天下午，县官抱着他

刚满周岁的千金升堂。和尚和小媳妇把事情一五一十地说了一遍，县官也不信宝来有作诗的本事，也叫宝来比着他作首诗。还说，要是宝来作好了，就派人送他进京赶考。宝来一听，就说："老爷坐高堂，怀抱状元郎。狸猫充太子，荒唐。"县官听了头两句怪喜欢，一听后两句是在戏弄他，就命衙役打了宝来四十大板，充军山阳。

宝来在山阳，成天想家。一天，他坐在山坡上大哭起来，过来一个一只眼的老人。老人看宝来哭得怪可怜，问他哭啥哩。宝来把他的身世和作诗挨打充军的事全给这老人说了。老人听后，才认出宝来是自己的外甥，对宝来说："孩子，我是你舅舅宋迁啊！"宝来碰到了亲人，也就不再哭了。宋迁对宝来作诗这事也不相信，认为他是在说瞎话，想试试他。宝来长出一口气，说："充军到山阳，见舅如见娘。二人双流泪，三行。"老人听罢，觉得宝来是有歪才，就偷偷地领着宝来回家去了。

讲述者：　　肖北记，男，62 岁，桐柏县城关镇人，初中

采录者：　　吴昊，男，22 岁，桐柏县城关镇人，高中

采录时间：　1987 年 8 月

采录地点：　桐柏县城关镇吴昊家里

选自：　　　《中国民间故事集成·河南桐柏县卷（第三分册故事）》

[1] 先时个：从前。

113

谁说不是

从前，有个刘家庄，刘家庄有个刘员外，刘员外有三个女儿。大女儿名叫巧瑛，找个婆家也是员外之家，丈夫是个武举；二女儿名叫巧平，公公做官，丈夫是个秀才；三女儿名叫巧珍，性子倔强，刘员外给她找个丈夫是新野县令的儿子，她至死不从，自己主婚，嫁给了自己家里的长工。刘员外很是生气，把他二人赶出了家门。

巧珍和丈夫出了刘家的大门，回到自己的茅屋。巧珍纺花织布，丈夫开荒种地，两口子的日子过得倒也快乐。

不知不觉三年过去，巧珍生了个儿子。这一天，是刘员外的生日，巧珍抱着孩子，丈夫拿着礼物，一家三口人来给刘员外拜寿。刘员外见三女儿和女婿来拜寿，有意奚落他们，便私下里对大女婿和二女婿说："今日饮酒，你们三弟兄要吟诗，吟得好便入席，吟得不好便不准入席，不管你们的三妹丈吟得是不是，你们只管说不是。"大女婿和二女婿都说行。

酒席摆好，众人入座。员外说："今日酒席宴上，你们弟兄各吟诗一首。若吟得不是，不让坐席！"三人都说行。这时候，可急坏了巧珍。她知道丈夫不会吟诗，肯定要玩难堪。但她又不便说，只好暗暗替丈夫着急。

大女婿道："请岳父老大人出题，孩儿们好吟。"刘员外想了想说："今日吟诗为助酒兴，虽不拘格律，然诗中须有是不是三字。若没有这三个字，也不许坐席。"众人都说好。

大女婿是个武举，略懂诗文，稍一思索，便吟道：

快刀削铁如削泥，
上得疆场能杀敌，
好钢本是炉中炼，
都说是哩不是哩？

众人都说是。

二女婿本是秀才，吟诗是拿手好戏。他不假思索地吟道：

青蛙居于水，
专找害虫吃，
它是蝌蚪变，
都说是不是？

众人又都说是。

三女婿是庄稼人，没玩过诗词格律，有心不吟，怕两个姐夫以后更瞧不起，吟吧，又怕出丑，这真是"叫孔夫子种田，难为圣人！"巧珍也暗为丈夫着急，她有心替丈夫吟，又怕丈夫和姐夫们不愿意，只好拿眼看看刘员外，又看看丈夫。三女婿见巧珍看看自己又看看刘员外，灵机一动，有了主意，便开口吟道：

老岳父生得聪明伶俐，
其才华与丈爷差不离，
我看他是咱丈爷的子，
二位姐丈都说是不是哩？

秀才和武举一听，不敢说是，又不敢说不是。正在为难，大女儿巧瑛只记得刘员外的话，瞧不起巧珍，便脱口道："不是哩！"武举和秀才一听，急急忙忙附和说："不是哩！"刘员外一听可气坏了，便把眼珠子一瞪，说："谁说不是！都喝！"

114

秀才对对联

讲述者：　不详

采录者：　黎继峰，男，43岁，内乡县樊岗小学教师，师范

采录时间：　1986年

采录地点：　内乡县马山口文化馆

选自：　《中国民间故事全书·河南·内乡卷》

有一个秀才进京赶考。离京城还远着哩，盘费却花完了，只好沿路乞讨。

一天晌午，秀才走着走着肚中饥饿难忍，看见在田间锄地的一位老农接着家里送来的饭菜，就赶忙上前深施一礼，说明了原因，乞求施舍。老农有意试一试他的才学，就说："书生既是进京赶考，必然能诗善对，我出个上联，你能对上下联，咱俩就一起吃饭，对不上来，就请秀才马上赶路。"秀才答应了。老农说出了上联"谷黄米白饭如雪"，秀才想了好久也没有对上，只好饿着肚子往前赶路。

秀才又走了一程，来到一个小山村，见到一位中年人在庄边锄绿豆，秀才上前施一礼说："大哥，小生进京赶考，带的银两不足，盘费早花光了，能不能借一碗饭充饥？"中年人听了说道："你既是进京赶考，咱俩对副对联。我出上联，你能答上下联，管你吃饱喝足，若答不上来，请你往前赶路。"秀才只好同意。中年人出的上联是：绿豆地里鹿跑来，鹿吃绿豆。秀才想了一会儿，又没答上来，只好还饿着肚子往前走。

到天黑时，秀才路过一个铁匠铺，他走进铺里，对铁

采录时间： 1985 年 5 月 16 日
采录地点： 方城县清河镇丰山村
选自： 《中国民间故事集成（方城卷）》

匠师傅说明前后事项。铁匠师傅也想着得考一考这个书生，就说："我也有一句上联，你能对出下联，我就请你吃饭，若对不上，也别怪我无情。"秀才一听，心中连连叫苦，今天净遇上这样的人，虽不情愿，又觉着人家提的条件并不苛刻，也只好勉强同意。

铁匠说的上联是：天明，地明，大明一统。秀才想了半天也没有对上，他苦苦哀求，铁匠师傅才给他做了一顿简单的饭让他吃了。就这样忍饥挨饿到了京城。可晚了一步，三场科考已毕。秀才万般无奈，只好唉声叹气沿街乞讨。

转眼到了中秋佳节。晚上，满城百姓赏月饮酒，皇帝和文武大臣也来到街上与民同乐。皇帝说："今日赏月，朕出对联，众爱卿答对可好？"众大臣都齐声说好。皇帝说了上句"炭黑火红灰似霜"，众大臣一时都对不上来。正巧那秀才走到这里，他一听，猛想起路上老农说的那句"谷黄米白饭如雪"，就对上了。皇帝听了，龙心大喜，便问答对者是哪个爱卿，侍人查问以后，禀报于皇上，说是一名秀才。皇帝叫把秀才叫到跟前，赞扬他学问不浅，亲口封他为内阁侍郎。

中秋节过后月余，皇帝约秀才到御花园游玩，走到一棵桃树下，皇帝说："樱桃树上莺飞去，莺啄樱桃。"秀才知道皇帝有意考试他，皱着眉头想了一下，想起了路上那位中年人说的那句上联和皇上说的下联对仗，随口应道："绿豆地里鹿跑来，鹿吃绿豆。"皇帝一听更加赞赏，又加封秀才为翰林院大学士。

又是一日皇帝和众大臣在一起吟诗作赋，身为翰林院大学士的秀才也陪伴在侧。皇帝说："君乐，民乐，永乐万岁。"众大臣都对不上来。秀才把路上铁匠说的"天明，地明，大明一统"对上了。皇帝更认为对得好，再次加封他为宰相。就这样，一个草包秀才最后做了宰相。

讲述者： 马克浦，男，40 岁，回族，方城县清河镇
丰山村人，初中，农民

采录者： 杨海玲，男，40 岁，方城县清河镇丰山村
人，高中，农民

115

对诗

一时从诗中又找不到毛病，真是哑巴吃黄连，有苦无法说。无奈回到家里搬出了那两匹绸缎。那年轻人把这些绸缎分给了村上的穷人。

讲述者： 阎海旺，男，50岁，方城县小史店乡大林头村人，初中，农民

采录者： 余秀海，男，28岁，方城县小史店乡人，高中，干部

采录时间： 1986年1月2日

采录地点： 方城县小史店乡大林头村

选自： 《中国民间故事集成（方城卷）》

从前，伏牛山东北角祖师顶下有家财主。这财主用了个一瓶子不满、半瓶子咣当的李文书。这李文书为人奸刁阴险毒辣，是财主的贴心打手。村上的穷苦百姓早就对他恨之入骨。

这年腊月的一天，下着大雪，李文书在众人场里卖弄风骚，他对被冻得哆哆嗦嗦的几个穷人说："看你们冷得怪可怜的，我有几件破衣服想给你们，就是有一条，得给我对上四句诗。对不上嘛，就怪你们没这福分了。"他清清嗓子大声吟道："纷纷扬扬雪花飞，落到地下变成水，一遍功夫两遍做，干脆你就下成雨。"

李文书见大家把脸背向一边不理睬他，以为没人会对，就挖苦说："不会对诗，这就难怪了。我家还有两匹绸缎没有用处，谁能对上谁去取。"说罢嘿嘿几声冷笑，拂袖而去。他没走出几步，人群中忽地站起一位衣着破烂的年轻人，说："李先生，你慢走，我问你说话算不算数？""一言既出，驷马难追。""那好！你听着：张张烙馍薄如纸，吃到嘴里变成屎，一遍功夫两遍做，干脆你就吃成屎。"众人一听，笑得前仰后合。李文书自知挨骂，

116

渡河答对

瞎子和秃子直惊得张大嘴巴傻坐在地上，干[1]吃了个哑巴亏。再看那妇人，已轻轻地划桨远去了。

讲述者： 陈庆伟，男，30岁，方城县杨集镇三道河村人，略识字，农民

采录者： 蒋国刚，男，29岁，方城县杨集镇三道河村人，大专文化，职工

向国宝，男，38岁，方城县博望镇人，中专，职工

采录时间： 1985年3月19日

采录地点： 方城县杨集镇三道河村

选自： 《中国民间故事集成（方城卷）》

从前，有一个秃子拉着一个瞎子来到一个渡口。秃子看见撑船的是个妇女，就拍拍瞎子说："哎，老哥！撑船的是个妇女，咱糊弄糊弄她，不出钱让她把咱渡过去。"瞎子说："那敢情好，可咋糊弄法呢？"秃子凑到瞎子耳边说，只需如此如此。瞎子一听，很高兴。二人来到渡口。瞎子说："我说这位小媳妇，想给你商量个事儿，不知咋样？"那妇女说："有啥事，说呗！"瞎子说："我俩云首诗，你若也会云，俺乘船如数付钱，你若不会云，就得把我们白渡过去。"那妇女说："咋个云法？"瞎子说："诗的每一句末尾要用一个名词，最后一个字还必须是个'子'字。"见那妇女点头，瞎子就云开了："我是一个瞎子，肩上背个褡子，一头装个梳子，一头装个刮子（即篦子）。"秃子接着说："我是一个秃子，头上不生虱子，不使那刮子，也不用那梳子。"那妇人一听，"哧"地笑出声来，再看那瞎子和秃子得意忘形地望着她，就说："我是一个女子，生了两个孩子，一个是秃子，一个是瞎子。"

[1] 干：白白地。

117

诗出两家

气，等到老五说完，当即昏过去了。

讲述者： 殷龙欣，男，60岁，方城县小史店乡大林
头村人，小学，农民
采录者： 于秀海，男，28岁，方城县小史店乡人，
大专，干部
采录时间： 1984年12月6日
采录地点： 方城县小史店乡大林头村
选自： 《中国民间故事集成（方城卷）》

李财主的佃户张老三，身边有五个儿子。他一年四季起早贪黑给地主干活，从没时间问一下孩子们的学习咋样。这年除夕，他趁熬夜没事，就把五个儿子叫到跟前说："今晚咱们父子欢聚一堂，共叙天伦之乐，没有佳肴美酒，仿效古人联诗助兴。我先开头，恁五个从大到小一人对一句，一句四个字。"说罢，他随口吟道："五谷丰登。"老大接着吟道："登殿面君。"老二说："君王见喜。"老三说："喜气盈门。"老四说："门临五福。"老五说："福从天降。"五个儿子对答如流，一家人喜笑颜开，张老三连声说好。

这时，李财主正好路过张老三家门口，张家五子对的诗全被他听走了。他想，穷小子们这般有才有志，以后很可能胜过我的儿子。他就回去考儿子，照着张佃户出的题，比葫芦画瓢地向儿子们学说了一遍，然后把刚才张老三念的那句"五谷丰登"作为首联吟出来。大儿子接着吟道："灯消火灭。"二儿子不甘示弱，也随口对道："灭门绝户。"老三说："户大出鳖。"老四想了半天才说："鳖爬龟叫。"五儿子以"叫苦连天"结束全诗。李财主越听越

118

李发挨打

从前，有兄弟俩，老大叫李发，老二叫李小。李发又贪又馋又蠢，见钱如命。他娶了媳妇后，只给李小一间烂草房，就算分家了。

李小聪明伶俐，见到什么一学就会。尤其作诗，无论看到什么，总要顺口溜上几句，而且每句都挺有诗味。

一天，李小卖柴来到县城，听说新任县令很爱听诗，不论文人百姓，只要作得好诗，便有重赏。他也跟着人们去了。

县令指着一只鳖，要人们作诗，可是都作不上来。

李小见后，歪着头将那鳖看了一下，随口吟出一诗：

> 甲鱼味合口，养分在里头。
> 老爷宰了它，当菜来下酒。

县令听后，连声称妙。这时，一个卖西瓜的人也在观看。县令就命人抱了一个西瓜，命李小为那西瓜作诗一首。

李小看了看，顺口作道：

> 大西瓜，圆又圆，
> 黑籽红瓤在里边。
> 县长吃了好解渴，
> 为民做主是清官。

县令高声喝彩，很是欢喜。见旁边有只山羊，就让李小再为那只山羊作诗一首。

李小看着山羊，不慌不忙地说道：

> 小山羊，白似银，
> 咩咩一叫逗惹人。
> 老爷要它没有用，
> 不如送给穷苦人。

县令听了李小这三首诗，心中大喜，就将那山羊外加十两银子送给了李小。李小得了赏，欢欢喜喜地回了家。

李发见李小说了几句小诗，就得来这么多东西，很是眼红，就把这几首诗记在心里，也要到县衙去碰碰运气。

第二天，李发起了个大早，来到县衙，声称自己会作诗，无人能比。县令正在审案，随手捋了捋胡子，对他说："你就为我作首诗吧。"

李发财迷心窍，也不思索，指头捣着县令道：

> 甲鱼味合口，
> 养分在里头。
> 老爷宰了它，
> 当菜来下酒。

县令见李发骂他是鳖，气得脸色发青，喝令众衙役狠狠打这个畜生一顿。

李发挨了打，县令问他还作诗不作。李发得财心切，便怀着侥幸心理，龇牙咧嘴地应道："小人还会作几首。"

县令见夫人和女儿也在堂上看热闹，就令李发为他夫人和女儿作两首。

李发指着县令夫人道：

大西瓜，圆又圆，

黑籽红瓤在里边。

县长吃了好解渴，

为民做主是清官。

县长听了正恼呢，李发紧接着又指着县长的千金女儿道：

小山羊，白似银，

咩咩一叫逗惹人。

老爷要它没有用，

不如送给穷苦人。

县令气得目瞪口呆，县长夫人和女儿气得连打带骂，两边衙役又好气又好笑。

县令一蹦而起，怒发冲冠，高声喝叫："打！打！打！狠打这个畜生！"

可怜李发，没得到赏，反被打得皮开肉绽，抱着屁股逃出衙门。

讲述者：　胡兰英，女，50 多岁，淅川县上集镇马家石嘴人，不识字，农民

采录者：　马保峰，男，淅川县人，高中，农民

采录时间：1985 年 3 月 9 日

采录地点：淅川县上集镇马家石嘴讲述者家中

选自：　《中国民间故事集成·河南淅川卷（二）》

附
记

淅川虽然是个边陲小县，但这里商圣范蠡文化浓郁，是史学家《后汉书》作者范晔的桑梓，是我国楚文化的发祥地，汉江支流丹江纵贯县域。这里文化积淀丰厚，环境优美。正因这里人文和自然景观的合璧，吸引古往今来诸多彪炳史册的名流纷至沓来，觅古探幽，历览名胜，留下了一大批脍炙人口、咏诵淅川的诗篇。有周代《陟岵》，有战国屈原的作品，也有唐宋王维、白居易、李商隐、范仲淹、欧阳修的诗，还有金代王庭筠、元好问，元代术术鲁翀，明代李蓘等咏诵淅川的不朽诗篇。所以这里有文化的人，大多能溜两句诗。（刘国胜）

119

秀才美梦

有个秀才，不求上进，又懒得干活，还整天想着高官厚禄。混得缺吃少穿，还嫌自己老婆丑。

一天，老婆对他说："今天又揭不开锅了，你想办法弄点吃的去！"

秀才听了，捏着口袋直摇头。他肚子饿得咕咕叫，急得在屋子里转来转去："唉，我命真苦啊，天天想着高官厚禄，夜夜盼着金钱美女，可就是没那个福气呀！"叹罢，拿了一本书胡乱地翻着。翻了几页，忽见书中一幅美人图，他就目不转睛地看着，想着。恍惚间，见一个粉脸桃腮的姑娘，推门进了屋，身穿樱花罗裙，手里拿着两个元宝，朝他的床边走来。秀才心里一阵高兴，忙坐起身问道："你是谁？是不是来找我的？"

女子淡淡一笑："我是你成天想的那一位。"她又晃晃手中的元宝："人们叫我送宝娘娘。"

秀才一听，眼瞪得像杏核儿，赶紧擦嘴边的涎水问："这元宝可是送给我的？"

姑娘看他那副模样，忍不住笑："你成天想我，我怕亏了你的心意，所以今天特来会你。你要与钱有缘分的话，

这元宝就是你的。可是我有个要求，我出一首诗，要你在诗中解出四座城的名字，若答对了，这元宝就归你所有；答不对，就别想得到它。"

秀才转动着眼睛，满不在乎地说："你就出吧。"

姑娘冷笑一声，你听着：

西入潼关到帝京，
雪落燕山临边城，
石头城外长江水，
黄河南岸是开封。

秀才听了，抓着头皮子，想了半天也没想出个啥名堂。他正在苦思，忽见从外面又进来一个女子。那女子身穿黄罗裙，高挽着头发，长得如花似玉。秀才见了，从床上一跃而起，血红的双眼直瞪着姑娘手中的东西。原来姑娘手中捧着官印和乌纱。姑娘进了门，对秀才点头一笑道："我来替你解吧，这四座城是西京、北京、南京、东京，你怎么连这也解不出来呢？"

秀才大惊道："你是什么人？到我这里干啥？你拿的东西又是给谁的？"

姑娘听了，挑起柳眉，带着嘲弄的口气说："我也是你终日所想的那一位呀。你不是想当官吗？我是赐官娘娘，你想我，所以才把官袍印绶给你送来。"秀才正要伸手去接，那女子道："不过，也有个要求，我作诗一首，你若能答出四个人名，这官袍印绶就归你；若答不上，你就别想。"

妻不下机锥刺股，
悬梁夜读熬寒暑，
刘薪且做担头吟，
借光萤火脱贫苦。

秀才听了，苦思不知是哪四个人。这时，门外飘然进来一位身穿淡白素裙的绝代佳人，进门就冲秀才娇媚一笑道："看来你不学无术，这官袍绶带也不应该是你的。连这四个穷读书的名人也不知道，还想做官吗？告诉你，这

四个人是苏秦、孙敬、朱买臣和车胤。"

秀才听了这话，脸火辣辣地疼。他两眼直勾勾地看着进来的美人，翻了翻眼皮，低声下气地问道："你是谁呀？也是来找我吗？"

姑娘"嗤"地一笑，娇滴滴地说："亏你成天想，连我也认不得。我是美人姑娘，今夜是来与你婚配的。可我也有个要求，我出四句诗，内有四个美人，你若能说出她们的名字，我便与你婚配，要是答不对，你可别想。"

秀才听了大喜，眉开眼笑地说："好，你说！"

美人姑娘顺口吟道：

亡国耻仇嫁入吴，
凌风掌上善歌舞，
可恨琴弦留青冢，
蝉言芯子配温侯。

秀才听了，大眼瞪小眼，好半天也想不出来。三个女子见他那模样，同声云道：

蠢秀才，真没才，
三个美人一齐来。
吴国来了西施女，
昭君和番刚回来，
貂蝉配给勇吕布，
赵氏飞燕她没来。

三个女子说罢都要走，秀才不舍，忙上前拽住美人姑娘的衣襟道："你们留下一个吧，我今后勤奋读书，再也……"

"啪！"秀才脸上重重挨了一耳光："厚脸皮子，拉住我干啥，还不快去弄吃的！"

秀才睁眼一看，原来是他老婆气冲冲地立在眼前。这才知道，自己是做了一场美梦啊！

讲述者： 王振华，男，48岁，淅川县上集乡刘庄村人，高中，医生

采录者： 王风雷，男，25岁，淅川县上集乡人，高中，农民

采录时间： 1985年11月

采录地点： 淅川县上集镇刘营村

选自： 《中国民间故事集成·河南淅川卷（二）》

120

父子对

俗话说，男大当婚，女大当嫁。李家庄李老汉有个儿子想娶媳妇，自己无法向爹爹讲明，只好提笔写了两句，放到爹爹床头：

娃子长到二十五，
衣裳烂了没人补。

爹爹看后，知道儿子的心事，便也写了两句，放到儿子的床头：

要想衣裳有人补，
非得再长二十五。

儿子一看，又写了两句，放到爹爹床头：

人活七十古来稀，
哪有五十才娶妻？

爹爹一看，有点生气，写了两句回奉儿子：

童子活了八十八，
五十过了还是娃。

儿子一看，恼了，提笔指责爹爹：

爹爹说话理太差，
什么时候说什么话。
既拿童子来劝我，
咋不到二十娶我妈？
假若我是五十娶，
你一辈子不得见孙娃！

爹爹看后自知理亏，这才开始为儿子操办婚事。

讲述者：	李清科，男，淅川县毛堂乡店子村人，不识字，农民
采录者：	魏新栓，男，25 岁，淅川县金河人，高中，农民
采录时间：	1982 年 9 月
采录地点：	淅川县毛堂乡店子村
选自：	《中国民间故事集成·河南淅川卷（二）》

121

良师处处有

小镇上有家财主，新开一店，生意兴隆。他一时高兴，便写出了一个上联，声言能对上下联的，定有重赏。半月之后，还是没人对得上下联。知府贾文忠路过，听说了这件事，便让店家拿来上联。只见上面写着：

天宽地宽屋宽不如心宽。

贾文忠看后，微微一笑，命人拿来纸笔一挥而就：

金多银多财多不如书多。

在场的人一看，个个拍手叫绝。贾知府洋洋得意，并夸下海口："对联这玩意儿，难不住本府！"

一天，贾知府出外郊游，忽报一农夫挡住去路，声称要与大人对联。若对得上，他就请礼赔罪；若对不上，就请重返旧路。贾知府不屑地打量了农夫一眼，便命其出联。农夫指指犁过的地，出了上联：

一犁耕破路边土，今日芒种。

贾知府紧锁双眉，想了又想，到底还是没有对上。只好说："来日寄奉。"于是重返旧路，败兴而归。一直到了冬天大雪纷飞的时节，他才给农夫寄了下联：

双手捧住炉中火，明天大寒。

时隔一年，贾知府出外踏青，又被一顽童拦住了去路，也声言要与大人对联。贾知府一看这娃娃乳臭未干，没把他放在眼里，说道："拿出上联来呀！"这顽童正用石头垒桥玩，用脚一蹬，青石倒地，即出一联：

踢倒磊桥三块石。

贾知府一听，倒吸了口凉气，半天开口不得。他搜肠刮肚想了好久，终没能对上，只得说："隔日再对。"

贾知府回到家中，把这事情告诉夫人。夫人立即动手写了个"出"字，然后用剪刀从中剪开。贾知府猛然醒悟。

第二天，他又找着那个顽童，高兴地说出下联：

剪破出字两重山。

顽童听罢大笑："妇人所对！妇人所对！"贾知府面红耳赤，问道："何以见得？"顽童道："这'剪'字便是证明。若是大丈夫应对，定用'劈破'而不用'剪破'，才显出叱咤风云的气概！"

贾知府满面羞愧地回了家，静坐桌前，题诗一首，挂于室内：

人外还有人，
天外更有天。
良师处处有，
海大也无边。

讲述者：　刘老憨，男，50岁，淅川县大石桥乡人，农村信用社职工
采录者：　袁克政，男，25岁，淅川县大石桥人，高中，农民
采录时间：1983年9月
采录地点：淅川县大石桥乡讲述者家中
选自：　　《中国民间故事集成·河南淅川卷（二）》

122

挑女婿

龙城有个私塾先生，他那独生女儿叫金凤。金凤年方二九，容貌出众，聪明贤惠，善习诗文。先生把女儿看作掌上明珠，一心想给她挑个如意郎君，好为自己养老送终。四乡八镇的富豪公子、官宦大吏，一个个馋得涎水"嗒嗒"滴，托媒送礼，登门自荐，却没有一个被挑上的。

这天，又来了三个求婚人，一个是有权有势的全少爷，一个是巨商大户的钱公子，另一个是出身贫寒的文秀才。

金凤在帘子里，听了他们三人的自我介绍，一下相中了眉清目秀、温文尔雅的文秀才，但当着三人的面儿不好直言。她眉头一皱，想了个主意，便对爹爹耳语了一阵。爹爹点点头，金凤开了口："我先出一首诗，你们谁对得合我的意，我就跟谁成婚。"文秀才一口应承，全少爷和钱公子也不得不点头同意。

金凤出道：

什么贵什么重？
风吹什么动？

什么里面能藏凤？

全少爷抓耳挠腮地想了一会儿，抢先对道：

官位贵，官印重，
风吹官袍动，
官衙里面能藏凤。

钱公子的绿豆眼儿眨巴了几下，忙接着对道：

金子贵，元宝重，
风吹银票动，
红帘帐内藏金凤。

这时，胸有成竹的文秀才不慌不忙，有板有眼地对道：

书为贵，情意重，
风吹秋波动，
哥心深处能藏凤。

金凤听罢，喜得差点儿笑出声，对爹爹一拜，羞怯怯地说道："请文秀才到绣楼，我有话要讲。"

全少爷、钱公子傻愣了一会儿，灰溜溜地走了。

讲述者： 王德普，男，81 岁，淅川县老城镇老城村
人，念过私塾，农民
采录者： 徐文，男，30 岁，淅川县人，高中，农民
采录时间： 1985 年 6 月
采录地点： 淅川县老城镇老城村
选自： 《中国民间故事集成·河南淅川卷（二）》

父母之命、媒妁之言和门当户对的旧时婚俗，助长了人们嫁娶攀官攀富的心理。有些既聪明，又有能耐有知识的穷秀才娶不到所爱之女，同样那些聪明美貌有知识的才女嫁不上如意郎君。于是他们就动脑筋，想办法，用他们的聪明智慧，冲破旧婚俗，实现他们美好婚姻的愿望。这样就诞生了一批"巧对"选婿的故事。（刘国胜）

123

天生我材必有用

清康熙年间，有一秀才，姓郝名求，年已四十有五，虽有满腹才学，却次次科举，屡屡落榜。但自信只要不断努力进取，定会名登金榜。

却说康熙皇帝，为了广求贤能，常到民间私访。一天，康熙来到一个幽静地方，只见苍松翠柏，泉水潺潺，山川秀丽，犹如仙境一般。康熙顿时兴致勃起，吟诗赋词，信步走去。走到一座寺前，但见寺院不大，傍山依水，古树参天，使人置身其中，如同走进仙境一般。这时夜幕降临，康熙便向寺内走去。

古刹内，怀才不遇的秀才郝求，早康熙一步先到，已被安排在厢房安歇。方丈见新来了客人，就把康熙和郝求安排在一个屋内。二人围着火炉，彼此寒暄。谈话中，康熙觉得郝求谈吐不凡，很有才华，便有意考考他，就以炉火为题，出了上联"炭黑火红灰如雪"。康熙言罢，要郝求对出下联。郝求略一思索，顺口答道："谷黄米白酒似银。"

郝求话音刚落，康熙就拍手叫绝，大有相见恨晚之感。俗话说，酒逢知己千杯少，话不投机半句多。二人越谈越投机，不知不觉，鸡啼天明，红日东升。

康熙一脚门里，一脚门外，面对郝求说："你猜我走还是不走？"郝求微微一笑，以问代答："你说我送还是不送？"康熙哈哈大笑，随即拉着郝求的手说："咱们后会有期！"

几天后，郝求接到圣旨，被宣进京城，破格封为翰林学士。当他跪拜谢旨时，看到那居于显赫位置上的皇帝，正是山寺中相识的人，不禁暗暗思忖道："真是天生我材必有用啊。"

讲述者： 蘅玉坤，男，70 多岁，淅川县老城镇石家沟村人，私塾，农民

采录者： 石宝山，男，25 岁，淅川县人，高中，农民

采录时间： 1982 年 1 月

采录地点： 淅川县老城镇石家沟村讲述者家中

选自： 《中国民间故事集成·河南淅川卷（二）》

124

穷秀才智改对联

从前有个土财主，虽然良田千顷，家有万贯，但却目不识丁。每到过年写对联时，就得拿着红纸去找庄上秀才写。由于这财主为富不仁，左右乡邻无不讨厌他。尤其秀才家贫，那年乡试科考，到他家借钱，他不但不借给分文，还嘲笑秀才，说："你识恁多字，还不能当钱花？"所以，这年去找秀才写对联时，秀才故意拖到快晌午，才给财主写，并且写了一副骂财主的对联。上联是"家有金银尽出囟蛋[1]"，下联是"屋有儿女都是盗娟"，横批是"男盗女娟"。

财主目不识丁，回去就把对联贴到门上，惹得有个识字人看了不禁好笑。

起初，财主以为那人因他家对子宽长字大好看而笑，后来见那人笑得奇怪，就问那人为啥笑。那识字人故意给他念了对联。财主闻听，气得对那识字的人说："你去看看，秀才门上贴的啥对子。"那人跑去一看，回来说，"秀才门上贴的是：门迎千根竹，家藏万卷书。横批是：书香

[1] 囟蛋：傻子。

门第。”

　　由于秀才家门正好对着财主家的竹园，财主闻听好恼，一气之下，让家人把竹子砍了，愤愤地对那识字人说："再去看看，那穷秀才还对啥！"

　　那识字人跑去一看，回来又说："秀才把对联改了，改成：门迎千竹根，家藏万卷书。"财主闻听又一气之下，让人把竹根一满挖了。财主前脚让人把竹根挖了，后脚那识字人就跑来说："秀才把对联又改了，改成：门迎千竹根无，家藏万卷书有。"财主闻听，气得大张嘴说不出话了。

讲述者： 张玉玺，男，55岁，淅川县大石桥乡人，
　　　　　高中，林业干部

采录者： 刘国胜，男，60岁，淅川县人，大学，文
　　　　　化馆干部

采录时间： 2020年11月

采录地点： 淅川县大石桥乡冉家坑村

附记

　　故事是我听大石桥林站干部张玉玺讲的。那天我回老家喝"高价酒"（送礼钱喝酒），路过大石桥冉家坑时，就遇上了张同志。张同志一见我，就说："哎，刘老师？"张同志见我不认识他，就来了个自报家门，"你认不得我，可我知道你。你是下来找人拍故事的吧？来，我给你拍个故事！"只想他是说着玩的，没想到他接着就给我讲了这个故事。张同志不愧乡干部出身，口齿伶俐，声音洪亮，不大会儿就引来一大群听故事的，他讲得绘声绘色，声情并茂，听得人们拍手叫好。尽管他说有急事要走，但人们非要他再讲一个。这个故事，我当时没顾记录，就这么听了一遍，我就记住写了下来。（刘国胜）

125

『壶中仙』升天

　　明朝嘉靖年间，有个秀才叫曹青坡，由于能喝酒，自号"壶中仙"。他能诗善赋，文章超群。但奸相严嵩妒贤嫉能，致使他屡试不第。

　　这年皇王开科，"壶中仙"又名落孙山。自此，他心寒如冰，发誓终生不再求官了。酒能解愁，"壶中仙"整天就嘴不离壶地喝酒。

　　这一天，是二月十二日，刚好是"壶中仙"的生日。他同往日一样，从早喝酒，一直喝到晚，喝得烂醉如泥。他出了酒店，跌跌撞撞摸到了香严寺山门前。他疲乏了，便坐在寺前的石凳上，掏出酒葫芦喝起闷酒来。三口苦酒入肚，又害起了酒后狂，吟诗高歌起来：

卅年狂颠蹉跎兮，
功名未就可恨兮！
生日独酌悲凉兮，
待我乘鹤归去兮。

　　四句诗吟过，心中更加悲愤，想着活在世上也没啥

用处，遂起了轻生的念头。他解下腰带，来到一棵松树下，正要投缳自尽，忽听身后有脚步声，一股香味直扑鼻孔。他扭头一看，只见几个姑娘，不知从何处来到他的身后。"壶中仙"乘着酒意，大声喝问："晦气，死也要被人看到，你们是谁家女子？快走开！"

姑娘们一听，哄然嬉笑说："秀才醉了，就想死吗？可今日不是死的时候啊。今日生，今日死，真是生也巧，死也巧啊。"说罢，又是一阵嬉笑。

壶中仙想：是啊，我三十年前二月十二生，今天正好又是二月十二，如果我今天死了，不是今日生，今日死吗？可她们是如何知道的呢？他揉揉醉眼，借着月光，看到面前的女子们，个个花容月貌。白的似出水嫩藕，红的赛过三月桃花。"壶中仙"暗想：奇怪，怎么这么多女子都聚在一块儿呢？又都长恁美貌？他直着眼睛问："什么处来的？到此作何事？"有一个穿红衣的姑娘开了口：

　　我辈遍九州，
　　芳苑斗千秋；
　　东陆吹暖风，
　　芳香万枝头。

曹青坡心中不明白，又问："你说清点，我听不懂。"

"我们生长在山水陆地上，我们是百花仙子，今天是我们的生日，所以到香严寺来了。"

曹青坡的醉意立刻醒了一半："你们既然是仙子，立在我凡人身边干啥？"

一位白衣女子答道："听说秀才是个诗人，又与我们同生日，花王喜欢你，让我等请你去喝酒的，你肯去吗？"

"行啊，我'壶中仙'哪有不去的理？"

众仙女把他引到寺东边的一个花园里。此时，月挂中天，光亮如银。曹青坡抬头见面前排列着几个大方桌，上面早摆好了杯、盘、碗、筷。他也不叫人让，就坐了上席，仙女们也都依次坐下。众人各喝了几杯酒，曹青坡起身问道："你们叫啥名字？"

牡丹仙女介绍说："我是牡丹，她们是蜡梅、菊花、芙蓉、桃李……"牡丹仙子一一报了百花的姓名，接着说："唉！我们做花的，这四季的待遇可不公平了！逢春即开，入秋就落。开时，璀璨遍地；萎时，英落枝枯。唉，我们的命运与曹先生一样苦啊！"牡丹仙子叹息了几声，就听曹青坡为她作诗道：

　　仲秋二月花如锦，
　　牡丹落地又逢春；
　　芳艳红英铺夹道，
　　争朝四贵涌富门。

曹秀才云罢，只见一个身穿淡白衣裙、红丝束腰的仙女上前说："秀才赞花王富贵，可愿给我也作一首吗？"

"行啊，你是什么花？请报个名来。"

那女子开口说了四句：

　　晋时陶潜他不爱，
　　袁枚爱莲羡清白；
　　污泥出身水中花，
　　六月擎柱出圆盖。

"啊，你是荷花仙子。"曹秀才遂作诗道：

　　一世清白爱说莲，
　　香飘南国六月天；
　　污泥浊水离即净，
　　隔泥称作水中仙。

曹秀才刚作罢，又一黄衣女子躬身说："我是菊花，请秀才给我也作一首。"

曹生喝了一杯酒，又作道：

　　曹州黄巢作金甲，
　　赞其傲霜不肃杀；
　　九月元亮东篱下，
　　把酒赋诗赏菊花。

"秀才，可不要忘了我梅花呀，给我也来一首。"

"忘不了，这就作。"

冰封大地寒冬天，

梅花傲雪不争艳；

点玉屑屑落枝头，

不为争春报冬寒。

众仙女都一一求诗，曹青坡则一一赠祝。最后一个小仙女走上前说："秀才与她们都作罢了，最后可轮到我刺梅花了吧。"

曹秀才头一点云曰：

刺梅不艳不争春，

野坡刺丛一枝粉；

文人墨客不足道，

焉知迟开不长存？

曹青坡每作一首诗，就得喝一杯酒，他早已喝得鸡鸭不认了。众仙女见曹秀才实在不敢多喝了，就散了席。此时月已西斜，众仙女都不愿与曹秀才分离。牡丹见天将明了，心想：此时不走，天明了会坏事的。她上前扶住曹秀才说："我姐妹都不愿让你离开，你就跟我们一块儿走吧。现在世界混乱，奸臣当道，你空有才华，也没人用你，倒不如随我们同去，做个伴花使者，不比留在这人妖不分的世上好吗？"

曹青坡听罢，流着眼泪长叹一声："唉，算了，人不用我，花草还看得起我，那就跟她们去吧！"言罢，吟诗一首，便做伴花使者去了。那首诗是：

奸相当道不用贤，

花草怜我上九天；

可恨世上庸碌辈，

不知落骂几千年！

自此，再也没人见过"壶中仙"了。

讲述者： 王振华，男，48 岁，淅川县上集乡刘庄村人，高中，医生

采录者： 王风雷，男，25 岁，淅川县上集乡下集人，高中，农民

采录时间： 1985 年 5 月

采录地点： 淅川县上集乡下集村

选自： 《中国民间故事集成·河南淅川卷（二）》

126

联句戒酒

李官桥镇有个落第秀才名叫赵亮，他不以落榜为耻，发奋攻读，却恨天怨地，以酒浇愁。醉了，嬉闹笑骂，捣得家宅六邻不安，天长日久，变成了一个十足的酒鬼。

一天，镇上李员外乔迁新居，请了些亲朋好友，以示庆贺，酒菜刚刚端上，却见赵亮嘻嘻哈哈破门而入，他不待主人迎让，便抢过酒杯，说声："好香啊！"便要饮酒下肚。这时候，过来一位小孩上前拦阻作揖道："赵先生慢饮，今日高朋满座，皆为员外乔迁之喜，大喜之日，须要赵先生助个雅兴。久闻先生才高八斗，学富五车，席前联句想来不至为难，输者今日戒酒，赢者一醉方休，不知赵先生敢赐教否？"

赵亮成心捣乱，想喝个痛快，见小孩大话欺人，把到了嘴边的酒杯又放还桌上，冲小孩上下打量一番，见这个说大话的小孩牛角小辫儿，兜肚儿鞋把儿，肚里好笑，胎毛未退，竟敢在众人面前夸口，炫耀文才，不知我赵秀才斗酒诗百篇吗？怕你何来？随即哈哈一笑，手指酒杯发难说："童子怎知酒中事？"说罢，把嘴一噘，那意思是你敢对吗？却见那小孩冲他两眼一挤，随之淡淡一笑说："秀才不知山外天。"

赵亮听了心里一咯噔，乖呀！荞麦地里跑出个兔子，还真没给他看出来呀！哼，得给他点颜色瞧瞧。他一看院内下起了毛毛细雨，灵机一动，脱口说声："雨。"小孩听了也朝外边一瞧，见翠竹摇窗，随即对出个"风！"赵亮紧跟一句："花雨！"小孩随和一句："酒风！"赵亮又加一字："催花雨！"小孩也深得词意："发酒风！"赵亮哪里肯示弱，说："檐前点点催花雨。"小孩听了狡狯地一笑，冲赵亮说："席上回回发酒风。"

好！宾客哄堂大笑，拍手叫绝，此时，赵亮满面羞红，恨不得地陷裂缝，无奈，抱拳秉手冲小孩一礼："树大根深不养无名小鸟。"小孩抓起酒杯一饮而尽，把空杯冲赵亮一亮，说："杯小酒薄难留有量往客。"赵亮见小孩应对如流，一时语竭词穷，一跺脚，临出门对小孩说："赵亮戒酒。"小孩也不客气，送出门口说："当谢蓘[1]！"

原来这小孩就是李员外之子，名叫李蓘，人称神童，他见赵亮恃才傲物，有意羞他戒酒，为此，才和赵亮席前联句。而赵亮经此一激，深悟前因，自愧无颜见人。从此滴酒不沾，离群索居，杜门绝客，埋头深造，三年后，李蓘邀他同科应试，竟一举成名。

讲述者： 崔润泽，男，69岁，教师
采录者： 崔胡林，凌晨
采录时间： 1999年
采录地点： 内乡县
选自： 《中国民间故事全书·河南·内乡卷》

附记

著名诗人元好问曾任元代内乡县知县，他的诗名、诗才无疑会对当地产生影响。人们拿他为骄傲的资本，也为学习的榜样。因而出一个神童，一个明嘉靖翰林院学士李蓘，也就不足为奇了。（曲凡杰、田晓）

[1] 蓘：指明嘉靖时期翰林院学士李蓘。

127

花联

清朝年间，内乡李营村有一位举人，名叫李袞。此人博学多才，爱花如命。屋内屋外种满了各种各样的奇花异草。

一天，读书空间，他来到院里赏花。天色突变，未风先雨，偶见鸡冠花在雨中乱摆，那妖艳的身姿，犹如凤凰展翅，跃跃欲飞。李袞触景生情，诗句脱口而出："雨打鸡冠凤点头。"但这只是下联，上联一时苦思不出。翌年进京应试，试卷上恰有一句"风吹蟒袍龙摆尾"的上联，于是，他便填出下联。结果，名中皇榜，成为深山一位大名鼎鼎的进士。

讲述者： 李少甫，男，61 岁，内乡县师岗镇人，农民
采录者： 师熙奇，内乡县师岗镇人，小学教师
采录时间： 1986 年
采录地点： 内乡县师岗镇
选自： 《中国民间故事全书·河南·内乡卷》

128

智对反诘

从前，有个童生考了一辈子，到八十二岁还没考上秀才。他窝了一肚子怨气，哭笑不得，总是自找乐趣度日。

有一天，他到一个小饭馆吃饭，看见跑堂的是个十七八岁的大姑娘。这姑娘身上穿个红绸子衣裳，显眼得很。他冲着这个姑娘取笑说："小大姐穿个绸布衫。"那姑娘给他端了一碗凉粉汤，回敬说："老童生吃碗热凉粉。"

在小饭馆吃饭的人，听了他俩一前一后的对话，哈哈大笑起来。

讲述者： 仁新良，男，53 岁，内乡县灌涨镇胡刘人
采录者： 刘伟英，不详
采录时间： 1985 年
采录地点： 内乡县灌涨镇胡刘村
选自： 《中国民间故事全书·河南·内乡卷》

129

教书先生与刻薄东家

讲述者： 不详

采录者： 张海亮，男，33 岁，社旗县城郊乡柳营村
人，高中，农民

采录时间： 1986 年 3 月

采录地点： 社旗县城郊乡柳营村

选自： 《中国民间故事集成·河南社旗县卷》

附
记

据采录人张海亮说，这则故事是他放蜂时听一个上过私塾的人讲
的。张海亮侧耳静听，觉得故事文绉绉的，富有妙趣，就记了下来。
民间故事中的东家，一般不通文墨。这篇故事的东家则不同，通晓联
律，熟悉历史，但说一套做一套，不讲信用，让人大跌眼镜。（张殿
举）

从前，有个教书先生，一个月的工钱只有三分银子。
他想叫东家再添点，又不好意思开口，就以院内的新竹为
题，出了一联："竹笋出墙，一节须高一节。"

东家明白他的意思，就回敬了一联："梅花逊雪，三
分只是三分。"

东家不愿意增加工钱，但答应七月初七宴请先生美美
吃一顿。可到七月初七那天，还是粗茶淡饭。先生又作一
联提醒东家："馆舍凄清，恰似今宵七夕。"

东家回答："寒林寂寞，可移下月中秋。"

到了中秋，东家又失约。先生又作了一联："绿竹本
无心，遇节即时挨不过。"

东家又答了一联："黄花如有约，重阳以后待何迟。"

到了重阳，馆舍还是冷冷清清，先生只得又作一联：
"汉代三杰，张良、韩信、狄仁杰。"

东家大笑说："先生错了！狄仁杰是唐代人。"

先生回答说："前朝后代你清楚，我也清楚。为啥一
顿饭我清楚，你却健忘？"说得东家半天说不出一句话。

130

作诗饮酒

过去，有家财主，他有三个闺女，嫁了三个女婿。大女婿是个教书先生，二女婿是个秀才，三女婿是个庄稼人，财主喜欢大女婿和二女婿，不喜欢三女婿。

正月十五，财主把三个女婿叫来过元宵节。晌午喝酒时，他要试试三女婿是不是有点文才，对三个女婿说："今晌午喝酒，每人先作一首诗，头一句后边要有个'大'，第二句后边要有个'挂'，第三句随便说，第四句后边要有个'怕'，作对了我敬酒五杯，作不对，就滚出去，老大先作，你俩照样跟着作。"大女婿见院内拴着马，想了想说：

岳父的马又高又大，

两个脚镫二边所挂，

多亏您老骑，

俺骑俺害怕。

二女婿接着说：

岳父的瓦房又高又大，

两扇大窗户二边所挂，

多亏您老住，

俺住俺害怕。

三女婿没学问，不知道说啥好，恰巧抬头看见他岳母进屋，灵机一动说：

岳母娘又高又大，

两耳坠二边所挂，

多亏您老摸，

俺摸俺害怕。

三女婿作罢诗，可把财主说得喜不得怒不得。

财主想了想接着又说："每人再作一首，以风为题，有风不说风，意思里得含着风。"大女婿想了想说：

"小雨纷纷飘湿墙。"

二女婿接着说：

"大雨落不到荷叶上。"

大家都说："作得对，那是风吹的嘛！"三女婿挠着头正在想，猛然看见他老岳父在擦眼，就接着说："烂眼子肿得明晃晃。"

财主和两个女婿一起说："不对！"三女婿说："胡扯！咋不对？风火烂眼嘛！没风火咋会烂眼？"财主听了暗想，三女婿不但有文采，还会个医生哩！就多给三女婿倒了几下子酒。

讲述者： 史清春，男，65 岁，桐柏县固县镇人，不识字，农民

采录者： 梁士东，男，60 岁，桐柏县固县镇人，初中，农民

采录时间： 1987 年 7 月

采录地点： 桐柏县固县镇梁士山家里

选自： 《中国民间故事集成·河南桐柏县卷（第三分册故事）》

131

叫花子云诗

从前有一家掌柜，新盖了一座大瓦房，盖得非常漂亮。刚盖好，来了一个叫花子。过去叫花子，每到一家要饭就云诗答对。这家掌柜说："你给我照这新房云一首好诗，我打发你。"叫花子云说："屋大好遭殃，门大好出丧。"掌柜一听说："滚蛋！我叫你给我云首好诗，你给我说个这，还想要饭吃？""掌柜别急。"叫花子接着又云了："千年死一个，万年死一双。"掌柜一听："好极了，好极了，伙计们，快去多拿点好的来打发打发。"

讲述者：　刘付顺，男，64 岁，西峡县米坪镇杨力坪村人，不识字，农民
采录者：　刘道海，男，45 岁，西峡县米坪镇高庄村人，初中，农民
采录时间：1986 年 12 月
采集地点：西峡县米坪镇杨力坪村
选自：　　《中国民间故事集成·河南西峡县卷（下）》

132

灶里烧个那东东

从前，一家有妯娌俩。一天晚上刷了碗，妯娌俩纺花前商量着偷吃点啥，找来找去没找着好吃的，想想还不如做个饼馍埋在灶里，等纺完花，扒出来就能吃了。

于是，老大家在门口看着人，老二家和面。不防水倒得太多了。老大家说："再添点面。"谁知面添得又多了，只好又添了点水，添来添去和了多大一块，做了个面饼，从灶门放不进去，只好把锅端了，才放进锅底洞儿里。

婆媳三人在堂屋纺了一阵花，老二家说出去解个手。老二家回来后，老大家说："这会儿真瞌睡，我给你唱个歌吧？"老二家说："中啊！"老大家唱着说："纺花车，吱咛咛，灶里烧个那东东，也不知道熟来也不知道生。"老二家接着唱："纺花车，吱咛咛，灶里烧个那东东，半拉熟来半拉生。"

又过了一会儿，老太太出去解手，听见灶房里乱"扑通"，进去一看，原来是老汉躺在地上蹬腿哩。

原来，这天黑了，老汉串门子回来，见老伴和媳妇们都在纺花哩，不想去打扰，就到灶屋扒火吸烟，谁知一扒扒着了那个大饼子，咬了一口怪香，没顾得嚼就往下咽，

一下子给噎住了。

老太太走进堂屋说："恁俩都唱了歌了，我也唱一个。"接着就唱道："纺花车，吱咛咛，灶里烧个那东东，要不是我去得快，差点儿噎死你公公。"

讲述者：	侯凤仙，女，54 岁，社旗县青台乡贺岗村人，小学，农民
采录者：	徐继新，男，15 岁，社旗县青台乡贺岗村人，初中，学生
采录时间：	1986 年
采录地点：	社旗县青台乡贺岗村
选自：	《中国民间故事集成·河南社旗县卷》

讲述者：	张林杰，男，48 岁，淅川县滔河乡滔河村人，初中，农民
采录者：	王章建，男，29 岁，淅川县宋湾乡人，初中，农民
采录时间：	1980 年 3 月 19 日
采录地点：	淅川县滔河乡滔河村
选自：	《中国民间故事集成·河南淅川卷（二）》

异文：妯娌俩偷嘴

有妯娌俩爱背着公婆偷嘴。

一天这妯娌俩商量，在锅灶里偷偷埋两个火烧馍。半晌，婆媳三人都在纺花织布，大媳妇见婆婆在没法直说，就说咱们来对诗吧，二媳妇知道大嫂有话要说，就说那你先出吧。大媳妇说：

二人做事理不通，

不知熟来不知生。

二媳妇一听心领神会，她说去个茅厕再对。到灶火里一看还不熟，就翻了个过儿埋好。过来接着对道：

二人做事理不通，

半边熟来半边生。

却说公爹下地回来，想吸烟，去灶火拨火哩，看见火烧馍，肚子正饿得"咕噜"响，就不吭声大嘴大嘴吃起来。不料，一嘴馍咽下，噎住了。

老婆子想，媳妇们对诗定有蹊跷，到灶火里一看，见老头子噎得大瞪眼了，摇着喊喊没喊醒，就跑到花房，对儿媳愤愤地说："这可好，你二人做事我不通，灶火噎死你老公公。"

妯娌俩一听，吓得都哭了。

133

秀才出谜

从前，有位穷秀才被一家财主请去教书。秀才有个妻子，因留在家里无依无靠，便跟秀才一起住在财主家里。财主见秀才的妻子长得漂亮，总想找机会勾引她。让秀才的妻子看出来了，决心整治他一番，便给秀才出了一个点子。

有一天，财主与秀才闲谈。秀才要出谜让掌柜猜。财主见是个机会，便嬉笑着说："猜谜就猜谜，不过得讲个条件，要猜着呢？"秀才说："听便。"财主说："我要猜着，把你的老婆给我；猜不着，拨一百亩地给你。"秀才欣然答应。二人当场立了文约。

文约立罢，秀才出谜说："哩哩啦啦[1]，层层叠叠，黑哩白哩，直哩弯哩。"说罢，就向书房去了，限当天时间答出。

秀才走后，财主左思右想，反复揣摩，猜不出来。看见秀才的妻子坐在屋里做针线，灵机一动，心想：他们夫妻感情很好，这样的谜一定在一起说过。趁她现在还不知道底细，就先把谜底套问出来，岂不妙哉？经他一问，秀才的妻子就把事先想好的谜底告诉了他。

财主得了谜底，就差伙计把秀才叫来说："你的老婆我赢定了。"秀才让他猜谜，他说："哩哩啦啦是羊屎，层层叠叠是牛屎，黑哩白哩是狗屎，直哩弯哩是人屎。"说罢，不等秀才回话，就把文约摊在桌上，要秀才交出老婆。秀才摇摇头说："不对，请把你的一百亩地交给我吧！"财主见秀才不认账，十分恼火，拉着他的衣袖就到县衙告状去了。

财主向县官呈上文书，亮出谜底，让县官评判。县官思索了一会儿，向秀才喝道："你身为秀才，为啥说话不算？"秀才不慌不忙地说："正因我是秀才，才不至像我们东家那样粗俗。我的谜底是：哩哩啦啦是星星，层层叠叠是天空，黑哩白哩是眼睛，直哩弯哩是张弓。东家当着公堂想占俺的妻子，赖掉一百亩地，不仅是对我的欺侮，连县尊大人都蔑视了。"

县官听秀才的话句句都是道理，便把财主斥责了一顿，把一百亩地判给了秀才。

讲述者：　　常宽，男，18岁，唐河县苍台乡丁岗人，初中，学生
采录者：　　常永林，男，19岁，唐河县苍台乡丁岗人，初中，学生
采录时间：　1984年11月
采录地点：　唐河县苍台乡丁岗学校
选自：　　　《中国民间故事集成·河南唐河县卷》

[1]　哩哩啦啦：这里不是象声词，而是指距离稀疏，不规则。例如说庄稼苗出得不齐整、不均匀，麦苗出得哩哩啦啦的。

134

选婿

黄员外要为独生女儿选婿，提出的条件是："富不选贫，包括亲和邻，上无兄下无妹，独自一个人。"

一次，有人来说，张家庄有个张华，小伙子十分聪明，好学上进，就是家贫。黄员外一听就吹了此事。

又一次，有人说李家庄，有个李红，家里很富裕，岁数又相当，可就是姐家太穷。黄员外一听，连说："不行，不行，我做亲最怕亲戚穷。"

过了不久，有人说刘家庄，有个刘二青，屋里有吃有喝又有住，就是妹子家里很穷。黄员外一听，就地连跺三脚："不行，不行。我女儿到他家过不了两年，准叫他亲戚给捞穷！"

几年下来，给黄员外女儿提媒的有九十九个，结果都被"穷"字给黄了。从此，再也没人上门提亲了。那天，黄员外听说王家庄有个王秀才，身边只有一个独子，名叫王会，家里很富，就求人去提亲，一说就成。谁知，他们成亲第五天的早上，黄员外起床刚开门，见王秀才领着自己的闺女来到门上，没等黄员外搭腔，王秀才就把一封信交给黄员外，扭头就走。黄员外急忙打开信，只见上面

写着：

王家令郎本姓王，
说个媳妇她姓黄。
一天三遍饭不做，
夜夜睡觉好尿床。
一更尿湿红绫被，
二更尿湿花衣裳，
三更尿湿红绣鞋，
四更尿湿小牙床，
轮到五更天明了，
床下尿个大鱼塘。
这个尿床袋我不要，
休回尿你黄家床。

黄员外看罢，气得一屁股倒坐地上，悔恨自己光量人家不量自己，只落个自遭殃。

讲述者： 魏新栓，男，24岁，淅川县金河乡魏营人，高中，农民

采录者： 魏东

采录时间： 1980年3月

采录地点： 淅川县金河乡魏营

选自： 《中国民间故事集成·河南淅川卷（二）》

附记

我们按照当年留下的基本信息来到淅川金河镇魏村，虽然没能找到讲述人魏新栓同志，但听人们说魏新栓看的书多，也好拍。村里人都不叫他的名字，都叫他魏拍子。还说他讲故事幽默滑稽，能让你笑得肚子疼。（刘国胜）

135

借钱

学，乡医

采录时间： 1985 年

采录地点： 内乡县赤眉镇黄岗村

选自： 《中国民间故事全书·河南·内乡卷》

北庄有两个员外。王员外遭了火灾，眼看年关将近，就打发小伙计去向李员外借钱过年。

小伙计到了李员外家，说了借钱的事。李员外说："借钱可以，不过我有个谜对儿，对上，老爷我借给你，对不上，老爷不借。我问你，啥叫多？啥叫少？啥叫喜欢啥叫恼？"小伙计挠头一想说："老爷你是：老婆多，娃子少，晚上喜欢白起[1]恼。"李员外听了哈哈大笑说："回家去叫你老爷来吧！"小伙计没借来钱，回家对王员外照实说了。王员外默谋了一阵，起身来到李员外家。李员外就问他："啥叫多？啥叫少？啥叫喜欢啥叫恼？"王员外说："世上事，小人多，君子少，借钱喜欢要账恼。"

李员外听了没吭声，从屋里拿出银子借给了王员外。

讲述者： 不详

采录者： 张子芳，男，65 岁，内乡县赤眉镇人，小

[1] 白起：白天。

136

张三拜寿

从前，有个员外，叫刘崇生，跟前有仨妮儿。仨妮儿都出嫁了，大妮儿嫁了个文状元，二妮儿嫁了个武状元，为了照顾他老两口子，把三妮儿嫁给南庄的张三。张三有几亩田地，能养活着人。

过了几年，张三穷了，一无房二无地，全靠打鱼为生。这年八月中秋，是刘员外的生日。他的女儿和女婿都来拜寿。刘员外想：当初我把三妮嫁给张三，图的是他有几亩田地，又住得近，能照顾我两口子，如今他穷得鬼都不沾，今儿个他来了，我想个法不让他进客厅，免得他丢我的人。

天到午时，客到齐了。刘员外说："三个女婿听着，今日拜寿可不给往日一样，每人得作诗一首，做得好了还罢，作得不好不能进客厅。"

仨女婿说："岳父大人，您出题吧！"刘员外说："什么是圆又圆？什么是换今天？什么是活神仙？起大排小，开始作吧。"大女婿说："我这个笔杆圆又圆，整天写画换来了今天，你看我坐在轿上好像活神仙。"员外一听，连连叫好。二女婿说："我这个枪杆圆又圆，整天冲杀换来了今天，你看我骑在马上好像活神仙。"员外一听，也连声叫好。轮到三女婿张三了，他说："你看我这鳖又把圆又圆，整天扎鳖换来了今天，我踩了两老鳖，好像活神仙。"大女婿、二女婿在旁边小声骂："好鳖子！他把咱俩骂了。"员外一听作得也不差，也没法怪罪张三。仨女婿都进客厅了。

到吃饭时，刘员外还想治治张三哩，说："今儿兴个新规矩，入席吃酒得作诗，作得好了还罢，作不好吃两碗生盐斗子[1]，喝两碗井拔凉[2]！"仨女婿说："岳父大人出题吧！"员外说："好！什么是空中飞？什么是有翅无毛羽？什么说是的不是的？一首作完，叫家郎们说是的不是的。"大女婿说："岳父大人，你看我把这扇子空中飞，好像它有翅无毛羽，人人都说是手摇的，也不知是的不是的。"家郎们都说："是的是的！"二女婿说："岳父大人，你看那个蜻蜓空中飞，好像是有翅无毛羽，人人都说是蚂虾变的，也不知是的不是的。"还没等家郎们说是的不是的，员外忙说："是的是的！"他又扒在家郎们耳边儿说："要是张三说了，是不是的，都说不是的。"三女婿张三说："岳父大人，我比着你作一首诗中吧？"员外说："中。"张三说："岳父大人！看你那帽子空中飞，好像它有翅无毛羽，人人都说你是你爹的儿，也不知是的不是的。"众家郎都说："不是的！不是的！"员外一听，说："放屁！谁说不是的？"

员外吃了亏，也不敢捉弄张三了。仨女婿一起入席，吃起来了。张三吃酒吃得醉醺醺的，到后屋睡觉去了。刘员外领着大女婿二女婿在后花园逛逛。员外看到一棵松树，就问："你们说这松树为啥一年四季常青咧？"大女婿说："因为松叶圆，心实，油多。"走到塘边，塘边儿站着一只鹅，"哽儿嘎！"叫了一声，员外问："鹅叫唤咋恁大声咧？"二女婿说："因为它脖子长。"又走到一棵石榴树下，员外问："这石榴为啥一半青一半红咧？"两女婿都说："因为它一半太阳光照着，就红；一半照不着，就青。"刘员外听后，喜得嘴都合不住。

员外回到后屋，叫醒了三女婿张三，说："你咋

[1] 盐斗子：大颗粒的盐，称盐斗子。
[2] 井拔凉：井水。

光知道睡觉咧，我给你俩哥提了仨问题，人家答得多好！""啥？"员外说："我问松树为啥一年四季常青。""他们咋回答哩？""人家说了，因为它叶圆，心实，有油。"张三说："他说话放屁！"员外说："咋？""咋？那竹竿叶是扁的，心是空的，也没有油，为啥一年四季常青咧？"员外说："就算你说得对。我又问鹅叫咋恁大声咧。""他们咋回答哩？""人家说因为它脖子长。"张三说："他说话放屁！蚂叽了[1]脖子可短，叫起来聒耳朵！""嗨！说得有理。我又问石榴咋一半青一半红咧。""他俩咋说哩？""人家说太阳照着的一半就红，太阳照不住的一半就青。"张三说："那红萝卜整天埋在土里，也没受到太阳光照，也长得红彤彤哩。"员外听了，眉开眼笑，拍手叫好，夸奖三女婿才性高，也不嫌弃张三了。

讲述者：	不详
采录者：	高久田，男，38岁，桐柏县新集乡人，初中，农民
采录时间：	1987年
采录地点：	桐柏县新集乡
选自：	《中国民间故事集成·河南桐柏县卷（第三分册故事）》

137

三个女婿

从前，有个张员外，他有三个女婿：大女婿是举人，二女婿是秀才，三女婿是庄稼老土。他们都看不起三女婿，年年来拜年，他们总是生方出三女婿的洋相。

这年八月十五，是张员外六十大寿。三个女婿都来给员外拜寿。员外提出要三个女婿即席赋诗，作出者入席喝酒，作不出者罚喝三碗恶水[2]。事前，员外已对丫鬟仆女、家郎院公[3]说过，不管三女婿咋作，都说不对。这时，家人围了一院，大女婿和二女婿都想出风头看三女婿的笑话，并要求员外出个题目。

员外说："诗要写一种动物，头上有一撮毛，能低能高，还得跟它前辈一样。"

大女婿听罢，打眼一看，见院门外一匹白马，便作诗道："白马头上一撮毛，卧下低来立起高，毛色和它爹一样，不信你们瞧！"

二女婿抬头见院内一只凤头公鸡，便也作诗道："公

---

[1] 蚂叽了：知了。

[2] 恶水：即泔水，淘米、洗菜、洗刷餐具用过的水。有的地区叫潲水。

[3] 家郎院公：地主家听人使唤的人。

鸡头上一撮毛，个子低来叫声高，爪子跟老鸡一个样，不信逮住瞧！"大伙都连声应道："好！好！好！"

轮到三女婿，遍瞅无物可作，猛抬头见岳父头上那撮灰白的头发，就作诗道："岳父头上一撮毛，坐看低来立看高，样子跟他爹一样，不信仔细瞧！"

话音刚落，大伙都说："不对，不对，他爹是小秃，跟他爷一样。"员外一听气得吹胡子瞪眼，指着大伙训斥道："放屁，我能是我爷的娃？！"

讲述者：　王国兴、李成斌，二人为邓县农民
采录者：　张国兴，邓县人，大专，干部
采录时间：　1979 年 10 月
采录地点：　邓县刘集乡高河村
选自：　《中国民间故事全书·河南·邓州卷》

138

仨女婿回门

很早以前，有一家姓芦的员外，身旁有三个女儿，相继出嫁。三女婿第一年春节回门[1]拜亲，芦员外把另外两个女婿也叫了回来，准备欢庆一场。

三女婿进得芦府，芦员外满脸不高兴，只见三女婿衣衫褴褛，一头耙蓊子[2]。而另外两个女婿则是披红挂绿的探花、进士。仨女婿坐在一块，芦员外觉得十分不相当，但是按当地风俗，新女婿第一年回门，应该坐上岗子[3]。

宴席还没开始，芦员外对仨女婿说："有几件事我问问你们，谁回答对了坐屋吃饭，谁答不上来，坐外边吃饭。"两个大女婿自恃才高，满口答应。三女婿虽然怕对不上，但看到他俩已答应，也就顺口答应。于是，芦员外把众女婿领到院里，指着一棵石榴树说："这石榴为啥半扎青半扎红？"大女婿、二女婿不等老丈人住口，抢着回答说："这是日老[4]所致，朝阳的一边发红，不朝阳的一

[1]　回门：指女子出嫁后首次回娘家探亲。
[2]　耙蓊子：耙地时耙上挂的杂草。这里指女婿是个庄稼汉。
[3]　上岗子：上席，主宾位置。
[4]　日老：民间对太阳的敬称。

边发青。"芦员外得意地点点头。然后问三女婿："你说这是啥原因?"三女婿不假思索地回答："生就这号东西。"芦员外听了,摇摇头说："你说得不对,明看是日头晒哩了。"三女婿分辩道："那红萝卜整天埋在地下,没见过一点日头,为啥上边是红的,下边也是红的?"问得老丈人大张嘴没啥说。

这时,外边忽然传来一阵鹅叫,芦员外把女婿们领到一个水池旁,指着一群正在戏水的鹅说:"要说嘛人比鹅大得多,却为啥人说话没鹅声音大?"大女婿二女婿又抢着说:"因为鹅脖子长,所以声音大。"芦员外又得意地点点头。然后又问三女婿,三女婿回答说:"生就这号东西。"芦员外听了,又不高兴,气呼呼地说:"明看是鹅脖子长的缘故嘛!"三女婿分辩说:"那蛤蟆可没脖子,叫唤起来声音也不小!"这下又说着了老丈人,芦员外干生气也没办法。

停了片刻,芦员外又想了一条,指着自己的胡子说道:"你们的胡子是黑的,我这胡子为啥是白的?"俩大女婿生怕三女婿抢先,又赶紧回答:"这是您老年龄大,要变成仙翁了!"三女婿一听,还是那句老话:"生就这号东西。"芦员外一听,肚子气得一鼓一鼓,眼珠子直翻。三女婿一看,知道老丈人生气了,赶紧申辩说:"这还能是假哩?像那羊娃,生下来胡子不就是白哩?它咋不成仙哩?"芦员外气得直瞪眼,只得领着女婿返回客厅。

芦员外不甘心,一心要撵三女婿,他恶气变好气地说:"论说,今晌午主席是你哩,可你大姐夫、二姐夫地位比你高,学问比你强,坐在下位,恐失孔孟之礼。不如各吟一首诗,作对者坐上席。"大女婿二女婿当然高兴,齐声说道:"您老得出个题目才是。"员外说:"当然。"便说出四个韵辙:独立独站,分外好看,成群达蛋[1],全部冲散。并要求从大排小,还不允许重样。于是,大女婿先作,他指着院里的那棵石榴树道:"石榴树在院中独立独站,石榴花朵朵艳分外好看,结成的石榴果成群达蛋,成熟后棍一去全部冲散。"芦员外和二女婿听了,连称"妙!妙!"轮到二女婿时,二女婿手指着面前的大方桌,

随作四句:"大方桌在堂中独立独站,蜕光漆雕花子实在好看,放上的酒肉馍成群达蛋,客坐上筷一去全部冲散。"作罢,众人亦称"妙!"只剩三女婿了,他左瞧右看,除了石榴树、大方桌之外,已没有可借吟之物了,急得他干挠头皮。

员外的老婆听到女婿们在吟诗打对,也想听听,便来到院里站定。三女婿看到她,有了词,指着老丈母说道:"老丈母在院中独立独站,搽胭脂涂官粉分外好看,招来的野孤老[2]成群达蛋,丈人您回来全部冲散。"老丈母听了,扭头就走,老丈人气得脸上青筋暴起,俩姐夫想笑也不敢笑。

芦员外一计未成,又生一计,即出去找来几个家郎院公,暗地里吩咐说:"今儿仨女婿作诗,待三女婿作诗时,若问他'是哩不是哩'时,恁都说不是哩,谁若说错了扣一百工钱。"下人们谁敢违抗,都来到堂屋站立两旁,单等着回答女婿们的问话。芦员外这才对女婿们说:"刚才三位贤婿吟诗极佳,咱们不妨再吟一次。"芦员外想了想说:"题目是:啥飞哩啥变哩,恁说是哩不是哩。"又说:"说是哩不是哩之后,咱们都不说,叫下人们说,因为他们最公正。"出题后,又是大女婿先作。大女婿说:"天上蝙蝠是飞哩,它本是老鼠吃盐[3]所变的,恁说是哩不是哩?"下人们一齐问答:"是哩是哩!"

二女婿说道:"树上知了是飞哩,它本是地下蝉籽所变的,恁说是哩不是哩?"下人们又说:"是哩是哩!"

轮到三女婿了,他本来想的也是比着蝙蝠、知了吟上一首,可都让他俩用上了。他想这次可输定了,上席是坐不成啦。这时老丈人又催着快作。正在纳闷时,他忽然看见老丈人的帽翅在风的吹动下不住地呼闪,灵机一动,也念了几句:"丈人的帽翅闪着像飞哩,您本是父母骨血所变的,您说是哩不是哩?"下人们听罢连忙答道:"不是哩,不是哩!"芦员外一听,慌了手脚,忙说:"是哩,是哩。混蛋,好不晓事。都快给我滚出去。"喝退了下人后,只得让三女婿坐了上席。

[1] 成群达蛋:很多的意思。

[2] 野孤老:不正经的光棍汉。

[3] 老鼠吃盐:传说老鼠吃盐可以变成蝙蝠。

讲述者、采录者：张书献，男，30 岁，南召县南河店
镇老将庄村人，初中，农民

采录时间： 1982 年 6 月

采录地点： 南召县南河店镇老将庄村

选自： 《中国民间故事集成·河南南召县卷（下）》

139

穷女婿对诗骂岳父

李家庄有个李员外，他生养了仨闺女。闺女长大后，找了仨女婿。大女婿是个举人，二女婿是个秀才，唯有三女婿出身贫寒，是个老实巴交的庄稼汉。李员外对三女婿是竖看不是眉，横看不是眼，一看见他，不吃饭都饱了。

这天，李员外过六十大寿哩，仨女婿都来拜寿。吃饭时，大女婿、二女婿都被让到了上位，三女婿却被挤到了桌子角起。就这样子，李员外还不甘心，又出个馊主意，想把三女婿撵下席去。他说："今儿哩是我六十大寿，咱们来个对诗助兴，对不上来的喝三碗凉水爬出门去！"大女婿二女婿连声说"好！"

李员外出题，以"天上、地下，桌子上、后院里"为首句，各吟一首诗。

大女婿先吟道：

天上飞着凤凰，
地下走着绵羊。
桌子上放着文章，

后院里住着梅香。

员外拍手叫好！该二女婿作诗了。他说：

天上飞着斑鸠，
地下走着叭狗。
桌子上放着《春秋》，
后院里住着丫头。

员外又拍手叫好！轮到三女婿作诗了，那三个人都看着他冷笑哩。三女婿明知道他们想捉弄自己，却不慌不忙地说："岳父大人，二位姐夫每人作了四句诗，小婿不才，愿作八句奉陪。听着……"

天上飞鸟枪，打死斑鸠和凤凰。
地下走黄狼，吃了叭狗和绵羊。
桌子上放盆火，烧了《春秋》和文章。
后院里住个小伙计，娶你的丫头和梅香。

三女婿话音刚落，员外和两个女婿都不依了，说三女婿欺辱他们了。吵声惊动了后堂里的丈母娘。老太太让丫鬟搀扶着来到了前厅，说："哎呀，看你们爷儿几个吵得乱嚷嚷的，也不怕人笑话！"员外一想：老婆说得在理，就不吵了，重新出题作诗。

这一回他叫用"独立独站、甚是好看、成群打转、把他冲散"作句尾吟诗。大女婿看看员外的仓库说：

岳父的仓库独立独站，
五脊六兽甚是好看，
招来的小老鼠成群打转，
老狸猫一来把它冲散。

二女婿看着院内的石榴树说：

院内的石榴树独立独站，
红花绿叶甚是好看，

来的小麻雀成群打转，
小鹞子一来把它冲散。

又轮到三女婿作诗了，他看着丈母娘开口吟道：

老岳母独立独站，
插花戴环甚是好看，
招来的孤老[1]成群打转，
老岳父一来把他冲散。

这一下子可了不得啦，员外抓起笤帚疙瘩要打三女婿，老太太又拦住了说："老爷不必动怒，咱三女婿瞎，字不识一个，你嫌他作哩这首诗不强，叫他再作一首就是了。"

这一回员外学能了，他事先跟大女婿二女婿商量好，下边用"是哩不是哩"作句尾吟诗，老三做完诗，是哩也说不是哩，看他这回不出丑才怪哩！

大女婿吟道：

苍蝇没毛也会飞，
扑棱扑棱上云梯，
人人都说它是蛆变哩，
不知是哩不是哩？

员外赶紧说："是哩是哩！"
二女婿吟道：

蜻蜓没毛也会飞，
扑棱扑棱上云梯，
人人都说它是虫变哩，
不知是哩不是哩？

员外忙说："是哩是哩！"
三女婿正在没词哩，他忽然看见员外的光秃头了，心里一喜，说："有了，你们听好！"

[1] 孤老：单身老男人。

岳父没毛不会飞，

支支楞楞[1]坐上席。

人人都说他是他爹的儿，

不知是哩不是哩？

话音刚落，两个女婿齐声叫道："不是哩不是哩！"

员外哭笑不得，骂道："混账东西！我不是我爹的儿，难道还是你们的儿！"

讲述者： 吴根兰，男，59 岁，新野县施庵乡桥楼村人，中师肄业，农民

采录者： 吴韵芳，女，29 岁，新野县施庵乡桥楼村人，高中，新野县施庵乡曾营联中教师

采录时间： 1986 年

采录地点： 新野县施庵乡桥楼村

选自： 《民间文化杰出传承人吴根兰先生讲述的精品故事》

附记

女婿捉弄岳父的故事版本甚多，都说三个女人一台戏，其实三个女婿也是一台戏。讲述者讲述这类故事很在行，念起诗句来朗朗上口。（吴韵芳）

异文：三个女婿对诗

王员外有三个女婿。大女婿是个秀才，二女婿是个举人，三女婿是个庄稼汉。老员外瞧不起三女婿，总想变着法儿捉弄他。

八月中秋，三个女婿都来走亲戚。中午，酒菜都上了桌，王员外却不让动筷子。他笑吟吟地说："今儿咱们喝酒，得立个规矩。我出题，你仨作诗。作得好，大鱼大肉请吃；作不出来，冷水一碗，喝了滚蛋。"

大女婿、二女婿笑笑，知道岳父是有意为难三女婿的，齐声说："中！"

三女婿也说："请岳父出题。"

老员外见三女婿上了钩，很得意，就笑："随便选题，第一句的末尾要有个独立独站，第二句末尾要有个实在好看，第三句末尾要有个成群成群，第四句末尾要有个冲散冲散。"

大女婿朝院里看看，见墙角有棵石榴树，就吟道：

院子里石榴树独立独站，

开红花结石榴实在好看，

惊动了林中鸟成群成群，

鹞子一来冲散冲散。

老员外听了，夸赞说："好，好！"

二女婿也朝院里看了一阵儿，看见了墙头上的大公鸡，接着吟道：

墙头上大公鸡独立独站，

红冠子绿尾巴实在好看，

惊动了黄鼠狼成群成群，

黄狗来了冲散冲散。

老员外一听也夸赞说："妙妙！"转眼对三女婿说："该你了。"

三女婿见岳母一扭一扭走过来，随口吟道：

后宅院岳母娘独立独站，

搽白粉抹胭脂实在好看，

惊动了野汉子成群成群，

岳父来了冲散冲散。

[1] 支支楞楞：大大咧咧。

老员外吃了个哑巴亏，心里不服气，想了想又说："你们三人每个再作一首诗，结尾要带个'是哩不是哩'。大家都说是哩，算好诗。大家都说不是哩，算没作好，照罚。"

大女婿想了想吟道：

蝙蝠和老鼠十分相似，
我说蝙蝠是老鼠变的，
不知道是哩不是哩？

"是哩，是哩！"老员外和二女婿同声应和。

二女婿吟道：

骡子和驴子十分相似，
我说骡子是驴子生的，
不知道是哩不是哩？

老员外和大女婿又同声说："是哩，是哩！"

三女婿笑笑吟道：

丈人爹和丈人爷十分相似，
我说丈人爹是丈人爷生的，
不知道是哩不是哩？

大女婿和二女婿一听，想都没想，赶紧说："不是哩，不是哩！"

三女婿笑嘻嘻地问王员外："岳父大人，你说哩？"

王员外哭笑不得，只好说："谁敢说不是哩！"

讲述者： 何金九，男，65岁，唐河县龙潭乡严营村
人，略识字，农民

采录者： 李明谦，男，40岁，唐河县龙潭乡人，初
中，农民

采录时间： 1986年

采录地点： 唐河县龙潭乡严营村

选自： 《中国民间故事集成·河南唐河县卷》

附
记

三个女婿吟诗的故事大同小异，各地都有。老岳父对当官的、读书的或经商的女婿高看一眼，瞧不起下力气的三女婿，多半是以吟诗为名进行刁难，让三女婿出丑或不得入席。而三女婿自有农民的智慧或狡黠，不输两个连襟又骂了老丈人，使老岳父搬起石头砸自己的脚。这类故事有笑点，深受听众欢迎。（曲凡杰）

140

三个女婿比快诗

赵员外有三个女婿:大女婿是个举人,二女婿是个秀才,三女婿是个使牲口的大掌鞭。大女婿是他的心头肉,二女婿是他的宝贝疙瘩,三女婿是他的眼中钉。

这天,三个女婿都来给他上寿。大女婿、二女婿都坐到了正位上,三女婿却被挤到了桌子角起。就这,员外还不满意。

到中午开饭前,员外存心不让三女婿喝酒,他就想了个歪点子,对女婿们说:"今儿哩咱们喝酒得行个酒令,每人作快诗一首,越快越好,谁要是做不出来就别想喝酒!"

大女婿说:"好主意,我举双手赞成!"

二女婿也随声附和道:"这个主意好,我也同意!"

三女婿明知岳父和两个连襟合伙想整治他,他必须硬碰硬,于是,他说:"真是好极了!那先由大姐夫作吧!"

大女婿也毫不谦让,摇头晃脑道:

开水浇火炭,
骑马到四川。

骑去又骑回,
水还没有干。

大女婿话音刚落,老岳父就高声喝彩:"好,这马跑哩真快,大女婿喝酒!"

二女婿立刻用眼斜一下妹夫说:"妹夫,该我作了,你先做好准备,别一会儿献丑!"说罢趾高气扬吟道:

大火燎鹅毛,
骑马过吊桥。
骑去又骑回,
鹅毛未燎焦。

"嗬!这马跑哩更快,二女婿也喝酒!"老岳父又是一番称赞。

轮到三女婿作诗了,他想来想去实在想不出词来,急哩直抓后脑勺。这时候,忽然听见老岳父"腾哧"放了个响屁,三女婿立刻有诗了。他大声说:

岳父放个屁,
骑马到陕西。
骑去又骑回,
肛门还未闭。

三女婿话音刚落,众客人哄堂大笑。有人起哄:"好,好!这匹马比前两匹马快多了!"

赵员外顿时面红耳赤,赶紧端起酒壶掩饰道:"喝酒,喝酒!"

讲述者: 吴根兰,男,59岁,新野县施庵乡桥楼村人,中师肄业,农民

采录者: 吴韵芳,女,29岁,新野县施庵乡桥楼村人,高中,新野县施庵乡曾营联中教师

采录时间: 1986年

采录地点: 新野县施庵乡桥楼村

选自：《民间文化杰出传承人吴根兰先生讲述的精品故事》

附记

三女婿作的诗其实就是顺口溜，听众听得开心极了，还有人捏起鼻子充当赵员外，拿腔拿调说："喝酒，喝酒！"（吴韵芳）

异文：马快

张员外有三个女婿。大女婿和二女婿都是读书人，唯有三女婿是个庄稼汉，张员外很不喜欢他。

这一天，张员外六十寿辰，仨女婿都来祝寿。张员外想在席上羞羞三女婿。三个女婿入席后，张员外说："今天入席，每人要作一首诗。作得好，赏酒三杯，赏银三两；作不好，罚喝一碗清水，下席到灶火里去吃。"大女婿和二女婿都连声叫好。三女婿知道丈人嫌弃他，有意难为他，就站起来说："丈人，姐夫，我是个庄稼人，不会作诗，我喝碗清水，趁早去灶火里吃算了。"说罢，就去端清水碗。两个姐夫一来故意装装样子，二来想看他咋出丑，就急忙拦住说："哪里，哪里，今天岳父寿辰，只是作诗助兴，热闹热闹，何必当真？"见俩姐夫一劝，三女婿才又坐下。

这时，马房里一声马叫。大女婿夸奖说："岳父家大业大，人马兴旺。"二女婿也夸奖说："壮马长鸣，财源茂盛。"

张员外高兴得两眼眯成一条线说："二位贤婿说得好，今天就以马为题，以快为意，大家作诗吧。"

大女婿抢先作道：

水上置金针，
骑马到山西；

骑去又骑来，
金针还未沉。

张员外听罢，连连夸赞："好诗，好诗。"便向大女婿斟酒三杯，赏银三两。

二女婿接着对道：

火上烧鸡毛，
骑马到阴曹；
骑去又骑来，
鸡毛还未焦。

张员外赞曰："妙啊，妙啊！"又给二女婿斟酒三杯，赏银三两。

轮到三女婿了，丈人"嗤"的一声放了个屁。三女婿向丈人看了一下，只见丈人圆瞪着两眼盯着他，就顺口溜道：

丈人放个屁，
骑马到山西；
骑去又骑来，
肛门还没闭。

张员外大怒："屁诗，屁诗。"

三女婿哈哈笑道："多亏丈人放屁，你不放屁，我咋会做这屁诗？"

讲述者：　邢建民，男，22 岁，淅川县荆紫关镇吴村人，初中，农民

采录者：　王希超，男，50 岁，淅川县人，师专，广播局编辑

采录时间：1980 年 7 月 1 日

采录地点：淅川县荆紫关镇吴村

选自：　《中国民间故事集成·河南淅川卷（二）》

141

王二回门

王二是个老实巴交的庄稼人，可偏偏让刘财主的三闺女看上了。刘财主的大女婿是个秀才，二女婿是个贡生，刘财主说啥也不同意这门亲事。可拗不过三闺女，最后还是让她嫁给了王二。

头一年春节，新女婿要回门。三闺女怕王二回门时受两个姐夫的耍笑，就对王二说："大姐夫二姐夫都是文人，你出去转转，碰见有学问的人跟他们学学，免得到时候受气。"王二点头称是。

王二这一天出得门来，一看有两个衙门里的小官吏在野外闲游，就悄悄跟在后边。他们来到一个树林旁，只听麻雀喳喳乱叫，一只老鹰突然飞进林子，麻雀都吓得停止了叫唤。这时，王二听一个小官说："一鸟入林。"另一个说："百鸟绝声。"王二赶忙记下这句话。他们又来到一条小溪旁，一个说："好清一汪水，可惜没有鱼。"另一个说："有鱼没网也是枉然。"王二又暗暗记下。小溪上横一独木桥，供行人过路，他们走在桥上，一个说："独木桥难行。"另一个说："双轮车稳当。"王二又记下了。他们又来到一个干涸的大水坑旁，坑底的黄泥被太阳晒得卷起了一片片泥皮。只听一个说："日晒黄泥卷。"另一个接口道："日照树影偏。"王二又记下了。他们又看到有两头毛驴在路旁吃草，一个说："一对蠢驴，两个畜生。"一个说："低头吃草，不叫不鸣。"王二也记着了。一直游玩到中午，两个人才挥手告别，走好远了，一个人扭回头高声说："明天衙门里见。"王二又记着了。

回门这天，三闺女给王二穿上了长袍马褂，打扮得琅琊锦圈 [1]，来到丈母娘家。谁知大女婿二女婿早已来到，听说三女婿是个泥腿子，和刘财主商量好，要耍笑他一番。三个人正在高谈阔论，一见王二走进门来，三人闭住了嘴巴，上下打量王二。王二从容地坐下，随口说道："一鸟入林，百鸟绝声。"这一下大女婿二女婿不觉一愣。二人一听在行，心想：这哪是什么泥腿子，恐怕比我们的学问还深哩。这时，刘财主让丫鬟把茶端上，大女婿二女婿每人一碗鸡蛋茶，端给王二的却是一碗白开水。王二看着碗说："好清一汪水，可惜没有鱼。"刘财主一听，忙命丫鬟换一碗鸡蛋茶。王二又说道："有鱼无网也是枉然。"刘财主又让丫鬟拿来了一根筷子。王二拿着一根筷子，说："独木桥难行。"刘财主忙让丫鬟再拿一根，王二接过筷子说："双轮车稳当。"这一下可让大女婿二女婿服服帖帖，两个人再也不敢小看他了。吃饭时，大女婿恭敬地问："贤弟，你的书现在读到哪一卷了？"王二说："日晒黄泥卷。"两个姐夫心想：妈呀，啥书俺没读过，这一卷俺咋听也没有听说过？可见人家学问深哪！二女婿赔着小心又问："贤弟，日晒黄泥卷上你读到哪一篇了？"王二答道："日照树影偏。"这一下大女婿二女婿再也不敢开口了，只顾低头吃饭。王二说："一对蠢驴，两个畜生。低头吃草，不叫不鸣。"大女婿二女婿只羞得汗流满面，连看也不敢看王二一下。

吃罢，王二大摇大摆地领着三闺女回家了，刘财主和两个女婿弯腰打拱 [2]，送到大门外。走好远了，王二扭回头，高声说道："明天衙门里见。"三人以为王二知道了他们今天准备耍笑他的事，要和他们去打官司哪，三个人一

[1] 琅琊锦圈：意思是穿得非常华贵。
[2] 打拱：即作揖。两手抱拳上举，以表敬意。

下子吓瘫在大门外。

142

铁匠告状

讲述者、采录者：张兆浩，男，34 岁，南召县皇路店
　　　　　　　　镇薛庄村人，高中，农民

采录时间：　1983 年 3 月

采录地点：　南召县皇路店镇薛庄村

选自：　　　《中国民间故事集成·河南南召县卷（下）》

附
记

张兆浩，1982 年起，从事民间故事采集整理，搜集故事 21 篇。《娘娘庙》《金马仙风》等故事，曾在《河南民间文学》等民间文学杂志上发表。（乔向东）

从前，南召县云阳镇有一个姓席的铁匠和一个姓韩的铁匠，两人在一个镇上做生意，各自夸耀自己的手艺精巧，打出的镰刀锋利无比。

这天，两个铁匠相见，又是大吵大闹。二人相持不下，官司打到县衙，求县太爷公断。县官听说有人告状，马上击鼓升堂，厉声问道："你们前来告状，都是做什么生意的？"俩铁匠齐声道：

呼呼风箱响，熊熊炉火旺，
叮当叮当当，大名传四方。

县官一听，方才明白："哦，原来是两个铁匠，你们为何事惊动老爷？"
一个说：

小人本姓席，打镰都称奇。
钢纯刀刃薄，削铁如削泥。
人敬席师傅，四乡有名气。

可恨韩铁匠，与我争高低。

韩铁匠说：

小人本姓韩，自幼学打镰。
镰刀钢水好，割麦只当玩。
有名韩师傅，四乡都称赞。
可恨席铁匠，说我不如人。

县官心中暗想：乡民铁匠，尚能作诗，我不来他两句，倒被他们笑话。于是，开口吟道：

两个黑铁匠，都称自己强。
打镰好与坏，与我有何妨？
既然来公堂，带着银几两？

俩铁匠一听，知道县官伸手要钱，假装不懂，试探地问道：

我们争高低，争来又争去。
来到县衙门，求您来评理。
老爷问银两，莫非……

县官被问得很不好意思，只好支支吾吾地说：

老爷为官不爱钱，只爱享福度清闲。
你们两个来告状，无故给我添麻烦。
打搅不能白打搅，每人罚恁十张镰。

两个铁匠有所省悟：

老爷不爱钱，罚了咱们镰。
镰拿街上卖，哼……同样能换钱。

讲述者： 武同坤，男，33岁，蒙古族，南召县板山坪乡松东村人，高中，农民

采录者： 张万山，男，19岁，南召县板山坪乡松东村人，初中，农民

采录时间： 1986年6月

采录地点： 南召县板山坪乡松东村村北地头

选自： 《中国民间故事集成·河南南召县卷（下）》

143

胡抡作诗挨顿打

东汉时，邓州西南乐乡城城主喜欢诗词歌赋，屋乌之爱，凡是文人墨客，只要到他府上献诗一首，甚至能诌几句顺口溜的，他都盛情招待或给予奖赏。这样一来，城主门前就经常有许多人来献诗作赋，以邀功请赏。

城南王小二没有读过什么书，可是却喜欢跟着别人顺嘴胡溜，人送外号叫胡抡。胡抡对那些受到城主奖赏的人十分眼热，极想去附庸风雅，得到一份丰厚的赏赐。一天，他看到又有两个人往城主的宅第去，也就跟着尾随在后边。城主见到有人来献诗，兴致很高。寒暄之后，城主说："今天你们三位就来个应景之作，咏物即兴作诗一首，无论什么都可以歌咏。"

城主说罢，第一个人见到方桌上放着一个西瓜，于是吟道：

这个西瓜圆周周，
黑籽红瓤在里头。
大老爷要它有何用，
不如送给我作诗人！

城主听后，一手捋着胡须，微微颔首，说："好，就把这个西瓜赏给你。"作诗人揖手相谢。

第二个人，看到城主的院里拴着一只羊，当下诵道：

这只绵羊白如银，
整天在山上啃草根。
大老爷要它有何用，
倒不如赏我作诗人。

城主听后，说道："还可以，一会儿你就把院里那只绵羊牵走吧！"作诗人谢过城主不表。

一会儿的工夫就该胡抡献诗了，他急得手足无措，不知道咏什么该怎么说才好。正在他慌乱之际，从西厢房里走出来一位亭亭玉立的二八佳人，朝城主施礼道："爹爹，我想到后花园去玩耍！"城主挥手同意。

那姑娘刚要走出屋门，胡抡道："小姐，且慢，待我作诗之后，你再走不迟！"

姑娘只好驻足站在门后。

但听胡抡吟道：

这位小姐真美丽，
月容花貌世间稀。

城主听了这两句乐得喜上眉梢，连连夸道："好，作得好！"

站在门后的小姐也听得乐滋滋的。

可是，胡抡实在不知道往下再如何作，只好顺着前面两个人的诗句往下溜：

大老爷要她有何用，
干脆送给我做内人。

小姐听到这里，双手捂住脸哭着转向里屋。城主当下大怒，大声吼道："好小子，竟敢戏弄本官，侮辱吾女。来人呀，重打四十大板！"

胡抡情知事情不妙，苦苦求饶，连连认错。前面两个作诗的人，也赶忙跪下替其说情，但城主还是重打了他二十大板。

胡抡哭诉道："早知如此，打死我也不会来献诗。"

讲述者：　陈照梅，女，邓县陶营乡人，农民

采录者：　汤清发，男，46岁，邓县陶营乡人，初中，干部

采录时间：　2006年春节

采录地点：　邓县陶营乡稀饭岗

选自：　《中国民间故事全书·河南·邓州卷》

附
记

讲述者与采录者系母子。大年三十"熬年"，一家人围坐在一起，每人都要表演一个节目，母亲讲了这个故事，大家听得津津有味。（高宏民）

144

王家弟兄戏财主

从前，伏牛山下，住着一户姓王的穷苦人家，老两口相继去世，撇下四个光棍儿子，为埋殓老人，又欠下了老财主一大堆驴打滚账[1]，兄弟四个没有办法，只好到老财主家当三年长工来抵债。

这兄弟四个，虽然家里贫穷，没进过一天学堂，但跟着个穷秀才，倒也识了不少字。又加上他们聪明好学，吟诗作对，倒也不在话下。弟兄四个常常边干活边作诗。

这年秋天，他们在麦场里打麦子，想着三年长工眼看快要够了，心里不觉高兴，一时诗兴大发，一人一句，对起诗来。

老大："白河岸边平个场。"

老二："有风没风都能扬。"

老三："三年长工快期满。"

老四："糊连糊涂打个场。"

这时，凑巧老财主走来，听到他们四人嬉笑作诗，怒从心头起，心里想：眼看四个崽子快要溜号了，哼！我不

[1]　驴打滚账：即高利贷。

能这么便宜了你们，咋办呢？他那母狗眼一轱辘，眉一皱，有了坏主意。他们不是说"糊连糊涂打个场"吗？我就说他们口吐反诗，说的是"等到秋后反汴梁"，去到县衙告他一状，让这几个兔崽子再给我干上几年。主意打定，老财主一溜烟儿朝县衙跑去。

王家弟兄四人，正在忙活，不知为啥，被公差绑起来就走，不多一时来在县衙大堂之上，县官把惊堂木一拍，说："呔，大胆刁民，不安分守己，还不从实招来！"

老大壮着胆子说道："大老爷息怒，小人安分守己，但不知道身犯何法？"

"你们兄弟在场打麦，口口声声说'等到秋后反汴梁'，该当何罪？"

"哎呀，大老爷，真是天大的冤枉，我们弟兄几个干活无聊，在一起对诗，哪有反汴梁那回事呢？"

"你们给人家当长工的也会作诗？"县官有点不相信，又问道，"能不能作一首让老爷我听听？"

"请老爷出题吧！"

"还要出题啊！嗯，有了，就以院里的树为题吧！"

老大："院里有树。"

老二："梢细根粗。"

老三："粗能解板。"

老四："细做椽木。"

县官听罢，觉得这诗作得还怪不错，是不是他们提前商量过作现成的呢？"嗯，这首不算，再以前门的这棵杏树为题，这回不光说树，还要点明是杏树，咋样？"

老大扫视了一下三个兄弟，开口吟道："县衙门前一棵杏。"

老二："疙瘩连蛋长哩精。"

老三："有心上去摘个吃。"

老四："又酸又硬咬不动。"

县官听罢，眉开眼笑，抬头看见财主，气不打一处来，"啪"地惊堂木一拍，厉声喝道："大胆刁民，终日吃喝不愁，还乱生是非，诬告良民，来呀，重打四十，轰下堂去。"

四十大板，打得老家伙拐胳膊拉腿，皮开肉烂。回家的路上，弟兄四个看着老财主的狼狈样，诗兴又发，又一

人一句对起诗来：

老大："没事告一状。"

老二："可惜没告上。"

老三："挨了四十板。"

老四："犟也没敢犟。"

讲述者：　张太中，男，63 岁，南召县板山坪乡塂上人，不识字，农民

采录者：　张万山，男，19 岁，南召县板山坪乡松东村人，高中，农民

采录时间：　1986 年 6 月

采录地点：　南召县板山坪乡塂上张太中家中

选自：　《中国民间故事集成·河南南召县卷（下）》

145

长工吟诗

从前，有个财主雇了四个长工，这财主尖酸刻薄，不许长工们干活时说话，他挑剔着说："干活说话，定是偷懒耍滑。"长工们干活说话，要是让财主听见了，轻者一顿臭骂，重则扣工钱。长工们恨透了这个财主，送他一个雅号"恶抠"。

一天早饭后，财主对长工们说："今上午你们上北坡去把那八亩玉米地锄完，记住，干活时不许闲磨牙[1]！"

长工们扛着锄头来到北坡，气都没顾着喘一口，就"乒乒嚓嚓"地锄起来。真是天有不测风云，刚来时骄阳似火，不一时几朵乌云自北山乘风而来，立时三刻乌云密布。

张大用衣袖擦擦满头汗水，抬头看看阴沉沉的天，说："北山雾蒙蒙。"王二略一思索，接口说："一定要刮风。"李三说："刮风要下雨。"这时铜钱大的雨点已趁风势砸了下来，赵四当机立断地说："下雨就收工。"四个长工急忙扛起锄头往家跑。

财主见长工们淋得落水鸡似的跑回来，劈头就问："锄完了没有？"四人齐声回答："下雨了，地没锄完。"财主一听大怒："偷懒的东西们，定是在地里只顾说闲话，耽误了锄地。我上县里告你们去。"

财主怒冲冲跑到县衙，击了堂鼓，县太爷升堂，财主告长工们只顾在地里闲嗑牙[2]，不好好干活。县太爷命衙役传来四个长工，惊堂木一拍，厉声喝道："嘟！大胆刁民，为何不好好干活，在地里胡言乱语？"四人异口同声回答："我们向来没有偷懒耍滑，望大老爷高悬明镜，替小民做主。"遂将那天锄玉米的前后经过说给县太爷。

县太爷是读书人出身，为官倒还清正，沉吟片刻说："这样说，你们每人半天只说一句话，恰是一首诗，既然你们会吟诗，就以我堂前这棵竹子为题吟诗，若吟不出，定打不饶。"张大说："堂前有棵竹。"王二说："长得鸡蛋粗。"李三说："长粗好解板。"赵四说："解板打屁股。"

县太爷听后连夸："好诗，好诗！"放了四个长工，责怪财主多事，下令衙役把财主打了四十大板，撵出县衙。

财主被打得遍体鳞伤，动弹不得，央求长工们把他抬回去。长工们看着财主的那副狼狈相，暗自发笑，张大说："'恶抠'去告状。"王二说："告也没告上。"李三说："挨了四十板。"赵四说："撵也不敢撵。"财主听了气得两眼发直，一病不起，没几天就到阎王老子那里报到去了。

讲述者：	刘党氏，女，90岁，镇平县王岗乡姑婆村人，不识字，农民
采录者：	刘筱芬，女，38岁，镇平县玉都街道大刘营村人，高中，干部
采录时间：	1980年夏
采录地点：	镇平县王岗乡姑婆村
选自：	《中国民间故事集成·河南镇平县卷》

[1] 闲磨牙：说闲话的意思。

[2] 闲嗑牙：同闲磨牙，说闲话的意思。

146

两才并一才

从前，有个王秀才，平日里喜欢卖弄自己的学问，看不起那些不识字的人。

有一天，他在街上闲逛，看见一个乡下人，手里拿了一只大篮一只小篮，顿时诗兴大发，摇头晃脑地撇着腔说："大篮也是篮，小篮也是篮，小篮放到大篮里，两篮合一篮。"那个乡下人不认识他，也随口和了一句："棺材也是材，秀才也是才，秀才放到棺材里，两才并一才。"

讲述者： 不详
采录者： 王太祥，男，49岁，初中，农民
采录时间： 1986年2月
采录地点： 社旗县桥头街
选自： 《中国民间故事集成·河南社旗县卷》

147

古塔上的诗

唐河县城内有一座塔，几乎所有上唐河县的人都要去看一看。

有一天，一个外地人来这里游玩。他看了塔以后想着："我今天一走，以后再有人来也不知道我到过这里，不如留诗一首作个纪念。"于是，他找来笔墨，在塔上写了四句：

远观宝塔雾都都，
顶上细来底下粗。
有朝一日翻过来，
底下细来顶上粗。

后来，又有一个人来看塔，一看上面的诗，很不赞成，他也挨着那首诗写了四句：

一无平仄二无韵，
满嘴胡说如喷粪。
若是当年李白在，

一百板子一百棍。

后来，又有人在他的这一首诗的旁边又添了四句：

你无平仄他无韵，
恁俩说话如喷粪。
若是当年李白在，
你挨板子他挨棍。

讲述者：　杨林生，男，50岁，社旗县太和乡范楼村人，不识字，农民
采录者：　李德海，男，22岁，社旗县太和乡范楼村人，高中，农民
采录时间：　1986年3月
采录地点：　社旗县太和乡范楼村
选自：　《中国民间故事集成·河南社旗县卷》

148

杜鹃花戏秀才

祁仪街[1]南有座晒山，晒山脚下有个龙王庙。每遇风雨失调，或久旱不雨，民众都要到龙王庙烧香祈愿，为了弄出大一些的动静，甚至玩社火、唱大戏，以求龙王治水，风调雨顺。这些活动搞多了，就成了庙会。晒山龙王庙庙会在三月初七，主要是演戏。一台连本戏演七天，观众人山人海。人们提起搭台唱戏的村子，就以戏台场称之，久而久之，戏台场就成了村名。赶庙会、看大戏，离不开吃喝消费。戏台场北边有个村子叫杜门楼，杜门楼有个名叫杜鹃花的大嫂，就开了一个小小的饭馆，接待来往过客。

这一年，有个秀才张四郎去省城参加乡试，行至戏台场，被一阵琴声绊住了脚。原来这里正在举办庙会，为了聚拢人气，会首请了两个戏班子唱对台戏。张四郎是个戏迷，碰到这样的机会岂能放过？因此就到杜鹃花的饭馆住下，打算过过戏瘾再走。

杜鹃花热情，亲自把张四郎领进戏场，一路上还仔细地介绍，西边的是二黄戏，行当全，名角多，文戏武戏

[1]　祁仪街：隶属于河南省南阳市唐河县。

都能演；东边的是越调，三国戏最拿手，能从桃园三结义唱到三国归一统，看他们的戏比读书都过瘾。临了还说："秀才兄弟，哪边好你往哪边看，总要饱了眼福饱耳福才好！"

张四郎一连看了三天戏，过足了戏瘾。临走那天，杜鹃花还热了一壶黄酒为他饯行。张四郎见这大嫂识文断字，又温柔美丽，就想开个玩笑讨点儿便宜。张四郎道："大嫂，既然你也懂戏，咱们就拿戏名玩儿个对联游戏怎么样？"

杜鹃花无所谓地说："听你的。"

张四郎胸有成竹："《访素》。"

杜鹃花张口就来："《拷红》。"

张四郎再出上联："《五花洞》。"

杜鹃花不假思索就对出了下联："《百草山》。"

张四郎笑道："这对联太短，如果添字再对，肯定有趣多了。比如：我爱大嫂五花洞。怎么样？"

杜鹃花冰雪聪明，一听就知道张四郎没安好心，摇摇头说："你说过戏名对戏名嘛，何必胡乱添字？"

张四郎说："好好，那我就再出上联了。"吟道："《武松杀嫂》。"

吟罢了又自问自答："你知道武松为什么杀嫂？因为武松不解风情，潘金莲一片花心却找错了人。"

杜鹃花对道："《目连救母》。"

对过了也自言自语地说："你知道目连为什么救母吗？因为佛家劝人向善，劝子行孝。"

张四郎见占不到便宜，就不再开口。杜鹃花却要教训一下这个不知道好歹的秀才，说道："刚才是你出上联，这回轮到我出上联了。听好了！"吟道："《三娘教子》。"

张四郎一听这样的上联就不想接下联，杜鹃花一副教子的架势，自己如果接了下联，不等于认她为娘了吗？可杜鹃花声声催逼，自己又没有理由不接。其实张四郎知道的戏名不下一百个，对这个上联应该是易如反掌。虽然下联是现成的，他却迟迟不愿说出来。

杜鹃花当然看出了张四郎的心思，"嘿嘿"笑道："杨延辉偷出番营看望他娘那出戏不是刚看过吗？怎么就忘记了戏名？难道非要让我教你吗？秀才，快让杨四郎认他娘吧！"

可不能让她教，张四郎生怕她再说出难听的话，只好不情愿地对道："《四郎探母》。"

杜鹃花笑道："哈哈，到底是认娘了。秀才，拿戏名做对联，我可以当你的老师呢，三天两天也教不完。怎么，吃了亏不高兴？喝酒喝酒，喝罢了开开心心上路。"

张四郎怕大嫂再出上联讨便宜，酒也不喝了，背上行李起身就走。

杜鹃花送出门外，大声说道："张四郎，回来时还来我店里投宿呀！"

张四郎哪好意思再来这个小店？再来可真就成了"四郎探母"了。

讲述者： 曲凡杰，男，56 岁，唐河县人，高中，县文联退休干部

采录者： 曲剧，女，39 岁，唐河县人，研究生，信阳师范学院教师

采录时间：2020 年 11 月 1 日
采录地点：唐河县剧团

附
记

在文人圈子里讲述对联故事，是唐河的文化传统。清末民初，唐河水运发达，沿河城镇商业的繁荣也带来了文化的繁荣，一些没有温饱之忧的所谓文人聚在一起，写字作画，吟诗作对，哼唱二黄。刚刚传入唐河的二黄戏，清新、雅致，小县城的文人对于二黄戏也是情有独钟。"一笔好字，两句二黄，三篇文章，四季衣裳"，就是他们的时尚。出联、对联，也就是俗称的对对子，是他们雅致生活的一部分。到了现在，能够制作对联的人不多了，但文人聚会、酒场儿饭局，传播对联故事的雅兴还没有消失殆尽，偶遇讲述，记录下来就是故事。

（曲凡杰）

（三）巧女和傻女婿故事

149

巧巧嫂

四位秀才进京赶考。路过一个村庄，他们想卖弄自己的聪明，故意向店家找麻烦，写了一个菜单递给店小二。小二一看，心里直犯嘀咕。那四样菜是：皮里皮、皮外皮、皮打皮、皮拱皮。思来想去琢磨不出来，就到隔壁去问巧巧嫂。

巧巧嫂笑笑说："好办，我替你做。"眨眼做了四样菜，叫店小二给四位秀才送去。四样菜是：皮里皮是猪肚子，皮外皮是猪耳朵，皮打皮是猪尾巴，皮拱皮是猪嘴巴。四位秀才一看都傻眼了。他们料定店小二没有恁大能耐，就问："小二，这四样菜是谁教你做的？"店小二是个老实人，就照实说了。

四位秀才一听很不服气，吃罢饭就一同去见巧巧嫂。

巧巧嫂让客人坐下，笑笑说："不知四位有啥见教？"

四位秀才见巧巧嫂俏眉俊眼，说得甜笑得也甜，都有点动心，见屋里没有别人，就说："巧巧嫂，听说您是个聪明人，又读过书，想向您借本书读读。"

巧巧嫂心中有数，故意问："借啥书，说吧。"

一位秀才说："小生来时路过村头，看到一片桑园，

见景生情，想向您借本《桑园戏妻》。"

巧巧嫂笑一笑说："哎呀！您几位来得晚了，那本书昨天才让人借走。家里还有本书，叫《四郎探母》，你们拿去读吧！"

四位秀才见没有好戏，赶快瞅个机会溜了。

讲述者： 吴佳芬，女，46 岁，唐河县郭滩乡人，小学，农民

采录者： 尚爱勤，女，17 岁，唐河县郭滩乡人，高中，学生

采录时间： 1985 年 10 月 4 日

采录地点： 唐河县郭滩乡

选自： 《中国民间故事集成·河南唐河县卷》

附记

在唐河农村流传的民间故事里，嘲弄文人酸腐的不在少数。另有一则故事是说有一个秀才遇到一条小水沟，问老农如何才能过去。老农说："蹦过去就是了。"结果秀才蹦到了水沟里。老农说你真笨，为秀才做示范，大跨一步过了水沟："瞧，这样不就过来了吗？"秀才就埋怨老农表述不清楚："双脚离地为蹦，单脚离地为跳，你是存心坑我呀！"秀才不知道在农民的语言里，对蹦、跨、跳等词汇，没有明确的界限，而是面对具体情况作出相应的动作，达到目的就行。唐河县三套集成普查之初，因为稿源缺乏，一些乡镇文化站发动在校中学生向自己的爷爷奶奶、爸爸妈妈采集故事。《巧巧嫂》等一批故事，就是这样采集而来。（曲凡杰）

150

一餐定姻缘

农民

采录者： 王潜，女，37 岁，大学，镇江市热电有限
公司经理助理

采录时间： 2019 年春节

采录地点： 新野县施庵镇粮管所院内

从前有个上京举子晚上投宿到一家小客店。

安顿下来后老板去问："客官想吃点啥子？"

举子毫不客气地说："青龙过海，吹吹拍拍。"

这个吹吹拍拍可把老板给难为住了，到里屋后唉声
叹气，转来转去不知道是个啥东西。他女儿看到了就问：
"爹爹为何发愁？"

老板就问女儿："啥东西是个吹吹拍拍？"

女儿一听哈哈一笑："这有何难？我来对付吧。"

女儿就到厨房里，拿起一个馒头丢进灶下烧烤，又舀
一碗开水，剥上一根大葱往碗上一放，拿出烤好的馒头一
起端给了举子。

举子一看，哈哈大笑：好聪明的女子啊！

后来举子赶考得中进士，返回店里托人做媒，遂成百
年之好。

讲述者： 范凤兰，女，70 岁，新野县施庵镇人，

151

选当家

从前，有一位老头接了三个儿媳妇。他想到自己年迈了，身体又不好，不能替儿子们操心了，准备选一个聪明的儿媳妇当家。

他把三个媳妇都叫到面前说："你们各自在一个锅里给我做六样饭，在另外一个锅内给我炒九样菜。看谁做得快，做得好。"大媳妇、二媳妇一听都难住了，想了半天没有办法。三媳妇听了，一声不吭到厨房，不一会儿端来一碗绿（六）豆花儿、一盘韭（九）菜。老头一见笑了，连声说："好，好！往后这个家归你当。"可大媳妇、二媳妇很不服气："绿豆花、韭菜谁不会做？说不定比她做的还有味呢！"

老头儿见她们不服，又想了想说："我给你们每人一丈布，都给我做一件布衫儿，一张卧单儿[1]，还有一个擦脸手巾。看谁做得快，做得好。"大媳妇、二媳妇又难着了，干搓手，没办法。三媳妇想了想，拿起布块就走了。不一会儿，她拿着一个带大襟布衫来了，对公公说："这

一丈布正好够用，它白天当布衫，晚上当卧单，擦脸时大襟当手巾。"一番话说得老头眉开眼笑："好啊，还是小儿媳妇多才，正合我意。"

可大媳妇、二媳妇还是不服气："大襟布衫谁不会做，保准比她做得好。"老头儿见说服不了她们，又想出第三道题目。正巧这时，老大把邻家的猫打死了。邻居到衙门告状，说自家的猫会屙金尿银，要他们赔偿。老头儿一听急坏了，往哪给他们赔个屙金尿银的猫呢？小儿媳妇见公公着急，问："爹，你想想他们借过咱家啥东西没有。"老头想了想说："他们以前借过咱家一把铲锅刀还没有还。"小儿媳妇说："这就好办，我去赔他！"

三媳妇来到公堂，当着邻居的面向县官说："他家从前借过俺家一把铲锅刀。我家那把铲锅刀呀，一铲金，二铲银，三下铲个聚宝盆。大老爷，我也要他赔！"邻居一听，想想自己确实借过人家的铲锅刀，就连忙说："大老爷，算了，算了，俺不让他赔了。"

一场官司下来，大媳妇二媳妇不等公公开口，就说："算了算了，这个家让三弟妹当吧！俺服气了。"

讲述者：　王万香，女，67岁，唐河县上屯乡马屯村人，不识字，农民

采录者：　王志秀，女，18岁，唐河县上屯乡丁岗村人，初中，学生

采录时间：　1984年8月

采录地点：　唐河县上屯乡丁岗村

选自：　《中国民间故事集成·河南唐河县卷》

[1]　卧单儿：床单。

152

快嘴女

从前有个姑娘好说话。

一天，姑娘跟着她妈一起走亲戚，听到牛把儿吆喝牲口"过来"，她搭上腔说："俺是走亲戚的，你叫俺过去弄啥？"妈照她头上拍一巴掌，骂道："死丫头，恁好说话，当心以后找不到婆家！"姑娘怕嫁不出去，以后真的不说话了。

后来，姑娘出嫁了，还是一天到晚不说话。婆母当她是个哑巴，叫儿子把她送回娘家去。走到半路，看见一只野鸡从旁边飞过去，姑娘忍不住了，说："花花绿绿一只鸡，飞到柴山草坡里，才过门的媳妇送回去，你看丈母娘恼你不恼你？"丈夫看她怪会说话，回去跟母亲说了。母亲一听很高兴，叫他把媳妇接回来。

过了几天，丈夫去接媳妇，顺便带了一布袋米。媳妇迎上来说："老远看到就像你，肩上扛了一袋米。看你脸上不乐意，莫非跟谁生了气？"丈夫说："我不小心踢死隔壁王妈一只猫，她天天找上门要赔。"媳妇问："她就不

差[1]我们啥子？"丈夫想想说："她借了我们一杆秤、一张斗、一把勺子，这都是小东西，不值一提。"媳妇点点头，跟丈夫回去了。

第二天，王妈又来蹦着要赔猫，媳妇迎上去说："王妈妈，不要蹦，快还我家一杆秤。"王妈妈一听扭头就走。媳妇撵上去说："王妈妈，你莫走，还给我家一张斗。"王妈妈憋着脖子吵："你那小东西能值几个钱？我家猫子最低能换回二两银子哩！"媳妇接上去说："王妈你别整脖子，你还得给我家一把勺子。我家勺子沉香木，能值银子六两六。"王妈一合算，不敢往下说，拔腿就跑，再也不来叫赔猫了。

讲述者： 刘广宇，男，60岁，唐河县龙潭乡严营村人，初中，农民
采录者： 何朝贵，男，35岁，高中，唐河县龙潭乡人，乡文化站站长
采录时间： 1985年3月
采录地点： 唐河县龙潭乡严营村
选自： 《中国民间故事集成·河南唐河县卷》

[1] 差：这里是欠的意思。

153

县官和村妇

有个县官到乡里游玩。中午，在一个村头饭店里吃饭。为了卖弄自己的学识，他点菜时故意点了一道"骨头包肉菜"。心想，你乡里人没学问，少见识，要是做不出这道菜，看怎样笑你！

店主是个老实人，一听"骨头包肉菜"，心想：世上只有肉包骨头，哪有骨头包肉呢？正在发愁，见妻子从厨房里端出一盘鸡蛋，说道："骨头包肉菜来了。"

县官见老板娘这样精灵，心里很不舒服，脸上却笑着说："你家的饭菜真好，下一次我来，还在你这里吃饭。只是我一落轿，你就必须做齐百样菜。"老板娘也不推辞，爽爽快快地答应了。

县官一走，店主可埋怨起老板娘了："咱这小店里，半个月也做不出百样菜，何况县官又没说出准确日子，你咋好答应？"老板娘笑笑，说："你只管放心，我有办法。"

过了几天，县官真的又来了。轿在店门口落下，他便喊起来："端百样菜上来！"

"来了！"老板娘不慌不忙地把一盘白菜放在县官面前，说："请大人吃白（百）菜！"

县官又傻了眼，生了一阵闷气，又想出一个歪主意。说："我看你是个能人，本官要多麻烦你了。下个月，你给我织天大一块布，做地大一个木盆。"老板娘又一口答应了，说："到时候只管派人来取。"

一个月过去，县官真的派人取货来了。老板娘对差役说："布已经织好了，请老爷拿一个天大的尺子来，我裁了就送去。木盆也做好了，只是没有东西打箍，请老爷拿一根路一样长的竹竿来！"

差役回禀了县官，县官气得白瞪眼。他咽不下这口气，可又明知道斗不过老板娘。想来想去，只好请来师爷商量对策。师爷是举人出身，一肚子学问，一脑瓜子歪才。他听了县官的介绍，哈哈笑着说："一个小小民妇，有多大才能？明日在她店前搭起一个比文台，我让她当场丢丑！"

第二天，八抬大轿抬来了县官和师爷，小店门前围了许多人。人们要看看，一个举人对一个村野民妇，到底谁胜谁负。

师爷下轿了，站在场子中，用白纸糊住了半边嘴。县官起先不明白师爷的用意，仔细一想，不禁笑起来，用半边嘴对你老板娘一张嘴，光这个举动就会羞得你老板娘不敢露面！

老板娘出来了，她朝师爷瞄一眼，就对县官说："老爷稍候，我到隔壁牛棚里烧点茶来，给师爷润润嗓子。"

县官一听很冒火，说："大胆民妇，在牛棚里烧水，不怕牛粪落到锅里弄脏了吗？"

老板娘指指师爷说："不怕，学师爷的办法，用白纸把牛屁股上的粪门封住，它就不拉屎了！"

师爷未曾开口先挨了骂，才知道这乡下妇女不是好惹的，灰溜溜地走了。县官一见不妙，也悄悄跟着溜了。

讲述者： 乔全奇，男，21岁，唐河县上屯乡丁岗村人，初中，学生

采录者： 曲凡杰，男，30岁，唐河县人，高中，县文化馆干部

采录时间： 1985 年 9 月

采录地点： 唐河县上屯乡丁岗村

选自： 《中国民间故事集成·河南唐河县卷》

附
记

　　巧妇代表着民间智慧，甚至农民式的狡黠。唐河县在民间故事搜集整理过程中，发现了一批这样的故事，主角不一定都是女的，也有男的，如长工、小孩子等等。但情节多有雷同，大同小异，因此只选择了几篇有代表性的故事。（曲凡杰）

154

姑娘巧骂仨赖皮

　　从前有一家，父女两个过日子。老汉爱说爱笑，说话幽默风趣，所到之处总是一片欢笑。女儿长得相貌出众，聪明伶俐，说起话来干脆利落，文雅有礼，成了这一带赖皮们日思夜想的一朵花。

　　有一天，老汉的庄稼活做清了遍儿，来到街上和他的老哥儿们一块拍起瞎话来。不一会儿来了很多人，老哥们争着讲。老汉风趣地说："瞎话，瞎话，一肚子两肋巴。我的瞎话是个本儿，你的瞎话是个捆儿。"说罢全场哄堂大笑，都说老汉说得有趣。这时有一个衣着光鲜的浪荡公子分开人群，走到老汉跟前，傲慢地说："老汉，你自己要给自己的话做主。你说你的瞎话是个本儿，我明天就去看你的瞎话本儿。要是没有瞎话本儿，你闺女得给我。不然我到县衙告你，告你说瞎话骗人，赖我婚姻。"说罢，扬长而去。老汉心里十分恼怒，正准备上前与他论理，但又一想与这无赖之徒分辩到何时才能论出个子丑寅卯来？若到县衙，那昏庸无道的县官岂能容我？老汉想到这里自认倒霉，闷闷不乐地回家去了。听瞎话的人们也大骂狂徒无理。

话分两头。再说那狂徒是谁？为啥抓住一句笑话欺负老汉？

那个浪荡狂徒，是这一带有名的王家大少爷。只因经常无事生非寻衅闹事，无理强占三分，人们称他叫赖皮。赖皮听说老汉的女儿才貌双全，非同一般，就想把老汉的女儿娶下为妻。他用了几个媒人上门求亲，都被拒绝了。后来，他亲自登门求婚，也被顶了回去，因此怀恨在心。恰好这一天老汉在说笑话时被他听见，他眼珠子一转，来了个鸡蛋里面挑骨头，想以此欺压老汉，霸占老汉的女儿。

再说，老汉回到家中愁眉不展，唉声叹气，吃不下去饭。闺女问道："爹，你是咋了？往日赶集回来总是喜喜欢欢，今儿咋愁成这个样子？"老汉叹口气，把街上所出的事说了一遍。女儿听后却若无其事地说："爹，这事你不用愁，明天你睡在屋内不要出面，他们来了我对他们说。"老汉摇了摇头说："咱家根本没有瞎话本儿，给人家说啥哩？""爹，你尽管放心，明天我有办法对付他们，你吃饭吧。"

第二天大清早，那个赖皮就来到老汉家里，不见老汉的影子，只见闺女在家，就问："姑娘，你爹在家吗？我是来拿瞎话本儿的。"姑娘答道："我爹不在家，他去打露水籽去了。"赖皮感到奇怪，问道："露水哪有籽？"姑娘紧接着说："那瞎话哪有本？"赖皮被姑娘说得张口结舌无言答对，灰溜溜地走了。

赖皮被姑娘说走以后，心里十分生气。心想自己是有名的阔家少爷，被一个农家女子说得无言答对，以后还咋混人？他边走边叹，心里闷闷不乐。正走之间，有一个人来到赖皮面前。这人好吃懒做，人称他癞皮狗。癞皮狗嬉皮笑脸地说："少爷今天咋了？一大早就闷闷不乐、唉声叹气的，莫非是有什么事不顺心？"赖皮白了他一眼，把要瞎话本的事前后说了一遍。癞皮狗一听哈哈大笑，说道："我倒不服气，一个穷家女子有多好的口才！我捂住半个嘴也能说赢她。"赖皮翻了他一眼说："吹牛皮不要本钱。"癞皮狗满有把握地说："不信，咱们打手击掌，谁输了谁设一桌吃吃。"赖皮看他有把握，就说："如要你能说服她，把她娶给我，少爷我不会亏待你。"说罢，二人一起返回老汉门前。癞皮狗把一张膏药粘住半个嘴，唵唵不

清地说："姑娘，你爹哩？"姑娘见癞皮狗那副丑样感到好笑，但见赖皮又来了，料定不是好东西，就说："我爹牵牛去拉锅台了。"癞皮狗一听好奇地问："锅台有多大，也不怕牛屙锅里？"癞皮狗说完想着可骂住你了，我看你口才有多好。他俩正在得意，姑娘紧接着说："放心吧，屙不到锅里，半个牛屁股眼粘着哩。"癞皮狗一听，知道是在骂自己，又没法争辩，顿时面红耳赤，哑口无言。心想，好厉害的女子。这时赖皮瞪了他一眼，他后悔自己不该吹大话，现在吃个大亏，自讨没趣，丢了个人，干气没方，便转身走了。赖皮在后面也狼狈而去。

他们走了一程，又遇见一个人。这个人满头秃疮，爱拍个马屁，整天说东道西的，人们称他叫赖皮嘴。赖皮嘴来到他们跟前，满面堆笑地说："少爷，今天你咋恁不高兴？"癞皮狗如此如此地说了一遍。赖皮嘴听后说："不是那女子中，是你俩太无能。我就不信那农家女子有多厉害！就凭我这三寸不烂之舌，保证那姑娘婚配大少爷。"赖皮想娶姑娘心切，也知道这个人有一张穷口才，便说："好，你去试一试，如果事成，少爷我重重有赏。"他们三人再次来到老汉的家。赖皮嘴开口就问："姑娘，你爹哩？"姑娘一看又是赖皮约来的人，又看那开口的是个秃子，就心生一计，答道："我爹拉驴抵架去了。"秃子感到惊奇，心想从来没听说过驴能抵架，忙问："驴咋能抵架？"姑娘忙说："用葫芦头硬顶哩。"秃子一听是骂自己的。俗话说："打人怕打脸，说话怕揭短。"秃子最怕揭他的短处，恰巧姑娘揭了他的疮疤，气得他浑身发抖，却无言答对。心想不是对手，不如早些走了了事，便转身跑了。

老汉躲在屋内听得一清二楚。三人走后，老汉从屋内出来，高高兴兴地找着老哥儿们学说三个赖皮丢人的事儿。人们都听得哈哈大笑，你说他传的，编成瞎话传开了。

讲述者： 吴秀莲，女，68岁，西峡县桑坪乡桑坪村人，不识字，农民

采录者： 韩丙午，男，29岁，西峡县米坪乡米坪村人，高中，乡文化站专干

采录时间： 1983年4月

采录地点： 西峡县桑坪镇桑坪村
选自： 《中国民间故事集成·河南西峡县卷（下）》

附
记

本故事流传于桑坪一带。桑坪镇地处西峡县城西北部，是三门峡卢氏、南阳西峡、洛阳栾川三市三县的结合部，处于伏牛山深处，有老鹳河从境内流过，境内人口大多是明末清初从山西、安徽迁来。特殊的地理位置，南北文化的相互交融，使这里产生了许多脍炙人口的民间故事和传说，当地人讲故事叫"拍瞎话儿"。笔者本人系桑坪人，小时候，经常在火塘边、饭场上听老年人"拍瞎话儿"，听得最多的其中就有《姑娘巧骂仨赖皮》。可惜的是本人没有见过讲述者吴秀莲，也没有听她讲过故事，据说她故事讲得很逼真，很多人爱听她"拍瞎话儿"。（章东丽）

异文：巧嘴女儿

从前，有一个姑娘叫小燕，丹凤眼，弯月眉，配上一张瓜子型的秀脸，美如天仙，惹人爱慕。

附近有三个不务正业的闲散之人，总想找机会靠近她，没话找话，不笑强笑，伺机占点便宜。过去姑娘一见他们嬉皮笑脸的样子，眼一瞪，头一扭，任凭说破嘴皮子，一句也不搭理。见面的次数多了，小燕想办法玩他们的难堪，让人看他们的笑话，使他们的二流子劲儿有所收敛。

小燕和几个婶子大娘正准备出门，一个爱说谎话的人走过来，没话找话地问："小燕，出门哩，你爹哩？"

"找他干啥？"

"前天他借我的《瞎话儿本》，不知看完没有。"来人皮笑肉不笑地死死盯住姑娘那美丽的脸。

小燕撇撇嘴说："我爹撒露水籽儿去了。"

来人见有机可乘，笑着问："露水从天而降，哪儿有籽儿？"

小燕不依不饶，狠狠道："瞎话是人胡编的，哪儿有

本？"来人自觉没趣，悄悄溜走了。

在人们的哄笑声中，一个剃光头的人凑上前来，轻声细语地问："小燕，你爹哩？"

"拉个驴上街抵仗去了。"

来人不怀好意地说："驴没角怎样抵仗？"

小燕哈哈大笑说："葫芦头硬碰嘛。"光头满面通红，扭头就走。

小燕正要锁门，一个歪嘴二流子走过来。他怕自己的相貌欠佳，惹人耻笑，专程到药铺讨张膏药贴住半边嘴。歪嘴见小燕要走，急忙问道："闺女，你爹哩？"说着，一双淫邪的目光盯着姑娘的胸脯不动。

小燕扭头一看，随口说："拉个牛上锅台犁地去了。"

歪嘴趁机多逗几句："那你爹不怕牛屙到锅里？"

小燕吱吱发笑，说："你多虑了，牛的半片屁股在捂着哩。"歪嘴吃了大亏，抱头鼠窜。

讲述者： 不详
采录者： 刘德洲，男，60岁，邓州市人，大学，县应急局副局长
采录时间： 2006年
采录地点： 邓县张村梁庄村
选自： 《中国民间故事全书·河南·邓州卷》

附
记

流传于张村、十林、文渠一带，采录者刘德洲于2006年在张村镇采风，口渴，寻着到哪一家找点水喝，忽然听到一家院子里说话，就走了过去。院子里坐着几位妇女，一边做针线活，一边说话。主人很热情，倒了一碗水让他喝。喝完了，正要走，忽然想起什么，说，刚才听到你们在院子里有说有笑的，是不是有啥好故事？一位妇女说，我们在说瞎话。他问，啥瞎话？说出来我也听听。一位妇女就讲了起来。听完后大喜过望，对主人说，大嫂，你的水好喝，瞎话也真是好，来你这儿喝水，真是来对了！（高宏民）

155

民女和秀才

相传，有一个秀才骑着一匹高头大马，往稻田沟飞奔，遇到一个农夫在田里栽秧。他就问："你大清早起来栽秧，栽到现在，共栽了多少攒秧？"

农夫打了个愣怔，老半天回答不上来。农夫回去对老婆儿说了。老婆听完说："好办，明天再见他了，问他：'你的马从清早到晌午，共走了多少步路？'看他咋回答你。"

果然，那个秀才第二天晌午又转回来了。农夫等秀才来到跟前，便问道："哎，大学士，你的马从清早到中午共走了多少步路啊？"

那秀才吭吭哧哧半天也回答不出来，想着生气，自己堂堂一个秀才，读了多少经书，喝了多少墨水，竟在一个农夫面前丢了丑，太不值得，就问农夫："这话是谁教你说的？"农夫随口答道："是我老婆。"

秀才觉得农夫的老婆儿脑子真灵，很了不起，就跟着农夫来到他家里。一只脚刚跨进门槛儿，就问这女人："你这个嫂子，你说我这只脚跨在门里呀，还是跨在门外？"

农夫的老婆反问："你说，我这把菜刀是切肉呀还是切豆腐？"问得秀才无言答对。秀才心里说："这女人恁能啊！"他抬头望望太阳，已经正顶了，对农夫老婆说："老嫂子，兄弟今晌午不走了。""吃好的没有，反正我们吃啥你吃啥。""哎，别急。我要吃九个菜、六样饭。"

农夫老婆笑哈哈地说："行，一会儿就端来，稍等。"

吸一袋烟工夫，女人大大方方地把饭菜摆到了桌子上。一碗炒韭菜，一碗绿豆汤。秀才禁不住又打量一下农夫老婆，打心眼里佩服女人的能耐。

讲述者：	章秀峰，男，23 岁，西峡县西坪镇黑七河村人，不识字，农民
采录者：	裴国军，男，35 岁，西峡县西坪镇人，高中，教师
采录时间：	1983 年 10 月
采集地点：	西峡县西坪镇黑七河村
选自：	《中国民间故事集成·河南西峡县卷（下）》

156

女店家治秀才

早时，有家店铺，掌柜是个寡妇，年轻、好看、精明、能干。一些浪荡子弟，老想打她俏皮，可说不上三言两语，就叫女掌柜说住了，没有谁占着她的便宜。

有个外村的秀才，不服气，和几个同窗打赌，说要占占这个女掌柜的便宜不可。他想了几天，想好个门道。这一天，他约会几个打赌的秀才，住到这个店里了。

次日早上，秀才付罢店钱走了。不大一会儿，他拐回来，在他睡过的床上乱翻腾一气，翻翻走了。停了一会儿，他又拐回来，翻腾翻腾走了。走了一会儿，他又拐回来翻腾。

女掌柜问道："客，你翻腾啥哩？"

"一本书。"

"啥书？"

"《庄子探妻》。"秀才说着，脸上露出狡黠的神色。

女掌柜一听，噢，半天是想打我的主意哩！随即不露声色地说："嗨，你咋不早点说。刚才我拾了一本书，不过不是你说的《庄子探妻》。"

"那是啥书？"

"是《四郎探母》。"

"轰"的一声，打赌的秀才们都笑了起来。那个自夸海口的秀才，脸红脖子胀，赶紧溜了。

讲述者、采录者：杨洪飞，男，41 岁，西峡县蛇尾乡小水村人，小学，农民

采录时间： 1986 年 5 月

采录地点： 西峡县双龙镇小水村

选自： 《中国民间故事集成·河南西峡县卷（下）》

附记

故事在西峡广为流传。杨洪飞讲话条理清晰，文采飞扬，搜集了很多民间故事，是当地有名的"故事篓子"。20 世纪八九十年代以前，山区没有电视广播设备，文艺匮乏，杨洪飞常走村串户，收集故事，给村民们讲故事，很受乡民爱戴。（章东丽）

157

选儿媳妇

相传很久以前,西峡口有一个王员外,七十多岁了,不能再料理家务。可是四个儿子在外边干事,已经接来的三个儿媳妇都没有料理家务的本事。他想给老四选个媳妇,选来选去也没中意的。

一天,三个媳妇都要回娘家,来问公公:"叫回娘家几天?"王员外对大媳妇说:"你回去住个半月。"对二媳妇说:"你回去住十五天。"对三媳妇说:"你住个三五天。"说罢三个媳妇都走了,这三个媳妇正好是一条路的。在途中三媳妇发闷了,不知自己天数,怕住多了或少了回来,公公的家法严要挨训,坐到石头上抱头大哭起来。两个嫂嫂也没了主意。这时河里有个洗衣裳的姑娘看见她们仨哭得怪伤心,就上去解劝她们,问是咋回事。仨媳妇说说。姑娘说:"三五天,三五一十五,也是半月嘛。"她们一听又笑了。

到第十六天,王员外一看,三个媳妇都按时回来了,也没计较,对她们仨说:"你们回来了歇歇,明天去街赶会,每人买一样东西。"叫大媳妇买个"纸包火",二媳妇买个"纸包油",三媳妇买个"纸包风"。

第二天,吃过早饭,三个媳妇就一起去赶会。又走到上回那个河边,又在那儿抱头哭哩。正巧那个姑娘也去赶会,走到跟起。妯娌三个哭哭啼啼说了一遍。那姑娘对大媳妇说:"叫你买个纸包火,你到街上买个灯笼。"又对二媳妇说:"叫你买个纸包油,你去买个油篓,不就是纸包油了吗?"又对三媳妇说:"叫你买个纸包风,你去买把折扇,不就是纸包风了吗?你们三人就照我说的去做,包准不错。"

三个媳妇按姑娘交代的,各自买好东西回去了。公公一看很高兴,但又想,这三个儿媳妇按她们的材料是不会想出来这样做的,就问她们这是谁叫这样做的。起初她们仨一口咬定是自己心里想的。王员外脸一寒说:"你们平时脑子都不转劲,看来我不动家法你们是不说实话的。"媳妇们一听要动家法就害怕了,只得一五一十地说出了这两回事,都是遇着了那个姑娘出的主意。王员外又问那个姑娘的住处、长相和年龄,不由得十分高兴:"我家有新当家了。"

当下王员外就央媒婆过老灌河说媒去了。那家经不起媒婆的甜言蜜语,一说就成。王员外重金酬谢了媒婆,择了良辰吉日娶了四媳妇。

再说县官,是个见钱眼黑的贪财鬼。上任后听说王员外怪富裕,就打鬼主意,想敲他的竹杠。他叫去王员外说:"今年的皇粮,你怎么不交够啊?"王员外说:"今年收成不好,下年补交吧!"县官就出个歪门道:"你要想下年来补交,得办三件事:第一件是你买个猪头,得有房后的那个山包一样大。第二件,你买个缸,能把海水盛完。第三件,是拿匹白布,把所有的大路铺完。这三件事若办不到,你得如数交清皇粮。只限你三天时间来回话。"王员外一听,不由双锁眉头,回到家茶不喝,饭不吃。四媳妇问公公是啥事情你愁成这个样。王员外就把县官如何敲竹杠的事说了出来。儿媳妇一听,笑了:"我当是什么大事,这有啥难呢?小事一桩,你放心,到时候我自有好办法给他交代。"

第三天头上,县官来了。王员外把县官迎到屋里坐下。县官开口问:"咋样?把那三件事办好了吗?"王员外说:"这件事是小媳妇经办的,我这就去喊她。"四儿媳一来，县官搭眼一看，是个美妙女子，就嬉皮笑脸地说："娘子，那三件事是你经办的？快去与老爷拿来。"四儿媳妇说："县太爷，你那第一件事，不是买个猪头要跟我家房后山包那么大吗？""是的，是的，你快拿来呀？"四儿媳妇说："准备好了，只等你过目哩。但不知重量可够。这是秤，还需要县太爷你把那个山包用秤称称有多重，我可把猪头斤两不差地送给你。"县官一听傻眼了，就连忙改口说："好好，这第一件事就算了，你把那个缸拿来。"四儿媳妇说："你这第二件也容易得很。你要缸能装下海水，但不知海水有几斗几升？这是斗，这是升子，老爷能量一量海水，我可好送给你海一般大的缸。"县官一听又绝了，就说："这第二件事也算了，你就第三件事给办办。"四儿媳妇说："这一件也是一样好办。这是尺子，你把路量量多长，我好买布去铺路。"县官听完泄气了。但他低头一想，又来歪门了，说："这三件事算你办了，皇粮也不要了。可是今天上午，我要在你家吃饭。我要吃改样板，要吃没有人吃过的饭。你要是做不出来了，可得认罪。"小媳妇听罢说："好，一言为定。不过我做出来了，你可得吃啊！"县官说："一定吃，一定吃！"晌午四儿媳妇和三儿媳妇，抬了一桶茅粪上来了。县官一看是大粪，大眼瞪小眼说："你怎么叫我吃大粪？"四儿媳妇说："你不是要吃没人吃过的饭吗？这可是没人吃过的。县太爷！你快吃吧，你要不吃，我来喂你！"说着她拿来了粪瓢，县官一看慌忙起身，拔腿就跑了。

打这以后，这个县官再也不敢来找事了。王员外也就让四儿媳妇掌管家务，当家理事。这家人红红火火地过了几辈子好日子。

讲述者：　马杰三，男，82岁，回族，西峡县丁河乡简村人，不识字，农民

采录者：　孙世明，男，32岁，西峡县丁河乡人，初中，乡文化站专干

采录时间：　1986年4月

采集地点：　西峡县丁河乡简村

选自：　《中国民间故事集成·河南西峡县卷（下）》

158

巧媳妇

过去，东乡有个员外叫苏朴，粮有万石，钱有万贯，盖房数十间，置地上百亩，还是过着简朴的生活，一生勤勤恳恳，处家过日子精打细算。四儿子染上了坏习惯吸大烟，苏员外不给他娶媳妇，忍痛把他赶出家门。现在到了花甲之年，渐觉力量不支，不能管家理事，常为找不到一个能管家理事的当家人愁眉不展。

一天，他把三个儿子、三个媳妇都叫到跟前说："这几年收成害，我把做杂活的伙计辞退了，做饭、喂猪一应杂活，你们妯娌三个轮着干，一轮十天。"他嘱托后，就各给了三个儿媳全家十天的口粮及油盐酱醋零花钱。大儿媳先开始，做的饭菜油盐酱醋五味齐全，家人也都夸她做的饭稠，炒的菜香，她也自认为自己很会过日子，当然高兴极了。可到了第六天零花钱花光了，第七天粮饭[1]也吃光了，没法儿，只得又向苏员外要粮要钱。轮到了二媳妇也是一样。轮到三儿媳，自她做饭，家里人都说她做的菜不香、饭不稠，给她脸色看。大儿媳还说她把省下的东西

[1]　粮饭：口粮的意思。

拿回娘家了。三儿媳的口粮、零花钱一直用到底才完。

转眼轮够遍了[1]。这天，苏员外又把儿子、儿媳们叫到跟前说："你们姊娌三个都轮了十天，都有啥想法？"大儿媳抢着说："我做的饭稠，炒的菜香，吃着可口，能使家里人吃得好。"二儿媳也说："我照大嫂做的。"说罢却故意看着三儿媳。三儿媳站立一旁，不吭不嗯。

苏员外开腔说："老大家、老二家，你们都没把口粮支持到底，过日子糊里糊涂，照你们这样，咱们总有一天得吃风喝沫[2]。老三家过日子精打细算，口粮、零花钱都支持到底。俗话说：吃不穷，喝不穷，打算不到总是穷。以后，我们这个家就由老三家掌管吧！"

三儿媳当了家，还和过去一样，精打细算过日子。

讲述者：　杨宏宣，44岁，镇平县杨营镇杨庄人，不识字，农民
采录者：　杨宗丽，29岁，镇平县杨营镇杨庄人，小学，农民
采录时间：1987年6月12日
采录地点：镇平县杨营镇杨庄
选自：　　《中国民间故事集成·河南镇平县卷》

附
记

采录者杨宗丽说，20世纪七八十年代，农村人们生活大都不富裕，有的家庭主妇，遵循量入而出原则，能将日子过得舒舒坦坦，而有的家庭主妇，包括讲述者杨宏宣的儿媳妇，没有精打细算的习惯，有一个，想吃两个，有的日子过得稠，有的日子过得稀。特别是每年春季，不会精打细算的主妇家里，旧粮食总是支撑不到接住夏天的新粮，人们总说这样的春天是荒春。那天，村里支书在组织开收粮会，杨宏宣到会场时，场边已有好多人，特别是一些妇女们，她们聚在一起，一边做针线活，一边在等会议的开始。他看场边那一家的媳妇针线活做

得好，就说了句"巧媳妇！"结果惹得其他媳妇一阵反击，"哟，你的意思是，我们都是笨媳妇了？"杨宏宣为了给自己圆场，就顺势讲了巧媳妇这个故事。人们听了都受到了启发，支书也成了听众，他也把"吃不穷，喝不穷，算计不到总是穷"在会上强调了好几遍。后来，这句话成了镇平人处家过日子的口头禅，婆婆们多用这句话来教育新媳妇，妈妈们用这句话来教育将要出嫁的女儿。（陈志国）

[1]　轮够遍：轮流够一遍了。
[2]　吃风喝沫：比喻穷得没有任何可以吃的东西。

159

巧选状元

科场考试完毕，主考官犯了难：咋啦？原来，前三名考生的文章、才学都一样，就连人品相貌也不差上下，该点谁为状元呢？主考官愁眉苦脸回到家里，不说话、不吃饭，一直劲儿摇头叹气。夫人问他："老爷为何不悦？"主考官就把三名考生的事对夫人仔仔细细说了一遍。夫人听后微微一笑道："我当是啥大事哩，原来是这等芝麻绿豆的小事情，这有何难？赶明儿晌午，你把他们三个请到咱家吃顿便饭，我来替你选个状元郎！"

主考官惊奇地问夫人："你有好法子筛选他们，准备好考题吗？"

夫人笑而不答。

主考官实在没有好法子，只得顺从夫人的意思。

第二天晌午，夫人亲手做了三碗板面条，请三位考生来家里吃饭。

三位考生来到主考官家里，一进客厅，看见桌子上早已摆好了满满当当的三碗板面条，他们三人相互客套了一番，然后就在桌边依次坐下来开始吃饭。

先有一个考生伸手去端碗，因为盛得太满了，一动碗，面汤洒了一桌子……

第二个考生觉得洒饭不礼貌，于是他把头一低，用嘴就住碗沿儿吸溜吸溜喝起汤来……

第三个考生觉得洒饭不好，可是趴下喝汤的动作也太不雅观了。他突然就生出一个办法来：只见他拿起来筷子轻轻插到碗里，再轻轻一挑，把面条给挑了起来，碗里的面条汤马上渗了下去，只剩下半碗汤了；他用另一只手端起碗，先把面汤喝干，再把面条重新放回碗里，然后不慌不忙地吃起来。

这时候，夫人凑到主考官的耳根子说："老爷，你总该分出这仨考生的能耐了吧？他们同桌吃饭，一个失礼，一个露丑，虽有学问，但连起码的生活都不会，这哪里能称得起全才；只有第三个考生，不失礼不出丑，很会过日子。这样比较一下，状元不就出来了吗？"

主考官对夫人佩服得五体投地，伸出大拇指连连称赞："还是夫人高见！夫人高见哪！"

讲述者：　吴根兰，男，58岁，新野县施庵乡桥楼村人，中师肄业，农民

采录者：　吴韵芳，女，29岁，新野县施庵乡桥楼村人，高中，新野县施庵乡曾营联中教师

采录时间：　1985年

采录地点：　新野县施庵乡桥楼村

选自：　《中国民间故事集成·河南新野县卷》

附记

本故事先后选入《中国民间故事集成·河南新野县卷》《中国民间故事全书·河南·新野卷》，2019年在河南省《故事家》杂志发表的一组老故事家讲述的故事其中一篇，分别获得编辑部大奖赛二等奖、北方十省成果一等奖、南阳地区文化局文学成果一等奖，此故事盛传于新野县城东部一带。（吴韵芳）

160

王巧劝夫

有个好媳妇叫王巧，积德[1] 个男人却是个浪荡公子。浪荡公子结交了一帮酒肉朋友，经常聚在一起吃喝嫖赌，把一份家业都快董[2] 干了。其实，他这些朋友都是些光棍、无赖，看他有钱才故意缠着他捧着他，百生法儿捉他的老鳖一[3] 。

王巧好说歹说劝不醒他，就生了个办法。

这天黑了，浪荡公子正在外边跟几个朋友来牌哩，他家的老伙计找来了，对他说有人栽赃陷害，把个死人扔到他家院里了，少奶奶叫他赶快找几个帮手，回去把死尸挪出去埋了。公子一听腿都吓软了，忙请朋友们帮自己一把。可这几个家伙到实坎儿[4] 上谁也不愿为他担风险，这个说头晕，那个说肚疼，一个二个都溜号了。浪荡公子又气又恨，只好战战兢兢赶回家里。

他一进院门，他妻子就指着墙角起那具死尸叫他看。

他胆子小，远远地往那里瞄了一眼。只见那个死人个子不大，却衣帽整齐，身上血糊淋拉哩，吓得他一屁股蹲在地上，再也起不来了。没人来帮忙，王巧只得自己动手，和老伙计一道就地挖了个坑，用张芦席把死尸一卷埋到了坑里，又把地面砸实铲平，这场大祸就算过去了。

过了几天，那帮无赖见没事了，就又找上门来纠缠。公子已经看透他们了，就和他们断了交情，把他们攮出门去。几个家伙见从他身上再榨不出油来了，一翻脸把他告到县里，说他谋财害命，窝藏死尸。

县官接到这人命大案，立刻派人把公子抓到公堂上，严刑逼供。公子骂这几个原告忘恩负义血口喷人，死不承认这码事。县官发了怒，正要动大刑哩，王巧赶来了，对县官说窝藏死尸的是自己，与丈夫无关。县官就跟着王巧去她家验尸。

到了那里，王巧指了指埋尸处，几个衙役就在那里挖了起来。谁知挖出来一看，原来是只剥了皮的老黄狗！县官觉得奇怪，就问王巧为啥没事找事，制造假案。王巧就把丈夫怎样乱交朋友不务正业，怎样不听劝说越陷越深，不得已才想出这个杀狗劝夫的计策，从头到尾讲说一遍。县官一听佩服得不得了，对王巧大大称赞一番，对浪荡公子好好训斥一顿，回头又对那几个无赖狠狠敲打一顿，案子就算了结了。

打这以后，公子再不和小人来往，一天到晚关着门读书，后来还考中了进士，当了官哩。

讲述者： 鲍天申，男，56 岁，新野县樊集乡鲍湾村人，高中，县文化局干部

采录者： 曹宝泉，男，40 岁，新野县城关镇人，高中，县文化馆干部

采录时间： 1981 年 8 月

采录地点： 新野县文化馆院

选自： 《中国民间故事集成·河南新野县卷》

---

[1] 积德：这里含义很复杂，既有命中注定的意思，也有善恶报应的意思。
[2] 董：挥霍浪费之意。
[3] 老鳖一：冤大头之意。
[4] 实坎儿：事实、困难面前。

讲述人鲍天申是个老文化人，先后担任过县剧团团长和文化馆馆长。他温文尔雅，乐观开朗，很健谈也很幽默，人称"老夫子"。在文化馆当了馆长后，有空就爱找我聊天，这个故事就是在我办公室内采录的，在场的还有两三个文友。听老夫子说，这个故事传统戏里也唱，戏名《杀狗劝夫》。（曹宝泉）

异文：杀狗劝夫

早年，牛心垛下边赵庄住着个赵中。赵中有两个酒肉朋友，一个叫钱得功，一个叫孙计。他们三人整天热得像泥一样，吃喝不论。他女人说："赵中呀，看看你交那些酒肉朋友干啥？家业都叫你们吃败了！"赵中不改。

一天夜里，他们三个又到一起大吃大喝，一个个喝得醉醺醺的。老婆趁他们酒醉时光，把家里老黄狗杀了，用被子盖到床上，对赵中说："你光顾着喝，今天我不在家，二门也没关。不知谁把个尸首扔在咱家里，你不赶快想个办法。"这可是人命关天的事，赵中不信，就用手摸了摸。一摸一手血，赵中惊了，来不及细看，就和女人商量："你说咋办？"他女人说："你去找找你的朋友，叫他们来给你帮个忙，抬去埋了就是。"赵中立时就去找钱得功和孙计。

赵中慌忙来到钱得功家说："老弟呀，今天得给老兄帮个忙。不知道是谁把人杀了，尸首扔在我家。咱们赶快把尸首抬到后沟里，挖个坑埋了，免得……"话未说完，钱得功连连摇头说："这事我可不能干。这是人命关天的大事，叫别人知道了，你坐监，我还得赔罪哩！"赵中好说歹说，钱得功硬是不来，就只好跑到孙计家里，把情况给孙计说了。孙计也是不来，怕受连累。好话说尽，还是无用，赵中回去了。女人说："那咋办呢？这两个还是你最好的朋友都不来，别的更不用提了。只有咱夫妻两动手把那尸首埋了吧。"

从此，赵中灵醒了。虽说是孙计、钱得功见了赵中，还是点头哈腰的，叫喝酒吃饭，赵中吱呼[1]一下，再也不与他们在一起玩了。孙计和钱得功看出赵中起外心了。恰巧牛心垛上出了一桩人命案，还没查出来。他们二人商量："不如咱们告他去，他还有一条人命呢！"孙计、钱得功就到官府去告了赵中。官老爷说："他杀人你们两个怎么知道的？"他们两个说："赵中杀人，叫我俩去给他埋人，我们说什么也不去干。是赵中亲口对我们说的。"

官府立即捉拿赵中，上堂审问。赵中说："这事是我女人先知道的。"于是又把他女人抓来过堂。女人说她没杀人，是杀了一条狗。县官哪里肯信，就令两个差役去扒坟验尸，一扒真是一条老黄狗。知县问她为什么杀狗当人呢？赵妻说她丈夫被酒肉朋友拉下了水，认鬼不认人，只好用这办法来教训他。大老爷一听，夸赞赵中女人有本事，赏她银子五百两，重振家业。

讲述者：　吕仁培，男，60岁，西峡县阳城乡吕营村人，不识字，农民
采录者：　李丰侠，女，30岁，西峡县阳城人，高中，乡文化站专干
采录时间：　1987年5月
采录地点：　西峡县阳城乡吕营村
选自：　《中国民间故事集成·河南西峡县卷（下）》

吕仁培讲故事很出名，时任阳城乡文化专干的李丰侠为了拜访他，曾去吕营村三次。前两次未见着，第三次才见到本人，真可谓"三顾茅庐"。据李丰侠介绍，吕仁培讲故事很有气势，不像60岁的人，坐在椅子上，手足并用。（章东丽）

[1]　吱呼：假意应酬。也指马虎。

161

能嫂子

从前有个叫雄娃的年轻人，不很能。黄天老日头[1]在地里干活，晒垮了一层皮。他嫂看见了怪心疼，就给他做了个草帽。这一天，雄娃戴上草帽下地干活，忽然刮来一阵旋风，把帽子刮上了天。这时候，正好县官骑马路过，草帽掉下来，打住了县官的马头。那马一惊，尥起蹶子，把县官摔下马来。县官恼啦，叫雄娃回家买二十样菜，摆一桌酒席，给父母官赔情压惊。

雄娃回到家里，左思右想没门儿，别说没钱，就是有钱也来不及买。没有办法，只得跟嫂子商量。嫂子说：这容易！你快下地割一把韭菜，摘一个葫芦拿回来。

到了晌午饭时，县官骑马来到了，见雄娃家没有酒菜，更恼火儿。他跳下马，闯进屋里，往桌子上首一坐，一拍桌子叫道："快给老爷上菜！"雄娃嫂子答应了一声，当即送上来四个盘儿。县官一看，四盘儿只两样菜：葫芦、韭菜。县官不喜欢吃，就等着吃下边的菜。可是左等右等，不见那妇人再来上菜。县官喊："妇人家，为啥还不上菜？"妇人说："二十个菜早已上够。"县官说："放屁！老爷不识得数吗？"雄娃嫂不慌不忙地走过来，点着桌上的菜说："生九（韭）、熟九（韭）一十八，一盘葫芦一盘瓜，这不是二十样菜是多少？"

县官气呼呼地退出来，"喀喀"咳了一口痰包在嘴里问："妇道人家，你说我是吐哩还是咽哩？"雄娃嫂子也不回答，一脚跨出门槛，一脚留在门槛里边，反问："县太爷，我是出哩还是进哩？"

县官跑到马身边，一脚踏上马镫，一脚站在地上，问："妇人家，你说我是上马还是下马？"雄娃嫂抹下裤子一圪蹴[2]："大老爷，我是屙哩还是尿哩？"

县官对答不上，赶忙骑上马跑了。

讲述者：	赵八祥，男，66 岁，新野县王集乡西赵庄村人，不识字，农民
采录者：	赵晓岚，男，45 岁，新野县王集乡西赵庄村人，高中，农民
采录时间：	1985 年春
采录地点：	新野县王集乡西赵庄村
选自：	《中国民间故事集成·河南新野县卷》

附记

这个故事是赵八祥在饭场上随口讲给乡亲们听的，赵晓岚也在场。采录者是他所在村里的笔杆子，文笔不错，常写通讯。他参加过文化馆 1976 年本人举办的民间文学普查骨干培训班，采录的多篇故事入选县、市、省卷。当时的培训班规模相当大，培训出三四十个骨干采录人，为全县的民间文学普查工作提供了一支生力军。（曹宝泉）

[1] 黄天老日头：晴天太阳好。

[2] 圪蹴：蹲下。

162

巧做无米炊

人们好说"巧媳妇难做无米炊"。可张老板的媳妇就会做无米炊。张老板两口子撑的是货船。有回给一个粮贩子运货,船舱里装满了大米。货主见老板没带粮食上船,估摸要偷他的米下锅,就小心提防着。

这天晌午,船湾在一个小镇边。到做饭时候了,货主故意问老板娘:"今儿晌午吃啥饭?"老板娘说:"吃干饭。"货主心里说:好,我就盯着你,看你拿啥做干饭。老板娘点火添水盖上锅,拿个碗递给男人说:"上岸买盐灌油,回来熬鱼汤下饭。"

不一会儿,水开了,男人还没回来,老板娘掀开锅拍子[1],顺手往米堆上一砸,看看翻尖子滚的一锅水,骂了声:"死鬼男人,还没买回来!"又把锅拍子盖锅上。停一会儿,还不见男人回来,又摔一回锅拍子,再骂一回。这样反复几次,一锅大米干饭就做好了。货主瞪眼看着,没见她拿米下锅呀,这饭是咋做成的哩?原来,锅拍子叫热气哈湿了,往米堆上一放,就沾上一层大米,再往锅上

[1] 锅拍子:锅盖子。

一磕,米就下锅了。

饭做好了,男人才端着空碗回来了,说是忘带钱了,没办成事。老板娘生气了:"真笨!办这点小事还用花钱?你来熬鱼汤,我去弄油盐。"接过碗就上岸去了。货主心里想:这女人真不简单,我得跟去看看,她还会用啥法儿不花钱买油盐?

货主偷偷跟着老板娘上了岸,先来到油店门前,只见她让店主打了半斤香油,一问价钱嫌贵,又把油呼啦倒回油桶里,端上空碗去了盐店。她让店主称了一斤盐倒在碗里,仔细一看嫌盐成色不好,又呼啦倒回了盐缸里,端上碗回头就走。这下子那货主可看出窍门儿了,先一回那碗上沾了一层油,第二回又沾了一层盐,一文钱没花,油盐全有了。回到船上,把油盐往鱼汤里一涮,三个人美美适适地吃了一顿大米干饭浇鱼汤。

讲述者: 甘镇群,男,65岁,新野县人,不识字,航运老船工

采录者: 曹宝泉,男,46岁,新野县城关镇人,高中,县文化馆干部

采录时间: 1987年6月

采录地点: 新野县城航运局院

选自: 《中国民间故事集成·河南新野县卷》

附记

新野县白河过去通航,上可达南阳、云阳,下可达襄阳、汉口,水运相当发达,当时组建有庞大的船队,由航运局统管。当时的货船大都以家庭为单位经营,夫妻同船,男的撑篙女的掌舵,有的还带着孩子。这些船民生活也相当艰苦,有时为生活所迫,也会偷偷摸摸占货主一点小便宜,女主人就是靠这点小伎俩做的无米干饭。但从整体来看,撑船还是比种地强,所以当时就有"要饭三年懒支锅,撑船三年懒上坡"之说。1987年夏天,为了搜集有关水运和船民的故事,本人专门去当时的航运局找船工采访,办公室主任找来了两个退休老船工,其中一个就是甘镇群。这个故事就是在主任的办公室里讲述的。

163

三
女
戏
父

老甘老成持重，不苟言笑，讲这个故事时语调平和，缺少激情，但因故事本身的魅力，仍让人久久不能忘怀。（曹宝泉）

有个老头儿有三个闺女，仨女儿长得又虎灵[1]又俏皮，都出门[2]去了婆家。这年秋收一毕，老头儿在家无事干，跟老婆打了个招呼，就瞧闺女去了。

他先去的是大闺女家，一进门看见屋里只有闺女一个人，就问："这几天地里没啥活，人都上哪儿去了？"闺女一边搬座儿一边说："都下地割麦去了。"老头一愣："你们种了多少麦，秋都收完了麦还没割完？"闺女笑笑说："不瞒你老人家说，种了三百六十顷。"老头儿问："一天收多少？"闺女说："割一顷打一顷。"老头儿一听来气了："我还不知道你们有多大家业，还敢在老子面前吹大气！"说完扭头就走，直奔二闺女家去了。

到了二闺女家，老头儿一股气儿不吭，坐到椅子上光闷头吸烟。二女儿一看气色不对，就问："爹，你在跟谁生气？"老头儿把烟袋磕得梆梆响，指着大闺女家的庄子说："你大姐不想跟我亲戚了，在我跟前吹起大话来了。"

[1] 虎灵：聪明、机敏。
[2] 出门：出嫁。

接着就把大闺女说的话给二闺女说了一遍。二闺女听了哈哈大笑："爹呀爹，你真是没见过啥儿，就那一点儿麦子还值得夸口？还不够俺们一场摊。"老头儿一听"忽"声站起，使烟袋指着二闺女问："你说，你们的场有多大，一场就能摊三百六十顷地的麦？"二闺女不慌不忙地说："我也不知道有多大，反正前年个老母牛正打场哩，在场当中下了个牛娃儿，等牛娃儿走到场边可一对牙了。"老头儿脸都气白了，也不再争了，大步走出院门，气鼓鼓地上三闺女家去了。

三闺女一看她爹老天晌午黑着脸从外面进来，也来不及说话，丢下饭碗就搬坡儿[1]倒茶伺候老人坐下，麻利到灶火里打了一碗荷包蛋，和了几调羹[2]白糖，端到他爹脸前。这时候老头儿说话了："妞，从今后我算只有你这一个闺女，不要你俩姐了。"三闺女惊问："那为啥哩？"老头儿才把前后经过细说一遍。三闺女一听，眼珠子一转笑着说："爹，你可别跟她们一般见识，先吃饭，消消气儿再说。"老头儿觉得三闺女怪好，气也消了一多半儿，端起碗就吃了起来。

吃罢饭，三闺女悄悄地对老头儿说："爹呀，先是怕你老生气不吃饭，没敢对你说，其实，俺大姐那三百六十顷地的麦磨成面，还不够俺们一锅蒸哩。"老头儿惊问："你们那锅有多大？"闺女说："有多大也说不清，反正俺娃儿他爷爬进去扒灶灰，二年半还没拐回来哩。"

讲述者： 陈元兴，男，43 岁，新野县城关镇人，初中，县书店干部

采录者： 曹宝泉，男，46 岁，新野县城关镇人，高中，县文化馆干部

采录时间： 1987 年 7 月

采录地点： 新野县文化馆院

选自： 《中国民间故事集成·河南新野县卷》

[1] 坡儿：小凳子之类的坐具。
[2] 调羹：小勺。

附 记

这个故事是陈元兴在本人的办公室内讲述的。当时是寝办合一，他就坐在床上。他生得秀气，见人就笑，说话也是慢声细气的，都说他沾三分女性。他讲起这个故事来就特别入戏，把三个聪明、调皮的农村姑娘的音容笑貌表现得淋漓尽致，让人久久不能忘怀。故事结尾很巧，抖开了个大包袱，让人捧腹。（曹宝泉）

164

新媳妇当家

有一家，娶了一个新媳妇。这日，下雨了，人们都跑着抢场[1] 咧。有一把扫帚横在路当中，过去过来碍事。恁些人从那儿走，都不知把扫帚掇起来。新媳妇走到那儿了，弯腰把扫帚拿起来，放一边了，不碍事了不！她公公在旁边看见了。

回到家里，公公就叫新媳妇当家，她不当。新媳妇想着，恁些人，她才来就叫她当家，她不愿意。不愿意也得当，她公公认准了她。她说："那我当家得随我便儿摆布，我想咋摆布就咋摆布。"

"中，"她公公说，"你横着直着都中。"

新媳妇心里不想当家不？就打别劲儿。她吩咐小伙计们："上山上把石头拉点子，放咱院门口。"

小伙计们上山拉一车一车哩，在院门口盘了两大岭石头。这大忙季节，她让小伙计们去盘石头。说哩让她当家，别人干看也没法说。

这日，高头山里来了俩人，见了她门口的两大岭石头，要出大价钱买下。人家买下石头，又买点儿柴禾，就在她门口烧开石头了。这俩人也不睡觉，睁着眼看着石头。烧了三天三夜，烧哩时候长了，他俩瞌睡来了。到这日五更头上，两人睡了，宝物出来了，是一对凤凰。

新媳妇不知道这两人为啥要出大价钱买石头。人家烧石头咧，也偷偷在楼房门口瞄着。她一直瞄着不？到五更头上，瞄见从石头里出来一对鸡子。她不认得，那是一对凤凰。她慌哩忙哩在楼房门口伸着包[2]，唤着："鸡鸡，咯咯，鸡鸡，咯咯。"凤凰听到唤声，一下子飞到她包里了。她用个布笼子叫它们包着，放到箱子里了。凤凰天天搁里头下一对银蛋子。

人家搁那儿烧了三天三夜，啥也没见着，松不颠[3] 走了。新媳妇天天捡一对银蛋子，天天捡一对银蛋子。叫她当家哩，一下子发财了。

讲述者： 曹衍玉，女，61岁，桐柏县月河乡金桥村郑庄人，农民，不识字

采录者： 河南大学"中原神话调查组"

录音整理： 郑大芝，女，22岁，河南大学中文系81级学生
程健君，28岁，河南大学中文系教师
张振犁，60岁，河南大学中文系教授

采录时间： 1984年12月19日

采录地点： 桐柏县月河乡金桥村郑庄讲述者家中

选自： 《故事婆讲述的故事》

[1] 抢场：突遇风雨，农民把摊晒在场里的粮食等抢运回仓，谓抢场。

[2] 伸着包：伸着衣襟。

[3] 松不颠：也做松不蔫儿，无精打采的意思。

165

巧莲

很久以前，陈庄陈老汉有个毛妮[1]叫巧莲，能说会道，出口成章。

这一天，家里只剩下嫂子和巧莲。快到做饭了，巧莲说："嫂子，咱吃烙馍卷菜吧。"嫂子说："中，可你小侄要是睡醒了，俺一个人忙不过来。"巧莲说："到时候你叫俺，俺给你帮忙。"嫂子就说："中啊，要是你小侄醒了，俺到绣楼上去叫你下来帮忙。"巧莲说："俺先上绣楼了，一会儿你去喊俺。"

做饭时会，小毛孩没醒，嫂子就一个人又擀馍皮，又炒菜，没去叫巧莲。等馍烙好了，巧莲还没有下来。嫂子想："这死丫头，馍都烙好了，咋还不下来，得上楼喊她。"将上楼走到绣房门口，就听见巧莲在里头说："哎，鼻子痒痒打喷嚏，奴在房里绣花鞋。丢了花针盘龙线，奴想等的人儿咋还不来？"半天巧莲回到绣楼上，一人就坐在那儿绣花鞋，边绣边等嫂子来喊她，好下去帮忙做

饭。可左等右等不见嫂子喊她，就在那自言自语，将好[2]叫嫂子听见了。嫂子就想："这死妮子，做馍也不下来帮忙，半天是一个人在绣楼上想心上人。"气得不喊巧莲吃饭，一个人下了楼。到了灶屋，拿刷子扫案板上的面。将要扫，又一想："俺在这上头写几句话，羞羞她。"用指头在面上写道："一棵牡丹绣楼栽，十八九年没有开。今个一日狂风摆，风摆牡丹自己开。"写完去抱小孩去了。巧莲等一会儿还不见嫂子喊她，就下楼来看饭做好没。到灶屋里，见馍烙好了，桌上的面没有扫。走到案前要扫，一看上头的字，巧莲就生气了。把字抹平了，又在上头写着："一棵牡丹绣楼栽，十八九年没有开。只要根子扎得正，千摆万摆也不开。"写完，饭也不吃，一个人走到后角门生气去了。这时候，将巧一个书生走过来。巧莲忙关着一扇门，躲在后头。书生见有一个漂亮毛妮一晃不见了，门下头露着一双小脚，就说："双扇门单扇开，油头粉面没有见，只见下面红绣鞋。"巧莲一听，更气了，心里想：俺正和嫂子赌气，你又跑来气俺。就把这扇门也开开，冲着书生说："双扇门大大开，到得京里去，高官凭你做，骏马任你骑，谁让你嘴尖舌头快？"说完，"嘭"的一声把门关上睡瞌睡了。书生见毛妮不光长得好，还出口成章，回到家忙叫他爹妈托人去说媒。

媒婆到陈老汉家一说，陈老汉就说："中是中，就是俺这毛妮话多呀。"巧莲听说是那个书生让人来提亲，心里也很乐意，可听她爹那么一说，就忙说："话多，俺不会不说？"陈老汉一听毛妮也愿意，就答应了。两家都同意，就选良辰择吉日给他们成亲。成亲后，毛妮一句话也不说，婆婆公公以为她是个哑巴。书生想："那天见她，嘴像八哥似的。咋不说话了哩？难道那天不是她说的？真要是哑巴，俺就给她送回娘家。"一连三天，书生无论如何逗她，巧莲就是不说话。书生一生气，心想：不胜领着巧莲回娘家，问问巧莲她爹妈，一直不说话到底是咋回事？他俩走到半路上，坐到梧桐树下歇脚，树上一只花喜鹊总是叽叽喳喳地叫。书生心烦，拾一块石头把喜鹊砸死了。巧莲捡起从树上掉下来的喜鹊说："花喜鹊，尾巴长，

[1] 毛妮：小姑娘。

[2] 将好：刚好。

梧桐树上歇荫凉。你多嘴多舌伤了命，俺不言不语叫休回房。"书生一听，哈哈大笑，媳妇还是恁会说，十分高兴，就说："咱俩还是回去吧，你也别回娘家了。"巧莲不愿意，还是要回娘家。回到娘家，巧莲一头扎到绣房里。书生也就坐到堂屋里不吭声。巧莲见他把自己送回娘家，坐在那儿一句话不说，十分生气，就对她娘说："是大米是小米，簸箕倒到正间里。"意思是，你有啥话就给俺爹妈说清。陈家老两口问书生咋回事，书生说："也没啥大事。只是她到俺家后，就一句话也不说，不知是咋了，回来看看是为啥。"陈老汉笑嘻嘻地说："当时媒婆来，俺说俺毛妮话多，巧莲就说以后不说就是了。哪能一句话不说？巧莲呀，不是说以后不叫你说话，是叫你该说的说，不该说的不要说。"巧莲也听话，吃罢饭小两口又回家了。

走到路上，见有一棵梨树。巧莲说道："一棵梨树弯里丫杈，结的甜果开的白花。"书生一见媳妇又能出口成章，喜得不得了。走不多远，又见姑娘两人推磨碾米。巧莲又说："碾杆本是一根柴，深山里头砍下来。本身不是亲丈夫，两个佳人搂在怀。"两人一路说说笑笑，不知不觉进院了。巧莲见小姑在喂猪。小姑一见哥咋又把哑巴嫂子领回来了，生气地转身想进屋，不小心把喂猪的盆打烂了。巧莲说道："丢了缸罐盆儿，打了罐中食，猪饿得哼哼唧唧。"全家一听，新媳妇会说话了，都很高兴，就又慌忙叫亲朋好友，二次请客，大吃大喝一天。晚上，客人都走了，巧莲见一只大花猫正在偷肉吃。她顺手拿了个擀面杖，把猫打死了。她婆婆一看，说："哎呀，这下可坏了，那是邻居王婆的猫。王婆可是个讹人精，这回可要麻烦了。"巧莲说："那怕啥，咱赔她不就中了？"婆子说："赔她不中。"巧莲说："那她就没有借过咱们的东西？"婆子想了想说："她借过一个勺子，还有一个破柳斗没还。"俩人正说着，王婆一手拿着线拐子拐线，唤着"猫咪咪"，到这边来了，见她娘俩就问："见到俺家猫没有？"婆子忙说："他王婶，俺可没见你家的猫。"巧莲接着说："王妈，俺见你家的猫吃俺家的肉，就拿个擀面杖不小心给打死了。"王婆一听："哎呀，这可不得了啦。"巧莲说："王妈妈，俺娘家养有一窝猫，明个回去抱一个赔你。"王婆说："那可不中啊，俺家这个猫可是个宝贝。"

巧莲说："不就一只猫吗，还能是啥宝贝？"王婆说："你可不知道，猫是一只虎，上墙不掉土。那天拿到街上去，人家光看看，就给银子五两五。"巧莲说："王妈，咱们都是邻居，何必这样哩？谁还能不用谁个东西？"王婆忙说："没用，俺可没用过你家东西。"巧莲扭头问婆婆："妈，她用过咱家的东西没？"婆婆说："不是给你说过了吗，她用过咱家一个勺子。"王婆接着说："不就是那个破勺子吗，明个买个新的还你。"巧莲说："王妈你可别这个劲说，俺那勺子不值钱，可勺子是个宝。"王婆忙问："那是啥东西？"巧莲说："那是天上梭罗木，无米也能做成粥。左搅三圈吃稠饭，右搅三圈吃豆腐。那天拿到街上去，别人掂掂就给六两六。"王婆一听这事不对，弄到最后还得找她钱哩，气得啥也不说，掉头就走。巧莲一见王婆要走，就喊："王妈，你别走，你还欠俺个破柳斗。"王婆一听，跑得更快了，以后再也不敢到她家找事了。后来，巧莲生有一男一女。书生在巧莲的帮助下，又进京考上了个官。

讲述者：　黄道玉，男，60岁，桐柏淮源镇铁板桥湾人，农民

采录者：　黄安杰，男，35岁，桐柏县人，现任郑州市烟草公司副总经理

　　　　　黄道云，男，39岁，桐柏县淮源镇人，高中，农民

　　　　　卢伟，男，35岁，桐柏县城关镇人，高中，职工

采录时间：2004年

采录地点：桐柏县淮源镇铁板桥湾村

选自：　　《中国民间故事全书·河南·桐柏卷》

166

巧姑

山沟里有一家人家是员外，有四个儿子，说三房媳妇了。还想要个当家的媳妇。员外试试现有的三个媳妇看哪个能些，对她们说："都打扮打扮回娘家，一路回去一路回来。大媳妇在娘家住半月，二媳住三五天，三媳妇住七八天。回来都得带礼物。大儿媳带个纸包火，二儿媳带个红心萝卜，三儿媳带个没脚的团鱼。"三个媳妇听说回娘家，俩腿赛扬权，收拾收拾一路走了。走到岔路分手时，想起公公交代的话。几个人住的天数不一样，咋会一路回来？还有叫捎带的礼物，娘家都没得。几个人哭了一个时辰，哭得不可开交。路边有一个屠夫的小妮在卖肉，跑过去问她们哭啥。她们叫公公的话跟她学了。屠夫的小妮说："大的住半个月，就是半个月。二的三五天，三个五加起来，也是十五天。三的七八天，七加八不还是半个月？带的礼物，大儿媳带的纸包火，就是皮纸做的灯笼。二儿媳带的红心萝卜，就是鸡蛋，哪一家都有。三儿媳带没脚的团鱼，没脚的团鱼是豆腐，叫豆腐脑儿团到一块，就是豆腐，哪一家不磨豆腐？你们回去都照我说的带回去看看，试试。"她妯娌仨都住半月一路回去了，带的

礼物叫公公也看看。员外说他大儿媳，叫你带的是纸包火，你咋带个灯笼？大儿媳说："灯笼不是纸包火吗？"员外只好说："对了。"他又问二儿媳妇："叫你带个红心萝卜，你咋带个鸡蛋？"二儿媳妇说："鸡蛋不是红心吗？"员外只好说："也对了。"他又问三儿媳妇："叫你带没脚的团鱼，你咋带的是豆腐？"三儿媳说："豆腐团住包住一堆，不就是没脚的团鱼吗？"员外只好说也对了。员外又问二儿媳妇："叫你大嫂住半月，叫你住三五天，你咋也住半月？"二儿媳妇说："三五一十五不是半月吗？"员外说："住对了。"员外又问三儿媳："叫你住七八天，你咋也住半个月？"三儿媳说："七加八不是十五天吗？"员外也说对了。员外又问："这是你们哪个出的主意？"她们都说是路边屠夫的小妮出的主意。

第二天，员外就访问屠夫的小妮，装着去割肉。要皮打皮，肉打肉，精肉没得骨头，肥肉没得皮。屠夫的小妮用荷叶包出来了，员外抖开看看又问："我要的皮打皮，你咋给我包个猪耳朵出来了？"屠夫的小妮说："猪耳朵上的皮打它脸上的皮，不是皮打皮吗？"员外说："这样对了。"又问："肉打肉，你咋给我割个猪尾巴？"屠夫小妮说："尾巴上的肉打猪屁股上的肉，不是肉打肉吗？"员外又说："对了。"员外又问："我要精肉没有骨头，你咋给我割一叶猪肝？"屠夫的小妮说："猪肝都是精肉，哪有骨头？"员外又说："对了。"员外又问："我要的是肥肉没有皮，你咋给我弄个猪肚子？"屠夫的小妮说："猪肚子都是肥肉，哪有皮？"员外又说："对了。"员外包了包，回去好下酒。到后来托媒人说屠夫的小妮当他的第四个儿媳妇。媒人一说是员外家，屠夫跟他小妮都同意了。结婚了以后，想叫四儿媳当家，员外怕别的争，就提个要求，一锅饭起来七样，一锅菜起来十样。问他大儿媳妇能做得出来啵。大儿媳妇说："做不出来。"又问二儿媳："你做得出来啵？"二儿媳妇说："大嫂做不出来，我也做不出来。"员外又问三儿媳妇："你要能做出来，钥匙交给你，你好当家。"三儿媳妇说："大嫂二嫂做不出来，我更做不出来。"末后又问四儿媳妇："能做出来啵？"四儿媳说："我试试。"末后，端出来的是绿豆米汤，还有韭菜炒鸡蛋。员外问："我要的是七样饭，咋光

是绿豆米汤？"四儿媳说："绿豆就是六样，加米汤就是七样。"员外说："对了。"员外又问："叫你一锅起来十样菜，咋只有两样？"四儿媳说："韭菜就是九样，加鸡蛋就是十样。"员外说："对了。"末后就叫四儿媳当家。员外老了，日子过得怪得法，在门口写上"万事不求人"几个字。

一天过道台，一看写的字，就想难为难为这家员外，叫衙役们叫出员外，对员外说，要遮天的黑布，还要澄清湖里恁些酒，还要门口稻场恁大一块金子，要他三天办到。员外犯愁，几个儿媳送饭吃不下。轮到四儿媳端饭，问公公有啥事儿，员外说了道台的要求好难为人。四儿媳说："你别操心了，道台大人三天转回来，我应付他。"三天后，她在门口迎接住道台大人，一边放的有尺子，有壶，有秤。道台问员外，员外的四儿媳说："公公病了，有我。道台问，遮天的黑布弄来没有？"员外的四儿媳说："我这儿有尺子，你好量量天有多少丈数，我家好扯恁大的布。"道台说："天恁大，我咋量得起？"员外的四儿媳说："你没尺数，我们没法扯遮天的黑布。"道台又问："我要澄清湖的酒嘞？"员外四儿媳说："我这儿有壶，你拿去量量澄清湖有多少水，我们好给你灌恁些酒。"道台说："那谁量得起有多少壶数？"员外四儿媳说："你量不起恁些壶数，我们咋好给你灌恁些酒嘞？"道台说："这一头也算了，不问你要了。"又问："我要稻场恁大一块金子嘞？"员外四儿媳说："我这儿有秤，你得叫稻场称称有多重儿，我们才好办，没重量咋办？"道台说："那谁称得起有多重儿？"员外四儿媳说："你没法称重量，我们也没法儿办。"员外四儿媳说："你们当官的，光想考验老百姓，有个啥才嘞？"末后，都叫员外的四儿媳叫巧姑。

讲述者： 池长本，男，70 岁，桐柏县月河镇罗堂村池庄组人，小学，农民

采录者： 池长生，男，58 岁，桐柏县月河镇罗堂村池庄组人，初中，农民

采录时间： 2020 年 11 月 24 日

采录地点： 桐柏县月河镇池庄后北书斋

167

聪明媳妇斗举人

从前，有一家姓丁，爷儿俩靠挖草药过日子。一天，老汉在山里救了一个逃难的女子，后来那女子跟他儿子成了亲。一家三口和睦相处，穷日子过得也很热火。

这天，丁老汉卖药得了点钱，心里得劲儿，就割了一斤肉，灌半斤酒回来。刚要切肉，一只猫跳上案板，噙起肉就跑。老汉急了，顺手给它一刀，不妨把猫给砍死了。老汉仔细一看，哎呀！不好！原来是举人老爷家的猫，这下可捅了娄子了！这举人有钱有势，专好讹人，今儿个砍死了他的猫，拿啥赔呀？老汉难为得哭了起来。媳妇从里屋出来，对老汉说："爹，甭急！你想想举人家借过咱的东西没有？"老汉想了一会儿说："举人家去年盖房子的时候，借过咱一个木勺，舀石灰水抹墙，至今也没还。"媳妇一听，嘿嘿笑着说："爹，甭熬煎，这事儿好办，他不讹咱便罢，要讹咱给他对着讹。"

第二天，媳妇来到举人家，把她爹失手砍死猫的事儿说了一遍。举人把眼一瞪说："这还了得！我的猫是豹子爹，老虎娘，白天给我厕金银，夜里捕鼠看粮囤。西庄财主要买我的猫，拿出好地十八顷，还搭白银二百两！县太

爷想要我的猫，送来绸缎十大捆，还给黄金一百锭，就这样我都没答应！你爹随便杀死，不中！"

穷媳妇听罢，轻轻儿一笑说："猫杀死了啦，不管多金贵，俺都赔！可听俺爹说，你家去年盖房子时候，借了俺家的祖传木勺，还没还哩！"

举人说："你家的烂木勺早都烧了，难道它比我家的宝猫还主贵？"

这媳妇一听，柳眉倒竖，指着举人说："啥烂木勺？实话给你说，俺家那把木勺是月宫梭罗木，嫦娥亲自送俺家，鲁班祖师动的斧，王母金簪雕的花。舀来生米就成饭，盛来清水变香茶。那年仨月没下雨，俺爹用它浇庄稼，舀起五湖四海水，一勺浇遍全天下。东海龙王要买它，送来九千玉麒麟，还有五百金南瓜，我爹都没舍得给他。没想到你把它烧了！如今拿啥赔俺哩？你说吧！"

举人听了，气得干瞪眼没啥说。好说歹说，最后拿猫顶勺，还倒贴上了几石谷子，穷媳妇才息了气。

讲述者：　不详
采录者：　张海亮，男，33 岁，社旗县城郊乡柳营人，
　　　　　高中，农民
采录时间：　1986 年 3 月
采录地点：　社旗县城郊乡柳营村
选自：　《中国民间故事集成·河南社旗县卷》

附
记

这则故事是张海亮第一次放蜂时听一山民讲述的。山里乡亲连说带比画，说得很起劲，张海亮侧着耳朵用心听，当天就把故事记了本本上。1985 年左右，县里征集民间故事，他把这个故事送上去，随后公开发表了。（张殿举）

168

巧姑劝娘

从前，唐县城北有个村里，住着一个聪明的姑娘，因为是七月初七生的，爹妈就给她起名叫巧姑。

巧姑她妈啥都好，就是没事好往庙里跑，手里有点钱都买了香蜡纸表。平时总是哼哼哝哝地念叨："救苦救难的观音菩萨，救苦救难的观音菩萨……"巧姑不知劝了她多少回，她一句也不听。

这天早起，巧姑她爹不小心摔了个跟头，躺在床上一个劲地哼哼。她娘嘴里的佛经念得更紧了。巧姑真气了，她眼珠一转，冲着她妈喊了一声："妈！"她妈急忙答应着问："叫娘弄啥哩？"巧姑没还腔，她妈还当是自己耳朵有毛病听怔了，闭上眼又念起佛来。停了一会儿，巧姑又喊。她妈问她时，她还不吭声。等巧姑喊到第五回时，她妈再也忍不住了，生气地说："你是啥病犯了？你喊我，我就答应，问你，你又不吭声儿。你爹摔恁狠，我心里烦得跟啥样，你倒好……"

巧姑没等她说完就接着说："还提我爹呢？都怨你见天念佛念哩了！"

"咋怨我啦？"

巧姑说："你是我亲娘哩，我才叫你四五遍，你就不耐烦了，你整天不停地叫菩萨，菩萨不早就恶心死了？"就从那儿，她妈再也不成天念菩萨了。

讲述者：　孔凡润，男，56岁，社旗县城郊乡柳营村人，不识字，农民

采录者：　张海亮，男，33岁，社旗县城郊乡柳营村人，农民

采录时间：　1986年3月

采录地点：　社旗县城郊乡柳营村

选自：　《中国民间故事集成·河南社旗县卷》

169

巧姐训夫

有个教书先生叫张文，娶了个娘子叫巧姐。这巧姐不光生得白净漂亮，还很有心计。先生在外教馆[1]，虽说挣钱不多，因为有这个贤内助养孩子、操家务，小日子过得有滋有味。

村里有个浪荡公子，早对先生娘子生了歹心。他认为只要肯花钱，没有扳不倒的女人。这天黑了[2]，他趁张文不在家，带上五锭元宝找上门去。进门一看，巧姐正低头纺线。他就掏出一锭元宝，扔到人家纺车怀里。巧姐像是没看见，只管低头纺线。这家伙看她不动心，就又扔一锭元宝。就这样，过一会儿扔一个，过一会儿扔一个，五锭元宝都扔完了，巧姐还是不理睬他。阔公子忍不住了，卷卷袖子就想来硬的。就在这时，忽听到门外传来脚步声。他慌了，连元宝也顾不上捡，转身就窜了出去。

来人正是张文。他见夜间从自己屋里窜出个男人，就知道出事了。跑屋里一看，女人脚边放着明晃晃的一堆元

[1]　教馆：教学之意，馆指私人办的学堂，即私塾。

[2]　黑了：晚上。

宝，立时气炸了心肺，不问青红皂白抓住就打！一边打一边骂："你这个贱骨头，竟背着我招野汉！为了几个元宝你就出卖自己的贞操，叫我这书香之家、圣人门徒咋有脸见人！带上你这卖身钱，给我滚蛋！"巧姐苦苦哀求，他哪里肯听？一张休书就把巧姐赶出家门。

巧姐哭哭啼啼告别了两个孩子，带上那几锭元宝向娘家走去。到了半路上想想不对：就这样不明不白地让人给休了，还有啥脸回娘家？见了爹娘咋说哩？她一横心就女扮男装下了湖北，在一个小镇上安下身来。她用五个元宝做本钱，开了个骡马店，来往行人在这里能吃能住，生意很是红火。

因为巧姐很会做生意，钱越赚越多，店越开越大，光伙计就觅了十几个。伙计们见掌柜年纪轻轻的却没带家口，问她是咋回事，她就骗他们说女人死了，不想再娶。就这样，她在店里混了一年多，还没人认出她是个女子。

再说那位张先生。巧姐一走，娃娃要他养，家务要他操，顾住头顾不住脚，哪里还能专心教书？没多久人家就把他辞退了。读书人掂不得轻，拿不得重，啥也不会干，眼睁睁坐吃山空，不到两年，一份家业卖了个精光，只好领着俩娃儿下湖北要饭。

这天，张文正好来到这个镇上。黑了没处住，就进了巧姐的骡马店，求掌柜让自己在牲口棚里借宿一晚。巧姐见这几个要饭的原来是自己的丈夫和孩子，又气又心疼！忽然想到，何不借这个机会教训教训这个狠心人？就对张文说："听口音你也是河南人，咱是老乡，咋能叫你爷儿们住马棚哩？来！先吃了饭再说。"她吩咐伙计们摆上一桌酒菜，让爷儿仨美美实实吃一顿。

刚丢下碗，主人又叫伙计领张文去洗澡，自己先安排孩子睡觉。

张文洗过澡，管账先生来了，笑嘻嘻地小声问他："俺掌柜对你咋样儿？"张文连声道谢："恩重如山，难以报答！"账先儿说："也好报答。俺掌柜是个寡汉条儿，不知道为啥，一见你就动了心，他要你今黑儿[1]给他陪

铺[2]。"张文一听吓一跳："哎呀！我也是个男子汉，咋能给他陪铺哇！"账先儿说："小声点儿！这事咋敢张扬？我对你说，人家不想走'水路'，想走'旱路'，你就委屈一晚吧！"张文还要推辞，账先儿把脸一板："再不依从，就交了饭钱滚出店去！"张文嘴软了，如今是秀才掉井里——顾不上靴帽蓝衫了，就把脸一抹拉，让账先儿送进了主人的住室。

巧姐见张文进来，不由冷笑一声："秀才，宽衣吧！"张文羞得满脸通红，低拉着头，哆哆嗦嗦地脱去衣裳，爬到床上。不料，店主人脱下鞋子，把他按在床上照屁股打了起来，一边打还一边骂："好个书香之家，圣人门徒！为了一顿饭钱你就甘充男色，真是禽兽不如！你丢了你爹妈的人，丢了你儿女的人，也丢了你妻子的人！你还有啥脸骂别人！"

张文一听这话大有来头，捂着屁股惊问："你，你是哪个？"巧姐摘下帽子，一头青丝披散下来。张文一见，扑通跪在地上，哭着喊道："娘子，我错了！"

讲述者： 陈元兴，男，43岁，新野县城关镇人，初中，新华书店干部

采录者： 曹宝泉，男，46岁，新野县城关镇人，高中，文化馆干部

采录时间： 1987年7月

采录地点： 新野县文化馆院内

选自： 《中国民间故事集成·河南新野县卷》

附记

该故事流传新野全县。1987年夏天的一个晚上，几个朋友坐在本人住室外的平台上，听陈元兴讲述的。故事中说到的"走水路"是指异性恋中的男女关系，"走旱路"是指同性恋中的男男关系，这是

[1] 今黑儿：今天晚上。

[2] 陪铺：陪睡。

过去民间的一种既形象又通俗的说法。这个故事的时代背景是，当时社会上的确存在同性恋，而同性恋也的确受人歧视。说也奇怪，有些有钱人却热衷此道且不以为耻。那些人大多玩弄男童，被称为"玩兔娃儿"，男男关系中被动的一方被称为"兔子"。（曹宝泉）

170

巧妮儿

从前，有个叫王三的人，肚里的瞎话儿多哩像地上的草根，谁也查不清有多少。

有一天，王三去赶集，在路上碰见了赵毛。赵毛也会说瞎话，他俩就吹开了大话。赵毛说："王三，人家都说你的瞎话多，我看哪，你还不一定有我的多！"王三问："你有多少哇？"赵毛说："我一肚子两肋巴。"王三哈哈一笑说："我当你有多少哩？比我错得远哩！"赵毛忙说："那你该有多少哩？"王三说："我的瞎话呀，成本的成本，成捆的成捆，开花的开花，结籽的结籽。"赵毛一听王三的话，心想，你甭吹，我非问你要两捆瞎话不中，看你上哪儿弄，就说："那好，你就借两捆瞎话给我看看吧！"王三一听吃迟了一下，就随口答应说："中！明儿个你去拿吧。"

王三赶集回家，一路上愁眉不展。心想，我上哪儿给他弄两捆瞎话哩？回到家里更是坐卧不安。他闺女问他："爹，今儿个赶集碰到啥事啦？"王三就把赵毛要来借瞎话的事儿说了一遍。他闺女一笑说："哎呀！我当是啥事哩？半年[1]是小菜一碟。"他爹生气地说："说大话不嫌牙碜，你个小妮家能有啥法儿？"他闺女说："这你就甭管了，明儿个你只管去干活，赵毛要是来了，我有法儿！"

第二天，赵毛果真背了一根扁担两根绳子来到王三家。进院没见王三，光见王三他妮在家做针线，就问姑娘："妮啦，你爹咧？"那闺女抬头一看是赵毛，故意没好气地说："他上山啦！"赵毛想：明明说好了，叫我今儿个来担瞎话哩，咋又上山了，莫不是躲起来了？就又问："上山治啥[2]去啦？"那闺女说："采露水籽去啦！"赵毛一听，觉得不对劲儿，忙说："露水咋会有籽哩？"那闺女说："露水没籽，瞎话咋会成捆呢？"赵毛一听，吃胡椒闭气，转身就走了。

半路上，赵毛碰见了好朋友货郎李。货郎李见赵毛气昂昂的，就问是咋回事，赵毛就把去王家的事儿说了。货郎李一听，心里不服气！一个小妮家，我不信就对付不了她。他要过赵毛的扁担和绳，上王家去了。货郎李正害烂嘴角，嘴上贴了块膏药。他气势汹汹地来到王家，见王三他闺女还在院里，就问："妮啦，你爹哩？"那闺女抬头一看是货郎李，并且嘴上贴块膏药，就说："俺爹去牛铺盘锅台去啦。"货郎李说："牛不屙锅里？"那闺女说："那不会用膏药贴住牛屁股？"货郎李一听，气得火冒三丈，又不好发作，只好吃个哑巴亏走了。

路上，他越想越气，不妨跟一个和尚碰了个满怀。和尚一看是货郎李，气成这个样子，就问他是咋啦，货郎李也把在王家的事儿给和尚说了一遍。和尚想，一个小妮家会有恁能，我去试试。他要过扁担和绳子，径直来到王家，见那妮儿还在家做活，就问："王施主在家吗？"那闺女说："我爹上庄后看驴抵架去啦。"和尚说："驴没角，咋会抵架呢？"姑娘说："那就不会使光头抵？"和尚也吃了个哑巴亏，唔唔嘴走了。

赵毛、货郎李和和尚见了面，都服气地说："王三这个闺女，真是个巧妮儿！"就打那儿，三五十里的人都知道王三有个能得透气儿的巧妮儿。

[1] 半年：南阳方言即原来，等同于"闹了半天"。
[2] 治啥：弄啥。

讲述者： 柳运志，男，65岁，社旗县饶良乡人，不识字，农民

采录者： 王庚有，男，26岁，社旗县饶良乡人，高中，乡文化站站长

采录时间： 1986年3月
采录地点： 社旗县饶良乡寨子营村
选自： 《中国民间故事集成·河南社旗县卷》

附
记

柳运志在"文化大革命"中因讲民间故事受牵连，遭到批斗，随后便闭口不讲故事。王庚有当时是乡文化干事。他得知柳运志会讲故事，拿着记录本去找柳运志，说明来意，被对方当场拒绝。后经反复劝说，柳运志才同意讲述几个。于是，两人蹲在村子一片空地，一个说，一个记，保存下来好几个民间故事，其中之一就有《巧妮儿》。这个故事在流传过程中有多个版本，主体情节相差不大。（张殿举）

异文：瞎话本露水籽

有个人会拍瞎话，一肚子两肋巴，人称"瞎话王"。他有个女儿叫雪蓉，口齿伶俐，人也俊俏。父女二人精明能干，老父上山砍柴，小女料理家务，日子总算还过得来。

山后有几个无赖，总想给瞎话王的女儿雪蓉打俏皮儿，害贱人。这天，他们几个商量，看谁能说住"瞎话王"的女儿，谁就是"大哥"。开始由两个先去。他们来到雪蓉家门口，说："雪蓉，你爹的瞎话本让我们看看。"雪蓉说："我爹把它带在身上，到山上去采露水籽儿了。""露水还有籽儿？我们还没听说过。""是呀！露水没有籽儿，那瞎话还有本？"雪蓉说完，那两个人脸一红一白，二话没说，灰溜溜地走了。两人见了同伙，感到丢人，便没吭声。同伙们一看情况，就知道他俩败阵了，就又去了三个。他们见到雪蓉，就嬉皮赖脸地问："你爹哩？""我爹拉着驴去抵仗了。"那三个人惊呆了。一个问："驴没有角咋

抵仗？骗人的。""唉，那不是玩脸蚍的。"姑娘边做活边说。这三人悻悻地走了，见到同伙就说："我们又让人骂了。"那个没去的同伙不相信，就说："连一个小女子还说不过，不丢人？看我的。贴半边嘴也说过她。"说着，当真用膏药贴住半边嘴去了。他来到门口就问："雪蓉，你爹呢？""我爹拉着牛去给别人犁锅台去了。""犁锅台？那不屙到锅里去？""这有多难，用膏药把屁股贴住不就是了？"那人听了，脸红得发了紫，扭头便走了。

从此，这几个无赖总算安分守己，不去麻缠别人了。

讲述者：　吴德臣，回族，男，72 岁，内乡县城关
　　　　　书院人，市民
采录者：　杨志峰
采录时间：　1987 年
采录地点：　内乡县城关镇书院村
选自：　　《中国民间故事全书·河南·内乡卷》

171

白话儿本儿

从前，刘庄有个白话儿[1]迷，姓刘，很喜欢编白话儿，谁要是打个喷嚏或跌了跤，只要让他看见，立刻，一个让人捧腹大笑的故事，就会从他嘴里传开。人们都叫他刘白话儿。

一天，刘白话儿骑着毛驴去赶集。他到了集上，看见一个饭铺里围着一群人，在听一位光头老头拍白话儿。刘白话儿凑过去，听了一会儿就捺不住了。他向拍话老头喊道："喂，白话儿大哥你歇歇，让我来给你们拍一个。我是村南有名的刘白话儿，我的白话儿，能拍十天十夜不重样。"

那老头正拍到动劲儿处，见有人打岔，很是恼火，毫不客气地说："你刘白话儿算个啥？我是这儿出名的白话儿大王。你拍十天，我拍俩月都不重样！"老头又指指身边的两位老人说："这儿，还有大名鼎鼎的铁嘴官儿和钢牙齿儿。轮得到你这小子插嘴吗？走开。"

刘白话儿一听很羞怒，红着脸争辩说："我不管你是

[1]　白话儿：编瞎话，即编故事。

大王小王，还是铁嘴官儿钢牙齿儿，我只问你们拍的白话儿有本儿吗？我拍的白话儿可有本儿。"人们一听很惊奇，想那白话儿都是人们顺嘴编的，还没听说有白话儿本儿呢。

钢牙齿儿走过来，和和气气地迎上说："好老兄，我们拜见了，你能不能让那白话儿本儿，借给我们看看？"

"嗯……现在不行，我那白话儿本儿在家里放着，你们要是想看，明天到我家里去取吧。"

刘白话儿有个女儿，叫小玲，她妙龄十八，貌美嘴巧，人们叫她巧嘴八哥儿。这天，小玲见父亲从集上回来，闷闷不乐地坐在院里狠劲抽烟，给他端饭也不吃，就问他出啥事儿了。刘白话儿叹了口气，把集上的事儿说了一遍，最后说："我只是想开个玩笑，谁知，他们当真要来取白话本儿，这可咋收场？"

小玲抿嘴一笑："呀，半天是这点儿小事儿。爹，您放心吧，明天由我来收场。"

第二天，白话儿大王骑着毛驴儿，摇着大光头，哼着曲儿，来到了刘白话儿门口。他敲了敲门，见一个姑娘来开门儿，便问："姑娘，刘白话儿住这儿吗？我是来借白话儿本儿的。"姑娘打量了一眼来人，说："我爹不在家，拉着母猪去跟牛抵架去了。"

白话儿大王一听，觉得怪可笑，开口道："胡说，猪没长角，咋会跟牛抵架？"姑娘一笑，说："那猪是用秃葫芦碰嘛！"白话儿大王一听，这不是骂自己吗？满脸懊丧："没教养的丫头。"说罢扭身就走。

铁嘴官儿和钢牙齿儿，老远看见白话儿大王气呼呼地回来，跑来问道："白话儿本儿借来了吗？""再别说了，刘白话儿有个死丫头，嘴跟钢叉似的，没借来还挨了一顿日嘛[1]。"铁嘴官儿听了，不服气地说："我就不相信，她有多大本事。我去！我用膏药把半截嘴贴住，就说得过她。"

铁嘴官儿贴住半截嘴，来到刘白话儿家，一见小玲，开口就问："姑娘，你爹哪儿去了？"小玲一看来人，就说："我爹套着牛，在后院犁锅台。"铁嘴官儿闻听，紧接着说："那牛屙屎不屙到锅里了！你们是不是想多加一味

[1] 日嘛：骂人。

儿？"小玲不慌不忙地说："咋能会呢？牛屁股用膏药贴着呢。"

铁嘴官儿没抓住狐狸，倒惹了一身臊，灰溜溜地回去了。

钢牙齿儿见他俩都没把白话儿本儿借来，心想，那白话儿本儿一定是很主贵，我去试试看。他到了刘白话儿家，对小玲客气地说："好闺女，你爹去哪儿了？""我爹上坡摘露水籽儿去了。""啥？露水还有籽儿？！"小玲麻利回应道："哪听说白话儿还有本儿？"

钢牙齿儿一拍脑袋："嗨，可不是嘛，露水哪有籽儿？白话儿哪有本儿？闺女儿，这都怨我没脑子，光来打扰你们，我走了。"小玲急忙拦住他，说："大叔，你看天都快黑了，你今儿就住这儿吧，我爹装了一肚子白话儿，准备要写个白话儿本儿哩。"

钢牙齿儿一听很兴奋。"那我就不走啦，把我肚里装的白话，都给你爹拍拍，说不定真能写厚厚一本儿白话儿故事呢！"

讲述者：	不详
采录者：	史国霞，女，淅川县滔河乡史家洼人，高中，农民
采录时间：	1983 年 6 月
采录地点：	淅川县滔河乡石家洼村前丹江大桥西头临时等车处
选自：	《中国民间故事集成·河南淅川卷（二）》

附记

我们按照当年留下的基本信息，找到采录者史国霞，她说此故事是当年在淅川丹江大桥头等车时听人拍的。（刘国胜）

172

巧女的故事

有兄妹俩，哥哥叫傻傻，妹妹叫巧巧。傻傻在一个掌柜家当长工。

快过年时，巧妹催傻哥早点把工钱领回来，买点米面好过年。

谁知，傻傻去找掌柜算账，掌柜说："行，咱原来说好过，年尾要你办几样东西，办到分文不欠，办不到分文不给。"

傻傻问他办啥事儿。掌柜说："百样草，百样花，活人脑子，活人心，东西南北要半斤。"

傻傻一听："天哪，这不分明是赖账吗？"他噙着眼泪回去对巧妹一说，巧妹笑笑："不难，不难。"接着，咬着他的耳朵，如此这般一说，傻傻"嘿嘿"笑了起来。

第二天，掌柜见傻傻一进门，就说："我要的东西办到了？""办到了！"说罢，傻傻取出一小瓶蜂蜜递上说："这是百样花！"又递上一包儿羊屎蛋儿："这是百样草！"掌柜一听："胡说！""我咋胡说？蜂采百样花，羊吃百样草嘛！"

"好，那活人脑子活人心呢？"

傻傻随手掏出一包耳屎和一包指甲递给他。

掌柜一看："胡说！"

傻傻说："我咋胡说，你没听人说，耳屎脑里锈，十指连着心吗？"

掌柜又说："好，那东西南北呢？"

傻傻又递上一包锯末，一包沙子，一块木炭和一小瓶水，说："这不儿！"

掌柜一看："放屁！"

傻傻说："我咋放屁，你没听说，东为木，西为土，南为火，北为水嘛？"

掌柜那眼珠子骨碌碌转了几圈儿，说："好，来给你算账！"他把算盘珠子"乒乒啦啦"一打，说："你压断一根扁担，挖坏一把镢头，使坏两担箩筐，打坏一个碗，折钱一扣，你还得倒找钱哩！"傻傻说："掌柜呀，劳累一年，我兄妹俩就指望这工钱过年呀！"掌柜嘻嘻一笑："噢，你还有个妹妹？那就叫她嫁给我，给三年工钱，还包你们吃香的，穿光的！若不答应，哼哼，分文不给！"傻傻一听："天哪，妹妹才十四岁呀，咋能嫁给他这六十多岁的老头子呀？"想到这儿，他"扑通"跪到掌柜面前，苦苦哀求："我妹妹还小，你就行个好吧！"掌柜哈哈笑道："小？越小越好！"傻傻噙着眼泪又回去了。

巧妹听哥哥一说，又是笑了笑，说："别怕，别怕。"说着，又咬着傻傻的耳根子，如此这般低语了一阵。傻傻又"嘿嘿"笑了。

第二天，傻傻来找掌柜。掌柜说："你妹妹答应啦？"

"答应是答应了，不过，她说你那小女儿比她还大，怕人们捣她脊梁骨！"

掌柜忙说："不大不大，俺那小女儿才十一岁，比她还小三岁哩！"傻傻一本正经地说："掌柜呀，我看你那小妮嫁给我，才好哩！"掌柜眼一瞪："放屁。""嘿嘿，不是放屁，你不说越小越好吗？"

"你……"掌柜再也说不出话来了。

讲述者： 刘炳文，男，79岁，淅川县大石桥西岭村

采录者： 人，不识字，农民

刘国胜，男，23 岁，淅川县大石桥西岭村
人，高中，农民

采录时间： 1983 年 9 月

采录地点： 淅川县大石桥乡西岭村讲述者家中

选自： 《中国民间故事集成·河南淅川卷（二）》

173

考儿媳

附记

刘炳文是我伯父，他 1949 年前当过兵，曾在国民党六十八军军长刘汝明的警卫营里当过排长。虽然识字不多，但能写白话信，还看了不少闲书。当年他在军营不吃大烟，不来赌，也不逛窑子。闲了不是看闲书，就是练写字，再不就是给士兵们拍故事。据说就凭这，刘汝明把他从大头兵提拔当排长。他当了排长不会克扣军饷，没钱巴结营长，营长光找他碴。伯父干不下去，就告病请假，再也没去部队。但回家后又本本分分当了农民，除了平常给人们拍拍瞎话，不参与任何地方活动。尤其他拍的瞎话，不是讲德说道的，就是机智讲巧的。他拍故事的另一个特点是，语言简练，好懂好记。如他这篇巧女的故事。此故事的巧处，全用的是人们在日常生活中耳闻目睹的常见知识。但猛然说出，让人既意外，又难以想象。待一语道破，却又让人感到既简单，又易解，又易讲说流传。（刘国胜）

老公公有三个儿媳。人们都说刚过门的三儿媳最能，他打算考考她们。

早上，公公说："老大家屋人[1]呀，你今儿早给我炒盘'树上弯弯，地上铲铲'。"

老大家屋人蒙住了。老三屋人告诉她："树上弯弯是辣椒，地上铲铲是莲菜。"不大一会儿，老大屋人把热腾腾的菜炒好了。

中午，公公说："老二家屋人呀，你给爹炒盘'包木、木包'。"

老二屋人也蒙住了。老三屋人告诉她："这是枣和核桃。"

公公一看，没难住老大屋人和老二屋人，他一打听，知道是三儿媳点破的，就出了一道最难的题儿去考她："老三家屋人呀，今儿黑，你给我做碗米汤可别下米。"

"爹，你放心好了。"

日头还老高，三儿媳就添了一大锅水，准备做米汤。

[1] 屋人：指媳妇。

公公想："哼！除非你是神仙，看你咋过这一关。"忽听三儿媳喊道：

"爹，我掌锅，你赶快来斗斗火呀。"

公公一看锅坷廊[1]里空空的，连个火星儿也没有，就说："光知道说，不添柴咋叫我给你斗火呀？"

"光知道说，那不下米，谁会给你熬米汤呀？"

讲述者：　全新民，男，38岁，淅川县蒿坪乡观沟村人，农民

采录者：　全兴洲，男，30岁，淅川蒿坪观沟人，农民

采录时间：　1980年7月

采录地点：　淅川县蒿坪乡观沟村讲述者家中

选自：　《中国民间故事集成·河南淅川卷（二）》

174

谁当家

李家先后娶了两个儿媳，因公婆年近花甲，操不了心，就想从媳妇中找一个善于操持家务的出来当家。谁合适呢？老公公想了两天，有了主意。

第一天，公公把扫帚扔到院中间，然后在一边观察，大媳妇路过时，没在意地跨过去。二媳妇路过时，却拿起扫帚靠到墙上。

第二天，公公又把扫帚放到门槛里边。大媳妇进门踏着扫帚，看也不看就进屋了。二媳妇进门时，却忙拾起扫帚放到墙角。

第三天，老公公把一小凳放到门槛外面。大媳妇进屋时，一脚把小凳踢了个四脚朝天。二媳妇回来进屋时，却随手把小凳搬到屋里。

后来，老公公就让二媳妇当了家。

讲述者：　凌天真，男，淅川县大石桥乡人，初中，农民

[1]　锅坷廊：锅灶内。

采录者： 赵振国，男，淅川县大石桥乡人，高中，
　　　　 乡干部

采录时间： 1980 年

采录地点： 淅川县大石桥乡大石街上

选自： 《中国民间故事集成·河南淅川卷（二）》

175

巧治吹牛人

　　马家有仨女婿，大女婿做生意，二女婿在戏班里打鼓，三女婿在家种地。三个女婿聚到一起儿，俩大女婿都看不起小女婿，就比着吹牛。大女婿说有个澡桶大得很，十二个姑娘在里面玩水还摸不着边儿；二女婿说戏班子的鼓，搭梯子才能敲，敲一下能响五天。他俩越说越玄乎，还讥笑三女婿嘴笨。三女婿恼了，说他家有个大公鸡，比牛还要大，他整天骑着下地干活。

　　老大和老二要当真去看。老三回去愁得吃不下饭。老三妻子听说后道："这有啥难，明天我来应酬。"

　　第二天，老大一早就把老三家门敲开，一说来意，老三妻子说，她丈夫骑着公鸡出门去了。老大一惊，急问干什么事儿。老三妻子说，她家里一棵百丈高、三丈粗的毛竹倒了，把山下的三个村子给扫平了，人家不依，要打官司。老大眼瞪得像炮蛋，说："哪有这么大的毛竹？"老三妻子说："没有这么大的毛竹，能箍得成你恁个大洗澡桶吗？！"说得老大张口结舌，灰溜溜地走了。

　　二女婿来迟了一步，远远看见老三妻子，忙问老三哪里去了。老三妻子说骑着公鸡出门儿去了。老二忙问：

"出门干啥去了？"老三妻子说，有头大水牛四只蹄子踩俩县，糟蹋了邻县的庄稼和树木，邻县不依，附近百姓请老三出面讲和去了。

二女婿的嘴张得像个瓢，说："天下哪有那么大的牛？"

老三妻子说："没有那么大的牛，哪来那么大的牛皮，做那么大的鼓？"说得老二干瞪两眼没啥说，低着头跑了。

讲述者：　不详

采录者：　徐文，男，50 多岁，淅川县大石桥乡东洼人，初中，农民

采录时间：　1981 年

采录地点：　淅川县大石桥乡东洼村

选自：　《中国民间故事集成·河南淅川卷（二）》

附
记

为了打听讲述人的姓名和其他信息，我们按照当年采录人的基本信息，几经周折找到采录者住处，虽然采录者已故，但听他的儿子和邻居讲，徐文当年不仅搜集记录故事，而且还爱讲故事，并以讲故事和人交流结友，采集了好多故事。他儿子还拿出父亲生前记录故事的一个水泥袋纸本让我们看，可惜的是，记录的字迹已水润淡化模糊得难以辨认。（刘国胜）

176

还嫁妆

从前，有一个名叫巧儿的姑娘，双手能剪百鸟朝凤，会绣天女散花。自幼扎花描云，帮爹妈挣来了不少家产。

巧儿长到一十八岁，生得是如花似玉，赛过天仙。爹妈给她挑选了一个如意的女婿，置办了一套谁见都眼气的漂亮嫁妆，择定黄道吉日，要送女儿出闺完婚。

转眼已是巧儿出闺的头天晚上，姑娘心里很不平静。她不想上床安歇，就亲手把满箱满柜的锦衣华服和整匹整卷儿的七彩绸缎，叠整齐存放妥帖，把珍珠玛瑙、金银翡翠一一入匣加封。直熬到鼓打三更，再没有啥事可做了，出得绣房，透一透气，赏一赏月，然后回房安息。

巧儿回屋，闩好门户，对着菱花宝镜卸去晚妆。看着自己的花容月貌，想着明黑就能跟自己的如意郎君同床共眠，不由得娇羞满面，连忙挥动香帕，轻擦口红，越擦越抹，那樱桃小口越红润，只显得骨朵朵，圆溜溜，她越看越耐看，越看越美丽，只看得入神入迷，想得如醉如痴，不由得怀起春来，脱口轻轻吟道：

蓇朵朵[1]，红娇娇，

我郎明黑尝"樱桃"；

红娇娇，蓇朵朵，

明黑金钥开玉锁。

巧儿樱唇轻闭，只见镜中佳人已是面升红晕，她照准镜中红颜捣了一鼻子，便羞答答地钻进罗帏[2]。

一宵香梦醒来，已是大天老明[3]。巧儿赶忙起身穿衣，她抬头一看，不禁大吃一惊。闺房门户大开，屋内箱柜绸缎、细软[4]银玉已经一扫而空，只剩下巧儿脱在床上的随身衣服。她一看就明白，这是遭了"梁上君子"的算计。巧儿连忙穿衣下床，要去把事情告诉爹妈。这时，刚好二老来闺房看她，见到这般情景，一家人大眼瞪小眼，立时愣怔在了那里。

临上轿丢了嫁妆，这可叫人咋办呢？爹妈急得搓手搔头，正在这时，门外响起了鞭炮唢呐声，迎亲的花轿已到门口。老两口子鞋里长草——慌了脚，只得急忙张罗着要给女儿重办嫁妆。可是时间不等人，神手也来不及行。两家又是和睦亲戚，绝不能因为没了嫁妆就耽误吉期。这时巧儿见爹妈火烧火燎的样子，就反过来安慰二老说："爹妈也不必过分苦恼，事已至此，我就净人出闺好了。东西都是人挣的，只要人在，待女儿大事一毕，再作计较不迟。"说罢草草梳洗一番，哭别父母，上轿起行。这下，迎亲的人可省事了，一个个空手而去。他们看新娘气色不对，知道嫁妆之事大有蹊跷，也不敢多嘴打听，只管簇拥着花轿回府赶路。

一路上，巧儿在轿里暗自垂泪，她记得一清二楚，睡觉时，分明把门窗闩紧上牢，推之不动，撬之不开。难道这该死的贼人，是孙猴子变蠓虫[5]钻进了房内？她百思不得其解。想着想着，花轿已经停落在婆婆家门前。

[1] 蓇朵朵：含苞待放的花朵。
[2] 罗帏：丝织的帷幔。
[3] 大天老明：天完全地亮了。
[4] 细软：指首饰、贵重衣物等便于携带的东西。
[5] 蠓虫：一种小型会飞的昆虫。

巧儿急忙擦去眼泪，稳了稳神儿，准备下轿。就在此时，只见一个十岁顽童箭一般跑到轿前，伸手掀开轿帘，打俏说：

蓇朵朵，红娇娇，

我郎明黑尝"樱桃"；

红娇娇，蓇朵朵，

明黑金钥开玉锁。

听了顽童的顺口溜，巧儿羞得是脸上发烧。她想：自己闺房怀春的丑事，咋就叫娃娃知道了，这岂不玷污了自己贤淑之名？咋叫今后抬头做人呀！可转念一想，自己怀春之时，早已夜深人静，绝无人知晓。这娃娃能说出此话，定与嫁妆被偷有关。想到这里，她一下子沉着了气，吩咐护轿人把顽童引了过来，单独给他分喜糖，发喜钱，好言好语盘问这四句顺口溜的来历，顽童兴奋地自夸说："昨黑儿，我睡醒一抹拉[6]，听见爹正给妈学说这肯溜话[7]哩，俺一听就记住了。爹还说这话最羞人了。俺用这羞话[8]来闹房，你羞不羞啊？看看你脸都红啦！"

巧儿听了顽童的话，是又气又喜。气的是顽童爹爹不但偷走了自己的嫁妆，竟然还听走了自己最悄秘的羞话；喜的是，因祸得福，又靠这几句话，找到了贼人引线，还知道嫁妆就在婆家庄上。转念一想，虽然顽童爹妈知道自己的羞事，可是他们根本无法张扬出去；顽童虽然能学说几句话，可他被蒙在鼓里，并不知道真情。自己的羞事，根本就不用担心泄漏出去。现在如果马上诉讼报官，唯一的证据，就是那句羞话，公开在官府大堂，存案于卷宗，真羞煞人！再说，即使官府追赃再紧，一时三刻也追不回，远水不解近渴，还会冲了大喜日子，也毁了顽童爹爹一世名誉。这咋办呢？新娘想着，锁起了眉头。顽童正在吃着喜糖，见新娘这副样子，就哄她说："你可别生气啊，俺这里兴讹新媳妇[9]闹房，三天没老少。大人娃们都兴闹新

[6] 一抹拉：一觉醒来的意思。
[7] 肯溜话：顺口好说的话。
[8] 羞话：让人害羞的话。
[9] 讹新媳妇：也就是"闹新房"。

房呀。我保证再不诓你了，中不中？"

听了顽童的话，新娘心里一亮，有办法了。她决定就利用"新媳妇三天没老少""闹房诓新"的说辞，让顽童爹爹借机下台，马上把嫁妆送回来。如果他不识眼窍[1]，拜了天地再做计较。主意已定，她就和颜悦色地对顽童说："小兄弟，你爹昨黑儿那话，说一遍你可记着了，我有些不信。我也说四句肯溜，你要能回家学给你爹，我才服气你记性好哩！"顽童满口答应，于是新娘开口说道：

闹房失急听闺房，
天大玩笑藏嫁妆。
新媳妇三天没老少，
速速送来赏喜糖。

顽童听后，照学一遍，果然一字不差，巧儿就放他跑回家去。

顽童回家不久，这边拜堂时辰已到。礼宾正在张罗摆设天地桌前的红毡绿席[2]，顽童的爹爹拉着一大车花红柳绿的嫁妆，咯咯当当[3]送到新娘面前。新娘连忙吩咐烟茶侍候，待为上宾，然后速速更衣就位[4]，成就大礼。

席散客走之后，顽童爹爹瞅了个空子，把新娘请到一个僻静地方，扑通一声跪在地上，把自己行窃送赃的根根弯弯[5]都招认出来。

原来，他对巧儿的这份好嫁妆早就眼里红，心里痒，在新娘出闺的头天晚上，早早躲在闺房外的黑影里，在姑娘赏月的当儿，他偷偷钻进屋里，躲在床下，把姑娘怀春的话给听跑了。后来，由于姑娘睡得晚，睡得很沉很死，他便轻而易举地得了手。回家后把赃物藏好，睡觉时一时高兴，就把巧儿的悄话学说给了妻子听，不想刚好被一觉醒来的儿子听到，又碰巧漏在巧儿面前。当第二天传来了新娘的四句顺口溜时，他一下子明白，自己偷窃之事已被

新娘知晓，也感到了新娘的一片苦心，感激新娘的宽容，让他凑坡下驴，没有落下偷窃的名声，就赶紧把嫁妆准时送回到新娘子面前。虽然说一场罪恶被新娘原谅，但他良心难昧，就磕头捣碓[6]，悄秘地向新娘吐露了真情。新娘知道他们夫妻永远也无法再把她闺中怀春的丑话传扬出去，就赏了喜钱，并嘱咐他今后要堂堂正正地为人，再不要做伤天害理的事了。正是：

深闺怀春本难堪，
丑事却又转机缘。
新娘机智巧化解，
避羞劝善美两全。

讲述者：　张中振，男，55岁，南召县留山镇张沟村人，大专，县文化馆干部

采录者：　赵明生，男，38岁，南召县城郊乡柴岗村人，高中，县文化馆干部

采录时间：　1987年2月
采录地点：　南召县城关镇
选自：　《中国民间故事集成·河南南召县卷（下）》

[1]　不识眼窍：不识抬举，不识相。
[2]　红毡绿席：指过去"红毡铺地，绿席罩天"婚礼迎亲风俗。
[3]　咯咯当当：牛车车轱辘接触地面的声音。这里指拉着牛车而来。
[4]　更衣就位：按当地风俗，新娘新郎拜天地时，要重新换一套衣服。
[5]　根根弯弯：来龙去脉。

[6]　磕头捣碓：磕头如捣蒜的意思。

177

店嫂智对轻薄人

从前，伏牛山下有一个小小的集镇，在这个小镇上，住着一个中年妇女，由于丈夫早丧，独自经营一个小小旅店，维持生活。她机智聪明，贤惠善良，又肯帮助穷苦人家，人们都尊称她为"店家大嫂"。

这天傍晚，有两个轻薄公子进京赶考，路过这里，来小店投宿。他们见店主人是个年轻村妇，便起了戏谑之心。店家大嫂见来了客人，忙迎进屋里，问他们："不敢动问，二位仙乡[1]何处？"

"有劳大嫂过问，卑乡[2]乃脊梁上趴虱子。"二位举子答后，脸上露出得意的神色，店嫂心中不悦，暗想道：好你两个进京举子，熟读诗书，素知礼义，初到小店，轻言戏语，看看不是规矩之人，我须小心应付。想到这里，勉强赔笑说："啊——如此说来，二位乃是泌（背）阳（痒）人氏，那么二位尊姓呢？"

一个说："我姓腊月之风，他姓兽中之王。"

"晓得了，卑店浅院窄屋，还望韩（寒）石（狮）二位相公多多包涵！"

"哪里，哪里，请问大嫂贵姓？"只见店家大嫂不慌不忙、面带讥笑的神色，顺手拿起面桌上的擀面杖，靠在墙边，抬头看看两个举子，进屋去了。

两个举子你看我，我看你，都傻了眼，自知出丑，低拉着头，进房去了。

晚上，两人翻来覆去，怎么也不能入睡，你一言、我一语地猜测开了。

"也许会是姓李吧？"一个举子说。

"嗯……不会，不会。"另一个举子回答。

"那么，会不会是姓赵呢？"

"那就更不沾墨[3]了！"

"哎呀！擀面杖是木料，墙是土，木字边，加上一个'土'字，岂不是姓杜的杜字吗？"一个公子忽然解意。

"对对对，有理，有理，咱俩真是聪明一世，糊涂一时，就这一个简单的'杜'字，把我们难着了。明天早上我们叫她杜大嫂，看她如何应酬。"

第二天，二人将要起程，对店家说："杜家大嫂，你真有两下子，昨天晚上，为你那杜（肚）字（子）叫我俩翻腾了半夜。"店家大嫂一听两个公子占她的便宜，就不显山不露水地接口说："二位公子过奖了，真不妨，我这小小的杜（肚）字（子），还能容得下二位相公？"

二人听罢，脸上红一阵、白一阵，自愧不如，羞得无地自容，灰溜溜地走掉了。

讲述者：　不详

采录者：　张万山，男，19岁，南召县板山坪镇松东
　　　　　村人，初中，农民

采录时间：　1986年3月

采录地点：　南召县板山坪镇松东村张万山家中

选自：　《中国民间故事集成·河南南召县卷（下）》

---

[1] 仙乡：恭维话，指美若仙境的地方。

[2] 卑乡：卑，低下，低劣。谦称，谦虚说自己的家乡不怎么样。

[3] 不沾墨：木匠砍、锯木料，以墨线作准绳。不沾墨，即离墨线太远。另，演员的噪音与乐队的弦音、打板的节奏不合，叫"不沾弦""不沾板"，与"不沾墨"义同。

百
鸟
衣

进京赶考举子与店家机锋答对的故事，在南召民间多有流传，但搜集整理上来的并不多。在《中国民间故事集成·河南南召县卷》里，还收录孟庆荣采录的一篇《农夫出联考秀才》，故事是这样的：古时，有一秀才进京赶考。日近黄昏时，突然下起小雨来，他急忙赶到一村庄，想找一农家借宿。抬头看到村头一位年逾花甲的农夫正在院内劈柴，便上前施礼对农夫说明来意。农夫朝秀才上下打量一番，开口笑着说："借宿可以，不过有个条件，我出一副对联的上联，请你对下联，对得出来自然留你住宿，对不上来，请到别处投宿。"秀才心想：对个下联，有何难处？于是说："就请老丈出联。"农夫随口说道："冻雨洒窗，东二点，西三点。"这是一副富有诗意的双关拆字联。联中第一、三两字，分别由第五、六、七字和八、九、十字组成。看似简单，实则难度极大。秀才顿时呆着了，搜肠刮肚也对不出下联。正在为难，无意中看到上房内有几位客人正在切西瓜吃。这时他猛然醒悟，于是答道："切瓜分客，横七刀，竖八刀。"农夫听了，连声道好，忙把秀才让到屋内。（乔向东）

古时候，有一个农夫，他的妻子心灵手巧，又长得俊气，二人相亲相爱。他爱妻子爱得有时竟忘了下地干活。时间一久，妻子对他说："我把我画在一张纸上，你带在身边，不管你到哪里，我就在你身边。"

后来，每当农夫下田劳动时，他就把妻子的画像放在地头，只要抬头看见妻子的画像，劳累就顿时消失，浑身增添了使不完的劲儿。

有一天，农夫把妻子的画像刚放在地头，猛然刮起了一阵大风，霎时间飞沙走石，烟尘弥漫，整个天空昏昏暗暗。农夫妻子的画像，被狂风卷起，在天空中飘来飘去，一直飘到京城，落在了金銮殿上。国王见到这张画像很是喜爱，立即下道圣旨，派出官吏，带上那张画像，寻找画中美人。

一天，农夫与妻子在田里劳动，只见二位公差手捧着他妻子的画像来到面前，公差对农夫说："万岁挑选美女，这张画像和你妻子一样，皇上要娶。"说着，掏出圣旨念道："若不奉献美女，斩。"念罢，公差拉着他的妻子就要走。农夫的妻子冲着公差说："皇帝圣旨，我们做庶民的怎敢违抗？在没分离之前，请公差大人行个方便，允许我们夫妻再说几句话。"公差点点头，就走到树荫下坐下休息，让他们夫妻二人说话。

妻子眼含热泪对农夫说："生离死别，就在眼前，不去也是死，不如暂且从命。三年头上，你挑上大葱到宫后门叫卖，自有见我之日。"话音刚落，公差就来催，农夫的妻子在哭泣中被公差带走了。农夫看着走远的妻子，悲愤地说："昏了，昏了，君不惜民，国家难保啊！"

农夫的妻子来到皇宫，皇帝对她百般宠爱。可她说啥也高兴不起来。

农夫的妻子自入皇宫以来，处处留心观察国王喜欢什么东西。当她知道国王想穿一件百鸟宝衣时，就想了一个办法，让宫女买来各色各样的鸟羽和兽皮，把鸟羽缝在兽皮上，用了三年功夫，做成了一件世人从来没见过的百鸟衣。

农夫的妻子与农夫分别之后，终日思念农夫，心神不宁，夜不能眠，饮食不进，忧虑成疾。国王看到心爱的妃子病了，关心地问道："你想吃什么？"农夫的妻子想了想，说："我的胃口不好，你能亲自给我买些大葱做菜，那该有多好啊！"国王听后，说道："爱妃有病，这有何难，就是你想吃龙虾，我也情愿下海！"国王问宫女："宫门近处有卖大葱的没有？"宫女见问，忙说："刚才宫院后门有个农夫，挑担大葱正在叫卖呢。"农夫妻子听宫女这么一说，就知道是自己的丈夫到了。这时候天色已晚，天黑得伸手不见五指。农夫的妻子说："趁此天色，正好便于出入。不过，您去买葱不可穿龙袍，以防泄漏天机，有失尊严。我给您做了件百鸟衣，您可穿上去。"国王一听高兴地说："快取来，快取来！"国王随即穿上百鸟衣去买葱。当他走到宫院后门时，一个守门太监高声喊道："妖怪，妖怪，快来除妖啊！"其他几个太监听见喊声，手持棍棒，立即跑来，看见一个东西真像怪物，举棒就打，几个人一齐动手，三下五去二可把那个怪物打死了。当夜，把那个怪物，也就是国王的尸体扔到荒郊，被狗吃了。

原来，农夫的妻子被公差抓走的时候，她就想了这个计策，到三年头上让农夫去卖葱设法除掉昏王。由于这个

国王昏庸无道，残害黎民，宫中宫女太监也都恨透了他。带头呼喊的那个太监，也是农夫妻子事先安排停当了的。在一片混乱当中，农夫领上自己的妻子逃出宫院。离别三年，得以团聚。

讲述者： 不详
采录者： 胡万信，男，35 岁，南召县石门乡山根村人，高中，农民
采录时间： 1984 年 2 月
采录地点： 南召县石门乡山根村
选自： 《中国民间故事集成·河南南召县卷（下）》

附
记

故事中农夫的妻子用百鸟的羽毛和兽皮做成的"百鸟衣"是件衮服。衮服简称"衮"，是古代皇帝及上公穿的礼服。与冠冕合称为"衮冕"，是古代最尊贵的礼服之一。皇帝只有在祭天地、宗庙及正旦、冬至、圣节等重大庆典活动中才穿衮服。（乔向东）

179

县官与巧媳妇

从前，赵家庄有个叫赵四的，娶了个能言善辩、聪明伶俐的巧媳妇。四乡多有慕名者，拜访之后都说巧媳妇确实有能耐。

新上任的县官听说了，不信，暗中扮个乡下人，来会巧媳妇。他来到赵四家门口，见赵四正在喂牛，便对赵四说："人说你媳妇能得隔水能看见天。我说四句诗，如你媳妇能解出来，我给你十两银子，如果解不出来，这头牛得给我。"赵四听后，一时不知如何是好。正在这时，巧媳妇从家里出来，朝门前一站说："你说吧。"

县官说："俺家住万坑，门前鼓咚咚。出门空中走，室内耀眼明。你可知俺家住哪里，做何买卖？"话音刚落，只见巧媳妇笑了笑，大方施礼说："见过县太爷！"县官十分尴尬，付给巧媳妇十两纹银，转身就走。

县官回到县衙，越想越气。过了几天，他又来到赵四家门口。这次来，他不但穿着官服，坐着八抬大轿，而且带着衙役，前呼后拥，想给巧媳妇一点颜色瞧瞧。轿子还没停下，只听一个衙役大声喊着："赵家听着，今天县太爷正式来和巧媳妇比高低。县太爷输了，给你们二十两

银子，巧媳妇输了，得把你家的牛白白拉走。"话声刚落，衙役把轿子回了个头，又放到地上。县官从轿子里走出来，对巧媳妇说："你说本县是来还是走？"

巧媳妇不慌不忙，把右腿往门槛里一伸，说："你说我是出还是进？"

县官把脚往轿门一放，说："你说我是上轿还是下轿？"

巧媳妇轻轻抹了抹脸，说："你说我是想哭还是想笑？"

县官一时答不上来，心里非常生气，可是又没法下台，只得连声说："佩服！佩服！本县赏银二十两。"

巧媳妇轻蔑地一笑，说："我才不稀罕你那俩骚钱，只要以后能当个清官就好。"

讲述者： 张子铁，男，45 岁，内乡县城关人，高中，干部
采录者： 凌晨，不详
采录时间： 1986 年
采录地点： 内乡县城关镇
选自： 《中国民间故事全书·河南·内乡卷》

180

圆梦

有一个书生赶早起来，心中闷闷不乐。

他的岳母问他："当今皇上开科，你不上京应试，怎的还在家里闷坐？"

书生说："昨晚我做了三个梦，甚是费解。为此，门婿不敢贸然应试。"

岳母说："你做了什么梦？说说，我给你圆圆。"

书生说："前半夜做的是'墙头长了一棵草'。"

岳母说："风吹四下倒。"

"第二个梦，见到枋子[1]随枋子！"

"这是双丧，凶上加凶。"

"第三个，后半夜碰见小姨子，冲我发笑！"

"这叫双撮眼。"

岳母圆梦完毕，书生摇头叹气：官星不至，如之奈何！

书生踱步出门，适逢小姨子送茶。小姨子问道："皇上开科，姐夫怎不上京赶考？闷在家中双眉紧锁，是为何事？"

书生叹气道："姐夫昨晚梦境不祥，赶考岂不自找苦吃？还是不去为妥。"

小姨子笑道："姐夫熟读诗书，精通文墨，焉能为虚幻所误？小妹不才，略晓阴阳，说出来妹代兄圆圆。"

书生说："兄梦见墙头上长着一棵草。"

小姨子笑着伸着大拇指说："这叫'独占一科'。"

书生听了心情为之一振，随即说："第二个是遇上枋子随枋子。"

小姨子双手盖顶说："姐夫你'官上加官'。"

书生听了，眼前顿觉明亮，急急又说："第三个是碰见妹子与兄发笑。"

小姨子满面通红，羞笑道："妹叫喜凤，这叫'喜凤迎贵'。姐夫快应试吧！"说完，扭身笑着跑开了。

书生大喜，进京应试，果然金榜题名。

[1] 枋子：指棺材。

讲述者： 张喜成，男，45 岁，内乡县大桥乡人，初中

采录者： 李文元，不详

采录时间： 1983 年

采录地点： 内乡县大桥乡

选自： 《中国民间故事全书·河南·内乡卷》

181

对『五子』

从前，一位货郎子到山里卖货，路上和一个厨子结伴同行。天交午时，两人都感到身子困、肚里饥。货郎子指着正在山坡锄地的农夫说："咱俩晌午就到他家做客。"厨子说："咱和人家素不相识，怎好开口吃人家的饭？"货郎说："山里人好捉[1]，咱编几句诗让他对，对不上，他就得管饭。"

二人把诗商量好，来见农夫，说："大哥，今天我们赶路乏了，想在你家歇脚吃饭。不过，俺也不白吃你的，咱们以'五子'为题，吟诗答对。如果你能把我们对败，我们俩也就不叨扰你了。"农夫听了，感到新鲜，有这样讨饭的吗？就说："那好吧。"

货郎首先开口："我是货郎子，肩上挑着两箱子，手里摇着拨浪子，卖的是梳子和篦子。"厨子跟着说："我是个厨子，拎个油罐子，背个布褡子，装着勺子和铲子。"二人说完，催农夫快说。农夫说："我是个农夫子，手拿

---

[1] 捉：捉弄。过去，南阳人说到捉弄，省去"弄"，只说"捉"。如：张三被李四捉了；走，咱合伙儿捉他一顿。

锄钩子，在地里锄草子，打的坷垃子。"说到这儿，憋得脸红脖子粗，也对不上五个子，只好认输，带着货郎和厨子回到家里。

农夫妻子正在淘米，见丈夫领着两个陌生人来，忙起身问农夫："两位客是从哪里来，怎的这么眼生？"农夫便把事由诉说了一遍。妻子听了，一边拿围裙擦手，一边笑着对货郎和厨子说："二位客人，俺也有五个子，说出来，你俩听听是不是。是了俺管你俩饭，不是你俩得抱屈点走，怎么样？"货郎和厨子听了，觉得一个妇道人家能说个啥，就点头应允了。农夫妻子说："我在娘门是女子，到了婆家是妻子，一胎生了俩孩子，一个货郎子，一个是厨子。"

货郎和厨子听了，也不说是不是，扭头走了。

讲述者： 许建林，男，36岁，内乡县城关人，高中
采录者： 薛万成，不详
采录时间： 1986年
采录地点： 内乡县城
选自： 《中国民间故事全书·河南·内乡卷》

182

不说奉承话的女婿

有个老头儿，仨女婿。两个大的都会说奉承话，巴结老丈人，只有三女婿一听那些溜须拍马软香不塞牙的话，总要说些刺耳不好听的话来。

有一年夏天，仨女婿都来看望老丈人。他们问了安，正在屋里拍家常。忽然，一群鹅嘎嘎叫着，从屋门前经过，老头儿高兴地说："你们看咱喂的这群鹅，叫唤得多好听！"大女婿忙说："这是它脖子长，脖子长的叫唤的声音都好听。"二女婿也顺风打旗[1]："脖子短的就不中。"

三女婿却不吭声。老头儿问："你说呢？"

三女婿摇摇头："我说不见得，那蛤蟆脖子可短，叫唤的声音不是也怪好听吗？"

老头儿瞪了三女婿一眼，转了话题。他瞅着门外的两棵石榴树说："咱这石榴树结的石榴果，一半青，一半红，真好看。"

二女婿抬眼看了看，笑嘻嘻地说："果子朝日头的这一面就红，背阴的就青。"

大女婿帮腔说："是红的都是朝阳的，是青的都是见不到日头的。"

老头儿心里美滋滋的，转脸问三女婿："你说他们说得对不对？"

三女婿连连摆手说："不见得！不见得！照这样说来，那山里果[2]是转圈儿长的吗？"

老头儿心想：你这"倔萝卜""犟筋驴"，就不会说一句好听话，我得想个法子难难他，让他改改才好。他看来看去，看见院子里的花草，马上灵机一动，对仨女婿说："恁知道这树木和花草，咋着才会长起来吗？"

大女婿想了想说："全靠你的照料，才会长得这样旺。"

二女婿想了想说："你要不爱护它们，它们就长不成。"

三女婿想了想没有开口。

老头儿看了看三女婿，拉长腔调说："我看你都不懂，一切树木和花草都得靠日头照着才能生长。"

大女婿二女婿立刻跟着说："对，不见日头啥东西也长不好！"

"就是嘛！没有日头啥也不会长！"

三女婿不慌不忙地说："你说的只是一面理，还有水和土也不能少，咋能说全靠日头呢？"

老头儿见扫了他面子，气得大声说："我就认为这花呀，草呀，树呀，全靠日头才能生长。"

三女婿不急不躁地问："没有不靠日头也会长的吗？"

老头儿满有把握地说："你要能说出一样不靠日头也会长的，我给你十两银子！"

"那，您可吃过一样菜？"

"啥菜呀？"

"豆芽！"

"这……这……"老头儿"这"了半天，也没"这"出个囫囵话来。

[1] 顺风打旗：附和。

[2] 山里果：山楂果。

讲述者： 郭张氏，女，64 岁，社旗县桥头乡郭楼人，不识字，农民

采录者： 郭强，男，31 岁，社旗县人，高中，酒厂工人

采录时间： 1986 年 3 月

采录地点： 社旗县桥头乡郭楼村

选自： 《中国民间故事集成·河南社旗县卷》

附记

采录者原是农民，喜欢听、记民间故事。有一年，县文化馆征集民间故事，他没事就整理了很多篇。除了送文化馆外，他还向很多刊物投稿，头一个被杂志选上的就是这篇。（张殿举）

183

傻女婿报喜

以前，有个李员外，凭媒人一句话就给女儿订了婚事。女儿过门以后，他才听说女婿是个傻子，决定到女婿家去看看。

李小姐听说爹要来看，赶紧把丈夫叫来说："我爹来了，他知道你是傻子是会后悔死的。"傻丈夫问："那咋办呢？"李小姐说："我教你几句话：他要问你多大了，你就说十八岁。"傻丈夫说："中。"李小姐又说："他走进院子，要问那房子是啥时候盖的，你就说那是先父所造，小儿不知。"傻丈夫连说："明白，明白。"李小姐又说："他走进客厅，要问那墙上的古画是哪朝哪代的，你就说是唐朝古画。"傻丈夫点点头："一定，一定。"

李小姐就让丈夫去门口接客。李员外看见女婿在门口迎接，就问："贤婿今年多大啦？"女婿说："十八岁了。"李员外想："不傻呀。"走到院内，李员外又问："这房子是啥时候造的？"女婿说："那是先父所造，小儿不知。"李员外一听，高兴极了。他俩来到客厅。李员外见客厅里挂满了古画，就问："这是哪朝哪代的画？""唐朝古画。"李员外更加高兴了，心说："怎么说他是傻子呢？他还有

学问呢！"饭后高高兴兴回家了。

过了些时候，李小姐生了个儿子，傻女婿到岳父家报喜。李员外一见女婿就问："孩子多少天了？""十八岁！"李员外心想：也许是十八天，答错了。但还不放心，又问："啥时候生的？""那是先父所造，小儿不知。"李员外一听不对头，生气地说："你说的哪朝哪代的话啊！"女婿马上回答："唐朝古话（画）。"

讲述者： 高魏，男，21岁，唐河县古城乡人，初中，古城中学

采录者： 张永勤，男，32岁，高中，唐河县古城乡人，乡文化站专干

采录时间： 1986年2月

采录地点： 唐河县城关

选自： 《中国民间故事集成·河南唐河县卷》

184

傻相公相亲

有个憨子，干活也不怕下力，就是不太会说话。到了该结婚的年龄，别人给他说了几个对象，可见面一说话，都嫌他说话不中听，又都没说成。后来，又有人来说媒，要他过几天去相亲，他爹一听很着急，就叫憨子带些银子出去学能去了。

憨子走了几里地，见一个竹竿林，里头小鸟好些，叽叽喳喳叫。不妨，有只鹞子飞进竹林，别的鸟吓得都不敢再吱声。旁边一个走路的先生说："这真是一鸟入林，百鸟无声啊！"

憨子一听这句话说得好，急忙上前问："大叔，大叔，你将才[1]说的啥呀？"

那人看看他说："啥说哩啥，俺啥也没说啊。"

"大叔你教教俺，俺给你钱。"憨子着急地说。

那人却说："俺将才没说啥呀！"

"大叔，就是你将走到这说的那句。"

"噢，俺是说，一鸟入林，百鸟无声。"

[1] 将才：刚才。将，刚刚。

"对，就是这句，俺给你钱。"憨子学句能，兴头高得很。

第二日，憨子走到一个堰塘边，见一个人在那打鱼。撒了好几网，一条鱼都没捞上来，那人就嘟哝着："唉，恁好一堰水，没有鱼来放。"

憨子一听，忙上前拉着打鱼的问："大叔，大叔，你说的啥？"

打鱼的打不着鱼，正烦着哩，就说："去，去，去，到一边去。"

憨子说："大叔，你教教俺，俺给你钱。"

打鱼的说："俺啥子也没说，你给俺钱干啥哩？"

"大叔，就是你将才说的那句，你教教俺。"

那人想了半天说："俺没说啥呀，就说是恁好一堰水，没有鱼来放。"

憨子忙给打鱼的掏串钱，掏完钱后，又走了。

走了不多远，又见一个人空手在一个堰坑边转，憨子又忙跑过去。

他跑过去，一见堰坑里大鱼小鱼乱窜乱蹦，就想："俺得听听，看这回这人咋说。"

那人转了一会儿说："唉，恁好一堰鱼，没有网来打。"

憨子这回可高兴了，不掏钱又白学一句能。

又过了两天，憨子走到一个河边。河不算宽，上面架了根木头，一个人过还中，偏巧过来一个推独轮车的。推车的在河边看了半天，叹了口气："唉，这独木桥实在难过呀。"

憨子一听，忙拉着推车的问："大叔，你说的啥呀？你教教俺，俺给你钱。"

推车的说："你也别给俺钱，帮俺叫车推过去就行。"

"中中。那你教教俺，就是你将在这儿说的那句话。"

推车的想了一会儿说："就是独木桥实在难过。"憨子跳到水里，给独轮车背到河这边，又走了。

憨子走到一个庄边，见一个老头正在用钉耙出烘坑。一只老母狗跑过来，冲着老头龇牙咧嘴地叫。老头非常生气，举起钉耙说："母狗母狗你再龇牙，照你头上一钉耙。"

憨子一听，这句话不赖，就忙上前说："老大爷，老大爷，你才说的啥呀，再给俺说一遍吧。"

老头正在气头上，这边累得不得了，那边狗又要咬他，又跑过来一个说风凉话的，就说："你再不走，俺就给你一钉耙。"

憨子忙说："不是这句。你老教教俺吧，俺给你钱还不中？"

老头又说："母狗母狗你再龇牙，我照你头上一钉耙。"

"对，对，就这句，就这句。"憨子又忙给老头掏钱，然后又走了。

憨子走了几天，钱也花得差不多了，就想："俺也学得差不多了，又没钱了，回去相亲吧。"

这天去毛妮家相亲，毛妮家里的亲戚朋友都来了。以前听说憨子不会说话，都想过来看看他到底是个啥号样。大伙正在咕叽他的时候，憨子进屋来了。人们一看他进来了，都不吭声了。憨子就说："这真是一鸟进林，百鸟无声啊。"

人们一听，不算傻啊，这句话说得多好。

憨子将才坐下，毛妮她嫂子就端碗茶上来了。本来相亲应该是鸡蛋爆米花茶，她嫂子故意端碗白开水，看看憨子会咋说。

憨子见端碗茶就说："唉，恁好一堰水，没有鱼来放。"

她嫂子想，憨子这是怪她不该端碗白开水，就赶忙去换鸡蛋爆米花茶。

憨子一看又说："恁好一堰鱼，没有网来打。"

她嫂子一看，可不是，鸡蛋米花茶端上来了，可又忘了拿筷子，忙叫人去拿筷子。

毛妮她兄弟一见，想说："都说憨子不会说话，今儿这话说得可都对。"就去拿了一只筷子来，看他咋说。

憨子见拿来一只筷子又说："独木桥实在难过呀。"

人们一听，这相公中，出口成章，这门亲事就算成。

吃罢饭送出大门，毛妮她嫂子给憨子开个玩笑。憨子说："母狗母狗再龇牙，照你头上一钉耙。"她嫂子想："这连骂人都是一套一套哩，这号姑爷上哪找？"就忙让家里选良辰吉日，让他们成亲。

185

大傻瓜找驴

讲述者：　黄道玉，男，60岁，汉族，桐柏淮源镇铁板桥湾人，农民

采录者：　黄安杰，男，35岁，桐柏县人，现任郑州市烟草公司副总经理

黄道云，男，39岁，桐柏县淮源镇人，高中，农民

卢伟，男，35岁，桐柏县城关镇人，高中，职工

采录时间：　2004年

采录地点：　桐柏县淮源镇铁板桥湾村

选自：　《中国民间故事全书·河南·桐柏卷》

从前，没有打米机和磨面机器，吃米是驴拉石碌在碾盘上碾出来的，吃面是驴拉石磨在磨盘上磨出来的。驴在拉磨时必须得蒙上眼睛，不然，驴不往前走，那样驴会发晕的。

有一天，有个大傻瓜套驴碾米。驴套好了，找不着驴蒙眼了。他在屋里找呀找，哎，就找着他妈死时，他戴孝用的白布，就给驴蒙在了眼上。

驴拉了两圈磨，一挣跑了。

大傻慌忙去找他媳妇。他媳妇听完他的话，说："你找俺有啥用啊，快去找驴呀。"

大傻就赶紧出去找驴。走不多远，看见前头有一群人，是刚到坟上埋了死人的一伙泪人。大傻瓜上前拦住一个人问："大哥，你见到三尺白布裹驴头没？"

那人一听恼了："俺刚死了爹，戴着孝哩，这不是骂俺的吗？"一招呼，送葬的人都上来，叫大傻瓜打了个鼻青脸肿。

大傻瓜挨了打，又回去找他媳妇。

媳妇问他："找着驴了？"

大傻瓜说："没找着。"

媳妇又问他："那你脸上咋啦？"

大傻瓜说："俺见一群送葬的，问他们见三尺白布裹驴头没，他们就打我。"

他媳妇一听生气地说："那人家能不打你吗？再见到了，你就说'吊吊孝，吊吊孝'。"

大傻瓜记住了，又去找驴。走不远，又见到一群人穿得红红绿绿，吹吹打打迎亲的。

大傻瓜上前说："吊吊孝，吊吊孝。"

迎亲的一听，上来又给大傻瓜一顿打。

大傻瓜哭丧着脸，又回去找他媳妇说："我说'吊吊孝，吊吊孝'，人家还打我。"

他媳妇就问："你给谁说的呀？"

大傻瓜说："穿得红红绿绿，还吹吹打打的。"

他媳妇一听知是迎亲的，就说："那人家能不打你吗？再见到了，你就说'红红绿绿真好看'。"

大傻瓜又记住了，就又去找驴。走着走着，见前面一家失火了，忙上前喊："红红绿绿真好看，红红绿绿真好看。"失火那家一听，气得不得了，又把大傻瓜打一顿。

大傻瓜又回去找他媳妇。他媳妇一见忙问："咋又挨打了？"大傻瓜就把刚才的事又给媳妇说了说。他媳妇一听气得呀："你真傻呀，你不会上前泼两瓢？"

大傻瓜又走了。路过一个打铁铺，铁匠师傅正在打铁。大傻瓜也不说话，拿瓢往火炉上泼了两瓢水，铁匠又把大傻瓜打了一顿。

大傻瓜又回去找媳妇，对他媳妇说："你叫我泼两瓢，我去泼两瓢，他们还打我。"他媳妇问他："你给哪儿泼两瓢呀？"他说："打铁那儿。"

他媳妇一听，气得不行，埋怨说："傻瓜呀，咋说你哩，你不会跑上前锤两锤？"

大傻瓜就又去找驴去了。走着走着，看见俩打架的，就跑上前往这个人头上捶两下，那个人头上捶两下。结果那俩人倒是不打了，一起上来把大傻瓜打一顿。

大傻瓜鼻青脸肿又回去找媳妇说："俩人打架，俺去帮两锤，可他俩又把俺打一顿。"媳妇很生气地说："不亏你，看见打架的，你不会去劝劝架，把他们拉开？"

大傻瓜记着了，又出去找驴。走着走着，看见两水牛抵架，忙上前去劝架。拉拉这个牛角说："别打了，别打了。"又拉拉那个牛角说："别打了，别打了。"三拉两不拉，两牛越抵越眼红，结果一下子把大傻瓜的肚子给劙开了，肠子、肚子都流出来了。

大傻瓜疼得龇牙咧嘴，把肠子、肚子塞进肚子里，用手捂着往家走。听见路边有个鸟在那儿"嘟噜噜，嘟噜噜"地叫，就说："你嘟噜没有我的大，我的出来你害怕。"手一松，肠子、肚子流了一地，大傻瓜也死了。

讲述者： 黄道玉，男，60岁，汉族，桐柏淮源镇铁板桥湾村民，农民

采录者： 黄安杰，男，35岁，桐柏县人，郑州市烟草公司副总经理

黄道云，男，39岁，桐柏县淮源镇人，高中，农民

卢伟，男，35岁，桐柏县城关镇人，高中，职工

采录时间： 2004年

采录地点： 桐柏县淮源镇铁板桥湾

选自： 《中国民间故事全书·河南·桐柏卷》

186

傻
女
婿

傻女婿的老婆生孩儿了，去丈母娘家报喜咧。老丈母娘问："添了不？"

"添了。"

老丈母拿点鸡蛋，拿点挂面给他，叫带回去，交代他："翻泡打蛋，滚水下面。"

他说："中啊。"拿着就回家了。走到河桥上，他看见河里水"咕嘟咕嘟"翻泡，赶紧把鸡蛋打里头。面咧，也给它下里头。到家，他老婆问他："你上咱娘那儿去，咱娘给你弄哩啥耶？"

"弄哩鸡蛋，弄哩挂面，叫我拿了。"

他老婆说："搁哪儿啦？叫我看看。"

"唉，咱娘说：翻泡打蛋，滚水下面。搁河里了。"

"那咋弄到河里去啦？"

"我看河里'咕嘟咕嘟'翻泡动弹，不是在滚吗？我叫鸡蛋打里头，叫面也下里头了。"

"你是个死人，啥也不知道，去给我弄回来去。"

傻女婿拿个笊篱去捞。河里水稀不？他捞着说着："稀稀，上笊篱，回家老婆子还要你。稀稀，上笊篱，回家老婆子还要你。"他光搁那儿稀稀开了，啥也没捞到。

傻女婿把丈母娘气病了。他老婆听说娘病了，就叫傻女婿去看看他娘，对他说："你先去看看咱娘，我晚些再去。"他说："中。"

他老丈母看见傻女婿去了，也不理他，搬个凳子自个坐那儿，给女婿个脊梁盖。话没说，"腾腾腾"放几个屁。

他拐回去，老婆问他："咱娘咋样，好些了不？"

"病得很哩！"

"咋样很啊？"

"脸不会扭，头不会抬，只会放气不会动，像是死了没有埋。"

讲述者：　曹衍玉，女，61岁，桐柏县月河乡金桥村郑庄人，农民，不识字

采录者：　河南大学"中原神话调查组"

录音整理：郑大芝，女，22岁，河南大学中文系81级学生

　　　　　程健君，28岁，河南大学中文系教师

　　　　　张振犁，60岁，河南大学中文系教授

采录时间：1984年12月19日

采录地点：桐柏县月河乡金桥村郑庄讲述者家中

选自：　　《故事婆讲述的故事》

187

憨女婿送肉

憨娃家的小牤牛得紧病死了。他爹给小牤牛剥皮、剁骨、割肉，挑了一块顶好的精肉让憨娃给他老岳父家送去。知道儿子憨，不咋会说话，他爹就交代他见了岳父这样说："岳父啊岳父，俺家那头小牤牛肥实实哩可好了。没想到它会死了，唉，多可惜！要不然长到秋后了，供它二升黑豆吃吃，再捶骗[1]捶骗，都成个大犍子了。唉——死了算了，咱们把它的肉给分分吃了吧！"

憨娃儿把那几句话背了一遍又一遍，直到背哩滚瓜烂熟，他爹才打发憨娃上路。

憨娃一边走路还一边背诵他爹教给他的那几句话，当憨娃把肉送到了岳父家，见了岳父就说："岳父啊岳父，俺家那头小牤牛肥实实哩可好了。没想到它会死了，唉，多可惜！要不然长到秋后了，供它二升黑豆吃吃，再捶骗捶骗，都成个大犍子了。唉——死了算了，咱们把它的肉给分分吃了吧！"

他岳父一听女婿这一回可算"能"了，真会说话，高兴得直夸女婿说得好。憨娃受到岳父的夸奖，心里美极了。

晌午，老岳母慌着给女婿做蒜面条吃，又慌哩搋蒜汁哩，谁知不小心使过了劲儿，竟把擂臼窝[2]的底儿捣掉了。憨娃在旁边看见，又赶紧讨好岳母说："岳母呀岳母，咱家这个擂臼窝儿肥实实哩可好了，你把底儿给搋掉了，唉，多可惜！要不然长到秋后了，供它二升黑豆吃吃，再捶骗捶骗，都长成一个大缸了。唉——底儿掉了算了，咱们把它给分分吃了吧！"

他岳母听他说这话，当时还没有醒过劲哩，偏偏憨娃的小姨子在一旁听憨娃说得驴唇不对马嘴的，顿时笑弯了腰，笑着笑着，忍不住"咚哧"放了个响屁。憨娃还不等小姨子放的屁落下声就急忙说了："小姨子啊小姨子，你这个屁肥实实哩可好了，你竟把它给放了，唉，多可惜！要不然等长到秋后了，供它二升黑豆吃吃，再捶骗捶骗，都长成一个大炸雷了。唉——放了算了，咱们把这个屁给它分分吃了吧！"

他老岳母为刚才让吃擂臼的话已经气得脸色都乌青着，这又一听让吃屁，气得抓起一把笤帚把，将憨娃打出门外。

讲述者：	吴根兰，男，59岁，新野县施庵乡桥楼村人，中师肄业，农民
采录者：	吴韵芳，女，29岁，新野县施庵乡桥楼村人，高中，新野县施庵乡曾营联中教师
采录时间：	1986年
采录地点：	新野县施庵乡桥楼村
选自：	《民间文化杰出传承人吴根兰先生讲述的精品故事》

---

[1] 捶骗：指用捶打的方式破坏动物的生殖系统。公牛捶骗前叫牤牛，捶骗后称犍子。

[2] 擂臼窝：指擂臼。

188

屠夫驸马

古时候，有个皇帝的妹妹很有学问，会写一手漂亮的梅花篆字。所以，她要选一个有学问的丈夫。为了这事，她费了好大的劲，精心写了一百个怪僻的篆字，贴在金銮殿上，如果谁能认识这一百个篆字，就招为东床驸马，因此在四门贴告示，招揽能人。

告示贴出后，没有一个人敢揭榜，两个月后的一天，一个屠夫喝得醉醺醺的，赶着两头大白猪走了过来。有人给他开玩笑说："不准杀猪啦，你买这干啥？"屠夫摇摇头，那人就指着告示说："你不信，那里还有禁宰的告示呢！"屠夫一看火了，走上前去，"哧棱"一声撕了那张告示。看守告示的宦官不论分说，拉着他就来到金銮殿上，问道："你认识这一百个字吗？"屠夫看了一会儿答道："一字不识！"宦官急忙去告诉皇帝说："今有一人只有一字不识。"皇帝去问太后，太后又问了公主，公主说："只要认得九十九个字就算差不多了。"于是，这屠夫就被招为驸马。

拜过花堂，来在洞房，公主问屠夫："你说说那九十九个字是咋念的？"屠夫说："我一个字也不认得。"

公主一听哭笑不得。

三天以后，皇上要驸马大会群臣，这屠夫却犯了难。他一个人出了皇宫，来在一个干泥坑旁，旁边有一座歪斜的楼房，忽然，一阵风吹落几片干树叶。这时，有几个学生走过来了，一见这情景，只见一个学生指着古树说："冷秋摧古树。"又一个学生指着被日头晒卷了的污泥说："日晒焦泥卷。"另一个学生指着歪楼房说："高楼一下侧！"还有一个学生指着落叶道："风吹胡叶片。"正在这时，一条黄狗"汪，汪"乱叫，挡住了去路，这学生们异口同声道："牲畜不懂事，何故为难人！"这些话屠夫一一记下。

大会群臣的头天晚上，公主怕露丑，对屠夫说："谁问你读哪个人的书，你就说读孔夫子的书。"第二天，公主仍然不放心，就做了个面人，头上撒了些麸子，对屠夫说："把它装到袖筒里，到时候忘了，你一看，就会想起'孔夫子'三个字来。"

宴席开始了，有一个文官站起来施礼问道："敢问驸马，公主这一百个字出自何处？"

屠夫道："冷秋摧古书（树），日晒焦泥卷，高楼一下册（侧），风吹胡叶篇（片）。"

满朝文武一听，个个赞叹不已。那个文官又问道："驸马这么大的学问，读谁的书？"

屠夫赶紧看看袖筒里的面人，头已挤扁了，急忙说道："孔扁头的书。"

那人又问："孔扁头，何许人也？"

这时屠夫看见袍袖内还有麸子，回答道："孔夫子他大伯！"还没等那人再问，他又来了一句："牲畜不懂事，何故为难人？"这一下可把那个文官吓坏了，别的人都不敢做声了。

不久，北番国王生日，朝里选人写封国书，表示庆贺，皇上就要驸马来写，这下可难坏了这位新驸马。他研好了墨，铺平了纸，趴在桌子上纳闷，不知不觉睡着了。正好一只屎壳郎飞来落在砚瓦里，又从砚瓦里爬到白纸上。屠夫醒来一看大喜，急忙把纸叠好，交给了朝廷。

北番国王接到这封国书一看，认为是天朝借祝寿之机要笑北国没能人，非常恼火，就派来一位不语先生，带着国书来到天朝，朝廷一看国书上写着：去人专会比码子，你们若能对答上来，我们情愿岁岁来朝，对答不上来，就得向北国纳贡。这一来，满朝文武都没了主意，只好又请出新驸马。屠夫和不语先生对面坐下。不语先生伸出一个指头，屠夫就伸出两个指头，不语先生伸出三个，屠夫又赶忙伸五个，不语先生拍拍头跺跺脚，屠夫随即拍拍肚子，那不语先生摸摸眉毛，屠夫就捋捋胡子。对到这里，不语先生起来就走。

文武百官都看傻了眼，追到外边问不语先生："你怎么起来就走？"不语先生说："你们国家出大能人了。我伸一个指头表示'一见如故'，他就伸两个指头表示'二人不必客气'，我又伸三个指头表示我是'三朝元老'，他就伸五个指头说他有'五子登科'，我又拍拍头跺跺脚表示'顶天立地'，他竟拍拍胸脯表示他'胸怀乾坤'，我摸摸眉毛表示'目下就走'，他就捋捋胡子表示'一宿（须）不留'。你们说我不走咋办？"

文武群臣又来问屠夫，屠夫却兴致致地说："他伸出一个指头表示家里有一头大猪，我伸两个指头意思说给他二百钱。他不愿意，想要三百，我又比画着顶多给他再加五十。他又拍拍头跺跺脚，意思是要头蹄，我拍胸脯是说光给你杂碎就行了。他又摸摸眉毛，表示目下要钱，我捋捋胡子，表示缕缕续续[1]给他钱。他不愿卖了，一倔起来跑啦！"满朝文武听后，哈哈大笑。从此，屠夫当驸马的事就传开了。

讲述者：　张延寅，男，邓县白牛乡人，农民
采录者：　郭力，男，36 岁，邓县人，高中，文化
　　　　　馆工作人员
采录时间：1980 年 12 月
采录地点：邓县白牛盛营
选自：　　《中国民间故事全书·河南·邓州卷》

189

李财主选婿

从前，有个姓李的财主，家财万贯，膝下无子，只有一个独生女儿，年方二八。李财主一心想找个知天文、晓地理的有本事女婿，久后好继承他的家业。

这一天，村里来了个讨饭的年轻人，长得浓眉大眼，穿一身破烂衣服，夹一件又脏又破又大的棉袄，白天穿，夜里盖。这棉袄是他父亲留下的，已有二十年没拆洗了。

离财主家不远，有一间小破屋。经好心人们指点，让讨饭娃住了下来。他也算在这儿安了家，白天帮人挑水，干些活，要点饭，晚上回来住。

当时，正值深秋季节，地里的稻谷都已成熟。但是天公不作美，哩哩啦啦地下了十几天小雨，就是一时住了雨，也没人敢割。眼看谷子[2]烂到地里，人们焦急万分。可真是种在人，收在天啊！人们恨不得上天揪住老天爷揍一顿。讨饭小伙也是看在眼里，急在心上。

这天早上，天还是阴沉沉的，像是扣一个大黑锅，绝没有一点要放晴的样子，那讨饭的早早起来，从村南到村

[1]　缕缕续续：陆陆续续。

[2]　谷子：指的是水稻。

北，一路吆喝道："天要放晴了，都赶紧下地割谷子吧！"他的话哪个敢听！都以为他是没事干喊着玩。李财主刚好和管家一起出来看庄稼，听到这喊声，也以为他是瞎扯淡。

早饭过后，天竟慢慢晴了。不到晌午，还真出了日头，人们赶紧下地收谷子。大家都佩服这讨饭的眼力，李财主却不以为然：一个小要饭的，咋会知道天上的事儿？瞎猫逮个死老鼠——冒碰吧！

一连晴了好几天，地里的庄稼都割完了，但收起来的却很少。这天早晨，讨饭的又跑出来喊叫开了："天又要下雨了。谁家谷子没收完，赶紧去捆捆垛起来！"由于上次他的话很灵，乡亲们相信了他的话，都赶紧把谷子捆捆垛了起来。管家听到喊声，忙跑去对李财主说："老爷，那穷要饭的又喊着要下雨了，咱那一地谷子，也赶紧叫长工们去收吧？""放屁！"李财主怒冲冲地说，"他一个要饭花子知道啥？他能管住老天爷不成？这晴天朗朗，咋会下雨？咱那谷子等晒焦了再收！"

不服教士挨死打[1]。刚吃了午饭，雨又下了起来，一下好几天。李财主看着自家的大片稻谷淋到地里，叫苦连天。直到现在，他才对讨饭的话深信不疑。

讨饭的两次喊话都灵验，人们对他很佩服，也不把他当讨饭人看了。以后人们晒粮食或是干活，都要去请教他天气如何。每次都说得可准。李财主暗想：这小子竟然知道何时下雨，何时晴天，定不是凡人，即是凡人，日后必成大器。我何不把女儿嫁给他，以后我也好跟他享受荣华富贵！主意一定，就强逼女儿和讨饭的成亲。讨饭的自然答应。

李财主招了讨饭人为婿，当然不再让他穿那些破旧衣服了。而讨饭的却舍不得这件破棉袄，穿不成了，晚上便枕到头下。但是妻子恶心这件破棉袄。一天乘他不在家，便把棉袄拿出去烧了。

说也奇怪，从那往后，讨饭的再也说不准天气的阴晴了。

原来，事都出在他那件二十来年没拆洗过的棉袄上。

---

[1] 不服教士挨死打：这里的教士指会拳脚功夫的师傅。意思是对武功师傅不尊重，只有挨打的份。

他整天穿穿盖盖，沾满油污，摸摸一返潮，便是要变天；由潮变干，天准放晴。没有了棉袄他当然说不出天气变化了。

讲述者： 杨立刚，男，64岁，南召县崔庄乡张村人，不识字，农民

采录者： 杨家新，男，24岁，南召县崔庄乡张村人，高中，农民

采录时间： 1986年5月

采录地点： 南召县崔庄乡张村饭场

选自： 《中国民间故事集成·河南南召县卷（下）》

附记

故事中那件"又脏又破"的老棉袄，能预报天气，这有一定的科学道理。这件"老棉袄"就是因为"肮脏不堪"，吸汗多。遇到晴天的时候就变得干燥，遇到将要下雨的时候，由于空气中的湿度大，老棉袄就会"返潮"，所以能"预报天气"，这在现实生活中是真实存在的。农村还有一种现象也十分类似，就是"老寒腿"能预报天气，晴天的时候，"老寒腿"一切正常，并不疼痛，一旦遇到天气将要变化，"老寒腿"就开始疼痛，道理是同样的。（乔向东）

190

憨女婿相亲

讲述者： 不详

采录者： 王会立，36 岁，内乡县师岗镇人，高中，职工

采录时间： 1985 年

采录地点： 内乡县说唱团

选自： 《中国民间故事全书·河南·内乡卷》

　　憨子王石头，实际不憨，不过心眼太实。有人给他提了一头儿亲事，女方要求叫他过去看看。

　　王石头临走时，他妈借个旱烟袋给他。他说："我不会吸烟，拿它干啥？"他妈说："拿上，显得机灵些。"又看他的裤子破了，又把自己的出门裤子拿出来，叫儿子穿上。

　　王石头到了女家。女家请了很多老亲旧眷，都来过过眼 [1]。左邻右舍听说相亲，也赶来凑热闹。女家商量了一个条件：不论贫富，只要人聪明就行。

　　王石头在女家坐下，有人让他吸烟。他说："我不会吸。""那你拿个烟袋干啥哩？""我妈说拿个烟袋，看着机灵些。"

　　众人不由得哈哈大笑起来。王石头起先不知人家笑啥，想想明白过来，就说："我知道你们笑哩啥。"这一说大家都不笑了，问他："你说俺们笑哩啥？""你们笑我穿我妈的裤子哩！"

[1]　过过眼：把关。

191

傻侄子当差

有一个举人进京应试，皇榜得中，吏部封他为定阳县令，并赏假一月，回家省亲。

妻兄见妹夫名登金榜，荣升县令，设宴招待妹夫。三杯酒下肚，要妹夫给他儿子找个差事，往后好娶个媳妇。县令明知内侄是个百事不成的傻子，可他想：好汉护三村，好猫顾三邻，今日我为官，能不为亲戚？想到这儿，就答应了。

一月假满，县令走马上任，并把内侄安排在跟前作为贴身侍从，同时嘱咐他凡事要长个心眼儿。

一天，上面来了个大官，当县令起身上前与大官见礼时，内侄见他的长衫夹在屁股沟里，怪不顺眼，便弯下腰把长衫拽了出来。这一举动，县令感到怪不好意思，但又不好直说，就"哼"了一声。谁知他内侄只当是怪他不该拽他那长衫，又马上将那衫子塞回原处。这一塞呀，惹得周围的人哄堂大笑，把县令搞得哭笑不得。大官走后，县令把内侄痛斥一顿，撤到衙外当差。

那天，县令把内侄叫到跟前，吩咐说："你去街上买一百斤竹竿。"他应声跑上大街，边走边喊："哎，杀猪

的、卖肉的都听着，猪肝留下，太爷要用。"他跑遍各条街，只收了九百九十九个猪肝，还差一个，咋办？只好拿对猪耳朵凑数。他知道猪肝也是下酒的好菜，就多了个心眼，把耳朵揣在怀里当个体己。

他一进门，太爷问："你买的竹竿哩？"

"这不儿。"他把九十九个猪肝堆在太爷面前。

太爷气得一跺脚："你耳朵哩！"

他一听，吓得赶紧从怀里摸出猪耳朵："太爷，我，我以后再也不敢攒体己了！"县令一见，又气又恼又好笑，大声说："我要的是竹子！"说罢，拂袖而去。

他吓愣怔了，又错把竹子听成了秃子，就赶紧上街，喊道："喂，大街小巷的秃子都听着，太爷要用你们，都快来报名！"街上的秃子们一听，太爷要用他们，只当有啥好事，不到半天工夫，就凑齐了一百个。他跑进后堂向太爷禀报："你要的都齐了，小人前来交差！"县令正心烦哩，也没细问，就说："好了，好了！快去找几个人，把大的劈四牙[1]，小的劈两牙！"他一听吓坏了："乖呀，太爷一发脾气，真厉害！"他麻利找了几个刀斧手，要砍秃子们。那些秃子吓得齐声喊冤。

太爷出来一看，暴跳如雷："我要竹子！竹子！滚！滚！统统给我滚！"秃子们四下逃窜。那傻侄子却抱着头在衙门院里滚了起来。

讲述者：　贺长群，男，60岁，淅川县大石桥刘家泉村人，农民

采录者：　刘国胜，男，淅川县大石桥乡西岭村人，高中，农民

采录时间：　1983年12月

采录地点：　淅川县大石桥乡刘家泉村

选自：　《中国民间故事集成·河南淅川卷（二）》

[1]　劈四牙：破成四份，牙，这里指份数。

192

老秀才买布

庙宇，因为庙宇的门都是朝正南方向的；"船出洞"，即船从拱形石桥下经过；"闹嚷嚷"，是指学堂；"倒头树"，指杨柳树；"倒烟囱"，指一口井。织布娘的丈夫按照妻子的吩咐，找到了老秀才的住处。

讲述者： 陈书旺，男，40 岁，唐河县少拜寺乡王岗村人，高中，教师

采录者： 陈成，男，19 岁，唐河县少拜寺街人，初中，学生

采录时间： 1985 年 7 月

采录地点： 唐河县少拜寺街

选自： 《中国民间故事集成·河南唐河县卷》

从前，有个老秀才。他听说邻村有个织布娘，布织得很漂亮，心眼也灵，很想瞅个机会见识见识她。他见织布娘的丈夫在街上卖布，就凑上去说："你这布织得真不错，我也想买一匹，可出来时忘记带钱，烦你明天到我家去一趟，咋样？"织布娘的丈夫说："跑一趟可以，只是不知您的姓名、住处，叫我往哪里送？"老秀才说："老夫姓西名北风，家住正南船出洞，当中有个闹嚷嚷，后头有棵倒头树，门前有个倒烟囱。你只管来，钱，不少给你分文。"

卖布的回到家里，把老秀才买布的事一五一十地讲给妻子听。织布娘听后，想了一会儿说："这好办。"把自己的想法给丈夫说了一遍。

第二天，织布娘的丈夫很顺利地找到了老秀才，施一礼说："韩先生，布送来了。"老秀才吃了一惊："你咋知道我姓韩？又是咋知道我住在这儿？"织布娘的丈夫说："是我家娘子说的。"老秀才听了，心里暗暗佩服织布娘的好才性。

原来，西北风是寒冬所发，"寒"暗指韩；"正南"指

（四）老行当故事

193

小神仙算卦

从前，有个算卦先生，卦算哩再没恁灵了，人称"小神仙"。他卦摊前经常挤挤抗抗的多少人，生意很红火。

有一天，有两个看客挤着挤着就打起来了。小神仙抬头一看：一个是个老头儿，怀里拢着个火罐儿[1]；一个是个年轻娃儿，横鼻子楞眼像块生红砖[2]。他想：若是二人打开了，我这生意也就做不成了。他眼珠子转了几转，顿时有了主意。他把老头儿喊到了一边儿，悄悄地对他说："老人家，你手里这只火罐儿是南海老母的聚宝盆哪。这几天老母正到处找哩。你快拿回去藏个牢靠地方，三天内只要老母收不走，这只聚宝盆就永远成你哩了！"

老头儿一听这话，喜欢得不得了，也顾不上吵架了，抱上火罐就往家跑。那个生红砖正要撺过去哩，被小神仙一把拉住说："小兄弟，我算定那老头儿三天内必遭横死，你可别惹他，小心吃官司。"那年轻娃儿一听这话吓得直伸舌头，他跟头流星地回家了。小神仙又安安生生地做起

了生意。

再说那个老头儿回到家后，赶忙在山墙上掏了个洞，把火罐儿小心地放进去，再糊张纸封住洞口。然后搬把椅子对着墙一坐，瞪大两眼看着洞门，生怕那火罐儿飞跑了。他守了一天又一天，三天期限眼看就要过完了，"聚宝盆"还是安然无恙。老头儿心里美滋滋的，强打精神再守一会儿天就亮了。他实在太困了，忍不住栽了个盹[3]。就在这时候，只听"啪"的一声，他睁眼一看，"聚宝盆"摔在地下，已经成碎片儿了。老头儿痛不欲生，抱头大哭："哎呀呀！宝贝儿叫老母收跑了，我可咋活哩呀！"因为伤心过度，再加上他三天三夜不吃不睡，又那么大岁数了，竟一口气儿没缓上来死了。

这下子人们都哄开了说"小神仙真是料事如神！连神仙的事儿都能算出来！"其实，并不是那么回事儿。那火罐儿是咋掉下来的呢？原来，老头儿的隔墙住着个磨豆腐的老汉，那天大清早，老汉起早磨完豆腐，往山墙上楔木橛子准备拴拽磨驴哩，正好楔到那个墙窑里，把火罐儿给冲了出来，无意间闹出了人命。也正好应验了小神仙前面说过的话——"那老头儿三天内必遭横死"。

再说，磨豆腐老汉听见隔壁传来哭声，不知出了啥事儿，赶紧跑过去探望。老汉回来后，驴跑了，只剩下木橛上拴的绳，他急哩要命，就去找他算卦。

这时，小神仙的生意正旺哩，卦摊前的人堵了半条街。街对面中药铺的掌柜哩眼红了，他觉得那个卦摊遮了他的门面，搅了他的生意，就想把小神仙开销走。他板着脸来在小神仙面前一站，说："喂，我有好几天没发市[4]了，给我算算，啥时候能转运？"小神仙一看就知道是来找茬的，便随口说道："不用算，今儿晌午正当午时，你就能发两个钱的利市。"药铺掌柜说："那好，到时候你若失算了，就立刻给我卷摊子！"

药铺掌柜刚走，豆腐老汉就来了，催着小神仙算算他的驴跑哪里去了。小神仙想了想说："你不用着急，驴丢不了。你只要到对面药铺抓两个钱的药吃吃，驴自己就回

[1] 火罐儿：冬季取暖的工具，是瓦制的圆形小罐，有系，可以提。

[2] 生红砖：比喻那种四肢发达、头脑简单的人。

[3] 栽盹：打瞌睡。

[4] 发市：赚钱。

来了。"老汉说："驴跑了咋叫人吃药？"小神仙说："你不用多问，叫你吃你尽管吃就是了。"老汉又问："俩钱太少了吧？"小神仙说："不多不少正合适。记住，一定得正当午时去抓药，时辰不对也不灵验。"老汉又问："吃啥药哩？"小神仙说："随便啥药都行。"

正当午时，老汉进了药铺，喊道："掌柜哩，快给我抓俩钱哩药！"掌柜哩吃了一惊！他正在等过了时辰就去找小神仙算账哩，这俩钱的生意偏偏不早不晚找上门来了！可是，掌柜不甘心认输，他问："老人家，俩钱太少了，没法子抓呀！"老汉说："不少，不少，随便抓点儿药都行。"掌柜说："我不要钱行吧？"老汉连连摇头道："那不行，这俩钱我花定了。"说着，把钱扔了过去。

掌柜想：多要少要都不行，莫不是和小神仙串通好来捉弄我的？那咱就对着捉弄吧！他随手抓了一大把价值五个钱的大黄，包好递给了老汉，只等看好戏了！

晚饭后，老汉让老婆把药煎煎喝了下去，不大一会儿，肚子里便开始翻花卷浪。他上吐下泻，不停闲哩往屋后茅厕里跑。后来跑不及了，他干脆蹲到茅厕里不起来，一边还恨恨地骂道："拉吧，拉吧，我叫你拉，我叫你拉！明儿哩非告你鳖孙儿不可！"他原本是骂小神仙叫他吃泻药不住拉肚子这事儿的，可这话顺着一股小南风儿刮到了屋后那家，他们两口子吓了一大跳，误认为是冲住他们骂哩。

原来，老汉的毛驴跑到屋后那家了，那家想得外财，就把毛驴昧起来了，想等天黑人静时候，拉到外地卖几个钱。谁知道天一黑，就见老汉不住闲地出出进进，便以为事情露了马脚。这会儿，又听见老汉说"告呀告"的话，更是吓坏了，赶紧偷偷地把毛驴放了出去。

天亮后，老汉挣扎着要去告小神仙。刚打开院门，发现毛驴回来了，高兴得窜过去一把抱住驴头亲起来。他老婆走过来说："夜儿黑[1]我煎药哩，怕药量大了你受不了，就撒下来了一半……"老汉听说，气不打一处来，他照老婆的脸"啪"就扇了一耳光，嘴里骂道："都怨你个老东西，人家小神仙算的事还能有错？你要是不打折扣，咱那驴缰绳不也不丢了吗！"

[1]　夜儿黑：昨天晚上。

讲述者：	吴根兰，男，59岁，新野县施庵乡桥楼村人，中师肄业，农民
采录者：	吴韵芳，女，29岁，新野县施庵乡桥楼村人，高中，新野县施庵乡曾营联中教师
采录时间：	1986年
采录地点：	新野县施庵乡桥楼村

附
记

此故事是讲述者在中年时期走南闯北的时候听民间说书人说的，吴根兰是我父亲。这个故事还得到了当时驻村工作组长的认可，在每月召开三次的群众会上，首先让大家鼓掌欢迎老人家讲故事，而讲得最多的就是这个故事。（吴韵芳）

194

谢先生拆字

今儿哩说的这个谢石可不是晋朝那个谢大将军。世上重名重姓的人多哩很。这个谢石是南宋金陵一带的一个测字先生。他靠测字升官，又因测字遭贬，后经仙女点化，进山修行，成了神仙。

话说有一天，康王赵构扮作一个土里土气的庄稼佬下乡私访。正在走哩，迎头碰上了谢石。他肩上背个褡裢，褡裢上绣着两行字：一字见分晓，出口定吉凶。康王知道他是个测字先生，就请他为自己测个字。谢石让他写，他就用手指头在地上划了一横说："先生就凭这个'一'字，测测我是干啥哩。"谢石一看，大惊失色，正要开口，却被康王拦住说："那个字不算数，待我重写一个让你测。"他在地上写了个"问"（繁体）字。谢石一看，二话不说，"扑通"跪倒地上，口呼"万岁"。康王猛一愣，知道遇上能人了，但嘴里却说："先生请起，我乃一介布衣，岂可乱称万岁？"谢石一边磕头一边求饶，说："不知万岁爷驾到，冒犯天威，请恕罪！"康王忙搀起他来，问："你咋知道我是万岁？"谢石说："你在地上只写一个'一'字，地乃'土'，'土'上加'一'便成'王'字。当我左

右打量你时，你怕暴露身份，忙又改写个'问'字。这'问'字左看像'君'，右看还像'君'，所以我就认定你是君王到了。"康王听罢，哈哈大笑，连声夸赞先生高明，立刻带他回宫，封了个大大的官职。

第二天，君臣二人闲来无事，一路儿到御花园观景。这时，正是春天，康王想起朝中大事，便捡起一个树枝在地上写了个"春"字，叫谢石测测看朝中有没有奸臣。谢石看了看说："此字乃'秦'头压'日'，由此看来，定有姓秦的奸党专权欺君，请万岁爷明察！"

这话真让他给说着了，当时正是大奸臣秦桧独霸朝纲、欺君压臣的时候。不料，这话传来传去，传到了秦桧耳朵里。大奸臣做贼心虚，找了个"莫须有"的罪名把谢石削职为民，发配到云南。

这天，一个姓皮的解差押着谢石上路了。走了几天，来到一座山脚下，见一位年轻女子拦在路前，对他们施个礼说："我是个测字先生，二位要不要测测前途凶吉？"谢石一听，觉得稀奇：自古以来还没听说过女子测字，今天，同行相遇，待我试试她的本领如何。于是，谢石说："多谢先生关照，我叫谢石，就请测讲测讲我这个'谢'字吧！"那女子想也不想就说："'谢'乃'寸''言'中存'身'，你一定也是个靠言语吃饭的测字先生吧？"谢石大吃一惊，想：今天算遇上对手了！忙又问："先生高见！就请再测测我这个'石'字，看此番去云南主何吉凶。"那个女子有些迟疑。她看了解差一眼问："差官贵姓？"解差回答："姓皮。"

女子大惊，叫道："不好！'石'遇'皮'即为'破'，你二人此去云南必定凶多吉少！"说罢转眼不见了。谢石和差官急忙四下查找，却见那女子站在高高的山尖上向他俩招手哩！谢石明白了：是仙女点化他，让他进山修行。

就这样，谢石和解差一同进了深山，修行了几十年，终于得道成仙了。

讲述者：　　吴根兰，男，59岁，新野县施庵乡桥楼村人，中师肄业，农民

采录者： 吴韵芳，女，29 岁，新野县施庵乡桥楼村
人，高中，新野县施庵乡曾营联中教师
采录时间： 1986 年
采录地点： 新野县施庵乡桥楼村
选自： 《民间文化杰出传承人吴根兰先生讲述的
精品故事》

195

教书先生留言

附记

讲述者对拆字很感兴趣，皆源于他本人也会拆字，拆字的准确率
达百分之九十，在他村子方圆几十里都留有他拆字准确的好名声。因
此，他讲起这则故事时很有见解力度，人们对他讲的这则故事口服心
服。（吴韵芳）

早年间，有一个教书先生教财主儿子读书，讲好的管
吃管住，另在外开工钱。

先生教了一个学期，到了还是被讹得没得到工钱。

他问财主要他应得的工钱时，财主眼皮子一翻，将算
盘珠子拨拉得啪啪响，一边说："你半年来教书不多，饭
没少吃，我还管你住哩！这样一算，不叫你倒找我钱就不
错了，你还来问我要工钱！"

教书先生听财主说的话，气得嘴唇发青，用手指住财
主的鼻子："你，你，你……"半天也没能说出一句完整
的话。

教书先生越想越气，临走时，给财主留下几句顺口溜
放在桌子上：

自从教书到尔乡，
肚子变成青菜筐。
大小馒头关爷脸[1]，

[1] 大小馒头关爷脸：指高粱面馍馍。

长短面条张飞枪。

青菜豆芽少盐味，

木[1]白（儿）大葱缺油香。

把俺当成鹌鹑喂，

带壳谷子熬米汤。

财主看罢，顿时气得鼻子都歪到一边了。

196

阴阳先儿改行

讲述者： 吴根兰，男，59 岁，新野县施庵乡桥楼村
人，中师肄业，农民

采录者： 吴韵芳，女，29 岁，新野县施庵乡桥楼村
人，高中，新野县施庵乡曾营联中教师

采录时间： 1986 年

采录地点： 新野县施庵乡桥楼村

选自： 《中国民间故事集成·河南新野县卷》

过去有句俗话说：升官发财，全仗祖坟上的地气风脉。那时候，看地先儿们可吃香了。今儿哩这家请，明儿哩那家叫，嘴唇儿一碰就能换来银子钱，真眼气死人了。

可是，有个阴阳先儿的生意正红火哩却突然改行不干了。咋啦？——出岔了呗！

岔子出在有一户姓钱的人那里，钱先生家里很富，可他富而义，是个仁义君子，给乡邻们办了不少好事，方圆的百姓都很敬重他。后来，钱先生的父亲过世了，钱先生就把那个阴阳先儿请来给他父亲选坟地。

阴阳先儿转了几个圈儿才看准一块风水宝地，钱先生却说不行，这块地在路中间，不能因为自己的事而断了众人的路。再往别处看看吧！

阴阳先儿又一连找了好几处好地方，全都因为对别人有点儿妨碍，都被钱先生拒绝了。阴阳先儿有些生气了，那干脆指着一片荒草滩说："这地方可不妨碍别人，你看咋样？"钱先生说："好！只要不妨碍别人就好！"于是就在这里打了坑，把父亲埋葬了。

三年后，这个阴阳先儿又从这里路过，抬头一看：

------

[1] 木：没的意思。

嗬！这地方全变样儿了，荒草滩不见了，一条清泉弯如龙，一座土岗势如虎，好一块虎踞龙盘的风水宝地呀！他看哩实在舍不得走了，干脆坐下来歇歇。不料，屁股一沾地就打起瞌睡来，恍恍惚惚觉得有阵阴风扑面，一看：对面走过来了几个人，有的瘸腿，有的断胳膊，还有的浑身是伤。他们吵吵嚷嚷来在他面前指着他说："这就是当初给钱老先生选阴宅的家伙，你算把俺弟兄们坑苦了。为了给这位仁义君子拽地气，你看看把俺们使成啥样子了！"阴阳先儿听了，大吃一惊：啊，这地气是他们拽出来的！阴鬼们都说："先生，你那地气是白看了！"阴阳先儿猛一惊醒，再看看这块风水宝地，他也算明白了一个道理：善有善报，恶有恶报，单靠风水是白搭。从此，他就洗手不干这活儿了。

讲述者： 吴根兰，男，59岁，新野县施庵乡桥楼村人，中师肄业，农民

采录者： 吴韵芳，女，29岁，新野县施庵乡桥楼村人，高中，新野县施庵乡曾营联中教师

采录时间： 1986年

采录地点： 新野县施庵乡桥楼村

选自： 《中国民间故事集成·河南新野县卷》

197

俩小偷撞殃

人死后都要"出殃[1]"。啥是殃哩？谁也没有见过，谁要见殃谁就遭殃。

据说殃可厉害了，逢人人死，遇树树亡。所以死人出殃时活人都要避开。不过，殃究竟是个啥模样，谁也说不上来。

有一富家掌柜的死了，请来阴阳先儿一看一算，说是明儿哩五更要出殃。这天夜里，这家人都躲到邻居家睡觉了，只剩下死人直挺挺在堂屋里停箔[2]着。

东庄有个小偷叫张三，西庄有个小偷叫李四，这俩小偷都想钻这个空子到富家偷一家伙。可又害怕碰上"殃"。俗话说贼胆包天，三更过后，张三头上顶个蒸馍锅盖从前门进去了，李四头上顶个笸箩从后门进去了。

俩人试试摸摸来到院子当中，冷不防碰了面，都大吃一惊，乖乖，殃来了，恁大个头！他俩是狗咬狼两头怕。想跑吧，怕殃从后头撵上来。张三举起锅盖，李四举起笸

---

[1] 出殃：民间丧葬习俗，人死后阴魂要脱离肉体跑出来，就是出殃。

[2] 停箔：死人入棺之前，穿戴整齐停放在高粱箔上，叫停箔。

箩，都使劲儿朝对方砸去。"嗵"的一声，俩小偷贼胆大，掉头就跑出来了。

俩小偷跑回家后都吓掉魂了，睡在床上起不来。两家人忙着给他们请郎中治病。两家各扯着郎中的一只胳膊，非要他先到自家去看。郎中听说两家男人都得的撞殃的急病，心中明白了两分，就说："别急，别急，一家一家看。"

郎中先到张三家，听张三讲了遇"殃"的经过，抓把草让泡水先喝着。郎中又来到李四家，又听李四讲了得病的经过。郎中全明白了，就对李四说："你跟东庄张三害哩病一模一样儿，你俩见个面，不用吃药病就会好的。"

李四家里人忙把李四抬到张三家里。他俩一见面就拉呱开了。

张三说："夜儿黑我撞上殃了！"李四问："殃是个啥样儿？"张三回答："殃的头有筻箩大！"李四跟着说："我也撞上殃了，那殃头有锅盖大！"张三赶紧问："你在啥时候、啥地方碰见'殃'哩？"李四实话实说，张三笑起来，说："老弟，那不是殃，那是我呀！"李四一愣，随后俩人相对哈哈大笑起来，病立时全好了。

讲述者：	吴根兰，男，59岁，新野县施庵乡桥楼村人，中师肄业，农民
采录者：	曹宝泉，男，45岁，新野县城关镇人，高中，文化馆干部
采录时间：	1986年
采录地点：	新野县施庵乡河北村
选自：	《中国民间故事集成·河南新野县卷》

附
记

本故事采录于施庵乡河北村吴老先生家里。我结识了这个老故事篓子后，多次造访其家。这一次晚上没走，就和他学古人"抵足而眠"，故意关了灯听他讲故事，以寻求过去农村人"听瞎话"的意境。

收获颇丰，先后听了十几个故事。老先生说到的"出殃""躲殃"，是一种民间丧葬习俗。殃是指人的魂灵，人死后魂灵出窍，就叫出殃。这种东西谁都没见过，据说很厉害，撞人人死，撞树树亡，所以死人出殃时全家人都要躲出去。这个故事很多人都会讲，只是年轻人大都不知道过去有这种民间禁忌。（曹宝泉）

198

戏痴出丑

过去，有这么一句俗话：唱戏的是疯子，看戏的是愣子。唱戏的一会儿装男，一会儿装女，说哭就哭，说笑就笑，所以很像疯子；看戏的呢，竟会把假戏当成真，看得如痴如迷，演员哭他们也哭，演员笑他们也笑，这不是十足的傻子吗！

有个小伙子更傻，看戏看迷了，举止言谈都模仿戏子的样儿，张口就是戏剧腔。后来竟发展到不唱不说话的地步，因此，人送外号"戏痴"。

这天下午，戏痴在庙会上看了一场《敬德打朝》，心情很振奋，便急匆匆回家吃饭，准备接着看夜场戏。他刚进家门就大声唱道："朝王见驾回府转，不见夫人在哪边——夫人哪里？夫人哪里？"

他媳妇从灶房里出来瞪他一眼说："来了，来了！咋呼个啥！"

戏痴接唱："问夫人做的什么饭？快对本王说实言！"

他媳妇没好气地说："糊粥！"

戏痴大怒："呀呀——呸！怎么又是糊粥？"

他媳妇又说："算子上还馏了两个窝头。"

戏痴"嗯吞"了一声说："这还罢了！"接着又唱道："莫说馏的是窝窝，就是锅巴也不嫌。"

戏痴走进厨房，拿起勺子舀稀饭，忽然想起敬德扬鞭催马的架势，又大吼一声："鞭子一扫人马动——"随手把饭勺一抡，这时候正好他爹也进来盛饭，一勺热稀饭全浇到老头儿的脸上了，糊得没鼻子没眼。老头儿气得一蹦八丈高，脱下鞋子就去打他。他见势不妙，拔腿就跑！一边跑还一边唱：

老汉莫要怒气生，
你打本王理不通。
敬德本是保国将，
万岁定不把你容！

他爹好气又好笑，也没心思撵他了。他一口气儿又跑进了戏场，饿着肚子看戏。

这晚唱的是《风波亭》，秦桧害死岳飞的故事。戏痴越看越气，对奸相秦桧恨之入骨，顺手从地上拣了块半截砖，"嗖"地向舞台上的"秦桧"砸过去！那位演员忽听脑后生风，急忙将头一低，还好！砖头没砸住脑袋，却把乌纱帽打掉到地上了，帽子摔坏了。戏班主不依了，逼着他赔了一斗麦钱。

这戏痴看戏入迷，周围十里八乡有戏，无论闲忙他是场场必到，地里种的庄稼荒成一片他也不管。他爹气哩长吁短叹。今儿哩这两件事一出，老头子一下子给气病了，躺在床上直哼哼。戏痴来到他爹床前双膝一跪，来了一声叫板："爹爹呀——"接着唱道：

双膝打跪地溜平，
问声大人可安宁？

老头子一见他这副德性，骂道："蠢材，你气死我了！"

戏痴接口唱道：

爹爹若是死故了，

儿为你披麻戴孝送坟茔！

老头子一听这话更生气了，一口气上不来，竟撒手归天了。全家人又忙碌地办起了丧事。

戏痴知道这件事都是自己惹出的祸，心情也很沉重，所以安静了好几天，不料，到了出殡这天，他往灵棚里一跪，不由得就拉开腔叫起板来"哎呀呀——我那苦命的爹爹呀——啊哈啊——"接着就有板有眼地唱起来：

跪灵棚不由我哭号啕，
泪水湿透我的衮龙袍。
哭了声爹爹你死得早，
今后我往哪儿把爹找？
爹爹你一死不打紧，
撇下孩儿受煎熬！

他这么一唱，全乱了章程，前来吊孝的亲友们哭不是笑不是，都愣住了。他哥举起哀杖狠揍了他一棍，不料他不但不打住，又叫了一声板道"我的兄长呀——"接着唱道：

埋怨兄长你不讲理，
你不该棒打小弟受委屈。
你我本是亲兄弟，
同根相煎何太急！

这一来灵棚里可就乱套了，正在哭丧的亲友们，真哭的哭不下去了，假哭的干脆笑起来。他哥实在忍不下去了，一顿乱棍把他打出了家门。

戏痴一路哭着，一路唱着，一直走到天快黑，这才想着该回家了，可是，他稀里糊涂迷了方向，不知道该走哪条路了。他见前边菜园里有个人正在摇辘轳[1]浇菜，就走上前去，装模作样地抱拳一礼，然后唱道：

走上前来作个揖，

浇菜的大哥你听仔细。
眼看日头平了西，
我路过贵地把路迷。
不知该走哪条路，
有请大哥说仔细。

菜把式见这人唱着问路，赶紧还礼——他打了满桶水还没提上来哩，这一松手，一桶水又"扑通"掉了下去。辘轳一倒转，一下子把菜把式打进井里了。菜把式沉到井内喝了几口水，探出头大喊"救命"！戏痴伸头向井里看了看唱道：

大哥不必喊连声，
好汉在此莫担惊。
抓住井绳还有命，
抓不住井绳活不成。

菜把式赶紧抓住井绳，气急败坏地说："别唱了，赶紧把我绞上去！"

戏痴却不慌不忙地接着唱道：

大哥性子莫急躁，
好汉不会把你抛。
抓住辘轳往上绞——
哎哟哟，好险累断我的腰！

戏痴把落井人绞上来了半截子，绞不动了，只好停下来大口大口喘气儿。菜把式被悬在井筒中间，急得大叫："别唱了兄弟！你绞不动，赶快喊人来帮忙呀！"

这时，正好有人从这里路过，戏痴想请那个人来帮忙，赶紧拉着戏剧架势，要向那人抱拳施礼。不料，手刚松开，那辘轳柄就倒转过来，重重地打在他的屁股上，只听"扑通"一声，戏痴也落进井里了。

[1]　辘轳：即辘轳，安在井上绞起水桶的器具。

讲述者：	吴根兰，男，67 岁，新野县施庵乡桥楼村
	人，中师肄业，农民
采录者：	曹宗鑫，女，汉，22 岁，新野县人，高中，
	学生
采录时间：	1994 年
采录地点：	新野县文化馆露天茶馆

199

黑画张泼墨

附
记

这是个很特殊的故事，散文和韵文相间，以韵文为主。戏痴举止言谈都模仿戏子，张口就是戏剧腔，后来竟发展到不唱不说话的地步。说这样的故事时，讲述人就也得有说有唱，听起来很别致。故事很有趣，茶客越听越有劲。听完故事，有人说了，他过去也听过这个故事，不过是听一个唱鼓儿哼的盲艺人说的，唱词都差不多。由此可见，民间文学和民间曲艺有着密不可分的关系。（曹宗鑫）

远年间，新野县出了一个姓张的大画家，据说就住在新甸铺一带。他画画儿只用黑墨，所以人们都叫他"黑画张"。

黑画张不几岁就学画画儿，学了十几年，画啥像啥。有一回他画了幅下山虎，往墙上一挂，把他家看门狗都吓跑了。他的名声大了，找他画画儿的人越来越多。黑画张只给好人画画儿，不给坏人画画儿，为此得罪了个大恶霸。那家伙根子粗[1]，整得黑画张无法存身。

黑画张想想硬顶不行，就生了个门道，画了张《美女出浴图》送给那个老色鬼。老家伙一见就迷了心窍，得下相思病，眼睁睁就死了。那老恶霸的儿子小恶霸告到了县衙，说黑画张用邪术伤人，要县官治罪。县官不信：一张水墨画儿就有恁大邪劲？他派人取画来一看，嘿！也中邪了。官太太见男人早晚捧着那张美人图看个没完，却把自己晾在一边儿，气呀！就一把夺过来扔进了火盆。失了宝画儿县官心疼得不得了，可再一想，多亏太太烧了它，才

[1]　根子粗：背景强大。

保住自己的这条命啊！他越想越后怕，就传令抓黑画张到案。

画师得到消息，立刻逃到外乡避难。他到了山东济南府，病倒在一个客店里，身上带的银子不几天就花光了。咋办哩？他求店家帮他研了一盘墨，拿起笔来，随手在一张白纸上"出溜"画了个黑圈子，交给店家说："去，帮我拿街上先当五十两银子花花。"店家撇着嘴说："你这算啥画儿？白送人家也不要。"画师说："你只管拿去试试看。"

店家到一个大当铺里去当画儿，正好碰上个识货的行家。那位老掌柜一见画儿就连声叫好，二话不说就拿出了五十两银子。这时当铺东家出来了，听说那个黑圈子当走了五十两银子，很生气，直埋怨老掌柜没眼力。他肯定当画儿人再不回来赎当了。

不料，黑画张病一好就来赎画儿了。伙计们翻了半天，也没有找到那张黑圈子，赶快去请示东家。东家可高兴了，也出来找开了。找来找去，只有一张有点儿像，不过是半个黑圈子，对不上号！这时候老掌柜过来了，拿过这张画儿说："就是它！"黑画张故意摇了摇头说："不对吧？我那画儿是个囫囵个儿黑圈子。"老掌柜说："今儿里是初八，到十五你再来，还你个囫囵个儿黑圈子。"画师哈哈大笑："老先生真好眼力！识我画儿的人不多呀。"掌柜忙说："你莫非就是河南新野的黑画张么？快请坐喝茶！"

他俩正亲热哩，东家和伙计娃儿们却在一边发愣：赎画儿咋还要择日子？老先生就对他们说了："这是张宝画儿，画的是月亮，它能跟着天上月亮的圆缺而变化。今儿里是初八，天上只有半拉儿月牙儿，所以这画儿上也只有半个黑圈子，到了十五就成个囫囵个儿黑圈子了。"东家一听喜得一蹦八丈高！这宝画儿人老几辈儿也没听说过，一定要把它买到手！画师推辞不过，算二百两银子便宜卖给了他。

东家得宝逢人就夸，消息很快传开了。一伙儿飞贼得信儿，把画儿偷走了。东家像掉了魂，赶快去找黑画张，谁知人家早走了。他一气儿撵到新野，一问，才知道画师是出外避难，官司不了结不会还乡。这可往哪儿找哩？正好这时他儿子调新野当县官，他就催儿子赶快给黑画张平

反，待他回来后，求他再给自己画张画儿。新县令立刻为画师下了一道平反公文。画师在外地得信儿后，马不停蹄赶回家乡，先到县衙谢恩。

县官对画师高敬高待。这天黑了酒饭一毕，县官捧出一幅卷轴，请他为父亲再作一幅画儿。黑画张很讲义气，当下就答应了。不过他提了个条件，要县太爷为自己研墨。县官想：研墨还不容易？二话不说就研起墨来。谁知道这画师恁难伺候！一会儿说墨稀，一会儿嫌墨稠，兑上水又说夹生，还得从头儿研。就这样折腾了半夜，手脖儿都累酸了。县太爷忍耐不住了，把墨锭一扔说："墨就这样了，能画就画，不能画就罢，实难奉陪！"画师笑笑说："那好吧，不过光色欠佳，你过后可不要后悔！"说罢，抓起笔来，浓浓地蘸上墨，几笔就画出一幅画儿，又在上边题了两句诗："高风传天下，亮节照人间。"然后就告辞了。

县官一看那画儿心里凉了半截子！老天爷，这算啥画儿？黑不溜秋两个黑橛子，难看死了，咋向老头子交差哩？谁知道他专程把画儿送回家后，他老爹一见竟连连叫好！还亲自把画儿挂到客厅正中，吩咐大摆宴席，喝酒庆贺。

县官问："爹，这两个黑橛子有啥主贵处？"老头儿说："你当官都当憨了！啥黑橛子，这明明画的是两只蜡烛么，不看上面写着'亮节照人间'嘛。"说着话哩天就黑下来了，可客厅里却慢慢亮起来。咋回事？原来画儿上那两只蜡烛亮堂堂地燃着了！这可真是活宝！客人们都向老掌柜道贺。热闹了半夜，那蜡又慢慢灭了。老头子觉得蹊跷，问儿子画儿是咋画的。县官依实说了一遍，老头儿发了脾气："蠢材！你要是把墨研到天明，这蜡就能亮一夜！"县官后悔得不得了。

这画儿虽只能亮半夜，可还是少有的宝画儿。朝廷老儿知道了，派人来要。老头子不敢不给，就叫儿子送宝进京。朝廷老儿见画儿高兴啊，封县官为进宝状元，又叫他带上圣旨去宣黑画张进宫，当他的御用画师。黑画张不干，进宫就像鸟进笼啊！他赶紧带上家小，偷偷逃到深山里隐居起来了，一直到死都没露世。没咋[1]画史上没记他的事，

[1] 没咋：语气词，还没开始。

后人也很少知道他的名儿。

讲述者： 高兴运，男，67 岁，新野县王庄镇曹溪营
村人，小学，农民

采录者： 曹宝泉，男，40 岁，新野县城关镇人，高
中，县文化馆干部

采录时间： 1981 年 7 月

采录地点： 新野县王庄镇曹溪营村

选自： 《中国民间故事集成·河南新野县卷》

附记

　　故事中的画家据说是新野县新甸铺人，可史书上未见记载。新甸
铺是新野县南重镇，与湖北省搭界，历史上真出过些人物。这个故事
先后出现了三个版本，第一个是用口头语讲述的民间故事，先后入编
多个卷本；第二个是改编后的评书版本，参加第二届南阳地区故事会
讲，并获得一等奖；第三个是儿童文学版本，在《故事大王》刊物上
发表。《黑画张》在儿童文学刊物上发表后，有一家画报社又把它改
编成连环画出版。讲故事原来只有两种形式，即拉家常式和讲表式，
《黑画张》参赛后，开创了第三种形式，即评书式。（曹宝泉）

200

小毛贼斗师

　　过去，无论学啥手艺都要投师。黑道上也是这样，徒弟跟着老师学三年后，才能出师另立门户。

　　有个老贼收了个小徒弟。这徒弟机灵得很，不到两年工夫就学会了师傅的全套把式[1]。他要提前出师，老贼头说行，只要他能单独做成三样活，闯过三关，就叫他自立门户。

　　这天半夜，老贼头带着小徒弟，来到东村一户好家儿的屋后，用老鳌头刀[2]在后墙上掘了个桶粗的洞，叫徒弟钻进去偷东西。小贼爬进去一打摸，原来钻到了主家的床底下，床上的人正在扯呼噜哩。他正要爬出去做活哩，只听老贼头在墙外大喊大叫："有贼了！逮贼哟！"小贼慌了，回头就往洞外钻。不好！一头扎进了刺窝里。原来老贼头已经用刺股杈[3]把洞口堵死了。小贼挨了扎，赶紧退了回来。这咋办哩？床上的人已经给惊醒了，再不出去就

[1] 把式：这里指技能。

[2] 老鳌头刀：贼挖墙洞的专用工具，刀尖形似鳌头。

[3] 刺股杈：一束或一丛带棘刺的枝条。

遭殃了。小贼无意间摸到了床下的尿罐子，有主意了！他把尿一倒，把空罐子往头上一扣，使劲往洞外拱，一下子就把刺股权顶了出去，自己也爬出了墙洞，跟师傅跑了回来。

小贼埋怨老贼："师傅，你咋故意摆治人哩？"老贼说："这就叫过关。这个关没难住你，往后就不会难为你了。"

第二天半夜，老贼又把小贼领到西村一户好家儿屋后，搭人梯上了房顶。老贼揭瓦开天窗，用绳子把小贼系下去，叫他把值钱的东西装进一口箱子里先系上去，而后再系他。小贼吃回亏领回教，防着师傅设圈套，摸到一口大箱子，把里边的东西腾空了，用绳子拴好，自己钻进去，盖好盖子，然后发暗号让老贼往上系。老贼使劲系上大木箱，扛起就跑，临走又咋呼了几声"逮贼"。老贼一边跑一边骂小贼："这回看你鳖儿往哪儿跑！没出师就叫人家逮去，就别想趁老子的行了。"箱子里的小贼听了这话，苦胆都气破了，决心治治狠心的师傅。

老贼回到家里，忙打开箱子取财物，冷不防小贼从里边钻出来，笑嘻嘻地对他说："师傅，这第二关也过了吧？"老贼说："这回不算。你人回来了，可没弄到东西。"小贼说："你老是在后边捣乱，咋偷得成东西？明黑你在半路上等着，我一定给你偷些值钱的东西。"

这一天夜里，两人又去南庄作案。老贼留在村外接迎，小贼一个人进村了。等不多时，小贼抱着一个沉甸甸的瓷坛子跑了出来，一见面就把坛子交给了老贼，说后边有人追来了，让他抱上这坛宝物先走，自己把来人引开去。

老贼一口气跑回家里，闩上门，关好窗，赶忙打开坛子，手伸进去掏宝物。不料一把抓住个软绵绵、凉冰冰的东西，他一愣神，就感到手背上被啥子咬了一口，他把手猛地一缩，竟带出一条擀杖粗的土布袋[1]！老贼一见瘫在地上了，土布袋是一种巨毒蛇，俗话说见血封喉，他只有等死了。

过了一会儿，小贼回来了。隔门缝往里一看，师傅已经伸腿瞪眼了，就冷笑一声说：师傅，莫怪我手毒，只怨

[1]　土布袋：一种毒蛇，粗而短，土黄色，形似布袋。

你心狠哪！

讲述者：	曹学典，男，79岁，新野县王庄镇曹溪营村人，私塾6年，农民
采录者：	曹宝泉，男，29岁，新野县人，高中，县文化馆干部
采录时间：	1970年3月
采录地点：	新野县王庄镇曹溪营村
选自：	《中国民间故事集成·河南新野县卷》

附记

这个贼徒斗师故事与民俗有关联。过去盗贼也是一种职业，是有师承关系的，老师往往给徒弟出难题，以考验徒弟，过关后才能出师。盗贼们挖墙洞使用的工具叫老鳖头刀，市面上没有卖的，都是请铁匠铺暗中打造的。按行规，交易只能在暗中进行。贼人只须在一只布口袋里装进工本费，趁晚上把口袋挂到铁匠铺大门的门鼻儿上就可以了。铁匠见到口袋就明白是咋回事了，暗中打好后，把货装回口袋，半夜时还挂在原来的门鼻儿上，贼人就会悄悄取走。就因为有这层特殊关系，贼从来不偷铁匠。讲述者曹学典生于一个耕读之家，上过6年私塾，识文断字能说会道，很受乡人敬重，经常为人说公了事。他读的书多，看的戏多，跑的地方多，所以积累的故事也多，每到农闲时，就有不少人找上门来，听他说古论今。他讲得最多的是历史传说和神怪故事，虽然过世早，还是留下了不少珍贵的东西。本故事原题为《贼徒斗师》。（曹宝泉）

201

阴阳先儿

儿看实在圆不过去，只好实情相告："不是我看的坟地好，是你们祖上积德，人家儿心肠好，感动了天地上苍。"

说完灰溜溜地走了，自此之后再也不给人看坟地了。

讲述者：　范凤兰，女，70 岁，新野县施庵镇人，农民

采录者：　王毅，男，33 岁，大学文化，中山市国土资源局干部

采录时间：　2019 年春节

采录地点：　新野县施庵镇粮管所院内

在农村，人们但凡有红白喜事都爱请阴阳先儿过来看看。有户老实厚道人家的老人过世了，就请了个阴阳先儿来看块坟地。

这个阴阳先儿心术不正，看到这户人家老实厚道就有意坑害人家。他看来看去有两块虎地和凤地都没用，专门找了山坡下一块茅草坑地，就告诉主家说这块就很好，实际上这块茅草地是个兔子窝。这户人家也不怀疑，就听了阴阳先儿的话把家里老人安葬在茅草坑地里了。

事后，阴阳先儿就跑了，他担心万一这户人家有凶事或其他不吉利的事来找他麻烦。几年后，他忽然想起这件事，就偷偷地来这户人家的坟地里看看。一看他就纳闷了：明明是个兔子窝，为什么变成了虎地？他前前后后看了几遍，突然明白过来，这个地方是兔虎下山，正好到这个地方卧穴。他长叹一声：还是人家心肠好，有这个命啊，各路神仙都护着，暗地里害人是害不住的！

再说这户厚道人家安葬了老人后，家道突然好起来了，人旺财旺，儿子还高中了进士。天天念叨是阴阳先儿的功劳，好不容易找到了阴阳先儿，特地请来谢恩。阴阳先

202

张三摔碗

叫花子张三住在小土地庙里，下了几天连阴雨，把土地庙的土坯墙冲泡得快要倒塌了，他只好搬家。搬到离土地庙不远的关帝庙里安身。

他的家很好搬，抱上他的一堆烂棉絮，要饭吃碗往胳肢窝里一夹，一次就把全部家当搬完了。关帝庙比土地庙也大不了多少，他只好还把床铺铺到供桌底下。要饭吃碗却没处放，搁到供桌上觉得不合适，要是有人来上供，恁小个供桌供品往那摆，上供人嫌碍事，会把碗扔出去。他在关帝庙里看来看去，找不到放碗的地方。关帝神像后边靠墙的地方有个夹缝，碗侧棱着正好能塞进去。他把家安置好，离吃饭时间还早，张三就出门找他的同伴玩了。

住在娘娘庙里的王二也是个要饭的，刚要了饭回家哩，路过关帝庙，因雨还在下着，他就到关帝庙里避避。无意间发现关帝神像后有个金灿灿的东西，他就从神像后把碗拿了出来，啊，好漂亮的碗呀，从来还没见过恁漂亮的碗，里边雪白雪白的，外边金黄金黄的，一定是个宝碗。他想：我经常从关帝庙门前过，就没有发现，一定是关帝爷今天特意赐给我的。啊，该我发财了，我王二也有时来运

转的时候。我把宝碗拿到集上卖，一定能卖很多钱呢，我以后就不要饭了，也不住到这娘娘庙里啦，我把卖宝碗的钱拿来盖房子，买地，再买个小丫头伺候我的瞎老婆。（王二把个讨饭的女瞎子弄来当老婆。）让丫头把饭做好端来俺们吃。王二又想，不对呀，我把宝碗拿到集上卖，不晓得到底宝碗能值多少钱，听说有的无价宝价值连城。

世上谁能拿出恁多钱？除了皇帝，谁能有连城的钱呢？对了，我不用盖房子，也不用买地，我把宝碗拿上进京，献给皇上。皇上肯定要封我个进宝状元，会赏给我一所漂亮的宅院，还送给我丫鬟仆女家郎院公一大群用人呢。皇上识宝，又给我很多很多钱，我先买匹漂亮的马，行走骑上，再也不用走多远的路去要饭了。王二就这样子想啊想。想到得意处，也不避雨了，把碗揣到怀里，打狗棍夹在胳肢窝里，回到娘娘庙他的家里。瞎老婆听见王二回来了，就高兴地说："老伴，你回来了。"王二"嗯"了一声说："以后要改口，不能再喊我老伴儿了。"瞎老婆愣了下说："那让我喊你啥？"王二说："要喊我官人。"瞎老婆说："称官人的人家都是官宦之家和有钱人家，像咱这穷要饭哩，哪能称官人呢？"王二说："以后咱也有钱，我还要当官哩。"瞎老婆说："咱们是个穷要饭哩，哪来的钱？你指啥当官？"王二说："我就是要当官，往后我也不喊你老婆了，我要喊你娘子。"于是，王二就把捡到宝碗的事跟瞎老婆说了。瞎老婆听王二说捡到了宝碗，高兴得真不知道王二哥贵姓了，赶快摸着搬了个草墩[1]让王二坐下，说："官人，你辛苦了，快坐这草墩上歇歇。"王二又"嗯"了一声说："这不叫草墩。"瞎老婆又问："不叫草墩叫啥子？"王二说："叫秀墩[2]。"说着就喊瞎老婆："娘子，快把秀墩搬过来，让我坐下歇歇。"坐下后又说："娘子，把宝碗用块绸子包起来，搁到神像前敬着。"瞎老婆说："咱家哪来的绸子？"王二说："你不会把你的布衫大襟撕下一块当绸子？"瞎老婆拿出她的一件布衫说："我这件衣裳还能穿，撕下一块太可惜。"王二说："可惜啥？我当了进宝状元，要啥衣衫没有？"瞎老婆就把她的

---

[1] 草墩：用麦秸秆编的圆墩形坐具。

[2] 秀墩：用绣花布料包裹装饰的圆墩形坐具。

衣裳大襟撕一块当绸子，把宝碗包起来，搁到神像前敬着。

刚收拾完毕，张三来找他的王二哥玩，没进门就兴冲冲地喊："王二哥在家吗？"王二在屋里听见了说："噢，是张贤弟来了。"张三听王二这样子说话，就问："王二哥，你咋学得文绉绉的？"王二说："是啊，我是状元了，以后在官场上应酬多，肯定要文绉绉的。"张三说："你个要饭哩是个啥状元？"王二说："你不知道，我捡到了一个宝碗，明天我就要进京向皇上献宝，皇上就封我个进宝状元。"张三听他的好朋友王二哥说捡到了一个宝碗，心里十分高兴，就巴结说："王二哥，皇上封你进宝状元了，你当了官，可别把咱穷兄弟忘了。"王二说："我忘了别人也不会忘了你。我把你接到京城里享福，再也不让你要饭了。"张三说："我是个串百家门串惯了的人，不让我干个啥我还嫌着急哩。"王二说："那你就帮我牵个马吧。"张三说："行，牵马这活我会干。"王二说："你会干，你牵过几次？趁这时还没进京赶快练练，免得到时候牵马了马蹄子踢你。"张三说："这时没马使啥子练？"王二说："我来教你。"就拉开长腔喊道："张贤弟，牵马过来。"张三也学着王二的腔调答应着说："来了。"可是，马呢？王二指了指靠在墙上的打狗棍说："那不是马！"张三说："那是你要饭时的打狗棍，能当马吗？"王二说："暂且当马，拉过来先练练。"

张三只好拿过打狗棍，学着戏台上牵马的样子，在屋里走了个圆场，把打狗棍递给了王二。王二也学着唱戏的样子，往马上一骑，把个打狗棍夹到两腿中间，当马练了起来。在屋里转了几圈，觉得累了，喊道："娘子，搬秀墩过来，让我坐下歇歇。"瞎老婆赶快搬个草墩过来说："官人，你坐下歇歇。"王二坐下，张三站到一旁伺候。张三说："王二哥，你捡了个啥宝碗，能不能拿来让我看看？"王二说："在神像那敬着哩，想看你得先洗洗手，别让你的脏手污了宝碗。"张三到外边坑里把手洗洗说："可让我看看吧。"

王二小心翼翼恭恭敬敬地把包着烂布的碗拿过来让张三看。张三一看，气不打一处来，说："你把我的要饭吃碗拿来当宝贝，皇上看了判你欺君之罪，非杀你头不可！"说着就把碗摔了个粉碎。

讲述者： 范凤兰，女，70岁，新野县施庵镇人，农民

采录者： 王毅，男，33岁，大学文化，中山市国土资源局干部

采录时间： 2019年春节

采录地点： 新野县施庵镇粮管所院内

0272

203

卖油状元

好四两。他又让人拿出一个细口瓶子，要卖油郎不用聚口（漏斗形的装油工具），把碗里的油往瓶子里倒进一两，不许撒出一滴。卖油郎又照办了，没洒一滴油不说，瓶里装的油正好是一两。状元服气了："难怪有人说，七十二行，行行出状元。看来我只能当科场上的状元，要是卖油，还真不如你呢！"

从此他再也不夸官了，不论碰到哪个行业的人，都平等看待。

讲述者： 郑学申，男，18 岁，唐河县龙潭乡人，初中，学生

采录者： 何朝贵，男，37 岁，唐河县龙潭乡人，高中，乡文化站站长

采录时间： 1986 年 12 月

采录地点： 唐河县龙潭乡文化站

选自： 《中国民间故事集成·河南唐河县卷》

古时候，有个状元总爱在大街上夸官。八抬轿前面有一人鸣锣开道："喂！状元老爷要过大街喽！不论男女老幼，大商小贩，官员乞丐，统统闪开。哪个挡轿，一律拿下问罪！"这一喊，街上人慌了手脚，谁都不敢吱声，哗地让开一条大道。八抬轿忽闪忽闪穿过大街，要多威风有多威风。

正走着，见一个卖油郎站在路中央，任鸣锣人咋吆喝，就是不肯让路。状元感到奇怪，停下轿子，从轿里伸出头来问："你为啥挡道？"卖油郎说："我没挡道，是你挡了我的道！"状元一听很生气："我是状元，你是啥人？"卖油郎不慌不忙："不错，你是科场上的状元，我是卖油的状元。喜鹊乌鸦各占一枝，咋能说我挡了你的道？"状元听卖油郎说得有道理，料定他有些能耐，没问他罪，还把他带回状元府，以礼相待。

谈了一会儿，状元让人拿出一个碗，交给卖油郎说："你敢自称状元，想必有些本事。你给我倒出四两油，不用秤称，还得一点不多，一点不少。你敢倒吗？"卖油郎不紧不慢地给他倒出四两油。状元命人一称，不多不少正

204

石匠使巧

唐河县东南有个祁仪镇，祁仪镇有个村子叫石匠坡，靠山吃山，村里石匠居多，个个都有一身本事。

从前村里人吃面靠套磨，一个大磨盘上头两片石磨，下片石磨不动，全靠上片石磨转动把麦子碾碎，流到大磨盘上，收集好用细罗筛下面，反反复复，最后碾不出面的麸子拿去喂猪喂鸡。

有个村子一户人家的石磨用得时间长了，有点钝，干转圈不下面，掌柜的就打发伙计去石匠坡请了个石匠来家锻磨。

碰巧，这家中午有贵客，掌柜的太忙，中午没顾着招呼石匠，只给石匠一碗稀饭一碗菜两个馍一双筷子，让石匠自己在磨头上吃饭。

石匠一边吃饭一边心里暗恼：你那边有酒有肉热热闹闹，俺这里稀粥蒸馍冷冷清清，恁也太不像话了，好歹俺是个手艺人。吃完饭石匠把锻好的石磨又摆弄一下使个巧儿，就回家了。

过了几天，这家人套磨磨面，只见从一个磨眼倒进去麦子，又从另一个磨眼里往外漾[1]，一点也流不到磨盘上。这磨锻得不好使，掌柜的很生气，打发伙计前往石匠坡问询。那石匠早知道这家人会来，没好气地装糊涂："咋了？"伙计说："粮食下不去光往外让。"石匠问："让到哪儿了？"伙计答说："让到磨头上了。"石匠嘴一撇："只要没让到堂屋里就好，让到磨头上不算糟践粮食。"伙计是个通透人，一听这话，转头就走，回去原话回复掌柜的，掌柜的一听，"哎呀"一声，知道了跷起[2]，赶忙骑一匹马拉一匹马往石匠坡去请石匠。

中午，掌柜的专一摆了宴席，对石匠宾客相待。石匠看掌柜的这样抬举自己，也算是赔罪，心里熨帖了，二话不说，来到磨坊里，稍作改动，石磨就好使了。

讲述者：　袁克华，男，74 岁，唐河县祁仪镇人，高中，退休干部

采录者：　周红云，女，55 岁，唐河县人，高中，县文化馆副馆长

采录时间：　2020 年 11 月

采录地点：　唐河县祁仪镇许河村许书卷家中

附记

在唐河县祁仪镇许河村许书卷的家中，我们请到了祁仪镇原文化站长袁克华。袁克华是由大队干部提拔为国家干部的，讲述时声音洪亮，声情并茂。周红云根据音频资料，整理出了这篇故事。（曲凡杰）

异文：老锻磨匠

早先，有一家财主的磨钝了，让伙计请来了一个四乡

[1]　往外漾：往外溢、冒。

[2]　跷起：缘由。

有名的老锻磨匠。早饭时，财主叫老长工把饭菜送到了磨屋里，这个老长工不好意思地说："哎，俺东家叫你在这磨盘上吃哩。每个师傅来锻磨，都是把这磨盘当桌哪！"老匠人听后，心里说：好家伙呀，太瞧不起俺这穷爷们。少不了恶气变好气地说："咱这号人土里土气的，拉着老鼠背街走——人牲口上不了市。生就的地黄瓜上不了高架，哪能上客房台？在这磨屋吃点，就够咱的份了，就算抬举咱呢。"嘴里虽这样说可心里恼火极啦。

老匠人边吃饭边思忖：这个老东西，真不是货，不管咋说，我这么大年纪，又是你请来的，咋能叫在磨道内吃饭呢！饭一股股恶气呛得想吐，越思越想越气愤，可又不好发作，只得抹拉抹拉肚子咽下。

忙到了午时，又送饭磨屋，还是磨盘上就餐，这一回，老匠人真是火上加油，忍气吞声没吃饱就放了碗筷，吸着烟袋暗想：这一方老少乡亲，谁不夸我人好活好，又好招待，偏偏你这个狗日的，再三瞧不起人。老匠人发狠道："有来不往非礼也，火神爷不放光，就不知神仙的厉害。"

太阳还没落，老匠人把工具收拾收拾装到了袋子里，取了工钱，晚饭也不吃，哼着戏回家了。

第二天早上，财主家磨面时，发现一个眼下，一个眼不但不下，还往上漾。东家知道后，气得似老牛倒憋气，呼里呼哧，少不了又叫送饭的长工去请老匠人再来收拾收拾。老长工说明了来意，老匠人假装惊讶，重复着来人的话："一个眼下，另一个眼往上漾到哪去了？"来人说："漾到磨扇顶上了。"老匠人撇着嘴风趣地说："我想着也漾（让）不到客屋去，要漾（让）到客房屋里算漾劲大。"老长工会意地笑了笑说："老哥呀，我知道意思啦，回去后一定说给东家。看在我的面子，总得再走一遭。"老匠人自豪地说："不给他哀杖[1]，他就不落泪，你先回去，我随后就到。"

老长工回去后，原原本本说明了老匠人话中有话的意思。老财主知道自己怠慢了老锻磨匠，便客客气气请老匠人到客屋吃饭。老锻磨匠三两下拾掇好了磨。这事儿教育了财主，以后无论哪个匠人来，都让到客屋了，饭菜比过

去也好多了。

讲述者：	欧阳思，男，70 岁，方城县柳河乡柳河街人，略识字，农民
采录者：	欧阳河，男，42 岁，方城县柳河乡人，高中，粮管所职工
采录时间：	1983 年 5 月 6 日
采录地点：	方城县柳河乡柳河街
选自：	《中国民间故事集成（方城卷）》

附记

民间流传不少财主不尊重手艺人，遭到戏弄或惩罚的故事。编者曾听母亲讲一个同题材故事，一白虎匠（修房盖屋的匠人）被盖房东家慢待，就在其家的影背墙（照壁）中设一眼妖（镇物），其家日后日渐败落。主人留心观察，恍见夜间院中有一盘碾，几人从里往外推东西，便请回那白虎匠赔礼道歉，恳请改正。匠人从影背墙中鼓捣一番，将原放置的泥捏小人与小碾盘调了个儿，自此这家逐渐兴旺起来。主人在晚上观察，恍见那盘碾是转过来往里面推东西。自此，他再不敢慢待欺负手艺人了。（熊君祥）

---

[1]　哀杖：哭丧棒，预防孝子因悲伤跌倒而扶持的木棍。

205

变戏法

从前，有个壮年汉子很善于变戏法。他把亲生儿子砍成八大块，再兑在一起，用白布盖上，让他活。引得很多人围着他看。可是，这次他变的戏法突然不灵了。他揭开白布，见儿子总是活不了。为此，他连连向观众拱手道歉说："在家靠父母，出门靠朋友。小人靠薄技糊口，千万请师傅们高抬贵手，赏几个钱吧！"

他眉头紧蹙，一脸愁苦相。观众中有人窃窃私语："戏法不会变，出来献丑，还有脸讨钱呢？"这话让汉子听见了，大声说："大家不用笑，我这戏法没有不灵的。今天是有人寻开心，破了我的法。"说着牙一咬，脚一跺："这也休怪我手下无情。要是小儿活不过来，我就要使出'种西瓜'的绝招，定要那个人的好看！"说完揭起那块白布，小孩仍不活。观众纷纷地叫嚷："种西瓜，种西瓜！""好！我就种西瓜！"壮年汉子从衣兜里摸出一颗瓜籽，埋在土里，猛喊一声："变！"霎时，地上长出一根瓜秧，转眼结了一个大西瓜。观众中有个白发老人一见西瓜，脸色陡变，急忙向对面楼上跑去。楼上有个小女孩，从窗口里伸出头来，也在看着变戏法。

她是老人的孙女。女孩的面前摆着一只青蛙，已被掐断成八块。老人奔到楼上，见女孩身边放着几口铁锅，二话不说，拿起来扣到女孩头上。这时，壮年汉子手捧西瓜兜了一圈说："有人一定要我丢脸，那就较量一下吧！"说完他把西瓜摆在面前，举刀猛地一劈，西瓜一剖为二。观众正不知是咋回事哩，忽听楼上小女孩"啊"地叫一声。观众向楼上一望，只见女孩头上的锅给劈烂了，锅铁噼里啪啦掉在场地旁边。老头在楼上大叫："哎呀，好险，劈烂了六个，只剩下一个了，再用力大一点，我这小女孩就没有命了！"

老人拉着女孩走到壮年汉子身旁，连声赔礼："得罪！得罪！小孙女儿无知破了你的戏法，请原谅。"老人回头对女孩喝道："还不快跪下！"壮年汉子痛心地说："难道我儿子就这样白死了吗？"老人就对孙女说："快喊爹，请爹爹饶命！"女孩又战战兢兢地说："我不是存心破你的戏法。我是看着有趣，就将手里的青蛙斩成几截，照样摆摆玩哩。"

壮年汉子见她口口声声喊爹，摇摇头表示饶恕，无奈只好哭丧着脸向观众说："可我的儿子还是活不了啦。"他揭去白布，观众远远望去，只见小孩躺在地上，脸色苍白，一动不动。汉子说："请大家可怜可怜我的儿子吧，凑点钱买口棺材，做做好事！"

观众纷纷掏出钱向场子中间掷去。看看钱收够了堆儿，中年汉子走到儿子身边，大喊一声："蠢儿，还不起来谢谢大家的赏赐！"话音刚落，小孩突然跳起来，向观众连连鞠躬喊道："谢谢各位！"

观众起初吃惊，接着哄堂大笑。原来这是艺人祖孙三代四口人共同变的一场戏法。

讲述者： 乔建玉，女，74 岁，唐河县郭滩乡乔湾村人，不识字，农民

采录者： 刘林芝，女，18 岁，唐河县郭滩乡乔湾村人，高中，学生

采录时间： 1985 年 10 月

采录地点： 唐河县郭滩乡乔湾村

206

没良心

附记

变戏法也称玩把戏，20世纪玩把戏与说书在农村同样流行。较大的团队有十数人，带有自己的乐队，场面较大，节目也较丰富。玩一场后，向生产队收钱或收粮。艺人单独行动的较多，在村中找一个空场，用粉笔圈出一个大大的圆圈，小孩坐在圆圈的周围，大人站立在孩子的后边。玩把戏的说一段开场白，大体是某某来到贵地，请老少爷儿们给个方便，有钱的帮个钱场，没钱的帮个人场。然后耍几套把戏，开始叫卖物品。记得最多的是卖一种肥皂，火柴盒那么大一片，把一块白抹布湿了水，在地上揉得脏兮兮的，然后打他的肥皂，在水里一涮，干净如初。或当场在观众头上取一顶满是脑油的帽子，用他的肥皂一打，在水里一涮，也是干干净净。肥皂也不贵，一两毛钱一块，拿鸡蛋换也行。（曲凡杰）

从前有位李木匠，手艺在方圆百里数第一。他妻子早死，撇下一子李青：李木匠当爹又当娘，一手把儿子拉扯大，又教他木工手艺。李青很聪明，长到二十岁，木工手艺学精了。

李木匠看着儿子长成大人了，手艺也学精了，就央人给儿子说下门亲事。儿子成亲后一年多，李木匠又当了爷爷，高兴得越干越有劲。谁知李木匠在砍木料时，一失手，砍掉了自己三根手指头。手上伤还没好，又得下瘟疫。病后，李木匠像换了个人，骨瘦如柴，走一步三喘气。他想：劳累一辈子了，以后跟着儿子过个安生晚年吧。不想儿子提出要分家。原来儿子嫌爹老了，手又残疾，干不成木工活，是个累赘。李木匠一听儿子要分家，气得嘴直哆嗦。他一气之下，就说："分就分！"

分家后，李青收了个徒弟帮他拉大锯，做帮手。由于他手艺好，名声出去了，活儿做不退，过得吃穿不愁。

李木匠手上的伤长好后，干活不方便了，人老了，也没力了。他想啊想，凭自己几十年的木工经验，用上等的木头精工细雕，做了个和真人大小一样的木头人。一按这木头人的"机关"，便会干推刨子、拉大锯等粗笨的木匠活。

李木匠这天和木头人一起锯木料，声音隔院墙传到李青耳里。李青想："谁在给老头子拉大锯？"就搬个梯子，趴在墙头一看，一下傻了眼。打这以后，李青几天饭吃不香，觉睡不着。他也想做个木头人帮他干些笨重的吃力活。咋做呢？他怎么也想不出。他妻子说："你不会做，能不会学？去咱爹那边量量尺寸，心里就有底啦。"

李青明打明去，一怕爹爹不叫量，二怕徒弟笑话他不中。他在夜里偷偷翻过墙，趁爹爹熟睡之机，拿过尺子，把木头人的前前后后、上上下下都量了一遍，记下数字，又把木头人的模样画在本子上。

李青有了图样尺寸，便用最好的木料按图做起来。三天以后，木头人做成了，跟爹爹那边的木头人一模一样。但是，不管李青怎么修理"机关"，这木头人就是不会做活。

李青急得抓耳挠腮，思来想去，还是找不出毛病。妻子说："你去问问爹。"李青说："恐怕他不说。"妻子说："我炒上几个菜，温上一壶酒，先不说请他干啥，等他喝两盅了再问。他能不念起你俩是父子？"

李木匠被儿子请来了。喝了一会儿，儿子说："爹，我也做个木头人，想叫它帮我干活。尺寸大小都跟你做的一样，就是不会动。"说着，把木头人搬出来，请爹爹指教。

李木匠绕着木头人转了两圈，问："你是按我做的那个木头人比着量的吗？"

"是的。那天晚上月亮很明，我量得很仔细。你睡了，怕误你睡觉，没惊动你。"

"真都量了吗？"

"上上下下，前前后后，左左右右，我都量了，分毫不差。"

"量心了吗？"

"量心？没，没有量心……"

李木匠哈哈一笑，说："好小子，你半天没良（量）心，怪不得这木头人不会活动呢！"说罢站起来走了。

李青望着爹爹的背影，红着脸，说不出话来。

讲述者： 张爱莲，女，58岁，唐河县毕店乡张延令村人，农民

采录者： 张康，男，30岁，唐河县毕店乡张延令村人，高中，教师

采录时间： 1982年12月

采录地点： 唐河县毕店乡张延令村

选自： 《中国民间故事集成·河南唐河县卷》

附记

采录者张康是个语文教师，爱好民间文学，曾办过《作文报》，自费印过《张康故事集》。他搜集的民间故事，都给自己的学生讲过，整理以后大都文通理顺，易于讲述。（曲凡杰）

207

一字千金

从前，唐河县西岗坡下有一家饭馆，掌柜姓宋。他有一个祖传的条盘[1]，是从有名的书法家王羲之写的一个匾上锯下的"一"字做成的。这条盘上的"一"字吸引了好多好多人，使得宋掌柜的生意十分兴隆。

饭馆里有个年方十二岁的小堂倌，名叫王小二，生得聪明伶俐。他看到条盘上的"一"字，羡慕极了，下决心练习写字。

他没有笔，没有纸，就用抹布在桌子上练习。没有时间，就白天吃饭端着碗练。就是在洗条盘时，也要对准那个"一"字练上几抹布。天天练，月月练，从不间断。

一晃二年过去了。一天，小堂倌去街上打醋，路过县衙门口时，看到墙上贴着一张告示，下边的人里三层外三层围着看。小堂倌挤上前去一打听，原来知县今天庆贺新盖的庙宇落成。立匾时，知县对匾上写的"一诚有感"的"一"字不大满意，书写的人离得又远，时间又紧，于是贴出这张招贤榜：能马上写好"一"字者，赏白银一千两。

小堂倌一听，心想："一"字我已练了三年，不妨去写个试试。

想罢，他挤进人群，上前用力一跳，把招贤榜揭了下来。众人一看是个毛孩子，都为他捏了一把汗。一位老汉拍着小堂倌的肩膀说："小孩子，这可不是撕着玩的呀，你犯王法了，快跑吧！"小堂倌说："怕啥嘛，试试看。"

小堂倌跟着衙役来见知县。知县一看是个小孩，气得吹胡子瞪眼，大骂："胡闹，若写不好，要你的小命！"吩咐差役拿来笔纸。小堂倌说："我没用过笔，还是用抹布写吧。"大小官员一听，哄堂大笑："哈哈，用抹布写字，没听说过，你是活得不耐烦了吧？"小堂倌权当没听见，接过抹布，蘸上墨，悬起肘，小手一舞，一个苍劲有力的"一"字跃然纸上。大小官员看了，一个个目瞪口呆。知县用手捋着胡须，瞪着眼睛上看看，下看看，左看看，右看看，连声称赞："写得好，写得好！"

横匾挂上了，金光闪闪的"一"字给另外三个字增添了光彩。知县叫差役拿来一千两银子，赏给了小堂倌。

讲述者： 殷相梅，女，20岁，唐河县城郊乡人，初中，学生
采录者： 王喜成，男，28岁，唐河县城郊乡振朋村人，高中，农民
采录时间： 1984年11月
采录地点： 唐河县城郊乡振朋村
选自： 《中国民间故事集成·河南唐河县卷》

[1] 条盘：端菜用的托盘。

208

张三打铁

过去，有个铁匠，手艺不错，就是心眼儿坏。收了几个徒弟，总好找岔儿，不给工钱，也不好好传手艺，使了人就钻窟窿打洞[1]撺人走。

一天，张三来给铁匠当徒弟，铁匠一看，心里可喜欢啦，当天就叫张三帮锤。张三力气大，打铁时故意不照路，东一锤西一锤，乱砸一气。把家伙砸得歪扭疙瘩哩，镢头不像镢头，镰刀不像镰刀。把铁匠的鼻子也气歪了。铁匠的眼睛瞪得鸡蛋恁大，说："笨蛋！你没吃过猪肉，能没见过猪走？我的手锤指哪儿，你就打哪儿！听我的话没错！"

真格的，这回又打铁哩，铁匠的手锤指哪儿，张三就打哪儿。铁匠眉开眼笑的，吭吭哈哈，叮叮当当，一件活不一会儿做好了。铁匠按规矩把手锤挪到砧子耳巴儿上叮了两下，叫张三停锤哩，张三装着不知道，抡起大锤跟上去，"嗵！"一家伙把砧子耳巴砸掉了。铁匠一见，恼火极了，用手一拍屁股，骂起来："混账！"话音未落，张

三朝铁匠的屁股上"日楞"一锤，铁匠疼得"妈呀"一声趴在地上，大骂开了："妈的，叫你打铁，你咋打我屁股咧？"张三说："师傅，你不说手锤指哪儿，叫我打哪儿吗！"铁匠是哑巴吃黄连，有苦难言。以后，再也不敢捉弄人啦。

讲述者：　不详

采录者：　刘笔戈，男，桐柏县新集乡文化站长，高中，职工

采集时间：不详

地点：　　桐柏县新集乡

选自：　　《中国民间故事集成·河南桐柏县卷（第三分册故事）》

[1]　钻窟窿打洞：千方百计。

209

道人治病

从前，王家庄有个小伙子叫王义，娶了个俊俏媳妇叫秋棠，男耕女织，夫妻恩爱。

一天，王义上山砍柴，见一个道人倒在几丈深的山沟里。王义急忙把柴绳拴在一棵树上，拉着绳子滑到沟底儿，摸着道人胸口还在跳动，慌忙找来水，把道人救醒。道人说："我是个行医道人，善治各种杂病，这是采药掉进深沟。多亏小哥相救，改日定有酬报。"

再说秋棠，下河洗衣裳时，被李家庄的浪荡公子刁虎看见。刁虎看秋棠容貌出众，想霸占她，就花费大量金银财宝买通县官。县官说："刁虎放心，有用着本官的地方，一定帮忙。"刁虎想：只要有县官帮忙，就不怕那秋棠到不了手。

这天夜里，刁虎把家里的金银收拾了一个包袱，悄悄地拿到王义的柴垛里藏着。第二天，刁虎到县官那里报案："大老爷与小人做主啊，昨夜小人家中被盗贼偷走了很多金银珠宝，望大老爷明察。"县官知道刁虎的意思，忙派人去李家庄、王家庄搜查。这一搜，那一搜，在王义

的柴垛里搜出了一包袱金银。王义、秋棠还没意怔[1]过来是咋回事，就被衙役带到了大堂。

县官不分青红皂白，说："王义，你夜入民宅，盗走刁家金银财宝，赃物在哪里？还不快些送给刁虎？"王义说："小民不会做出非仁非义的事，这夜入民宅的事，我确实不知，望大老爷详察。"县官说："你不知这事，为啥在你家柴垛里搜出那些金银珠宝？难道是别人把东西偷来送给你不成？今天你招也好，不招也好，本官自有公断。来呀！刁虎先把王义的妻子领回去当人质，等王义拿二百两银子去赎。"

王义和秋棠含泪分别。王义想，这定是县官受了刁虎的贿赂，定了毒计想霸占他的妻子。又一想，天地这么大，难道没有一个清官吗？他就凑了一些盘缠，去州里上告。

王义走在半路上，正巧碰见他救过命的那个道人。道人问他去哪里，王义把事情诉说了一遍。道人说："如今你们县里正闹瘟疫。你不必去州里了。等瘟疫过后，县官就会让你们夫妻团圆。"说罢，道人治病去了。

县官得了瘟疫病，听说城里有个道人会治，就把道人找到县衙。道人一看，就说："大人的病可是不轻呀，不光是瘟疫，还有一种胎气，是一种鬼胎，要不快治，不久就要降生。到那时，大人的性命就难保。"县官一听，吓得直筛糠，忙央求道人赶紧给他医治鬼胎。道人说："我先给你开个方子，抓服药吃了，再慢慢调治。"

差役拿着处方跑了好多药铺，也没买到药。县官心想：奇怪。拿过药单一看，只见上面写道："天理良心要整副，公道要全份。"县官心想：药铺里咋没听说过有这几样药呢！又一想：难道本县做官不正？不哩，道人咋这样写呢！县官躺在床上翻来覆去地想，想起了受刁虎的贿赂，拆散王义夫妻的事儿，越想心里越有愧，拿出刁虎送来的金银去到刁虎家里。刁虎正在让家人劝说秋棠与他成婚，秋棠坚决不从。县官说："刁虎，以后要多求学问，以功名为重，日后成名，还愁娶不来一位漂亮夫人？秋棠她任死不从，人家是结发夫妻嘛，咋会割爱断义随从你呢！"刁虎无奈，只好送秋棠与王义团聚，还向王义赔礼

[1] 意怔：明白。

道歉。

县官、刁虎、秋棠一起来到县衙，这时王义和道人也来了，原来那道人就是知府大人。一来是利用祖传医术为民除病，二来是私访民情。当即县官设宴为王义夫妻赔情，向知府大人道谢。

讲述者： 张振模，男，66岁，桐柏县毛集乡潘庄村人

采录者： 张兴瑞，男，34岁，桐柏县毛集乡张湾村人，初中，农民

张松，女，24岁，桐柏县淮源镇文化站站长，高中文化，干部

采录时间： 1987年10月

采录地点： 桐柏县毛集乡

选自： 《中国民间故事集成·河南桐柏县卷（第三分册故事)》

210

县官算卦

从前，有个县官属鸡的，年方四十六岁。这人很信属相，认为自己当上县官，是属相好，生辰八字好。其实，他啥时候生的，自己并不晓得，只是听他娘说，他是鸡叫头遍落地出生的。

一天，县官坐着轿子到城隍庙降香，路过大江，上了渡船，便和艄公攀谈起来。他问艄公："你今年多大年纪啦？""属鸡的，四十六岁了。"

县官听说和自己同岁，接着问道："你是哪月哪日哪时辰生的？"艄公说出了自己的年、月、时辰。县官想：这么奇巧，怎么和我是同月同日同时辰生的呢？

县官进了庙，降了香，见道长和自己年龄相仿，就和他攀谈起来："道长今年多大年纪啦？"

"贫道今年四十六岁。"

"哪月哪日哪时辰生的？"

道长报出了出生的月、日后，叹道："唉，贫道只知道年月、生日，并不记得时辰哪！只听娘说是鸡叫头遍第一声落地的。"

县官惊奇了，心想：世上哪有这样巧事儿？于是，他

请艄公、道长一起找到算命先生，抽签打卦，要把这高低贵贱弄个明白。

三人各把自己的出生年月、生辰八字报了一遍。算命先生听罢，笑了起来："嗨！莫看你仨都是同年、同月、同日同时生，但时辰还分辰头、辰身、辰尾三刻哩。你看那是鸡叫头一声落地，可这头一声也不一样哩！你看那鸡子叫时，嘴一张，头一抬，然后慢慢地往下勾头。你仨都是属鸡的，但属鸡跟属鸡不同，你们贫贱高低就差在这上头。"

县官见这先生说得句句在理儿，便道："你就给我们算算吧。"算命先生说："好，好！先给县太爷算。你是生在鸡抬头那会儿，命上说，抬头鸡，娶美妻，怀抱大印坐衙里。贵人自有天相，明年您就是府台大人了，恭喜，恭喜！"县官听后，心花怒放，便赏给这算命先生十两纹银。

算命先生把脸转向艄公道："你这鸡，是平头鸡。命上说，平头鸡，娶丑妻，怀抱篙杆站河里。"

算命先生又对道长说："你这鸡，是勾头鸡。命上说，勾头鸡，没有妻，无奈出家在庙里。"

艄公和道长听了虽不高兴，也觉在理。无奈囊中羞涩，掏不出分文。县官一高兴，又掏出十两纹银赐给算命先生。随后，坐上八抬大轿，正要开拔，忽然，两骑快马"嗒嗒嗒"飞奔而来，到了轿前，翻身下马，命县官跪下听旨，原来是钦差到了。

那钦差宣旨："你这县令，为官不仁，横行霸道，鱼肉百姓，胡断官司，草菅人命，告状者络绎不绝，罢去官职，解押府城查办！"

县官听罢，如筛糠一样发起抖来。他再回头去看那算命先生，那先生不知啥时悄悄溜走了。

讲述者： 不详

采录者： 李其栓，男，30岁，淅川县人，高中，农民

采录时间： 1980 年

采录地点： 淅川县讲述者家中

选自： 《中国民间故事集成·河南淅川卷（二）》

211

算命先儿

从前，有个人，自称算命先生，到处骗人钱财。有个财主找着他，愿出大钱，给他找个好时辰，让他儿媳妇给自己生个主贵孙子。算命先生说："好，等你儿媳妇占了月[1]，我给你算好时辰生。"

过了不久，财主拿着重金找到算命先儿，说他儿媳妇占月了。算命先儿接着重金，掐指一算，说："好，等你儿媳十月胎满那个月的某日某时，生个儿子当朝廷，生个女子当正宫。"财主闻听，乐呵呵地说："好！"

说也巧了，待财主儿媳十月胎满，果然赶到那先生说的那个日子、时辰，生下一女。财主一高兴，又给算命先儿一笔重金。

只想孙女长大，会当正宫娘娘呢。谁知，财主孙女长大了没当成正宫娘娘，却被骗到外地当了妓女，气得财主和儿子，一同去不依算命先儿。算命先儿闻听，又算了一遍说没错，就问财主："生孙女时，你在跟前没有？"财主不好意思地说："儿媳妇生娃，我咋能在跟前？"算命

[1]　占了月：怀了孕。

先儿埋怨财主说："那这都怨你了。"财主儿子说："我在跟前，有啥你说。"算命先儿冲财主儿子说："你在跟前，看见你女儿落地时，面朝东还是朝西？"财主儿子一想，说："面朝西。"算命先儿说："面朝东当正宫，面朝西万人欺。难怪你闺女当妓女。"

财主父子你看他，他看你，大张嘴没啥说了。

讲述者： 胡金祥，男，74 岁，淅川县大石桥乡冉家坑人，小学，农民

采录者： 刘国胜，男，60 岁，淅川县人，高中，县文化馆干部

采录时间： 2020 年 11 月 9 日

采录地点： 淅川县大石桥乡冉家坑村讲述者家

附
记

这个故事也是我扶贫驻村时，听胡金祥大伯讲说的。别看胡大伯是个初小生，可他能讲好多故事，而且很会讲故事。讲得声情并茂，讲得绘声绘色，满以为他年轻时参加过故事会讲呢。后来我一问才知道，原来他是门里出身，他父亲就是个说大鼓书的。他是听着父亲的故事长大的，他讲的故事，大多是听他爹拍的。（刘国胜）

212

测
字

过去有个测字先生，远近有名。张三、李四和王五好奇心特别强，是三个打破砂锅问到底的把式，想试试他测得到底灵验不灵验。他们商量了一下，就于腊月十五这天一起到先生家里测字。

张三出了三个字："猪拱门。"先生一听，捋捋胡须道："十天以内有人要接你喝酒。"

李四也出了三个字："猪拱门。"先生想了想，说道："五天以内有人给你送身衣裳。"

王五和张三、李四一样，也出了三个字："猪拱门。"先生托着下颌，眉头一皱，突然说道："十天以内你有凶事儿。"

他们一想，都是"猪拱门"，测的结果不一样，这不是胡说吗？张三道："如果不应验，咋办？""不应验，我倒找你们十串钱。"他们交了钱，将信将疑地走了。

谁知，张三第二天就应验了，邻居卖地，请他作中人，吃喝了一顿。

过了两天，李四也应验了，他自家屋一个哥哥去世了，嫂子改嫁。有人说：李四不好缠，这十冬腊月的，给他加

身衣裳，捂捂他的嘴。人们送给他一身衣裳。

王五一见张三、李四都应验了，他心里毛了。恰在这时，为办年货、年礼，他老婆要他为自己娘家准备双份四色礼，心情焦躁怕出凶事的王五正不顺心着哩，就破口骂了老婆几句。谁知这女人的心，细得像头发丝，一气之下跳了河。幸好有人发现，救下了她的性命。

这下子啊，张三、李四和王五真像瞎子破柴——斧斧（服服）在地。他们想：其中的奥妙在哪儿呢？要问个究竟。

先生说："要知端底，还得你们俩钱儿。"他们给了钱。先生说："测字是要分时间的。你们想，猪拱门必定在夜间。它第一次拱门，一定是饿了，所以我说张三有人要请吃。第二次猪拱门，这腊里腊月，天寒地冻的，一定是主人忘了加铺草。所以，我说李四一定有人给送衣裳。第三次猪拱门，必定是胡闹台。你想它有吃有穿，还不安分，不是胡闹台是啥？它胡闹，主人就要打它，这不是凶事？"听了先生一席话，三人觉得很有道理，事后想想，先生的话不能令人深信，决计要打破砂锅问到底，便买通先生的好友潘根去探究底。

先生对潘根说："老兄啊！你还不知道，干咱这一行，还不是推理加玄虚？你想想，人，哪儿没得个三朋四友的，请吃请喝是经常的事。这腊里腊月，加身衣裳不也是常有的？再者，人活在世上，哪儿净是顺心事，况且这大腊月，家家忙着办年货，备年礼，常言说，越冷越打战，越忙越出乱，大小出个乱子，不都是个凶事儿？哈哈哈……"张三、李四和王五知道后，真是后悔死啦，早知道是这样，咋能白白送给人钱呢！

讲述者： 不详

采录者： 希民，男，30 岁，淅川县人，高中，县
文化馆干部

采录时间： 1980 年

采录地点： 淅川县丹江老城轮渡码头

选自：《中国民间故事集成·河南淅川卷（二）》

附
记

希民是习诏的笔名，当年在县文化馆是民间文化专干。习诏说这个故事是他有一次下乡时，在过丹江的轮渡上听人讲的。只记得一个测字先儿在船上给几个人测字后下船了，有个人一笑，问那几个测过字的人："测得准不准？"几个测字的说好像有点准。那人就讲了这个故事。（刘国胜）

213

圆梦

从前，有个秀才要进京赶考。临行前一天夜里，秀才连续做了三个梦。第一个，梦见自己下雨打了一把伞；第二个，梦见自己俩脚穿一只鞋；第三个，梦见自己吃个小娃鸡鸡[1]。

秀才觉得奇怪，赶早起来就去找圆梦先儿圆梦。见了先生，秀才说要进京赶考，昨夜一连做了三个梦，让先生给圆圆。接着就把三个梦，给圆梦先儿说了。圆梦先儿听罢，略一沉思，说："第一个梦见你下雨打把伞。嗯，好。这叫一手遮天，定能考中头名状元。第二个梦见你俩脚穿一只鞋。嗯，更好。这叫一步登天，定能高中。第三个梦你吃了个小娃鸡鸡。嗯，太好了。这说明你肚里有货，此行定考头名！"秀才听圆梦先儿这么一说，高高兴兴地进京赶考去了。

却说秀才一路底气十足，满怀喜悦来到京城，三场考罢，不说考上头名状元，也不说考个榜眼、探花，榜上连名都没有。秀才落榜回来，气得直接跑到圆梦先儿面前，抬脚就要踢先生的摊子。

圆梦先儿一见，忙拦住他，说："哎，你干啥？""你梦圆得不准。"秀才气咻咻地说着，就要踢他摊子。圆梦先儿说："你啥梦我圆得不准？"秀才说："我赶考前找你圆了三个梦，你都说我能考中头名，结果我考了个榜上无名。"圆梦先儿说："那你说说啥梦，我听听。"秀才说："第一个，梦见我下雨打把伞。"圆梦先儿一听，叹息一声说："唉，那你考个屁。下雨你打把伞，盆大的雨点子也淋（轮）不到你头上。你再说第二个梦。"秀才说："第二个，梦见我俩脚穿一只鞋。"圆梦先儿听了，又叹息一声说："唉，你俩脚穿一只鞋，寸步难行，你咋能考中？再说说你第三个梦。"秀才说："第三个梦，梦见我吃了个小娃鸡鸡。"圆梦先儿闻听，"唉呀"一声："难怪你考不中，你肚里有干球了！"

秀才两眼一瞪："那你当初为啥说我能考中？！"圆梦先儿苦笑一下，说："唉，我要不那么说，你能去赶考吗？你要不去赶考，咋知道我圆梦圆得应[2]？"

讲述者： 贾焕娥，女，73 岁，淅川县大石桥乡贾洼村，小学，农民

采录者： 刘国胜，男，60 岁，淅川县人，高中，县文化馆干部

采录时间： 2020 年 11 月

采录地点： 淅川县大石桥乡贾洼村

附记

那次去大石桥，本来我是去寻找一个叫杨老憨的故事讲述人，谁知到村里遇上的头一个人，就是贾焕娥大婶。我一说会拍故事的杨老憨，她手一摆说："杨拍子都死二三十年了。"说到这儿，她话一转，说："咋，想找拍故事的呀，那我给你拍一个。"我说中啊。接着就给

[1]　小娃鸡鸡：小娃生殖器。

[2]　圆梦圆得应：在南阳方言里，"应"与"准"同义。

我拍了这个故事。她讲故事很有特点，语言简练朴实，易懂易记。真是踏破铁鞋无觅处，得来全不费功夫。（刘国胜）

异文一：算命先儿解梦

有三位举人，异乡同道，赴京赶考。途中共宿一店，夜里各做一怪梦，丑不可言。第二日，他们各怀心事，疑虑不安，便找到一个算命先生预卜吉凶。算命先生讲："病不瞒医，有话实说吧！免误大事。"

第一个举人说："我梦见自己双脚插进一个靴筒。"算命先生解释说："吉祥之兆！这是要你坐等良机，不必行动，胜券在握，只待时间问题了。"

第二个举人说："我梦见自己青天白日撑一把雨伞。"算命先生解释道："好梦啊！大吉大利，你一手就能遮天，非凡俗之辈也，日后必成大事。"

第三个举人迟迟难于开口，只说："我的梦说来话丑，不宜向先生直言。"算命先生劝慰道："俗话说得好，话丑理端嘛！请直言无妨。"他鼓鼓勇气实话实说："我梦见一位朋友怀抱小儿向我开玩笑，突然一把抓住小儿'鸡鸡'塞进我嘴里，何等荒唐！"算命先生恭贺道："大喜，大喜啊！谁也吃不到的东西，竟被你一人独吞，看来金榜夺魁非你无人了！"

三个举人皆大欢喜，各向算命先生赐金封赏登程赶路去了。

大比结束，金榜揭晓。三个举人都成了落第文童，满腹牢骚，怀恨返乡。他们共同商定，回头找算命先生算账。

三个举人见到算命先生，异口同声责问道："你骗了我们三人，还收了三份重赏，该当何罪？！"算命先生笑了笑，从容辩解道："君子应有成人之美，不应有损人之恶。你们三位赴京赶考，欲求功名，乃人生之大喜事，我怎忍恶言中伤，使你们败兴而去？所以，我不能泄露机密，只能祝你们锐意进取，万一幸得一官半职，也算我的一点成人之美。"三个举人责问道："就算你说谎有理，何故又收受封赏呢？算否一罪？"算命先生哈哈一笑，说：

"我一不讨封，二不拒赏，何罪之有？不讨封是因我说谎有愧；不拒赏是我不收钱，给你们算命这叫'逆命'。俗话说天有不测风云，人有旦夕祸福，万一你们途中遇了不幸，岂不应了我这'逆命'的口号？那就成为我的损人之恶了，下人担当不起啊！"三位举人无言再责备了，但要求算命先生讳言不忌，重新解释他们各自的梦兆，好歹不加罪咎。算命先生拱手环谢，谦恭地说："蒙诸位高抬关照，恕下人直言实讲了。你们三位知书达礼，何以没有自知之明？"接着将三人的夜梦预兆，逐个直言详解：

"第一个来说，梦见自己双脚插进一只靴筒，这说明寸步难行，根本就不该出门。"

"第二个来说，梦见自己青天白日撑一把雨伞，说明再大的雨点也淋不到你头上。所以，赴京赶考求官是必定要落空的。"

"第三位来说，梦见一位朋友怀抱幼儿和自己开玩笑，一把抓过儿子鸡鸡塞进嘴里，这分明是在挖苦你。想想吧，一口吞吃个小儿鸡鸡，你肚里有球？拿啥本领进京会考求官呢？"

三位落第文人羞愧不堪，无地自容，悻悻返乡回家去了。

讲述者：　　不详
采录者：　　张学坤，男，淅川县人，农民
采录时间：　1980 年
采录地点：　淅川县城
选自：　　　《中国民间故事集成·河南淅川卷（二）》

异文二：梦先儿

从前，有个梦先儿，大眼大嘴，别人都叫他黄蛤蟆。有一天，他的小毛孩拿了一个棒槌玩。等到他妈要使时，毛孩儿想不起来放哪儿了，咋找也找不着。夜里黄蛤蟆做了一个梦，梦见棒槌在猪槽底下。第二天翻开猪槽，棒槌果然在下面。他老婆问："你咋知道它在猪槽底下呀？"黄蛤蟆说："俺会做梦，啥东西要是不见了，俺一做梦就知道那东西在哪儿。"他老婆非常高兴，见人就说。就这样一传十，十传百，方圆几十里都知道这里出了个梦先儿。

有个叫杨赶山的，家里养的那匹大白马不见了，去找黄蛤蟆。黄蛤蟆问清楚了马是啥样后，说："那你明儿来吧，等俺晚上好给你梦一梦。"杨赶山走后，黄蛤蟆心想："这一匹大活马能跑到哪儿哩，得出去转转，看看能不能找着。"于是就到山上转悠。在山沟里看见一匹白马，上前一看，和杨赶山说的一样。他就把马趁黑牵回家，等到天快亮的时候，又把马牵出去放到山沟里，让它在那儿吃草。天刚亮，杨赶山就来了。黄蛤蟆对他说："你别着急，你那匹马丢不了。俺夜晚梦见它就在对面那个山沟里，你去找找看。"杨赶山到山沟里一看，自家的马正在那吃草哩。以后逢人就讲黄梦先儿真是活神仙，梦做得真准。

这事传到了县衙里。县衙里有两个差役，一个叫王五，一个叫赵六，他俩不信黄梦先儿就有恁神。俩人一合计，把县太爷的大印给藏到了马棚里，县太爷找不到印，非常着急。王五、赵六就说："老爷，听说有个梦先儿，是个活神仙，只要他一做梦，就知道大印在哪。"县太爷一听说："那你俩赶快去请。"王五、赵六来到黄蛤蟆家，对他说："昨夜晚上，县太爷的印丢了。县太爷要俺二人请你去，看看老爷的印丢哪儿了。"黄蛤蟆说："中啊，俺跟老婆说一声，咱就走。"黄蛤蟆把老婆叫到一旁，对她说："你估摸走出去十来里地，就把咱家的猪棚给点着。"他老婆说："好好的猪棚，给点着干啥？"黄蛤蟆说："你知道啥，让你点你就点。这回去，弄好了咱就发财了，弄不好连命都丢了，你就照俺说的话去做。"黄蛤蟆和两差役走了十来里地，黄蛤蟆忽然站住对王五、赵六说："二位差爷，不行，俺得赶回去一趟，俺家猪棚着火了。"二人不信，就跟着黄蛤蟆一起回去。到了黄蛤蟆家一看，果然，猪棚着了。两人说："黄梦先儿，一个破猪棚，着就着吧。咱们还是快走吧，县太爷还在等你哩。"黄蛤蟆走时又对老婆说："估摸俺走个十来里地，你把咱家的灶屋再给点着。"他们三人又走了十来里，黄蛤蟆又站住对两人说："不行，俺还得赶回去，俺家灶屋着火了。"两人又不信，

又跟黄蛤蟆回去一看，真是灶屋着了。这下王五、赵六可就信了。在回县衙的路上，他二人问："梦先儿，离你家十来里地，你咋就知道哩？"黄蛤蟆说："俺眼会眨，耳会响，嘴会张。俺眼只要一眨，啥事都能看见，耳朵一响，就能听见动静，一张嘴就能说出是啥事。"两人一听，吓得不得了：活神仙到县衙后，不是一看就知道印是俺们藏起来的？他要是给老爷一说，俺俩的小命不就要玩完了？二人扑通跪下对黄蛤蟆说："老神仙，印是俺俩藏起来的，想和你闹着玩哩，你老人家可别对县太爷说。"黄蛤蟆一听，又问："印藏哪儿了？""在马棚里马槽下头。"黄蛤蟆心里有数了，对两人说："都起来吧，俺咋会跟你们一般见识哩？赶快走吧，别让县太爷等急了。"

县太爷一见黄蛤蟆来了，就急忙问："俺的印到底掉到哪儿了？"黄蛤蟆说："大老爷，俺昨天梦出来了，你的印在马棚里的马槽底下。"县太爷忙喊："王五、赵六，赶快去找。"他们二人当然到那就给拿出来了。县太爷一见印找着了，喜得不得了，摆了一席菜请梦先儿。县太爷对黄蛤蟆说："黄先生真是活神仙，把俺的印给找着了。要不然，皇上知道可是要杀头的。先生今晚就别走了，等明天再回，俺送你五百两白银酬谢。"黄蛤蟆假装推辞了一阵子，也就答应了。晚上，县太爷把黄梦先儿如何如何神奇给夫人吹嘘一通。夫人不信。县太爷说："你要不信，你明早上就藏点东西试试不就中了？"

第二日早起，天将亮，夫人就让丫鬟到后院枣树上打了一颗青枣，用碗扣住了。等黄蛤蟆起了床，夫人说："听说先生是个活神仙，你猜这碗里扣的是啥子？"黄蛤蟆说："俺一做梦就知道，这大清早有个啥猜的？"丫鬟接口说："真准，夫人，黄先生猜得真准。"黄蛤蟆摸不着头脑，顺手把碗翻开了，见里面扣着个青枣，就偷偷地笑。夫人想这是不是给他看见了。叫人到后院抓了只小蛤蟆，又用碗扣了。夫人又对黄蛤蟆说："黄先生，家人又在厨房用碗扣个东西，请先生说是啥。"见又叫他猜，不由得吓了一身冷汗，自言自语道："俺黄蛤蟆今儿看来是活不成了。"那个佣人大叫："夫人，老神仙又猜对了，那里头就是一只小黄蛤蟆，千真万确，俺将在后院逮的。"黄蛤蟆听了，长出一口气。他怕节外生枝，忙对县太爷说：

"大老爷，俺在这时候儿不短了，得回去了。"县太爷上前拉着他说："黄先生，你不要回去了，俺这里正好缺个师爷，你就在这儿当师爷吧。以后不论本县到哪里上任，先生你就和俺一起，亏待不了你。"

就这样，黄蛤蟆就在县衙里做师爷。在县里，也是一人之下万人之上，好不威风。

讲述者：　黄道玉，男，60岁，汉族，桐柏淮源镇铁板桥湾人，农民

采录者：　黄安杰，男，35岁，桐柏县人，现任郑州市烟草公司副总经理

黄道云，男，39岁，桐柏县淮源镇人，高中，农民

卢伟，男，35岁，桐柏县城关镇人，高中，职工

采录时间：2004年

采录地点：桐柏县淮源镇铁板桥湾村

选自：　《中国民间故事全书·河南·桐柏卷》

214

风水先儿看宅

一天，风水先儿和徒儿来到了孙家庄，见一座楼门前堆着一摞砖一摞瓦，他心里一动，向门口走来。刚至门前，他听着院子里有脚步声，就高声嚷了起来："嗨，这楼门咋盖成这个向[1]！"

这是孙员外的家，因几年来很不走运，便疑心是楼门向不正所致。这几天，他正想找个风水先儿看看宅子，恰好出门就听见风水先儿这话，慌忙把师徒俩请了进来。

进了门，风水先儿一抬头，见院里的杏树上结着疙疙瘩瘩的黄杏，他叹口气说："不缺吃，不缺穿，独缺儿女在跟前。"王员外暗暗吃惊："这先生咋知道我没儿没女？"忙吩咐家人设宴相待。

酒席中，风水先儿瞥见梁上老鼠乱跑，又唉了一声说："这宅子，真是硬，就连个猫也养不成。"孙员外又吃一惊，说："先生好眼力，这几年逮几个猫都没养成。"桌上的酒不多了，孙员外吩咐家人去内室拿酒，就在家人揭门帘时，风水先儿看见里边挂着一大块猪肉，心里又是

[1]　这个向：向，向口，风水的方位、朝向。

一动。

酒饭用毕，风水先儿绕着宅子转了两圈，哼两声说："楼门盖成子午向，破财背时人不旺。""先生，您看换个啥向好哇？"风水先儿道："南北伤人，东西吉祥，东西向，朝太阳，子子孙孙坐满堂。""先生就再给看个日子吧。"风水先儿掐着指头，算了一下，顺口说道："子丑寅卯，明天就好。不过，有一事千万要记住：调向换门，不可动荤，家中亦不可藏荤哪！"

孙员外心里一怔，想起内室那块猪肉，何不就此送给先生，一来做个人情，二来也除去这个忌讳。于是，让家人把肉拿出来说："先生为我劳心费神，这块肉就送给先生，表示一点心意吧。"风水先儿假意推辞一番，便让徒儿接着肉。

路上，徒儿迷惑不解地问道："先生，您咋知道孙员外要换楼门？"

"他楼门前一摞砖一摞瓦告诉我的。"

"噢——那您咋知道人家不缺吃，不缺穿，独缺儿女在跟前？"

"有儿有女，树上黄杏能结得疙疙瘩瘩？"

"您咋知道他家养不成猫？"

"有猫，大白天老鼠敢乱跑？"

"您咋知道员外屋里放有肉？"

"那家人揭帘进屋时我看见的。"

"您咋不让人家动荤？"

"他动荤，咱咋能得这块肉？"

徒儿恍然大悟。

风水先儿哈哈大笑。

讲述者： 王有僧，男，70 岁，淅川县大石桥乡姚家
湾人，私塾，农民
采录者： 杨希泉，男，27 岁，淅川县大石桥乡人，
初中，农民
采录时间： 1979 年
采录地点： 淅川县大石桥乡姚家湾讲述者家中
选自： 《中国民间故事集成·河南淅川卷（二）》

附
记

采录者和讲述者是挨村邻居，也就是故事中风水先儿的徒弟。据说自他听先生一语道破天机，知道风水先儿是糊弄人的骗子，从此再不跟那先生学看风水了。（刘国胜）

215

阴阳先儿和犟筋头

从前，有兄弟俩，老大学了个阴阳先儿，老二是勤劳的庄稼人。老大这个阴阳先儿到哪儿都行，可就是到老二跟前吃不开。为啥？老二不信他那一套。老大就叫老二"犟筋头"，天长日久，只得分开来住。

老二要盖新房，也没请人看场地，就平起宅基地来。

老大回来一看，扒住书本说：

"犟筋头，犟筋头，那是个下沙头儿[1]。小心房子盖不起就杀了你的头，盖不得，盖不得！"

老二头一摆说："有空帮咱挖两下，别光磨嘴皮子。"把老大气得一跺脚走了。

老大刚走，老二挖出一块金子。不几天房子盖起了，也没见出啥事儿。

老大眼红了，也来这个处盖房子。盖起房，一天斜，两天歪，三天倒，差点要了老大的命。

老大说老二："咋样？我就说这是个下沙头儿。"老二说："咋不说你墙根脚垒得像鸡窝？"老大气得一翻白眼

走了。

老二要修猪圈，老大不声不响跑来，又是下罗盘，又是掐手指头算。末了[2]对老二说：

"犟筋头，修不得，修到这儿犯'千斤煞'[3]，一天叫你死俩仨。"

老二头一摆说："哥哥说得怪，猪长千斤都不杀，那到啥时候杀呀？我这人心不狠，三四十斤我就杀，一年杀俩仨。"

老大一听，气冲冲走了。

老二这年殷勤喂猪，到年底，三四头猪都是二三百斤，又肥又壮，杀了还给老大拎了一大块子。

老大红眼了，心想：这可是个好地方，可能当时看错了？他在老二猪圈旁也修一个猪圈，自认为可以长大肥猪了，成天带喂不喂的，猪圈里成天是泥糊儿。到年底，猪还是个小蛋蛋。

老大说老二："咋样？我就说这儿犯'千斤煞'。"老二说："成天叫你坐水牢，一顿饥来一顿饱，看你长不长！"老大气得干瞪眼说不上来话。

老二门前一棵樱桃树，又高、又大、又老，连皮都是黑的，上头还有个大树洞，洞里住了一窝山蜜蜂，谁上去蜇谁。

老大说老二："犟筋头，犟筋头，那是一个'迎门钉'[4]，上头还有一窝蜂，不挡你财也定要你命。砍了吧！砍了吧！"说着，拿把斧头就要砍。

老二头一摆说："千年老树住神圣，神圣还能要我命？我这是棵摇钱树，谁也不准给我动。"把老大斧头夺了。

老大一听，鼻子都气歪了："犟筋头，犟筋头，不可全信，也不可不信呀，你啥都不信，死在眼前不听劝，不信你就过着看。"说完，气鼓鼓地走了。

过了两年，京城公主得病，太医一看，说是要"千年樱桃蜜"才能治好。可这稀奇东西上哪儿能找来呢？皇帝

[1] 下沙头儿：阴阳用语，指一个地方右手的最下头。迷信说在此建房不死即绝。

[2] 末了：临了、最后。

[3] 千斤煞：阴阳用语。迷信传说，触犯该煞，不死即伤。

[4] 迎门钉：阴阳用语。迷信把正对门中缝的树叫"迎门钉"。

出榜文说：谁要是能献来"千年樱桃蜜"，要官给官，要金给金，要银给银，还把公主嫁给他。

老二听说了，他抱了一捆艾蒿，放在树下熏起来，把蜂都熏得钻洞了，他就拿块石头顺树根往上敲，敲到"咚、咚"响那个处儿，他掏了一个洞。蜂蜜从洞里流出来，他接一大缸，又把洞堵住了。那蜂蜜又黄又红，都做成"蜜拉金"[1]了，他把蜜糖舀起来，还剩半缸"金"块子。老二把蜂蜜送到京城，公主一喝千年樱桃蜜，病就好了。公主说："我这命是老二给的，非嫁给老二不行。"皇上话已出口，无法收回，就把老二招为驸马。

老大在外头听说了，就赶快跑回来，老二已经走了。他一气之下撕了阴阳书说："看来，这书都是胡说的！"他又砸了罗盘，说："阴阳先儿不如庄稼佬儿，还不如守住这棵樱桃树碰个运气。"

可是，老大在这棵树下一直守到老死，也没碰到好运气。

讲述者： 不详

采录者： 黄毓钊，男，23 岁，淅川县仓房乡人，高中，农民

采录时间： 1984 年

采录地点： 淅川县仓房乡仓房村

选自： 《中国民间故事集成·河南淅川卷（二）》

216

『官上加官』

有一个员外姓别，虽然他斗大的字不识一升，却朝思暮想当高官，所以，人们背地里就叫他"别好官"。

"别好官"年已半百，虽然膝下有一男一女，却男傻女哑，这成了"别好官"的一块心病。咋？好官不得官，儿女傻哑难为官。因此，他整日愁眉苦脸。

这天，"别好官"走到下房庭院，听到长工们谈笑风生："哼，爷奶的积德，祖宗的风脉，哈哈哈……""别好官"听到此话不但不气，反而把脑门儿一拍："嗨！有门儿，难怪我好官不得官，定是风脉不对，我得选个风水宝地才是！"

一天，有个自称会看风水的贾先儿路过这里，"别好官"就把他接到家中，准备了好酒好菜，热情招待。贾先儿答应三日后，定给他选块好地。"别好官"十分高兴，送银重谢。

三天后，"别好官"就带着仆从，背上银钱，随同贾先儿一大早就出门选地。跑遍了沟沟岔岔、山山岭岭，累得"别好官"直喘气儿，但他一想到选好地当官，劲儿就来了。

[1] 蜜拉金：地方俗话。蜜蜂糖几十年不割，可以形成金子。这是自然形成，人们称为"蜜拉金"。

跑到第三天，眼看天色将晚，一行人来到一块四周平、中间凸的土丘旁坐下歇息。贾先儿眼珠一转："别员外，该你有运气呀！""啊？选到好地方啦？""嗨，妙极了，常言说，'私凭文书官凭印'，你看这凸起的土丘，多像一块印啊，此乃是一块金印，如果在这儿盖上房子，也就是金銮宝殿，你家祖祖辈辈可就要当官了，哈哈哈……"

"别好官"当官心切，忙命家人在贾先儿指的地方标记，几天后就在此挖土下基，挖着挖着，只听"喀嚓"一声，挖在一口朽棺木上，而且还是一口双层棺。"别好官"如冷水浇身，顿时凉了半截："贾先儿，这……"贾先儿也怔了一下，但转而把大腿一拍："嘿！妙绝！""别好官"说："妙在何处？"贾先儿摆出一副行家的样子，神秘地说道："这就叫官（棺）上加官（棺）哪！"

讲述者：　田力，淅川县人

采录者：　李保国，男，30 岁，淅川县西湾人，高中，农民

采录时间：　1982 年

采录地点：　淅川县讲述者家

选自：　《中国民间故事集成·河南淅川卷（二）》

217

穷木匠赚了贪老板

从前，南召县城有一家小生意店，店主叫张明，贪得无厌。他卖东西是端条盘扯圈转——看人下菜碟能欺就欺，能骗就骗。受过他诈骗的人很多。

离县城二十来里有一个王家庄，王家庄住着一个名叫王泰的木匠。他的母亲去世，到集市上去买一顶急戴的黑色孝帽，来到张家店里，见里面有卖这种帽子，便问掌柜："这黑帽多钱一顶？"张明见来者慌慌，两眼肿红，料想必是急用这帽，就扳起了价钱。本来只能卖两块钱的帽子，他竟开口说："五块钱一顶。"王泰一听这帽子一下子涨了两倍的价，便扭头到别处去买。可是找了好几家店铺都没有找到这种帽子，只得又回到张家店。张明见他又返回来了，料定别处都把孝帽扳到了这个价钱上，心中暗喜。于是，当王泰再次问价时，他一口答出"七块一顶"。转眼间又涨了两块。王泰哀求道："掌柜里，我家急用一顶这种帽子，别处买不到，我带钱不多，您就行行好，便宜卖给我一顶吧！"张明一听又是一喜。这么说我这就是蝎子屎——独份（毒粪）。真是财气！他不但没有降价，反倒又加了一块："少啰唆，八块钱一顶，嫌贵你去

别处买。"王泰知道店主有意抬高价格，趁这个节口敲竹杠，再缠也无济于事。只得又找熟人借了些钱，添够八块钱买了一顶。

王泰埋葬母亲之后，一看见孝帽就怨气难消，他决心想法治治这个贪心不足的家伙。他眉头一皱，办法出来了。

第二天，他便开始闸着进城的路口，逢见熟人就央求说："你到街口张家店问问张明有墨斗[1]没有，有了给我捎买一个，没有了扭头就走，也别多说话。"一连半个月，他天天央进城的人这么做。当然，从没有一个人从那里给他买回来一个墨斗。因为当时根本就没有卖墨斗的事，墨斗都是木匠自己做的。

王泰这样一整，张明以为抓住了一个发财的好门路，他想墨斗现在是畅销货，况且别人也从没经营过，我如能搞到一批，独家经营，那该是随便要价了。可上哪儿弄这一批货呢？

张明正苦思冥想生办法，忽听见外边有人叫卖墨斗，这真是正瞌睡有人送枕头，他不禁喜出望外，失急慌忙跑出来，张罗交涉生意。

这个卖墨斗的不是别人正是王泰。原来他一边央人假装买墨斗，一边赶制墨斗，到如今已是水到渠成了。王泰见张明上了钩，心中暗喜，便随他进了店内。

张明一反常态，热情地给王泰倒了杯茶，然后试着问："老弟卖这墨斗多少钱一个？"王泰喝着茶不慌不忙说："五块钱一个。""哪有这么贵？这东西销头可不大呀。"张明自作聪明。"卖五块钱够便宜，你不要，有几个店老板还争着要哩，那我可走了。"王泰说完就想走。张明"嘿嘿"一笑："我说老弟，别性急嘛，好商量，好商量。你给我的贵，我卖得更贵，反正既是走俏货，别处又没卖的，我来个水涨船高，不愁没有利儿。"于是便成交了。

他数了数，共三十九个，便付给王泰一百七十五块钱。王泰把钱装进口袋，意味深长地说："恭喜发财，有往有来。"然后告辞，扬长而去。

据说停了几年，一直到张明年老关店，那三十九个墨斗还一个不少地摆在柜台上哩。

讲述者：	杨家彬，男，30岁，南召县崔庄乡张村人，不识字，农民
采录者：	杨家新，男，25岁，南召县崔庄乡张村人，高中，农民
采录时间：	1987年5月
采录地点：	南召县崔庄乡张村饭场
选自：	《中国民间故事集成·河南南召县卷（下）》

附记

张村是南召有名的"故事村"，曾涌现出四五个优秀故事员，他们分别是杨立绍、杨立刚、周化章、杨家彬、朱德荣等，他们讲故事各有特色，杨立刚善讲生活故事，杨立绍善讲鬼怪故事，朱德荣善唱民间歌谣。他们所讲的大部分故事，被同村的民间文学爱好者杨家新所采录，得以流传下来。让人遗憾的是，杨立绍、杨立刚、周化章、朱德荣都已不在人世，民间故事的传承与发展出现了严重的青黄不接的现象。（乔向东）

[1] 墨斗：木工行业工具，由墨、线轮、墨线、墨签构成。

218

珍珠汤与凤凰眼

传说，很早很早以前，有个叫金有成的穷人，给县太爷当厨师。县太爷是个"油嘴猫"，整天想着怎样吃得美，吃得香，打听着什么东西最好吃，最有味，最养人。

一天，他把厨师找来问道："你说说，什么东西最干净？什么东西最好吃？"厨师想了想说："常言说嘛，眼不见为净，肚子不饥不香，饥饿之时什么东西都好吃。"县太爷听罢很不高兴地说："怪不得你做的饭菜都不好吃，你就没有一点本事。自古以来都是说以水为净，肉最好吃，哪像你说的那样，眼不见为净，饥饿之时什么都好吃？再饿，小米也没有大米香。你真是小人，少见寡闻。"县官一番话训得厨师低下了头。明知不对，也不敢犟嘴。从此厨师就把这话记在心头。有一次县太爷家里来了客，县官叫衙役去对厨师说，快准备酒菜，太爷要喝酒。厨师叫小厨子上街买一个没有用过的新便壶，叫小厨子拿到河里，把里里外外洗得干干净净，再把好酒装进便壶里。饭菜准备齐了，厨师把县太爷请出来入座。坐好之后，厨师亲自把盛满酒的便壶拿出来放到桌上。县太爷一见冲冲大怒，连声责骂厨师。厨师连忙说道："太爷息怒，这便壶是小

人今天在集市上买回的新便壶，我又叫小厨子拿到河里里里外外洗得干干净净。这又何妨？太爷如嫌不雅，小人拿下去另换酒壶来也就是了。"说罢，将便壶提下去，又换上锡酒壶拿上来。酒宴一毕，厨师问县太爷说："今天我特意给太爷装的好酒，不知太爷喝得是否可口？"县太爷点点头说："不错，不错。"厨师又说："太爷，我说是眼不见为净，你说是以水为净。干干净净的便壶装的酒你不喝，还是便壶里的酒又倒到酒壶里，你就喝得很有味，这又怎说呢？"一席话说得县太爷面红耳赤，无言答对。

又有一次，县太爷要到百花山里去游玩散心，那里的景致很好。县太爷吩咐厨师，准备好干粮，厨师说行。可是，走的时候衙役到厨房去拿干粮，厨师还没有做。他对衙役说："你们先走，我随后就把吃的东西送去。"衙役听罢心想，这可省了我们的劲了，便匆忙离去。

县太爷和几个衙役来到百花山，风景好得真是叫人一看就舍不得走，不知不觉就玩到了中午时刻。县太爷觉得有些饿了，但是还不见厨师把饭送来。一等没见来，两等不见来，眼看太阳偏西了，还没见厨师的影子。县太爷很生气，吩咐衙役抬轿回衙，一路上也没碰见厨师的影子。到衙以后，县太爷正要去找厨师问罪，这时厨师已把做好的饭菜端了上来。县太爷正是饥饿难忍的时候，一见饭菜就先不发脾气了，端起碗就吃。一吃不要紧，县太爷忙问厨师："这是什么饭？什么菜？这么好吃，真有味道。"厨师说道："是我想到太爷今天上山，疲劳过度，需要多加营养，特意给太爷做的最好的饭菜。这饭叫珍珠汤，这菜叫凤凰眼。"县太爷听罢，很惊奇地说："本县上任以来，从没吃过这么有味的饭菜，连听都没有听说过。"

又过了几天，县太爷把厨师叫到跟前来说："能不能再吃顿珍珠汤、凤凰眼呢？"厨师笑了笑说："要做这样的饭不难，只怕是你吃不下去了。"县太爷问为啥，厨师说："你知道那珍珠汤、凤凰眼是什么东西？"县太爷说："不知道。"厨师说："那珍珠汤是毛大麦煮的粥，那凤凰眼是湖田里的螺蛳肉。"县太爷一听，哇地直想呕吐，问："为啥恁好吃哩？"厨师说："只因你那时肚子饥饿，又从来没有吃过这东西，又听说那么高贵好听的名称，当时饥不择食，自然很好吃。现在要再叫你吃，你就吃不下

去了。"县太爷听罢，心里暗暗佩服厨师所讲的话。从此，他再也不刁难厨师了。

讲述者、采录者：吴振英，男，41 岁，西峡县寨根乡太
　　　　　　　　　　山村人，高中，农民
采录时间：　1980 年 5 月
采录地点：　西峡县寨根乡太山村
选自：　　　《中国民间故事集成·河南西峡县卷（下）》

附
记

故事在西峡县流传的版本很多，有的只讲前半部分"眼不见为净"，有的只讲后半部分"珍珠汤与凤凰眼"，在其他版本中县太爷的厨师也没有像这篇中有名有姓，大多称厨子或做饭的。（章东丽）

219

李五先儿锻磨

听人家说，从前有个李五先儿，小土财户。一个钱掉到地下八面吹灰，左邻右舍都说跟他缠不过[1]。不论啥匠作到他家做活，都是秤锤打锣，就那一家伙。

李五先儿开个磨房。年年交腊月，开磨房家儿都要锻磨，磨快就能多挣麸子。李五先儿不能没这打算。有一年，眼看交腊月四五天了，周围的石匠都跟他打过交道吃过亏，他再说得美，人家也不来上他这个当。眼看着磨跟八十岁的老婆一样，钝得咬不动粮食籽儿，心里干着急。为这事，他老婆也给李五先儿埋怨得一头栗子包。李五先儿也是一肚子燥气，心想：人有钱能叫鬼推磨，就不信找不来锻磨匠。李五先儿拿了两个黑馍，跑到三十里外的周家庄去找石匠去了。周石匠人老三辈都是干这一行，门里出身，不要说锻磨锻碾，就是雕碑刻字也是行手。况且他们俩就没有打过交道，李五先儿心里琢磨一定能找来。谁知道周石匠去灵山给人家刻碑去了。李五先儿问周石匠老婆这周围谁还会锻磨，周石匠老婆说她娃儿也常出门做活。周石匠

[1]　缠不过：斗不过。

老婆给她儿喊来，李五先儿一见就说："咱们没打过交道，以后你都知道，咱是好干脆，还是我那个老规矩，只要活做得好，一个工给俩工钱。可是丑话也说在头里，活做得不成样，我是俩工给一个工的钱。"小周石匠也是串百家门儿几年了，手艺也不算差，心想锻磨这活有啥做头。谁知道四路贴告示，还有不识字的人。小石匠年轻，说话也利落，就说："咱们是君子一言，驷马难追呀！"李五先儿说："咱们一回生二回熟，三回见了是朋友。几十儿[1]了，能说话不算数！"

小周石匠在李五先儿家忙了两天，磨才锻好，请李五先儿去看看。李五先儿说看啥，我拉牲口你上盘，添上粮食磨两遍，有毛病没毛病就知道了。谁知驴一套转了几圈儿，李五先儿就对小周石匠说："小伙子手艺到你老人家跟前还差得远呢，你看有地方下得快，有地方下得慢，这也是活没做到家的劲儿。"小周石匠和李五先儿争得脸红脖子粗，新姜总没有老姜辣，结果李五先儿只给小周石匠一个工的钱。小周石匠出了李五先儿的大门，就有几个人问小周石匠："咋样？"小周石匠说："李五先儿混账，胡搅蛮缠给一半钱。"那些邻居对小周石匠说："给一半只要不欠你的，就算高抬。"一个年轻人念道："李五先、尖巴尖，仨钱磨成一个半，要账得跑五七遍。你今这总算多少不讲，是州里不打——过县（现）哩。李五先儿对你这远路师傅，也算是房檐插扁担——高抬举了。"

第二年腊月，李五先儿正盘算上哪儿去找石匠锻磨时，老周石匠背着凿子、锤，去李五先儿家找活做。咋？原来为他娃出气哩。一家正想去找人，一个正去找活做，所以三言两语就说妥了。李五先儿把对小周石匠说过的话又说了一遍。老周石匠说："真是有缘千里来相会，无缘对面不相识，我和你一个脾气。我平素做活也有个规矩，试磨上盘，试三天，试罢没褒祖[2]再使钱，有毛病一文钱罚一串。"李五先儿一看老周石匠硬折不弯是个硬汉子，说句话像立通碑一样，觉着还有油水可捞。心想，磨道圈里查驴蹄，还能找不到毛病？就说："这回要试试老师傅的本

事，交个朋友。要是磨锻得找不出毛病，我一文钱给一块大洋。"老周石匠说："你有来我有往，我就信信你这个行家，找出我一点毛病罚二块大洋。"李五先儿还怕空口无凭，叫老周石匠立个字。老周石匠说："李五先儿，你是掌柜的，先垫三块大洋办桌酒席，然后把左邻右舍、三老四少都请来，咱们校场比武。谁败下阵去，这三块钱酒菜钱谁掏。"李五先儿办了酒菜，请了客人。酒席宴前，老周石匠和李五先儿都又说了一遍，当着一桌子客立了保状，各自散去。

再说立状以后，李五先儿和老周石匠谁都不想输。老周石匠活做得认真仔细，李五先儿也是两眼瞪得二钱一样看得细致，准备找柯权[3]赢那几块大洋钱。

李五先儿嘴里噙着长杆烟袋，心里想：遇着个好匠人，也真不容易，要是能……李五先儿想个门开腔了："真不讲人家说，十个匠人九个奸！"

老周石匠问："咋？"

"你给那磨齿沟[4]洗深一点，不多磨十天半月？俗话说，'滑不过堂客，奸不过匠作'，一点不假。"

老周石匠笑了一下说："你真是个内行，行家眼里吹不得灰儿。你只知其一，不知其二。匠人是端人家碗受人家管。不怨匠作们奸，只怨行家太少，指派不到。我这一回破个例，不叫你说我奸。"说罢拿过凿子又重新把磨齿沟洗了一遍。老石匠也是忙了两天，给磨上了盘就走了。临走时对李五先儿说："三天后来使钱。"

第二天李五先儿套上驴，李五先儿的老婆搭上粮食，驴给磨拽得圆圈转，就是粮食一点不下。李五先儿把驴一卸，就去找老周石匠。谁知道老周石匠去灵山刻碑去了，回来到过年麦口[5]跟了。李五先儿心想：跑了和尚跑不了寺，麦口回来再算这个账不晚。李五先儿又跑到小石庄，请来了一个师傅。这位师傅把磨又下了盘，叫抓把麦子撒在磨上，用手指一赶，麦籽都掉进磨齿沟里，赶不出来。老师傅知道磨齿沟太深了。可是再看看其他处的活，

[1] 几十儿：一把岁数了。
[2] 褒祖：也作褒贬，即没有任何问题。

[3] 找柯权：找差错。
[4] 磨齿沟：石匠行话，洗磨齿沟意为凿磨齿沟。
[5] 麦口：麦收前夕。

连一点褒祖都找不着，心想，周石匠是好手艺，为啥要把沟洗那样深？这时候李五先儿看老师傅不说话，就急着问："老师儿，没看毛病在哪儿？"这时候围着看的邻居也不少，没看见老周石匠也挤在后头听。老师傅说："活做得连一点毛病也没有，除了老周石匠还做不来。就不该磨齿沟深一点。"老周石匠接住话茬说："李五先儿你可听着，保人也都在场，老师傅说我做这活没一点毛病。磨齿沟深一点，是你叫洗深一点，好多使十天半月。咱们当匠作是掌柜指分到哪儿做到哪儿，不照掌柜说的办，不要落你个'奸'字？磨齿沟深不怨我。两个工是十六文钱，你说过活没褒祖儿一文钱给一元大洋，你得给十六块大洋。"李五先儿心疼也没方，有保人，只好给了工钱。磨还使不成啊，咋弄？还得央求老周石匠。老周师傅吩咐他从河里揽回来一斗五升砂，搭到磨上把齿磨钝后再锻。李五先儿没方，只好照办。娃儿们为这事给李五先儿编了曲儿：

李五先，生来尖，一回锻磨十六元；

本想沟深把钱省，落个空磨磨半天。

讲述者： 周应春，男，65 岁，西峡县五里桥乡前营村人，不识字，农民
采录者： 万子东，男，53 岁，西峡县五里桥乡前营村人，高中，农民
采录时间： 1982 年 5 月
采录地点： 西峡县五里桥乡前营村
选自： 《中国民间故事集成·河南西峡县卷（下）》

附记

20 世纪八九十年代以前，农村人吃粮食全靠石磨来加工，特别是小麦加工成面粉，没有石磨不行。每个村子，少则一盘石磨，多则好几盘，并建有专门的磨坊，供全村人共同使用。拉磨一般靠驴子，没有驴子的，才靠人力推磨。人们到磨坊磨面，一般不出工钱，把最后剩下的麸子留下以代工钱。石磨分为上下两扇，下扇固定在磨盘上，中央安有木楔，木楔上套铁圈，叫"磨脐儿"，上扇下方中间有一圆孔，套在"磨脐儿"上。上扇的上面是"磨头"，"磨头"上有两个孔，供粮食进入，叫"磨眼儿"。石磨磨粮食时，粮食顺着磨眼儿，下到两扇中间的磨齿间，磨扇转动时，磨齿相互咬合，把粮食磨碎。然后顺着磨齿间磨齿沟"流"到磨盘上，磨面人从磨盘上把磨碎的粮食再收集起来，拿到专一的面箱里，用罗把面粉筛出来，把没有完全磨碎的粮食再添回磨头上，继续进行碾磨，直到完全把面粉磨净为止。面粉磨净后，剩下的部分就是麸子，或者叫麸皮，麸皮可以用来喂猪、喂鸡等，而过去的穷苦人家，实在没啥吃时也吃麸皮。在磨面时，石磨使用的时间长了，磨齿被磨平而变得迟钝，磨粮食的速度就会慢下来，粮食也不容易磨烂。因此，隔一段时间要把磨扇卸下来，请专门的石匠锻磨，锻磨就是把磨齿锻得尖利，磨槽整得深深的，这样才容易把粮食磨碎磨烂。在那时，石磨是大件农具，一般人家置不起，只有有钱的人家才能置起石磨，因此显得非常贵重，备受主人的呵护。

（章东丽）

220

让人夺

武术上有一个死地求生的招式，叫作"让人夺"。说起"让人夺"这个招式，还有一段故事呢！

古时候，南阳府有一读书人，姓王名勤，出自书香门第。但因父母早亡，家道破落，只好中途停读从耕。这王勤白天务农，夜读诗书，小日月倒也过得不错。王勤年过花甲，才得一子，取名王义。王义虽是老生子，却也长得七面玲珑，八面光堂。王勤夫妇把他视为掌上明珠，嚼在嘴里怕化了，放在手中怕飞了。

王义长到七八岁时，王勤自己教他读书。但老来惜子，王勤总不当面严加管教王义。只好请了个教书先生，专门教王义攻读诗书，盼着他日后能谋上一官半职，也好光宗耀祖。谁知王义自小就好惹是生非，经常偷偷地从书斋里溜出去，和一起顽皮娃结伙打架斗殴，时常把邻居的孩子打得鼻青眼肿。王勤夫妇溺爱王义，也不深加管教，回回出事总是给人家说好话，或出点钱给人家养伤了事。王义越发学害了。王勤见王义喜爱武术，就请了个武教师，教他学武功。这倒怪合王义的脾气，不多时也学会了几套拳术，打架斗殴更是无人敢敌。又过了几年，王义父母相

继过世。教师辞去，更无人管教他了。王义越发肆无忌惮，整天游手好闲，结交些不三不四的狐朋狗友，吃喝嫖赌样样都干，不长时间，就把家产鬼弄[1]个净光。

一日，这群狐朋狗党又在一起喝酒。王义忽然闷闷不乐起来。兄弟哥们便问道："大哥，今日你为何愁眉不展？"王义说："兄弟们有所不知，自从我父母亡故，愚兄我文不能取仕，武不能赢众，我又不谙农事，所以家道破败。现只落得双肩抬头、两袖清风，这往后的日子可咋过呀？"说完又长叹了一口气。"哎，大哥，你怎么聪明一世，糊涂一时呢！你擅长武术，如能再拜上个名师学上几手，弟兄们纠集一些人马，上山落草。大哥你当大王，我们有福同享，有祸同当，不比扒坷垃、戳牛屁股[2]强得多？"王义一听转悲为喜，连声叫好。于是他们策划停当，尽醉方散，几个人分头四处打听名师高手。

有一天，王义去镇上赶集，偶尔听到有人说，附近村庄有个教师，十八般武艺样样精通。王义听了喜不自胜，赶忙回去同一帮顽徒商量。大家都很高兴，帮他备了厚礼。第二天，王义就投师学艺去了。

王义拜见那教师后，见那教师虽有七十多岁，却是鹤发童颜，耳聪目明，飘飘然然，大有神仙风度。王义就一定要拜那老汉为师。那教师见王义生得膀大腰圆聪明伶俐，况学艺心切，有点功底，就收他做了徒弟。自此以后，王义随师学艺，鸡鸣即起，日暮才息。冬练三九，夏练三伏，倒也勤奋。加上天赋聪明，灵敏过人，师父也非常喜欢他，就尽其所能，竭力传授。不到三年时间，王义就把十八般武艺练得十分娴熟。

忽有一日，教师有个朋友来邀他赴宴。教师就让王义看守门户，随朋友一起去了。

王义在家别无他事，就在门口空场子上自练起武艺来了。他先耍了一套枪法。只见他用枪好似蛟龙出海，银蛇吐信。枪练完了，又拿过一柄大刀。先慢慢扎了个门户，然后大刀抡开，如鹞鹰翻飘、鲲鹏盘腾。只听大刀呼呼风响，一团白气飘转，只见刀光，不见其人。引得好多人前

---

[1] 鬼弄：捣鼓。

[2] 戳牛屁股：比喻使牲口、干庄稼活儿。

来观看，齐声为他喝彩。只有一个老者微微笑着说："我虽不懂，但看得多了，也略知一二。你的刀法要得确实不错，可我看要比起你师父来还差得远。俗话说，有父不显其子，有师不显其徒！只要有你师父在，你啥时也是徒弟娃哩。"王义听了心中一怔，这老汉说的是。我师父享有盛名，有他在，我就不能露脸。况且我师父秉性耿直，将来我要上山落草，师父知道必然不依。他若带兵去伐，我岂不难逃其祸？自古道，人无远虑，必有近忧。对！量小非君子，无毒不丈夫。我何不如此，以解后顾之忧。

那王义就手提大刀，在路口专门等候师父赴宴归来。夕阳西下，天色将晚，又过了一会儿，只见师父拿着一根鸡蛋粗细的枣木拐杖，脚步踉跄，满面红光，醉醺醺笑吟吟地回来了。王义上前问道："师父你回来了？""回来了。""师父呀，今日你去赴宴，弟子我在门前习练武艺，人们都为我喝彩叫好。只有一个老者不但不说好，反而讥笑我的武艺比起你来还相差很远。师父，既然你传授我一身武艺，能不能再成全一下徒弟的名声？"师父说："你叫为师怎样成全你的名声？""我借师父首级一用。"话未说完，就顺过大刀劈头砍将过来。师父闪身躲过，棍头轻轻一点，拨开大刀，笑着说："娃子，你还不中得很哩！你连我手中的拐杖都砍它不断，削它不折，更别说杀我了。你如能削断我手中的拐杖，为师不用你动手，情愿自刎一死，把头奉送于你如何？"说罢，拐杖平伸在空中。那王义却以为师父在开玩笑，就问："师父说话当真？""当真。""好，一言为定！""驷马难追。"王义心中大喜，用尽平生力气，把刀斜着照师父的拐杖削了下去。只听嚓的一声，拐杖被削为两截。王义因用力过猛，身体站立不稳往前一栽。就在这时，只见他师父把手中被王义削成斜茬儿的枣木拐杖一挺，直朝王义胸前刺去。只听扑哧一声，把王义穿了个透心红。王义倒在地下，吃惊地用眼瞪着师父。师父冲天哈哈大笑，手指着王义说道："娃子，我说你不粘，咋样？就是不粘吧？哼！得艺忘师无义徒，无义之徒不可留。"说完拔出拐杖，王义一命呜呼了。

从那以后，武术界就把这个招式传开了，起名就叫"让人夺"。

讲述者：　林长青，男，37岁，西峡县城关镇小城街道人，初中，农民

采录者：　张会超，男，32岁，西峡县城关镇人，高中，文化站专干

采录时间：　1983年5月

采录地点：　西峡县城关镇小城街道

选自：　《中国民间故事集成·河南西峡县卷（下）》

221

费青学艺

远年，老灌河西住着一个石匠，名叫费得义。夫妻二人恩恩爱爱，小日子过得挺红火。美中不足的是，二人已到中年，却膝下无子，很是忧愁。谁知道老石匠五十岁时，女人给他生了一个白生生的男孩，取名费青。夫妻二人喜爱无比，视为掌上明珠，噙到嘴里怕化了，放到手上怕飞了。

转眼之间，十五年过去了，费青已长大成人。费得义觉得自己已是上了年纪的人，犹如捅灶的火棍，一天短一天，想把自己的手艺传给儿子。费得义把自己的想法给独生子说后，费青满口答应下来。于是父子二人就经常一起出外做活。由于费青从小娇生惯养，学艺既不专心，也怕吃苦，老石匠疼儿，对于这些总是睁一只眼闭一只眼，任其自便。学了一年多，费青什么都不会。

一次费得义请了一个心灵手巧的木匠，到家中做了一个橱柜，做好后左邻右舍围着柜子夸赞。费青一听，说木匠的锯刨都比石匠的锤子、钎子轻，要学木匠手艺。父亲同意了。费青就学起木匠活来了。可时隔不久，他又觉得木匠活也很累人。

秋季里的一天，费青欺骗师父说有病，借故溜到大街上。见有个角落，人们里三层外三层围着，议论着什么事。他好奇地挤到跟前一看，原来是位老画师，在一张方桌上挥动画笔，转眼一幅清晰的山水画便出现在观众的面前。人们看着画齐声夸赞，老画师眉开眼笑地收起了画笔。

等人们离去，费青扑通一声，双膝跪倒在老画师面前，恳求说："老画师，请收我做个徒弟吧。"老画师见他诚心诚意，就问明了他的姓名住址，收他做了徒弟。可是又过了半年，费青又觉得学画画也不是个活，既费脑筋，又单调，一天到晚还抹得黑墨花脸。费青又扔了画笔，又去学竹匠、铁匠手艺。结果都是半途而废，一样手艺也没有学到手。没脸回家，只得四处流浪，拉棍讨饭。

三十个春秋过去了。费得义已到了八十五岁高龄，已是名副其实的老石匠了。费青的老母也因盼子心切，盼得双目失明。一日忽见一个衣衫褴褛的叫花子，靠在门框上，有气无力地叫："爹，我回来了。"母亲闻音，颤抖抖地走到儿子的面前，从头摸到脚，哭着说："儿呀！你可回来了，把娘眼都盼瞎啦！"

费得义询问儿子为何落得如此下场。费青哽咽道："爹娘都不要哭了。都怪我学艺三心二意，怕吃苦才落得这等地步。从今往后，我可要下苦力学。"

两年过去了，费青出师了，费得义和老伴也去世了。费青也成为老灌河一带最有名望的石匠了。

讲述者： 秦景华，男，54岁，西峡县重阳乡燕子村人，小学，农民

采录者： 程豪，男，19岁，西峡县重阳乡燕子村人，高中，学生

采录时间： 1985年10月

采录地点： 西峡县重阳乡燕子村

选自： 《中国民间故事集成·河南西峡县卷（下）》

老鹳河是流经西峡最长的河流，古名斯水、均水、析水，因从前河两岸绿树成荫，多鹳鸟栖息，所以叫老鹳河。在鹳河两岸，费青学艺的故事家喻户晓、妇幼皆知。老年人经常用此故事勉励、教育晚辈。秦景华的故事讲得生动，闲暇时，村里总有一群人围着他听他讲"瞎话儿"。当时还是学生的程豪，听了老人的讲述，就记录下来。（章东丽）

222

周木匠做官

从前有个王员外，嫌贫爱富。他有三个女一个儿。大女婿姓李，是个举人；二女婿姓赵，是个监生；三女婿姓周，是个木匠。

王员外六十大寿那天，他的儿子站在大门口接客。不多一时，大姐夫、二姐夫各拿纹银百两，骑着高头大马来啦！舅倌头笑迎接礼，递烟倒茶。到了中午，三姐夫两口子，抱着一只老母鸡跑来了。舅倌头一看，穷得好像叫花子，把门咣当一关，扭头就走。周木匠两口子进了屋，一没人让座，二没人递茶，谁也不抬举。王员外嫌坐在一桌丢他的人，就吱哄周木匠去厨房修门。

中午酒宴开始了，周木匠把门修好，来一看别的没有位了，只好坐在下首位喝了起来。舅倌头越看越生气，心中暗想，大姐夫、二姐夫都是戴官帽，就三姐夫是个头发撮，我非要玩他个难看不行。就走到厨房，用棍扎了个红萝卜，往周木匠头发上一插，出息道："三姐夫真不赖！也戴官帽了。"惹得客人们哄堂大笑。三姐听见笑声，从厨房出来一看，憋了一肚子气，拉起丈夫就走。

到了家里，就和丈夫商量，叫他求学。周木匠说：

"咱屋穷哩净干，哪来钱上学？"三姐从头上取了个银簪子说："卖了凑点钱！"周木匠说："我出去耍锵能混住嘴，你在屋困住了，卖了能买点米吃。"三姐说："在家事好办，出门办事难。"说着把簪子塞进了周木匠布袋里。第二天一早，周木匠又悄悄把它压在三姐枕头下，走啦！

周木匠背起木匠家具走着问着。有个富家想做木匠活，问周木匠活是咋做的，周木匠说："白天跟少东家听先生讲课，夜晚做包工活，不论件，只管吃饭，不要工钱。"东家一算划得来。就这样，周木匠白天和少东家一样听课念书，少东家玩耍，他抓紧做活，夜里又加工做到三更多。天天如此，月月如是。真是有志者事竟成。活没少做，书没少学。转眼到了甲子年头，皇上开科，周木匠也进京赶考去了。功夫不负有心人，周木匠一下子考了个头名状元。

周木匠得中之后，怀揣玉印，带着人马回乡探亲。走到离家四十里外，就安营扎寨。脱掉官服，换上原来的衣裳，回到家里和老婆开玩笑说："不中啊！咱命穷！没考上。"老婆说："没考上罢了，还过咱们的穷光景。"说着周木匠递给老婆一个玩意。老婆一看，是一玉印。夫妻俩相亲相爱，喜出望外。

恰巧第二天又是王员外生日。周状元不带一兵一卒，又换上原来破旧衣裳，还是抱了个老母鸡，跑去上寿。大姐夫、二姐夫又是骑着高头大马，拿着纹银百两来到了。又是舅倌头迎到门口接礼让坐，递烟倒茶，喜笑颜开。转眼一看，周木匠又来啦，脸一沉，又是把门咣当一关走啦！周木匠也不在意，推门进屋。老丈人霎时放下笑脸，又吱哄他给牛棚子门拾掇好再来坐桌。真是狗眼看人低！我都是状元爷啦！还叫我拾掇牛棚子门！心里这样想，嘴上没有说，脸上不露声色说："行啊！穷人脖子没瘅筋[1]啊！"袖子一挽，掂起家伙可拾掇开了！拾掇好又去坐桌哩，舅倌头对大姐夫、二姐夫耳朵一咕哝，歪门儿又来啦！说："今儿喝酒得喝个名堂，云诗答对。爹今儿是生日，你除外。我照护姐夫们喝酒也不在内，仨姐夫都得云诗答对。"大姐夫、二姐夫说："行。不知道啥题目？"舅倌头说："每人云一首三句诗，用一个字做题，

三句不离人，合起来还是这三个字，还得符合你的身份。谁答对了谁喝酒，谁答不对喝一盆恶水。"大姐夫、二姐夫说："中。"他们想木匠娃不识字，谅他不会云诗，这盆恶水没跑是他的。谁知他们都把眼药吃到肚里[2]啦！料想不到周木匠回答得干脆利亮[3]："好！就云诗答对！从大排小。"

大姐夫说："好！我先说。今儿咱们来喝酒，我就以这个'来'字为题。左边一个人，右边一个人，中间夹着一木人[4]。"舅倌头一听，意思明白了。左边一个人指大姐夫，右边一个人是指二姐夫，中间夹着一木人是指三姐夫周木匠，拍手叫道："说得好！说得好！大姐夫，这盆恶水你不得喝了。二姐夫！该你云了。"二姐夫说："今儿我们坐桌来喝酒，我就以这个'坐'字为题。左边一个人，右边一个人，中间夹着一土人。"舅倌头一听意思又明白啦！左边一个人，右边一个人，是指大姐夫、二姐夫。中间夹着一土人是指三姐夫，一字不识，二没当官，是个木匠老土，又拍手叫道："云得好！云得好！二姐夫！这盆恶水你也不得喝啦！"扭过头眼一斜，脚踢着那盆酸恶水，问周木匠："咋整？下雨你不戴帽，'淋'着你啦！"周状元说："我是个老土，又不识字，看我能会云诗？"他们可不依啦！"咋说？不会？刚才你咋答应恁利索？""那我是说着玩哩！""玩哩也不中！"周状元说："你们合伙欺侮我，我不喝。""不喝不行！"周状元说："我要是云出来啦，咋弄？"舅倌头说："云出来啦，你也不喝。"周状元说："那不行！我云出来啦，你们三人每人得喝一盆恶水。"舅倌头说："中！要是你云不出来，这一盆恶水可是你的！"周状元说："行！"舅倌头去拎一桶恶水，逼着周状元赶紧云诗。周状元站起身，斯斯文文地说："今天我来喝酒很受夹，我就以这个'夹'字为题。左边一小人，右边一小人，中间夹着一大人[5]。"他们一听，吓个愣怔。王员外还当大人指他，喜得嘴都抿不住说："云得好！云得好！三女婿真知事。左边一小人是你大姐夫，右

[1] 穷人脖子没瘅筋：人穷挺不起脊梁骨，只有低头的份。

[2] 把眼药吃到肚里：比喻瞎了眼，看走眼。

[3] 利亮：利索。

[4] 左边一个人，右边一个人，中间夹着一木人：即繁体字"来"。

[5] 左边一小人，右边一小人，中间夹着一大人：即繁体字"夾"。

边一小人是你二姐夫，中间夹着一大人就是我啦！"周状元说："你有功名？""没有！""你有官戴？""也没有。""都没有！你咋是大人？"舅倌头说："那是大姐夫？""不是。""那是二姐夫？""也不是！""都不是！那大人还能是你？""可算你说对啦！"舅倌头嘴撇得跟碟儿一样，"看你那个木匠形样！你能是大人？"

话音刚落，门外锣鼓喧天。三姐头戴凤冠，身穿霞帔，领着人马，捧着官服官帽，来到院里，对周状元说："启禀大人，皇上有旨，朝中有事，要你即刻进京。"周状元马上更换官戴，打坐正位。老丈人、舅倌头、俩姐夫吓得连忙跪下叩头求饶。周状元用脚踢踢那桶恶水。他们仁无奈各自喝了一盆。周状元哈哈大笑，同三姐坐上八抬大轿，领着人马进京去了。

讲述者： 史良，男，32 岁，西峡县陈阳乡陈阳村人，高中，农民

采录者： 赵景华，男，32 岁，西峡县陈阳乡黄草村人，初中，文化站专干

采录时间： 1982 年 5 月

采录地点： 西峡县陈阳乡黄草村

选自： 《中国民间故事集成·河南西峡县卷（下）》

附
记

此故事流传于西峡县陈阳一带。陈阳过去是一个乡镇，2005 年，西峡县乡镇区划调整，撤销陈阳乡，并入丁河镇。陈阳地处深山，过去由于交通不便，文化生活滞后，因此讲"瞎话儿"、听"瞎话儿"成了人们闲暇时的文化生活。山区人们和木匠、铁匠、石匠打交道多，因此故事中多有他们的身影。（章东丽）

223

穷人画家

过去有一个画家，从小就爱水墨画，人们称他"王黑墨"。他的画越画越精，越画越奇，闻名天下。爱好之人，无不仰慕、赞叹，可是他出门在外，找他不着。

有一员外姓张，不知花了多少银子，终究找到了他。把他请在屋内，待为上宾，并且又给他一个书童，一来伺候，二来帮他研墨。这个书童生来老实，除了端饭扫地之外，就是以研墨为主。

那一天，书童对画家说："我为你把墨研得满满一缸，总够用了吧？"那王黑墨回头一看说道："你继续研，啥时候够了，我自然就对你说了。"那书童点点头，没吭声，又去研墨。

王黑墨白天闲转，夜间睡觉。就这样，住了月余天气，并不提及画画之事，也不说墨研够了没有。那书童研墨时，总是看看他，可王黑墨连一个"够"字也未说出。

张员外慢慢对这个画家就冷淡下来，心里想：他这人徒有虚名，料定也没什么好画。

从此，他就不向画家问长问短，也不陪他吃饭。而那王黑墨也不理睬，也不去问，仍是白天逛逛，夜晚睡

睡。这一天，王黑墨慌慌张张进入客厅，摆摆手，对书童说："好了，快拿纸笔我用。"书童说："纸可多了，没笔咋办？"王黑墨一看，有个扫地的扫帚。"把它拿来暂且一用。"书童将扫帚递给了画家，又去拿来一大堆白纸。王黑墨说："你一张一张摊在桌上，你按住那头，现在就画。"他掂住那个扫帚，东抹一张，西涂一张，忙得那个书童连纸都拿不及。一顿饭时间，将那所有的纸画得净光。他对书童说："我走后，你再对员外说。"说完，他把扫帚狠狠地扔在地上，便走了。

画家走出门去，书童恋恋不舍跟在后边，送了一程又一程。王黑墨回过头来对书童说："不必远送，你回去吧！"说完仍往前行，回过头来，见书童仍跟在后边。心里暗想，书童对我还差不多，我要暗地指使，送他一张画，就对书童道："有一张画你可以用上。那个画是一竖杠，杠上端一点，中间一点，下边一点，你把它拣出来。如果上边那一点凑到中间，天地要阴。两点落地，将有大雨。如果三点上升，即为晴天。你要记住别忘。你回去吧，可不要再送了。"那书童站在路上，看着那个画家，一直等到看不见才回家。

书童闷闷不乐，回去之后，就从那一堆纸中找到这张画。暗地藏起来后，他才到后宅，见了员外，说："那个画画的先生走了。"员外说："啥时走的？画了没有？"书童说："他是今晚走的，画也画了，纸也完了。"员外一听，就跟着书童到书房中。看了一张又一张，都是黑咕隆咚。越看越恼，抬脚一踢，把那画堆在一起，点着火烧得一干二净。

书童把那张画贴在床底下，以防外人看见。这一天员外找人晒粮食，正担得起劲。书童爬床下一看，那两个黑点流落在地下，急忙跑出来对员外说："今天怕有暴雨，不要再拿。"员外说："天公之事，小娃家你知道啥！"把粮食晒得满满一场。到了下午，狂风大作，霹雷火闪，倾盆大雨下了起来。场里粮食淌淌流走了二三成。

第三天，天已快晴，但仍是阴天。屋内粮食，已经发热，将要霉烂。那书童往床下一看，三个黑点全在顶峰。他爬出来，到上房对员外说："粮食发热，可以统统拿出去晾一晾。"那员外回头一看，顺口说道："你这娃顺口胡

言，眼看阴天，粮食拿出去淋雨哩？"书童说："你放心，听我的话不会错。"说完他跑在场里，把场扫了一扫，自己先拿起粮食来了。

这一天果然是晴天。员外心想："这娃嘴里长舌头，说话真应。今后晒粮食，我要先问后晒。"

后来，员外才知道了书童的秘密，就把他那张画取了下来，对书童说："你这张画从哪儿弄来的？"书童说："是咱们请的那个王先生送给我的。"员外一听，瞪大了眼睛，对这张画留神观看，如获至宝，对书童说道："你这张画卖给我，我赏你一千两银子。"书童心想：我要它也不过是天晴下雨了知道，其他没用。又是员外亲口提出的，不卖给他面子上过意不去。就随口说道："员外你只要看中，不给钱我奉送。"员外听了满心欢喜，就领着书童来到后宅，取出一千两银子，当面交了。书童走后，员外后悔不及，心想：王黑墨那些画要是都在，可是价值连城啊！可惜被我一把火烧得一干二净，可惜啊！可惜！

讲述者：	别廷喜，男，64岁，西峡县回车镇油房村人，小学，农民
采录者：	邢秋芝，女，29岁，西峡县回车镇油房村人，高中，农民
采录时间：	1986年4月
采录地点：	西峡县回车镇油房村
选自：	《中国民间故事集成·河南西峡县卷（下）》

224

天外还有天

从前有兄弟二人，亲如手足。弟在家看守田园，哥在京当朝廷御医。只因大哥远在京城为太医官，不敢轻易回家探亲，兄弟二人多年未得见面一次。兄盼弟，弟想兄，相互十分挂念。

一天，弟弟备好路途盘缠，不怕山高路远，前往京中看望大哥。大哥听说弟弟来了，赶快出门迎接。谁知兄一见弟就惊惶万状，高声嚷道："弟弟赶忙回家去吧！赶快，赶快。"弟弟真感到莫名其妙："大哥对我如何这样薄情？"哥说："看你面色，已有暴病在身，未曾发作。你赶快回家。跑得快了，能死在屋里。如果慢一点就死半路上，所以不敢挽留你。"弟弟一听心如刀绞，只得转身回家。

回家路上，弟弟心想："我大哥是京医高手，看我这病没治头，别的谁还能救我呢？"伤心极了。

这天，弟弟走到一条山间小路上。眼看着太阳当空，已是中午时分，便走进一家小饭店内歇下来。这时有一老汉，也走进店来，与弟对面坐下，眼睛仔细观察着弟弟的面色，看了许久叹道："少先生莫非身体不爽？"弟弟

说："我身患重病，你能治吗？"老汉很爽快地说："能，能，常言说：'救人一命，胜造七级浮屠[1]。'但你要听我的话，否则就是善谋善策也是没用。"弟弟说："既然如此，怎能不听老先生指教？"老先生一看客人诚恳，即执笔开草药两单。每一单各十斤，命人到药铺里抓来，倒进两口大锅内煎熬。又在三间空房内置备两口大缸，将煎熬好的药汁倒满两缸。每缸又放大碗一个，遂引弟弟走进来，叫他身背石磨扇一面，不管怎样困倦不准放下。这间屋喝碗药汁去上那间，那间喝碗药汁再来这屋。就这样来回走动不许停留。等这两缸药汁喝完了，即开门放他出去。老汉安排好，嘱咐毕，便把门锁牢走去。弟弟为了想活命，在空屋内一一照做，背着磨扇来回走动，使得满头大汗。加之药力又是发散，所以在他行走的地上，已变成稀泥糊，一天过去两缸药汁喝完了。老汉在外问明情况，便将门开开，叫弟弟放下磨扇，穿好衣服，摸摸手脖上的脉搏，又看看脸上的颜色，很放心地说道："客人还上京去找你大哥吧，病全好了，保你无事。"弟弟听后连忙趴下叩头谢恩，又叫饭店做好酒菜款待老先生，并赠纹银五十两。

弟弟的病好了，心情非常愉快，路途也不觉得劳累，不两天就又赶到京城太医院。门官往里传禀，大哥闻听失惊地说："我弟弟早已死了，哪还有他？你们怕是活见鬼吧？"门官说："青天白日，哪有活见鬼之事？还是你亲自一看便知。"大哥无奈只得亲自来见，老远望见弟弟红光满面，心中又惊又喜，赶快挽着弟弟的手请进内室坐定。

大哥很惊奇地问道："你身染不治之症，是何人将你这病治好了？"弟弟心中有气，便搪塞大哥说："大哥，你在京中与万岁爷治病，手头算是最高的啦。我这病大哥都治不好，尘世上哪还有第二个人能治我的病呢？我这病没有请人治，是硬挺好的。"

大哥一看弟弟心中有气，便赔笑道："弟弟不必生气，你这病如没有高手名医调治，你早就死罢了。我想拜这位先生为师。我虽然在京身居太医，论本领咱远不如人家，这就叫天外还有天。"弟弟见大哥诚恳求教，便把治病的来龙去脉一一对大哥讲了。大哥听罢，深服这位老先生的

[1] 七级浮屠：七层塔。

高明诊断，即差人役，跟随弟弟，去接这位老先生，入京都太医院为师。

讲述者、采录者：杨同德，男，62 岁，西峡县阳城乡
　　　　　　　　高崖村人，初中，农民

采录时间：　1985 年 5 月

采录地点：　西峡县阳城乡高崖村

选自：　　　《中国民间故事集成·河南西峡县卷（下）》

225

石匠

　　古时候，有一个石匠手艺很有名。一次，有一个财主请他去凿石。他到了财主家里，看见人家住的是高楼大厦，穿的是绫罗绸缎，吃的是山珍海味，还有许许多多用人伺候，心里十分羡慕。从此他就放下活儿不干，天天幻想着变成一个财主。有一个仙人知道了，就让他变成了财主。这石匠喜欢得不得了啦。过了些时候，有一个大官坐着轿子，敲锣打鼓走在大街上，走到哪里，哪里的人就打躬作揖让开一条路。大官走过石匠家门口，石匠觉得自己是了不起的财主，我为啥要奉承他？就不向那大官打躬作揖。大官叫当差的把他捆起来，打了三百板子，还罚他三百两银子。

　　大官走后，石匠从地上爬起来，叹着气说："嗨唷，做个大官比财主强得多啊！"从此以后，他发誓再也不当财主了，天天幻想着怎样变成一个大官。仙人知道了，又让他变成了一个大官。这石匠就得意忘形了，学着那个大官的样子，为非作歹，老百姓恨死他了。有一天，他带了个当差的路过一山岗，恰巧遇见几个年轻美貌的姑娘。他就像老虎见了羊一样冲过来，姑娘们就大喊大叫。忽然间，

漫山遍野跑来了许许多多的青年小伙子，提着刀、斧、锄头，一齐喊着打呀，杀呀，围上山来。他们把石匠捉住，解到村里，狠狠地打了一顿。从此，这石匠非常害怕山里那些青年小伙子，再也不敢为非作歹了。他想：做大官算很厉害了，可是比起青年小伙子来还是差得远。他就赌咒再也不做大官了，天天幻想着变成一个小伙子。这件事又让仙人知道了，仙人又帮助他实现了这个愿望。这个石匠呢，就乐得眉开眼笑的咯。

石匠变成了一个青年以后，他就和青年伙伴一起，天天到山坡上去耕田种地，从早到晚忙个不停。正是夏天，太阳像火一般晒得他头晕眼花，十分难受。鸟兽都躲到深山里不敢出来。水牛天天躺在水里，不敢上岸。石匠觉得太阳比一切都厉害了，他又天天想变成太阳。仙人知道了，让他成了一个太阳，挂在天上，每天射出热烘烘的光芒，晒得人人害怕。可是有一天，飘来了一块乌云，把太阳遮住了。石匠很恼火，说："嘿！做太阳够厉害了，谁知道比乌云还差得远啊。"这样他又天天幻想变成乌云，仙人又满足了他的要求，让他变成一块乌云，在蓝色的天空中自由自在地飘着。忽然间，一阵大风吹来，立刻把那块乌云吹得一片一片地碎了。石匠很伤心地说："哎哟，风这么厉害呀，吹得我躲都没有地方躲，我不愿意再做乌云了，要变成一股大风。"仙人又让他变作一股大风。他就到处狂吹，吹断了许多树木，刮倒了许多房子，真是凶猛极了。可有一天，那股大风吹到一块石头跟前，被挡住了，怎样也吹不动那块石头。于是，他又想变成石头。仙人就让他变成了石头，放在大山顶上。他想谁也欺负不了他啦。过了一些时候，来了几个凿石头的人，他们爬上山顶，看见那块石头很合用，动手就凿。那石匠呢，一下急得要命，立刻哀求仙人救他。仙人就对他说："还是做一个石匠好啦。"说罢，就让他重新变成了一个石匠。

从此他再不胡思乱想了，一天到晚勤勤恳恳地安心凿石，凿得比以前更快更好，成了名扬一方人人尊敬的石匠。

讲述者：　　阎洪范，男，56岁，西峡县丹水镇丹水村人，不识字，农民

采录者：　　阎金铎，男，24岁，西峡县丹水镇丹水村人，高中，农民

采录时间：　1986年7月6日

采录地点：　西峡县丹水镇丹水村

选自：　　　《中国民间故事集成·河南西峡县卷（下）》

226

一根头发

从前有个掌柜，很会打算。自从他主持生意之后，生意一天天兴隆繁荣起来，他却一天天消瘦下去。

一天东家来店里看看，当天没走。夜晚东家和掌柜住在一个房间里。掌柜不停地翻身睡不着，就叫相公来看看是啥子垫得睡不着。相公满床找了几遍，没有见任啥[1]，就在枕边拾到一根头发，随手扔掉了。掌柜说："这下没啥垫我了，可该安生地睡一觉了。"

东家看在眼里，气在心里：我真大意，银钱不知出进多少。你给我当掌柜，总是吃饱了，喝美了。要不，怎么一根头发丝都能垫得睡不着呢？看来这人不能再用了。

第二年，东家就辞退了这个当掌柜的。谁知自打辞退掌柜以后，生意就一天不如一天。换了几个掌柜都不行，最后连门面也支撑不开了。没有办法，东家只好再去请原先的那个掌柜了。

这一天，东家来到掌柜家里，掌柜犁地去了不在家。东家找到地里，只见牛不见人。原来掌柜在山沟里睡大觉，

[1] 任啥：任何东西。

只听鼾声如雷。东家叫了几声也叫不醒，没有办法推了几把，他才醒。掌柜起来一看，东家到了，施了一礼问道："你来这里找我有啥事？"东家笑了笑说："我看你来了。我有一事不明白，请你对我说清楚。"掌柜问："啥事？"东家说："你在店里时候，一根头发都垫得睡不着，为啥这山沟你睡得怎么香甜？"掌柜一听笑起来："这没啥稀奇，我在店里整天操心，每时每刻都想着咋能把生意管好。所以，床上有一根头发也能硌着垫我。如今在家只不过犁地种庄稼，庄稼种好就行了，这又不操啥心，无论咋睡也能睡着。"东家一听说："原来是这呀！我这生意，自从你走后，慢慢地败下去，现在都快要关门了。我想让你再回去当掌柜，你看是否可以？"掌柜一听，头摇得像拨浪鼓一样，贵贱不去，说："像我这样人，头发丝都垫得睡不着觉，咋能当好掌柜呢？"东家一听，满面羞惭说："你不要再说了，我已知错了。"东家再三恳求讲情，掌柜才重新回到店里当掌柜了。

从此，这家生意又一天天兴隆发达起来。

讲述者： 阎秋荣，女，30岁，西峡县丹水镇七峪村人，高中，农民

采录者： 阎林森，男，33岁，西峡县丹水镇七峪村人，初中，农民

采录时间： 1983年4月3日

采录地点： 西峡县丹水镇七峪村

选自： 《中国民间故事集成·河南西峡县卷（下）》

227

南蛮子偷胎

大清光绪年间，新野县东南边与湖北搭界处，有个小张村，村子里住着一家四口人，老两口儿一儿一媳，小日子过得蛮红火。老汉是个有名的风水先生，一天到晚在外边忙着给人家看宅势、选茔地，人称老张先儿。

老张先儿的儿子叫张有福，娶了个好媳妇叫李桂英，只是过门多年，桂英还没有解怀[1]。张有福慢慢地着起急来，就问他爹这是咋回事。老头儿想想说："爹也想早些抱孙子，还想抱个状元孙子哩。可咱家这宅势有点毛病，所以人丁不旺。咱南场里有片好宅地，只要挪到那里住，你媳妇一胎就能生下文武双状元。"有福生气了："有这话你咋不早说哩？"老头儿叹口气说："只是这片宅地犯三煞[2]，弄不好家里会出人命呀！所以我一直犹豫不决，没敢对你们说。"有福心想：出人命也只会出到爹娘头上，他们都老了，死了也不可惜。就立即动手，把房子迁到那里。

[1] 解怀：生孩子的俗称。
[2] 三煞：风水术语，指劫煞、宰煞、岁煞。风水学认为，犯三煞易遭灾祸。

老张先儿真好眼力！一家人搬进新居不久，桂英就怀孕了，全家欢喜得不得了。只是老头儿总还是有些放心不下，无论做什么事情都非常小心，生怕出事。

桂英怀孕五个月后，想着以后身子越来越笨，行动不方便了，就想趁早回趟娘家看看。她娘家在湖北那边，离小张庄十几里，中间隔着唐河。老张先儿不让媳妇回去，却禁不住媳妇归心似箭，只好让儿子送她。

小两口儿来到唐河岸边，忽然变天了，下起了瓢泼大雨。这里是一片白沙滩，往哪儿避雨呢？忽然看见河边停着一只小帆船，有福赶忙搀着桂英去船上避雨。这船老板是个南蛮子，湖南岳阳人，是个望气寻宝的能手，就是人们常说的"别宝蛮子"。他把两个避雨人拉到船上，让进舱内，打眼一看不由一惊！这个孕妇原来是个大贵人，怀着文武双状元哪！他动了歪心，想把孕妇劫回湖南据为己有，以后不费吹灰之力，就能得到两个状元儿子。他假装好人，拿套干衣裳给桂英，让她进后舱去换。桂英刚离开，他把有福"扑通"推进河里了。接着他起锚扬帆，小船顺流而下，直向湖北驶去。

老张先儿见儿子送媳妇一去不回，赶紧找到亲家家里，不料却扑了个空，人家说根本就没见他们来。老张先儿慌了，他预感到事情不妙，就派人四处寻找。后来，在唐河下游找回了儿子的尸体，媳妇却无影无踪了！老头子悲痛欲绝，后悔自己错选了犯煞的宅子，害得儿子暴死，媳妇走失，状元孙子也不知落到谁家了。他老伴儿更是哭得死去活来，独根弦弹断了，再没指望了，她也自寻短见，找儿子去了。这给老张先儿的打击更大，他把眼泪都哭干了。但他死不甘心，总想着这宅地看得没错，应该得到孙子啊。他就抱着这一线希望，苦撑着过下去。

再说，桂英被那个南蛮子劫到洞庭湖边上的一个小村子里，被逼着和他成了亲。她原想拼着一死为丈夫报仇，可一想到腹中的孩子心就软了，老张家不能断了香火呀！

转眼十月期满，桂英真的一胎生下两个男孩子。她高兴啊，想着君子报仇十年不晚，到儿子们长大了，再和这贼子算账！那南蛮子也高兴啊，想着自己的眼看得就是准，这两个孩子长大肯定都能夺状元！

转眼又过去了六七年，两个孩子都长大了，南蛮子就把老大送进私塾学文，把老二送给一个拳师学武。两个孩子聪明过人，老大读书过目成诵，老二学武一点就破，很快都成材了。南蛮子原打算待两个孩子成材后，就偷偷把桂英杀掉，免得她暴露自己的隐私。但桂英一向对自己百依百顺，他就有些不忍心了，只是一再警告桂英，无论任何时候，都不得在孩子们面前吐露半个字。

两个孩子十七岁那年，皇上在京城开了文武双科场，南蛮子拼凑了一笔银钱，送他俩进京赶考。果然，弟兄俩一举成名，夺得了文武双状元！御街夸官后，回乡修坟祭祖。

弟兄俩一到家，南蛮子大宴宾客，门前人山人海。桂英又高兴又激动，忍辱十七年，终于有出头之日了！弟兄俩拜罢祖宗后，门前开始立旗杆，可怎么也立不起来！两位状元心知有异，当着满堂宾客的面，问母亲这是咋回事。桂英看报仇雪恨的时机已到，大喊一声："儿啊，你们拜错了祖宗，旗杆怎能立得起来呀！"

一句话落地，像晴空响了一个炸雷，满堂宾客都惊得目瞪口呆！桂英哭着把十七年前的冤情细说一遍，两位状元如梦初醒，立即把南蛮子斩首示众，报了杀父之仇。然后，他们同母亲一起，回了河南新野老家。

那老张先儿这时还活着，一见媳妇带着两个状元孙子回来了，不禁悲喜交加："孩子们，你们总算回来了，爷爷没有白等啊！爷爷这宅地没有看错，没有看错呀！哈哈哈……"老头儿高兴过度，笑脱了气，一头栽到地上死去了。

事后人们都说，这张家的双状元来之不易，前后死了四个人；老张先儿苦尽甜来，却没福消受，实在合不来呀！

讲述者： 冯万全，男，新野县文化馆内茶客
采录者： 曹宗鑫，女，18岁，新野县城关镇人，学生
采录时间： 1990年5月
采录地点： 新野县城文化馆办公室

附记

这个故事与新野民俗有关。过去的新野人称北方人为"侉子"，称南方人为"蛮子"，而"南蛮子"则是指那种特别精能的南方人，往往带有贬义。有关南蛮子的故事多与盗宝有关，故事中的南蛮子偷的却是胎儿，不过是"贵胎"。讲述者冯万全，原是文化馆露天茶馆的一个茶客。一天下午本人去茶馆提开水时，偶遇他正在和大家讲鬼故事，就驻足旁听，发现他讲得很好，于是相见恨晚，如获至宝，立即邀请他去本人办公室内接着讲。办公室内有录音机，他就对着机器兴趣盎然地讲起来。他一连讲了好几个鬼怪故事，接着又讲了十几个其他故事，收获颇丰，本人再三致谢。这时天色已晚，分手时互报姓名，约定第二天下午再见。想不到他竟一去不返，不久本人就被借调省民协编纂省故事集成去了，从此再没见过面。遗憾的是，分手时只留下了他的名字，其他情况一无所知，彻底失去联系了。如此把录音带交给曹宗鑫处理，由她对文字进行记录梳理。（曹宝泉）

228

严师高徒

清朝末年，内乡有位德高望重的老中医，是宫廷的太医。有一天，西太后的贴身才女得了重病，让这位太医诊治。

老太医给才女号了脉、开了方，说慢慢服用，每隔仨月歇三天，一年后可见轻。从此，日复一日，老方旧药，循环不息。半年过去了，才女的病情没啥好转。

有一天，老太医外出未归，太监来为才女取药。太医的徒儿小青，本来就对师傅慢医误人心中不满。当他问了才女的病情后，哈哈一笑，说："就这点小病，师傅却小题大做。我只需在这十味药中改上两味，保管药到病除。"他不经老太医同意，便与太监开了药去。说来也灵，才女吃了他改的药，只一服顿觉神志清爽，真是药到病除！

三天后，老太医问徒儿："这两天怎的不见太监来为才女取药？"小青说："师傅，你走那天，太监来了，我给她开了一服药，想必那才女的病已治好了。"老太医要过药方一看，大吃一惊："古来寻水求源，伐木求本，你颠倒阴阳，庸医害人。从今以后，这里不再用你，快走吧！"

小青想：既然师傅怕我出名，走就走吧，哪里还混不下一碗饭吃！说声："师傅自重！"便离了太医院，准备在京城自谋生计。

就在这时，才女的病又复发了。是病不是病，复发比先重，不出十天就一命呜呼。

心爱的才女死了，西太后十分恼怒，立即追查责任，责令捉拿小青。小青闻讯，这才明白师傅是真为他好。可事到如今，保命要紧，他连夜逃出京城、埋名隐姓。

三年过后，老太医的弟弟因思念哥哥，找到京城。老太医一见弟弟脸色，吓了一跳，说："弟弟印堂发暗，已是病入膏肓，我给你配服丸药，赶紧吃着回家，以免途中生变，救之晚矣！"弟弟深知哥哥医道高明，遂洒泪而别，辞兄返家。

这一天，他路过一个小集镇，觉得身体困乏，见迎面是一家药铺，便到檐下歇脚。恰好此时药铺掌柜也在门口乘凉。那青年掌柜一见太医的弟弟脸上气色，惊慌地说道："大哥，你的病不轻啊！快进来看看。"

太医弟弟走进药铺，向掌柜叙说了进京找兄长的前前后后。掌柜为他把脉一毕，淡淡一笑，说："不碍事，老太医医术高明，世人皆知，怎的忘了潜移之法？今我再与你配丸药一服，可再返京城，见你兄长，自有起死回生之效。"太医弟弟依言，重进京城。

太医弟弟到了京城，又见了兄长。老太医见弟弟去而复返，神清目朗，顿时傻了眼，疑是弟弟路遇神仙。待弟弟述明原委，老太医一把拉住弟弟，急急地说："走！我与你一起，见那药铺掌柜去！"

二人赶至药铺，见了掌柜。老太医真不敢相信，面前站着的是他昔日的骄徒小青。小青见了师傅，慌忙双膝跪地，叙述了自己逃出京都后，不忘师言，隐山修身，钻研岐黄之道，脉理之术。老太医听后，双手将徒儿挽起，长叹一声，说："骄徒受师训，三年胜师尊！"

讲述者：　刘俊英，女，74岁，内乡县灌涨胡刘人，教过私塾，农民

采录者： 刘伟英

采录时间： 1986 年

采录地点： 内乡县灌涨镇

选自： 《中国民间故事全书·河南·内乡卷》

229

老三学艺

从前有个农夫，老受一家恶霸欺负，思量要报仇。有一天，他把三个儿子叫到跟前，每人发给十两银子，要他们外出学艺。

半年以后，三个儿子回来了。农夫问老大："你学的什么手艺？""木匠。""行，会这手艺，做家具不用觅人。就是老子百年以后，打个棺材也是便当的。"问老二："你哩？""铁匠。""也行，铁器家具也是离不了的。"问老三："你学的啥手艺？"老三吭吭呲呲，半天回答不上来。农夫连问几次，还是问不出来，骂道："学了半年，连个屁也放不出来。你就是学个贼，也该给老子说说呀！"老三这才说："不错，我就是学个贼。"

农夫一听，憋了个倒咽气，骂道："世上三百六十行，哪一样不好学，却去做贼。人老几辈清白人家，怎么出了你这个孽种？"有心当场打死他，又一想，说："我给你出个题，你舅舅有一个皮袄，限你三天，去偷来。成了，饶你一命。不成，非杀你不可。"老三说："行。"

农夫事先见了内兄，把老三不成器，去学做贼，他如何出题考他一事说了一遍，要内兄藏好皮袄。三天以后要除掉三儿。内兄答应说："我夜里把皮袄铺在身子下边，看他怎样偷去。"

老三来到舅舅家里，一连转了两夜。舅舅防备甚严，无法下手。第三天夜里，他心生一计，怀里揣了两个软柿子，在舅舅家的房顶拆了一洞，轻轻顺梁溜下，把软柿子放在妗母身边。妗母一翻身，身下一软，伸手一摸，一脚把丈夫蹬醒，骂道："老不死的，怎么把屎拉到床上？"舅舅也骂："明明是你老没材料，屎拉到床上，怎么反倒赖我？"老两口吵骂着，起身收拾被褥。老三趁机拉下皮袄，就溜了出来。两人擦干净被褥，猛然想起皮袄，点灯一看，不见了。这才醒悟说："上了老三的当。"

这天一早，农夫问老三："我的题目，你做得怎样了？"老三拿出皮袄，农夫张口结舌，没有话说。内兄赶来，把老三设计一事说了一遍。农夫又惊又气，说："再给你出个题目，这回叫你去偷鼓山寺的老和尚，还是限你三天。"老三问："偷和尚什么？""就偷和尚这个人，办不成，还得杀你。"老三答应说："行。"

农夫提前来跟和尚商量，要和尚趁机除掉老三。和尚说："出家人怎好杀生？"农夫说："老三是个贼，不杀他，是个祸害。你要办到了，我布施你香资。"说着，掏出一把刀子，递给和尚。和尚答应了。

老三在家里一连睡了两夜，养足精神。第三夜，天快明时，跑到和尚房后，在后墙上挖洞，故意弄出响声，叫和尚听见。和尚早有准备，爬起身，掂着刀子等着。洞一挖通，老三捧出事先准备好的南瓜，从洞口塞进来。和尚当是人头，狠狠一刀子劈下，"咔呲"一声，砍个正着。和尚以为大功告成，扔下刀子，就去农夫家报功。老三抄近路先一步到家。农夫问他："你偷的和尚呢？"老三说："正在门外等着。"农夫不信，正要出门去看，就见和尚大踏步走了进来。和尚瞅见老三，大吃一惊："怎么，你没死？"老三说："死不了。"和尚又羞又愧，赏也不领，转身就走了。

农夫想了想说："再给你出个题目，你在三天之内，得把县官的火盆偷来。办不到，照旧杀你。"

农夫来到县衙，把事对县官说了一遍，要县官为民除害，灭掉老三。县官一听，就觉得怪好玩，便派人把老三叫来，在大堂具结画押，三天之内偷不走火盆，要砍老三脑袋。老三说："我要是偷走火盆咋办？"县官说："三天之内，你能偷走火盆，我免你没罪，拜你为师。""一言为定。"

县官吩咐衙役，死看硬守。等了两天两夜，却不见老三来偷。第三天到了后半夜，仍不见人来。县官等得不耐烦了，扭头去睡。不料他前脚走，后脚老三就到了。他躲在黑旮旯里一看：乖乖，客厅里好像唱大戏一般，明灯蜡烛，照得如同白昼。时值寒冬腊月，火盆里拢着红堂堂的炭火，八个衙役脚蹬火盆，围坐一团。这架势莫说是偷，就是抢，也得费九牛二虎之力。咋办呢？他眉头一皱，想出一条妙计。四更时分，老三蹑手蹑脚，撬开县官的卧室，神不知鬼不觉地把县官的官衣官帽穿戴整齐。然后大摇大摆来到客厅，学着县官的腔调骂道："你们这伙笨蛋，一个个头耷拉得像个茄子，还看火盆哩！连你们让黄鼠狼偷吃了也不知道，都给我滚！"这八个衙役，三天三夜没眨一眼，熬得实在够呛，眼皮跟抹了椿树胶，只往一块儿粘。听县太爷这么一说，真是求之不得，看也没看一眼，一个个揉揉朦醒眼，迷迷糊糊地走了。老三趁势倒掉火炭，拿起火盆走了。

第二天一早，县官起床穿衣，却怎么也找不到衣裳，赤条条正没办法，老三捧着官服、头顶火盆，笑嘻嘻走了进来。县官穿了衣服，只好服输拜师。农夫自然不便阻拦，只好由他去。

原来，老三心有盘算，要解恶霸欺人之恨。一天夜里，约上换了便服的县官，到那个恶霸庄上。老三看好道路，依然房顶上打洞，溜了下去。忽然闻得一阵酒香扑鼻，暗地里摸去，原来柱子下边放着一坛好酒。老三忍不住喝了几口，美得很，竟是一坛陈年老窖。喝了一会儿，想起县官徒弟还在外面望风，遂从原路摸回，对县官说："屋里柱下有好酒，你也去喝几口。"县官有点害怕说："一不小心，叫人家捉住咋办？"老三说："不要紧，我有法救你。"县官这才放心行事。谁知县官初入此道，心里又慌，不小心弄出响声，惊动恶霸，大叫"拿贼。"一霎时，家丁一拥而上，拿住县官，一条索子捆了，头朝下，在麻袋里一立，就要乱棍齐下。

却说老三在外，一见县官被捉，忙中生计，把门前场上草垛点着，然后大呼"救火"。恶霸、家丁一见门外火光冲天，顾不得打那小贼，纷纷出门救火。老三乘机钻进内屋，低声叫"县官"，却听在门后答应，仔细一看，一个麻袋在动，肚里憋不住好笑。急忙解开麻袋，放出县官。又听得隔墙有人咳嗽。原来那是恶霸老爹的住房。老三拉着县官，踅到隔壁床前，把老东西捆了，装进麻袋，照样倒立在门后。又到牲口棚，牵出一头老叫驴，用索子勒死，放在老东西床上，用被盖好。这才拉着县官出来，跳上门前大树，等着看好戏。

恶霸带人救火转来，更加生气，指着门后麻袋骂道："肯定是小贼同伙，烧了我的草垛。老子今儿非打死你不可。"说着顺手就是一棍。里边叫："哎哟，别打，我是你爹。""乖乖，这家伙还骂人，狠打。"众家丁接着又是几棍。恶霸多了个心眼，拦住众人，到老爹房里一看，对家丁说："我爹还在床上睡着。打死他，看他还骂人。"一时间，众人乱棍齐下，直到麻袋里不叫不动。倒出来一看，恶霸哭了起来，真是他的爹，已经呜呼哀哉。

众家丁走到隔墙，一揭被子，床上原来睡着一头死叫驴。

讲述者： 曹天德，男，55 岁，内乡县师岗镇曹营人，初中，农民

采录者： 何有才，男，45 岁，教师

采录时间： 1987 年

采录地点： 内乡县高中

选自： 《中国民间故事全书·河南·内乡卷》

230

算命先生

从前，有三个书生进京赶考，一连走好几天，口干舌燥，腰疼腿酸。这天中午，他们路过一条大街，见一个卦摊摆在街头。张生说："观相是真，算命是假，这回我们试试看，看他算得准不准！问问他，咱仨能考中几人。"王生道："好，一来歇脚，二来喝口水。"于是，李生上前搭话："先生，你算我们是哪方人？"先生掐着指头算了一下，说："东南西北方方在，弟子南方朝北来。"三位考生听了，心里暗暗佩服，接着又问："你再算俺仨去干啥。"先生抬起头看看，嘴里说着："三位学士走吉道，千里迢迢去应考。"仨学生一听，你看看我，我看看你，心里暗暗称是，这位算命先生倒还有一套真本领。三人对视一下说："你算算俺仨能考中几个。"先生故意眉头一皱，数着指头反复几次，最后，伸出一个大拇指，就是不说话。仨学生似乎都明白了，说道："方知先生本领真，十天以后付全银。"

眨眼十天过去，二十天过去，一个月过去。先生的徒弟问道："师傅，那仨学生至今不见面，你一定算错了吧？"算命先生朝天哈哈大笑："弟子太傻，我算得一点

不差。那三个学生眼见从南向北来，一口南方腔调，分明是南方人。如今皇王开科，谁人不知，何人不晓，他们任学生装扮，能是做买卖的贩子吗？"徒弟问："如果都考中了？""那我伸的一，就说明他们一齐考中了。""如果两个考中了？""那我伸的一，就说明他们中的一个考不中。""那如果都没考中？""那我伸的一，就说明他们一齐考不中。""如果他们中有两个考不中？""那我伸的一，就说明一个考中。"

徒弟听了先生的话，心里暗想，看来我要跟他学的本领就是这。

讲述者：	刘胥，男，37 岁，内乡县湍东镇村北人，高中
采录者：	刘家三
采录时间：	1984 年
采录地点：	内乡县城郊乡北符营村
选自：	《中国民间故事全书·河南·内乡卷》

附记

算命这个行当兴盛不衰，一方面是一些人需要心理疏导，心中的困惑、郁闷需要倾诉，请人排解；另一方面是算命先生顾左右而言他，模棱两可的话使自己永远立于不败之地。其实，许多人早已看透了算命先生的虚妄，创作出一批故事揭露算命先生的虚伪，提醒世人不要上当。（曲凡杰）

异文："一"的妙用

从前，有个算卦先生给人算命，算得十分灵验，前来找他算命的人很多。

一天，有三个进京赶考的举子，进京之前想来问问三人当中谁能考中。他们找到算卦先生说明来意，点了香，叩了头。只见那算卦先生闭着眼睛朝他们伸出一个指头，却不说话。三个举子不知其意，上前求算卦先生说明。谁知先生拿起拂尘一挥说道："去吧，到时候自然明白。"三个举子只好扫兴而归。

三个举子走后，先生的儿子走过来问他父亲："他们三人到底有几个能中？"先生说："中几个我已经说罢了。"

"你伸一个指头是什么意思？是一个中上？"

先生说："对。"

"要是有两个中上呢？"

先生说："这就是有一个不中。"

"那么他们三个都中上了呢？"

先生说："那就是三个一齐中。"

先生儿子说："要是三个都中不上呢？"

"那就是一齐不中。"

先生儿子恍然大悟地说："原来这样呀，看来这个'一'字用处不小呢！"

讲述者：	张守机，男，75 岁，西峡县二郎坪乡二郎坪村人，小学，农民
采录者：	张景玉，女，23 岁，西峡县二郎坪乡人，高中，文化站专干
采录时间：	1987 年 4 月
采录地点：	西峡县二郎坪乡二郎坪村
选自：	《中国民间故事集成·河南西峡县卷（下）》

231

心里有数

采录者： 苗蔚，女，48岁，内乡县师岗镇人，高中，教师

采录时间： 1987年

采录地点： 内乡县师岗镇中学

从前，有个县官，十分贪财。他时常把人抓起来，扒去衣服，捆到几尺高的木桩上，让亲属在一旁看着，叫弓弩手在百步之外向木桩射箭。那些箭从被抓之人的耳朵根、头发梢"嗖"地擦过，吓得亲属惊叫不止，只好送些钱财来赎人。

师爷说："那些人没犯啥罪，万一射死该咋办？"县官哈哈大笑道："神箭手，我心里有数。"

一次，县官到理发店理发，那剃头匠手艺高超。县太爷从镜子中看到，他每剃一刀，顺手把剃头刀抛出几尺高，在那利刃临头之时，又信手抓过。有好几回，刀子差没点就砍进肥实实的脑袋瓜子。看着看着，县官吓得魂不附体，哆嗦不停，就说："你如此冒险，不怕万一？"剃头匠笑嘻嘻地道："甭怕万一，我心中也有数。"

由此以后，县官也不敢再玩那射箭的敛财游戏了。

讲述者： 不详

232

老娘汤

吃捞面条时，锅内剩下的面条汤称为老娘汤。吃罢面条须喝老娘汤，不然会引起肚子不得劲，甚至疼痛。为何把这个面汤称为老娘汤呢？

相传过去一位以砍柴为生的小伙子，每天都要砍一担柴，挑到集市出卖，卖后再到一家饭店吃上一碗捞面条，饭店老板是一老婆儿，由于价钱公道，生意很好。小伙子时常到这里吃饭，也很讨得老婆儿的喜爱，加之老婆儿与小伙子的老娘年龄相近，早晚小伙子到了店里，她总以老娘自居，小伙子为讨得方便也乐意"老娘""老娘"地喊她。

一天，天气炎热，小伙子满身大汗，到老婆儿饭店因有急事使急马慌[1]吃了一碗捞面条站起就走。回家后，就感到肚子隐隐疼痛，有时竟难以忍受，虽经多方求医，也没有明显效果。很快三四个月过去了，小伙子的积蓄已所剩无几。无奈，这天他忍受着疼痛又去砍柴卖柴，中午，还是到老婆儿饭店吃饭。

[1] 使急马慌：匆忙的样子。

老婆儿看到小伙子病恹恹的样子，忙上前问："孩子，一定是肚子疼吧？"小伙子说："是的，这几个月，我已是痛苦不堪。"小伙子因上次吃了捞面条匆匆离去，没有喝面条汤，结果就落下个肚子痛的毛病。老婆儿听后，指着墙角处桌子上一个碗说："碗里是你上次吃捞面条时，我给你盛的汤，一直放着，虽然干了，弄些水冲冲喝了，有效。"

小伙子听后，照此做了。喝后放了三个响屁，打了三个长嗝，病竟然好了，又是原来那个活蹦乱跳的样子。他一路小跑回到家里，逢人便讲，遇人就说："我的病好啦，我的病好啦！我是喝老娘汤好的，我是喝老娘汤好的。"

从此，人们在吃捞面条时，都要喝些面条汤，并把这个汤称为是老娘汤。

讲述者： 赵怀，男，59岁，方城县城关镇人，大专，电信局退休职工

采录者： 乔君笠，男，60岁，方城县柳河镇人，大专，退休干部

采录时间： 2017年8月

采录地点： 方城县南水北调方城管理处

附记

2017年夏，我的高中同学王世英，邀我到南水北调中线管理处闲聊，他在这个单位当保安。白天，管理处人来人往，非常热闹，夜里只有他一个人值班很是无聊。这次邀我的同时，还有赵怀，他俩曾先后任乡镇邮局支局局长，直至退休仍是好朋友。我们到后，王世英弄了两个小菜，两瓶白酒，喝着说着，少不了又扯到我收集方城方言的事。王世英问我，不冒烟儿是不是方言？我说，是。他说，你喝一杯酒，我给你说说不冒烟的来历。我照办了。这时，赵怀也问我，老娘汤是不是方言？我说，是。你喝两杯酒，我给你说说喝老娘汤的来历。他还说，他在杨集镇当支局长时，在一个村给人家安电话，安好后主人留他在家吃捞面条。吃后主人劝他喝老娘汤。他不喝，主

人一直劝，并讲了老娘汤的来历。从此，每次吃捞面条，他都要坚持喝老娘汤。我当然对他们说的很感兴趣。我越发急着听，他们越发吊我的胃口。最后，每个故事，让我付出5杯酒的代价，他们才讲了《不冒烟儿》和《老娘汤》故事的来历。（乔君笠）

233

李麻子人孝

这一家请了一个先生，给他家教学生。学东说："先生呀，教字可要教准啊，不要把孩子教成别字客[1]了。"先生说："你放心，绝对不能给孩子教成别字客。"学东说："你教错一个字咋办？"先生说："教错一个字，扣我二百钱。"

第二天，开学了，学的是《孟子见梁惠王》。本来是"王曰"，先生念成"王四"啦，"租"字念成"嫂"字啦。东家在门外听着，就说："哎，先生，你这两个字念成别字了，应该扣你四百钱。"先生说："扣四百就扣四百吧。"

学东房背后是个十字道。过去迷信说法，路是一条箭，不好。学东就在房后立了一个碑，碑上刻的字是"泰山石敢当"。这一天，先生和东家、学生一起出来游转。到了房背后，学生指着石碑说："先生，这个石碑上是什么字？"先生说："这个石碑上刻的字是'秦山友取唐'。"东家一听，就说："这个石碑上刻的是'泰山石敢当'，你却读成'秦山友取唐'。五个字你读错四个，扣你八百

[1] 别字客：也作白字客，指学问不扎实，写错别字。

钱。"先生说："咱错了,扣就扣吧!"教一年是二串钱,这两回扣一串二了,还有八百钱。

后来,先生又给学生教《论语》里"季康子认教"这一篇。先生念成了"李麻子人孝"啦。到了晌午学生回去啦,东家问他学的啥,学生说："学的李麻子人孝。"东家一听,想着《论语》上没有这"李麻子人孝"呀,就去问先生。先生拿来书叫东家一看,东家说："你又教错了四个字。这是'季康子认教',你教成'李麻子人孝',得扣你八百钱。"先生一年学资两串扣光了。

到了年终,先生回去了。老婆说："钱拿出来办点年货,好好过个年。"先生说："哪儿还有一个钱?"老婆说："你教一年整啦,钱都弄哪儿去了?"先生说："钱给王四嫂四百。"他老婆说："你在外教学,离家远,给王四嫂四百,叫她帮你洗洗浆浆的,给了给了罢了。那还有哩?"先生说："秦山友取唐去了,我又给他八百。"老婆叹气说："哎,'秦山友取唐',有点爱国之心,给八百就给八百罢了。那还有哩?"先生说："还有八百钱我给李麻子啦。"老婆一听恼了说："你给李麻子弄啥?你给王四嫂四百,她给你洗洗浆浆。你给秦山友,他去取唐,有爱国之心。你给李麻子八百有啥用?"先生说："李麻子人孝嘛!"

讲述者： 斐新科,男,65岁,西峡县米坪镇米坪村人,私塾,农民
采录者： 韩丙午,男,30岁,西峡县米坪镇人,高中,文化站专干
采录时间： 1987年4月
采录地点： 西峡县米坪镇米坪村
选自： 《中国民间故事集成·河南西峡县卷(下)》

234

弟兄俩剃头

从前,有兄弟两个。老大是剃头匠,因为剃得好,远近很有名。老二在屋里闲着没啥做。

有一天,老大正在给人剃头,来个衙役叫他去给县官剃头。想着是县太爷,不同别人,就把剃头刀磨了又磨,毕[1]了又毕。县太爷说："唉,我看这刀子都行嘛,为啥你还拾掇怎利?""唉,你没听圣人说,工欲善其事,必先利其器嘛。做啥活,先都要把家具拾掇利当嘛。"县太爷说："哦,真中啊!还知道圣人说的话,你这个剃头匠真不简单。"头一剃好,县太爷把剃头钱一给,又另外奖他两串钱。老大走时,县太爷还在不住地夸:"真是说得好,'工欲善其事,必先利其器'。"又问道:"你这是从哪儿听说的?"老大又说:"道听途说嘛,都是在那古书上找的古典。"县太爷越听越高兴,对衙役们说:"这个匠人真中,还有些文才哩!"

老大回去后说:"今个儿给县太爷剃头可不差啥。头钱给了,又另外给我两串钱。"他把剃头之前如何磨刀,

[1] 毕：旧时理发师傅有毕刀布,理发刀子在上面摩擦,使之锋利。

235

算得灵

如何说圣人之言，都对弟弟说了一遍。弟弟一听说："哥，你真中。你给县太爷剃个头，给你那么多钱，还给你夸奖夸奖。下回再剃了我可去。"

停了一个月，县太爷又请去剃头，老二去了。去以后，他也是把刀子磨了又磨，磨好也毕毕。县太爷说："唉，你年纪轻轻的，咋也这么细顾[1]？"老二说："嗨，我听人家说过，这叫'工欲善其事，必先利其器'嘛。"县太爷一听说："嘿，你这个剃头人也知道这么多古典上的事！"老二说："哎，我听那杀猪屠夫给我说的嘛！"县太爷一听恼了："你敢来骂我，真是胆大包天。"叫人来按倒，狠狠打了二十杠子。

讲述者： 贾中林，男，62 岁，西峡县二郎坪乡中坪村人，小学，农民

采录者： 张景玉，女，23 岁，西峡县五里桥乡孔沟村人，高中，乡文化站专干

采录时间： 1987 年 10 月

采录地点： 西峡县二郎坪乡中坪村

选自： 《中国民间故事集成·河南西峡县卷（下）》

一天，李大家来了一位算卦先生。恰巧李大不在家，李大女人要先生算一卦。只听算命先生振振有词念道："你东屋点灯东屋亮，西屋不点黑古洞"；"三间房子两头住，两头不住你住当中"；"猪娃吃饱不叫唤，要是饿了乱唧咛"。这三句话算得李大女人连声说"应"，又要算卦的给他丈夫再算一卦。

又听算卦的念道："你丈夫是个鸡刨命，几天不动要生病。"又说："还有，你丈夫还有一大贼处，你留心看看。他帽子摘了往下抓，裤子卸了往上挖，衣裳脱了横着扒。另外，你还有大难一件：半夜黑地动哭声。"李大女人问要多少卦钱。算卦的说："三簸箕是一斗，八捧是一升。"

晚上，李大回来了，女人把白天算卦先生算卦经过说了一遍。李大一听，勃然大怒，骂她上当受骗，扇了她两耳刮子。女人伤心地哭了。哭着哭着，女人又笑了。李大忙问："笑啥？"女人说："人家算得灵，算着咱们半夜黑地动哭声。"

[1] 细顾：细心。

236

父 子 圆 梦

讲述者： 翟东廷，男，45 岁，内乡县城关人，初中

采录者： 翟学禹，男，33 岁，内乡县夏馆镇青杠树村，高中，教师

采录时间： 1986 年

采录地点： 内乡县城

选自： 《中国民间故事全书·河南·内乡卷》

　　从前有个商人，在马山口药草行办了几十担药材，雇下一帮脚夫，准备运往裕州。在出发的前一天夜里，商人做了一个古怪的梦。梦中，商人把两条腿伸进了一个裤筒。梦醒来，商人把所做之梦说给了妻子。妻子犯疑心，劝丈夫去圆个吉凶。丈夫顺从了妻子，大清早便去找当地圆梦最有名的一对父子先生。因为是冬天，老先生还没起床。少先生听了商人的叙述后，便拉长声音，一字一顿地说："寸步难行莫登程，要降凶。"

　　老先生在里间听了，忙从床上跳下来，板着脸冲着儿子道："一步登天财源涌，定高升。"

　　商人顿然醒悟，经验丰富的老梦先儿要敲他的竹杠，便诙谐地回答道："既然吉凶拿不定，那就辞别先生。"

　　说罢，扬长而去。回家召集脚夫，按原定日期上了路。

讲述者： 王周三，男，43 岁

陈洪义，男，内乡县城关书院人，高中，

市民

采录者： 王杰臣，不详

采录时间： 1986 年

采录地点： 内乡县高中

选自： 《中国民间故事全书·河南·内乡卷》

237

敢不敢动土

李家庄有个阴阳先生，每次出门办事，总要翻翻历图[1]，扳扳指头。他有个儿子，很反感他父亲迷信，但又不敢顶撞。父亲还逼着他学天干地支、黑道黄道。

一天，老先生有关紧事要出门一趟，可翻书一看，写的是"不宜出门"。这可咋办？他心生一计，找根木棍插在墙眼里，登上木棍就要翻过墙去。土墙多年失修，经他这一撬，墙忽悠一下倒了下来，把他压在下面。他大声吼喊儿子："快把我拉出来！"儿子见机会来了，不紧不慢地说："你叫我看看，今天敢不敢动土！"

老先生急了，骂道："你这不知紧忙的畜生，救人要紧，管它敢不敢动土！"

见儿子还在翻书，老先生两眼一闭，叹口气说："等到动土的日子，你爹我早叫压死了。"

儿子见目的已经达到，马上把父亲扒了出来。从此，老先生出门，再也不看那本烂书了。

[1]　历图：皇历，历书，日历。

讲述者： 赵新立，56 岁，内乡县夏馆镇后街人，农
民

采录者： 翟学禹，男，33 岁，内乡县夏馆镇青杠树
村，高中，教师

采录时间： 1985 年

采录地点： 内乡县夏馆镇后街

选自： 《中国民间故事全书·河南·内乡卷》

238

去
吧

从前，有个小伙儿名叫李忠。祖上留下十几亩薄地，一家人没明没夜地苦干，日子过得怪滋润[1]。可是人老几辈子都是大好人，常常受恶人欺负。李忠长到十二三岁时，爹跟娘商量："窝囊气受够了，咱忠儿虽然有点儿笨，可是怪有力气，叫他学几手武艺，撑撑门面吧！"娘也点头说好。他爹就备了一份礼物，把李忠送到百里外的碧河镇樊东门下拜师学武艺。

这樊东自幼学艺少林寺，练就一身好武艺，在江湖上很有名气，慕名前来学艺的人很多。这一年，樊东收了一百个徒弟。

这一百个徒弟当中，数李忠年纪最小，长得最不起眼，矮墩个儿，憨头憨脑，而且拙嘴笨舌，不爱说话。师傅看他是个穷家小户的孩子，又少个心眼儿，就没有正儿八经教他，天天派他烧火打杂。李忠想：杂活总得有人做，虽说耽误些时间，多学几年也是一样的。所以他干得可欢了，每天做完杂活，也跟师兄弟们练几下子。不过，李忠确实

[1] 怪滋润：形容日子过得很舒坦。

不大聪明，抬手动脚四六没材料，引得师兄们哈哈大笑。李忠心里说：笑啥哩，你们练十回，我练一百回，不信练不成！别人笑，他不笑，练得更带劲了。

一晃三年，徒弟们该出师了。九十九个徒弟走完了，只剩下小李忠。

李忠说："师傅，我心眼儿笨，这三年看没学个啥，让我多学几年吧！"樊东心里想：一块绞丝木头疙瘩[1]，砍不尖，旋不圆，成不了器，再学十年也是枉搭工[2]，就说："不行啊，李忠，学三年就得出师，你回去吧！"李忠跪下苦苦哀求，樊东说啥也不留他。李忠见师傅那么坚决，不再强求留下了，只求师傅也像对待师兄们那样，赐给一件武器，再教一手绝招武艺。

樊东摇摇头，什么也不给。李忠跪在他面前，怎么也不走。闹了半天，樊东实在烦透了，心里说：你呀，生成是讨饭吃的材料，给你个打狗棍吧！就顺手拉了一条木棒棒，耍了一圈，扔在李忠面前，跺跺脚说："去吧！"就闭起眼睛，靠在椅子上不理他了。

李忠高兴极了，心里想：师傅待我真好！不光赐给我武器木棒棒，还教了抢棍子、跺脚这一手"去吧"武艺，也不枉我学艺三年。他给师傅磕了三个头，捡起木棒，高高兴兴地回家了。

爹娘见李忠回来了，都急着问："儿啦，这三年就学的啥呀？"李忠说："学的'去吧'。"爹娘说："'去吧'是哪号子武艺呀？"李忠说："师傅待我好，这武艺只教我一个人了，九十九个师兄都没有学到呢！"爹娘听了，喜得合不住嘴。

打这天起，李忠白天下地干活，一早一晚练"去吧"。只见他手舞大棒"唰"地一抢，脚一跺，大喝一声"去吧"。他一遍一遍地练着，每天都练到大半夜。开头，他几天摔坏一根木棒，后来几下就摔坏一根。开头使的是几斤重的木棒，一年后，换成了七八十斤重的，到三年头上，换成了两百多斤的大铁棒。

苦练了十年，李忠成了二十几岁的小伙子，大铁棒一

[1] 绞丝木头疙瘩：木头纹理混乱，比喻做人难以成材。

[2] 枉搭工：白费功夫。

抢，呼呼风响，只见棍子不见人，泼水洒不到身上；脚一跺，尘土四起，地都打战战；喝一声"去吧"，指哪里打哪里，百发百中。村子西边岗坡上，有一块大石头，足有一间房子大。有一天，李忠耍到高兴处，"呼"的一棒，打在石头上，"轰隆隆"好像放了开山炮，大石头开了花，石头块子满天飞。看的人吓得伸长了舌头，半天收不回去。方圆几十里内的地痞流氓小恶霸，都躲着他走路，没人敢欺负他了。他喜欢打抱不平，专跟恶人作对，替好人出气，这一方人人都很敬重他。

爹娘见儿子有出息，整天喜得合不住嘴，每逢人家夸他们儿子，他们总是说："都是樊东师傅教得好啊！"这一天，爹娘对李忠说："儿啊，该去看看师傅了。"李忠也很想念师傅、师兄们，就收拾一包袱礼物，用大铁棒挑着，背起来上路了。

碧河镇经常立擂台比武。这一年来了个山东大汉，名叫沈魁，立擂台，说是会天下好汉。这人身高八尺，脸黑得像锅底，浓眉怪眼，鼻孔朝天，浑身黑肉起疙瘩，活像个黑煞神。

樊东的九十九个徒弟都来了，谁都想上擂台露一手。樊东高低不准他们去。他说："人家是跑江湖卖艺，不过是为了糊口，咱们何必呢？"其实，他心里想：来者不善，善者不来，倘若输了岂不坏了我的名声！所以，执意不准徒弟们打擂。徒弟们急得直嚷嚷。

那沈魁立擂后，也有几个打擂的，都是伸伸手，就被沈魁踢了下来，从此再没人敢上擂台了，沈魁又等三天，见无人打擂，就哈哈大笑，在擂台两边立下两块木牌子，一边写"艺压天下"，一边写"威镇碧河"。

碧河镇上的人气不过，纷纷去找樊东，请他出马打下沈魁的威风，给碧河镇挣回面子。樊东只是笑着摇头，就是不肯出马。

人们说不动樊东就去说他的徒弟们。徒弟们早就憋了一肚子气，那姓沈的太狂妄了，不把他打下来，真是太丢人了。经众人一鼓劲，他们就瞒着师傅去打擂。

樊东的徒弟们要打擂了，这消息轰动了四乡，擂台下挤满了人。

那沈魁果然厉害，三下五去二，把这九十九个徒弟都

摔下台来,有的还摔断了胳膊跌折了腿。

这下子,樊东坐不住了,如果不亲自出马挽回面子,以后还咋做人呢?他换了衣服,来到台下,脚尖一点,"飕"的一声,蹿上了擂台。

台下的人见樊东上了擂台,乱拍巴掌叫好。人人都说:"老将出马,赢定了。"

沈魁见这阵势,知道来者不善,就格外小心,两人客气几句,就动起手来,一来一往,拳脚相迎,闪扑窜跳,各显本领,打得难解难分。台下的人看傻了,个个伸长了脖子,张大嘴巴,俩眼珠子瞪得滚圆。

樊东、沈魁斗了一百个回合,不分胜败。樊东打上了性,看准一个空子,飞起一脚向沈魁的小肚子踢来。沈魁闪身躲过,伸手去抓樊东的腿。樊东想收腿时,已来不及,被沈魁在鞋底上推一掌,那樊东一个"倒栽葱",从台上栽了下来,亏得徒弟多,接住了他。虽然没有摔伤身子,可是已经热汗直流,呼呼喘气,上不得擂台了。

看的人一下子凉了半截儿,都说:"樊东打不赢,沈魁真是没敌手了。"

沈魁在台上哈哈大笑,大声说:"找个有本事的来吧!我的武艺连个零头还没使出来哩!"

这时候,李忠赶到了,说:"师傅,我上去收拾他。"九十九个师兄一听,大笑起来,说:"你会啥呀?"李忠说:"师傅教我的'去吧',我练得差不多了。"樊东正没好气,骂道:"你别给我丢人现眼了,去吧!"

李忠听到师傅说声"去吧",以为是叫他上擂台哩,就把包袱摘下来,放到樊东面前,铁棒一捣,"呼"的一声,跳上了擂台。

看热闹的人泄了气,正想走散,见有人上了擂台,又呼啦啦围了上来,纷纷议论着,想不到半路上杀出个程咬金。有人说:"樊东还不行,他是荞麦皮打浆子——不沾板儿。"

沈魁见李忠傻乎乎的,压根儿就没把他放在眼里,拉长声音说:"小子,就你这样儿,也敢来打擂?"李忠嘿嘿一笑说:"试乎试乎呗!"沈魁说:"擂台上打死人可不偿命啊!"李忠又是嘿嘿一笑说:"你这么说,我就放心了。"

台下的人听了,议论说:"这人只怕是疯子,不是疯子也是傻瓜!"都替李忠捏一把汗。

沈魁见李忠拿着家伙,就拿起一对黑虎铜锤,一只五十斤,两只整百斤。他铜锤一举,摆开架势,说一声"请",就泰山压顶向李忠打来。

李忠铁棒一抢,脚一跺,吼一声"去吧"。这一声吼,好似炸雷,震得台下人人捂耳朵。他脚一跺,擂台呼闪几呼闪,那铁棒下去,"当啷"一声,把那对黑虎铜锤打飞了百丈远,沈魁也摔下台去,四脚朝天躺在地上,半天爬不起来。

一时间,台下巴掌拍得震天响,叫好的喊声能传几里远。

李忠提着铁棒跳下擂台,见樊东行了个礼说:"师傅,那伙计只怕是个纸扎的人,经不住一棒子。"

九十九个师兄围着李忠,向他贺喜,问他咋练得这一身好武艺。李忠说:"按着师傅教的'去吧',天天练呗。"

九十九个徒弟都埋怨师傅:"'去吧'这么好的武艺,为啥不传给我们?"

樊东脸上青一阵子,红一阵子,动了动嘴,就是说不出话来。

讲述者: 欧阳思,男,70岁,方城县柳河乡柳河村人,略识字,农民
采录者: 欧阳河,男,39岁,方城县柳河乡人,高中,粮管所职工
王岳松,男,50岁,方城县城关人,大专,县文化馆干部
采录时间: 1980年10月9日
采录地点: 方城县柳河乡柳河村
选自: 《中国民间故事集成(方城卷)》

故事在南阳流传很广，特别是在方城，大凡圈内人都能绘声绘色地说上一阵。此次编纂，编者与欧阳河电话联系4次都未接通。无奈跑到柳河欧阳河的家，看到他年事已高，说上句忘下句。大概是1981年初，欧阳河开始收集整理故事，故事大多来自欧阳司——他的父亲。欧阳司曾任柳河村党支部书记，扫盲班毕业，有一肚子瞎话儿，从来都讲不完。按欧阳河的说法：父亲是1985年3月去世，是给他讲着故事咽气的。本篇故事发表于1982年《民间文学》第一期，后收录于《中国民间故事集成（方城卷）》。（乔君笠）

239

师拜徒

从前有个小伙子想投师学武，可好话说遍师傅就是不愿收他为徒，人家习武了把他冷落一旁，不理他。无奈他习武心切，见人家去习武，他就跟人家屁股后头看门道。起初人家不理他。时间久了，师傅怕他偷学武艺，很烦他，见他跟着，就用脚踢地上的石头蛋说："真碍事，还不快滚蛋！"

他以为是师傅在教他绝招哩，回家去他见石头就踢，天天赶群羊在山上，是石头他都踢遍，嘴里说着："真碍事，还不快滚蛋！"脚下石头乱飞。这样练了三四年时间，他练了一身踢石头的硬功夫，连碾盘恁大的石头都能踢它十几丈远。

这一天，师傅领着徒弟们到县城比武，一连几场都比败了。他知道了，就跑到县城，到比武的擂台边，见有个千斤大石头，他扎脚一踢，嘴里说："还不快滚蛋！"话一出口，大石头飞到对方跟前，那些人一见吓得要死，收拾家伙不敢久留，乘混乱之际逃出了县城。

师傅见他这样勇猛，上前问他："请问壮士尊姓大名？"

他笑着说："师傅忘了，四年前我投你为师，你教我踢石一绝，如今师傅有难，弟子我能不来？"师傅听他一说，有点丈二和尚——摸不着头脑了。仔细一想当年有这件事，满脸羞愧地跟小伙子说："唉，当年我哪是教你绝招，我存心不想教你，才说的开销话[1]，不料你自成一家。今日若没你相助，我可真要入地三尺没脸见人了！来，我今儿拜你为师吧！"说着要给小伙子下跪，小伙子忙拦住他，说："师傅，你这样可要折煞我了！"师傅愧心地说："后生可畏，老朽有眼不识泰山哪！"

讲述者： 刘国有，男，62 岁，镇平县安字营镇连庄王洼村人，不识字，农民

采录者： 张卡申，男，26 岁，镇平县安字营镇连庄王洼村人，本科，干部

采录时间： 1987 年 7 月 25 日

采录地点： 镇平安字营镇连庄王洼村

选自： 《中国民间故事集成·河南镇平县卷》

附
记

采录者张卡申当年在镇平县文化馆抓民间文学工作，与讲述者刘国有是同村人。刘国有是有名的"故事篓子"，据说他心里装的民间故事一个月也讲不完。（陈志国）

[1] 开销话：推脱、拒绝的话。

240

小
竹
匠
猜
字

一天，街南头专做筷子的小竹匠家里，来了个猜字先生，小竹匠就凑上去，想试试先生猜字的本事。先生问他猜啥字。小竹匠说："猜着了我送你一壶酒钱；猜不着，就算了。"他说罢在手上歪歪扭扭写了个"筷"字。

先生看了"筷"字说："猜着了，你打发我两个饭钱；猜不着，你掀我摊子，我连个屁也不放。我猜呀，停一会儿有人请你吃酒席。"

小竹匠二话没说，递给先生大、中、小三个铜钱。猜字先生走后，真格有人来叫小竹匠去吃酒席。

第二天，小竹匠又见到了猜字先生，小竹匠又写了个"筷"字，让先生看，先生笑着说："昨天是有人请你吃酒席，今天的'筷'字是要……"

小竹匠紧逼一句："要干啥？"先生慢腾腾地说："要落水。"小竹匠猛地一惊："你咋知道？"

先生笑着说："咱们后会有期，不必细问。"

第三天，小竹匠老早就来找猜字先生。昨天夜里他去偷砍人家的竹子，打伤了看竹园的人，他自己也失足掉进了水塘。

第四天，这回他算是相信猜字先生了，也不敢对先生无礼了，"先生，先生"地喊起来。求先生再猜个"筷"字。先生还没得开口咧，小竹匠又把钱塞到先生手里。先生说："哈哈，要进笼啰！"

小竹匠也自知惹下祸端，忙问能不能出个啥法儿避避祸。

猜字先生卖起关子来，说："避祸倒是能避，不知你肯不肯花钱？"小竹匠哭丧着脸说："要多少？"先生凑近小竹匠，咬起耳根[1]。小竹匠一听惊叫一声："我的妈呀，扒了三间房子也不够啊！"

猜字先生说："主意自己拿吧！"

小竹匠想着，听天由命吧，也就没有再理会猜字先生的话。真的，太阳还没落山，捕房把小竹匠抓走了。

小竹匠刑满，专门去打听猜字先生的下落，登门拜访，问先生咋知道他要落水和进牢笼。

先生对他说："因为我知道你好吃、好喝。第一回你写'筷'字，我说有人请你吃酒，猜着了吧！第二回你写'筷'字时，我想，收罢席了，就该在水里洗筷子，我就说要下水，这是指筷子。第三回你又写个"筷"字，这时候筷子已在水里洗过，该进筷笼了吧。"

小竹匠这才明白，说："我当你真能猜出我去喝酒呢！我就和朋友商量偷人家，让捕房知道抓我坐牢啊！"

讲述者： 薛远增，男，31岁，桐柏县人

采录者： 宋相国，不详

采录时间： 1985年8月3日

采录地点： 桐柏县城关镇

选自： 《中国民间故事集成·河南桐柏县卷（第三分册故事）》

241

小神婆出师

从前，白河岸边王庄住着一个神婆。她每次出去镇妖拿邪总带着自己的女儿王小聪，王小聪伶俐，神婆给人家"治病"的一举一动都被她看个一清二楚。小聪十五岁那年的一天，邻村李家洼李老三慌慌张张来到小聪家，说他的儿子中了邪，求神婆去给他儿子驱邪。这天不巧得很，神婆不在家，李老三苦苦恳求王小聪替她妈去降妖。王小聪心眼一转，由胆怯变为欢喜：一回闯，二回像，三回都一样嘛！主意一定，仗仗仪仪[2]地答应了李老三的请求，拿上她母亲作法念咒的道具，跟着李老三到了李家洼。

进村，王小聪一眼就看见村头有个破旧不堪的碓谷窑（即石臼），里边积满了土，还栽着几棵葱。她暗暗记下了。

进院，李老三家喂的一只花脸狗见了主人，汪汪汪地叫，还见到靠院墙垒有个羊圈，羊圈的门是用一个打地石碡堵着的。王小聪又暗暗记下了。

进屋，她东瞧瞧西看看，发现客房正当中吊着一大块猪肉，屋里边的顶棚上搁着一只小渔船，病人卧室内墙上

[1] 咬起耳根：说悄悄话。

[2] 仗仗仪仪：大大方方、有模有样的意思。

还挂了一辆纺花车。王小聪都一一记个清楚。

用茶叙话后，王小聪摆起香案，眼珠一翻，双手合十，连打几个哈欠，摇头晃脑，念念有词，对着李老三唱道："庄儿头起[1]有个桶，桶，桶，里头不该栽成葱。"李老三一听，赶紧打发人到庄头起去看看，一看果然碓谷窑里长几棵葱，赶紧拔掉葱，跑回来说给李老三。李老三一听，很佩服王小聪，心想着门里头出身[2]就是中，这小神婆不比老神婆差多少。李老三正在这么想着，又听王小聪唱道："石磙本是白虎神，不该堵着羊圈门。"李老三赶紧到院里搬开了石磙。王小聪接着唱："猪肉本是黑煞星，不该挂到屋正中。"李老三更信服了，抓着屋当中吊的猪肉块子送进了厨房。王小聪眯缝着眼，看着李老三按着她的拨弄忙个不停，心里美极了，接着又唱道："您家有个水上漂，不该把它棚[3]恁高。"李老三一听，赶紧取下了顶棚上的小渔船。王小聪又唱道："您家有个嗡嗡嗡，不该把它挂空中。"李老三急忙上前，把挂着的纺花车取了下来。又见王小聪冷不防号啕大哭，拍手打掌，哭着说着："您家有鬼也送不走，不该喂个花脸狗。"李老三一看这阵势，脑子一横，吩咐家里男女老少，一齐动手，把花脸狗打死了。折腾到这个时候，王小聪慢慢安静下来，耷蒙着眼，一声不响。李老三知道这小神婆要讨封子了，赶紧用红纸包了几元钱递过来。王小聪接了封钱，又唱道："房东财大福也高，妖魔鬼怪全跑了，云姑大仙下了山，富贵满门保平安，从今往后要心诚，焚香叩头谢神灵。"李老三赶忙跪下给王小聪叩头。王小聪从身上摸出几个小药丸，说是仙丹，递给了李老三，便回家去了。

老神婆回到家中，听女儿如此这般一说，喜得合不拢嘴，连声说："好闺女，我的好闺女，就是这样做哩，你算出师了。"

讲述者： 林永，男，60岁，方城县杨集乡王老八村

[1] 庄儿头起：村头。
[2] 门里头出身：某种技艺世家。
[3] 棚：这里作动词，犹搁、架。

人，略识字，农民

采录者： 林君，男，35岁，方城县杨集乡王老八村人，中专，干部
采录时间： 1984年4月1日
采录地点： 方城县杨集乡王老八村
选自： 《中国民间故事集成（方城卷）》

附记

神婆也称巫婆，过去在农村很常见。在贫困地区，缺医少药，人们迷信神灵，遇到家中灾祸或生病，就找神婆到家下神。据采录者讲，他小时候还见到过，有一神婆在所请人家，披头掩面，忽然晕倒在地，片刻念念有词，讲自己是观音老姆，前来救苦救难。继而手舞足蹈，随手取来飘在身旁的纸灰，放于水碗，让患者喝下。有俗谚曰：跟着好人学好人，跟着神婆子下假神。（熊君祥）

242

大路不平旁人铲

过去有个人叫大路，从小丧父，老娘含辛茹苦将他抚养成人。后来，母亲老了，干不动活，眼也瞎了。大路嫌老母是个累赘，就生门儿想害死她。一天，大路背上母亲，假意说去找医生看眼病，一口气背到深山里。他把老娘放在一块青石板上，说去找吃的，一去不回。老娘等呀盼呀，一直不见儿子回，正在发急，一条狗嘬着馍跑过来让她吃，一天三顿，顿顿由狗送馍。

再说附近有户人家，男人叫旁人，夫妻俩勤劳善良，相敬如宾。他们发现屋里的馍越来越少，觉得很奇怪。旁人让妻子钻进里间，自己爬到屋梁上，想看看是什么东西在作怪。时间不长，从门缝挤进来一条狗，钻到小桌底下，把桌子挪到挂在梁上的馍篮下方，然后爬上去嘬出来几个，又把小桌顶到原处，嘬上馍跑出门去。旁人见状，轻手轻脚跟在后边。

狗拐弯抹角来到瞎老婆跟前，将馍放在她身旁。老人摸着狗，哭着说："狗娃呀狗娃，你比我儿子还强。"旁人走过去，问明情况，就把老人接到自己家。夫妇俩当亲娘好心伺候。

一个夏天，老人听到门前溪水哗哗响，就摸到水边去洗脸，洗着洗着，摸到一块石头，圆圆的，凉凉的，就在眼上抹了抹。说也奇怪，她眼顿时亮起来，能看见路、看见水、看见山。回到家里，老人把喜讯告诉旁人夫妇俩，他们觉得很奇怪，心里高兴极了。

过了一年，朝里的皇太后双眼失明，找了许多医生也没治好。皇上贴出告示：谁能治好皇太后的眼，高官任挑，骏马任骑。旁人听说后，回来告诉老人，老人让他带着石头撕了告示。来到京城，旁人让差役们端来一盆清水，拿出石头泡了泡，然后在皇太后眼上一抹，疾病顿除。皇帝龙颜大悦，给旁人封了官，将他一家接到京城享福。

大路听说了这件事，跑到京城争官做。皇帝问大路妈咋办，老人望望儿子，咬咬牙说，我没有这样的逆子，你们咋处死他都中。皇帝下令，比着大路的脖子挖个坑，将他推下，露出头来，让旁人将这个不孝之子的脑袋铲掉。

讲述者：	不详
采录者：	刘德洲，男，38 岁，邓州市人，大学，干部
采录时间：	1999 年
采录地点：	邓县张村镇张村街
选自：	《中国民间故事全书·河南·邓州卷》

（五）婚姻家庭故事

243

曹恩买刀

从前，伏牛山下有一户姓曹的人家，三口人：老娘、儿子和媳妇。儿子名叫曹恩，会做个小生意，经常在外跑，本来这一家人日子该过好，可是曹恩成家以后，老娘和媳妇总是不断地闹气。为啥？说起来话长。曹恩为人憨厚实在，对媳妇亲，对老娘十分孝顺。他老娘哩，人老话多，是个嘟噜嘴，喜欢横挑鼻子竖挑眼，都说她像酸枣刺；媳妇呢，遇事不让人，嘴利得像刀子，小时候有个外号叫红辣椒。酸枣刺遇见红辣椒，婆媳俩翻贴门神不对脸，一来二去成了冤家对头。

一天，媳妇不小心，把饭做煳了，老娘吃着嘟噜着，一会儿就把媳妇嘟噜得一肚子气。媳妇把饭倒在猪食槽里，怒气冲冲吆喝猪："想吃了你就吃，拱啥哩。成天不干活，还怪不好伺候哩！"老娘在屋里听得一清二楚，这不是打着骡子叫马听吗？越想越生气。打这以后，老娘对媳妇早晚都是冷言冷语，不咒就骂，对媳妇做的饭不是说稀就是嫌稠，菜做得再好也说没有味。老娘和别人正在说笑，只要看见媳妇，脸很快就变成了死面饼子；媳妇看见老娘没事找事，也是一肚子火，针尖对麦芒谁也不让谁，老娘

说饭煳了，她就故意做成夹生饭；老娘牙不好咬不动，她偏偏把萝卜丝切得像顶门杠。两人一见面眼都红了。日子越来越不好过。左邻右舍谁也解劝不开。曹恩在中间，更是左右为难，想不出什么办法能使这婆媳二人言归于好。

一天，曹恩做生意回来，到老娘屋里问安。老娘看见儿子，眼泪就像熟了的枣花一样，扑簌簌地直往下掉。她拉着曹恩的手，哭着说："儿啊！生儿养女防备老，我想娶了儿媳妇就该享福啦，谁知道媳妇一来，日子更不好过。我说她做的饭生啦，她就把饭烧焦；我说菜咸了，她就故意多放盐。她一见我就摔碟子打碗，哼鼻子瞪眼。我实在受不了这份气啦！我还有个啥过头哩！不如我回娘家去，权当娘我没有儿子，你们在家好好过日子吧！"曹恩听了老娘的话，心里非常难受。这该怎么办呢？他低着头，很长时间没有说话。想了半天，他含着泪对老娘说："妈啊，做儿子的不要老娘，要媳妇，这算什么儿子呢？良心上也过不去。既然她这样不孝敬老人，我也只该下毒手了。这是她自己找的，也不能怪我。我听说苏州刀最快，杀人还不见血，我明儿去苏州买把刀，回来把她杀了，剩下咱母子二人，日子就好过了。往后你就不生气啦！"老娘听了一怔："杀人可要偿命的啊！""不怕！"曹恩说，"把她埋好，就说她回娘家去了，谁能知道！"老娘想了想说："也好，她实在把我气坏了。杀就杀吧！"

曹恩从老娘屋里出来，到媳妇房中，媳妇看见曹恩，就抽抽搭搭哭开了。她对曹恩说："我们女孩家，在家靠父母，出嫁靠丈夫。你多在外，少在家，不知道我都过的啥日子！你妈对我就像对仇人一样，整天鸡蛋里头挑骨头，没窟窿繁蛆地找我的茬儿。不是说饭生啦，就是说饭煳啦；不是说菜咸了，就是说淡啦。我站着不是坐着歪。她不是指桑骂槐说难听话，就是摆脸给我看。我忍了又忍，还是不中。我要回娘家去，不在你家受这份罪了。"曹恩听了低头想了一会说："咱妈也活不了多少年了，等我明天去买把刀，把她杀了，咱俩好安安生生过日子。"媳妇一听，也有点害怕，可一想婆婆平常对自己的那股劲儿，也就不说什么了。

第二天，曹恩收拾好行李，对媳妇说："我去买刀，在我没回来以前，你要对咱妈特别孝顺些，她就是再不

对，你也要忍耐。这样做，你也落了个好名声，咱仨俩月杀死她也没人怀疑。"媳妇说："你放心吧，这几天我会对她好的。"曹恩又到老娘房中对老娘说："在我没买回刀之前，你要对媳妇格外好些，外人都说你对她好，咱们再悄悄地把她弄死，外边就没人防了。"老娘说："儿啦，你放心吧！我一定对她格外好。"于是，曹恩辞别了老娘和媳妇，出门买刀去了。

曹恩出门后，婆媳二人心里都装着事儿。清早天还不明，媳妇就起了床，蹑手蹑脚的，把门推开，到厨房里做了一碗面疙瘩汤，打了五六个鸡蛋，送给婆婆。老娘听到厨房有声音，怕媳妇先起，赶忙穿衣服。刚穿了上身，就见媳妇捧了碗饭走了进来。媳妇说："妈呀，你年纪大了，先吃点东西暖暖肚子再起来。"老娘见媳妇这样体贴自己，不由得笑出声来，说："儿啊，你怎么起得这么早？我吃得早了吃不下去，你把它喝了吧！来！来！来！坐我跟前喝，你喝了比我喝了我还喜欢哩。"媳妇说："妈呀，别说啦，老人不吃咋叫俺年轻人吃哩，还是你吃吧！"婆媳俩推推让让，谁也不肯喝。后来，媳妇捧着碗干脆给老娘跪了下来。老娘赶紧把媳妇拉起，说道："既是这样，你再拿个碗来，倒开咱俩都喝。"于是，婆媳俩喜喜欢欢地喝了面疙瘩汤。

从这以后，不管吃什么，就是一个馍，也要你一半我一半地分开吃。家里有活争着做抢着干，老娘是开口儿，合口儿；媳妇是开口妈，闭口妈，叫得再没那么亲热了。两人见面都是满面笑容，谁要一会儿见不到谁，就到处寻找。婆媳俩感情越来越好。

曹恩一去两个多月，这天回来了。他先到老娘屋里，开口就说："妈呀，我买来了好刀，今天夜里把她一杀，咱娘俩的光景就好过啦！"老娘一听，大吃一惊，伸手把刀夺过去说："儿呀，这可使不得！自你走后，她对我可好啦，就是亲生女儿也没她孝顺。我一会儿不见就想得很。你若要杀她，不如把老娘我先杀了。"曹恩忍不住笑了笑，说："好！娘不叫杀我就不杀。"曹恩又来到妻子房中，又故意说要杀老娘，妻子拦着他说："从你走后，咱妈全变了，她对我太好啦，真比亲娘还要亲。以后再别提杀的事啦！"

从这以后，三口人互敬互爱，和和睦睦，日子越过越兴旺。

讲述者：　李富钦，男，75 岁，南召县白土岗乡杜村人，私塾 3 年，农民

采录者：　丁世栋，男，55 岁，南召县人，大专，文化馆工作

采录时间：　1982 年 3 月

采录地点：　南召县第三次故事会讲会上

选自：　《中国民间故事集成·河南南召县卷（下）》

附记

这篇故事在南召县第四届故事会讲会上被评为一等奖。南召县文化馆自 1979 年开始，每年都要举办全县故事会讲会，全县十六个乡镇都要组队参加，选派优秀故事员 3—5 人参加，每个故事员说讲故事 1—3 个，每届讲说故事近 50 个，对比较优秀的故事，文化馆都指派专业人员进行整理，然后或编辑成册，或投寄到民间故事刊物进行发表。南召县文化馆民间文学专干乔明宪曾主编《南召县民间故事》两册，收集优秀民间故事 100 多篇。到第八届之后，虽然没有年年举办，但每隔两到三年还要举办故事会讲，陆陆续续办了十一届。《曹恩买刀》就是故事会讲中发现的比较优秀的故事，是南召县优秀民间故事的代表作之一。讲述者李富钦，白土岗镇杜村人，南阳市和南召县优秀故事员，自 1979 年起，曾参加过五次县故事会讲、三届市故事会讲。所讲故事风趣幽默，生动感人，脉络清晰，情节完整，人物形象鲜明，内容健康，启迪人生。他能讲故事 40 多个，1998 年病逝。（乔向东）

异文："宝刀"计

从前，有一家三口人，小两口和一个老娘。娘嘴碎，媳妇倔，常为些鸡子尿湿柴[1]的事闹得鸡飞狗上墙。儿子

[1]　鸡子尿湿柴：鸡不会尿尿，是说事情特别微小。

哩，管着了媳妇管不了娘，劝着了娘又劝不着媳妇，弄得老鼠钻到风箱里——两头受气。儿子想：这样闹下去终不是长法，总得想个办法呀！

这天，他背地里对娘说："妈，媳妇对你不孝，我想杀了她，另寻一个贤惠的，你看咋样？"娘愣了一下，想了半天说："娃呀，杀人可不同杀个鸡子小虫，要是让别人知道了，闹出人命官司咋办？"儿子说："我有办法，听说苏州有一种好刀，杀人不沾血。我去买一把回来，把她杀了，悄悄埋起来，上头查问，验不出杀人凶器，拿不出证据，自然就罢休了。"娘想了许久才说："只要闹不出事就行。"儿子又说："不过你千万记着一件事：我走后你要对她好一点，别让人看出你俩有隔阂，过后猜疑是你垫害[1]了她。"娘听儿说得有理，就满口答应了。

安顿了娘，这人又去找到妻子说："贤妻，咱妈待你不好，我想把她杀了给你出气。"妻子也打了个愣怔，怕闹出官司，不让他杀。这人就把对娘说的那套去苏州买刀的话又原原本本说了一遍。妻子想：真有杀人不沾血的刀，做得瞒眼[2]，杀娘也是好事。就答应了。这人又说："不过有件事你千万要记着，我走后你对娘要格外孝敬，不许顶撞她。一则她是快死的人了，二则也免得惹外人疑猜是你背后挑起的。闹翻了，咱们俩都活不成。"妻子满口答应了。

三个月后，这人从苏州回来了，真的买回一口宝刀。他先对娘说："刀买回来了，我今晚就去杀她。"谁知娘一听哭起来了，说："娃呀，这千万使不得呀！你走以后，媳妇给我端吃端喝，铺床叠被，侍候得比亲闺女还亲。杀了她，我再也娶不来这样的好媳妇了！"他又转对妻子说："贤妻，刀买回来了，今晚我就去杀咱娘。"不料媳妇一听也哭起来，说："哎呀，你千万别说这种话了！你走以后，娘好东西舍不得吃，处处让着我；重活抢着做，生怕我累坏身子，待我比亲娘还亲。杀了她，我往哪里去找这样的好婆婆！"

这人听了娘和媳妇的话，打心眼里笑了："唉，我要

的正是你们说出的这些话！"

讲述者： 杨拴成，男，56岁，唐河县源潭镇人，小学，农民

采录者： 杨春生，男，40岁，唐河县人，高中，县文化局干部

采录时间： 1985年12月

采录地点： 唐河县源潭镇

选自： 《中国民间故事集成·河南唐河县卷》

附记

婆媳矛盾，是农村最常见的矛盾。夹在婆媳中间的儿子、丈夫，也最不好做人。一边是母亲，一边是妻子，都是最亲近的人，似乎谁都批评不得。而这个儿子和丈夫，又是调解婆媳矛盾最理想的人。在现实生活中，总有人给儿子和丈夫出谋划策，你应该怎样怎样。采录者杨春生说，这篇民间故事也是在出谋划策，为调解婆媳矛盾作出示范。在过去的农村，一些善良的老婆婆总爱把这样的故事讲给那些有矛盾的婆媳听，故事讲完了，还要补上一句俗语：婆媳之间，就是两好搁一好。（曲凡杰）

[1] 垫害：背后搬弄是非。

[2] 瞒眼：瞒过别人的眼睛，不使发觉。

244

割肝敬婆

板山根[1]，有个丁家庄，庄上有个丁小保，经常在外边干活，他妻子白大姐聪明贤惠，对婆母孝顺，把老人侍候得周到体贴。

一天，白大姐出去担水，碰见了东院王大娘，王大娘假装心疼地说："白妞，趁你小保不在家，你不如买点毒药把那老不死的害死，钥匙由你掌，到那时你不就……"她的话还没说完，白大姐肺都气炸了，怪她说："你说这是啥话！若不看你年岁大，我定要砍[2]你几嘴巴。"说完担起水桶就走。

那王大娘挑唆人家媳妇，碰了钉子，就转回到丁大娘屋里翻闲话[3]，她说："我说大嫂，刚才我在外面，听到白妞骂你老不死，说你只吃不干活！"丁大娘想到媳妇平时对自己很好，哪肯相信？王大娘赌咒说："我要说瞎话，就三尺麻绳见阎王[4]。"丁大娘看她说得有鼻子有眼的，就信了。

从这天起，丁大娘整天装病，一点儿饭也不吃。白大姐上前问候，她就大骂："贱人，赶快把我毒死，你掌权吧！"白大姐被她骂得莫名其妙。一天，白大姐又恭敬地问婆母想吃什么，丁大娘厉声说："医生看了[5]，说是只能吃人身汤，才能治好我的病，谁肯有恁好的心肝叫我喽治病哩？"白大姐听了心中不禁一颤，"哪来的人'身'汤，莫非是想吃我心肝不成？"想到这里，她把心一横，拿一把利刀，跪在老灶爷跟前祷告道："灶爷，我对婆母若无孝心，一刀下去见阎王，若有孝心，就叫婆母见见我的心肝吧！"说着眼一疙挤[6]，把心肝割一块，作成了汤，给婆母送去。丁大娘喝了汤，病立时就好了，可白大姐已卧床不起了。丁大娘看媳妇睡在床上不起，就气势汹汹地跑到白大姐床前道："咋？你也装病哩！是不是看我吃了人'身'汤，你也想吃哩？"说着猛然掀开被子，只见血流被褥，儿媳胸口血迹未干。丁大娘明白了，自己喝的汤原来是媳妇的心肝。她忙找人叫丁小保，丁小保赶忙去买药，路上遇到一个白胡子老头，拦着小保，把一包药往小保手中一放，转身离去。小保把药带回，白大姐连吃带敷，三天就好了。

据说，后来婆媳二人去看戏，遇到了王大娘，她又奉承白大姐婆媳亲善。婆媳二人见了她，怒火满腔，一个揪发，一个撕嘴，把她的嘴撕叉[7]到脑门后。王大娘这个爱搬弄是非的老谣婆[8]，没脸再见乡亲，回家后就上吊死了，真的是"三尺麻绳见阎王"。

讲述者：　张广法，男，36岁，南召县板山坪乡人，初中，农民

采录者：　乔明宪，男，50岁，南召县留山乡黄楝村人，大学，县文化馆干部

采录时间：1987年4月

[1]　板山根：南召县板山坪镇的一个山脚下。
[2]　砍：用力搧的意思。
[3]　翻闲话：以扯闲的方式挑拨离间。
[4]　三尺麻绳见阎王：上吊寻死的意思。
[5]　看了：诊断了病。
[6]　眼一疙挤：疙挤，紧紧闭上。意思是把眼睛紧紧闭上。
[7]　撕叉：撕烂。
[8]　老谣婆：搬弄是非的老婆婆。

采录地点： 南召县文化馆

选自： 《中国民间故事集成·河南南召县卷（下）》

245

母女哭嫁

闺女出嫁的时候，别管婚姻满意不满意，母女俩都要在上轿前哭一场。这叫"母女哭嫁"。

从前有个人死了妻子，撇下个闺女。后来这人给闺女娶了个后娘，又生了个闺女。后娘对前妻的闺女很不好，把自己的亲闺女当宝贝。俗话说，天养人，胖乎乎；人养人，皮包骨。前妻的闺女天天起五更打黄昏干活，倒长得又结实又漂亮；亲生的闺女天天吃香的穿光的，连一根蒿草棒儿也没摸过，偏偏黄皮寡瘦的。

俩闺女都长大了。后娘巴不得早点把前妻的闺女嫁出去，也好眼不见心不烦。她叫丈夫随便给前妻的闺女找了个人家，就打发她走。出嫁那天，临上轿前，后娘假装舍不了的样子，哭着说："妮儿啊，娘给你算一卦，说你走时穿红鞋，到时穿白鞋，有去难回来。咱可是最后一面呀！"意思是咒这闺女到婆家后，先死丈夫，后死自己。这闺女知道后娘这话是咒她的，也不生气，拉住后娘的衣裳说："娘啊，我也算过一卦，说我走时坐小轿，回时大轿抬，有去还有来。娘你放心吧！"

这闺女到了婆家，又懂事又能干，全家和和睦睦，日子一天比一天好，还生了个白胖小子。

后娘的亲闺女呢，七挑八挑找了个富家女婿。出嫁那天，她娘喜笑颜开，说了不少吉利话。哪晓得这闺女娇惯坏了，到了婆家好吃懒做，又蛮不讲理，闹得全家不得安生。婆家人说她是"扫帚星"，丈夫要休她。她没脸见人，上吊死了。她丈夫怕她娘家不依，跑没影了。

后来，前妻的闺女看爹娘上岁数了，也没个依靠，就跟丈夫商量，要把爹娘接过去。丈夫觉得当女婿的是"半拉儿"，给岳父、岳母养老送终也应该，就把二老接到了家。村里人都夸这闺女心肠好，肚量大。这闺女说："我待后娘像亲妈，上轿时母女把泪洒。娘的泪好比金豆子，陪送给俺发了家。"

打这儿起，逢闺女出嫁，母女俩别管伤心不伤心，都要哭一场。因为娘的泪是金豆子，陪送给闺女能发家。这是讨吉利。

讲述者： 褚华，女，24 岁，南召县留山镇褚湾村人，
　　　　 初中，农民
采录者： 乔明宪，男，49 岁，南召县留山镇黄楝村
　　　　 人，大学，文化馆干部
采录时间： 1986 年 3 月
采录地点： 南召县留山镇褚湾村
选自： 《中国民间故事集成·河南南召县卷（下）》

附
记

俗话说：五里不同风，十里不同俗。南召的婚俗具体流程如下：首先是提亲。提亲的形式比较多，有媒人说合的，有亲戚朋友介绍的，也有"自由恋爱"的，过去有专职媒人（媒婆），现在有婚介所。提亲之后是"相亲"。提亲时媒人把双方的情况介绍后，双方觉得合适，就见见面，交谈交谈，双方觉得满意，可以继续交往下去，觉得不满意，相亲就算失败。下一步是定亲。就是把"婚姻关系"确定下来。南召叫"下定坠儿"（下定金）或"丢定指儿"，男方（或者女方）置办几桌酒席，喊上双方至亲通报一下，男女双方要互赠信物。再一

步就是"择好"。感情成熟，准备结婚，根据男女双方的生辰八字等，多有男方找算命先儿选择良辰吉日，有的女方也要择好，最后双方一起商定，选择一个双方都满意的结婚日子。下一步就是"送好"。结婚日子确定下来后，由男方派人到女方家正式送达结婚日期并送彩礼（有的在定亲时已下过礼金），俗称"过大礼"。再一步就是结婚准备。双方拍合影婚纱照，到民政部门领取结婚证。男方准备结婚新房、家具被褥、迎亲队伍等。女方则准备"打发闺女"，置买陪嫁物品，通知亲朋好友"添箱待客"，并安排"送客"名单，旧时把"送客"称"把轿客"。接下来就是"迎亲"。迎亲人员要挑选属相相合的，主要人员有"架红毡的""娶女客"和"挑水礼的"三人。现在迎亲的人多了，但去时只能是单数，回来时加上新娘为双数。紧跟着就是迎亲。一要贴婚联、大红喜字等。二要布置天地桌，桌前摆凳子供男方父母坐下受礼。三要置礼单桌，由"大笔先儿"记录亲朋好友的贺礼。婚车到家，由接待人员把娘家客引到安排好的僻静处所热情相待，以免看到闹新房的造成尴尬。最隆重的是举行婚礼。在司仪的主持下进行"拜高堂""夫妻交拜"等十多项仪式，最后是"夫妻携手入洞房"。婚礼后，还要经过"待客""送客""闹房""回门"等程序，整个婚礼才算完成。本篇故事中的"哭嫁"，是闺女在出嫁前的一个婚俗环节。（乔向东）

246

两个儿媳妇

相传，南召有一姓郝的寡妇，身边有两个儿子。她教子有方，两个儿子都比着孝顺。

后来，两个儿子娶了两个媳妇。大儿媳妇叫桂花，孝顺贤惠。小儿媳却心狠手毒，麻纸[1]不分。自从小儿媳妇过门，每天就有生不完的气。日子久了，婆母气下了病。眼看身体一天不如一天，大儿媳就终日守在婆母身边，侍候老人。小儿媳妇却连门边也不登。

一天，大儿媳桂花的娘家兄弟要结婚，桂花得回娘家两天。临走，吩咐丈夫郝兴，在家好好照顾母亲。

桂花在娘家吃饭时，桌子摆有七碟子八碗，一家人喜气洋洋，都争着让她，她却没心吃喝，时刻惦记家里的婆母。大姐给她夹条鱼，她想：这鱼若要拿回家去给婆母吃，该有多好！她就把这条鱼放到桌上。妈妈又给她夹了一条，她依旧放在桌上。就这样一顿饭下来，她没吃一点鱼，把

攒下的几条鱼用手巾包好，准备带回去给婆婆吃。

回家的路上，天突然下起了大雨，把她淋成了落水鸡。猛雨一激，她又急着解手，手里掂着的鱼实在没处放，她就用牙咬着。正解手时，因雨受凉，打了个喷嚏，手巾兜掉在面前尿坑里。她慌忙拾起，气得只打自己的嘴巴。不要了吧，家里太穷，婆婆早就想吃鱼，一直买不起，要着吧，让婆母吃脏的，真是有点不孝。她犹豫了半天，到了还是狠狠心，把鱼留着了。回家后，她用水泡了又泡，冲了又冲，又放锅里热热馏馏，端到婆母面前。婆母知道鱼是媳妇舍不得吃留给她的，感动得掉下泪来。

说话间，门外"咔嚓"打一炸雷，天又下起雨来了。桂花双膀子抱着婆母，吓得身子直打哆嗦。心想叫婆婆吃了掉进尿坑的鱼，犯下了罪恶，一定是老天爷来抓她的。雷声越来越大，桂花含泪将前因后果向婆母诉说一遍。婆母要替她受过，桂花不肯。她跑到当院跪下向老天爷求告：把自己抓走后，叫婆母病好，无灾无难。老天爷知道这是个好媳妇，孝心可嘉。这时只听"哗哗"声响，有什么东西落到桂花头上。桂花闭着眼，一直跪着等受罚。过了一会儿，雷声小了，雨也停了。桂花睁开眼一瞧，地上一片金黄！原来刚才落在头上的是老天爷给她送来的许多金子。桂花忙把它拾进婆母屋里，堆了一间房子那么多。从此以后，婆母的病也治好了，全家人高高兴兴过上了舒坦日子。

二媳妇看到嫂嫂一家日子过得红红火火，不知是咋回事，就闻风打听[2]。嫂嫂就把事情前前后后告诉了她，还说："你有困难了，就来这里拿吧！"

事隔几天，老二家就大闹起来。她催老二上大哥家要金子，老二不好意思去。老二媳妇又说："咱们就是拿也拿不了多少，不如咱也学大嫂那样，叫老天爷给咱下点金子。"老二说："大嫂是无意，凭你那样的德行，老天爷是不会给你下金子的。"

二媳妇野心不收，一天，刚好她的娘家妹妹出嫁，她回娘家添箱[3]。吃饭时候，她和她大嫂一样把鱼放在桌上

[1] 麻纸：纸，即麻皮。做鞋用的线麻绳就是用麻纸拧成。麻一般指线麻，即大麻，线麻长成后，用水长时间浸泡后，把纤维（皮）剥下来，就成了麻纸，麻纸丝丝缕缕，绞在一起，难以理清楚。这里指不讲道理。

[2] 闻风打听：到处打听。

[3] 添箱：为即将出嫁的女子送贺礼。

不吃，用手巾包着。在回家时走到半路上，她也用牙咬着手巾兜解手，也是故意咳嗽一声，让手巾兜掉入尿坑。回去后，叫婆婆吃手巾兜里的鱼。事隔三天，二媳妇盼望的雷雨来了。她也是和桂花一样在婆婆面前说了一遍，就跑到院里跪下了，正做着拾金豆子的梦哩，只听"咔嚓"一个炸雷，她就一头栽倒在地，死了。

讲述者：	王丰，女，65 岁，南召县板山坪镇天云村人，初中，农民
采录者：	李广恩，男，25 岁，南召县板山坪镇人，高中，文化专干
采录时间：	1985 年 7 月
采录地点：	南召县板山坪镇天云村
选自：	《中国民间故事集成·河南南召县卷（下）》

附 记

　　故事的采录地点天云村，位于南召县板山坪镇西南 25 公里处，全村 500 多口人，主峰野人垛海拔 1444 米，据说是因为这里有野人出没而得名。从山下去天云村，从海拔 200 米的地方开始，到达海拔近 800 米进村山口，曲折盘旋 6 公里的路程，仅能容一辆小轿车通行，像一挂天梯，惊险异常。如今全村 500 多口人有近 400 口人已告别深山，进城打工。因这里如世外桃源，近年来建起了农家乐，开始接待慕名而来的游客，成为城里人休闲娱乐的好地方。（乔向东）

异文：俩儿媳

　　过去，有个老婆有俩儿，接了俩儿媳。大儿媳心好，小儿媳心毒，时候长了，小儿媳非要分家，闹哩不行，分家时，她光要好东西。大儿媳就给她好东西，自己留一点害东西。这个老婆是谁也不跟，没法儿了，她一个人过。

　　大儿媳对她婆子好得很，成天想法给她婆子弄点好东

西吃。有一天，大儿媳挖菜哩，拾一串钱，就随了道会[1]。这道会是吃鸡吃饺子会，她把钱给人家，坐那里，一会人家给鸡、饺子端上来了，她一看，一桌坐八个人，端来四只鸡、八碗饺子，一个人一个鸡腿、一碗饺子，别人都吃起来了，她不吃。人家问她咋不吃哩，她说："我婆子多大岁数了，没吃过啥好的，我一会拿回家叫我婆子吃。"别人听了，都不吃了，叫她全拿回家叫她婆子吃。她弄个纸包包，拿上回家了。

　　走了二三里，瓢泼碗倒的雨下起来了，一下下得坑不分坑，河不分河，哪儿都是水。她走错路了，摔到粪坑里啦，纸包里的吃哩也弄脏了。到家后，她把肉和饺子洗洗，搁到锅里炒炒，搁点盐，搁点油，做好啦，端去给婆子吃，婆子吃后，怪高兴。

　　可赶黑了，天上喀嚓一声打个炸雷，大儿媳吓哩不行，就赶紧跪到院里说："老天爷呀，我是好心，肉掉坑里才洗洗、炒炒叫我婆子吃的。你要抓我，在院里抓，不要吓坏我婆子了。"说罢她闭上眼，等着龙抓她哩。天上又是喀嚓一声炸雷，谁知没抓她，她眼一睁，地上有一缸金子、一缸银子。后来，她买些地、房子，成天给她婆子买好的吃。

　　小儿媳见她嫂子有钱了，就去问她嫂子咋会发财了。大儿媳根清来影[2]给她兄弟媳妇说说，她兄弟媳妇也想得一缸金子、一缸银子，就也去随了道会。人家给鸡和饺子一端上来，她赶紧吃，饺子吃完了，鸡肉吃完了，她把剩下的鸡骨头弄个纸包包，拿上回家了。这天没下雨，她也没有掉到粪坑里。咋整哩？她想一会儿，把鸡骨头搁到粪坑里泡泡，再拿出来洗洗，也不炒，拿去叫她婆子吃，她婆子不吃，她打着叫她婆子吃。婆子没法儿啦，把鸡骨头放到嘴里，谁知气难闻哩很，她婆子吐开了，连血都吐出来了。

　　可赶天黑了，天上也打个炸雷，她赶紧出去跪院里，等着给她打下来一缸金子、一缸银子哩。谁知又一个炸雷

[1]　随了道会：随了一道"会"，即随礼的意思。

[2]　根清来影：有头有尾的意思。

响了，龙给她抓了[1]。

讲述者：　岳桂荣，女，62 岁，镇平县张林镇孙楼
　　　　　村人，不识字，农民

采录者：　曲丽，女，25 岁，镇平县张林镇沙河刘
　　　　　村人，中专，干部

采录时间：　1987 年夏

采录地点：　镇平县张林镇孙楼村

选自：　《中国民间故事集成·河南镇平县卷》

附
记

　　本篇故事流传于镇平县南部张林、杨营、贾宋等乡镇。1987 年夏天，镇平县文化馆职工曲丽冒着酷暑，骑着自行车，带着录音机，深入到张林乡一带找故事家采录，挖掘民间故事。当时，岳桂荣老太太已经六十多岁了，但是眼不花、耳不聋，口齿清晰，爱憎分明。讲到天空炸雷的响声"咔嚓"一声，老太太带着手势，声如洪钟，让人亲临其境。可惜年代久远，又由于各种条件的限制，当时的录音带子没有保存下来。（陈志国）

---

[1]　龙给她抓了：过去迷信人的说法，被雷电击了是被"龙给抓了"。

247

可恶媳妇变乌龟

　　从前，在一个山脚下住着一个双目失明的老太太。她身边有一个孝顺的儿子和一个可恶的儿媳。

　　一天，老太太想吃肉包馍，儿子给她割点肉。他刚把肉割回来，媳妇就逼着他下地干活去了。丈夫走后，她挖来了一些白脖蚯蚓包在馍里，把肉替换下来自己偷吃。

　　媳妇把蒸熟了的包子送给老太太。老太太吃了一嘴就问："咋啦，今儿这肉真腥？"媳妇恶狠狠说："你儿子刚割的肉，怎么会腥！不想吃了，喂猪！"老太太只得强忍着吃了一顿。

　　第二天，老太太又饿了，只好又求媳妇给她做碗饭吃。媳妇就把馅子炒得很香，拌上了毒药藏进包子馍里。

　　媳妇把馍送给了老太太，扭头便走。老太太闻到香气，又馋又饿，正要吃下。这时，一个老婆来在门口说："可怜可怜我吧，我快饿死了，把你的馍给我吃了，我给你一件衣服。"好心的老太太就忍着饿把馍给了她。

　　停了一会儿，媳妇想，老太太吃了毒药包子这么长时间，肯定死了，就跑到老太太住的门口去看。一看使她大吃一惊：老太太不但没死，而且两眼闪亮，手里拿住一

件漂亮的衣裳。媳妇抢上前去，一把夺过花衣裳，吆喝说："这么好的衣服，你穿着会趁[1]？"说着穿在自己身上。谁知她一穿上，就觉得身上像捆了绳子一样，越来越紧，想脱也脱不掉了。她心中害怕，大声喊叫，村里人都来观看。衣服慢慢地在紧缩，紧缩，一直把她的头缩进脖子里，最后变成了一个乌龟。她觉得没脸见人，就一头跳进了潭涡里。原来，这件花衣裳是南海观音送来的。

讲述者：　刘云，女，45岁，南召县石门乡孙庄村人，初中，农民

采录者：　朱九伦，男，30岁，南召县石门乡人，高中，文化站专干

采录时间：　1988年8月

采录地点：　南召县石门乡孙庄村

选自：　《中国民间故事集成·河南南召县卷（下）》

附
记

南召县民间流传下来的"劝善文""劝善词"以及戏曲、曲艺节目有很多。在南召流传的此类故事还有《曹恩买刀》《五子图》等，都非常受群众喜爱。（乔向东）

[1]　趁：指合适。

248

命好命坏

从前，伏牛山里有个大李庄，还有个大王庄。大李庄上有个李员外，跟前有个独生女儿，名叫李凤。大王庄上有个王员外，跟前有个独生儿子，名叫王昆。两家都家大业大，门当户对，由父母做主，从小定亲。

常言说，男大当婚，女大当嫁。转眼间，王昆、李凤都长大成人了。李凤聪明伶俐，王昆才貌双全，真算是天生的一对、地造的一双，两家员外就看好日子给孩子们成亲了。

成亲那天大宴宾客，王昆送走最后一批客人时，已是二更天了，才回到洞房。李凤心里那个高兴劲就没法再说了，赶紧从柜桌抽屉里捧出两捧核桃叫王昆吃。王昆扒了一半核桃给李凤，二人就砸吃了起来。说来也巧，一人十个核桃，可是李凤砸一个是空壳，又砸一个还是空壳，十个砸完都是空壳。王昆一看马上变脸失色，心想真霉气，一样样的核桃，为啥她砸的都是空壳没仁？看来她这个人命害。我这么大家业，今后岂不要叫她给我败尽吗？王昆越想越气，立刻就要休妻，撵李凤走。李凤哭哭啼啼说，就是走也得叫见见公婆。再说王昆也不叫见。李

凤说："这深更半夜我咋走？哪怕鸡叫头遍就走哩。"王昆也不允，立时叫伙计拉头毛驴，前门都不叫走，怕冲了他家财气，从后角门一巴掌把李凤掀了出去，门一插回房里睡了。

李凤站在门外，望着黑咕隆咚的天，又害怕又心酸。回娘家吧，觉得丢人，再说还不知路。不回娘家吧，又往哪里去？越想越难受，就哭着对毛驴说："毛驴呀毛驴，你的主人把你给了我这个命害的人，咱们就相依为命吧。你若知道哪里能做咱的家，你就把我驮到哪里去吧。"毛驴好像通人性似的，将耳朵扑闪了两下，就驮着李凤，"哒、哒、哒"消失在茫茫的黑夜里。

第二天，李员外一家等着女儿回面哩，谁知家人回来说，小姐当夜被休赶出门，至今下落不明。李员外听了火冒三丈，急忙到县衙告状。县官令王昆到公堂来，申明情况。县官说，王昆若把人找回来便罢，找不回来要重重问罪。王昆只好派家人去四下打听，八方找人。

再说李凤被赶出王门已经两天两夜。出了河南境，到了陕西地界。第三天晚上，日头压坡时，走到一个孤庄独户屋前，毛驴再也不走了，一个劲地弹蹄子。李凤便下了毛驴，见有一位老太婆在拐磨做豆腐，看样子也是个穷人家。李凤就抚摸这毛驴的头说："毛驴呀毛驴，你若是走累了就摇摇头，要知道这是咱的家就点点头。"毛驴一听，便把头点了几下。李凤看毛驴点头，知道自己命害，想着也是天意，只好听天由命，就在这儿落脚。她把毛驴拴好，走上前给老太婆跪下说了一遍自己的身世，求老婆婆留下她做个干女儿。老太婆人穷心好，见她哭得可怜，就认下了她这个干闺女。李凤就在这儿住下了。

老妈妈家姓康，有个儿子叫康目，全家就娘俩，靠卖豆腐过日子。当天夜里，康目挑着卖豆腐买的米面回来，听妈说认了个干妹妹，很高兴。康目老实心肠好，对李凤的遭遇很同情，非常疼爱李凤。天长日久，康目有情，李凤有意，两个人就结成了夫妻。

光阴似箭，日月如梭，转眼李凤到康目家已经一年了，身怀有孕。原来靠卖豆腐养活两口人就紧巴紧，又添李凤一口人，日子越过越苦了。眼看李凤又要临产了，家里还是吃了上顿没下顿，更不说积攒坐月子的鸡蛋、红糖了，康目很熬煎。

有一天很晚了，康目还没回来，李凤就在灯下做活等着他回来。康目一进门，李凤就把饭端上叫康目吃。谁知康目吃也不吃，睡也不睡。李凤问是咋了，他也不说。李凤就装作生气的样子把身子一扭说："你是不是嫌弃我了？"康目急忙说："不是哩，我看你快要生了，家里啥也没有，我熬煎得不行。今天回来路过金银山，见山上有堆银子放光，我想去看看是谁家的，先借一点。谁知我刚朝山下一站，山上就有个老头手提灯笼说，这银子是康有志他妈的，谁偷一块砍谁一只手。我说不是偷的想借一点。他说借也不行。我只好空手回来了。"

李凤一听就说："别发愁，明天这个时间你再去。那老头要再说银子是康有志他妈的，你就说，我就是康有志他爹哩，看他咋说。"第二天晚上，康目又走到金银山，老头又出来说："你咋又来了？给你说过这银子是人家康有志他妈的，你还不快走？"康目就说："我就是康有志他爹。我来不行吗？"老头一听，就说："既然是这样，我就算交差了。银子一点不少，你拿回去吧，我走了。"说完老头便不见了。康目赶紧拾了两筐子，挑着回去了，整整挑了一夜银子才挑完。由于这个缘故生下了儿子，两口就给儿起名叫康有志。从此以后，康目就开始置房买地种庄稼，不再卖豆腐了。

虽然康目一家发了横财，但夫妻二人还是勤劳苦干，省吃俭用。家业越来越大，地多房也宽。有年大旱，陕西河南年成都不好。李凤和康目商量，舍饭救济过路的穷人。天长日久，方圆几百里都知道这个康员外家心肠好，传颂开了。

再说王昆，由于找人，吃官司，吃官司找人，花销很大，一年过去已是倾家荡产了。父母先后去世，只剩下王昆一个人百着无用，漂流在外，要饭度日。他听说陕西康家舍饭，随着逃荒的人来到陕西康家吃舍饭。王昆站在最后面，谁知道该他盛饭时没有了，他只好饿着肚子等到晌午。王昆想早上吃饭站在后面没吃上饭，晌午我站在最前面，保准能吃上。可谁知盛饭的又从后往前盛，当轮到王昆时，正好又是没饭了。王昆就这样一连两天没吃饭。天寒衣薄，又饥又饿，蜷缩在墙角下，像一条饿死狗一样。到第三天吃饭时，李凤出来闲转哩，看见了他，细细一瞅认出是王昆。心想他命好，咋现在能混到这一步？心里不忍，就对康目说："那个就是原来嫌我命害把我赶出来的王昆。看现在咱们有万贯家产，他却逃荒要饭。念起他成全咱们结为夫妻，给厨子十个元宝，包到馍里，叫王昆做干粮吧。"康目说行，就叫厨子照李凤的吩咐，蒸了十个元宝大馍。

王昆得住这十个元宝大馍，对康目千恩万谢，又是磕头又是作揖，不知道叫啥爷才好，高兴地又蹦又跳走了。谁知没走多远，遇着个老头非要王昆把馍卖给他，说是康目他妈今天周年，他要去祭奠哩。老头拿着这十个大馍，送到康家。祭奠已毕，李凤和康目把馍切开馏馍哩，十个元宝一个不少都切出来了，才知道这是给王昆的那十个馍，又叫送回来了。李凤说："看来命好命坏也不一定准哪！"后来王昆把卖馍的二百钱也花光了，在一个大雪纷飞的夜里，被冻死在一个破庙里。

讲述者： 李克放，男，69 岁，西峡县阳城乡阳城村人，私塾，农民

采录者： 李丰侠，女，30 岁，西峡县陈阳乡寺山村人，高中，乡文化站专干

采录时间： 1980 年 6 月

采录地点： 西峡县阳城乡阳城村

选自： 《中国民间故事集成·河南西峡县卷（下）》

附
记

本故事广泛流传在阳城镇、田关镇和丹水镇一带。此篇是主要文本，情节较为曲折。另有一个异文版本，是我小时候听母亲说过的。与此大同小异，但故事男女主人公均没有名字。不同的是，女主人公是因为男主人公迷信算命，听信了一个算命先生的谗言，说女主人公命极为不好，当即休了妻。实则是算命先生算着这个女主人公命里富贵，财运极佳，有旺夫命，对这位男主人公很是眼羡和嫉妒，便诓着男主人公休了妻。女主人心善，让厨子给他单独做了一大碗饭吃，后又送了他一些银子，打发前夫走了。（杨琳）

249

烟布袋

王家庄有一个员外叫王文道，田地百顷，家产万贯。李家庄有一个李员外叫李自谦，也有百亩良田，万贯家财。

李员外和王员外幼年结拜为换帖弟兄，出了学堂又同年娶妻，目下无儿女。

这一天，王文道和李自谦坐在一起闲谈："有了后辈，如果都是男孩，就叫他们同在南学[1]读书。如果都是女孩，叫她们结为姊妹。若是一男一女，就让他们配为夫妻。"

转眼到了第二年，王文道的老婆一胎生了两个闺女。王文道急忙修书一封，令人敲锣打鼓，送了一百匹红绸，前往李员外家报喜。

眨眼又是一年，李自谦的老婆生了一个男孩。李自谦也急忙备下厚礼，修书一封给王文道，要与他结为百年之好。

旧时，男女不到婚嫁的时候不能见面。都到了上学读书的年龄，李自谦的儿子上南学读书了，王文道却不让大闺女上学，只让二闺女上学读书。

几年后的一天，李公子对王家二姑娘说："我想要一个烟布袋，请转告你姐姐。"妹子回去对姐姐一说，姐姐就整天精心地为李公子绣烟布袋。绣呀，绣呀，绣得精致极了，绣好后对妹子说："你叫他自己来拿吧。"

恰在这时候，李家出了天灾人祸。百亩良田被水冲去，李自谦又暴病身亡，家道贫寒起来。这王文道一看，怕大闺女将来受罪，就起下了昧亲之意。这天乡下来了大戏，王文道和老婆都去看戏去了，大小姐留在家中对着烟布袋伤情。忽听院门外有人打枣儿，赶紧走出来，把大门一开，原来是李公子。她帮忙把枣装到书包里，抓住李公子拉上绣楼。李公子上了绣楼再也不想走了，二人抱头大哭。小姐把烟布袋递给李公子说："这烟布袋就是咱们定情的信物。活着是你家的人，死了进你家的坟。"说完起身送公子出门。

正当这时，散戏了，大门外传来王文道的喊门声。小姐一听惊叫道："哎呀，公子，父母回来了，今天你是走不出门了。"只好把公子藏在绣楼上。

二人玩到半夜时分，李家公子只觉口渴，小姐告诉他，厨房里有两缸黄酒。

李公子便到厨房舀酒来喝，越喝越甜，一连喝了数碗，一下醉死在灶房里。第二天一早，王文道见李家公子死在厨房里，知道定是和女儿干了不正当的事，大骂女儿一顿。只怕丢人现眼，又是人命关天，就把死尸悄悄移到后花园中，想等到更深人静，抬到荒郊埋掉。待到深夜去埋人哩，人却没有影儿了。

原来李公子酒醒以后，逃往长安去了。这西京长安城里有一个锦货商店，掌柜膝下无儿，只有一个女儿，年过十八，准备找一个上门的女婿颐养天年。恰巧这天见到李公子，问清根底以后，就接他做了上门女婿。

过了几年，这锦货商店的掌柜去世了，李公子也发了大财。他念母心切，商店的东西一齐打折打折，金银财宝装上马车，往老家走去。

走到离家乡不远的一个小镇，天突然下起了瓢泼大雨，他和妻子躲在一个人家的房檐下避雨。这时有个中年女人，头上戴着孝，手里拉着一个孩子，也到这屋檐下避雨来了。时间久了，互相攀扯起来。李公子就问这妇女说："大嫂

[1] 南学：泛指学生读书学习的地方。

你这年轻轻的，是给谁戴孝？""给我男人！""你男人是谁？家住哪里？"这女人就把男人的姓名，什么时候死的，一一说给了李家的公子。说完后又仔细地看看李公子正抽烟的那个烟布袋："你这个烟布袋是从何处来的？"

"这烟布袋是我自己的。"李公子一边答着，一边在心里盘算着面前这个人说："是王家小姐送给我的。""你还活着？"这中年妇女慌忙把头上的孝巾摘掉。

原来她就是王大小姐，自打李公子醉死以后，父亲又要给她另找人家，她认死也不去。不久就到李公子家当媳妇，侍奉婆婆。她手中拉的孩子，正是她与李公子一夜恩爱，怀孕之后所生的儿子。

过了一会儿，天放晴了。李公子把王家小姐和儿子扶上马车，和城里的妻子一起回到老家，拜见了母亲，结为百年良缘。

讲述者： 罗勤绪，男，52岁，西峡县西坪镇予边村人，初中，农民
采录者： 方志峰，男，23岁，西峡县西坪镇予边村人，高中，农民
采录时间： 1986年4月
采录地点： 西峡县西坪镇予边村
选自： 《中国民间故事集成·河南西峡县卷（下）》

附
记

西坪镇地处豫西南边陲，古时西接秦壤，东联吴楚，自古以来为"通陕甘之孔道，扼秦楚之咽喉"，南来北往的旅人多汇于此，秦风楚俗相交，各种文化交织在一起。李自成曾在此屯兵，练兵于该镇操场。在此地，流传了许多故事和传说。该镇予边村罗勤绪在当地很会讲故事，方志峰是他的"铁杆听众"，一有空闲就缠着罗勤绪讲故事。（章东丽）

250

三个闺女哭爹

传说有一家，仨闺女都不孝顺。一天，她爹想看看三个闺女。她爹一早起来，先到大闺女那儿。见大闺女菜园里葱长得怪好，就对大闺女说："给你那葱薅一点儿回来吃吃。"大闺女不舍得叫吃，就说："爹呀，葱怕露水呀，不敢薅。"她爹晌午又到二闺女那儿，见地里韭菜长得乌青乌青，就对二闺女说："给你那地里韭菜割一点儿吃吃。"二闺女也不舍得，说："爹呀，韭菜怕晒，不敢割。"半晚上，她爹又到三闺女那儿。三闺女正在蒸羊肉包子馍，刚揭开笼，见她爹来了，忙用簸箕把馍盖住。这时，她爹正好踏进门儿看见了，顿时气死了过去。

仨闺女知道后，都来抱住他哭爹。大闺女说："我早知道你要死，我把那葱给你薅点儿吃吃。"二闺女也哭着说："我早知道你要死，我那韭菜给你割点儿吃吃。"三闺女也哭着说："我早知道你要死，我那羊肉包子叫你吃一点儿。"她们正在那儿哭着说哩，谁知她爹呼隆一下坐起来："哭你妈那个脚！葱怕露水韭怕晒，羊肉包子簸箕盖！"

讲述者： 罗秀芝，女，60 岁，西峡县陈阳乡沐浴村人，不识字，农民

采录者： 郑国敏，男，34 岁，西峡县陈阳乡人，中专，教师

采录时间： 1986 年 4 月

采录地点： 西峡县陈阳乡沐浴村

选自： 《中国民间故事集成·河南西峡县卷（下)》

251

三个媳妇

　　从前，有一家人，三个儿媳妇。老公公老了，心想，也该让媳妇们当家了。但是让谁当呢？一时拿不定主意。想了又想，先问问媳妇们再说。

　　这一天，老公公把三个儿媳都叫到跟前，每人给她们一粒黄豆，什么话也没说，就让她们散去。

　　大儿媳妇拿着黄豆，心想，给一个黄豆有啥用？本来她就好吃香嘴，就用针将黄豆扎住，在灯上烤炸花吃了。

　　二儿媳妇拿到黄豆，心想一个黄豆能起啥作用？随手扔到地上，让鸡给叨吃了。

　　三儿媳妇平时不太爱说话，心底老实。接到黄豆后，她在自己家门前挖了一小块地，施了肥，把黄豆种上，第一年收了。第二年又种上。一连三年，已积攒一木箱子。

　　这一年，家中不小心失火了。老大、老二媳妇只管抢自己的家具，老三媳妇抢出了这一箱黄豆。

　　火灾之后，家里无吃的。三媳妇就把自己种的一箱子黄豆拿出来，给她爹说："这是你给我的黄豆。我种得不好，只收了这一点，咱们先糊口吧！"

　　老公公看了这箱黄豆，点了点头。接着问他大媳妇的

黄豆。大儿媳妇脸红着，说："我给烧吃了。"老公公又问二儿媳妇的黄豆。二媳妇说："我给它扔给鸡吃了。"老公公生气地说："不成器的东西。"又看了看三媳妇，郑重地把钥匙交给了她。

从此，三儿媳妇掌管家事，料理家务。很快，家里又富足起来了。一直到老人家百岁千古，她们才分了家。

讲述者： 李秀坤，男，59岁，西峡县蛇尾乡双龙村人，小学，农民

采录者： 李明亮，男，29岁，西峡县蛇尾乡双龙村人，高中，农民

采录时间： 1986年4月

采录地点： 西峡县蛇尾乡双龙村

选自： 《中国民间故事集成·河南西峡县卷（下）》

252

三个闺女

从前，有个员外，生了三个闺女。

有一天，员外问大女儿："你对谁亲？"大女儿说："我对爹亲。"员外又问二女儿："你对谁亲？"二女儿说："我对妈亲。"爹妈听了两个女儿的话非常高兴。最后员外又问三女儿："三妮子对谁亲？"三女儿想了想说："我对我自己亲。"员外和他婆娘听了，非常不高兴。

后来员外的三个闺女长大了，员外就给大闺女、二闺女找了有钱的婆家，单单给三闺女找个要饭吃花子。

一天，员外过生了。大闺女给她爹拿了好些礼物，二闺女拿的和大姐一样多。三闺女没有钱，就给她爹拿了一个黄毛鸡子。大姐就笑话三妹说："你拿那鸡子有三斤重？"二姐笑话她说："你拿那鸡毛有二斤？"说着说着当真把秤拿来了，一称二斤重。爹妈也看不起三闺女，到了吃饭的时候，大闺女和二闺女吃的是席，却给三闺女拿了两个馍蛋蛋，铲了少半碗菜，让她拿起馍和菜去场边吃。伙计看见了说："去场边吃，动住了场神。"三闺女没法儿，拿着馍和菜去井边吃。丫鬟看见了说："去井边吃，动了河神。"撵来撵去，把三闺女撵到牛棚吃了一顿饭。从这

以后，三闺女再也不回娘家了。

　　过了几年以后，员外家遭火灾烧得没啥吃了。想着大闺女家生活好，就背起钱褡子到大闺女家要吃的。到了大闺女家，看见大闺女正在房子上揭瓦。员外就问大闺女："大妮啊，你揭瓦弄啥？"大闺女说："没有粮食吃，揭点瓦卖钱买粮食吃。"员外听了，背起钱褡子就走了，又想："二妮家生活怪美，我上二妮家借点钱。"当他走到二闺女家一看，二闺女正在墙根扒砖哩。她爹一见就问二闺女："二妮啊，你扒砖干啥哩？"二闺女说："扒砖卖钱买粮食吃。"员外一听说："唉！日她妈的，我只说大闺女家搞穷了，没有想到二妮也搞穷了。也不知道三妮上哪里要饭了，我还得去三妮家那间草庵子看看。"到了三闺女家，三妮说："爹你看你脚下走的是啥？"她爹对地下一看，地下铺的是金砖。三妮又说："爹你看我们床上铺的是啥？"她爹一看，铺的银毡。她爹当场就羞死了。

讲述者：　关金芝，女，70岁，西峡县米坪乡行上村人，不识字，农民

采录者：　周国朝，男，20岁，西峡县米坪乡行上村人，初中，农民

采录时间：　1986年3月

采集地点：　西峡县米坪乡行上村

选自：　《中国民间故事集成·河南西峡县卷（下）》

253

挑女婿

　　有一家姓刘的老夫妻，年过半百，膝下无儿。身边只有一个女儿名唤玉婵，老两口爱之如宝，一心想为女儿找一个如意郎君。

　　夫妻二人商定，由老汉做主，为女儿张罗婚事。妻子备好一袋干粮馍，刘老汉身背干粮出门选婿去了。

　　老头子跋山涉水，来到一个地方，老远看见一少年开弓搭箭正射一猛虎，心想："这一公子武艺超群，我若能把女儿许配与他，一生定不受人欺侮。"他把少年唤到跟前，三言两语就把女儿许给了少年，定于八月十五前去迎娶。

　　他又继续往前走，来到海边，见有个打鱼后生，满载一船鲤鱼，口中哼着渔歌，朝这边划来。老汉心想："我若能将女儿许配给这一后生，一日三餐鲜鱼下菜，她这一生也就有福享了。"他又把女儿许给了这打鱼后生，还是八月十五迎娶。

　　他又继续往前走。正走着哩，险些被一具死尸绊倒。这时，对面走过来一位郎中，从腰间取下一个葫芦，倒出一粒药丸，塞进死人口中，不多一时，那人便死而复生了。

刘老汉想："这一郎中可真有本事，我若能将女儿许配给他，可该我长寿了。"他又把女儿许给了这位郎中，还是八月十五迎娶。

中秋节到了，刘家门前热闹非凡，三顶迎亲花轿和三班吹鼓手把他家堵得水泄不通。刘老汉走出屋门，对众人大声说："大家都各站一厢，闪开一条道，我女儿要上花轿了。"这时，只见玉婵姑娘从屋里缓缓走出，三位公子争着上前，各不相让。突然，只听"呼"的一声响，一只大老雕直扑下来，把玉婵姑娘叼上半空。说时迟那时快，只见那少年开弓搭箭"嗖"的一声，箭去雕落。只听"噗通"一声，玉婵姑娘却掉进一个大水潭里去了。你看那打鱼后生，连衣服也来不及脱就跳进水中，不大一会儿，就把玉婵姑娘救到岸上。一看，姑娘脸上无有半点血色，一按心口，不跳了，一摸鼻子，没气了。打鱼后生，拉起射箭的少年，抬上花轿就走了。只有这位郎中，不慌不忙，从腰间取下药葫芦，倒出一粒药丸，塞进姑娘口中。大约有一顿饭工夫，玉婵姑娘才呻吟着苏醒过来，她紧紧拉着郎中的手，哭了起来。

后来，他们二人就成亲了。你恩我爱，白头到老。

讲述者： 陈胜荣，男，60 岁，西峡县田关乡谢庄村
人，初中，农民
采录者： 谢进保，男，22 岁，西峡县田关乡谢庄村
人，高中，农民
采录时间： 1986 年 3 月
采录地点： 西峡县田关乡谢庄村
选自： 《中国民间故事集成·河南西峡县卷（下）》

异文：仨小伙争妻

有个老汉养了个娇包 [1] 闺女，一二十岁还没寻下婆家。老汉一心要给闺女找个如意郎君，就亲自出门访察。

[1] 娇包：娇贵。

这天，老汉见一个小伙儿，一箭射下两只鸟，觉得他怪有本事，就上前问小伙子叫啥名字，娶亲没有。那娃儿说，他叫"弓射鸟"，是个单身汉。老汉一听很高兴，就对他许下了亲事，交代他三天后前去相亲。

老汉大事一定，转身往回走。来到河边儿起，见个年轻娃儿"扑通"一声跳进河里，一转眼就抱上来一条大鲤鱼。老汉心动了：这娃儿比那娃儿还有出息！上前问小伙子叫啥名字，娶亲没有。那娃儿说他叫"水逮鱼"，也是个寡汉条 [2]。老汉就请他三天后也去相亲。

老汉又往前走。忽见前面有一群人，抬着一口棺材去坟地。一个小伙儿背着药搭子撵上去喊道："快停下！我叫'药治活'，能把死人救活！"抬棺的麻利打开棺材，那小伙儿把一丸药往死人嘴里一塞，不大一会儿人就活过来了。老汉一见眼气死了，这娃儿真是个活神仙，打着灯笼也难找哇！他又约人家三天后去相亲。

老汉回到家里，对闺女说给她找了三个女婿。姑娘愣怔了，到底跟谁好哩？老汉说：等仨娃儿都来了，你看上谁跟谁。

第三天早起，弓射鸟、水逮鱼和药治活都找上门来啦。一见姑娘长得白生生、水灵灵的，都争着要。姑娘也挑花了眼，不知跟谁好。这时，忽地从天上飞来一只老鹰，把姑娘叼上就跑。弓射鸟对着老鹰哧地射了一箭，正中鹰嘴，姑娘就从天上落了下来，"扑通"一声掉到河里了。水逮鱼一个猛子扎下去，又把姑娘救了上来。可是晚了，摸摸鼻子已经没气儿了。药治活忙拿出一粒药塞进她嘴里，马上又把她救活了。

这一来就热闹了，三个人都说姑娘是自己救下来的，都争着要当她女婿。咋办哩？老汉没了主意，就和闺女进屋商量。停了一会儿，老汉出来对三个小伙儿说：不好了，俺闺女又死过去了！你们谁愿要她，就去买棺材来抬人。弓射鸟和水逮鱼一听可没得想儿了：要个死人干啥？还得赔口棺材！他俩甩手就走开了。

药治活却没变心，他还有办法把姑娘治好哩。不过这

[2] 寡汉条：单身男子。

回姑娘并没死，这是她定的一条计。就这样，她和药治活成亲了。

254

王箩头成亲

讲述者： 赵贵兰，女，65 岁，新野县施庵镇大营村人，小学，农民

采录者： 徐学良，男，29 岁，新野县施庵镇大营村人，高中，教师

采录时间： 1987 年 5 月

采录地点： 新野县施庵镇大营村

选自： 《中国民间故事集成·河南新野县卷》

附记

故事讲述人赵贵兰虽是个农村妇女且识字不多，但据采录人讲，她却善于讲故事。当时正是收花生季节，她坐在家里一边择花生一边讲故事，采录者一边帮她干活一边听她讲故事，两不误，配合十分默契。讲述人兴致很高，讲得很精彩。其实，很多录人都是利用这种形式与讲述人联络感情，建立互信的。（曹宝泉）

早些年有个光身汉，姓王名叫箩头。

他做个小生意。这里买买，那里卖卖，一回赚那仨核桃俩枣，三四十了，还没说成个老婆。他有个木头做的小推车，推着吱吱扭扭地响，一听就知道是王箩头来了。

这一天，王箩头一早又推起车，吱吱扭扭往城里去。走到十字路口，咋听见有小孩子哭叫的声音。他忙搁下车子，近前一看，哭声是从草捆发出来的。他赶紧抖开一看，是个小男孩。他抱在怀里，那小孩哭得更亮了。他走了几步，搁不下来了，搁车上推走了。

走着，他盘算着：我推到哪儿呢？我没家小又没空在屋收拾。推着，想着，不大一会儿，可快到镇店上了。猛子他想起店上有个干兄弟，结婚三四年了，弟媳还没解过怀儿 [1]。这是个男娃，他们收留了不多余，正好能给弟媳压压怀。

主意一定，他来到干兄弟家。门一敲，干兄弟问：

[1] 没解过怀儿：西峡土话，即未生育过。

"谁子[1]？"他说："是我，我是你笭头哥呀！找你给我帮帮忙的。"兄弟说："我能帮你个啥忙？"笭头"吭"一声哭了，哭得伤心极了。干兄弟忙问："这，哭啥哩？"

笭头哭着说："我咋过呀，你嫂子月位[2]死了，撇下个吃奶娃，可叫我咋办呢？"

干兄弟说："你别哭，娃子眼下呢？"笭头说："我推在车上，想来街上给娃子找个点。"

说了一句，又哭了。"找个好点，我不惦记，找个坏点，娃子受罪呀！"

干兄弟正想收拾个孩子，正合上心意，他就收留了。

王笭头安置好娃子，做他生意去了。

十来多年过去了。

王笭头干兄弟的婆娘又生了个儿子。

俩娃在一个处上学。老大很懂事，老二很调皮。一天老大打了老二一巴掌。老二哭着回去跟他妈说："我哥打我了！"他妈听了，不分青红皂白，教老二说："他再打你了，你就说：'我是亲生的，你是个买倌儿[3]娃。你再打我，我妈不依你！'"

老大早听人说他是下路王笭头的娃，就是不得底，听老二也说他是王笭头的娃，心里刻了个道。

几年后，老大结婚了。

结婚后，婆媳不辩[4]。老大想：咱本不是亲生子，还不如带老婆回去认王笭头为爹，也比搁这儿生气强。

两口子一商量，决定跑。

再说那王笭头，混了十几年，做了十几年的生意，还是穷得梆梆响。

这天他正在王员外家干活，一个拾粪老头拉过他说："你的娃子回来了，媳妇也回来了，还抱着个小孩，到村头就问你王笭头，你快回去吧！"

王笭头一头泥，一身汗，脊梁晒得像黑鳖盖，下身穿个半截桩裤头，忙去找员外。那员外问明情况，大方地说："你回来，我给你换身衣服。"王笭头上屋换了一身净衣裳回去了。

那小两口一见王笭头，忙跪下喊爹。王笭头一听，嚷着说："你这个忘恩负义的娃子，当初你妈死后，我就是叫你跟你的养父过活的，给他们立个门头，谁叫你们回来的？"

小两口听了，忙将在养父家如何不恩爱的事说了一遍。笭头心里喜欢，就收下了。

儿子、媳妇拿出自己的钱，买了一座像样的房子。从此，王笭头像一家人了。

眨眼到了清明节，儿子和媳妇要去给先母烧纸。说一天，王笭头推一天，左说左推，右说右推。

王笭头没主意了，自己没有女人，上哪儿跟他们弄座坟呀！

员外知道了这件事，跟王笭头出主意："我的老坟园边上有一座坟，是外地一个逃荒妇女死在这儿。你指给娃们，有多少纸赗叫他们烧了。"

王笭头去看了坟地，回去给娃们说了。谁知这时外地又来了俩小伙子，口口声声说要起那座坟。

员外问他们："你要起谁的坟？"

俩小伙子说："起我妈的坟！"

员外说："你妈是谁？"

俩小伙说："那年我妈逃荒到你们这儿，后来有病，死在你们这儿。俺爹快病死了，起回去和俺爹葬在一块。"

员外大吃一惊，忙找王笭头商量。

王笭头吓坏了，忙问员外："你说咋办？"

员外想了想，心生一计，一一交代给王笭头说："他俩看坟时，你按我的话办。"

再说外地那俩小伙子跟员外一起来到他妈坟前，刚跪下要哭，王笭头来了。

他今儿个穿一身排场衣裳，手里拎了个文明棍，一见俩娃，没头没脑可打起来了。

俩小伙被打得头昏脑涨，正不知如何是好，王笭头说话了。"谁叫你俩回来起坟哩？我叫你们养活你的爹，你爹又没过世，你们起个啥坟？"

俩小伙忙问员外："这咋一回事？"

员外说："你们是不知道呀，这是王笭头，你们的亲

[1] 谁子：谁呀。
[2] 月位：豫西话，即生孩子。
[3] 买倌儿：豫西话，即养子。
[4] 不辩：即不和睦。

爹。他王箩头那年屋里没粮食吃，把你俩给了你的养父。当初是说：你养父过世后才准你们回来，谁知你爹还活着，你们可跑这儿来起坟哩，坟咋能往那儿起哩？这是你的亲爹呀！不打你们才怪哩！"

俩小伙子不服，一商量，这事咱弟兄俩说不清，得回去问问再说。

俩小伙赶到家，他爹可已经咽气了。

俩小伙埋殡之后，商量说："既有人说咱爹是王箩头，这儿也没啥牵挂了。再说养父已死，亲父眼看是个有钱人，还不如去投奔亲父过活。"

俩小伙和俩妯娌一商量，都同意。都想王箩头穿戴恁好，钱一定不少。决定搬迁，都来王箩头家了。

王箩头见俩小伙、俩媳妇、俩孙娃都来了，正不知咋一回事，只见他们一行跪下，儿子、媳妇喊爹，孙娃喊爷。

王箩头喜坏了。从此，王箩头人丁兴旺，仨儿子，仨媳妇，仨孙娃，成了一大家子人了。

讲述者：　乔太和，男，75 岁，西峡县五里桥乡北堂
　　　　　村人，不识字，农民
采录者：　乔明柱，男，33 岁，西峡县五里桥乡北堂
　　　　　村人，小学，农民
采录时间：1986 年 4 月
采录地点：西峡县五里桥乡北堂村
选　自：《中国民间故事集成·河南西峡县卷（下）》

255

王大吹牛

早先，有个叫王大的汉子，是个出名的炮客[1]，好喷大话，吹大气。喷你喷，吹你吹，可他总在众人面前，诡诈[2]他有个好老婆，动不动就赌输赢，输老婆。为这事，他老婆李氏经常劝他，改改这个毛病，省得招惹是非。他却当成耳旁风，总是改不掉。这一日来在街上，又喷开了："我王大今年八百八，世上无人比我大。谁要比我大两岁，我把老婆输给他。"

村上的人，都知道王大是啥号人，笑笑没理他。谁知不巧，听话人里头有东村两个无赖，一个叫张三，一个叫李四。他俩是打着灯笼进竹园，没茬找茬来了。这两个无赖对李氏早就垂涎三尺，一听王大吹罢，可接着话茬了："王大，你说这话当真？"

"这还有假？"王大吹习惯了，没想到今天要碰到白尖石[3]了。

[1]　炮客：说大话。
[2]　诡诈：炫耀。
[3]　白尖石：石英石的俗称，很硬。谁要是遇着难办的事，就比喻为碰上白尖石了。

"那好，咱们比比。"只见张三撇撇癫肚嘴，吹开了："我门前有棵老婆荆，八百整年一扑棱。自打生下张某某，扑棱扑棱八扑棱。王大，你算算我多大？"

王大一听傻了脸。李四说："这好算，一扑棱是八百年，八扑棱是八个八百年，八八六千四百年，比你王大可大得多了。没啥说，走，领你老婆去。"

这一下，王大可算抓瞎[1]了，急得一头汗说不出话来。周围看热闹的人都在埋怨他："看看吹大气啥益处？自作自受。"说得王大脸一红一青，结结巴巴地说："那……别……看我是说玩话的嘛，俺两口多好，咋能输给你们嘛？"

"那不行，大丈夫说话恰如立通碑，不说输给俺俩，至少得输给俺俩一夜。"张三、李四推推拉拉，到了王大门起儿。

王大失急慌忙进到屋里，见他老婆正在纺花，忙说："算了，别纺了，赶紧想个啥方吧。"

"啥事？"

"吹大气没吹过人家，把你输给人家了。"

李氏一听，气得嘴脸乌青，说："不要脸的畜生，为你好吹大气，我说过你多少遍？你就是不听，看看戳着窟窿了吧？治治你往后还吹不吹？"

"再也不吹了。"

"人呢？"

"在门外头。"

"叫他们进来。"

王大一喊，张三、李四一起来了，见了李氏，说道："嫂子，跟俺俩走吧。"

"凭啥叫我跟你们走？"

"你男人把你输给俺俩了。"

"咋输的？"

张三、李四把根梢一说，李氏冷笑一声说："你这俩娃真是少教失调。才六千四百岁都搁住你吹？你们知道我多大？"

"你多大？"

"听着：天下树木是我栽，地上黄河是我开；王母娘娘是我亲闺女，老君是我第二胎。娶你妈是我搀她上的轿，生你俩是我包起来。算算我多大？"

张三李四一听："哎呀不好，她这一说，是咱八辈祖奶奶保姆娘哩！"二人知道不是好惹的，赶紧溜了。

从此以后，王大的毛病可改了，再不吹牛了。

讲述者：　　不详
采录者：　　杨洪飞，男，40岁，西峡县蛇尾乡小水村人，小学，农民
采录时间：　1986年3月
采录地点：　西峡县蛇尾乡小水村
选自：　　　《中国民间故事集成·河南西峡县卷（下）》

[1]　抓瞎：束手无策，毫无办法。

256

母婿对

张三新婚不久，女人回娘家去了。这天，张三抱了一只老公鸡去瞧看丈母娘，顺便接老婆回家。这张三歪点子多，怕丈母娘不给他肉吃，半路上把老公鸡捏死了。到了丈母家，他编了个瞎话，说半路上鸡子跑了，被他一石头打死，于是，平心静气地等着吃鸡肉。

晚上丈母娘掌锅，张三的媳妇烧火，把鸡肉炒好端到堂屋里。他们正要动筷，丈母娘忽然发现灯里没油了，端起灯去灶火添油，却把灯扑闪灭了。好心的闺女生怕娘黑灯瞎火行动不便，暗中接过油灯，一声不响去添油。张三见门口人影一闪出去了一个人，以为是丈母娘。心想屋里只剩小两口了，便笑着说："憨家伙，你当那大公鸡真是石头打死的，那是我故意捏死的。要不然，这顿肉还不一定吃上哩！"话刚说完，却见他的媳妇端着油灯走了进来，张三知道认错人了，脸"唰"地红了，十分尴尬。他偷看了丈母娘一眼，见丈母娘脸朝着墙，不言不语。

为了找梯子下楼，张三的歪点子又来了。他说："娘，我最近得了个病，晚上没有灯亮就说胡话，你不知道，俺家上个月硬是点了十五斤油。"

丈母娘为了不使女婿难堪，便说："张相公，我最近也得了个病，每天黑了，没有灯亮就啥也听不见。我们也是彻夜不倒灯。"

吃饭的时候，丈母娘指着鸡肉说："这个鸡子不老实，挨一石头也不亏！"

张三听了，心中明白，暗吃了一惊，再也不敢出歪点子了。

讲述者：　不详
采录者：　徐元如，男，邓县人，农民
采录时间：　1980 年 12 月
采录地点：　邓县城区张白村
选自：　《中国民间故事全书·河南·邓州卷》

异文：女婿拜见丈母娘

从前，有个人好吃懒做，爱占便宜。

这年正月初二，老婆催他一同回娘家，拜新年。男人不愿去，因为去拜年得拿礼物呀，划不着。但老婆再三催促，拗不过去，只好同意了。收拾好礼物，老婆又捉了一只老母鸡。男人说："带点礼品就行了，还捉只母鸡干吗？"老婆说："妈老了，身体不好，给妈捉只鸡，下了蛋好给妈补养身子。"男人一听心里生气，但又不好明说，只好去了。

半路上，男人越想心里越不是滋味，摸到鸡的脖子时，忽然灵机一动，嗯，何不把鸡掐死，丈母娘看鸡是死的，不就把鸡煮熟吃了吗？于是，他用手把鸡脖子狠狠一攥，母鸡死了。

到了丈母娘家，丈母娘接了闺女的篮子说："来了我就怪高兴，还拿这么多。"说着又接过母鸡，一看鸡不动，死了！女婿还装作不知说："唉呀，我怕它到路上飞走，把它抱紧一点，谁知会死了。"丈母娘也不在意。"死了算了。"吃了午饭，女儿要走，娘说："今天别走，一年只回来一回，多不容易。就住一天。晚上把那鸡熬吃了。"男人还在憋气，想着没吃到鸡肉，老婆可想走。听丈母娘一说，男人高兴地说："行行。"老婆狠狠瞪了男人一眼说："就你好留。"不好伤娘的心，也就留住了。

晚上，桌上摆着那只熬熟了的鸡，正要吃饭，突然灯灭了，娘俩争着说去添油。没等灯亮，也不知是谁去了，只听人到里间去。男人只当是丈母娘去添油了，便小声说："嗯！你知道吗？这只鸡是我半路上捃死的。要不，还吃不上鸡肉呢。"刚说完，老婆添好油，点亮灯来了，男人这才看见，坐在桌跟的是丈母娘，大为没趣，忙撒谎说："嘿嘿！我有个毛病，灯一灭就说胡话。"

讲述者： 任敬敏，男，35 岁，西峡县人，初中，软木厂工人

采录者： 张同新，男，32 岁，西峡县五里桥乡柏营村人，小学，村医

采录时间： 1986 年 4 月

采录地点： 西峡县软木厂

选自： 《中国民间故事集成·河南西峡县卷（下）》

257

射箭招亲

从前，黄家寨有个黄员外，他有个姑娘从小习武，到十七八岁时学了一身好武艺。

有一天，姑娘和丫鬟们在绣楼上拍闲话，说她爹和她都想招一个箭法好的公子。正好一个放牛娃走到楼下听见了。他一心想娶那姑娘，就想了一个办法。

第二天，放牛娃把一只死野鸡屁股上插了三支箭，隔墙扔进黄员外后花园里，他也翻墙进去，这儿找找，那儿瞄瞄，装着找东西。黄员外看见了，就问："哪来的孩子，到这儿干啥？"放牛娃慌忙跪在黄员外面前，说："员外老爷，我射死了一只野鸡落在这儿了，我来找找。"这话被员外家里人听到了，都帮忙在后花园里找，不大功夫找到了。员外一看，野鸡屁股上中了三支箭，就夸放牛娃的箭法好。

又一回，放牛娃逮了一只兔子，把兔子屁股眼里塞了三支箭，背在身上，从黄员外门口儿走，专门叫黄员外看。黄员外接过兔子一看，箭头又射在屁股上。黄员外想：我女儿成天想选个箭法好的小伙子，这个小伙子箭法恁好，五官端正，不如把我的女儿许配给他！员外给闺女一说，

闺女就愿意了。就这样那个放牛娃成了黄员外的女婿。

有一天，县衙门前贴了一张告示，说是后石岗有只大老虎常常吃人，方圆几十里没人敢往，谁要能打死它，要官给官，要钱给钱。黄员外见了告示，一把扯下来，拿回家给他女婿了。这下可把他女婿吓坏了。过去都是弄虚儿的，今儿个真要叫射老虎，不是白白送命吗！怕是怕，当着老岳父的面，还是答应了。

他换了衣裳，备了很多箭头儿，来到后石岗。在一棵大树上钉了很多铁钉，又爬到树上大声喊叫，猛虎听见有人，就叫唤着跑到树下，仰头一看，就向树上猛蹿。蹿一下不中，蹿两下不中，又用尽力气猛一蹿，下巴挂在铁钉上了。放牛娃吓得在树上筛糠哩，一看老虎挂住了，就试摸着从树上跳下来，用绳子把老虎的四只蹄子捆紧，把带来的箭头全部塞进老虎屁股眼里，一直把老虎治死。

他把老虎背到县衙，县官给他很多金银财宝，他担了回去。这天晚上，有两个小偷想去偷他的财宝，有个小偷说："这家伙箭法很准，专门射屁股。"另一个小偷说："咱俩不如用两块犁面儿挂在屁股上再去。"两个小偷准备好了，溜溜地穿过这家棉花地，来到门前。正听见屋里有人说话："我专射屁股，不射别的地方。"这俩小偷一听，扭头就从棉花地里跑。跑着，屁股后边叮叮地响，可叫小偷吓坏了。跑了好远，才停下喘了口气，说："要不是屁股上挂个犁面，今儿个咱俩一准被射死。"

其实，他俩来到门前时，那放牛娃正在说梦话哩。跑得太快了，棉花桃打在犁面上了，才听见叮叮的声音。

讲述者： 陈三相，男，26岁，桐柏县城郊乡陈大庄村人，高中，军队干部

采录者： 陈三军，不详
张松，女，24岁，桐柏县淮源镇人，高中，文化站长

采录时间： 1986年3月

采录地点： 桐柏县城郊乡陈大庄

选自： 《中国民间故事集成·河南桐柏县卷（第三分册故事）》

258

彭大稻场招婿

相传，在桐柏吴城南岳庄，住着一家姓彭的财主，家产万贯，良田千顷。稻场不知多大，每逢开场，有四十八盘碌，用四十八对大骡子拉着，人称"彭大稻场"。

彭大稻场有个姑娘，长得聪明贤惠。十八岁时，很多富贵人家前来提亲。彭大稻场提出一个条件：谁家的稻场比得过我家的稻场，我家姑娘就许给谁家，比不赢者，别想求亲。求亲的人来一批，走一批。姑娘的亲事一直没定下。

农历三月二十八，是吴城古庙会。这天姑娘去赶会，遇见一位高公子。两人一见钟情，各自诉说了身世。姑娘说起父亲立下的提婚条件，公子知道自己高攀不上，两人含泪告别。

这高公子家住朱庄魏沟，日子是挺宽裕，比起彭大稻场家天地相差，稻场里只有两盘碌。高公子为人正直，自当家立业以来，请了一位办事有门儿的老人做管家，内外啥事儿都和老管家商量料理。高公子这天回来，把遇见彭家姑娘的事从头到尾说了一遍，请求老管家出主意。老管家想了想说："这事包在我身上，不过需要等到秋天才能

提亲。"从这以后，高公子天天盼着秋天赶快到来。

转眼到了初秋，俗话说"谷到白露一片黄[1]"，种田户抓紧收割，稻谷上了场，高公子又催促老管家提亲，老管家说："一切我都安排好了，明天就去。"

第二天，老管家收拾打扮了一番，没有带一点儿礼物，就上路了。到了吴城岳庄，他径直向彭家的稻场走去。他数了数，果真是四十八盘碌碡，用四十八对大骡子拉着，正在忙乎。再看彭大稻场，手里掂着水烟袋，坐在场边，显得特别神气。

老管家边走边说："这个稻场不大，还有几盘小石碡哟！"彭大稻场听见这话，脸都气青了。他指着老管家说："你口气不小，你家的稻场该有多大？"老管家忙说："我没有稻场，可你没有听说过高家稻场吗？两家的稻场比起来，高家稻场是晒席，这个稻场就像个小皮钱丢在晒席上。我是高家的管家，不信了，一路儿去看看，叫你开开眼界。"

彭大稻场把老管家让到家里，摆了酒席款待。酒席桌上，老管家把高家的一切情况添油加醋地说给彭大稻场。彭大稻场听得入了迷，要和老管家一道去看看高家稻场到底有多大。

吃罢晌午饭，老管家领着彭大稻场回到朱庄魏沟，到了高家，高公子彬彬有礼，备了茶饭，老管家对彭大稻场说："明天早上起五更打稻谷，你跑累了，好好歇息一晚，明早我和公子一同陪你去看看稻场！"晚饭后，老管家陪彭大稻场住在客房。

鸡刚叫，就听院里人声嘈杂，过了一会儿，只听有人喊："老管家，场铺好了，只等开库背鞭！"老管家隔着窗户把钥匙递了出去。"自己开库背吧。"一会儿，又有人喊："三间库房里的鞭杆都用完了，还不够，咋办？"老管家说："把屋后那二亩地的麻砍了，先用麻秆吧！"过了一会儿，又有人喊："麻秆砍完，还不够用！"老管家说："唉！你们找石头擂吧！"彭大稻场早被惊醒，听着这些对话，想着自己的稻场，自知羞愧。天不亮就起身回家，没脸再去看高家稻场了。

随后，老管家带着礼物去提亲，彭大稻场满口答应。接着，两家就操办了喜事。姑娘到了高家后，夫敬妻爱。又认了老管家为义父。从此，高家这个不大的稻场，名声就传开了。

讲述者：　周华善，男，82 岁，桐柏县吴城乡七里井村人，不识字，农民

采录者：　杨建朝，男，69 岁，桐柏县埠江镇人，初中，农民

采录时间：　1986 年 3 月

采录地点：　桐柏县吴城乡

选自：　《中国民间故事集成·河南桐柏县卷（第三分册故事）》

[1]　谷到白露一片黄：农谚，白露是秋季的第三个节气，田里稻谷成熟，一片金黄。

259

师兄弟争婚

原先，豫南有一个医生，姓许名道，祖辈行医。他为人善良，行医治病从不攀高门，也不贪图钱财，他医术高明，人称神医许道。

许道早年丧妻，膝下只有一个女儿名叫菊花。她长得漂亮，心也好。父女俩相依为命。常言说得好：女大当嫁。菊花年到二八，正是芳龄。她心里早已爱上了一个人，那就是她的大师兄。

大徒弟名叫王恩，长得魁梧，嘴也会说。二徒弟名叫钟义，他长得没大徒弟好看，就是诚实肯干。

这年，徒弟俩勤学苦练，都学了不少手艺。王恩嘴甜，许道也夸他聪明，可也没有说钟义不好。菊花爱上了王恩，许道看在眼里，也没吭一声。

一天，许道病了。他叫来了女儿和徒弟，说："我要死了。有几句话你们记住。一不要贪财，二不要巴结富人。还要记住行医人以慈悲为怀，不要践踏穷人。"王恩和钟义答应了。许道接着又说："菊花不久会得一种奇病。你只有和一个善良人一起去桐柏山太阳池采点药才能治好病。记住，跟你同去的人就是你的丈夫。"菊花泪流满面点了

点头。许道又对俩徒弟说："我给你们讲的白鼠咬人治疗秘方可要记好。"说完，许道就死了。

徒弟俩安排了师傅的后事，就各自行医去了。

一天，钟义听说菊花得了病。回来一看，菊花成了个丑陋难看的姑娘。钟义想起了师傅的话，就劝菊花寻医治病。菊花说："还是等着大师兄回来，咱一块去吧。"钟义找到王恩，把菊花得病的事说了一遍。王恩听后，不愿去替菊花采药治病。钟义转身就走。王恩又问："治白鼠咬伤的秘方你给我说一遍。我忘了。"钟义给他说了一遍就走了。

钟义回去告诉了菊花。菊花伤心地说："没良心的人。"最后还是在钟义的陪同下采药治好了病。菊花又恢复了漂亮的容貌。

一天，钟义回来告诉菊花，王恩给皇姑治白鼠咬伤病，因配错了药被皇帝杀了。菊花听完说他是罪有应得。

以后，人们经常看到他俩出现在乡村给老百姓治病。他们的故事就被桐柏山一带的人们传了下来。

讲述者： 毛培夫，男，76 岁，桐柏县固县镇人，高中，教师

采录者： 柳丹，女，22 岁，桐柏县城关镇人，高中

采录时间： 1986 年 3 月

采录地点： 桐柏县城关镇

选自： 《中国民间故事集成·河南桐柏县卷（第三分册故事）》

260

宰相肚里能撑船

前朝有个宰相，五六十岁还没有孩子；这个说，那个劝，才讨了个偏房夫人。

这位偏房夫人很有几分姿色，丞相很见爱[1]她。可他每天忙于朝政，多在外，少在里，日子一久，偏房夫人感到冷落。她见一位养花的后生长得非常漂亮，三来两往就勾搭上了。养花郎先时有点怕，次数多了，胆子就慢慢大起来。一会儿不见丞相夫人，就像小鬼勾了魂，站不安，坐不宁，夜里睡到床上，翻来覆去盼着乌鸦叫。为啥？原来每天早晨乌鸦一叫，丞相就要上朝理事，他哩，就乘机溜进了丞相卧室。

这天不到半夜，小花郎就急得睡不下了。穿穿衣裳起来，守在丞相门外的背影里等。可是一等，乌鸦不叫，二等，乌鸦还是不叫。等得不耐烦了，他忽然心生一计，想：乌鸦受到惊动，不是就要叫吗？丞相成天把朝事放在心坎上，乌鸦一叫，从来不问几更几鼓，衣服一穿就走。今天我让你提前上朝，给我腾个空。就对着院里的树干踹

[1] 见爱：也做爱见，喜欢的意思。

了几脚。这招果真灵验，乌鸦一受到惊动，就"呱呱"叫了几声，一叫又惊动了别处的乌鸦，都"呱呱"地叫了起来。丞相一听乌鸦叫了，慌慌张张穿好衣服，上朝去了。

丞相来到金殿角下，一瞅，冷清清的，连个人影也不见。正觉奇怪，忽听钟鼓楼上咚、咚、咚敲了三下，再不响了。他才醒过劲来："噢，早着呢！"不觉好笑：乌鸦一定受到什么惊动，乱叫一通，竟把你堂堂一品丞相骗住了！

他回到相府，见偏夫人已经把门闭上，推了一下，纹丝不动。正要叫门，忽听屋里有一阵密密细语。一个说："小花郎，你身上好光，像个面剂[2]！"一个说："奶奶，你身上好甜，像个脆瓜！"这个说："俺老头子要是像你一样就好了。"那个说："相爷堂堂一品，比俺强一万个头。""他哪能比上你？他那皮肉像个蛤蟆，又粗又涩……"丞相听到这里，头上火星直冒，恨不得把这一对男女抓起来剐了。但是他没有声张，抹拉抹拉肚皮忍了，也不去惊动他们。第二天照样上朝理事，就跟没事一样。

眨眼到了中秋节。丞相备了一桌筵席，同偏夫人一起在后花园赏月。他还把小花郎也叫到席前坐下，让偏夫人给他斟了三杯酒，然后说："今晚月光很好，我想同你们二人一起对月吟诗。吟得好了，吃敬酒三杯，吟得不好，可要受罚。"偏夫人和小花郎都心里有鬼，不敢多说，听凭丞相吩咐。

丞相吟道：

那夜钟鼓打三更，
乌鸦鸣叫有人惊！
"面剂"揽着"脆瓜"睡，
门外"蛤蟆"听得清。

偏夫人和小花郎听了，都吓了一跳，大气不敢出一声，只好硬起头皮对诗。

偏夫人吟道：

[2] 面剂：指发酵过的面团表面光滑滋润。

花开花落两鬓斑，

堂前无嗣有谁怜！

不孝有三何为大？

借来"精魂"续香烟。

小花郎听偏夫人吟罢，吓得魂不附体。奶奶！她已承认，看来我这二斤半"葫芦"[1]难保了！强打精神吟道：

家狗伤主罪通天，

"葫芦"搬家无怨言！

大人莫跟小人怪，

宰相肚里能撑船。

丞相听罢，哈哈大笑，每人赏酒三杯。不过从此以后，偏夫人对丞相伺候得格外殷勤，小花郎养花格外用心，再也不敢私自通奸了。

讲述者：　张东升，男，30岁，唐河县人，初中，豫
　　　　　剧团职工
采录者：　张果夫，男，43岁，唐河县人，高中，文
　　　　　化馆馆长
采录时间：1986年11月
采录地点：唐河县文化局
选自：　　《中国民间故事集成·河南唐河县卷》

附
记

在三套集成采录过程中，发现一些老人说话，几乎句句离不了"俗话说"。如，说事出有因：俗话说"无风不起浪"。说到管闲事：

[1]　葫芦：指脑袋瓜子。

俗话说"天上无云不下雨，地上无人事不成"。说到老人不要过多干预儿女的事情：一辈君，一辈臣，这辈不管那辈人。你要问他这个俗语、谚语是哪里来的，他便会给你讲个故事，一下子便记住了。（曲凡杰）

异文：年老莫贪年少妻

清朝的时候，有个教县学的先生，娶了一个年轻的二房小老婆，住在离城二十多里的一个竹园边。先生每天要起早儿进城，原来是天亮走就能赶上。后来，他的二房就在听到乌鸦叫时催他上路，叫学生早点上堂。先生哪想得到，他年轻的二房小老婆看上了他的学生。这学生就住在挨头，为了早点和师娘睡觉，就用棍子去捅竹园里的乌鸦窝。乌鸦一叫，师娘就催先生起床上县城。先生起床，看看天上的犁弯星，觉得有点反常，就回到竹园里，隔自家小屋的后窗听着。只听到他小老婆说，你身上跟个面剂样，你老师身上跟个老干姜样。他的学生说，师娘身上跟个花挂样。先生又独自进县城了。

八月十五到了，挨头的学生送节礼到了师娘家。先生说，今晚上以月亮为题。都作一首诗，雅兴雅兴，他先来一首：

八月十五月正东，

乌鸦不叫竹棍捅。

花挂搂着面剂睡，

再没得干姜我听得清。

学生一下子红了脸，不得不作一首：

八月十五月正南，

老师说这话有大半年。

大人别跟小孩样，

宰相肚里可撑船。

轮到年轻的师娘作诗：

八月十五月正西，

年老莫贪年少妻。

娶了一个年少妻，

终究还是人家哩。

261

泥巴匠娶妻

讲述者： 池长本，男，70 岁，桐柏县月河镇罗堂村
池庄组人，不识字，农民

采录者： 池长生，男，58 岁，桐柏县月河镇罗堂村
池庄组人，中学，农民作家

采录时间： 2020 年 11 月 27 日

采录地点： 桐柏县月河镇池庄池长本家

泥巴匠是个小伙子，十七八岁那个劲。有一回，他到一家房上拣瓦，这家姑娘在房底下绣花儿。小伙子在房上把手碰流血了，鲜血正好滴到姑娘绣的花儿上了。

姑娘稀罕绣那个花儿，赶忙用舌头一舔，把花上的血舔起来了。

小伙子在房上看见了，心想：一定是她相中我了。不哩，她会不嫌血窝囊，把血舔到嘴里？我得请说媒的说，把她接我家去。

小伙子回到家，就请媒婆进门说媒。一说，姑娘的妈妈估量泥巴匠办不到，就说："那中啊，钱财啥也不要，要个二马驹子烟袋，要一丈二尺一根头发，要四个金砖，要四个避风珠。"

小伙子想着，这咋弄哩，这上哪儿办得到哩！这四样东西办到了，姑娘就给他。要办不到，姑娘就不给他。别人给他说："你去西天古佛那儿算一卦。"

小伙子说："中。"就找西天古佛算卦去了。

小伙子先走到土地庙那儿。土地爷说："你上哪儿去，你这个相公？"

"我上西天古佛那儿算卦。"

"那你给我捎一卦吧，问问为啥我的香烟不旺。"

"好！我给你捎一卦，那你得在这儿等着我。"

小伙子又往前走，碰见一个姑娘去井边打水，掂个瓦罐，就说："小妹妹，你掂那水叫我喝点，我渴得慌了。"

小姑娘不吭气。她妈看见了，就过来说："相公，你做什么事呀？"

小伙子说："我想喝点水，她不吭气儿。"

姑娘的妈说："中啊。她是个哑巴，十二岁了，不会说话。"又对姑娘比画着说："叫他喝点。"

小伙子喝了水，姑娘的妈问："你上哪儿去呀，相公？"

"我上西天古佛那儿算卦。"因为啥，因为啥，小伙子又说了一遍。

"那你去了给我捎一卦。问问这小妮子恁大了，也不是芯子[1]，咋不会说话哩。"

"中，我给你捎一卦。"

小伙子又往前走，走，走过一个桃园。看桃园的说："老弟，你上哪儿去呀，歇歇吧！"

"我去西天古佛那儿算卦。"因为啥，因为啥，小伙子又说了一遍。

"那！我这个桃园多少年都不结桃。你给我捎一卦吧！"

"中，我给你捎一卦。那你得在这儿等着。"

小伙子又往前走，走，走到一条大江岸边。没个人儿，也没船。他想："这我咋过去呢？"正着急，正好看见那边江水翻个浪，过来个老鳖精。小伙子忙问："你要吃我吗？"

"不是哩！你去干啥哩？"

"我去西天古佛那儿算卦哩。给你捎一卦？"

说着说着，老鳖就上岸来了。它说："兄弟，你上古佛那儿，你给我捎一卦，问问我啥时候能修成神升天，我把你驮那面儿去，好不？"

"那才好哩，老大哥，你把我驮过去吧！"

[1] 芯子：憨子、傻子。

老鳖精就把他驮过去了。

小伙子到西天古佛那儿，见了西天古佛一问，就回来了。回来路上，走，走，走到江边老鳖精那儿。小伙子叫老鳖先把他驮过去，然后叫它："把你四只爪子里的避风珠一抠，到水里就修成了。"老鳖精果然往岸上一躺，四只爪子一抻，就叫把避风珠给它抠下来。它往水里一走，就修成了。

小伙子又走，走，走到桃园，对看桃园的说："桃园四角有四块金砖，挖出来，桃树就结桃了。"

果然，把桃园四角下面的金砖一挖，桃园就结满桃了。

小伙子又走，走，走，见了哑巴姑娘。姑娘的妈说："哑巴妮咋才能说话呢？"

"你把她喉咙里的一根一丈二尺的头发抽出来，她就说话了。"

头发一抽，哑巴姑娘"哇"的一声就说话了。

小伙子又走，走，走到土地庙前。土地爷正等着他哩，说："相公，你去西天古佛那儿捎的卦，捎了吗？"

"捎了，捎回来了。我得把你门前的二马驹子烟袋挖出来，当时你就有香烟了。"

二马驹子烟袋挖出来了，立时，烧香的人就来了。

小伙子有了这四件东西，就给姑娘家送去了。姑娘她妈就把闺女给他结亲了。

结亲以后，俩人好哩舍不得，离不开。姑娘上哪，小伙子都跟哪，就搁屋里围住姑娘转，也不去干活了。咋弄哩？姑娘对小伙子说："你上街买些五色纸，我给你照我的样，扎个人。扎好了，你背到地里。你搁这头锄地，把它放在地那头，搁那头锄地，你叫它放地这头，好看得见。"

真格哩，小伙子上街买了五色纸，姑娘扎了一个纸人，扎得和真的一模一样。小伙子就背着纸人下地干活了。

小伙子锄地咧，锄这头，把纸人搁到地那头，锄锄，抬头望望。锄那头，把纸人搁这头，锄锄，抬头望望。

有一天，刮起了大风，刮得呜呜叫。纸人一下子叫大风给刮跑了，一刮刮到了金銮殿上。国王看见了，喜欢得不得了，说："天下必定有这个人，没有这个人，不会扎这个样。你们给我找找！"

国王一句话，满朝臣子都得给他去找，四面八方贴招子。人们找哇找哇，最后找到了泥巴匠家里，要把姑娘带走。咋弄咧？走咧，舍不得；不走咧，是国王叫去的，不去不得了。姑娘对泥巴匠说："我给你做件衣裳，我再走。"

姑娘很快做好了衣裳。这件衣裳，穿在身上，百鸟看见了，都会往上落。

姑娘走后，一晃二三年过去了。小伙子想媳妇想得不得行，要去找她。他穿上姑娘临走时做的衣裳，走了。走走，身上落一样鸟；走走，身上落一样鸟。小伙子走了一路，落了一百样鸟，啥样的鸟都有。

小伙子来到皇宫外边。娘子听说有个穿百鸟衣的人在外头，就出来了，一见就哈哈大笑开了。这国王娘子就是泥巴匠的媳妇。国王一看，心想：这件衣裳就是好。我接她三年了，她都不说不笑。看见这件衣裳，她倒笑了。国王把穿百鸟衣的泥巴匠召进了宫，要跟他换衣裳。娘子给国王说："你把帽子、鞋、裤都给他换换。"

真格哩，皇帝叫帽、鞋、裤都给泥巴匠换了换。两人换好了，娘子就喊开了："快来人呀！赶快杀妖精呀！屋里来了个穿鸟衣的妖精！"臣子们进来，把国王抓走了。泥巴匠和他媳妇又到一块了。

讲述者： 曹衍玉，女，61岁，桐柏县月河乡金桥村郑庄人，农民，不识字
采录者： 河南大学"中原神话调查组"
录音整理： 郑大芝，女，22岁，河南大学中文系81级学生
程健君，28岁，河南大学中文系教师
张振犁，60岁，河南大学中文系教授
采录时间： 1984年12月19日
采录地点： 桐柏县月河乡金桥村郑庄讲述者家中
选自： 《故事婆讲述的故事》

262

晚娘

前窝[1]的大妮订亲咧，说哩是个学生，家好，学生心眼儿也好。晚娘相中这个学生了。这咋弄咧，大妮说给人家了，她哩亲妮也恁大了，还没订亲。她对她亲妮说："你去掂一壶凉水，给恁姐喝，她绣花怪热哩。"晚娘偷偷逮了两个长虫娃放壶里头了。大妮一喝，把长虫喝进肚里去了。没多久，大妮变得黄皮寡瘦，还肚子疼。晚娘说大妮不正派，把大妮背到外头，扔到井里了。

学生走到井边，听见喊："救人哪！救人哪！"一看，是他没过门的媳妇，赶忙把她捞出来了。捞出来了，弄到他的书馆里。他今儿吃饭也端两碗，明儿吃饭也端两碗，菜也是两碗，筷也是两双，回回都是双哩。家人问他："你咋吃饭端两碗，筷也是两双？"

他说："我吃一碗，看一碗么。"

学生弄点儿油，放到锅里烧滚，吊个板凳，叫大妮坐到油锅上面。油烟一熏，长虫就掉下来了，掉到锅里炸焦了。学生弄个纸，把长虫包包，放那儿了。

[1] 前窝：前妻。

到接新媳妇的时候了，晚娘叫她的妮顶上了。说她的大妮不正经，投井淹死了。学生结婚咧，这边他跟屋里的大妮也偷着结婚了，谁也不知道。学生的书馆谁也不得进。他进去了，叫门闩住了，出来了，叫门锁住了。

到结了婚回门咧，学生叫大妮头里走了，他搁后头跟着，二妮搁他后头。最后，俩妮都回去了。一说咧，晚娘不承认，说她没害大妮。学生叫长虫拿出来。晚娘一看，没法了，跑去投井死了。

讲述者： 曹衍玉，女，61岁，桐柏县月河乡金桥村郑庄人，农民，不识字

采录者： 河南大学"中原神话调查组"

录音整理： 郑大芝，女，22岁，河南大学中文系81级学生
程健君，28岁，河南大学中文系教师
张振犁，60岁，河南大学中文系教授

采录时间： 1984年12月19日

采录地点： 桐柏县月河乡金桥村郑庄讲述者家中

选自： 《故事婆讲述的故事》

263

卖香屁

一个孩儿，他嫂嫌弃他，给他分家。鹁鸽是他喂哩，就叫鹁鸽分给他了。

鹁鸽到处都是哩，孵了不少蛋。他搁外头玩玩哩，玩够了，回去拿个小馍，一碗蛋汤，端出来吃着。他总是那个样，打一碗鹁鸽蛋，掰一个馍泡泡吃，怪得劲。吃了啦，又去玩他哩去了。他嫂怪气哩慌：给你分开了，你还怪得劲。叫你天天吃个馍，喝一碗蛋汤，你怪得劲！他嫂叫他哥拿个棍子，"呼呼呼"，把鹁鸽窝都给戳戳。鹁鸽飞了，蛋也打了。他回来一看，眼泪巴巴哩。气够了，想吃饭咧，也没得啥吃哩，他把鹁鸽屎炒来了，吃着香喷喷哩，怪好吃。吃了啦，他放个屁，也是香哩。

他上街去玩咧，到了商铺里。他说："卖香屁哟！"

人家说："你滚过去呀，哪有卖香屁哩？"

他说："你不信，我先放一个你尝尝（闻闻）。"

他说哩多了，人家说不赢他，说："中，你就先放一个尝尝。"

他说："中，给你放一个尝尝。要香了，你得给钱，得给多少多少钱。"

"中，给你钱。"

"扑通"，他放了一个屁。别人都忽哧忽哧闻闻，"嗯！香，这味好。给你钱。"

传开了，别地方人也请他去放，也给他钱。他又有吃的，又有钱花了。

他嫂说他哥："咱弟都会卖个屁，挣个钱。你就不会也去卖屁，挣个钱花花？"他哥没法，也去炒点鹁鸽屎吃吃，吃着怪臭哩。吃了啦，上街了。他哥也喊着："卖香屁哟！"

人家说："你放一个试试看，看香不。"

一放咧，一个屋子里都臭哩不得过呀，都叫嘴闭住，鼻子捂住。人家都去打他，打哩不得过呀。他哥钱没挣着，挨了一顿打，回家了。

讲述者： 曹衍玉，女，61 岁，桐柏县月河乡金桥村郑庄人，农民，不识字

采录者： 河南大学"中原神话调查组"

录音整理： 郑大芝，女，22 岁，河南大学中文系 81 级学生
程健君，28 岁，河南大学中文系教师
张振犁，60 岁，河南大学中文系教授

采录时间： 1984 年 12 月 19 日

采录地点： 桐柏县月河乡金桥村郑庄讲述者家中

选自： 《故事婆讲述的故事》

264

逆子哭慈父

早年，有个老寡汉，妻子死得早，给他留下一个儿子。他又当爹又当娘，操心受累把儿子拉扯成人，还给他娶了媳妇成了家。不料儿子、媳妇见他一年老一年，把他当成个包袱，越来越嫌弃他了，连件衣裳也不给他做。

老头儿是个手艺人，会抢刀磨剪子，也很能挣钱。他想：我现在还能挣钱，他们就这样对待我，百年以后恐怕连棺材也舍不得给我买呀！还是自己趁早做准备吧！

眼下就过了腊月二十三，家家都忙着赶集办年货。这天，老汉也去赶了个早集。他啥都没买，却买回一口白茬子棺材！儿子一见火冒三丈，吼道："你真是老糊涂了！快过大年了却买回这么个凶器，太不吉利了！"

媳妇跳着脚骂道："你这个老杀材[1]！吃饱了撑憨了，大年下弄个棺材回来，这是咒谁死哩？快把它扔远点，别让人家看见笑话！"

老汉叹了一口气啥也没说，让人把棺材抬到自己住的小土屋里了。

[1] 老杀材：待宰的老牛。

经过这场风波，这对不孝儿女对老爹更没好脸了，一见面就冷言冷语地戗白[1]他。老头儿呢，总是忍气吞声让着他们，每天默默地扛着磨刀凳子出去，又默默地扛着磨刀凳子回来，不过每次回来都要先到放棺材的小土屋里看看。

老头儿一辈子都很简朴，一床破被子盖几十年，一件上衣补丁摞补丁。小两口儿却穿得衣帽整齐，在人前还好充光棍儿。邻居们看不过眼，对不孝子说：

"天都热起来了，你爹还穿着身破夹袄，像叫花子似的，该给他换换季了！"

不孝子翻翻眼说："一个抢刀磨剪子的，还能让他穿蟒扎靠儿[2]？"

"你爹游乡串户，也没少给你挣钱哪！"

"挣什么钱？老不中用了，能顾住他一张嘴就行。"

人们听了这话，无不摇头叹息。

转眼几年过去了，老头儿忽然得紧病死了，儿子和媳妇如释重负，高兴极了！媳妇拍着巴掌说："幸亏他是得紧病死的，简单利索。若是患了长秧子病可就麻烦了！"

儿子喜咪咪地说："正好他事先买好了棺材，不然的话咱还得作大难哩。"

媳妇嘴一撇："作啥难？他床上不是还有一张破席么，卷巴卷巴往山沟里一扔得了！"

儿子想了想说："总得撕点布给他做身寿衣穿穿吧？"

"就这吧！他也没给咱置啥家产，原封装到棺材里妥了。"

小两口儿商量妥当，这就动手装殓死人。不料打开棺盖一看，嘿呀，里边直放白光！两人擦了擦眼睛，俯下身子仔细再看，乖乖！原来里边堆了一堆银圆！两人惊得目瞪口呆，半天才醒过劲来，只觉得又羞又愧，悔恨得眼泪直往下滴！苦命的爹呀！你一辈子省吃俭用、忍辱受气，都是为俺好哇！你每天回来都要先到小土屋里看看，原来是在偷着存银子啊！你知道俺俩不会过日子，怕有朝一日会坐吃山空，这才暗暗给俺攒下这一堆银子救急呀！可是

你好心却得不到好报，俺实在对不起你呀！不孝儿女良心发现，越想越痛心，扒着棺材捶胸顿足地放声大哭起来。

小两口儿拿这银子厚葬了老爹，仍觉得难以弥补自己的过失，就请画匠给老爹画了一幅图像，高挂在神案上边，晨昏三叩首，早晚一炷香地敬奉着，一直坚持了几十年。他们的儿女长大后，见父母对死去的祖父如此崇敬，潜移默化中也成了贤孝之人，对他俩非常孝顺。

讲述者：　吴根兰，男，67岁，新野县施庵乡桥楼村人，中师肄业，农民

采录者：　曹宗鑫，女，22岁，高中，文化馆干部

采录时间：1994年

采录地点：新野县城

选自：　《中国民间故事全书·河南·桐柏卷》

---

[1]　戗白：奚落、指责。

[2]　穿蟒扎靠儿：蟒袍为古代官员的礼服；靠是行头，只有将军才能扎靠。

265

不孝子咒娘亲

从前，有一家三口人：母亲、儿子、闺女。

母亲吃尽千辛万苦把儿子、闺女养大成人了，又给儿子娶了媳妇，三年后，儿媳妇生了一双儿女。村里人都羡慕这家人说："总算没有白守寡，看，人家这会儿自己儿女双全不说，就连小辈人也是儿女双全，多好哇！"

母亲听到这些话，笑得嘴都合不拢。

谁知，好景不长，孙子、孙女稍微大一点儿了，儿媳妇开始多嫌母亲了，故意找茬数落母亲，还摆脸色给母亲看。

慢慢地，儿子也开始讨厌母亲，还特别恨自己的妹妹。

有一天，儿子做错了事，母亲说了他两句，他就暴跳如雷，大吼道："你个老不死哩！我不想再看见你！"然后，一下子跑出家门，发誓妈不死、妹不嫁他就永不登家门。

儿子一气儿在外头过了五个年头，逢年过节也不回家，连个信也不往家里捎。

五年后，他便开始想念自己的老婆和他的一双儿女了，就写了封信寄回去问问妻子、儿女的情况。

信邮到家以后，偏偏让他舅父给接住了。他舅父也很想知道外甥的情况，就把信拆开了，一看，上面写了这样几句话：

老白毛埋没埋？眼中钉在不在？心上人得不得？一对宝贝乖不乖？

他舅父看罢信可气坏了，暗骂一句：好你个鳖子哩，你妈想你都想瞎眼了，你还咒你妈死；你妹妹为照顾你这个家，硬是撑成个老姑娘才出嫁，你还这样子恨她！真是个不孝子呀！

也罢，我干脆回封信气气他。

于是，他舅父直接写封信邮寄给不孝子了。

不孝子接到回信后，急急忙忙拆开来看，只见上面写着：

老白毛正当家，眼中钉正开花。心上人得重病，一对宝贝死个净！

不孝子看完信大吃一惊，也顾不得自己先前发的誓了，赶紧往家里跑。

他到家一看：妈也死了，妹也嫁了，老婆强强壮壮，儿女活活泼泼。他忍不住开怀大笑起来，不料，笑过劲儿了，一口气儿没缓过来——竟笑死了！

讲述者：　吴根兰，男，59 岁，新野县施庵乡桥楼村人，中师肄业，农民

采录者：　吴韵芳，女，29 岁，新野县施庵乡桥楼村人，高中，新野县施庵乡曾营联中教师

采录时间：　1986 年

采录地点：　新野县施庵乡桥楼村

选自：　《民间文化杰出传承人吴根兰先生讲述的精品故事》

266

哥仨打赌

有一家兄弟三人，他们一个比一个懒，人们就叫他们大懒、二懒和小懒。

兄弟仨跟着老娘过日子，每顿饭都是等着老娘做好以后，再盛到碗里，一碗一碗地端到他们面前，他们才吃。

这一天，老娘要回娘家去看看，赶响午回不来，没人给他们做饭，咋办哩？老娘只好在动身前把响午饭做好了，装进一个瓦罐里，放在他们面前，让他们到时候吃现成饭。

兄弟三个吃罢早饭，照例掩上门躺在各自的床上睡懒觉。一觉睡到响午偏，一个个都被饿醒了。这时，正值严冬时节，忽然刮起了大风，接着下起大雪来，气温急骤下降。

大懒慢慢地从被窝里伸出头来，只觉得寒气袭人。他看了一眼地上放着的饭罐，又钻进被窝里了，然后对二懒吩咐道："天冷饭凉，吃到肚子里不舒服，你起来去把饭热一热吧！我都饿得撑不住了。"

二懒好像没有听见大懒的话似的，动都不动，只翻了翻眼皮子对小懒说："小懒，你肚子不觉得饿呀？快起来去把凉饭热热，咱们也好吃呀！"

小懒听后，懒得连眼皮子都不想睁，用手捂住肚子哼哼唧唧地说："哎哟，我这会儿饿哩肚子疼，起不来呀！你们是哥的，热饭的事就由你们代个劳吧！"

大懒气哼哼地嚷道："你们这俩家伙真是懒透了，饿死你们都不亏！这样吧，既然大家都不愿意动弹，咱就来打个赌：从现在起，咱仨都躺着不准动，也不准出声，比比谁的耐性大。谁赌输了谁起来去热饭，咋样？"

二懒和小懒都觉得这个办法好。于是，一场比耐性的特殊比赛开始了。三个懒汉都瞪大两眼躺在床上，互相监视着，任凭饥肠辘辘，就是不动也不吭。

挨到天傍黑，三个懒汉饿得三魂少了两魂，但仍然僵持着，谁也不想输。这时候，一条寻食儿的狗拱开了虚掩着的门溜了进来。那狗看了看三个躺在床上的懒汉，见他们没有赶走自己的意思，就来到饭罐边儿，把嘴伸进去吃了一口，又抬头看看，发现三人还不赶它走，就放心大胆地吃了起来。

三个懒汉见这条野狗抢吃自己的伙食，心疼得不得了。但因为害怕赌输了要为大家服务，所以，都不敢动动身子或张张嘴赶走野狗。

大懒眼看着那狗吃得津津有味，忍不住涎水直流。他实在耐不下去了，张嘴对狗"咄"了一声。二懒和小懒听见了，高兴得大笑起来："哈哈，你输了，你输了，快给我们热饭去！"

大懒无意间犯了禁，后悔不迭，只得钻出被窝热饭去。谁知，提起瓦罐一看：里边的饭早被那条狗吃光了！

讲述者： 吴根兰，男，59岁，新野县施庵乡桥楼村人，中师肄业，农民

采录者： 吴韵芳，女，29岁，新野县施庵乡桥楼村人，高中，新野县施庵乡曾营联中教师

采录时间： 1986年

采录地点： 新野县施庵乡桥楼村

选自： 《民间文化杰出传承人吴根兰先生讲述的精品故事》

267

兰香

张生、李生，同年同月生，同学同桌，又是近邻，俩人好得只算多个头。

这天，先生出外访友，功课稍松，同窗学友在一起闲谈。刘生说："张兄命大撞得天鼓响——十八亩地一棵谷，单根独苗，独份家产。"赵生说："听说，咱们那没过门的嫂夫人兰香，模样儿百不挑一。"李生是个爱开玩笑的人，板着脸，一本正经地说："赵兄是耳听，小弟是亲眼见，那天，我从她家地头过，她正在地里摘棉花，不眨眼把我瞅了老远。小弟大饱眼福，果真长得羞煞西施，气死貂蝉！"

真是说者无意，听者有心，李生的玩话，张生手拿棒槌——认了真（针）。这年冬天，张生娶亲，婚后张生没眼见[1]兰香，总是没事找事地张嘴骂，伸手打，闹得全家不安生。娘训他，他说他的一片理。娘去问李生，李生笑着说："真是个憨大——压根儿就没那回事，我是同他说着玩哩！"李生忙到张家，向张生解释，那天说的是玩话，

[1] 没眼见：厌恶，不喜欢。

嫂子没过门，谁见过人家个影儿呢？

张生是个死心眼人，话一入心扒不出来，李生的解释，他半句也没听进去。兰香知道自己受丈夫打骂，是为李生玩笑开过了头，丈夫错把自己当作伤风败俗女子，想想平白受这冤枉，跳到黄河也洗不清。可怜兰香有眼泪往肚里咽，整天眉头绾个大疙瘩，提心吊胆地过日子，直埋怨自己命苦！

这天晚饭后，张生又无故打骂兰香。夜里，兰香睡在床上，哭着，想着——与其活着受气，倒不如眼一闭省心！她悄悄起来，把裤腰带挂在门头上，眼泪直流，小声念叨着："李生呀李生，奴与你往日无仇，近日无冤，你不该无故作践我，奴家做鬼也不饶你！"说完，头往套里一伸，冤魂飘往酆都城。

第二天早上，张生醒来，见兰香吊在门头上，连喊"救人！"惊动一家老少，等卸下吊，朝胸口一摸，人早没气了。兰香娘家知道了女儿是吊死，告到县衙。县官下去私访，访出兰香是为受不了丈夫打骂含冤吊死，县官大怒，革去张生前程，张生后悔不及，整天肚里疼心里，心里疼肚里。

再说这年皇上开科，李生进京赶考，主考官限三天交上三篇文章，李生领了卷子，用心做题。第二天早上，拿出一看，竟变成了墨疙瘩，李生气蛤蟆似的，只好重新作。第三天早上起来看时，卷子又变成了墨疙瘩。这天，李生把卷子做好，心想：今晚我要看看是啥东西作怪。这晚，有个毛毛月亮，李生把三张卷子放在桌子上，人背在黑影里。

半夜时，一阵阴风吹过，只听窗外有沙沙的脚步声。不一时，一个黑影在窗前一闪，就着照进的月光，只见从窗外伸进两个指头。李生一个箭步窜上去，一把抓住指头，从桌上拿起剪子，说："我辛辛苦苦作的文章，被你涂得一塌糊涂，怎能饶你！"李生要剪指头，窗外黑影说："涂你文章，也不过坏了你的前程，你败坏奴家名声，要了奴的性命！哪轻？哪重？"

李生问："你是谁？""我是冤死的兰香！你一句玩话不打紧，我夫信以为真，整天打骂，逼得奴家吊死。"李生说："你要啥？""奴是暴死，阴间不给注册，整天飘荡，

无处安身。你是新科状元，给奴立座贞节碑，借你口气，阎罗开恩，准奴立碑那天还阳。"

李生放开手指，隔窗深施一礼，说："嫂嫂尽管放心，只要今科金榜题名，回家定给嫂嫂立贞节碑，助你还阳。"

"说话算数？""算数。""敢与奴家打手击掌？"李生把手伸出窗外，只听"啪啪啪"三声，黑影眨眼不见。

第四天早饭后，李生交上三篇文章。主考官见字字珠玑，点了头名状元。

李状元回家祭祖，叫石匠给兰香打造贞节碑。立碑那天，把兰香交代的话说给张生，张生半信半疑地扒开兰香坟墓，揭开棺材盖，只见兰香慢慢睁开双眼，忽声坐起。

张生忙把兰香抱回家，放在床上，娘急忙端来鸡蛋面疙瘩，服侍媳妇喝下。兰香看看全家大小，想想自己受的苦情，哇的一声哭起来。张生见兰香哭得喘成一团，想起以前做的事，后悔不及，他朝着兰香扑通跪下，说："贤妻莫哭，错怪了你，我这里有礼了。"兰香这才止住哭。那边李状元派人送来彩缎、银两安慰。

自此，张生同兰香恩恩爱爱，一家人和和睦睦，小日子过得红红火火。

讲述者：　刘俊章，镇平县人，农民
采录者：　刘筱芬，女，镇平县玉都街道大刘营村人，
　　　　　高中
采录时间：1987年7月
采录地点：镇平县玉都街道大刘营村
选自：　　《中国民间故事集成·河南镇平县卷》

268

白罗扇

记不清是哪朝哪代，伏牛山下有个刘家庄，庄东头有座小独院。这家五口人：老两口、儿子刘龙、儿媳刁氏、女儿刘凤。老头子肚里装了不少墨水，庄户人称他刘先生，收了几个学生，布衣素食的日子倒还过得去。

这年六月六，东庄娘娘庙起会，刘先生给学生们放天假。一大早，他雇辆车，同老伴媳妇一起赶会，让女儿刘凤看家。

刘凤正在绣花，猛听见门外"汪汪"狗叫，接着听见大门"嗵嗵"响。"刘先生在家吗？"刘凤急忙放下手中活儿起来开门，见门外站着个书生，正惊慌地躲着黄狗。

姑娘喝退黄狗，对书生说："家父赶会去了。"书生说声"打扰"，头也不回地走去。刘凤回身关门时，看见地上掉把扇子，随手拾起，插到帽筒里。

后半晌，刘先生他们赶会回到家。刁氏眼尖，一眼瞅见白罗扇，拿起一看，上面写有王家庄王生字样，顿时喜上眉梢。

刁氏拿着白罗扇到婆婆房里，刘凤不在跟前，这女人说得有鼻子有眼。刘婆婆听了半信半疑：女儿平日很庄重，

哪儿会干这下贱勾当？要说这事是虚吧，白罗扇是哪儿来的？

晚饭后，刘凤来房，刘婆婆细细盘问。刘凤又羞又气，说："真是恶人先告状。那天冷清明[1]，我在灶门口给娘煎药，碰见她送刘赖。我怕惹娘生气，吓得没敢说。真不防她倒打一耙子！"眼见是实，耳听是虚，刘婆婆谁的话也不信，心中自有主张。

这晚，刘婆婆等女儿睡熟，悄悄拿领席，睡在院里桂花树下的黑影里。

这晚，有个毛毛月亮，半夜时，刘婆婆听见院外有响声，一个人影从墙上跳下。借着月光，看清是本村杀猪屠儿刘赖。刘赖走到刁氏窗下，轻弹窗纸。

正在这时，刘婆婆的咳嗽病犯了。她强忍住不咳嗽，怎奈嗓子眼像虫子爬，越憋越难受。"咳咳"两声，糟啦！咳嗽声惊动刘赖，他车转身贼眼四下抢，瞅见树下刘婆婆，大吃一惊，一个箭步窜上去，从怀里掏出杀猪刀，只听"扑哧"一声，刘婆婆一头栽到地上。刘赖朝刘婆婆身上踢踢，见死期了[2]，这才放心地把刀在鞋底上蹭了几下，别在腰里，轻轻推开刁氏房门，刁氏早在门里等候。刘赖在刁氏耳边咕哝几句，转身翻墙走了。

第二天早上，刘凤开开门，一眼瞅见倒在血泊中的娘，"娘呀！娘呀！"放声大哭。刘先生见老伴惨死，急忙派人去把儿子叫回。

刘龙回家来见娘被人杀害，心里很纳闷：俺爷儿们安分守己，从不得罪人，这是咋回事？刁氏假惺惺地对男人说："女大不可留，留来留去结冤仇。这把白罗扇兴许与这事有关。"随又编造着说："八成是咱娘撞见了，他俩怕事犯。"刘龙听了，认定娘是被妹妹情夫所杀，撺掇爹爹快快报官，捉拿凶手。

刘先生想着家丑不可外扬，迟迟拿不定主意。刁氏说："公了不如私了，这种事传出去让人们耻笑。不如……"她在男人耳边咕哝几句，刘龙直点头，说："死

丫头做下此事，真真伤风败俗，不如把她勒死算了。"刘先生哭得迷迷糊糊，心乱如麻，一点主意也没有，说："你俩看着办吧！"刘龙找来绳子，刁氏帮着，把刘凤勒死，扔到后花园里，打算明早冷清明，拉出去埋掉算了。

半夜时，老黄狗从后花园的水道眼里爬进去，用嘴咬住绳头，一圈一圈地把勒在刘凤脖子上的绳子抖开。不一时，刘凤慢慢地透过气来，睁眼看见满天星星，摸摸身旁的黄狗，想起娘惨死、自己受诬陷，忍不住小声哭了起来。她边哭边抱怨黄狗："狗啊！你作怎大祸，叫我到哪儿存身啊？"

黄狗通人性，用嘴咬住刘凤裙子，把她引到王家庄庄边一家门外站下。黄狗用爪子在柴门上"呲啦呲啦"地乱扒一气。

这家人没有睡，能听见"嗡嗡"的纺车声，黄狗扒了一时，里面停住了纺车。"谁在敲门呀？"一个老婆婆手端油灯"嗯隆"一声拉开门，惊奇地说："姑娘，你是哪庄的？半夜三更有啥事？"刘凤哭诉一遍。老婆婆说："哎呀，想不到我儿好心去拜望先生，反给姑娘惹下怎大祸事。快快请进，唤出我儿再作商议。"

刘凤随老婆婆进到屋里，老人唤出正在东厢房读书的儿子，低声学说一遍。王生过来见过刘凤，老婆婆一边忙着给刘凤做饭，一边安慰她，不要哭，先在这儿住下，慢慢再想办法。

第二天早上，刘先生父子起来，不见刘凤尸体，大吃一惊。刁氏在旁提醒说："一定是返醒[3]过来，跑到王家去了。"

刘龙到王家庄打听，刘凤果真在王生家。他写了状纸，到县衙击了堂鼓，状告王生杀死母亲，拐走妹妹。

县官派衙役传来王生、刘凤细细盘问。王生根根叶叶说了一遍。刘凤也递上状纸，状告嫂嫂不贤，结交刘赖杀母害妹；哥哥昏庸，错杀妹妹。

县官看过刘家兄妹状纸，细想这件案子须得慎重处理。

细看刁氏外穿孝衣，内露红裙，一双凤眼四下乱抢，轻声浪气，不像个本分女人；再看王生，眉清目秀，举止

[1] 冷清明：天刚刚亮。

[2] 死期了：断气了，没命了。期，表示程度，如"那家伙坏期了"，就是坏透了，没救了。

[3] 返醒：苏醒的意思。

文雅，刘凤端庄淑静，说到娘不知被何人杀死，哭得声断气噎。

县官姓邓，名青，做官倒还清正，百姓们叫他邓青天。他沉吟片刻，把惊堂木一拍："嘟！大胆王生，清平世界，朗朗乾坤，竟敢做下伤天害理之事，押入南监，秋后处决。暂将刘凤寄押女监，本县自有公断。"黄狗在公堂上咆哮不止，不住地往刁氏身上扑。邓青天命衙役拴住黄狗，其余一干人回家了事。

夜里，邓青天百姓打扮，带着老黄狗直奔刘家庄。黄狗到大门外停下，先从水道眼钻进去看看没有动静，出来朝邓青天点三下头，邓青天翻墙进去，黄狗把邓青天引到窗下，只听屋里一男一女在喊喊喳喳说话。邓青天用舌尖舔破窗纸，只见刁氏正同个男人在调笑。

男人说："好险哪！我只怕露出了马脚。"女人啐了一口，说："呸，真是个小胆子货！亏你还是个杀猪的。这下王家那小子当了替死鬼，死丫头怕也小命难保，可除了老娘的眼中钉！"男人说："今后响，你那口子做生意又走了，可该咱们这露水夫妻甜如蜜啦！"

邓青天听得一清二楚，轻轻地拍拍黄狗，黄狗会意，同邓青天又钻出水道眼，走回县衙。

第二天上午，邓青天派衙役捉来刁氏、刘赖，传来刘先生父子，从监里提出王生、刘凤，二次重审。邓青天惊堂木一拍，大声喝道："大胆刁氏，竟敢结交刘赖，诬陷良善，还不与我从实招来。"刁氏连说："大老爷，屈死民妇啦！"邓青天冷笑一声，随将夜里私访所见所闻和盘托出。刁氏知道事已败露，只好从实招了。刘赖见刁氏已招，大料难以抵赖，只得乖乖地招了，邓青天让师爷当堂录了口供，命刘赖、刁氏画押。判刘赖、刁氏死刑，秋后处决。

刘凤见判嫂嫂死刑，急忙上前跪下求情："大人，我娘已死，爹爹年迈，兄长在外，家中无人照应，求大人恩典，把她死罪免了。"邓青天说："死罪改，活罪难免，把刁氏拉下去重打四十大板。"又对刘先生说："你们父子不该做事莽撞。本县做主，把刘凤许配王生为妻，不知你意下如何？"

刘先生见是县官做媒，忙说："全凭大人做主。"

邓青天拿出一百两纹银，叫过王生，说："本县做主，你与刘凤成婚。"王生面有难色地说："大人与小生昭雪，小生已感恩不尽，与刘凤成婚一事，小生实难从命！"邓青天说："有啥顾忌，但讲无妨。"

王生说："一是没有母命，二是与刘凤有瓜李之嫌，恐遭他人非议。"邓青天哈哈大笑说："不可拘泥小节，一切有本县做主。"又问刘凤："姑娘意下如何？"刘凤红着脸说："小女子谢过大人。"王生见刘凤淑静大方，也就不再推托。邓青天遂命两人当堂拜堂成亲，其余人等回家了事。

刁氏一拐一拐地跟随公爹，带着黄狗回家。到家，刘先生吆喝刁氏快快做饭。刁氏不敢怠慢，忙进灶火做了半锅鸡蛋面疙瘩，做好给公爹端来。

刘先生说："给老黄狗也盛一碗。"刁氏忙盛一碗，倒到院里的狗食盆里，一边指着狗，小声数落着："老黄狗啊，你真是个没良心的畜生。我平日没有错待你，一天三顿，三天九顿地喂你，你咋给我掰恁大个豁子[1]？"

老黄狗正在吃食，听见刁氏这样数落它，"汪"的一声，猛一下上去咬断了刁氏的右手食指，立时，血如泉涌，疼得她又甩手又跺脚。

传说，原来人们的食指同中指一般长，从这以后，人的食指都比中指短一节，以示教训，万不可同刁氏一样做坏事。"狗通人性"这句俗话，也是从这个故事来的。

讲述者： 马宗芳，女，69岁，镇平县玉都街道大刘营村人，不识字，农民
采录者： 刘筱芬，女，45岁，镇平县玉都街道大刘营村人，高中，干部
采录时间：1987年2月
采录地点：镇平县玉都街道大刘营村马宗芳家里
选自： 《中国民间故事集成·河南镇平县卷》

[1]　掰豁子：扒漏子、惹是非的意思。

据采录者刘筱芬说，当时她和两个同事到玉都街道大刘营村搜集民间故事，村子里的狗"汪汪"乱叫，非常吓人，这时坐在树下的老人马宗芳看见她，就呵斥着狗到一边去，然后拉着他们到她家里喝茶，喝茶的过程中，说到狗，刘筱芬说："刚才那狗多吓人！"马宗芳说："其实，狗可通人性了。"然后就讲了这个故事。老人在讲故事时，许多象声词被她学得惟妙惟肖。老人模仿的"汪汪"狗叫声、"唾唾"敲门声、"咳咳"咳嗽声、"扑哧"杀人声、"嗡嗡"的纺车声、"嗯隆"开门声、"呲啦，呲啦"扒门声、"嘟嘟"惊堂木声，都非常逼真。

269

张木匠除恶狗

张木匠到鲁百家去做木匠活，才去第一天，差点就被他家喂的黑狗咬啦！张木匠最讨厌的就是狗，他只要得手，总是打狗几棍子，打得狗夹着尾巴乱唧咛。狗见他去，"汪汪"咬得更凶，他和狗结下了仇。

到鲁百家没几天，鲁百的童养媳妇三天就挨了几次打。

张木匠问为啥，鲁百说他儿媳妇好偷东西吃，才打她的。张木匠听了直摇头，看着瘦得病恹恹的童养媳妇，怎么也不相信她会偷东西吃。

第四天午饭后，张木匠在上房屋里间歇晌，刚塌蒙[1]住眼，忽听桌子在地上"嘿愣愣"响，抬头一看，是狗在桌底下钻着，把桌子拱到挂馍的地方，搁在那儿，狗从桌底下又钻出来了。

张木匠瞪眼看着，狗跳到桌面上，伸开前爪，扒着馍篓，把晌午吃剩下的东西，统统吃光了。狗又从桌上跳下来，钻到桌底下，把桌子又拱到老地方，跑了。

晚上，鲁百不见了剩馍和菜，疑心又是童养媳妇偷吃

[1] 塌蒙：合上，闭上（眼睛）。

了，不分青红皂白，拉起童养媳妇就打。

张木匠实在看不下去，跟鲁百说："别打你媳妇了，馍菜是你那黑狗吃的，你打她做啥？"鲁百不信，张木匠把他所见之事跟鲁百讲了。黑狗听见了，瞪着血红眼睛，"汪汪"叫着想咬他，张木匠指着黑狗说："你这畜生，总不是个好东西。"

打这以后，鲁百照样丢东少西，仍打自家的童养媳妇。

活快做完了。那天晌午，张木匠仍在上房屋里歇晌，刚睡下，似睡非睡中，那条黑狗悄悄跑到张木匠睡的床前，用两前爪量了量张木匠的身子，量好跑了。张木匠打个激灵，心想，这家伙肯定要报复我，我可得防着点。

半天活计，张木匠一歇气儿[1]时间就赶做完了。离天黑还早，他把锛、斧头磨得利利的，磨好后，他跟鲁百说："我也不吃你黑了饭[2]，借你个箩头用用，明儿我死了，箩头算不说；明儿我活着，箩头再还你。"鲁百问："师傅你咋说这话？"

张木匠说："你那黑狗要我命哩，我能不死？一会儿有它没我，有我没它。"说完，起身走了。

张木匠一走，鲁百找狗，到处找遍了，就是不见它。

张木匠出了庄，走到一个岗坡上，这里四不近邻，走着走着，黑狗"呜"一声从沟里蹿出来朝他身上扑去。

张木匠早有提防，等黑狗蹿到跟前，他用箩头一挡，黑狗近身不得，张木匠拿起斧头砍开了。黑狗抵不住，在圆圈外狂咬，张木匠抢起锛又朝它头上锛起来。

这时，鲁百不放心在后边也撵来了。刚到跟前，张木匠一锛下去就把恶狗锛死了。往地里一看，狗在地里挖了一个深坑，正好跟张木匠一般长。

张木匠跟鲁百说："咋样？你看到了吧？还打不打你童养媳妇了？"

讲述者： 郭松文，女，57 岁，镇平县安字营镇连庄
王洼村人，不识字，农民

[1]　一歇气儿：一会儿功夫。
[2]　黑了饭：晚饭。

采录者： 张卡申，男，26 岁，镇平县安字营镇连庄
王洼村人，大学，干部
采录时间： 1987 年 3 月 19 日
采录地点： 镇平县安字营镇连庄王洼村
选自： 《中国民间故事集成·河南镇平县卷》

270

跟着女人吃饭

过去，河间府知府跟前有个娃儿，不成景，光来赌，人们称他"赌博状元"。

有一年，知府请来山东有名的算命先儿王铁嘴，来给他娃儿算命。王铁嘴掐指一算，跟别人算的相投：他娃儿这辈子得"跟着女人吃饭"。

知府塞给王铁嘴两锭元宝和一些碎银，求王铁嘴给他娃说个好女人。王铁嘴答应，怀揣元宝碎银往家赶。

路上他想，知府的娃儿不成景，说个有家业的人，怕不行；给他找个穷人女子，知道酸甜苦辣，立住过合[1]，理料理料[2]他，他或许会变成景的……

走着想着，路过一个村子时，见有母女俩在浇菜园，打眼一看都知道是穷人。王铁嘴上前一问，才知道女人死了男人，留下一个姑娘叫娟子，母女俩靠种菜过生活。

晌午，浇菜园那女人把王铁嘴领到家中，叫他给娟子算一命。娟子今年十九岁，王铁嘴照她的生辰八字算了一卦，跟那女人说："你女儿命大撞得天鼓响，是个有福气人哪！"女人说："妮儿们菜籽命[3]，先生可别奉承俺呀！"

王铁嘴正儿八经地说："我给你女儿找个婆家吧？河间府知府跟前有个娃儿，今年二十一岁，还没接人[4]，你们要是愿意，我去跟人家说说。"女人说："俺贫寒人家，咋能给人家般配上？"王铁嘴说："这事包在我身上。"

女人问娟子，娟子愿意。王铁嘴忙从怀里掏出一锭元宝给女人说，这锭元宝算定亲礼物，自己回河间府同知府商量啥时娶娟子的事去了。

不久，知府就派人抬着八抬大轿，嘀嘀嗒嗒，来把娟子抬到河间府，跟"赌博状元"成了亲。

成亲后，"赌博状元"还是不改害[5]毛病，往往整夜出去鬼混不回家，白天回家睡个死，书也不读，啥也不做，娟子看不惯就理料他，咋说他也不听，反而还打她。娟子气不过，暗地里偷哭，时间一长，娟子瘦得黄皮刮瘦，不像个人样了。

知府知道他娃儿不成器，就给夫人说："咱娃儿混不成景，娟子跟他受罪也不是咱的心，叫人家走吧！"夫人舍不得娟子，不想叫走。不走，谁知道娟子能咋死到他娃手里呢？无奈，知府取来两锭元宝和一些碎银，又拉出一匹马跟娟子说："娟子，你带上这，回去逃个活性命吧！"

娟子流着眼泪，接过元宝碎银，拉着马走了。

路上，娟子想：如今我往哪儿去呢？回家，山东济南这么远；不回家，可哪儿是家呢？想想作难，就哭着跟马说："马呀马，你驮我到富家了我享福，你不受罪，你驮我到穷家了，我受罪，你也不享福。你领路，咱们走吧！"马嘿嘿叫几声，驮她朝前走去。

行了几天几夜，马不歇蹄。

一天，天快黑的时候，马驮着她来到一个半山腰一家独户的门楼前，马再也不走了。娟子跳下马，心里说：这就是我的家了。

[1] 立住过合：指能够独立生活。

[2] 理料：管理、照料。

[3] 菜籽命：像菜籽那么小的命。

[4] 接人：指娶媳妇。

[5] 害：坏。

她把马拴在树上，进到院子里，有个老婆在淘黄豆，娟子上前说："妈妈可好？"老婆愣怔那里，问她："姑娘，你是谁？为啥到这山旮旯哩？"娟子哭起来，把她的磨难遭遇跟老婆说了一遍，恳求老婆收留她。

老婆见娟子长得怪利亮，就答应说："我家可穷呀！"

娟子说："穷打穷处过，俺不怕！"

就这样，娟子住下来，跟老婆的娃儿狗蛋成了亲。下地做活娟子抢着干，烧火做饭她做头哩，孝敬婆母，体贴狗蛋。一天，家里没面吃了，娟子拿出一锭元宝，跟婆母说："妈，把这拿去买点面吧。"狗蛋在一旁看见问："这是啥子？"老婆说："这是元宝，是主贵物。"狗蛋说："这不稀罕，南沟一沟哩。我卖豆腐路过那儿，厕屎擦包就用哩它。"老婆忙说："咱们快把它挑回来去！"

三人不停时儿担了一夜，把屋里堆得满满的。娟子说："咱们置点地种种吧！"找人买了十三顷地。

买来地，雇了很多人做活儿。狗蛋当掌柜，娟子管家务，老婆没事享清福……

几年后，河间府知府退职归郡。娃儿"赌博状元"自撵走娟子之后，混得更不像个人样。知府和夫人一气病死，他没指靠，就夹个碗、拉个棍儿到处讨起饭来。

讨饭来到娟子门上。娟子认出是"赌博状元"，见他那样穷酸，就跟家人说，叫门外要饭的进来，他是掌柜雇来的长工，要好好招待他。

晌午，狗蛋回来，娟子问他说："我是咋来哩？"狗蛋愣了，说："你是跑来的呀！"娟子说："我该走了，先那个男人来找我了！"狗蛋说："那叫他在这儿住下吧！"娟子说："你见了他可别提我。"

狗蛋到马棚一看，"赌博状元"一头拱在麦秸草窝里呼呼睡得正起劲哩。狗蛋喊醒他说："兄弟，这几年你到哪儿混成这个样子？走，快换换衣裳去！"

"赌博状元"不知道咋着回事，跟着狗蛋换了衣裳，糊里糊涂住了下来。

过段时间，娟子央人托媒给他娶个女人，又给他们一个庄子、几顷好地叫他们种。

一天，娟子见跟前没旁人，问"赌博状元"："你知道我是谁？""赌博状元"说："你是我嫂子。"娟子说：

"我是你先那个女人，娟子……""赌博状元"猛吃一惊，问："你还活着？"娟子说："我要死了，你跟着谁吃饭哩？"

他"扑通"往地上一跪说："老天爷，我真是得'跟着女人吃饭'呀！"

讲述者：	刘国有，男，62 岁，镇平县安字营镇连庄王洼村人，不识字，农民
采录者：	张卡申，男，26 岁，镇平县安字营镇连庄王洼村人，大学，干部
采录时间：	1987 年 4 月 6 日
采录地点：	镇平县安字营镇连庄王洼村
选自：	《中国民间故事集成·河南镇平县卷》

附
记

据讲述者刘国有说，在过去，交通不发达，农村地区大部分人一生都没有出过远门，农闲时节，农村地区多有走江湖的货郎、算命先生、卖狗皮膏药的人来来往往，他们走南闯北见识多，确实成全了些姻缘，但也有些人依靠坑蒙拐骗手段将一些妇女卖到外地，破坏了一些幸福家庭。人们在听故事的现场，议论纷纷："娟子不光收留害了自己的男人，还给他娶了个女人，真是菩萨心肠啊！"年轻人都撇撇嘴说："这货，还真是跟着女人吃饭！"有个从湖北嫁到王洼的老人，听后一边抹着眼泪，一边说："远嫁的姑娘真是苦呀，遇事想回个娘家也不容易。"（裴雪杰）

271

新媳妇当家

她刚过门。头天晚上闹罢房，她爷搬个椅子坐到当院里，把捣棍[1]往门外一扔，出来个人跨过去了，出来个人跨过去了，谁也没去拾。

她从屋里出来，见门外地上的捣棍，弯腰拾起来，双手递给她爷说："爷，你还没睡哩？"她爷接过捣棍笑着说："睡，睡。"

她爷睡到床上想：全家恁些人没一个有眼色的，这新来的孙娃媳妇心眼活套[2]，我以后得靠她才是哩。

第二天，她爷叫齐全家人说："我老了，不中用了，以后这个家我看就叫大孙娃媳妇当吧！"她不当，跟她爷说："爷，我年幼无知，不知道啥人情世故；你看我伯哩伯，娘哩娘，叔哩叔，婶哩婶，家叫他们当吧，我当不了哪！"

她爷说："唉，叫你当家你就当，年轻人灵便些。"她拗不过，只好跟她爷说："爷，这家叫我当行，可都得听我的话！"她爷说："中啊，家有百口，主事一人，都听你的是啦！"

三天她回门，路过一个小石桥，她看见桥下有个大肚子蛤蟆在吐冷子疙瘩，地下吐了一大堆。她回到娘家没停时，急忙又回到婆家来。

到家里，她去问她爷说："爷，咱家今年种多少麦子？"她爷说："不多不少六十亩。"她又问："几亩熟了，几亩夹生？"她爷说："三十亩熟了等着割，三十亩夹生等着熟。"她一听，失急地说："爷，明天咱得割麦呀！"

"割麦？"她爷一听想问她，嘴张张话又咽到肚里去了。

她爷心下想：你才是胡整哩，叫你当家了你连节令都不知道。心里怪憋躁[3]，嘴里没吭声，说他孙娃媳妇："割，割了吧，人不够咱找人割！"

说话不及，第二天人马三起，不管生熟，呼呼啦啦割了一整天。割着拉着，赶黑撩了三四十亩，拉不及的垛地里。割着，人们还笑话这新媳妇胡搞，她爷干气没啥说。

谁知到了晚上，电闪雷鸣的可下了起来，枣大的、核桃大的冷子疙瘩打得房坡啪啪响。第二天，人们起来一看，地里的麦子被冷子擂[4]得光剩下个枯杈，麦地比石磙碾得还净板哩！

讲述者：　郭松文，女，57 岁，镇平县安字营镇连庄王洼村人，不识字，农民

采录者：　张卡申，男，26 岁，镇平县安字营镇连庄王洼村人，大学，干部

采录时间：1987 年 9 月 10 日

采录地点：镇平县安字营镇连庄王洼村

选自：　《中国民间故事集成·河南镇平县卷》

[1]　捣棍：指的是拐杖。

[2]　活套：活泛、活络。

[3]　憋躁：生闷气。

[4]　擂：动词，指砸的意思。

附
记

年轻媳妇们都喜欢讲说这个故事，以此来为自己争取家中的话语权和掌管事务大权。连庄王洼村的村妇刘女士听后说："故事中的爷爷虽然老了，但是不糊涂，还用扔捣棍来试探新媳妇。"她的嫂嫂接道："老人信任年轻人，年轻人就要好好干。"（裴雪杰）

272

刘二卖马

有弟兄俩，姓刘，老大叫刘大，老二叫刘二。刘大两口子能，刘二人老实，偏偏娶个媳妇是方圆十里八村少有的人尖子。刘大当家，刘二终日下地干活，刘二媳妇想着哥哥当家，自己男人不当家，吃亏。她这心思叫嫂子看出，就说给刘大，刘大说："那就让弟弟当家吧！"

刘二当家的第一件事，卖马。这天早饭后，刘二咕嘟着嘴说："就怨你，想叫我当家，当家有啥好处！"媳妇说："人不是长能的，都是学能的。当几天家，长长见识，操演操演有啥不好！""像今天卖马，我从没干过这，卖吃亏了咋办？"媳妇说："一匹马十串钱，少一个子儿也不卖。就这，去吧！"

刘二来到集上，瓮声瓮气地喊："卖马呀，卖马呀！"

有个人走到跟前，看刘二憨头憨脑的，问："你这马啥价钱？"刘二说："来时俺女人交代：一匹马卖十串钱，少一个子儿也不卖。"那人说："十串钱就十串钱，这匹马我买下啦！今日没带现钱，停几天你到我家去取吧！"刘二说："中，你姓啥？叫啥？说个准日子，啥时给钱？"那人说："我姓西北风，名叫破骡车，门前吊刀树，门后吱咛虫，月儿圆，给马钱。"

刘二两手空空回到家里，媳妇问："马哩？""卖啦！人家是欠账。""姓啥名谁？家住哪里？"刘二原原本本地说了卖马经过，哥哥气得跺脚，嫂子听了皱眉。刘二媳妇低头想了想，对哥嫂说："没事，天塌有地顶着，晚儿天我叫他去要账。"

转眼到了中秋佳节。这天早饭后，刘二媳妇给他打扮得齐齐整整，低声交代几句，打发他去要账。

刘二来到韩庄，见村边有户人家，门前长着棵皂角树，家后有个大碾盘。他腾地一下跳上碾盘，扯着嗓子喊："韩川，韩川，八月十五月儿圆，你买我马该给钱！"话音刚落，只见从院里急急忙忙走出个人，正是买马人，上前一把拉住刘二，说："走，走，快到家里坐！"

那人亲亲热热地把刘二让到客厅，端来酒饭，俩人边吃边说。那人说："你找得恁巧，我就是韩川。"刘二如实地说："那天我回去一说，哥嫂埋怨我叫人骗了，是我女人叫来这儿找你要马钱的！"韩川听了，十分惊奇：憨男人娶个能女人，真是鲜花插在牛屎上。

午饭后，韩川取出十串钱和一个纸包，交给刘二，说："给弟妹捎个包。"

刘二到家，把钱如数交给媳妇，嘻嘻笑着说："人家还给你捎个包哩！"女人打开纸包，看着，想着，一头扎到床上哭起来，惊动嫂子过来问，刘二也说不清是咋回事儿。

自此，刘二媳妇成天眉毛头缩着，不说不笑，饭吃得少，活懒得做，话懒得说，没多久竟瘦得一阵风都能刮跑。

嫂子对刘大说："娃他叔八月十五要账回来，他婶整天哭。你到韩庄找韩川，问问是咋着回事儿。"

刘大到韩庄问韩川，韩川说："明天上午你叫她妯娌俩到村南水坑洗衣，到时我自有办法。"

刘大到家给女人说了。第二天早饭后，刘大女人说："他婶，今儿天怪好，咱俩一起去水坑洗衣裳。"刘二媳妇想着整日闷得慌，出去走动下散散心也好。她找了几件脏衣裳，同嫂子到水坑洗衣。

半晌午时，从大路上慌里慌张过来个进京举子，骑匹高头大马，穿身新衣裳，走到水坑边，不小心把笔砚掉到水里了。那人翻身下马，顾不着脱鞋袜，扑通一声跳下去，泥里水里地来回摸起来。

妯娌俩顾不着洗衣，站起来看这人捞笔砚。这人在近处摸不着，往水深处摸去。刘二媳妇说："笔砚能值多少，不怕弄脏衣裳？"那人边捞边说："我的靴帽蓝衫，来自小小笔砚。虽说笔砚值钱不多，是读书人功名利禄的根本哪！"

说完，又头也不抬地摸起来。

刘二媳妇听了，心里猛地一动，急忙收拾衣裳，拉起嫂子就走。

自此，刘二媳妇又照前如后地操持家务，没多久变得白白胖胖、活活啦啦[1] 的。刘大媳妇非常惊奇，试摸着问："她婶，你那些时是咋啦？"

刘二媳妇朝着嫂子瞟了一眼，说："咋啦，还不是你那兄弟作的孽！他那天要账给我捎回家个馍，里边夹着葱白、肉丸子……""那是啥意思？""那是买马人笑话我这聪明伶俐人，配你弟弟那丸肉疙瘩头。为这，我整天心里难受，怨自己命不好，嫁个不中用男人。"

刘大媳妇问："这几天咋又好啦？""那天咱俩在坑边洗衣裳，碰见那人捞笔砚，由那儿想道：男人虽没道儿[2]，毕竟遇事能出头露面，要不，人们咋称男人为外头人？女人再聪明，不能出三门四户——水牛掉井里，有力使不上。说一千道一万，男人就让老实点，那是自己的根本。就像笔砚虽小——是读书人的根本。"

刘大媳妇听了，"哦"的一声，说："我这才明白是咋着回事。那个买马人鬼点子不少，差点要了你的命！"

讲述者： 马宗芳，女，69 岁，镇平县玉都街道大刘营村人，不识字，农民

采录者： 刘筱芬，女，45 岁，镇平县玉都街道大刘营村人，高中，干部

采录时间： 1987 年夏

采录地点： 镇平县玉都街道大刘营村

[1] 活活啦啦：指一个人性格外向、活泼。

[2] 没道儿：形容一个人不靠谱，说话、办事不着边际。

选自：《中国民间故事集成·河南镇平县卷》

273

等失主找到娇儿

附
记

　　文中买马人说的暗语"我姓西北风，名叫破骡车，门前吊刀树，门后吱咛虫，月儿圆，给马钱"在镇平县很多地方，也有其他一些不同的版本，只是版本的内容稍有变化，大都是利用谐音、象声词、类比的手法，来告诉人们自己的姓名、家庭方位和还钱时间等等。例如姓陈的叫"掂不动"，姓李的叫"十八子"等等。采录者刘筱芬女士系镇平县文化馆工作人员，她采录故事时，讲述者马宗芳老太太已经是七旬老人，但是老人口齿清晰，讲述绘声绘色，"连讲半天都不重样！"（刘筱芬语）当时有录音带子，只可惜没有保存下来，马宗芳、刘筱芬二位老人早已作古，留下了永远的遗憾。（陈志国）

　　三月三，起庙会。张老汉领着七岁独生儿子去赶春会，会大人稠，张老汉一松手，儿子被挤不见了。这孩子哭着找爹，摸迷了路。他家住天齐庙以东，他却顺着一条路往西，越走离家越远，走着哭着。

　　这时，迎面走来一个五十多岁的李老汉，看到孩子哭得可怜，一问，找不到家了，李老汉就把他领回家中，一边出外四处打听他的家乡，一边把他当亲生儿子娇养着。

　　张老汉自儿子不见后，心里像刀割一样心疼，终日哭哭啼啼，到处寻找。一天，找到一个集镇上的一个饭铺里，恰巧，李老汉做生意也住在这个小店，晚上，张老汉、李老汉两个人睡的床铺床搭床，就是见面不相识。两个人聊过几句话后就睡下了。

　　第二天早起，李老汉因急于赶路，把钱褡子忘在客店里，张老汉起床时，看到李老汉睡过的床上有个钱褡子，他拿起来掂掂沉甸甸的，仔细一看是二百块银圆。他想，这一定是李老汉忘下的钱。不是自己的钱，咱千万可不能昧下，眼下追李老汉吧，可不知李老汉朝哪条路走去了。左思右想，只好在客店等失主回来取钱。

李老汉走了五十多里路，才发觉自己的钱褡子忘记拿了，心焦如火，赶忙折过来找。晚饭后，李老汉赶到客店，问张老汉见个东西没有，张老汉就问他说："老哥啥东西不见了？"李老汉说："一个钱褡子，装着二百块银圆。"张老汉听后就拿出钱褡子交给李老汉说："给，二百块银圆一块不少。"李老汉接过银圆，感动得流下了热泪来，说："我多亏遇你一个好心人，讲仁义道德，请到舍下去一趟，吃顿便饭。"李老汉死拽活拉，把张老汉拉到家里。

晌午，李老汉设宴招待张老汉。席间，李老汉叫过儿子来给张老汉敬酒，张老汉见李老汉有子行孝，就想起了自己的儿子，一杯酒下肚便闷闷不乐起来。李老汉见状，就问张老汉说："今儿老兄理当高兴才是，怎么闷闷不乐起来了？"李老汉这么一问，张老汉就一五一十地把家乡居住以及寻找儿子的事对李老汉说了一遍。

李老汉听后就问他说："老哥的儿子是啥时候不见的？"张老汉说："十年前三月三日天齐庙赶会时，丢失娇儿。""有啥记号吗？"张老汉说："娇儿小时候腿上有块黑痣。""哎呀！原来你是亲家到了呀，我儿快快进来见你亲生父亲。"李老汉唤来儿子，把他推给张老汉说："快快跪下给你爹磕个头去！"儿子莫名其妙地给张老汉磕了一个头。

张老汉见寻到自己的儿子，便激动地说："谢谢兄弟把我儿抚养成人，这样吧，我的儿也是你的儿，你的儿也是我的娇生，我们两家合在一起吧！"

从此两家合成一家，后来儿子考上了状元，两家都过上了好日子。

讲述者： 不详

采录者： 马海耀，男，61 岁，镇平县杨营镇贾庄
村马营，小学，农民

采录时间： 1986 年 8 月

采录地点： 镇平县杨营镇马营村牛屋

选自： 《中国民间故事集成·河南镇平县卷》

附记

故事流传于镇平县城关、城郊、杨营一带，采录者马海耀系杨营乡贾庄村马营村的农民，喜爱收集民间文学。他从 20 世纪 50 年代开始搜集民间故事，后来他长期兼任村西边乡村公路的养护工，喜好接触南来北往的人，借以打听收集民间故事，经他讲述收集的故事《徐庶暖坟》等，曾经在《故事会》上发表。（陈志国）

274

一女许两家

我拍这是好多年前的事情了，听老年人们讲时我还是个精肚娃[1]哩。那时，有个庄上住着一个教学先生，开了个私人学馆，收有十几个学生，教他们读书。

教学先生跟前有个女儿叫凤娟，从小就许给她表哥鸣鹤了。

这十几个学生当中，有个叫白甲祖的学生，爹是一个大财主，谁也不敢惹他，就连教学先生也不敢咋着他，他上学也是聋子耳朵——配（陪）衬。

十几年过去了，皇王开科选才，十几个学生中，除了白甲祖没考中外，个个都考中了，状元的状元，探花的探花，榜眼的榜眼，举人、秀才那就不用说啦。唯有这白甲祖是一肚子青菜屎，栋不成栋、梁不成梁的，成了个武二混痞。

他的学问没学到手，吃喝嫖赌倒是行家里手。就这他那财主老子还喜欢得了不得呢！他知道先生的女儿凤娟长得水灵俊俏，早已生心了，白天晚上做梦都在想着，央求他财主老子去跟教学先生说。

教学先生一听又气又恼，答应不是，不答应不是，答应吧，女儿已许给外甥，他知道白甲祖的劣迹，咋能睁眼把女儿往火坑填呢？不答应吧，白财主有钱有势，还怕财主坑害他。

这样一来二去，教学先生忧虑成病了，一天比一天消瘦下去，一天比一天厉害起来。

这件事叫先生的儿子知道了，儿子就给他生个门儿，他一听，病一下子好起来。

财主又来求婚，教学先生就顺顺和和地答应他了。财主回家跟他那主贵[2]娃讲了，白甲祖喜欢痞了[3]，巴不哩马上娶来凤娟姑娘。

成亲的日子到了，教学先生照儿子说的，把邻居的一个媳妇装扮成凤娟，打扮打扮，坐上轿，就叫白家来的人抬上走了。

晌午吃饭时，教学先生的两个儿子，一个坐上席，一个坐陪席，一个桌上吃饭。弟兄俩三盅闷酒刚喝下肚，老大就装醉骂了起来。老大骂着说："白甲祖，你真不是个东西，娶俺妹妹，待不起客你不待，俺弟兄俩你不该叫坐一个桌，这忒不抬举人啦！"

老二也接着骂起来。客人们都撺着说好话，弟兄俩越骂越凶，谁也劝不住，最后就打起来了。

这时，客人都去看打架，陪嫁的二嫂立时拉起那媳妇，朝后院奔去。

后院有口井，多年不吃水了，二嫂叫媳妇脱下新娘衣裳，往水井里一扔，出哩后院，早已有车等着，二人坐上车，一溜烟飞快跑了。

白财主见哥俩打骂不休，只好出来赔情道歉。刚刚劝住弟兄俩，架吵明白不吵了，忽然后院跑来人说，新娘不见了。

白甲祖一听吃了一惊，客人家人都忙着麻利快找，到处找遍不见。找到后院井里，见新娘的衣裳泡在井里，人们用钩子一捞，光见衣裳不见人。这下白家算烧了马

[1] 精肚娃：没穿衣服，光着身子的小孩子。

[2] 主贵：形容词，像宝贝一样。

[3] 喜欢痞了：痞（音同"批"），喜欢得不得了。

脚——慌了蹄了！

有人说："快下去捞捞吧！"

用绳子系下去一个人，系到井半空腰，那人尖抓野猫地喊着叫人把他往上系。

人们问他咋回事，他说井半腰有大腿粗个黄蟒蛇在卧着。其实那才是个构树根哩，黄颜色带白点，跟个蟒蛇差不多，那人一见吓破了胆，众人听说，谁也不敢往下去了。

白财主惗大家业也怕吃官司，先给教学先生去说些好话，送些金银，怕教学先生不依，回来就用面捏了个面人，买口棺材，把面人装到棺材里，等着教学先生家来人。

教学先生两个儿子来了，哭了一阵，说白财主："我妹命薄，享不了你们的福，活着是你家人，死了是你家鬼，愿咋埋咋埋吧！"

白财主暗喜不过，派人匆匆忙忙把个面人披麻戴孝抬去埋了。

没多久，凤娟的表哥鸣鹤去京赶考得中，就把凤娟一路吹吹打打、热热闹闹、威威风风地接进京去了。

白财主听说后气死了，留下白甲祖以后混得要起饭来。

果然，人们都静下来听他这个故事篓子的讲述。他讲完后，他的邻居说："叔，你拍这是好多年前的事情吧，要是放到现在可讲不通，一女可不能许两家。"（裴雪杰）

讲述者：	刘国有，男，62 岁，镇平县安字营镇连庄王洼村，不识字，农民
采录者：	张卡申，男，26 岁，镇平县安字营镇连庄王洼村，大学，干部
采录时间：	1987 年 4 月 3 日
采录地点：	镇平县安字营镇连庄王洼村
选自：	《中国民间故事集成·河南镇平县卷》

附记

刘国有讲故事时善于将方言、农谚和歇后语穿插其中，使故事更有感染力。刘国有当时讲这个故事是在牛屋里，几个人在打纸牌玩乐，旁边围了一些看牌的，中间他们为争出牌顺序，两个年轻人杠起来了，刘国有为缓和气氛，就说，"别争了，别争了，都听我说！"

275

兄弟打虎

从前，镇平二龙山里住着一韩姓人家，这韩家有韩山、韩水兄弟二人，此二人常习武健身，都有一身好功夫。

韩氏兄弟所处的年代，豫西南境内人烟稀少，二龙山里常有老虎出没。老虎也经常光顾韩氏兄弟所在的村庄，弄得村民惶惶不可终日，于是兄弟俩决计要上山打虎，为民除害。

这天，韩氏兄弟拿着钢叉和铁棍隐蔽在密林深处。

临近傍晚，只听一阵冷风吹过，吹得树叶哗哗作响，只见一只硕大的吊睛白额大虎从密林中飞跃而出。老二韩水年轻气盛，拿起钢叉，冲着老虎纵身而上，那老虎见有人竟敢迎面而来，顿时"嗷"的一声，跃起前腿，居高临下猛扑过来。韩水瞅准时机，把钢叉自下向上对准老虎的脖子狠命叉去。那老虎被叉在半空中，两条前腿在半空中乱踢腾，这时，韩山跃身而起，用铁棍狠狠地打向老虎的前腿。老虎的前腿被打折了，韩水见状，把钢叉向上一纵、一甩，那老虎便被远远地扔在了地上，再也不能大发虎威了。兄弟俩急忙上前，各自举起铁棍、钢叉，往老虎身上猛打、乱刺，不大一会儿，那老虎便断了气。

从此以后，韩氏兄弟就在二龙山中以打虎为生，小日子也过得颇为顺心。

有一天，老二韩水向妻子讲起了和哥哥一起打虎的经过，妻子听后白了韩水一眼，说："这样打虎，谁出力大？平分猎物合理不合理？"韩水经不起妻子的瞎嘀咕，慢慢地，他也认为自己吃亏了。于是，夫妻俩就打起了自己的小九九。

过了几天，韩水夫妻俩拿了家伙，悄悄出门而去，也没叫大哥。

夫妻二人在密林中埋伏了好一会儿，终于等来了一只老虎。韩水拿起钢叉，熟练地与老虎周旋几下，很轻松地就把老虎叉了起来，可韩水妻子见到老虎后吓得脸色蜡黄，站都站不稳，哪敢用铁棍去打呀！韩水看到妻子不能帮他，心里也开始慌张起来，于是就大呼救命。韩水心里明白，如果不把老虎前腿打断，今天他夫妻俩就很难虎口逃生。

正在这万分危急的时刻，大哥韩山拎着铁棍赶来了！

原来，韩山一大早起来，见弟弟家关门闭户，找不到韩水夫妇，而家中的钢叉、铁棍也不见了。韩山大叫一声"不好！"就急忙拿出家里的备用铁棍，抄小路赶上山来。当看到兄弟和老虎相持不下的架势时，韩山跃身而起，挥动铁棍，狠狠地打向老虎的两条前腿……

老虎趴在地上，死了，而韩水也无力地躺在地上，直喘粗气。

这件事过后，韩水的妻子再也不敢在丈夫面前说三道四、搬弄是非了。韩山、韩水兄弟二人重归于好，两家的小日子也慢慢地都过得红红火火了。

后来呀，人们根据韩氏兄弟互相帮衬、互相配合的打虎故事而创造出了"山水相依"这一成语，并且"打虎亲兄弟"这一说法也在豫西南一带传开了。

讲述者：　王荣江，男，77岁，蒙古族，镇平县马庄乡，中师学历，教师

采录者：　王士朝，男，41岁，蒙古族，镇平县马庄乡，大学本科，教师

采录时间：2011年6月25日

276

巧计娶亲

讲述者与采录者是父子。王荣江老先生喜好民间文学，退休后经常到儿子处小住，喜欢给后辈人讲述民间故事。在老先生的影响下，王士朝老师也喜爱上了民间文学，经他采录、挖掘、整理的民间故事已经有多篇被《故事会》《民间文学》发表。据王老师讲，其父生前在讲述这篇故事时，总是一边讲故事，一边给他们兄妹们讲做人的道理，所以，他们兄妹听后都记忆犹新，都能一字不差地将故事复述下来。在南阳当地，"打虎亲兄弟，上阵父子兵"已经成为家喻户晓的口头俗语。相关故事有多种，至于故事源于谚语还是谚语源于故事，谁也说不清楚了。有些讲故事的人开头会讲，你们知道"打虎亲兄弟，上阵父子兵"是咋来的吗？然后再讲故事，而有的讲完故事才点出谚语。（陈志国）

从前，有一家富户，两个姑娘都长得聪明、漂亮。她俩的脾气都很古怪，从来不跟外边任何人说话。富人说了大话："谁家的小伙子，能叫俺妮跟他说上三句话，就把姑娘许给他。"

自从这话传出去后，小伙子们像搬家的蚂蚁一样成群结队，生尽百法引逗两个姑娘说话，可到底也没一个能逗出姑娘一句话来。

传来传去，有个叫李明的小伙子知道了。他说："叫她们说几句话有啥难咧，我去试试！"说罢，他拉起一头猪来到富人家门前。把猪按倒，顺手捡起一块长条石头去戳猪脖子，戳了半天也没见出血。两姑娘看着好笑，不由得对李明说："哎哟，有像你这样杀猪的吗？"说着，一个姑娘跑到家里拿来一把杀猪刀递给李明。李明没抬头接过刀子，一手拿刀戳猪，一手用草筛子接血，那姑娘又急忙说："哎呀，你咋会用筛子接血哩？"又进屋拿个盆子递给李明。

李明杀了猪，又把干柴放到富人家房檐下边，准备烧火烫猪。姑娘一见，急忙说："在这儿烧火，烧着俺房子你赔不赔？"

听姑娘这一说，李明不慌不忙进了富人家的大门，对富人说："你的姑娘跟我说过三句话啦！按你的规矩，叫我跟姑娘成亲吧！"

富人听了有点不信，把两个姑娘叫到跟前，问是谁对李明说的话。大姑娘只好照实说了。富人无奈，只得叫大姑娘和李明成了亲。

讲述者：　吕永庆，男，50 岁，社旗县朱集乡高吕庄人，小学，农民
采录者：　吕先合，男，20 岁，社旗县朱集乡高吕庄人，高中，农民
采录时间：1986 年
采录地点：社旗县朱集乡高吕庄村
选自：　《中国民间故事集成·河南社旗县卷》

277

穷麻子巧娶俊小姐

有一个穷人，长得也不算丑，就是脸上有几个麻子。为这，二十好几的人了，还没有娶媳妇成家。他妈叨叨他，他说："等着吧！我不娶是不娶，要娶就娶那高门大户的漂亮小姐。"

有一天，麻子到街上买菜，见一个财主家门上贴了一张告示。上头写着：要是哪个小伙子长得跟我家小姐一模一样，就叫小姐嫁给他。麻子扭脸瞅瞅，见大门外停了一顶轿子，听人说那里头就是财主的小姐。麻子眉头一皱，点子可想好了。

他失急慌忙回到家对他妈说："你不是成天想媳妇吗？快上街认媳妇去吧！"他妈说："你疯了吧？上街认谁呀？"麻子小声给他妈嘱托了一阵，他妈才点头同意。

麻子他妈照直走到财主家大门口，掀开轿帘就喊："娃呀！你想学唱戏咋着，走，一起回家吧！"丫鬟们赶紧捧老婆："你胡扯啥？这是俺小姐！"老婆就说："我不信！恁小姐咋会跟俺娃恁一样哩？"

这一吵，惊动了财主跟财主婆，过来就喊亲家。两下客气了两句，找个媒人，过了花红彩礼，定了成亲的日

子儿。

这厢一定好儿，麻子可忙开了，他对庄上邻居挨个交代："到那一天，您就说我跟新娘长哩一样，可甭说实话。"麻子平常人缘好，加上穷人娶亲难，都说叫他放心。

成亲那天，新娘子听人们都说新郎跟自己一样，心里可美。拜过天地，麻子就跑出去了。他见着庄上几个半大孩子说："今黑了恁几个偷偷爬到俺洞房顶棚上，这儿着[1]这儿着说几句话。明天我每人给买一挂炮带一把糖。"几个半大孩子都说不难。

夜里，麻子先叫人吹了灯才进屋。俩人刚想说几句悄悄话，顶棚上咕咕咚咚可响起来了。麻子惊乍乍地问："啥响哩？"一个孩子在棚上说："恁俩长哩太一样，阎王爷说得有一个变变！"麻子说："咋变？"上头说："变秃一个。"麻子说："不中不中！秃子太肮脏！"上头说："你不想秃了叫新娘子秃！"新娘子说："我也不想秃！"上头又叫他们变瞎变瘸，他俩都说不愿意。上头说："不中了变麻一个吧！"麻子想了想说："我变麻了怕娘子嫌弃，不中，你变麻吧，我不嫌弃！"新娘子赶紧说："我不哩，你变吧，我也不嫌弃！"麻子说："真不嫌弃？""真不嫌弃！"麻子装着不情愿地说："中啊，我变！"

第二天新娘见新郎脸上有麻子，真当是阎王爷叫变哩！也没啥说，只好跟麻子过了一辈子。

讲述者：　郭春雨，女，56岁，社旗县陌陂乡张其浩村人，小学，农民
采录者：　王凤春，女，16岁，社旗县陌陂乡张其浩村人，初中，农民
采录时间：　1986年3月
采录地点：　社旗县陌陂乡张其浩村
选自：　《中国民间故事集成·河南社旗县卷》

附
记

过去男女结婚，婚前彼此不见面，全指望父母之命、媒妁之言。这则故事类似癞蛤蟆吃上了天鹅肉，老百姓都喜欢听。郭春雨喜讲故事，晚上不少人到她家，坐在院子里听她讲故事。记录者王凤春和小伙伴们常常围着郭春雨听到半夜。（张殿举）

[1]　这儿着：照这个样子。

278

双拜花堂

很早以前，唐河南边有两个小村庄：一个叫上屯，一个叫下屯。上屯住着个王员外，下屯住着个李员外。俩员外从小就在一起上学，后来又结拜成弟兄，李员外比王员外大两岁，李员外为兄，王员外为弟。

这一年，俩员外的妻子都怀了孕，俩员外商量，要是生下一男一女，就叫他们结成百年之好。十月期满，李员外的妻子生了个小姐，王员外的妻子生了个公子。俩员外就按当初说的，给两个孩子订下亲事。

日月如梭，光阴似箭，转眼就是十七八年。这年端阳节那天，王员外听说李员外病了，就叫儿子前去看望李员外。王公子到李员外家里以后，丫鬟给他送去一个香布袋儿，对他说："小姐有事想见见你。"虽说定亲多年，他俩还没见过一回面。公子也想见见小姐，看看长得咋样。响午，李员外摆上酒宴款待公子，公子没喝几杯就装着醉了。李员外赶紧叫人把他扶到书房休息。他一觉睡到天黑才起来，李员外就让他住下了。夜里，丫鬟以送茶为名，把他领到了绣楼。

王公子和李小姐一见面，心里都怪喜欢，当夜就睡到一起了。半夜里王公子说有点口渴，李小姐怕喊丫鬟再惊动了别人，就把壶里的凉茶倒了半杯。王公子喝了以后，就说肚子有些儿疼，后来越疼越厉害。李小姐也顾不得羞耻了，忙去喊她妈。等李小姐她妈来到绣楼，王公子就死了。李员外听说以后也跑来了。到这儿一看，急得又是挠头，又是搓手。他妻子说："事反正就这了，忙打发人对亲家说去吧。"

王员外接到凶信，急忙来到李员外家里。李员外把事儿给王员外说了一遍。王员外见自己儿子死在人家女儿绣楼，也无话可说。反过来又劝李员外说："大哥不要伤心，他们不守礼数，死了活该，把他埋了算了。"李员外为女婿备了一口柏木棺材，棺材里用白绫裹住，王公子身穿靴帽蓝衫，头枕元宝，脚蹬元宝，手拿元宝，送回王家老坟埋葬。李员外怕王员外心里不好受，又把李小姐亲自送到王员外家里。

王公子埋了以后，两个员外怕有人盗墓，就派了两个伙计守在墓旁。当天夜里，离坟地不远有个村子叫韩庄。这庄请了个说书的，说的是燕青打擂，热闹得很。再加上夜静听得远，两个看墓的都想去听会儿戏。一个说："大哥，我这会儿心里急得直痒痒儿！我先少去听一会儿，等我回来了你再去，咋样？"这个说："中是中，你可甭听完了，再回来。"那个说："你放心吧！"说完就向韩庄跑去。剩这个看墓的干等那个不回来，心里说："猜着他一去就不回来了，扒墓的总不会就在这会儿来。"想到这儿，他也朝说书的地方跑去了。谁知就有两个扒墓贼在这一会儿扒墓来了。一会儿可把坟挖了个大窟窿，打开前回[1]，正准备进去拿元宝哩，忽听王公子哼了一声。扒墓贼吓得拔腿就跑，也不说拿元宝的话了。

王公子本来得的是个冷阴病，在棺材里出了一身大汗，汗一出完，他的病也就好了。扒墓贼把前回一打开，棺材里进了空气。王公子得了阳气可清醒了。所以哼了一声，把扒墓贼吓跑了。

王公子醒了以后，见里头怎黑，还当是睡在小姐床上，用手一摸，圆圈都是木板堵住，一抬头碰着棺材顶了，把

[1]　前回：棺材前面的木板。

头碰哩生疼。这时，他才想起了夜里的事，就从前回爬了出来，心想：我上哪儿去咧？李小姐那里我是不能去了。回家吧，家里人都知道我死了，做了丑事咋还有脸回去见亲人咧？左思右想终于想出一个法儿来：既然有人盗墓，棺材里一定有贵重东西，我何不把那些东西找出来，拿着上远处找个落脚地方呢？想到这儿，他又二翻身钻入棺材里，把棺材里的东西全都拿了出来。一看，是六锭元宝儿身衣裳。他赶紧把衣裳、元宝打成包裹，背在身上，又用扒墓贼扔下的铁锨把窟窿填平。当天埋的坟，都是新土，跟没动过一样，他把铁锨扔到沟里，就向西北去了。

这一天，来到一个繁华小镇上，只见街上人来人往，熙熙攘攘。各色杂货，吃食小铺，应有尽有。王公子一路观看，来到一家客店住了下来。他在这里一连住了好几天，慢慢地和店主人混熟了。一天喝罢汤[1]，他和掌柜拉起了家常。掌柜说："公子出来是做啥生意咧？"王公子说："我一不做生意，二不做买卖，我是在家跟妻子生气跑出来的。"

这家客店的对门是个粮行，粮行的掌柜姓张。这天，张掌柜的账咋着也算不下来，越算心里越糊涂。张掌柜来找王掌柜帮忙，王掌柜去算了几遍也对不着数。王公子见了说："掌柜如不见外，小生不妨试一试。"王公子一会儿可把账算好了。张掌柜就提出想叫王公子上他店里当管账先生。王公子想着成天没活干，权当给他帮忙哩，就答应了。

王公子到了张家粮行，就把自己的元宝拿出来入了股。谁知从此以后，张家的生意越做越兴隆。张掌柜一看王公子聪明能干，就干脆把店里所有事都托给了王公子。

王公子当了二掌柜以后，生意越做越大，又添设了很多店房，觅了好些伙计，成了这个城里最有名的财主。王公子在这儿又过了十八年。这一天，他来到后院，对张掌柜说："我来这儿十七八年了，家里事一字不知，想回去看看，听说我们家里米价上涨，我还准备带回去点试试咋样，店里事我已托人照管，你老只用早晚问一下就行了。"

王公子派了几个伙计，拉了几车米。其实里头装的

都是银子元宝。他骑了一匹马跟在后边，一路上晚起早歇，往老家而去。这一天，他们来到离家四五里地的一个庄上，听见几个老汉在一堆儿说闲话。一个老汉说："人不该绝劲儿真大！下屯王员外的儿子死了。上屯李员外把女儿送到王员外家里，谁知那王公子在李小姐那儿住了一夜，李小姐就给王家生了个男孩。去年和赵员外家订了亲，今儿个就娶哩！"王公子一听赶紧回到家里。家里的人都不认识他了，他见人们都在忙着，顾不上说话，就掏出二十个元宝交给照客的。照客的一看，心想：这是员外的啥亲戚？送恁大礼！慌忙叫人接马，牵到马棚里。这才问他是哪里哩，姓啥名谁。王公子说："我就是这庄的，是娶亲这孩儿的父亲。"众人一听都大惊失色，慌忙去找王员外和李小姐。李小姐听说以后，半信半疑，先来到客房里，看看也不认识，就问："客官，你是哪里人氏？"原来王公子和李小姐在一起只有半夜时间，王公子见小姐不认识自己了，就把小姐给他做的那个香布袋拿出来，对小姐说："你不认得我，还认得这个香布袋吧？"李小姐接过香布袋一看，正是十八年前自己亲手做的那个香布袋。虽然香布袋是真，李小姐知道丈夫确实死了，还是不认王公子。她说："你既然说是我的丈夫，就把你是咋活的说说。"王公子就把十八年前，扒墓贼如何扒墓，自己在棺材里出汗还阳的事说了一遍。李小姐当时派了十来个伙计，到坟地一扒，打开棺材盖一看，里头确实没有尸骨。这时，王员外夫妻俩也来到客房屋，一看确实是自己的儿子，就拉着孙子说："这就是你的生身父亲哪！"李员外接到请帖也来了，一见王公子，心里也是又喜又惊。他对王员外说："又一辈人今儿都成亲哩，可他爹他妈还没拜过天地哩！"恰好新媳妇也到家了，王员外就叫他们同时拜天地。

后来，有人把这事编成了戏，起名就叫"双拜花堂"。

讲述者： 袁长纪，男，43 岁，社旗县陌陂乡陌陂街人，不识字，农民

采录者： 刘玉柱，男，36 岁，社旗县陌陂乡陌陂街人，小学，农民

[1] 喝罢汤：吃过晚饭。

279

采录时间： 1986 年 3 月

采录地点： 社旗县陌陂乡陌陂街

选自： 《中国民间故事集成·河南社旗县卷》

权员外选婿

附
记

此故事新奇感人，后被改编成了戏剧。讲述者袁长纪喜讲故事，《双拜花堂》这个故事讲的次数最多，在饭场、地头、牛屋、打麦场都讲过，男女老少都爱听。他的讲述表情丰富，带着手势，绘声绘色，有的人听着听着抹起了眼泪。记录者刘玉柱，小时洗澡腿受凉，造成双腿残疾。他喜欢民间文化，整理有多篇民间故事，在社旗县和周边县区广泛流传。（张殿举）

　　早年间，桐柏城里住着一个权员外，没有儿子，只有三个闺女。

　　这三个闺女一个比一个水灵。员外把女儿当成摇钱树，巴望着攀个富贵亲戚。可大女儿和二女儿，偏看中了他家对门皮匠铺里的王大、王二兄弟俩。老头气坏了，大骂女儿瞎了眼，咋会相中两个臭皮匠。从此，员外狠下心，非要给三女儿找一个有权有势、有学问的郎君不可。

　　一晃几年过去了。员外挑来拣去，三闺女已经二十多岁了，可婚事还是没有着落。老头一急，想出一个妙主意，提笔写首打油诗贴在门前的大柏树上：老夫门前一棵柏，匆匆忙忙长起来。二十余载精心育，待君选材家中来。横批——价（嫁）值千金。

　　桐柏城南五十里有个桃花冲，冲里有个姓钱的老皮匠，皮匠有个独生子叫钱发。这小伙子长得一表人才，可就是不好学，结交了一帮狐朋狗友，到处吃喝嫖赌，招蜂惹草。老皮匠为他气昏了头，就把钱发痛打一顿。这小子也真够损，一日趁老皮匠不在家，他把家产变卖一空，撒腿溜了。

这日，他逛到一个山村旁，遇到两个秀才在游山玩水。他们看到田里的淤泥被日头晒得卷起了麻花，一头水牛吃力地拉犁耕田。一个秀才随口吟道："牛梭自来偏，日晒泥焦卷。"这时一只黄狗追赶着一对獐子，惊飞了一双卧在水边的鸿雁。另一个秀才看罢接着吟道："一犬赶两獐，惊飞双栖雁。"吟罢，二人相对大笑。钱发觉得几句话怪顺口，就记在心里。

钱发到桐柏县城，买一套漂亮衣服穿在身上，就在城中东转西逛，找赌场儿。一场赌下来，他把银子输得精光。钱发急了，住店少店钱，就在城中转溜。转到权员外门口，见树上贴着一张帖子，就在树下念叨开了："老夫门前一棵柏，匆匆忙忙长起来……"他念了一遍又一遍，让权员外听到了，就走出来看。一见钱发长得相貌堂堂，穿戴不俗，又识文断字，心里想："看样子这人一定有些来头，要能招为乘龙快婿该多好！"就上前问："相公贵姓？""姓钱。""我看公子满腹才学，到家中去叙叙，喝杯薄酒行吧？"

钱发一听，心中暗自高兴：不掏钱能喝酒，上哪里找？二人来到客厅，员外一面让人置办酒席，一面请来近邻张大、张二两位秀才作陪。

喝了一会儿，两位秀才问："相公读书不知爱好哪篇，精通哪卷？"钱发想起刚学来的几句顺口话，正对上号，随口说："牛梭自来偏（篇），日晒泥焦卷。"两个秀才听了，心里暗暗吃惊。张大拽了拽张二的衣襟，小声说："二弟，我读了这么多年书，也没有听说过这个篇名和卷名，咱俩趁早离开这儿，免得盘起学问来丢人现眼。"便推说家中有事不能相陪，走了。

员外心中纳闷："酒吃得好好的，为啥要走？"他慌忙追出客厅，正好吓走了站在门外偷看客人的春燕和秋燕两个丫鬟。钱发看见，趁着酒兴吟道："一犬（权）撵两獐（张），惊飞双栖雁（燕）。"员外听罢，停住了脚步，心里说："这样有学问的女婿，我打着灯笼也难找，将来不考个状元，也考个榜眼、探花……"

权员外随即唤出了员外婆相女婿，又唤出了三闺女当面许婚。钱发乐得忘了东西南北，"扑通"跪倒在地，叩了几个响头，连口谢员外。钱发和权员外都怕夜长梦多，当晚就让一对新人拜堂成亲。

讲述者： 沈衍文，男，48岁，唐河县马振抚乡人，高中，中学教师

采录者： 李瑾，男，30岁，唐河县马振抚乡人，高中，中学教师

采录时间： 1984年

采录地点： 唐河县马振抚乡中学

选自： 《中国民间故事集成·河南唐河县卷》

附记

唐河县的东王集、毕店、马振抚三个乡镇与桐柏县接壤，甚至一些街市、村庄，一边属唐河，一边属桐柏。还有一些村庄过去属唐河，新中国成立后划归了桐柏。（曲凡杰）

280

知府招婿

传说，有一位知府的女儿，文武双全，长相也好。可是长到二十五岁，挑选不着一个如意郎君。知府的女儿急了，就让爹爹写张告示贴出去。告示上说：谁能对着她的哑谜，当时就与他成亲。

告示贴出以后，很多人围着看，可是都不敢揭。有个皮匠听说这事，揭下告示走到知府家。知府唤出女儿，立即考婿。

知府小姐用手拍拍自己的头，皮匠跺了几下脚；知府小姐指指心窝，皮匠用手拍拍脊梁；知府小姐伸出三个指头，皮匠伸出五个指头。

考试通过了，知府立即让女儿与皮匠成亲。

进入洞房，小姐对丈夫说："你的哑谜不错，个个都对上了。我用手拍拍头，意思是头顶苍天，你跺几下脚，意思是足踏乾坤；我指指心窝，是说满腹经纶，你拍拍脊背，回答说重任在肩；我伸三个指头是三纲，你伸五个指头是对五常，妙极了！"皮匠听后笑一笑说："小姐，你弄错了，我跟你想的不是一路。你拍拍头问我做帽子不做，我跺跺脚说我不做帽子，做鞋；你指指心窝问我是肚子上的皮好，还是脊背上的皮好，我拍拍脊背说是脊背上的皮好；你伸三个指头是问三串钱行吗，我想你是知府的女儿还这样小气，伸五个指头说，少了五串不行。"

知府小姐愣着了：原来她跟丈夫的哑谜对得好，却是裤兜里放屁——两岔哩！

讲述者： 刘万如，男，48 岁，唐河县上屯乡丁岗村人，初中，农民
采录者： 白桂莲，女，18 岁，唐河县上屯乡丁岗村人，初中，学生
采录时间： 1985 年 5 月
采录地点： 唐河县上屯乡丁岗村
选自： 《中国民间故事集成·河南唐河县卷》

281

戒酒

从前，有个张老九，酒瘾很大。儿媳妇怕他喝酒多了伤身体，劝他戒酒。张老九不想戒酒，又不好驳媳妇的面子，思来想去，想出了一个好理由，对媳妇说："你们想法让我戒酒，中，可是你们以后说话不准提到九字音。你们戒不掉九字音，我就戒不了酒。"媳妇满口答应了。

一连几天，张老九没有沾过酒，急得不得了。转弯抹角往九字音上提，可一家人就是不发九字音。他实在忍不住了，就去找他的酒友李老九给出主意。李老九是个能人，一肚子两肋巴都是材料子[1]，立刻给他生出一个好主意。张老九一听，笑了，连声说："好主意，这一回十拿九稳有酒喝。"

第二天，张老九听见有人叩门，忙对媳妇说："快去看看是谁叫门。"媳妇到大门外一看，来的是李老九。他左手拿着一把韭菜，右手提着酒壶，对媳妇说："你去对你爹说，李老九来找张老九，拿着韭菜，还提着酒壶，约他到九神庙去喝酒。"媳妇一听，不觉心里好笑，心想：

你们的门道不少呀！你们句句不离九，我偏偏叫你句句找不着九。张老九见媳妇不吭声，忙催着说："谁来了？有啥事呀？"媳妇笑了笑，不慌不忙地说：

李三三来找张四五，
左手拿着扁扁葱，
右手提着隆冬鼓，
要到五四神庙去喝二二加一五。

张老九一听，惊得半天没说话。从此，他再也不提喝酒的话了。

讲述者：	吕斌，男，49岁，唐河县源潭镇人，高中，商贩
采录者：	雷明赟，男，25岁，唐河县源潭镇人，高中，中学教师
采录时间：	1986年1月
采录地点：	唐河县源潭镇
选自：	《中国民间故事集成·河南唐河县卷》

---

[1] 材料子：材料或材料子，都是指主意、办法。

282

自己挣来的福才是福

王员外爱听好听话，一天要是不听几句，心里就像缺个啥。

这一天，大雪封门。王员外在家等了一天，一句好话也没听到，就像丢了魂。吃过晚饭，他忽然来了主意，把三个闺女叫到跟前，想得到几句好听话。

他问大闺女："大妮，你享谁的福？"

大闺女深知爹的脾气，忙上前捋捋爹爹的胡子说："俺享爹的福。"

王员外眉开眼笑，心里像熨斗烫了一样，接着问二闺女："二妮，你享谁的福？"

二闺女是个巧嘴八哥，摇着娘的肩膀说："俺享娘的福。"

王员外有些不高兴，但还是笑了，教训道："你娘也是享老子的福！"接着又问三闺女："三妮，你享谁的福啊？"

三闺女是个老犟筋，生平最不喜欢拍马屁，头一摆说："爹的福，不算福，娘的福，不算福，个人有福才算福，——俺享俺自己的福！"

一句话把王员外气个白瞪眼。他压着火气又问："你咋说？"

一见老员外生气了，当娘的忙给三闺女使眼色，两个姐姐也暗中劝说，一个捏捏三妹的手，一个踩踩三妹的脚，那意思很明显：三妹，快说句奉承话！怎奈三闺女是个死犟筋，自己认准的理儿打死也不改口，依旧倔强地说："爹娘管不了俺一辈子，个人有福才算福！"

王员外那个气呀，简直说不出话来！他活这半辈子，不管长工伙计，亲戚朋友，谁见了他，也不能不给个笑脸，不说个顺气话。可这个三妮竟敢说不享他的福！他正在思谋如何治治三妮的倔性儿，守门的进来报告，说一个叫花子要在屋檐下过一夜，问他准不准。

王员外手一挥："赶他走开！"忽又转念吩咐道："慢！三妮你听着，跟那叫花子一起去！"

员外老婆慌了，忙说："外边恁大的风雪，你把她朝死里送呀？"

王员外气呼呼地说："我叫她享她自己的福去！"

这时两个姐姐又过来劝说："三妹，你何苦呢？"

可三闺女一倔到底，不求情，不告饶，连娘暗中塞给的衣物银两也不要，头一拧出了门儿。拉着那个叫花子，头也不回地走了。

就在王员外赶走三闺女的第三个年头，一场大火烧尽了他家的全部家当，百万富翁一下子变成了穷光蛋。两个大女儿跟着父母没福享，上了婆家。王员外两口无依无靠，挟个破碗，拎根打狗棍，当上了挨门乞讨的叫花子。

再说王员外的三闺女，风雪之夜离开王家宅院，到外面一个破庙里草草成了家。婚后，小两口一个开荒种地，一个纺花织布，小日子倒也美满，头一年就闹了个丰衣足食。这以后，小两口更加勤谨，盖了房屋，置了田地，渐渐成了富户。

第三个年头上，唐河上游闹荒，不断有讨饭人过来。三闺女两口知道逃荒的人艰难，就拿出节余的粮食，在路边设了个饭棚，接济难民。那时候叫"舍饭"。

这一天，王员外也来到这里，正赶上舍饭。他一看施主是自己的女儿，不觉脸红了。本想离开，可肚饥难忍，只好安顿了老婆，自己拉下帽檐盖了脸，悄悄地排了队。

不巧，当他排到跟前，那锅里的粥正好舍完了。

后晌，王员外抢了个先，第一个排在锅前等候。谁知道后晌舍馍，三闺女从屋里扎馍出来，一看队前人乱挤，就把队尾变作队头，从后边开始发。王员外挨到跟前，那馍又舍完了。

王员外两顿没吃上舍饭，暗自思量，怕是三闺女记仇，故意嫌弃他。有心过去露脸，可一想起三年前那话，又有些不好意思。无奈，第二天他排在队中间，心想吃顿舍饭就走。

又是不巧。三闺女看见等舍饭的人太多，就和丈夫一人端一盆饭，从队两头发，到了王员外跟前又完了。

王员外受不了啦，以为三闺女还在记仇，叫道："三妮啊，你爹三顿没吃饭啦！"

三妮听见有人喊，抬头一看，见是自己爹爹，就忙把他让进屋好生招待。问家里怎么啦，王员外就把招火的事说了一遍，又说："你娘还在外边等着哩。"三闺女就忙把娘找进屋来。席间，三闺女问："爹，我享谁的福？"

王员外满脸通红："别问了。人，自己挣来的福才算福！"

讲述者：	黄克香，女，唐河县上屯镇温基屯人，不识字，船民
采录者：	曲凡杰，时为儿童，在民船生活
采录时间：	1960 年 1 月
采录地点：	唐河县航运公社民船

附
记

这个故事是我童年时期在船上听来的。我们家原是唐河县航运公社的船民，1964 年响应上级号召转业到农村。民船上活动空间小，遇到刮风下雨，只能窝在狭窄的铺舱里，那些生性爱动的小孩子，其寂寞难耐可想而知。好在我的母亲会讲故事，遇到那样的天气，她就一边做针线活儿，一边给我们几个孩子讲故事。既打发了寂寞的时光，

也让我们增长了见识。如果是船在行驶途中遇到风雨，泊船的地方往往前不靠村后不靠店，孤舟野渡，风雨交加，环境的寂寥也增加了孩子们的恐怖。这时候我的母亲也会触景即兴讲一个恐怖故事。母亲讲完故事，爱总结一句：他要是不爱占便宜，哪来的麻烦事儿？（曲凡杰）

283

巧分家

有个四口人家，老头儿和三个儿子。长子叫任勤，次子叫任生，三子叫任庭。

这年，老头儿病重。他把三个孩子叫到跟前说："我不行了，死后，你们弟兄仨，按我说的分家，免得疙叨嘴儿[1]。"

弟兄仨点头答应了。

老头儿说："九间房，你们每人三间。牛和地，应该这样分，任勤以农为本，应分二分之一；任生会做篾活[2]，应分三分之一；任庭精通木活[3]，以手艺为生，应分九分之一，把两头猪搭给你。"

几天后，老头儿就过世了。埋罢父亲，弟兄仨开始分家。他们有三十四亩地，十七头牛，按父亲的遗嘱分来分去，怎么也分不成。没法儿，只好去找隔墙李大叔来分。李大叔想了想说："为了你们弟兄不吵嘴，把我那一头牛、二亩地，给你们添上。"

弟兄仨不论咋说，不要李大叔的牛和地。

李大叔说："我这样做，对得起你爹，只要分得公平，我甘心情愿。"

于是，就按李大叔说的分，按二分之一，任勤分了十八亩地，九头牛；按三分之一，任生分了十二亩地，六头牛；按九分之一，任庭分了四亩地，两头牛。最后还剩二亩地，一头牛，又给了李大叔。

事后，人们都夸李大叔精明有心眼。

讲述者：	不详
采录者：	罗双成，男，30多岁，淅川县上集镇上集人，初中，农民
采录时间：	1982 年
采录地点：	淅川县上集镇上集村
选自：	《中国民间故事集成·河南淅川卷（二）》

[1] 疙叨嘴儿：指吵架。
[2] 篾活：指编席、编筐。
[3] 木活：指木工手艺。

284

张大少休妻

从前，张家庄有个张员外。张员外的大儿媳妇叫董秀枝。莫看秀枝黄瘦脸上长着"荞麦皮"，模样不咋着，过日子却是好样的，家务料理得有板有眼。可张大少是个远近有名的憨公子，整天东游西逛，寻花问柳。他总是嫌妻子脸蛋丑，做梦都在盘算咋能把丑妻休了。

一天，张大少邀请赵、李、孙、王几个少爷，带着夫人来做客。他让秀枝赔着笑脸又倒茶，又敬酒。秀枝是个憨厚人，不会叽叽喳喳耍嘴皮儿，只是赔着笑脸又倒茶，又敬酒。送走客人后，张大少一头扎到床上，长吁短叹，急得秀枝又端茶又摸头。"醉了？"大少摇摇头。"病了？"大少又摇摇头。秀枝心疼地说："到底咋啦？憋在心里会生病的。"大少长叹一声道："刚才我送客人走，人家都笑我家业恁大，老婆太丑，还说你是个老鳖一。这叫我以后咋有脸见人哪，我看还是好商好量把你休了。"说罢，挤出几滴泪来。秀枝一听心发酸，哭着说："只要我做清白人，干清白事，想把我休掉难上难！"

张大少见软的不行又来硬的。一天，天刚蒙蒙亮，大少就起了床，逼着长工铁根到内室扫地、倒尿。铁根刚进去，他领着几个家丁来抓奸，硬说秀枝和铁根在勾搭，把一张休书摔到秀枝脚面前。秀枝满身是嘴也无法辩解，含恨离开张家大院。

秀枝想：如今是跳到黄河难说清呀！咋有脸回娘家？心一横，踉踉跄跄来到一座山崖上，把休书撕了粉碎，仰天叹道："老天爷呀！我是清白的啊！"眼一闭，跳了下去。

有道是为人不做亏心事，落难自有救命人。秀枝下跳时挂在一棵树上，正好被樵夫栓狗看见，舍命把秀枝救下，背回屋里。秀枝醒来，栓狗妈问她为啥要寻死，秀枝把经过哭诉了一遍。栓狗妈说："真要不嫌弃，就住这儿吧。"秀枝感恩不尽，跪地叫声妈，随后便和栓狗成了亲。

栓狗憨厚勤劳，每天上山打柴，养家糊口。一天，秀枝说："老靠打柴不是长法，还是开荒种地为好。"说干就干，她掂起镢头就要和栓狗一起去开荒。栓狗妈心疼，忙夺下锄头说："你原是大家贵妇，出不了这力。让栓狗去开好了。"秀枝央求道："妈，要想咱有好日子过，就得靠咱这双手，俺生就是鸡刨命 [1]，舍得下身子哩！"

夫妻俩来到山沟里，抢开镢头干起来。突然，秀枝挖出一窝黄崩崩的豆籽儿，惊得她"啊"的一声叫起来。栓狗忙问："啥？啥呀？""黄金豆哩！"从此，秀枝家大变样，成了远近有名的富户。挖出金豆的那条沟，也被起名叫金豆沟。

过了两年，这一带遭蝗灾，蝗虫飞过，庄稼吃得净光。拉棍要饭的成群结队。常言道：人丑心不丑，脸黑心不黑。秀枝就在金豆沟的大道上，设个舍饭锅，要饭的穷人"呼呼啦啦"来成串儿。

有一天，东边又来个吃舍饭的。因为他来晚了，只好站在最东头，刚好，一点儿饭也没有了。这人挨了一天饿。第二天，这人想，今天我可要站到西头。不料，今儿又改成从东头开始。轮到这人，又是没一点饭了，他只好勒紧裤带又饿了一天。第三天，这人想，我就站在中间。谁知道，伙计们一看今天人更多，便来了个两头挤。轮到中间，又是没一点饭了。这人已是三天米星未沾，饿得肚子前腔

---

[1] 鸡刨命：谓下力的命，像鸡那样在地里刨食。

贴后腔，眼冒金星，一头栽到地上哭了起来。伙计们把他抬回家，秀枝上前一看，脸都气得煞白。原来这人正是张大少。他咋会也来吃舍饭？

原来，大少自从休了秀枝后，整天吃喝嫖赌。第二年，张员外一死，这败家子来赌把家业弄干了。

秀枝毕竟是长的菩萨心，念起过去夫妻一场，就做了鸡蛋汤，一勺一勺亲自喂。

秀枝不喂便罢，一喂，张大少连汤也喝不下去了。临走时，秀枝送给了他一些钱，让他回去好生度日。

张大少走到秀枝跳崖的地方，羞愧难当，一头扎到山崖下。后来，人们又把这崖起名叫"羞死崖"。

讲述者： 张金怀
采录者： 马有志，男，25 岁，高中，淅川县马蹬镇人，文化站长
采录时间： 1985 年 11 月
采录地点： 淅川县荆紫关镇金豆沟村
选自： 《中国民间故事集成·河南淅川卷（二）》

附记

淅川是我国南水北调水闸口和核心水源区，采录人马有志已于 2008 年，在南水北调中线大移民时，因公殉职。我们为了打听到当年讲述者张金怀的详细信息，按照当年留下的采录地点，驱车来到淅川荆紫关镇金豆沟村。遗憾的是张金怀已故，但一提到张金怀老人的名字，虽然都说不出他的年岁和出生年月，但是知道他的人，说他文化不高，生前孤身一人，爱拍故事。并说他一屁股坐那儿拍罢这个，拍那个，拍得绘声绘色，情感投入，拍到悲凄时，让你掉泪。拍到幽默搞笑时，能让你捧腹，拍到称心如意时，让你禁不住拍手叫好。（刘国胜）

285

分树

兄弟二人分家，田地房产都按二一添作五分，只有门前一棵柏树正在旺长，只好等它长大了再分。

年久月深，老大已是五十多岁了，总想把这棵树放了做自己的寿木[1]，可又怕弟弟不依。他忽然想起姑家表弟在县衙当差，找他商量一下，或许能出个主意，就备了厚礼去见表弟。见面后，老大就向表弟说明来意。表弟听后说："你回去先把树放了，老二若不依，必来县衙告状，那时有我搭腔，不会叫你输理。不过你知道，现今是二百钱买个土地爷，钱通神路啊！"老大会意，点着头说："自古常言，衙门口儿朝南开，有理无钱难进来。只要事成，一定重重酬谢！"

第二天，老大回到家里，就把树放了。老二当然不依，兄弟二人吵了一架。老二气得没法，当天下午就进城去找他表弟，说明此事。表弟连说："没事，没事，不过要费点周折，多花几个钱。"二人说了一阵，天已不早，老二要走，表弟一再挽留，只得住下。饭后，就把老二安排

[1] 寿木：土话，指棺材。

在偏房客屋睡觉。半夜，老二进厕所小便，经过堂屋窗前，听得表弟正和他女人说话："两笔外财又得手了！""你这个人成天光想钱，就是连一回也没捞住！""这回可是十拿九稳。你想，两个表兄为一棵树都来找我，这不是两个活财神是啥？"老二听了，蹑手蹑脚走进偏房睡下，心里左思右想，乱如牛毛，再也睡不着。

天还没亮，老二就不告而辞往家跑，见了哥哥忙说："哥，那棵树我不要了，算你的吧。"老大见弟弟今天忽然变了样，觉得很奇怪："昨天你还吵得脸红脖子粗，咋会又不要了？"老二就把他听到的话细说了一遍。老大听了猛醒过来，连连摆手说："算了，我不要了，算你的吧。"老二接着说："这棵树你不要，还能送给表弟当外财吗？依我看，还是咱兄弟俩平分了吧。"兄弟二人和颜悦色地把树分了。他表弟一笔外财也没捞到手。

讲述者：	寇大山，男，淅川县马蹬镇马蹬村人，小学，农民
采录者：	寇丙申，男，50 岁，淅川县人，初中，农民
采录时间：	1981 年 4 月 8 日
采录地点：	淅川县马蹬镇马蹬村
选自：	《中国民间故事集成·河南淅川卷（二）》

附
记

我们按照当年留下的基本信息找到了讲述者家乡，讲述人和采录人已故。据讲述者家人和邻居介绍，讲述者不仅会拍故事，还善调解事理。他调解事理就像他拍故事一样，总是左转右绕，绕出理路来，不仅让你心服口服，自知对错，而且双方都感激他。（刘国胜）

分石碾

从前，有兄弟俩，为一盘石碾争得下不来台。老大气了，说："我不与你争，咱到县衙打官司，谁赢了石碾是谁的！"老二赌气说："行，我要输了，石碾归你！"

老大为了打赢官司，给县太爷送了二十两银子。老二为了打赢官司，给县太爷送了三十两银子。

第二天，兄弟俩到公堂诉说冤情后，县太爷问老大："这碾给你弟弟，行吗？"

老大仗着给县太爷送有礼，说话声高气粗："那不行！"

县太爷问老二："这碾归你哥用，行吗？"

老二也仗着给县太爷送有礼，也声高气粗地说："那不行！"

县太爷把眼一眨说："噢，明白了，原来你俩都想要盘石碾才合意呀！那好办，我给你们每人买盘碾！"

几天后，县太爷果真给他兄弟各买一盘新石碾，并当家儿把那盘旧石碾送给村里人用。

这兄弟俩各得了一盘石碾，承县太爷情。村里的百姓也都夸县太爷好。其实县太爷心里明白，买两盘石碾，只花了十两银子。

287

孙媳哭碗

讲述者：　张洪增，男，58岁，淅川县厚坡乡卢嘴村人，初中，农民

采录者：　刘国胜，男，25岁，淅川县人，高中，棉织社工人

采录时间：　1986年4月

采录地点：　淅川县厚坡乡卢嘴村

选自：　《中国民间故事集成·河南淅川卷（二）》

附
记

讲述人张洪增讲的故事短小精悍，故事性强，还具有幽默感，可谓易讲易传。我听讲述人讲此故事，距今三十多年了，至今听众那拍掌、叫好的声音，还在我耳边回荡。（刘国胜）

过去有一家人：祖母、婆婆和小两口。

婆母很阴毒，对祖母十分苛刻。动嘴骂，举手打，成了家常便饭。

这年，祖母病得厉害，连吃喝、拉屎撒尿都不能自理。婆婆嫌拖累，面前背后咒她死。婆婆嫌她脏，叫她使个烂碗吃饭，吃过饭，也不给涮。一日三，三日九，烂碗上的饭痂子就有二指厚。

这天，小两口从外地回来。孙媳进门就去看祖母。她看见这个烂碗，心里很不是滋味。晌午，孙媳用这个碗，给奶奶盛了一碗饭。过门槛时，碰着门框，"啪"一声打了个稀碎，孙媳伤心落泪，失声哭起来。哭声惊动了四邻，人们以为她祖母死了，纷纷来看。屋里屋外挤满了人，问她哭啥。她说："碗打了，今后咋办！"她婆婆撇撇嘴，劝她说："一个烂碗多主贵，啥哭头？"孙媳妇边哭边说："你别看这个烂碗，它是我们的传家碗哪。你用这个烂碗给奶奶盛饭，将来你老了，我可使啥给你盛饭啊……"孙媳哭得更伤心了。一句话刺中了婆婆的心，她哭笑不得地说："我……我错了，以后我好好照顾你奶奶

就是了。"

讲述者：　李来生，男，50岁，淅川县毛堂乡店子街人，小学，农民

采录者：　罗双成，男，30岁，淅川县上集人，初中，农民

采录时间：　1982年1月3日

采录地点：　淅川县毛堂乡店子街

选自：　《中国民间故事集成·河南淅川卷（二）》

附　记

我们按照讲述人的信息，找到了淅川毛堂乡店子村李来生家里，虽然见到了李来生，但是他年老体弱，耳聋口语不清，已无法和他对话交流。我们又几经周折找到了当年的采录人罗双成，罗双成说，他那年到毛堂拉木头，晌午头到店子街歇脚时，正赶上李来生在饭场里给邻居们讲故事，听得吃饭的人们无不叫好。至今还记得有人对身边一妇女逗笑着说，"快回去把你婆子那个烂碗摔了！"还有人笑着附和说："小心你儿媳藏哪儿，给你当传家碗！"他觉得这故事怪好，他回家就把它记录下来。（刘国胜）

异文：儿媳妇启发婆子

从前有一家婆媳两个，都是治家人。婆婆六十岁以后，身体一天不胜一天，媳妇也越来越折磨她，叫她住到一间小房子里。人老了，手脚不灵便，屙屎尿尿，也都在这个小屋子，臊臭难闻。每天给她送去两碗稀糊汤，往黑瓦碗盆一倒，扭头就走。芝麻秆喂驴——礼到了就行。

后来媳妇也当上了婆子，送饭这个差事，落到了她儿媳妇身上。

儿媳妇把饭送给老人，没进门就喊"奶奶"。老婆心里滚热双手打哆嗦，捧住了黑瓦碗，一抖两抖碗也打了，饭也洒了。儿媳妇对婆子说："奶奶把碗打烂了！"婆子说："打了她不吃！活过月了[1]！"儿媳妇好说歹说，婆子给她找个舀恶水的烂瓢，给她奶奶盛了一瓢端去。

谁知道奶奶一伸手握住了那个烂瓢沿儿，咯嘣掰烂了一少半。孙媳妇说："奶奶呀奶奶，黑瓦碗你给它打烂啦！瓢哩你又给它掰烂了！看看这，我妈以后老了，叫我使啥给她盛饭？"这话被婆子听得清清哩，脸一下红到耳朵根，心里十分羞愧。悄悄地用个好细瓷碗给婆子盛了一碗饭，对婆子说："妈！我背良心了。"吃罢饭，随即给老人接到堂屋住。从此，一家人老老少少相处得都很好。

讲述者：　马青芬，女，61岁，西峡县丁河镇奎文村人，不识字，农民

采录者：　庞大善，男，60岁，西峡县丁河镇奎文村人，初中，农民

采录时间：　1986年3月

采录地点：　西峡县丁河镇奎文村

选自：　《中国民间故事集成·河南西峡县卷（下）》

附　记

本故事也有其他版本。其中一个是：婆婆老了，身子一天不如一天，儿媳妇嫌她脏，让她住在一个烂牛棚里，每天只给她送去两碗菜汤子。后来，这家娶了孙媳妇，儿媳妇当上了婆子。孙媳妇对婆子说，把牛棚扒掉让奶奶搬回家住。婆子不同意。孙媳妇便说，那咱就把牛棚好好保存着，奶奶去世了也不能扒掉。婆子不解，问孙媳妇为什么不能扒。孙媳妇说，扒了你老了就没地方住了。婆子受到教育，立即把自己的婆婆接了回来，从此对婆婆好了。（章东丽）

[1]　活过月了：就是老不死的。

288

我将来谁管

赵老头四十岁就失了家，又当爹又当妈，艰难地把三个儿子拉扯大，又给他们成了家，心想可该自己歇歇心了，就把家产一分，自己留了一杆旱烟袋和一个补丁枕头。他对儿子儿媳妇说："我岁数大了，以后，你们谁管我？"儿子们说："我们都管。"老头问："怎么住？"儿子们一商量说："从大排小轮着住。先从老大开始。"老大对媳妇说："爹为养活咱们，吃尽了苦头，如今老了，要尽量让爹吃好穿暖，别让老人生气。"媳妇很听话，就照他说的做。

转眼一个月过去了，老头来老二家。老二对女人说："老人家跟咱住，任凭咱们吃害点，也不能叫老人家吃苦。"女人一听就说："这事我不管，这个月的饭你做，吃啥都行。"老二做了一个月的饭。转到老三家，老三和女人一样，都是一张好嘴，好吃懒做。老三叫女人做饭，女人叫老三做饭，俩人你推我拖，最后三人都得做。老三洗菜，媳妇和面，老头烧火。

老头在老三家烧了一个月的火，又轮到老大家。谁知老头突然得了病，半边身子不能动。大儿媳妇端吃端喝，擦屎倒尿，背出背进。

轮到老二家，还没住上几天，女人就大吵大闹要和老二离婚："你小子听着，我嫁给你是侍候你和孩子的，不是侍候你爹的。"老头一听此话，眼泪往肚里咽。老头劝老二说："算了，你把我送到老三家吧！"老二没办法，只好把老爹背到老三家里。老三一看，就对女人说："今儿才二十一天，他就送来？"

女人一蹦就要去找老二评理，老三一把将她拉住说："不去了，他管二十一天，我管十一天！"老头在老三家住了五天，就催老三："快把我送到你大哥家吧！"老三说："爹，还不够十天你就要走？"老头说："算了，再住几天会把我折磨死。"老三和女人说："这可是你不叫我们管！"老头流着眼泪，伤心地说："不管算了，叫你大哥一人管。"

老头在老大家住了一年多死了，临死时对老大说："我没啥给你们留，只有这个补丁枕头，你千万把它保存好，等你有七灾八难时，把它拆开就知道了。"老大埋葬了爹爹，想着这一年，为了给爹治病借了不少债，就想出去做趟生意还债。可是没有本钱，想来想去没主意，忽然想起爹临死时的话，就叫媳妇拆枕头。拆了一层又一层，最后拆出一堆白花花的银子，中间还有张纸条，上面写着："积攒白银一百两，孝顺儿子沾银光。"就这样，老大拿着银子做生意去了。事情被老二女人和老三一家知道了，都要去找老大分。老二说："当时你们都不管，还说死也不管。这次老人死了，穿戴花费都是大哥一人出的，你们还有脸去要银子？咱们也有儿子，等咱们老了，还不知哪个儿子管咱哩。"这一说，他们都不吭声了。

讲述者： 魏满福，男，56岁，淅川县盛湾乡人，初中，农民

采录者： 魏冬初，男，38岁，淅川县盛湾乡人，小学，农民

采录时间： 1983年5月

采录地点： 淅川县盛湾乡讲述者家中

选自： 《中国民间故事集成·河南淅川卷（二）》

289

吴老闷儿

古时候，在荆紫关地界有两户财主。一户叫吴富贵，住在吴村，膝下只有一子，名叫吴老闷儿，对人忠厚老实。另一户名叫王有运，住在街上。王有运听风水先生说吴家坟埋贵地，宅居龙脉，很想高攀。他不管吴老闷儿是憨是能，就央媒人去提亲，把三女儿许给吴老闷儿。

当年夏天，吴富贵病死，王有运更是高兴，心想：这一下吴家家业该落到我王家手里了。于是，择下吉日，送女出嫁。

两年过去，吴老闷儿的家当几乎被那王氏往娘家弄得精光了。这年冬天，是王有运的生日。王氏会出鬼点子，生怕吴老闷儿藏有私财，巴不得折腾光。她向老闷儿说："今儿是我爹六十大寿，咱俩都得去。我在前面先走，你料理停当随后去。你要收拾得干干净净，把你那驴脸刮一刮，礼物看哪最重，就拿哪。"

当下，吴老闷儿照老婆的吩咐，拉出一头驴，用飞利的刀子就去刮驴脸。驴子没经见过，乱踢乱跳。吴老闷儿一边刮，一边说："不是咱爹六十大寿，谁耐烦给你刮脸？"

刮净驴脸，吴老闷儿又寻思道：礼物最重的，到底啥最重？他看到一盘小磨，就用麻袋装好，搬上驴背，一边走，一边念道："这次老婆可要说我大方，老丈人也会夸我的礼物重。"

"吴相公到！"听外面一声传话，王有运忙不迭地出去迎接。可谁知不看则已，一看好恼：这哪像给我做生日的，纯像一个叫花子。衣裳脏得能拧下二斤垢痂，脸上胡茬黑乎乎多长，好像长了一脸乱茅草。简直是给我丢人！他喊来三女儿："快去拉住，不要让他进来！"王氏按父亲指点办了。

晌午酒宴，吴老闷儿没沾边，只在磨道里就着驴马粪气儿，吃了两碗稀饭。他直怪老丈人："拿一百多斤的礼物还不让坐席，啥话！"

王有运见三女婿送的是一盘小磨，气得扭头就走，后派人去问："你就送这件礼物？"吴老闷儿说："这就算看得起他老丈人了，这磨是我家的宝贝，要是别人，甭想！"王有运听说，气得直冒火，命人把磨搬进磨房，锁上门说："老爷让你啃磨吃！"

晚上，天冷地寒，吴老闷儿身穿单衣，冻得直发抖，忽然间想起老婆平时让他推磨，推得直冒汗。他就推起磨来，直到鸡叫天明，浑身热乎乎、汗津津的。

王有运一早就吩咐大女婿，到磨房去看那憨蛋死了没有。谁知大女婿回来说："那小子还活着，说他热得很哩。"王有运觉得奇怪，来到磨房一看，果见他浑身热气直冒，就假惺惺地说："相公，为何蹲在这里？"吴老闷儿说："不知是哪个挨刀的把我锁在这里，要不是我这件火龙衣呀，非冻死不可。"

"什么？火龙衣？"王有运吃一惊：怪不得风水先儿说他家居龙脉，果有火龙相助，这衣裳必是一宝，如果得来才绝哩。便吩咐家人，大摆宴席为吴老闷儿压惊。席间，王有运说："不知贤婿的火龙衣从何得来，贵在哪里？"吴老闷儿胡诌着说："昨夜，我冷得乱抖，火龙爷送我这件衣裳。"

王有运更是信以为真，就说："我是你丈人，能不能把你那件宝衣裳让我试试？要有点神劲儿，以后，你就在我家住下，省得你三天两头缺吃穿。"

那吴老闷儿虽是傻，心中也自明白，说："我这衣裳虽说贵处不少，只怕你穿上不行，这是天意。"

王有运一直说先试试，一穿到身上不想脱了。叫人给老闷儿换了衣裳，他就穿着火龙衣出去逛逛。这时，门外寒风刺骨，他走出门一溜小跑。约莫跑了二三里，支持不住了，就钻进一棵大树洞里。里边像是有人烤过火，一片灰尘。王有运进去不长时间就被冻死了。

一家人见王有运死了，痛哭不止，都说要拿吴老闷儿问话。吴老闷儿害怕了，就说了实情。两个大女婿和吴老闷儿的老婆串成一气，把老闷儿装进麻袋，抬到江边，准备把他扔到江里，以报父仇。他们把麻袋挂在一棵大树上，准备吃过午饭再往江里扔。

话分两头。王有运的儿子王仁是个县令。他得知父亲生日已近，就坐着八抬大轿回来贺寿。一路上辛苦劳累，得了红眼病，加之路上耽误，误了寿日。这天，他来到江边，见树上挂个麻袋，不知内装何物，就命轿夫停下。

那吴老闷儿听到有人声，只怕就此完结。谁知外边问道："这是干什么用的？"吴老闷儿料定是过路人，顺口道："是捂红眼的！"外边又问："真是治红眼的？"老闷儿答："是的。"王仁一听，高兴了，说："我正害红眼，能不能给我治治？"吴老闷儿巴不得有人救他，就说："中。"几个抬轿的忙系下麻袋，解开一看，吴老闷儿眼睛好好的，越发相信，就钻入麻袋，让人扎上，重又系起来。

吴老闷儿对抬轿的说道："你们把轿抬远些，让他静养一会儿就好了。"又对王仁说："你只管闭上眼睛，不要说话，不然，难好！"说罢，赶忙离去。

再说，王有运的两个女婿和三个女儿吃罢饭，匆匆来到江边，他们解下麻袋，就扔进了江里。

却说吴老闷儿得了性命，一路远逃，过了几日才敢回家。走到半路遇上卖猪娃的，他想，何不买下猪娃，学着做做生意，便把一担猪娃买下了。

他正走着，被王家看见。这几个女婿、女子都是财迷。他们见老闷儿担着猪娃回来了，只怕是活见鬼，吓得跑不及。后来又壮壮胆子，上前细问究竟。老闷儿说："你们把我扔到江里，那龙王对我可不错，临行，送给我一挑江猪，说这是难得的宝贝，都能成金变银！"

这几个财迷一听，这可是个发财门路，就说："那你也领我们去江边看看，如真能发财，我们也想试试。"

吴老闷儿知道自己难脱身，心想：这些财迷，平日里不知坑了多少人，差点儿把我的性命送掉！就说："那好吧，看在亲戚面上，走吧！"

那一行人听说发财，眼都红了，都抢先要下江里去捞江猪。大女婿说："我先下去！"就"扑通"一声跳下江去。吴老闷儿大声喊道："江底最多！"停了一会儿，不见出来。他说："一定是弄得多，没处收拾，快拿筐子下去接他！"二女婿拿着筐子也跳入江中，没见了。就这样，五个人全跳了江中，再也没上来。吴老闷儿憨笑几声说："请你们都到阎王那里买江猪发财吧！"

讲述者：　　冯才娃，男，淅川县荆紫关镇吴村人，初中，农民

采录者：　　王希超，男，淅川县人，师专，淅川县广播局编辑

采录时间：　1986年9月7日

采录地点：　淅川县荆紫关镇吴村

选自：　　　《中国民间故事集成·河南淅川卷（二）》

异文：火龙单

有个人姓王，因他对穷人恨不得骨头里榨油，人们就叫他王刻薄。

王刻薄有三个闺女，大女儿、二女儿都嫁给了门当户对的人家。三女儿订亲还没过门，女婿名叫周济。

王刻薄数来数去，觉得三女儿这门亲事还很相当，老两口一根独苗，百年之后，这份家业又落到小两口身上，岂不是美嘛！

可过了几年，周济家失了火，老汉又下世，一下把家业弄净了。这时王刻薄后悔了，想找茬儿把这门亲事退了，再给三姑娘找个富家。

这年冬天，周济家断了粮。他娘说："儿啊，眼下咱

们揭不开锅了，实在没办法，到你丈人家借斗粮去。自从你爹下世后，咱们从没张过嘴，至近亲戚，他也不会看着咱们挨饿不管。"周济本是个硬性子，不愿去低三下四说好话。可一来娘有吩咐，二来实在没别的办法，只好去借。

王刻薄一见周济，十冬腊月还穿着单衣，又看他拿着条布袋，揣摩着要向他借粮，就打起算盘来了：周济穷得揭不开锅，等女儿一过门，吃上顿，没下顿，救他一饱，救不了他百饥，这门儿一开就难关。想到此，鬼主意来了。他把周济让到一个空屋里，炕上有条光席，外面是个空空的大院。王刻薄说："你先在这儿歇着吧，我去给你准备铺盖和饭。"

周济一听那老家伙的口气怪甜，也就相信了。可一等饭不来，二等茶不来，眼看日头落山了，周济心中发慌，一拉，大门被锁住了，想翻院墙没梯子，急得他直打转。后来见墙角有半截檩条，就扛起来在院里跑，这样饿劲忘了，冷劲儿也跑了。一夜过去，王刻薄想：那穷小子穿件单衣，一定会被冻死的。他去开开院门一看，见周济头顶冒汗，浑身散热气儿，很惊奇，就说："黑夜炕凉吧？"周济说："扛梁，扛梁，不扛梁我早就死了！"王刻薄想：这就奇了，数九寒天，我穿件羊皮袄都不暖和，他穿件单衣还直冒汗，就问周济："你那件单衣又烂又脏，咋恁值价？"

周济想，这老东西想害死我，我也哄哄他，就笑着说："你不知道呀，别看这衣又烂又脏，可是件宝衣。"

王刻薄问："啥宝衣？"

周济说："这是我家祖传的宝衣，叫火龙单。数九寒天穿上它，比皮袄还暖和；三伏盛夏穿上它，比丝绸还凉快。"

王刻薄眼红了，问："真的吗？"

周济一指头上的汗，说："这总骗不了你。"

王刻薄一听，满脸带笑，要求用自己的小皮袄换火龙单。周济说："行，咱们是亲戚，就算我孝敬你了。要是别人呀，就是三身小皮袄我也不换！"

王刻薄最喜欢摆阔气。得了宝衣，他坐立不安，就到大女婿家夸宝去了。女婿家离他家有二十里路，他刚一出村就觉得招架不住。又勉强走了十里路，下起了大雪，风

刮得他眼睁不开，冻得浑身发抖。可是前不着村，后不着店，见路边有个柳树洞，被烧得烟熏火燎的，就钻到柳树洞里取暖。人们只是在树洞里烤过火，王刻薄钻进去除了弄了满脸浑身火墨灰，一点也不觉得暖和。起初只是抖，后来就不会动了。

他家里人见他出门几天没回，打发人到姑爷家去问，走到半路见那棵空心树里有个人，一看是王刻薄死在里边了。他的儿子气得大哭，说："小羊皮袄你不穿，一心想穿火龙单，烧得你满身起疙瘩，你咋不往水里钻？"他老婆说："这宝贝是宝贝，你爹就是没福分，干脆用火龙单裹着他，抬出去埋了。"

讲述者：　姚菊爱
采录者：　陈伯森
采录时间：　1986 年
采录地点：　淅川县盛湾乡
选自：　　《中国民间故事集成·河南淅川卷（二）》

附
记

虽然讲述人已故，但据采录人陈伯森老人回忆说，当年姚菊爱讲此故事时，是夏天在打麦场上讲的，讲得很生动，众人听得出神，有的拍手叫好。还有的说："这号刻薄贪财鬼，就得用这法整他！"（刘国胜）

290

『馋嘴猫』走亲家

有一个女人，嘴特别馋，人们背地里都叫她"馋嘴猫"。

一天，馋嘴猫到闺女家做客，亲家母给她做了一大桌酒菜，直把她乐得顺嘴溜开了："亲家母，笑呵呵，给我做了一大桌。有鸡有鱼有油馍，我不吃不吃又一个。隔日你到我家去，我也给你摆一桌，拳芽、菌子、地曲莲儿，也叫你大嘴往下窝！"亲家母被她哄得笑眯眯儿的。

吃过晚饭，馋嘴猫对亲家母说："今晚我就住这厨房算了，你别再费事了。"亲家母见她这么开通，就依了她。原来，她发现厨屋里有一盆熟牛肉，吊在屋梁上，早已把她馋得"吧嗒吧嗒"直流口水。

入夜，馋嘴猫约莫人们都已经睡熟，忙站到桌上取下了牛肉盆。哪知她刚一转身，脑后的发结却被牢牢地挂在吊肉盆的木钩上。想脱钩，两手端着肉盆腾不出来；想弯腰放下肉盆，弯不下去；想把肉盆再往木钩上挂，可一转身，木钩又到脑后去了。不一会儿，她的两臂被肉盆压得又酸又麻，但也只得忍着点。想闭目养会儿神，又怕手一松，摔坏了肉盆。无奈，她只好抱着肉盆在桌上站了一夜。

第二天一早，亲家母一看，心里明白了八九分，忍不住笑道："进了门儿，笑死人儿，你咋抱着我牛肉盆？"馋嘴猫累得不行了，嘴里却溜着说："桑木钩挂住我簪儿，累得我一夜没眨眼儿！"亲家母这才拿过牛肉盆，帮她取下了发结。

馋嘴猫"咕咚"一声瘫倒在地，但嘴里仍挺快活地溜着："别看我一夜累得慌，可捧着牛肉我光闻香哩！"

讲述者： 贾思惠，女，50 岁，淅川县荆紫关镇中街村人，农民

采录者： 邢重长，男，30 岁，淅川县荆紫关镇人，高中，农民

采录时间： 1986 年 4 月

采录地点： 淅川县荆紫关镇中街村

选自： 《中国民间故事集成·河南淅川卷（二）》

异文：馋嘴婆挂钩

有个老婆特别吃嘴。有一天，她去闺女家里走亲戚。

她闺女做了好饭、好菜招待她。她毫不客气地大嘴大嘴吃啊吃啊，一直吃饱了还吃，到后来撑哩都不会动弹了，结果躺在地上，连自己的家也回不了啦。

她对闺女说她有点儿不舒服，她闺女就让她住下了。

到晚饭时候，她挣扎着爬起来又吃了一些。

睡觉时，她闺女给她在堂屋里铺好床，过来搀扶她去睡觉。可是，吃嘴老婆对闺女说："妈睡到你家堂屋里很不习惯，还是让妈睡到灶火里吧！"她闺女很不理解，觉得让妈睡到灶火里自己过意不去，坚持劝说妈去睡堂屋里。她闺女哪里知道，她妈是看见她把中午炸的肉丸子、熬炖的吃剩下一小盆儿蒸肉放在灶火里收拾着——她放心不下呀！

她闺女咋说她，她也不去堂屋里睡。没有办法，她闺女只好由着她，她高高兴兴去灶火睡了。

吃嘴老婆睡到半夜时，肚子里的食儿消化哩差不多

了，她便悄悄从床上爬起来，也不敢点灯，借助门外的星光，她站在一个小板凳子上，踮着脚去够铁钩上挂着的盛肉篮子。

她慢慢把手伸进篮子里，摸到了盛肉的小盆子，很小心地捧出肉盆儿，正要从小板凳上下来，偏偏就有那么巧，她的头发髻儿被身后的另一个铁钩子挂住了。她心一慌，一下子蹬倒了小板凳，就这样，她就被吊在原地不动了。

她光着身体，俩手还捧着肉盆子，下也下不来，跑也跑不了，真是难心透了。

第二天早上，她闺女起来做饭，喊了半天也不见她妈来开门。她闺女急了，怕妈在里面出大事，就要去喊人来砸门。

吃嘴老婆听闺女说要喊人砸门，心里着急，可是自己又被吊着走不成，况且又被吊了差不多半夜，这时候，她赶紧有气无力地哼哼道：

女儿，女儿，别砸门儿，

光着屁股咋见人儿，

手里捧着四号盆儿，

发髻挂在铁钩嘴儿，

一夜没眨眼皮儿，

活活急煞人儿！

讲述者： 吴根兰，男，59岁，新野县施庵乡桥楼村
人，中师肄业，农民
采录者： 吴韵芳，女，29岁，新野县施庵乡桥楼村
人，高中，新野县施庵乡曾营联中教师
采录时间： 1986年
采录地点： 新野县施庵乡桥楼村
选自： 《中国民间故事集成·河南新野县卷》

附记

本故事入编《中国民间故事集成·河南新野县卷》，流传于县城东部地区。讲述者常在饭场里讲这个故事给大家伙儿听，他诙谐的语言，谈笑的口吻，手势的表演，特别是面部表情的变换，唤起听众热烈的情趣，落尾一句"活活急煞人儿"，然后，随着讲述者脑袋一偏，眼睛一闭，摊开双手，听众在一刹那间的愣怔过后，便是肆无忌惮地开怀大笑。故事在笑声中结束了，讲述者和他的听众之间的关系更加亲密了。（吴韵芳）

291

双玉坠儿

在湖北、河南两省流传着这样一则故事："一双玉坠结同心，黄郎本是一家人。"

传说在清末年间，河南西峡有一家姓黄的，老两口有个独生子，起名叫黄良。黄良自小娇惯，十七八一事无成。那年问他爹要些钱，去湖北老河口学做生意。谁知他出去生意没学会，倒交些酒肉朋友，学会了吃吃喝喝，不几天钱花光回来了。每隔半月，他又要些钱出去了。结果是外甥打灯笼——照舅（旧），和头一回一样，混得两手空空回来了。他又问他爹要些钱。谁知他好处难以学，害处难以改，带钱越多，花得越恶，没多久钱又花干了。这回他可犯愁了：从家走时给他爹说过，这回混不出个人样决不进门！想着没方回去。常言道，在家靠父母，出门靠朋友，就去找朋友帮助。想不到去串了几家，有的假装不认识，有的用话胡吱哄。到这时他才知道酒肉朋友靠不住，有钱是朋友，无钱变冤仇，干气没门儿。饿极了，只好学戏上落第秀才去卖诗——巧要饭吃。

这一天，黄良到这个村头上，见一家粉白墙高门楼，门前两尊石狮子，知道是个大富家，就走上前在墙上写起诗来。正写哩，窜出两只狗，汪汪叫着扑上来，吓得黄良妈呀爹呀直喊。主家出来一看，开口大骂："看看写那狗枝权样，还想来卖能？滚！"边骂边吆喝着两只狗咬他。黄良一看不得了，撒腿就往村外跑。到个树林边，周围无人家，坐地下喘着气思量着。越思越想想不开，起身解下腰带，往树上一搭要寻死哩！圈挽好，头就要套上去时，突然想起他爹妈了，心里一阵难受，蹲下抱头大哭。

正在这个时候，过来个姓郎的员外，家大业大，要啥有啥，就是没儿。走到这里问明缘由，不由心里一动，解劝黄良说："好死不如赖活着，干啥不能混口饭吃！退一万步说，啥都不行，还不能给人家当个儿？"黄良说："当儿可行，谁要我嘛？"郎员外说："你要愿意，我就要你。"黄良一听，扑通跪下就喊爹。郎员外十分欢喜，搀起黄良说："咱是大户人家，这样私下认不行，得想个万全之策。"咋认哩？郎员外想了想，掏出几两银子给黄良，叫他去街头张家饭店住下，教着他该咋咋办咋咋办！

黄良一一记在心里。到大街上剃剃头，换换衣裳，很像个样子，去到张家饭店里住下了。这张掌柜也是外地人，因家乡闹水灾流落到此，借郎员外家本钱开这个饭店。黄良一住下，啥也不干。白天出去转，夜晚回来住，一连几天，天天如此。这天夜里，张掌柜来问黄良，出来是办啥事。黄良说来找他爹哩！问他爹是谁，他说不知道。只记得他原是这方人，小的时候有天出来玩耍，不小心掉在河里被大水冲走了。后来有家老两口给他救活养大，如今那家人没了，他想回来。可是记不起爹妈姓啥名谁了，恍惚记得生母家有个后花园，园里有棵桂花树，树下有个捶布石，他常和姐在上面爬着玩。他姐眉毛上有个黑痣，小名巧儿。张掌柜一听喜出望外，咋？对着东家郎员外了。先叫黄良别急，明天他去给员外说。

第二天五更头，张掌柜就兴冲冲地来到郎员外家，一五一十说一遍，想着他给员外找到了儿，可立个大功。谁知那员外说黄良恁些年咋不回来哩，过不去了才想起亲爹，说啥也不认。张掌柜回来对黄良一说，黄良大动肝火，说天明要去县衙告他爹不可！张掌柜一听这事扒出了大豁子了，老东家少东家两个打官司，中间夹他个房客家咋受得了！连忙劝解黄良，好事不在忙中取，这事全包在他身上，慢慢来。

就这，张掌柜天天都存着心留着意。这天又来郎员外家坐。闲聊一阵后，见郎员外怪高兴，趁机说合此事。既是父子不认也不中，经官断还得认，就伤父子情分了，还是早些认好。横劝竖劝，老头才对张掌柜说："要认，也不能私自认。下月初二，我把户下亲戚朋友都请来，当众相认。"张掌柜一听事说妥了，心里一块石头落了地。转身出了门，一路飞跑，到屋就喊小东家，给黄良报信去了。他哪里知道这都是郎员外定好的计策编好的圈儿，引着叫他跳哩！

转眼到了初二，张掌柜领着黄良早早来郎员外家候着。日近午时，客人到齐。宴席摆上，酒过三巡，郎员外道过开场白，点名张掌柜进来，把前后经过给大家讲一遍。都是来喝酒哩，人家父子相认与自己啥相干？一片捧场抬轿的，这算认下了。黄良立马就变成郎少爷了，当场争相提媒的就不下七八十来家。

这以后，挑来拣去选中了一家，郎员外拿出了一对玉坠儿，交给男女双方作为定亲聘礼，择定良辰吉日成了亲。小两口很和睦，三年生了两个男孩。大的取名叫郎俊斋，二的取名叫郎俊杰。转眼间一晃七八年过去了。这年中秋节晚上，一家人坐在院中赏月，老两口一人怀中搂一个小孙孙逗着玩，小两口欢欢喜喜在一旁陪坐。郎员外原想绝户头当定了，不想如今又有儿子又有孙子，十分畅快，吩咐儿媳焚香拜月。眼望天上明月，黄良忽然想起自己的亲爹亲妈来，从小娇惯自己，自己出来近十年了，也不知爹妈怎样了，越想越伤心，眼泪不由自主扯串往下掉，再也忍不住，就起身走了。老头一看，知道黄良想老家了。心想：有我在，他还竟敢这样，要是将来没有我，他会把东西抖光，孙子领走归宗，我岂不是竹篮打水一场空？还是绝户头？越想越气，不欢而散。这一夜郎员外思前想后，一夜没合眼。

天一明，郎员外把黄良叫来一套问，不出所料，黄良吞吞吐吐说是想回家。郎员外就把想了一夜的话说了出来："你想老家没忘本是个好事，可是既有今日就不该有当初。不过你爹妈也就你一个独苗，你要真想回，我也不能强留。媳妇，俩孙娃得留下，可是你回去就不能再

来了。"黄良一听舍不下，但想起亲爹妈一心要回。郎员外说："要回得想个两全其美之计，永断了你媳妇思念才行。"就又教黄良咋办咋办，黄良一一照计而行。

过几天，黄良央媳妇去给郎员外说，他想去老河口学着做趟生意，过两天就回来。媳妇信以为真，去给他爹妈一说。老头大发脾气，不给钱，媳妇讨个没趣红着脸回去了。停个时间，黄良又叫媳妇去给爹妈缠磨。回数多了，老头说看媳妇脸面，答应让黄良出去一趟。黄良收拾收拾东西，去给老头坐坐，上路走了。

少年夫妻恩爱深。黄良走后，他媳妇掐指头算日子，算算六七天过去了，仍不见丈夫回来。这一天媳妇刚拿上活儿，有个人来捎信说，黄良在老河口病倒了。媳妇一听眼泪直掉，后悔不该让丈夫出走。又过四五天，又来捎信说，黄良病又重了。媳妇不敢给公公说，哭着去找婆子，想叫他爹去看看。谁知老头不管，还埋怨当初不该媳妇要叫去。媳妇大张嘴没啥说。又过五六天，黄良又捎来信说，早去三天能见面，晚去三天见面难。这一说全家都慌了，老头也失急了，二话没说套上车，直奔老河口去了。半路上，老头推说屋里要人照护收庄稼看场，把车夫打发回家，一个人上老河口去了。

到了老河口，郎员外找着黄良，交给他三百两银子，嘱咐了一番，两人就分开了。黄良走后，郎员外到街上买口白茬棺材，杀了头猪，装里头盖上盖钉死，雇个车回家了。

拉到屋里，家里人一看，老老少少齐哭乱叫。郎员外说：天热不敢搁，放一天，赶紧草草埋了。埋罢，媳妇整天哭，老头埋怨媳妇说："还有脸哭哩？你要叫郎良出去，这怨谁？"媳妇干了输理事，只好暗地里掉眼泪，一心扑到俩娃身上。

日月如梭，不久郎员外老两口都下世了。媳妇守着俩娃过日子，苦心经营，教子念书。转眼大儿俊斋考上秀才中了举人，会了进士，提了翰林，头任首放邓州知州，三年任满又提升为南阳知府，将母亲也带在衙内享福。有一天翻看案卷，发现西峡有个黄良，因盗窃窝主一案存放日久没有结案，当即传差要亲自审问。人犯带到堂前，原来黄良就是郎良，只不过上了点岁数，入监日久，大不如前

了。黄良咋会坐监了呢？原来他从老河口回来，爹已不在人世了，妈眼也瞎了。他为了孝敬老人，虽有三百两银子，也不再娶媳妇。母子俩相依为命，日子倒还可以，省吃俭用，生活逐渐好起来。谁知有人红了眼，想捞他外快，诬告他是盗窃窝主，吃冤枉打了几年官司。结果是人财两空，他妈为这事连老带病气死了。到底这案子也没结住拖下来了，黄良也监禁到如今。黄良到大堂战战兢兢。俊斋边审边看，忽然看见黄良胸前别个玉石坠，好像跟他妈的那个玉石坠一样。加上多时没见他妈戴那个玉石坠，心想着怕是让贼偷了，又转到这人手里了，就急忙退堂回到后衙问他妈。他妈从枕头里摸出自己那个玉石坠，心想那个玉石坠被丈夫郎良戴在身上已经入土，怎么又出世了？不由得好奇起来。母子二人商量，明天单独在二堂提审此人，让他妈在屏风后边听听，看个究竟。

第二天郎俊斋在二堂审问，他妈在屏风后边暗听。郎俊斋专意盘问了玉石坠的来历，黄良不禁泪如泉涌，把自己的身世遭遇一一诉说了一遍。郎俊斋刚听明白没等得开腔，他妈早在后边等不及了，走出来劈手一把拉住老头，连拉带扯地进了后堂，这时俊斋才知道这人就是他爹。全家团圆悲喜交集。黄良念起郎员外养育之情，特意回湖北给郎员外上坟祭奠，又和郎家老亲近邻一一相认。为使黄郎二家不绝，两口子商量让大儿仍姓郎，二儿改姓黄，把这对玉石坠也视为传家宝，分叫二子保管传世。这个双玉坠儿的故事就传下来了。

讲述者： 陈文聪，男，87岁，内乡县城关镇五里堡村人，私塾，农村医生

采录者： 曹仲平，男，61岁，西峡县田关乡曹沟村人，高中，退休干部

采录时间： 1986年8月

采录地点： 内乡县城关镇五里堡村

选自： 《中国民间故事全书·河南·内乡卷》

292

大脚贾氏

从前，河南和陕西交界那地方，有个叫丁纯的财主。他小时候家里很穷，当他娶了大脚贾氏后，由于贾氏勤劳能干，才治下一片家业。古话儿说：饱生淫，饥生歹。丁纯当了财主，总嫌媳妇脚大给他丢脸，打算休掉贾氏另娶一房。

贾氏虽丑，是个有心劲人。她看出丈夫变心，暗地里流过不少眼泪。

没过多久，丁纯把一纸休书丢到贾氏面前。贾氏哭天无泪，求告无益，便对丁纯说："我走，不给你丢脸。若念咱们夫妻一场，请你给我一头毛驴，十两银子，将来如果我过得不胜你，我就不在人世上混了。"

"好！"丁纯取出银子，交给贾氏。就这样，大脚贾氏骑着毛驴离开了丁家。

上哪儿去呢？大脚贾氏心里没谱儿，只得对毛驴说："毛驴呀，你驮我到哪儿，我就嫁到哪儿，我这命交给你啦！"

毛驴一路不停地走，眼看银子快花光了，还没个落脚处，贾氏心里很急。这天将黑，毛驴还是撅着尾巴一个劲

朝前走，前面越走山越大，越走路越窄，走走没路了，毛驴在一座茅草屋前停了下来。

草屋里亮着灯，传出吱咛吱咛的纺花声。贾氏跳下驴背，上前敲了敲门。屋里门开了，一个白发苍苍的老太太立在门口，说："我的儿，你可回来啦！"

贾氏说："不，大娘，是我呀。"

"你，你是……"老太太愣住了。

贾氏说："大娘，天黑了，我想在你们这里住一晚。"

"可行，只要你不嫌弃屋子窄。"老太太把贾氏领进屋里，拴好毛驴。贾氏见墙上搭着一件男人褂子，就问："家里还有什么人？"

"唉，就俺娘俩，你那个兄弟今儿担柴赶集去啦，回不来，你就住他那床上。"

原来，这家人姓康，老太太的儿子叫康喜。

"你有儿媳妇没有？"贾氏问。

老太太说："穷家破檐的，哪能说得起人呀！"

贾氏说："我来给你当儿媳妇，你看中不中？"

"你……"老太太惊喜得合不上嘴，又直摇头。

"真的，我的脚大，我长得丑，只要你们不嫌弃，我情愿……"

不等贾氏说完，老太太接住说："看看你说的啥，脚大怕啥？住在山里，脚小了还走不成路哩。谁说长得丑，有鼻子有眼儿，哪里都没少长一块儿。"

第二天，康喜卖柴回来，老太太一说合，当天晚上就成了亲。就在这天夜里，刮了一场大风。清早一起床，大雪白花花的，足有尺把厚，铺天盖地地还在下。眨眼，雪下了半月。眼看着屋里粮食吃光了，大雪封山，出不了门儿，又上不了山，急得康喜母子团团乱转。

贾氏见他母子为难，不吭声打开小包袱，拿出剩下的二两碎银，说："不要紧，这二两碎银拿到街上买成粮食，足够咱娘仨过冬了。"

康喜接过碎银，不相信地问："这能买粮食？"

贾氏说："能，这是银子。"

"银子？"康喜还不相信，因为他平常卖一担柴，最多能落一串铜钱，银子这玩意儿就没见过。

贾氏说："银子比铜钱贵得多，一两银子能换十串铜钱，二两就是二十串。"

康喜喜滋滋地说："就这叫银子，不稀罕，咱后山沟里多的是。"

贾氏惊奇地问："你别瞎扯，你在哪儿见过？"

"母猪沟。我打柴常在那儿，满山沟都是白花花的。"

贾氏高兴极了，说："既是这样，咱们拉上毛驴，去驮一点回来。"

长话短说，两口子从山里驮回银子。大脚贾氏精明能干，立马从山沟里搬了出来，又盖楼房又买地，又出字号做生意，不几年，成了陕西有名的康家商行。

丁纯呢？自从贾氏走后，又娶了个后妻闫氏。这闫氏好吃懒做不干活，爱打扮。坐吃山空，好好的一派家业，不几年被这两个败家子董个净光。后来，闫氏见丁纯成了穷光蛋，没啥刮头，也就撅起屁股蹬一脚，改嫁了。剩下丁纯一个人，也跑到陕西要饭来了。

这年秋天，康家老太太病故，四乡八邻的财主乡绅都来送礼。丁纯在路边听说了，拿出身上剩下的几个铜钱当押金，到饭店借十个蒸馍，也到康家送礼。因为当时有个规矩，要饭的送礼，主家不但不收他的礼，除了管他一顿饭，还要加倍还他礼钱。这是叫花子混吃混喝的一个诀窍。

丁纯刚走进康家商行，就碰见大脚贾氏，两人同时一愣。丁纯见是位阔太太，吓得赶紧低下头。

贾氏说："伙计们，把这位客领到后边吃。"丁纯随着伙计进了三重院，一头拴在桂花树下的小毛驴吭呲、吭呲直叫唤。丁纯见了打了个寒战，心里想："这头小驴多像前妻贾氏骑的那一头。"

丁纯这顿饭吃得特别香。临走，主家把他十个小蒸馍换成十个大蒸馍。丁纯回到饭店，店主人只收他九个馍，给他留一个。

第二天早上，丁纯肚子饿了。他掰开剩下的一个蒸馍，吓了一跳，里面明晃晃地露出一锭大元宝。猛然想起昨天见到的康家掌柜婆和后院那头小毛驴，"啊！她不是我的那个大脚贾氏吗？我还要脸，我对不起她，我对不起她呀！我那样对待她，她不记仇，还给我送了元宝，叫我重新做人。怪我命薄，怪我没福，赌受不住哇！"喊罢，一口浓痰卡住嗓子上不来，噎死了。

采录者： 姚天舜，男，42 岁，镇平县贾宋镇人，初中，工人

采录时间： 1986 年

采录地点： 内乡县汽运公司

选自： 《中国民间故事全书·河南·内乡卷》

293

问安

从前，有位读书人，脑子呆板，做事固执，对孔孟之道顶礼膜拜。信守男女有别、授受不亲的教条，平生除自己老婆外，从来不与其他女人言语。更有甚者，连自己的三个亲儿媳妇也不说话。

一天，他突然得了重病，三个儿子都来到他床前请安问候。他看三个儿媳没和儿子们同来，心中有气。他想说什么，欲言又止，只是长叹一声，闭目养神。三个儿子都知道老子要说什么，却苦无主意，有心让各自的媳妇前来问安，可是这样会触犯家规。三个儿子离开了老人，一商量，还是各找自己的媳妇想办法。

大媳妇听了丈夫的话，想了想，便抱起孩子来到上房，朝公爹床前一站，用手指了指自己，又指了指孩子，也不言语，便转身走了。大媳妇刚出门，老人立刻骂道："是个猪也会哼一声，来也不问一声病情轻重就走了。"他老伴说："你真是老糊涂了，你自己立的家规。她要说话，你又要生气，会骂她不懂规矩。"老人说："那也不该站一下走了。""亏你还是读书人，连儿媳的用意都解不开。她指指自己是个'女'，又指指孙娃是个'子'，两个字合起

来不就是个'好'字吗？她是问你病好些了没有。"老头听了，品品味儿，觉得有道理，就不再气恼了。

二媳妇想：大嫂子有孩子，自己没有孩子，该咋办呢？她琢磨了一阵，找了顶雨帽，走到公爹床前，把雨帽往头上一戴，也扭身走了。二媳妇走后，老头子可高兴了，笑着对老伴说："这次二媳妇来是'女'字头上加宝盖，来问'安'的。"老伴说："这都是让你给逼出来的。"

三媳妇找来根竹篾，做了个竹圈儿。她来到公爹床前，啥话没说，把竹圈儿往老人嘴上一套，走开了。老人大怒道："老子还没死，就拿竹箍子来箍老子的嘴！"老伴忙解劝说："你真是烧迷了吧？竹圈放到嘴上，不是大口套小口吗？她是问你病'回'头了没有。"老头听完话，怒目圆睁，骂道："你只知口，不知口内有舌头，双口拿舌头一穿，她，她是来问我'串儿'[1]了没有。"老头说完，只觉痰涌咽喉，一口气上不来，真的串儿了。

讲述者： 王起志，男，43 岁，内乡县王店镇人，高中

采录者： 余建欣

采录时间： 1985 年

采录地点： 内乡县王店镇

选自： 《中国民间故事全书·河南·内乡卷》

[1] 串儿：死的意思。

294

算命休妻

从前，有一个叫李大懒的人，靠着祖上留下的田产，今儿下茶馆，明儿逛酒店，终日游手好闲，挥霍钱财。幸亏他有一位好妻子，名叫任家勤，为人贤惠，治家有方，还为李大懒生了一男一女。

一天，李大懒在茶馆喝茶聊天，来了一位算命先生。招牌上写着"阴阳五行隐机关，凶吉祸福一面缘"。众茶客都怂恿大懒算上一卦。大懒说："不用算，咱百里第一户，生来没穷相。"算命先生一听口气不小，又见人叫他大懒，心中已明白了八九分，便笑着对他说："结缘，结缘，我一不问你门朝哪开，二不问你生辰八字，若算得不准，你可当下撕了我这招牌！"大懒见对方说大话，也来劲了："好，你给我算。"那先生把大懒上下左右看了个遍，唱道："此人无福却有福，此福来自你妻福。假如没有你妻在，家贫如洗衣食无。"大懒一听，忽地站起，摆着手说："不对，不对。我那万贯家产是老爷那辈留下的，与老婆何干？"算命先生说："命中注定，在劫难逃，如若不信，你把妻子休掉，十年后再见输赢。"

这话本是算命先生闹着玩的，李大懒却拿着棒槌当针

使。加上众多茶客你言我语："是呀，金抓家儿[1]，银挣家儿，跟不上屋里有个好过家儿。"呼来笑去，把个李大懒气得火冒三丈，对着众人拍胸赌咒："今天回家就休老婆，十年后我李大懒要是不穷，当着众家兄弟的面，砸那算命先生的招牌！"

晚上，李大懒回到家里，就对妻子说："我今天要休你。"他妻子摸不着头脑，问他为啥。大懒便把茶馆算命之事对妻子说了。任家勤听后放声大哭，说："古来算命的没下巴，顺嘴胡嗑嗒。你若休了我，以后家中事情谁操心？两个孩子谁照看？一日三餐哪个做？冬棉夏单谁操办？"李大懒顺手捡起棍子，大声吼道："我堂堂男子汉大丈夫，算让你这个贱人给逼到家了。今天不休你，明天我咋往人堆里站？总不能让人家说我是靠老婆吃饭、治家的吧！"就这样，大懒硬是把妻子赶出了家门。

疯了的狗，休了的妻，没人敢要呀！任家勤哭天无泪，掘地无门，自觉无脸活在世上，就站在荒土岗上，往一棵弯腰树上搭条绳子，要上吊自尽。临死大哭三声："亲人！娇儿！"

再说大懒休妻之后，没人管教，更是胡花海喝，坐吃山空，先当田地，后卖房子，一双孩子无人照看，瘦得皮包骨头。入冬烤火不小心，又把仅有的三间房子也烧得一干二净。大懒望着一片废墟，这才悔恨当初不听贤妻言，如今落个家破人亡！他拉着儿女来到当年妻子吊死的树下，失声痛哭，追悔莫及！哭罢叫罢，只好带着孩子沿路乞讨。

一天，李大懒带着孩子来到一个小镇上，见一家饭店门前站着一队讨饭人。一打听，原来是这家饭店的掌柜心地善良，舍茶舍饭周济穷人。李大懒听了心喜，也排队等候施舍。待施舍到他跟前时，他一下惊呆了，原来向他舍饭的店掌柜婆竟像自己的妻子。店掌柜婆也两眼死盯着李大懒，泪水直流。她突然丢了饭勺大叫一声："亲人！"拉过两个儿女，搂抱怀内，失声痛哭。一时间，众人都围过来看稀罕，店掌柜也被惊动，赶忙出来询问。李大懒把算命休妻之事说了一遍，店掌柜也说出了一段事由。

原来，眼前的掌柜婆就是当年的任家勤。当时，她在荒岗上寻死时，被下乡买猪的店家李明救下。问明情由后，李明对任家勤说："俺独自一人，经营小本生意，你如不嫌弃，可到小店暂且存身。"任家勤死里逃生，正是无恩报答，见李明老实本分，便满口应允。随李明回到店里，起早贪黑，和气待客，加上一手好茶饭，竟使李明的小饭店变得兴隆起来。三年工夫，李明的两间破旧茅庵变成了五间崭新的大门头。

李明发迹不忘穷人，冬春二季舍茶舍饭，没想到引来李大懒夫妻相见。

任家勤痛哭已毕，说："亲人哪，我已是人家的人了，如今只有周济你点银钱，回家另置房产，好好抚养儿女吧！"李大懒这时哪还能说出话来，一个劲儿地捶胸顿足，哭喊苍天："我一个女人都守不住，还有什么脸面接人银钱？还望念起旧情，托你照管一双儿女，我去了！"说罢，头碰石头死去。任家勤抚尸大哭，盛装入殓，埋葬了大懒。事后人们流传着：任家勤，李大懒，一勤一懒两重天。为人若解其中意，家有贤妻夫心宽。

采录者：　靳清扬，男，33岁，内乡县岈岖乡人，高中，乡文化站干部

采录时间：　1986年

采录地点：　内乡县岈岖乡

选自：　《中国民间故事全书·河南·内乡卷》

[1]　家儿：代指人。如"过家儿"指会过日子的人，"喝家儿"指酒量大的人。

295

浪子回头

不知哪辈子的事儿了。北山根儿有娘儿两个，当妈的把儿子惯得不成个人样子，真是要星星不给月亮，吃咸饭碗里掌糖[1]。

古来，娇儿不孝，娇狗上灶。儿子长大后，还老骑在他妈头上拉屎撒尿，一不随心，就拿棍子打他妈，骂他妈是"老扎货"。

他家南岗头有二亩地，地头长棵大树，不知啥时候这娃发现树上有个老鸹窝。他做活歇歇了，总是睡在大树下看老鸹喂食儿。小鸹娃儿张着红瓢嘴，叽叽喳喳从老鸹嘴里接虫子吃。这娃儿看着怪高兴。时间长了，小鸹娃儿出窝了，可老鸹不知怎的，身上毛羽全落了，飞不动了，就卧在窝里等着小老鸹觅食儿吃。他正看哩，听见身后脚步响，一看是他妈，手提饭罐，一步三摇，到岗上来给他送饭。他心口一热，翻起身跑着就要去接他妈。这下可把他妈吓坏了，只当是送饭晚了，忤逆虫又要来打她。想想苦日子啥时候是个头儿，不等儿子近身，就一头碰死在身旁的大树下。

这娃儿见娘碰死了，哭死哭活也哭不过来。为了补还自己的过失，他把大树砍了，做了个木头妈，每逢吃食先喂妈一口，做活背在身上。一天，他想在场里晒麦，可还想去南岗锄地，没办法，搬个大椅子，让木头妈坐在上头给他看场。这天上午，原本天气瓦晴，谁知一阵狂风，噼里啪啦下起蚕豆大的雨点儿。这娃失急了，跑到场里二事不干，抱起木头妈往家跑。当他放好木头妈，再来拾掇麦子，咔嚓一个炸雷，天晴了，日头又出来了。

他转身又回到屋里，看见他妈活了。他妈笑着告诉他："娃呀，你的孝心叫老天爷知道了，还怕你有假，今晌下雨试探你哩。你要是先拾掇粮食，刚才那一个炸雷就把你抓了。老天爷见你真的变了，才叫妈我又活了。"这娃一听，吓得出身冷汗，从此更加孝敬老娘了。

讲述者： 许振山，男，61 岁，内乡县赤眉镇杨店村人，小学，农民

采录者： 许令勤

采录时间： 1985 年

采录地点： 内乡县赤眉镇杨店村

选自： 《中国民间故事全书·河南·内乡卷》

[1] 掌糖：放糖。在南阳地区，"掌"作"放"用，如掌油、掌盐等。

296

秀才之妻

从前，有个失意秀才，娶了个农家姑娘为妻。这农家姑娘心灵手巧，百事百通，就是一个字也不认得。于是，秀才就教她识字。

转眼几年过去，秀才的妻子也成了满腹学问的人，张口之乎者也，闭口之乎者也，而且花样翻新，邻居们都很讨厌她。秀才曾多次苦口婆心地劝说，她就是不听，一意孤行。秀才对此很是苦恼。

一天，夫妻俩商量好起早磨面，谁知秀才夜里招了点风寒，病倒了。眼看面缸已经见底，秀才就跟妻子说："你去看看二婶家的牛闲不闲。闲了，叫咱们磨点面。记住，再不能'那样'了。快去快回。"妻子领命而去。

此时天色未亮，二婶家门户禁闭。于是，她上前敲门。一声、两声……"谁呀？"是二婶的声音。"非闲人也。"她回答。"你有啥事？""吾之天字出头（夫），叫我来看看你之午字出头（牛），木门（闲）不木门。木门了，叫俺麻石（磨）点面。""从哪儿来你从哪儿走！""呜呼！"她只得往回走。"呜呼！"就这样一直走到家。

秀才见她沮丧的样子，已明白八九分，不禁怒道："你是怎么说的？从实招来，免得挨打！"

她只得把经过说了。秀才气得七窍生烟，一骨碌跳下床，抓起地上的夜壶朝她砸去。她一闪身，夜壶砸在门上，"哗啦"一声，烂个粉碎。

她反而笑起来："飘飘乎，荡荡乎，门板替吾挨夜壶！""真拿你没办法呀！"秀才哭笑不得，唉声叹气，又道："人家做学问，藏之，你做学问，露之。藏露如水火，即你我如水火也。你去吧，去吧。""悲哉！"她走了。秀才看着妻子的背影，连连摇头，自言自语："早知今日，何必当初？是我坑了她，是我毁了她呀！"

讲述者： 王景汉，男，内乡县城关书院人，已故

采录者： 王华恒，教师

采录时间： 1985 年

采录地点： 内乡县湍东镇王营村

选自： 《中国民间故事全书·河南·内乡卷》

297

怨谁

有一对老夫妻，家里失盗。老头子说，怨老婆不跟他说话。老婆子说，怨老头子不搭理她。

原来是老夫妻斗口角，伤和气，谁也不理谁。到夜晚，拆铺，各睡一床。

有一天夜里，早就藏在他们屋里的溜门贼，撬开了他们家的箱子。

老婆子听见有开箱子声，心里想：穷人吃顿馍，三天不离河。老东西夜里吃点咸馍，可就渴了，睡不下了，箱子里摸枣吃，真主贱。

老头子听见开箱子声，心里想：老乞婆多寒贱，几辈子没穿过新衣裳，今天做件新衣裳，就烧得迷二倒三，半夜还要开箱摸摸。摸你摸去，不搭腔，少生气。

贼偷了箱子里的东西后，开门走出去。

老婆子听见开门声，心里想：老东西准是渴得很啦，吃俩枣还不解渴，开门去灶火烧茶喝。烧你烧去，不管你，让你老东西也尝尝烧锅燎灶的烟熏滋味。

老头子听见开门声，心里想：老乞婆，真不要脸，衣裳拿到外面穿，黑灯瞎火让鬼看。算啦，小气好生不插言，看你鬼炸[1]到哪天。

第二天，发现箱子里的东西被盗了。老两口你看看我，我看看你，怨谁呢？

讲述者： 不详

采录者： 王永泰，男，45岁，内乡县湍东镇人，小学教师

采录时间： 1986年

采录地点： 内乡县湍东镇东王村

选自： 《中国民间故事全书·河南·内乡卷》

[1] 鬼炸：显摆。

298

学说文气话

有个老汉，跟前一个闺女一个儿子。闺女出门了。儿子是个"二百五"，光说岔板话[1]。老汉听着很生气，就去瞧闺女。到了女婿家门前，一看没有人，他也跑累了，就圪蹴到门一边，吸袋烟，歇歇气儿。这时，他女婿回来了，上前恭恭敬敬地作了一揖说："爹，不知道你老来了，咋不进屋去哩？"老汉一听心里怪喜欢，就跟着女婿进了院。看见院里拴一匹马，长得头赛银斗，膘肥体壮，不由连声夸好。女婿说："槽头之兽不可夸赞。"二人进了屋，喝了一杯茶后，老汉问："你爹上哪儿去了，咋没见他呀？"女婿说："到南庙找和尚下棋去了，天晚了，就跟老和尚歇在庙里了。"老汉吸了一袋烟说："恁一年有多大收项？"女婿说："家父执掌，小婿不知。"老汉点点头。抬头看见墙上挂着一幅画，画得怪好，就说："怪好，怪好！"女婿说："在南京二两三钱银子买的，岳父爱见，小婿奉送。"老汉拿着画喜喜欢欢回到家里。对老

伴说："门婿真有才学，说话出口成章，文文气气。"夸个不够。他儿子叫文用，听说后，很不服气，说："就这几句话，谁不会说呀！不算啥文气。"老汉说："中啊，等恁老丈人来了，我叫你照事[2]，看你说来说不来！"

这天，他岳父真来了。还没到门前哩，他就上去作了个揖说："爹，不知道你老来，咋不进屋吸烟哩？"岳父一听很高兴，都说女婿是个"二百五"，真是瞎话，看看多会说话！心里夸奖着走进了院。岳父又问："你爹身体好吧？"文用说："槽头之兽，不可夸奖！"老汉一听心想：门婿咋会把他老子说成畜生了？兴是没听清我问的啥。

两人到了屋里。老汉喝了一杯茶后问女婿："你娘哩？"儿子又说："上南庙给老和尚下棋去了。"老汉说："啥时回来呀？"文用说："早了后半晌回来，晚了跟和尚一块歇在庙里。"老汉一听，心里想，亲家婆咋会是个这号人？再一想：这是他的家丑，咱何必管呢！

老汉又吸了袋烟问："我闺女哩？"文用说："家父执掌，小婿不知。"老汉一听火冒三丈，把脚一跺说："啥话？！"文用笑着说："从南京带回来的，二两三钱银子买的，岳父爱见，小婿奉送。"老汉一听，更恼了，上去就是两耳光。

讲述者：　不详

采录者：　阎明森，男，41岁，社旗县桥头乡桥头街
　　　　　人，初中，农民

采录时间：　1986年3月16日

采录地点：　社旗县桥头乡桥头街

选自：　《中国民间故事集成·河南社旗县卷》

附记

采录人所生活的桥头街，是远近闻名的古镇，历史悠久，文化

[1] 岔板话：用锯把木头解成木板，必须按照打好的墨线下锯，如果锯偏了，叫岔板。岔板话，指前言不搭后语。

[2] 照事：接待、安排。

灿烂。这里曾是古代驿站，有古代出产宛珠的珍珠河，有比社旗山陕会馆早七年建造的桥头山陕会馆，有占地数亩的刘家号院，有宛东建立最早的现代学堂。但是，在过去，大多数人家仅能糊口，无力供应子弟上学，只有经济宽裕的少数人能够读书，并且书目多是不易弄懂的文言文，读书人说话时也常使用文绉绉的书面词。部分不识字的人对读书人说的文气话，往往是一知半解，运用时往往是驴唇不对马嘴，错三落四。因此，会出现故事中生搬硬套文气话的可笑情况。（张殿举）

（六）为人处世故事

299

吃饺子

相传，在伏牛山脚下，住着兄弟四人，老大为人忠厚，老二性情平和，老三奸诈，老四是个"傻瓜"。

一日，兄弟四人一块儿上街，走到半路，见一群人送殡。老大好作诗，开口说道："村庄出来一棺材。"老二随声接道："七八个人往前抬。"老三说："一抬抬到荒郊外。"轮到老四，他急得满脸通红，半晌才蹦出一个字："埋。"

老三一听火了。本来，他就不愿让老四一块出门。第一，讨厌老四憨吃憨睡；第二，老四不会讲话，有失体面。如今，老四只说了一个"埋"字，他便借故大发雷霆："你连诗都不会作，快滚回去在家待着吧！"老四瞪大眼睛没吭声。倒是老大开了腔："老三，你咋呼啥？四弟说得也对，棺材抬到荒郊，不就是埋的吗！"

到了集上，老大脱口而出："今日逛集市。"这老二好吃，便接上一句："割肉包饺子。"老三随声附和："大家齐动手。"轮到老四，又是一个字："吃。"不过，老三这次表面上虽没有发脾气，但心里却说：我叫你吃不成！说干就干，很快买齐了东西，找一家小店，老大剁馅，老二擀面，老三烧锅，老四傻愣愣地坐在一旁净等着吃。不多一时，饺子煮熟捞在盆里，老大慌忙盛了四碗，老四也不客气，端起就吃，却被老三劈头夺回："你先别吃哩！"说着，把四碗饺子统统倒回盆里。老三皮笑肉不笑地说："今日吃饺子，我要立一个规矩：云诗记数，说几个字，吃几个饺子。"

老大明白，这是刁难老四，只得调和地说："三兄弟，饺子先尽你吃，剩下俺仨再吃行不？"老三板起脸，装作正经地说："大哥，不要㨃戏[1]人，我不是为了多吃饺子。反正不按规矩办，饺子泡浓[2]盆里，谁都别想吃。"说着话，用眼直盯老四。于是老大提议就以屋中燕子为题作诗，并随口吟道："两只燕子梁上立。"老三拍手叫好："大哥，你说了七个字，先吃七个饺子。"老二见老大已开口，跟着说了一句："偎依相望分东西。""二哥，你也说七个字，按规矩给你拨饺子。"老三也给老二七个饺子。老三心里盘算：我该怎样说，才能挤出老四一个字呢？他眨了眨眼睛："燕子那里展了翅。"说完，自己拨了七个饺子，往桌上一放，直催老四："轮着你了。快，燕子已经展翅了，这不挺好对吗？"意思是叫老四说个"飞"字，吃一个饺子。

老四依然瞪大了眼睛，不说一句话。老大老二在一旁暗暗替老四着急。老三说："你不说连一个饺子也别想吃！"老四才慢腾腾地一字一板地说："燕子展翅就要飞。"老三无可奈何地给老四按数拨了饺子。不料，老四一摆手，又继续说了下去：

飞过三里桃花店，又到四里杏花集。

往东飞有五六里，扭回头来往西飞。

往西飞有六七里，扭回头来往南飞。

往南飞有七八里，扭回头来往北飞。

往北飞有八九里，扭回头来还要飞……

老三连盆端起，哭丧着脸说："四弟，高低别飞了，这一盆饺子都给你也不够哩。"

[1] 㨃戏：讽刺挖苦的意思。

[2] 泡浓：浸泡过久而破碎。

讲述者： 不详

采录者： 郭嵩高，男，42 岁，南召县白土岗乡人，中专，县统战部通讯干事

采录时间： 1984 年

采录地点： 南召县白土岗镇圣井村

选自： 《中国民间故事集成·河南南召县卷（下）》

300

恶女人

从前，有个恶女人，人送外号"鬼不缠"。

一天，邻居赵家娶媳妇，恶女人的一只花猫跑到赵家偷肉吃被打死了，这一下算捅了马蜂窝。赵家就赶快央人说情，要猫给猫，要钱给钱。可是说来说去，恶女人把腰一抖说：

> 我的花猫赛如虎，
>
> 上房爬墙不沾土。
>
> 赔猫还要我的猫，
>
> 赔钱得赔两万五。

并要挟说："不赔就到县衙打官司。"赵家知道打官司也说不过她，只是抱着头叹气。

赵家新娶的媳妇实在听不下去了，就问老公公："难道她家就没有借过咱家的东西吗？"赵老头想了好一会儿才说："前年她借咱一把烂木勺，至今没还。"新媳妇说："这就好了。"

吃了饭，恶女人又来要猫钱，新媳妇迎出来说："你

先把我们的木勺钱赔了吧，我们分文不少你。"恶女人说："就那一把烂木勺，能值几个钱，赔你。"新媳妇说："不，你听着——"

我那木勺梭罗木，
凉水搅成稠米粥。
盛到碗里是块肉，
赔钱得赔两万六。

恶女人一看新媳妇比自己会说，扭头就走。从此，她再不敢在邻居们面前撒泼了。这就叫：

恶人就怕恶人磨，
猫娃怎比烂木勺？
为人处世要论理，
善人要比恶人恶。

讲述者、采录者：秦学志，男，41岁，卧龙区王村乡大
　　　　　　　　　井村人，高中教师
采录时间：　1987年5月
采录地点：　南阳市王村乡大井村

附
　记

当年，秦学志是学校的骨干老师。他讲的故事语言比较严谨，文绉绉的，简洁精练，善于用七字语句，很有诗感，简练易记。（毕祖金）

301

胡里麻达结善缘

话说清朝道光年间，南阳府镇平县西南的黑龙镇上，有一位远近闻名的富人姓胡名立。胡立为人豪爽仗义，朋友遍布四里八乡。也真是奇怪了，虽然人们常说"啥虫儿钻啥木头，啥人儿交啥朋友"，可是，在众多的朋友之中，胡立偏偏与家境贫寒、性格孤僻的落第举子马达最对劲儿[1]，哥儿俩隔三岔五聚在一起儿，十天半月醉在一堆儿。这不，马达今天按照与胡立的事先约定，又到黑龙镇胡立大哥家串门儿，不料马达这么一串，却"串"来了一串儿麻烦事儿！

马达来到胡立家门口小河边，只见胡立的女儿梅玲姑娘正在河边洗衣服。姑娘自小聪明伶俐，挺招人喜爱。马达停下脚步，远远望去，又见一群鹅鸭在河中戏水，两行翠柳在河岸摇曳，他情不自禁地感叹道："好一幅春水丽人浣纱图啊！"

梅玲姑娘抬头见到是马达叔叔，高兴地喊道："马达叔，已到家门前，为啥立在河边？"马达回过神来说道：

[1]　对劲儿：关系投缘、要好的意思。

"此处美景如画，使我流连忘返。侄女儿，你爹在家吗？"梅玲姑娘答道："我爹上前庄有事儿。临走前特意交代：等马达叔来了，可在家稍等。要是马达叔喜欢这河边景致，我就回屋搬来椅子，您可坐下观景。"梅玲说着，就回屋搬椅子去了。马达见梅玲姑娘这样善解人意，心里更像喝了一杯桃花蜜。他一个人站在河边，忍不住诗兴大发，摇头晃脑地吟咏道："烟柳笼翠鸭戏水，西子浣纱在清溪；满眼春色观不尽，纵是公侯亦忘归！"

也正如人们所说的"乐极生悲"，下面突然发生了一件事，使得马达浑身是嘴说不清楚，不得不立马打道回府。

原来梅玲姑娘搬来椅子让马达坐下，正要蹲下身来继续洗衣服，谁知她刚刚蹲下就"啊——"地大叫一声，站起身来，左顾右盼，变脸失色。马达正在诧异，梅玲姑娘问道："马达叔，刚才我的戒指放在洗衣石上，怎么转眼就不见了呢？——我进屋搬椅子时还在呀！"马达也大吃一惊说："我只顾在观景吟诗，也没有留意，待我们再找找看。"马达说着，便脱鞋下水，帮着梅玲在石头边、泥沙里摸呀找啊，找了半天，哪里还有戒指的影子！

原来，梅玲姑娘在开始洗衣时，习惯把戒指褪下，谁料到今儿个却没影啦。搬椅子只是片刻工夫，又绝无外人来过，戒指能飞到哪儿去？这不是明摆着的事！梅玲心想，爹爹常说，马达叔是仁人君子，不料他也会见财起意！于是她只顾自己虎着脸使劲地揉搓衣服，把马达晾在一边。此刻的马达更是十分尴尬，梅玲显然是怀疑自己藏了她的戒指。即使他脱鞋下河帮着寻找戒指，也容易让梅玲姑娘感到是在掩饰做作哩！马达见梅玲姑娘不理自己，心里就像猫儿抓一样，他不停地在河边溜达，想等老友回来。可是左等右等，就是没见胡立大哥的影儿，万般无奈，他只好尴尬地对梅玲姑娘说自己家中有事，转身悻悻地回家去了。

梅玲姑娘望着马达远去的背影，愤愤地说："哼，这才是'得财下街'，做贼得了手，立马就走人。"

马达走后不到半个时辰，胡立外出归来，问女儿马达叔可曾来过。梅玲愤愤地说："来是来过了，来过又走了！"胡立感到惊奇："你马达叔往常来家，向来是不见不散，为何今日不曾见面就去了呢？"梅玲愤愤地说：

"人怕输理儿，狗怕夹尾儿！他怕是以后没脸见您啦！"胡立见女儿话中有话，且话语相当刻薄，就再三向女儿询问缘由，梅玲才向父亲说明河边丢戒指的事儿。临了还撂了一句狠话："父亲向来夸他是仁义之人，以我看他不过是爱占小便宜的伪君子！"

胡立听了大吃一惊，同时也觉得事出蹊跷，但是，胡立断然不会相信，马达会拿走女儿的戒指。老友毅然离开黑龙镇匆匆返回，肯定是当时女儿脸色难看，寒了老友的心。他斩钉截铁地对梅玲说："我敢肯定，你马达叔绝不是这号人！世上怪事千千万，不定船在哪个湾儿。你没有亲眼所见，就不可胡乱猜忌，冤枉了你马达叔。改天，我一定再给你置办一个纯金上好的戒指。小女子家切不可再胡言乱语！"梅玲姑娘受到父亲的训斥，就低着头不再说话了。

再说马达回到家里，心里越想越不是味儿，但他知道胡立大哥了解自己，不等自己前去胡府辩白，定会先来登门道歉。谁知恰好时至农忙，胡立的杂事儿太多，根本没有机会见到马达。反过来胡立也在想，马达家没有多少农活，说不定哪一天，贤弟自然会前来解释清楚。就这样你等我、我等你，撑梗[1]住了。一个多月就过去了，马达见胡立不再理会自己，心里越发沉闷，觉得胡、马两家的交情，肯定要坏在这枚戒指上了！俗话说：人穷志短无身份，莫走亲戚莫串门。马达整日为戒指的事儿在心里窝火，感到脸面无光，一直闷气在家，没有再登胡家的门槛儿，胡、马两家的关系，眼看着慢慢地凉淡了。

由于马达整日窝在家里郁郁寡欢，一个多月下来，他人就瘦了一圈儿。农忙过后的一天，马达正在家里生闷气儿，忽然有胡立的管家亲自登门，说主人近日身体不适，病中非常想念马达贤弟，特来相邀，叙说衷肠。马达闻听大哥有病，跟着胡管家一路小跑来到胡家，只见胡立大哥红光满面，神采奕奕，哪里有一点儿病色！胡立一见马达，大喜过望，急忙迎入客厅，坐下说道："多日不见贤弟，我心里真是凄凄惶惶！"马达急问兄长病情，胡立笑着说是自己得了"相思病"，想念贤弟了！弟兄二人哈哈

[1] 撑梗：因误会而僵持的意思。

大笑，好像丢失戒指的事儿根本就没有发生过似的。胡立随即吩咐妻子准备饭菜，并特别提醒妻子，自己早已逮住一只肥鸭，上午要用胡家最拿手的好菜"蘸水鸭"来招待马达贤弟。

马达见胡立老兄一如既往，热情有加，心里稍稍有些宽慰。可是，他毕竟心里不踏实，就开口问道："小弟我上次来时，侄女的戒指丢失，后来可曾找到？"胡立马上拦住话头说："像这种鸡子尿湿柴火的小事儿，兄弟你还记着呀？当时河中水流湍急，再加上成群的鹅鸭胡乱扑腾，这小巧玲珑之物，滚入泥沙、被激流冲入下游也是有的。"

话音未落，只见梅玲姑娘一阵风似的飘入客厅，手里捧着一枚戒指，高兴得像个花喜鹊似的喳喳叫道："爹呀，喜事啊，女儿的戒指找到了！是我妈在清理鸭子内脏时，在鸭子肚子里找到的。"哎呀，事儿就有这么巧，谁能想得到，这枚戒指竟然是被鸭子觅食时吞入腹中！梅玲姑娘说罢，面带愧色，望着马达叔叔不说话，似有许多道歉的话儿，被父亲胡立喝退。

这时，意想不到的事儿发生了！只见胡立起身来到院中，摆上香案，虔诚地躬身下拜，"皇天在上，后土在下，请受我胡立一拜！"说着，还连磕了三个响头。马达见状，吃了一惊："兄长何故如此？"胡立起身对马达说道："要是戒指沉入泥沙，被急流冲走，不得再见天日，兄弟肯定会终生纠结此事，兄弟们何时能消除心里的疙瘩？想不到戒指是被鸭子吞了下去！真是苍天有眼哪！你我兄弟前世有缘，终使真相大白。经过这件事儿，使为兄我更加明白：兄弟朋友之间，要以诚相待，肝胆相照。"马达听了不由得热泪横流，感慨万千。酒席宴上，兄弟俩开怀畅饮，尽兴尽欢。从此以后，兄弟俩和好如初，来往不断。

大清咸丰元年，朝廷内忧外患，天下大乱，捻军趁机在南阳府一带起事，不时袭扰镇平县。这天，马达听到一个晴天霹雳般的消息：捻军为了筹集军饷，掳走了大哥胡立，一定要胡家拿出万两银票方能赎人。胡立昔日的朋友见胡家遭难，都躲得远远的，生怕连累着自己。更有一个朋友跑来告诉马达：胡立在牢里受刑不过，已经向捻军招供，说胡家的万两银票早已被马达骗走。为了证明马达品行不端，胡立还告发：马达曾在河边偷走姑娘的戒指，并赋诗调戏姑娘，图谋不轨等等。朋友慌急失火地催促马达，捻军不日将前来捉拿马达，索要银票，要他赶快远走高飞，自个儿逃命要紧。

马达一向了解胡立大哥的为人，根本不相信那个朋友的鬼话！他不但不逃，反而挺身而出，只身勇闯龙潭虎穴，前往百里外的唐河捻军大营，舍命搭救自己的大哥胡立。在捻军大营，马达恰好遇到了昔日一同赶考的落第举子张某，张某现在已经当了捻军的军师，军师不忘旧情，爽快地释放了胡立。兄弟二人一见面，马达方才知道那个朋友的话，纯属子虚乌有！胡立不但没有坐牢，而且没有伤到一根汗毛。在危难之中，他格外感激不离不弃的马达贤弟。一回到家，胡立就做出一个重大决定：把自己的宝贝女儿梅玲嫁给马达的儿子做媳妇。

不久，胡、马两家择定良辰吉日，迎送梅玲姑娘过门。出嫁当日，只见嫁妆车上，箱子、柜子、莲花被子、陪嫁的绫罗绸缎，应有尽有。送亲的队伍前不见头，后不见尾，十分排场。人们都称赞胡、马二人真乃生死弟兄，艳羡胡、马两家历经风雨终结良缘。

在梅玲姑娘出嫁后的第二天，按本地风俗举行"会亲家"的礼仪，胡立与马达亲家俩开怀畅饮，从晌午一直喝到红日西坠。散席后又舍不得分手，你送我、我送你，三里地路程被他们盘腾了好几个来回。马达喝得有点头大，一不小心跌翻在河水里，正是在梅玲姑娘经常洗衣处上游不远的地方。胡立急忙扶马达从河水里爬又起来，不料马达突然惊叫一声："啊呀，大哥快看！"胡立急忙接过亲家手里的物件一看，也大吃一惊：马达从水里捞出的物件不是别物，正是女儿丢失的那枚戒指！胡立朝水流上下一看，便完全明白了。——原来此处是个回水湾，当时戒指落水后又被回水卷入洗衣石的上游，马达这个书呆子与梅玲姑娘只知道在下游寻找，如何能寻得到？接着，胡立又向马达说了一个惊人的秘密：戒指丢失以后，胡立为了解除马达的心病，特意买来一枚一模一样的戒指，喂入鸭子口中，又与夫人一起，上演了一出"瞒天过海、偷梁换柱"的好戏，巧妙地维系了兄弟之间的情谊。

这事传开以后，胡立与马达兄弟相互包容、肝胆相照的感人故事，被人们广为称道、流传，胡、马两家以后世代交好，情谊绵长。日子一久，人们把胡立、马达两人的名字连起来，传成了"胡里麻达"这个词儿。镇平县至今还流传着这样一句俗语："胡里麻达结善缘！"意思是亲友之间，不要动辄互相猜忌，眼里容不下个灰星星儿；只有相互体谅，相互包容，才能使亲友之间的情分，天长日久，善始善终。

讲述者：　余慎度，男，70岁，初中，镇平县张林镇大余营人，农民

采录人：　陈志国，男，67岁，大专，镇平县张林镇楚营村人，教师

采录时间：　2018年6月

采录地点：　镇平县207国道工业园区某工地

附
记

2018年6月，余慎度在镇平城西北工业园区一个建筑工地内看场子，笔者骑车前去看望他。我们二人在建筑工地内他的斗室里一边品着小酒，一边品味人生。在问到他的近况时，他长叹一声，无意中冒出了"胡里麻达"这个词儿。在镇平县民间俗语中，"胡里麻达"这个词儿的使用频率较高，并且有着丰富的内涵。余慎度讲这个词儿，本意有"凑合"的意思，但引申起来，它的具体含义也有许多种，其中的一种含义就是相互包容、理解、不可较真的意思。接着议论这个词儿，余慎度随即讲述了这篇故事。本故事曾发表于江苏省故事刊物《乡土·野马渡》月刊2019年第四期。（陈志国）

异文一：胡理马达一家人

胡理和马达既不同宗，又不亲戚，咋说是一家人呢？

传说胡理比马达大一岁，两家相隔四里路，同一个私塾读书，按老说法，算是师兄弟，俩人从小就非常好。胡理家境好些，吃的、用的跟马达不分彼此。马达脾气好，人老实，心灵手巧，要做个玩意啥的，总是先给胡理，然后再做自己的。小时候这样，年纪愈大，义气愈深。先前时兴早婚，胡理到十八岁，就娶了媳妇。可是，隔一阵子，还要去跟马达睡一张床上，拉家常常常到午夜，回家去就蒙头睡个大半天。次数多了，媳妇怀疑胡理有女相好的，暗地里东问西查，才终于明白了事情真相。一天，媳妇笑着说："我看你待马达像亲兄弟。"胡理说："比亲兄弟还亲。"媳妇听了，心里有点酸溜溜的，白了丈夫一眼说："比对我还亲！"胡理心里说："可叫你说对了。"但他只看着媳妇笑笑，伸手揃了一下对方的鼻子，没有出声。

又过了几年，胡理和马达的父亲都去世了。马达因为家里穷，二十五岁了，还是打光棍。自己倒觉得不怎样的，却把胡理给急坏了，四下托人为马达说亲。胡理媳妇见客人出出进进，又听说是提媒的，就认为自己几年不生孩子，准是丈夫要娶亲，暗暗地哭了几场。直到从家里拿走了聘礼，还不见丈夫跟自己打个招呼，心里想现在就这样冷淡自己，要是新人进了门，那种日子可咋过呀！她越想越难过，越想越伤心，躺在床上哭了一天没有吃饭。夜里胡理回家见媳妇躺着，当她病了，伸手摸一下脑门，看是不是发烧。媳妇推开他的手说："用不着你假惺惺。"搞得胡理摸不着头脑。等问明情况，胡理笑出了眼泪，喘过气来才说："自作聪明找苦吃，那是给马达订的亲呀！"媳妇还是将信将疑，直到马达媳妇接过来，心上的石头才算落了地。

俗话说：算处不打算处来。胡理想孩子，媳妇偏不生。马达怕添人，第二年就得个胖小子。马达发愁，今后日子咋过哩？胡理却高兴地对媳妇说："等马家再生了，咱抱来养。"媳妇一听当然高兴，对马达也近乎啦。胡理知道马达生活困难，不光平时接济，过年总是另办一份年货让马达担回去，年年如此。

不知道算胡理倒霉啊，还是该马达走运，马达媳妇生过一个孩子后，就再也不怀胎啦。孩子起名叫柱子，转眼就长到七岁。腊月底，胡理给马达那份年货早已办齐，却总不见来担。二十八夜，马达来了，说是家里忙，准备连夜回。胡理定要他明早吃了饭再回，马达拗不过，只得依从了。三人谈了大半夜才睡。天刚亮，马达就起床了。庄稼人，闲不住，便扫起院子来。胡理媳妇忙起床，打盆水

在门口洗个脸，就做饭去了。马达要扫台阶，挪脸盆时，顺手把水泼在院角污水坑里。几只鹅找食吃，伸着脖子到污水坑里乱呱嗒。

吃过早饭，马达担着年货回去，胡理又送了一程。转回来，刚进门，媳妇说："你快去找马达，把我的金戒指要回来。"胡理顿了会儿问："马达咋会拿了你的戒指？"媳妇说："我早上洗脸，把戒指丢在脸盆里忘了戴，洗脸水是他泼的，你说我该向谁要？"胡理也有点生气："先找找看，你凭啥敢肯定就是马达拾了？"停了一下，又补了一句："真是马达拾的，不用要也会给你送来。"说罢便进房去了。媳妇也没敢再说话，嘟着嘴先去扒垃圾，接着又把污水刮干，还是找不着，就更认定是马达捡去了，一肚子气都怨在马达身上。

过完年，马达送来箩头，还带了点柿牙儿。进门见胡理媳妇一脸不高兴，他抽锅烟就要走。胡理一把按住不让动，催媳妇快做饭。媳妇坐着不动，胡理气冲冲地说："你听见了没有？"媳妇这才进了厨房。马达问："你们生气啦？"胡理说："没有。""那我嫂子为啥不高兴？"马达见胡理不说，便补一句："是生我的气啦？"胡理停了一阵子才说："生成的古董货[1]。"马达问："到底为啥事嘛？"胡理说："年前你来那天早上扫地，她说洗脸时，把戒指丢在脸盆里忘记戴了。你泼的洗脸水，她便认定是你拾了！"停了一下，见马达没有说话，接着说："我就想要是你拾了，早就还给她了。我倒要追查她把戒指弄到哪儿了，还想方编门讹人。只要你没拿，我决不轻放她！"马达知道胡理脾气急躁，说得出，做得出，心里很着急。一转念，微笑着慢悠悠地说："你想错了，戒指我拾了！"胡理似信不信地问："真的？"马达反问："你见我几时说过假话？"胡理没说什么，就扯到别处去了。吃饭时，马达说："嫂子，戒指我拾啦，忘了给你，今儿走得急没带来。"胡理说："不吃劲的事，早晚带来都行。"他媳妇说："是你拾了就好，我是怕丢，那是我娘家陪送的，打算将它给……"她本意是说给女儿，忽然想起自己没有孩子，便停住不往下讲了。

马达回家，蒙头就睡，晚饭也没吃。他媳妇做碗辣汤，硬逼他起来喝下去。他坐起身，一手端碗，两眼发直。媳妇出去找柱子，回来看他还是端着碗，低着头，像没魂似的，就高声说："看你这个人，不趁热喝了出点汗，还呆着干啥？"柱子说："爹，你快喝吧，惹我妈生气了，又要骂你啦。"说得他媳妇又笑了。马达就说："我又没病，发啥汗嘛？"但到底还是把辣汤喝下去了。柱子睡着后，他媳妇问："到底为啥事，你跟没魂了一样？"马达摇摇头，长出一口气，没说话。媳妇等了一会儿有点恼了："跟你过七八年，啥事还瞒着我？"马达把事情经过一五一十地讲出来，并解释说："我要说没拾戒指，他们一定要闹气。胡理哥脾气暴，妇女家心眼窄，万一投河、服毒，有个三长两短，弄得家破人亡，咱对得起谁啊！"媳妇闷了半天又问道："那你打算咋办？"马达停了一阵子才小声说："我咋想也没法弄个戒指来。"媳妇没有凑声。俩人各坐一个床头，足足到了二更天，马达长出了一口气说："现在要没我，胡理哥会照顾柱子，你年轻……"媳妇恼了："年轻可以嫁人，我是骟马畜生？亏你还是个男子汉，没一点出息，犯难了就想死。"马达说："没有胡理哥，咋有咱这家人？我能眼睁睁看着他……"媳妇说："我又没有埋怨你，说这干啥？"马达说："我也是没办法啦。"媳妇说："你真没办法，我有个办法。""你有啥办法？"媳妇闷了一阵才说："把小柱子卖了。"马达简直不敢相信这句话。他知道媳妇平日多疼小柱子，就是死也不舍得把儿子卖了啊。他摇摇头说："你咋舍得嘛？连我也舍不得啊！"媳妇说："拿孩子换你一条命，我舍得。你是舍得死，舍得叫我守寡？"说着说着眼泪往下流。马达哭得出了声，媳妇推了他一下指指孩子，用手巾替他擦擦眼泪，劝道："卖了柱子，咱再生一个。这几年是怕你受累，我暗地吃了药。柱子卖给那少儿缺女的户，人家也会恩待他，将来爷儿们还能见。儿是娘身上一块肉，割肉谁不痛？就为了救你的命，我才狠心卖小柱啊。"劝着劝着又掉泪了。马达一下抱住媳妇，头对头，脸挨脸，眼泪直线往下流，闭着眼讷讷地说："怪我没本事，连累你陪着受罪。"哭了一阵，媳妇推开他说："从咱村朝南走八里地有个张庄，住着个木匠叫张老实。老两口五十多岁了没儿

---

[1] 古董货：不听话不省心爱挑起事端的人。

没女。他给咱村马举人家做嫁妆时，常来咱家串门子，见柱子长得好玩，想认成干儿子。我怕招惹是非，没有应承。现在刚过完年，估计他不会出门。你明早去找他，要说把柱子卖给他，包他一说就成。"接着俩人又商量一阵子才睡。

天一明，马达就去找张老实，真是一说就成，并约好来领娃的日子。回来又去找银匠，说清戒指的花样、重量，付了定钱才回家。事情办得很顺利，但马达两口子的心却一天比一天沉。转眼间约好的日子就到了，天刚亮马达就去找张老实。他媳妇给柱子换了身洗过的净衣裳，又煮了几个鸡蛋。吃饭的时候，柱子感觉和平时有些不同，忽然想起妈妈答应到七岁了送自己上学的事，便说："妈，你今天是要送我去上学的吧？我一定好好读书，将来养活你们。"马达媳妇鼻子一酸，赶快背过脸去，不让柱子看见自己流了眼泪。她端了一碗饭，搅了搅，终于放在桌子没有吃。柱子只吃了一碗饭也放下碗，用头靠着妈，呆呆地站了一会儿，小声说："妈，没有钱，我放学回来拾柴卖，我想读书。"马达媳妇一把将柱子搂到怀里，把脸靠在孩子头顶，眼泪直线流。

半晌午，马达领着张老实回来了。他媳妇强装笑脸跟客人打了个招呼，才把桌上的碗收拾起来，到厨房做饭去。柱子跟到厨房小声问："妈，他来干啥？"他妈说："接你去看戏哩，你去不去？"柱子摇摇头没说话。吃饭时，张老实问："小柱子，你还认不认得我？"柱子说："你是木匠。"马达说："是你张伯啦！"马达媳妇说："你张伯给你馍吃都忘了？"柱子说："还给过我花生吃。"张老实夸奖说："小柱子记性真好。"马达问："你张伯亲你不亲？"柱子笑笑不说话。张老实问："小柱子，想不想看戏？我们那儿有越调戏，唱得可好啦。"马达说："去你张伯那里看戏中不中？"柱子停了一会儿说："不，我要上学，长大养活爹妈。"谁也不说话了。沉闷了一阵子，马达媳妇说："去你张伯家上学吧。"张老实说："我们学里的先生不打人。"柱子看看张老实，又回头看看他妈不说话。马达问："去不去？咋不说话啦？"柱子说："我在咱村上。"马达讲："咱村学是马举人的，能让咱上？"柱子又不说话了。马达媳妇说："你不上学养活妈了？"柱子停了好

一阵才说："上。"说时都快要哭了。这样连哄带骗，由马达带着柱子跟张老实一起走了。

马达媳妇没有去送张老实他们。眼看着小柱子走得看不见了，就一头扎到被子上暗暗抽泣，渐渐地放声大哭起来。直到天黑定了，她才起身关了门，也不点灯，坐在床头不声不响地流眼泪。过一阵马达回来了，俩人见面也不说话，都暗暗地流着眼泪，昏昏沉沉地躺到天明。第二天一早，马达媳妇起身去烧了一碗鸡蛋茶，端到马达身边说："起来，喝了去胡理哥家。"马达起身看了媳妇一眼，低下头眼泪又流了出来。马达媳妇也不再说话，足足站有一袋烟的工夫。马达终于接过碗一气喝下，放下碗出门去了。

到胡理家，饭刚端上桌。胡理看着马达惊奇地问："你眼怎么肿了？"马达装作没听见，拿出戒指，双手送到胡理媳妇面前说："嫂子，给你的戒指。"胡理媳妇没有伸手接，直看着马达。胡理忙问："这是咋回事？"马达低着头说："我把嫂子的戒指送来了。"胡理忙问："这是咋整的？有只公鹅不吃食，一天瘦一天。昨下午我把它杀了，想不到会在鹅嗉子里找到了你嫂子那个戒指。今儿正要去给你说的，你又从哪儿弄一个来？"马达听后呆呆地沉默一会儿，突然腿一软，坐在椅子上，往桌上一趴哭了起来。

胡理问明了情况，转身进房取了钱，连饭也不吃，拉着马达直奔张老实家中，把事情原原本本讲清楚。张老实很受感动，主动提出让马达把柱子领回去。马达让柱子认了张老实做干爹，老两口高兴得像得了亲生儿子。回到家，马达媳妇一见柱子，又是哭又是笑。胡理说："马达兄弟，啥都不讲啦，今后咱们算是一家人了。"事情很快就传开了。他们虽然没有搬到一起住，但谁都知道，胡理、马达是一家人。

讲述者：　樊起祥，男，50岁，西峡县二郎坪乡二郎坪村人，小学，农民

采录者：　曹仲平，男，61岁，西峡县田关乡曹沟村人，高中，文化馆退休干部

采录时间：　1980 年 8 月
采录地点：　西峡县二郎坪乡二郎坪村
选自：　　《中国民间故事集成·河南西峡县卷（下）》

异文二：鸭子吃金

有俩人好得合个头儿。一个是穷人石成，一个是商人梁心。

石成老婆娃子一大群，吃上顿没下顿，日子紧缠身。梁心年供米、月供面帮补他一家生活。

一天，梁心做生意回来，石成来看他，晚上没让他走。

早晨起来，俩人在一个洗脸盆里洗脸。洗罢脸，石成把洗脸水倒沤坑里了。吃罢饭，梁心送石成回家。

梁心送石成回来，想起戒指，咋找找不着了。梁心想，洗脸时我搁到脸盆上忘记戴了，莫非是他拿去了？不会，石成不是这号人！他旮旯狭缝[1]找遍，就是找不着。梁心又想，人穷主贱，戒指许是石成拿去了，要不咋找不到哩？

几天后，石成又来。梁心可不像从前那样热情了，石成喝碗茶就回去了。

过几天他又来，梁心给他个冷板凳，言说有事，把他扔在屋里，一天不见他。石成没在意，回家了。

过了几天，他再来。家人跟他说：掌柜做生意去了。留下话说，这地方叫他以后少来。石成问家人为啥哩，家人跟他说了梁心丢戒指一事。石成听后，才知内中根由。

回到家里，石成对女人说了，女人问他："你到底拿了没有？"石成哭着说："冤枉人。"眼看家里吃的都没有，往哪里弄钱买戒指哩？

石成夫妻人穷架不倒，还不想落那坏名誉哩！女人说："咱赔他一个。"石成说："仗[2]啥赔哩？"实在没门儿，女人说："把我卖了，啥时有钱了，你再去赎回来。"石成想想没门儿，只好这样。

石成卖了女人，买来戒指，往梁心家送。到那儿一问，梁心做生意还没回来。

一晃就是三个月时间。

这天，梁心从陕西做完生意往家赶。路过洪洞县，到一家金货铺里换金条。乍一看，见院子里有个洗衣裳的女人怪面熟，他上前一问，女人也认出他来，原来是石成的女人。

梁心问清头尾儿，悔恨地说："嫂子，是我害了你们。走，跟我回家去吧！"梁心交够赎金，领着石成女人回到河南老家。

石成听说梁心回来，就跑来还他戒指。梁心像从前一样把石成接到客厅，叫厨子拾掇酒菜。

石成说："兄弟，这戒指我该还你了！"梁心接着放到桌上。这时，厨子一脚门里、一脚门外跨到客厅里跟梁心说："掌柜，你的戒指找到了，我杀鸭子时从鸭子肚里挤出来了。"梁心接过戒指，仔细一看，正是他丢的那只。梁心问："成哥，你这戒指是咋来的，实话跟我说吧！"

石成眼圈一红，"呀"一声哭起来。梁心后悔地说："成哥，都是我的不是，我不该以己度人，害得你摘子卖母，快别哭了，快见嫂子去吧！"

梁心把他领到后院耳房，夫妻见面，抱头痛哭。后来，他俩嚷着要走；梁心说啥也不让他们走了。接来他们的娃儿，两家住在了一起。

讲述者：　刘国有，男，62 岁，镇平县安字营镇连庄王洼村人，不识字，农民
采录者：　张卡申，男，26 岁，镇平安字营镇连庄王洼村人，大学，干部
采录时间：　1987 年 4 月 3 日
采录地点：　镇平县安字营镇连庄王洼村
选自：　　《中国民间故事集成·河南镇平县卷》

[1]　旮旯狭缝：即角角落落。
[2]　仗：拿。

302

陈二先儿与陈三轱碌儿

陈天爵有三个儿子，长子"次洁"，二子"长清"，三子"三浩"，人称"陈大先儿""陈二先儿""陈三轱碌"。

陈大先儿性情温和，斯斯文文，不吭不声，所以不大出名。出名的要数陈二先儿了。爱打抱不平，好朋友，很像父亲的秉性，也极受父亲的器重，家里的事全由他管。老三是个一瓶不满、半瓶子晃荡的二杆子脾气。对父亲偏重他二哥，很是妒忌，不服气，常在父亲跟前说他二哥的不是。父亲看出他的用心，开始不搭理他。日子一长，他见老三一而再、再而三地说老二的不是，想指教指教他，就对三儿子说："要想当家可以，你能把你二哥杀了，你就当家；杀不了你二哥，你甭想当家。"陈天爵是想试试老三的心。他料定，即使老三真有杀哥之心，谅他也伤不了老二一根汗毛。对于一手教出来的三个儿子，为父亲的是再清楚不过了，老二的功底，比老三大得多。可陈三轱碌儿一听他爹的话，信以为真。为了想当家，就寻机下手。

一天夜里，陈三轱碌儿见二哥上街喝酒去了，就把长矛磨得锋利，背[1]在街头文昌阁后面等着。见他二哥喝得烂醉，摇摇晃晃回来了，刚进文昌阁，陈三轱碌儿手持长矛，"嗤溜"一下戳过来。陈二先儿真是喝多了，还不知道咋回事，只见白光一闪，矛子可挨住皮了。他用胳膊一挡，"飕"的一声，陈三轱碌儿的长矛就飞出几丈远，落在文昌阁后面的玉谷地里。陈二先儿还跟没事人一样，仍旧摇摇晃晃地回去了。陈三轱碌儿没敢吭气，等他二哥走远，才去玉谷地里摸着矛了，悄悄地回去了。

一次未成，陈三轱碌儿仍不死心，总想再瞅个机会，给他二哥重来一下。一天，弟兄俩一块过河，去在一个本家屋里。陈二先儿又喝得烂醉，倒在门板上睡着了。陈三轱碌儿一看是个机会，赶紧找来一口铡刀，对准他二哥砍下去。门板是铡断了，可既没见人也没见血。他撇下铡刀，一溜烟跑回来。陈天爵知道了，日嘅了三儿子一顿："算了，就这点本事，还想当家哩！再会几样，恐怕连我你也敢整。就这都差不多，够你用了。"陈三轱碌儿情知理亏，敌不过他二哥，心里十分惭愧。陈二先儿知道三弟是个半吊子脾气，也不计较，仍跟没事一样，不过心里暗想，遇着空儿，也叫他见识见识。

这年秋天，从邓州来个羊贩子，买了陈天爵十几只羊，钱不够，赊账，言明回去不出一个月就可把钱送来。谁知三月有余，都到年根了，仍不见风影儿。陈天爵准备让老二去讨账，陈三轱碌儿心里痒痒的，想去得很，就对父亲说："你们都说我二哥有本事、光棍[2]，那是他常在外面跑，蹚出来的。以后啥事，该我了，我也跑跑。"父亲不答应，怕他不粘。陈二先儿就对父亲说："老三想去就叫他去吧，不到黄河不死心，让他去碰碰好了。"

陈天爵一想："也中。"就叫家里打点盘缠，烙些干粮。陈三轱碌儿就辞别了父兄上路了。

谁知几天后，陈三轱碌儿鼻青脸肿地跑回来。陈二先儿一见三弟那个狼狈样儿，心想八成是挨了打，账也没要回，就问三弟是咋回事，陈三轱碌儿照实说了一遍，照本儿不错，挨顿打，没要来钱。陈二先儿一听，非常生

[1] 背：躲藏。

[2] 光棍：有脸有面受人抬举的人。

气，就对三弟说："老三！累不累？如若不要紧，就跟二哥一块再跑一趟，看他们还敢赖账不敢！"陈三轱碌儿心里想："我去没要来，还被人家揍了一顿。哼，你去恐怕也白跑腿。那头也凶着哩，你也要不来，以后可有我说的了。"想到这，就答应说："行。"兄弟俩又带些干粮盘缠，一块下邓州去了。

到了邓州那户人家，二先儿不等通禀，抬脚就上。老二在前打头，老三在后跟着。整整三十二道台阶，全是大青石条铺成。嗬！陈二先儿一脚一个，尺把厚的青石条，只听"咯嘣"一声，一断两截儿，"咯嘣""咯嘣"……三十二道台阶，没有一个囫囵的，全让他踏断了。

门口儿人一看，赶紧报知当家的。那当家的一听，吃了一惊，知道不妙，不敢慢待，赶紧出迎，连说："不知师父们驾到，有失远迎，失敬，失敬。"陪着陈氏兄弟，来到前院。院子里地下全是大青方砖铺成的。陈二先儿一步一个，把个大青方砖粘在鞋底，一踩粉碎。扣得严严实实的砖建地，被陈二先儿脚走得乱七八糟，跟才[1]犁过的地一样。当家的一见这样，吓得舌头半天缩不回去，再不敢赖账。打茶敬烟，殷勤款待，连赔不是。留陈氏兄弟俩住了两日，银钱照价付清，兄弟俩就回来了。

从这时候起，陈三轱碌儿可着实佩服他二哥的本事了，真是俯伏在地，再不争着当家了。

讲述者：	杜应祥，男，68岁，西峡县双龙镇小水村人，不识字，农民
采录者：	章东丽，男，57岁，西峡县桑坪镇人，大专，教师
采录时间：	1986年9月
采录地点：	西峡县双龙镇小水村
选自：	《中国民间故事集成·河南西峡县卷（下)》

附记

据说陈天爵确有其人，就住在西峡县双龙镇小水村，他的几个儿子也厉害，陈天爵软硬功夫样样精通，能日行千里。一家人乐善好施，打富济贫，深受人们喜爱。"陈天爵擒响马""陈天爵招亲""二先儿与三轱碌儿"等故事在这里广为流传。（章东丽）

[1] 才：刚刚。

303

罗老四买官记

清朝末年,我们县西北蒲塘地方,住的都是姓罗的。他们是方圆附近赫赫有名的大家儿。但家有良田百顷、大厦千间,就是没有一个有功名的人。他们便忧虑着,这偌大家产,满门白丁,不遇啥事还则罢了,万一有个啥事,衙门无人,谁肯向[1]咱?于是下决心破除一部分资财,给罗老四找个前程[2]。常言说:仨钱买个土地爷,钱通神路。上下一运动,竟然捐了个国子监太学生[3]。这一下子找着了当官的门路了。又继续用大笔银子,托人进京走动。里外上下用银,串通吏部尚书。不到半年,忽一天京内下来了差官,携着文凭,带着从人数十,来到蒲塘家。家人一通报,罗门老幼齐出大门跪接,看了一遍,方知钦命罗某领凭到陕西省大荔县去做知县。罗姓家家户户欢天喜地,

[1] 向:偏袒,庇护。
[2] 前程:指功名和官职。
[3] 国子监太学生:太学古代就是指国子监,太学生也就是国子监生。国子监是古代官办的国家最高学府,他的生源主要来自两部分:一是勋臣的子嗣,二是各府县通过层层推荐而来的当地最拔尖的秀才。国子监生经过考试,优秀者是可以获得官职的。

马上杀猪宰羊大办酒席,准备择日开贺。又请了先生选择良辰吉日,领凭上任。因为罗老四文化有限,识字不多,竟把大荔县的"荔"字,误认为"茄"字,所以开贺时都听说是出任"大茄县"。罗某自认为自己文化不高,又特请了一个学问深的人,给他当师爷。那个"茄"字师爷倒也认得,他有意看罗某笑话,也不争论。

到了陕西省时,按礼节先到省府参拜长官。罗某参拜已毕,坐下叙谈时,上司问他到哪县上任,罗某说:"大茄县。"长官听了一呆说:"我这里没有大茄县呀?"文凭取出,长官一看是大荔县,申斥了罗老四一通。直说得罗某躬身而立,头也难抬,口中连连称是。直到长官说声"去吧",方才又双膝跪地,拜谢低头退出。从此以后,在民间留下两句笑话:"银子花了几十万,买了一个大茄县。"

讲述者、采录者:冯锦山,男,72 岁,西峡县陈阳乡木瓜村人,小学,农民
采录时间: 1985 年 6 月
采录地点: 西峡县陈阳乡木瓜村
选自: 《中国民间故事集成·河南西峡县卷(下)》

附记

罗家原是丁河镇蒲塘四大家族之一,当地有民谣称"蒲塘罗家四大家,抵不住燕子叶家一只鸭"。因为罗家是靠着做生意经营买卖发家致富,而叶家则是因机缘巧合,把野外蒲塘里一只野鸭子抱回家里养,而这只野鸭子会下金鸭蛋。而且,有与此相对应的幻想故事《蒲塘金蒲塘玉》。如今,蒲塘这个地方,不仅开采出金矿,也曾一度有玉雕厂,把这里开采的玉石雕成艺术品。(杨琳)

304

赵老太害人搭性命

从前，在一个深山沟里住着两家人。沟里头住了弟兄俩妯娌俩。弟兄俩整天上山挖药，妯娌俩在屋织布纺花。由于勤劳，一家人小日子还过得挺美气。沟口住着一个老太姓赵，人们都叫她赵老太。这赵老太能说会道，见人能说一套暖心话，就是说理不走理。以前那时候，山里刀客[1]多。那赵老太整天出去打听谁家有啥值钱东西，谁家啥时候屋里有人，啥时候屋里无人，勾引刀客害人。

一天，这弟兄俩上街卖药材，走到沟口对赵老太说："赵大嫂，俺弟兄俩今儿个上街卖药材，等几天不回来，就她们妯娌俩在屋里。她们妯娌俩经事少，你岁数大些，有空多去招呼招呼。"赵老太说："你弟兄俩赌去了。"弟兄俩放心地去了。

当天夜里，赵老太家里来了刀客。赵老太就把白天那弟兄俩给她说的话对刀客说了。那伙刀客一听，觉着可是个好机会。

且说那妯娌俩自从丈夫卖药材走了以后，就小心提防，

[1] 刀客：土匪。

天不黑就把门闩上，又用桌子把门顶住。妯娌俩又商量商量，夜里要是来了刀客该咋办咋办，计谋妥当方才入睡。

三更时分，那伙刀客来了，上前敲门。刚敲了一下，就听见屋里好多人，哗哗啦啦往枪里装子弹，还有唰唰的磨刀声。紧接着就听屋里有个男子在高声吩咐："大姐夫，二姐夫，你俩拿钢叉把住窗台。大老表，二老表，你俩把住门。都准备好，我把门一开，咱们一齐冲杀出去。"外边的刀客一听屋里咕咕哝哝恁些人，还准备有钢叉、大刀、枪，早吓得三魂渺渺七魄悠悠。又听见"哐"的一声，有东西从当屋里冲了出来，那伙刀客吓得连滚带爬，各自逃命去了。刀客没捞住东西，跑到沟口，一口咬定是赵老太有意设圈套想害他们，要杀赵老太出气。赵老太吓得爬到地下直磕头，急得对天赌咒，最后说明天去打听清楚再说。

第二天，赵老太拄着拐棍到沟里头，见那妯娌俩，假装关心地说："嘿！那弟兄俩不在屋，黑了招呼门户是个大事。"老二老婆说："赵大嫂哇，夜儿黑悬急了悬，半夜时候来了刀客。多亏我嫂子主意多，把灶火里吹火筒斜着装了一把玉米籽，外头刀客当成俺们在屋里往土炮里装枪弹要打他们。我嫂子又把灶火的火钳在缸上一磨，外头的刀客当俺们在屋里逼罗[2]刀整他们。我嫂子又装个男腔，两头跑着喊叫人们准备，好像屋里好多人。我嫂子又说开门，是为了吓外头的刀客。实际俺俩还是怕门顶得不牢。我又拿个杠子去顶门。谁知把门框顶得'哐'的一声，外头刀客们一听，当俺们把门开开冲出去了，吓得都起来跑了。"赵老太一听心想，怪不得刀客们说屋里人多得很，我知道那弟兄俩都走了，别的没有人嘛，原来使的空城计。赵老太又装着关心地说："好爷了，看看多皮麻[3]人！这多亏遇上你们妯娌俩，要是我呀，夜黑赌死没治。以后越发得小心啊！"说罢走了。

第二天夜里，那伙刀客又来到赵老太家里。赵老太就把白天探来的消息，一五一十地说了一遍。那伙刀客一听，才知道原来是中了妇道人家的空城计，决定天黑了再走一趟。

[2] 逼罗：作好准备的意思。
[3] 皮麻：土语，可怕的意思。

再说那妯娌俩，自从夜黑出事后，白天一天都是提心吊胆的。天又将要黑了，熬煎今黑再来刀客可没办法。谁知事有凑巧，来了一起出坡[1]打兽的人，更巧的还是老大媳妇的娘家人。这大媳妇可胆大了。吃了晚饭，大媳妇就把夜黑来刀客的事给她娘家人说了。她娘家人一听气极了，几个出坡的叫那妯娌俩还住在堂屋，各自把炮[2]装好住在厢房，枪梢对着窗子等着刀客。

到了三更天气，那伙刀客又来了。这回他们连门也不叫了。他们想夜黑中了空城计，今黑可是实拿荆州城。刀客们不论分说就去砸门。谁知刚砸了两下，那几个出坡的便砰砰砰一齐开枪，有几个刀客应声倒下断气了。其余几个也被打得缺胳膊少腿的，哭爹喊妈，逢崖跳崖，逢沟跳沟，狼狈逃走了。

那伙活着的刀客可恼极了。他们去到赵老太家里，不论分说，把赵老太用刀一砍几节，砸成了煎饼。

讲述者：　朱玉运，男，50岁，西峡县回车镇大块地村人，高中，教师

代运国，男，50岁，西峡县回车镇大块地村人，小学，农民

采录者：　朱文举，男，32岁，西峡县回车镇大块地村人，高中，农民

采录时间：1983年4月

采集地点：西峡县回车镇大块地村

选自：《中国民间故事集成·河南西峡县卷（下）》

附记

过去山里的人烟少土匪多，山民防范意识比较强，这些防匪的故事，有普及防匪知识的作用，在山区里流传较广。（田晓）

[1]　出坡：指上山打猎。
[2]　炮：指火药枪。

305

路遥与马力

从前，有两个书生，一个叫路遥，一个叫马力。路遥生得面丑，学识浅薄；马力生得面俊，学识渊博。二人同在一个学堂念书，交为知心好友。

一天，路遥家里捎来书信，要他回家相亲。这可难坏了他，心想：我一无貌相，二无文才，对方十有八九不会相中。见他闷闷不乐，马力问为啥事。路遥把心事说了。马力想："为朋友嘛，我愿两肋插刀。只是这件事，有力使不上。"路遥想了一个办法：倒不如来一个偷梁换柱，叫马力替我相亲，这事保准能成。马力听了忙说："此计万万使不得。"路遥说："你只是替我去相亲，又不是娶亲，怎使不得？"马力为怕伤朋友和气，只好答应了。

到了那天，女方老员外摆上宴席，又请了些先生作陪。他们一见马力，眉清目秀，还能云诗答对，甚是满意。员外当即就叫这天完婚，并备上花轿，亲自送女儿出嫁。到了路遥家，马力勉强拜了花堂，死也不肯进入洞房，被陪客硬是推了进去。

这天夜里，马力一直坐在窗下书桌前念书。新娘子呼唤相公休息，他不搭理，只是写了个纸条，抛给新娘。新

娘不识字，只好把纸条放在枕头下。第二天一早，马力就赶到学堂。路遥一见，非常生气，心想：马力真不够朋友义气，竟做出这等缺德事。马力向他叙说原情，他全然不听，就匆匆赶回家里。路遥赶到家里，天已黄昏。他又困又乏又气，就躺在床上闷闷不语。新娘关心地问："相公，昨夜你苦读诗书，是累坏身体了吧？"路遥忽地坐起，"谁说我昨夜读书了？"新娘道："怎么？你昨夜苦心读书，竟把那事给忘掉了？"

路遥没头没脑地问："什么事？"

新娘忙把纸条取出来，递给路遥说："昨夜我唤你休息，别累坏身体了，你不搭理，只给我这张纸条。你看看这上边写的是什么？"路遥忙接过纸条展开一看，上面写着："朋友之妻不可欺！"

这时路遥才灵醒了。他本想第二天就去找马力重归于好，由于当地风俗新婚要"对九"，第九天过完后，新娘回家了，他才又到学堂去找马力认错。不料马力已进京赶考了。于是他便转回家中。

过了些日子，路遥家不幸遭了火灾，房屋家产烧个精光，只拉出了一头毛驴。无奈，他只好骑着毛驴，进京去找马力。这时马力已取得了功名，居了官，招了亲。路遥见到了马力，首先赔了不是，并叙说了家里的不幸遭遇。马力不计较，照样热情招待，并特地为他安排了一套住房。住了月余天气，路遥思念家里，向马力告辞。马力给了他点散碎银子，作为途中路费。这时路遥已有些生气了，心想：你居了官，享着荣华富贵，不体贴我家里的灾难，帮助我重建家园，怎能够得上朋友义气呢？他越想越气，索性把马力给他做路费的散碎银子摔了一地，骑上他的毛驴，气哼哼走了。

路遥回到家乡，乡亲们见了都说："你早该回来了，你那在京居官的朋友，派人给你那房屋庄园又建起来了，还送银子，雇了用人，置了家具，你快回去看看，比原来可好得多呢！"路遥到家一看，果然不错。他惭愧极了，激动万分，当下挥笔疾书，写给在京的马力好友：

岁寒知松柏，

患难见交情。

路遥知马力，

日久见人心。

讲述者：　张国献，男，57岁，西峡县田关乡王营村人，初中，教师

采录者：　黄子均，男，32岁，西峡县田关乡靳沟村人，高中，农民

采录时间：　1986年4月

采录地点：　西峡县田关乡靳沟兽医站院内

选自：　《中国民间故事集成·河南西峡县卷（下）》

附
记

讲述人张国献生前为教师，业余时间爱给村民们讲故事，常常是男人们吸着旱烟，妇女们纳着鞋底，聚在村头八棱楸树下听他讲故事，小孩们也一起支起下巴倾听。他讲的故事雅俗共赏还富有教育意义，成为乡村人们消遣解闷的一种娱乐方式。如今八棱楸树还在，已成为古树名木被保护起来。（杨琳）

306

冤家巧解

讲述者： 黄菊芳，男，72 岁，西峡县丹水镇菊花村人，私塾，农民

采录者： 黄耀华，男，36 岁，西峡县丹水镇菊花村人，高中，农民

采录时间： 1986 年 4 月

采录地点： 西峡县丹水镇菊花村

选自： 《中国民间故事集成·河南西峡县卷（下）》

说啥也不打了，当即派人进京叫回打官司的人。就这样，千日官司一日了啦。

清朝时候，袁店河头有两家人，一家姓余，一家姓黄。姓余的老头叫余五先，姓黄的老头叫黄老四。姓余的有家业，姓黄的有牙骨[1]，两家谁也不服谁。也不知为个啥事，两家的官司一直打了十几年。双方都把钱花干了，想下楼，找不到梯子。

一天夜里，姓余的不小心，一头母牛脱了绳，一下子把姓黄的玉米吃的吃，折的折，乱七八糟地糟蹋了四亩多。姓余的哪儿都找不着牛，第二天早晨，发现在姓黄的门口拴着，地里的庄稼在明摆着，这咋说呢？姓余的脸一抹拉，找着黄老四，道歉说："老叔啊，夜里不小心，牛脱了，看把你的玉米糟蹋成那个样儿。你看值多少，我如数赔偿。"

姓黄的老头说："赔啥哩，老叔不问你要一个粮食籽。牛是哑巴牲口，它不懂得话。我能跟哑巴牲口一般见识？你把牛拉回去算啦。"

余老五感恩不尽，左思右想对不住黄老四，这个官司

[1] 牙骨：西峡俗语，意为能说会道。

307

两个朋友

过去有一对朋友，一个家住深山，一个家住平川。住在山里的那个诚实，住在平川的那个油滑。

城里那一位每次进山，不是担人家的柴禾，就是捞摸一些核桃、枣，再不就是带些木梳、花线等小东小西来山里卖，有时一住就是月儿四十天。山里这个朋友很讲信用，对平川这位朋友始终以心相待。

有一次，山里这个人害了一场大病，两天两夜茶水不进，念起二人的朋友之情，叫家里人给平川那个朋友捎个信，叫他知道知道，免得以后落个便宜怪[1]。平地人接到信后，很惆怅，想着不去吧说不过去，去吧，还得拿礼物。提个挎包到街上看看这也要花钱，那也要花钱，就拎个空包子又回家了。最后，看看鸡窝里还有两个鸡蛋，就装到口袋里，进山看朋友病去了。他一进朋友门就卖嘴说："哎呀，哥，听说你有病怪厉害，接住信，我失急慌忙的，啥东西也没来得及买，给你逮两个鸡。"他把两个鸡蛋从布袋掏出来说："就是显嫩些。"山里朋友一见气极了，但

又一想：小人之仇不可记，当嘴唾沫咽下去算了，以后有机会再说。

又过了一段时间，这个平川朋友生病了，信捎进山里。山里人想想，跑到大场里把黄豆秸拽了一把装进口袋里，下山了。他一踏进朋友的门就说："兄弟，听说你有病，接到信我正在地里做活，失急慌忙啥也没买成，给你拿把豆芽。"他把豆秸往外一掏，又说："就是显老些。"说完扭头就走。

讲述者： 王建忠，男，38 岁，西峡县二郎坪乡大庙村人，小学，农民

采录者： 张景玉，女，23 岁，西峡县二郎坪乡人，高中，文化站专干

采录时间： 1986 年 4 月

采录地点： 西峡县二郎坪乡大庙村

选自： 《中国民间故事集成·河南西峡县卷（下）》

[1] 便宜怪：吃了亏反而落埋怨。

308

秀才问路

　　从前，有个村子叫贾村，村里住着一个贾秀才。贾秀才听人说，白龙山上的白龙仙很灵验，谁去烧香都有求必应。贾秀才听后，一心想去白龙山烧香，早点金榜题名。一天，他打点好行装，骑了一头毛驴去白龙山。他不知道白龙山的路是怎样一个走法，也不知道白龙山离贾村有多远。贾秀才想，我边走边问好了。走了一程，看见前面有一位白发苍苍的老太婆，就问："喂，这里离白龙山有多远，你知道是怎样个走法？"老太太听见有人向她问路，转身一看，见是一个衣冠楚楚的秀才，骑在一头毛驴上。心想，这个秀才好生无礼，对人讲话怎么连个称呼都没有？于是没有搭腔走了。贾秀才见老太太没搭腔就走了，很生气地骂道："混账！我是堂堂的秀才，问你话怎么不搭腔？"老太太很礼貌地说："对不起，骂人的话请你收回去。你是堂堂的秀才，就应该知书达礼，问我路总该有个称呼吧？"说得贾秀才无言答对，只好骑着驴子继续向前赶路。又走了一程，看见一个村姑，手提饭篮在前边行走。贾秀才想，上次问路，老太太说我没有称呼，今天我问路可得带个称呼，于是他向姑娘喊道："送饭的，去白龙山的路怎样个走法？离这儿有多远？"姑娘一听不高兴，想想说："白龙山离这儿有三千丈。"秀才一听忙说："什么？三千丈？你们这里路程怎么论丈不论里？"村姑答道："论'礼'吗？论'礼'，你就应该下驴来！"贾秀才听罢好生没趣，向毛驴加了一鞭，向前跑去。贾秀才又走了一程，遇见一个种地的老农，便快马赶上前去问道："种地的，白龙山离这儿有多远？怎样个走法？"老农一听背起锄头就走。秀才看老农不理他，反而走得更快，气得他高声骂道："混账老头儿！我是堂堂的秀才，问你话你为啥不但不理，反而走得更快？"老头说："对不起，骂人的话请你收回去。不管你秀才不秀才，我急着要去看一个稀奇古怪事哩！"秀才急着问："什么稀奇古怪事？你跑得这样急，我骑着驴都赶不上。"老农说："东村有个驴子下了一头牛，你说算不算稀奇事？"秀才忙说："稀奇稀奇，驴怎么会下牛？应该是下驴才对呀！"老农哈哈大笑说："是呀，你说得对呀。可谁知道这个畜生为什么不下驴呢！"

采录者：　吴天侠，女，29 岁，西峡县寨根乡界牌村人，初中，农民

采录时间：　1981 年 8 月

采录地点：　西峡县寨根乡界牌村

选自：　《中国民间故事集成·河南西峡县卷（下）》

309

皇帝说谎

离现在还不太远的时候，有个皇帝很爱吹牛。

一天，他对臣子们说："说谎是能骗住人的，但是谁的谎话都骗不住我。你们有谁能骗得住我，让我责怪他说的是谎话，那就证明这个人有了不起的才智，我就叫他官升三级！"臣子们知道欺骗君王是犯杀头罪，谁也不敢干。

皇帝觉得很扫兴，就写出诏子，张贴在全国各地。诏上说："谁能让皇帝责怪他说谎，皇帝分给他一半江山。"

消息很快传开了。有一个财主认为这是做官发财的机会，决定试一下。用什么办法骗皇帝合适？他挠着头想啊想，最后请了几个乡绅好友，在一起叽咕了一天，才想出个好主意：他命伙计们把自己的三亩竹子都砍光，再把竹节儿钻透，一根一根地接起来，用十斤青铜铸了个烟锅，三尺白玉琢了个烟嘴，一匹土布缝了个烟布袋，上绣"祖传大烟袋"几个字，用大绳系在上面。费了好几天工夫，才收拾停当。财主雇了一百个短工，抬上这杆"大烟袋"去见皇帝。

到了京都，财主对皇帝说："万岁，这是我祖传的大烟袋，小人我也不知道它有多长。反正吸烟时，总是派人骑着马去点火。冒起烟来，比当年周幽王设在骊山上的烽火台还高，真是当今奇宝！今天特意敬奉给您，请大王给我赏赐！"皇帝听罢，装模作样地下殿看了一眼，连连摇头说："不足为长！不足为宝！不足为奇！我先王在世时用的烟袋，少说比它长十倍！记得先王白天在太阳上点火吸烟，晚上烟吸足了，就到月亮上磕掉烟灰。你没见月亮上有块黑斑吗？那就是先王用烟袋锅磕碰的疤。你想，我咋能封赏你？不过你来了，不负你一片好心，东西收下，你回去吧！"财主没领着赏又赔了竹竿，还得付一百个短工的脚力钱，真是哑巴吃黄连——有苦没法说，垂头丧气地回家了。

有个跑江湖的，为这件事也动了心。他觉得自己走南闯北，游城串乡，唬了那么多人，骗人很内行。能骗住皇帝，讨得一半江山，比卖几辈子假药都强。他抱住头想了三天三夜，想起了个好点子。

这天，大雨一阵，云散天晴。跑江湖的背上事先用纸糊好的大剪刀，去见皇帝说："明智的万岁哟！刚才一个雷电，把天都震破了。天河的水漏下来，像盆子倒的一样。我上天一看，漏口正对着京城。我怕天漏的时间长了，把京城冲坏，就剪了一块云彩，把天补上了。这也算为国去患，为您尽忠，请万岁多少给点赏赐吧！"

跑江湖的心想：这一下，皇帝肯定会骂他说谎。

谁知皇帝点头笑了笑说："我完全相信你的话。只是我的御花园中，还得一阵小雨。你现在上天，把你缝的地方再剪个小洞，让水再漏些下来，我自有重赏！要不，我就定下你违抗圣旨的罪。"

跑江湖的一听，魂都吓跑了，忙跪下叩头说："小民实在无才，只是喝多了酒，说几句醉话。万岁爷息怒！万岁爷息怒！"说罢，抱住头就跑。

皇帝令武士追上去，把跑江湖的痛打一顿。皇帝大笑说："古人云：上智下愚。一点不错！我是万众之王，世上还有谁能比我更聪明呢！"

正说着，宫殿门口涌来一群庄稼汉，拉了十几辆牛车，吵吵嚷嚷要见皇帝。殿前武士问他们是干什么的，他们说："我们是来找皇王讨账的。"皇帝一听，笑脸马上沉下来，生气地说："孤王的财产用不尽、取不完，什么时间欠过你们的账呢？"

一个白发老人叫张三，从人群里走出来，用拐杖气呼呼地捣着地，说："当年我们给您盖这宫殿时，您答应给我们十车黄金、八车白银、五车青盐做工钱，还叫我当证人。现在你要赖账，你身为一国之王，咋能说话不算话呢？"

"您胡说！"没等张三说完，皇帝就暴跳起来，"大殿是我先王建造的，我根本不知道，你敢说谎？"

张三不慌不忙地说："好了！那就请你分给我们半个江山吧！因为您骂我们是说谎。你告示上写得明白：责怪说谎，就分给一半江山。满朝文武大臣都可以作证，你想不认账吗？"

皇帝后悔了，但当着这么多人又不好反悔，就勾着头暗自掂量了一阵，说："哦！我想起来了，有这回事！确实有这回事！张三！我还是付给你们工钱吧！"他硬着头皮给这群农民装了十车黄金、八车白银、五车青盐。

从此，他再也不敢吹牛了。

讲述者： 肖恒章，男，58岁，桐柏县固县镇人，小学，农民

采录者： 薛远增，男，31岁，桐柏县人，大专，旅游局干部

采录时间： 1985年

采录地点： 桐柏县城

选自： 《中国民间故事全书·河南·桐柏卷》

310

五牛换六羊

王庄有个王老汉，整天老两口为他那二十来岁的儿子发愁。愁啥哩？原来他那个儿子有点不大能，斗大的字不识一箩筐，学文不成，学武又怕伤着，想叫他长点见识，娶个媳妇，能生子传宗接代。老两口商量来商量去，决定叫儿子学做生意，到时候说不定还能挣得万贯家产。

这一天，老两口听说别人贩牛赚了钱，心想这个生意中，就是不赚钱，至少还有牛在，无非是多喂几天料，赔不到哪去，就把家里值钱的东西典卖了，买了五头牛，叫儿子说："娃呀，你也不小了，别的不会，学着做生意吧。你就赶着这五头牛去吧。将开始，也不要你赚多少钱，只要能少赚点儿就行。哪怕能赚一个，你妈俺俩也高兴。"儿子一听，对他爹说："爹，你看你说哩。别的不知道，多少俺还是知道的。赔不了，你放心吧。"儿子就赶着牛，又带些盘缠走了。

儿子这都走了五六天了。牛也没卖出去，他也很生气："俺给俺爹妈说过，俺做生意赔不了钱。可没人买，该咋办哩？"一抬头，看见路边有个放羊的。一数共有六只羊，心想有生意做了，就对放羊的说："大哥，俺用这

五头牛换你这六只羊中不？"放羊的一听，以为他是闹着玩的，就说："胡乱啥哩，不换。"这人一听急了："大哥，换吧，换吧。"放羊的说："去去去，别耽误俺放羊，到一边玩去。"这人又说："大哥，俺找你一串钱中不中？"放羊的一看，这家伙真要用他那五头牛换这六只羊啊，忙说："你要真想换，就给你换了吧。"这人一听他答应了，急忙拿出一串钱塞到放羊的手里。生怕放羊的再反悔，慌忙赶着羊就走。直到看不到放羊的人才慢下来，心想：爹妈还怕俺做生意赔了哩，你看俺用五个换他六个，这不是赚一个回来了？

又走了两天，见个打猎的拿着七个兔子上街卖，就赶着羊上去对打猎的人说："大叔，你这兔子是卖的吧？""是呀。""你也别往街上跑。俺这六只羊换你这七只兔子，你看咋样？"猎人以为他开玩笑，瞪了他一眼："去去去，别耽误事。去早了，俺还能卖个好价钱哩。""大叔，大叔，俺找你钱，再找你一串钱，你看中不中？"打猎的一看还要找钱，不像是开玩笑，知道是遇见了个傻蛋，就说："中呀，看你是个外地人，走恁远的路也不容易，换就换吧。"这人一听，急忙拿出一串钱往猎人手里一塞，提起兔子就走。这人心想：这回又赚了一个，照这样下去，过不了半年就发了。

这人提着兔子没走多远，看见一个卖瓜的担子里有八个瓜，就上前说："大爷，大爷，俺用这七个兔子换你那八个瓜，你看中不中？"卖瓜的心想："这卖剩下的八个烂瓜蛋子，别说是七个兔子，就是用一只兔子，俺都得找他钱。看来，这小子是想骗俺瓜吃哩。"就说："去去去，到一边玩去，别耽误我回家。""大爷，大爷，俺找你钱，再找你一串钱，你看中不？"老头说："走走走，你这号货俺见多了，不给你说了。"担着挑子要走。这人一见，急忙拿一串钱，连七个兔子，一起往筐子里一扔，抱起八个瓜就跑。跑好远，见卖瓜老头没追上来，咧着嘴笑起来。

这人抱着八个瓜，又走了两天，走到一条河边，见河里有九只鸭子，又一看，河边睡个人，就叫那个人。"小兄弟，快起来。"那个人本来是个要饭的，两天没吃东西了，走到这儿饿晕了。见有人叫，一见他抱着几个瓜，腾

地一下就坐了起来，忙说："大哥，啥事呀？""小兄弟，俺想用这八个瓜换你那九个鸭子，你看中不中呀？""用八个瓜换俺九个鸭子？"要饭哩心想：俺要饭的哪有什么鸭子！扭头一看，见河里有九个野鸭子，他一下子就明白了。他又怕那人看出来，就假装说："不换，不换。"这人就又说："小兄弟，俺找你钱，再找你一串钱中不中？"要饭的就说："那中呀。"这人忙拿出一串钱。要饭的一把抓过钱，抱起瓜就跑。这人到河里去逮鸭子。野鸭子一见有人来，"扑扑棱棱"都飞跑了。这人连个鸭毛也没得到。这下子东西也没了，钱也没钱了，只好空着手回家了。

王老汉两口在家还在盼哩。心里想着娃走了恁些天，看来是做成大生意了。回来定骑高头大马，驮着银子，到时候得赶紧找媒婆先给儿子找个好媳妇。结果一见儿子咋空手回来了，还以为儿子身上都带着银票哩。忙让儿子坐下。他妈赶紧去锅屋里打鸡蛋。王老汉就问："娃呀，你这趟生意赚多少钱呀？"儿子说："五牛换六羊，生意猛一长；六羊换七兔，生意才上路；七兔换八瓜，生意猛一发；八瓜换九鸭，生意落个光塌塌。""那，给你的钱呢？""人家不给换，钱都赔给人家了。"从此，王老汉再也不让儿子去做生意了。

讲述者：　黄道玉，男，60岁，桐柏淮源镇铁板桥湾村人，农民

采录者：　黄安杰，男，35岁，桐柏县人，现任郑州市烟草公司副总经理

　　　　　黄道云，男，39岁，桐柏县淮源镇人，高中，农民

　　　　　卢伟，男，35岁，桐柏县城关镇人，高中，职工

采录时间：2004年

采录地点：桐柏县淮源镇铁板桥湾村

选自：　　《中国民间故事全书·河南·桐柏卷》

311

花被子

张庄张庆林，今儿他家可热闹啦，儿子张富贵今儿成亲，亲朋好友来了十几桌。

新郎官张富贵挨个儿敬酒。轮到这一桌，坐的都是富贵的好朋友。朋友们就开玩笑说："富贵，今天咱们几个可得好好热闹一下，要不，这嫂子娶进门，以后，出门干啥都有嫂子管着，想闹着玩可就没恁容易了。"

张富贵手一摆说："没了，这兄弟们请放心，你嫂子也不是那不明理的人。"

一个朋友起哄道："张兄，俺们哥几个今儿晚上也不走了，你要是能当嫂子的家，就叫嫂子的新花被子抱来，我们几个盖一晚上，咋样？"富贵满口答应。吃饱喝足大伙都散了，几个朋友将才只是跟富贵开玩笑的，也都回家去了。等到睡觉的时候，富贵想起和朋友们说的话，就跟新娘子小娟说："今黑了有几个朋友没走，没东西盖，就叫你带来的花被子拿出去，给他们盖一夜。"

小娟想："这床花被子，是俺一针一线做成的，一次都没舍得盖过，给他们盖，那才不中哩。"就赌气，没吭声，把花被子拉过来垫屁股下，坐到被子上。

富贵去捞被子，没捞动，就很生气地想：将结婚，拿床被子，她都不哩，那以后不是干啥都得听她的？算了，俺也不在家待了，再也不回来了。富贵这样一想，和谁也没说，撇下一家老小和刚过门的小娟就走了。

富贵的钱不几天就花完了。这一天，他走到一个庄上，庄上有个小饭馆，老板为人和气。张富贵走到这儿，实在是走不动了，就对老板说："大叔，俺在你这儿帮忙吧，不要工钱，只要管吃就行。"老板见小伙子年轻，饭馆也要有人帮忙，就答应了。

富贵脑瓜子灵活，又勤快能干，生意越来越好。老板有一个闺女叫翠花，已经十八了，也常在饭馆帮忙。一来二去，两人就好上了。老板也觉得富贵能干，招个上门女婿也不赖，就给他们操办了婚事。成亲后，富贵更是一心一意地经营饭馆，饭馆生意越来越红火。

这一晃就是十多年，富贵已有一儿一女。这时候，张富贵又想，开个小饭馆，挣了不少钱，想买粮食存到那里，等粮食贵了赚钱。晚上就跟翠花商量。翠花不愿意，怕万一折腾穷了。富贵那犟脾气又上来了。第二日也不起床了，也不吃不喝。老板知道了，就问女儿咋回事，女儿把富贵想开粮行的事给爹说了。老板觉得不中，可又见好女婿不吃不喝，就说："就依了他吧。"

富贵要收粮食啦。好多人正发愁粮食卖不出去，都往这儿担。有几个小地主也把自己的粮食拉来卖给富贵。张富贵说没那么多钱，不收。小地主们都怕粮食压在自己手里，就借钱给张富贵。这一季，张富贵收了上万担粮食。

第二年遇上大旱，一旱就是三年，粮价是翻着个地往上涨。张富贵这回可是发大财了。就这两三年时间，又盖房子又买地，成了这一带有名的大员外。

再说富贵的老家，这两年遭灾，也是没粮下锅。张庆林就和人一起出来买粮，到了富贵的庄上。

这天，张富贵出来转悠。一看，那不是俺爹吗！就忙上前去问他是哪来的。张庆林一是这二十多年没见过富贵了，再说人家是大员外也没敢仔细看，就没认出儿子。

富贵一见真是他爹，想上前认，又怕老婆不愿意，还怕别人笑话，就没认他爹。他赶紧叫人把他爹请到屋了，说："你们大老远到这儿来了，就先歇两天，粮食俺会叫人给你们准备的。"没事就问他们家里的事。听说那边棉花多，就说："明年上你那儿去收花，到时候你们可要帮忙啊。"张庆林忙说："没事，到时你就住俺家。"第三天，富贵让套车的装满一大车粮食，说："这是你们买的粮食。另外，这一麻袋是专门送给张老爹的。"

几个人想，这员外可真是个大善人。原来，在那个袋子里，富贵让人放了好多元宝。张老汉到家一看恁些元宝，想这可能是员外明年收花先给的定金，等来年收花时用，也就没多想。

第二年秋上，富贵带着人，骑着高头大马来了。走到庄边看见地里有俩人在摘花，越看越像他那刚过门儿的媳妇小娟。走多远了，还在回头看。小娟一看这个人真是，老盯着人看干啥？也很生气。

富贵到了家，张老汉一见，大善人到了，又杀鸡又打酒。富贵他妈看见富贵，觉得像是她娃，就偷偷地给张老汉说："他爹，这员外咋恁像咱富贵哩？"老汉忙说："你是想娃想疯了，人家可是大员外，咱娃哪会恁有钱？再说这二十多年都没个信，说不定早饿死了。"老太太也就不敢再想了。

晚上，小娟想，这位贵人可对俺们家有恩，俺那花被子这十多年一直没舍得盖，想等相公回来，可是这么多年一直没有音信，怕是不在人世了，今晚就拿出来给这位员外盖吧。

小娟把花被子给富贵铺好，想：一会儿我得在外头听听，看这么有钱的大员外是不是见过这么好的被子。

睡觉时，富贵一见花被子，顿时想起了成亲那天的事了，就随口说："花被子，真可怜，为你出去十几年。亲生爹娘不能认，新房媳妇不团圆。"

小娟一听，赶紧找公公婆婆说："爹，娘，你们的儿子回来了。"老头、老太太赶紧问："在哪儿呀？""爹，那个员外就是呀！"小娟把将听到的话说了。老汉就忙说："花被子的事他咋会知道哩，得去问问，看他到底是谁。"

张老汉来到屋里也不敢明问，只是先问些不着边的事，然后说："俺有个娃和新婚娘子生气，跑了这十几年，也没音信，员外常在外面走动，你帮助打听一下。"

富贵一听，"扑通"跪下说："爹，俺就是富贵啊。"

老汉一听，喜得差点晕过去，忙把全家都叫起来，一家人团圆。富贵就把自己出走后的事和家人都讲一遍。一家人欢天喜地，只有媳妇一人独自流泪。

富贵回到粮行，把自己的事一五一十给岳父和媳妇说了，都怪高兴，把张老汉一家和小娟接来，两家合成一家过。

讲述者： 黄道玉，男，60岁，桐柏淮源镇铁板桥湾村人，农民
采录者： 黄安杰，男，35岁，桐柏县人，现任郑州市烟草公司副总经理
黄道云，男，39岁，桐柏县淮源镇人，高中，农民
卢伟，男，35岁，桐柏县城关镇人，高中，职工
采录时间： 2004年
采录地点： 桐柏县淮源镇铁板桥湾村
选自： 《中国民间故事全书·河南·桐柏卷》

312

卖马

从前，李家庄有一个老憨，除了地里活啥都不会干。可是心肠好，谁家缺米少面啦，他总接济人家。也有人看他老实，到他家表吃表喝[1]的。时间一长，老憨家就开始败落了，田地都卖完了。老婆对他说："老憨啊，家里没米面了，你去把咱家里那匹马拉街上去卖了吧。"他说："中是中，那卖多少钱呀？"老婆教他说："你把马拉到集市上，有人问，你就伸出手，比个五就中了。要给现钱，你就买点米面赶紧回来。要是赊账，你可得问清他姓啥名谁，家在哪儿住，啥时候去拿钱。"

老憨到集上正好碰到一个想买马的。他就问老憨："你这马多少钱啊？"憨子就伸出巴掌。"五十两？""嗯。""那好，俺买了，过两天到俺家拿钱。"老憨说："你拉走吧。"那人将要走，老憨想起老婆交代的话，忙拉住那人说："那你得给俺说说，你在哪儿住，姓啥叫啥，啥时候俺去拿钱。"

买马人一看恁憨个人，给他出个谜，猜不着，他也不

[1] 表吃表喝：骗吃骗喝。

能怨俺赖账，就说："那你听好了。我住那儿是远看黑洞洞，近听一窝蜂，问我名和姓，刮的东北风。月儿圆，要马钱。"老憨得着话，就回家了。

老婆见老憨回来了，没买米面，问他："马卖了？"老憨说："卖了。""那钱哩？"老憨说："月儿圆，要马钱。""卖给谁了？""刮的东北风。""住哪儿啊？""远看黑洞洞，近听一窝蜂。"

老婆一听就知道人家不想给马钱，就想：远看黑洞洞，那一定是片黑竹林。近听一窝蜂，那是有学校。刮的东北风，那是住东北面，姓韩。月儿圆，要马钱，那是叫八月十五去拿钱。

转眼到八月十五了，老婆对老憨说："老憨啊，今儿你去把马钱拿回来。"老憨说："上哪儿找谁呀？"老婆说："你到东北边，找一个庄，庄边有竹竿林，有学校，到那找姓韩的。见面你还认得他不？""认得。""那你去吧。"

老憨往东北走着看着，看见一片竹竿林，可没学校，还往前找。快晌午时候，找着了一个庄，边上有竹竿林，也有学校。忙找人问："大哥，你庄有姓韩的吗？""有啊，俺庄就一个姓韩的，是学校里的先生，你到学校找他去吧。"

韩先生正在教学生《三字经》，一看老憨来了，很稀奇。这个憨子，咋会找到这儿来了？

老憨说："俺老婆叫到这儿找你哩。"韩先生一听，想："傻人有傻福，恁憨个人，竟找恁聪明个老婆。真是一朵鲜花插在了牛粪上。"心里为老憨的老婆抱不平。看看天已晌午了，就说："兄弟，别急。这都晌午了，吃了饭，你再拿钱回家吧。"老憨答应了。

韩先生买了二斤肉剁成馅，又掺几瓣蒜瓣儿做菜包馍。吃了饭，韩先生说："再带几个回去给你老婆吃吧。"老憨就拿着韩先生给的五十两银子和菜包馍回家了。

到家给他老婆一说，老婆喜得慌，马钱要回来了，还管老憨饭，想这韩先生还真不错，就拿一个菜包馍吃。咬一口，咦，是蒜瓣儿，又咬一口，咦，又有个蒜瓣。老婆想："恁好恁香的肉，咋能掺蒜瓣儿做菜包馍哩？噢，我知道了，这是说老憨和俺本来就不配呀。想俺机灵能干，

嫁给这号又憨又傻的货，真是屈得慌。"越想心里越憋屈，就收拾收拾东西回娘家去了。

老憨也不知老婆为啥，啥不说就回娘家了，急得不得了，就去找韩先生，见韩先生就说："你赔俺老婆，你赔俺老婆。"韩先生忙问："咋回事儿？""俺回家，把钱和馍都给了她。谁知道，她吃了口馍就回娘家了。"韩先生一想："他老婆真能，肯定是知俺做菜是啥意思了。"就对老憨说："你知道你老婆住哪庄吧。"老憨说："大刘庄，门前有大路，门口还有一个堰坑。""好了，你回去等着吧。"

韩先生就把买来那匹马拉出来，好好打扮一番，不说是金鞍玉镫，那也差不多。他把最好的衣裳穿上，长袍马褂，骑马到大刘庄去了。

到了大刘庄后，他也不去找人，只管骑马围着庄一圈一圈地转。庄上的人一看，这人咋了，穿恁排场，骑高头大马，在这转啥哩？不大工夫，一个庄里人都出来看。这时，韩先生把马鞭往堰坑里一扔，穿着衣裳也不脱，就下水里去捞。旁边有个人就问："你这人真是的，不就是个马鞭吗，再买一个就是了。何必为了个马鞭子，把衣裳都弄湿？"韩先生说："马鞭虽小走九州，丈夫虽丑前世修。"说完，骑着马，头也不回就走了。

老憨的老婆也在看热闹的人群里，也不认得韩先生，听韩先生这么一说，再一看他骑的是自家原先的马，明白这是韩先生来找她，劝她回家的。啥话没说，收拾东西就回家了。

老憨一见老婆真不大一会儿就回家了，喜得不得了，心想：韩先生真是活神仙，一算就准。说老婆一会儿回来，真一会儿就回来了。这往后，老憨一没事就到韩先生家去玩。韩先生还是留他吃饭，留他喝酒。家里没粮了，韩先生就让他拿回去些。俩人成了好朋友。

老憨本来家境不错，可他乐善好施，落到今天这步。再加上他憨厚老实，土地爷就想帮他一把。这天晚上对他说："明天你到韩先生家去，就说给他出个谜。他要是答上来，你就把老婆给他。他要是答不上来，他家床底下有盆金子，你就要那盆金子。"老憨问："啥谜？"土地爷说："听好了，层层叠叠，稀稀撒撒，半黑半白，两头尖

尖。你要记清了，层层叠叠是盆金，稀稀撒撒是天上星，半黑半白是云中月，两头尖尖是朵云。这个谜底你自己知道就行了，别人谁都不能说。你老婆要问，你就说层层叠叠是牛屎，稀稀撒撒是羊屎，半黑半白是鸡屎，两头尖尖是老鼠屎。记住了吧？""嗯，记住了。"

第二日，一大早他就起来了。老婆问他："干啥起恁早？是不是又要上韩先生家？"老憨说："是哩，我今儿去不是吃饭哩，我是给他出个谜。他要回答不上来，他家里那盆金子就是咱的了。"老婆说："那要是人家答上来咋办？""就叫你送给他。"

老婆一听，心想，这个憨子，哪有打赌输老婆哩？你这憨子，跟你还真不如跟韩先生好，这回是你让我输给人家的，你可怪不得谁。就忙问："是啥谜呀？"老憨说："层层叠叠，稀稀撒撒，半黑半白，两头尖尖。""老憨恁能，出恁好的谜。俺猜不出来，给俺说说谜底是啥呀？"老憨说："层层叠叠是牛屎，稀稀撒撒是羊屎，半黑半白是鸡屎，两头尖尖是老鼠屎。""老憨，你赶紧去吧，叫韩先生到咱家里来，给他说让他抱着金子来猜谜。"

老憨忙去韩先生家喊韩先生。到了韩先生家，老憨忙对韩先生说："先生，你上俺家去吧，到俺家俺给你出个谜。你要是答上来，你就把我老婆领走。"韩先生一听，心说，你一个傻子，能出啥好谜，多好个老婆你要送人，这可别怪我不够朋友，就说："中，要是猜中了，你老婆就得跟俺走。"老憨说："别急别急，你要是猜不中，你那盆金子可得给俺。"韩先生答应着，抱着金子跟着老憨一路到老憨家去了。

老憨老婆正在做饭，让老憨帮忙。她偷空就把老憨说的谜底给韩先生说了。韩先生很高兴，接一个恁聪明能干的媳妇回去，就算把那盆金子给他也值了。

吃饭的时候，韩先生就说："赶紧出谜呀。"老憨说："中，你听好了。俺的谜就是层层叠叠，稀稀撒撒，半黑半白，两头尖尖。"韩先生想，这个傻瓜，你老婆都给俺说谜底了，你还不知道，可别怪俺叫你老婆赢走了，就说："那还不容易，层层叠叠是牛屎，稀稀撒撒是羊屎，半黑半白是鸡屎，两头尖尖是老鼠屎。"说完看看老憨的老婆，见她正捂着嘴点着头笑，想着可是没有说错。谁知

道，老憨摇着头说："不对，不对。""不对，那是啥呀？"韩先生吃惊地问。老憨说："层层叠叠是盆金，稀稀撒撒是天上星，半黑半白是云中月，两头尖尖是朵云。"他老婆忙问："谁给你说的呀？""昨黑了，一个白胡子老头给俺说哩。"韩先生一听，知道这是神仙在帮助老实人，就把金子留下，饭也没吃回家了。

老婆一听，想这是大仙在帮老憨呀，往后可得一心一意和老憨过日子。就这，老憨家后来又置了田地，日子慢慢也越过越好。

讲述者：　黄道玉，男，60岁，桐柏淮源镇铁板桥湾村人，农民
采录者：　黄安杰，男，35岁，桐柏县人，现任郑州市烟草公司副总经理
　　　　　黄道云，男，39岁，桐柏县淮源镇人，高中，农民
　　　　　卢伟，男，35岁，桐柏县城关镇人，高中，职工
采录时间：2004年
采录地点：桐柏县淮源镇铁板桥湾村
选自：　　《中国民间故事全书·河南·桐柏卷》

313

漆蒙眼赶集

从前，有个漆蒙眼[1]，这天上街去卖驴，手里提个油罐，想灌几斤香油。

漆蒙眼在后边赶着毛驴走，走了一会儿，有点热，就把袄脱了搭到驴背上。驴一颠一颠的，不大一会儿，把袄给颠掉了。漆蒙眼在后边用脚踩住了，用手一摸，是个袄，心想：这是谁呀，天一热，咋袄都不要了？他捡起来，又搭到驴背上。走了一会儿，驴又把袄颠掉了，他又踩住了，一摸又是个袄，想，真是的，谁又叫袄给扔了，你不要俺要，捡起袄搭到驴背上。又往前走，不大一会儿，驴又叫袄给颠掉了，漆蒙眼又给捡住了。这一路捡了四五回。快到街上，又捡着了，心里想：俺是上街赶集哩，捡恁些袄做啥呀。你不要，俺捡四五个了，这个俺也不要了。

到驴行，拴好驴，等人来问价。他想叫油罐挂到树上，找呀找呀，看见一个苍蝇。他以为是个钉，就叫油罐往上挂。谁知道，苍蝇一飞，罐掉地上，摔了个稀巴烂。漆蒙眼气得不得了，就去找苍蝇，心想：俺非找着你，打死你。

[1]　漆蒙眼：眼睛模糊看不太清楚，方言中也叫眵目糊眼。

找呀找，看见墙上有个钉。他想：可找着了，打死你。举手用力拍，一下子扎着手了。唉，今天可真倒霉。一会儿有人来买驴，人家掏了钱，拉着驴走哩。漆蒙眼想起了他捡的几个袄还在驴背上，就去抱，一抱没抱着，又一抱还没抱着。买驴的人一看，忙问："你这是干啥哩呀？"他说："俺的袄在驴背上，俺得拿下来。"买驴的说："哪有啥袄呀，你别在这儿瞎扯了。"漆蒙眼急了："咋能没有呢，俺一个袄，在路上还捡了四五个袄，都在驴背上搭着哩。你咋能说没有袄哩？你是不是想骗俺袄哩？"买驴的越听越生气，打了他一顿。漆蒙眼气得很，啥集也不赶了，回家去了。

走到半路，路中间卧个大黑狗，他以为是他的袄，就去抱，嘴里还嘟哝着："俺的袄真不在驴背上，半天是掉到这儿啦。"谁知道他一抱，狗咬他一嘴，跑了。他说："你别跑，俺撵上不打死你。"在路边捡个石头就去撵狗。撵到前头，有一个老头上街赶集走累了，躺在路边歇歇。他以为是狗，心想可撵上你了，举起石头就砸。老头起来又叫他打一顿。回到家里，漆蒙眼又渴又饿，忙先到锅屋里找吃的。锅台上鸡屙的屎，他以为是米饭，嘴里嘟哝着："这个懒婆娘，饭掉到锅台上也不知扫扫。"抓起来就往嘴里填，结果吃了一嘴鸡屎，气得不行。饭也不吃了，到堂屋找水喝。一进堂屋，见神柜放的白茶壶，他以为是白老母鸡又在神柜上屙屎，捡起石头就砸。"啪"的一下，把水壶给砸烂了。折腾这一大老响了，感着有些热，想：算了，去洗个澡，回来睡瞌睡。就去找堰坑洗澡。稻场里别人晒得有棉花。走到这儿一看，光光的，以为是堰坑。脱光了衣服，背对着稻场，一手捏着鼻子，想撂板肩[1]，一使劲，"嗵"，后脑勺碰了个大包。手一摸，不是水，是花。只好又穿上衣裳找堰坑。走到前面，又看见白光光的，心想：今儿个咋碰见恁些稻场呀？就只管大步往前走，结果掉到了堰坑里，淹死了。

[1]　撂板肩：跳水。

讲述者：　黄道玉，60 岁，男，农民

采录者：　黄安杰，男，35 岁，桐柏县人，郑州市烟草公司副总经理

黄道云，男，39 岁，桐柏县淮源镇人，高中，农民

卢伟，男，35 岁，桐柏县城关镇人，高中，职工

采录时间：　2004 年

采录地点：　桐柏县淮源镇铁板桥湾村

选自：　《中国民间故事全书·河南·桐柏卷》

314

张上当

张上当，饿死不拿人家一根草。

张上当是个推车子哩，叫张万成。他外号叫张上当。张上当是个寡汉条。他整天搁外头推车子，一辈子不占人家哩，不吃人家哩，也不喝人家哩，饿三天寸草不动人家哩。只有人家占他点儿还差不多。

他推个车，今个推，明个推哩。那回，他走到路上，听见沟里有个小孩哭，哭哩"咯哇、咯哇"哩。他听着哇，抓心哪，心里疼得不得过。小孩哭哩揪他的心，抓耳挠腮哩不得过。"这不中，我得找找，看小孩搁哪哈[1]。"去找咧，看见哪，是人家扔哩一个病小孩。他捡到了，搂住，搂哩好好哩回家了。

回家了，没有奶吃咋弄哩？孩哭，他也哭。抱住孩，孩不哭，他也不哭。咋弄哩？他咋抚养哩？他是个寡汉条子，小孩还有病，出疹子。他把小孩找个家儿给人家了，给一个开中药铺里看病先生。人家给小孩看看，摆治摆治，摆治好了。这家有个老婆，光两口，没得小孩。他把小孩

给人家了，人家怕他后悔，叫写个文约，上面写哩小孩多大，叫个啥子。他出了手续，按了押。

这家让小孩上学，后来，自家又生了个小孩。差一不差二，少不了多少，俩小孩都上学。上着，上着，上到十多岁，这个药铺里看病先生死了，光剩他娘了。他哥俩上学，上成了，大孩上学读书跟喝书一样。

有一次，兄弟俩闹气。他妈对弟说："你哥不是亲哩，他是捡哩。万贯家财是你哩。"弟说："捡谁哩耶？"他妈说："张上当哩。不信，这里头还有啥子文约。不承认，这里写哩还有纸张，你看，赶明儿个还给他。"

兄弟一吵闹，他弟说他是捡哩，要撵他走，哥么，也不知道啥。他就哭哇，想着这咋弄耶？这时候，他已经结过婚了，老婆也跟他一道走，去找张上当。

他找张上当哪，正赶上考试咧，皇上开科了。他先去考试。一考咧，考个头名状元。当官了，他还没得个家，这咋弄哩？那里弟还那样说他，想争口气，就回家找他老头，找张上当。找来找去，找着了。

张上当还搁屋里，一个人。他领着人马都上那哈去了。去时还领着他哩媳妇。他问张上当要妈哩，张上当没法了，就说他妈死了。死了，他要修坟祭祖哪。这又急坏了张上当。祭谁家哩坟，人家也不愿意呀！

张上当搁到外头，一个人站这儿想想，站那儿想想，闷闷不乐愁哩慌。这到底咋弄哩？上哪儿去给他弄个妈哩？他想来想去，想起过去高头[2]下来那个"傕子"[3]，家里死个人，坟里埋的是个女的。他就领着儿子去这里找，那里找，找了几天，找着了那个孤坟。这坟，如今没人管。他就指着说："这就是你妈的坟。"

他孩儿就搁那儿修坟祭祖了。恁些兵呀，旗呀，都来了。他跟媳妇跪那儿哭得痛着哩！哎，谁知高头那个人的儿也来了，也是一个状元。两人争那一个坟了。那个儿来修坟祭祖，要把坟起回家啦，这个儿不叫起。两个人都带有人马、兵器，争哩吵哩，热闹哩很哪。这回可难为住张上当了，在一边急哩没法儿。两个儿互不相让。这个说是

[1]　哪哈：哪里。

[2]　高头：过去南阳地区的人以自己为中心，中心以北称高头、上头。

[3]　傕子：在桐柏、唐河一带，称南方人为蛮子，山东人为傑子，山西人为傕子。

他亲妈，那个说是他亲妈。这咋弄咧？张上当没老婆，他指给儿子一个孤坟，谁知人家家里又来人了。

那孩儿的爹来了。他一看，这个也是他的儿，是他扔掉的那个病孩儿。那时怕养不活才扔了。谁知这孩子活了下来。两个孩儿原来是一对双生。末了说透了，那个孩子也认张上当做爹了。

张上当一下子得了两个状元儿子。

讲述者：　曹衍玉，女，61 岁，桐柏县月河乡金桥村郑庄人，农民，不识字

采录者：　河南大学"中原神话调查组"

录音整理：郑大芝，女，22 岁，河南大学中文系 81 级学生
　　　　　程健君，28 岁，河南大学中文系教师
　　　　　张振犁，60 岁，河南大学中文系教授

采录时间：1984 年 12 月 19 日

采录地点：桐柏县月河乡金桥村郑庄讲述者家中

选自：　　《故事婆讲述的故事》

异文：异姓亲兄弟

源潭街有个徐春光，祖传学医，靠手摇铜铃走村串户为人治病为生。

有一天，他吃罢早饭，摇着串铃出了镇子。约莫走了五六里地，累了，就坐到路边歇口气儿。忽然，隐隐约约听到婴儿哭声，循声一找，在一个麦秸垛边还真找到一个破烂的褥子包着一个婴孩儿，已经气息微弱。徐春光赶紧抱起来，也不去下乡了，转过身往家跑。回到家中，仔细察看，还好，这孩子还活着！赶紧到灶火[1]里给孩子打了小半碗风糕[2]，一口一口喂给婴孩儿吃，等婴孩儿吃得差不多了，这才细看他捡拾的原来是个男娃，随即给男娃起个大号叫徐一庆，捡到的日子定为孩子的生日。

[1]　灶火：即厨房。

[2]　打风糕：把炒面搅成糊糊，民间叫打风糕。

徐一庆童年的时候，和邻居的孩子们玩耍，男孩皮实，互相不服气，好争个高低上下，别的孩子打不过他，就开始骂人揭短，说他是个没娘的野孩子。徐一庆一听人家说他没有娘，就哭着回家不依[3]爹，徐春光就哄他说：别听人家瞎说八道，你咋会没有娘？谁家娃儿没有娘？难不成石头缝儿里还能蹦出来个娃儿？小孩子好糊弄，哭哭也就算了。不过，随着时间长了，徐一庆长大些，听的二话[4]也多了，他心里就有了想法，赌知道自己不是石头缝儿里蹦出来的，可是自己的娘是谁？又在哪儿？想来一定是有啥不好说的故事，不然爹也不会不叫他知晓。这孩子有心劲儿，一声不吭闷着头苦读书，一心上进。

后来，徐一庆参了军，每一次回家都试探着问娘的事情，徐春光都含糊过去了。其实，徐一庆参军后，徐春光就知道这孩子打小心就重，肯定会追问他娘的事情，现今长大成人了，再打马虎眼也说不过去，光糊弄也不是长法，该给孩子一个说法了，可他实在不知道咋样才能在不伤孩子的情况下给孩子一个合理可信的答复。心里存了事，愁容上眉头，徐春光在家里坐不住，没事就往外边瞎晃悠想办法。

当时源潭镇有商人成立的协会，规范生意人的信誉，解决生意纠纷，商会还买有很多土地，以积累资金帮助生意上有困难的人，商会把其中一块土地作为义地，安葬穷人、叫花子、遭无常[5]横死暂时无人认领的人。义地里埋的大多是无主的人。

有一天徐春光晃到商会的义地旁，就看到埋在最边上的孤坟，坟里埋的是一个外地女人，不知何故流落在此，身体不好没有商户雇用，就一直在育婴堂里做义工，死后，被育婴堂里的人出资埋在了义地。徐春光心想，这个女子无儿无女孤苦伶仃也是可怜，干脆就把儿子认给她让她当回娘吧！徐春光动手拔了坟上的杂草，又垒了个化钱池，像个有主坟的样子了，单等儿子回来好指给他看。

不久，徐一庆在部队干得好，当上了连长，觉得自己

[3]　不依：不答应不同意，有撒娇闹腾的意思。

[4]　二话：指闲话。

[5]　遭无常：即横死。无常指黑白无常鬼，是传说中阎王爷手下专门勾人魂的小鬼。

有资格也有担承的能力了，回源潭镇探家时再一次郑重其事地问到自己娘的事情，徐春光就把他领到这个乱葬坟地边，指着那可怜女子的孤坟说：这就是你娘。徐一庆对着"娘"的坟哭了一回，祭拜了一回，心里想着等有时间再回来给娘好好修修坟，转天他就赶回部队了。

源潭镇有个做搬运的杨大福，一人吃饱全家不饿，挣了钱，差不多都送到了酒馆里。做搬运活累，出力大，等到杨大福四十岁上下，就感觉身体越来越差劲儿，开始忧愁娶不起媳妇生不了娃，老了干不动了可咋办？有朋友就劝他早作打算，趁着还能挣钱去育婴堂寻个男娃养大，老了好有个亲人依靠。常言说：听人劝，吃饱饭。杨大福就到镇上的育婴堂里寻了个两岁的男娃抱回家当了儿子，起名叫个杨全盛。

杨全盛高中毕业去参了军，而且还干到了营长。人常说有爹有娘的是全焕人 [1]，知爹知娘的算是个齐整人，杨全盛也曾多次打问过娘，杨大福也是含含糊糊好多年，直到杨大福临终前，才对儿子说了真情实话，自己只是个养父，巧的是杨大福也把义地边上埋的那个可怜女子指给杨全盛当了娘。

这一年的清明节，杨全盛去给娘上坟，看见徐一庆跪在娘的坟前磕头，上前不依：这是我的娘，你咋来祭拜？徐一庆说：你弄错了吧？这个坟里埋的是我的娘啊！不信你问俺爹！俩人拉拉扯扯互不相让，只好去找徐春光闹个清楚。见两个孩子来问自己，徐春光直挠头，还不敢说实话，怕的是说了实话这俩孩子心里会空落落没了牵挂，没法儿了，只得诓下去：你俩别争了，娘是恁俩的娘，先生了杨全盛恁亲爹下汉口没了音讯，她一个女人家养不活你，把你寄养在育婴堂，她也留在育婴堂照顾你，后来才生的徐一庆，生产的时候难产亡故了，恁俩是一个娘的娃儿，以后互相照应着吧。

听了徐老爹的话，这俩孩子顾不得难过，从小没有娘孤单单的，不成想还能多个亲人帮衬，欢喜得抱在一起：原来咱俩是亲兄弟啊！

[1]　全焕人：民间指父母健在的人。

讲述者：　郭文森，男，78 岁，唐河县源潭镇源中街人，初中，农民

采录者：　周红云，女，55 岁，唐河县人，高中，文化馆干部

　　　　　曲凡杰，男，67 岁，唐河县人，高中，文联退休干部

采录时间：2020 年 11 月 25 日

采录地点：唐河县源潭镇郭文森家中

附
记

源潭自古为商业重镇，清朝中叶，山陕商人人数众多，就集资兴建了一座山陕会馆。山陕商人敬重关羽义薄云天，在大殿塑了关公像，山陕会馆也叫关帝庙。会馆成立有商会，负责处理各类纠纷，救助突遭变故的商人。买有义地建义冢，收葬无主尸体。有了这样的背景，就产生了一些有关义地、义冢的故事。讲述者郭文森是源潭街的老住户，他讲述的故事，多半以源潭街为背景。（曲凡杰）

315

送瘟神

讲述者： 曹衍玉，女，61 岁，桐柏县月河乡金桥村
郑庄人，农民，不识字

采录者： 河南大学"中原神话调查组"

录音整理： 郑大芝，女，22 岁，河南大学中文系 81
级学生

程健君，28 岁，河南大学中文系教师

张振犁，60 岁，河南大学中文系教授

采录时间： 1984 年 12 月 19 日

采录地点： 桐柏县月河乡金桥村郑庄讲述者家中

选自： 《故事婆讲述的故事》

　　有弟兄俩吵嘴生气，弟恼得慌，想害他哥，扎了一个草人。他儿在一旁问："爹，这扎哩是啥？""瘟神，送给你大伯那儿！"小孩记住了。到要出天方[1]的时候了，他把草人紧靠着他哥的门，竖那儿了。

　　当哥的开门出来，出天方哩，草人倒到门里头了。当哥的小孩跟着他老头一路，大人不吭气，小孩见了，问："爹，这是啥子进来了哇？""财神。"说了啦，麻利赶紧请到屋里，搁个场儿，敬着了。一直敬一年，人家那一年方方便便哩，得劲哩很。

　　又过年咧，当哥的又把瘟神送到当弟的那一家去了。也是出天方的时候，当弟的一开门咧，扎哩草人倒到屋里头了。他的小孩说："爹，你看，咱哩瘟神爷又回来了。"他这一年都晦气，过哩不好哩很。

[1] 　出天方：地方习俗，在新年子时，放鞭炮迎新年的仪式。

316

金板凳

一个恶婆婆，白天叫童养媳干活，晚上叫童养媳搁当院里纺线。纺线咧，又不给她板凳坐，童养媳得跪着去纺。

这个童养媳成天跪那儿纺线，纺着些儿，哭着些儿，想：婆子怕点灯费油，叫搁院里纺线。秋天了，冷丝丝哩，还得搁外头纺。怕她睡着了，每天还规定纺多少线。童养媳很伤心，想着这日子啥时候能熬到头咧。

这日，到了半夜里了，童养媳还搁院里纺线。她纺着哭着，纺着哭着，惊动了老天爷。老天爷听见黑更半夜还有人哭，就开开南天门下来，变成一个白胡子老头儿，来到这个童养媳跟前，问她："黑更半夜你哭啥？你想要啥？你要啥我给你啥，别哭了。"

"我要一个凳儿。我见天夜里得跪着纺线，没有凳儿坐。"

老天爷就给她一个金板凳，让她坐着纺线。

第二日天亮了，恶婆子见童养媳趴到纺车搅把上睡着了，气呀，抓把扫帚就要打。这时，她看见童养媳坐着一个明晃晃的金板凳，又喜得不得了，心想：这金板凳来路肯定不小，以后可不敢再折磨她了，也不能再让她搁当院里纺线了。

隔壁是一家富户，那老婆子贪心大得很，听说人家媳妇夜里纺线得了金板凳，也想得到个，自己又没有媳妇，这咋办咧？没办法，就叫自己的闺女，夜里到当院里纺线，也不给凳坐，叫她跪着纺。这闺女娇生惯养，没受过苦，难为得她也是纺着些儿，哭着些儿，哭得也怪痛。黑更半夜，老天爷又听见有人哭哩，开开南天门下来。老天爷找到这闺女，就问她要啥。这闺女心慌害怕，啥也说不出来，急得手在嘴上乱摸。老天爷想：这闺女是想要胡子呀，给她。

第二日一早，老婆子起来找金板凳哩，走到院里一看：啊，闺女咋变样了，长着满嘴的胡子！

讲述者： 曹衍玉，女，61岁，桐柏县月河乡金桥村郑庄人，农民，不识字
采录者： 河南大学"中原神话调查组"
录音整理： 郑大芝，女，22岁，河南大学中文系81级学生
程健君，28岁，河南大学中文系教师
张振犁，60岁，河南大学中文系教授
采录时间： 1984年12月19日
采录地点： 桐柏县月河乡金桥村郑庄讲述者家中
选自： 《故事婆讲述的故事》

317

老
天
宝

有个财主叫老天宝，是个吝啬鬼，经常虐待长工们，长工们恨透他了，就生了个法儿来治他。

他家后院有棵大榆树，树上垒个老鸹窝。长工们商量，无论谁见了老天宝家的人，都要把他家后院榆树上的老鸹窝说成是灵芝草，故意叫他知道。说的人多了，老天宝就信以为真，操心想把它钩下来。

一天，他跟老婆来到榆树下，叫老婆站在树下，自己爬到树上，钩下老鸹窝往头上一戴，问老婆说："看见看不见我？"老婆仰着下巴颏，说："看见了！"他又往上爬一节，问老婆："看见看不见？"老婆还说："看见了！"他一想，这得爬很高哩，又往上爬了一节，问老婆："能看见不能？"老婆被问得絮烦[1]了，就冲他说："看不见你那鳖样了，快下来吧！"他以为真的是灵芝草，看不见他了，就把老鸹窝戴到头上，从树上下来了。

第二天，他戴着老鸹窝，支六五叉，上城赶集。走到

一个卖火烧摊跟前，伸手抓了两个火烧，爽[2]到袖筒里走了。卖火烧的跟他是熟人，见他戴个老鸹窝，心里直觉好笑，想着他转回来要付钱的，没问他要。

他又走到一个炸油条锅前，伸手又抓两根油条，塞到嘴里吃着走了。卖油条的只顾忙着给别人上秤，没看见他偷了油条。

他想：我两次拿了人家的东西，人家都不知道，看来这东西真是个宝贝了。

他慢慢转到县衙大堂上，见没东西可拿，眼瞧不见[3]，他就把县官的黄金大印捞摸到手里拿上走了。县官一见丢了印，忙派人追上他，把他拉回县衙，痛痛打了一顿之后，充军发配，叫他服苦役去了。

老天宝丢人现眼，长工们高兴极了！

讲述者：	刘国有，男，62 岁，镇平县安字营镇连庄王洼村人，不识字，农民
采录者：	张卡申，男，26 岁，镇平县安字营镇连庄王洼村人，本科，干部
采录时间：	1987 年 3 月 13 日
采录地点：	镇平县安字营镇连庄王洼村
选自：	《中国民间故事集成·河南镇平县卷》

附
记

当年刘国有老人在讲述这个故事时，表情加动作，把故事情节演绎得惟妙惟肖。特别是讲述到老天宝在街上偷东西时，运用方言土语再加上动作，把"爽""抓""塞"等动词表演得非常逼真，使听众不由得开怀大笑，令人感到解渴又解恨。（陈志国）

[1] 絮烦：即厌烦。

[2] 爽：作动词用，有拢、塞、藏的意思。

[3] 眼瞧不见：一眨眼工夫。

318

妹还钱

从前有姊妹俩，婆家说[1]到一个庄上，姐说在庄南头，妹说在庄北头。姐是个双眼瞎子，妹来问她借面，她姐说："我也看不见，你尽那箩圈掬吧！"

姐也看不见，她妹仰箩[2]掬得彻流满，掬掬又掬掬，堆堆又堆堆，掬好了，她说："姐，你摸摸满不满？"姐说："不满你就再添添！"她又添了添，端回家了。

该她还她姐的面了，她咋整哩？把箩朝下一砍[3]，底朝天，箩底上掬些面，虚虚堆堆，端到她姐跟前说："姐你摸摸少不少？"她姐说："我也看不见，你倒缸里算了！"她说："姐你摸摸，省哩你看不见，说我沾你光！"

无奈，她姐双手一摸，满汪谷堆[4]的，姐说："正共正，你可别还我多了叫你吃亏呀！"她装着埋怨她姐说："姐呀，看你说话多外气？你我亲姊热妹哩，我就是吃个亏还能穷了我？"

每次仰箩借，还时砍箩还，还多还少，她姐也看不见，也不放在心上。

后来，她有病了，年轻轻的死在她姐前头了。她姐怪愧欠，不得见她连心的妹妹了。

她到阴间脱生个鸡，来到她姐家下鸡蛋，天天不误，一天下一个，下了二三年，少给她姐的面抵完了账，她又叫黄鼠狼给拉吃了，她又到了阴间。

她给她姐托梦说："仰箩借，砍箩还，欠你米，欠你钱，变个鸡来下蛋，三年本利一齐还。"

她姐梦一醒，知道黄鼠狼拉走那只肯下蛋鸡是她妹子变的，伤心得吭吭哭了起来。

讲述者： 郭松文，女，57 岁，镇平县安字营连庄王洼村人，不识字，农民

采录者： 张卡申，男，26 岁，镇平县安字营连庄王洼村人，本科，干部

采录时间： 1987 年 8 月 9 日

采录地点： 镇平县安字营连庄王洼村

选自： 《中国民间故事集成·河南镇平县卷》

附记

故事中的梦语"仰箩借，砍箩还，欠你米，欠你钱，变个鸡来下蛋，三年本利一齐还"这样的歌谣在农村老一代人中间还有流传。（陈志国）

异文：鸡还债

也不知是哪个朝代的事儿，有姊妹两个都嫁在一个村子里。姐姐心好，待人实诚，却是一个瞎子。妹妹伶牙

[1] 说：通过媒人说合，出嫁的意思。
[2] 仰箩：箩是用竹子编的器具，大多方底圆口，制作比较细致，用来盛米或面等。仰箩指的是将箩里的米或面掬掬又掬掬，堆得满满的像山那样的形状。
[3] 砍：倒扣着。
[4] 满汪谷堆：形容满得像谷堆那样冒尖儿。

俐齿，为人刻薄。她见姐姐老实可欺，常常欺负她。她上姐姐家借面，不是拿碗，也不是拿瓢，而是拿个筛面箩。掘面的时候，瞎眼姐姐总是给它捺得实实的，堆得高高的。妹妹还面时，也是又实又高，拢得像山尖。姐姐看不见，她总要叫姐姐伸手摸一摸，看实不实、高不高。瞎眼姐姐摸了，每次总要埋怨妹子几句："咱姊妹们还论个啥？过恁细、掘恁满干啥？撒了怪可惜的，你自己倒面缸里吧！"其实，瞎眼姐姐不知道妹子借面时，箩是仰着的，还的时候，把箩反扣过去，别看装得怪满怪高，实际不及原来的三分之一。天长日久，总是这样，姐姐从没察觉过。

妹妹活到二十几岁，年轻轻的死了，姐姐怪想得慌。姐姐家这年养有一只母鸡，每天都下一个蛋，从不间断。一天，瞎眼姐姐正思念妹子，忽听鸡笼里有说话声："仰箩借，扣箩还，填还姐姐十八年。"姐姐一听，这鸡叫声竟是妹妹说话的嗓音。这只鸡一直这样叫了三遍。到这时，瞎眼姐姐才知道妹子借面的能处，叹息说："唉，事过境迁，那也划不着叫你变鸡来填呀！"第二天一大早，姐姐就摸到鸡笼前，想把妹妹变的母鸡抱一抱。可惜的是，那只母鸡死了。

直到现在，对那些好占便宜的，人们总是会说：别看现在沾点儿光，下辈子一准要变鸡变鸭，填还人家。

讲述者：　景志斗，男，65岁，内乡县夏馆镇青杠树村
　　　　　人，小学，农民
采录者：　翟学禹，男，32岁，内乡夏馆镇青杠树村
　　　　　人，高中，教师
采录时间：1985年
采录地点：内乡县夏馆镇青杠树村
选　自：　《中国民间故事全书·河南·内乡卷》

319

乞丐孝子

从前，有个老婆儿熬寡养大两个儿子，给他们娶了女人，成了家。这年，天遭年成，五谷不收，老婆儿就领着他们，到外地去逃荒要饭。

有天晚上，祖孙三代住在一个小镇上的客店里。老婆儿睡着了，老二去跟老大商量，把他妈扔下，他们可跑。老大也这么想哩，弟兄俩商量好，都叫醒娃子老婆，扔下他妈偷偷走了。

第二天，老婆儿起来不见儿们了，一问才知道他们夜里都走了，老婆儿哭着到大街上去找。

一个乞丐离老远手里攥俩馍朝她跑来，后边有个人在撵。乞丐跑到老婆儿跟前，急忙把俩馍入到她怀里，后边追赶他的人可拧住他手脖儿了。那人拧住他，扬起拳头在他身上擂了起来。

很多人围着看，眼看那人把乞丐打得要死，人们指着那人说："别打了，要饭吃人多可怜，他要不饿还抓你那馍干啥？你把他打死了，还得给他偿命哩！"那人松开手，骂着走了。

乞丐从老婆儿怀里掏出他那俩馍，一个递给老婆，一

个自己吃。

老婆儿接着馍，"吭吭"哭起来。乞丐说："老妈妈，我给你馍你不吃，哭啥哩？"老婆儿把她被俩儿扔下的事跟乞丐说了。乞丐说："我都够可怜了，你比我还可怜哩！这样吧，我正好没妈，你就当我妈吧！"老婆儿见乞丐心肠怪好，就跟着他要起饭来。

乞丐很孝敬这老婆儿。转眼到割麦季节了，老婆儿跟乞丐从城里转到乡下去要饭。到一个员外家，乞丐打个杂，跑个腿。老婆儿给人家烧烧火，洗洗碗，娘俩在员外家落脚。

有一天，老婆儿闲着着急，就挎着箩头到地里去拾麦子。年轻媳妇们都跑头里抢拾大麦穗去了，老婆儿脚小，跟人家后边拾麦头儿。

地墒沟有一撮半青不黄的麦子，别人都没薅，老婆儿上前一薅，陷到地里，土埋到她腿窝起，急得她喊叫开了。人们见了赶紧跑来拉她，咋拉也拉不出来。

员外知道了，派人拿绳子来抬她，咋抬也抬不出来。

晌午，乞丐给员外买菜回来，到地里伸手一搀把老婆儿搀出来了。见地下是个洞，他跳下去一看，有十二缸银子。乞丐叫员外拉回去，员外贵贱不要，说乞丐："那是你们的财气，快挖出来拉回去吧！"

有了银子，员外招呼给他们娘俩买了些地，又给乞丐娶来女人，老婆儿跟着吃个闲饭，一家人日子红火起来。

一年后，有一天，有俩面黄肌瘦的女人领着儿子闺女讨饭讨到这里，老婆儿一眼认出他们，原来，这俩女人正是自己的儿媳。

一年前，弟兄俩扔下他们妈，领着家小到下路要饭，不想有一次河里涨了大水，哥俩为打捞河里的东西被浪子打到河底淹死了。

老婆儿听后，伤心地哭起来。这时，乞丐回来，见娘在哭，就问她哭啥哩。老婆儿起根发苗[1]对他说了，乞丐说："既然这样，妈你就别哭了，叫我俩嫂子和娃们在这里住下吧！"

乞丐把自己的家业一劈[2]三份，自己跟女人养活老婆儿，对她孝敬极了。

讲述者： 刘国有，男，62岁，镇平县安字营镇连庄王洼村人，不识字，农民

采录者： 张卡申，男，26岁，镇平县安字营镇连庄王洼村人，大学，干部

采录时间： 1987年4月5日

采录地点： 镇平县安字营镇连庄王洼村

选自： 《中国民间故事集成·河南镇平县卷》

[1] 起根发苗：从头到尾。

[2] 劈：动词，分作，分成。

320

活着不孝死了胡闹

老两口儿养了三个闺女，长大都出了门。

这天，老汉去大闺女家走亲。晌午了，闺女问他想吃啥饭，老汉说想吃碗葱花儿面叶儿。大闺女脸一板说："几天没下雨，葱都旱死了，吃不成！"老汉很生气，头一别就走了。

老汉来到二闺女家，已经晌午偏了，肚子饿得咕咕叫。他见门前菜园儿里的韭菜长得怪好，就对二女儿说："爹饿得不行，去割把韭菜，给我摊个菜合儿吃吃。"二闺女连说："吃不成吃不成！下了几天雨，韭菜淹死完了。"老汉二话没说，起来就走。

来到三闺女家，三女儿正在蒸肉包子哩，一见她爹来了，赶紧抓了双被子往蒸笼上捂。老汉气得红脖子涨脸，噙着眼泪回家了。

到家后，他叫老伴儿找人给三个闺女报信儿，说是自己得紧病死了，叫她们回来分家业。仨闺女得信儿，看谁跑得快！一进门又是哭又是叫，又是烧纸又是放炮。正哭到热闹处，老汉从里间走了出来，对着三个闺女骂道："哭你娘那个脚！葱怕旱，韭怕涝，热肉包子被子罩，活

着你们不行孝，死了你们瞎胡闹！"

讲述者：	罗胡氏，女，85岁，不识字，新野县城郊乡张营村
采录者：	罗保宁
采录时间：	1987年7月
采录地点：	新野县城郊乡张营村
选自：	《中国民间故事集成·河南新野县卷》

异文一：葱怕雾

从前，有个老太婆，跟前无子，只有三个女儿。自古男大当婚，女大当嫁，女儿们长到十七八岁，一个个去了婆家。

老太婆一生十分勤俭，加上老头子是个手艺人，手里有点积蓄。老头子临咽气时嘱咐老伴："等你爬不动了，投靠最孝顺的女儿，把咱的全部家产给她，你可要看准啊！"

这老婆整整八十岁，满头银丝，弯腰凸脊[1]，确实到投靠女儿的时候了。这天，天麻麻亮，老太婆就起来，想到三个女儿家去试试，看谁最孝顺。

老太婆锁上门，挂上拐杖，先上东庄大女儿家，进门便说："女儿啊，把你们种的葱给我割点。"大女儿看看雾蒙蒙的天，冷冷地说："葱怕雾！"老太婆二话没说，扭头就走，大女儿也没留她吃早饭。

老太婆到南庄二女儿家，这时已小晌午，天又下起毛毛细雨，老太婆说："女儿啊，把你们菜园里的韭菜给我割点。"二女儿黑丧着脸说："韭怕灌！"老太婆气得含着眼泪离开了二女儿家。

老太婆冒着雨到三女儿家时，天已晌午，三女儿揭开锅盖，正要吃饭，一抬眼见娘来了，急忙"叭嗒"一声把锅盖住。老太婆闻到一股扑鼻的羊肉香味，知道女儿晌午

[1] 弯腰凸脊：即驼背。

蒸的是羊肉包子，老太婆气得浑身发抖，又离开了三女儿家。一路上哭着走着，最后走到北庄侄女门前。

侄女吃过午饭正在涮锅，一见是婶婶来了，三步并作两步地迎出门外，把老太婆搀到屋里，招呼男人杀鸡，吆喝儿子烧锅，在灶火里乒乒当当忙开了。

不一时，侄女端碗鸡蛋茶，随手抓把广冰糖放碗里，老太婆刚把最后一个荷包蛋拨拉到嘴里，侄女又把小山似的一碗鸡丝面送到老太婆手里。再看桌上的炒鸡蛋、咸鸭蛋摆得满满的，老太婆看看侄女，想想三个女儿，呜呜咽咽地哭起来。侄女忙问咋回事，老太婆把今儿的事一五一十说了一遍，侄女听了，口口声声埋怨三个姐姐没良心。

饭后老太婆回到家，说得了重病，打发人叫回三个女儿、一个侄女。三个女儿听来人说娘病重，急急忙忙回来争家产，到家也不问娘病情如何，一条声[1]地争吵着："家产应该给我。"

老太婆怒气冲冲地说："这家业你们三个谁也别想要，我全给侄女。"三个女儿不满地说："为啥哩？"

老太婆冷冷地说："就为葱怕雾，韭怕灌，羊肉包子看不见。"说着把积蓄的银子全部交给侄女，把家中所有东西装了满满一车，让侄女、女婿拉走，三个女儿自知理屈，灰溜溜地走了。

讲述者： 马宗芳，女，69 岁，镇平县玉都街道大刘营村人，不识字，农民
采录者： 刘筱芬，女，45 岁，镇平县玉都街道大刘营村人，高中，干部
采录时间： 1987 年夏
采录地点： 镇平县玉都街道大刘营村
选自： 《中国民间故事集成·河南镇平县卷》

321

阴沉木棺材

从前，南方有个做生意的人，来北方贩运木料。在北方，他结识个朋友叫刘三。刘三是个土员外，商人每次来都到他家落脚吃住。

一次，商人卖完木料要回家了。刘三跟他说，想要副上等的棺木，以备老了下世之用。商人答应，说下次就给他捎来。

第二年春上，商人运着大批木料和一口棺材来了。商人跟刘三说，棺材料捎来了，叫他去看看。刘三出门一看，是个三三四[2]的棺材，看后怪生气，心想：我人没死哩，你把棺材可给我拉来了，真不会办事！就吩咐家人，干脆把那口棺材放到后院柴房里了。

商人卖完木料回家去了。后来一连两次，见员外刘三对他都是冷冷淡淡，不像从前那样热乎了。商人心中纳闷，就问家人，家人告诉他，刘三说他尖酸，共不得事。本来想叫他弄副好棺木的，不想他恁吝啬，因为这，刘三才不高兴。

---

[1] 一条声：不住声。

[2] 三三四：指棺材的底、帮、天板各部分木料的厚度，即三寸、三寸、四寸。

商人知道是咋回事了，就跟刘三说："刘哥，这几年多亏你帮忙，小弟能在这里做成买卖。这几年给你添了不少麻烦，以后我不做买卖了，今日咱兄弟们可要好好喝一场呀！"

刘三待答不理地说："你我朋友一场，应该应该。"转身跟家人说："去逮只鸭来杀杀下酒。"商人忙拦住说："大哥不必，肉我早割来了。"刘三愣在那里，商人说："三年前我就割来了，在我送给你的那口棺材里放着，快叫人拿去吧！"刘三不信，叫人去拿。

不一时，家人从后院拎着一块活颜鲜鲜的猪肉来了。刘三问商人："这肉真是你三年前割的？"家人在一旁说："老爷，这真的是在棺材里放着哪。"刘三眼一亮，问商人："兄弟，这棺材是啥木？"商人说："阴沉木。三年前，为找阴沉木我跑了不知多少个地方。找到它后，我叫木匠把原木掏个洞，封口时，木匠说它不能空，因此我就割了三斤猪肉放在里边。用这种阴沉木做棺材，它不会化尸。"

刘三听后，满脸羞愧地说："兄弟，你不说我真不知道，我错怪你了！"商人说："朋友不交真心，还算啥朋友呢？"

讲述者：　刘国有，男，62 岁，镇平县安字营镇连
　　　　　庄王洼村，不识字，农民
采录者：　张卡申，男，26 岁，镇平县安字营镇连
　　　　　庄王洼村，本科，干部
采录时间：1987 年 3 月 15 日
采录地点：镇平县安字营镇连庄王洼村
选自：　　《中国民间故事集成·河南镇平县卷》

附
记

南阳当地用作棺材的木材有：楠木、桐木、松木、柏木、椿木、柳木等。阴沉木虽为最上乘，但因稀缺，价钱贵，极少有人用。棺材的尺寸有一二三的，即底一寸帮二寸天板三寸厚；有二三四的，即底二寸帮三寸天板四寸；三四五的，即底三寸帮四寸天板五寸；四五六的，即底四寸帮五寸天板六寸。据刘国有的儿子讲，那天他们兄弟正在做作业，他父亲从外边回来，他母亲问："刚才去哪儿了？"他父亲说："没去哪儿。就在路边劝个架。"他母亲笑着问："劝个架？咋劝的？"他父亲就说："我的绝招——讲故事。"后来他就简单地讲了这个故事。（裴雪杰）

322

没客不杀鸡

从前，有四个举子非常要好，他们结拜成干兄弟。按年龄大小排列：老大王恩、老二吴青、老三李义、老四赵志。那年皇上开科，四兄弟进京赶考，路上，四人立下宏誓大愿：同甘苦，共患难，情同手足，心心相连。

也是时运不济，四人都名落孙山。

王恩家中鸡鸭成群，吴青家里果树成林，他二人家大业大，考中考不中也不在意。李义家贫如洗，只好带着妻子去给本庄财主看坟园。赵志虽说日子也不好过，想着这次落榜是一场大病耽误了功课，只要再下一番功夫，金榜题名还是有把握的，他夜晚当白天地刻苦攻读。

这年腊月二十三，有钱人年货都已办齐，赵志家连年货的影儿也没有。女人对他说："你常说结拜弟兄情同手足，眼下，咱揭不开锅，你去找他们挪借几个。再说，开了年还要进京赶考，腰里没铜，寸步难行啊！"赵志听女人说的在理，只得硬着头皮去借。

赵志先上大哥王恩家，王恩正在院里抓玉米喂鸡。赵志说："大哥，你喂恁大一群鸡，今响午杀只鸡咱兄弟们吃着喝着叙谈叙谈。"王恩白了赵志一眼，恶声拌气地说："没客不杀鸡。你又不是外人，家常便饭吃点算啦，哪用着杀鸡？"赵志听话音，心想：王恩连只鸡都不舍得，借钱更没门儿。他二话不说，扭头就走，王恩乐得省顿饭，也没挽留。

太阳偏西时，赵志来到吴青村边，见二哥吴青正在地里耪麦。吴青见赵志来了，爱理不理地让他到地头梨树下坐。

赵志瞅着满树黄澄澄的果子问吴青："二哥，这树上结的是啥？"吴青得意地说："这是冬梨，别的梨树秋天果子熟，唯有冬梨是冬季熟。"

赵志这时是劳饥变成渴，肚里肠家胃家直打架，口干舌燥，多想吃个梨消饥解渴呀！他试探着说："二哥，摘个梨尝尝啥味道！"吴青听了头摇得像拨浪鼓，落颜变色地说："天冷不吃梨。摘不得，摘不得！"这个一毛不拔的铁公鸡，连个梨都不舍得，借钱还不像割他身上的肉？赵志气得一扭身子，向三哥李义家走去。

人是铁，饭是钢，一顿不吃心发慌，更甭说赵志一整天水米没打牙，饿得头昏眼花。趔趔趄趄地走到李义家，已经是掌灯时分，李义见了，惊喜地说："四弟，真稀客！快进屋。"赵志把去大哥、二哥家的前后经过说了一遍，李义气得直跺脚，埋怨他俩少情无义。他连声催促女人："快给四弟做饭吃！"

李义女人把瓢背到身后走到门口，赵志忙说："三哥，甭叫我嫂子去借。咱们都是穷人，借了拿啥还？我看你这门旮旯有个冬瓜，叫我嫂子熬锅冬瓜菜吃吃。"李义听了，直掉泪说："四弟，你轻易不来，吃顿冬瓜菜真不是哥的心意呀！"

不一时，李义女人把冬瓜菜熬好，先满满地给赵志盛了一碗，赵志接过这碗冬瓜菜，边吃边说："三哥，你也不要难受，自己兄弟不讲吃喝，就这冬瓜菜吃着就蛮不错啦！"

赵志一连吃了三碗冬瓜菜，才把饥火压下。李义问赵志家里近来啥样，赵志如实说了。李义说："四弟，别发愁。我这一年工钱你全部拿去，过了年，皇上开科，你可进京赶考。"赵志过意不去地说："三哥，你也不算富裕，我全部拿去，你咋过年？"李义说："只要能打发你进京赶考，哥就是不过年心里也得劲。"

赵志拿着李义给的钱，回家过罢年就进京赶考。真是老天不负勤奋人，赵志考上头名状元，皇上放他到九江当巡抚。消息传到家乡，王恩、吴青知道后，心想有利可图，他俩一商量，等不到天明，连夜上九江去找赵志，谁知到九江连赵志的影儿也没见着。赵志叫人传出话来："我在家，上无兄，下无弟，独自一人。没有什么大哥、二哥。"两人碰了一鼻子灰，回家见李义，大骂赵志绝情绝义。

一天，李义女人说："咱如今吃上顿，没下顿，你也去找找四弟。"李义禁不住女人再三催促，只得沿路乞讨，到九江去找赵志。

李义到了九江，来到巡抚府，门军见他是个叫花子，不让进，没办法只好在街上要饭。

一天，李义在街上碰见一位老人，听他说，九江有户富商的儿子，欺压乡邻，巡抚大人判他死罪，谁要能讲下来情，富商愿以重金酬谢。李义听后说："我同九江巡抚是结拜弟兄，这个事情我能讲下来。若讲不下来，我情愿替他死。"老人见他说得这样实在，就带李义去见赵志。

李义说了答应给人讲情一事，赵志说："这人犯的罪是死罪重，充军轻。判他死罪为的是杀一儆百，今三哥讲情，为弟不能以私损公。念他有悔改之意，死罪改，活难免，发配云南充军。"

这家富商听说李义讲情，巡抚大人免了儿子的死罪，自然欢喜不尽，第二天请李义赴宴。酒过三巡，富商向李义谢过救命大恩，说："恩人想要啥，尽管说。"李义想：来这儿两三个月啦，想回家，没盘缠。四弟做官清正，手里也没钱，问这人要几个盘缠钱算啦。就说："有心啥也不要，又怕亏了你的心意，真过意不去，多少给几个茶水钱吧。"

临赴宴时，赵志向他交代："这里人喜欢比码子，他一定要重金酬谢，三哥也不可过于拘泥小节。"李义想：从九江回河南镇平老家，三十两银子也就差不多了。他随即伸出三个指头，谁知富商却误以为三万两。心想：钱算龟孙，花了再拼，三万两就三万两！富商差人到银号兑换三万两银票，当面交给李义。

李义回到巡抚府，向赵志说了富商赠银一事，并把银票交给赵志保存。

过了几天，李义对赵志说："四弟，我来三个多月啦！走时家里米没面净，你三嫂怕早已饿死啦！我得回去看看。"

赵志也不强留，派手下心腹人送李义回家，并向这人交代："你带足银两，护送李老爷回家。一路上顺着他说话，甭惹他生气。"

李义辞别赵志回家，见他绝口不提银票，窝了一肚子气。这天，看看快到家，李义问赵志手下人："你看赵老爷为人咋样？"手下人说："赵老爷做官清正，不畏强暴，来九江治服了那些地方坏货，百姓称他赵青天。"

李义气愤地说："哼，赵青天！我看他是赵无义，赵爱钱！"手下人连说："是，是，还是李老爷说得对。"李义说："一路上吃的住的都是花你的钱，我就在前边那个庄住，请到家里坐坐吧。"下人说："不啦，不啦！我还有事，咱们后会有期。"

李义到家门口一看：青堂瓦舍，雕梁画栋，当是走错了门。他正站在门外发愣，女人从院里噔噔噔跑出来，拍着手说："啊呀，你可回来啦！快进屋，站在门外吃怔啥哩！"

李义吃惊地张着大嘴巴，说："这，这是……"还没等他说成句，女人接过话头说："这是咱四弟派人来给置办的。给咱盖房，又替咱买地，以后再不愁没米下锅啦！"

女人随手又指指门头上挂的匾说："你瞅，这是啥！"李义抬头看见"仁义之家——九江巡抚赵志赠"几个金光闪闪的大字，看着，看着，心里像打翻了五味瓶，扑簌簌眼泪直流。

王恩、吴青听说李义从九江回来，急忙跑来探问究竟。李义如实地说了，俩人喜得什么似的。第二天结伴上路，决心这次要见赵志。

俩人走到一个三岔路口，只见路口高高地竖着一座石碑。俩人下马走近细看，只见石碑上写着：没客不杀鸡，天冷不吃梨，三碗冬瓜菜，九江不失义。

俩人看罢，脸上青一阵子、红一阵子。王恩说："去也是白去。"吴青接着说："自讨没趣！"他俩只好灰溜溜地顺着原路回家。

323

讲述者：　张应范，男，42 岁，镇平县涅阳街道西关
　　　　　村人，不识字，农民

采录者：　刘筱芬，女，45 岁，镇平县玉都街道大刘
　　　　　营村人，高中，干部

采录时间：1987 年夏

采录地点：镇平县涅阳街道西关村

选自：　　《中国民间故事集成·河南镇平县卷》

水落石头现

水落家富，石头家穷。石头娘俩在水落家落脚，石头娘给水落家当佣人。水落和石头玩熟了，两人很要好，谁也舍不得谁。

到上学的年龄了，员外想叫水落上学馆读书，水落说啥也不去，员外问他咋不去，水落说："要我上学得有个伴，不哩我不去。"员外说："你弟兄一个哪有伴？"水落说："我上学也得叫石头哥去上学！"员外说："你是富家郎，他是穷人娃，跟你比不着！"水落不依，又哭又闹，员外无奈，只好叫石头跟水落一起去上学。

水落、石头两人在学馆读书都很用功，从不贪玩。

光阴似箭，转眼就是十多年。水落十六岁，石头十七岁，两人都长成大人了。

来给水落提亲的踏破门。员外给水落一说，水落摇摇头说："我不急，先给石头哥说一个吧！"员外知道他那别性子，只好先给石头订了一门亲。

石头搬亲那天，水落里张罗外张罗，忙得浑身是汗。花烛夜，闹罢房，水落叫出石头说："石头哥，今夜让我跟嫂子歇一晚吧！"说着把石头往客厅一推，大锁一落，

走了。

石头在客厅气得直跺脚，他想：我人穷骨气在，水落你真不该这样胡来！

再说水落到洞房后，把银灯往窗前书桌上一端，伏在桌前，打开书本看起来，新娘等不着先睡了。他一动不动，看书看到鸡叫，他"嗯"一声把银灯吹灭，走出洞房，到客厅去了。

打开客厅房门，他给石头说话，石头只装没看见，理也不理他。

第二天晚上，水落把石头推到洞房，又把门锁上。石头肚子气得鼓鼓的，拉把椅子，坐到书桌前，拿本书，带看不看地把书本翻得哗哗响。

新娘也没理他，只管自己脱睡。她心里也在生着气哩。

鸡叫了，新娘醒了，折身坐起，看他还坐在书桌前，忍不住生气地问他："石郎，我哪点不耐烦你了？刚进你家门都是这样，以后的日子咋过呀？我来第一天，你就不喜欢，看了整夜书，鸡一叫你起身就走，今晚上你又……"说着，新娘难受得哭了起来。

这时，石头才明白过来，知道水落在给他开玩笑，两人又和好了。

月把天气，水落也娶来女人，两家都添了新人，就更亲近起来。

没多久时间，水落的女人嫌弃起石头一家来，嫌他们家穷，明里背里白眼来黑眼去，指桑骂槐叫石头一家人听。

有一天，水落女人把水落的文房四宝统统藏个地方，水落上学找不着，问她她说不知道，反说是石头偷去了。水落咋也不相信石头会是这种人！

石头家穷，可是个有骨气的人，他见水落女人猢臭[1]，就跟母亲女人一家三人搬回家住了。

水落满屋找遍不见文房四宝，他就怀疑上石头了，心想生个门儿试探试探他。

他俩上学的路上，要过一个小桥。这天，水落老早来到桥下，把一块元宝上刻下"天赐石头一锭宝"几个字，放在小桥石板上，自己钻到桥下躲着，等石头过来。

石头过来了，走到桥上看见元宝，弯腰拾起来一看，上面写着字，他念了一遍，前看看、后看看不见人，掏出毛笔又在元宝上面写上：此宝是我哩，跑到我家里。写好，把元宝又放到石板上，上学去了。

水落从桥下爬出来，见元宝还在桥上放着，拿起来一看，他把石头在上面写的字毁掉，拿上元宝也上学去了。

到学馆里，水落趁石头不注意，把元宝掏出来放到石头的抽屉里，石头拿东西时，又看见这锭元宝了，他又用毛笔写上"此宝是我哩，跑到我家里"。写完，把元宝扔到地上，瞅也不瞅一眼。

水落等石头走了，忙去摸石头的抽屉，一眼看见地上的元宝，拾起来一看，又是那几个字。这时，水落才死了心，他想：石头元宝都不稀罕，他能偷我的文房四宝？

水落回到家里，二话没说，劈头盖脸把他女人打了一顿，逼住问她，文房四宝她抬[2]哪里去了。不说就要休她。女人怕了，一五一十把实话说了，自己拿出来文房四宝。

水落知道错怪石头了，就找上门赔不是认错，死拉硬扯把石头一家又拉到自己家里，两家又和好起来。

大比之年，皇上开科，水落、石头带着盘缠，两人赴京赶考去了。

到京里，三场考完下来，石头得了个头名状元，水落落榜啥也没考中，回家了。

石头考上头名状元后，家乡一带遭了灾。先旱后涝，蚂蚱啃吃庄稼，五谷不收，接着扳了个大年成。

水落家里有点粮食，不料一场火灾就把万亩田产烧光了。水落一家也成了穷人，日子没法过了。

无奈，水落女人说水落："当初你待石头哥恁好，如今咱到了这步田地，你找他混个差事，挣俩钱也能养活养活俺娘们，总比饿死要强些。"

水落一听，觉得女人的话有道理，七整掇[3]八整掇，整掇了一些盘缠，他拿上上京去找石头。

水落到京里找到了石头，诉说了家乡的灾情，石头安慰他几句，就叫他在府中住下了。

[1] 猢臭：意指女人不明情理、胡搅蛮缠。

[2] 抬：指藏起来之意。

[3] 整掇：七拼八凑之意。

月把天气过去，石头也不说给他银两。他呢，几次话到嘴边又咽了回去，来找差事的心思也没敢对石头启唇；石头问也不问，只顾忙着朝中的大事。

天天吃罢饭，石头就让人陪着他到京城各名胜古迹去游玩。天天花天酒地待他，就是一句也不提他家里的事。

一个月，两个月，三个月时间过完了，转眼就是年把天气，水落急得要发疯，跟石头说："非回家不行。"

石头说："回你回去吧！"既不说送银，也不说送金。他心下说：我回去你不给我盘缠，我路上可咋办哩？

石头把他送出京城，两人就分手了。

水落身无分文，两手空空，怄大个京城，一没亲戚，二没朋友，他真想哭一场，千不该万不该，恨自己不该来京里找石头这没心肠人。

他往家走着，每到吃饭时，路过哪个客店，客店的掌柜离老远就上前迎接他，满桌酒席招待。吃完了饭没钱给，掌柜也不说要，还送他送多远。

住店了，客店掌柜离老远把他迎接到店里，铺好床铺，端茶送水，侍候得周周到到。第二天，他说没钱给，掌柜也不问他要，还交代他路上要保重身体。

其实，石头早有安排，在他沿途经过的地方，逢着客店，头前先有一个人去报信，他走在当中，后边再有一个人跟着交账，这他完全不知道。

快到家了，他想：我去京里年把子了，事哩没找着事，钱哩没要来钱，怄长时间也不知她娘们咋样了。想想没脸进庄，就钻到一个黑坟园里头，躺到树下，等天黑了回家。

刚躺树下不久，他听到过路人议论说："你看人家石头多讲良心，虽说当初得水落家一点济，看现在人家也够情意啦！""可不是，如今比水员外在世还整哩好哪……"

听到这里，水落一骨碌爬起来就往家跑，到自己门上一看，愣住了：眼前一片青堂瓦舍，骡马成群，比起往日阔气多了。

这时，女人走出门来，见到水落，迎上去就把他走后石头派人来这里盖房置地的事说了。这下水落才知道误解了石头，真没想到石头会这么办，他乐得只想笑几天。

第二天，送信的送给他一封石头写给他的信，信中写道：

你坑我一夜，我坑你一春；

水落石头现，日久见人心。

讲述者：　刘国有，男，62 岁，镇平县安字营镇连庄王洼村人，不识字，农民

采录者：　张卡申，男，26 岁，镇平县安字营镇连庄王洼村人，大学，干部

采录时间：　1987 年 4 月 7 日

采录地点：　镇平县安字营镇连庄王洼村

选自：　《中国民间故事集成·河南镇平县卷》

附　记

早些年，农村人除了下地干活，几乎没有什么文化娱乐，一年中，能看几场戏或看几场电影就是最大享受了。但是各个村中都有几个"艺人"，他们有的擅长敲锣鼓，有的擅长吹喇叭，有的擅长唱坠子，有的擅长唱鼓词，有的擅长大调曲，还有的会说书。他们都给当地农村枯燥生活注入了清新剂、带来了快乐风、增添了文化气息。这些艺人要么二人要么多人组合成团队，自带被褥，走乡串户，挣钱谋生，他们每到一个村子，不管大路边、河堤上、麦场里，或者大树底下、吃饭场上，只要有 20 平方米的空地，就停下来吆喝、敲鼓以吸引人们到来。只要聚集起群众，他们就可以演出。那时的演出费也简单，十斤八斤粮食、一袋两袋干菜就行。讲述者刘国有最先就是跟着这样的团队敲大鼓，在敲大鼓的过程中，他用心听、用心学，跟着老艺人学到了很多功夫。回村休息的时间，他总喜欢将学到的片段现学现卖给村里人，慢慢地，人们都称刘国有为"故事大王"。他也特别喜欢和年轻人在一起疯着玩、疯着乐，村里的年轻人也都喜欢和他在一起乐呵，都称他为"老顽童"。这个故事中的"你坑我一夜，我坑你一春"最先就是在年轻人中传播开的，警醒年轻人，不能像水落那样，开玩笑开过了头。现在"水落石头现，日久见人心"在镇平，也是成了朋友之间真心相对的试金石。（裴雪杰）

异文：路遥知马壮

听老辈人说，早年间，咱这西北有个镇，镇上住着俩举人，一个叫路遥，一个叫马壮。俩人好得只算多个头。

马壮大路遥两岁，路遥叫他哥哥。马壮爱开玩笑，见人先打哈哈，后说话。他家有几十亩地，日子还算富裕。路遥家境贫寒，在镇上代写书信，挣钱糊口。

一天早饭后，马壮到路遥家去，路遥拉过小板凳招呼马壮坐下。马壮对路遥说："弟弟，你也不小啦，该娶个人啦！"路遥俩手一摊，苦笑着说："哥哥，咱穷得梆梆响，谁家闺女肯来饿肚子？"

马壮说："我同你嫂子商量好啦，后天就跟你成亲。说的是北庄张老好的闺女，交腊月满二十岁。人长得还算齐正[1]，织布纺花、缝敫补粘样样拿得起，放得下。一切花销包在哥身上，你只管把房子插补一下，等着当新郎倌。"

几天后，马壮帮路遥成了家。成亲这天，马壮对路遥说："为你这门亲事，哥眼熬烂，腿跑断，一颗心操碎成八瓣，求你答应件事。"路遥："有啥事，尽管说，只要能办到，一定尽力办。"马壮说："今晚我给新娘子做伴。"

"这……好吧！"路遥大张嘴没法儿回答，好半天咬咬牙答应下来。

这晚，马壮陪伴新娘。第二天晚上，路遥憋着一肚子气走进新房，闷坐窗下低头不语。"梆梆梆"交三更，新娘子忽声从床上坐起，慢声细语地说："你这个人怎稀奇，我有啥不是处，你尽管说，咋昨晚不吭不哈地坐一夜只顾写字，大冷天不怕冻坏身子？"路遥问："我写啥？"新娘子嘴一撇，没好气地说："你装的啥糊涂？自己写写放在抽屉里，还来问我！"路遥急忙拉开抽屉，只见满满两抽屉字纸，张张上面都写着：路遥知马壮，日久见人心。路遥这才恍然大悟，原来哥哥同自己开玩笑。他不便向新娘讲明，朝新娘深施一礼，说："请你别生气！我这几个晚上是在准备功课，打算明年应考。"说完"扑"的一声吹灭了灯。

第二年春上，皇上开科选士，路遥也想进京赶考，无奈没有盘缠。女人说："你去问咱马壮大哥借点钱。"路遥为难地说："年内咱俩成亲全仗马壮大哥帮补，眼下实在没法儿再张嘴。"

两口子正在商量赶考的事，马壮怒冲冲从门外进来，劈头就问："你成天读书倒读糊涂啦？别人这两天都动身进京，你可倒沉气，陪着娘儿们在屋里闲磕牙！""我……"路遥张张嘴又合住了。马壮如梦初醒，狠狠地拍自己一巴掌，说："我怎糊涂，咋没想到腰里没铜[2]，寸步难行。走，快跟我去取钱。"马壮风风火火地一把拉上路遥朝外走，到院门口又回头对路遥女人说："弟妹，你快点给他打点行装，后晌就叫他动身。"

路遥晓行夜宿，赶到京城已是报名的最后一天。他急忙报过名，住在客店准备应试。路遥一步侥幸考中头名状元，打发手下人把女人接进京。

第二年，镇平大旱。种一葫芦打两瓢，河里杂草上秤称，针穿黄豆大街卖，大闺女才值俩鸡蛋。马壮家日子过得很艰难。

一天，女人把坛坛罐罐倒倒，还有一把米，又从屋梁上取下几把干野菜，凑合着做了两碗菜汤，叫马壮快点吃过饭，进京找路遥弟弟。马壮瞅瞅骨瘦如柴的老婆儿女，这个从不知道忧愁的汉子，难过得落下泪来。只见他碗一推，嘴一擦，背上女人打点的小包袱，紧紧腰带，奔向京城。

马壮一路上要着饭，走了七七四十九天，这天黄昏，总算走到京城，找着路遥。路遥安排马壮住下，一住就是一春。路遥为官清正，每日只顾忙着赈灾，从没说给钱送马壮回家。

一天，马壮实在忍不住了，吃饭时，他对路遥说："弟弟，我来时家中已囤底儿朝天，你嫂子娘们怕早已到酆都城[3]啦！我想今天回家。"路遥听了忙安排人送马壮回家。一路上吃饭、住店都由路遥的家人掏钱。马壮来找路遥，实指望要几个钱，度过灾年，谁知竟俩肩膀头儿抬

[1] 齐正：端正。

[2] 铜：代指钱币。

[3] 酆都城：传说中的鬼城。此处代指人已经死去了。

个嘴回家。

不几天，马壮到家。一看，粮满仓，衣满箱，问女人："这是咋回事？"女人说："这是路遥弟弟从京城捎来钱，让人给办的。"路遥的家人说："马老爷，我该回去了。来时路老爷让我给你带封信，交代到家后交给你。"说着把信递上。

马壮急忙拆开信，只见上面写着：路遥知马壮，日久见人心，你瞒我一夜，我瞒你一春。

讲述者： 王爱珍，女，87岁，镇平县城郊乡大刘营人，不识字，农民

采录者： 刘筱芬，女，45岁，镇平城郊乡大刘营人，高中，干部

采录地点： 1987年夏

采录地点： 镇平县城郊乡大刘营村

选自： 《中国民间故事集成·河南镇平县卷》

324

千里送鹅毛

镇平西北有个姑姑堂村。听老年人说，这个村里人的祖先是元朝末年农民起义军的一位首领，名叫刘胜。刘胜跟着朱元璋南杀北战、东挡西闯打天下，朱元璋建立明朝后，论功封官，刘胜家有八旬老母，不愿在朝为官，辞别洪武皇帝，离京回家侍奉老母。

刘胜走到离北京二十里处，有个农夫拦住轿子，口称结义弟兄前来送行。刘胜让轿夫住轿，原来是当年在义军时的结拜弟兄任守信。刘胜见了十分欢喜，忙问："任大哥，皇上论功封官，派人四处找你，怎么你在这里？"

任守信说："愚兄不爱高官，性喜桑麻，故而守拙归田。贤弟今日离京，咱弟兄不知何日才能相逢？"刘胜说："弟有老母在家，放心不下，一心弃官归家侍奉老母。"任守信问："伯母多大年纪？"刘胜说："今年腊月二十三日是老母八十岁生日。"

任守信思索片刻，眉头一扬说："贤弟回家代我问候伯母，老人家寿诞之日，愚兄一定赶到给伯母拜寿。"二人又叙了别后之情，任守信难分难舍地说："送君千里，终有一别。我有心再送贤弟一程，怎奈送着不当走。"刘

胜红了眼圈，背过身，边擦眼泪边说："请仁兄止步。"说完，二人洒泪而别。

任守信回家向女人说了这事，女人发愁地说："咱穷得就争把锅揭了当铁卖，去上寿给伯母拿啥礼物哩？"他低头想了半天，真是没啥东西拿。两口子正在惆怅，家中仅有的一只鹅"嘎嘎"叫着从门外跑进来，任守信眼睛一亮，对女人说："有了，我就拿着这只鹅给伯母上寿。"女人听了"呔"声一笑，说："老远拿只鹅去上寿，不怕人家笑掉大牙？"任守信笑着说："咱是心有余，力不足嘛！刘贤弟不是那种见钱眼开的势利小人，他不会笑话咱的礼物轻。"

腊月初一那天，任守信怀里抱着鹅，背着女人蒸的一裰裢窝窝头上路。一路上没钱住店，不是歇在古庙里，便是住在乡下的牲口棚里。饿了啃几嘴冷干粮，渴了到临路的庄上找点儿水喝喝。十冬腊月，天寒地冻，那天，天苍黑时，任守信走到一座前不巴村、后不着店的土地庙前，老天下起鹅毛大雪，只好抱着鹅进庙给土地爷做伴。

半夜里，任守信被冻醒，摸摸怀里的鹅，"哎呀，不好！"顿时大吃一惊。摸着冻僵的鹅，扑簌簌落下泪来。

天明，大雪封住了门。任守信望着茫茫大雪，看看怀里死鹅，想想到镇平五停[1]路才走了两停。折回去吧，君子一言，驷马难追，刘贤弟一定在家等着。人可万不能失信！他咬咬牙，紧紧腰带，一步一个雪窝地朝前走，走着、走着，裰裢里的窝窝头吃完了，一打听，离镇平还有五百里，咋办？只好到饭店同店主说了几箩头好话，人家总算答应把鹅煮煮。他算了算路程，含着泪把鹅肉分成几份，沿路用鹅肉充饥，好歹支持着走到镇平。他想：眼下只剩下鹅毛了，虽不是啥贵重东西，可这总算是自己虔心敬意老远带来的寿礼呀！他把鹅毛根根理好，装在裰裢里，冒雪奔往镇平。

腊月二十三日这天，刘胜家里张灯结彩，大摆宴席，宾朋满座，门庭若市，热闹得很。

天将午，亲戚朋友陆续来到。客人来上寿都是带着贵重礼物，唯独没见任守信，刘母埋怨儿子："我就说人家

是句客套话，偏你这个实心眼儿人，拿着棒槌认了'针'（真）！"

别的亲友也说："今冬雪雨大，交腊月就整天下雪。京城离咱这儿几千里，冰天雪地，人家肯定不来啦！"刘胜说："任大哥是个说一不二的人，他说来，就一定来，绝不会失信。"他交代管家把首席留着，亲友们交头接耳，小声议论刘胜忒死心眼儿。

晌午时，刘母由丫鬟搀扶着从后堂出来，准备接受众人的礼拜，正在这时，家人来报："门外有个外乡口音的叫花子，要进来给老太太拜寿。"刘胜听了不胜欢喜，说："一定是任大哥来啦！"众人将信将疑。

刘胜三步并作两步奔到门口，果见任守信风尘仆仆地站在门外，他上前一把拉住，说："我就说任大哥不会失信嘛！"任守信抱歉地说："这倒霉的天整日下雪。"

刘胜拉着任守信到后堂，见过刘母，任守信说："惹伯母见笑，没啥给你老人家拿，家中有只鹅，来时抱来了，走到半路上，鹅给冻死了。后来，我带的干粮也吃完了，没法把鹅肉吃了，拔下鹅毛带来。这真是千里送鹅毛……"还没等他说完，刘母笑得脸像菊花瓣，接住说："礼轻人意重嘛！"说完刘胜安排任守信坐首席，令家人速速端酒、上菜，盛情款待。

讲述者：　刘俊章，农民
采录者：　刘筱芬，女，45 岁，镇平县玉都街道大刘营村人，高中，干部
采录时间：1987 年 7 月
采录地点：镇平县玉都街道大刘营村
选自：　《中国民间故事集成·河南镇平县卷》

[1]　停：计量单位，相当于"份"。

325

梁老抠儿过招李犟筋儿

镇平县有个梁家庄，梁家庄有个梁老汉，梁老汉待人处事非常吝啬，人称"梁老抠儿"。村里人一提到他，都会连连摇头，还会来一句："这货呀，抠抠屁沟，嘬嘬[1]指头。铁公鸡一个，一毛不拔！"

梁家庄东南五里有个李家庄，李家庄有个李老汉，李老汉说话办事认死理，人称"李犟筋儿"。村里人一提到他，也都会连连摇头，还会来一句："这货呀，脑子一根筋，办事死劲球。杠子头[2]一个，十头驴也犟不过他！"

"梁老抠儿"和"李犟筋儿"是儿女亲家。话说有一天"李犟筋儿"出门办事，中午回家时途经梁家庄。事也凑巧，经过"梁老抠儿"门口时，"梁老抠儿"正好走出院门。这个时候看到亲家，中午不请吃饭不好看，"梁老抠儿"想退回院内，但此时亲家已到跟前，"梁老抠儿"只得硬着头皮迎了上去。

"亲家呀，啥风把你吹到咱这儿了，快，到屋喝碗鸡蛋茶吧！"

"不去了，快晌午了，回家还有事哩。"

"梁老抠儿"一听这话，连连说："都到门口了，连嘴水都不喝，不美气，不美气呀！"但一听亲家说"回家有事儿"，"梁老抠儿"原本拉着亲家胳膊的手也一下子松了下来。

"李犟筋儿"知道亲家"抠"，也不想在亲家这儿吃饭，但"梁老抠儿"一松手，倒把李老汉的"犟劲"给兜起来了，"梁老抠儿啊梁老抠儿，你秃货可真抠！我一个闺女养二十多年，白送给你家做媳妇，你鳖子连碗饭都不想管，老子今天不走了，看你咋待承俺！"想到这儿，"李犟筋儿"忙说："我闺女在家没在家？多长时间了，鳖圿叉子[3]也不说回去看看俺。"

"跟你女婿到贾宋卖菜去了，中午不回来了。"

"哦，那我到屋看看外孙吧。"

"你外孙跟你弟妹到他舅爷家去了，今儿就我一个儿在家。"

"那咱弟儿俩到屋里拍拍[4]吧。"

"……那，你屋里的事儿不办了？"

"不办了，不办了，也没啥关紧事儿。"

到屋后"李犟筋儿"坐着喝茶，"梁老抠儿"到灶火安排饭菜。

很快，"梁老抠儿"端着菜上来了，一个凉拌萝卜丝，一个小葱拌豆腐。坐定后，"梁老抠儿""热情"地招呼亲家："吃菜，吃菜！等一会儿咱吃饭，芝麻叶儿面条儿。"

"李犟筋儿"一听，心里来了气。"我日你祖先，就俩凉素菜，也不让我一下，喝点酒！老子今天非摆治摆治你这个老抠货！"

"李犟筋儿"无意间看到条儿上有个酒坛子，于是，"李犟筋儿"对"梁老抠儿"说："亲家呀，我给你拍个稀奇事儿。"

"啥稀奇事儿？"

"稀奇、稀奇、真稀奇，石佛寺有个赵拐子！嗳，亲

---

[1] 嘬嘬：即用嘴唇舔舔。

[2] 杠子头：与人争论叫"抬杠"，"杠子头"是善与人争论。

[3] 鳖圿叉子：骂与自己关系亲近的年轻姑娘的话，有溺爱的成分。

[4] 拍拍：镇平话，聊聊天的意思。

家啊，你说那赵拐子种的红薯怪不怪？那红薯不长红薯光长秧儿，那秧儿长哩可长了！"

"有多长？"

"李犟筋儿"这时站起来，比画着说："那红薯秧要是从楼门外头往里长，会一直长，长，长，能长到哪儿……"

"梁老抠儿"顺着"李犟筋儿"的手势看过去，哦，那红薯秧能从楼门外一直长到条几上酒坛子放的地方！

梁老抠儿"省开劲儿"了，只得把酒坛子搬了过来。

几杯酒下肚后，老弟儿俩寒暄起来，"梁老抠儿"说道："亲家啊，今儿就我一个人在家，也没啥荤菜，不美啊！"

"李犟筋儿"一听，忙说道："好办，好办，你去找人，把我骑的毛驴杀了，咱弄个荤菜！"

"梁老抠儿"听后，面露难色，说："那，那，那你'后傍'[1]咋回去啊？"

这时院子里一只公鸡"咯咯咯""咯咯咯"地叫着，"李犟筋儿"一听，忙指着那个公鸡说道："好整，好整，我'后傍'骑那个公鸡回去吧……"

"梁老抠儿"一听，先是一怔，随后无奈地请邻居过来帮忙，杀鸡，然后，失急慌忙地准备做一盘"辣子鸡"。

席间，"梁老抠儿"出去上"后院儿"[2]，回来后，看到桌上酒杯不见了，忙问"李犟筋儿"："酒杯弄哪儿了？"

"李犟筋儿"忙说："哎呀，亲家，酒杯太小了，刚才我一不小心，连酒带杯喝到肚子里了。"

"梁老抠儿"一听，知道亲家嫌酒杯小，只得拿出大酒杯。

又过了一会儿，"梁老抠儿"到灶火端辣子鸡，回来时看见"李犟筋儿"拿着一根锯条正在锯酒杯，忙问："亲家你在干啥哩？"

"李犟筋儿"笑着说："这酒杯怪大，倒酒时，上头不用，锯了去球！"

"梁老抠儿"一听，知道亲家嫌酒杯没倒满，再倒酒时忍痛把酒杯倒得"沟满河平"。

"李犟筋儿"酒还没喝美，辣子鸡还没吃够，可芝麻叶儿面条儿已经端上来了。"李犟筋儿"一看这个，气啊！他伸出手，朝着自己的脸左右开弓，"噼噼啪啪"地打将起来。

"梁老抠儿"一看，吓坏了，忙问："亲家，咋了？咋了？"

"李犟筋儿"说："我脸还没喝红，出门怕别人笑话你不待人客，我干脆自己把脸扇红算球了！"

说完，"李犟筋儿"甩门而出，扬长而去。

讲述者： 王子范，男，52岁，蒙古族，镇平县王岗乡人，大学，教师

采录者： 王士朝，男，47岁，蒙古族，镇平县马庄乡人，大学，教师

采录时间： 2020年2月

采录地点： 镇平县第一高级中学校园内

附
记

讲述者及采录者都是镇平县第一高中的老师，在2020年初，王士朝老师在学校操场听到了王子范老师的讲述，随后，王士朝老师把故事整理出来，先发表在镇平县作协主办的文学刊物《涅水》上，后来，故事又改名《俩亲家斗气》发表于《故事会》。（陈志国）

---

[1] 后傍：下午。

[2] 后院儿：厕所。

326

害人误自身

俗话说"三江出才子",这话一点儿不假。

大清咸丰年间,江阴县出了个大才子叫苏冠群,年方弱冠就考中了进士,做了一任知县。可惜的是,因聪明过人,小小年纪就惨死在任上了,留下一段发人深省的故事。

苏冠群从小就失去了父亲,靠寡母抚养长大成人。母亲望子成龙,他六岁就被送进学堂读书,十四岁考中秀才,十五岁成为举人。十六岁进京赶考,又得中两榜进士。皇上见他少年有为,文才出众,就钦点他为地广人多、富甲一方的汝南县县令。

苏冠群少年得志,意气风发。他因听母亲说过,自家祖坟并不在江阴,也就不存在回乡祭祖了,干脆直接去汝南上任。到了任上,又立即派人去江阴接来母亲。

苏冠群不仅文章写得好,还精通阴阳五行之术,善观风水宝地。上任三天后,他就扮作个阴阳先儿,下乡察访民情。

一天,他来到一座小山脚下,抬头一看:嗬!好一道龙脉!小山顶上那棵两杈古松活像两只龙角。苏冠群知道,那古松下边就是一块风水宝地,谁家能在这里点穴造墓,后世人不出皇帝也要出王侯!他又惊又喜,急忙爬上山顶察看。上去一看,他泄气了:原来这里已经埋过死人了,只是因年代久远,那坟墓已经快与地平了。

苏县令心里很不舒服:好风水早被别人占去,再不能为自己所用了!他忽然狠下心来想:这块风水宝地既不能为我所用,别人也休想占用,我得想法儿把它砍掉!决不能让这里出帝王!于是,他回到县衙以后,立即派人前去,把山上那棵古松伐掉了。这样,龙脉就被砍断了,苏县令这才安下心来。

不久,他母亲来了。母子相见悲喜交加。苏县令三拜九叩,把母亲迎进后衙。老太太刚刚坐定,就情不自禁地对儿子说道:"孩儿呀,真是太巧了,你竟然当了原郡家乡的父母官哪!"

苏县令一听又惊又喜,说:"是吗?原来咱就是汝南人!母亲为啥一直没给我说过哩?"

老太太叹了一口气说:"唉!我怕提起往事,会让你陪着我伤心啊!过去,咱家就住在县城东南二十五里的苏沟村,老祖坟都还留在那里呀。"

苏县令说:"那好哇,孩儿明天就去苏沟修坟祭祖!"

老太太说:"要去还得娘给你带路,你爹的坟墓不好找哇。"提起往事,老太太悲从中来,不由得长叹一声,低下头去。

苏县令见状,怯生生地问:"娘啊,孩儿从小没见过爹的面,他是个啥样儿,又是咋死的,你讲给我听听好吗?"

老太太点点头,这才说起那辛酸的往事。

原来,苏冠群的父亲是个阴阳先儿,整天拿着罗盘走这山串那山,给人们看风水,选茔地。有个地霸的老娘死了,请他去选茔地。他踏遍了方圆邻近的沟沟坎坎,终于在一个小山头上找到了一块风水宝地。这地方正处在一道龙脉的尽头儿,若把茔地选在这里,后辈人就会立即发迹。苏老先生发现了龙脉宝地后先喜后忧,心想:这家地霸人品极坏,一贯横行乡里,鱼肉百姓,今后他们一旦得势,老百姓不是更要遭灾吗?不行!决不能让这歹人占据宝地!苏老先生继而又想:妻子已经怀了孕,按八字推算,到时当生一男孩,我何不偷偷把爹娘的尸骨迁在这里,让儿子将来成龙变虎！主意一定，他胡乱给那家点了一棺穴位交了差，然后，就偷着在那个小山顶上挖起墓坑，准备给爹娘迁坟。

不料，他的隐秘行动被那地霸发现了。地霸产生了疑心，他另找了一位外地阴阳先生到小山顶上察看。那位先生看了看那个快挖好的墓穴，对主家说："这就是个贵不可言的好穴位。"那地霸一听好恼！骂苏老先生存心不良，弄鬼藏奸，想霸占他家的风水宝地。他命令狗腿子把苏老先生狠揍了一顿，接着让家丁继续开挖墓穴，准备把他老娘埋在这里。

苏老先生被打得遍体鳞伤，他悲愤难平，决心拼着一死也要夺回风水宝地！他回到家里，把自己的计划告诉了妻子，要她带着腹中的孩子远走高飞，免遭地霸迫害；嘱托她等孩子出生后，一定要好生抚养，供他读书，将来一定能出人头地，光耀祖宗。

打发妻子走后，苏老先生当天晚上带了一包砒霜，悄悄潜回到那个小山顶上，乘守墓人不备，爬进已挖好的墓坑内，然后吞下那包砒霜，自杀身亡了。死尸一着地，就算占据了这片风水。等地霸发现后，已经无能为力了。那个家伙气得暴跳如雷，他让打手们去抓苏老先生已怀孕数月的妻子，要斩草除根，让苏家断子绝孙，占了好风水也白搭。不料，打手们扑了个空，人早跑得无影无踪了。

老太太把往事细细说了一遍，擦了一把眼泪，感慨地说："儿呀！你爹拼着一死抢占了那方风水宝地，全都是为了你呀！如今你果然中了进士，你爹在九泉之下也可以瞑目了哇！"

苏县令听罢，迫不及待地问："娘，你说哩那个小山头在啥地方？"

老太太说："就在苏沟村北边五里处。"

苏县令惊问："那小山顶上可有一棵两杈古松？"

老太太说："对！那松树看上去很像一盘龙角。听你爹说那是龙脉秧子，主贵得很，有它庇荫着你爹的坟墓，就会保你步步高升，前程无量，最后不当皇帝也会封侯拜相啊！你正好当了家乡的父母官，一定要设法保护好这棵古松呀！"

苏县令一听，惨叫一声便昏倒在地上了。老太太慌哩掐住儿子的人中大呼小叫，苏县令才醒过来。他"扑通"跪在了母亲面前。老太太不明白是咋回事儿，问道："儿呀，你这是咋了？"

苏县令呜呜咽咽地说："妈啊，都怨孩儿心胸偏狭，糊里糊涂地把那棵古松伐了哇！"

老太太一听，气哩浑身乱颤，"啪"地打了儿子一个耳光，骂道："蠢材，这都是你自断前程呀！你枉读圣贤书，办下缺德事，到头来没害住别人却害住了自己，这是报应啊！"

果然，苏冠群不但没能发迹，当了不到一年的官，就死在任上了。

讲述者： 吴根兰，男，68 岁，新野县施庵乡桥楼村人，中师肄业，农民

采录者： 曹宗鑫，女，23 岁，新野县人，高中，文化馆干部

采录时间： 1995 年

采录地点： 新野县城

327

两好合一好

从前，有对很要好的朋友：一个叫梁好，一个叫葛一。梁好家贫，葛一家富。他俩小时候一起玩耍，长大后一起读书。

十几年后，两人都长成了膀宽腰圆的大小伙子。有一天，梁好对葛一说："贤弟，我要娶亲了，可是家里太穷，没有一点儿办法，你能不能帮我一把？"葛一满口答应道："梁哥只管放心，一切花费全包在小弟身上。"梁好刚要说"谢"字哩，葛一又说了："不过，我接济你银钱，你得答应我一个条件。"

梁好问："啥条件？"

葛一说："我得先陪新嫂子住三个晚上。"梁好一愣，脸上露出难色。葛一却神神秘秘地笑着道："咋？难为情。那就算了，你娶亲的事我不管了！"梁好急忙拉住葛一的胳膊说："贤弟别生气，我答应你就是了。"葛一笑着说："好，在这三天内你不准入洞房一步。办婚事的一切花费就一笔勾销，不让你还一分。咋样？"梁好心里很不是滋味却又无可奈何，只低头唉声叹气。葛一乐呵呵地又拍拍他肩膀说："你放心，这事儿也仅限于你知我知，绝不会让别人知道的。"梁好为了娶媳妇，只得咬咬牙答应了。

梁好把媳妇接到屋里后，当天晚上葛一真的来了。梁好眼睁睁地看着葛一大摇大摆地走进屋里，自己只得另找地方歇宿。一连三个晚上都是这样。

梁好在葛一的资助下，婚事办得很气派。一切花费全由葛一出。

到了第四天晚上，梁好才进到自己的新房里。他刚想靠近新娘子温存一番，却不料新娘子背着脸问他："今儿晚上你不读书了？"梁好感到很奇怪，问："你问这话是从哪里说起的？"新娘子委屈得"哇"一声哭开了，说："你装啥糊涂？你一连三个晚上都坐在正间里彻夜读书，连洞房门边都不迈，天刚闪亮就走了。今儿哩咋变样了？你说，俺哪点儿配不上你呀？"

梁好一听，顿时明白了葛一的良苦用心。他在心里感念道：贤弟呀贤弟，原来你以陪宿为名，来提醒我新婚后莫忘读书哇！他十分感激葛一的一片苦心，从此，读书更加勤奋了。

梁好努力上进，一举成名，在京城里谋得了官职，日子过得很不错。葛一仍然留在家里做庄稼。

过了三年，葛一家不幸遭了天灾，日子过得很紧巴，他就撇下一家老小，千里迢迢赶到京城，找到梁好，诉说了家中的不幸，求他帮助。谁知道梁好听后啥也没说，只是安顿葛一住下来，一日三餐，酒肉招待。一住就是一年。葛一急得心如火焚，却还是听不到梁好提及相帮的事儿，自己又不好意思催，只得硬着头皮子住到年下。梁好还是除了顿顿陪他吃饭外，就不提借钱的事儿。葛一惦记家小，再也待不下去了，只得向梁好告辞回家。梁好也不强留，给他二两纹银打发他上路。

葛一出了京城，越想越生气：跑了千把里，求了年把子，才给我二两碎银子，还不够我一路上的喝茶钱。呸！葛一把银子狠狠地摔去。就在这时候，从后头赶来个骑马人，这人手里还牵着一匹马，他来到葛一身边问："老兄，你往哪里去呀？"葛一回了话，骑马人一听，高兴地说："咱俩正好同路，来，帮帮忙儿，你骑上这匹马，免得我还得费力牵着它走。"葛一正在瞌睡哩就遇上了枕头！那还说啥子？他翻身骑到马背上，两人就一路同行。这个伴儿可真是太好了！一路上吃饭、住店都是他抢先付钱。葛一打心眼里感激这位好心人。问他姓啥名谁，他光笑不说。就这样，一直走到葛一的村庄边儿上。那人说声"再会"，打马要走，葛一再三挽留他进村认认家门，他说啥也不肯进村打扰。葛一望着他远去的背影，想：这人真好！比那个忘恩负义的梁好强了一千倍一万倍！

葛一转身进了村，来到自家的宅子边儿一看，吓了一大跳：自己的破家烂院不见了，却建起来一座卧砖到顶、青堂瓦舍的四合院，这是咋回事哩？

葛一正发愣哩，他老婆走出来了。他一见老婆穿绸挂缎的样子，更加吃惊了：难道她？他老婆却惊喜地迎接他，喊："你可回来了，快进屋呀！你这次进京找梁哥，可立大功了。咱梁哥派人给咱盖房子、置庄田，破费可大了！"葛一一听，顿时明白了，他"哎呀"了一声，转身去撵那个送他马骑，一路上管他吃饭、住店的人。他知道那人也是梁哥派来的，谁知道那人早走得无影无踪了。葛一跑进堂屋，抓起一杆大笔，在墙上写了一首诗：我瞒你三天，你瞒我一年，梁好和葛一，友情万古传。从此，这对好朋友更好了。

后人讲述起他们的故事，讲来讲去，把梁好葛一就说成了"两好搁一"。

讲述者： 吴根兰，男，59岁，新野县施庵乡桥楼村人，中师肄业，农民
采录者： 吴韵芳，女，29岁，新野县施庵乡桥楼村人，高中，新野县施庵乡曾营联中教师
采录时间：1986年
采录地点：新野县施庵乡桥楼村
选自：   《中国民间故事集成·河南新野县卷》

328

人无牵挂一身轻

有个光身汉无家无业，靠给人家帮工过日子。你别看他穷，一天到晚总是乐呵呵的，人们都叫他"穷快活"。

这一年，穷快活给一家财主当磨倌，每天鸡不叫就套磨，套上磨他就一边箩面，一边有板儿有眼儿地唱起梆子戏。小伙儿嗓子眼儿好，一台大戏就热热闹闹地在磨房里唱起来了。

这磨房离堂屋不远，掌柜婆天天后半夜被聒噪得睡不成瞌睡，就叫掌柜的把小伙儿辞了。掌柜的舍不得穷快活的勤快劲儿，就说了："不能辞。想不叫他唱容易，我有治他的办法……"

这天夜里，掌柜的偷偷把一个元宝塞到磨眼儿里，就回房睡去了。这一晚果然睡了个安生觉，再没听见小伙儿唱一句戏。原来小伙儿套上磨后发现麦籽儿下得很慢，以为是磨眼儿篷住了，赶快伸手去掏。一掏掏出个硬家伙，拿到灯下一看，乖呀，原来是只大元宝！他算喜迷了，可接着又发起愁来：把这宝贝藏哪儿牢靠哩？他一边磨面一边愁眉苦脸地想来想去，再没心思唱戏了。

卸了磨，小伙儿赶忙揣上元宝回到住处。他左看看右

看看，苦找不到个牢靠地方。放屋里怕偷，带身上怕丢，可把他熬煎坏了，一连几天吃不下饭，睡不成觉，脸上瘦了一巴掌。掌柜对他老婆说："你看咋样，他再也快活不起来了吧？"掌柜婆直夸男人有办法。

过了几天，磨房里忽然间又传出了梆子腔。掌柜婆问男人："奇怪，他咋又唱起来了？""他把元宝藏牢靠了。"掌柜婆犯心疼了："那咱不是白丢个元宝！""不要紧，还能找回来。"掌柜的开始裁摸[1]起小伙儿来。掌柜门前有棵大枣树，树尖儿起搭了个老鸹窝。掌柜的见小伙儿有事没事总好往老鸹窝上盯视，心里就明白了。他故意激他："这老鸹窝搭得真不是地方，明儿个你把它戳了，省得老鸹叫得絮烦人。"小伙儿一听吓一跳，当天晚上就爬到树上取回了那只元宝。这以后他又变得愁眉不展了。

过了一段时间，掌柜的眼看他就要愁出病来，趁他不注意，又把元宝偷了回来。小伙子没了牵挂，又唱天乐地快活起来了。

讲述者：　荀子荣，女，44岁，新野县城关镇人，不识字，家庭妇女

采录者：　曹宗鑫，女，15岁，新野县城关镇人，高中，文化馆干部

采录时间：1987年3月

采录地点：新野县文化馆院内

选自：　《中国民间故事集成·河南卷》

附
记

故事原名《穷快活》，入选省卷时改名。故事讲述者是个典型的农家妇女，半生务农。农转非后在文化馆露天剧场开茶馆，这个故事就是她从茶客那里听来后，又复述给女儿听的。（曹宝泉）

329

仇人转弟兄

很早以前，一个穷村里住着一户穷人家，这家姓张，爷儿俩，儿子叫张恩。张恩十七岁那年，大旱绝收。没法子，爷儿俩只好拉棍要饭。那年月，要饭也不容易，好家不愿打发，穷家没啥打发，父子俩饿得三魂少二魂。

有一天，张恩搀着父亲一步一挪到一条小河边，张老汉再也顶不住了，一头晕倒在地上。张恩慌了，急忙跑到挨身的红薯地里，扒了两个鸡蛋粗的红薯，往老汉嘴里塞。张老汉醒来，得知红薯是偷人家地里的，说啥也不吃，还要儿子把红薯送回去。张恩是个孝子，只好照办。这时张老汉只剩下个悠悠气了，他对儿子嘱托说："儿啦，我已经不行了。你要记住，冻死不为盗，饿死不做贼，咱不修今生修来世。我死后，你把咱家那二亩祖坟地当给人家，凑点儿本钱，跟着人家贩盐去。等你赚了钱，再把地赎回来，把我的尸骨迁回去，我死也瞑目了。"老汉说完就闭上了双眼。

小张恩大哭一场，就地挖了个坑，把父亲草草软埋[2]

[1]　裁摸：留心。

[2]　软埋：穷人埋葬尸体不用棺木，而用箔或席卷，俗称软埋。

了，连夜赶回家乡。张恩当了地，跟着邻居去做生意。临走前，他背着盐袋，顺便买了香蜡纸货，拐到他参坟前焚烧。烧着哭着，哭着烧着，不觉晕倒在地，趴在荒草窝里睡着了。

就在这时，河对岸来了一人，摇摇晃晃踏上了独木桥。这人叫李德，也是外乡人，家里有一个多病的老母和一个年幼的妹妹，全靠他养活。眼下遭了灾，没人雇用了，他只好东挪西借，凑了点本钱，也贩起盐来。不料走到这里打尖时，一袋盐却被偷走了。他无法回家跟亲人交代，打算一死了事。他登上独木桥，正要跳河哩，一眼看到对岸放着一个鼓囊囊的口袋，像是装的粮食。他想，自己的东西被偷了，拾袋粮食也算缺处有补。想到这儿，他不想死了，急忙来到坟前，搭手一摸，嘿！原来是一袋盐。再盯真一看，正是自己丢失的那一袋。他喜欢得不得了，扛起盐袋就要走。正巧，张恩醒了，他见来人扛走自己的盐，就边喊边追。李德一愣：原来小偷还藏在这里！心想若是纠缠起来，自己浑身是嘴也说不清啊！就加快脚步直朝桥上奔去。小张恩哪里肯放，直追到桥中间抓住了盐袋。李德急于脱身，将身一扭，无意间把张恩带下桥去。这小河水深流急，只听扑通一声，人就不见影儿了。李德慌了，想救吧，不会浮水；不救吧，岂不成了谋财害命？他越想越怕，就失急慌忙背着那袋盐跑了。

李德到了镇店上，盐价正俏，卖了一笔好价钱。但翻过盐袋一看，才发现这不是自己的口袋！他那条口袋反面留有记号。他后悔得不得了：唉！自己抢了人家的盐，还害了人家的命，亏心呀！可也没法挽回了，他就拿这笔不义之财作本，接着做生意。三年过后，他发了财，置了地，盖了房，过上了好日子。

李德日子过得越好，心里越塌亏[1]。这天，是遇难兄弟三周年的忌日，他决定去祭奠一番。他备齐了一大挑子猪头大馍、鞭炮纸钱，起了个大早，忽闪忽闪挑着上路了。赶黄昏到了那条河边，摆上供品，烧起纸来。他看圆圈无人，就跪在地上，磕了几个响头，哭一把泪一把地祷告起来："不知名的小兄弟呀，哥们三年前无意间害你一

死，今日特来祭奠，望你早升天堂！"接着就把事情经过一五一十述说一遍，说到伤心处，忍不住放声大哭。

这时，忽听"扑嗒"一声，一根棍落在他身边。他抬头一看，不觉大惊失色，原来他面前站着的正是那个屈死的鬼魂！只见这鬼披头散发，衣衫破烂，不过面貌没多大变化。这鬼看着他吃惊的样子，摇头苦笑道：大哥不必惊慌，我不是鬼，是人哪！接着就说了这几年的痛苦经历。

三年前他落水后，并没有被淹死，只好又拉起打狗棍，沿门讨起饭来。他是个孝子，他参坟边有一眼破窑，他白天到附近村里要饭，黑了就来到这座破窑里睡觉，为父亲守孝。这会儿他正在破窑休息哩，忽听一阵鞭炮响，他忙拖着打狗棍钻出破窑来看稀奇儿。打眼一看，放炮人怪面熟！他悄悄地绕到那人面前，隔着一窝芭茅细看，啊，原来是那个谋财害命的强盗！仇人相见，分外眼红，张恩狠狠地举起了打狗棍！这时却见仇人跪了下来，向自己祷告起来。他越听越受感动，手一松，打狗棍落在了地上。

听张恩说完，李德扑通跪到张恩面前，拾起打狗棍，双手捧给他说：兄弟，是我害了你呀！你就狠狠地打我一顿吧！张恩忙把他扶起来，两人就在张老汉坟前，磕了三个响头，结为异姓兄弟。

李德把张恩领回家里，与母亲和妹妹相见。李老太太顺水推舟把女儿许给了张恩，来了个亲上加亲。

这以后，这对异姓兄弟就热热火火生活在一起了，比亲兄弟还亲，乡亲们都称赞他们是仇人转弟兄。

讲述者：　马振云，女，84岁，新野县城关镇人，不识字，市民

采录者：　齐青璞，女，38岁，新野县城关镇人，高中，文化馆职员

采录时间：1987年7月

采录地点：新野县文化馆院内

选自：　《中国民间故事集成·河南新野县卷》

---

[1]　塌亏：内疚，过意不去。

330

少年当家人

古时候有一个国王，选了个好样儿的女人当皇后。国王贪图美色，把皇后惯得由意儿由性儿，有些朝纲大事，她也要乱插腔，国王因听她的，办出了很多误国害民的事，心里也觉得不安生。

有一天，国王出京游玩，皇后生病了，不能随行伴驾。那天夜里，国王回来和皇后睡瞌睡，皇后就撒起娇来，要国王给她讲讲今天见到的新鲜事。

国王对她说："我见到一个大庄户人家，发展了一百多口人还没有分家。这个当家人一准是个有才料的人哪！"

皇后听了，大叫起来："哎呀，不好！"国王问："咋不好？"皇后说："你想想，这个当家人没权没势就能管住一百多人，要是得了权势，就能带领千军万马；他要是造起反来，圣上的江山就保不住了！"

国王一听，心里也发毛了，忙问皇后："依你说应该咋办？"皇后说："赶快把那个当家人传来杀掉，省得日后有麻烦。"

国王就下了圣旨，传这个当家人来见驾。过了不到两

顿饭时，大臣们把一个十来岁的小娃儿领上了金殿。国王恼透啦，日嘛那娃儿："大胆小孩儿！我叫你家当家人来，你来干啥哩？"那娃儿说："启禀大王，我就是当家人！"国王说："放屁！一百多口人的大家，你就是当家人？"那小娃儿说："国有国法，家有家规，按照我家祖传的规矩，如今只有我才能当家。"

国王觉得稀奇，就问："你们家有啥规矩？"那小娃儿说："只要是搬了亲的男子，都不能再当家。我那最小的哥哥上月也搬了亲，当家人的位子就轮我头上了。"国王问："为啥要立这样的规矩呢？"小孩儿说："大王，这不明摆着的理嘛，男人一接老婆，心就给女人拽歪了，做不了正主。"

国王一听，愣了好大一会儿没说话，接着就又露出了笑脸："来人，赏钱！"皇后气坏了，大喊大叫："快杀掉这个尖嘴猴子！"国王立即从腰间拔出宝剑，往桌上"叭啦"一拍，说："住口！今后哪个后妃再敢乱岔拉[1]，定斩不饶！"皇后吓得不敢吱声了。

讲述者： 赵方胜，男，35 岁，新野县王集乡西赵庄村人，初中，农民

采录者： 赵晓岚，男，45 岁，新野县王集乡西赵庄村人，高中，农民

采录时间： 1986 年 8 月

选自： 《中国民间故事集成·河南新野县卷》

[1] 岔拉：干涉、干预。有些县区也说岔揽。

331

酸秀才要饭

早年，县城里住了个酸秀才，这个书呆子任啥都不懂，却经常自吹自擂："秀才不出门，便知天下事。"一次，他在饭店里吃咸鸡蛋，有人问他："秀才，你啥都懂，知道这咸鸡蛋是从哪儿来的吗？"他吭哧半天答不上来，苦着脸说："这样的难题、怪题，孔夫子在世也答不上来！"这时，堂倌给他端来一只烧鸡，他啃了一口，哎哟好咸！猛地醒悟了，摇头晃脑地说："我知道了，这咸鸡蛋是烧鸡下的！"众人一听，哄堂大笑。

过了一会儿，堂倌给他端来一碗汤圆，他不知道刚出锅的汤圆很热，夹起一只就送到了嘴里。一口咬下去，哎哟好热！烫得他直摆头。吐出来吧，观之不雅，只好一伸脖子，把它咽了下去。谁知咽下去后烫得肚子疼。书呆子把筷子往桌上一扔，对堂倌嚷道："谁叫你给我端来一碗烧心蛋！欺我不识货吗？"说罢起身就走。

书呆子来到另一家饭馆，让堂倌给他端碗现成饭来。堂倌给他端上来一碗饺子，他惊叫道："我不吃！这是'烧心蛋'，长了耳朵我也认识！"又招来一阵哄堂大笑。

可是，就是这么个活宝，还硬充古董鉴赏家呢，见了人家的古董摆设，总要评头论足一番，以显示自己的学识水平。有些人抓住了他的弱点，故意弄些假古物卖给他，捉他的老鳖一。

这一天，有个古董商找到门上，从怀里取出一块脏兮兮散发着骚气的破布头儿，请他观赏、鉴别。书呆子捂着鼻子凑近看了一眼，不屑地说："咳，这不是一块尿布嘛。"那古董商赶紧给他戴高帽："哎呀，先生真好眼力！这的确是块尿布，不过，这可不是普通人的尿布，而是当年小阿斗出生时使用过的尿布！这件无价宝是刚从阿斗的出生地，大仓院的地下发掘出来的！"书呆子听迷了，拿出家里的全部银两，买下了这件一文不值的"无价宝"，还把它高悬在客厅里，向人炫耀呢。

过了几天，又有个古董商找来了，拿出一根四五尺长、鸡蛋粗细的枣木棍，请他鉴赏。他拿在手里掂掂说："这不是一根叫花子用的打狗棍么！"那人高兴地说："是呀，是呀，又让你说着了！这就是东汉光武皇帝当叫花子时用过的打狗棍哪，比你这块三国时的尿布还早好几百年哩！再说啦，阿斗算个啥？一个亡国之君罢了；光武帝刘秀可是复兴汉室的有道明君哪！你仔细看看这根'龙杖'，上边还有光武帝亲手刻下的一首诗哩，一字千金哪！"书呆子又给吹迷糊了，卖了全部田地，买下了这根"龙杖"，并把它作为神物，供奉在自家堂屋的神案上。

又过了些时，有人又给他带来一只黑瓦碗。这人吹得更邪乎，说这是西汉开国皇帝刘邦用过的"御碗"，是价值连城的国宝，比阿斗的尿布和刘秀的打狗棍，年代都久远得多，也值钱得多。书呆子二话不说，卖掉了全部房屋、家具，又买下了这件古董。

这下儿好了，三件汉代奇宝都归他一人所有了！书呆子简直有些得意忘形。可是他已经没有饭吃，没有地方住了，终于成了一个叫花子。就这样，他披着阿斗的破尿布，拄着刘秀的打狗棍，端着刘邦的黑瓦碗，沿门乞讨，还一边走一边直着嗓子穷吆喝："有钱无宝不为富，有宝无钱不为贫，哪位君子发善心，有汉代古钱给一文，和我这三件古董凑凑群！打发打发哟……"

讲述者：　陈元兴，男，51 岁，新野县城关镇，初中，
　　　　　书店干部

采录者：　曹宝泉，男，54 岁，新野县城关镇，高中，
　　　　　文化馆干部

采录时间：1995 年 9 月

采录地点：新野县

选自：　　《中国民间故事全书·河南新野县卷》

332

水缸镜子

附记

　　故事中提到的大仓院就是传说蜀汉太子阿斗的出生处。大仓院后边有个小圆坑，传说是当时给阿斗洗尿布的地方，被称为屎布（即尿布）坑。新野县两汉文化非常丰厚，古墓葬很多，出土文物自然也较多，有些投机分子就会倒卖文物牟利，更有人靠卖假文物骗钱。酸秀才迂腐透顶，自然成了那些人的诈骗对象。这个故事是与几个文友一起去县议事台观光时，听陈元兴讲述的。新野县议事台是县城内标志性的古建筑，传说是当年诸葛亮设计建造的。由古建筑联想到古文物，陈元兴就讲起了这个有关贩卖假文物的故事。（曹宝泉）

　　过去，有这么一家人：老两口、小两口加个六七岁的小孩儿。他们住在深山里，多见石头少见人，啥也不懂，尽干蠢事。

　　这一天，老头儿给牛棚水缸里打满了水，又忙着往牛槽里加草上料。小孙子在水缸边玩耍，他扒着缸沿往里边一看，发现缸里也有个小孩儿，他不知道那是自己的影子，就举着小拳头吼他："喂！你是哪里的野孩子？"谁知那小孩儿照样冲他举起了拳头。这样，那傻孩子就和自己的倒影争吵起来。

　　老头儿听见了，忙问孙子发生了什么事儿。小孩儿哭着说："爷爷，缸里有个小孩儿，他要打我！"老头儿赶紧跑到水缸边，探头一看，原来水里边还藏着一个老头儿！他气愤地指着那老头儿的鼻子斥责道："你这人年纪一大把，咋能欺负小孩子呢？"不料缸里的老头儿照样吹胡子瞪眼地对待他。这傻老汉气不打一处来，顺手搬起一块石头，冲缸中老头儿砸去。只听"扑通"一声，水缸被砸破了，水流了一地，不用说，那个野老头儿也不见了。

　　傻老汉一见傻眼了，他以为自己把人给打死了，怕人

家找他算账，赶紧跑出家门避难去了。

老汉一跑就是好几个月。全家人慌了，老太太让儿子出去把老头子找回来。儿子临走时，媳妇交代他，路过集市时顺便给自己买把木梳回来。丈夫也是个傻子，不知道木梳什么样子。媳妇告诉他，木梳弯弯儿的就像个月牙儿。傻丈夫记下了，背着干粮，出门找爹去了。

他一路走着打听着，找哇，找哇，找了一个多月，终于找到了老头子，爷儿俩就一起往回走。

路过一个集镇时，傻儿子忽然想起媳妇交代的话，却忘了要买的物件的名称，只记得那物件像个月亮。他见一家杂货店里的柜台上放着一面镜子，看上去很像个月亮，就稀里糊涂把它买了下来，装进口袋带回家里。

父子俩回到家里，全家人皆大欢喜。傻丈夫高高兴兴地掏出镜子，交给自己的媳妇。媳妇不知道镜子是个什么东西，对着镜子一看，看见里边有个年轻媳妇，不由得又哭又骂起来："你这个没良心的！叫你出去找爹，谁叫你又找个小老婆回来呀！"她婆婆一听这话来了兴致，抢上来说："叫我看看这姑娘啥模样！"她对着镜子一看，也大骂起儿子来："你这个不争气的东西呀！要娶就娶个年轻的，你娶个老太婆干啥？"老头子也好奇地接过镜子看，咦！里边怎么是个老头儿？就指着儿子骂道："你真是个傻瓜！连公母都不分，竟娶个糟老头儿回来！"儿子委屈地说："爹呀，咱俩同路回来，我没带人来家呀！"老头儿一想也的确是这样，不由又对着镜子仔细看了看。哈，这下子他看出来了，原来这老头儿正是被他一石头砸没了的野老汉！就脱口骂道："你这个老龟孙！原来装死藏在这里，害得我逃了好几个月的难！这回我给你扔到井里，看你还怎样出来害人！"

讲述者： 田荣祥，男，汉，62岁，新野县城关镇人，小学，公安干警

采录者： 曹宝泉，男，汉，56岁，新野县城关镇人，高中，文化馆干部

采录时间： 1997年5月

采录地点： 新野县文化馆

附
记

讲述者是个军人出身的老公安，当时已退休，身体却很结实，且很健谈，说话大腔大调，高兴时手舞足蹈。（曹宝泉）

333

县官选仆

有个县官刚上任，就叫俩衙役去找三个不同脾性的人，一个性急，一个性皮[1]，一个贪小便宜，他要用他们办事。两个衙役想：戏场里人多，先到那里看看。

两个人进了戏园子，找个位置坐下，暗暗观察动静。戏正唱到热闹处，有个小孩儿跑进来，喊他爹回家。老头儿连连摆手："别打岔，看戏要紧！"小孩儿喊道："家里失火了！"老头儿猛一愣，忙问："烧的是东房西房？"儿子说是西房。老头儿松了一口气："还好，贵重物件都在东房里。"小孩儿说，不抓紧救火，眼看就要烧到东房了！老头儿不耐烦了："忙啥？早着哩，看完戏就回去。"

这时候，老头儿身边的一个年轻人忍不住了："你这人真少见，火上房了都不急！赶快回去吧！"老头儿笑笑说："我就是这种大脾气。"年轻人恼了，一边把老头儿往外推，一边大叫："不管你啥脾气，赶快给我回去！"老头儿偏不动身，反问道："烧的是我家房子，你着的啥

[1] 性皮：脾气大，从不着急。

急？"年轻人说："我生就的急性子，见不得你这大脾气！"俩衙役听到这里，好！性急的和性皮的都有了，不由分说把这一老一少抓进了班房。

俩衙役回头又上街找贪小便宜的人。在一个小食摊儿上，看见个壮年人在买芝麻烧饼。这人真会挑别，拿着几个饼子翻来翻去看个没头儿。摊主忍不住问："大哥，饼子不是一般大吗，何必挑恁细哩？"那人说了："大倒是一般大，可那上边粘的芝麻籽儿可不一般多，我得仔细查查数儿，捡块芝麻多的吃。"俩衙役一听，这人够尖烨的，也把他绑起来塞进班房。

第二天，县官升堂，俩衙役娃儿把那三人带进来销差。这三人还一直在闷葫芦里装着哩，不知道犯了啥王法，一齐喊起冤来。县官把惊堂木一拍：你们一个性太急，一个性太皮，一个太贪小便宜，都违背了孔老夫子的中庸之道，罚你们给我当三年差，同意了重打四十！三人齐说不同意。县官说不同意重打八十。大家都怕多挨打，只得同意。就这样，仨人挨了打，又当了差。

县太爷这样做为的是白使人。他让性急的当自己的跟班，免得拖沓误事；让性皮的给自己带孩子，免得他发脾气打骂孩子；让贪便宜的当他的采买，好尽量占别人的便宜。

这天，县官接到紧急通知，巡按大人要从这儿路过，得赶快去迎接。可是路上一条小河涨了水，过不去了。县官发了愁，跟班着了急，自告奋勇把老爷背过去。性急人驮着一百多斤往对岸蹚去，累得呼哧呼哧直喘气。县太爷大受感动，说回去后一定重重赏他。性急人一听，扑通跪了下来，县官掉进河里，弄得浑身水淋淋的。县官问他，正走哩为啥要下跪，跟班说："我生来性急，一听你说要重赏我，我能不跪下向你讨赏？"

没办法，县官只好回衙换衣裳。刚进门，就见性皮人正带着自己的小儿子不紧不慢地搓麻绳哩。县官问大少爷哪儿去了，性皮人说掉井里了。县官大惊："为啥不快往上捞？"性皮人说："这不正搓绳哩么。"县官气得发昏，骂道："混蛋！救人能像你这样磨蹭吗？"性皮人说："我就这脾气，火烧房子我都不慌呀。"县官顾不上再说了，麻利叫人去捞！捞上来一看，人早死了。

县官自认倒霉，交给采买十两银子去买棺材。贪占便宜的来到棺材铺一看，大大小小各种型号的棺材都有。他买了一口中号的，趁掌柜不注意，又把一口小的装进去，盖上盖儿拉了回来。县官见拉回来两口棺材，气得像吹猪。爱占便宜的表功说："老爷，这个小棺材是搭头，一个钱没花！等小少爷死了，就不用再买了，这可是个大便宜呀！"

讲述者： 樊保胜，男，42 岁，新野县王庄镇曹溪营村人，初中，农民

采录者： 曹宝泉，男，45 岁，新野县城关镇人，高中，文化馆干部

采录时间： 1986 年 9 月

采录地点： 新野县王庄镇曹溪营村

选自： 《中国民间故事集成·河南新野县卷》

附
记

过去，人们把棺材看作凶器，正常情况下，是不能随便买个棺材放家里的，那被看作是大不吉，所以县官见了没花钱的小棺材时很恼火。但对老年人来讲，棺材就变得有些可爱了，被改称"寿材"，隐含长寿之意。按本地习俗，父母超过七十岁，子女是可以提前做好棺材，放在家里备用的。据说，这时候老人如果生了病，这棺材还会起到"冲喜"作用呢。讲述者樊保胜，大集体时当过多年生产队长，经常开会讲话，口头表达能力比较强，所以讲起故事来很动听。据说，他就是靠善讲故事才当上生产队长的。这个故事是本人在老家饭场儿里听他讲述的。当时有人吃烧饼，他触景生情，才顺口讲了这个故事。故事比较有趣，他讲得很投入，竟忘了吃饭，讲完了饭也凉了，只好回家再热热。（曹宝泉）

异文一：县官用人

从前有个县官，上任以后，为用人的事很费了一番心机。一天，他把衙役叫到面前说："限你三天给我选来三个人：一个急性子，一个慢性子，一个爱占小便宜。如违期限，重责四十大板。"

衙役走出县城，想想很为难。往哪里去找这三个怪人呢？一连转悠了几天，没碰到一个合适的。

第三天，他在饭店里就餐，看见对面餐桌旁坐着一个人，手里拿着一只烧饼在桌上磕碰。他把烧饼上的芝麻全磕在餐桌上，用手指粘起来一个一个地吃掉，然后把烧饼退给主人说："我仔细掂过了，你这只烧饼不是四两重，换一只油饼。"那人得了油饼，仍然不肯吃，在手里捏了又捏，把粘在手上的油舔吸干净，又退给了店主。店主发火了，骂道："没见过你这种人，恁爱占小便宜。"一句话提醒了衙役："对，把这人带回去，县太爷包管满意！"就把他收下来了。

下午，他走进一所戏场。一个孩子扯着一个人的衣裳，气急败坏地说："爹，家里失火了，你快回家。"那人眼睛不离戏台，不紧不慢地说："别忙，我看罢这出戏再说。"孩子急得直跺脚，正要催他，忽见旁边走过来一个人，二话不说，对着那个看戏的"啪啪"甩了两个耳光。那人火了，"你为啥打我？""我看不惯你这种人，家里失火你不救，还有心看戏！""可这与你有啥相干？！""我生来急性子，容不得这种事！""可你知道我生来就是慢性子啊……"不等他们说完，衙役便凑上去说："好，好！县太爷正要找你们俩，跟我去吧！"不容分说，就把他俩带进县衙。

县官一见三人，非常高兴，让急性子为他办事当差，让慢性子为他哄小孩，让爱占小便宜的为他赶集买东西。

一天，县官带着急性子出门办一桩急事。出县城不远有一条河。河上桥面不宽，车来人往非常拥挤。县官说："你把桥上的人都给我赶开，让我过河！"急性子说："人这么多，赶开得多长时间，干脆我背你过河吧！"他背上县官跳进河里。看看河水越来越深，急性子说："老爷，快把腿翘高些，别碰湿了。"走了一段，又说："老爷，水更深，你骑到我脖子上。"县官就骑到他脖子上。又走一段，水更深，急性子又说："老爷，你干脆坐到我的头上！"县官就坐在他头上，心想：这急性子就是能为我办

事啊！夸奖说："你对我忠心耿耿，回去后一定重赏你一些银子！"急性子一听，非常感激，赶紧跪下说："多谢老……""爷"字还没出口，县官已经泡在水里，变成一个落汤鸡。

县官回到县衙，见慢性子一个人坐在院子里吧嗒吧嗒吸烟，不见孩子，急忙问："少爷呢？"慢性子说："刚才掉到井里去了。""你咋不赶快去捞？"慢性子说："别忙，等我吸罢这袋烟再说。"县官急得直跺脚。让人把孩子捞出来，早没气了。

县官无奈，只好叫爱占小便宜的人去买口小棺材为孩子装殓。爱占小便宜的人去了一会儿，拉着一口大棺材回来了。县官问："谁叫你买恁大一口棺材？"爱占便宜的人说："小棺材在大棺材里套着。我乘买主不防，顺手可塞进去了。其实两口棺材只花了一口的价钱！"说着把小棺材取出让县官看。

县官直翻白眼，差点没气死。

李连生，男，40岁，唐河县少拜寺乡邢庄村人，初中，农民

讲述者：　李连生，男，40岁，唐河县少拜寺乡邢庄
　　　　　村人，初中，农民
采录者：　任付梅，女，20岁，唐河县少拜寺乡人，
　　　　　初中，学生
采录时间：1985年12月
采录地点：唐河县少拜寺街
选自：　　《中国民间故事集成·河南唐河县卷》

异文二：员外选伙计

有个员外选伙计，条件很严格。他好不容易才选了三个中意人：一个"大脾气"，一个"爱便宜"，一个"性子急"。

这一天，员外按各人的秉性脾气给伙计们分了活："大脾气"照护娃子，"爱便宜"跑买卖，"性子急"去讨债。一分罢，他跷起二郎腿，打起如意算盘来："大脾气"照护娃子，就放心了；"爱便宜"去跑买卖，保证不会吃亏；"性子急"出去讨债，再也不怕谁个儿拖拖欠欠。

第二天，"大脾气"早早吃过饭就领着娃子到野外去玩。他把娃子往那儿一放，自己去打盹儿。一觉睡醒，娃子不见了。他八下找，找不着。忽然见有一口井，井边有娃子的玩意儿，走过去一看，见那娃子在井里乱扑腾。

他回去给员外报信，看大家都在吃晌午饭，他也去吃起来。等他吃罢饭，嘴一抹，这才把娃子掉井的事儿对员外说了。员外一听，顿时火冒三丈："你为啥不早说？还吃饭哩！""好员外爷了，咋发恁大的火，你不知道咱是大脾气？"员外哭笑不是，急忙叫人去救娃子，可是娃子早淹死了。员外气得把"大脾气"辞退了。

娃子死了，员外就叫"爱便宜"去买棺材。

"爱便宜"找到棺材铺，先问价钱。掌柜说："一百个钱一口，一千个钱一打。""爱便宜"想：一口棺材一百个钱，一打十二口才一千个钱；要是买一打，就能净赚他二百钱。于是，"爱便宜"就买了一打回去。

员外见"爱便宜"买恁些棺材，很奇怪，就问他是咋回事儿。"爱便宜"把他的道理一讲，员外气得胡子翘多高："真他娘财迷心窍！"一气之下，把"爱便宜"也撵走了。

一连两桩事，把员外气得直打嗝。他把"性子急"叫来，要他陪着自己去讨债，顺便到乡下散散气儿。

他们走到河边儿，船还没过来，"性子急"等不及，背起员外就蹚河。员外见"性子急"办事就是利索，一时高兴，就说："你好好干，我将来给你二亩地，再给你说个花媳妇。"

"性子急"听到这里，"扑通"一声，把员外撂在河里，又是叩头，又是作揖："谢员外大恩！"

员外喝了几口水，气咻咻地说："你、你咋能在这儿谢我嘛！"

"性子急"忙说："你不知道我性子急嘛！"

讲述者：　殷润月，女，淅川县人，小学，农民
采录者：　苏景全，男，淅川县人，初中，农民

采录时间： 1980 年

采录地点： 淅川县讲述者家

选自： 《中国民间故事集成·河南淅川卷（二）》

334

二百五赎鹌鹑

有个土财主养了个憨儿子，二十多岁了还啥也不懂。这天，财主交给儿子二百五十个钱，叫他进城，充充光棍儿长长见识。

憨家伙揣上钱，高高兴兴地提着鹌鹑笼子就上街来了。路过一家炒菜馆，闻见里头怪香，就摇摇摆摆走了进去。为了摆阔气，他把二百五十个钱全掏出来，往桌上一拍，学着别人的样子喊堂倌来点菜。可点啥菜哩？他作住难了。这时，正好近边桌上俩老先生在互相问候哩，这个说"贵姓"，那个讲"高寿"，他想着那是两道名菜，就拿腔捏调地吩咐："先来个热'贵姓'，再来个冷'高寿'，外加一碗蒸馍汤！"

堂倌一听，知道这家伙是个二百五，就想教训他一顿。他回身从泔水缸里捞了两碗剩菜渣，加点油盐一拌，就端给他吃。谁知这家伙一边吃还一边叫好哩。吃喝完了，他一敲桌子，喊堂倌来会账。

堂倌暗暗查了查桌上的钱，不多不少二百五，就喊起价码儿："'贵姓'一百二十五，'高寿'一百二十五，清汤外加一文。合计二百五，还欠一个子儿！"憨家伙傻眼了，全给人家还欠一文哪！咋办哩？堂倌叫他留下鹌鹑笼子，回去拿钱来赎。

憨家伙垂头丧气出了店门，回身一看，这街上的门面差不多一个样。心里想，回头找不到地方就麻缠，得找个记号。他看来看去，发现饭馆门前挂着一串蒜，就暗暗记在心里，回家去了。

憨子带着钱进城赎鹌鹑。来到这段街上，过来过去就是找不到挂蒜的门面。原来，那串蒜已经用光了。一个算卦先生问他在找啥，他说是在找"挂蒜"的。算卦先儿说："世上只有'算卦'的，哪有'卦算'的，你是把话记颠倒了吧？"憨子想想人家说得也在理，就改口说是找"蒜挂"的。先生说："那好，我就是算卦的。要算卦得先报属相，你是属啥哩呀？"憨子大声说："我是赎鹌鹑哩。"先生一愣："啥呀，属鹌鹑哩？去去去！你不在十二属相，真是个二百五！"憨子连声说："是啊是啊，你先生真是神卦，我二百五全花光了，还欠一个子儿啊！"

讲述者： 邹洪俭，男，60 岁，新野县城关镇人，高中，教师

采录者： 曹宝泉，男，46 岁，新野县城关镇人，高中，文化馆干部

采录时间： 1987 年 5 月

采录地点： 新野县文化馆院

选自： 《中国民间故事集成·河南新野县卷》

附记

本故事先后入编《中国民间故事集成·河南新野县卷》、南阳地区卷、河南省卷及故事全书新野县卷，流传于五星、王庄一带。讲述人是本人的启蒙老师，爱说爱笑，当年常给同学们讲些小故事。退休后耳朵有些背，说话声音有些大，在我的三楼办公室讲这个故事时，在楼下露天茶馆喝茶的几个人都听得一清二楚。（曹宝泉）

335

救人救己

从前，有个生意人叫王强。他经商来到汉口，在大街上碰见一个算卦先生。那先生与王强打了一个照面，双眉猛然一皱，脱口就说："不好！客官你有大灾大难！"王强一听，猛一愣："先生，啥灾啥难？"那算卦先儿对着王强端详一阵说："我看你印堂发暗，地阁泛青，命犯土雷之灾，三天内必有杀身之祸！"说罢头也不回，扬长而去。

王强听了算卦先生的话，像掉了魂一样，迷迷糊糊向城外走去。自己说不定哪会儿就要死，他想最后再看看野景儿[1]。

他来到一条偏僻的小河边上，隐隐约约听见女子的哭声。近前一看，一位孕妇哭得悲哀不止，正要跳河自尽。王强急忙上前一把拉住，劝道："这位大嫂，年纪轻轻莫寻短见哪。"那孕妇哭着说："只因连年遭灾，借了人家十两银子，丈夫无力还债，我又身怀有孕，债主天天登门催逼，不如跳河死了，免受熬煎。"王强听罢暗想：终归自

[1] 野景儿：野地里的景致。

己活不成了，还要银子干啥？不如赠她十两，救她母子不死，也算是积点阴德。就从腰间掏出白花花十两银子递过去说道："大嫂不要寻死，这十两银子先拿去还债。我住在悦来客店，还有啥难处，可再去找我。"那妇女接过银子连连道谢，求恩人留下姓名，日后图报。王强摆摆手说："不必，不必。"扭头就走。

那妇女回到家里，把王强赠银的事一五一十对丈夫讲了一遍。丈夫感激万分，就和妻子商量，无论如何也要把恩人接到家里，吃顿饭表表心意。

两口子赶到悦来客店，天已黑了。王强因心情不好，已经睡下了。夫妻俩把他喊起来，说明了来意，就死拉活拉把他往家拖。谁料刚踏出门槛，只听得背后"轰隆"一声巨响，那客店的后墙倒了下来。三人回头一看，不由倒吸一口凉气。王强一边擦着满头冷汗一边说："多亏大哥大嫂前来搭救，不然我就没命了！"

讲述者： 郭海众，男，32 岁，新野县上庄乡邓庄村
人，初中，农民
采录者： 韩国长，男，45 岁，新野县上庄乡人，高
中，文化干部
采录时间： 1985 年 8 月
采录地点： 新野县上庄乡邓庄村
选自： 《中国民间故事集成·河南新野县卷》

附记

讲述者很年轻，他精力充沛，中气十足，大腔大调，连说带表，在上庄乡文化站茶馆里讲这个故事时非常叫好。采录人韩国长是上庄乡老文化站长、县美协主席，能写会画，做了多年的文化工作。他当年办的茶馆，也成为当地的一个故事场。（曹宝泉）

336

害人害己

早先，沙堰镇有户穷人，娃儿叫小勇，爹早死，撇下娘儿俩，穷得掉渣儿。

这天，正是大年三十，屋里米无面净。他妈对小勇说："咱娘儿俩不能睁着眼饿死，你去你舅家要点儿东西回来好过年。"小勇去见了他舅，直言白语地说明来意，舅父念他娘儿们怪可怜，给袋白面和两串钱，叫他吃过饭再回去。他想起挨饿受冻的老妈，饭不吃就往家走了。

小勇走在路上，天冷肚子饿，走不动。正熬煎着哩，从坟堆里"呼隆"窜出一个提刀的强盗，逼他放下东西。小勇哭着求饶，那大汉瞪着眼说："懂事点，把钱给爷们留下，放你一条活命！"小勇看走不脱了，眉头一皱计上心来，他故意把钱串儿弄断，只听"哗啦"一声，铜钱散了一地。强盗忙丢下刀去捡钱，小勇趁机拾起刀，照强盗腿上狠狠砍了一家伙，那强盗惨叫一声倒在地上，小勇趁机背起面袋就跑开了。

小勇紧跑慢跑，好容易跑到一个庄子上，天已经黑定了，只得到一家求宿。这家男人不在家，女主人安置小勇和自己的孩子睡一处。

睡到半夜，这家男人一瘸一拐地回来了，原来他正是那个劫路人。女人边开门边嘟囔："咋回来这样晚哩？"男人把经过一说，又提起裤腿让她看伤。女人忙告诉他，伤他的娃娃正在屋里睡着哩。那男人一听牙咬得咯咯响，掂起刀就要往里屋去杀那娃儿。女人忙告诉他，那娃儿睡的床头儿起搁着面布袋。

小勇这时还没睡着，他们说的话全叫他听见了。他想自己已经跑不出去了，就悄悄地把面布袋调换到床那头儿，假装睡着了。等了一会儿，那家伙进来了，一刀下去把他儿子的头砍掉了。他把死尸拖出去正要埋葬哩，才发现杀错了人。他又气又伤心，返回身来找小勇时，小勇早跑没影儿了。

第二天，小勇去县衙报了案，劫路人和他老婆都叫抓起来了。

讲述者： 马书哲，男，63岁，新野县沙堰镇南村人，不识字，农民

采录者： 马书杰，男，25岁，新野县沙堰镇南村人，高中，教师

王汉正，男，34岁，新野县沙堰镇人，高中，文化干部

采录时间： 1985年8月

采录地点： 新野县沙堰镇南村

选自： 《中国民间故事集成·河南新野县卷》

附记

故事发生地沙堰镇，是新野县北边的门户和重镇，经济一直比较发达，但即使是这样，过去有些人家仍然穷得过不去年。加上盗贼如毛，杀人越货，穷人的日子更是雪上加霜，苦不堪言，这就是过去新野农村生活的真实写照。（曹宝泉）

337

邢清风和王细雨

唐河县王集镇南边有两个庄，一个叫邢庄，一个叫王庄。从前，邢庄有个邢清风，王庄有个王细雨，两人好得只差多个头[1]。

王细雨家穷，心想死守不是长法，想下汉口混几年，碰碰运气，去找邢清风商量。邢清风想：人挪活树挪死，去闯荡几年也行。从屋里抱出一袋米，交给他说："贤弟，我家吃穿不愁，送你几升米，路上别饿着。"

王细雨回到家，把米袋一倒，米里骨碌滚出两锭元宝，一愣怔，对妻子说："邢大哥真过底[2]！送几升米就够味了，咋能再收人家两锭元宝！"妻子说："人家的心意嘛，这情以后慢慢补吧！"王细雨把东西拾掇好，带着妻子走了。

他走过一个集镇，见一家院子里围着很多人捐款修庙。王细雨想：邢大哥好积福，替他捐锭元宝，叫大家都知道他的好处。就取出一锭元宝捐了。庙院住持看看他说：

[1] 多个头：意为好得像一个人。
[2] 过底：交心。

"你这个相公不富，出门人难哪，不捐吧。"王细雨说："这元宝是我朋友邢清风的，他富。你在石碑上刻上他的名字，就当是他捐了。"住持见他实心实意，收了，写上邢清风的名字。

又走过一个乡庄，见许多人围在一起捐款修桥。王细雨又取一锭元宝去捐，在石碑上又刻了邢清风的名字。

王细雨到了汉口，还没找到活干，妻子就要坐月子。王细雨看到一座空屋子，找掌柜说情。掌柜说："想住你就住吧，不过这屋子不僻静[1]，你消停点！"夫妇俩怕再找不到合适房子，就住进去了。

半夜过后，妻子就生了。小娃刚落地，忽听房坡上忽隆忽隆响，约莫有个怪物在往下爬。两口子吓坏了，不知道咋办好！可是等了半天，啥事也没出。仔细一瞧，黑暗中有个东西在闪闪放光。原来那是个金马驹！——怪物扑了月子人的血气，变成金马驹了！

天明以后，掌柜的见他平安无事，又得了一个金马驹，夸赞说："你相公真有福气，添了贵子，又得了财气，恭喜你呀！"王细雨向掌柜施一礼说："房子是你的，财气该归你。"抱起金马驹就往掌柜怀里塞。掌柜横推竖推推不过他，只得收了。

掌柜回到屋里，仔细揣摩王细雨的人品，越想越觉得是个好人。他无儿无女，自个儿开个大金货铺，雇的几个伙计，手脚都不干净[2]。要是能收王细雨当伙计，以后办事就可以放心了。

王细雨听说掌柜要收留他，正巧瞌睡碰上了枕头，就答应了。

过了几年，掌柜年纪大了，想自己一片家业无人继承，就认王细雨作儿子。又过几年，掌柜死了，王细雨接替他执掌门面，成了大汉口赫赫有名的金货铺掌柜。

谁想王细雨走后，河南年成不好，邢清风家连遭几次天灾人祸，穷得叮叮当当。听说王细雨在汉口发了财，就决定去找他。

他走过一座庙堂，见庙堂青石上刻着一行字：河南邢

清风捐宝一锭。庙堂的住持听说他是邢清风，宾客相待，临走送他许多盘缠。又走过一座大桥，见桥头青石上也刻着：河南邢清风捐宝一锭。修桥的斋公们听说他是邢清风，宾客相待，也送他许多盘缠。邢清风一路上不愁吃，不愁住，顺顺溜溜到了汉口。

他在金货铺找到了王细雨。好友见面，喜得没啥说。王细雨每天对他宾客相待，陪他喝酒、吃饭、游玩，有说有笑，一会儿也不肯离开。

谁料邢清风一进福窝就不说回家了！转眼就是半年多，王细雨对他的态度也冷淡下来。先是好酒好饭招待他，后来越来越差，再后来，每顿饭只上两个菜，也不陪他。邢清风觉出不对茬，心想：当初在河南老家，你王细雨缺啥少啥，咱不等你开口就送去了，如今穷了，来你们门下住了半年可吃不消了！看来真是人穷不能志短啊！一气，就要回家。

王细雨正等着他说这句话，也不挽留，打发些盘缠就送他走了。

邢清风回到老家邢庄，一看，他家的老宅子变了，青堂瓦舍，门上拴着高头大马。他一惊："咋，我出门半年，谁把我的宅子占了？"进了院，家里人都穿得崭新崭新，辞退的几个帮工也回来了，见了他，一口一个邢掌柜。妻子见他诧异，笑着说："你到汉口不久，王贤弟就派人来给咱修理宅子，把原来当出去的田地、骡马都赎回来了。你瞧，这里里外外的东西，都是他派人送来的呀！"邢清风一听，怔了半天才醒过劲，心想：王贤弟呀，想不到你给我来这一手！

邢清风和王细雨的故事在方圆传为佳话。日子一久，就成了一句俗语：不行清风，难望细雨。

讲述者：　张殿卿，男，59岁，唐河县古城乡大张庄人，农民

采录者：　张果夫，男，39岁，唐河县人，高中，县文化馆馆长

采录时间：　1982年

采录地点：　唐河县古城乡大张庄村

[1]　僻静：意为有邪气，闹鬼。
[2]　手脚不干净：意为小偷小摸。

338

道歉酒席

选自：《中国民间故事集成·河南唐河县卷》

附记

不行清风，难得细雨，是唐河一带流行的俗语，经常在生活中被使用或化用。两个人因为互相帮衬而成为朋友，别人就说他们是清风细雨的关系。指责一个人不愿付出只想得到，就说你不行清风，哪来的细雨？（曲凡杰）

民国年间，源潭街有三位知名的大爷，分别是靳大爷、谢大爷、杨大爷。大爷这个名头，是一顶一的尊称。获得这样的名头，一不靠钱财，二不靠权势，靠的全是个人品格和办事能力。

今天只说靳大爷。靳大爷心眼好，会办事，因此，街坊邻居遇到闹心事或者邻里纠纷，都爱找靳大爷说道说道。这不，今天一大早，西街的老马就找上门了。老马脸红脖子粗的，进门就嚷嚷："靳大爷，他牛家欺人太甚，简直是没天理了！"靳大爷倒上茶，笑笑说："有理不在声高，坐下说。"老马也不客气，就一丈深一丈浅[1]地介绍了和牛家纠纷的来龙去脉，气呼呼地说："我是咽不下这口气，他要是不认错，我就去官府告他！"靳大爷摇摇头说："告状劳神费力还花钱，这条路不可走。俗话说和为贵，冤家宜解不宜结，一告状两家可不成了冤家！这样吧，你回去等着，我让牛家摆个场儿[2]，给你道个歉，这

[1] 一丈深一丈浅：犹"一五一十"，含贬义。
[2] 摆个场儿：摆酒席。

一页就算掀过去了。"靳大爷肯出面调解，老马还有什么说的？只要他牛家肯认错，咱还追究个啥！

老马前脚走，老牛跟脚就进了靳大爷的门。老牛和老马说的是同一个纠纷，只是老牛火气更大，把那老马说得一无是处，好像是一个无赖一样。求靳大爷给写一份状纸，他立马进县城喊冤打官司！靳大爷也给老牛倒了一杯茶，笑着说："这事搁不着惊官动府，你争的不过是一口气。凭我的面子，让老马摆个场儿，给你道个歉，两家握手讲和，以后谁也不许再提这事儿。如何？"老牛争的就是一口气，当然满口答应。

隔了一天，靳大爷给老马捎信儿，中午老牛在聚贤阁饭店摆酒道歉。同时给老牛带话儿，中午老马在聚贤阁摆酒道歉。到了中午，靳大爷早早来到聚贤阁，老马、老牛也先后来了。靳大爷端起酒杯递给老马，说："老马，请了！"老马接过酒杯，对着老牛点点头："老邻居，那事儿是我的不对，请饮了这杯酒！"老牛接过酒杯一饮而尽，也给老马端了一杯酒："老街坊，那事我也有错，请饮了这杯酒，咱两个人谁也别计较谁！"老马也是一饮而尽。

靳大爷露出笑脸，说："俗话说远亲不如近邻，如果半夜三更遭了火灾或匪情，第一个可以求助的就是邻居。谁敢说一辈子没有个三灾八难？谁敢说没有用到邻居的时候？遇事互相忍让一点，邻居不就好处了嘛。"

老马、老牛都有些脸红，几乎是同时说："靳大爷说得极是。"

两个人握手言和，酒席也就散了。老马、老牛是邻居，自然同走一条路。老牛说："老马，今天让你破费了，明天我摆场儿，还在聚贤阁。"

老马一愣怔："今天这酒席不是你摆的？"

老牛也是一愣怔，眨眨眼，马上醒过劲儿来："这酒席，是靳大爷摆的！"

老马感动得说不出话，好大一会儿才吐出一口气："真是个大爷，真是个大爷呀！"

讲述者：　郭文森，男，汉族，78 岁，唐河县源潭镇

源中街居民，初中，铁旗酒业有限公司经理

采录者：　曲凡杰，男，67 岁，汉族，唐河县人，高中，文联退休干部
　　　　　周红云，女，55 岁，汉族，唐河县人，高中，文化馆干部
采录时间：　2020 年 11 月
采录地点：　唐河县源潭镇源中街郭文森家

附记

讲述者郭文森年轻时当过四年乡村教师，记忆力强。讲述时声情并茂，时常跳出故事对人物进行评说。他讲述的故事，大多是民国末期和新中国成立后本地真人真事加以演绎后的故事。源潭镇是清末至民国时期因水运发达形成的码头，是"南船北马"万里茶道上的一个重要节点，晋陕商人建有规模庞大的山陕会馆，繁荣时有 32 条街，近百家商行。源潭地处南阳盆地的东部边沿，气候适宜高粱、烟叶生长，为酿酒、卷烟提供了充足的原料。有酿酒作坊 30 余家，卷烟作坊 20 余家，生产 70 多个品牌的纸烟。源潭商人爱国，赶时髦，1945 年 8 月 14 日日本战败投降，一个烟厂当天出品"八一四"牌纸烟，以示庆祝和纪念。源潭商会、商人多有义举、善举，救助鳏寡孤独，调解商界纠纷，留下许多佳话。就是在《道歉酒席》的影响下，他也成功地调解过一起纠纷：当地有兄弟二人发生争执，其弟失手将一个碗砸在哥哥脸上，划开四指长一条口子。哥哥报案，派出所抓了弟弟。按伤情不仅要赔偿药费，还可能判刑。郭文森不忍看到邻家兄弟从此成为仇人，决定从中说和调解。他先到派出所询问，民警明确答复：民不告官不究，他们兄弟和解，也让公检法省了人力物力，我们乐见其成。郭文森心里有了底，立刻付诸行动。他找到哥哥一家，晓之以理，动之以情：如果你弟弟坐了牢，你们两家从此就成了仇人。还有，如果你哥哥坐了牢，不仅对他家不好，也对你家不利。试想，今后你家的孩子当兵、入党、招工，都得填表写社会关系，如果他叔一栏里填个劳改犯，上边政审肯定通不过。哥哥家思索再三，决定不再追究弟弟的责任，弟弟感激不尽，赔礼道歉，两家慢慢和好了。郭文森说，好故事既然能影响我，肯定也能影响别人，因此我愿意一辈子传播这些故事。（曲凡杰）

339

一锭元宝

入冬没多久，源潭街靳大爷的老娘突然病了。靳大爷有个当医生的张姓朋友，住在源潭街东边的大张庄，张医生医术高明，一般的病都是药到病除，是唐北著名的医生。有本事的医生，求医的患者自然极多。靳大爷吃过早饭就往大张庄赶，还是晚来了一步，张医生的诊室里已经坐了几个人。

张医生抬头看见靳大爷，起身打了个招呼："这么早过来，有事？"

靳大爷说："老娘身体不舒服，年龄大了，也不方便走路，想请你过去看看。"

张医生说："就这几个患者，看完就去。上午再不接诊其他人了。"

很快打发了屋里的几个人，张医生来到了靳大爷家。也顾不得在堂屋喝茶，就熟门熟路进了靳大爷他老娘的卧房。张医生过去给老人家看过病，知道她住在客厅东边的上房里。老人家在床上呻吟，张医生也顾不得问候，把药囊放在床头柜上，打开，取出脉枕垫在老人家的手腕下，就搭上了脉。扶过脉，张医生对靳大爷也是对老人家说：

"偶感风寒，不是大毛病，三剂药过后，也就康复了。"

张医生坐在客厅正开药方，家里的小儿子气喘吁吁地跑过来，说邻村刚刚送来一个重症患者，要老爹快回去。靳大爷知道老朋友从不慢待患者，遗憾地说："本打算中午小酌一下，看来不好留你了。"张医生说："你我兄弟，不在乎一杯酒。晚上到我家喝吧，今天早晨有人送了一只野兔，肥嘟嘟的，正好下酒。"

靳大爷的老娘服过张医生三服药，果然康复了。老人家爱干净，能下床走动了，首先收拾床头柜。过去的床头柜，柜子里放东西，柜子头当桌面使用，针头线脑、茶碗茶壶什么的，都放在上面。老人家清理一番，忽然惊呼一声："啊！"

靳大爷闻声进来，问："咋了？"

老人家说："我那锭元宝不见了！"

这世上，人的爱好千奇百怪。靳家富有，这老人家喜欢把玩元宝。因此，床头柜上老是放着一锭元宝。靳大爷是个孝子，老娘得病以后，端药端饭，就没有让别人插过手。也就是说，这十来天这屋里除过他母子俩，没有第三个人来过。那锭元宝难道会长翅膀飞出去？

想了一会儿，老娘突然说："咋没有外人来过？那张医生给我看病——"

靳大爷急忙拦着了老娘的话："俺俩多年的朋友，我还不知道张医生的人品，再说张医生也不缺钱。"

老娘捂着胸口，一脸的忧愁，说："不是他能是谁？你还是去问一问。如果是家贼，一大家子这么多人，可就难查也难防了。"

靳大爷担心老娘愁出病来，只好答应去大张庄问一问。等见了张医生，却又难以开口。如果按老娘的意思问，那不是在怀疑老朋友的人品嘛。

张医生见靳大爷欲言又止的样子，就感觉有些奇怪，一个说话、办事都利亮的人，这是怎么了？忍不住问道："咱俩谁跟谁呀，有啥话就直说。"

靳大爷吭哧了半天，才说："你去看病那天，我老娘床头柜上的一锭元宝不见了。我老娘急得不行，我就过来问一问，你看见没有？"

张医生愣怔了一下，说："那天急着回来，胡乱收拾药囊,我看看,是不是收到里边了。"说着进了药房。等了一会儿出来,手里拿着一锭元宝:"事急出乱子,还真是把它装进药囊了。快拿回去,别让老人家愁坏了身体。"

靳大爷接过元宝,连说万幸万幸。

进入腊月,家家户户都忙乎起来。二十四,扫房子,家家都来一次大扫除,干干净净迎新年。靳大爷帮着下人打扫老娘的房间,挪开床头柜,竟在墙根儿发现一个老鼠洞。洞口一堆末子[1],末子下边的老鼠洞口,卡着一锭元宝!

拿起元宝,靳大爷头上的冷汗可冒出来了。不消说,这是老娘床头柜上那锭元宝。自己误会了张医生不说,还接受了张医生不该拿出的元宝。这咋办呢?靳大爷也没有犹豫,马上请来街上的锣鼓队,自己手捧一锭元宝,敲锣打鼓去大张庄,向老朋友还银谢罪。

冬日里人闲,锣鼓队一进村,马上引来许多人看热闹。锣鼓队到了家门口,不爱看热闹的张医生也走出了家门。一眼看见靳大爷手捧一锭元宝肃立在自己门前,不由愣着了:"老朋友,你这是干啥?"

靳大爷说:"我误会了你,还拿走了你的元宝,我这是赔罪来了。老朋友,元宝不是你拿的,你咋就承认了?要不是今天扫房子,你不要委屈一辈子?"

张医生说:"医者仁心,我不是怕老人家有个三长两短嘛。比起老人家的健康,我受一点委屈算个啥?何况咱俩是朋友,你的娘就是我的娘。"

靳大爷连说惭愧,就把扫房子发现老鼠洞,洞口卡着元宝的事儿说了。

张医生说:"你把元宝还给我就行了,何必敲锣打鼓大费周章,生怕别人不知道?"

靳大爷说:"犯了错就要勇于承认,以后才能记住教训。"

看热闹的人弄明白是咋回事,一个个伸出大拇指,靳大爷就是靳大爷,不服不行。那张医生也没说的,以后喊声大爷也不过分。

[1] 末子:碎土。

讲述者: 郭文森,男,78岁,唐河县源潭镇源中街人,初中,农民
采录者: 曲凡杰,男,67岁,汉族,唐河县人,高中,文联退休干部
周红云,女,55岁,汉族,唐河县人,高中,文化馆干部
采录时间: 2020年11月25日
采录地点: 唐河县源潭镇源中街郭文森家中

340

十串钱

从前有个人叫刘保。爹妈死了，留他孤巴巴的一个人，日子过得挺艰难。他想向舅家借点钱做买卖，赚点米面钱糊口。舅家表哥也不富裕，想到表弟张嘴容易合嘴难，就七拼八凑凑了十串钱给他了。谁知刘保钱一带走就像没事人，赚了钱也不说还。眨眼十七八年，表哥老了，又大病缠身，连走路都没力气。前思后想没有门路，只得去找表弟讨账。

"表弟，十八年前，你借我那十串钱……"表哥吞吞吐吐不好意思开口。

"你说啥？我借你十串钱？我还想说你借我十串钱哩！"表弟张嘴给表哥填个蚂蚱[1]。

表哥见表弟不认账，气得浑身发抖："你……你想不认账是吗？好吧，瞒得了人，瞒不了神，咱俩到土地庙打个赌。我欠你账，摔断我的腿，你欠我的账，摔断你的腿！"扯着表弟的衣裳就要到街上买香买纸。刘保心里发虚，一时又不好下台，嘴上装得硬邦邦："赌咒就赌咒，

谁还怕你？"二人真的到街上买回香表，看看天黑了，约定第二天到土地庙去。

俗话说：手不抓屎手不臭。刘保心里有鬼，这天夜里心里七上八下睡不着觉。他怕土地爷真的显灵，摔断了腿，岂不是自己搬石头砸自己的脚？他想啊，想啊，想出一个歪主意。悄悄爬起就向土地庙跑去，跪到土地爷神像前，磕了三个响头说："土地爷呀土地爷，明天我和表哥要来打赌。要是你睁睁眼把我表哥的腿摔断，过后我买一头大猪给你上供。"许罢愿，又悄悄回家睡了。

第二天，表兄弟俩从土地庙赌咒回来，翻过一条沟时，咔嚓一声，表哥的腿摔断了。刘保心里一惊："真灵！"想起给土地爷许过愿，不还，土地爷定会加倍罚他。安置了表哥，就到街上去买猪。

他拉着一头猪往家走，热了，躺在一棵大树下歇息，不料一躺睡着了，梦见车上的猪给他说："刘保，我前世欠人家十二串钱，还不起债，阎王责怪，让我变成了猪。原指望这一世还账哩，谁知你买我才给了十一串钱，还差一串钱。债还不上，我下一辈子还得当猪哩！"刘保猛地吃了一惊，醒了。坐在树下仔细想，猪欠一串钱的债还得一辈子当猪，我欠表哥十串钱，阎王不罚我当十辈子猪才怪！他越想越怕，回到家里，见表哥还睡在床上出长气[2]，心一酸，扑通跪在表哥面前说："表哥，我错了！我昧你十串钱，太不该！现在我就拿钱还你。"表哥见表弟猛地向他认错，吃了一惊，想一想说："表弟，还是我的错。你看，土地爷不是罚我摔断了腿吗？"刘保听这一说更着急："表哥，你的腿走路本来就不方便，摔倒了，是因为沟坡绊的。神仙真的有灵，该摔断腿的是我，不是你。"

表兄弟俩越说越喜欢，越说越客气。后来，他们也不再计较那十串钱。搬到一起住，亲亲热热，像亲兄弟一样。

讲述者：　杨付臣，男，58岁，唐河县龙潭乡夸子园村人，小学，农民

---

[1]　填个蚂蚱：意为先发制人，拿话头堵着对方的嘴。

[2]　出长气：长长地叹息。

采录者： 杨俊桓，男，24岁，唐河县龙潭乡杨庄人，
　　　　　 高中，农民

采录时间： 1984年11月

采录地点： 唐河县龙潭乡夸子园村

选自： 《中国民间故事集成·河南唐河县卷》

附
记

　　到庙里对着神像赌咒发誓，也叫在神仙面前"明明心"，是过去
人们的一种常见的行为。两个人起了争执，又没有第三者见证，事情
也还没有到了惊官动府的程度，那就到庙里赌咒发誓，让神仙给予评
判。在农耕时代，神鬼敬畏对人们的一些行为还是有一定的约束作用。
过去老年人劝阻年轻人越礼犯法行为，常常举民间故事里的例子：某
某昧良心，遭到了什么什么报应。言之凿凿，如同真实发生过一样。
俗语"人在做天在看"，今天依然不断被引用，也见证了传统文化的
影响力。（曲凡杰）

341

仁义巷

　　唐河县源潭镇的当铺街和山货街之间，有一条南北胡
同，人称仁义巷。

　　清代，源潭镇生意兴隆，许多外地商人到这里开商行，
建字号，做买卖赚钱。胡同西边住着一家商人，主人叫陈
富有，老家住在河北怀庆府。来源潭几年光景，生意火红，
建字号叫"三盛永"。胡同东边的商人是陕西洪洞县人，
名叫溪有才。生意发达以后，也立了字号叫"富源号"。

　　这年，两家为了扩大门面，都要盖房子。陈家动工较
早，他嫌院内地盘紧巴，吩咐泥巴匠把墙基向外开了一墙。
溪家见陈家这样，很窝火："你会向外开！谁不会！"动
工的时候，也向外开了一墙。胡同本来不宽，两家这样一
挤，别说行人，连搭架木[1]的地方都没有了。墙垒了腰高，
只得停工。可是溪陈两家都不服气呀，你不让步，我也不
让步。争吵，打架，谁怕谁？打起官司，钱有的是，谁也
不比谁的腰细！争持了很久，房子都没有盖起来。

　　可是，这样僵持下去总不是长法呀！溪有才想起他的

[1]　架木：脚手架。

一个叔父在陕西做县令，就暗暗写了一封书信，想让叔父出面为他撑撑面子。溪县令是个清官，打开书信一看，半天没有吭声。第二天，他写了封回信，叫带信人亲手交给他的侄子。

溪有才见到回书，非常高兴，谁知拆开一看，竟吃了一惊。信上写着：

千里捎书为一墙，
让他一墙又何妨？
自古长城今犹在，
不见始皇在哪厢。

溪有才看罢，猛地反省了："唔！到底叔父高见！人活着争东占西，死了没有一股气，何必为一墙之地闹得不得安宁呢！"当时就吩咐工匠："拆墙，向后挪三尺！"

溪家拆墙的事情被陈家看在眼里，很受感动，想："人心都是肉长的，人家能忍，我就不能让？"也向工匠吩咐说："溪家退三尺，我退四尺，拆墙！"把墙向后挪了四尺。

房子盖好后，胡同比原来宽了七尺。过往行人从胡同里过，松松爽爽，夸奖说："溪陈两家比着仁义，就给这个巷子起名叫'仁义巷'吧！"

从此，"仁义巷"这个名称就在方圆传开了。

讲述者： 马景武，男，55 岁，唐河县源潭镇人，高中，教师

采录者： 曲凡杰，男，29 岁，唐河县人，高中，县文化馆干部
刘承军，男，35 岁，唐河县源潭镇人，高中，教师

采录时间： 1982 年 2 月

采录地点： 唐河县源潭镇

选自： 《中国民间故事集成·河南唐河县卷》

附记

这类故事各地都有流传，而且有鼻子有眼儿地说就是发生在本地。源潭街为古镇，文中提到的山货街和当铺街至今仍存。因为水运发达，货船上通社旗、方城，下达襄阳、武汉，其集镇起于明，兴于清代、民国。清代山陕商人来此经商，兴建的山陕会馆至今仍在，为省保文物单位。山陕商人敬关公，重义气，其行为也影响了当地的居民，给产生、流传这样的故事提供了土壤。20 世纪 80 年代编纂三套集成时，在几个同类故事中，选取了《仁义巷》，也是考虑了古镇因素的。（曲凡杰）

342

以德报怨

从前，有个武官，经常欺负邻居家白发老汉。

一天，老汉把三个儿子叫到跟前说："我已经老了，你们跟着我受了不少气。我给你们每人十两银子，你们出外做件功德事，谁做得最好谁当家。"

几个月后，三个儿子都回来了，都向老爹说了自己做的好事。

大儿子说："我走到河边，看见一个女人投河自尽，忙跳下水去救了她。她身怀有孕，我一下救了两条性命。"老汉听后点了点头。

老二说："我走过一个村庄，看到一家失了火，风势凶猛，万分危险。我奋不顾身去帮助救灭了火，为全村人解了难。"老汉听后笑眯眯。

老三说："我对不起您老人家，救了一个仇人。我走到一座山上，看见邻居武官打了胜仗，醉卧在悬崖边上。当时我真想把他推下崖去，可是，又想到国家边关正需要他去镇守，沙场需要他去征战，我还是叫醒了他。他对我施了一礼，就上马走了。"

老汉听后，哈哈大笑说："这家让老三当了。"老大和老二都不服气。老汉给他们解释说："你救了两条人命，你灭火为全村解难，这都很好。可你三弟不顾个人恩怨，以国家安危为重，这才是最大的功德啊！"

老三当家后，邻居武官非常感激他，亲自登门谢罪。从此以后，两家成了好邻居。

讲述者： 颐长河，男，74岁，唐河县上屯乡张青寨村人，不识字，农民

采录者： 王庚申，男，19岁，唐河县上屯乡张青寨村人，初中，学生

采录时间： 1984年11月

采录地点： 唐河县上屯乡张青寨村

选自： 《中国民间故事集成·河南唐河县卷》

附记

选当家是民间故事常见的主题。不仅有选儿媳当家的，也有选儿子当家的。这篇故事就是选儿子当家。过去一些农户家大业大，选德才兼备当家人十分重要。因此就有这样一批故事流传，给人们提供借鉴。（曲凡杰）

343

公平交易

古时候，有个叫公平的小伙子。他上无父母，下无兄弟姐妹，生活十分清苦。可他为人忠厚，不贪财，很受乡里好评。

有一年腊月二十八，眼看就要过年了，公平家里连一点年货也没办。为了弄点钱过年，他一早就上山砍柴。走着走着，忽见前边草丛里有件东西闪闪发亮。扒开草丛一看，竟是一锭金子。他惊异地叫了一声："啊！我发财了！"捡起仔细一看，金子正中间有道纹印，纹印两边各有两个字，一边是"公平"，一边是"交易"。他想："哦，原来这金子不是我一个人的，还有一半是交易的。可是这个交易是谁呢？"他回到家里，弄了些干粮带上，决定找到交易这个人，与他平分这锭金子。

公平跑了很多地方，就是找不到交易。带的干粮吃完了，人也累垮了。这天来到一家大门前，忽觉一阵头晕眼花，扑通倒在地上昏了过去。

原来，这个大楼门里边就是交易的家。交易为人善良，家里又富裕。他听说有个过路人晕倒在门口，急忙派人把他抬进屋去，炖些姜汤，一勺一勺喂到他嘴里。过了一会

儿，公平就醒来了。两人谈了一会儿，公平听说他就是交易，喜欢得不得了！急忙从身上摸出那锭金子，把自己的来意说了。交易听了，觉得公平为人忠诚厚道，非常感动。但他说啥也不收他拿来的金子："金子是你捡来的，我咋能收？况且你家穷，我家富，你的心意我领了，这金子万万不能收啊！"公平一听急忙说："老弟，这金子上明明写着你的名字，我跑了这么多路，你不与我平分，我心中不安啊！"二人推来推去，最后交易只好让家人取来分金钻来钻。谁知钻头刚接触金子，金子便落到墙角钻入土中去了。交易命人挖，竟挖出十大缸金子，每块金子上都刻着他俩的名字。交易大喜，便与公平平分了这些金子。

从此二人结为好友，互相交往频繁。人们称赞他们的精神，遇到金钱交往的事，总是说：咱们公平交易。

讲述者： 谢德尚，男，21 岁，高中，唐河县城郊乡人，初中，学生

采录者： 张春平，女，20 岁，高中，唐河县城郊乡人，初中，学生

采录时间： 1986 年 12 月

采录地点： 唐河县城郊中学

选自： 《中国民间故事集成·河南唐河县卷》

附
记

据讲述人说，每每有年轻人听故事听到一半就发表议论：愣要把一锭金子分别人一半儿，傻瓜一个！讲述者就会把手向下压一压：稍安毋躁，往下听。故事讲完了，才教训年轻人：他要是贪那半锭金子，哪来后边五缸金子的好处？记住，行善得善，行好得好！年轻人心服口服，他接受的这个教育，也许会使他受益终生。（曲凡杰）

344

农民和书生

老农又说："女皇后武则天生驴头太子，人称笨驴。你能配？"书生实在没法子，只好说："那……那你说我是什么呢？"老农正儿八经地说："你是年轻人嘛。我劝你回家用功读书，别在这里荒废学业，假装斯文了！"书生听了老农的劝告，回家认真读书，再不游逛了。

讲述者： 李伟，男，19 岁，唐河县古城乡古城街人，初中，学生
采录者： 张永勤，男，32 岁，唐河县古城乡人，高中，乡文化站专干
采录时间： 1986 年 6 月
采录地点： 唐河县古城乡古城街
选自： 《中国民间故事集成·河南唐河县卷》

从前，有个书生在书馆里读书。他读书很不安心，一有空就跑到河边玩。

有一次，他正玩得高兴，刮了一阵风，夹带着一些雨点。他来了诗兴，道："风吹河水浪千层，雨落沙滩万点坑。"有个拾粪老头见他不好好读书，跑到河边胡闹，从背后跟上来问："你查一查，看一看，河里波浪是不是一千层？雨打沙滩是不是一万个坑？"书生见他是个拾粪老头，很瞧不起他，故意装得很文气，说："我乃草木之人，吟诗不好，见笑！"老头哈哈笑着说："是草木之人？三国刘备登基以前，卖草鞋度日，自称草木之人。你能配得上吗？"书生被老农问得抬不起头，忽见脚下跑来一只野兔，就说："我就算一只兔子吧！"老农又笑笑说："周朝时期，周文王的大儿子伯邑考，被妲己所害，死后变成一只兔子。你能配上当兔子吗？"书生气愤地说："我不配当兔子，当王八行吗？"老农摇头笑笑说："宋朝包文正，为惩办害民贼四国舅，扮王八下陈州私访，为民除害。你一无本事，二无功绩，比啥不是啥。"书生见自己左右不是，只得认输说："我比笨驴中吧？"不料

345

一副金镯

很久很久以前，王家庄的李秀才一心想到杭州西湖游玩。李秀才的妻子永霞已经怀了孕，有心不让他去。可他执意要去，无奈，妻子就把一副金镯拿出来对他说："这是我出嫁时最珍贵的陪嫁，你我各拿一只，见镯如见人。"

李秀才把金镯戴在手上，对妻子说："多则半年，少则一月，我一定回来。那时，孩子也要出世了。"

李秀才告别妻子，向杭州走去。这天，走到一家饭店，饭店里只有一对老夫妻。李秀才吃过晚饭，正准备睡觉，掌柜却备了酒席，邀李秀才饮酒。原来这掌柜夫妻的心眼坏透了，刚才看见李秀才戴了一只金镯，便起了歹念。他俩在酒内放了毒药。李秀才见他俩让得实意，举杯饮起来。一会儿，毒性发作，便死去了。店掌柜把李秀才金镯捋下来，把尸体埋到店后大树底下。

李秀才走了以后，永霞生了一个男孩，取名李鸿。转眼十八年过去了，李鸿也长到十八岁。他生得眉清目秀，一表人才。他熟读诗书，聪明绝顶，满腹才学。一天，李鸿问母亲："我早年问我爹哪里去了，你说等我长大再说，现在我十八岁了，可该说了吧？"

母亲一听，难过得哭起来，对儿子说："就在你出生那年春天，你爹一心想去杭州游玩。走时说短则二个月，长不过半年就回来，谁知十八年没有音信，不知是死是活……"

李鸿听了，劝妈妈说："您别伤心，我去找找爹爹，一定要把他打听出来。"

母亲就给儿子收拾行李，对儿子说："我有一副金镯。当年你爹走时戴走一只，你拿上这只，见到父亲也好相认。"李鸿把金镯包进包袱，往杭州去了。

说来也巧，李鸿这天也住在十八年前父亲住的店里。客店里除了老夫妻以外，还有一个丑八怪儿子，也是李秀才遇害那年生的。李鸿住店这天，店家正在发愁。原来媒人给丑儿子说了一门亲事，明天女方要男方去相亲。他俩知道儿子长相丑，人家肯定相不中，一见李鸿长得眉清目秀，就想让他替儿子相亲。便摆了一桌酒席，请李鸿喝酒。李鸿听说店家要他去顶替他家儿子，说啥也不肯答应，怕坑害了女家。掌柜说："我家有一只传家金镯，由媒人送给了女方，看来已经同意了，只要见见人。这次你去，事成以后，我定有重谢。"李鸿听说有一只金镯，就想看看是啥样的，就答应下来。

第二天，李鸿由店家陪同去女家相亲。到了地方，那姑娘见李鸿长得英俊，心中高兴。李鸿趁机问姑娘："家父说送给你那只金镯，咋不见戴上？"

姑娘说："早先没有相面，不知亲事成不成，现在可以戴了。"说着从房里取出金镯。李鸿把自己带的那只金镯子掏出，两只一合一比，一模一样。李鸿暗想：这客店是去杭州必经之路，父亲一定是店掌柜害死了，留下了这只金镯。

姑娘见李鸿手拿金镯，呆在那里，问他咋了，李鸿便把自己如何来杭州寻父，如何住在客店，如何替丑儿子相亲的事一五一十地告诉了姑娘。姑娘听后，心里明白。她对李鸿说："那谋财害命的人家，我咋能去？我要跟你回家。"

媒人去到客店，对掌柜说："李鸿和姑娘订下终身，和你家亲事吹了。"

掌柜一听，大发雷霆，到县衙去告了李鸿一状，说他

"冒名顶替，夺人妻室"。谁知，早他一步，李鸿和那姑娘去县衙告发掌柜图镯害命。县官正准备派人去抓店掌柜，可他自己送上门了，县官就让衙役把他捆了。

店掌柜开始嘴硬不承认，李鸿把一对金镯拿出来，姑娘又在身边，人证物证俱全。掌柜无法抵赖，只好认罪。

讲述者： 李金兰，女，58岁，唐河县毕店乡大古城村人，小学，农民

采录者： 吕欣，女，18岁，唐河县毕店乡蔡庄人，高中，学生

采录时间： 1984年1月

采录地点： 唐河县毕店乡大古城村

选自： 《中国民间故事集成·河南唐河县卷》

附
记

过去农村一些故事篓子，擅长讲述情节曲折的故事，预设悬念，埋下伏笔，然后一波三折，首尾照应，圆满结局。这类故事比较吸引人，人们晚上聚集在故事篓子的家中，如同听书一样。20世纪五六十年代，唐河县东部的古城、大河屯等乡镇，说书人多，一些书段，也就是从民间故事演绎而来。（曲凡杰）

346

忧乐一念

从前，有个财主家里雇着长工短工，使着丫鬟仆妇，偏偏就是不喜欢[1]，成天没个笑模样。

这一天，他坐在堂屋里，一边喝着茶品着点心，一边唉声叹气。他老婆在一旁就问："当家哩，咱吃不愁穿不愁，你咋光是愁眉不展看着不喜欢哩？是日子过得不舒坦还是你有别的事不如意？"他说："咱能有啥不如意的事？就是习惯了，一想事儿眉头不由自主就皱一起了。"老婆就劝他："盘算啥事也别发愁，你看磨道儿里那孙二娃儿，家里穷得棍儿括[2]一样，不来给咱干活饭都没吃的，成天唱呵二叫的欢喜得就像过年，学学人家吧。"这财主听老婆提起孙二娃儿，就说："别看他这会儿喜欢，想叫他犯愁立马叫他愁。""真哩？""你等着，过了今儿黑，明儿他就不唱了。"

果不其然，第二天，磨坊里再也听不见孙二娃儿唱戏。财主老婆忙问："当家的，你使的啥法儿？孙二娃儿今儿

[1] 不喜欢：不开心。

[2] 穷得棍儿括：意为极穷，家徒四壁，用棍子在屋里抡，也打不着任何物品。

个真的跟个闷鳖样一声不吭了。"

　　原来，财主昨天晚上到磨坊里，拿出两锭银子塞在磨眼儿里，今天一大早孙二娃儿来上工，见磨光转不下料，扒开磨头的粮食一看，发现有两锭宝堵在了磨眼里。把银子拿出来揣怀里，左思右想这两锭银子是咋回事呀，一会想是谁忘这儿的，又一想，不会呀，谁往这来干啥？难不成是老天爷富我哩？他一会儿摇头一会儿点头，一会儿苦瓜着脸一会儿又咧嘴笑；心想没来由谁把这宗财扔到这磨坊里，真是老天爷赠俺的，那俺有了钱，还来当小工不？拿这钱起房盖屋再娶一房媳妇，那日子该有多美？胡思乱想不知不觉一天过去了。

　　财主和老婆看着孙二娃儿愁眉苦脸的样子，自己开心了一天。快收工的时候，财主对老婆说："想叫他明儿再唱戏也不难，我去看看，管叫他明天接着欢喜。"说罢，财主溜溜达达到了磨坊，问孙二娃儿："我夜儿黑把两锭银子丢磨眼儿里了，你见了没有？"孙二娃赶紧从怀里掏出银子："给，东家，今儿一早我就看见了。"

　　第二天孙二娃儿来上工，又开始唱戏，哼完曲子[1]唱越调，唱完越调哼二黄，越唱越欢撒[2]。

　　财主老婆问："当家的，孙二娃儿得财又失财，空欢喜一场，咋还恁高兴呢？"财主说："外财不富命穷人，不该得的财强拿不丢，必是灾祸。有钱坠住心，想的事儿就稠了[3]，自然就高兴不起来；他把钱一还，人轻松了，该想的事儿没有了，咋能不欢喜哩？""噢，那咋人家那么多有钱人也一样高兴就你不高兴呢？""咳，搁在人[4]么。其实有钱没钱高兴不高兴都在人的一念之间。"

　　　　讲述者： 樊有堂，男，70 岁，唐河县张店镇人，初
　　　　　　　　中文化，农民
　　　　采录者： 曲凡杰，男，67 岁，唐河县人，高中，文
　　　　　　　　联退休干部

[1]　曲子：曲剧的俗称。
[2]　欢撒：活泼得过分。
[3]　稠了：多的意思。
[4]　搁在人：人与人不一样。

周红云，女，55 岁，唐河县人，高中，文化馆干部

采录时间：　2020 年 11 月 27 日
采录地点：　唐河县张店镇樊有堂家中

附
记

　　讲述者樊有堂办过养鸡场，现经营饲料业务，接触面广。他讲述的故事，多富有哲理性。2020 年冬天我们去樊有堂家中录故事，他的讲述沉稳平实，娓娓道来，使用方言准确，颇显地方语言特色。

（曲凡杰）

347

丈夫回来了

上去一把抱住男人说："我的个人，我的个福，三担高粱两担谷，要吃豆腐咱去磨，牵上毛驴叫他姑，喂了个黄母牛，抱了个花犊犊，小猪喂得滑溜溜！"

讲述者： 梁大成，男，45 岁，唐河县张店镇刘坡人，高中，中学教师

采录者： 邢文彦，男，19 岁，唐河县张店镇人，初中，学生

采录时间： 1985 年 9 月

采录地点： 唐河县张店镇

选自： 《中国民间故事集成·河南唐河县卷》

从前有个人闯关东，一去几年，挣了好些钱。这天他弄个破袄穿上，把银子揣在怀里，用根草绳把腰束得紧紧的，假装出一副穷酸样子回了家。

老婆见丈夫平安归来，心里甜甜的。可看着他那穷样又着实不满，紧绷着脸耍起小孩脾气，不理他。

丈夫问："我走那年咱那头牛要抱犊子^[1]的，抱了没有？"不搭腔^[2]。

"我走时咱喂那对小猪咋样？"不搭腔。

"上东庄去叫他姑来住两天，叫了没有？"也不搭腔。

"我走那年，年成好不好？咱那高粱谷子打了多少？"还是不搭腔。

"你闲来无事也不做个豆腐吃？"行了，老婆把耳朵塞上了。

男人知道老婆嫌他穷，不再说话，使劲"咳"了一声，腰里的草绳断了，银子哗哗啦啦往外掉。老婆一眼见到了，

[1] 抱犊子：抱，生产。抱犊子，母牛产小牛。
[2] 不搭腔：不接话。

348

两封文盲信

过去，唐河县魏家湾住着一对穷夫妇，女的在家拧花转线[1]，男的在洛阳跑生意。

有年春天，女的在家不能糊口，正在犯愁，听说他叔父到洛阳办事，就写了一封信，让他叔父给丈夫捎去。他叔到了洛阳，先看看信，上面歪歪扭扭画着一张纺花车和一只瘦兔，没有一个字，对侄子说："这算啥信啊，五画六道的。"男的接过信一看说："是向我要钱的。上面画纺车，是说她在家拧花转线！车边卧只兔子，是说她属兔的。兔子骨瘦如柴，是没有吃的了！"

第二天，他叔回家时，男的把一封信和一百串铜钱递给他，让他捎回交给妻子。路上，他叔掏信一看，上面乱七八糟地画着小鸡、树杈、螃蟹、老鳖……他想侄媳妇斗大的字不识一布袋，更不会看信，多少钱也不晓。心想：我克扣五十串，把剩余的给她，侄子以后不问这事就算了，要问起来，我就说我借花了。

回到家里，他就把五十串钱交给侄儿媳妇。谁知女的拿起书信，看了一遍，又数数钱，纳闷了，问："叔啊，这钱咋不对哩！"他叔装得一本正经："对呀！你咋知道不对？"女的说："叔，这信上说得清清楚楚。那两群小鸡，每群七个，就是说妻呀妻呀；一棵树没有干，只有树梢，就说让叔（树）给你捎（梢）回去；八只螃蟹是六十四只爪，九个老鳖是三十六只爪，加起来正好一百只，是说捎回来的正好是一百串钱。还有楸树后边有一个人撅着屁股，就是说，秋（楸）后一定（腚）回来。"

一番话说得他叔心里发慌，干笑着说："妮啦！我就是试试你会看信不会。别看你平时不吭不哼，心里还真有点子哩！这一百串钱，叔已给你带回来了！"说罢，就把另外五十串钱给了侄媳妇。

讲述者： 刘长松，男，32 岁，唐河县马振抚乡人，高中，教师

采录者： 李朝国，男，45 岁，唐河县马振抚乡人，高中，教师

采录时间： 1985 年 12 月

采录地点： 唐河县马振抚中学

选自： 《中国民间故事集成·河南唐河县卷》

[1] 转线：用纺车纺棉线。

349

刘糊涂出游

从前，有个县官姓刘，人都叫他刘糊涂。一天他坐轿出城，刚走不远，忽然问："雇了八个轿夫，怎么只有四人抬轿？"前面一个轿夫连忙答话："老爷，后面还有四人哩。"刘糊涂听了，就说："落轿！等等后面那四个轿夫！"轿夫听了，想笑，又不敢笑。只好落了轿，也乐得歇一会儿。刘糊涂从轿里钻出来，往后一看，见四个轿夫就站在轿后，惊讶地说："这么快就赶上来了！起轿！"他坐进轿里又纳闷，还只见前面四个轿夫抬轿。一会儿又问："后面四个轿夫赶上没有？"轿夫心里明白是县官又发糊涂，想歇会儿，就回答说："没赶上哩！"就落轿停一会儿；不想歇，就回答说："就在轿后哩。"

就这样磨磨蹭蹭，直到天黑还没回城。一个轿夫说："老爷，小人要出恭！"刘糊涂说："管天管地，不能管拉屎放屁。落轿！让轿夫出恭！"谁知，轿夫一转身就拉完屎回来了。刘糊涂十分惊讶："你出恭怎么会恁快？"轿夫说："老爷，小人我会看风水。那地方风水好，出恭就快。"刘糊涂恍然大悟说："唔！晚一会儿老爷出恭，你替老爷看个风水！"事有凑巧，不一会儿他就吩咐："老爷

想出恭，你看风水在哪里？"那轿夫回答说："别慌，风水还远哩！"走了一程，刘糊涂憋得着急，问："轿夫，风水还没到吗？"那轿夫说："别急，风水就在前面！"不一会儿，刘糊涂嚷起来："快点，风水再不到，老爷就要拉裤里了！"轿夫忙就地一指："风水就在这里！"刘糊涂忙命落轿，很快就拉完了屎！他感慨地说："你的风水看得果然不差。老爷从来还没屙这么快呢！"

讲述者、采录者：申光亚，男，49岁，唐河县人，大学，县文化馆

采录时间：1982年2月

采录地点：唐河县文化馆

选自：《中国民间故事集成·河南唐河县卷》

附记

申光亚是新乡市延津人，大学毕业来到唐河，任唐河县三套集成总编，曾把这篇故事讲给三套集成故事卷的编辑们听，最后由他自己记录下来，收入故事卷本。他讲述的语言带有豫北特色，如"老爷就要拉裤里了"，唐河人则说"拉裤子里了"。（曲凡杰）

350

闭目空想的人

从前，有一个年轻力壮的小伙子，好吃懒做，把父母留下的家产吃光了，只好讨饭过日子。一天上午，他在要饭的路上，经太阳一晒浑身软绵绵的，一步也不想走了。正好前边有棵大柿树，他便走上去，背靠着树，懒洋洋地躺下来，闭目休息。

他的右手握着要饭棍，左手搭在身上，不一会儿，又嫌手压了胸口，便把手放在地上。手掌正好按着一个硬圆片片。嘿嘿，财神爷来了！一定是个铜钱！这铜钱派什么用场呢？对，买个鸡蛋，鸡蛋可以孵出一只小鸡，小鸡可以长成老母鸡，母鸡又能下很多蛋，孵出一大群鸡来，一群鸡能换一只母羊，母羊会生羊羔，一年生两窝，一窝少说也是四只，二年就是四四一十六只，一大群羊哪！一群羊可以换一条母牛犊，几年不要，就是一大群牛。把一群牛全部卖掉，可以换很大一笔钱，用这笔钱盖几间房子，置几亩地，请个长工。办这两件事，这笔钱肯定用不完，余下的咋办呢？对了，娶个年轻美貌的小媳妇，欢欢乐乐过日子。过一年媳妇就生个男孩，再过几年，就叫孩子入学读书，求个功名，当爹的该享享清福了。要是孩子贪玩，

不好好念书咋办！哼！那我就用棍子打他。"养不教，父之过嘛！"——这话是谁说的？对了，是孔圣人说的，我就照孔圣人的话办。

他举起手中的讨饭棍，使劲打下去。

"哎哟，我的妈呀！"他发出一声惨叫。

懒汉一惊，急忙睁开眼，那棍子正打在自己的左手上。手下呢？原来按着一个柿饼盖儿。

讲述者： 邓兰甫，男，48岁，唐河县古城乡井楼村人，初中，农民

采录者： 曲凡杰，男，28岁，唐河县人，高中，县文化馆干部

采录时间： 1981年3月

采录地点： 唐河县第二招待所

选自： 《中国民间故事集成·河南唐河县卷》

351

吹破天和喷塌地

从前，有个爱喷大话的人，人们给他起个绰号叫"喷塌地"。他听说李庄有个人，绰号叫"吹破天"，非常生气："吹破天能把天吹破吗？他这个绰号可有点气人！我总要和他比个高低。"

喷塌地的话传到吹破天耳朵里，吹破天也不服气。他专意来找喷塌地，要比比高低。两人讲好条件：一是不能让故事中断，后一个人得顺着前一个人说的继续说；二是时间不限，没有分出输赢以前不吃饭，输的人给赢的人摆酒席一桌；三是输的人甘当胜者徒弟。

喷塌地说："有十万人马的一支部队，在行军路上遇到大雨。见路边倒着一根竹竿，竹竿炸裂了一个缝，十万人马统统躲进这根竹竿内避雨。谁料干竹竿经过雨水浸泡，鼓胀了，干裂的缝合在一起，把十万人马全部封在里边。你说这根竹竿粗不粗？"

吹破天说："雨过天晴，走来一位四百多岁的老人。他弯腰捡起竹竿，做了一根钓鱼竿，用十头牛作为诱饵，到河边钓鱼。你说这老人个子大不大？"

喷塌地说："老人坐在河边刚放下鱼竿，水里游来一条鱼，张口把诱饵和钓鱼竿一口吞下。你说这鱼有多大？"

吹破天说："那条鱼刚刚吞下鱼竿，还没有来得及潜入水底，忽然来了一只鱼鹰，张嘴把鱼吞到脖子里。这只鱼鹰大不大？"

喷塌地接着说："那只鱼鹰不算大。渔船上老渔夫用竹篙往水面上一拍，鱼鹰乖乖地跳上船。渔夫用手一捋脖子，鱼鹰把那条鱼吐了出来。那条鱼在渔夫手心里乱蹦乱跳。渔夫用两根指头一夹，把鱼扔在身后的鱼篓里。"

吹破天说："渔夫刚把鱼扔在鱼篓里，猛不防飞来一只白鹤，往下一冲，叼着那条鱼就飞走了。那白鹤翅膀一扇，半个天都遮黑了。你说这白鹤大不大？"

喷塌地接着说："白鹤飞到岸边，岸边有个八岁顽童在玩。抬头一看，见一只白鹤嘴里叼着一条鱼，忙脱下小鞋，猛地朝白鹤扔去，刚好把白鹤套在鞋内。鞋扑通一声落地，小孩一手穿鞋，一手拿着白鹤高兴地说：'今天有客，这只白鹤够凑盘菜，这条鱼够我家小花猫吃半顿。'小花猫把鱼吃完，把一根竹竿从牙缝剔出，扔在地上。谁知竹竿一碰地，裂口又震开了，从竹竿里走出十万人马。"

吹破天接着说："那十万人马一见小孩，都说：饿呀！能不能给点吃的？小孩进屋问老娘。老娘说：把馍篓里那个小肉包送给他们就够啦。小孩从馍篓里摸出一个小肉包，放在地上，说：吃吧！十万人马都围着肉包啃起来。啃着啃着，碰到个硬东西。拿来行军锹一挖，挖出一个石碑，上面刻着几个字，此碑离肉馅四十五里。你说这肉包大不大？"

喷塌地三天没吃饭了，一听吹破天说到肉馅包子，馋得直流涎水，嘴里只是说："肉馅包子，肉馅包子……"说着说着，饿晕过去了。吹破天一见喷塌地昏倒在地上，说："你输了，你输了，快起来办酒席去。"说着说着，也饿晕过去了。

讲述者： 刘大炮，男，58岁，唐河县毕店乡王庄村人，略识字，农民

采录者： 张康，男，34岁，唐河县毕店乡人，高中，
毕店乡中学教师

采录时间： 1982年2月

采录地点： 唐河县毕店乡

选自： 《中国民间故事集成·河南唐河县卷》

352

俩酒鬼吹牛

有两个爱吹牛的酒鬼：一个外号叫"吹破天"，另一个外号叫"喷塌地"。他俩谁也不服谁，就决定比个高低，看看到底谁是吹牛高手！

他俩首先讲好了条件：你吹一段他吹一段，不许中断，谁中断了就算谁输，谁输了就得给对方办桌酒席。

双方都在条件书上签了名字之后，吹破天先说："曹操八十三万人马去伐吴，中途遇上大雨了，见路边倒了根竹竿，那竹竿炸了道缝儿，八十三万人马全部从缝儿里钻进竹竿内避雨，你说这根竹竿有多粗？"

喷塌地接住说："雨过天晴后，路上走过来个老头儿，老头儿拾起竹竿拿回家做了一根钓鱼竿，鱼竿做好以后，用九头牛做鱼饵，往河里钓鱼去了，你说这老头儿个子大不大？"

吹破天又接口说："老头儿刚放下鱼竿钓鱼，水里便游来一条鲤鱼，鲤鱼张开嘴把老人连鱼竿一起吞下肚子，你说这条鱼大不大？"

喷塌地说："那条鱼刚要钻进水里，天上飞来一只白鹤，白鹤一口叼住了鲤鱼，白鹤展翅一扇，半个天空都被

遮黑了，你说这只白鹤大不大？"

吹破天说："白鹤正飞哩，地上有个六岁的娃娃瞅见它了，就脱下一只鞋朝它扔去，一下子把白鹤打晕了，摔了个倒栽葱。娃娃一手拎着白鹤一手捏住鱼说'白鹤做盘菜，鲤鱼够家里的小花猫吃一顿'。"

喷塌地说："小花猫吃鱼叫竹竿卡着牙了，吐在地上，从竹竿里走出来八十三万人马，他们一见娃娃就说：'肚子饿了，能不能给点儿吃哩？'娃娃进屋里问他妈。他妈说：'你把馍篓里头的小豆包儿拿一个给他们吃。'娃娃拿来豆包儿往地上一搁说：'吃吧。'那八十三万人马就围着包子啃起来。啃着啃着，碰到个硬东西，他们用铁锨一挖，是个石碑，上面刻着'此处离豆馅儿还有四十五里'。你说这豆包子大不大？"

两人吹了半天，早就饿哩头昏眼花了。吹破天一听喷塌地说到豆包子，涎水流了三尺长，嘴里连说："包子、包子！"

喷塌地一听乐了，说："你输了，快去办酒席吧！"

讲述者： 吴根兰，男，59岁，新野县施庵乡桥楼村人，中师肄业，农民
采录者： 吴韵芳，女，29岁，新野县施庵乡桥楼村人，高中，新野县施庵乡曾营联中教师
采录时间： 1986年
采录地点： 新野县施庵乡桥楼村
选自： 《民间文化杰出传承人吴根兰先生讲述的精品故事》

353

俩秀才吊孝

张君和柳生两个秀才一起到汴京，因为路上丢失了盘缠，只好转回来。

这天中午，两人赶到一个村庄，饿得头晕眼花。张君听到有哭声，抬头一看，见是一家死了人，正在送葬。张君站在一旁听了一会儿，转身对柳生说："这死的是我的同学，我要去给他吊孝！"柳生一时摸不着头脑，只得呆在一旁观看。

张君走进灵棚扑通跪下，抱头痛哭。死者的亲属和邻居见了都很纳闷，这个问那个，那个问这个，谁都不认识。主家把张君扶起来，问："您是哪里人呀？"张君哽咽着说："哎呀！俺俩是师兄弟。在汴京求学时，同桌读书，同锅吃饭，同床睡觉，好得像一个人……"

死者亲属见来的不是外人，就把张君和柳生请到客厅，摆上酒菜，热情招待。

二人饱吃一顿后，就告别主家走了。

第二天中午，二人又遇着一家办丧事。柳生对张君说："我也去试试。"说罢就走到灵棚跟前，抱头痛哭。主家上前把他扶起来，问："您是哪里贵客？"柳生说：

"过去我同他在一起，同锅吃饭，同床睡觉，好得像一个人……"人们没等他把话说完就破口大骂："混蛋，打这个混蛋！"人们一阵拳打脚踢，打得他浑身是伤，抱着头跑了。

过后，柳生问张君："你去给死者吊孝，人家宾客相待；我去给死者吊孝，咋招来一顿痛打？"

张君笑了笑说："我去吊孝，看到扛幡的是一个十来岁的小孩，哭着喊爹。又见到一个四十来岁的妇女哭着诉说：你死得太早了哇，丢下俺老的老，小的小，叫我一个女人家咋过呀？又听见邻人议论：在汴京求学，用尽脑力，结果就得了重病，家产也卖光了，钱也花光了，人也死了。说明他是男的，年龄也跟我们差不多，所以去给他吊孝，人家咋能不信？你呢，不问青红皂白，胡言乱语，这怎能行呢？你没看见吗？扛幡的人有四五十岁，人们都在哭娘啊，奶啊，这说明死者是一位七八十岁的老太太。你却说过去在一起同锅吃饭，同床睡觉，人家不打你打谁啊？"

讲述者： 张天成，男，58 岁，唐河县郭滩乡遂王村人，略识字，农民

采录者： 张国锋，男，20 岁，唐河县郭滩乡本街人，初中，学生

采录时间： 1983 年 5 月

采录地点： 唐河县郭滩乡遂王村

选自： 《中国民间故事集成·河南唐河县卷》

354

小巴结见县官

从前，有个财主，很会巴结当官的，人们就给他起个外号，小巴结。

有一天，财主听说知县要从他家门前过，忙命家人备了一桌丰盛的酒席，老早就候在路旁。直等到晌午，才见县官坐着轿子过来了。他急忙拦轿跪下说："县太爷，小人是本村人。听说你要从这里过，特备薄酒恭候，请老爷赏脸。"知县同意了。

财主把知县引进家里，摆上酒菜。知县看着满满一桌鸡鸭鱼肉，很高兴，随口问："你姓什么？"财主毕恭毕敬地回答："老爷您猜？"知县说："姓能猜吗？我知道你姓张还是姓王？"财主说："老爷，你一猜就对了，我姓张又姓王。"知县有点吃惊，忙说："咋回事？"财主说："我生父姓张，我母亲改嫁后现在的父亲姓王，所以我姓张又姓王。"知县"噢"了一声，心中有些高兴，喝了几盅，随口又问："你今年多大了？"财主说："老爷你猜？"知县说："咳，前面就算碰对了。可这个年龄，我知道你是三十岁了，还是四十岁了？"财主忙说："老爷您又猜对了。我娶老婆时瞒了十岁，说是三十，实际我是

四十岁了，所以我是三十岁又是四十岁。"知县听后喜形于色，吃了几块肉，又问："你是多会儿生的？""老爷您猜？"知县不免有些恼："前两次就算我碰对了，可我能知道你是三十生的还是初一生的？"财主急忙跪下叩头说："老爷，您真是聪明过人，我确实是三十生的，又是初一生的。因为我娘生我时难产，腊月三十生下我的头，初一午时生下我的全身。"

财主从此出了名：人们都知道他巴结上司的本领千古少有。

讲述者： 常海湘，男，20 岁，唐河县龙潭乡人，初中，学生

采录者： 何朝贵，男，36 岁，唐河县龙潭乡人，高中，文化站站长

采录时间： 1985 年 10 月

采录地点： 唐河县龙潭乡

选自： 《中国民间故事集成·河南唐河县卷》

355

刘知县骂笑

从前有个县官儿，名叫刘古堂。他终日不务公事，专爱给人骂笑。全县爱骂笑的人，差不多都被他选进县衙斗过嘴，可没有一个人能斗得过他。日子一久，刘知县认为自己是全县最有才的人，就贴出一份告示说：谁能骂过他，赏银百两。

这天，有个叫群才的人把告示撕了，同差人进了县衙。刘知县一看他是个衣不超群、貌不出众的人，根本没有把他放在心上，拿出一百两银子往桌上一放，说："到我这儿来，都是让你们先开口。我递不上嘴[1]，这百两银子就是你的喽！"

群才笑了笑，并没急于开口。他早向人询问过县长骂笑的特点，心中有数，先东扯葫芦西扯瓢[2]地跟他闲谈，没有开骂。等到吃中午饭的时候，刘知县照例吩咐厨师做他最爱吃的"清蒸老鳖"。端出来了，群才问："大人，听人家说你的'清蒸老鳖'味道鲜美，不知咋个做法？"刘

[1] 递不上嘴：接不上话。

[2] 东扯葫芦西扯瓢：把葫芦锯开就成了瓢，指说话没有实际的内容。

知县听他的话里没有骂人的意思，笑一笑说："这个容易，把老鳖肚里装上白糖，放在笼里蒸熟。"群才夹一筷子尝尝，连口叫好。

刘知县哈哈笑说："不错吧？到我这儿来的人，吃了'清蒸老鳖'，没有不叫好的，今天让你也饱饱口福！"

群才连连点头说："不错不错！小人今天不仅饱了口福，还饱了眼福。"用筷子在"清蒸老鳖"上一捣，说："您看，用筷子捣一下流股糖，捣一下流股糖，真有意思哩！"

刘知县受到奉承，心里越发得意："对！对！就是有意思！"

吃过饭，群才擦了擦嘴，把桌子上的银子往手里一抓，起身就走。刘知县一见着了慌："咋？你不骂一句就拿我的银子？"

这时，守在旁边的一个佣人扑哧笑了，说："太爷，你已经吃亏了！你没听人家连口说：捣一下刘（流）古（股）堂（糖），捣一下刘（流）古（股）堂（糖）吗？"刘知县愣了半天才醒过劲来："哦——他把我比成老鳖啦！"

讲述者：　不详
采录者：　赵云生，男，44岁，唐河县人，高中，县
　　　　　文化馆干部
采录时间：　1984年
采录地点：　唐河县文化馆
选自：　《中国民间故事集成·河南唐河县卷》

附记

南阳一带称互相骂笑为"打喳子"，不少人见面爱打喳子，不管对方骂笑什么，也不会恼怒。打几个"喳子"，气氛随和了，再讲正事。打喳子也是斗智斗嘴，往往某人和某人结成了打喳子的对子，见面不打喳子不说话，他们的对话成了街坊邻居的笑谈。（白合）

356

拾到象牙筷弄穷人家

从前，有个穷人叫张三，每天只能弄些粗茶淡饭糊口。一天，他出门去砍柴，看见路边有两根白玉一样颜色的细筷，拾起来仔细一看，竟是一双象牙筷！他柴也不砍了，捧着象牙筷兴冲冲地回了家。

回到家里，他想：听有钱人家说，这象牙很贵重，一般人用不起。今天自己不费劲拾到了，这下也可享用享用这富人的器具了。他忙着烧饭，准备品品使用象牙筷吃饭的滋味。

饭烧好了，张三把象牙筷放在桌上，又去拿碗。可一看碗，觉得不对劲：筷是象牙的，可碗是粗瓷的，放在一起实在不相称。转念一想，我何不去买些金丝边细瓷碗配配套？他便翻箱倒柜，好不容易找到几枚铜板，上镇去买了几只精细的金丝边碗，放在象牙筷一边。

碗筷相配了，可桌子又不行了。又旧又破，一摇三晃，人家看见了，不是要笑掉大牙吗？他又卖掉了家中仅有的一些米，买了张红漆八仙桌。

桌子是新的了，可凳子又不行了：一个树墩子，又脏又矮。坐在矮凳上，肩膀比桌面还低，多难看呢！又一狠

心，卖掉了一些家具，换了张太师椅。

碗筷桌椅都配齐了，刚一坐下，张三觉得又不对劲。自己一身补丁搭补丁的衣裤，坐这样的桌椅像啥样呢？他把家中能变钱的东西全卖了，换了一身新衫新裤和一双厚底靴。

张三换上新衣裤，把新式家当摆好，就去揭锅盛饭。可是锅一揭开，又呆了：金丝边细碗里盛粗糠麸皮饭，算啥名堂？可张三再也找不出可变钱的家产了。结果穷得连饭也吃不上，只好活活饿死了。

讲述者：	不详
采录者：	张广兰，女，19 岁，唐河县张店人，高中，学生
采录时间：	1986 年 10 月
采录地点：	唐河县张店镇
选自：	《中国民间故事集成·河南唐河县卷》

357

戴高帽

从前有个人，姓戴，喜欢给人戴高帽子。因此，人们就叫他戴高帽。

这天，来了个新任县官叫南入耳。上任不到一个月，就听到不少人谈论：戴高帽本事可大了，不管你是谁，多么细心提防，只要他想给你戴高帽，你跑也跑不了。县官初听不在意，听得时间长了，倒犯了心思：这种人最不老实，见啥人说啥话，能不混淆是非？不行，我要会会这个人，整治他一下，吩咐衙役去把戴高帽提来。

不一时，戴高帽提到了。县官威风凛凛地坐在大堂上，喝道："戴高帽，你知罪吗？"

戴高帽扑通跪在堂前，说："小人不知犯了啥罪？"县官把惊堂木一拍，厉声问："你为啥要经常给人戴高帽子？从中骗取多少好处？从实讲来！"

戴高帽一听，心放下了："我当是犯了啥法，原来是为这事！"他看着县官笑着说："大老爷，您老哪里知晓，自古以来，人们都爱听好听话。有些人做事明明不对，也不愿人家给他指正。你要是强行给他指正，他不但不承你情，还要恨你，将你的好心当成驴肝肺。这些人哪像大老爷你，为人正直，明察秋毫，断案公正，铁面无私，从谏如流，小人从心底觉得赛过包拯。要遇上你这样的人，叫我给他戴高帽子，我也不给戴……"

南县官听着听着，眼眯缝起来了，越听心里越舒坦，又是点头又是晃脑，将手一挥："说得好！赏他白银十两。"

南县官断了公案，心里很得意，站起来就要退堂。一旁一个衙役说："大老爷别站起来了！"县官眨眨眼，忙问："咋了？"衙役说："一站起来，你那顶高帽子就要顶破大堂了！"

讲述者：	赵长河，男，54 岁，唐河县古城乡赵庄村人，小学，农民
采录者：	赵金城，男，30 岁，唐河县古城赵庄人，初中，农民
采录时间：	1983 年 4 月
采录地点：	唐河县古城乡赵庄村
选自：	《中国民间故事集成·河南唐河县卷》

附
记

这篇故事最初发表在唐河县文化馆主办的文学刊物《唐河文艺》上，那时还没有搞三套集成。主编申光亚极力推介这篇故事。后来，这篇故事就顺理成章被选入三套集成。故事的语言经过编辑，少了口语化，多了文人味儿，如"明察秋毫""从谏如流"等，就不是出自农民之口了。（曲凡杰）

358

胡言请客

秀才胡言摆了一桌酒席请客。天快晌午了，客人还没到齐，他焦急地说："哎，该来的咋还不来？"先到的客人一听，认为他们是不该来的。你看看我，我看看你；其中两个起身走了。胡言看走了两个人，埋怨说："咳，不该走的倒走了！"留下的客人认为他们是该走的，更坐不住了。其中二人又起身告退。胡言更加焦急，对着在座的客人说："看看，我可不是指他们几个说的。"在座的客人想：说了半天，那不该来的，该走的，原来都是指的我们。都觉着脸无光，起身告退了。

不一会儿，又来了两个客人。他们问："听说有几个客人先到了，咋不见人呢？"胡言扫兴地说："他们一个个走了，真是不该走的偏要走。"这两位客人一听主人话外有音，认为又在向他们下逐客令，也回头走了。

胡言觉得很奇怪：我诚心诚意请客，他们为啥偏不给赏脸呢？

讲述者：　不详

采录者：　郭扶林，男，42岁，唐河县桐寨铺乡人，
　　　　　高中，南阳交通运输公司唐河分公司职工

采录时间：　1986年2月

采录地点：　唐河县桐寨铺乡郭三门村

选自：　《中国民间故事集成·河南唐河县卷》

359

鸡杀人，鱼放火

清朝年间，桐河西南的马营村有个叫马振风的大财主，外人送号叫大马蜂。有一天大马蜂洋洋得意地向人卖弄他的"富贵歌"：

东营到西营，三百六十顷；
三盘"龙推磨"，七顷"不靠天"；
要得穷了我，除非鸡杀人来鱼放火。

俗话说："人吃过天饭，不说过天话。"还不到一个月，大马蜂家里就闹出"鸡杀人"和"鱼放火"的故事来。

原来大马蜂正在修造一座高楼。别看他拥有万贯家私，对于工匠们却抠得很紧。动工那天，正是中秋节刚过，他给每个工匠只分半拉月饼和两只烂柿子。工匠们嘴上不敢说，心里却很恼火，谁也不肯用心干活。大马蜂知道了，便亲自到工地监工。他手持文明棍，指手画脚，动不动打人骂人，工匠们恨透了他。那天他正在打一名工匠，不料却惊得一只鸡扑棱棱飞了起来。大马蜂正在气头上，看见鸡飞狗咬都眼红。顾不得打人，转身就向鸡追去。鸡子受

到惊吓，抖抖翅膀飞上一座墙头，正好把工匠放的瓦刀蹬落下来；大马蜂撵到墙下，瓦刀不偏不歪砸在他的光顶头上；顿时冒出鲜血，大马蜂晕倒在地上。

工匠们谁也不肯上前拉他，想笑，又不敢笑出声来，他们悄悄相互传话说："来呀，快来看'鸡杀人'呀！"

这声响惊动了一个烧火丫鬟。丫鬟同工匠们一样，一天忙到晚，却吃不饱肚子。这时她拿来一条鱼准备杀，听到外面的声响，急忙将鱼向灶门口一扔便跑了出去。那活着的鲫鱼一碰到火便跳了起来，把火苗带到灶外，燃到柴堆上。过一会儿，整个灶房都烧了起来。工匠们心里有气，谁也不肯救火。当时风声正紧，火苗很快引进大马蜂的宅院。马家大院的亭台楼阁全成为一片火海，连一间完整的房子也没有留下。后来的人们就把这桩事称为"鱼放火"。

讲述者：　　袁琦，男，65 岁，唐河县桐河乡人，大学，教师

采录者：　　张果夫，男，39 岁，唐河县人，高中，县文化馆干部

采录时间：　1982 年 2 月

采录地点：　唐河县桐河乡

选自：　　　《中国民间故事集成·河南唐河县卷》

附记

民间有句俗语：能吃过天饭，不能说过天话。饭吃多了，无非肚子撑得难受；说了过头话，则天怒人怨，是要遭报应的。因此老辈人常会告诫年轻人，别说过天话。（曲凡杰）

360

小和尚与『老虎』

很久以前，羊子石山上有座寺院，住着一个老和尚和一个小和尚。十六年来，小和尚一直随师傅住在山里，不让出外一次。因此，小和尚对外面的事啥也不知道。

这一年三月三，老和尚领着小和尚下山赶庙会，一路上小和尚高兴得不得了，见样东西就问师傅是啥，老和尚问啥答啥。小和尚听了，觉着啥都新鲜。

走着看着，一会儿就到了会上。小和尚指着一只木笼里的老虎问："师傅，这是啥？咋有四个腿呢？"老和尚说："大闺女。""要这好弄啥？""好玩，陪着人们玩。"

正说着，又过来一群小姐丫鬟。小和尚又问："师傅，这一群是啥？"老和尚说："老虎。""要这好弄啥？""吃人。"老和尚伸手拉小和尚就走。小和尚不想走，扭着头往后看。老和尚说："我们回山吧。""再看一会儿。"老和尚两眼一瞪："不看！"

小和尚回到山里，第二天就茶水不进，躺在床上光说胡话。过了半个月，小和尚吃了许多药，病还是不见轻，眼看就要活不成。老和尚问："你是中邪了吧，还是咋了？"小和尚哭着说："我……想老虎。""老虎吃

人！""吃人……我也想！"

361

商人和财主

讲述者： 李文成，男，32 岁，唐河县上屯乡人，乡
文化站专干

采录者： 曲凡杰，男，34 岁，唐河县人，县文化馆
干部

采录时间： 1987 年 1 月

采录地点： 唐河县上屯乡

选自： 《中国民间故事集成·河南唐河县卷》

附
记

讲述者李文成，时任唐河县上屯乡文化专干。李文成平时说话风
趣幽默，他讲的故事多是小笑话。这个故事与李娜演唱的《女人是老
虎》是一样的情节，只是歌曲把故事变成了韵文。可见此类故事流传
较广。（曲凡杰）

从前有一个商人和一个财主，是一对好朋友。

一日，商人外出经商，把一坛金子放在财主家，对他
说："这是我多年的积蓄，烦你替我保管着。"说完就走了。

三个月后，商人回来了。他向财主要那坛金子，不料
财主却拿了一坛瓦片给他。商人惊讶地问："我的金子怎
么变成了瓦片呢？"财主说："这有啥稀奇的？世上的东
西都是千变万化的，金子为啥不会变呢？"商人明知是欺
骗自己，忍耐着没吭声。又过了几个月，地主要出门拜访
朋友，需要三个月。可他有三个孩子无人照应，就把孩子
交给商人替他照管。商人也答应了。

商人对这三个孩子百般照顾。又从山上逮了三只猴子，
教它们搬椅、拿烟、倒茶……转眼三个月过去了，猴子已
驯化得很像模像样了。

财主回来了，到商人家里去看孩子。商人把三个猴子
叫出来，说："你爹回来了，拿烟、倒茶、看坐。"三个
猴子点点头，就分头去办。财主傻了眼："我的孩子咋变
成了猴子了？"商人笑着说："世上的东西都是千变万化
的，你的孩子就不会变吗？"财主脸红了，他向商人认了

错，交出了金子。商人见他认错了，也把孩子交给了他。

362

张大胆遇险记

讲述者： 刘大中，男，49 岁，唐河县城郊乡八棱桥
村人，初中，农民

采录者： 荆合彩，男，20 岁，唐河县城郊乡人，高
中，学生

采录时间： 1985 年 2 月

采录地点： 唐河县城关镇

选自： 《中国民间故事集成·河南唐河县卷》

清末民初，邓州南阁外有位经常吹嘘自己叫张大胆的人。他对街坊邻居等相识的人常说："不管什么鬼怪妖魔再缠[1]的地方，我都不害怕。"有伙与他要好的年轻人都想试验一下他的胆量有多大，与张大胆打赌说："你在半夜三更时，能到砖城东门里东岳庙把四大金刚手里的铁杵拿回来，我们几个给你摆桌酒席请你吃。"张大胆说："说话当话，今晚咱们就兑现。"

当时正值春末夏初季节，微风习习，薄云遮月，模模糊糊看得见近处的一些物体，但不那么清晰。他为了防备狗咬，顺手掂了一根扫帚竹。此时大地万籁俱寂，微风瑟瑟作响。他走进庙门后，刚踏进卷棚廊房处，就看到大殿前透过一丝暗淡的月光，庙内显得异常阴森。身上顿时毛骨悚然，不寒而栗。他在万分惊恐中隐隐约约地发现大殿的门槛上有一双大白爪子，爪子中间一个小老鼠头在不停地摆动。他长这二十多岁，还没听说有这样的妖怪。年轻时，只听大人们说过"大路神"与"旱骨桩"。他当即头

[1] 再缠：有音无字，指妖魔鬼怪出没的地方。

一愣，啥也来不及思索，掂起扫帚竹狠狠地用力抽打那怪物的爪子。只听那怪物吱呀地惨叫一声。张大胆这时吓破了胆，他什么也顾不得，拔腿就跑，一直跑到自己家里，落魂失魄地呆坐了一夜，嘴里不停地瞎嘟囔。张大胆为这害了场病，家里给他求神问医吃了好些药也治不好。

他在东门外校场里胡跑时，碰到砖城里王家的账房先生李宝贵，踮着脚一拐一瘸的也是那么疯疯癫癫。张大胆随口问李先生得病的原委，李毫不隐讳地对张大胆说：他平时爱看《聊斋志异》小说，并对书里的狐狸仙很爱慕。他常听说，狐仙经常出没在荒野、孤壕、古庙中，上年夜里我脱光了衣服，把两条腿叉开搁在东岳庙的门槛上，闭着眼睛等着狐仙驾临与我办那好事，想不到却来了一个妖怪，狠狠地给我脚打一下就跑了。从那夜起我害了一场大病，吃啥药也治不好。接着张大胆把他那夜的经过给李账先儿也说了，真相大白，两人对着大笑一场，从此他们两个的疯病都好了。

讲述者：　马力前，男，75岁，邓县城西柳林村人，
　　　　　不识字，农民
采录者：　洪荣惠，男，邓县人
采录时间：2006年2月
采录地点：邓县城西柳林村
选自：　　《中国民间故事全书·河南·邓州卷》

363

走马观花

张家庄有个张员外，家中仆役成群，良田千顷，吃的是山珍海味，穿的是绫罗绸缎。可是他心里还整天跟塞个坏一样，不得宽展。咋了？他已年近半百，跟前只有一个儿子，还是个瘸子。张员外一心给儿子找个门当户对、贤德美貌的女子作媳妇，就四处央亲托友牵线保媒。就因为儿子有这个残疾，谁家也不愿意和他结亲。儿子长到二十开外，还是光棍一条。

一天，有个媒婆兴冲冲来见张员外，对他说三十里外李家寨李员外身边有个独生女，贤惠漂亮，二十岁了，还没找着婆家，特来和员外商量。这桩亲事正和张员外门当户对，张员外一听，连声说道："既是门户相对，姑娘又贤惠漂亮，咱还有何话说？有劳你多多操心。"媒婆说："不过，公子腿上有这点小毛病，不如让他们当面相看相看，免得久后翻三覆四。"张员外一听可急了，连忙说："那哪行呢？当面一看，这门亲事不就又吹了？"媒婆笑了笑说："不要紧，不要紧，我有个主意，保准万无一失。"说罢附在员外耳边咕哝了一阵，张员外眉开眼笑，连声称是，忙催促媒婆去给女方回话。

再说李家寨的李员外，那可真是和张员外门当户对，世代豪门富户，家中银钱无数，骡马成群，可是身边无子，只有一女，还是个豁子嘴。已长成二十多岁的老闺女，连个媒婆的影子也没见过。李员外为女儿的婚事愁得头发都白完了。

这一天，忽然来了个媒人，说有门亲事给小姐提提。李员外一听，自然高兴。后又听媒婆说男方是张家庄张员外的公子，人才出众，更是喜欢，把个媒婆让到上座，宾客相待。后来媒婆说张公子非要当面相看不行，李员外可急了，说啥也不答应。媒婆悄声说："员外放心，只需如此如此，管保叫男方满意。"李员外一听，拍手叫绝。不迭声地夸奖说："高！高！这办法实在是再妙不过了。事成之后，定当厚报。"随即约定了相看日期。

相看这天，张公子衣冠楚楚，骑一匹雪白的高头骏马，带着一杆子[1]家人，直奔李家寨。李家寨里李小姐早已梳妆完备，在媒婆的陪同下早站在过街楼上等候。天快午时，张公子来到李员外家门口，老远就见过街楼上站着几位女子，当中站的一位口衔鲜花一朵，按媒人的吩咐，这口衔鲜花的必是李小姐了。那媒婆见张公子到来，指了指骑马的人，与小姐递了个眼色，李小姐忙打量起张公子来，只见那张公子锦衣骏马，英俊漂亮，不禁暗自喜欢。张公子也将李小姐端详了一番，只见那李小姐柳眉杏目，面似芙蓉，嘴里衔了一朵红花，又添了几分人才，真如嫦娥降世，仙女临凡。张公子更是喜不自胜。于是一个眼角含情，一个暗送秋波，都有恋恋不舍之意。相看以后，一个称心，一个如意，便择了吉期，拜了花堂。可赶揭下盖头，两下相互一看，豁子嘴对着瘸子腿，都傻眼了。两亲家也气了个愣怔。可是木已成舟，又各有缺陷，也不好挑剔对方，只好就此作罢。

原来媒婆先给张员外生了个"骑马明相"之计，以遮腿瘸，又给李员外定了个"衔花暗看"之策，以盖豁嘴，成全了两家的亲事。

这件奇事很快在四乡八镇传开了。时间长了，有人把这个故事概括为一句成语叫"走马观花"，来形容不认真调查研究、马虎从事的行为，一直沿用到现在。

讲述者：　王英武，男，42 岁，方城县博望镇包庄村人，小学，农民

采录者：　王明武，男，30 岁，方城县博望镇人，高中，干部

采录时间：　1982 年 10 月 20 日

采录地点：　方城县博望镇包庄村

选自：　《中国民间故事集成（方城卷）》

附记

博望镇是一个出成语故事的地方。它是丝绸之路开辟者张骞的封候地，诸葛亮初出茅庐火烧博望坡的发生地，更是"望梅止渴""割发代首""新官上任三把火"等成语典故的发源地。"走马观花"这一成语也来源于此地。（乔君笠）

[1]　一杆子：很多。

364

不冒烟儿

不冒烟儿是一个方言，意思是所做事情于情于理都说不通。它在方城周边地区广为使用。

相传，从前有一家人需要盘一个锅台，女主人知道父亲是高手，专一回娘家请来父亲盘一个省柴好烧的锅台，父亲也非常同意。可晌午吃饭时，闺女想到是自己的父亲也不论啥样，炒了一碗肉，叫父亲坐在灶火屋吃了饭。对此，她父亲心里很是不得劲[1]。

过去的匠人在给他人干活时，谁对得不好使自己不得劲就使个眼妖儿[2]。于是，他给闺女家盘起的锅台也使个眼妖儿。锅台盘起后，女主人做饭时，烟洞就是不冒烟。她也不知道是哪些地惹了父亲，回到娘家好说歹说，加之母亲及弟兄们的劝说和责怪，她父亲消气后说了实情和破解的办法。女主人回来后弄了半桶水顺着烟洞口倒下。原来是她父亲在垒烟洞时用了一张纸阻隔了烟洞冒烟，使烟气不能上升。女主人这样办后，烟洞腾腾地直冒烟气，确实她父亲盘的锅台非常好烧，又省柴火。

这事传出去后大家都说：那是他闺女呀，会有假心对她父亲，他干这不冒烟的事，于情于理都不通。这就是不冒烟儿的来历。

讲述者：　王世英，男，59 岁，方城县城关镇人，大专，退休职工

采录者：　乔君笠，男，60 岁，方城县柳河镇人，大专，退休干部

讲述时间：　2017 年 7 月

讲述地点：　南水北调中线方城管理处

[1]　不得劲：不高兴。
[2]　使个眼妖儿：暗地里做手脚。

365

圆梦

大比之年，皇王开科。有一举子进京赶考。临走前一天夜里，这举子做了一个梦，梦见有人套犍牛在他家院墙上犁地，又梦见房顶独独长了一棵草。他醒来后思来想去，怕是不祥之兆，不敢贸然出发。犹豫了半天，这举子忽然想起他有个姑母会给人圆梦。他主意一定，就找姑母圆梦去了。

到了姑母家里，姑母不在家，表姐一个人在家。表姐问表弟："你今天不是进京赶考吗？怎么还没走？""正是今天要出发，只因昨晚做了一个梦，想请姑母给圆一圆，好放心上路，偏偏姑母又不在家。"表姐说："这有何难，这几年我也学得差不多了，我来给你圆吧！"这举子就把梦原原本本地说了一遍。

表姐略一想，大惊失色说："赶考万万去不得！"举子一听，急忙问："你说咋去不得？""这不是小秃头上虱——明摆着，墙头上犁地是说只有去路，没有回路。房顶上长着一棵草——活得稀。这回赶考不但不中，还有性命危险呢。"这举子一听，吓得六神无主，垂头丧气地离开了姑母家。

这举子刚走到半路，正好碰上了姑母，姑母见他气色不对，就问他出了啥事。他就把如何准备赶考，如何做梦，姐咋圆梦一一告诉了姑母。姑母一听，合掌大笑："这妮子可真会胡扯吓人，明明是上上的吉兆，叫她一说反成凶兆了。"姑母说："你真是个书呆子，那墙上犁地，是说一趟成，房顶上一棵草是一科（棵）独中（种），你只管放心去赶考，这个头名状元你算拿定了。"举子一听，觉得这话也有道理，告别姑母回家了。

第二天，这举子高高兴兴地进京赶考去了。

讲述者：	林君，男，35岁，方城县杨集乡王老八庄人，中专，干部
采录者：	程广民，男，35岁，方城县杨集乡张庄村人，中师，教师
采录时间：	1984年3月18日
采录地点：	方城县杨集乡王老八庄
选自：	《中国民间故事集成（方城卷）》

附记

讲述人和采录人都是县民间文艺爱好者。编者在柳河镇高庄村听到景国盈老师讲了与此篇类似的故事：一书生赶考前去找姑姑圆梦。姑姑不在家，表姐听他说梦见：在城墙上犁地、一棵树上放一棺材、与表姐赤身靠背而睡。圆梦道：城墙上犁地是走投无路，树上放棺材是死无葬身之地，背靠背睡觉是办不成事。此梦大不吉利，赶考无望。书生垂头丧气离去。路上碰到回家的姑姑。说起前后，姑母讲城墙上犁地是一趟成，树上放棺材是一科独中，赤身背靠背睡是翻身就中，乃大吉之兆。书生兴奋而去。（熊君祥）

366

三客商比饮酒

一家客店住着来自兖州、并州和豫州的三位客商。每次兖州、并州客商相邀饮酒，总被豫州客商赶上。二人对豫州人屡次白吃白喝好不烦恼，商量着要出豫州人的洋相。

这天，二人特意打了一壶好酒，倒作三十杯，又割了一大块熟牛肉，切作三十块。刚切完牛肉，就听见门外有脚步声响，二人递个眼色。进来的果是那豫州人。二人连忙起身相迎，落座后，那并州人就开腔了："咱们今天这酒要喝个名堂，咱三个人谁能说出一个本州在全国闻名的圣人，就吃块肉，喝一杯酒，说不出来者，只能站在一边看。"话刚落音，那兖州人用手往腿上一拍说："老兄高见！"豫州人笑了笑说："那好，客随主便吧！"兖州人说："既然这样，我就先来个抛砖引玉吧，我们兖州出了个圣人先师孔老夫子，大家看算不算圣人？"并州、豫州人都说："孔夫子修《礼记》，定《春秋》，是我炎黄子孙万世师表，真可谓头等大圣人。请！"听了二人这句话，那个兖州人喜滋滋地喝了一杯酒，吃了一块牛肉，接着并州人又开腔："我们并州出了个协天大帝关云长，不知能否算上个圣人？""关公仁、义、礼、智集于一身，古今

第一仁人，怎能不算圣人？"兖州人和豫州人的话音刚落，桌上就又少了一杯酒和一块肉。豫州人清了清嗓子："我们豫州嘛……"二人看他停着了话，以为他说不上来了，互相挤了挤眼，催促说："快说呀！不然我们就往下说了。"豫州人接着说："我们豫州地处中原，圣人云集，若全说出来，恐怕桌上的酒肉连个零头也不够。单说当年汉光武帝刘秀被王莽追的时候，在南阳访得了二十八员战将，后人称为二十八宿，大概也可以算作圣人吧？"兖州、并州客商不得不承认说是。豫州人对二位笑了笑说："既然有言在先，我就不客气了。"说着把桌上剩下的二十八杯酒和二十八块肉都移到自己面前。兖州、并州两位客商干气没啥说。

过了几天，兖州、并州二客商又到一起饮酒，酒菜刚端上，豫州客商又赶到了。兖州、并州二客商早想好了花点子，兖州客商说："今天咱们兴个规矩，各说出自己省里的一件大东西，谁说的最大谁坐首席，次者作陪，说得最小者站在一边看。"豫州客商答应了。只听兖州客商说："俺州有个沟，能把天装里头。"并州客商说："俺州有个碟儿，天地装里还剩个沿儿。"豫州客商说："俺州有个小萝卜，切切填满你那沟，装满你那碟，还剩多半截。"弄得兖州、并州客商很狼狈，豫州客商坐了首席，又反过来邀请兖州、并州客商都入席就座，从此三客商结成了朋友。

讲述者：　向民奇，男，68岁，方城县博望乡向庄村人，略识字，农民
采录者：　程广民，男，36岁，方城县杨集乡张庄村人，中师毕业，教师
　　　　　向国增，男，32岁，方城县博望乡向庄村人，高中，农民
采录时间：1985年10月20日
采录地点：方城县博望乡向庄村
选自：　　《中国民间故事集成（方城卷）》

367

一锅猪头肉汤

这是从前一个事，哪朝哪代的不知道。说的是李家小子中状元后，要到集市上马屠夫家答谢那一锅猪头肉汤的事。

他妈说："去哪儿答谢都中，马屠夫家你就不要去了。"

"妈，你不是多次说，滴水之恩，当涌泉相报吗？那一锅猪头肉汤是我儿时最好的记忆，真香啊！"

李家小子本来是有名有姓的，因家穷，都叫惯了李家小子。他刚出生不久，李家出现了变故，田产被抄，主人入监，不久又冤死狱中。一家人霎时从天上掉到了地下，母子俩受着全村人的接济相依为命。

李家小子多少年多少天没有吃过荤腥，他已不记得。10岁那年过年，母亲从马屠夫家弄来一个连骨头带肉足足四五斤的猪头，煮了一大锅猪头肉汤。

李家小子问："光有汤，咋没有肉？"

母亲强忍着泪水，说："儿呀，人家马屠夫看你身子弱小，缺乏营养，让咱把猪头肉煮了，肉汤留下，肉人家掂走。"

李家小子听后点了点头，吃着带有荤腥的菜津津有味，连连说："真香，真香啊！妈，我要好好读书，以后让你天天吃肉。"

李家小子准备了礼物和银两，要到马屠夫家。马屠夫百思不得其解，李家小子怎么来答谢我？确实，猪头肉汤的事他忘得一干二净，毕竟时间长了。马屠夫不明就里，答谢就答谢吧，也能沾沾官气儿，充充脸面。他请来了多位乡绅和众邻居都来捧场。

有人问："李状元怎么会答谢你？这事是真的？"

马屠夫春风得意，满面笑容地说："这还有假？今早上报子把帖都送来了，你们还不信？"

"不是我们不信，啥事都有个缘由不是？听说这方圆只要过去接济过李家的人家都被答谢了，你们两家素日[1]无往来不是？"

"这都不要多追问了，你们等着吧！"

话说不及，李状元前呼后拥到了。马屠夫跑上跑下，端茶递水，脸上堆满的笑容更是灿烂可掬，嘴角上似月牙般的弧度，弯了直，直了弯，始终没有挥去。

有人偏要刨根问底，问："李状元，为什么要答谢马屠夫？"

"是啊。"

"是啊，我们都想听听。"

恭维，感恩，说笑的场面一下子冷场了。

还没等李状元开口，从人群中走出一人，颤巍巍，手发抖，两片嘴唇上下闪动。她，就是李状元的妈，未说话先是"哇"的一声哭了起来。那哭声像是压抑了多年后从心底里发出。从哽咽中人们听出了那个猪头肉是他妈再三哀求马屠夫赊给的，后来马屠夫怕猪头肉账打了水漂儿，又把煮熟的肉强行要走了。她妈怕伤害了儿子，就没有说出真相。

这事儿着实让在场的人们愣着了。一阵后，李状元笑了笑说："马屠夫办事是有不妥，不过，他掂走了猪头肉，没有弄走猪头肉汤，我们娘俩还是过个肥年，就为这，也应答谢。"李状元说着吩咐手下，取白银五百两。

[1] 素日：平时、过去。

马屠夫堆满笑容的脸，顿时变得涨红，红的样子像是没有出血的猪头肉。他像是笑又像是哭，"哈哈""哈哈"了两声。两只手想接那白花花的五百两白银，但伸了又蜷[1]，蜷了又伸，还没有接着白银却瘫倒在地上，不久，死了。据装殓的人说，他死时脸红的样子，还没有褪去。

讲述者： 李献芝，女，76 岁，方城县柳河镇孙沟村柳树店人，不识字，农民

采录者： 乔君笠，男，54 岁，方城县柳河镇人，大专，退休干部

采录时间： 2011 年

采录地点： 方城县孙沟村柳树店李献芝家

附 记

这个故事整理于 2011 年 8 月。当时我在杨楼镇政府工作。故事的讲述者，是我的母亲。应该说她不是擅长讲故事的人，一生中，讲得最多的就是这个《一锅猪头肉汤》的故事，并且是时常挂嘴上。母亲说，她记性赖，十来岁的时候，娘家叔会说故事，经常听他说，别的都忘了，就这个故事记得清。这个故事她给我讲过是十遍是二十遍，记得最清的一次或者说第一次，是 1976 年夏天。一位穷亲戚到家里借红薯干，亲戚说，小麦下来了，光吃好面不中，想弄些黑粮掺着吃。母亲说，对呀对呀！好面得省着吃。说罢给这位穷亲戚装了一袋子红薯干，让其背走了。我当时不足 20 岁，应该说是年轻气盛吧。这位穷亲戚来时，我只是招呼一声，随后是一种不冷不热的表现。母亲看到我这样很不高兴。在吃午饭时，母亲给我讲了这个故事。（乔君笠）

[1] 蜷：收回手。

368

先来后到

丹江北岸，有个叫王金霸的大财主，为富不仁，横行乡里，还尖酸刻薄，处处爱占个小便宜。

这天清晨，王金霸又闯进"丹江"茶馆，对茶馆主人吆喝道："喂！你王爷今天又是第一个座上客，先给俺泡上茶凉着，我去街上溜达溜达。拐回来若不合口，甭说老子不客气！"说毕，扯开公鸭嗓门儿哼着下流曲儿，一摇一晃朝街上逛去。

茶馆主人从鼻子里"哼"了一声："你等着吧！"

过了很长一段时间，王金霸才迈着八字步回到茶馆，茶馆主人和伙计们好像没瞧见他，一会儿给东面的茶客倒茶，一会儿给西面的茶客倒茶。王金霸来到给自己专备的茶桌前，顺手一掂壶，飘飘轻轻，里面无半滴茶水。顿时，王金霸如同斗架的公鸡，脖子一歪，袖子一挽，一步跨上去，两只"鸡爪子"抓住茶主的领花子，恶声霸气地骂道："好小子，你活得不耐烦了？爷叫你倒茶按先来后到，为啥不照办哩！"茶馆主人没搭他腔，暗中攒足力气，把身子猛地一摆，将王金霸摔了个嘴啃泥，接着，不慌不忙地对围观者说："列位，姓王的今天先来，理应先给他

泡茶，可他事先交代过，倒茶要按先来后到，他先来，我后给他倒，何错之有？"早就对王金霸恨之入骨的茶客们，都站在茶主一边儿，斥责王金霸。王金霸见势头不妙，就像只斗败的公鸡，灰溜溜地跑了。

采录者：　阎国法，男，23 岁，淅川县毛堂乡人，高中，文化站长

采录时间：　1984 年

采录地点：　淅川县毛堂乡文化站

选自：　《中国民间故事集成·河南淅川卷（二）》

369

没良心贼

从前，王家庄住着几家人。王大爷家里很富，王小娃家里很穷。

自古常言：富商穷贼。王小娃一亩薄田，一人劳动，顾不了三口之家，时常东摸西抓，靠小偷小摸过日子。

农历过了腊月二十三，离年关一天近一天。王小娃过不去年，就满处跑着偷粮食。谁知，他刚翻过大门就被抓住了。王大爷跟王小娃是堂门本家，心底也善，就对王小娃说："兔子不吃窝边草，一家子能偷一家人？我给你几个钱，到大路边开个小饭店，挣俩钱够花了，可别再偷人，让人逮着要命！"

王小娃在马路边开饭店了，虽然生意淡，赚俩钱买小盐小菜也够花。一天，店里来了几个刀客，一住两天，跟王小娃混熟了，便打听这地方谁家最富，王小娃就把王大爷家的实底说了。刀客问："你王大爷家有枪没有？"王小娃说："不太清楚！"刀客就说："你回家打听一下，事成后少不了你的好处。"王小娃听了，吃过饭回到王家庄，当他打听到王大爷家没有枪时，便返回小店，把情况告诉了刀客。

这天晚上，天刚擦黑[1]，几个刀客就摸到王家庄，砸开王大爷家大门，进到屋内就要行抢拿钱。突然"砰砰"两枪，两个刀客当场被打死，余下的转身逃回店里，一刀杀死了王小娃。

事后人们才知道，那天晚上，有几个出山的猎人路过王家庄。王大爷好客，招待了他们，夜里就住在他家，使王大爷家躲过了一场大难。王小娃得恩不报，自作自受，人们都骂他是没良心贼。

讲述者：	张太，汉，男，70岁，内乡县大桥乡人
采录者：	尹先江，内乡县大桥乡人，小学教师
采录时间：	1986 年
采录地点：	内乡县大桥乡
选自：	《中国民间故事全书·河南·内乡卷》

附
记

"没良心贼"是南阳一带的俗语。要是谁谁得了人家的好处，反而坑害、出卖人家，就会责怪他是个"没良心贼"。告诫大家对此人要小心提防。久而久之，此类人就会被街坊邻居疏远和孤立起来。当地民风很重视邻里关系，与之对应的是"亲帮亲，邻帮邻""远亲不如近邻"。（百合）

[1] 擦黑：与挨黑儿一样，指傍晚。

370

银
镯
记

早年间，山西有个李员外来河南讨账。讨完账，朝家赶，来到一个山脚下，喝了碗茶，上了趟厕所，便匆匆上路了，竟把这个钱褡子忘在厕所墙上。

这里住着娘俩。娘纺花，儿卖馍，日子过得很艰难。这天，儿子双喜在路边卖馍，发现厕所墙上搭着钱褡子，喊喊没人，便取下来拿回家叫他娘看。他娘接过一掂，沉甸甸的，一看，里边有两锭元宝和一些碎银子，便对双喜说："银子钱，血汗换，咱可不能捡这个便宜。你还去那个地方守着，有人来找，说得对了就给人家。"

双喜挎着馍篮，带着钱褡子，又回到大路边。刚蹲那儿，就见一人慌慌张张地跑过来，问双喜捡到钱褡子没有。原来这人就是丢钱的李员外。双喜问李员外钱褡子里都装的啥，李员外说得一码合一窍，双喜就取出钱褡子，交给李员外。

李员外见银子钱还在，感激得没法说，问双喜："你穷得卖馍，就不稀罕银子？"双喜说："俺娘说，银子钱，血汗换，俺不能捡这个便宜。"李员外真想不到世上有这样的好人，临走时从手脖上取下一只银镯说："我这一双银镯留一只给你做留念，以后若遇上灾荒年，就拿它到山西找我吧！"说完话，又给双喜些碎银子，就上路了。

时隔三年，河南遭了大旱，没有粮食，馍也卖不成了。娘对双喜说："喜儿，娘我老了，总不能让你守着我活活饿死。你带上银镯，去山西找那李员外，看他能不能帮帮咱们。"双喜说："行，没干粮咋办？"娘说："听说山西生姜缺，咱家还有十斤生姜，可带上，走着卖着当盘缠。"于是，双喜背着姜布袋上路了。

一路上，双喜卖着吃着，吃着打听着，眼看姜快卖完了，半月多还没打听着李员外的下落。一天晚上，天黑了还没找到住处，好不容易摸到一个庄院，院里的伙计们都在忙忙碌碌不知干啥。双喜上前求告说："叔叔，让我在这里住一夜吧！"一个伙计说："张员外明天要娶媳妇，怎能叫你住这里？"另一个说："让他睡柴草窝里，明早早点走。"双喜一路跑得双脚肿疼，好歹有个地方就行，就一头钻到柴草窝里睡着了。

不知过了多长时间，双喜迷糊中被人叫醒，给他换上新衣裳，说是替张员外儿子接亲，只要他莫吭声就行。就这样，双喜糊里糊涂被抬上轿。到了女家，女她娘见新女婿低头不语，就过来问他为啥不高兴。双喜是个老实娃，就说自己是顶替来的。女她娘不依了，找抬轿的问：他张家为啥欺负人？抬轿的无奈，也照实话说了。原来，张员外儿子好好的，五更头上得了急病，昏迷不醒，没办法才叫这卖姜的孩子充一下。

这下可吵开了。这时由后院过来一位老员外，问："吵架为啥？"女她娘说了一遍。老员外便来见双喜，谁知与双喜一见面，两人都惊呆了。原来这人正是双喜要找的李员外。李员外问双喜怎的来到山西，他便将河南年荒，娘要他带上银镯来求李员外帮忙说了一遍。末了，拿出银镯交给李员外。李员外看着银镯感慨万千，说："心诚自有天知道，鬼使神差还银镯。"当众说明缘故，与张家退了亲事，招双喜为婿，与女儿即日拜了花堂。张家抬着空轿回去了。

事后，李员外备上车马，装满粮食银钱，送他夫妻回河南老家，置田买地，起房盖屋，一家人过上了幸福的日子。

讲述者：　李银环，女，38岁，内乡县岞岖乡人，高中，供销社干部

采录者：　靳青阳，不详

采录时间：　1986年

采录地点：　内乡县岞岖乡

选自：　《中国民间故事全书·河南·内乡卷》

371

爷儿俩比朋友

有个好家儿[1]娃儿，年纪不到二十岁，就结交了九十九个朋友。他为朋友也没少花钱。

有一天，这个娃儿给他爹说："爹，我朋友多得很，以后遇着啥事不怕了，朋友们都能帮忙。"他爹笑着说："常言说'朋友千千万，知心有几人'。好，叫我看看你有几个朋友。"这娃说："多得很，远的近的有九十九个，光叫捎信也得月把，来咱家一回不是多容易哩。"他爹说："不叫他们来，咱去他们那儿。咱爷儿俩打扮成叫花子样，装着找你那些朋友们帮忙，看他们咋样。"这娃说："行。"爷儿俩打扮打扮走了。

他们俩每到一个朋友家，都说家里遭火灾了，房子、家产烧得精光，没吃的，没住处，靠要饭过日子。去一家，人家管顿饭吃吃叫走了。又去一家，人家说没办法，叫走了。走遍九十九个朋友家，只有一个朋友留他们住了三天。

这爷儿俩回去后，他爹对这娃说："看看你还是没有朋友吧。你排场了算有朋友了，你穷了就没有朋友了。酒

肉朋友交不得。"这娃儿问爹说："爹，你有朋友没有？要是有，咱们还照这个样，去试试你那朋友咋样。"他爹说："行，我只有仨朋友，咱们去看看。"这爷儿俩打扮打扮又走了。

到这娃他爹的第一个朋友家，还是说遭火灾，房子、家产烧得精光，无法生活，出外讨饭到这里。他爹的朋友对他们很热情，招待得很好，跟亲生兄弟一样，给他们换了新衣服，安慰他们不要煎熬，啥事都由他安排，大包大揽。他们住了很长时间，这娃他爹说："到别处转转，不连累你们了。"他朋友说啥也不行，非要他们永远在这里安家不行。他爹执意要走，没办法，他爹的朋友弄几匹骡子驮些粮食、银钱，要送他们回去安家。

到第二个朋友家，他爹照例说了那些话。朋友哭得不行，说他们太可怜了。这个朋友是个做生意的，在街上开了个大药行，劈一半给他们爷儿俩，叫他们当掌柜过活。

到第三个朋友家，他爹还是那几句话。朋友一听，很难心。这个朋友是个庄稼汉，赶紧给门前院后的树都放了，找人拉土打墙，给他们盖房子。房子盖好了，又借些钱给他们买些家具，置办了镢头、锨，给二三亩地。

这娃儿一看他爹的朋友怎厚道，哭起来了，说再也不交朋友了。他爹说，朋友还要交，就是要交那些忠厚老实的朋友。

讲述者： 刘子胜，男，59岁，内乡县灌涨镇胡刘人，小学，农民
采录者： 刘伟英
采录时间： 1987年
采录地点： 内乡县灌涨镇
选自： 《中国民间故事全书·河南·内乡卷》

[1] 好家儿：富贵人家。

372

一块假银圆

张良在酒馆里找着王秦，两人又一块回家。路上，突然遇到一股土匪，枪响过后，两个人一齐倒下，土匪把两只母鸡抢走了。

过了一会儿，张良苏醒过来，一看王秦被子弹穿了胸膛死了。再看自己，只是口袋烧了个洞，摸摸里边的那块假银圆，被子弹顶了个窝。

讲述者：　　不详

采录者：　　杨峰，男，50岁，内乡县余关乡人，教师

采录时间：　1985年

采录地点：　内乡县余关乡杨沟村

选自：　　　《中国民间故事全书·河南·内乡卷》

以前，有两个人一块儿上街赶集，一个叫张良，一个叫王秦。

路上，张良拾到一块假银圆，随手扔掉。王秦见了，急忙拾起，装进口袋，冲张良笑了笑。张良也没介意。

两人到了街上，由于人多，走散了。这时，有个老太太抱了两只母鸡，想卖了买点粮食。王秦见老太太上了年纪，人老可欺，拿出那块假银圆，把鸡买走。老太太来到粮行，经纪说她拿的是假钱，气得老太太哭天叫地，骂不绝口。

张良办完了事，到处找王秦一块回家。找到粮行，也不见王秦，却见一位老太太号啕大哭，便走上前去询问，当他知道根由后，很和气地对老太太讲："老大娘，让我看看你这钱到底是假是真。"老太太把假银圆递给张良，张良趁老太太不注意，就用自己口袋里的真银圆调换了。张良笑着说："大娘，是不是看错了，你这钱能用，不信你再拿去试试。"说罢，张良把真银圆递给老太太。

老太太将信将疑，找到经纪。经纪真的给她揢了粮食。老太太扛着粮食，高高兴兴地走了。

373

选坟地

从前有一个实诚的庄稼人，名字叫石旦。其母突然病故，石旦请来一位阴阳先生，挑选坟地。

这位阴阳先生，头戴"瓜壳帽"，身穿大布衫，鼻子上放个大眼镜，拿着看地用的定向"罗镜"。

阴阳先生掂着"罗镜"跑来跑去，东照照，西看看，选中了一块"穴"地。

石旦一看，这块"穴"地在别人家的堂屋之中，便问："先生呀，你说这个地方好，可在别人的家里呀。"

先生回答说："这个地方地气很好，就是要他们搬家。"

石旦说："那太不像话了，不如咱们再找个地方吧。"

阴阳先生又继续找，结果又找了一个拐弯大路的中心。

石旦又问："先生呀，这个地方有妨碍没有？"

先生说："没什么妨碍，只是路要改一下。"

石旦说："那也不好，影响别人走路也不像话，咱们还是再找个地方吧。"

这时阴阳先生来了气，抽抽鼻子，但没作声，心想：我好心给你选地气，你却不领情，干脆给你找个"三煞五黄"[1]地，叫你接着再死人。阴阳先生就把石旦领到一个山头上说："这个地方可什么都不妨碍，把你妈就埋在这里。"

石旦就按照阴阳先生的指点，安葬了母亲。

再说阴阳先生走后，一直在打听这一家又死人了没有。时隔数月，石旦家平安无事。阴阳先生觉得不对劲，就偷偷来到那个山头上，一看，原来看的是"三煞五黄"，眼下却变成了"藏龙卧虎"。这下可吓坏了阴阳先生，顿时心惊肉跳，脚底下像是踩了棉花，认为上天要降罪自己。阴阳先生越想越怕，越走越惊，终于双腿无力，支撑不住，瘫倒在地，顺坡而下，一命丧生。

讲述者： 不详

采录者： 靳清扬，男，33 岁，内乡县乍岖乡人，高中，乡文化站干部

采录时间： 1986 年

采录地点： 内乡县乍岖乡

选自： 《中国民间故事全书·河南·内乡卷》

[1] 三煞五黄：堪舆用语。

374

假斯文

内乡城里过去有一位名叫王老五的人，斗大字认不得一升，却好在人前卖弄充能，假装斯文。

有一天，街上贴张告示，有几个人围着看，却没一个识字的，只好大眼瞪小眼，干着急。这时，只见王老五甩着袍袖，迈着八字步，斯斯文文地挤到告示跟前，两眼圆睁，装腔作势，上下审视已毕，欲言又止，摇头叹息。人们感到惊奇，问他："那告示上写的啥？"他半天一顿地说："厉害呀，厉害呀！"说完，拂袖而去。这时，又走来一个医生，看了看说是杀人的。人们望着王老五的背影，不由生出几分敬畏。

过了一段时间，有个在押的江洋大盗越狱逃跑了。县太爷贴出一张追捕告示，并派了县衙的班头在周围守护。

这天，王老五无事上街，见告示前围有人，又摇头晃脑地挤到跟前，审视半天。众人问他写的啥，他又故作声色，连说三声"厉害"。看守告示的班头看他只说厉害，不念正文，怀疑他与江洋大盗有牵连。不由分说，把他拉去见县太爷。

到了大堂，县太爷责问他，那强盗逃到哪里去了。王老五吓得屁滚尿流，双膝跪地，连连告饶："大老爷，我不识字，我王老五好瞎胡抢呀！"县太爷把惊堂木"叭"地一拍说："好你个瞎胡抢，不得详情，怎的知道厉害，不动大刑，量你不招！"这时，坐在一旁的师爷认出是王老五，对县官说："这王老五与我是街邻，平时也很本分，只是有时候疯疯癫癫，大话唬人。"县官听后余怒未消，立即拿起朱红大笔批道："假装斯文，扰乱人心，欺世盗名，侮辱圣人，重责四十，记住教训。"

王老五挨了四十大板，有苦难言。从此，再也不敢假斯文。但作为他的敏禁[1]，在内乡却永远留了下来，那就是：王老五看告示——厉害！

讲述者：　刘俊英，女，74 岁，内乡县城关镇人

采录者：　刘伟英、陈清显，不详

采录时间：　1986 年

采录地点：　内乡县城关镇

选自：　《中国民间故事全书·河南·内乡卷》

---

[1]　敏禁：指后人永远流传的物或事。

375

金子和银子

相传很久很久以前，伏牛山下住着一户人家，家中只有一个孤寡老头，已经七十多岁了。他勤勤恳恳地干了一辈子，省吃俭用，积攒了不少银子。有一天，他想："我老了，也不必种地，把这些银钱缝在衣裤里，到集市上看看。"上了年纪，又是上坡，他走得很吃力。走到离集市还有十多里，就找了一家路旁的客店，问店主要了一个床铺，又饱吃了一顿便宜的饭菜，就去睡觉了。半夜里，老人得了病，口渴得很，一直到了天亮，也没有一个人给他端点水喝。他就叫起来："谁给我端些水喝，谁就是我儿子。"店主听了后，便和伙计们说："都不要管他，给他端水，不就成了他儿子啦？"

离客店不远处，有一户人家，住着小两口。男的叫张加，是个忠厚老实的小伙子。他听说了这件事，便想起自己去世的父母亲，就跑到客店里，给老人舀了一碗水，端到床前，说道："我就是你的儿子，请喝水吧！"张加因埋葬父亲，曾欠下店主二十多两银子。店主认为张加给老人端水，是在抓自己的脸，就趁势要账。张加说："谁没有一个老人，难道你就没有爹娘……"

店主更加生气了，嚷着让伙计把人抬出去。张加闻听，背起老人就往家走。张加的妻子也是一个善良的人。一看见丈夫背着一位老人回来了，就赶忙收拾床铺，把老人让进屋里，让老人躺在床上。接着又是烧菜、做饭，又是请医生。但是老人毕竟老了，再吃药就是不见病好。这样整整过了两个多月，老人病死了。张加又去借了银子，给老人做了一身衣裳，打了一副棺木，把老人埋了。

第二年，张妻打扫屋里的时候，才发现老人的破衣裤，拿起来沉甸甸的，捏着硬邦邦的，就告诉张加。张加和妻子把老人的破衣裤拆了。拆一下，一锭银子掉了下来，又拆一下，又一锭银子掉了下来。衣裤拆完，拆出一小碗金豆子和三百两银子。小两口还了账，还买了一头牛，过上了美满的生活。

采录者：　周文通，男，36岁，内乡县城关人，初中，菜农

采录时间：　1987年

采录地点：　内乡县城关镇北园村

选自：　《中国民间故事全书·河南·内乡卷》

376

头炉香

黄水河北岸有个卢二水，五十多岁了，男娃儿女娃儿没一个。让算卦先生掐掐八字，说他得到南顶（武当山）给祖师爷烧炷头炉香，才会人丁兴旺。

卢二水记在心里，这一年，祖师爷开山之日，便收拾些香火纸马去南顶朝爷。朝爷的人很多，根本轮不到他跟儿，心想下年早点来吧！谁知，到了第二年，早有人提前半月，就守在南顶祖师爷身边，他又来晚了。卢二水心想：头炷香点不了，我还能活人？到了第三年，卢二水提前一月就开始朝爷了。

卢二水来到南顶，总算占个第一。他满心欢喜，就安下心来等候点头炉香。到了开山之日，他兴奋得半夜睡不着，看看离子时还有一刻，眼皮觉着发涩，眨一寐愣儿。刚一合眼，见眼前站着一个白发老人，说："卢二水呀卢二水，今年这头炉香你又晚了。"卢二水大惊，忙问老人："我第一个先到，谁比我还早？"老人笑了，说："想点头炉把香烧，构林去问刘久高。"卢二水心中一炸，梦醒过来，只听道人呼唤子时已过。卢二水虽然上了头炷香，但想起梦境，心里有气，决意绕道邓县构林，看看刘久高是个何等人物。当他距构林还有半里地时，天刚麻麻亮。一连跑百十多里夜路，腿也疼了，口也渴了，肚也饥了。忽见路边有个小店铺亮着灯，便去买点吃的。敲开店门，见屋内一个四十岁左右的男子，正在掀蒸馍笼，雪白的包子香气扑鼻。卢二水高兴极了，开口说："掌柜的，给来三个包子。"谁知那掌柜的好像没听见，一言不发从笼内拾出两个包子，拔腿朝店后跑。卢二水感到奇怪，难道这人是疯了？放着生意不做，朝后院跑！等那掌柜回来，就问："掌柜的，你刚才拿包子朝后院跑干啥？"那掌柜一边为卢二水拾包子，一边说："客官，你大概是第一次来构林吧，你打听问问，构林街上刘久高，何人吃过他头笼第一个包子馍？""什么，你就叫刘久高？""正是！""那么，你的第一个包子馍让谁吃？""生我者父母，养我者父母，吃第一个包子者，当然也是父母。"

卢二水听后，嘴张了几张，没话说，付了馍钱，对刘久高深施一礼道："领教了！"转身出了店房。回到家里，卢二水再不算命打卦、拜神求佛，一心侍奉爹娘。三年后，果然得了一子。过后，他逢人就讲："在家敬父母，胜似去烧香。"

讲述者：	薛明钦，男，59岁，内乡县赤眉镇人，小学，农民
采录者：	凌晨
采录时间：	1985年
采录地点：	内乡县赤眉镇黄岗村
选自：	《中国民间故事全书·河南·内乡卷》

377

以和为贵

由王店街向南十里远，默河岸边有两个村子，住着姓于的叫于湾村，住着姓白的叫白湾村。两村虽一路之隔，却"鸡犬之声相闻，老死不相往来"，为些鸡毛蒜皮的小事，常常打得头破血流。一天，于湾村里的猪跑到白湾村的地里，又被打断了腿。旧有的仇气一触即发，两村人掂刀抢铡，准备决一高低。

正在这时，有一个二十多岁的年轻人来到人群中，抱了抱拳，作了作揖，说："各位父老乡亲，小人姓张，路过贵地，有什么大不了的事，值得大动干戈，乡里乡亲岂不伤了和气，有啥只管好说。"众人见这位年轻人穿戴不俗，满面春风，又是外路人口音，便七嘴八舌地说起两村吵嘴打架的起源。

原来，于湾村和白湾村祖上就不和。因为"白鹤吃鱼（于）"，对于湾村不吉利，长此以往，姓于的会被姓白的克死。姓于的要不打死姓白的人，于湾村就永世不能翻身。这些话就一辈辈传下来，所以，吵嘴打架时常发生。

那年轻人听了，笑了笑对大家说："不瞒诸位，我家几代都是看风水的。对于生克之道、阴阳八卦，我也略懂一二。你们说'白鹤吃鱼'，那是一般的说法。白鹤也有白鹤的短处啊，虽然腿长嘴长，也只能在浅水滩上啄鱼。若在两村之间住上两户姓'江'的，取'如鱼得水'之吉利，于、白两村不就世世代代和好了吗？"众人听年轻人这么一说，都认为有道理，事情就这样平息了。

不久，有两户姜（江）姓人家，带着一块"以和为贵"的字匾，从内乡城东的姜沟搬到于、白两村的中间地带落户。这字匾是内乡县令戴达所写。人们由此才知道，那天排解争斗的年轻人，就是下乡私访的戴县令。从此，两个世代不和的村子和睦相处，延续至今。

讲述者：	余天泽，男，78 岁，内乡县王店镇堰张人，小学
采录者：	于海江
采录时间：	1986 年
采录地点：	内乡县王店镇堰张村
选自：	《中国民间故事全书·河南·内乡卷》

378

为瓜皮杀人

早年间，从内乡县城到夏馆镇，路上要经过一个山垭，叫夕阳山。这里近二十里地荒无人烟。

一天，北山有个穷书生，要到京城赶考。当他登上夕阳山顶，已是筋疲力尽，加上天热如火，大汗淋漓，嗓子干得不行，跟粘了树叶一样，想找点水喝。

这时候，有个商人要去夏馆做生意，爬上夕阳山顶，也来到招风树下歇脚。商人很熟悉这条路，知道山上没水喝，便取出事先买下的西瓜，大嘴吃起来。

书生看着商人吃西瓜，直咽唾沫，便凑到商人跟前说："大哥，我渴得要命，能不能让我吃一块？我掏钱。"商人看了看穷书生，说："有钱你到山下买，我好不容易带上来，甭想讨便宜。"说罢又大口大口吃起来。

穷书生自觉没趣，坐在一边干着急。心想，待会儿等他吃完瓜瓤，自己就捡块瓜皮吃。那商人似乎知道了他想干什么，吃完了瓜，把瓜皮撂在地上，然后抡起一脚，把瓜皮踢下山去。穷书生如何受得了这份羞辱，就手掂了块石头，朝商人砸去。商人只顾得意，没防着穷书生会来这么一下子，哎哟一声，躺下不动了。穷书生一看，吓晕了，只想出出气，没想到竟把人砸死了。

他愣了一会儿，从书包里取出笔墨纸张，写下"为瓜皮杀人"五个字，放到商人身上，下山走了。

穷书生进京，竟考中了。圣上恩准，回乡祭祖。这日，带着人马回到内乡，见法场上人山人海，便问杀的什么人。一打听，说犯人魏瓜皮，杀了人还称英雄，留下姓名。但抓住后，又死不认账。穷书生一听，急呼"刀下留人"，找到内乡县令询问事情根底。

原来，穷书生走后，人们发现了死尸，报与地方官。地方官见凶手留下自己名字，派人下乡，私下寻找一个叫"魏瓜皮"的。结果，夕阳山下后魏村真有个叫魏瓜皮，就把他抓来定成死罪。穷书生听完事情经过，便把自己在夕阳山误杀商人、留有字条之事说了。人们听了，都说那商人该死，内乡县令也就把魏瓜皮放了。

后来，官府派人在夕阳山顶设了个茶摊，供来往行人歇息喝水。

讲述者： 张振军，男，64岁，内乡县岞岖乡魏营人，小学，农民
采录者： 靳青阳
采录时间： 1986 年
采录地点： 内乡县岞岖乡魏营村
选自： 《中国民间故事全书·河南·内乡卷》

379

王祥种瓜

王祥为人忠厚，勤务农事。他种的西瓜，个大、皮薄、籽黑、瓤红，沙甜沙甜，十里乡村都爱吃他的瓜。

一天夜晚，月亮底下，王祥望着溜圆满地的西瓜田，高兴得出神。突然，他发现瓜田里有一黑影晃动。"偷瓜贼？"王祥心中想着，便蹑手蹑脚前去查看。只见偷瓜人摸了这个西瓜，又去摸那个西瓜，一边摸一边自言自语："唉，这么大的西瓜，她一人怎么吃得了哇！"王祥暗暗惊奇，竟有这样偷瓜的。当分辨出偷瓜人的声音，心里全明白了。

偷瓜人姓张，是个穷秀才。家境虽穷，却穷得有骨气。可谓"饿死打饱嗝，冻死迎风站"，从不偷鸡摸狗。只是近来妻子病重，无钱求医，撑得舌干唇焦、饮食不进，只想吃点西瓜。张秀才眼看妻子有出气没回气，怎忍心回绝？又一想：上山擒虎易，开口告人难。有心求告王祥，如若不允，岂不违了妻子心愿？"人无礼义因家贫"，只好先偷了，以后补还吧。为此，摸摸这个，掂掂那个，下不了狠心，最后，叹了口气："王祥也是穷人，靠西瓜度日，我怎能偷他？罢罢罢，命该如此，恨也由她了。"说

罢，放下西瓜，转身走了。

"张先生留步！"在一旁观察动静的王祥，拦住了张秀才的去路，弄得张秀才惶恐得很。王祥却笑嘻嘻地摘下大西瓜来。"张先生为人耿直，王祥心底佩服，奉送西瓜一个，请先生收下。"张秀才望着王祥羞愧无语，暗骂自己以小人之心度君子之腹，随即说道："王祥兄弟，我可拿什么还你呀？""张先生，天有刮风下雨，人有三灾八难，嫂子病重，只要嫂子病好，还有啥说的？西瓜拿回去，天明我再给嫂子请个好医生。"王祥的豪爽，使张秀才竟激动得哭了起来。

第二天，王祥果真为张秀才请来医生，并付了药费。张秀才的诚心，王祥的好意，天长日久，二人好得赛过换帖弟兄。

转眼半年过去了，张秀才妻子的病也好了。这日，二人又到一起，王祥说："大哥呀，如今皇上开科，你有满肚子学问，何不进京赶考？倘若得中一官半职，胜似苦穷一生，遭人白眼。"张秀才听了长叹一声："唉，进京赶考，谈何容易，手里没钱，借贷无门，哪敢有此奢望？"王祥说："这些年卖瓜，兄弟略微有些积攒，大哥求官，小弟当以奉送。""不行，不行，我若得中一官半职，还可偿还与你，如若名落孙山，岂不白白花掉你十几年的心血，断断使不得。"王祥笑道："银子钱，血汗换，小弟我有一双做活的手，今日花了，明日再挣。可大哥你学问虽大，没有机会也是白搭。今年设科，下一科不知要等到猴年马月。机不可失，失不再来，还是去吧！"张秀才拗不过，只得接了王祥的十数两银子，进京上路。

三场试毕，张秀才竟高中探花。等到张探花荣归，一下子轰动乡里。府、州、县官和乡绅耆老，争相来贺。不是亲朋也来攀亲，不是故旧也来叙旧。一时间，车如水，马如龙，门庭若市。张探花将朝廷赐他的百两黄金，铸了个金老虎，放在中堂案子上。中午时分，宾朋满座，就是不见王祥到来，张探花说："大家先等等，我去请一个人来，再开宴。"说完，一不乘马，二不坐轿，步行出门。人们都不知道探花郎要请什么贵客，竟大驾亲临。正在大家翘首张望之时，却见张探花和一个黄土橛子庄稼汉，手拉手、肩并肩地走进门来，并让至上席。人们对探花郎的

举动大为惊奇，他们哪里知道来者正是探花郎的患难之交王祥。

酒过三巡，张探花手持金老虎，对大家说："请问诸位，人世间什么最厉害？若在位有人猜中，下官以金老虎相赠。"一言未了，欢声雷动。古来黄金白银，谁不眼馋？顿时，有说老虎厉害的，有说豹子厉害的，也有说蜈蚣、毒蛇、刀枪剑戟、霹雷水火厉害的。但是，探花说一个也没猜对。最后，他问王祥兄弟："兄弟，你说人世间什么最厉害？"王祥说："'穷'字最厉害了。譬如大哥你吧，未中探花之前，谁也不敢沾你的边儿，生病无钱吃药，赶考没有盘缠，亲朋邻居装聋作哑，只当没看见。如今中了高官，身价十倍，威风八面，所以，兄弟我说'穷'字最厉害！"张探花哈哈大笑："知兄者，弟也！"张探花恭恭敬敬将金老虎装入王祥怀中。

讲述者： 周泽生，男，52 岁，内乡县城关镇人，初
中，演员

采录者： 周慧邻

采录时间： 1986 年

采录地点： 内乡县宛梆剧团

选自： 《中国民间故事全书·河南·内乡卷》

380

薄与尖

薄和尖拜弟兄。一天，薄假意去看尖，手里提着竹篮子，上面用桐叶盖着。

薄来到尖家门口，喊了声尖老弟，站在门外等候迎接。谁知尖没在家，出来的是尖的孩子叫酸。酸一见薄提着礼物来瞧他爹，高兴极了，忙上前迎接："薄叔叔，你来啦，来了罢手，还拿些礼物干啥？"说着接过篮子，让薄进门。这当间，酸心里一格登，薄叔拿的啥礼物，比灯草还轻。他猛地把篮子向上一提，又朝下一放，借风掀动桐叶的间隙，看清楚里边是用纸剪的两条大鲤鱼，心里有了谱。进屋放好篮子，让薄坐定，酸说道："薄叔，今天我爹也没在家，咱爷俩可喝两盅。"说着，拿手指头在桌子上画了盘子、酒壶、酒杯和筷子。画完后又说："天怪凉的，薄叔咱们不等人啦，来抄着吃，猜着喝吧！"酸不待薄开口，便"爷俩亲"地比画起来。

薄满想着今天提弄一下尖，混顿吃喝了事。没想到尖的儿子酸比他更琉璃[1]，让他看画喝空气，心中好不是味，

[1] 琉璃：狡猾。

尴尬之极。没多大一会儿，便告辞说走。酸也不留客，只是说："薄叔慢走，大小也给我那些不相识的兄弟哥们带个人意儿[1]。俺家后院种有大西瓜，我去给你摘两个。"说着，提着篮子来到后院，便拿手对着西瓜比了两比，把篮子交给薄。薄接过装满空气的篮子，心情十分懊丧：打鱼的叫鹰叨瞎了眼，我虽薄，总算还有片薄纸在，酸竟是铁公鸡一毛不拔。

薄走后没多久，尖回来了，见桌子上画着酒器家什，便问酸："今上午有客？"酸便把薄来的情况倒说一遍，得意洋洋地等着尖老子夸奖。谁知尖不听没事，一听勃然大怒："不当家不知柴米贵，小娃子家送个人情都送恁大俩西瓜。"酸说："我是拿手比这么大。"尖气呼呼地瞪儿子一眼："你就不知道比小一点儿，省点气力！"

讲述者：	曹天，男，54 岁，内乡县师岗镇曹营人，小学，农民
采录者：	党希昌、谢振轩
采录时间：	1985 年
采录地点：	内乡县赤眉镇
选自：	《中国民间故事全书·河南·内乡卷》

[1] 人意儿：小礼品。

381

土财主请客

从前有个土包子财主，为了给自己找个硬靠山，千方百计巴结当官的。有一次，他托人给县官送了许多礼物，请县官来他家做客。县官见他诚心诚意，就答应了。

可是财主听说县官同意到他家做客以后，又犯愁了。在小天地里抠索惯了，没见过大世面，没接触过排场人，生怕接待不周反惹县官生气，不是自讨苦吃？思来想去没有好主意，就花钱请一个能说会道的人领教。这能人哈哈一笑说："这不难。县太爷到了，你把他让到客厅里坐下，然后双膝跪下，额头点地，口称'大老爷光临，小人深感荣幸，以后望大人遇事多多关照'。"财主把能人的话背得滚瓜烂熟。

约定的日子到了，财主让人把里里外外收拾一通，摆好桌椅板凳。好容易等到晌午，县官忽然差人来说："今天县太爷身体不好，为了不负主人的美意，让一位师爷代太爷赴宴。"这一更动不打紧，财主计议好的套路乱了！别的不说，光称呼就叫人头疼。能人教他向县官称大老爷，师爷比县官低一级，总不能按半辈称呼吧？他急得抓耳挠腮，脑子里转了七七四十九个圈，忽然照头上一拍，想起来了：师爷是县老爷手下人，自然应该低一辈，称他大舅爷没错！

中午，师爷乘轿来了。财主把他接到客厅坐下，跪下磕了几个头，恭恭敬敬地说："大舅爷光临……"一句话没说完，师爷气得眼珠子突了出来，啪地在桌子上击了一掌说："放屁，你冒的是啥东西？"财主一愣，忘了那些客套话，忙接着话茬说："大舅爷，乡下没什么好东西，就买了几斤肉，打几斤酒，炒几样菜……"师爷听了哭笑不得，扑棱着头[1]说："你这个人真没材料子。"财主紧接着说："有，有，什么材料都有：花椒、胡椒、茴香……"师爷越听越不耐烦，脚一跺骂道："你给我滚出去吧！"财主见师爷动怒，又不敢违抗，连声说："是，是！"躺在地上打一个滚，滚了出去。

讲述者：　李明谦，男，28 岁，唐河县龙潭乡严营村人，初中，农民

采录者：　徐俊荔，女，20 岁，唐河县龙潭乡人，初中，学生

采录时间：　1983 年 11 月

采录地点：　唐河县龙潭乡严营村

选自：　《中国民间故事集成·河南唐河县卷》

[1]　扑棱着头：意为使劲儿摇头。

（七）长工与地主的故事

382

把鹌鹑

一天，地主何大膘从集上买了一只鹌鹑，心想：五块大洋不算贵，这只鹌鹑理料成，定能斗败一切对手，哼！立播！

他一到家，就把长工叫到一块儿说："谁会把[1]鹌鹑，将这个生鹌鹑拾掇拾掇，把把遛遛[2]，弄熟了给我。"

这把鹌鹑和遛鹌鹑须得起黑冷大早[3]，单找冰雪大的黑风口地方去。把鹌鹑是用一只手托着鹌鹑，另一只手从头至尾轻轻抹拉[4]，人的两腿不停地转悠，每走几步，就照鹌鹑身上这样抹拉一下。把了一阵以后，再将鹌鹑装进笼子里，人在笼外引逗着它跑圈子遛腿脚，这叫遛鹌鹑。经过这样训练的鹌鹑，才能凶猛好斗，又精神，又强梁[5]。这明明是一项吃苦受洋罪的差事儿。别人想玩鸟都是自己驯的，这何大膘想吃泥鳅还不想叫青泥糊涂眼，让别人给

他做替死鬼。长工们平时就恨透了这个除了打骂长工，啥也不做的寄生虫。何大膘说完了，长工们你看看我，我看看你，都装作不会，没有一个人应承。何大膘见无人应声，就要发作，外号机灵鬼的小长工王蛋蛋，为了不让穷兄弟们为此再挨打受骂，就自告奋勇，说："大爷，你说那——好办。我会！"说着，接过鹌鹑，支哄[6]掌柜。

长工们都横[7]埋怨机灵鬼这次没眼色。王蛋蛋却趴在这个耳朵边咕唧几句，漂在那个跟前喊喳[8]一会儿，长工们都点点头笑了。

第二天早晨，王蛋蛋见长工们都收工回来要吃早饭，就张扬着给何大膘去送鹌鹑，长工们都一咕唧，一声不响地跟在后边。何大膘正在屋里扯呼噜，小婆把他叫醒，一听说送鹌鹑来了，急忙起床，边穿衣裳边大声向外问话：

"把成[9]啦？"

"把成了。"

"拾掇得咋样？"

"拾掇得可好，可熟了！"

"没再蹦蹦？"

"馏了，刚刚馏过。"王蛋蛋这边回掌柜的话，那边向长工弟兄们挤挤眼。

"小孩子家真利麻[10]呀！"何大膘夸奖着，掀起门帘出来了。

机灵鬼王蛋蛋忙把热气腾腾的红烧鹌鹑呈了上去，掌柜一看傻眼了："哎唷！你咋给我弄成这了哩，你？！"

王蛋蛋装作抱屈[11]的样子，说："咋？这可是按您老的吩咐一丝一毫没有偷懒呀！我昨晚就拔呀拔，拾掇啊拾掇，弄得可干净了，又把生的蒸成熟的，今早馏馏就马上送来。你尝尝，味道肯定不赖呀！"

何大膘听出王蛋蛋是打两岔里了，气得直扑甩[12]手，巴咂嘴："咦——这恁贵的东西……你，你，你？"机灵

---

[1] 把：把弄，调教。

[2] 拾掇拾掇，把把遛遛：就是熟化熟化，调教调教，让其听从人的指挥。

[3] 黑冷大早：又黑又冷的早晨。

[4] 抹拉：轻轻地抚摸。

[5] 强梁：强势，霸道，不计后果。

[6] 支哄：应付，哄骗。

[7] 横：纷纷，都来。

[8] 喊喳：咕唧、喊喳都是说悄悄话。

[9] 把成：同"把"，有调教的意思。

[10] 利麻：利索。

[11] 抱屈：抱歉的意思。

[12] 扑甩：来回地抖动。

鬼一番正经地奉承说："贵人吃贵物嘛！你老吃这，正桩[1]！"何大膘气极了，把盛着鹌鹑的盘子，往桌上一放，吆喝说："别打岔了，你快赔我，赔我！"

机灵鬼假作受不住的样子，点头哈腰地说："多谢大爷您抬举！俺陪你老，俺陪，大爷，请——"说着伸手撕一条鹌鹑腿自己吃着，把另一条敬给掌柜。

站在外边看笑话的长工都笑了。何大膘气得只摇头没啥说，一头扎进了里屋，再也不出来了。

讲述者：　不详
采录者：　赵明生，男，38 岁，南召县城郊乡柴岗村
　　　　　人，高中，县文化馆干部
采录时间：1986 年 10 月
采录地点：南召县板山坪乡小余坪村
选自：　　《中国民间故事集成·河南南召县卷（下）》

附
记

把鹌鹑就是驯化鹌鹑，斗鹌鹑，这是一项传统的民间游艺。据现在已近 60 岁的南召作家韩华人讲：鹌鹑是一种灰褐色鸟，南召人叫它"地牤牛"，有拳头那么大，平时很难见到，见到它时也总是在草丛、田埂、麦垄间，非常敏捷，并不飞走，撵急了才飞，也飞不远。夏季一场暴雨之后，最容易见到它。他亲眼见到过"地牤牛"叫的样子：伸着头，撅着屁股，头扎地上，一声一声扯着嗓子叫，声音很大，也很粗，能传一二里，确实像牛叫。小时候听他母亲说过斗鹌鹑，但如何斗，时间长记不清了。但斗鹌鹑在旧社会是地主老财干的事儿，穷人不斗。南召流传一句俗语："鹌鹑戏子麻利猴。"意思是斗鹌鹑、唱戏和耍猴都不是"正经"事儿，老百姓不参与。写这篇附记的时候，编者调查过很多人，大家也都知道斗鹌鹑这件事儿，但也都没有见过。（乔向东）

383

隐
身
草

从前，南阳城北不远有一个叫陈家岗的村子，村里住一户恶霸地主，姓李，名叫有财。因为他爱财如命，外人给他送了个外号"见财迷"。

李有财全家五口人，三个儿女，有二百五六十亩好地。除了几家佃户外，还使了两个长工。这两个长工，一个姓王，名叫智广，一个姓杜，名叫智多，两人都是三十七八岁，年轻力壮。因为是一根藤上结的两个苦瓜，二人好得跟亲兄弟一样。他们俩起早贪黑地给地主干活，还是吃不饱穿不暖。智广对智多说："老财迷的粮食多得吃不完，可经常叫咱吃黑馍，喝稀汤，他像蚂蚱[2]一样吸咱们的血汗，咱得想个办法治他一下，出出气。"

这天，吃过晚饭，智广和智多合计一下，就生出一个巧计来。智多正在牛屋喂牛，听见"见财迷"哼着小曲从外边回来，他就与智广云天雾地[3]地乱扯起闲话。"见财迷"听见他俩在高一声低一声地说话，就蹑手蹑脚地到窗

[1]　正桩：正合适。

[2]　蚂蚱：即蚂蝗。
[3]　云天雾地：一会儿说天，一会儿说地，意思是说些不着边际的话。

前偷听。只听见智广对智多说："大哥，我昨天夜里做了一个好梦，梦见一个神仙老头对我说，王智广呀，王智广，你可要发大财啦，你们掌柜家院外的那棵大杨树上的老鸹窝里，有一根隐身草，这根草可是个宝草。你要拿着它，谁都不会看见你，你看见什么东西，只要想要，只管拿，任何人都不会知道，说罢那白胡子神仙老头对我笑笑就不见了。我想，咱俩一起受苦受难，跟兄弟一样，我就给你说说，咱俩同享富贵。"说到这儿，智广故意提高嗓门说："这话可不能叫见财迷知道。咱俩得到宝草后，还要狠狠治一治他哩！今晚半夜里，咱们俩就上树找宝草。"见财迷听到这里，离开了窗户，赶紧把大门锁上，防止智广他们半夜起来找宝草。回到屋里，把刚才智广智多说的话，从头到尾给他老婆学了一遍，又得意地给他老婆说："小时候算卦先生就说，我占着福星哩，所以咱爹就给我起名叫有财，看起来，这话不假。只要咱得到宝草，家业大着呢！贱小子还想发财，白想！"他老婆听了见财迷的话，笑得磨了腰[1]，岔了气。智广智多他俩半夜里起来装作解手，一看大门锁着，不由得一阵高兴，差点笑出声来。小声说道："这老秃驴可真上套了……"

第二天，天还没亮，见财迷就叫智广智多到最远的东坡去锄红薯，还交代早上不要回来吃饭，等人把饭送到地里吃。

智广和智多知道见财迷要上树找宝草，就意连意思[2]地不想去。见财迷一催再催，他们才磨磨蹭蹭去了。他俩刚走，见财迷就急忙把两个大孩子吆喝起来，把两个大方桌搬到院外的大杨树下，又搬来一把太师椅，摆到方桌上面。见财迷对他老婆孩子们说："我到树上找宝草，你们在下边看着我，我拿一根草，问你们一句，如果你们看不见我，那就是找到了宝草。"说完，就扒扒叉叉[3]上到太师椅上，又爬到树上的老鸹窝旁，就一根一根地拿老鸹窝里的草，拿一根，问一句："能看见我吗？"下边回答："能！"又拿一根，问一句："能看见我吗？"下边又

回答："能！"这老鸹窝里哪会有什么宝草，老婆孩子脖子都仰疼了，见财迷还是一个劲儿地问，一声更比一声高。他老婆歪着腰不耐烦地说："看不见了！"见财迷听了这句话，喜得差点儿从树上摔下来，马上拿着那根草爬下树来。

下树后，他高高兴兴地拿着这根宝草离开了家，朝南阳走去。进城门时，他摇摇手里的草，守门的当他是个疯子，没盘问，就放他进了城。走到一家饭店，他又摇摇手里的草，就伸手去拿了两个火烧馍，不吭不声地转身就走。饭店掌柜和见财迷认识，心想，见财迷以前可没这样，不打招呼就拿东西，今天准是有啥急事儿，等他回来再要钱不迟，也就没管他。经过进城和拿火烧馍这两件事，见财迷心想：这"隐身草"真灵啊！我拿啥呢？拿啥都不如把县官的大印拿走。想到这儿，他手里不停地摇着"隐身草"，大步地向县衙走去。他走到大堂前，见县官正在低着头看啥东西，黄腾腾的大印放在桌案上。他走上前去，抱起大印就往外跑。县官抬头一看，有人偷大印，就高声喊道："衙役们快擒贼！"衙役们闻声赶来，七手八脚地把他抓住捆绑起来。县官传令："把贼人重打八十，再作道理！"

后来，见财迷知道两个伙计捉弄他，可这事是自己亲自做的，干气没啥说。他老婆央人把他从县衙保了出来，抬到家里。由于伤势过重，再加上生闷气，见财迷突然口吐白沫，眼睛上翻，得下了羊角风病[4]。从此，稍一生气就犯病，再也不能在长工面前耍威风了。

讲述者：　诸虎臣，男，73岁，南召县太山庙乡朱沙铺村人，三年私塾，农民
采录者：　王中林，男，34岁，南召县太山庙乡朱沙铺村人，高中，农民
采录时间：1983年11月
采录地点：南召县太山庙乡朱沙铺村
选自：　　《中国民间故事集成·河南南召县卷（下）》

[1]　磨了腰：闪了腰。
[2]　意连意思：琢磨来琢磨去拿不定主意。
[3]　扒扒叉叉：勉强能攀上去。

[4]　羊角风病：即癫痫病。

异文：巧治王麻子

有兄弟俩，跟着老娘过日子。后来老娘病死了，没钱安葬，就向本村的大财主王麻子借了二十两银子，把母亲埋了。刚过了两天，王麻子就来要账。弟兄俩还不起，只好到王麻子家里干活抵债。

他俩每天是鸡叫头遍下地，顶着星星回家，还得加工担水、喂猪，忙得连个放屁的空儿都没有。老二对老大说："哥，咱们这样干活，吃龙肉也不上膘，非把身子累垮不可。"老大说："那有啥办法哩？"老二说自己有办法把王麻子教训一顿。老二把自己想的法子向哥哥一说，他哥说好，就这样办。

第二天，老早[1]王麻子又来催下地，隔窗听见弟兄俩在说悄悄话，他就支棱起耳朵偷听。只听老二说："哥，我做了一个梦，梦见掌柜后院槐树上有个老鸹窝，老鸹窝上有根仙人草，拿住这根仙人草，别人看不见自己，自己能看见别人。"老大说："小声点！别叫掌柜听见，今儿黑咱们就上去把它拿下来，再不用给王麻子干活了。"王麻子一听差点儿笑出声来：嘿嘿，穷小子想不让我知道，偏偏叫我听见了。他赶紧跑到屋里和老婆抬了一架梯子出来，往槐树上一靠，一爬一爬地就上去了。一看，真有个老鸹窝！可里面放了好些草，哪一根是仙草呢？王麻子想了个办法，拿起一根草问树下他老婆能看见他不能，老婆说能，他就换一根再问。这样问了几十遍，老婆把脖子都累酸了，不耐烦地说了声"看不见！"王麻子一听，高兴得眼泪都流出来了，拿着这根"仙人草"就爬了下来。

第二天，王麻子带着这根"仙人草"到街上偷东西。走到一个卖梨摊儿前，拿了个梨试试看灵不灵。卖梨的看见了，本想喊叫一声，又一想，一个梨不值几个钱，拿走算了。这下王麻子可高兴坏了：这仙草真灵，偷东西谁也看不见！下回得偷值钱的东西。他来到一个金货铺里，抓起一副金镯子就想走，被几个伙计看见了，抓住他往地上一按就打起来。王麻子东西没偷成，腿叫人家打断了。弟兄俩把他抬回去，问他咋回事，他光吸溜嘴没啥说。

[1] 老早：很早。

讲述者： 陶付银，男，57岁，新野县上港乡港北村人，初小，农民

采录者： 陶吉涛，男，25岁，新野县上港乡港北村人，初中，农民

采录时间： 1985年8月

采录地点： 新野县上港乡港北村

选自： 《中国民间故事集成·河南新野县卷》

384

卖树荫凉

早年，北山有个地主，他家院门外有一棵大树，长得枝叶茂密。夏季，过路的人大多都要在他的树底下乘凉。

时间久了，这个地主心想：这么多人都来乘凉，真太便宜他们了。他就生了个奸计，在树上挂了牌子，上面写道："乘凉者，必须付钱。"

过路的人顶着烈日，远远看见路边有一棵大树，都想到这里歇歇脚。一到树下，看见牌子，都不敢歇脚，心里骂，这人真狠毒。

有个青年人，热得满头大汗，见到了这荫凉，就再也不想走了。

地主见这个青年人坐下不走，就上前说："你没有看见牌子上写的字吗？"

青年人笑道："误会，误会，实在是没注意挂有牌子。你要多少钱？我如数给你。"

"十两银子！"

年轻人拿出十两银子，给了他。不但一个人坐在那里乘凉，凡是过往的行人，他就喊："来呀！凉快，凉快，这荫凉我买下了。"

行人一听，都坐下不走了。工夫不大，坐了不少人。年轻人对他们说："今天你们各位听我的话，都不要离开，咱们今天专治治这个狠毒的家伙。"

人们早就恨透了这个地主，等着看这个年轻人怎样治他。

树荫凉随着太阳慢慢地移动着，乘凉的人也跟着移动。

这地主得到十两银子后，正得意，忽听房子上有响声。出来一看，啊！房坡上挤满了人，便大声喊叫："哎，你们上到房子上干啥？把瓦都给踩烂了。"

年轻人一听，对大家说："别理他，咱们只管乘凉。荫凉到了房上，我们就应该也上房坡，这荫凉是我买下的。"

这地主见房子上的瓦踩得稀烂，心疼极了，大声叫道："你们这些人还讲理不讲？"

年轻人不慌不忙地站起身说："荫凉移到这里，我们是歇凉的，这有啥不讲理？"

地主没办法，只好央求道："这样吧，我把你那十两银子退给你，你们下来吧。"

年轻人一听，说道："没那么容易！树荫凉已经卖给了我，赎不回去了。"

那个地主慌了，苦苦哀求说："我把银子还给你，再多给你十两，以后不卖这树荫凉了，请你们下来吧。"

年轻人一听，冷笑道："不卖是不卖，这荫凉让不让人乘凉？"

"让！让！"地主忙点头答应。

讲述者： 庞东来，男，60 岁，西峡县五里桥乡葛营村人，大专，教师

采录者： 戴新强，男，22 岁，西峡县五里桥乡杨岗村人，高中，农民

采录时间： 1986 年 4 月 2 日

采录地点： 西峡县五里桥乡葛营村

选自： 《中国民间故事集成·河南西峡县卷（下）》

385

巧骂地主

从前有一家母子三人。老大拙嘴笨舌，是个实诚人。老二心眼活，能说会干。弟兄俩都是给地主扛长工。家境虽贫，但母子三人相依为命，和睦亲近，日子过得很顺心。

有一天，母亲有病，家里没有一点细粮。弟兄俩非常着急，商量着去地主家借点细粮，好给他妈养病。老大到了地主家，说明了来意。地主怕他家穷，还不起，死个不借。老大苦苦哀求道："如果你怕还不起，就用俺弟兄俩做活的那半年工钱抵。把你家的麦借给我一点，救救我妈的命。"说足说够地主也不借，也不粜。老大只好空手回家。到家，他把地主不借也不粜细粮的事说了一遍，全家都很生气。老二说："老财主为富不仁，见病不救，得想法治治他。"就对老大说："你在家照料妈，叫我去试试。"说罢抬脚就走。谁知到了第二天早上，老二担了一挑麦高高兴兴回家来了。老大很是惊奇，忙问："兄弟，你是咋借来的麦？"老二说："我向老财主的狗借的嘛。""老财主的狗咋能借给你麦嘛？"老二说了一遍，弟兄俩高兴地大笑起来。咋回事呢？原来老二知道财主最稀罕他的看

家狗，就在狗身上打了主意。他到坡边挖了一些闹狗旦[1]，弄点糠菜，敛成饼子，揣在怀里。天黑到长工屋装着睡着了。等到二更天，人都睡定了，老二起来摸到大门前狗窝那儿。那只恶狗叫着扑来，老二看四下无人，忙掏出饼子扔了过去。那只狗窜上去噙住就吃，老二回到长工屋又装着睡下了。不大一会儿，狗汪汪叫了起来。地主院里人都起来，乱哄哄的，吵着狗得了急病。地主叫老二起来快去找医生，老二装着贴心的样子看着狗说："嗳，要去找医生，万一找不着，那不耽误事了？你这老狗得这病，我见别人治过，让我试试看咋样？"地主瞟了老二一眼说："你能行？要是把狗治死了咋办？"老二说："我也不敢说完全能治好，可我有九分的把握能治好。"地主说："那中，你治。"老二说："做活给工钱，吃饭给饭钱。治狗你也不能让我白治呀！"地主稀罕狗，忙说："你给我治，我也亏不了你。"老二知道地主是个好占便宜的混账家伙，对地主说："咱们丑话说头里，狗治不好，分文不要，我弟兄俩那半年工钱分文不领。若要治好狗的病，你给我一斗麦，用我弟兄俩的半年工钱再粜给我二斗麦。狗病治好你不兑现，我要把你的狗打死。"地主救狗心切，连连说："行，行。"老二就一本正经地看起狗病来，拉住狗腿慢慢地摸着。地主问他："你这是干啥？"

"给狗号脉嘛。"

"狗也有脉？"

"狗当然有麦（脉）了，治狗的病得先看起狗麦（脉）粜（跳）得咋样。狗麦（脉）粜（跳）了，狗的病就好治。如果麦（脉）不粜（跳），那狗非死不可。不过你狗这麦（脉）还粜（跳），能治好。你赶紧去拿二十个鸡蛋，光要蛋清，不要蛋黄。再拿二升绿豆，全捣碎。用水把鸡蛋清兑绿豆搅匀，给狗灌上两碗，慢慢就会好了。"地主忙按老二说的，去给狗灌了两大碗。狗吐了一阵白沫，到天快亮时，慢慢好了。地主还不知道老二捉弄他，白挨了一顿骂不说，又量了三斗麦叫老二担回来了。老大说："这个家伙真是求着没有，榷[2]着有哇！"

---

[1]　闹狗旦：即半夏，是山区的一种毒药，俗称"七步倒"。

[2]　榷：西峡土话，蒙骗的意思。

讲述者： 叶改献，男，24 岁，西峡县石界河乡石界

河村人，高中，营业员

采录者： 刘国华，男，31 岁，西峡县石界河乡石界

河村人，高中，农民

采录时间： 1983 年 4 月

采录地点： 西峡县石界河乡石界河村

选自： 《中国民间故事集成·河南西峡县卷（下）》

附
记

　　讲述人叶改献是开店售货的，爱给乡邻们讲故事。他讲故事声情并茂，肢体语言丰富，现场的代入感很强，常引得听众哈哈大笑。过往来客进店买商品时，常常驻足歇脚，有闲椅闲凳的就不由得坐下来，边休息边听他讲故事。（杨琳）

386

有钱能买鬼推磨

　　从前有个财主常对人讲："有钱能叫鬼推磨，推得小鬼笑呵呵。"长工们听了心里很气。

　　有一天夜晚，财主对一个长工说："你明天起个五更，给我磨一担玉谷，我中午要到集市上卖。"这个长工说："可以。不过，我有个急事，想向东家借一吊钱用一用，今晚上就得给我。"这个长工是方圆十几里有名的好把式，力气又大，东家对他另眼看待。当时就取了一吊钱递给他。第二天五更，这个长工就把一担玉谷倒在磨上，把一吊钱挂在磨杠子上，就又去睡觉了。这个财主睡到吃早饭时才起床。他听了听磨房没有响声，就跑去看看。一看玉谷全在磨上，磨杠上挂了一吊钱，连一粒也没磨下来。他气急败坏地跑到那个长工屋里，看到他还睡得正香，破口大骂："死鬼，我交代让你干什么来着？今天还赶集不赶？"长工起身揉了揉眼睛说："怎么玉谷还没磨好吗？"财主说："我问你哩，你还问我哩。你自己去看看吧！"长工说："东家别生气，我把那吊钱挂在磨杠上了，叫鬼给你推磨哩！你不是常说有钱能叫鬼推磨，推得小鬼笑呵呵吗？可能是鬼嫌那一吊钱太少，不给推。要不要再加点

钱呢？"

　　财主听后无言可对，就灰溜溜地走了。

讲述者：　周银芳，男，44 岁，西峡县五里桥乡孔沟村人，小学，农民

采录者：　张海俊，男，45 岁，西峡县五里桥乡孔沟村人，初中，农民

采录时间：　1986 年 4 月 19 日

采集地点：　西峡县五里桥乡孔沟村

选自：　《中国民间故事集成·河南西峡县卷（下）》

387

三两漆也行

　　从前，罗家营有个财主，心狠手毒。有个长工干了一年活，一文没得，这个长工要想法儿治治他。

　　有一天，长工买了三两漆，放在财主家，然后去县衙里告状，说财主昧了他四两金子。县官把财主传来，让他把金子交出来。财主说："大老爷，我没有昧过他的金子呀！"长工说："我放在你家的四两金子怎么说没有？"财主争辩说："那不是四两金子，是三两漆！"长工高声说道："明明是四两，为啥说是三两七？"二人争吵起来。财主只好说："青天大老爷，请你明断，确实是三两漆。"县官说："也罢，三两七就三两七，让你占三钱便宜。"又对衙役说："去他家取三两七金子来！"金子取来给了长工。

　　财主心疼得大哭起来，长工高兴得哈哈大笑。

讲述者：　李明，男，26 岁，西峡县米坪镇秧田村人，小学，农民

采录者： 郭建党，男，14 岁，西峡县米坪镇秧田村
人，初中，学生

采录时间： 1986 年 4 月

采集地点： 西峡县米坪镇秧田村

选自： 《中国民间故事集成·河南西峡县卷（下）》

388

犁墙头

从前有个木桶沟，木桶沟有个王员外，成年使伙计不掏工钱。咋哩？他有两三样活没人会做，不会做，他就要挫[1]工钱。

有一对弟兄俩，老大心眼儿实诚，在屋里做庄稼活多些；老二心眼灵，在外扛长工多些。

这一年老大说："兄弟呀，你今年搁屋里做庄稼，我出去给人家盘长工。"老二说："咋不行，我都出去几年了，你也出去宽宽眼界。"老大就出去了。

走哇走，走了两三天，走到木桶沟王员外门前。一看是个大门楼，兴许使伙计，老大就吆喝起来。一吆喝，王员外出来了，问老大：

"你上哪儿去？干啥哩？"

"我是出来找人家做活哩。"

"那好嘛，我就想觅个长工哩。你都会做啥活？"

"啥活我都会做。"

"那好，你一年要多少工钱？"

[1] 挫：降低。

"一年六串。"

"中！六串就六串。可有一条先说开，只要有一样活你不会做，我可要扣你两串钱。"

老大说："行。"就在这儿做起活来了。

做哇做哇，做有三四个月了。那天员外从外头回到院里，喊叫啥啥伙计。

"咋？"

"我从外头回来，看墙头上草长多深，你快把牛套套，上墙头儿去给草犁犁，别叫荒了。"

这老大是个实诚人。他想：人上墙头还得靠个梯子上哩，多大个牛咋能赶上墙头儿去哩？想半天没门儿。老大说："员外，我给人家做多少活，摇耧撒种不管弄啥我都会，可犁这墙头上的草我还没有犁过哩。"

"啊！你犁不好？那咱们有言在先，一样活不会做扣钱两串。"当下员外记上账，扣钱两串，一年六串钱掉[1] 四串钱了。

老大心想：四串四串罢，到年根回家，总算拿有四串钱。犁墙头这件事算不说了。又做哇做，做够七八个月了。这一天员外从街上回来了，一到院里就喊，哎，啥啥伙计。

"咋？"

"我从街上回来，这条路曲龙拐弯哩，你给我捏直点，我上街走着近些。"

老大想：这路只能改嘛，哪能是捏哩？就说："员外呀，这路嘛我还没捏过哩。"

"你不会捏？不会捏扣钱两串！"员外又记上账，一年工钱扣掉两串了。

老大干气没方，有啥办法哩？只有自己安慰自己，两串两串罢，还够回家时做个盘缠哩。又做哇做，做到下工时候了，该算账哩。这一天员外从门外回来了，进门就喊，哎，啥啥伙计。

"咋？"

"我从外头回来，有个狗屙泡屎，你去给它吃了。"

"嘿嘿，狗屎喷喷臭[2] 咋吃哩？谁能吃狗屎嘛？"

"你不能吃？"

"我不能吃！"

"你不能吃，扣钱两串。"算盘一打，哟！一年六串钱扣个崩干，把老大净人开销走了。王员外又算白使一年伙计，没掏一文工钱。老大做一年活，捋手白沫，一路上要饭吃哭着回去了。一回去老二就问："哥，你今年在哪儿做活？挣多少钱？"

"唉！不能提，在木桶沟王家庄王员外那儿做活。他有三样活我做不好，一年六串钱叫他扣完了。"

"哪三样活？"

"他叫我犁墙头上草、捏路、吃狗屎。"

"噢！就这三样活？我会做。你今年搁屋里，开过年我给他打长工去。到年根儿，我保准连你的工钱都拿回来。"

开过年老二去了，直趟趟[3] 到木桶沟王员外门儿起一吆喝。王员外出来问老二："你是哪里？弄啥哩？"

"我来找人家做活哩嘛。"

"那行啊！我今年还要用个长工哩。你会做啥？"

"我啥都会做，样样精通，还有眼色。哪样不会，还兴你扣工钱。"

员外就说："那好，你就上工。一年你要多少工钱？"

"我要六串。"

"那中！六串就六串。可是先说开，只要有一样活不会做，我可要扣你两串钱。"

"我可先说开，你叫我做啥活，我就做啥活。只要我事儿费了，你要是半路变卦，不叫我做，你可也得给我添两串钱。"

"中中中。下午你就上工！"老二就搁这儿做起活来了。

做哇做，做够三四个月了。这天，员外从外头回来了，一看墙头上草又长多深了，就说"伙计！"

"咋？"

"你还说你有眼色哩！你没看看墙头上草长多深了？快给牛套上，去给墙头儿上草犁犁！"

[1] 掉：剩下。
[2] 喷喷臭：很臭很臭的意思。
[3] 直趟趟：直接。

"那中嘛，犁墙头儿上草，咱可是老把式。"他弄个把往墙上一靠，把犁一挠，可上去了。把犁往墙头儿上一扎，扶住犁把儿说："嘿嘿！我还说我有眼色哩，真个这墙头都荒了。员外呀！"

"咋？"

"快给牛赶上来，我套上好犁墙头上草！"

"哎，牛叫你赶哩嘛，咋叫我赶？"

"你没看我扶着犁把儿？手不得闲嘛！"

"噫噫，这牛我咋能赶上墙头去嘛？"

"哎，连牛你都赶不上来，你叫我咋给你犁墙头上草？你非得把牛给我赶上来不中！"

"那我赶不上去！"

"你赶不上来，这墙头儿上草咋犁哩？"

"那不叫你犁了。"

"不叫犁咱就不犁了。咱可是说过哩，你得给我添钱两串！"

"好好好，我给你添钱两串！"

"中嘛！咱出门做活为的是挣钱，你只要给添钱就行。员外，可是你不叫犁，这墙头荒了可可不怨我啊？"

"啊啊，不怨你！你快把犁卸下来，别给我墙弄倒了！"

"中中！"

犁墙头草这回事算不说了。

常言说金银再多，闲钱难舍呀！王员外倒赔两串钱，心疼哩很，总想补补亏！

老二又做哇做，做够七八个月了，这天王员外又从街上回来了，喊："伙计！"

"咋？"

"我从街上回来，这条路曲龙拐弯儿哩，我上街远。你把路捏直点，我上街近些。"

"那中嘛，咱捏路可是行家。"

正在这时，有人喊王员外有事。王员外说："伙计。"

"咋？"

"你先慢慌捏。人家喊我有个关紧事儿，我去一下就回来，我要看着你捏！"

"中！"员外上那一家去了。老二把车一套，给晒场

上那麦秸垛、玉米秆垛、柴禾啥子哩，凡是能烧的东西都装装，一车一车顺着路上倒起来了。不远儿一堆，不远儿一堆。倒好了，他点一个"火纸煤儿"[1]，立那儿等着员外。一看员外回来了，看看离他只掉两三步远儿了，"噗噗"，把火纸煤儿吹着，圪蹴下去可把麦秸点着了。员外一看，失急慌忙连踩带打地把火弄灭了，说："咋咋咋？你点火弄啥哩？"

老二说："哎呀！员外，你不是说叫捏路哩嘛？这路冰凉冰凉咋捏哩嘛？就是捏个扒子[2]也得火燎燎，软和了才能捏得成。捏路也是一样，得先烤烤，烤软和了才能给它捏直。"

"胡说！路，啥时候你能给它烤软和？"

"啥时候烤不软和咱直是烤。员外，你赍给我预备柴火了！别叫烧断欠了！"

"哎！那算了，不捏了，不捏了！"

"咋不捏嘛？员外上街远嘛，路捏直点你上街近些。"

"哎，远它远，我不嫌远。不捏了！不捏了！"

"哎，员外，你说不捏了我就不捏，这可不是我不会捏路，是你不叫捏。没啥说，你得再给我添两串钱。"

"行行行，再给你添两串钱。"员外想：两串两串，这也划算，要不我家业烧干也烤不软和，那才赔大钱哩！捏路这回事又算不说了。

员外又倒赔两串钱，心里窝囊哩很，今年我这个黄干蛇算碰上个大刺猬！工钱还能叫他拿走？哼！这回不中看下回。你再精能，这泡狗屎你总不能往嘴里吃。

老二又做哇做，做到下工的时候了。这天员外回来了，说："伙计！"

"咋？"

"我从院外回来，那个狗圊泡狗屎，你去给它吃了。"

"中！吃狗屎咱可是唾手而得，常吃狗屎。员外你立在这儿看着。"老二上厨房端个细瓷碗，拿个铲子给碗敲哩嗃儿嗃儿嗃儿嗃儿响出来了。员外一看说："哎，你弄啥哩？"

[1]　火纸煤儿：即火纸捻儿。

[2]　捏个扒子：把青竹子一头破成六牙，用火烤软，捏成扒子，用来搂柴草。

"哎呀！我去年给那个员外做活哩，也是叫吃狗屎哩。那个狗屎一屙出来凉了，我一吃，得个肚子疼根儿。就跟那儿以后，我吃狗屎得吃热哩，肚子不疼。我去给狗屎铲回来，倒到锅里掌点油炒炒，炒成热哩吃。"

"那你不给我锅弄脏了？"

"我给你锅弄脏了？我吃着都不嫌脏，你还嫌锅脏？我非铲回来炒炒吃不行！"说着就要去铲。员外一把捞住："哎哎你别铲，你别铲！"

"那不行！我非铲回来炒炒吃，不吃你要扣我工钱。"

"哎呀，不叫你吃，不扣你钱，我再给你添两串钱，不叫你吃狗屎！"

"员外只要添钱，不叫咱吃狗屎咱就不吃狗屎。"老二把碗、铲子拿到厨房里又出来说："员外，没看还有啥子活得做？"

"没活做了，没活做了！"员外怕再赔钱。

"没活做了嘛，赶到年根儿了，也该下工了。你给我账算算，钱开开，我要回家置办年货哩！"

"中中中，立马就给你算！"算盘一打，一十二串，分文不少。老二他接住钱说："一年就挣十二串，不少不少。员外，过了年我还来给你做活吧？"

"哎算了算了，明年没长工也不要你！"

"员外，你也别心糙。这六串钱是给我的工钱，那六串钱是去年你讹我哥的工钱。我今年是来替我哥要账的，别光想着穷人都是好欺侮的！"说罢，钱褡子往肩膀上一搭，大摇大摆地回去了。

讲述者： 马介三，男，82岁，回族，西峡县丁河镇简村人，不识字，农民
采录者： 谢起超，男，40岁，西峡县城关镇人，高中，干部
采录时间： 1981年11月23日
采录地点： 西峡县丁河镇政府小会议室
选自： 《中国民间故事集成·河南西峡县卷（下）》

附记

1981年，西峡采用小型故事会形式，由文化站推选五名老故事员参加，另有听记者三人，共八人。喝茶吸烟边讲边录音，录音放放，老人们很高兴。一上午讲录十多个故事，气氛热烈。马介三是蹲着背靠小椅子讲的这个故事。他原在西峡县城住，后搬往乡下。性情豪放，是当地回民的头面人物。年轻时走南闯北、担挑卖工，住店盘活，听记了很多故事。记性好、口齿清、声音亮，绘声绘色，情节语句稳定，通顺流畅、自然亲切，如拉家常。他讲的故事多是弃恶扬善，好侠仗义，长工斗地主等内容，极少淫秽之词，这与他的生活经历、性格大有关系。这个故事曾参加县地两届故事会讲，效果很好。（谢起超）

异文：巧治矬剥鬼

矬剥鬼[1]姓牛，家大业大，可就是矬剥得很。矬得连鬼都想剥层皮，何况他家的伙计。哑牛到他家干活，他对哑牛说，一年给你九串工钱，但有一个条件，一样活儿不会做，就得扣你三串工钱。哑牛觉着自己是庄稼人出身，又是个老扛长工的，没有能难得住他的活儿，便满口答应下来。干呀干，不管是摇耧撒种，还是扬场扛布袋，干得都很出色。约有四个月的光景，矬剥鬼把哑牛喊到院里说："哑牛，你看咱院墙上的草长多深，你快把牛套套，上墙头儿去把草犁犁，别叫墙头老荒着。"

这一说，把哑牛说愣了。他暗自盘算道，墙头这么高，莫说是头牛，就是个人，不靠梯子也莫想上去。就是上去，四条牛腿往哪里搁呀？且不说拉犁了。他想了许久也没想出办法来，满面惭愧道："牛员外，我给人家干了十几年活，啥活都干过，就是没有犁过墙头上的草。"

"真的吗？"矬剥鬼装作很是遗憾的样子道："果真如此，咱们不是有言在先，一样活儿不会做，得扣三串工钱。"

又干了三四个月，矬剥鬼把哑牛喊到院门外，指着门

[1] 矬剥鬼：指不做人事的行为，如过河拆桥、井里撒灰等。

前的路说："你看这路像条蚯蚓，曲龙拐弯，你给我捏捏，捏得就像擀面杖那么直，一是好看，二是出门进城也少走冤枉路。"

这一说，又把哑牛说愣了。只听说捏泥巴，捏箩头，还没有听说捏路的！他想着想着，不由脱口道："牛员外呀，我捏过泥巴，捏过箩头，捏过杈把扫帚，还捏过大小椅子，可从来没有捏过路呀！"

矬剥鬼暗自笑道，真是个傻家伙，你要是会捏路，早就成神了，口中却道："照这么说，这路你是不会捏了？"

哑牛点了点头。

"真不会捏，我就不客气了，我还得再扣你三串钱。"

"这——"哑牛心中很不是滋味，但转念一想，扣就扣吧，反正还有三串呢，拿回去过个年还是绰绰有余的。于是，继续在矬剥鬼家干活。

干呀干，约莫又过了三四个月，还差三天就要过年了。矬剥鬼又把哑牛喊到院门外，指着一摊稀猪屎说："哑牛，你看不知谁家的缺德猪，迎着咱们门口拉了这么大一摊稀猪屎，臭得熏死人，你把它捧起来吃了吧！"

哑牛又是一愣，强装笑脸道："牛员外呀，我又不是狗，就算是条狗，只听说吃骨头，吃人屎，也没听说吃猪屎的！"

矬剥鬼绷着脸道："照你这么说，这猪屎你不能吃？"

"我不能吃。"

"好，好，这可是你说的，再扣你三串钱。"说罢身子一转进了院子，砰的一声关了大门。

哑牛回家气得大病了一场。哑牛的弟弟哑驴气不过，就去邓州城搬来了庞振坤。庞振坤对着哑驴的耳朵嘀咕了几句什么，哑驴满脸的阴云眨眼间便逃得无影无踪。

刚过罢年，哑驴扛着铺盖卷儿，顶风踏雪来到了矬剥鬼家。

矬剥鬼望着虎虎实实的哑驴，又把去年说给哑牛的那些话重复了一遍，哑驴想了想说："你办这事不公平。"

矬剥鬼笑嘻嘻说道："怎么不公平？"

"有一样活儿不会干，你就扣我三串工钱，是不是这样？"

"是这样。"

"我要会干呢？"

"会干就不用扣了。"

哑驴使劲摇着头道："这不行，会干你得给我加三串工钱，这才叫公平！"

"这……"矬剥鬼又打量了哑驴儿两眼，暗自思道，没想到这家伙心眼还挺稠呢！你再稠，老子那三样绝活谅你娃子也干不了！

"好，就按你说的办吧！"矬剥鬼毫不犹豫地说道。

哑驴放下铺盖，当天下午带上镬头上了地。他干呀干呀，干够四个月了，矬剥鬼也把他叫到院子里，要他把墙头上的草犁一犁。

"好，好。"哑驴他当即搬了个梯子往墙上一靠，把犁朝肩上一扛，顺着梯子爬上墙头，将犁往墙头上一扎，扶住犁把儿说："牛员外，快把牛帮我赶上来，我套上好犁墙头上草！"

矬剥鬼连连摆手道："这不成，要赶你自己赶。"

哑驴装出一脸无奈："你没看我正扶着犁把儿，手不得闲嘛！"

矬剥鬼冷哼一声道："你小子别耍滑头，莫说你两手不得闲，就是得闲你也没法把偌大两头牛赶上墙头。"

这一说让哑驴儿抓住了把柄，大声说道："既是这样，你为啥非要叫我犁墙头上的草呀！"

"这……"

"你说呀！你是不是常用这个法子耍人，好赖人家工钱？"

"这……"矬剥鬼犹如斗败的鹌鹑，垂头丧气说道："你不要说了，这墙头上的草我不让你犁了，不就得了？"

"不叫犁了好，但咱有约在先，你得给我添三串工钱。"

矬剥鬼咬了咬牙说道："好！"

矬剥鬼偷鸡不成蚀把米，倒赔三串钱，心里好似刀子割的一般。好、好的，好棋不赢头一盘。这捏路不比犁墙头，四个月后，叫你知道知道牛爷爷的厉害。

四个月一晃便过去了，大清早，哑驴正在院子套牛，被矬剥鬼叫到院子外边，说是上街的路有些弯，让他捏一捏。

"中，中！"哑驴满口答应道，"咱在家里常捏路，再弯的路，经我手一捏，比绳子绷得还直！"说罢，哑驴套上牛车，直奔晒场而去，凡是能烧的东西，一股脑儿拉到门前的路上，隔三五步卸一堆，卸得足有二里长。他点了个"火纸捻儿"，朝地上一圪蹴，冲着麦秸堆儿点去。

"你……你这是干什么？"矬剥鬼一边嚷一边朝他狂奔过来。

哑驴也不答话，自顾自点起了麦秸，升起一股蓝色的火焰。

矬剥鬼连踩带打，总算把火弄灭了。他单手挟腰，指着哑驴的鼻子质问道："你为什么要点火？"

哑驴故意装傻："咋，就是捏个小椅腿儿也得用火烤！我用柴火把路烤软和了，就能把路捏直嘛！"

"你……"

"你啥也不要说了，快去给我预备柴禾，别让我正烤时断了柴，到那时，是怨我不会烤呢，还是怨你没把柴火供应上？"把个矬剥鬼说得直打冷战："乖乖，你真是个二百五，路怎能和木头相比，你就是烤到胡子白也烤不软和！"

哑驴把嘴一�’撇，很不服气地说道："我不信，有道是'只要功夫深，铁杵磨成绣花针'，牛员外，只要咱功夫下到，不愁这路烤不软和！"

矬剥鬼心想，这家伙年纪不大，要赖的本领倒不少，如若真按他的意思去办，得烧多少柴禾？今日又要栽到他手里了。矬剥鬼长叹一声道："这路我不让你捏了！"

哑驴似怨非怨道："你这人，真是转珠子嘴[1]，一会儿让捏，一会儿又不让捏，你到底是让捏还是不让捏？"

"不捏了，真的不让你捏了！"

"不捏也好，不过，牛员外，咱把丑话说到头里，这可不是我不会捏路，是你不叫我捏。没啥说，你再给我添三串钱。"

"好，好！我认输，我再给你添三串钱。"

矬剥鬼又倒赔三串钱，心中那个气呀，恨不得一刀把哑驴给宰了，可他不敢。把工钱算一算，赶他走，心又不

甘！奶奶的，我矬剥鬼矬剥一辈子，从没输过人，今天竟让你这穷小子连赢两把，往后俺咋在人前站？为争这口气，他又留哑驴干了四个月，转眼到了腊月二十七。他将哑驴叫到跟前说："伙计，大门外有泡稀猪屎，你去把他吃了。"

"好！"哑驴欣然应允，咚咚咚跑进厨房，右手端了一个碗，左手拿了一个小铲刀跑出来。

矬剥鬼觉着奇怪，拦住他问："哑驴，我让你吃猪屎，你拿个碗和小铲干啥？"

哑驴不紧不慢道："我想把猪屎铲回来，倒在锅里放点油，加点盐，炒得香喷喷哩再吃。"

"你这一来，不把我的锅给弄脏了吗？"

"我吃着都不怕脏，你还嫌锅脏？"

"这……"

"这猪屎……"

"我不让你吃了。"

"好！"这一下哑驴又抓住了理儿，"牛员外，这猪屎可不是我不吃，是你不叫我吃，按约，你还得给我再加三串工钱。"

矬剥鬼如霜打一般，有气无力道："哑驴呀，我玩了一辈子的鹰，没想到让你这个小鸡娃把我的眼叨了。没想到哇，我真的没想到！"

哑驴高兴坏了，有道是有志不在年高，无智枉活百岁。他对矬剥鬼说："实话告诉你吧，俺这主意，全是庞振坤给出的。"

矬剥鬼一听庞振坤，顿时傻了眼！

采录者：　陈秀贤，男，47岁，邓县人，大学，邓县史志办主任科员

采录时间：　不详

采录地点：　邓县夏集街

选自：　《中国民间故事全书·河南·邓州卷》

[1]　转珠子嘴：说话前后否定。

389

十二斤油

从前，有一个老财主，他领了一个小伙计，名叫赵小。他说："在我家干活吧，我管你吃喝，一年干到头给你一头牛，中吧？"赵小说："大伯说话得算数呀！"老财主说："算数，算数，一定算数。"

从此，赵小就在他家放牛、放羊。到年底了。赵小找财主算账，财主笑着说："别慌，一定给你。不过我想你还小着，一年一头牛嘛，干上十二年给你十二头牛。一卖一大笔钱，盖几间房子，再娶个花姑娘，就成一家人。"赵小这年十二岁，指头搬搬算算，抿嘴笑了。他心想，是呀，零花了不如积个疙瘩能办点事。

一年两年，一转眼五年了，赵小就十七岁了，也有些懂事了。他常听人们说：财主们都是黑蝎子。干到年底，他说："大伯，已经五年了，可给我那笔账算算吧？"老财主还是那一句老话。他想着东家不会骗他，就也没有再说啥，还给他扛长工。

时光过得好快，赵小干一年又一年，算算在老财主家干了十二年。他可要回家了，叫老财主把十二年的账算算。老财主笑笑说："这账好算，你在我家干了十二年，一年

一斤油嘛，十二年十二斤油。"

赵小听老财主这一说，愣了半天说："大伯，你当年说一年一头牛，十二年十二头牛呀。你咋能只给我十二斤油？这十二斤油能办点啥呢？你咋哄我呀？"老财主说："赵小，我当初就是说一年一斤油呀！那是你听错了。"赵小生气了："我没有听错，也没有记错，是你哄我！"老财主问赵小要证据，赵小这时才从梦中醒过来，一赌气："好，十二斤油就十二斤油，给我称了，我不干了。咱俩清账，吃亏也就这一次。"

财主把油称称给了赵小。赵小回去睡在床上想：这十二斤油我也不要了，拿到寺里给佛爷点长明灯，叫神也知道知道老财主是咋样剥人的，知道知道我为老财主白白出了十二年牛马气力。

这天夜里，神灵给寺里老和尚托了个梦："明天要来个大献油点长明灯的，要好好招待他，叫他到后花园中往枯井下看看。"第二早晨，赵小拎了一罐香油进寺里了。老和尚好好款待他。中午叫赵小坐在后花园枯井边，不准他睁眼。

赵小心想：不叫睁眼，我偏睁开眼看看。他睁开眼一看，四周无人，低头往枯井里一看，一个大官人穿红挂绿，坐在八抬大轿上乐哈哈地唱着，锣鼓喧天，前呼后拥。他自言自语道："我下辈子能脱胎成这样个官人该多好呀！"后来老和尚来问他睁眼看见些啥，他对老和尚一五一十说了。老和尚蛮高兴地说："你这辈子受苦，心善，是个好人。那花轿里坐的大官人就是你下辈子呀！"赵小听在耳朵里，心里乐开了花，辞别了老和尚走了。

赵小上寺点灯的事，老财主听说了，心里痒痒的。他想：赵小点那十二斤油，就赏他下辈子当大官。我有的是油，我拿个一千二百斤油，当个更大的官，还能压住他，叫他下辈子还在我手心攥着。就叫伙计们套上车，往寺里拉油。

这天夜里，神灵又给老和尚托一梦，说是明天早上来个小献油点灯的，也一样招待他。

第二天，老和尚看山下一架大车奔过来，到在寺院里。老和尚大吃一惊，套着骡马来，咋能说是小献油呢？他照样招待了老财主。

采录时间：　1984 年 10 月

采录地点：　西峡县田关乡谢家庄村

选自：　　　《中国民间故事集成·河南西峡县卷（下）》

老财主和赵小一样，正当午时睁眼往枯井下看去。这一看差点晕过去。只见枯井里有一个断腿驴在拽磨子，走不几步不是挨一鞭子，就是叫扎一锥子。他心想：妈呀，难道我死后下辈子脱胎个这模样吗？不由落了泪。老和尚来了问他看见些啥，他也把见到的细说了一遍。老和尚说："你这辈子坏良心，那是你下辈子的征兆。"老财主趴下苦苦求情："老师傅，我愿改过！你给我出个好主意吧！"老和尚说："要想你不受罪，有个妙方，不知你干不干？"他不住地叩头："啥事我都愿，你尽管说呀！"老和尚说："回去把你的大儿大女头砸烂，埋到十字路口，让千人踩万马踏，这样可以免了你这一生作恶作邪的罪过。"

"中！中！我回去一定办。"老财主叩头如鸡子啄食，辞别老和尚下山走了。

老财主走到家中，一家老小看他哭得两眼红肿，就问他咋了，他把原情一一说了。全家人都抱头痛哭。后来儿女们问他有啥妙方没有，他把老和尚的话给全家也说了，一家人更是抱头大哭。正当全家哭得像死了人一样，门前来了一位白胡子老汉，靠门讨饭，问起事由，他把原情细说了。老汉哈哈大笑说："这好办，大儿大女就是你的大斗大秤，砸烂，埋到十字路口，让人踩踏。你今后再也不用这大斗进小斗出，大秤夺小秤付了，这样就可免你灾难。"

老财主全家连连点头应声：当全家抬头看时，老汉已不见了。

事后，老财主再也不敢剥削穷人了，又把十二头牛作成钱付给了赵小。赵小成了家，日子过得很自在。

老财主积福行善的事传开了，都说他改邪归正，将来有好报应。

讲述者：　何生才，男，56 岁，西峡县田关乡谢家庄
　　　　　大队何庄人，小学，农民

采录者：　宋华康，男，40 岁，西峡县田关乡人，高
　　　　　中，农机管理站职工

390

哑巴会说话

哑巴会说话是憋出来的。

早先菊花山沟有一家穷人，兄弟两个，老二是个哑巴。嫂嫂嫌弃，张嘴合嘴都说他："饭桶，没使处。"

这话爹爹咽不下去，暗暗生气。已经养活恁大了，能把他捏死？娃子哑是哑，不憨不傻，也有把气力。想来想去，还是给他找个主儿，去给人家做活，混住肚子，一家人少生闲气。不久就到地主靳哑巴家里去扛活。

靳哑巴其实可会说话。因为他常常仰个哑巴脸，不吭不哈，对长工和佃户心狠，像哑巴蚊子，冷不防就咬人一口，大家就给他起个外号叫靳哑巴。

哑巴干活不奸不滑，又不跟谁闲唠叨，也不会抽旱烟。掌柜使着顺手，也不犟嘴，一年三百六十天趴在地里死做，老地主就不舍得叫走了，一晃就是三年。

哑巴爹想儿子不会说话，可怜，只怕老地主折磨他，交了三九，冰雪连天，拄着棍儿去看哑巴儿了。一到那里，见哑巴儿顶着风雪还在刨地。穿一双花耳子葛麻鞋，用玉米包子把脚裹着，连双袜头也没有。腿杆都冻得炸裂子，冒血沫儿，不由得一阵心酸，掉了老泪。领着儿子去找老

地主："把工钱算算给俺们，娃子不干了。"

老地主眼睛眨巴眨巴，又仰起哑巴脸想了想，极认真地说："工钱都给他了，咋又来要呀？"

哑巴爹问儿子工钱给了没有，哑巴摇摇头。哑巴爹说："你再想想。"哑巴又摆摆手。

老地主虎凶凶地说："你个哑巴还会赖账！"并说得有鼻子有眼的，几月几日在什么地方给了工钱，还有谁谁在跟，能当干证[1]。

哑巴又摇头，又摆手，气得脸紫了，眼红了，扬起拳头要打人。他爹只怕闯出祸来，急忙拦着："娃子，吃亏人常在。他说给了，就算给了。吃了昧心食，要黑心烂肝的。"硬拉着儿子回家了。

嫂嫂听说哑巴给人家干三年活，一分钱也没挣到手，更嫌弃了。哑巴去盛饭，她把碗一夺道："没有下你的米，喝恶水去吧！"

哑巴泪汪汪地回到房里，越想越憋躁，非要出出这口气，便去放火。

地主的牲口棚，是用黄茅草细苫的，房坡光溜溜的。哑巴将草把子点上火，往房坡上撂。谁知草把子撂上去又滚下来了。再撂上去，又滚下来。一连几次都滚下来，没有燃着牲口棚。哑巴恨恨地把草把一甩："去你妈的屁！"喊出这么一句话来，他忽然觉得舌头打弯儿了。

儿子会说话了，爹爹自然喜欢。第二天父子俩起个大早，又去找老地主要工钱。

老地主又是恶眉瞪眼要吃人："给了就是给了，两人说话有地方，三人办事有干证。你个哑巴还想讹我？"

哑巴突然大吼一声："你没给我工钱！"

老地主一下子被吓了个愣怔："哼，你这个哑巴是装的！"

爹爹道："你会装哑巴，我娃可不是装的。是你把他逼得会说话了。"

靳哑巴只好一五一十如数付了工钱。

哑巴踏进门，嫂嫂就端来一碗荷苞鸡蛋说："兄弟真有能耐。"

[1] 干证：见证。

讲述者：　黄菊芳，男，73 岁，西峡县丹水镇菊花村
　　　　　人，私塾，农民

采录者：　封光钊，男，50 岁，西峡县重阳乡白龙村
　　　　　人，高中，县文化馆干部

采录时间：　1986 年 4 月

采集地点：　西峡县丹水镇菊花村

选自：　《中国民间故事集成·河南西峡县卷（下）》

附
记

这个故事我听封光钊老师讲过。大概是 1987 年秋季，封老师为了鼓励我好好写作，专程从县城到我家给我做辅导。我家离集镇 20里，那时候没有村村通公路，全是曲曲弯弯的山路，靠步行。我听说封老师要来，到集镇上去接他。我俩走到一个叫封龙石的地方，天下起了大雨，就在一个石坎下避雨。当时在石坎下避雨的还有七八个人。闲谈中，封老师说他最近在丹水听到一个故事，大家都让他讲一讲。封老师就把这个故事转述给大家。（章东丽）

391

王计戏韩红

　　从前有一穷人叫王计，辛苦一年，给财主韩红交完租子，两手空空。快到年关，无钱无粮无法过年。王计眉头一皱，想出来一计。

　　王计暗地里对穷哥们说："咱们穷得无法过年，我有个主意，就是得大家凑几个钱，也不知大家同意不？"大家都愿意出几个钱帮忙。就这样，王计七凑八凑，收集了几两碎银。

　　一天，他从亲戚家牵回一头瘦弱的母驴，逢人就夸。说有一天早上他起个早，见天边红了一大片，从天上飞下来一头驴，驴身上放光，能屙金尿银，怕韩红来讹他，藏在亲戚家。话放出去，一传十，十传百，很多人都知道了，穷朋友都亲眼看见屙出白花花碎银子哩。

　　这话传到财主韩红的耳朵里。他找到王计说："王计，听说你有件宝贝？"王计装作不知道。财主笑了："装啥哩，你当我不知道？那头驴嘛，卖给我吧！"王计说："不卖不卖。"财主说："我不会亏待你的，给你好价钱！"王计说："这头驴是我们一家的命根子，再大价钱也不卖。"韩红求宝心切，死拧活缠非要不可，后来谈成价：

麦子一百石，银子一千两。粮钱先拿出来，再送宝。韩红怕上当，说要当面试驴屙金。王计说："行。"

这一天，王计领着众人分了东西，次日便牵着骨瘦如柴的毛驴，来到韩红家里。王计说："你们把堂屋扫干净，铺上毯子，摆上大供，烧上香，全家人叩头，我再叫驴屙银子。"

趁韩红一家忙乱，王计把几两银子偷偷塞进驴屁股眼里。刚塞好，韩红也收拾好了。王计牵出驴来，叫韩红一家老小都跪下叩头闭眼。驴憋得难忍，就屙起来了，不一会就屙一堆银子。王计叫韩红起来，韩红一见喜得抿不着嘴，好好地款待了王计。谁知王计一走，驴再不会屙金尿银了，光屙驴屎蛋蛋。韩红怒气伤肝，不久就和瘦驴一同伸腿死了。

讲述者： 不详

采录者： 阎根朝，男，50岁，西峡县二郎坪乡中坪村人，小学，农民

采录时间： 1982年

采录地点： 西峡县二郎坪乡

选自： 《中国民间故事集成·河南西峡县卷（下）》

392

智斗举老

在很久以前，伏牛山有个刘家庄。刘家庄有个刘员外，年过八十。他跟前有个儿子，四十开外，一心想有个功名，可是文采不佳，就掏钱买了个举人，人称举老爷。

这刘举老家大业大，骡马成群，有吃不尽的陈仓谷米，有用不完的金银财宝。他对人心狠手辣，尖酸刻薄，跟前有个管家，姓刘名财，见人面带三分笑，肚里揣着一把刀，人称笑面狼。他俩狼狈为奸，欺压乡邻，无恶不作。可算是城隍庙里鼓槌儿——一对坏货。

在刘家庄东边，住着姓张的弟兄两个，是刘举老的佃户。老大叫张富，老二叫张贵。老大张富会个雕刻绘画的手艺，他跟前有一个姑娘，名叫玉凤。这玉凤年长一十八岁，出落成一个大美人，不说有闭月羞花之貌，也有沉鱼落雁之容。老二张贵会一手好木匠活，起房盖屋，桌椅板凳，样样精通。娶了一房妻小，名叫桂英，长得一表人才，夫妻二人和和睦睦，十分恩爱。张富和张贵兄弟二人，照天每日给人家做活。单靠手艺不能养家糊口，就租种了刘举老十亩山边薄地。弟兄俩起早睡晚，辛勤劳作，也仅仅能维持一家几口的生活。

刘举老面善心狠，早就存心霸占张富的女儿和张贵的媳妇，只是苦没有机会。天得其便，刘老员外死去。刘举老给老东西置办丧事一毕，与笑面狼定下一计，要害张富、张贵弟兄一死。

这一天，刘举老叫管家把张贵叫到府下说："老太爷升天了，已经成神成仙了。前天夜里，三更时分，给我托了一梦，说是天上住宅窄小，要叫你上天去给老太爷盖座宅院，你去呀不去？"

张贵心想：刘举老心地狠毒，叫我上天去盖房子，这是叫我有去没有回呀！别看张贵是庄户人家，可是心灵手巧，脑袋也管用。平时总给乡邻们定些计策，对付老财，乡亲们都叫他主意包。主意包当然脑子里装哩计策多。他知道说不去也不中。他眉头一皱，计上心来，说："举老爷，既然老太爷叫我上天去盖房子，我咋着也得去一趟。可是你得先宽限我三天时间，等我把家务料理料理，再上天去盖房。""好！我就准你三天时间，家事料理一毕，立刻上天。""好，好！"张贵就辞别了刘举老，回到家中，对他女人一说。他女人放声大哭："天哪！这哪里是叫你上天盖房子，这赌是想害你一死哩呀！以后我可依靠何人哪！""你别哭，悄悄哩，这事只需咱们如此如此，就对付过去了。"他把计策给女人一说，女人不哭了。两口俩赶快忙活起来，没明连夜忙了三天。准备好了，张贵一早去到刘府，对刘举老说："举老爷，我把家中事已经料理完毕，我今天就要上天哩。"

"你咋个上法？"

"昨天夜里老太爷也给我托了一个梦，叫我火化升天。你得准备三千斤干柴，堆到我房后麻地中间那个空场里。午时三刻点火，我驾着烟火就能升天了。一月为期，到时我回来了，就是老太爷房子盖好了。到时候我要是回不来，那就是老太爷不叫我回来了，我的一切家事可全由举老爷照护了。""行行！你赌放心了！"刘举老赶紧差定家人，把柴火搬的搬，运的运，三千斤干柴都堆到张贵房后麻地里了。正当午时，张贵躺在麻地当中，身上又架些干柴。刘举老喊道："家人们，快给我大火烧哇！"呼呼啦啦，大火冲天，一直着了两个时辰。一看，纯是柴火灰，张贵烧哩连个骨头渣儿也没有见了。举老爷心里暗想：张

贵呀张贵，你还想一个月后回来哩。这一回呀，我看你永远也别想回来了！停个月儿四十，你女人没想了，我可趁机抓过来。他心里十分得意，同着家人回到府中静候佳音。

谁知过了月把天气，张贵忽然出现了！穿得衣帽整齐，身上还背个小包袱，在营里[1]游转了两圈！人们一看，咦！眼见得张贵已被大火烧死了嘛！咋又出世了？都很惊奇。张贵独自一人来到刘府去见举老爷去了。来到府门，喊叫家人进去禀报，就说张贵从天上回来，要见举老大人。

刘举老正在堂屋里坐着，一听张贵从天上归来了，哎哟嘿！怕是鬼来了吧？张贵都死了嘛，咋会又回来了？这这这……赶紧叫家人看清点儿是活人不是。家人回禀说赌是活人。那好好好，既然是活人，叫他进来就是。张贵进来了。刘举老一看：哎哟，看他脸也吃胖了，皮也白嫩了，身穿靴帽蓝衫，十分整齐，还背个小包袱。难道说真是从天上回来了？张贵说："参见举老爷！"刘举老说："不必参见，你可曾给老太爷房舍盖好？""盖好了，不到一个月就盖好了。老太爷十分高兴，赏我这靴帽蓝衫，行李包裹送我回来了！"举老心里想："你回来了，你老婆我可霸占不成了！"心里跟喝醋了一样。说："你回来了算你有功，回去吧！"张贵一听，知道这趟差事算销了，很高兴，喜滋滋地回去了。

张贵一回去，笑面狼跟举老说："举老爷呀，张贵回来了，可该处治张富了吧？"举老说："噢！你还想着张富那个闺女哩？咋处治哩？"笑面狼说："前计照使！老太爷房子张贵说盖好了，还需要雕刻画儿呀！给张富再打发上天。他一家没有依靠了，咱可把那闺女霸占过来！""对，张贵不好缠，张富可是个老实诚儿，你去把张富给我叫来。"

管家刘财把张富叫到刘府，举老说："张富，你兄弟给老太爷房子盖好了，轮着你了，叫你上天去给老太爷雕画房屋哩！"

张富一听，妈呀！这可不得了哇！我兄弟那门道多，不知道他是咋弄哩。我这老实巴交哩，叫我去赌死无挪[2]

[1] 营里：也做营子，指村子，是驻军、屯田遗迹。

[2] 赌死无挪：除了死没有别的办法。

呀！可一想不答应也不中，不免答应下，回去问问我兄弟使哩啥门道，就说："举老爷，我答应下就是。可也得宽限我三天，叫我安排家事。""中中，你回去，也宽限你三天，安排家事。"

张富回来了，一路上眉毛头枯皱哩跟夹仁核桃一样。到家一说，老两口抱头痛哭，闺女也是哭，想着这啥门呀？正哭哩，老二从外头进来了，问："哥呀！哭啥哩？""兄弟呀，你上天去一个月给老太爷房子盖好了。你回来了，刘举老还要叫我去雕画房屋哩。你去能回来，看我去咋能回来哩？""哥，你去也有办法回来，你别哭。""我不哭有啥门哩？""咱只要照老样儿拓一下就中了！你见举老爷先说还搁我房后那麻地上天。他必然不叫搁那，叫你换处儿。你可说不哩了，搁你房后竹园里？""行！"好，计策一定，照前如后，忙活了三天三夜。一切停当，张富又去找着举老爷说："举老爷，我也准备好了，打发我上天吧！""你咋个上天哩？""我跟我兄弟一样，也是火化升天。""中！火化升天，搁哪儿哩？""还搁我兄弟房后那块麻地里。"笑面狼说："不行！不能搁老处儿！得再换个处儿。""不叫搁老处，没看搁我竹园里咋样？里头也有个空场儿！""行！就搁你那个竹园里，现在就运柴，晌午就打发你上天！""行啊！"举老跟笑面狼想啊，你换换处，就是有门道，也叫你使不及。马上叫家人们准备了三千斤干柴，堆到张富房后竹园里，午时三刻，把张富烧了。俩坏货心里可美气，想着这一回，张富闺女可是十拿九稳到手了！

谁知道也是一个月头上，张富也穿哩排排场场哩回来了。一回来可就碰上老二了。咋碰恁美？哼哼！都是张贵定了计策嘛，能不美？面都和成了，单等着蒸馍哩。张贵给张富交代了几句话，张富就上刘府去见举老爷去了。

到刘府一禀报，举老爷说："爷呀！张富怎老实个人也回来了，这是咋搞哩？真是老太爷成神了，请进来！请进来！"一请进来，举老说："张富啊，你给老太爷房子雕画好了？""雕画好了。老太爷看我雕画得怪好，赏了我一身衣服穿戴，还一再挽留我多住两天。我思念家中老小，我就回来了。临走时，老太爷叫我捎个信回来了。""噢！老太爷还叫你捎个信儿回来了？啥

信儿？你说说。""老太爷十分思念你，想叫你上天一趟，去省省亲去。""噢！老太爷真是成神了？叫我上天一趟？""嗯！""还有啥话？""老太爷说房子盖好了，也雕画好了，就是还缺个大管家。嘱咐又嘱咐，叫大管家跟你一同前去料理料理府事！""噢！叫管家也去一下？中中中！没说叫我们咋去？""老太爷说咱们都是凡人，不能腾云驾雾，还得借着烟火上天。到时老太爷就来接你和大管家上天。"举老想：嗯！可能是老太爷真成神成仙了，眼见得张富、张贵大火不死，是老太爷保佑着哩！好哇，既然老太爷叫我上天一趟，我就上天去看看南天门那个景致去！随即把笑面狼喊到跟前，交代说快备干柴。第二天上午，随他一同上天去见老太爷。管家急急忙忙吩咐家人们准备。

张富回来跟张贵一说。张贵说："哥呀！咱们分头去叫三村四邻，明天上午都来看热闹。来看他俩这死鬼咋升天哪！"

第二天早晨，四乡八邻的佃户们都来到刘家庄。一看大场当中堆了一大堆干柴，张贵跑前跑后，忙里忙外。看看快晌午了，张贵上前说道："举老爷，都准备好了！""准备好了，现在就升天？"张贵说："举老爷，俺们上天都是独自个儿，老太爷借着烟火，俩手捞着俺俩手一吊可吊到天上了。你们是俩一路儿上天，你们四只胳膊，恐怕老太爷两只手捞不过来吧？""是哩！这咋办？""我倒有个办法！""啥办法快说！""用个链子给你俩拴拴。""胡说，拴拴俺咋升天哩？""哎，铁链子把你俩捆到一堆儿哩，老太爷吊着铁链子，一下子都把你俩吊到天上了，省事！""噢！对对！是这号劲，中中！"叫家人赶快找来个铁链子。说话不及，正当午时到了。张富、张贵用铁链子把刘举老、大管家一捆，往场当中柴堆上一放，身上又堆些柴禾，还怕柴禾着得不旺，又抬了两桶油来，给柴火垛上泼泼。火一点，只听"轰"的一声，烈焰腾空，直冲云霄，鞭炮齐鸣，鼓乐震天。不到两个时辰，一堆柴火变成了一摊火灰。从此以后，刘举老和管家再也没有回来：原来这俩坏货叫烧死了！

要问张富、张贵咋会没有烧死哩？原来张贵是个木匠，会做销榫翻板。他在麻地中间挖个地道直通到屋里，地道

口用销榫翻板盖着，弄哩看不出一点破绽。他就睡在地道口销榫翻板上。大火一点，借着烟雾弥漫，他把销榫一拔，他可顺着地道回屋里去了。第二回他哥出的门道也是如此。不过他算着不会叫搁老处，就叫他哥换了个处，搁在竹园里挖了个地道，所以也没烧死。后来张贵想，举老既然要害他们兄弟一死，躲过了初一，躲不过十五。等他哥回来，他又心生一计，叫他哥诓说老太爷叫举老爷、大管家上天一趟。怕他们大火一点，受不了乱跑，又出主意用铁链子拴拴。怕他们喊叫，又请了好几班鼓乐响器，放了好些鞭炮。人们耳朵都震聋了，也听不到举老爷和大管家喊叫，结果把这两个坏货烧死了。

讲述者：　阎林森，男，33岁，西峡县丹水镇七峪村人，初中，农民

采录者：　谢起超，男，40岁，西峡县城关镇人，高中，县文化馆干部

采录时间：　1981年12月12日

采集地点：　西峡县首届故事会

选自：　《中国民间故事集成·河南西峡县卷（下）》

393

张三说瞎话

农家人把讲故事叫说瞎话，撒谎也叫说瞎话。张三很会说谎，好多财主都上过他的当。

有个财主对张三说："都说你会说瞎话，我不信，你要是三天内能骗我听你的瞎话，我给你二两银子。"

张三说："空口无凭。"财主说："立字为证。"两人就立了"要是听张三一句瞎话，输给张三二两银子"的字据，又找了担保人。

第三天，财主老远见一堆人嘻嘻哈哈，就凑上前去看。半天是张三在讲三国故事。他想：张三说谎骗得住别人，骗不住我，这回的赌他算输定了。就在一旁听了起来。

张三说："吕布被杀后，关羽抓住了貂蝉，别看关羽表面上是个正人君子，实际上是个男盗女娼的小人。他看貂蝉长得怪漂亮，起了歹意，使了个明修栈道暗度陈仓的计策，扬言把貂蝉杀了，暗地里又和貂蝉强配夫妻。关羽就是为了嫖貂蝉才失了荆州，丢了性命。貂蝉被东吴放后，到蒙古当了尼姑。"

财主哈哈大笑，说："张三，我看了几遍三国故事，没有关羽貂蝉配夫妻又到蒙古当尼姑的事，这是你编的

瞎话。"

张三问："东家，这个瞎话好听吧？"

财主说："好听，好听。"

张三手一伸说："东家，给银子吧！"

财主大吃一惊："为啥？"

"咱俩立有契约，找有担保人，你听我一句瞎话给我二两银子。"

"你这不是瞎话。"

"你刚才还说是我编的瞎话哩！"

"你这不是说谎的瞎话。"财主脸红脖子粗地争辩。

"你说我讲的三国故事里没有，这不是说谎话的瞎话是啥？看在邻居的面上，只要你二两银子，其实今儿个你还不止听一句哩！"

担保人说："东家，拿银子吧！"

财主只好给了张三二两银子。

讲述者： 刘笔戈，男，20岁，桐柏县新集乡人，高中，文化站职工

采录者： 王英俊，女，17岁，桐柏县城关镇柴火市人，高中，学生

采录时间： 1986年10月

采录地点： 桐柏县新集乡

选自： 《中国民间故事集成·河南桐柏县卷（第三分册故事）》

394

张三讲故事

张三拍瞎话是出了名的，他肚子里的故事就像天上的星星一样数不清。

张三在一个财主家干活，晚上总是被财主叫去讲故事。一讲就是大半夜，他又累又瞌睡，白天还得起早干活。张三不讲吧，财主非逼着讲不可。

一回，张三说："今晚上，我讲个十万人马过木桥。"财主听了笑着说："这个瞎话准好听，十万人马咋过木桥呀！"张三说："得讲的时间长啊！"财主说："今晚讲到明儿，我给你算工钱。明天不干活，啥时讲完再干。"

张三讲了起来：

"话说曹操率领八十万人马，水陆并进，直逼东吴。孙刘两家联合抗曹，在赤壁交上了手。诸葛亮和周瑜一把火烧掉了曹操五十万人马。曹操率领三十万人马想溜，又被张飞、赵云和关羽拦着大杀一阵。只剩下十万人马跟随曹操奔逃。到了一个河边儿，桥是用一根树杆子搭的。曹操仰天长叹一声："天灭我也！"咋听后边喊声震天："别叫曹操跑了！"

原来是关羽后悔放走了曹操，又撵了上来。曹操自

言自语地说：“华容道上关公放了我，这回关公可不放我了。”他慌慌张张过了独木桥。曹操过后张辽过，张辽过后士兵过，好半天过了一个，又过了一个。”

张三闭着眼，停一会儿说一声："又过一个。"

财主听着听着没劲儿了，说："请接着往下说嘛，就那过不完了！"

张三说："对，十万人马不是一会儿能过得完的。又过一个，又过一个。"

财主催张三快往下说。

"那也得等曹操的兵马过了桥哇！"张三又讲下去，"过了一个，又过了一个。"

张三说了半天"过了一个"，睁眼一看，财主走了。第二天，张三对财主说："老爷，今天我算干了一天，晚上还接着讲。"财主说："放屁！"张三接着就说："你说的嘛！"

讲述者： 安义德，男，50岁，桐柏县新集乡人，初中，农民

采录者： 刘笔戈，男，20岁，桐柏县新集乡人，高中，文化站职工
周君立，男，27岁，桐柏县鸿仪河人，高中，农民

采录时间： 1986年10月3日

采录地点： 桐柏县新集乡

选自： 《中国民间故事集成·河南桐柏县卷（第三分册故事）》

395

张三戏财主

有一次，张三路过财主家门口，见一个要饭老婆摔倒在地，伙计上前去扶，财主拦着伙计说："圣人云'己所不欲，勿施于人'。我不想扶她，也不叫你去扶！"张三气得瞪了财主一眼，自己上前把老婆揽了起来。

三伏天，张三找到财主，说有一笔赚钱生意，路远一点，不过到那就有捞头儿。他没有本钱，问财主想做不想做。财主一听有捞头儿，就说路远怕啥！他爽快地答应了。

张三前边走，财主后边跟。走了一程，财主问："到了吧？"张三说："不远了。"又走一程，财主问："到了吧？"张三说："快了。"

到了晌午，那财主又累又饿加上热，实在是一点也走不动了，他催张三找水。又走了一会儿，张三把财主领到一个井跟儿，张三把事先准备好的绳子和竹筒续到井下，打一筒水他喝了。又打上来一筒，财主去接，张三说："别急嘛，我还没喝好哩！"张三喝了十来筒，财主渴得要死，恨不得把竹筒吞到肚子里才美气！张三说："不喝了。"财主赶忙去接，张三把绳子和竹筒"咚"的一下扔到了井里。

那财主不耐烦了，怪起来："你这小子算不抬举人，光管你不管别人！"张三说："对不起，己所不欲，勿施于人。我不想喝了，也不能叫你喝。"说罢转身就要走。

"别走，你骗我！"

"在家我就说路是远点，可有捞头儿，你捞吧！"说完，张三头也没回地走了。

财主看看井里打旋的竹筒，渴得直冒火，想捞竹筒子吧，又没法儿，眼睛一昏栽进了井里。

讲述者：　安义德，男，50岁，桐柏县新集乡人，初中，农民

采录者：　刘笔戈，男，20岁，桐柏县新集乡人，高中，文化站长

　　　　　周君立，男，27岁，桐柏县鸿仪河乡仓房村人，高中，农民

采录时间：1986年9月10日

采录地点：桐柏县新集乡

选　自：　《中国民间故事集成·河南桐柏县卷（第三分册故事)》

396

长工巧治财主

从前，一个财主，家产万贯，光土地就有好几百亩。他心眼儿很坏，想着法儿地找长工的茬子，少给工钱。

有弟兄俩，老大忠诚老实，为人厚道；老二比老大机灵，点子也多。他们家底很寒，老大只好给财主扛活。到了年底，财主不想给他工钱，就使个坏主意，让老大猜谜，猜不着不给工钱。老大没有猜着，白给财主干了一年。

老二一听说这事儿，气得直跺脚。他给哥哥说："哥，明年我去给财主干活，非治治他不中！"老大答应了。到了第二年，老二来到财主家，财主想：你哥哥在这儿白干了一年，你今年也甭想要一文钱。

一晃又到了年底，财主对老二说："你哥在这儿没拿走一分钱，你给我干了一年了，要是你能猜着我的谜，我就给你双份的工钱。"老二说："今儿个我出谜你猜。要是你猜不出来，就得给我双倍工钱。不过你得当众说清。"财主当着大家的面同意了。老二就说："大黄黄，二黄黄，狗头国里来打仗。你猜是啥？"财主猜不出来，只好认输。他要老二再说一个，老二又说："一母所生九子，三子跟母，三子归天，三子不知到何处。"财主还是猜不出

来，叫老二说说是啥。老二说："一个母猪生了九个小猪，三个跟着母猪，三个死了，三个卖了。你猜不着，那就给我双份的工钱吧！"财主只好给了老二双倍工钱。

打这以后，这个财主再也不敢小看长工了。

讲述者：　刘中汉，男，45岁，桐柏县城关镇人，初中

采录者：　柳丹，女，23岁，桐柏县城关镇人，中专

采录时间：1986年6月

采录地点：桐柏县城关镇

选自：　　《中国民间故事集成·河南桐柏县卷（第三分册故事）》

397

王大娃斗财主

过去，有个姓王的放牛娃，人们都叫他王大娃，跟着一个叫"蝎子肚儿"的财主放牛。蝎子肚儿对长工们又狠又毒。王大娃一到屋，就叫劈柴、喂猪、哄孩子，有一点儿不对，就拳打脚踢，还不让吃饱饭。王大娃浑身成天青一块紫一块的。

这一天，王大娃赶牛来到深山，想到伤心处就哭了起来。正哭着，飘来一股香味，越来越香，他觉得稀奇，顺着香味往里找。不一会儿，看见两棵树，一棵树上结满了黄澄澄的果子，一棵树上结满了绿油油的果子，香得很。王大娃正饿得难受，就三两下爬上结满黄果子的树，坐在树杈上吃了起来。吃着吃着，觉得肚子不对劲儿，低头一看，肚子跟气蛤蟆一样，胀得直疼。他想：看来是活不成了。就慢慢儿又爬到那棵结绿果子的树上，嘴里咯曖着："反正是个死，再尝尝这绿果子是个啥味儿。"顺手摘了一个就吃。说来也怪，一个果子吃下去，肚子不疼了，也不胀了。这下儿可把王大娃喜坏了。蹦呀，跳呀，喊叫起来："狗财主，这回你就饿不着我了！"王大娃又一想：我不胜摘点黄果子叫财主吃吃，治他一下，给大伙儿出出

气。他就又转去摘了两捧，用衣裳包着回去了。

王大娃把果子拿到财主家，说："东家，我摘了几个果子，你尝尝吧。"财主一看这又香又鲜的果子，涎水一下子流了二尺多，忙喊来一家人，一会儿把一包果子吃个净光。这一吃不打紧，个个肿胀得像个肥猪。这一边，王大娃说："你们把果子吃光了，我吃啥哩！"财主看看一家人，指着王大娃骂起来："你弄的啥，叫我们吃！"他说着就要打，王大娃装着害怕的样子，说："我在山上放牛，来了个白胡子老头，送给我一篮子仙果，说是吃了能长生不老，拿回去叫一家人坐一块儿吃，千万别让旁人吃。他说罢眨眼工夫就不见了。"财主一听，也不说啥了。

财主吃了黄果后，一天肿得肉皮紧，两天憋得肉皮青。三天头上，肚皮憋破了，一家人死了个净光。

从这以后，王大娃和穷乡亲们过上了好日子。

讲述者： 黄处秋，女，84岁，桐柏县程湾镇人，农民，已故

采录者： 刘可文，男，47岁，桐柏县程湾镇人，初中，农民
刘国路，女，26岁，桐柏县吴城镇人，高中，文化站长

采录时间： 1986年2月
采录地点： 桐柏县程湾镇刘可文家里
选自： 《中国民间故事集成·河南桐柏县卷（第三分册故事）》

398

聪明的老二

从前，有弟兄俩，爹妈都死了，指望给地主扛长工、打短工过日子。

庄上有个地主，心毒手狠，常常生歪门儿，让长工给他白干活。

一天，老大去给这家地主干活，地主说："你给我干一年活，我给你三十两银子。到年底，我叫你做三样活，能做好一件加十两银子，不能做好一件扣十两银子，三样都做了，我给你六十两银子，三样都不能做，一两银子也没有。"老大同意了。

老大辛辛苦苦干一年，到年底，老大去要工钱，地主说："按咱们事先说的办。"老大说："你说吧！"地主说，"你要养一头像大山一样的猪。"老大干瞪眼，没啥说，地主说："这件事做不出来了吧？好，扣十两银子。你做第二件事，去酿出像海水一样多的酒。"老大听后，气哩不行，说："我做不了这件事！"地主接着说："好！再扣你十两银子。你该做第三件事了，去织出像路一样长的布。"老大听了，气愤地回家了。就这样，老大干了一年活，啥也没落着，倒落了一肚子气。

老二见哥哥回来闷闷不乐，就问老大，老大一五一十给老二说说，老二说："哥，你别气，我去给你挣回来。"

第二年，老二就去给地主扛长工。地主又是按照原先的条件给老二说说，老二说："行。"干到年底，地主又是说："得照事先说的话做了。"老二说："你吩咐吧！"地主说："第一件事，你要养成像山一样大的一头猪。"老二不慌不忙地说："我去拿杆秤，秤有大小，请老爷称一称山有多重，我可养，要不，我不知道要我养多重的猪。"地主听了说："算了，第一件事算你做了，加你十两银子。你做第二件事，去酿出像海水一样多的酒。"老二说："老爷，我去拿只斗，海有深浅，请你量一量海水有多少斗，我好如数去酿酒。"地主听了，又说："算了，这件事算你做了，再加你十两银子。第三件事，你去织出跟路一样长的布去。"老二接着说："我去给你拿把尺子，路有长短，你去量一量路是多长，我如数交上来，决不会错。"地主听后，气哩不行，只得给老二六十两银子。

老二给老大出了气，弟兄俩高高兴兴地吃顿团圆饭。从此，人们都说老二聪明。"聪明的老二"的故事也就传开了。

20 世纪 80 年代，她总是骑着自行车，带着录音机，下乡进行民间故事的采录工作。当时有录音带子，只可惜年代久远，没有保存下来。（陈志国）

讲述者： 姜秀林，男，38 岁，镇平县侯集镇姜庄村人，不识字，农民

采录者： 曲丽，女，25 岁，镇平县张林镇沙河刘村人，中专，干部

采录时间： 1987 年夏

采录地点： 镇平县侯集镇姜庄村

选自： 《中国民间故事集成·河南镇平县卷》

附
记

采录者在县文化馆上班，长期从事民间文学的采集、整理工作。

399

糊弄瞎地主

地说："嗯，我看见了，货是不错！担到后院里去，这担货我全买了。"伙计们都知道主人的脾气，看见只装没看见，照价给钱。卖盆罐的这才长出一口气，拿着钱走了。

讲述者：　韩训端，男，71岁，新野县上庄乡人，不识字，农民

采录者：　韩国长，男38岁，新野县上庄乡人，高中，文化干部

采录时间：　1986年5月

采录地点：　新野县上庄乡政府

选自：　《中国民间故事集成·河南新野县卷》

附记

这个故事是在上庄乡文化站的茶馆里采录的。这个文化站开的茶馆很成功，对活跃群众文化生活起到了积极作用。采录人韩国长是上庄乡老文化站长、县美协主席，能写会画，做了多年的文化工作。他采录的多篇故事入选故事集成新野县卷和南阳地区卷。（曹宝泉）

从前，有个瞎地主爱听奉承话，最忌讳别人揭他的短。一个卖窑货的人，担着一大挑子盆罐在瞎地主门前叫卖。正巧瞎地主坐在大门内歇凉儿，就喊到跟前问："你这盆罐咋样？"卖窑货的见他是个瞎子，就说："咱这盆罐再好你也看不见，就让伙计替你挑一个吧。"瞎地主一听就火儿了，大声吼叫："啥呀，你敢说我看不见？你看我看见看不见！你看我看见看不见！"边说边抢起拐棍乱打一气，把一担货打了个稀巴烂。

卖窑货的心疼得直掉泪，上前去与瞎地主讲理，又被伙计们推了出来。他哭着走到村口，遇到一位拾粪的老汉。那老汉见他哭得伤心，就问他哭啥哩，他把事情说了一遍，那老汉说："你不知道瞎子怕说瞎吗？你拐回去，再把这担破烂货挑到瞎地主门口去卖，只要奉承他一番，包你卖个好价钱。"卖窑货的就依着老汉的话，又一边喊着，一边向瞎地主门口走来。瞎地主又把他叫住了，问："你的盆罐咋样？担来叫我看看。"卖盆罐的把一担烂瓦片担到瞎地主跟前，恭维他说："您老有眼力，货好货坏不凭我说，你看看就知道了。"瞎地主一听可乐坏了，满脸堆笑

400

财主和穷人

笔在墙上写了一首诗：

天有不测风云，
人有旦夕祸福。
财主成了叫花，
穷人成了财主。

讲述者： 王九学，男，73 岁，新野县漂河铺乡屯头
村人，不识字，农民

采录者： 王朋彦，男，39 岁，新野县城关镇人，高
中，文化馆干部

采录时间： 1990 年

采录地点： 新野县漂河铺乡屯头村

选自： 《中国民间故事集成·河南新野县卷》

从前，有个穷人叫李老俭，在财主家当伙房[1]。财主家很有钱，从不把粮食放在眼里，每顿剩了饭，剩了馍，统统倒掉，不让留着。老俭想，这都是血汗换来的，扔掉实在心疼人！他就趁主人不注意的时候，偷偷地把剩饭剩馍带回家，让老伴和孩子们吃。吃不完，就把剩馍晒成馍干儿存放起来。就这样天长日久，馍干儿竟把那三间草房堆得满满的。

有一年，遭了大旱，庄稼颗粒不收，百姓们纷纷外逃。后来又遭了水灾，洪水卷走了财主的万贯家产，财主也成了要饭花子。他要哇，要哇，要到这家，见门口围了很多人，走近一看，原来是李老俭，正在给逃难的人施舍馍干儿。他觉着很奇怪，就挤进去问老俭，从哪儿弄来这么多的馍干儿。老俭说："这都是你家前些年扔掉的，叫我捡了回来，保存到现在，谁知今天用上了。"财主听了很羞愧，不知说啥好。老俭见他饿得皮包骨头，随手捧出馍干儿让他吃。财主接过馍干儿，狼吞虎咽地啃起来。吃罢提

[1] 伙房：厨师。

401

巧计救长工

早先，一个财主觅了个小长工。这个长工人样长得好，又聪明能干。财主的小姐相中了，一心想嫁给他。

有一回，小姐偷偷哩给长工送咸鸭蛋吃，不防叫财主撞见了。回去一盘问，小姐说了实话。财主恼透了，非要把小长工打死不中。财主有个管家知道了，赶紧劝财主说："你要把他打死了，久后少不了打官司。想打赢，你得破钱摔；打输了，还得偿命哩！"财主一想：可不是。赶紧问咋办才好。管家说："事反正出来了，你也甭怕丢丑。干脆择个好日子，到祠堂里开个亲族会。同着众人叫长工抓纸蛋儿。抓住'死蛋儿'叫他投河奔井或上吊，你不落一点干系；要是抓住'生蛋儿'，这是天命，你就叫小姐跟他成亲，显得你度大量宽。"财主说："那不中，我不能叫闺女跟他。要是他抓住'生蛋儿'了，话想回也回不及了！"管家说："那好办！你把两个纸蛋儿上都写成死字，他抓住哪个都活不成！"财主一听，连声说："妙！妙！就这样办。"这一天，财主把庄上的人都叫到大祠堂院里。先把长工叫到祖宗牌位前头，然后对大伙说："这个长工不守规矩，私自勾引东家小姐，本该打死，念

他年幼无知，给他留条活路，听天安排吧！"说着，叫管家用盘子端上来两个纸蛋儿，对那个小长工说："抓住'死'字你就死，抓住'活'字今儿个你就跟小姐成亲！"长工问："你说了算不算？"财主一摆手说："满庄老少爷们都是证见，说了就算！"

长工见财主说得爽快，伸出手捏捏这个，摸摸那个，犹犹豫豫下不了手，财主知道两纸蛋儿都是"死"字，故意催他："是死是活叫天安排，你捏吧！"那个小长工听他这一说，一咬牙抓起来一个。财主刚想说叫抖开看看，不防长工把纸蛋儿填到嘴里，一仰脖子咽下去了。扭脸对一院子人说："咽下去这个是死是活我认了，咱看剩下这个吧，是活我死，是死我活！"说着抖开那个纸蛋儿叫大伙都看看，上头写的是"死"字。财主没防住这一手，气得眼一黑可栽倒在地下不省人事了。一伙子人赶紧把他抬了下去。

趁着忙乱那一阵儿，财主的姑娘不吭声挤到院里，同着一院子人跟长工磕头成亲了。

您知道长工咋会想恁好个破法儿不？其实这是管家玩的心眼。管家也是长工，心里向着穷弟兄。他怕财主下毒手，才给财主生这个绝门儿。暗地里又给长工、小姐透了信儿，最后治住了财主，还叫财主哑巴吃黄连——有苦说不出。

讲述者：　魏文成，男，54 岁，社旗县唐庄乡苗庄村人，小学，农民
采录者：　魏广新，男，22 岁，社旗县唐庄乡苗庄村人，高中，农民
采录时间：　1986 年 3 月
采录地点：　社旗县唐庄乡苗庄村
选自：　《中国民间故事集成·河南社旗县卷》

402

柿树不卖

附记

过去的婚姻讲求门当户对，穷人与富人通婚隔着一道天河。当时，魏文成讲这则故事时，有多人围听。他压着节奏，不紧不慢地讲，大家聚精会神地听。开初，大家都为长工捏把汗，最后，事情圆满解决，大家都高兴得直拍手。（张殿举）

有个穷秀才，祖上留下二亩树林子，秀才就靠卖树过日子。

庄上有个财主叫江百万。甭看他家财万贯，却是斗大的字识不了一升，为人贪心不足，啥都好往自己手里霸揽。他见穷秀才那二亩林子，大的上搂，一般的也有三四把头儿，那一疙瘩一疙瘩的小树苗多哩查不清，再停不几年，秀才就能发财了，心里很不是味儿，就央人去找秀才，要掏大价儿买这二亩林子地。那秀才是个有骨气人，任凭饿死也不当败家子。江百万央了几个人去说，秀才执意不卖。

江百万恼了，放出口信儿说：秀才再不卖地，就买通杆子[1]绑秀才的肉票[2]。秀才怕江百万真下毒手，勉强同意了。

经人说合，江百万出五百两白银买下了二亩林子地。但是秀才提出一个要求：园子里有五棵柿树不卖，得等到三年以后再起走。江百万急着买林子地，也不在乎这几棵

[1]　杆子：旧时的土匪队。
[2]　肉票：土匪绑架的人质。

柿树，就答应了。江百万不识字，就让秀才执笔写下卖地文约，言明只卖二亩林子地，柿树不卖。两家各执一份，留作证见。

停了三年，秀才央来亲戚朋友几十个人，到林子地里去放树，一夜放了个精光。江百万听说以后，恼哩盖都崩啦！拉着秀才去打官司。

县官升堂。江百万就告秀才偷砍他的树。秀才说当初言明：只卖地不卖树，砍树谁也管不着。江百万不依，俩人你一句我一句，公鸡叼架一样吵不到头。县官恼了，一摔惊堂木说："当初买卖做成的时候，有没有契约？"俩人都说有。县官就叫他们各回本家去拿契约。

县官接过契约一看，气得胡子直哆嗦！惊堂木一摔说："好你个江百万，契约上言明'是树不卖'！你竟敢无事生非，诬赖秀才！拉下去重打四十大板！"

江百万一听可急啦，带着哭腔喊："大老爷，不对！上头写的'柿树不卖'呀！"

县官一听更恼了："我不对？是树不卖，就是说凡是树都不卖！你赖不了！"说完一摆手，衙役们不论分说把江百万拉下去夯了四十板子。

江百万是个死眼子头，挨了打还不服，拐回来还说："大老爷，不对！上头写的是'柿树不卖'，不是……"

县官脸都气青了，大喊一声："真是个恶棍赖皮，竟敢顶撞本县，罚银三十两。不服再添一半！"江百万一听，我的妈呀！这官司没盼头儿啦！认了吧！赶紧趴下来磕头认罪。秀才喜喜欢欢回家去了。

说到这儿，恐怕都听出来了吧？原来秀才欺负江百万不识字，把柿树不卖写成了"是树不卖"。这就叫：有钱财不胜有学问。

讲述者： 尚秀臣，男，35 岁，社旗县唐庄乡苗庄人，高中，农民
采录者： 魏广新，男，22 岁，社旗县唐庄乡苗庄人，高中，农民
采录时间： 1986 年 3 月
采录地点： 社旗县唐庄乡苗庄村

选自： 《中国民间故事集成·河南社旗县卷》

附
记

尚秀臣是位教师，喜欢听、读民间故事，上课时，根据需要，把故事应用在课堂教学，活跃课堂气氛，增加对知识的理解。《柿树不卖》是他听村里老年人讲的，课堂上讲同音字时，他把这个故事说给了同学们。记录者魏广新是尚老师的学生，整理稿交给了县文化馆，后入选《中国民间故事集成·河南社旗县卷》。（张殿举）

403

有钱的龟孙不讲理

从前，有一个财主，家里很有钱，就是抠索得要命。他有一个儿子，先后请了几个教书先生教他识字，一到年底，财主都说先生们教得不好，不给钱，都是空着手回家了。赖名儿一出去，没有先生教财主的儿子了。财主急了，说："只要教得孩子识字多，我满意，一年给两年的工钱。要是教不好，还是分文没有。"

他家西边一个庄上，有弟兄俩。老大学问高，为人憨厚老实；老二没有他哥学问高，就是比他哥机灵。老大听财主说学教得好了，给两年工钱，想去教一年试试。

他来到财主家，教得可掏劲啦。到年底，老大去问财主要工钱。财主说："甭着急，我问你，《百家姓》有赵钱孙李吗？"老大说："有哇！""它们分开咋解释？"老大说就是姓赵、姓钱、姓孙、姓李。财主又问："合起来咋解释？"老大说："没有意思。"财主一翻白眼说："你分明不会，还说没有意思哩？这号学问咋教学生？"说着就撵老大走了。

第二年，老二到财主家教书，别的不教，光教《百家姓》。到了年底，财主又问赵钱孙李咋解释。老二说："赵是姓赵的赵，三国的赵子龙就是这个赵字；钱是姓钱的钱，有钱没钱也是这个钱字；孙是姓孙的孙字，龟孙也是这个孙字；李是姓李的李字，有理（李）没理（李）也是这个李字。"财主听了连连点头，又问合起来该咋解释。老二说："合起来就是，三国的赵子龙说：'有钱的龟孙不讲理！'"财主一听知道是说自己的，一时找不出合适的理由，只好给了老二两年的工钱。

讲述者： 来振生，男，82岁，社旗县陌陂乡刘汉珠村人，不识字，农民
采录者： 刘兴涛，男，14岁，社旗县陌陂乡刘汉珠村人，初中，农民
采录时间： 1986年3月
采录地点： 社旗县陌陂乡刘汉珠村
选自： 《中国民间故事集成·河南社旗县卷》

404

小伙计与活阎王

从前有个财主，非常刻毒，人称"活阎王"。

这年，活阎王家觅来一名伙计，是个机灵鬼。活阎王很讨厌他，总是给他找重活做。

一天，活阎王对他说："小伙计，你今天去给我担水、垫圈、和煤、喂牛……"小伙计答应了。活阎王走后，小伙计想："你一次给我派恁些活儿，我长三头六臂也做不完啊！"盘算了一会儿，就担水往牛圈里倒，等牛圈里的水淹住了牛大腿，又在牛槽里倒上煤，拌来拌去。活阎王想看看他的活做得咋样，一看，火冒三丈，对小伙子直吼："你给我搞的啥名堂，想把牛整死！"小伙计不慌不忙说："老爷，你不是叫我担水垫圈和煤喂牛吗？"问得活阎王张口结舌，干瞪眼，没啥说。

有一天，小伙计干活干累了，稍在地上歇息，活阎王看见，不容分说就在他身上抽了一鞭。小伙计忙说："掌柜，我干活累得腰疼，刚躺下呀！"活阎王说："放屁，小孩子哪里有腰，快给我上山砍柴！"

小伙计上山打了一天悠儿[1]，天黑空着手回来了。活阎王一见便问："你砍的柴呢？"小伙计说："老爷，我把斧头丢了，只顾在山上找哩，这柴就没有砍成。""屁！斧头不是在你腰里别着吗？"小伙计说："老爷，你不是说小孩没有腰吗？我到处都找遍了就是没往腰里找。"把活阎王气得眼珠子里迸火星。

又有一次，活阎王对小伙计说："你要学勤快点，别人没干的活，你都干。"小伙计看见财主记在黑板上的账，灵机一动，端盆水把黑板擦得干干净净。财主一见气得一跳三尺高："小杂种，这是我记的账啊，你给擦了，叫我向谁去讨？"小伙计说："你不是说叫我学勤快点，别人不干的活，我都去干吗？"

讲述者： 王永华，女，18岁，初中，唐河县城郊乡人，中学，学生

采录者： 王喜成，男，28岁，高中，唐河县城郊乡振朋村人，农民

采录时间： 1985年4月

采录地点： 唐河县城郊乡振朋村

选自： 《中国民间故事集成·河南唐河县卷》

附记

也是长工斗地主的故事，讲述者为学生，机灵鬼的形象是被年轻人接受的。采录者王喜成后因文学创作成绩突出被录用为干部，在唐河县委宣传部工作，文学创作成绩不菲，多次获奖。（曲凡杰）

[1] 打了一天悠儿：游玩儿了一天。

405

两兄弟智斗财主

从前有对穷兄弟，一个叫大能，一个叫小憨。一天兄弟俩在山上打柴，逮住了一只小鸟。他们稀罕那鸟，扎个笼子装了，天天教它学说话。日子一久，鸟学啥像啥，招得方圆多少有钱人家想出钱买它。可小兄弟俩就是不肯卖。谁知隔了不久，有家财主硬是蛮横无理地把鸟给抢去了！兄弟俩气坏了，决心跟财主斗一斗。

一天夜里，兄弟俩溜进财主院里，想把鸟弄回来，拿到别处去卖掉。可是前院后院跑遍了，也没找到。大能悄悄对小憨说："鸟找不到就算了，咱俩到灶火找些吃的带回去，账算兑了[1]！"小憨说："中！"

兄弟俩摸进灶火。大能摸到一个白糖罐，捏点尝尝，好甜！赶紧搬起罐子走了。小憨也在屋里摸呀摸呀，摸到一盆辣椒面，抓点尝尝，好辣！憨不住打了几个喷嚏。厨子听到声响，就把他抓住，交给了财主。

再说大能跑出财主庄园，等了半天不见小憨出来，觉得不对劲儿。扒着墙头向院里一看，见财主让人把小憨吊在树杈上，正要开打。大能吓了一跳，一急，想出了一条妙计，跑到前院马棚里放了一把火。财主见前院起火，忙带人赶去抢救。大能乘机溜到后院。一瞅，弟弟给装进麻袋里，只留下老财主监视他。大能灵机一动，趁老财主只顾向前院张望，赶紧放出弟弟，再与弟弟一起把老财主装进麻袋，扎了袋口，带着弟弟溜跑了。

财主救灭了火，又带着人回到后院。一看，麻袋还是鼓囊囊的。二话不说，抢起木棒就打，打着问着："看你以后还偷我不偷？"老财主挨了一棒，抖索着说："娃儿，别打，我是你爹！"财主正在气头上，也不辨声音，骂道："死到临头还敢骂人！"又是一棒。麻袋里的人又说："娃儿，别打，我真是你爹。"财主火气更大了，一连摔了几棒，老财主就给活活打死了。

讲述者： 张云和，男，65岁，唐河县古城乡大张庄人，不识字，农民

采录者： 高福云，女，30岁，唐河县古城乡大张庄人，高中，农民

采录时间： 1985年12月

采录地点： 唐河县古城乡大张庄村

选自： 《中国民间故事集成·河南唐河县卷》

[1] 兑了：两清，扯平。

406

捉弄财主

从前有个土光棍财主，听说谁家待客，舍不得花一文礼钱，还要凑去大吃大喝。大家都讨厌他，又不敢得罪他，有些爱巴结的人还请他坐上席。日子一久，就成了一种规矩。

村上有个倔小伙子，想改变改变这规矩。他待客那天，给财主单独安排了一间客屋。财主见小伙子特别照顾他，非常高兴。快到中午，小伙从外面走进来，向桌上看看说："饭还没有做好，请再等一会儿。"小伙出去以后，财主坐在屋里继续等。为了今天能多吃一些，他三顿都没尝饭，早饿得头昏眼花。他看桌缝里夹着几个油条渣，油漉漉的，馋得涎水直流。看看门外没人，他折了一根小木棍把油条渣从桌缝里剔出来了，吃了。刚吃完，小伙子又进来了。他向桌面看了看，笑眯眯地说："好啦，我拌的老鼠药让老鼠吃完了！"财主忙问："啥老鼠药？"小伙子说："就是嵌在桌缝里的油条渣呀！"财主大吃一惊："啊，是真的？"小伙子漫不经心地说："我啥时候哄过你？"财主慌了手脚，也顾不得面子了，哭叫着说："这可咋办？我把它吃了！"小伙子追问："您别唬我？"财

主急得捶胸跺脚："谁唬你？快请郎中，救命要紧呀！"小伙见财主真的要请郎中，手一摆说："不行！请郎中来不及了！灌大粪吧！"

小伙子马上叫来一群帮手。大家都知道他放的是假药，还是忍着笑，认认真真给财主灌了一肚子大粪。

讲述者： 赵海江，男，72 岁，唐河县王集乡赵河村人，不识字，农民

采录者： 赵自顺，男，28 岁，唐河县王集乡人，初中，农民

采录时间： 1985 年 3 月

采录地点： 唐河县王集乡赵河村

选自： 《中国民间故事集成·河南唐河县卷》

附记

贪嘴，是农村的说法，它与贪吃不同，贪吃是吃自己的，贪嘴是吃别人的，也就是占便宜。大家讨厌贪嘴的人，他们就成了故事里被捉弄的对象。（曲凡杰）

407

吹破天

很早以前，黄河上游有个汪家寨。寨里有个财主叫汪发财，财主家有个佃户叫崔佛天。因为崔佛天爱说大话，别人就给他送个绰号，叫"吹破天"。

这一年刚收罢秋，汪发财领着账房先生收租子。算盘哗啦一响，吹破天一年打的粮食交了个净光不说，还倒欠了财主的租。吹破天想：刚收罢秋就没了粮食，日子咋过呀？不如破罐子破摔吧！干脆又借了汪发财许多粮食。旧账没清又添新账，汪发财怀疑了，问："吹破天，这笔账年关你还得起吗？"吹破天满不在乎地说："借你债，还你钱；欠你租，还你粮。借账不昧，见官无罪！"

这年到了年底，吹破天估计汪发财快来要账了。他让妻子把一张鏊子烧得通红，放在堂屋里，并和好一点面搁在旁边。一连几日，天天如此。妻子感到蹊跷，心想：丈夫这回敬的是哪家子神呢？

大年三十，汪发财真的来了，一进门就说："你的账该还了吧？"吹破天赔笑说："该是该了，可我米光面净，穷得连锅都揭不开，哪有钱还账？"汪发财眼珠一转，见屋里放着半盆和过的白面，就说："白面烙馍，日子过得

红火，这账一定得还。""汪老爷，这本是为您老人家准备的。"说着，吹破天让妻子擀好一张饼，往鏊子上一放，顿时，鏊子滋滋地响，面饼鼓起泡泡。不一会儿，饼子由白变黄，由黄变焦。

汪发财见鏊子下并没有生火，饼却烙熟了。拿起烙饼尝尝，好香！心想：能把这个鏊子弄过来才好！就厚着脸皮说："老兄，哪来的这种鏊子，我看你就给了老爷我吧！"吹破天说："我就这么一张鏊子，又没钱买柴，给你哪成？"汪发财想想说："崔老兄，鏊子给我，租子给你免了，债也一笔勾销，咋样？"吹破天正等他这句话，就答应了。

大年初一，汪家大院张灯结彩，许多亲友赶来拜年，好不热闹。午时已到，却不见汪家张罗做饭。正在纳闷，只见汪发财把一张鏊子放在神桌上，招呼客人进屋后说："我家得了这种鏊子，不用烧火就能烙饼。烙出的饼又黄又焦，马上就能进餐！"说完，往鏊子上放了一张饼。谁知过了许久，面饼没冒气，也没鼓泡。换了一张，还是不熟。汪发财急得满头大汗。客人们大年初一只好饿了一顿肚皮。

汪发财丢了面子，气急败坏地去找吹破天，把鏊子往他面前一扔，嚷叫："还你鏊子，快把租子交出来！"吹破天早料到这回事，连忙拾起鏊子，大声嚷："你别不识好歹，这鏊子给你我还舍不得呢！"说完，他大摇大摆走到一棵小树旁，用脚一踩，哗啦啦落下一片铜钱，捡了一把交给财主说："给！还你债！"

汪发财一看惊呆了，吹破天从哪里弄来一棵摇钱树？这财主见钱眼开，早把鏊子的事忘了，连忙说："老兄，你把这棵树给我，债就免了。"吹破天把手一摆："不成！这树再也不能给你了。俺家就这一棵摇钱树，你对神心不诚，倒怪我的神物不灵。"吹破天越是不给，汪发财越是缠得紧。争持很久，汪发财答应用一百担谷换取这棵摇钱树。吹破天见时机已到，就答应了。当天就从汪发财手里得到一百担谷，树让他起走了。

汪发财把树移栽到汪家大院里，让人好生照看。第二年春节，他又把亲戚们都叫到自己家里来，要大家看他的摇钱树。谁料他抱着树摇了又摇，连一个铜子也没有下来。

原来，树上的钱是吹破天临时放上去的。

汪发财赔了一百担谷，又二次丢了面子，气得肚子咕咕直叫，又找吹破天算账去了。一进门，见吹破天家小院里停放着一口棺材，棺材边放着一根棒槌，吹破天的妻子披麻戴孝，跪在棺材旁边大哭。汪发财大嚷："吹破天，你捉弄老爷，不得好死，活该！"骂了一阵子还不解气，见棺材旁边放着一根棒槌，二话不说，抓起来照着吹破天身上就打。哪知一阵乱棒打下去，吹破天竟直挺挺地坐了起来。汪发财吓得失魂落魄，正要逃跑，吹破天却从棺材里跳出来，拉着他作了一个揖，说："多谢汪老爷，不是你给我几棒槌，我这条命可就上西天了！"他又转问媳妇："难道你不知道咱家这根棒槌能起死回生？"

汪发财又惊呆了。他贪心不死，以为又得了宝贝，心想：这棒槌不是可以使我长生不老吗？高兴得抱起棒槌，奔出小院，跑回家了。

这一年，汪发财得了急病，家里人请了郎中来给他治病。他说："不用看，等我死后，你们就用这根棒槌打我的尸体。一打，我就还阳了！"等他死后，汪发财的老婆真的拿着棒槌照他的尸体上打。可是，尸体都打破了，人也没有活过来。原来又中了吹破天的圈套。

讲述者：　赵大炮，男，69 岁，唐河县毕店乡南街人，略识字，农民

采录者：　张敏建，女，17 岁，唐河县毕店乡人，初中，学生

采录时间：1985 年 11 月

采录地点：唐河县毕店乡南街

选自：　　《中国民间故事集成·河南唐河县卷》

408

比说谎

从前，有对穷兄弟：哥哥李山，弟弟李岩。李山这年去万财主家扛长工，讲定工钱一月一两银子，年底一次结算。到年底结算工钱时，万财主想："李山老实，不如生个办法，让他白干一年。"便对李山说："咱俩比着说谎，谁要说对方说的是瞎话，不可能，那谁就输。你要输了，工钱分文不给。我要输了，给你加一倍二[1]工钱。"李山点点头说："中。"万财主拿出二十四两银子，放在桌上，问："谁先说？"李山说："东家先说吧。"

万财主说："我家喂一千箱蜂。"

李山一听，想：我在他家一年，一箱蜂也没见，这是说谎。但为了工钱，他只得说："东家确实喂一千箱蜂。"

万财主说："每天早上，我把每个蜂箱的门打开，箱箱蜜蜂我一只只数过。"

忠厚的李山刚想说"不可能"，可一想到工钱就改话了："东家做事细密，一只只地数过。"

万财主又说："晚上蜜蜂回来时，我又一只只数过，

[1]　加一倍二：加倍。

看有失踪的没有。"

李山嘴张几张，要反驳，想到工钱，就说："这也可能。"

万财主说："这一千箱蜜蜂，每天晚上我不但一只只地数，还仔细地用一杆五百斤大秤，称出每只蜜蜂腿上带回多少花粉，一一登记。"

憨厚的李山脱口说："能打五百斤的大秤，称每只蜜蜂腿上的花粉，那有啥准？怎能办得到？"

万财主一听，马上说："你输了，工钱分文没有。"

李山只得空手回家了。

弟弟见哥哥空手回家，问起一年的工钱。李山叹口气，说了原委。李岩说："不要气，明年我去，定把你的工钱要回来。"

第二年，李岩去到万财主家，做了一年长工。到年底结算工钱时，万财主又照去年的话说了一遍，又指了指桌上的二十四两银子。李岩说："既然比，这样吧，我输了，今年工钱不要，明年再给你白干一年；你输了，这银子再加一倍，四十八两。"万财主说："就这么办。"

万财主又把去年的话说了一遍，李岩点着头说："东家说的是实话。"

该李岩说了："去年二月我得下重病，不久病死了。"

万财主说："病重自然要死的。"

李岩说："我死后去阎王殿报到。阎王爷一查生死簿，我阳寿没完，就打发小鬼送我还阳。"

万财主说："死能复生，世上也是有的。"

李岩接着说："我一听阎王爷叫我还阳，我倒不想还阳。对阎王爷说，我活在世上，地无一垄，穷得叮当响，连个老婆也混不上，有个啥活头？阎王爷又一查生死簿，说：'你还阳好啦，二年后你娶妻，三年后得儿子。这生死簿上写得可清啦。'我不信，阎王爷生气地说：'你不信？你自己瞅！'把生死簿扔给我。我一看，在我的名字底下真是那么写的，还写有我妻子的名字、年龄。我好奇往下一翻，见下页上写着东家您的名字。我一看，上面写着：第二年后春天你死去大儿子，冬天死去小儿子。后面还写着：断子绝孙。"万财主一听，桌子一拍："放屁！昨天算命先生给我算过，我明年添孙子，后年我小老婆还要

给我生个儿子，子孙满堂，你净胡扯！"

李岩听罢，一手把桌上的四十八两银子拿起，说声："东家，我回去过年啦！"拔腿走了。

讲述者： 仉张氏，女，67岁，唐河县马振抚乡小河上村人，不识字，农民

采录者： 张康，男，30岁，唐河县毕店乡人，高中，中学教师

采录时间： 1985年4月

采录地点： 唐河县毕店乡张迎合村

选自： 《中国民间故事集成·河南唐河县卷》

409

刘根施礼

下来，跌得鼻青脸肿，头破血流。

刘根把财主扶起来，说："东家，摔得不轻吧？我说你承受不了我这一礼，你还不信哩。瞧，我给你施了一礼，就受了这么大的灾，再施上一礼，说不定还要你的命哩！"财主服气了，说："哎哎！刘根，你往后千万别给我施礼了！"

讲述者： 李留法，男，25 岁，唐河县源潭乡人，初中，农民

采录者： 李小平，女，17 岁，唐河县源潭乡二里庄村人，初中，学生

采录时间： 1985 年 11 月

采录地点： 唐河县源潭乡

选自： 《中国民间故事集成·河南唐河县卷》

从前，有个财主十分蛮横。村里人见了他，必须得给他施礼。谁不施礼，他就处处给你找茬，让你过不安生。村里人怕他，又恨他，见了面少不得作揖。

但有个人见了财主却不施礼。他叫刘根，在财主家喂牲口。财主气愤地问："刘根，你为啥见了我不施礼？"刘根说："东家，不是我不给你施礼，是怕你承受不了我的礼。""胡说！你现在就给我施一礼，看我能不能承受！"刘根摇摇头说："现在不行，等我学会施礼后再说。"财主无奈，只好等待。

自那以后，刘根便在背旮旯里练习施礼。每当他朝大青骡子施一个礼后，就抄起拌草棍劈头盖脑地打它。时间一长，大青骡子得了恐惧症，一见刘根施礼就知道要打它。左右躲闪，想法逃脱。

一天，财主要到外村赴宴。刘根把大青骡子牵出来，让东家骑上，然后说："东家，我学会了施礼，请受我一拜，祝你一路顺风！"说罢，朝财主恭恭敬敬地施了一礼。大青骡子见刘根施礼，以为又要打它，惊叫一声，腾开四蹄，狂奔乱跳。财主没防着这一招，"啪嚓"从骡背上摔

410

喝砒霜

古时候，源潭有个财主是个吝啬鬼。有一次，他见自己屋里的酒少了，怀疑是仆人偷喝的，便把仆人辞退，声言要另选一个不会喝酒的仆人。

过了几天，有个叫张三的汉子找上门来说："主人家，小人天性忌酒，闻见酒气头就发晕，您把我收下吧！"财主经过多方观察，见张三确实不会喝酒，就把他收下了。

过了些日子，主人要带管家到别处办事。临走的时候，他对张三说："你要用心看家，挂在梁上的火腿，养在笼里的肥鸡，都不许丢失了。柜里的两个瓶子，一瓶装的是白砒霜，一瓶装的是红砒霜，都有剧毒，千万不敢动它，不小心吃到肚里，马上会穿肠破肚，性命难保！"张三听了连连点头。

财主走后，张三觉得好笑：你想拿砒霜唬我，正好，好久装着不会喝酒，瘾得早憋不住了，今天老子放开海量喝个痛快！"便把火腿、肥鸡炖好，连吃带喝，酒足饭饱，便躺在地上睡觉。

财主回到家里，见火腿、肥鸡和瓶里的酒都不见了，仆人躺在地上打呼噜，不禁大怒，把张三叫醒，问："我

的火腿、鸡、酒都到哪里去了？"张三假装糊涂，咧着哭腔说："啊？酒？我没见什么酒啊！你走以后，外面跑来一只猫，把火腿噙跑了，我去撵猫；又跑来一条狗，扒开鸡笼抓走了鸡；我一看主人的心爱之物都搞丢了，主人回来一定不肯跟我罢休，无奈，只得打开柜子，取出砒霜，喝了一瓶，不抵事，又把另一瓶也喝了。现在我是等死的人啊！"财主听了，气得半死不活，有苦叫不出来。

讲述者：	杨宝林，男，55岁，唐河县源潭镇人，初中，农民
采录者：	罗磊，男，18岁，唐河县源潭镇人，初中，学生
采录时间：	1985年6月
采录地点：	唐河县源潭中学
选自：	《中国民间故事集成·河南唐河县卷》

411

『花鼓子』智斗老秀才

从前，下力人干活儿，特别是干重活，不管天冷天热，总要在腰里勒条又宽又长的布带，称为"占"带。

唐河县湖阳镇有个老秀才，每年让佃户为他晒粮的时候，按老规矩，总要给每个晒麦的人发条占带。可是这一年晒麦时，老秀才夫妻俩闭口不提发占带的事。佃户们知道老秀才吝啬，都很气愤。老秀才家里有个工头，因爱唱花鼓戏，人们给他送个绰号，叫"花鼓子"。他人心肠好，心眼又活，暗地里找到佃户张大冲交待一番，张大冲笑着连连点头说："这个办法好，一定照办！"

每个人扛着麦布袋出仓时，秀才婆守在仓门口，发给一支签。扛到麦场时，再交给花鼓子，最后清点一下发和收是不是相符。用这个办法，防止佃户们偷麦。

张大冲个子大，又很有劲。扛到第二袋时，他一脚门里，一脚门外，见秀才婆把签递过来的时候，他使劲把肚子一鼓，只听"咯崩"一声，把裤腰带撑断了，裤子哧溜滑到了脚脖，什么家什都露出来了。秀才婆一见，连忙把脸捂起来。张大冲却装得一本正经，叫声"糟糕"，弯腰就去提裤子，顺便把布袋往门槛上一丢，只听嘶的一声，

崭新的布袋摔裂了一条大口子，麦子哗哗地撒了一地。恰在这时，花鼓子也回仓房来了。先把张大冲"训斥"一顿，又对老秀才夫妇说："看看，一根占带值几个钱。摔坏布袋事小，在太太面前掉裤子，就太失体统了。传出去可真不中听！"

老秀才夫妇干气没话说，只好给每个人补发了一条占带。

讲述者： 赵云生，男，45 岁，唐河县人，中学文化，文化馆专干

采录者： 赵建功，男，41 岁，唐河县湖阳镇人，高中，中学教师

采录时间： 1985 年 2 月

采录地点： 唐河县湖阳镇张湾村

选自： 《中国民间故事集成·河南唐河县卷》

412

三难长工

传说，过去有个财主叫刘怀忠，人们都叫他刘坏种。

有一年，刘坏种雇了几个伙计，他让伙计们起早贪黑给他挖地，还总嫌伙计们干得少。

一天傍晚，伙计们刚收工，刘坏种满脸堆笑地把伙计们邀到他的客厅里。客厅的桌子上，摆着几个青菜碟儿，还有一小坛糠糟酒。伙计们想："怪了！难道今天日头是打西边出来的吗？"刘坏种好像换了个人，显得格外亲热，给伙计们让座倒酒，忙得不亦乐乎。

酒至半酣，刘坏种站了起来，微笑着说："伙计们，我刘某的为人，你们是清楚的。我从来没有亏待过大家，吃饭供饭，出工给钱。今儿呀，我把大家找来商量个事儿。你们看，我那百十亩地还没挖出来，我焦急，大家比我更焦急。所以，打算从今天起，我替大伙儿睡觉，大家替我在地里干活儿……"伙计们一听明白了，原来刘坏种要他们没日没明地给他曳[1]车。大家气得两眼冒火，憋了一肚子气没吭声。

吃过晚饭后，伙计们商商量量到了地里。

天不亮，刘坏种到地里一看，伙计们正在那里呼呼大睡呢！他嚎叫起来。伙计们见是刘坏种，一个个都跳起来，这个说："东家，你咋没替我们睡觉呢？"那个说："难怪，我们打瞌睡，原来是东家没替我们睡觉呀！"刘坏种被伙计们搪塞得哑口无言，大气没吭一声，夹起尾巴溜走了。

刘坏种一计未成，又想出了一个歪门儿。

一天早晨，他又把伙计们邀到客厅里，酒菜相待。伙计们正喝到兴头儿上，刘坏种又站起来说："伙计们，你们干活儿已经够辛苦了。可是，每天三顿饭还要回来吃，来来回回既费力气，又误时间，我心疼呀！我看，不如从今天起，咱们只早晨回来一趟，把早饭、午饭、晚饭一起吃到肚里，这样既省时，又省力。"伙计们听后，都转了转眼珠没吭声。

饭后，他们又说说笑笑到了地里。

刘坏种怕长工们偷懒，到了半晌偷偷来到地里一看，见长工们正背靠背蹲在一起，打呼噜梦周公哩！

这可把刘坏种气坏了，他一顿猛踢。"你们为啥不干活儿？"

伙计们说："东家，我们知道，吃罢早饭是干活儿，吃罢午饭是干活儿，吃罢晚饭是睡觉。现在，我们三顿饭都吃了，不正是睡觉的时候吗？"

刘坏种又被塞得哑口无言。

年关到了，伙计们都到刘坏种那里领工钱。刘坏种想借此机会辱骂一下伙计，就皮笑肉不笑地说："你们给我干了一年活儿，我如数给你们工钱，但是，得先答应我个条件。"伙计们相互一看，等着他说条件。

刘坏种说："要拿工钱，得先向我喊声爹。"几个伙计暗骂刘坏种是狗杂种。他们悄悄一合计，齐声向刘坏种喊了声"爹"。伙计们领了工钱，又齐声对刘坏种说："丈人爹，您准备着，明年初二，我们挑担几个[2]来给您这丈人爹拜年。"

刘坏种听罢，脸一阵儿青，一阵儿紫，气得好久喘不上气来。

[1]　曳：拉。

[2]　挑担几个：门婿几个。

讲述者： 李银娃，男，78 岁，淅川县大石桥乡杨营村人，不识字，农民

采录者： 严青芳，女，20 岁，淅川县大石桥乡杨营村人，高中，农民

李胜春，男，20 岁，淅川县大石桥乡杨营村人，高中，农民

采录时间： 1982 年

采录地点： 淅川县大石桥乡杨营村

选自： 《中国民间故事集成·河南淅川卷（二）》

413

王大眼和『酸枣核儿』

有一个地主婆，出奇地刻薄，长工们都说，她真能把一颗酸枣核儿砸出二两醋来。所以，背地里都叫她"酸枣核儿"。比如：长工们吃晚饭不许点灯；长工们担大粪回来，她说要验粪，硬逼着长工们，头挨住粪桶闻闻臭不臭，谁不听话就扣谁工钱。

一天，长工王大眼端着一碗照见人影的稀饭，突然大哭了起来。"酸枣核儿"忙问他哭啥，他说："我的妈呀！我看见我的真魂啦！""在哪儿？""看，在碗里呀！我的妈呀……""酸枣核儿"知道这是说她做的饭太稀，气得脖子脸通红。可又怕王大眼以后再哭着妨[1] 她，后来再也不敢给长工们做稀汤喝了。

到了年三十晚上，"酸枣核儿"端了一盆稀面叶汤，来到黑洞洞的长工屋里，假惺惺地说："伙计们干一年了，我特意给你们做了盆面叶饭，吃了好暖暖身子。"王大眼用筷子敲着碗边说："好！好！"长工们一听暗号，都夹

[1] 妨：旧时迷信的人认为，某些人身上有一种神秘的力量，能够危害别人的身体，如"某女人是个妨人精，把丈夫妨死了"。

起面叶，往"酸枣核儿"的脸上、鼻子上喂开了。把她烫得"嗷嗷"直叫。"咋！咋！想烫死老娘呀！""哎呀！我当是喂我嘴里了，闹了半天都喂你吃了。"王大眼一引头，长工们都说："找不着嘴在哪儿呀？看不见吃呀！""酸枣核儿"赶忙叫人拿灯来了。

年初二这天，"酸枣核儿"家大鱼大肉，人来客往。正在这时候，王大眼担着大粪进来了。他放下粪桶就缠住"酸枣核儿"，请她验粪。"酸枣核儿"连连摆手免验，说："行了，赶紧挑走，屋里有客。"王大眼又用粪瓢搅大粪，问："这粪臭不臭？""臭，臭！""香不香？""酸枣核儿"为了支开他，语无伦次地说："香！香！""那你以后还验不验粪？""不验了！不验了！""说话可得拉勾[1]哇！""大年下我给你赌咒，谁不拉勾叫她挨刀死。"

此后，长工们再也不受这个憋屈了。

讲述者：　贾铭琏，男，60 岁，淅川县荆紫关镇人，读过私塾，村医

采录者：　邢重长，男，27 岁，淅川县荆紫关镇人，初中，农民

采录时间：　1983 年

采录地点：　淅川县荆紫关镇贾铭琏家

选自：　《中国民间故事集成·河南淅川卷（二）》

附
记

贾铭琏是采录者他外爷，外爷是个村医，其实是流医出身，整天南里北里跑着看病，听了一肚子故事。以人们的话说，他的故事一肚子两肋巴，屁股上还坠了一个疙瘩。加之他说话风趣幽默，他能讲得人们哈哈大笑，他却不露一点笑意。（刘国胜）

414

刁大和憨二

这几天，财主刁大急得屁股门儿直冒绿火儿。为啥？眼看着屋里堆了一普拉活儿，就是雇不来人干。因为这刁大一肚子毒牙，咬住人不松口。他转着眼珠儿，骨碌碌一想，啪哧把大腿一拍："有了！"

随即在街头贴了一张雇工告示。后山旮儿的憨大站在街头，正为找不来活着急，见那里围了几个人朝墙上看，就跑过去问着看啥。有个识字人说，上面写着谁给刁大当伙计做庄稼、干家务，只要听从吩咐，刁大给谁加倍的工钱。憨大就按告示说的，找去给刁大扛活儿。

憨大正二八板[2]地熬了一年长工，盼着财主发下工钱回家过年。谁知到了送灶王爷回天庭那天，没等鸡叫二遍鸣儿，刁大就叫起了憨大，没头没脑地给他分派了几筐箩活路：挑水、扫院子、套磨、烧火……要憨大在天亮前，将这些活儿做得清清白白，然后再给他工钱。憨大为了拿钱回家，真是丢了权把儿摸扫帚，浑身上下不使闲儿，也赶不上刁大一张嘴。最后，刁大装得正二八板地说："憨

[1]　拉勾：土语，意思是说话算话，不许反悔。

[2]　正二八板：正正经经。

大呀，咱们一开始就在告示上说得明明白白，要干好我的庄稼和家务活路才能给钱。可是，你一年到头庄稼活儿是样样不成，家务活是样样不中呀！算了，我不找你麻烦，你也别问我要工钱，你走吧！"憨大拙嘴笨舌，磨不过刁大满肚子的锯齿子。就这样，憨大算白白地干了一年。

第二年，刁大又同样贴告示雇人。憨大的弟弟憨二，就揭了告示，找到刁大家把活路揽下了。

转眼又到了腊月二十三，送灶王爷回天庭那天，刁大同样没等鸡叫二遍，就叫起了憨二，分派憨二挑水，憨二刚把水挑进了院子，又吩咐憨二扫院子。憨二只把院子扫了一半，又吩咐憨二去套磨。憨二扔下扫帚，就往磨坊里跑……

等憨二刚把牲口套上，又叫憨二去烧锅。刁大见憨二丢下磨房活，又往灶火跑。见憨二做的活儿半里半拉，喜在心里，怒在脸上。随即喊来憨二，指着院里水桶凶道："憨二，你咋把水桶搁到这儿？"

"您只叫我挑水，可没说让我把水挑到哪儿呀？"

"那院子为啥只扫一半？"

"我听东家吩咐，您叫我扫院子，可没说让我把院子扫完呀！"

"唉呀！憨二，你为啥让我的驴儿拉空磨？"

"东家，您吩咐我套磨，并没吩咐我往磨上倒粮食呀？"

"憨二，你看，你看，把我的锅盖都烧着了，你这是咋搞的？"

"东家，您只说让我架柴烧火，没说过让我往锅里添水呀？"

刁大见没难倒憨二，眼珠子又骨碌碌一转，说："憨二呀，我的头发又黄又细，你给想个法子让我的头发长得粗粗的，长长的。若能办好这事儿，我给你再加一番工钱。若办不好，那你就空手走人！"

"中！"憨二说罢，转身去挑来了一挑儿大粪，舀了一瓢，就往刁大头上浇。

刁大急忙往开一闪，就大骂憨二一顿。憨二笑嘻嘻地说："东家，大粪能壮地长庄稼，也能长您头发呀！"

刁大转眼又来一计，说："憨二，我的头发长得细不

要紧，可就是稀，你看咋办？"

"我给你栽头发！"憨二说着，随手拿了把挖镢，扬起镢头就朝刁大头上挖去。

刁大麻利抱着头，说："唉，算了，算了！我这就给你开工钱！"说罢，刁大乖乖给憨二如数开了两倍工钱。憨二拿了工钱，痛痛快快地上街办年货去了。

讲述者： 李全德，男，51岁，初中，淅川县大石桥乡西岭村人，教师
采录者： 贺长祥，男，淅川县大石桥乡西岭村人，高中，教师
李胜春，男，淅川县大石桥乡杨营村人，高中，农民
采录时间： 1980年
采录地点： 淅川县大石桥乡杨营村
选自： 《中国民间故事集成·河南淅川卷（二）》

415

撑死牛气死猪

指责说："这是怎么回事儿？"

"不知道啊！"那伙计说着，不禁"唉呀"一声说，"那天牛都吃了很多草籽。草籽生草，草又结籽，籽又生草。这么长时间，你也不来看一下，我们都在干别的，牛咋会不撑死呢？"

朱财主一听，气得像牛一样嘴里直倒白沫。伙计们背过身，笑着说："这才叫撑死牛，气死'猪'呢！"

讲述者： 范建中，男，20岁，淅川县滔河乡范洼村人，高中，农民

采录者： 张宛，男，20岁，淅川县人，高中，文化馆职工

采录时间： 1983年

采录地点： 淅川县滔河乡范洼村讲述者家中

选自： 《中国民间故事集成·河南淅川卷（二）》

从前有个姓朱的财主，刁钻刻薄，他不想雇放牛娃，要伙计们轮流放牛，每天还得割二百斤草回来，不然，就遭他打骂。伙计们恨透了他。有个伙计想出一个摆治财主的主意。

一天，那伙计放牛割草回来，嘴里念念有词："老牛生子牛，肚里长肉。"斗大字不识一升的财主一听，觉得十分新鲜，就惊奇地问道："有这等事？"

"怎么，你还不知道吗？"

"快与老爷说来听听。"

"这个嘛……"这伙计慢条斯理地拉着京腔说，"你没见母牛生小牛，母牛肚里不就长这么大一疙瘩肉嘛！同样的道理，牛吃草，草结有籽，草籽被牛吞到肚里，又长出草，草又结籽，籽又生草，无穷无尽。所以，牛早晚都在饱着。你何必要我们轮流放牛割草，让我们去干别的不更好？"财主听了很高兴，见牛都吃得饱饱哩，就不让伙计们放牛割草了。半月以后，财主转到牛圈一看，只见十几头牛，东倒一头，西倒一头，肚子饿得两片塌一片都死了。他顿时气得说不出话来，随即把那个伙计找来，怒冲冲地

416

尖薄脚失算

讲述者： 马丰三，男，54 岁，不识字，淅川县滔河乡滔河村人，农民

采录者： 李清华，女，20 岁，高中，淅川县滔河乡人，农民

采录时间： 1984 年

采录地点： 淅川县滔河乡滔河村

选自： 《中国民间故事集成·河南淅川卷（二）》

过去，有家姓宋的财主，他老婆尖得要命。不说别的，连长工吃饭，她都要一碗一碗数着数儿。所以，人们都叫她"尖薄脚"。

有个长工叫王三，顿顿吃饭时，尖薄脚都要悄悄给他查着数。王三知道尖薄脚在想花招儿，也不搭理他，该吃多少，照样吃多少。

尖薄脚就和男人商量说："王三每顿三碗，三顿九碗，准得很。咱们若一天吃两顿饭，不说其他，光王三每天就能省下三碗。"她男人说"行"。

谁知改吃两顿饭后，王三每顿增加到五碗，二五一十。尖薄脚见王三每天还比以前多吃了一碗，就又和男人商量："不如一天还吃三顿，不过顿顿少下点东西，饭做得稀稀的。"她男人说："行。"

不料，一连几天，王三顿顿都是七碗。尖薄脚想：一顿七碗，三七二十一碗。她可慌了神，她对男人叹口气："唉！照原样吧！"

事后，王三兴奋地编起了顺口溜，说："三三得九你嫌多，二五一十你不说，稀稀稀稀稀稀稀，老子喝它二十一。"

附记

为了解当时讲述、采录故事的情景，我们找到了马丰三老人，尽管老人已八十六了，但耳不聋眼不花。提到他当年讲故事的情景，他说其实他不善言谈，也不会讲故事。说这个故事是他亲身经历的实事。他多妈得早，他生来体态就大，八九岁就能给地主放牛，放牛放大了就给人家扛长工。由于他个子大，饭量也大，过去那黑窑碗，他一顿能吃戴帽三碗。东家知道他人大力不亏，能吃能干，一个人能顶几个人用。可东家他老婆却是个尖薄脚，就变着法子折腾他。老人说到这有些激动，他烟袋锅子往地上吮吮一捣，"可她有她的千条计，我有我的老主意。我就拿肚子和她赌气！结果我把她斗败了，反而我走人不给她干了。临走时，我就编了那个顺口溜送给了她！"（刘国胜）

417

吃偏食

一天，掌柜亲热地对刘三说："三儿，快来屋里一下。"长工刘三看他那神秘劲儿，就进去了。掌柜拍着他的肩头说："天怪冷的，给你热碗黄酒，赶快喝了暖暖身子。哎，可别对李四说呀，有酒倒茅缸[1]，也不让那懒货喝！"刘三一碗酒下肚，身热心也热了，觉得东家对他真好，从此干活儿就更下力了。

又过了几天，长工李四黑上加工垫牛圈。掌柜瞅瞅没人，就把他叫到屋里，关上门，拍着李四的肩头说："四儿，今儿黑天怪冷，你就别干啦。这儿有碗热黄酒，还有点小菜，赶快喝了暖暖身子吧。哎，可别对刘三那家伙说呀，有酒泼到地上，也不给这懒虫喝！"李四听了，酒没进口，心就热了。从此，李四更是不分白天黑夜干活，把吃奶劲都使上了。

不久，李四就累倒了。俗话说：穷苦人，心连心。晚上刘三来看李四，劝他说："老弟，干活要有紧有慢嘛，你这不分黑白地干，累死了，老婆娃子谁养活？"不料，

李四却动情地哭着说："老兄啊，不能说呀，咱吃过掌柜的偏食啊……"刘三闻听，装得跟真的一样，说："啥偏食？还不是一天吃他三顿稀饭嘛！"李四念起伙计一场，就把以前的过节，一五一十地道白[2]了。他这一道白不打紧，刘三亏欠地拍着大腿，叫了起来："唉呀！咱们上了这老东西的当啦！我也吃过他狗日的偏食呀！"

此后，尽管掌柜变着法儿使能处，刘三、李四再也不上他的当啦！

讲述者： 彭群娃，男，22岁，小学，淅川县马蹬镇马蹬村人，农民

采录者： 马有志，男，23岁，高中，淅川县马蹬镇人，文化站长

采录时间： 1982年

采录地点： 淅川县马蹬镇马蹬村

选自： 《中国民间故事集成·河南淅川卷（二）》

附记

据讲述者回忆，他说其实他不会讲故事，这个故事是他一次在路边等车时听的。那天早上，他到那儿时已经有几个等车的。接着又来一个人，接着就讲了这个吃偏食的故事。后来文化站马站长到村里找人讲故事，他就把这个故事说给了马站长。说到这儿，他憨实地一笑："没想到，后来马站长就送来一本书，哦，叫中国民间故事三套集成书，说我讲的吃偏食的故事上书了。我翻开一看，噢，还真写着俺的名字呢。"（刘国胜）

[1] 茅缸：指厕所。

[2] 道白：指说。

418

鬼不缠和教书先儿

有一个财主，为人尖酸刻薄，人们叫他"鬼不缠"。

鬼不缠年年请教书先儿，可每到年底，总要出个歪点子，扣先生一年的工钱。弄得方圆左右教书先儿，都不敢进他的门儿。

这一年，鬼不缠花了双倍的工钱，在外地请了一个教书先儿。

到年底结钱这天，鬼不缠奸笑一声，说："先生一定是个学识渊博的人。我有个难题，求教先生。先生答得好，工钱我分文不欠；先生若答不上来，就不能为人师表，只会误人子弟，莫说要工钱，还应该倒找我的饭钱！"

教书先儿脸色微微一变，笑着说："我既为人师，自当解人之难，请讲。"

鬼不缠皮笑肉不笑地说："《三国演义》中写的诸葛亮和周瑜，神机妙算，用兵如神，但不知他二人的母亲姓啥？"

教书先儿说："诸葛亮的母亲姓姬（既），周瑜的母亲姓贺（何）！"

鬼不缠眨了眨眼皮儿，说："先生的话，恐怕不对吧？"教书先儿声音一抬，生气地说："怎么不对？书上说的还能有错？"

鬼不缠故装糊涂地说："书上咋说的？我咋没看到？"

教书先儿嘲弄地一笑，说："东家真是少见多怪，周瑜临死时，不是仰天长叹说，'既生瑜，何生亮'吗？这不明明是说，诸葛亮是姬（既）氏生的，周瑜是贺（何）氏生的吗？"

鬼不缠狡辩着说："这真是破天荒！书中说的不是这个意思……"

鬼不缠话没落，教书先儿一把拉住他领口说："你说她们姓啥？要是你能从《三国演义》里找出来，我一文钱不要。若是找不着，你得给我四倍工钱！"

鬼不缠一听才知道，这一回是见了李逵喊张飞——看错人啦！弄得他结结巴巴地说："先生不要生气，你说得对，刚才是我给你开玩笑的。"说罢，只得付给教书先生两年的工钱。

讲述者：　彭克蔚，男，淅川县仓房镇仓房村人，高中，农民

采录者：　黄毓钊，男，23岁，淅川县仓房镇人，高中，农民

采录时间：　1982年

采录地点：　淅川县仓房镇仓房村

选自：　《中国民间故事集成·河南淅川卷（二）》

419

胡对讨工钱

从前，有一个出名的刻薄鬼财主，想给儿子再请个好教书先生，可是谁也不愿去。原因是，以前给他教书的人，辛辛苦苦教一年，临了都落个白胡[1]。

城边儿有弟兄俩，老大是个秀才，老二虽识字不多，但心眼很空。那天，见财主又写个高价请师的告示，就一把撕下来，拿回家去给他哥哥。他哥哥一看，吸几口凉气说："别人都不干，我去不也是白胡？"老二说："你只管去，到时间他要不给，我去要工钱！"

老大去财主家教到年底，也就是腊月二十三晚上，财主特意敬酒让菜。吃喝罢，财主说："先生，我有个规矩，我提问题，能答对的给工钱，不能答的，嘿嘿，就净人儿走。"

老大说："你出题吧。"

财主说："自从盘古开天地，盘古是个啥号人？"老大答不出来，只好空手回家。

老大回去，老二随即找来，对财主说："我是二先生，我哥故意留一手，叫我来回答。"财主说："那好，你说盘古是个啥号人？"

老二想：你云里雾里胡摸着说，我就给你来个胡对。他想起前天挖出一条长虫，盘得像鼓一样，就随口说："他趴那儿多长，立起来多高，盘到一堆儿，像个鼓。"

其实老二是胡诌的，答的是不是，财主也不知道，只好说是。

老二说："我也给你出俩题，你要是答对一题，我哥这年工钱不要了，要是答不对，你再加一年工钱。"

财主正不想让老二把老大一年工钱拿走，听老二一说，就答应说行。

老二说："昔日赵子落井，是何人救出他？"

财主急一头汗，答不出来。

老二又说："朱夫子带领九子南岗争霸，归其七子，二子不知失落何方？"

财主怕再赔一年工钱，就绞尽脑汁想啊想，想得头疼，还是答不出来。老二高高兴兴拿走了两年工钱。

老大见老二一下拿回两年的工钱，就问："你出那俩题，是从哪儿说起？"

老二说："你忘了，邻居赵家儿子掉井里，是我救出来的。昨天叔家老母猪，领着九个猪娃上南岗找食吃，有人到那里一轰，猪娃吓得乱七八糟跑，找着七个，两个没见了。这就叫，他胡说，咱就胡对，不怕治不了他。"

讲述者：　孙天程，男，淅川县上集镇上集村人，小学，农民

采录者：　张峰涛，男，淅川县人，初中，农民

采录时间：　1981 年

采录地点：　淅川县上集镇上集村讲述者家

选自：　《中国民间故事集成·河南淅川卷（二）》

[1]　白胡：土话，指白干，白忙。

420

啥都没得姑娘值钱

南河王掌柜，家里一个账先儿，一个教书先儿，还有一个放牛娃。

这天，王掌柜悄悄对账先儿说："你呀，能写能算，只要账给我管好，到时候，俺把闺女许配给你。"

第二天，王掌柜又暗里对教书先儿说："我早相中你了，只要把我那娃子教成，到时候，叫你当我娃的姐夫。"

那天，王掌柜又背着账先儿和教书先儿，给放牛娃说："你人小志不小，又有能耐，只要能把牛给我喂得肥肥壮壮的，到时候，俺叫你当我的女婿。"

三个人都有想头儿，各攒各的劲儿。几年后，账先儿把账管得有条有理，一分钱都不错；教书先儿把王掌柜的娃子教得能写会念，一年比一年学的字多；放牛娃把牛喂得能曳独挂子[1]。

这时候，掌柜作难了："人家都干得好，我一个闺女该给谁呢？"为这事，硬是愁下了病。姑娘知道爹害的啥病，就说："爹，别愁，到时候听我的就是了。"

[1] 曳独挂子：土话，指牛单个拉犁。曳，指拉。

这天，掌柜按女子说的，开腔了："我男子大汉，今日兑现工钱。不过，咱外加一首诗，你们随心自云。谁的诗作得好，姑娘就跟谁。"

先生开腔了："竹叶尖，竹节圆，竹笋好吃，竹子好卖钱。"

账先儿接着道："藕节尖，藕叶圆，藕粉好吃，藕好卖钱。"

姑娘早看中放牛娃，又机灵又俊俏，可他一个字儿不识，急得她用脚尖儿勾了他两下。

放牛娃顿然领悟："姑娘脚前头尖，脚后跟儿圆，脚小又好看，啥都没得姑娘值钱。"

姑娘高兴极了："谁说竹子好，让竹子跟他去；谁说藕好，让藕跟他去；放牛娃说姑娘好，我可就要嫁给他啦！"

讲述者： 肖章存，男，60 岁，淅川县蒿坪乡观沟村人，不识字，农民

采录者： 全兴洲，男，淅川县蒿坪乡观沟村人，初中，农民

采录时间： 1981 年

采录地点： 淅川县蒿坪乡观沟村讲述者家

选自： 《中国民间故事集成·河南淅川卷（二）》

421

小儿媳的故事

洪家村的洪员外,花了五两银子,买回了一个小儿媳[1]名叫香妞。

香妞来到洪员外家好几年了,没吃过一顿饱饭,没穿过一件新衣,整日是干不完的活,挨不完的打骂。

有一天,香妞饿得实在支撑不住,就悄悄来到厨屋里找东西吃。她摸到一个煮熟的鸡蛋,剥去蛋壳吃时,看见员外婆来了,慌忙把鸡蛋填到嘴里。这员外婆嘴厉害,手也狠,心更毒,人称"老母狼",随即就扑上去,劈头盖脸地把香妞苦打了一顿,边打边骂:"我看你这饿死鬼脱成的,还偷嘴不偷!""老母狼"正骂得起劲儿,香妞突然身子一软倒地死了。

洪员外走来一看,先是打了个愣怔。然后,又咧嘴笑着说:"已经死了,就挖个坑,把她拉出去实填了[2]算啦!谁叫她手脚不干净哩?"

长工们见香妞死得太可怜,就劝员外:"老东家,香

[1]　小儿媳:童养媳。
[2]　实填了:土语。指不用棺木埋了。

妞孬好也是一条人命,就这样埋了,张扬出去,对东家的名声不好呀!""老母狼"吼道:"我看你们是秋鸡儿娃喝烧酒——头不大,晕劲儿倒不小,竟敢管起我们的家务事儿来啦!谁再多嘴多舌,就给我滚蛋!离了你们,照样有人来干活儿!"长工们气得当即要算工钱回家。

洪员外一见事闹大了,眼下正是收麦时节,如此闹腾出去,谁还来给干活哩?再说,他们一走,死尸搁在家里咋办?想到这儿,急忙赔着笑脸,说:"好好好,大家都是为我着想。看在你们的分儿上,我就把这个贱东西,排排场场地埋了吧!"长工们一听,都干活去了。

见长工们一走,员外和大管家一叽咕[3],就对"老母狼"说:"给这贱东西佩上金银首饰,再做两身绸衣裳吧。""老母狼"一听,又蹦了起来。洪员外喝道:"都是你惹的祸!人命关天,再不遮遮活人眼,一旦告官,那就找不清的麻烦!""老母狼"见员外发火,不吭声了。

按照洪员外的吩咐,大掌柜特事特办,随即买棺材、买金银首饰、扯绸子,当天赶黑儿,就把香妞埋葬了。埋葬时,四邻八家的人都来看。有的说,洪员外不错,有的说洪员外这是遮人耳目,还有人搞着洪员外,撇着嘴说:"哼!活着不待见,死了胡闹!"

当天黑夜,有个人鬼也似的来到香妞坟前,朝着墓穴一阵紧刨猛挖,撬开了棺材盖,急忙取下香妞手腕上的银镯、头上的金簪子,又抱起香妞的头,取香妞的银项圈时,忽听香妞鼻子里"哼"了一声,"噔噜"坐了起来,当即把那人吓死了。

原来,香妞并没有死,是她吞下的鸡蛋给噎住了,昏了过去。本来下午给她穿衣、戴首饰,那噎在喉咙的鸡蛋,就有所下滑,这会儿被掘墓人一折腾,那鸡蛋就滑进了肚里,使香妞完全苏醒了。

香妞醒来跑到洪员外门外,高喊:"开门!快开门!"夜深人静,香妞的喊声把洪员外和"老母狼"吓得浑身冒冷汗。以为是香妞死得屈,阴魂不散,来找他们算账的,俩人急忙跪在地下,磕头求"爷"保佑。长工们也觉得奇怪,再仔细一听,真是香妞的声音。随即打开大门一看,

[3]　叽咕:说小话,这里指商量。

果真，香妞又活着回来了。

他们搀着香妞，闯进了洪员外的内屋，洪员外两眼呆直，浑身哆嗦个不停，"老母狼"也吓得口吐白沫。

长工们听香妞一说，随即举着火把到墓前一看，那掘墓贼竟是洪员外的管家。

这时，人们才知道，洪员外为了骗过众人，表面上厚葬了香妞，又暗派管家挖棺掘墓，去取回金银首饰。

洪员外连吓带气，大病了一场，不久就呜呼哀哉了。"老母狼"见男人已死，也威风不起来了。

讲述者：　贾恩惠，女，小学，淅川县荆紫关镇人
采录者：　邢重长，男，26岁，淅川县荆紫关镇人，
　　　　　高中，农民
采录时间：1982年
采录地点：淅川县荆紫关镇讲述者家中
选自：　　《中国民间故事集成·河南淅川卷（二）》

附
记

讲述者是采录者的母亲。（刘国胜）

422

一碗饭一个馍

有个穷人叫张三，张三他哥的工钱，被胡财主故意克扣了。张三打好主意，决定去治治胡财主。

那天，张三来到胡财主家，说是来扛长工的，胡财主捋着胡子说："给我干活行，我先问你，你一顿能吃几碗饭？"张三答道："一碗饭一个馍。"胡财主见张三说得干脆，心里暗喜，随即叮嘱道："我胡家的规矩，若多吃了饭，那就别想要工钱。"张三说："中！"

到了吃饭的时候，张三吃一碗饭，吃一个馍，一共吃了八碗饭，八个馍。财主忍不住了，"呼"地站起来，夺过张三的碗和馍，骂道："你这个穷小子，来时说，一顿吃一碗饭一个馍，今天都吃这么多。你为啥欺骗胡大爷？罚你干活一年，不给工钱！"张三理直气壮地说："我来时说吃一碗饭一个馍，就是一碗饭配一个馍嘛，吃了八碗饭，就应该吃八个馍嘛，谁骗你了？"

胡财主气得张口结舌，无话可说。

讲述者： 不详

采录者： 李振荣，男，淅川县人，初中，农民

采录时间： 1983 年

采录地点： 淅川县城讲述者家

选自： 《中国民间故事集成·河南淅川卷（二）》

423

捣神鬼

将到年底，有个伙计问掌柜要工钱，掌柜说："近日我家出了捣神鬼，专盗银钱，还不如把工钱放在我这里，比你拿去保险得多。"伙计说，家里急需用钱，掌柜才说："好吧，先支一半儿，等这两天干完再结账吧。"伙计把要来的工钱，装进床下的罐里，干活去了。他收工回来往罐里一摸，啥也没见了。去问掌柜，掌柜说："说有捣神鬼，你当耳旁风，这怨谁？"

伙计无奈，又苦苦哀求，要回余下的一半工钱。他暗想：我倒要看看捣神鬼到底是啥样儿！于是，他逮了些蝎子放到床下的罐里，然后装着上地里去了。走出院门又折回来，从后门回来躲在暗处。不一会儿，只见掌柜蹑手蹑脚地走到床前，把手插进罐里，立时被蜇得"妈呀，妈呀"哭叫起来。伙计才知这个捣神鬼正是掌柜，不由怒从心头起，拉住掌柜便打。掌柜急嚷道："反天啦，敢打起掌柜来了！"伙计说："我打的是捣神鬼哩！"

掌柜恼羞成怒，吼道："三天之内，我们吃啥，不许你吃，我们不吃的，才准你吃！"伙计也不言语。

这天夜里，掌柜把热腾腾的供飨馍摆在桌上敬祭祖神，

还没敬毕，伙计拿起馍就吃。掌柜黑起脸，不让伙计吃，伙计说："咋！你不是说，你们不吃的，才准我吃吗？"

掌柜愣怔半天，又气又恨地道："今后叫你干啥你干啥，没吩咐的，不许干！"伙计还不言语。

第二天，掌柜要账回来，见伙计闲坐着，便瞪着眼说："为啥不去干活？"伙计说："你没吩咐哇！"掌柜恼恨地说："你看别人干啥，你也干啥！"伙计出门一看，有一家正在起坟，伙计就也拿上家伙把掌柜的祖坟起了。掌柜见后，肺都快气炸了，吼道："谁叫你干的？"伙计回答道："你不是说，别人干啥我干啥吗？"

掌柜气得直吹胡子。

讲述者： 王振运，男，65 岁，淅川县人，不识字，农民
采录者： 孙群华，淅川县人
采录时间：1982 年 3 月
采录地点：淅川县讲述者家
选自： 《中国民间故事集成·河南淅川卷（二）》

424

三天半

王家庄有个财主，一肚歪点子。谁要给他帮工，他总要想个歪点，把工钱扣掉。弄得远近人都不给他帮工了，财主就把他的工钱提高一倍。

这一天，来了个叫赵老大的汉子，财主见他朴实淳厚，笑嘻嘻地说："小伙子，我出的工钱比别人都高，可有一条，到年底领工钱时，我要出个题，对上，分文不少；若对不上，要扣掉工钱。"赵老大是个老实人，也没说啥。

赵老大辛辛苦苦熬了一年工，腊月二十三这天，来向财主领工钱。财主嘻嘻笑道："好，我们有言在先，你说说，从地下到天上有多远路程吧！"赵老大瞪着两眼，回答不上来。财主就把他一年的工钱扣掉了。

赵老大空着手回家，弟弟赵老二气得两眼冒火："明年我去！"

第二年，赵老二来到财主家，财主又把他的老规矩说了一遍。老二说："中，可我也有个条件，对不住你的题，我不但不要工钱，还再给你白干一年活，要对住，你得给我两年的工钱。"财主眨巴眨巴眼，点头同意。

到了腊月二十三，老二来要工钱，财主嘻嘻笑道，

"你说说，地下到天上有多远的路程？"

"三天半。"

"胡说！你没上过天，咋知道三天半的路程？"

"请问员外，老灶爷是何时上天的？"

"腊月二十三。"

"何时回来？"

"三十晚上。"

"二十三到三十是几天？"

"七天。"

"来回七天。一趟不是三天半吗？"

财主干噎气答不上来，只好乖乖地给了赵老二两年工钱。

讲述者：	不详
采录者：	杨希泉，男，29 岁，淅川县大石桥乡安洼人，初中，农民
采录时间：	1981 年 2 月
采录地点：	淅川县大石桥乡安洼村
选自：	《中国民间故事集成·河南淅川卷（二）》

425

王二和店主

一天，王二去街上赶集，事办完，钱也花光了。他来到饭店，要店主赊给他十个熟鸡蛋，先记上账，隔日一定把钱送来。店主看他是个老实人，就给他取了十个熟鸡蛋。

不料，王二回家害了病，三个月后才把钱送来。店主眼珠一转，取过算盘一拨拉："拿来，五十元。"王二吓了一跳："怎么这么多钱？"

店主眼睛一瞪："嗯！我这鸡蛋，三个月要抱多少鸡娃；鸡娃长大要下多少鸡蛋；鸡蛋又抱鸡娃，算算，这多少钱？"王二气极了，和店主吵起来，店主仗着县官经常到自己店里喝酒，就冲王二说："走，咱到公堂上说！"

店主丢下这话，就快步朝县衙走去。店主一到县衙，就拿钱给县官通了气。等王二一到，县官冲王二大怒道："为啥来得这么晚？"

"大老爷，我刚才去炒些麦籽，准备拿回去种哩。"

"胡说！熟麦籽咋能出芽？"

"那熟鸡蛋咋能抱出鸡娃？"

县长张口结舌，只得把店主骂了一顿，撵出公堂。

讲述者： 不详

采录者： 袁克政，男，20 岁，淅川县大石桥人，高
中，农民

采录时间： 1980 年

采录地点： 淅川县讲述者家中

选自： 《中国民间故事集成·河南淅川卷（二）》

426

我干啥，你干啥

　　财主李老四，外号"吸血鬼"，是个头顶长疮脚底流脓的家伙。他千方百计地克扣长工们，人们恨透了他。

　　村上有弟兄俩，老大忠实憨厚，老二机智能干。这年家里遭了火灾，为了生计，老大就到财主家打短工。

　　一天，有个伙计把一只羊放丢了，李老四甩开鞭子就打，自己打累了，又让老大来打。老大不忍去打，惹恼了财主，到了月底算账时，李老四说他干活不下力，又不听使唤，工钱扣去一半。

　　老二听哥回来一说，气愤地说："下月我去。"

　　第二个月老二去了。李老四说："小伙子来我这里干活，得多长点心眼儿，要听使唤，我干啥，你干啥，不然可别怪老爷无情！"老二点头说，记住了。

　　这天，李老四让老二跟他一起去担油。回来的路上，李老四摔了个嘴啃泥，"妈呀妈呀"地叫着。老二见李老四摔倒了，他也连油桶摔了下去，学着财主的样子"老婆呀、老婆呀"喊着。财主气愤地说："我喊妈你喊老婆，分明是欺侮老子！"说着，举起扁担就打老二。老二忙拦住说："老爷你有妈，你喊妈，我妈死了，不喊老婆

喊啥？"说得李老四无言答对。说话不及到了月底，老二去领工钱。李老四说："这个月你摔洒了我两桶油，还把我油桶也摔烂了，工钱全扣了。"老二说："你讲过，你干啥，我干啥，你摔倒了，我还能站那儿？不然，又是不听使唤！"弄得李老四哭笑不是，只得给了工钱。

讲述者： 简俊章，男，淅川县九重镇人，农民
采录者： 彭金箱，男，淅川县人，初中，农民
采录时间： 1980年
采录地点： 淅川县九重镇简俊章家中
选自： 《中国民间故事集成·河南淅川卷（二）》

427

"小聪明"巧治能财主

有个财主，是个小气鬼，小钱掉灰窝里，抠烂指甲也要扒出来。

这年财主打发闺女[1]，明知道一套排场嫁妆得五百串钱，可财主舍不得，只想花五十串。让大管家去办没办成，又叫二管家去，也没办成，眼看就要到闺女嫁日了，还八字没一撇。财主没法，只好给长工仆人们说："谁去替我办理好这事，有重赏。"长工中有个叫"小聪明"的应道："我去！"财主嘱咐说："今日动身，后天回来，可不要误大事了。"

添嫁妆这天，财主家里坐满了客人，吵吵嚷嚷要先看嫁妆后吃席。本来财主正为没买回嫁妆着急，客人们这一吵嚷，更是急得像热锅上的蚂蚁。急得一会儿跑门前看看，一会儿跑门前看看，直等到日头快过午了，"小聪明"才满头大汗地跑回来说："东家，嫁妆办齐了。"财主一听，心里喜滋滋的，马上派人去抬嫁妆，却不提赏钱的事。众客人闻听嫁妆回来了，都抢着跑出去一看，七嘴八舌议论

[1] 打发闺女：指闺女出嫁。

开了："这嫁妆咱真没见过！""是啊，红柜子，绿箱子，黑里透明是桌子。""嗯，样式怪新鲜呢！"听到大家的话，财主高兴极了。过了一阵子，大家哄笑声大了，财主婆气呼呼地跑进来，指着财主大骂："老混蛋，打发闺女哪里有纸糊麻秆扎的嫁妆！"财主一听大惊，急忙跑出院门去看，见客人们有的笑得抱着肚子，有的笑得前仰后合，还有的伸着指头捣他。他仔细朝那嫁妆一看，唉呀，尽是吊丧的纸扎。财主怒气冲冲地喊着："小聪明，出来看看你买的啥！"小聪明闻声，不紧不慢地走上前说："老爷，你、你不是要那既省钱，又风光的嫁妆吗？人家卖给的就是这些。"气得财主张口结舌，说不出话来。

讲述者：　李丰山，男，淅川县老城镇秧田村人，不识字，农民

采录者：　王忠华，男，淅川县人，高中，农民

采录时间：　1980年

采录地点：　淅川县老城镇秧田村讲述者家中

选自：　《中国民间故事集成·河南淅川卷（二）》

428

高升发财

从前，有个叫王二能的地主，是远近有名的财迷。他家有两个伙计，一个叫高升，一个叫发财。

有一年除夕晚上，王二能把两个伙计叫去，对他们说："明天就是大年初一，你们二人说话要注意吉利，不要坏了运气。清早我起来喊高升，你就答应：起来了！喊发财，你也就答应：财来了。"说完，还练习了一遍，才叫伙计们去睡觉。

第二天，爆竹一响，王二能就起来了。两个伙计昨晚忙到后半夜，都睡得迷迷糊糊。他先喊高升。高升在上边住，急忙忙爬起来，一边穿衣服一边答应："下去了！"接着又喊发财。发财也把昨晚的话忘光了，一听喊叫，提着裤子往院子跑，边跑边答应："别急，别急！"王二能气得在院子里乱蹦，想骂两个伙计，可是大年初一又不能说不吉利的话，只得忍忍算了。

讲述者：　　张焕琴，女，33岁，内乡县湍东镇人，高

中，文化馆干部

采录者： 陈洪义

采录时间： 1985 年

采录地点： 内乡县文化馆

选自： 《中国民间故事全书·河南·内乡卷》

429

『坏蛋』

有一个财主请来了一个小长工叫金娃。金娃聪明伶俐，常为长工们抱不平，有时捉弄得财主哭笑不得。财主对金娃恨得要命，总想找机会整一整他。

一天，金娃的父亲刚去世，财主就来到金娃家里，对金娃说："小子，你爹十年前借了我两个鸡蛋孵小鸡。当时说好了的，以后孵成了鸡，我拿一半，可你爹一直没给我。他在咽气的时候，跟你讲了没有？"

"讲了！"

"那好，父债子还。从借蛋那天起算，到如今十年了。鸡生蛋，蛋孵鸡，算起来，恐怕得还我一头牛啦！"

金娃说："可是，我听父亲说，你那两只蛋孵了三七二十一天，没有出小鸡。"

"咋？"

"你家出的都是坏蛋！"

讲述者： 黄涛，男，18 岁，唐河县张店镇人，初中，

学生

采录者：　　杨海涛，16 岁，唐河县张店镇人，初中，

学生

采录时间：　1987 年 5 月

采录地点：　唐河县张店镇

选自：　　　《中国民间故事集成·河南唐河县卷》

（八）生产生活故事

430

直铡口

早年间，内乡县城皮袄巷，有一家"石记"铁匠铺。铁匠老师能工巧手，各样活路无有不通的，尤以铡刀名响全县。他打的铡，口薄锋利，不卷刃，不羼灰[1]。人们说："南王的瓜，石记的铡，吃着解渴，使着来劲。"

有麝自来香，不用风飘扬，前来拜师学艺的络绎不绝。到铁匠铺学徒，先打二年下锤，再做一年冷活儿，三年师满，就可以另立炉灶。打下锤，光凭力气，师父点哪打哪，点轻打轻，点重打重，卖力就行。冷活儿，巧处就大了，不但要把凸凹锤平，而且还要做到直锋端刃。一口铡十多斤重，铡面很难锤平，尤其是三尺来长的铡口，要把它弄得端直端直，没点功夫可办不到。锤得轻了，厚薄不匀。锤得重了，铡口就会鼓胀起来，曲曲弯弯像条曲蟮。到这时候再去收拾，就再也显不出铡口上下一条线的那道青光来了。

学徒王诚，在店里学了二年半，冷活一窍不通，不要说铡这样的大活，就连菜刀也敲不囫囵。那年头，当师傅

[1] 不羼灰：不掺杂质。

的巴不得徒弟学不会，常年当苦力使。那巧妙之处，自然不能轻易传授。就这样，王诚整天只有做些铲子、勺子一类的小什件。可是，来"石记"学徒，是要学他的名气活——打铡，学打小什件，又何必掏大价钱来这儿呢？王诚琢磨：不上供香，难得真经，还得花钱供。于是，便置办了一桌酒菜，请师傅吃喝。

酒席宴上，铁匠师傅光说王诚老实、勤快，就不提做铡的事。瞅着见底的酒瓶和菜碟，王诚觉得心疼，吭哧半天，才开口问："师傅，那直铡口的活儿……"一句话没敢吐完，就见师傅牛眼圆睁，冲他大骂："龟儿，不好好干活，脊梁上长茄子——生外心，看我怎样揍你。"说着，抓住他的头发，按倒在地，照背上狠揍三锤。

师傅手狠，打得王诚后心疼。王诚掏钱买揍，伤心透了。可当学徒的，挨了打还得干活。他钳过铁铡，两眼冒火，竟把铡背当成了师傅的后脊梁，扬起臂膀，狠楔三锤，反过来再看铡口，"噫嘻"，端直了。

"原来巧处就在这儿。"王诚哈哈一笑，第二天天不明，就卷起铺盖回家了。

讲述者：　符选定，男，30岁，内乡县城关镇人，高中，工人
采录者：　吴明
采录时间：1985年
采录地点：内乡县城关镇
选自：　　《中国民间故事全书·河南·内乡卷》

431

懒汉怨庄稼

时间，蚂蚱横飞，蟋蟀乱蹦，一地秸草稀巴烂。这季不成等下年。

讲述者： 不详

采录者： 王永泰，男，50 岁，内乡县马山口镇人，初中，工人

采录时间： 1985 年

采录地点： 内乡县马山口镇酒厂

选自： 《中国民间故事全书·河南·内乡卷》

从前，有个懒汉。父母在世，饭来张口，衣来伸手。自从父母死后，照旧懒惰，靠祖上留下的那点家产，吃现成饭。到了春种之时，别人精耕细作，他却马马虎虎。

自从种子下地，他懒得到地边瞅瞅。一天到晚，除了睡觉就是赶集，游游转转。到了收获季节，他才来到田里，只见地连地，块连块，别人的麦穗大而饱，齐森森像绒毡一般，自己田里的麦子矮而小，稀拉拉跟兔子毛差不多。懒汉看了这番情景，气打心头起，指着田里的麦子骂道："你们这些没良心贼，咋不给我好好长呀！伤着你的筋骨啦？我又没锄过地。熏着你的鼻子啦？我又没上过粪蛋儿。晒着你的脑壳啦？我又没薅过草。淹着你的腿脖啦？我又没浇过水。挤着你的身子啦？你看这稀哩能卧下牛。我哪一点亏待你们，你们为啥不长？"懒汉骂着，嘟囔着，说到气头上，寻了个棍子，跳到地里，指着麦子又骂："今天不打你们，算我没给你们种成。不尝尝棍子滋味儿，往后你们还会给我不正经长。"说着，抡起棍子满地括[1]。一

[1] 括：敲打。

432

挖银

早年，湍河岸边有一位姓刘的老太婆，年过七旬，得了重病，卧床不起。

这一天，她把三个儿子叫到跟前，语重心长，说："我已把你们拉扯这么大了，都能各立灶门。给你们留下的地不多，就这么三块，你们每人一块。只要你们精耕细作，庄稼长得好，日子过仔细，各自还能过下去。为了你们以后生活得更好，这些年我零零碎碎积攒了三罐银子，背着你们分别埋在咱们那三块地里，每块地一罐。我死后，你们把它挖出来用。就是埋得有点深，你们得费把力气。"三个儿子一听，老大、老二没吱声，唯有老三说："妈，你放心，我一定听你的话，按你说的去做。"老人还想说点啥，没来得及，嘴张了张就咽了气。

老大想：我会木工手艺，哪一天拉锯都有末[1]，有挖地的功夫，还不如我去挣外钱，反正地是我的，银子迟早会出来的。老二是个懒汉，赌光棍。他想，那么大一块地，上哪儿去找，啥时才能挖出来，还不如坐赌桌挣那不出力

的钱，反正地是我的，银子早晚也会出来的。三儿子是个庄稼迷，他想：我以挖地为生，一点一点齐齐地挖一遍，一来深耕细作，二来顺便取出银子，这样一举两得。

三儿子天不亮就下地，星星出来才回家。他挖了这边挖那边，把地深深翻了几遍，还是没挖出银罐来。到了下种季节，为了不耽误农时，先下了种子，打算收割以后再挖。这地经过几遍深翻，这年遇上大旱，老三的庄稼长得还很茂盛，粮食比老大、老二多收了好几成。

收打完毕，老大、老二看着老三一筐一筐往家挑，眼有点红。他们也学着老三，天不亮就下地，星星出来才回来，把地翻了一遍。虽没找到银子，第二年，老大、老二的庄稼长得也很好。老三的田地经过连年翻整，庄稼长得更好，打的粮食已经吃不完了，还换了几十两银子。

兄弟们这时才醒悟过来，原来银子是用辛勤劳动换来的呀！

讲述者：　刘家三，男，55岁，内乡县岞岖乡人，小　　　　学，农民
采录者：　李茗公，内乡县人，干部
采录时间：　1987年
采录地点：　内乡县内乡高中
选自：　《中国民间故事全书·河南·内乡卷》

[1]　拉锯都有末：比喻只要付出就有收获。

433

离娘肉

很早以前，内乡有个很清的县官。他刚到任，就穿着便服到处私访。一天晚上，他转到一个饭铺门前，见一个六十多岁的老太婆，可怜巴巴地在那里讨饭。

县官上前问她："老人家，你多大岁数了？"

老人说："六十三岁了。"

"你没儿没女？"

"有，娃子、媳妇、孙娃子，一大家子人。"

"有儿有女，那你为啥要讨饭呢？"

"唉，人老了，没得用了。不瞒你说，我命苦啊！二十五岁那年就死了丈夫，当时我身上怀着娃子。孩子一生下来，我想有这个根儿，就守着过吧。孤儿寡母难哪！我纺花卖线，千难万难，总算把娃子拉扯大，说了媳妇成了家，又添了个孙娃子。我想，这苦日子可算巴到头了。开始，我还能干活，锅上锅下，看娃、喂猪、拾柴禾，他们还不嫌弃我，把我当人，好好坏坏总算有碗饭吃。现在不行了，我受了一辈子苦，落了一身残疾，娃子、媳妇就另眼看我，不让我吃喝，最后干脆赶我出门。本来我想拿根绳子挂了，可又一想，我年轻守寡，好不容易混成

现在这家人，就这样死了，给娃子、媳妇落个骂名不合算。要死，我也要死到外处，这也不知是我哪辈子作的孽呀！"老人难过得大哭起来。

"大娘，别难过，你儿子不养活你，你就认下我这个干儿子吧！"

"哎哟，那怎么行，你不怕我迟累[1]你？"

"怕什么，房檐滴水窝照窝，你老的今天，就是我们当晚辈的明天。就这样，说定了。"县官把老人接进了县衙。

第二天，县官升堂，把老人的儿子刘奇传到堂上。县官问："刘奇，你知道老爷传你为什么？"

"不知道，大老爷。"

"你抬头看看，这位老太太她是何人？"

刘奇抬头一看，吓瘫了，结结巴巴说："那，那是我妈。"

"既知是你妈就好，把她领回去好好养活就是，老人家怪可怜的。"

刘奇说："老爷，我好说，可我那媳妇难缠，她不养活，我没办法呀！"

"媳妇孝敬老的，看的是儿子的脸气。亏你是个男子汉，说得出口。来人！把他的女人给我叫来！"

工夫不大，刘奇的女人被带到大堂。县官对刘奇女人说："你婆婆受了一辈子苦，人老了不能让她讨饭。今天叫你来，就只是叫你把婆母领回去，你愿意吗？"

刘奇女人是个刀子嘴，敲鸡骂婆，蛮不讲理，见县官让他领婆母，站起来拍打拍打身子说："先前皇帝还兴个六十花甲子，年老无用，拉深山喂狼虫虎豹哩！她什么也不能干，养活她做啥用？"

县官说："积谷防饥，养儿防老。谁能只过年轻，不过年老？人老了，干不动活，总能看个门吧！"

"看门？我养的有狗，用不着她！"

县官有点儿生气了："你好好再想想，你们真不养活，我养活。不过，你们可别后悔呀！"

"不后悔，不后悔！"刘奇女人毫不客气，拉起刘奇

[1] 迟累：地方语，即连累。

说:"咱们回家吧!"

县官大怒,一拍案子起身说:"这还像话?想走,把话说清楚了,再走不迟。来呀,喊一个杀猪头儿带家伙来!"杀猪头儿来到大堂跪下说:"大老爷,你要我来杀猪吗?"县官摆摆手:"不忙,先站一旁听用。"然后转过身问老太婆:"干娘,你亲生儿子生下的时候多重?"

老太婆不知县官的用意,便说:"时间长了,记不清了,总有六七斤吧。"

县官说:"好!算五斤。来人,快把刘奇捺倒,衣服扒下!"

衙役们把刘奇按倒在大堂,衣服扒了个净光。刘奇女人吓坏了,慌忙跪倒说:"老爷,你这是干什么呀?"

县官说:"割肉。我干娘生他有六七斤重,现在你们叫我养活,我只要五斤一块'离娘肉',给我割!"

杀猪头儿掂刀就要动手,刘奇女人害怕了,扑上去抱住婆婆的双腿,大呼小叫:"妈呀妈呀!救救你儿子的命吧!从今往后,我一定养活你老人家。"

刘奇母亲也吓傻了,拉住县官说:"老爷,看在我面上,就饶了他吧!"县官笑道:"干娘讲情,弟妹尽孝,我这个当干儿子的哪能不允?只是一条,这块'离娘肉',干娘你什么时候要,只管言传一声。"

刘奇大哭一声:"大老爷,我刘奇再不敢了!"说罢,磕了三个响头,起身背起老娘同媳妇回家了。

从此,五斤一块"离娘肉",成为人们教育子女、孝敬老人的一个典故。后来,演变成姑娘出嫁送年礼,都要先送一块五斤重的连刀"离娘肉"。

讲述者: 姚振邦,男,60 岁,内乡县城关第七组人,读过私塾
采录者: 姚天舜
采录时间: 1985 年
采录地点: 内乡县汽运公司
选自: 《中国民间故事全书·河南·内乡卷》

附记

内乡县衙是一座保存完好的古代县衙。县衙三堂的一副对联"得一官不荣,失一官不辱,勿说一官无用,地方全靠一官;吃百姓之饭,穿百姓之衣,莫道百姓可欺,自己也是百姓"曾广为流传。(曲凡杰)

434

秀才不出门，能知天下事

言说，凤凰不落无宝之地。凤凰凤凰，下蛋四方，窝是灵芝草，树是沉檀香。"哥哥听罢，后悔得一屁股瘫坐地上，两眼呆滞，盯着弟弟，心悦诚服地叹道："真是秀才不出门，便知天下事呀！"

讲述者： 贾光义，男，48岁，内乡县夏馆镇人，
　　　　　高中

采录者： 少良，不详

采录时间： 1985年

采录地点： 内乡县夏馆镇

选自： 《中国民间故事全书·河南·内乡卷》

从前，灵山脚下住着一户姓王的哥弟俩。哥哥是个走乡串户的穷货郎，弟弟是个闭门读书的穷秀才。当哥的自以为走城串乡，见多识广，常在弟弟面前炫耀。然而弟弟学识渊博，总把哥哥言不符实的地方加以纠正。弄得当哥的尴尬没趣，却拿弟弟没有办法。

一日，货郎哥哥出外串乡，行至一道山谷，惊飞了落在古树上的一只大鸟。这只鸟头尾长八尺有余，羽毛五光十色，鸣叫如银铃，展翅似云霞。货郎心奇，便放下担子，爬上古树。鸟窝里有两个与众不同的鸟蛋，四方四棱，晶莹透亮。货郎把它们小心取下，放进货箱。

他重新挑起担子，一路寻思，弟弟自作聪明，世上无所不知，待会儿到家，看他有何辩解。

货郎一进门，就对弟弟说："今天我得了个奇物，你看一看是什么东西。如果说对了，这家由你来当。如果说错，从今往后可别再看闲书，下地打坷垃吧！"说着，取出鸟蛋捧到弟弟面前。秀才弟弟不看则罢，见了鸟蛋大吃一惊，忙问："哥哥拆了鸟窝没有？"哥哥回答："没有。"弟弟失神地说："见宝不得，坐失良机。这是凤凰蛋。常

435

陪嫁妆

采录时间： 1985 年

采录地点： 内乡县赤眉镇王堂村

选自： 《中国民间故事全书·河南·内乡卷》

附记

在南阳农村，闺女出嫁，娘家陪送嫁妆，也是习俗。陪送多少，因家庭而异。还有一句俗语，"好孩不吃分家饭，好女不穿嫁时衣"。是说男女青年不要看重分家、出嫁时所得财物，而要日后靠自己打拼，开始精彩人生。（曲凡杰）

从前，有个好家儿，找了五个好木匠，为独生女儿做嫁妆。做好后，正准备刷漆，门外来了个老乞婆[1]，看了看嫁妆，眼气得直啧嘴，说："嫁妆倒不错，就是差个擂臼窝儿，不够全套。"

木匠们听见就说给员外。员外一想，确实差个擂臼窝儿，就问老乞婆："你是咋知道的？"老乞婆说："员外有所不知，我当年出嫁，父亲也是给我陪了全套嫁妆。"说罢，唉了一声，摇摇头走了。

员外心里一咯噔："是啊，陪个金山，不争气也会坐吃山空，照样变成叫花子。穷点儿，有个争胜心，或许将来能过上好日子。"便打消了陪嫁妆的念头。

讲述者： 裴小女，女，54 岁，内乡县赤眉镇王堂魏庄人，不识字，农民

采录者： 魏永顺，不详

[1] 老乞婆：讨饭的老婆子。

436

善恶辨

"杀人放火矫健健，积福行善病恹恹。"这句话来自古代两个人身上。

传说古时有兄弟二人，老大是个教书先生，在乡间还属上等人家，家有余粮，子孙孝顺。老大终日念念有词："积福行善，行好得好。"然而，念着念着，家境日趋败落，门户奄奄一息。

老二呢，白天做活，夜间行抢。论说，老二是个十恶不赦之人。可是他家境不但兴旺，儿子还做了官。这就把满腹经纶的老大弄糊涂了。他百思不得其解，自己吃斋念佛，以善为本，可怎么会混得不如拦路劫抢的老二家呢？

日有所思，夜有所梦。老大夜里梦见土地爷对他说："祸是人作的，福是人积的。老二是福大于祸。他积有两个阴功：一是偷送银钱，二是拯救弱女。"老大梦中醒来，等不到天明，便去找老二。

老二见老大深夜来访，便照实说了。老二说："分家后家境贫寒，日子无着，我便纠集一帮穷弟兄拿起刀棍，风高放火，月黑杀人，暗聚明散，劫富济贫。一天夜晚，我走到一个村边，见一户人家唉声叹气，像有万难之事。我破门而入，把他们吓住了。当我亮明身份、说明来意，那老两口才说是欠财主的债，已经催逼多次，最后定了期限，过期不还，要抓他老两口的独生女儿。我问清了所欠数量，到更深夜静，便把劫来的银钱偷偷隔门缝塞了进去。"

老二接着说："还有一次，我和同伙脸蒙布，手提刀，深夜去劫一个富户。正在搜罗财物，发现一女子，年轻貌美，赤条条的浑身没挂一线。原来这女子发觉我们来抢，惊吓中顾不得穿衣服，钻进门角一个大竹篓内，簌簌发抖。这时，我的同伙中有人起了歹心，丢下东西，便要糟蹋那一女子。我想：咱是穷人，干这一行是迫于无奈，而财主的东西全是不劳而获，抢些无妨。可人家子女无辜呀！怎能干伤天害理的事情？我就大喝一声：'谁敢妄动，我就宰了他！'在我的威慑下，同伙只拿走了财物，那女子免遭羞辱。"

老二把话说完，老大若有所悟：劫富济贫，解人之危，见色不贪，功德无量！难怪我家门衰败，善，口说不如力行也！

讲述者：　李进学，男，60岁，满族，内乡县城郊庞营人，医生

采录者：　庞洪举，不详

采录时间：　1986年

采录地点：　内乡县城郊乡庞营村

选自：　《中国民间故事全书·河南·内乡卷》

437

三玄历险记

长寿山有个打猎的,名叫三玄。这年后秋,他背着干粮,带着火枪火药又上山了。

这一天,他很走运,打了些山羊野鸡,只是多走了些山路,天黑下不了山。他猛然想起后山有个相识的老猎户,无儿无女,光棍一条,想着今晚找他做伴去。摸到猎户家,他连喊几声,里头无人应腔,进屋一看,发现老猎户棉被蒙头睡在床上。三玄困极了,不再呼唤,将东西放下,将火枪、火药放在床头,就挨着老猎户身子躺下睡觉了。

半夜里,山风呼呼,三玄觉着冷,就挑起被子往老猎户身上偎,腿刚挨住老猎户,就觉着凉得入骨。三玄猛地一惊,忽地坐起,谁知老猎户也随即忽地坐起。借着月光,三玄定神一看,只见老猎户眼珠子暴凸,舌头有半尺长,吓得他"妈呀"一声蹦下床来。那老猎户也不含糊,跟着蹦下床来。三玄酥了,抓起猎枪火药朝门外跑。待他跑出门外,就听后面"咕"的一声。

原来,老猎户几天前就死了,农村讲,这叫"惊尸"。死过的人如果得到活人的体温,在短时间内能够起身走动。为了防止死人惊尸,按农村的习俗,要在死人的脚脖子上绑上麻绳。因为老猎户没人照料,脚脖子上没绑麻绳,所以就能蹦下床来。当他走了几步,就被门槛绊倒了。

三玄听见响声,不敢回头细看,还是没命地朝前跑。他跑着跑着,忽然发现前面两束灯光。三玄时常在山里打猎,懂得这是老虎眼睛发的光。躲是来不及了,打枪又装不上火药。他见身旁有棵大树,便抱住树身朝上爬。刚爬上树叉,老虎赶到了。老虎见三玄上了树,气得吼叫几声,围着树身乱转。三玄暗自庆幸,忙把枪顺好,准备装药。忽然,觉着头皮被什么扎了一下。他仰脸一看,"妈呀"一声,差点掉下树来。原来树上有条碗口粗的大花蛇,口中伸出火苗样的信,来吸他的血。三玄急了,忙将火药抓了一把,拿火香一燃,只听"噌"的一声,火焰腾起老高,又听"腾"的一声,大花蛇窜了下来。三玄几受惊吓,一下子晕倒在树杈上。原来,蛇生性怕火,禁不住火燎烟熏,就掉下树来。老虎当是三玄掉下来,就朝上扑。大花蛇见老虎要吃它,两个怪物就在树下大战起来。

不知过了多少时辰,三玄被一声虎啸惊醒。天亮了,他朝树下一看,大花蛇身断三截,死了。老虎呢,也顺嘴流血,直挺挺地躺在地上。原来是大花蛇盘住了老虎,越盘越紧。老虎受不了,一声吼叫,肚子一鼓,把大花蛇撑断了。老虎也因用力过猛,迸裂了肝肺,七窍出血而死。

三玄拍了拍脑门,咬了咬指头,知道自己没死,只是裤裆湿了两片子,黏乎乎的。他溜下树,顾不得收拾死虎、死蛇,跌跌撞撞跑回家里。从此,再也不敢独自一人上山了。

讲述者: 张子芳,男,65 岁,内乡县赤眉镇人,小学,乡医

采录者: 张惠菊,不详

采录时间: 1985 年

采录地点: 内乡县赤眉镇黄岗村

选自: 《中国民间故事全书·河南·内乡卷》

438

谷种记

内乡有句俗言，形容什么东西记得牢，总是说："记得跟谷种一样。"这到底是怎么回事呢？

从前，李庄有一个年轻农民叫李祥，对人心诚，老实巴交的。一天，李祥跟父亲到南岗地里种谷子，楼了半晌，种没了。父亲对李祥说："祥，快到王庄你表叔家借点谷种去。"李祥答应一声就去了。

王庄与李庄没隔村，不一会儿就到。李祥进了表叔家，适逢表叔外出，只有表妹王荣独自一人在院里做针线活。王荣是一位多情漂亮的姑娘，平素对李祥就很钟情。今见李祥一人到来，心下自然欢喜，忙放下针线起身笑迎。李祥说明来意，要表妹快取谷种，父亲还在等着他。王荣听了，不以为然，撒谎说："俺爹没在家，谷种在哪儿，俺现找哩，你急什么？"说着便拉李祥进屋详找。三间房子一明两暗。二人来到暗间，你扒她找，你碰他撞，一个存心调情，一个诚心相帮。一个少男，一个少女，时间长了，花绾儿 [1] 见火哪有不着之理？突然，王荣扑上去，抱住李

[1] 花绾儿：用来纺线的棉花捻子。

祥脖子。李祥激情难禁，也顺从地躺了下去。

二人亲昵了一会儿，王荣取出一个烟布袋，上面绣着两朵并蒂荷花，交给李祥说："表哥，我是你的人了，这东西你带着，回家给爹妈讲，托媒人快来提亲。"李祥心里暖融融的，"嗯、嗯"了两声，接过烟布袋。王荣又不放心地说："表哥，你们男子家好骗人，到时一变心，可坑苦了我，你也得给我一样东西。"李祥摸了摸身子苦笑着说："我身上一无所带，你要什么？"王荣说："表哥，你就把你那汗衫脱下来给我吧！"李祥无奈，脱下汗衫，这才背起谷种走了。

谷子苗由青到黄，收割入仓。王荣望眼欲穿，盼李祥前来提亲。然而，一连数月音信全无。原来李祥老实，羞于开口，从没有把"谷种"一事向父母表明。这下可苦了王荣，数月过后，只觉着脚沉手慢，腰带渐短，看看遮不住身了，只得向父亲说了实话。父亲听了大怒，骂王荣不顾廉耻，败坏门风，立逼王荣出门。王荣无了依靠，哭哭啼啼来到李祥家，恰巧李祥赶集上店去了，李祥父母感到太丢人，只等李祥回来，当面对证。谁知，李祥在赶集回来的路上听到风声，说是王荣跑到家里找他算账，吓得没了主意，自感无脸见人，便趄身逃往外乡。

王荣与李祥父母久等不见人，一时也难以论理。王荣便拿出汗衫，说明"谷种"一事。李祥母亲见了自己亲手为儿缝补的汗衫，李祥父亲也回忆起了当时借谷种的情形，无话可说，只得收留王荣。几个月后，王荣生下个胖男孩，事因借谷种引起，一双老人就给小孙子取名谷种。自从李门有了后代，加上王荣对双亲十分孝敬，虽然李祥不在家，过得也蛮自在。

天有不测风云，人有旦夕祸福。小谷种刚满周岁，内乡突遭兵祸，一时遍地焦土，尸骨盈野。一双老人惨遭杀害，房屋田产毁劫一空。王荣虽得幸免，可这孤儿寡母何处存身？为了保存李门后代，自身不被暗算，王荣一咬牙，抱起孩子进了深山老林，结草为屋，开山种田。就这样，一晃十多年，小谷种已长得人高马大。王荣望着儿子，思念丈夫，不知流了多少眼泪。明知深山终非长久之地，但下山重建家园谈何容易，手无分文，寸步难行。一日，来了一个收山货的人。王荣提了半桶生漆准备出卖，刚下了

山梁，就听一位外地口音的人说道："你老弟放心，忘不了，记得跟谷种一样。"这是在对另一个人答话。王荣猛一趔趄，险些把手中的漆桶倒翻。心想：这段隐情只有我夫妻知底，为何出自他人口中，待我问个明白。她卖了生漆，试探着问道："你这位客官，适才听你说'记得跟谷种一样'，不知你这话里什么含义？"那人听了一愣，这真是"张永年反难杨修"，这句话我说了十来年，跑了大半个中国，今日倒被这位大嫂给难住了。他笑着说："大嫂，这句话没什么意思，平常只是听俺掌柜这样说。俺们当伙计的，也学着胡乱溜，并不知这句话出自何处、有何典故。"王荣也笑着说："既然你是听掌柜说的，不知你们是什么字号，掌柜姓啥？"商人见王荣问得真切，便说："俺是老河口祥记兴隆店，掌柜姓李，不知大嫂问这何意？"王荣一听，果真是自己的丈夫李祥，便一屁股坐在地上大哭起来。那人见状大惊，忙问："嫂子，你这是为何？"王荣便将自己丈夫出走，十多年杳无音信说了一遍。那人听了劝慰道："大嫂不要悲伤，明天我就运货回老河口，详情转告俺掌柜。果真是大嫂说的这些，到时我陪掌柜来接你母子便是了。"

半月以后，一辆明漆马拉轿车停在山口。轿车上下来上次收山货的那人和一位长袍马褂、四十开外的商绅，这商绅正是十年前外逃的李祥。原来，李祥无亲可投，无奈跑到老河口一家兴隆店当伙计。因他诚实，干活勤快，很受掌柜爱见。掌柜膝下无儿，只有一女子，想招赘李祥为婿。李祥因有王荣这段隐情不敢应承，便借故婚姻大事须告知父母，于是回家探听王荣消息。谁知到家一看，焦土一片，荡然无物。只得又转回老河口，与店主女儿成了亲。事后，每每思念这件事，羞愧难禁，不由得把"谷种"当成口头禅，不想这句话竟引出破镜重圆。

当李祥来到王荣家里，夫妻见面不胜悲伤，各叙离别之情。李祥把谷种抱在怀里，口中喃喃自语："十年一场悲欢梦，夫南妻北难重逢。不是巧合尽天意，只缘心中藏'谷种'。"

讲述者： 张华堂，男，70岁，内乡县七里坪乡寺坪人，小学，农民
采录者： 杨法，不详
采录时间： 1986年
采录地点： 内乡县七里坪乡
选自： 《中国民间故事全书·河南·内乡卷》

439

谜胜

有一年，久旱不雨，颗粒无收。农户王宝家里米缸刮空、面袋搋尽，揭不开锅盖。无奈，王宝和妻子商量，把家里能变卖的折腾俩钱，到外边闯闯。俗话说，树挪死，人挪活，或许能碰个生意，讨个活路。妻子同意了丈夫的想法。

就这样，两口子变卖了家产，离乡出走。四处打听，仍没有生意可做，更没有栖身之地。一天，二人来至一家饭店，借吃饭之机，向掌柜打听此地有什么活路儿。掌柜很和气，要小两口就在小店吃住，慢慢寻找生意。三天过后，王宝没有找到生意，却发现自己老婆和掌柜眉来眼去、窃窃私语。王宝心想，如不快走，不但老婆难保，恐怕自身也要在这儿当牛做马了。又一想，走，手中钱不够算店钱，掌柜岂能放人？咋办？思来想去，终于想出一条脱身之计，于是，找到掌柜商量说："掌柜的，你看我外出逃荒，携带家口不便，如果我把女人卖了，又显得不近人情。我出个谜，三天内你要猜中了，我把老婆输给你，你看怎么样？"掌柜听了，先是一惊，随之，喜得心窝真像灌了

蜂蜜。心想，看来你这主儿还是亮家[1]。

原来，这饭店掌柜是个嘴含糖稀稀、怀揣杀人刀的笑面虎，时常借天灾人祸，凭地处要道之利，乘人之危，倒卖人口。他见王宝老婆长相不错，暗中施展手段，早把王宝老婆的心买去了，只是时机不成熟。如今王宝自送老婆，真是瞌睡遇着枕头，咋能心里不喜？随即反问道："那么，三天内我猜不中呢？"王宝说："猜不中，请把你的家产劈一半归我。另外，我们俩人吃饭住宿钱一笔勾销。"掌柜心想，你女人和我生米已煮成熟饭，还怕你不输，当即满口答应，并说："口说无凭，立字为证。"王宝当然同意，掌柜便找来地保，从中作证，立下文书。

事毕，掌柜说："那你出谜吧！"王宝这才说道："层层叠叠是个啥？哩哩啦啦是个啥？两头尖尖是个啥？一头白一头青是个啥？谜底用诗体，对仗要工整。"掌柜一一记下，仔细思索。两天过后，掌柜百思不得其解，便暗中求助王宝老婆："你去套问一下，保你一世荣华。"变了心的王宝妻见了王宝，甜甜地问道："看来掌柜是输定了，你真行，这谜底连我也解不开。哎，到底是啥？"王宝一阵高兴，悄声对妻子说："层层叠叠是牛屎，哩哩啦啦是羊屎，两头尖尖是老鼠屎，一头白一头青是鸡屎。"

到了第三天中午，掌柜叫来中人，对王宝说："我猜中了。"于是便把王宝妻暗中教他的学说一遍。王宝笑着摆摆手，说："我讲过，谜底用诗体，对仗要工整。你说的这泡屎、那泡屎，难登大雅之堂。告诉你，正确的谜底是：层层叠叠是藏经，哩哩啦啦是星星，两头尖尖是张弓，一头白一头青是棵葱。"掌柜听了，满脸煞白，只得服输。

讲述者：	李银环，女，37 岁，内乡县岈峄乡人，高中，供销社干部
采录者：	靳清阳，不详
采录时间：	1985 年
采录地点：	内乡县岈峄乡
选自：	《中国民间故事全书·河南·内乡卷》

[1] 亮家：明白人。

440

「张狂」姑娘

从前，有个姑娘不守家教，善言巧辩，行事"张狂"[1]。所以，人们送她个绰号叫"张狂姑娘"。

姑娘十八了，爹妈给她找了个婆家，相公名叫张实。过去订亲，靠的是父母之命、媒婆之言，双方八字庚帖一换，就算板上钉钉，是黑是白，是瞎是麻，双方男女都不得见面。张实听人说这个姑娘"张狂"得很，于是，就打扮个货郎担儿，来到姑娘家门前，说道："拨浪鼓儿，摇三摇，张狂大姐快来瞧。想买想卖快张口，不买不卖俺就走。"

姑娘在屋里听见了，就跑出来说道："谁在外头学猫叫？带有啥货敢让挑？俺不买你针不买线，撕你八对儿好鞋面。公公两对儿，婆婆两对儿，丈夫两对儿，我两对儿，不是八对儿是几对儿？"

张实说："叫你爹爹出来讲价钱。"

姑娘说："俺哩爹，实在忙，跟着工匠做嫁妆。闺女二十四五要出嫁，哪有时间闲嗑牙？"

张实说："叫你妈出来讲价钱。"

姑娘说："俺的妈，不得闲，急着屋里槌绒线。一槌青，二槌蓝，忙着给闺女织毛衫。"

张实说："叫你哥出来讲价钱。"

姑娘说："说起俺的哥，跟银匠打银货。妹子二十四五出绣房，想想他咋能不慌张？"

张实说："叫你嫂子出来讲价钱。"

姑娘说："俺嫂子甚是不得闲，一天三顿饭，锅前锅后转，脚尖踢得稀巴烂，裹脚缠了二尺半。"

张实算是真正领教了姑娘那"张狂"劲儿，回到家里，心中烦躁不安，思想着日子没过头。不久，忧思成疾，病死了。

姑娘听说未婚丈夫死了，要去吊孝，就是不知道穿啥衣服，去了哭什么。姑娘就问家里人："爹，俺上张家坡穿啥哩？"

爹说："红绸衫儿，红绸裙儿，红绸手巾儿遮心门儿。"

姑娘问："妈，俺上张家坡穿啥哩？"

妈说："绿绸衫儿，绿绸裙儿，绿绸手巾儿遮脸皮儿。"

姑娘问："哥，俺上张家坡穿啥哩？"

哥说："蓝绸衫儿，蓝绸裙儿，蓝绸手巾儿遮乌云儿。"

姑娘问："嫂子，俺上张家坡穿啥哩？"

嫂子说："白绸衫儿，白绸裙儿，白绸手巾儿遮嘴唇儿。"

姑娘问："爹，俺上张家坡哭啥哩？"

爹说："小娃家不哭他，哭外人肯笑话。点张纸儿，起来吧，一瓢凉水泼地下。"

姑娘问："妈，你说吧。"

妈说："我没啥，你爹说啥你哭啥。"

姑娘问："哥，你说吧。"

哥说："爹妈说啥你哭啥。"

姑娘问："嫂子，你说我哭啥？"

嫂子说："下了张家坡，哭声张大哥。进了张家门，哭声张家人。漂白袜子叫谁穿？长杆烟袋叫谁掂？生下孩

[1] 张狂：放荡不羁的意思。

子谁照看？"

"张狂"姑娘到了张家坡，按照嫂子教的穿，又按嫂子讲的哭起来。

这时候，放法事的老和尚听见了，说："漂白袜子叫我穿，长杆烟袋叫我掂，生下孩子我照看。"

姑娘一听，接着说："拍你的镲，念你的经，你知老娘哭啥声？抬辕[1]不接你接叉，龟儿是个大王八。"

讲述者：　冯改群，女，50岁，内乡县岞岖乡魏营人，不识字，农民

采录者：　靳青阳，不详

采录时间：1986年

采录地点：内乡县岞岖乡

选自：《中国民间故事全书·河南·内乡卷》

441

扁二伯

陈家湾有个陈寡妇。陈寡妇有个遗腹子，乳名小三，过了新年十二岁，已读《大学》。私塾先生讲，这娃不仅聪明，而且好学。陈寡妇听了打心眼里高兴，对孩子越发疼爱。

这天上午，小三放学回来，哭哭啼啼，陈寡妇忙问情由。小三回答说："老师教的文章已经会背，可是路上摔了一跤，把其中一句给摔忘了，要是想不起来，非挨板子不可。"陈寡妇一听孩子要受皮肉之苦，吓了一跳，但转念一想，老师也是为了孩子好，严师出高徒嘛，想到这里，便对孩子说："哭有啥用？还是先吃饭，边吃边想，也许吃着就想起来了。"可是劝来劝去，小三就是不吃，眼泪直流。当妈的急坏了。人是铁，饭是钢，不吃怎么得了？正在这时，她忽然眼前一亮，拉起小三就走，说："咱们找你扁二伯去。"

这扁二伯不姓扁，只因他会"扁"几句顺口溜，给人们消愁解闷。时间一长，问他叫二哥的，就改称扁二哥，叫二伯的，就改称扁二伯。

陈寡妇向扁二伯说明来意，求他看在孤儿寡母的分

[1]　抬辕：指从前木大车上牲畜驾辕用的木杠。这里是拐着弯子骂人，骂对方是牲口。

上帮帮孩子。扁二伯听后，慢腾腾地说："做文章没题不行。给你'扁'一出，也得先有个题呀。"陈寡妇不解地问："题？啥题？"扁二伯回答说："桌子、椅子，随便什么为题都行。"陈寡妇一听，便想以桌椅为题。可又一想，这是人家说出来的，再说岂不让人笑？正在为难，忽然发现门后靠了根鸟枪，灵机一动，说："就以枪为题吧。"扁二伯说："好，不过，'扁'住了你别喜，'扁'不住你别怪呀。你听好啦。"他满嘴打嘟噜地"扁"起来："门旮旯里靠杆枪。枪……"按他的"扁"法，第二句的头一个字必须和头一句的最后一个字同音或谐音，当然了，音同字同更好。"可这'枪'呢？""枪打出头鸟。""那鸟呢？""鸟飞了。""了呢？""了还是了呀。"堂堂扁二伯一时竟被难住。

陈寡妇看扁二伯摇头叹息，忙问："扁二哥，难道'扁'不住了吗？看来，孩子这顿打是免不掉了。"说着，就抹起眼泪来。扁二伯安慰道："你别性急，让我想想。噢，对了，你听：门旮旯里靠杆枪，枪托托地……"扁二伯初如小河流水，后如大河决堤。他"扁"道："地上无人世不成。城里大嫂来降香。香九娘。娘长娘短儿女敬。敬德打朝。朝天镫。镫下藏身。身后有张飞。废物刘庆。庆八十。十个秃子九个俏。俏冤家。家家有个观世音。阴风吹火。火烧战船。穿枪过剑。剑飞琅琊。牙床上有个小妖怪。怪头怪脑。恼了梁山弟兄。兄南弟北。悲哀不止。指日高升。升官图财害命。命该如此。此人为觑，举之道也。"小三高兴得跳起来："扁二伯，你'扁'住了，'扁'住了。这'此之为觑，举之道也'，就是我忘的那句。"

陈寡妇也破涕为笑，连连向扁二伯道谢。

讲述者：　王景汉，男，78岁，已故
采录者：　王华恒，不详
采录时间：　1985年
采录地点：　内乡县湍东镇五营村
选自：　《中国民间故事全书·河南·内乡卷》

442

箭箭不离屁股眼

在很久以前，有一个孩子叫二小，大家都说他箭法好。

二小会不会射箭？只有他自己知道。他十七岁那年，看中了本村一位姑娘，总想接近她，但没有机会。有一天，有个猎人用箭射中了一只兔子，但兔子没有死，一下窜到姑娘家的院子里。这正好被二小看见，他急忙回家做了一张弓和一把箭，向姑娘家走去。

这时，姑娘和她爹都在家里。二小走进去说："大叔，我射中了一只兔子，但没有死，跑到你家院里，你看见了没有？"姑娘爹说："我们没看见，咱们找找。"于是，就在院里找起来。不一会儿，只听姑娘爹说："找到了，箭法还不错哩。你看，恰好射在屁股眼上。"二小见夸自己，很高兴。他一边看姑娘，一边笑着。只听姑娘爹说："二小呀，你把我家门前树上那窝喜鹊给射了，省得整天不得安宁。"二小为了姑娘，便满口答应，说："好，我明天早上就来。"说罢，就回家了。

夜里，他想自己不会射箭，怎样才能闯过这一关？想着想着，有了主意。天不明，他就朝姑娘家走去。这时，人们都在睡着，他就爬上树，把喜鹊窝里老的、小的都弄死，屁股眼里都塞支箭，扔在树下，就回家了。

天明了，姑娘爹一开门，只见门前有四五个死喜鹊，并且屁股眼里都有一支箭，就跑去问二小。二小说："我去你们还在睡着，就没喊你们。"老头一听说："你真是个神箭手。"并真的把他女儿许给了他。

从此，二小就出名了。

有一天，二小的丈人上街赶集，看到人们围在一起，像在看什么东西，也就挤了进去。一看是一张布告，意思是：在十里以外的大山上，有一只吃人的老虎，谁如果能打死老虎，赏银百两。二小的丈人心想：二小的箭法好，定能把老虎射死。于是就把布告给撕了。人们一看就问："你能？"二小丈人说："我女婿能。"就回家跟二小说了。二小想说不去，怕坏了名声，说去，谁知道是死是活？又一想，既有重赏，干脆去碰碰运气。于是，就背上干粮出发了。

到山上一看，只见一只老虎正在睡觉，一下把二小吓坏了。他急忙窜到一棵大树上。老虎醒来，见树上有个人，就大吼一声，扑了上去。可也正巧，正好窜到树杈上，动也不能动了。二小一看，心里那个高兴劲儿，简直没法提。他急忙把一把箭全部塞进老虎的屁股眼里，然后下了树，高高兴兴回去报功。

结果，二小得了一百两赏银，从此也就富起来了。

二小一富，小偷们眼红了，总想偷他。

一天夜里，四五个小偷在一起商量怎样偷二小。他们都怕二小专射屁股眼的箭法，就在各自的屁股上绑个锣。他们蹑手蹑脚来到二小家里，谁知刚一伸头，只听二小说："伸头者。"吓得他们赶紧把头缩起来。又听二小说："窥头者。"吓得他们起来就跑。又听到二小说："房后沟里出溜者。"这可把小偷们的苦胆都吓黄了。他们竟以为二小撵来了，就跑得更快了。谁知他们一下跑到棉花地里，才结的花蕾，把屁股上的铜锣敲得咚咚响。他们边跑边说："射了，射了。幸亏咱们绑个锣，要不他的箭不射进咱们屁股眼里才怪。"

其实，二小根本没有醒，只不过在说梦话罢了。

从此以后，谁也不敢偷二小了，并说："二小的箭哪里都不射，专射屁股眼。"

采录者： 杜中林，男，50岁，内乡县城关人，小学，农民

采录时间： 1986年，不详

采录地点： 内乡县

选自： 《中国民间故事全书·河南·内乡卷》

443

梦先儿

从前，有一个叫李大商的人。娶个媳妇，忠厚贤惠。结婚后他就离家经商，一去就是七八年。一天，他突然回来，人们这个一言那个一语，传言媳妇勾引野男人。李大商面傻心耿，暗思良策。

这天，他嘱咐妻子说："我明天要进城办事，你给我备上干粮。"老婆为他做了干粮。大清早他就揣着走了。他无意进城，而是为了考察妻子的行踪如何，便拐弯爬到门前的一棵桐树丫上。正当中午，迎门走来一个年近四十的男子汉，四下眺望一阵，走进屋内，上前一把将他妻子搂在怀中，二人咕哝一阵，便压着板凳办了桩羞事。到了天蒙蒙黑，李大商才回家，一屁股落在椅子上，一本正经对妻子说："奇怪，我刚刚进城，就觉着身子困，刚打了个盹儿，便做了个梦。梦见今天上午咱家来了个男子汉，一把将你搂在怀里。你们两咕咕哝哝，在板凳上办个羞事。"妻子忙插嘴道："你胡说的啥呀？那是梦。"李大商将头点了点，又说："我不就是在忆梦吗？噢，我明天还需进城。"第二天，他又打发妻子照旧安排了干粮，照旧到原处藏身。正当午时，照旧又来了那个男子汉。进屋

后，他老婆说："得小心哟，昨天已出了眼神。""咋啦？他知道啦？"老婆点了点头，便换了个地方去做羞事。昏黑回家，李大商便说："我说吧，今儿又梦见你在家干羞事了。"老婆说："你别胡扯，你要是真的梦着，那你说在什么地方？"李大商说："好吧，咱俩打个赌，倘我梦准，你以后就不准再给我丢脸，倘梦不准，那么以后随你的便。"说着，拿手一指："小桌就是证人。"老婆霎地变了个面孔，一下子恼得不可开交，收拾起小包袱，连夜回娘家了。

李大商的老婆在娘家住到半月头上，娘家一头老母猪刚孕产，就领着一窝猪娃跑丢了，一连几天找不到，父母急得团团转，四处查问哪里有神机妙算的好先生。李大商的老婆见父母茶饭不进，只好将丈夫做梦可准的事说了。她爹一听，喜出望外，马上托他大孙子去请姑爷。李大商在心里埋怨不争气的妻子："你走了拉倒，不该拉拽我再到你娘家丢脸。"但又无可奈何，只得跟着前去。

到了岳父家，李大商让岳父给他安排个僻静住处，并且要了一袋白灰。时间过了两天，岳父越加心神不安，一天能问六七遍。李大商也实在苦闷，本来就没这能处，看样子非要丢丑不可。他想了个主意，半夜里偷偷离开岳父家，生怕走大路让人发现，便顺着小道走。说来也巧，没走多远，只听有猪叫声，仔细一看，原来是一座破窑，大猪小猪全都卧在里边。这下子，他可来了精神，马上转回屋拿白灰，在小道上撒了一条白线，这才安心睡觉。岳父鸡叫五更就起床，来问他梦着了没有。李大商揉了揉眼皮，说："没什么难的。你顺着我梦中撒的一条白灰线去找，一定能找到。"岳父照此办理，果然找着了大猪小猪。赶着猪回家后，把李大商美美地夸了一通，将闺女狠狠地训了一顿，催着闺女跟女婿回家。打这以后，李大商老婆再也不敢去做勾勾恋恋的羞事了。

做梦找回岳父家的大猪小猪，让李大商得了个"梦先儿"的美名。一传十，十传百，传到了县太爷耳朵缝儿里。县太爷大印被盗，正愁得没法，听说有这等能人，赶紧带着三班衙役亲自去请。这一下，可把李大商吓傻了。不去不了，去着也不了。急忙之中，想了一个办法，便对妻子说："我走后，你给咱孩子丢到枯井里。我走一程，就说

梦见孩子掉井，回来就不去了。"见妻子点头，这才安心坐轿上路。

没走几里，李大商便让落轿。衙役们问他何事，他说刚在轿上打个盹儿，梦见家里孩子掉井，必须回家看一看。衙役没法，只得转回。果然，老远就听李大商的妻子在喊："救命啊，救命啊！孩子掉井啦！"衙役们赶快把掉井的孩子救上来，又忙不迭地找来医生，这才让李大商重新上轿。

李大商苦思恶想，又把妻子叫到一旁，说："官府之事，不想插手，总之是不去为好。我走后，你就将家里的厨房点着，我看看能否脱身。"妻子从了他的意，他又上轿而去。没走多远，他连续打了几个呵欠，声音很怪。衙役们忙问："这是怎么了？"他唧唧哼哼说："像是家里的厨房着火了，我得回家看看。"果然不错，李大商家的厨房冒着浓烟，他老婆正在鼻涕一把泪一把地大哭大闹。衙役们只好担水的担水，泼水的泼水，把火救灭，又从四邻找来各色匠人，帮着重整厨房。一切安排停当，才又重新启程。

虽说这两件事给衙役们添了不少麻烦，可他们却暗暗称赞这位"梦先儿"实在神奇。县太爷听说后，对李大商更加器重，还特意给他安排了两个佣人，衣食起居，精心照料，以便早些梦着丢失的官印。

李大商自然也像热锅上的蚂蚁，不知如何才好。一眨眼几天过去了，他还是不知所措。两个佣人也看出他心里毛糙，唧哝他说："先生，看你天天夜里睡不着觉，好像没做啥梦吧？"佣人这么一说，可惹火了李大商。他信口开河地嚷道："哼，不是张三，便是李四。"谁知话音刚落，两个佣人啪地跪下冲他磕头。原来这两个佣人，一个就叫张三，一个就叫李四，也正是合伙偷印之人。

"先生饶命，印确是俺俩所偷，请你千万不要给县太爷说。"

"好吧，念我们交了几天朋友，只要说印在哪里放着就可以。"

"先生，印在南山老母庙的石像底下。"

这一下，可把李大商心中的一块石头卸了下来。他暗自侥幸，我的老天哪，真是你老人家保佑了我。

就这样，李大商成了县太爷的红人儿。时过两天，县太爷的丫鬟想试探李大商，摘下青枣，装进竹筒，趁李大商吃饭，便将竹筒拿在手中，对着李大商晃了晃说："先生，你猜猜这竹筒里装的啥东西？"李大商哪里知道竹筒里装的啥，将手一摆推辞说："去用饭吧，清早不梦。"那丫鬟连说"准""准"，还将竹筒里的青枣倒出来，让大家瞅了瞅。

打此以后，县衙里有了李大商这个"梦先儿"，全城什么怪事都没有了。所有知道他的人，都称他是县太爷的头道门槛。

讲述者：　　不详

采录者：　　吴见银，男，55岁，内乡县城关人，高中，采购员

采录时间：　1986年

采录地点：　内乡县兴华贸易公司

选自：　　　《中国民间故事全书·河南·内乡卷》

444

一百次弯腰

起小东小西。任何一件东西都有用的，懒惰会使你饿肚子的。"

讲述者：　　不详

采录者：　　王书六，男，36岁，内乡县赵店乡郦城人，初中

采录时间：　1986年

采录地点：　内乡县赵店乡郦城村

选自：　　　《中国民间故事全书·河南·内乡卷》

从前，有个农民领着个十岁的儿子去赶集。路上，他看到一个旧马掌，就让儿子把它捡起来，并说："会有用的。"

这孩子非常懒惰，怕弯腰，便对父亲说："一个旧马掌有什么用，捡它干啥？我们还是赶路吧！""别这样说，孩子，俗话说：'有用之物无重量。'不要懒得怕弯一次腰。"可是这孩子仍旧懒得弯腰，最后还是父亲把旧马掌捡了起来。

父子俩到了集上，办完事往回走时，父亲把旧马掌拿到收旧店卖了一个铜板，又用这个铜板换了一百个沙枣。这时，孩子又渴又饿，多想吃沙枣啊！他以为父亲会马上把沙枣给他吃的，所以，一声不响地跟在父亲的后边走着。走到半路上，父亲一颗一颗地把沙枣丢在地上。孩子高兴极了，每丢一颗，他就弯腰捡起来，把它吃掉。就这样，一直走到家，父亲丢完了一百颗沙枣，孩子便弯了一百次腰。

"咋样？孩子，刚才捡马掌，只需弯一次腰，而你懒得弯。到头来，就让你弯了一百次腰。记住：不能瞧不

445

会说话的石头神

南阳城西十八里岗，发生了一桩人命大案。作案人姓孙名观，外号人称"地老鼠"。他用一块石头敲碎了一个过路商人的脑袋，得了一大笔横财，当他收拾了东西准备要走的时候，猛抬头看见路边有一个石头神。他无意中对石头神说："今天这个事只有你知道、我知道，别的没有第三个人清楚。要是你走漏风声，我可要砸碎你的脑袋。"

石头神"嘿嘿"一笑。

孙观抬起头，看着眼前发笑的石头神惊呆了。"怎么你会说话？"孙观问。

石头神真的说话了："放心吧！我不说，你自己会说出来的。"

孙观真的害怕了，拿着东西头也不回地跑回家。

第二天，有人到南阳府报了案。南阳知府坐着八抬大轿，亲自验了这场凶杀案。传令捕快班头赵四，十天之内破案。

赵四带领一班捕快四下追捕，看着十天过去，一点眉目也没有。第十一天上，知府升堂问赵四："十八里岗凶杀案可曾破获？"赵四答："小人未曾破案。"知府大怒，

当场打了赵四四十大板，命他继续追查。

再说孙观作案后回到家里，想起石头神说的话，坐卧不安。为防备万一，他把得来的外财锁在箱子里，连夜出门逃往陕西商南，到一个大财主家扛长工去了。

孙观逃走了，赵四往哪里去找？追来追去，还是自己落一顿苦打。眼看着屁股叫打烂了，还是找不到作案人的下落。

这天，赵四在朋友那里借了十两银子，一跛一拐地回到家里，望着高堂老母，掉下了伤心的眼泪。母亲问他哭什么，赵四说："娘，这个差事我干不了啦！"于是，就把十八里岗的案情和他如何被打讲了一遍，最后说："看来这个案子不好破，我也不愿意再干这差事了。这十两银子你凑合着过吧！我想出去躲一下。"这样，赵四也逃到陕西商南给人扛长工。

这年三月，商南的四水镇起了庙会，四乡八村的人都到会上去买杈耙、扫帚、牛笼嘴。"当当当"一阵锣响，过来一个玩猴的，一霎时大人小孩围了个圆圈。有几个是河南人，其中一个说："不用问，他准是河南新野人。"又一个凑上说："是啊！新野沙堰，玩猴的一半。"河南人恋老乡，一交谈便成了亲人。这三个人，一个是赵四，一个是孙观，还有一个是李有。一拉家常还都是南阳人，都在附近扛长工。由于初次见面说话投机，以后每隔五七天就要到一起喝一场。就这样，一晃三年过去了。这年年底，三个老乡又凑到一起，由于心情畅快，呼啦啦喝了五斤高粱酒。孙观喝得醺醺大醉，吐了一大摊子，衣服、被子全吐得脏兮兮的。赵四和李有又是擦，又是扫，又是垫，还得帮助孙观拆洗被子、棉衣，把个孙观感激得眼泪流多长。孙观想："这俩老乡真够朋友。"从此更加亲切，无话不谈。

又是一场酒会，仨老乡边喝边谈。谈到高兴之处，孙观忍不住说："这一辈子，我遇到一件稀奇古怪事。"赵四问："有啥稀奇事？你快讲讲。"孙观知道自己走了嘴，想临时编个故事，又一时编不出来。李有一个劲地催着说："快讲嘛老乡，把人都等急了。"孙观想："讲就讲，这俩老乡又不是外人，就是将来闹翻了，都是扛长工的，也不能把我怎么着。"想到这里，就信口开河地把他在十八里岗如何作案、石头神如何说话，学说了一遍。最后问：

"你们说稀奇不稀奇，古怪不古怪？"

赵四随口附和着："稀奇、稀奇，古怪、真古怪！"但心里暗暗骂道："好家伙，案是你作的，害得我赵四好苦啊！"

听了孙观的讲述，旁边的李有只是"嘿嘿"发笑。

孙观用膀子抗抗李有说："你笑什么？难道说……""不稀奇"三个字还没说出来，他的脸唰地变白了，"你这笑声，和那个石头神的笑声一模一样。"

"你算说对了，那就是我呀！"李有说话了。

孙观说："不，不可能！我亲眼看着石头神在说话。"

"那是你眼花了。"李有接着说，"你作案的时候，我藏在石头神后边，吓得我出了一身冷汗。当你收拾了东西要走，我才松了一口气。看到你跟石头神说话，我忍不住笑出了声。又看到你害怕了，我才硬着头皮，学石头神说话吓吓你。结果起了作用，把你给吓跑了。哈哈哈！"

李有的一席话，使孙观清醒过来。他的脸由白变青、由青变紫、由紫变黑，一下子露出了凶相。他好像恶狼一样猛地站起，顺手掂起自己坐的椅子向李有砸去。李有头一歪，木椅子砸在水缸上，只听"哗啦""咔嚓"两声，水缸烂了，椅子断了。孙观顺势来了个饿虎扑食，一个箭步窜上去，抓住李有的前领，按到地下说："姓李的快说，你到底是干什么的？到这里来干什么？"

这时候李有缩成一团，颤惊惊地说："我是种地的，我怕官司连着我，才跑到这里做长工。老孙哥，我是一个人吃饭全家不饥，我告你干啥？我没有说呀，还是你自己说的嘛！"

一句话说得孙观松开了手。这时赵四也上前劝解道："老孙哥，你要想开点，咱们仨都是河南老乡，犯不着闹翻脸。再说，他要真想抓你，也不会在你面前露这个能。况且咱们仨都是扛长工的，案又不犯在陕西，他说有，你说没有，啥凭据？别再胡思乱想，伤着弟兄们的和气了。"还是赵四的话起作用，说得孙观像个泄了气的皮球，再也鼓不起来了。

赵四接着把李有从地上拉起来，拍打拍打李有身上的泥土，说："老李兄弟别生气，梁山上的兄弟都是打出来的。刚才那只是一场误会，还不耽误咱们喝酒。"这场

纠纷在赵四的说合下，一个说"对不起兄弟"，另一个说"没啥没啥"，仨老乡又重新和好了。

事隔月余，赵四把孙观和李有叫到一起，又喝了一回酒。酒过三巡，赵四从身上拿出一封信说："两位老乡，这是家里捎来的一封信，说老母亲得了病，叫我回去看看。我已经干了半个季节，这里的活我也不忍心丢掉，想请两位老乡帮帮忙，该犁的犁、该耙的耙。我回去多说一个月，少者十天。等到麦收，给你们分一半工钱。"孙观、李有满答满应地说："这好说，这好说。"

赵四回到南阳，没顾上回家，就跑到府衙门里去击鼓。知府立即升堂传令："带击鼓人。"赵四走进大堂，还没有跪下，知府就拍案大怒："你可是班头赵四？"

赵四说："是我。"

"快讲，你上哪里去了？"

赵四回答："老爷息怒，小人破案去了。"他根根梢梢讲完事由，知府便派捕快随赵四去商南抓回孙观，当年就把孙观处决了。

讲述者：　陈文通，男，59岁，内乡县城关人，小学
采录者：　姚天舜，不详
采录时间：1979年
采录地点：内乡县城
选自：　　《中国民间故事全书·河南·内乡卷》

446

杀瓜

很古的时候，桐柏山脚下住着姓王的娘儿俩，靠打柴卖过日子。

儿子王虎，脾气倔强，啥事都得顺着他的意思办，稍有一点儿不顺他的劲儿，就叫他妈吓个够。

一天，挨门邻居赵大嫂，端了一碗饺子让王大妈吃。王大妈尝了一个怪香，舍不得吃，留给了儿子。她把饺子往小凳上一放，只顾纺线哩，没看见叫狗给偷吃了。

王虎拾柴回来，妈就把赵大嫂端饺子的事儿前后说了一遍。王虎想，肯定是妈嘴馋吃了，哄骗我说是狗吃了，越想越生气。

吃罢午饭，王虎就磨切菜刀，妈问他磨刀弄啥，他说杀瓜哩，妈想，哪有瓜杀，是杀我的吧？王虎出去了，王大妈就把儿子磨刀要杀瓜的事儿给赵大嫂说了。赵大嫂说："一准是要杀你。"王大妈忙问："那咋办哩？"赵大嫂想了想，说："你扎个草人，再弄个葫芦瓢，画上鼻子眼，当个头，盖到被窝里，你好来我家睡。"王大妈回去就按赵大嫂说的办了。

半夜，王虎翻身下床，摸到母亲床前，举起菜刀，照着头狠狠地砍了两刀。他以为把母亲杀死了，扔下菜刀就跑了。

王虎逃到湖北，在一个小村落了户，又娶了个贤惠的妻子，日子过得还好。一天，王虎在街上赶集，碰见一个老家的人。那人问他："在这儿混得咋样？"他说："还不错。"那人又说："你在这儿混得不错，可苦了你妈啦，她成天要饭受苦，还常念挂着你。"王虎听了这话，打了个寒战，说："我就准备回去看看。"

王虎听说他妈没死，心想：不胜把她接来，当个仆人做些家务活儿。第二天就骑着马回老家了。见到母亲，他假意跪下磕了几个头，又道不是，说："妈，儿子过去错了，往后我好好养活你。"妈妈是个软心人，听他这一说，就跟他去了。王虎把妈妈扶上马，自己牵着走，快到屋时，他把脸儿一变，说："到我家后，不准你说是我妈，就说你姓孙，叫孙嫂，是我的仆人。"王妈一听这话，鼻子一酸，眼泪扑嗒扑嗒地流了起来。王虎又把母亲拉下马，自己骑上，让他妈在后跟着。

王妈到屋后，就跟仆人一样，给他做饭、刷锅、喂鸡子、洗衣裳，啥活都得干。天天喂鸡子的时候，王妈总是小声地叨唠着："鸡呀鸡，你为你儿挠墙根，我为我儿改姓孙。"说得时候长了，媳妇问他："孙嫂，你成天说这话，莫非你有啥苦处？给我说说，兴许我能给你帮上点儿忙。"王妈说："我不敢说，怕你丈夫知道了，我就活不成了。"媳妇说："怕他干啥，有啥话你就说吧！"王妈把事情的前后说了清楚。媳妇一听，忙跪在她面前，说："儿媳有罪，不知道您是婆母，早知道说啥也不让你干活啊！"

王虎从外边回来，一看是妻子在做饭，就问："孙嫂呢？"媳妇说："她上了年纪，又有病，我叫她歇两天。"从那天起，王虎每次回来总是见妻子做饭，心里就犯了猜疑：肯定是那老不死的把事说了。

一天晌午，王虎拿着切菜刀磨了起来。妻子问："那刀才磨了两天，你又磨它弄啥？""杀瓜！""杀啥瓜？""你别管！"他俩正说哩，天上起了一块乌云，狂风大作，电闪雷鸣。王虎害怕了，赶紧往屋里钻，妻子挡着门不让他进，说："你怕死不？"王虎说："怕，我怕死。"妻子说："你怕死，那我用大缸把你扣到当院里，中不中？""中！中！"妻子搬了一个大缸，把王虎扣到了当院里。刚扣好，"喀嚓"一个炸雷，把缸打了个稀碎，王虎被劈成了几瓣子，露出个黑心歪点儿。

一会儿，风停了，雷也不响了，天上出了一条彩带，一头儿伸到她婆媳俩面前，成了一条大路，把她俩接上了天堂享福去了。

讲述者：　李堂海，男，66 岁，桐柏县新集乡白露岗村人，不识字，农民

采录者：　李淑华，女，25 岁，桐柏县新集乡白露岗村人，高中，农民

采录时间：1986 年 8 月

采录地点：桐柏县新集乡李淑华家里

选自：　《中国民间故事集成·河南桐柏县卷（第三分册故事）》

447

纺线

有一户人家，哥俩在外做生意，俩媳妇在屋里纺线。俩媳妇中，老大媳妇又笨又懒，老二媳妇又灵巧又勤快。

有一天，老二打外面回来了。大嫂怕老二说她纺的线少，就赶忙把纺好的几个线穗都拿出来，放在自己身边，又往锭子上安一个纺好的大线穗，装着纺线。老二媳妇纺得快，一会儿纺一堆线穗，一会儿纺一堆线穗。老二回来时，她刚好把一大堆线穗收起来，纺车上是空的。老二看见大嫂纺了那么多，自己的老婆一点儿也没纺出来，心里有些不得劲，可也没说啥。

打这儿以后，老二每次回来，都碰上大嫂纺了一堆线穗，锭子上的线穗快纺好了，自己的媳妇才刚开始纺线。老二就觉得，大嫂是个实打实的做活人，自己的媳妇是个懒婆娘。

这日，老二又回来了，又看见大嫂纺了一大堆线穗，自己媳妇才刚拿出棉条纺线。老二气哩很，啥没说，早早上床睡了。老二听着大嫂的纺车早停了，自己媳妇的纺车还"吱吱嗡嗡"响，气上来了，就骂呀："该死的不死哩，大嫂都没（不）纺了，你还纺啥？明个儿去死吧，不死我

也要休你！"骂哩死难听。

老二媳妇慌忙放下纺车，把各地方收拾利落，就去睡了。睡哩，睡不着。前想想，后想想，怪伤心，怪冤枉。算啦，不活啦。五更头上，老二媳妇下床梳梳、洗洗上吊了。

第二日清早，老二起来一看，媳妇真格哩上吊死了，吓哩不得了。他慌哩忙哩给媳妇找衣裳穿，打开柜子，柜子里的东西整整齐齐，掀开箱子，箱子里东西也是整整齐齐，揭开缸盖，看见满满一大缸线穗，纺得又细又匀。老二知道错怪了自己媳妇，慌忙又跑到大嫂的房里。一看，满屋里乱七八糟。线咧，还是纺车跟前那几个，还纺哩粗细不匀。

老二后悔了不是？晚了。

讲述者：　曹衍玉，女，61 岁，桐柏县月河乡金桥村
　　　　　郑庄人，农民，不识字
采录者：　河南大学"中原神话调查组"
录音整理：郑大芝，女，22 岁，河南大学中文系 81
　　　　　级学生
　　　　　程健君，28 岁，河南大学中文系教师
　　　　　张振犁，60 岁，河南大学中文系教授
采录时间：1984 年 12 月 19 日
采录地点：桐柏县月河乡金桥村郑庄讲述者家中
选自：　　《故事婆讲述的故事》

448

饱掌柜，饿伙计

有钱人不知道饿，伙计说饿得慌。他说："啥叫饿哩慌？你们总是吆喝饿，咋着饿耶？我就不知道饿是咋回事。"他早起早吃，晚起晚吃，啥时想吃就吃，咋会饿咧！

伙计说：哪儿山哪儿山，那景致好哩很呀。游山逛景好，这花那花，这石头那石头哩，长哩好看哩很。说哩多了，他说："那我跟你一路去看看，中不？"

"中啊。"伙计把黑馍揣怀里几个，领着他满山架岭地跑哇。跑到这儿，跑到那儿。这儿看看，那儿看看。看了啦，还走哇。

掌柜哩不想走了："哎哟，不得过呀，病来了。"

"嗯，不咋地，还去看。那儿还有好的。"

"中，还去。"

"哎哟，这回真不得过呀，病来了哇，有病呀。"

"有病？那咋弄咧？那我给你想个法中不？"

"你会想啥法呀，搁这山上？"

"我揣哩有两个黑馍，你吃一点儿试试看。要强一点儿你还吃，要不中了，也就算了。"

"这黑馍？"

"黑馍你吃点儿试试看，它能摆治病。"

"中。"吃一团，强一点儿。

"那你还吃。"吃了一个了，病好了，没事了。

掌柜哩说："这是咋咧？这病好哩真快。"

伙计说："你知道饿了不？这就是饿了。"

"哦，这就是饿。"

以后，掌柜哩就叫伙计吃饱了。

449

泥巴匠要工钱

讲述者：　曹衍玉，女，61岁，桐柏县月河乡金桥村
　　　　　郑庄人，农民，不识字

采录者：　河南大学"中原神话调查组"

录音整理：郑大芝，女，22岁，河南大学中文系81
　　　　　级学生
　　　　　程健君，28岁，河南大学中文系教师
　　　　　张振犁，60岁，河南大学中文系教授

采录时间：1984年12月19日

采录地点：桐柏县月河乡金桥村郑庄讲述者家中

选自：　　《故事婆讲述的故事》

有一个姓程的泥巴匠，在一个县城里住。县官想把家里的房子收拾收拾，就把泥巴匠叫来，他把房子咋修的想法给泥巴匠说后，又领着泥巴匠到家里看看。

他俩来到一个四合院里，前边紧靠衙门，后边是一百亩花园。县官家里只有四人，大太太住在正房，二太太住左偏房，十一二岁小女儿有一个乳娘陪着，住在右偏房，县官住在正房的楼上。县官叫她们出来听听程泥巴匠说修房子的办法。她们听后，都很眼馋，大太太嚷着先收拾她那屋，二太太生怕吃亏，也吵着先拾掇她那屋，小姐也喊着先给她的住房搪墙。她们仨吵得很厉害。县官说谁，谁都不听，就大声说："你们以后再说，先给我后楼上施为施为。"又对程泥巴匠说："每天晚上你回家住，太阳不出赶来干活。"

泥巴匠每天早上掂着泥刀、泥抹子到县官家干活，晚上再拿着家伙回家。不觉一个月过去了，四座房子都拾掇好了，县官全家也很满意，就是泥巴匠的工钱还分文没使，他每次去要钱，县官就乱挑毛病扯皮。程泥巴匠看县官有意赖账，就想个法子治一治他出出气，还能把钱要过来。

他就请人写了封信，送给了县官，信中写：

小民程天硬，精于房事。为拆盖的事，老爷把小民选进了府里。自此每天手掂家伙，进你的家。大太太叫收拾正房，二太太叫拾掇偏房，小姐叫摸摸乳房，老爷还叫施为施为后楼。上去吧，不叫下来。下去吧，又叫赶紧上去。你家里有四个人，一天又一天把小人使得筋疲力尽。至今已有月余，没见钱一文，小民有求不大，请大人尽力而为之。

小民程天硬上。

县官一看大怒，一边骂一边说："把这小子带上来，重打四十板。"程泥巴匠大喊冤枉，说："小人从没犯法，为啥挨打？"县官说："你辱骂父母官，还没有犯法吗？"县官把信甩给了泥巴匠，泥巴匠拣起信，一句一句地给县官解释了一遍。县官在众人面前，无法要赖，只好把工钱如数给了程泥巴匠。

讲述者： 袁相如，男，56岁，桐柏县埠江镇江河村，农民

采录者： 谢明超，男，59岁，桐柏县埠江镇政府工作，职工

采录时间： 1987年11月

采录地点： 桐柏县埠江镇

选自： 《中国民间故事集成·河南桐柏县卷（第三分册故事）》

450

改春联

从前，有个财主认不上几个字，还好冒充有学问。

有一天，他给他母亲祝寿，请一个教书先生写寿联。教书先生写了两句："天增岁月人增寿，春满乾坤福满门。"

财主看后，头摇得像拨浪鼓，说："不妥！'天增岁月'意思明白。这'人增寿'嘛，是你增寿，还是我增寿？我拿钱买你的寿联，是为我老母祝寿，你写得不明不白的。"

教书先生听罢，笑着说："那不难，我改成'天增岁月母增寿'吧。"说罢，拿起笔，唰唰唰上联重新写好，念给财主听，财主哈哈大笑说："天增岁月母增寿！'人'字改成'母'字，改得好，改得好！重赏！"

教书先生笑笑说："不敢！不敢！只是写对联讲究对仗，上联改了，下联也得动呀！"财主一听，自作聪明地说："得改，得改，上联把'人'字改为'母'字，那下联的'福'字改'父'字吧！"说完，大笑起来。

教书先生一听，觉得不对劲儿，想写又不敢写，财主催他："快写！快写！教你咋写你咋写，加倍赏钱！"

教书先生又提起笔，重新写了下联："春满乾坤父满门。"写完，先生接过赏钱就走了。财主忙把这副对联挂到客厅中间。

讲述者：　石木本，男，35 岁，桐柏县二郎山乡花香楼村人，初中，农民

采录者：　石大峰，女，17 岁，桐柏县大河镇李沟村人，初中

　　　　　刘国路，女，24 岁，桐柏县吴城镇人，高中，文化站长

采录时间：　1987 年 8 月

采录地点：　桐柏县二郎山乡花香楼村

选自：　《中国民间故事集成·河南桐柏县卷（第三分册故事）》

451

舍子求义

原先，有一户姓罗的，兄弟三人，百十亩田地，十来犋牛，家业也蛮像话。罗大的妻子姓肖，罗二的妻子姓秋。罗三出世仨月，妈就病死了。罗三的妈临死时问肖氏："肖妮呀，你把小三抚养大中吗？"肖氏嘴一咧，说："我不哩，我的孩儿还没法呢！"罗三的妈又问秋氏："秋妮呀，你把小三抚养大中吗？"秋氏答应了，罗三的妈接着说："秋妮，把我那一百两压箱银子拿去吧！"

肖氏没得着婆母的压箱银子气不忿儿，百生法儿坑害秋氏。秋氏让自己刚满月的孩子吃一只奶，罗三吃一只奶，不偏不向，把罗三当成亲生子看待。肖氏总是在背后说闲话："秋氏养活小三是挂个名儿，把小三瘦得跟干狗儿样哩，她个人的孩子胖得像猪娃子样哩！"秋氏是个直性子人，听不得这些闲话，她一气，就让罗三吃两只奶，个人的孩子喝面水儿。肖氏没法找岔子了，月月把罗三称称，看一个月能长多少斤数。要是长得多了就算了，要是折了秤，就找麻烦。秋氏反正是咋着也不对。

一天上午，秋氏对丫鬟们说："你们招呼好小三，我把孩子送到他姥家去。"说罢，她走了。

秋氏走到一个山沟里停住了，把儿子绑到一个树杈上，咬破个人中指，写了一封血书，掖到儿子的腰里，等着有过路君子好捡去抚养。她怕后来母子俩不好相认，又把儿子的右脚小脚趾咬掉，孩子哭得更凶了。秋氏也哭得死去活来，走几步又转来，摸摸儿子的头，喂喂奶。她怕回家晚了肖氏还要找事儿，就一狠心走了。

天擦黑儿的时候，一个姓刘的员外走了过来，一看树上绑个小孩儿在哭，就把那小孩儿解下来，往地上放哩，从腰里掉下来一封血书。他一看就明白是咋回事儿，抱着小毛孩回家了。一家人可喜欢啦，问给这孩子起个啥名字。刘员外说："人家秋氏舍子抚养小叔子，够义气的了，咱就叫这孩子'罗义生'吧！"

一晃十来个年头，罗三能念书了。一天，罗三吃着瓜和秋氏拍着话儿："二嫂呀二嫂，你待我那个甜劲像瓜样哩，大嫂待我那个苦劲像药样哩！"这话叫肖氏的丫鬟听见了，回去给肖氏一说，肖氏恨坏了。心想，非害死罗三不中！

第二年清明那天，肖氏约着秋氏去上坟，罗三跟在后头。走到一个常好卧狼的山洞跟儿，肖氏对罗三说："小三，你进洞里试试有多深？"秋氏给罗三使了使眼色。罗三把脸一扭，说："忙走吧大嫂，磨蹭晚了回家还赶不上吃晌午饭哩！"肖氏看罗三不上当，只好气咕咕地走了。

后来，秋氏对罗三嘱咐：不管肖氏叫罗三干啥，都要给她说一声。

再说罗义生这孩子也真机灵，上学五年整，五经四书都读通。他年长一十六岁，考上七品知县。

肖氏为了独吞家产，饭里下毒，把罗三害死了，反过来，赖到秋氏头上。她买通县官，把秋氏告进县衙。亏得方圆的百姓到大堂替秋氏喊冤，才免秋氏一死，让去充了军。

这一天夜里，秋氏和差人们歇在庙里。尼姑们问秋氏犯的啥罪。秋氏把肖氏害她的事儿说了一遍，尼姑们说秋氏冤屈大，对她说："后殿里住了个县官，你明早就去喊冤。"秋氏一听这话，忙给尼姑们行了个礼。

说来也巧，后殿住的这个县官，就是罗义生，上任前回家探亲哩！天一亮，罗知县就听到有人喊冤。他问秋氏姓啥名谁，家住哪里，有啥冤屈。秋氏说："大老爷，我和肖氏是妯娌俩。婆母下世的时候，撇下一个奶娃子，婆母问俺嫂养活不养活那小三，俺嫂说不养活。婆母娘又问我养活不，我说养活。婆母把她的一百两压箱银子给我了。嫂嫂她见财起歹意，百生法摆治我和罗三。"

罗知县听不下去了，从怀里掏出当年秋氏写的血书，"妈"一声抱着秋氏哭了起来。秋氏不敢当。县官咋是自己的儿子呢？就说："你右脚鞋脱掉，让我看看！"罗知县脱了右脚鞋，露出了那只半截小拇脚趾，秋氏一看，真是自己的亲生子呀！

从此，母子二人团圆了，肖氏得到惩罚，秋氏过上了好日子。

讲述者：　叶书琴，女，60 岁，桐柏县鸿仪河乡仓房村人，农民

采录者：　周君立，男，27 岁，桐柏县淮源镇仓房村人，高中，农民

采录时间：　1986 年 12 月 6 日
采录地点：　桐柏县淮源镇
选自：　《中国民间故事集成·河南桐柏县卷（第三分册故事）》

452

老财主夸谷种

早先，有个张老财，四体不勤，五谷不分，愚蠢透顶。他饭来张口，衣来伸手，由一帮子丫鬟、仆人伺候着，就这，他还觉得不舒服。

一年冬天，风雪交加，滴水成冰，野地里能冻死兔子。他身穿皮袄，坐在暖阁里围着火炉喝酒。三杯酒下肚，热哩汗津津的。他就脱下皮袄，摘下狐皮帽，大声嚷道："今年冬天咋会暖和成这了？是气候反常，四季不正吧？"守候在门外的仆人冻得浑身直打哆嗦，哭丧着脸说："东家，你坐在火炉边说四季不正，我站在门外却冻得直打哆嗦，我觉得今冬特别冷，气候并不反常呀！"

第二年夏季的一天，天气闷热。老财主坐在凉亭里还热哩直冒汗。他叫仆人杀开个大西瓜放在地上，然后把两只脚踩在西瓜瓤子上，想以此来消暑气，不料，仍然感觉热哩难受。于是，他就叫两个仆人一前一后给他扇扇子。

两个仆人很卖力，扇呀扇呀，直累得浑身冒汗，老财主这才感觉有点儿凉意。不多时，他满身的热汗都消失了。老财主觉得很奇怪，迷迷糊糊地问道："我哩汗都到哪里去了？"

两个仆人指着自己的满身汗水说："东家，你身上的汗都跑到俺俩身上了！"

这年秋天，老财主一时高兴，就到打谷场上转了转。他看到别人家的谷子比自己家的打头好，不知道是自家地里施肥少，只想着是自家的谷种孬。于是，谷子打完后他叫一个长工拉了一车谷子去外村换粮种。

长工赶着大车，走到半路上，看看天色还早，就躺在一座桥头上睡了一觉。醒来一看，日头都快落了，他干脆调转车头，又把谷子原封拉了回来。老财主一见很高兴，迎向长工问道："你换回来的是啥粮种？"

长工随口应道："这是'桥头睡'谷种。"

老财主问："打头好不好？"

长工说："好哩很，不信秋后看！"

谷子种上后，长工把牲口院里的牛马粪全施了进去。这年谷苗长得特别壮实，秋后收成也特别好。老财主喜欢得逢人就夸："还是'桥头睡'谷种好哇！"

讲述者： 吴根兰，男，59岁，新野县施庵乡桥楼村人，中师肄业，农民

采录者： 吴韵芳，女，29岁，新野县施庵乡桥楼村人，高中，新野县施庵乡曾营联中教师

采录时间： 1986年

采录地点： 新野县施庵乡桥楼村

选自： 《民间文化杰出传承人吴根兰先生讲述的精品故事》

453

稻草与黄金

有个秀才进京赶考哩，路途中到一个寺院借宿。老和尚是个好心人，吩咐小和尚打点稻草铺个床，让秀才安歇。第二天一大早，秀才就起来了，卷起铺盖又上了路。

走了一天，来到一家干店里住下了。当他打开自己的行李卷儿准备睡觉时，发现被单里夹了几根稻草。秀才想：这一定是昨夜在寺院里睡觉时沾在被褥上的稻草。我此次进京考试，必须处处谨慎，切不可因"偷"得几根稻草误了君子之好名声。得赶快送回去！于是，他胡乱睡了一夜，天还没有大亮，就又起身往回走。

来回同样远，走了一整天，又回到了那座寺院。老和尚发现他又拐回来了，感到很吃惊，刚要问话，秀才双手捧着那几根稻草，郑重地递了过去，说："老仙师，昨日行走慌张，误将宝刹内稻草带走几根，今特赶回奉还，请仙师查收！"和尚接过那几根稻草，一下子感动得直流眼泪！他内心感叹道：像这样一尘不染的君子真是世上少见哪！他马上把秀才请进寺院，当上宾款待。

吃过晚饭，二人在一起闲聊，老和尚又夸奖起秀才来，说："学士，真是人不可貌相啊。初看你长相平常，品格却如此高尚！就像我这尊佛像，内秀哇！"说着，指了指桌子上放的小佛爷。秀才一看，那佛像不过五六寸高，黑不溜秋的，还落了一身灰。他心里说：这算啥宝贝，还值得夸奖？老和尚解释道："你别看它外表不起眼，它可是用纯金铸成的无价之宝哇！不是外表用一层黑灰保护着，它早被势利小人偷走了。看你是个正人君子，我才实言相告，你千万不要向外人泄露哇！"秀才感激哩不得了，连声应"是"。这时候，天色不早了，两人分头安歇去了。

老和尚一气儿睡到老天大光，醒来往桌上一看：金佛爷不见了！他大吃一惊！跳下床就往秀才睡处跑。一看，秀才已不辞而别了！老和尚全明白了，又气又急又后悔，二话不说，顺着去京城的大道就撵了过去。

老和尚撵了整整一天也没撵上，连气带饿，"扑通"晕倒在一家大户门口上了。两个仆人看见了，忙把他扶到屋里，喊醒后问明情况，又端来一大碗饭叫他吃。他一看是碗肉食，直摇头，求人家给换点儿素食吃。仆人为难地说："俺当家哩是个贞节女，今儿哩是立贞节牌的喜庆日子，大宴宾客，哪来的素食？你将就着吃点儿吧。"老和尚实在是饿极了，接过来碗闭着眼睛狼吞虎咽地吃下肚去。看看天实在太晚了，他又要求找个宿处。仆人连说："不行，不行，贞节女家岂能留住男客！"老和尚再三恳求，仆人只好去请示女主人。

那个贞节女说："出家之人住下无妨。"仆人就把他领到院墙边儿的一间耳房里住下了。

老和尚躺到床上，翻来覆去睡不着——糊里糊涂吃了碗肉，他心里难受哇！这时候，他忽然听见院墙外响起来拍巴掌声，接着院墙内也传来拍巴掌声。老和尚想：不好，有贼了！他赶紧爬起身来，顺着窗户眼儿往外看。在昏昏儿月亮下，只见从墙外爬进来个人，跳下墙抱住墙内的一个人就往脸上啃起来，还听见那人嘴里嘟嘟哝哝地说："宝贝儿，两天不见，快想死我了！"对方边推他边说："你快走吧！今儿哩是给我立贞节牌坊的大喜日子，客多眼杂的，你就隔天再来吧！"

老和尚明白了：原来是贞节烈女在偷会情人哩！这算啥世道哇！他再也按捺不住心头的怒火，抓起小桌上的毛笔，唰、唰、唰！在墙上写下了四句诗：

不爱稻草爱黄金，
贞节烈女会情人，
和尚临老吃碗肉，
世上何处有好人？

傻
大
胆
打
赌

讲述者： 吴根兰，男，59岁，新野县施庵乡桥楼村
人，中师肄业，农民

采录者： 吴韵芳，女，29岁，新野县施庵乡桥楼村
人，高中，新野县施庵乡曾营联中教师

采录时间： 1986年

采录地点： 新野县施庵乡桥楼村

选自： 《民间文化杰出传承人吴根兰先生讲述的
精品故事》

早年，有个村庄出了两个胆子特别大的人：一个外号
叫"大胆"，专门给死人穿衣裳；一个外号叫"胆大"，专
门给人家看坟地。

一天，"大胆"和"胆大"一块儿去村外拾粪，从一
个偏僻的柳树林边经过时，发现里面躺着个死叫花子。那
死人脸色乌青，龇牙咧嘴，看上去十分怕人。大胆看了
看死人，忽然来了兴致，对胆大说："胆大哥，人们都说
你胆大，我有些不相信，咱俩今天打个赌：今儿黑人定后，
你若敢来柳树林里，给这个死叫花子喂一嘴米饭，明儿哩
我请你下馆子吃一顿；你若办不到，就请我吃一顿，敢
不敢？"

胆大哈哈笑道："这有何难？我经常一个人睡在乱葬
坟里，还能怕一个死叫花子？明天早上你只管来这里查验，
如果死人嘴里没有米饭，我一定给你摆一桌酒席吃！"

两人说完后各自散去。

这天夜里天黑定后，胆大端着一碗米饭悄悄摸出村子，
径直来到了柳树林里。借着昏暗的月光，他找着了地上躺
着的死人，就蹲下身子，伸手从碗里挖出一团米饭，抿到

死人的嘴里。不料，那死人的嘴巴动了起来，一嚼一嚼的，竟把那团米饭吞了下去。胆大大吃一惊，赶紧又挖了一团米饭抿到死人嘴里，死人又把米饭吃掉了！胆大就只好一个劲儿地往死人嘴里塞饭，死人就不住嘴哩往肚里咽。胆大这下子可吓坏了，心想：这家伙一定是个饿死鬼！他跳起身来，把手中的空碗往死人头上一摔，骂道："馋嘴鬼，连碗都吃下去吧！"

不料，那碗一摔下去，死人"惊尸"了，"嗷"一声蹿了起来。胆大几乎吓破胆了，回头就跑，一边跑一边喊道："有鬼，有鬼呀……"他在前面跑，"死尸"在后面撵，一直撵到村边才停下来。

胆大回到家里，越想越怕，竟然一病不起了。家里请过好几个大夫，都治不好他这病，眼看越来越瘦弱，就要一命呜呼了。

这天，大胆来看他，一看他病成这样，不由得惊问道："老弟，你这是咋了？几天不见咋瘦成这样了？"

胆大抓住大胆的手，哆哆嗦嗦地说："老哥呀，我是活不成了，那天晚上我撞上鬼了。"

大胆笑着说，"老弟，你死不了，你撞上的不是鬼，那是我呀！你看我头上这伤口。"一边说一边解下头上裹着的绷带。

胆大一看：大胆的额头上果然有个半圆形的伤口，不由得长出一口气说："老哥，原来你在装死人吓唬我呀！哈哈，咱打的赌可是你输了，你得请我做客呀！"

讲述者： 吴根兰，男，59岁，新野县施庵乡桥楼村人，中师肄业，农民

采录者： 吴韵芳，女，29岁，新野县施庵乡桥楼村人，高中，新野县施庵乡曾营联中教师

采录时间： 1986年

采录地点： 新野县施庵乡桥楼村

选自： 《民间文化杰出传承人吴根兰先生讲述的精品故事》

455

肉馅饺子

有个人好吃懒做，还特别爱占小便宜。

有一天，他在床上睡了一天懒觉，到晚上时感觉很饿，这才从床上爬起来准备弄点儿吃的。忽然，他看见桌子上压了一张请帖——原来是朋友邀他吃米面喜宴哩！

可能送喜帖的人没想到大白天他还窝在被窝里，就把喜帖放桌子上，怕风把帖子给刮跑，就在喜帖上压一块小木板。

他睁大眼往请帖上一瞭，看见了个"十"字，便自言自语道："原来是初十待客！"

回头掐指一算，今天已经是初九日，朋友家里明天待客！自己已经一天没吃饭了，肚子早已饿得空荡荡哩，干脆再饿半天，赶到明儿哩一起吃，也好多吃些。

这样一想，他便重新回到床上，继续睡觉。

第二天，他早早起来准备去赴宴哩，走到桌子前，随手把请帖上的木板往下动了一下，不经意间看见"十"字底下多出了一横，他心里一咯噔：咦！宴席是十一，还得等一天。这可咋办哩？已经饿了快两天了，今儿哩要是吃饭，肯定得大吃。要是吃饱了，明天宴席上就会吃得少些

了。不行！我不能吃那个亏，今天还是不吃饭。

于是，他又饿了一天。

第三天的早上，他收拾打扮一番后，喜滋滋想着可要去大吃一通。他迈开脚步走了一步，不小心把桌子给蹭了一下，压请帖的木板一动弹，他不经意间发现"十"字下面多了一横。

他心里一惊，看仔细时，确实是两横。

原来是十二日！他气得一屁股坐到了地上。干脆一不做二不休，再忍一天饿吧！

第四天早上，他已经没有前两天有精神了，一副无精打采的样子，拄了根拐杖走到门前拉开门，正要抬脚出门，忽然一阵大风从门外刮进门，"啪"一声，木板被风吹在了地上，请帖也被吹落到他脚边。他低头一看，一下子就瘫倒地上了。

咋了？原来请帖上写的"十"字下面有三横。

他想哭，可是连哭的劲儿都没有了。

想着自己为这顿宴席，已经饿了三整天，要是这会儿吃饱了，那三天挨的饿算是白搭了。他咬咬牙，使出最后一股劲，又踏踏实实饿了一天。终于挨到宴席这天。

他浑身无力、双腿发软，只好拄根拐杖一直走到开席才赶到朋友家。屁股刚落座，他就急忙抓起筷子，大吃起来，一直是筷子不离嘴、嘴不离筷子，一口气吃个肚子圆。

吃饱了、喝足了，他才伸个懒腰，扭动一下身体。正好饺子端上桌了，他又接着大吃起来。一股气吃得再也咽不下去了，只好把最后吃下的两个饺子噙在嘴里，这才起身回家。

他走到半路，一阵风把他头顶戴的帽子刮落到地上，他弯不下腰，就冲对面走过来的人说："喂，请帮忙给我帽子捡起来！谢谢！"

对面是个孕妇，大吼他一声："谢个屁！不睁眼看看我弯不下腰吗？"

他只好趔趄着身子去捡帽子，脚下没站稳，一下子摔倒在地上，摔得他"妈呀"一声大叫，嘴里噙的饺子也吐出来摔烂了，他看了一眼摔在地上的饺子，自言自语道："真可惜，原来还是肉馅饺子！"

讲述者： 吴根兰，男，59 岁，新野县施庵乡桥楼村人，中师肄业，农民

采录者： 吴韵芳，女，29 岁，新野县施庵乡桥楼村人，高中，新野县施庵乡曾营联中教师

采录时间： 1986 年

采录地点： 新野县施庵乡桥楼村

选自： 《民间文化杰出传承人吴根兰先生讲述的精品故事》

456

吹牛的来历

人们都习惯把夸大话说成是"吹牛"或"吹牛皮"。这里边有个来历呢。

这是很久以前的事了。有个北方人和一个南方人碰到了一起，各自夸说自己的家乡好，吹得云天雾地，越说越玄乎。

北方人说："我们北方呀，名胜古迹特别多！单说有一座庙，庙前放着一面牛皮大鼓，那鼓大得不得了！在鼓上轻轻敲一下，那声音能一直传到海南岛！"

南方人不屑地笑笑说："这鼓是够大的。我们那里地肥雨多，种啥长啥收啥。单说有一种豌豆，那豆粒足有碗口大！"

北方人心想：乖乖，他比我还敢吹呀！心里很不服气，想了想又说："这也不足为奇。我们那里的石磨特别大！有一次我赶着毛驴贩粮食，路上碰上了强盗，赶紧跑进一家磨房里躲避。看来看去没处藏身，只好把驴赶进磨眼里躲避。你看这磨大不大？"

南方人笑笑说："嗯，是不算小，可我不大相信。"

北方人说："你不信？如果没有这么大的磨，怎样磨你那么大的豌豆呢？"

南方人无话说了。但他不甘认输，接着吹起来："我们那里有一条牛特别大，站在长江南岸，能把头伸进黄河里喝水。"

北方人摇着头说："不信，不信，这么大的牛，不早把黄河里的水喝干了？"

南方人说："没这么大的牛，怎能拉动你那大石磨哩？"

北方人也无话可说了。忽然他来了个转守为攻："老兄，既是这样说，你就领我去看看你这头大牛吧！"

南方人叹口气说："唉，晚了！那牛已经被杀了，牛皮也被剥下来了。"

北方人说："那咱们就去看看那张大牛皮！"

南方人说："那牛皮嘛，已经蒙到了你们北方那面大鼓上了！你想，没这么大的牛皮，能蒙出这么大的鼓吗？"

北方人说："你是在瞎吹！"

南方人笑了："哈哈，你不也在瞎吹吗？只是我吹的是'牛'，你吹的是'牛皮'罢了。"

从此以后，这"吹牛"和"吹牛皮"就成了人们的口头语。

讲述者：　陈元兴，男，43 岁，新野县城关镇人，初中，新华书店干部

采录者：　曹宝泉，男，46 岁，新野县城关镇人，高中，文化馆干部

采录时间：1987 年 7 月

采录地点：新野县文化馆院内

选自：　《中国民间故事集成·河南新野县卷》

457

"咱"

从前，一个乡下人和一个城里人，俩人很要好，成了知己朋友。城里人做生意出身，乡下人务农为生，俩人你来他往，好得像亲兄弟一般。俩人在一起，啥都不论。

城里人跟乡下人说："老弟呀，咱俩很合得来，以后咱们无论做啥，就别再说你、我了，这样多外气，干脆咱都说'咱'吧！"乡下人见城里人说话交心，也凑合说："老哥说得在理，'咱'弟兄们可是真够朋友了。"

一天，城里人来到乡下，对那人说："老弟呀，哥想用用'咱'那头黑毛驴去拉点货，明个就回来。"乡下人说："咋不中！哥呀，不过'咱'那头毛驴上套时可得小心点，它好飞车。"

城里人说："不要紧，'咱'的牲口'咱'知道，我拉走了。"

隔了几天，乡下人不见城里人送毛驴，就跑到城里见那商人问道："哥呀，如今你货拉回来了，'咱'那毛驴我赶回乡下去吧！"城里人说："唉呀老弟，不提毛驴我还不生气哩！"乡下人问："咋了？"城里人说："你不知道？拉货路上它又蹬又踢，我一来气就把'咱'那头毛驴

给卖了。""咋？你把它卖了？"乡下人一听怪生气。城里人拍着乡下人的肩膀说："老弟别生气呀，我想'咱'那贱畜生不卖了，啥时要踢住老弟你咋办哩？"乡下人心里很气，也不好说啥，俩人在一起说过有话，不好发作，就起身走了。

原来，城里人见乡下人老实，就把乡下人的毛驴给卖了，银子自己独吞了。

过了几天，正巧乡下人村里唱大戏，乡下人就到城里对城里人说："哥呀，'咱'家那里来了一伙戏班子，要在'咱'村唱几天戏哩，我想叫'咱'女儿回家看看戏，顺便再把我那旧棉衣棉被拆洗一下。"城里人眼光短，光想占别人的光，就答应让闺女同乡下人去看戏。

乡下人回到家里，就打发人点响鞭炮，吹吹打打，让城里人的闺女同儿子成了亲。几天过后，城里人不见闺女回来，便到乡下去找。

城里人一见乡下人，说："咋？'咱'女儿怎长时间了咋还不回去？"乡下人说："'咱'女和'咱'娃成亲啦！"城里人听后鼻子都气歪了，狠狠拍下大腿说："唉，'咱'算混账极啦！"

讲述者：　　不详

采录者：　　张卡申，男，26岁，镇平安字营镇连庄
　　　　　　王洼村人，本科，干部

采录时间：　1987年6月25日

采录地点：　镇平县城郊七里庄

选自：　　　《中国民间故事集成·河南镇平县卷》

附记

张卡申是镇平文化馆民间文学调查组成员。一次，他到城郊七里庄王老汉家里搜集故事，刚到庄边，就看到一大群人在大路电线杆那里有说有笑，走近才知道他们在讲故事。他问这个故事是谁讲的，他们都互相指着说："是他讲的。"被指的人说："这可不是我讲的。我

是听他讲的。"他们互相嘻嘻哈哈都说是另外的人讲的。经过多次询问，他才知道是经常来村里卖"针头线脑"的货郎讲的。（裴雪杰）

异文：咱妮和咱娃结婚

从前，一个乡下人和一个街上人交上了朋友。两家从来不分你我，无论说啥事，都说是"咱的"，以表示近乎。

一日，街上人磨粮饭[1]，就到乡下去借驴使。见了乡下朋友说："咱需要磨粮饭，把咱的驴拉回去咱用用。"乡下人说："咱的驴，咱拉去咱赌用了。"两个月不见送驴。乡下人就到朋友家去，问："咱的驴用了了吗？"街上人说："这几天咱手里困难了，咱的驴咱卖掉换钱花了。"乡下人说："咱卖了算啦。"接着又问："咱秋收忙了，能不能让咱妮去帮咱收几天秋？"街上人说："咱的活忙了，让咱妮去帮咱几天忙，有啥不可！"一个月后，街上人不见女儿回来，就到乡下去，见了乡下朋友就问："咱大哥，咱的秋收完了，能不能让咱妮回去？"乡下人说："咱妮和咱娃儿结婚了。"

讲述者： 王功审，男，21 岁，南召县板山坪乡小余坪村人，高中，农民

采录者： 李广恩，男，25 岁，南召县板山坪乡人，高中，镇文化专干

采录时间： 1986 年 11 月

采录地点： 南召县板山坪镇小余坪村

选自： 《中国民间故事集成·河南南召县卷（下）》

附记

2020 年南召县民协副主席张志芳在南召县崔庄乡山坪村也采录到类似的故事，只不过故事中的"一个山上人"和"一个街上人"变成了"一个山上人"和"一个山下人"。张志芳看到此故事出自《中国民间故事集成·河南南召县卷》时，感到十分的惊奇。因为南召板山坪镇与南召崔庄乡距离很远，又都是在大山深处，此篇故事能在此流传，说明了此篇故事具有较强的生命力。（乔向东）

[1] 磨粮饭：加工粮食。

458

金尿盆儿

古时的一天，豫州西南的一个小镇上，一大户人家张灯结彩，锣鼓喧天，正在筹办婚庆典礼。门前聚集着不少人在看热闹。不一会儿，好事的顽童跑来报告，花轿到了。大家扭头伸着脖子向村口望去，只见新郎官簪花披红，骑马美滋滋地走在前面，身后是晃晃悠悠的一顶八抬大轿。转眼间，花轿到门，喜娘上前掀开轿帘，新郎上前就要背新娘下轿，却见新娘俯身轿内，睡得正香。喜娘轻扯她的衣袖，呼唤几声，那新娘方才惊醒过来，羞答答想起身时，可是她脸可丑[1]着，不肯起身。喜娘又催促几次，她才无奈起身，到了轿门，新郎弯腰背起新娘，忽觉双手触到湿漉漉的裙衣。喜娘从后面清晰看到新娘裙下洇湿一大片，再探身轿内，见轿座上也是湿漉漉的，她明白了，便让新郎稍停，急忙进了后堂，对新郎的母亲讲述此事。主妇急忙让她回到轿旁，告诉新郎先不要背新娘入内，随即和新郎的父亲商议。主妇说道："新娘尿轿，是最不吉利的事，老爷看如何处置？"她男人说道："谁知这就要过门的媳

妇恁没成色[2]！恐怕是个福薄命浅之人。我大户人家，不能要这晦气之人！趁没有与咱儿子拜堂，赶紧抬回她娘家算了！"商议一定，随即打发轿子折头送新娘回娘家。这新娘尿轿的事儿随即作为笑谈，传遍四邻八村。

这尿轿的女子叫李二姐，长得还算齐整。虽不是大家闺秀，也算得小家碧玉。年交二八，说与邻村大户马家，谁承想她在迎娶前日，为准备嫁妆，休息迟了，坐在轿内，一经晃悠，竟致睡着了。梦境之中，她好像见到一个华丽所在，金碧辉煌，美不胜收。忽然看见地上放着一个金尿盆，明晃晃的。二姐好奇加之内急，四顾无人，便解衣褪裤，美美地撒了一泡尿。谁知竟撒在轿中，被婆家送回，羞愧得无地自容。被老娘数说一顿，也无济于事。此后，待在家中。想再找人家，可方圆听说她曾尿过轿，谁还要她？无奈，李二姐只得忍泪吞声，忧郁度日，时间长了，竟落下了一身的病，吃什么药也不见效，成日病恹恹的，像个病西施。

这年，来了一个游方郎中，叫景廷廖。住在李家，为四乡八堡的人看病，很是灵验。李家让他为李二姐诊断，他三两服药竟截住了头儿。李家非常感激，询问他家住哪里，有无妻房。他答道，家住北方，家中灾荒，流浪在外，尚未娶妻。问及以二姐许配，可否愿意。廷廖答，情愿娶二姐为妻。李家大喜，随即安排新房，让二人成婚。婚后，小两口恩恩爱爱，这李二姐的病也一天比一天好了。

过了二年，景郎中思乡心切，夫妻二人商议，回北方老家。谁知他们踏上归途不久，天下突发瘟疫，像庄稼剔苗一般，人一个个摆倒了。二人一路见到的是户户挺尸，村村哭声。这景廷廖医家出身，救死扶伤，自认为是本分之事。见此情景，他岂能袖手旁观？便研制一种对付瘟疫的药方，一边行进，一边为人治病。竟救活病人无数。这一天，他们来到京城地面，忽看到朝廷贴出诏子[3]，讲当朝老太后身染时疫，命悬一线，若有人治愈，高官任做，好马任骑。这景廷廖想试一试，又有二姐撺掇，便上前揭

[1] 可丑：面部难受的样子。

[2] 没成色：形容人不聪慧，差劲。

[3] 诏子：诏告文书。

了诏子，被看守簇拥进宫。见太后病恹恹躺在床上，经诊断就是瘟疫，便拿出妙手单方，一剂下去，截了病势，二剂下来，病好八分，三剂过后，很快就好了。皇家感激，将景廷廖封为御医，戴三品头衔。老太后见李二姐温柔有礼，非常喜爱，将她认为义女。李二姐真是丑小鸭一朝变成白天鹅，从个平头百姓，转眼成了令人称羡的"公主"。

这两口子喜从天降，从此过上饭来张口衣来伸手的上等人生活。老太后对李二姐很是疼爱，经常让她来宫中陪伴。这一次李二姐入宫与太后叙话，母女说得投机，看看天晚，太后便让二姐陪自己同床睡觉。半夜时分，二姐内急，由宫女引导小解。进了厕内，忽见那便盆竟是和当年尿轿时梦见的一模一样的金尿盆儿，不禁"吞儿"地笑出了声。太后听见，等她回床，问她为何发笑。她便将当年如何尿轿，如何被休回娘家，如何遇见景廷廖的前前后后讲了一遍。太后笑着对她说："你这妮子，还真有当公主、用金尿盆的命哩！"

有道是：二姐尿轿堪笑人，只缘梦见金尿盆。苦尽甘来成公主，好人好梦自成真。

讲述者：	臧清莲，女，70 岁，方城县柳河镇人，小学，农民
采录者：	熊君祥，男，45 岁，方城县柳河镇人，大专，公务员
采录时间：	2005 年 3 月
采录地点：	方城县释之街道顺城关村臧清莲家中
选自：	《故事方城》

附记

此故事是小时候听母亲讲的，收录于《故事方城》一书，原题《好梦成真》。母亲是柳河方圆讲故事的行家，讲故事长长短短不下五百个。因父亲在外工作，我们家过去算一头沉。母亲家里家外，除了家务活，主要从事农业劳动。劳动间歇，听别人说瞎话，自己也讲。

晚上又给我们子女说。母亲记性好，心灵手巧。眼下，母亲已年迈瘫卧在床，再难讲故事了。关于轮回报应的故事，母亲也讲过另一个故事，说是一个年轻人，听占卜讲，他要与村上的一个满头秃疮、相貌丑陋的女子结为夫妻。他心中厌恶，一次夜里同出，来到一处断崖，他将那女子推了下去。谁知此女命不该绝，呻吟时被路过的大官救出，经治疗脱去一层皮，竟成美貌女子，被大官认为义女。那年轻人其后中了状元，经说合与大官义女终成眷属。（熊君祥）

459

『太极图』与烧饼

古时候，我国中原地带的政权称为"天朝"，四邻一些少数民族政权称为"番邦"。"番邦"必须年年向天朝纳贡，以示臣服。

有一年，西凉夏国看天朝朝政不稳，就想借机寻衅，企图入主中原。这年他们不仅没按时纳贡，反而派出了装作哑巴的"哑子使官"。并带来西夏王一封亲笔信，说是让哑子使官前去用手势让天朝找人对，若能对上，他们仍臣服天朝，年年修礼纳贡，对不上来就得翻过来给人家进宝。这下可急得天朝君臣团团乱转。满朝文武百官大眼瞪小眼，谁也不敢承担这个责任。后来有位大臣提了个建议，写张告示张贴全国，有能对上者，高官尽做，骏马尽骑。皇帝没其他办法，只好照办了。告示贴出了不少日子，竟没人敢揭，都怕对不上了皇帝不会善罢甘休。偏有一个大字不识的卖烧饼老汉不服，把告示揭了。老汉想："要是这么大个中国连个哑巴都对付不了，不让人家笑话吗？我拼着一死去试试看，万一对上了，不给国家增了光？"

到了要对手势的那天，哑子使官和卖烧饼老汉都来到了金殿上，皇帝亲自主持，满朝文武大臣作陪，场面好不热闹。皇帝一声令下，对手势开始了。只见哑子使官用手比了个圆圈，卖烧饼的老汉伸出两个指头；哑子使官又伸四个指头，卖烧饼老汉马上伸出八个指头；哑子使官指指袖筒，卖烧饼老汉又朝胸口指了指，哑子使官没有再往下比，对天朝皇帝行礼认输了。

却说哑子使官回国后拜见西夏王说："天朝果不平凡，一个普通的百姓就有那么大学问。"西夏王问："何以见得？"这位使官说："我比了个太极图，人家马上比'太极生两仪'；我比个'两仪生四象'，人家就知道'四象生八卦'；我比个'袖遁天地'，人家给对上个'怀揣日月'。"西夏王无奈，只好又给天朝皇帝修表一封，表示今后仍愿意称臣纳贡。

再说天朝皇帝见卖烧饼老汉把西夏使官比输了，心中大喜，问他双方比的都啥意思。老汉笑了笑："我当多难哩，其实稀松！他先比了个烧饼，我比的是能吃俩；他比着能吃四个，我可不示弱，比着能吃八个；他又比个吃不完塞袖筒里，我就给他比个我吃不完揣怀里。"皇帝问他要当什么官，老汉说："这里的官我当不好，我还是回家卖我的烧饼去。"

讲述者： 张定举，男，60岁，方城县杨集乡张庄村
　　　　 人，初中，教师
采录者： 成广民，男，35岁，方城县杨集乡张庄村
　　　　 人，中专，教师
采录时间： 1985年9月6日
采录地点： 方城县杨集乡张庄村
选自： 《中国民间故事集成（方城卷）》

附记

烧饼，在方城一带称"火烧"，手工加工，炉火炕制而成。精面粉香油等为料，食品外焦内软，口感极好，是有名的地方名吃。每年腊月二十三，俗称小年，方城人过晚上。吃灶火烧（烧饼），喝豆腐

汤。这天，县城内数十家火烧铺自上午即开始炕制，一直到深夜，还是供不应求。每个火烧铺前，挤满了人。若这天晚上吃不上火烧，即视为不吉利。（熊君祥）

460

坐等发财

从前，有个叫王二的人，二十七岁时还是单身过日子。他靠辛勤劳动，日子过得还不错，但总想走红运，发大财，不劳动，享清福。

有一天，他遇见了一个算命先生，就请先生算算啥时候能发大财。算命先生一掐一算，弯着腰说："恭喜恭喜，财神爷已有准备，你年至二十八，元宝送到家。"王二听了笑得合不拢嘴。他回到家里，再也不下地干活了。

邻居知道了这件事，都很为王二发愁。张秀才跑去劝王二说："王二，不要上当受骗，跟我一起读书吧，来年开科，金榜高中，才有荣华富贵。"王二说："谁去受那寒窗苦，明年我就该发大财了。"秀才只好走了。李掌柜又来劝王二说："王二，不要上当受骗，跟我一起做生意吧，只有生意兴隆，才能发大财。"王二说："做买卖，东奔西跑，谁去受那罪，明年我就该发大财了。"李掌柜只好走了。王长工又来劝王二说："王二，不要上当受骗，还是跟我一块种庄稼吧，只有勤劳节俭，才能发大财。"王二说："种庄稼风刮日晒，我才不愿意受那罪哩，明年我就该发大财了。"王长工也只好走了。后来，王二坐等发财，把屋里存的粮食吃完，不久就饿死了。

王二到了阴间，非常生气，状告算命先生不该借财神爷欺骗他。状纸送到判官那里，判官一看很吃惊，就把财神爷叫来，问他是不是真要王二发大财。财神爷说："为许他二十八岁发大财，我已准备了十万两银子，到考场找不着他，就到店铺里去找也找不着，又到地里找，还是找不着，现在银子还在那里放着。"判官一听，对王二说："不想下力气，坐着等发财，饿死活该。"

讲述者：　张楚北，男，47岁，大学，河南省文联干部

采录者：　刘平均，男，28岁，邓县都司人，大专，干部

采录时间：1980 年 4 月

采录地点：邓县

选自：　《中国民间故事全书·河南·邓州卷》

461

梦

说哩是这一家三口人，婆子、儿子、媳妇迷信哩很，对啥都敬，啥都不敢糟蹋，不敢杀生。

那一天媳妇上表弟家还盐去了。表弟好给他表嫂开玩笑，说："表嫂，那盐你可吃完了？""吃完了！"表弟说："你说不吃肉可是假哩。那盐是俺们腌肉的盐，肉吃完了剩下的盐，那盐都是肉油浸的。"媳妇回去熬煎得睡也睡不着，做个梦，见来个丈把高的人，说："阎王爷打发俺来叫你去哩，你吃俺的油，俺要你命哩！"一看那人挠个大耙子，嘴张多大来咬她，她吓醒了。婆子妈问咋了，她说得罪了上神。就从那得了病，见天夜里做梦睡不着。她表弟听说了，跑到屋一问。她一说，表弟哈哈大笑，说："这是假的，盐是好盐。看你们迷信，我骗骗你们的。"一说，这媳妇病才大见轻了。

又一天天黑了，来个贵客，叫媳妇上菜园薅个萝卜炒点菜。媳妇怕，不敢出去，推来推去，叫她丈夫去了。她丈夫胆小哩很，吓得头发梢直夆，脊梁筋直抽，进菜园胡乱摘点梅豆角、茄子和葱回来了。离开菜园时，只听脚下"扑哧"一声，吓得脸乌青，回屋就撅开了，睡到那儿吓

得睡不着。刚合蒙住眼，见来个大蛤蟆说："你们一家都不杀生，你为啥给我一脚踩死？你还我命！"丈夫吓得不行，天刚明，就赶紧叫蒸供馐馍，弄点香表，拿个锨，去菜园埋蛤蟆。再找找不着蛤蟆，光见个烂茄子。想了想，噢！昨夜是踩住这个茄子了，软咕哝哝的，这是害心病啊。灵醒开了，就写了几句顺口溜："梦是心里想，风发鼻子痒；蛤蟆来要命，原来是茄子秧！"

讲述者：	朱年甫，男，55 岁，西峡县军马河乡人，不识字，农民
采录者：	谢起超，男，40 岁，西峡县城关镇人，高中，县文化馆干部
采录时间：	1981 年 3 月
采录地点：	西峡县首届故事会
选自：	《中国民间故事集成·河南西峡县卷（下）》

462

老头儿上学

有老两口，快八十了，做了一辈子庄稼，可连一口糊涂饭也吃不上。

这天，老头忽然要去上学读书，老婆儿说："你疯了！快见阎王的人了，上的啥学？"老头儿说："你没看看，读书人穿绸吃香，扒坷垃净喝光汤。我上成学，混个一官半职，咱俩享享老来福！"

老头儿硬是背着书包到了学堂。先生说："你七八十的人了，还想成啥事？"老头儿学着小孩儿样，搬着小板凳，一边往里挤，一边说："朱买臣八十岁还中状元哩！"先生缠不过他，只好给他排了座位。

上学回来的路上，老头拾了个钱褡子，里面装满了白花花的银钱。他高高兴兴拿回家给老婆一看，说："咋样？一上学就发财！"

老两口正高兴，忽然来了个做生意的，问："老大伯，见到我的银子了没有？"老头儿只当被人发现，只好老老实实说："见了。"

"啥时候见的？"

"上学堂回来那时见的。"

失主一听转身就走，他以为老头儿上学是几十年前的事儿哩。

老婆儿高兴地说："愣怔啥？快吃饭去上学，读书人就是有福分哪！"

讲述者： 罗小栓，男，淅川县上集镇刘营村人，初中，农民

采录者： 肖畦，男，高中，淅川县文化馆干部

采录时间： 1986年5月

采录地点： 淅川县上集镇刘营村

选自： 《中国民间故事集成·河南淅川卷（二）》

463

这话谁不会说

张三和李四是好朋友，张三娶了个死板教条的老婆，李四娶了个说话灵活的老婆。

一天，张三去访李四，李四不在家。张三一进门就说借李四的《水浒》看看。李四老婆笑着说："上册别人借走了，下册在家，你先坐下喝茶，我去给你拿。"中午吃饭时，一头大肉猪从门前过去，张三问："这猪是谁家的，贼好的膘。"李四老婆随口回答："咱家的，你四弟说了，春节时把它杀了，家里留一半，给你送一半。"饭后，张三执意要走，刚出去门，一条黄狗迎面乱叫，吓得张三心惊肉跳。李四老婆笑着说："别怕，咱们这狗是光叫唤不咬人。"张三这才放心走了。回到家里，张三把李四老婆说话如何灵活，有声有色地对自己老婆学说了一遍。张三老婆很不服气，把嘴一撇说："哼，这话谁不会说？"

过了几天，李四来访张三，张三也不在家。李四进门就问："张三在家吗？"张三老婆慌忙回答道："上册别人借走了，下册在家，你先坐下喝茶，我去给你拿。"弄得李四哭笑不得。中午吃饭时，张三老婆的娘家妈也在座，李四连夸大娘发福多了，张三老婆连忙插嘴："你三哥早

说了，春节时把她杀了，家里留一半，给你送一半。"弄得李四很尴尬。饭后，李四再也坐不下去了，起身正要走，张三从外面回来了。张三拉着李四的手，说啥也不肯放行。张三老婆在一旁又开腔了："别怕，咱们这狗是光叫唤不咬人。"

采录者： 王守谦，男，淅川县九重镇程营村人，初中，农民

采录时间： 1986 年

采录地点： 淅川县九重镇程营村

选自： 《中国民间故事集成·河南淅川卷（二）》

464

照样学

从前，有个员外，只有一个晚生子，取名叫传本。这孩子生来就有点傻，别人教个啥，他说个啥，脑子一点也不灵活。为了让孩子学得聪明一些，员外把传本送到李光年先生那里求学。

员外的面子大，李先生对传本另眼看待。第一天讲"你""我""他"三字，特地把传本叫起来，指着这三字对他讲道："你，你是我的学生，我，我是你的老师，他，他是你的同学。"

先生讲罢问："传本，记住了吗？"

传本回答："记住了。"

传本放学后回到家里，员外一把拉到身边问："孩子，今天学的是啥？"

传本说："今天学的是你、我、他三字。"

员外问道："是什么意思？"

传本指着员外说："你，你是我的学生。"指着自己说："我，我是你的老师。"指着他母亲说："她，她是你的同学。"

员外一听怒斥道："放屁！"并教传本说："你，你是

我的儿子；我，我是你的父亲；她，她是你的母亲。"

传本结结巴巴地说："咋能这样讲呢？"

员外手一摆说："你记下老子的话就是了。"

第二天，传本又去上学，先生说："传本，你把你、我、他三字讲一下。"

传本一听老师让他讲解，顺口答道："你，你是我的儿子。我，我是你的父亲。"传本又指了指身边的一位同学说："他，他是你的母亲！"

先生一听发了火，大声呵斥道："谁教你这样说的？"

传本手一摆说："你记下老子的话就是了。"

先生气得暴跳如雷，一教鞭打在传本身上，骂道："畜生！"

传本哭着说："这是我父亲教的。"

先生听到这里，看在员外分儿上，也就不计较了。

过了几天，李先生又教学生学《百家姓》中的"赵钱孙李"四个字，再也不逐字讲解了。

传本自从挨了先生的打以后，也不敢找他父亲了。这天放学后便一直跑到他爷爷那里。他爷爷一见孙子，高兴地说："传本，今天学的是啥？"

传本回答："赵钱孙李。"

"是什么意思？"

"先生没有讲。"

"孩子，我给你讲讲。"爷爷把传本拉到怀里说："赵就是你赵大伯的赵；钱，就是咱们使的老镝钱的钱；孙，就是你是爷的孙的那个孙；李，就是你们李光年先生的李。"

次日，传本一见老师就高兴地说："你教的赵钱孙李我会讲了。"

先生心想：昨天我没讲，怎么他可会解释了？莫非严师出高徒，一教鞭把他打开窍了？想到这里就说："传本，你讲给我听听。"

一听先生让讲，传本一慌张，把他爷说的原话也给忘了，就把记住的话一气儿说了出来："赵大伯，老镝钱，爷哩孙，李光年！"话刚落音，先生的教鞭又无情地落在他的身上。

讲述者：　张国廉，男，邓县桑庄乡新华村人，农民

采录者：　郭力，男，36岁，邓县人，高中，邓县文化馆工作人员

采录时间：　1980年12月

采录地点：　邓县桑庄新华村

选自：　《中国民间故事全书·河南·邓州卷》

异文：死搬硬套

从前，有个叫二楞的，到了入学年岁，父母送他进学堂。头一天，老师教他三个字：我，你，她。为了加深印象，老师打比喻说："我，我是你老师；你，你是我学生；她（指自己老婆），她是你师娘。"

放了学，二楞回到家。父亲问他学的啥，二楞说："我，你，她。"并比画着说："我，我是你老师；你，你是我学生；她（指他母亲），她是你师娘。"

父亲听了大怒，啪地打了二楞一巴掌，厉声说："不对，我给你说。我，我是你父亲；你，你是我儿子；她（指老婆），她是你母亲。记住了没有？"二楞怕挨打，说："记住了。"

第二天，二楞来到学校。老师问他："昨天学的字，你忘了没有？"二楞说："没有忘，不过我爹说你说错了。""怎么？我说错了，你爹是咋说的？"二楞指着自己说："我，我是你父亲；你，你是我儿子；她（指师娘），她是你母亲。"

讲述者：　张承龙，男，46岁，内乡县赤眉镇人，高中

采录者：　张彦

采录时间：　1986年

采录地点：　内乡县赤眉镇

选自：　《中国民间故事全书·河南·内乡卷》

465

傻瓜经商

从前，有一家兄弟三人都是傻瓜。你别看他们傻，野心却还挺大的。看见别人去南方做生意赚了大钱，就也想出去闯荡一番，发笔外财。于是，他们卖了几亩地，凑了几十两银子当本钱，就商商量量出发了。

第一天走了二十里就不想走了，在一家小客店里住下来，兄弟三人通腿[1]睡在一张床上。睡到半夜时，臭虫在老三腿上狠咬了一口，老三腿上痒哩钻心，便伸手去抓。谁知他没有抓住自己的腿，却把老大的腿当成了自己的腿抓起来，他越抓越痒，越痒越抓，结果把老大给抓醒了。

老大迷迷糊糊地问："噫，老三，你在我哩腿上抓啥哩？"

老三这才醒过来劲儿说："咳！我咋说干抓不煞痒，原来抓着你哩腿了！"

老大生气地说："你真是笨到家了！抓痒都找不到自己的腿，就这还想出外做生意，你趁早回家去吧！"

第二天一早，老大就打发老三回家去了，自己领着老二又往南走。

傍黑儿来到个村子里，这里没有客店，兄弟俩就来到一家醋坊借宿。

半夜里，老二起来小解，睡得迷迷糊糊的，也不知道茅厕在哪里，出了房门就站在屋檐下尿起来。正好旁边放着一只淋缸，正在滴滴答答向外淋醋，老二听见这不断头儿的滴答声，觉得很奇怪，心想着：这尿咋就尿不完了呢？只好站在那里继续"尿"下去。就这样，他一直"尿"到老天大光，到老大起来出门找他时，才见他站在那里已经睡着了。

老大很生气，说："你这个迷糊蛋，连尿泡、淋醋的声音都分不清楚，一泡尿尿了大半夜，还能办成个啥事儿？你也给我滚回去！"

老大又赶走了老二，剩下他独自一人继续南行。到挨黑儿时来到了一座寺院前，就进去找老和尚借宿。老和尚看他傻头傻脑的样子，随身还带着不少银子，就叫他晚上和自己通腿睡在一张床上。

老大跑了一天，又困又乏，一沾上床就打起了呼噜。老和尚趁机剃光了他的脑袋，换下了他的衣裳，然后带上他的银子逃跑了。

天明以后，老大醒来，发现自己的包裹不见了，老和尚也不见了，顿时大吃一惊！他低头往身上一看，见自己披着袈裟；伸手往头上一摸，竟是个光光头！他便拍着脑袋自言自语道："原来老和尚在这里，我还往哪里去找他！"

这个傻老大失了银子，做不成生意了，只好垂头丧气地回家去了。他紧赶慢赶跑了三天，直到这天晚上半夜里才回到家。到了院门口，喊了半天门也没听见老婆应声，只得端掉一扇门走进了院子。忽然，他看见一条黑影儿冲向院墙，便知道家里招"贼"了。他赶紧抢上去抓！可惜晚了一步，那"贼"已经蹿上了墙头儿，他只抓掉了一只鞋。

傻老大掂着那只鞋气汹汹地进了屋，看见衣衫不整的老婆，骂道："好哇，你这个贱货！老子做生意刚出门，你就在家里招野汉子，给我戴绿帽子！今儿黑先不理你，等明儿哩查出这是谁的鞋，再跟你算算账！"说完，把那

[1] 通腿：指两三个人睡觉合用一条被子。

只鞋往床头一扔，爬到床上，枕着那只鞋就呼呼大睡起来。

他老婆一见把柄落到了丈夫手里，着实慌乱了一阵子。见他这会儿睡得跟死猪一样，轻轻把丈夫的头扶起来，把傻丈夫自己的鞋塞到他头下垫着，换下来她相好的那只鞋。

傻老大一口气儿睡到老天大光才醒，爬起来看见头下枕的那只鞋，想起来昨晚捉奸的事儿，又抓住老婆骂起来。老婆大喊"冤枉"，叫他认鞋查找奸夫。傻老大拿起那只鞋仔细一看——原来是自己的鞋，不由得后悔极了，忙向老婆赔礼道歉说："贤妻呀，是我错怪你了，原来昨夜翻墙进来的采花贼是我呀！"

讲述者：　吴根兰，男，59岁，新野县施庵乡桥楼村人，中师肄业，农民

采录者：　吴韵芳，女，29岁，新野县施庵乡桥楼村人，高中，新野县施庵乡曾营联中教师

采录时间：　1986年

采录地点：　新野县施庵乡桥楼村

选自：　《中国民间故事集成·河南新野县卷》

附记

这个故事另外一个版本是说老大一早从寺院里醒来，摸着自己的光头说"和尚在这儿，我去哪儿了？"讲述者每次讲起这个故事来，总能把听众逗得哈哈大笑。（吴韵芳）

466

百事不成

有家豪富，就一个宝贝儿子取名利财。利财的含义是一生都顺利得到财。别看他家大业大还想发的财更大。儿子的名起得很好，可是不依他想的那样，利财十八岁了啥也不会干。他父亲心里想：偌大一份家业，不让他学点能耐怎好来继承呢？于是父亲就唤来儿子，把他的想法说与儿子，又问儿子你想干啥呢，儿子说想做生意。父亲很高兴地说："好啊！你想做啥生意？"利财说："想贩马，听说南方马贵。"父亲说："你就贩马吧。"

第二天父亲就去筹备。买了一大群马，利财高高兴兴地赶着马群上路了。

走了两天，遇上个牛贩子二人结伴同行。他看人家的牛很老实，牛贩子鞭子一挥，牛就规规矩矩地走。不像他的马又踢又跳很不老实。

他就与牛贩子商量："我的马跟你的牛换中不中？"牛贩子当然愿意，马比牛贵，马群比牛群大得多，赶上马快溜了，不与他同路，怕他反悔。

又走了两天，他又遇见个贩羊的，二人又结伴同行。走了一程，他看人家的羊比他的牛听话，那个离群了不用

挥鞭子，只需喊一声羊自然就归群。他又与贩羊人商量："我的牛跟你的羊换中不中？"贩羊人以为自己听错了，就反问道："你说什么？"利财又重复了一遍："我的这群牛与你的这群羊换中不中？"贩羊人高兴得不知所然：我发了大财啦！牛比羊个头大，头数又多。换过后赶快岔道而行不跟他结伴了，生怕他反悔。

他一个人赶着羊群走了两天，觉得羊还没有牛老实，心里十分烦恼。羊走累了又饿又渴跑到河边吃草喝水。他看见一个赶鸭人手里拿个长竹竿，很悠闲地赶着一群鸭子在河水里游着。他十分羡慕，就上前与赶鸭人商量："我这群羊换你那群鸭中不中？"赶鸭人以为他是个疯子说着玩的，就顺口答应了一声"中啊！"他就说这群羊就归你了。赶鸭人看他是认真的，赶快把长竹竿交给他赶着羊群快溜了。他赶着鸭子顺河走了一程，碰到了一片芦苇荡，因没有赶鸭的经验，鸭子四散逃跑他啥也没有啦。幸好身上还带有钱，心里盘算着：这些钱到了大城市里，看有啥合算的生意做点，把亏哩钱捞回来。

到了大城市里，看来看去没啥赚钱的生意可做，住在店里店费贵吃哩也贵，不多天就把身上带的钱花光了，连回家的路费都没有。

他无事到大街上转悠，一个人在大街上喊："拔牙呀！拔牙，拔一颗牙二十两银子。"利财听见了，觉得很合算。拔一颗就给二十两银子，我这一口三十颗牙全拔了能值六百两银子哩！于是就上前喊："拔牙哩，我拔牙。"拔牙哩过来问："拔几颗？"利财说："全拔。"拔牙的就拿出他的拔牙工具，把他的一嘴牙全拔掉了。放到盘子里数了数整整三十颗。他捂着血糊糊的嘴呜呜啦啦地说："付钱吧，六百两。"拔牙人说："怎么我给你拔牙你还问我要钱？你要付给我六百两银子。"他吵着说："我就是穷哩没钱才让你把我的牙拔掉，你反问我要钱。"二人吵了一会儿，拔牙人看他实在拿不出钱来，气得把他打了一顿，自认倒霉。

他没钱也不能住店了就跑到江边，看有没有顺路回家的船。码头边上有个卖浆饭胡辣汤的在大声叫卖招揽生意——浆饭胡辣汤两文钱一碗。

利财听见了觉得怪便宜，肚子也很饿就去要了一碗吃了，觉得怪好吃又便宜，就想做胡辣汤生意。他问卖胡辣汤的："你家里还有多少？"卖胡辣汤的说："要多少有多少。"利财说："我要两船，船装满后到家付钱。"卖浆饭胡辣汤的拦到了一笔大生意高兴坏了。回到家里让家人动手都做用大桶装上，利财心里美滋滋的，一举两得，我还能随船回家，生意也做了。

两只大船装满了起锚开船。船到码头，他让船老板和卖浆饭胡辣汤的掌柜在码头等着，自己回家让家人来起货。到家见了他父亲，问他做生意的经过，利财一一说完。父亲一跺脚说："可成了浆饭胡辣汤啦！"利财忙接口说："浆饭胡辣汤还在码头船上哩！"他父亲只好把两船坏了的浆饭胡辣汤付了账倒到河里。

讲述者： 范凤兰，女，70岁，新野县施庵镇人，农民

采录者： 王毅，男，33岁，大学文化，中山市国土资源局干部

采录时间： 2019年春节

采录地点： 新野县施庵镇粮管所院内

467

娇儿学艺

有个老头老年得子，一直娇养若掌上明珠。儿子长大成人后，他总想让儿子学点本领将来自立。

一天，老头把儿子叫到跟前说："儿啊，你也老大不小了，应该学点本事了。"

儿子问他："我学点啥本事？"

老头说："我给你点银子，你自己出门去看看喜欢啥就学点啥吧。"

他拿给儿子三十两银子，儿子带上高高兴兴地出门去了。

儿子出门后走啊走，没有见到什么他喜欢的。有一天，他正走着看到一个猎人在打兔子，一枪一个十分准确。他很高兴：这个本事不错！就走上前去："大哥，你这个本事教给我吧，我给你十两银子。"

猎人听了也很高兴，很快就教会他打枪了。拜别猎人，他又继续赶路。

路上碰到一群人围着一个补漏锅的，补漏锅的正在给人们补锅。他看这个本事不错，就说："大哥，你把这个本事教给我，我给你十两银子。"补漏锅的以为他在开

玩笑：补半辈子锅也难挣到十两银子，哪里有不答应的道理？他很快又学会了补漏锅。

娇儿拜别师傅又往前走，走到一个村庄看到一个老头背着一捆秆草[1]，边走边哭："我的孙啊！我的孙啊！"

他觉得很好玩，就走上前去："大伯，你这是在干啥啊？"老头说："我乖孙子死了，可怜我也没有钱给他买口薄棺材，只好用秆草卷了背去埋掉了。"娇儿一听就说："你把这个本事教给我，我给你十两银子吧。"老头一听就生气："我们穷人家，孙子死了已经够伤心了，你为啥还要取笑我？"娇儿忙说："我说的是真的，我真心学艺。"又把十两银子拿出来，老头才相信。接过银子，就教他哭喊孙子。很快这个本事又学会了。

娇儿觉得艺也学得不少了，银子也花光了，出来时间也不短了，该回家向父亲交差了，于是回家。

回家见到父亲，父亲问他学到什么本事，他说学到不少本事呢。

父亲问都是啥本事。他说："我学会打兔子了，你站在那里让我试一试，看我的枪法准不准。"

父亲站在那里，他拿起枪瞄准父亲的头，只一枪就把他父亲打死了。他刚好把补漏锅的本事用上，把他父亲的头补漏补漏，然后也找了一捆秆草把父亲卷起来背上，一边走一边哭："我的孙啊我的孙啊！"

讲述者：　范凤兰，女，70岁，新野县施庵镇人，农民
采录者：　王毅，男，33岁，大学文化，中山市国土资源局干部
采录时间：2019年春节
采录地点：新野县施庵镇粮管所院内

[1]　秆草：打罢谷子剩下的秸秆。

468

好极了

很久以前，京城附近住着一位穷苦农民。他为了弥补粮食不足，冬天在屋子里调节温度和光线，种了一种香瓜。经过辛勤培育，香瓜终于成熟了。他摘下第一个瓜到集市上换粮食，一下子轰动了京城。这冬季种成香瓜的稀奇事很快传到皇帝的耳朵里。皇帝便下令把种瓜的农民带进皇宫。农民想着皇帝有的是钱，说不定还能卖个大价钱，就带着香瓜进了皇宫。

皇帝见了香瓜十分惊讶，问：

"你在冬天还能种瓜吗？"

农民回答说："嗯，是的，陛下。"

皇帝惊奇地说："好极了！"又问："这办法是你想出来的吗？"

农民说："对！陛下。"

皇帝说："好极了，你把这瓜带进皇宫是让寡人吃的吗？"

农民说："是的，陛下。"

皇帝说："好极了！"就让内侍把瓜收了起来，可是没有给农民一文钱。农民从皇宫出来，心里很生气。折腾了一大晌，肚子早饿得咕咕叫，听见一家饭店的伙计在叫卖："包子！"农民手里没钱，心里盘算一阵后还是进了饭店，要了二十个包子，肚子吃得饱饱的。

吃饱以后，农民问卖饭的伙计："大师傅，这包子是在笼里蒸熟的吗？"

"是的！"

"好极了！那这包子是你做的吗？"

"是的！"

"好极了！那你做这包子是让来店的顾客吃的吗？"

"是的！"

"好极了！"农民边说边从饭店出来往回走。卖饭的伙计拉着他说："你算啥东西，空口说个'好极了'就白吃俺们的包子？给钱！"农民也不相让，二人打了起来，饭店的伙计拉着他到皇上那里去说理去了。

皇帝厉声问农民："为啥吃包子不给人家钱？"农民不慌不忙地说："陛下，我将辛辛苦苦种熟的香瓜带进宫来让你享用，你没给一文钱，只给了三个'好极了'，我进了大师傅的饭店，吃了二十个包子，只因手里没钱，就将陛下给的三个'好极了'给他了，陛下的三个'好极了'难道还顶不着二十个包子？我那冬天种出的香瓜别说二十个包子，二百个包子也不换！请陛下明断。"

皇帝听了以后，又羞又恼，本想把农民治罪，又感到为这点小事坏了自己的名声太不值得，只好给了大师傅的包子钱，又给了农民的香瓜钱。

讲述者：	长松，男，60岁，方城县杨集乡岱庄村人，不识字，农民
采录者：	张爱莲，女，25岁，方城县杨集乡岱庄村人，初中，农民
采录时间：	1985年10月6日
采录地点：	方城县杨集乡岱庄村
选自：	《中国民间故事集成（方城卷）》

469

傻公子学生意

从前，有个王员外，万贯家产，儿子却傻里傻气，送到学堂念书，一天学了三个字，两头不会中间生，别人叫他傻公子。王员外想：孩子既然念书不行，还不如叫他出外学做个生意，也不至于游手好闲，坐吃山空。一天，他把儿子叫到跟前说："儿啊！为人一世，总得有点本领，你既不爱读书，那你就出去跑跑，学做生意吧！"傻公子一听，可高兴了，早就巴望着出去玩玩呢，便乐哈哈地答应了。

王员外给公子安排好行装，傻公子便高兴地出门了。那天他到了一个地方，见饭店里卖干饭[1]，便问得多少钱一碗，店主答道："一文钱一碗。"傻公子买了一碗吃着想着：一文钱一碗真便宜，我们那里卖两文钱一碗，运回去，一碗就能赚一文钱，这生意做得。便对店主说："这干饭我想多买点，你卖不卖？"店主答道："客人，你要多少都行。"傻公子一听可高兴了："那好，今天我就买一船。"傻公子转眼一看，店里还有卖浆饭的，一问，也是一文钱

一碗。他一合计，运到家一碗也能赚一文钱，就又买了一船浆饭。傻公子去街上买了许多油篓，把饭装好，身上带的钱也快花完了，就对船家说："赶快开船，货到家里给运费。"

傻公子带着两船货，逆水而上，一直行驶到八天头上[2]到家。王员外看见儿子押着两船货回来了，喜欢得了不得，赶忙接到船上。一看船上尽是油篓，打开盖子一瞧，一股酸臭气味直刺鼻孔，原来那干饭早已发酵了。王员外气得大叫着说："你弄这是啥浆饭？"傻公子一听说浆饭，赶忙说："爹你看错了，这只船装的是干饭，浆饭在那条船上！"

讲述者： 杨俊龙，男，55岁，南召县板山坪镇松东村人，初中，农民

采录者： 铁天培，男，36岁，南召县板山坪镇松东村人，高中，教师

采录时间： 1982年3月

采录地点： 南召县板山坪镇松东学校

选自： 《中国民间故事集成·河南南召县卷（下）》

[1] 干饭：即蒸大米饭。

[2] 头上：那一天。

470

王聪学能

从前，有个王员外，身边只有一个儿，名叫王聪。王员外对独生子娇生惯养。王聪十八岁了，连句人话也不会说。

王员外的亲家张员外说："孩子不小了，也该让他自己出门去闯闯学点本领，不然，见人连句囫囵话也不会说，日后如何支撑这门户？"王员外一听亲家说得在理，便取出些纹银，打发儿子出门学能去了。

一天，王聪走进一片竹园，见一只大鸟飞进竹林，惊得林里百鸟起飞。一位正在赏竹的秀才脱口吟道："一鸟入林，百鸟起身。"王聪一听，这个能处不小，便掏出一两银子给了秀才，买了这句话。

又一天，王聪来到一条小河边。河上架着独木桥，不好过。王聪正在为难，忽听身后有人说："独木桥难过呀！"王聪回头见是一个老汉，忙给人家一两银子，买了这句话。王聪过了独木桥，来到一家员外门前，见许多人围成一堆，便侧棱着膀子挤了进去。原来是在观鱼，只听一个汉子说道："多好一窝鱼，可惜水太少。"王聪说："说得好，赏你一两银子。"

王聪花三两银子，学了三个能处，一路走一路背。上了坡，坡上有个老汉正在犁地。地里石头多，蹦得犁不成。老汉骂道："娘那个脚，蹦蹦给你加个楔。"王聪一听，觉得怪好听，便又拿出一两银子，送给犁地老汉。

王聪进了一个大寺，见许多和尚正在给一张画磕头。王聪想学能处，便拉住一个和尚说："这是一张啥画？对我说了，给你一两银子。"说着便把银子塞在人家怀里。那和尚见了银子便说："这是古画。"

王聪花五两银子，学了五句话，回了家。老泰山张员外听说后，便把王聪接了去，想看看他学得咋样，择日子送闺女。

王聪进了张员外家，满屋宾客起来迎接。王聪一见说："一鸟入林，百鸟起身。"张员外一听，心里说：出口不俗，好学问。入席之后，张员外故意叫丫鬟给王聪一只筷子。王聪一见说："独木桥难过呀！"张员外格外高兴，说："比得好！比得好！"吃饭时丫鬟给王聪捞了一大碗面条。王聪一见，说："多好一窝鱼，可惜水太少。"张员外越听越高兴，笑嘻嘻地命丫鬟添碗汤来。张员外的孙女见爷爷喜欢姑夫，便蹦蹦跳跳地来到王聪身边。王聪一见随口说："娘那个脚，蹦蹦给你加个楔！"张员外惊得目瞪口呆："这是啥话呀？"

"这是古画（话）！"

讲述者： 肖明书，男，70岁，淅川县大石桥乡安洼人，上过私塾，农民

采录者： 张保国，男，20岁，淅川县大石桥乡西岭人，高中，农民

采录时间： 1985年3月

采录地点： 淅川县大石桥乡安洼村

选自： 《中国民间故事集成·河南淅川卷（二）》

讲述者是采录者的表叔。表叔识字，年轻时当过货郎子，看的书多，听的故事也多，嘴也会拍。人送外号"拍子嘴"。尤其在 20 世纪七八十年代，农村文化生活贫乏，那时半年看一场电影，一年看不到一回戏。不说村里来个要猴、玩把戏的，你就是拎个烂铁锨"当当"一敲，就能来半稻场人看热闹。所以，平常听他表叔拍瞎话就成了村民们的娱乐享受了。尤其一到夏天吃了晚饭，乡亲们一到打麦场上，就听他表叔拍瞎话。（刘国胜）

471

傻公子看门

从前，有个开中药店的掌柜叫南山。南山膝下仅有一子，名叫贵娃。这贵娃从小娇生惯养，十七八岁，还不懂一点人情礼节。

一天，南山出门访友，对贵娃说："贵儿，我走了，你要照看好家门。如果有客人来，你要小心招待。"贵娃道："我知道了，你走吧。"

南山刚走，他的好朋友张生登门拜访，问贵娃："令尊公在家否？"

贵娃答道："没有尊公，有蜈蚣。"

"令萱堂乎？"

"没有萱堂，有蜂糖。"

张生听了，叹道："哎，二瓜……"

贵娃忙说："没有二瓜，有二花！"

说到这儿，张生一扭头就走了。

中午，南山访友归来。贵娃对他爹发牢骚说："我们开的鸡巴药店，要啥没啥，真丢人。"南山问他咋回事。贵娃说："你走后，有个老头来店买药。人家要的，咱药店一样也没有。"说着就把张生来的事学说了一遍。南山听了大怒，责骂贵娃："你个不长进的混账东西，连这一点道理都不懂。我今天教你一遍，你要用心记住！你令尊公，即我也！令萱堂即你母亲也！二瓜，即你也！"不等南山说完，贵娃一蹦老高说："你别说了，这下我可记住了。"

没过多久，张生又来到南山家，刚走到店门口，贵娃便迎上来，高声说道："哎，老头，这次可难不住我了。你令尊公，即我也。令萱堂，即你母亲也。二瓜，即你也！"张生听罢，气得目瞪口呆，一转身，头也不回地走了。

讲述者：	樊昭信，男，50岁，内乡县师岗人，高中，医生
采录者：	杨增敏，镇政府干部
采录时间：	1987年
采录地点：	内乡县师岗镇
选自：	《中国民间故事全书·河南·内乡卷》

二　笑话

（一）嘲讽笑话

472

死了变成你爹还账

讲述者： 马杰三，男，82 岁，回族，西峡县丁河镇简村人，不识字，农民

采录者： 谢起超，男，40 岁，西峡县城关镇人，高中，县文化馆干部

采录时间： 1981 年 11 月 22 日

采录地点： 西峡县丁河镇简村

选自： 《中国民间故事集成·河南西峡县卷（下）》

从前，有个员外放的账多哩很，都欠他钱。要一回，要一回，总是收不回来。那一天他请客，叫欠账户都来，看都指啥还他这个账。

吃罢喝罢了，员外说："你们拿我那几个钱咋办哩？"这个说："我欠的也不多，我死了变个鸡，孵鸡蛋还你账。"员外又问下一个："哎，你欠我这几个钱啥时还我？"这个说："我欠你的多呀，变鸡孵蛋还不够还你。我死了变个驴，给你曳磨。一天曳两套磨，麦麸子卖卖还你账。"又问别哩，都是说变骡子变马还他。

还有个主儿，欠的多，员外问："你死了变个啥还我哩？"他遍想没方儿，说："是这，我死了变成你爹。""放屁！人家欠我钱都变鸡变鸡蛋，变骡子变马还我，你死了要变成我爹！就你欠的多，你还日嘛我？"他说："不是哩呀，我变成你的爹，我舍不得吃，舍不得喝，积攒积攒给你省省，才好还你账。"

473

吝啬鬼点灯

从前有一个地主，为人吝啬。长工们晚上吃饭，他不叫点灯。

长工们就商量好，吃晚饭时，天黑得伸手不见五指。他们就把那稠糊汤，你一筷子我一筷子往地主脸上抿，抿得地主连声嚎叫："咋着哩？咋着哩？"长工们说："唉，我们看不见嘛！"地主只好去把灯点着了。

讲述者： 辛天成，男，51岁，西峡县寨根乡太山村人，小学，农民

采录者： 辛春兰，男，19岁，西峡县寨根乡太山村人，初中，农民

采录时间： 1986年4月

采录地点： 西峡县寨根乡太山村

选自： 《中国民间故事集成·河南西峡县卷（下）》

474

老啬头出哑谜

从前，有个老财，吝啬得很。

这年到了他的寿辰之日，三个女婿都来拜寿。

在他家住了几天，饭做得一顿不如一顿，他还想逐客，又不好直说，就绕个弯子说："我有一个哑谜，请你们猜猜。"说完，伸出手，指向天、地、前、后、左、右，接着比了比三个指头和五个指头，以后又指指心窝。

大女婿是个落第秀才，先猜道："上有天文，下有地理，前有《前汉书》，后有《后汉书》，左有《左传》，右有《幼学》，岳父盼我攻读三更到鸡叫五更天，一心为高中。"

财主听了，嗤嗤鼻子、摇摇头。

二女婿从小学过风水，接着猜道："上有三十六天罡，下有七十二地煞，前有朱雀，后有玄武，左有青龙，右有白虎，三山五岳虽好，还没有你老人家的心好。"财主"哼"了一声，眼一瞪，眼睛仁都快瞪出来了。

三女婿是个医生，见势不妙，就毕恭毕敬地说："上有天冬，下有地黄，前有前胡，后有厚朴，可以退心火……"还没说完哩，财主桌子一拍喝道："一派胡言，

还是我来说。天上不落，地上不生，前生要接济，后世要帮助，老子左也难，右亦难，你们三个畜生白吃了五天饭，老子心疼得很哪！"

讲述者： 王景旗，男，87岁，西峡县西坪镇操场村
人，不识字，农民
采录者： 王中飞，男，18岁，西峡县西坪镇操场村
人，高中，学生
采录时间： 1986年5月
采录地点： 西峡县西坪镇操场村
选自： 《中国民间故事集成·河南西峡县卷（下）》

475

『三不要』

从前，有个老县令，生得獐头鼠目，为人奸诈贪婪，喜欢自作聪明，官场上混了几十年，昧心钱也赚得不少了。想骗取个好名声，准备告老还乡。

一天，他差人在县衙门前竖了一块木牌，亲自大书"三不要"——"不要钱，不要官，不要捧"，以示自己的清廉。第二天一早，他踱出门外，看见"三不要"木牌前围着许多人，高兴极了，急忙跑过去。仔细一看，"三不要"后面被人各添上了三个字："不要钱——嫌钱少，不要官——嫌帽小，不要捧——嫌太摇。"他又羞又恼，去拔木牌。谁知用力过猛，仰面朝天蹲在地上，引得周围的人们哄然大笑。

讲述者： 黄金祥，男，62岁，西峡县田关乡田关村
人，高中，退休干部
采录者： 王苏兰，女，29岁，西峡县田关乡政府，
高中，乡文化站专干
采录时间： 1986年4月

采录地点：　西峡县田关乡田关村

选自：　《中国民间故事集成·河南西峡县卷（下）》

476

干脆喝它一口

　　从前，有个地主尖酸刻薄。他家住在大路边上。这地主有个邻居，是个穷人家。这穷人忠厚老实。

　　穷人在大路边修个厕所，过往行人走到这里，大多要来厕所办办私事，攒粪不少。这个穷人家不用拾粪，庄稼也长得很好。

　　这个地主见穷人家修这厕所很见粪，很眼红，也在路边修个厕所。

　　两个厕所挨在一起，地主满以为可以积一些粪，可是过了几天，仍没有穷人家攒的粪多。地主就搬着凳子坐在院子里看。只见过往的行人，一个个往这穷人厕所里去，都不朝他这厕所里钻。这地主越看越气，越看越恼，气恼得一天都没吃好饭。咋才能让行人都上我的厕所里攒粪？地主搜肠刮肚，绞尽脑汁，终于想出一条计来。

　　第二天一大早，地主就钻进了穷人家的厕所里，蹲在池子上，占着位置，不让人们进来。

　　人们又来到穷人家的厕所，猛一进去，只见有人蹲在那里，赶忙又抽身出去，进到这地主家的厕所里。

　　地主见这个方妙，见效，他就在穷人家厕所里蹲了一天不出来。

地主用计胜了穷人，饭也能吃下去了，觉也睡得安稳了。每天，他都是一大早就起来，蹲到穷人厕所里，天黑才回去。

这天地主又早早起来了，钻进穷人家的厕所里，一不小心，失足掉进了粪池里。地主想，既然掉里面了，干脆我再喝他一口捎回去。于是他喝了穷人家一口粪爬上来，吐进自家粪池里，这才心满意得地回去了。

讲述者： 庞东来，男，60岁，西峡县五里桥乡葛营村人，中专，教师

采录者： 代新强，男，22岁，西峡县五里桥乡杨岗村人，高中，农民

采录时间： 1986年4月2日

采录地点： 西峡县五里桥乡葛营村

选自： 《中国民间故事集成·河南西峡县卷（下）》

477

拍马屁

有个县官好吹牛皮，一吹起来就没边没沿儿。碰巧他的随从善于拍马圆场，不管吹天大的牛皮，都能替县官圆得严丝合缝。

这天，县官当着众人又吹开了，说："前天我去河边钓鱼，一下钓上来三个鸡蛋。"众人摇头不信，随从却说："没错，是钓上来一只鞋子，鞋壳篓里有三个鸡蛋。"县官接着又吹："昨天才怪哩，我骑马出去转，回来那马死活不想走了，气得我一刀把它拦腰砍断，骑着马头回来了。"众人听了哄堂大笑。县官又叫随从给他圆场，随从不说了。众人问他为啥不拍马屁帮腔了，随从说："他那马屁股都不知跑到哪里去了，叫我拍啥呀？"

讲述者： 廉文约，男，51岁，西峡县田关乡杜营村人，小学，农民

采录者： 杜洪普，男，21岁，西峡县田关乡杜营村人，高中，农民

采录时间： 1983年2月

采录地点：　西峡县田关乡杜营村

选自：　《中国民间故事集成·河南西峡县卷（下）》

478

菜主人挨打

　　过去，有个县太爷，手下的衙役都是吐拉舌儿[1]，他们经常把县太爷喊成举人老爷。县太爷开始不大注意，后来听得多了才听出来。他对衙役们说："什么举人老爷的？应该叫我主人老爷。"他还特地把"主"字写出来更正说："是'主'，不是'举'。谁往后再敢说上一句举人老爷，我就割掉他的舌头。"

　　有一次，县太爷遇到一桩绞筋案件不好处理。他听说附近有一个姓蔡的举人很有能耐，就对差役衙役们说："有个蔡举人，你们去找来，我有话对他说。"衙役们领命前去寻找。

　　谁知他们在打听时，把"蔡举人"说成"菜主人"，打听不到。他们走到一条街上，问一个摆摊的老汉："喂！老头儿，你说菜主人在哪儿？"老汉一听他们要找"菜"主人，就随便用手一指前面不远处一座破房子说："菜主人在那里。"衙役们就走进破房里，见屋里坐个老头子，就说："你就是菜主人吧？"卖菜老头一想自己成

[1]　吐拉舌儿：说话不清楚。

年卖菜，也真称起个菜主人了，就站起身打招呼道："是啊，你们有啥事？"衙役们说："我们县太爷找你有要事相商。"卖菜老头听罢暗自思忖起来：县太爷找我能有啥事儿哩？弄不好是我这秤上的毛病叫他知道了。就偷偷地换了一杆秤，掂着上县衙去了。

衙役们领着卖菜的回到县衙。县太爷一听是蔡举人来了，就连忙出去迎接。谁知一看这个人哪能是蔡举人啊？看胡子也不像杨延景。转念又一想，俗话说，人不可貌相，海水不可斗量嘛。那就先摸摸底再说吧。县太爷耐着性子问老头儿说："先生一定知道四书五经吧？"谁知卖菜老头当是县太爷又问自己知道不知道四十五斤哩，恭敬地说："知道知道，我知道四十五斤。"他边说边拿出秤，指着秤星儿对县太爷说："我这秤可是标准秤，这儿是十斤，这儿是三十斤，这个处是四十斤。这不，四十五斤就在这儿。"这一下县太爷明白了，不等老头说完就火冒三丈说："来呀！给我打出去。"卖菜老头当是说他称低了，忙说："老爷，不能打出去，再打出去都是五十斤了。"

采录者、讲述者：杜花雨，男，25 岁，西峡县丹水镇
北湾村人，高中，农民
采录时间：1986 年 7 月 6 日
采录地点：西峡县丹水镇北湾村
选自：《中国民间故事集成·河南西峡县卷（下）》

479

要礼不要理

有个人被抓到衙门里，县官不问三七二十一，先让人打了他几板子。那人说："老爷，别打，小人有理，小人有理呀！"县官当成他真带有啥"礼"呢，忙喝住衙役："慢来！老爷不打有礼的，你早说有礼，不是放你回去了吗！"那人一听，转身就走。县官一看他啥礼也没给就要走，就上前问："你的礼呢？"那人说："老爷，我的道理不是给你说过了吗？"县官这下儿才知道弄错了。

讲述者：雷凤云，女，72 岁，桐柏县城关镇西关
居民区，不识字，居民
采录者：胡宏伟，男，20 岁，桐柏县城关镇西关
居民区，高中，居民
采录时间：1986 年 6 月
采录地点：桐柏县城关镇西关居民区
选自：《中国民间故事集成·河南桐柏县卷（第
三分册故事）》

480

它骂我

有个财主对伙计很尖酸，馍里掺了好多麸子。伙计们很恼火，就想法治他。

一天，吃饭时，一个伙计见跟前拴头驴，拿着棒子就打，驴被打得乱蹦乱叫，财主听见了，忙过去拦住伙计，问："你打驴干啥？"伙计说："它骂我。"财主问："驴也会骂人？""可不是嘛！我在吃馍，它骂我吃了它的麸子。"

讲述者： 刘万军，男，67 岁，桐柏县城关镇人，初中，西关居民区居民

采录者： 胡宏伟，男，21 岁，桐柏县城关镇人，高中，西关居民区居民

采录时间： 1986 年 3 月

采录地点： 桐柏县城关镇西关居民区

选自： 《中国民间故事集成·河南桐柏县卷（第三分册故事）》

481

贪官断案

有姓白姓贾两个逮鱼人合伙逮了一条百十斤的娃娃鱼。

活娃娃鱼可是个稀罕物，拿到街上能卖一大堆钱哩。俩人就商商量量把鱼装在一口棺材里，抬到城里去卖。俩人都想多分钱，还没有卖出手就争吵起来了，吵着吵着又打起来，打哩鼻青脸肿，还是争执不下，只好到县衙告状，请县太爷给评理。

县官是个赃官，一看见那条娃娃鱼眼都红了。

听他们各自诉说一遍后，提笔判道：

二人姓白姓贾，因为卖鱼厮打。鱼是罪魁祸首，留在县衙受罚。每人兑油十斤，拿来下锅干炸！棺盖你们拿走，棺壳老爷喂马。

讲述者： 吴根兰，男，58 岁，新野县施庵乡桥楼村人，中师肄业，农民

采录者： 吴韵芳，女，27 岁，新野县施庵乡桥楼村人，高中，新野县施庵乡曾营联中教师

采录时间： 1985 年 8 月

采录地点： 新野县施庵乡桥楼村
选自： 《民间文化杰出传承人吴根兰先生讲述的
精品故事》

482

笨官审案

　　有个县官好念白字。这天升堂问案。原告郁来、被告金不丢和证人新斧都在堂上跪着。县官看看状纸喊原告："都来！"三人一听急忙一齐到堂前跪下。县官不知是咋回事，又喊被告："全下去！"三人只好又退了出去。县官很生气，正要喊证人，师爷小声提醒他："前二位都喊错了，证人叫新斧！"县官又认真看看状纸说："亏你打招呼，不然，我就喊他亲爷了。"

讲述者： 吴根兰，男，59岁，新野县施庵乡桥楼村
人，中师肄业，农民
采录者： 吴韵芳，女，27岁，新野县施庵乡桥楼村
人，高中，新野县施庵乡曾营联中教师
采录时间： 1986年
采录地点： 新野县施庵乡桥楼村
选自： 《民间文化杰出传承人吴根兰先生讲述的
精品故事》

483

留脸

有个财主利用做寿的机会请客收礼，想大发一笔横财，却要厨师用一个猪头为他做二十四道菜，还要把猪脸上的肉留下来。厨师很为难，又不好对主人发脾气，只好婉转地提醒他说："这样做还能留脸吗？"主人只好恨恨地说："真的铺摆不开，那就不必留脸了！"

采录者： 曲金龙，男，18岁，唐河县郭滩镇人，学生
采录时间： 1986年2月
采录地点： 唐河县郭滩乡政府
选自： 《中国民间故事集成·河南唐河县卷》

484

刮地皮县长

从前，唐河县有个县长叫仝人林。任职十多年，丢职时竟没有一人送行，只好带一名随从出西门悄悄溜走。

他走到西关，忽见当街摆了一张桌子，桌上放四碟小菜和一壶酒。

仝县长喜出望外，问："这是哪位的盛意？"

话音刚落，从路旁屋檐下钻出一人，面如锅底，衣服破烂，向县长拱手说："县长大人，这是小人一点薄意。"

"你在何时何地受过我的恩惠？我咋一点也不认识你？"

"小人姓钱，生前无恶不作，良心坏透，死后被阎王打入十八层地狱。还是你在本县多年，大刮地皮，我在十八层地狱底下才得以被你刮出来，重见青天。今日特来向你致谢。"

讲述者： 李九，男，42岁，唐河县少拜寺乡人，小学，农民

采录者： 李可，男，18岁，唐河县少拜寺乡人，初中，学生

采录时间： 1985年4月

采录地点： 唐河县少拜寺乡

选自： 《中国民间故事集成·河南唐河县卷》

485

县官和赶车夫

有两个县官去贿赂州官，钱花完后，回不到自己的县衙了。

他俩看见路边有个赶车夫躺在毛驴车上睡大觉，就商量了个万全之计。一个县官把毛驴的夹板解下来，套在自己的脖子上，另一个县官把毛驴拉到街上去卖。

赶车夫醒来后大吃一惊："我的毛驴咋变成县官了？"县官忙接住说："好赶车的，你没说错，我确实是县官。前年不幸被我的仇人——一个会魔术的，把我变成驴卖了。请你可怜可怜我，放了我吧！"

老实的赶车夫很同情他，就把他放了。

没有了毛驴，赶车夫只得又去集镇上买。这次，他又看到了自己的毛驴。他摸了一下驴耳朵，叹了一口气说："县官，你又遭殃了，又变成驴了。这一次，我是怎么也不会买你了！"

讲述者： 杨风岐，男，64岁，淅川县盛湾镇恒营

村人，农民

采录者： 黄毓钊，男，淅川县仓房人，高中，农民

采录时间： 1985 年 3 月 25 日

采录地点： 淅川县盛湾镇恒营村

选自： 《中国民间故事集成·河南淅川卷（二)》

486

县官与裁缝

　　有个新上任的县官，这天他心里有些烦闷，便叫衙役去请位才子来解闷。衙役不懂得啥是才子，也不好意思再问。想了好久，才恍然大悟，才子不就是会做衣服的裁缝吗？老爷刚上任，一定是要找个裁缝来做套新衣服吧。于是衙役就到大街上请来了一位很有名气的裁缝。

　　县官一见来人，就很客气地让座叙话。

　　县官问："你可知道哪三纲五常吗？"

　　裁缝赶忙笑着回答："知道，知道，三丈五尺长够老爷一袍一褂。"

　　县官听罢生气地说："大头子[1]！"

　　裁缝又笑着说道："二尺半绸子够老爷做个礼帽。"

　　县官更生气了，便高声斥道："胡诌！"

　　裁缝又忙答道："湖绉也是好料子。"

　　"滚出去！"

　　"老爷请我来做衣，咋能叫我滚出去？"裁缝不解地边走边说。

[1] 大头子：胡说。

讲述者： 王修身，男，淅川县上集镇黄家沟村人，
初中，农民

采录者： 王希超，男，50岁，淅川县人，师专，广
播局干部

采录时间： 1985年4月

采录地点： 淅川县上集镇黄家沟

选自： 《中国民间故事集成·河南淅川卷（二）》

487

好文章不如放个屁

明朝时候有位宰相，一天正在书馆看书，他的一个门生前来拜访。这位宰相平常厌恶这个弟子拍马屁，没有理他。这个学生也没看老师脸色，只是跪在地上，朝老师磕头，说："老师，弟子明日到你老人家故里当主考。如有亲朋好友，可保荐一二，弟子愿尽犬马之劳。"宰相不理睬他。门生跪了很长时间，斜着眼偷偷看了看老师，只见老师专心看书，好像跟前没有他一样，弄得他起也不是，不起也不是。

时间长了，这位老宰相忍不住放了个屁，心中觉得不好意思。他放下书，看了看跪着的弟子，随口说："下气通。"这门生一听到这三个字，好像得了大赦令，爬起来就走。

他来到宰相家乡，三场试毕，批阅考卷。他发现就是有一名考生叫"夏其通"，禁不住笑了，心中默默念叨："下气通，夏其通。嘿！老师总比弟子精，放着事理不讲明，总叫门生难为情。"当他看完考卷，觉得夏其通的文章实在不像话，可是一想到是老师保荐的，便把他点作案首头名。

此事传出后，人们都说："好文章不如放个屁。"

讲述者： 崔润泽，男，41 岁，内乡县城关镇人，高中
采录者： 崔胡林，不详
采录时间： 1985 年
采录地点： 内乡县城
选自： 《中国民间故事全书·河南·内乡卷》

488

响屁

知府大人和两个县官儿在一起吃饭。正吃哩，知府大人放个响屁。两个县官儿互相看了一眼，装作没听见，只顾低头吃饭。

一会儿，知府大人问："二位听到什么没有？"两个县官儿赶忙齐声应道："是不是外面在打雷？"

"打雷？"知府微笑，"二位没有闻到什么气味儿？"两个县官儿又急忙一并说道："闻到一股香气味儿。"

知府大人抽了抽鼻子："香味儿？不对呀，刚才老爷我放个响屁。医经讲，放屁不臭，没几天阳寿，你二位是不是在咒老爷呢？"

两个县官儿鼻尖冒汗，赶忙同时改口："大人，香是香，不过品品后味儿，还真的怪臭呀！"

讲述者： 不详
采录者： 杜中林，男，40 岁，内乡县赵店乡张庄人

采录时间：　1986 年

采录地点：　内乡县城镇一小

选自：　《中国民间故事全书·河南·内乡卷》

489

巧嘴八哥

从前，有个县官养了一只八哥，很会学人说话。

一天，县官的爹来看儿子。刚进门，衙役们喊："老太爷到！"八哥也学着喊："老太爷到！"老太爷听了很高兴，夸奖了一番。县官很得意，赏给八哥一个鸡蛋。八哥高兴极了，它想：一声喊叫，竟得到如此大的好处。从此，它对县官和衙役们的说话更留意学了。

一次，县官的小儿子出门去玩，刚走到门口摔倒了。县官慌忙跑出来，心疼地问："哟，我的乖乖，摔得疼不疼？"八哥听了，忙记在心里。

又一次，两个衙役打架，一个把另一个摔倒了。站着的大骂："黑了心的东西，摔死你个龟孙！"躺着的也骂："好小子，你敢打你祖爷！"八哥听了，也连忙记在心里。

有一天，八哥想吃鸡蛋，就喊："老太爷到！"县官一听慌忙跑出来迎接，刚出门，不留心摔倒了。八哥忙叫："哟，我的乖乖，摔得疼不疼？"县官一听，气得骂起来。八哥听到骂人又叫："黑了心的东西，摔死你个龟孙。"县官更生气了，上去要打八哥。八哥又叫道："好小子，你敢打你祖爷！"县官气得火冒三丈，上去一下把八哥摔死了。

讲述者： 不详
采录者： 李心会，男，50岁，内乡县城关人，初中，干部
采录时间： 1985年
采录地点： 内乡县城关镇
选自： 《中国民间故事全书·河南·内乡卷》

（二）幽默笑话

490

动土看卦

庞老汉相信卜书着了迷，遇事总要先卜吉凶。这一天，一位朋友从老远的地方来找他一起外出办理一件急事。庞老汉一查卜书，上写："某月某日为黑道，不宜出门。"怎么办呢？朋友的急事，又不好推辞。他心里想：我只要不从大门口出去，爬墙过去总是可以了吧！但他家的院墙年代久了，刚一抓上墙头，就"轰隆"一声倒了，把他压在下边，只露出一只手和脑袋。家里人连忙来救时，庞老汉摇手喊道："先别动，今日不宜动土。"

讲述者： 焦相山，男，26岁，南阳市油田人，高中，干部

采录者： 乔明宪，男，47岁，南召县留山镇黄楝村人，大学本科，文化馆干部

采录时间： 1984年3月

采录地点： 南召县广播站

选自： 《中国民间故事集成·河南南召县卷（下）》

491

错一板

有一个木匠是个戏迷，收了个徒弟正好爱唱戏，二人干起活来，常常是徒弟唱得起劲，师傅听得入迷。

一天，师徒二人解板[1]。刚搭上[2]锯，师傅的戏瘾就上来了，就叫徒弟唱一段。徒弟也不推让，就摇头晃脑唱了起来，师傅闭着眼品戏，身子随着锯前后晃动。一会儿，徒弟猛然发现跑墨[3]了，就说："师傅，跑墨了。"师傅眼也没睁说："唱吧，就咱俩，跑墨也不要紧。"又过了一会儿，徒弟说："跑一锯[4]儿。"师傅说："跑两句三句也不碍事。"后来徒弟发现锯越跑越远了，就说："师傅，不对劲儿，跑一板[5]了。"师傅仍没睁眼说："唱吧，就咱俩，跑三板也没人笑话。"话说不及，一锯拉到头了，这时，师傅才睁开眼换锯，一看，板也拉坏了。

[1] 解板：用锯子把木头解成一块一块的木板。

[2] 搭上：锯子刚搭到木头上。

[3] 跑墨：锯木头时，事先用墨斗拉出一根带有墨汁的墨线，锯子沿着墨线锯成木板。南召人把"跑墨"念成"跑没"，而唱戏时，南召人则习惯上把跑调也说成跑墨。

[4] 一锯：一锯的宽度。

[5] 一板：音乐节奏中的一拍。此处指锯偏了。

讲述者： 铁天培，男，40岁，回族，南召县板山坪
镇松东村人，高中，教师

采录者： 李广恩，男，25岁，南召县板山坪镇人，
高中，文化专干

采录时间： 1986年7月

采录地点： 南召县板山坪镇松东村

选自： 《中国民间故事集成·河南南召县卷（下）》

492

白字先生

　　从前有个人姓潘，名叫忻斟，娶妻乜氏，为了改葬他爹的坟，要在灵柩前行个改墓仪式礼。因近处没有礼先儿[1]，跑了十几里去找了一个，可人家嫌远不来，只给开了个仪式单拿回来了。他自己不识字，只好找了个私塾先儿代替礼先儿在棺前举行改墓仪式。

　　这个私塾先儿是个白字先生，还自负得很，仪式单事前也不看一看。主家亲属孝子都跪在柩前，他拿起仪式单，就朗声念道："孝男——"停住了。咋哩？下边"潘忻斟"仨字他不认得，所以顿住了，又不好意思请教别人。咋办哩？就按住半边字念成了"番斤斗"。孝子一听，咋会叫我翻筋斗哩？好不明白。可是他不懂得改墓仪式，又不好发问。再说仪式单是咱找礼先儿开的，人家是咱请来照仪式单念的，还能有错？咋念咱咋听啊，翻筋斗就翻吧！于是就翻了一个筋斗，重新跪到灵前。

　　私塾先生往下又念："孝妇——"又停住了，咋哩？原来下边乜氏的"乜"字他还不认得。咋办哩？先生看看

[1] 礼先儿：风水先生。

这个字跟"也"字差不多，恐怕也是念"也"字吧？所以顿了一下，接着念道："孝妇也氏。"

孝妇听成"也是"了，愣怔了，男人家是叫翻筋斗，俺妇道人家咋也是叫翻筋斗？四脚拉杈不好看不说，我已经身怀有孕九个月啦，翻个筋头不把孩子翻小月子[1]啦？！所以她就央告说："先生啊，我可是不敢翻筋斗哇，我学个蝎子爬吧！"说着拖着个大肚子爬开了，惹得人们哄堂大笑。

讲述者：　冯锦山，男，77 岁，西峡县陈阳乡木瓜村人，小学，农民

采录者：　谢起超，男，40 岁，西峡县城关镇人，高中，县文化馆干部

采录时间：　1983 年 6 月

采录地点：　西峡县陈阳乡木瓜村

选自：　《中国民间故事集成·河南西峡县卷（下）》

493

截近路

从前有个人在路边种了一块地，过往行人走截近路，从地中间通过，把庄稼踏得长不起来，那个庄稼人很生气。

这一天他在庄稼地里锄草，正好一个人又从地中间走。他连忙走到地那头坐下，等着那过路人走过来便说道："喂，这位老兄，坐这歇歇，抽袋烟吧？"那人坐下后，两人谈了几句闲话。庄稼人说："老兄，我给你拍个瞎话吧？"那人说："好，我可爱听瞎话了！"

庄稼人清清嗓子说道："古时候有一家，喂了一头大母牛。这一年下了一个小牛娃，是从肚膜脐下的……"他的话还没说完，过路的忙问："奇怪，母牛下娃怎么能从肚膜脐下呢？"庄稼人说："唉！你有所不知，它是想截近的嘛！"

那个过路人听了恍然大悟，羞得满脸通红。

讲述者：　刘振德，男，西峡县陈阳乡德胜村人，不识字，农民

[1]　小月子：孕妇早产。

采录者： 杨晓丽，女，20 岁，西峡县陈阳乡德胜
村人，初中，教师
采录时间： 1986 年 5 月
采录地点： 西峡县陈阳乡德胜村
选自： 《中国民间故事集成·河南西峡县卷（下）》

494

看
门

从前，有一家两口俩，带个娃。这娃十八九岁，可听
话了。老的叫他往东他不往西，叫他拾柴他不担水。两口
俩见人都夸他娃好，这娃也就能得不知姓啥了。

这一天，娃他妈娘家有事，他爹也得去，就叫他在屋
看门，再三对他说："人哪儿也别去，好好在家看门。我
从你外婆家回来，要把门看丢了，非打死你不中。"

两口俩走后不几天，这里来了个戏班子。娃们爱热闹，
都去看哩。这娃也想去，可是他爹妈叫他看门哩，去不成。
他想：爹叫我看门，我要是不看，门叫小偷偷跑了，爹说
要打死我。我要是找个保险处给门藏起来，再去看戏那不
就好了吗？他就找个山洞，把门摘了藏到山洞里，欢欢喜
喜看戏去了。

谁知道他前脚走，后脚小偷就去了。原来小偷知道他
家大人不在家，早就留意着他。见他给门摘了藏起来看戏
去了，忍不住暗暗高兴，就把他家所有东西都偷走了。

过了两天，两口子从娃他外婆家回来了。见屋里空空
如洗，知是被盗，气得要死，跺着脚问娃子："叫你看门
哩，你看的啥？门都叫偷走了！"说着举棍要打。那娃笑

着说："爹，别失急，我可操着心哩，两扇门藏在山洞里，一扇也不少。"

讲述者： 王富兴，男，50 岁，西峡县米坪镇王庄村人，小学，农民

采录者： 王海朝，男，22 岁，西峡县米坪镇王庄村人，高中，农民

采录时间： 1986 年 2 月 25 日

采录地点： 西峡县米坪镇王庄村

选自： 《中国民间故事集成·河南西峡县卷（下）》

495

马虎先生

从前，有个画匠很爱画虎画马。有一次，他刚画完一只虎头，有人请他画匹骏马。他正画得高兴，把大笔一挥，在虎头后面画了个马身子。来人一看，问他："你画的是虎还是马？"他笑笑说："管他呢，马马虎虎吧！"

把画挂在墙上，大儿子问他："爹，你画的是啥？"他随口回答说："是虎。"二儿子见到后问他："爹，你画的是啥？"他心不在焉地说："是马。"从此以后，两个儿子马虎不分。

一天，两个儿子外出游玩。二儿子碰到一只虎，误认为是马，上前一把抓着就要骑。老虎一口咬住，叼起就走。大儿子碰见一匹马，误认为是虎，赶忙拿出弓箭把马射死了，赔了人家好多钱。画匠可后悔了！已经晚了。

讲述者： 王明，男，60 岁，西峡县田关乡磨石村人，不识字，农民

采录者： 靳景林，男，24 岁，西峡县田关乡磨石村人，初中，农民

采录时间： 1986 年 5 月

采录地点： 西峡县田关乡磨石村

选自： 《中国民间故事集成·河南西峡县卷（下）》

496

牛皮大王拜师

　　隔壁住着三个吹牛大王。一天，外村有个好吹家儿找到门上，要和他仨比比高低。三位大王一商量：这家伙不自量，竟敢到鲁班门前耍斧头，得教训教训他！就当着那人的面，云天雾地吹起来了。

　　第一个说："我家有个筛子能遮住天。"第二个说："我家有个菜碟儿能盖住地。"第三个说："俺家门口有座桥，也不知道有多高，去年俺娃儿在桥上玩，踢掉了一只鞋，那鞋直到今年还没落到底。"

　　三个人说完，都以为自己吹得够大了，一定会把来人吓跑。不料，客人却不慌不忙开了腔："俺家有个萝卜也没多大，要是把它切成片，能装你那一筛儿，带你那一碟儿，剩下的靠到桥上，还高出你那桥面半截儿。"

　　三人一听，大惊失色，立刻跪下拜人家为师。

讲述者： 陈元兴，男，43 岁，新野县城关镇人，初中，新华书店干部

采录者： 陈天兴，男，38 岁，新野县城关镇人，初
中，县剧团演职员

采录时间： 1987 年 2 月

采录地点： 新野县城新华书店

选自： 《中国民间故事集成·河南新野县卷》

497

善恶报应

俩假斯文在一起说古论今。一个说："自古善有善报，孔夫子是个圣人，他的后代中才出了个大军师孔明先生。"另一个说："说的是。自古恶有恶报，秦始皇是个暴君，所以他的后代中就出了个大奸臣秦桧。"

讲述者： 吴根兰，男，59 岁，新野县施庵乡桥楼村
人，中师肄业，农民

采录者： 吴韵芳，女，29 岁，新野县施庵乡桥楼村
人，高中，新野县施庵乡曾营联中教师

采录时间： 1986 年

采录地点： 新野县施庵乡桥楼村

498

怕开药方

有一个庸医治死了很多人。一天晚上出诊归来，一群屈死鬼拦路索命，吓得庸医连声求饶："饶了我吧，我赔你们钱。"边说边掏出一把铜钱撒了出去。群鬼一见争着捡钱，果然让开了一条路。他一边撒着，一边往回走。快到家时，铜钱撒完了，只好掏出一把纸钱撒了个满天飞。众鬼一见吓坏了，撒腿就跑，一边跑一边哭喊着："快跑哇！他又要给咱开药方了！"

讲述者： 吴根兰，男，59岁，新野县施庵乡桥楼村人，中师肄业，农民

采录者： 吴韵芳，女，29岁，新野县施庵乡桥楼村人，高中，新野县施庵乡曾营联中教师

采录时间： 1986年

采录地点： 新野县施庵乡桥楼村

选自： 《民间文化杰出传承人吴根兰先生讲述的精品故事》

499

「帅」爷断案

有俩白字客去文庙游玩。到门前一看匾额就吵起来了。一个说上边写的是"文朝"，另一个坚持说"丈庙"，谁也不服谁，越吵声越高。

一个小和尚出来问："吵啥哩？"两人都说："你不懂，叫你师傅出来评评理儿。"小和尚说："我师傅出门化齐（斋）去了。"两人就吵吵闹闹来到县衙请县太爷判明是非。

县太爷对这两字也认不准，忙吩咐衙役道："去，把帅（师）爷请来！"师爷来后，问了半天，也搞糊涂了，就命令衙役说："去，把我的字兴（典）拿来。"字典拿来了，但师爷查来查去还是弄不清楚，就提笔判道：文朝丈庙咱不提，老和尚不该去化齐（斋）。太爷不是孔天（夫）子，我也不是苏东皮（坡）。

讲述者： 吴根兰，男，59岁，新野县施庵乡桥楼村人，中师肄业，农民

采录者： 吴韵芳，女，29岁，新野县施庵乡桥楼村人，高中，新野县施庵乡曾营联中教师

采录时间： 1986 年

采录地点： 新野县施庵乡桥楼村

选自： 《民间文化杰出传承人吴根兰先生讲述的精品故事》

500

尝不尝

有个人爱吃便宜，一闻到邻居家有了香味儿就凑上去了。人们都很讨厌他。

一天，他又闻见西院里炒菜的香味了，便走进这家门问："你猜我尝你家的鲜不尝？"主家头也不抬说："不尝。"这人笑笑说："你可说错了，我要尝哩！"说着，就伸手去捏盘里的菜。

又一天，东院邻居家来了客，刚把酒菜端到桌子上，贪小便宜人又来了，一进门就问："你们猜我尝你们的鲜不尝？"主人说："尝！"他一听就往桌前一凑说："这回你可说对了，我就是要尝哩！"

主家气哩干瞪眼却没有一点儿法子。

讲述者： 吴根兰，男，59 岁，新野县施庵乡桥楼村人，中师肄业，农民

采录者： 吴韵芳，女，29 岁，新野县施庵乡桥楼村人，高中，新野县施庵乡曾营联中教师

采录时间： 1986 年

采录地点： 新野县施庵乡桥楼村

选自： 《民间文化杰出传承人吴根兰先生讲述的
精品故事》

501

活着小气死了还小气

从前，有个财主，小气得很。一天，他出去拾粪拾到一个铜钱，装在衣袋里怕掉了，攥到手里还怕不保险。最后，他干脆把那个铜钱放到嘴里噙着。快到家时，见一个黄狗噙了个骨头从自己院里跑出来。他想把那个骨头夺回来，忙扯开嗓子叫起狗来，这一叫不打紧，那个铜钱顺着喉咙眼可进肚里了。他难受得怪狠也不敢吭声，怕掉钱家儿知道了问他要。

慢慢地他病倒了，眼看活不成了，就把三个儿子叫到跟前说："娃子们，我要是死了，恁弟兄们打算咋发排呀？"

老大说："弄口上等柏木棺材，好好埋殡埋殡。"财主摇了摇头。

老二想着是还嫌不排场，就说："等你死了请几班响器，立个牌坊。"财主又摇了摇头。

老三年纪虽小，办事随他爹，也是小气得要样儿，就对他爹说："那干脆把你卸成八大块，担到街上煮肉汤卖去。"财主一听，喜欢得不得了，说："这才是过日子的话，人死了埋哩再好咋着。"等老大老二走了，他又对老三说："三啊三，爹的话你记心间，卖肉汤甭叫你舅见，那家伙喝了不给钱。"老三说："中！"

财主死后，到了阴曹地府，阎王爷嫌他在人间太小气，丢尽了活人的脸，吩咐小鬼判官拖他下油锅。财主一听，慌忙跪下说："阎王爷，你不沾，过日子可不是三两天，不年不节过啥油[1]，省点也能卖几个钱。爆炒爆炒多好咧，省油省柴又省钱。"

讲述者：	李华，男，35 岁，社旗县朱集乡齐庄村人，初中，农民
采录者：	李万卿，男，21 岁，社旗县朱集乡齐庄村人，高中，教师
采录时间：	1986 年 3 月
采录地点：	社旗县朱集乡齐庄村
选自：	《中国民间故事集成·河南社旗县卷》

异文：要钱不要命

从前，有个吝啬贪财的老头，临死前，把三个儿子叫到跟前，问他仨要是他死了，后事打算咋着办。

老大说："买个好棺材，再用砖券券。"老头摆摆手不让老大说了。

老二说："买张席一卷，俺弟兄仨挖个坑把你埋了算了。"

老头还觉得不如意。老三看出了爹的心意，说："人死不顾尸，咋着也不知道了，不如卖给胶房熬胶算了。"老头这才点了点头。

临咽气时，老头又强撑着对三娃说："要卖卖给李家，甭卖给张家，张家的秤可亏人啊！"

| 讲述者： | 不详 |

[1] 过啥油：简称过油，指用油炸菜。

采录者：	张海亮，男，33 岁，社旗县城郊乡柳营人，高中，农民
采录时间：	1986 年 3 月
采录地点：	社旗县城郊乡柳营
选自：	《中国民间故事集成·河南社旗县卷》

502

吝啬鬼

采录时间： 1986 年 3 月
采录地点： 社旗县饶良乡二户岗村
选自： 《中国民间故事集成·河南社旗县卷》

有个吝啬鬼，有客没客都不买菜。

一天，一个卖菜的推着菜车从他门前过，不小心掉了一捆。

吝啬鬼见卖菜的走远了，就捡回去炒了炒，谁知这一顿吃得比平时两顿还多。

他想，看着这是便宜事，其实划不来。

第二天，那个卖菜的又从他门口过，不小心又掉了一捆。

吝啬鬼提着那捆菜撵上去说："大哥，你的菜掉了！"

卖菜的很过意不去，就说："你拿回去吃了算了。"

吝啬鬼说："还叫吃哩，夜儿个[1]就上你一回当了。"

讲述者： 不详
采录者： 张国启，男，26 岁，社旗县饶良乡二户岗村人，高中，农民

[1] 夜儿个：昨天。

503

懒夫妻

相传古时候，有夫妻俩，男的不好洗脸，女的不好刷锅。

有一天，男的出去偷人家，被人家逮住了，狠狠打他了两耳光。他摸摸脸，木木的，也不觉得疼，只是把灰疙痂打掉了。他很高兴，见人就说："还是不洗脸有好处。"

又一天晚上，有个贼去偷他家的锅，把锅疙痂当锅偷走了。他妻子做饭时，见锅疙痂没有了，就知道是贼偷走了，心里怪得劲，就对别人说："不刷锅不怕贼偷。"

讲述者：　不详

采录者：　高向荣，女，31岁，社旗县田庄乡人，高
　　　　　中，教师

采录时间：1986 年 3 月

采录地点：社旗县田庄乡中学

选　自：　《中国民间故事集成·河南社旗县卷》

504

老猎手

从前，有个名叫刘三的猎人，整天在人们面前夸他自己的枪法如何如何好，可谁也没见他打过什么猎物。实际上，庄上人都知道他没有多大本事。

一天，刘三在红薯地里翻红薯秧，忽然看见一只又肥又大的野鸡卧在红薯秧上。他悄悄地走过去，猛地往野鸡身上一扑，连砸带抓捉住了。原来，这只雌野鸡正在孵蛋。刘三捉住野鸡，一阵欢喜过后，心想庄上的人都笑话我，说我没本事，我为啥不在他们面前露一手呢？于是，他就用红薯秧把野鸡的双腿绑紧，又放在原来的地方，然后回家去取猎枪。别人问他干啥哩，他走着说着大话："今儿个我不打来个野鸡，往后就不姓刘啦！"人们听他这样说，就紧跟着来到地里。

刘三跑到地头，装模作样地东瞅瞅，西看看。那只雌野鸡见有人来，吓得翅膀一伸就想飞，可腿被红薯秧绑着，干急飞不起来。刘三得意地一扣扳机，"呼"一声，恰好把绑野鸡腿的红薯秧打断了，野鸡扑扑棱棱飞跑了。众人到跟前一看都明白了是咋回事，大笑起来。

刘三后悔得要死，垂头丧气地回家了。

讲述者： 不详

采录者： 唐玉芬，女，20 岁，社旗县饶良乡人，高中，教师

采录时间： 1986 年 3 月

采录地点： 社旗县饶良乡龙池学校

选自： 《中国民间故事集成·河南社旗县卷》

505

天不管

有一个人的外号叫"天不管"。他常说："别人的事，天大的也不要管。"

有一天，他买了一袋黄豆，半路上袋子破了，黄豆直往下漏。跟他一路的同伙看见了便问他："别人的事，要不要管！"天不管不假思索地说："不管！不管！"

走了好一阵，一袋黄豆已漏掉半袋。他的同伙又问他："对人家有好处的事，要不要管？"天不管还是说："只要对自己没有好处，一百个不管！"

快到家的时候，天不管才发觉自己的一袋黄豆已漏掉了大半袋。

他又气又急，责骂同伙说："你为啥不早说呢？"同伙说："当时我问过你，你说：不管！一百个不管！"

讲述者： 刘老七，男，58 岁，唐河县张店镇人，不识字，农民

采录者： 吴双梅，女，18 岁，唐河县张店镇人，高中，学生

采录时间： 1986 年 4 月

采录地点： 唐河县张店镇

选自： 《中国民间故事集成·河南唐河县卷》

506

没有脊梁筋的人

　　无赖李二，仗着在村里管点事，不管谁家有个红白喜事，只要让他知道，都要去赶嘴。

　　一天，庄东一家办喜事，他早早赶去赴宴，和邻村的张医生、李医生坐在一桌。二位医生一见他又来赶嘴，想玩他个难看。他们各自掏出一两碎银说："今儿谁都不许吃白食！"李二随手在身上拔了一根汗毛，往桌上一放，又大吃大喝起来。张医生冲着李二说："我拿一两银子，他拿一两银子，你拔根汗毛算啥？"李二哈哈一笑："我往日吃喝呀，还一毛不拔哩！"张医生和李医生都很生气。

　　有一天，县官太太得病，找张、李二位医生去看病。二医看罢，对县太爷说："太爷呀，太太这病啥药都治不了，最妙的方，是吃那吃酒席最多的人的喉咙管儿。"这一说，县太爷马上想起众所周知的李二来，就传衙役找来李二，问道："听说你吃的酒席最多？"

　　"吃得不少。"

　　县太爷又说："太太得个毛病吃啥药都不应，非得吃你的喉咙管儿才行。"

　　李二哈哈一笑说："太爷呀，我吃饭喝酒都是顺着脊梁筋下去的，哪有喉咙管儿呀！"

"那把你的脊梁筋割下来也好！"

李二说："太爷呀，我哪有脊梁筋呀？我的脊梁筋早被人们给捣断了！"

讲述者：　刘书香，男，56岁，淅川县大石桥西岭村人，上过私塾，农民

采录者：　刘国胜，男，25岁，淅川县大石桥人，高中，农民

采录时间：　1985年7月

采录地点：　淅川县大石桥乡西岭村

选自：　《中国民间故事集成·河南淅川卷（二）》

507

『胡说』比鸟枪还厉害

有俩贼到一家偷东西，惊醒了刚睡熟的夫妻。丈夫想：硬拼不行。他急中生智，大声对妻子喊道："快，把鸟枪拿来！"

一个贼说："乖呀，他们有枪！""吓咱的吧？"另一个贼刚说罢，屋里传出其妻的话："哪有鸟枪？""有，在墙上挂着。""胡说！"

"胡说？对对，把胡说拿来，那比鸟枪更厉害！"

俩贼一听："妈呀，鸟枪都够厉害了，这胡说比鸟枪更厉害呀！"他们夺门而出，拔腿就跑，一边跑还互相关照："小心哪，别让胡说打住了！"

讲述者：　徐虎，男，淅川县仓房乡人，干部

采录者：　陆平茜，男，高中，淅川县仓房乡人，文化站长

采录时间：　1985年8月

采录地点：　淅川县仓房街乡

选自：　《中国民间故事集成·河南淅川卷（二）》

508

老啃头儿

选自：《中国民间故事集成·河南淅川卷（三）》
《中国民间故事集成·河南卷》

　　有个老啃头儿[1]，这天朋友请他赴宴。走到半路，忽然想起家里油灯没熄，他又立刻返回家来。走到门口，他向屋里喊道："内当家的，快把油灯熄了！"老婆正要给他开门，他急忙喊道："不要开门，不要开门！"

　　"咋？"

　　"多开一次门，又要多磨一次门脚[2]哩。"

　　老婆回道："为这事儿，你来回跑，不怕把鞋磨坏？"

　　"这你不要操心，鞋我在胳肢窝里夹着哩！"

　　讲述者： 陈文祥，男，65 岁，淅川县老城乡叶沟村人，上过识字班，农民

　　采录者： 陈国恒，男，24 岁，淅川县老城乡叶沟村人，初中，农民

　　采录时间： 1987 年

　　采录地点： 淅川县老城镇陈岭村

[1]　老啃头儿：指吝啬的人。

[2]　门脚：门的下轴。

509

分饼

采录地点： 淅川县荆紫关镇中街村
选自： 《中国民间故事集成·河南淅川卷（二）》

有兄弟俩，又懒又馋。一天，母亲要回娘家，临走烙了一个大饼馍，让他们中午吃。

中午，老大对老二说："快去拿刀，分开吃。"

老二怕哥哥先吃，就说："你去拿！"

兄弟俩这样推来推去，谁也不动。看看争持不下，老大说："这样吧，从现在开始，谁要先说话，谁去拿刀。"兄弟俩都不吭声了。

这时，一只狗跑进来，把饼叼下来就吃。两人你看看我，我看看你，仍不说话。

眼看那饼就要被狗吃光了，老二急了，忙喊："打狗！"老大赶紧说："好！你去拿刀！"

讲述者： 邢重长，男，26 岁，淅川县荆紫关镇中街人，高中，农民
采录者： 吴云贵，男，淅川县荆紫关镇南街人，高中，农民
采录时间： 1982 年

510

老抠

有个老抠抠得出奇。有一次，他外出赶会，被一条大河拦住去路。本来河里有渡船，可他舍不得花钱，把裤腿一挽，跳入水中。河里水深流急，刚走到河中心，水便没了头顶。他儿子在河岸上见了，连忙找人去捞。那人扳价钱[1]："这么大的水，下去捞，最少给一钱银子。"可老抠的儿子只答应给九文钱。两人只管讨价还价，老抠被水越冲越远。待定好价钱，老抠早淹死了。

讲述者： 曹天，男，54岁，内乡县师岗镇曹营人，
　　　　　小学，农民
采录者： 党希昌、谢振轩，不详
采录时间：1985年
采录地点：内乡县赤眉镇
选自：　　《中国民间故事全书·河南·内乡卷》

[1]　扳价钱：哄抬价格。

511

听不到头的故事

张庄张老八是个故事迷，无论啥故事他都爱听，并且爱打破砂罐问（璺）到底。

有一个小青年想治治他，对他说："我有个故事，长得很，能叫你听不到头！"老八说："再长我也能听到头。""你不能！""我能！"两个人你一言我一语吵起来。有个好事的人说："你们打个赌，谁输了给赢家一斗麦子。"两个说完，那青年就讲了故事：

"话说曹操领着八十万大军去东吴征战。路遇一个独木小桥。这小桥一次只能过一个人，别无他路可走。只见忽闪忽闪过去一个，又忽闪忽闪过去一个……"就这样，小伙子不慌不忙地说了十来个"忽闪忽闪"。张老八急了，说："你快往下说，咋就那样忽闪起来了？"

小伙子慢声细气地说："就是这样过的嘛，我有啥办法。忽闪忽闪过去一个，又忽闪忽闪过去一个……"张老八听不下去了，催他说："别忽闪了，快说咋打的吧！"小伙子笑着说："你别打岔，八十万人马过不去，可咋打仗？如果你听不下去，就快把麦子拿出来吧！"

张老八不想认输，又耐着性子听下去，听了半晌才过

去百十个。"老天爷啊，这八十万人过到何年何月呀！"张老八再也听不下去了，连说："算你赢了，算你赢了，我不听啦！"

讲述者： 不详

采录者： 翟学愚，男，47岁，内乡县城关人，初中

采录时间： 1986年

采录地点： 内乡县城

选自： 《中国民间故事全书·河南·内乡卷》

512

造字

有俩庄稼老汉在一起闲谈。一个说："古来造字的多属文人，有个叫仓颉的人，听说他造了很多字，难道就不兴咱们造一个吗？"另一个老汉说："怎么不兴，都是比葫芦画瓢，咱们比画一个，何妨？"

两人埋头想了一会儿，内中一个说："我想起一个，咱们盖房子需要橛儿，就连栽红薯芽也用上橛儿。咱们就造个橛儿吧！"另一个听了连说："中，中！"他们想：橛儿是用木做的，若是竹的、铁的，就是钉了。这边就用"木"字旁，可那边用个啥呢？对！凡是橛儿，只能朝土里楔，就用"土"吧。就这样，俩老汉合造一个"杜"字当橛儿，心中欢喜得了不得。

过了一会儿，猛想起皇帝佬儿有圣旨，私下造字犯杀头之罪。一下子吓得两个老汉抱头痛哭起来。

这时，一个驴贩子走了过来，见二人哭得伤心，忙问："你二人一大把年纪，为什么啼哭？"二人见问，便把造字的事说了一遍。驴贩子听了，不但没安慰他们，反而自己大哭起来，弄得两个老汉莫名其妙，忙问原因。好大一会儿，驴贩子才泣不成声地说："俺祖上辈辈姓杜，

叫你俩给俺姓杜的改成姓橛儿的了……"

513

青菜屎

讲述者：	翟东廷，男，45 岁，内乡县城关镇人，初中
采录者：	翟学禹，男，33 岁，内乡县夏馆镇青杠树村人，高中，教师
采录时间：	1986 年
采录地点：	内乡县城
选自：	《中国民间故事全书·河南·内乡卷》

北山有兄弟二人去赶集，路过一个水坑边，见到一群鸭子在坑里咯嗒泥。老大看后说："兄弟二人去赶集。"老二接着说："碰见鸭子咯嗒泥。"

赶完集回家，二人又路过水坑旁，见鸭子还在咯嗒泥。老大说："兄弟赶集转回家。"老二说："碰见鸭子还咯嗒。"二人说罢，你看看我，我看看你，好像死了爹娘似的，抱头大哭起来。

这时，过来一个拾粪老人，见二人哭得伤心，走上前来询问。当问明原委后，不但不规劝，反倒像死了儿子一般，号啕大哭起来。

兄弟俩十分奇怪，就问："你这老伯，我们哭，是哭我弟兄满肚子学问、怀才不遇。你是哭啥呀？"

老人指了指粪铲把说："你们不知道哇，我哭我这粪铲把短，剜不出你俩肚里那青菜屎呀！"

讲述者：	魏平安，男，46 岁，内乡县马山口镇人，

小学

采录者： 魏永顺，不详

采录时间： 1986 年

采录地点： 内乡县马山口镇

选自： 《中国民间故事全书·河南·内乡卷》

514

要吃，吃一个

乡下亲家进城，城里亲家碰见了，热情地说："亲家，称二斤馍，到家里喝汤。"乡下亲家掏钱买了馍，心里很窝火。一天，城里亲家下乡，乡下亲家烙了个锅盔，大得几乎能盖住桌面。城里亲家想吃，却没法张嘴。恰好有个小孩儿跑来要馍吃。乡下亲家说："要吃，吃一个，不吃，别掰破。"城里亲家一听，干瞪眼儿，只好不吃。

讲述者： 不详

采录者： 刘亚林，男，39 岁，内乡县城关镇人，
高中

采录时间： 1986 年

采录地点： 内乡县城

选自： 《中国民间故事全书·河南·内乡卷》

515

不花钱买东西

三个厨师夸本领。

甲说："我拿二分钱，能买两样菜，一分钱买葱，一分钱买姜。"

乙说："我去副食店打一分钱酱油，一分钱醋，要盛一个碗里，还不能混搅。售货员蛮聪明，给添了些豆豉隔开，结果二分钱买了三样东西。"

丙说："我拿个大盆子去打十斤香油，算账时，我说钱丢了，只好退货。回来把盆子控控，控下了半两油。再用凉菜擦擦盆子，又省下了半两油。我不花一分钱，弄回来一两油。"

讲述者： 不详

采录者： 刘亚林，男，39 岁，内乡县城关镇人，高中

采录时间： 1986 年

采录地点： 内乡县城

选自： 《中国民间故事全书·河南·内乡卷》

516

圣人蛋

从前，有个人出门做生意。刚出去跑了几天，回来就撇起京腔子，说话一副外地口音。背地里，人们都骂他"圣人蛋"。

一天，他上街赶集，见一位老人扛着一篮茄子到集上卖。他明知故问，拿腔捏调地说："老人家哪！你拿的是什么东西啊？"这位老人见他是本地人学说外地话，先是白他一眼，接着搪塞道："我拿的是'圣人蛋'哪。"他听了不以为耻，又问："'圣人蛋'是什么味道哪？"老人没好气地说："一股茄子气。"

他不知羞地一笑，"哦"的一声，表示听懂了。

讲述者： 不详

采录者： 张军，男，39 岁，内乡县城关镇人，高中

采录时间： 1986 年

采录地点： 内乡县城

选自： 《中国民间故事全书·河南·内乡卷》

517

摆阔气

采录地点： 内乡县城

选自： 《中国民间故事全书·河南·内乡卷》

　　从前，有个人好摆阔气。这年冬天，他上街赶集，里面穿条绸裤，外面又穿条棉裤。一路上，他总想着，多好一条绸裤穿到里面，别人怎么才能知道呢？苦思冥想，终于琢磨出一个法来。

　　他找着代书，让写了一张"内有绸裤一条"的字条，贴到自己的脊背上，然后满街乱窜。人们见了都很惊奇，把他当作疯子。半途，他到厕所一趟，一不小心，后脊梁的条子被风刮跑了。他见厕所墙角有一堆纸团，便从中拣了一张与原来那个纸条大小相仿的，重新贴到脊背上。人们见他身上的纸条变了，一个个捧腹大笑，他自己也笑得前仰后合。

　　原来，这纸条上写的是："此处不准大小便！"

讲述者： 不详

采录者： 白平玉，男，44岁，内乡县城关镇人，高中

采录时间： 1986 年

（三）诙谐笑话

518

财主独吞

从前，有四个秀才在大比之年进京赶考。路过一个庙院，他们已经走得十分疲乏了，就坐下来休息。这庙门前有四尊龇牙咧嘴的山神，四位秀才见此景状，就吟起诗来。其中一位说道："四大天王四大神。"另一个对道："威风凛凛守庙门。"再一个秀才看到山神的拳头就像升子[1]那么大，续道："拳头就有升子大。"最后一个秀才说道："一回能屙七八斤。"一位秀才顺手把这四句诗写在墙上。

没多大一会儿，又过来了四个上学的学生，在路上遇到了一个卖凉粉的老汉。四个学生每人凑出一文钱，买了一碗凉粉。刚端起碗，路上又过来一个干瘦的财主。他大斥一声："你们不去上学，为何在此逗留？不想上学了吗？"因为学校是他出头办的，谁不听他的话，就要撵出学校，所以学生们都很害怕他。四个学生经他这一呵斥，撒腿就跑，跑进庙内藏了起来。那财主看到学生跑开了，

便趁势端起那碗凉粉，三下五去二地扒[2]了个干净。学生从门缝里看得清清楚楚。财主走后，他们才悄悄出了庙门，心中气愤不过，一转眼看到庙墙上的那首诗。其中一学生提议："咱也编首诗，骂骂这个狗日的财主。"其他三个学生同声赞成，四个学生吟起诗来。一个学生说道："兄弟四人。"另一个接着："兑钱四文。"再一个又道："买碗凉粉。"最后一个学生续道："财主独吞。"诗也写到了庙墙上，和三位秀才对的那首诗每句平行对应。一会儿，财主的管家醉醺醺地来到山神庙前，看到庙墙上的那两首诗，非常惊奇地说道："啊，这里有首诗，不妨我念上一念！"说完便念了起来：

四大天王四大神，兄弟四人，

威风凛凛守庙门，兑钱四文，

拳头就有升子大，买碗凉粉，

一回能屙七八斤，财主独吞。

啊——是骂我家老爷的，不妨把这首诗记下来，带回给老爷看，叫他高兴高兴去。

讲述者：　丁世栋，男，48 岁，大专，文化馆干部
采录人：　丁恒心，男，25 岁，南召县留山镇人，高中，文化专干
采录时间：1985 年 4 月
采录地点：南召县留山镇文化站
选自：　《中国民间故事集成·河南南召县卷（下）》

[1]　升子：旧时民间粮食的计量器具，以十升为一斗，一斗盛粮食三十斤。一升约合三斤。

[2]　扒：这里是指用筷子扒拉着吃。

519

卖我

从前，有一个捉鳖人，逮着老鳖总要拿到街上卖。起初他喊："卖鳖。"有人还价："鳖咋卖的？"他看这么喊吃亏，就换了喊法，叫道："卖'我'呀，卖'我'呀。"有一个人听到喊"卖我"，心想：我长这么大了，还不知道我长的什么样子。于是，问卖"我"的人："'我'在哪里？""在这里面。"卖鳖人指着口袋。"掏出来看看。"说着，那人便伸手去掏"我"，刚掏出来，就被老鳖咬了一口，疼得他直喊叫。这人恼极，"啪"打了卖鳖人一巴掌。卖鳖人挨了打，便拉着他去县衙说理。县太爷稳坐公堂，命原告、被告各说其理。卖鳖人说："我卖'我'，他买'我'，他手伸口袋里掏出'我'，抬起手来又打'我'，您说亏我不亏我？"买鳖人说："他卖'我'，我买'我'，我掏出来瞅瞅啥是'我'，'我'张开嘴巴咬着我，您说怨我不怨我？"县太爷一听，很觉新鲜，对衙役说："一个卖'我'，一个买'我'，原来打架为的'我'，衙役快快放出'我'，叫老爷我好看看'我'。"衙役闻听，不敢怠慢，忙把"我"掏了出来。县太爷一看，是伸着脖子往前爬的老鳖，直乐得哈哈大笑，对堂上人说："直到现在，老爷我才知道老鳖就是'我'。"

讲述者： 不详

采录者： 杨家新，男，24 岁，南召县崔庄乡张村人，高中，农民

采录时间： 1986 年 11 月

采录地点： 南召县崔庄乡张村

选自： 《中国民间故事集成·河南南召县卷（下）》

异文：卖鳖人和商主

有个卖鳖人常常在一家小商主门前摆摊。小商主为人奸刁，见卖鳖人生意红火，很妒忌他，又没办法，就常常走过去占占嘴上的光："鳖咋卖哩？"卖鳖人吃了亏，又不好说，日子一久，卖鳖人想出了一个报复的办法。那天他见小商主又向他走来，赶紧把鳖装进袋子里，清清嗓口大叫一声："卖我！"小商主一听很惊奇，不知道我是啥样子，又走到卖鳖人跟前问："我咋卖哩？"卖鳖人讲定价钱，把袋子打开。小商主一看，惊叫道："哦，原来我就是鳖！"

讲述者、采录者：李朝国，男，35 岁，唐河县马振抚乡人，高中，教师

采录时间： 1985 年 11 月

采录地点： 唐河县马振抚乡

选自： 《中国民间故事集成·河南唐河县卷》

520

恭喜也好

张公听说刘公添了孩子，特地跑来祝贺："刘仁兄，恭喜，恭喜！"刘公一听马上声明："恭喜不得，生了个妮子。"张公一听，知道自己的消息不准确，马上改口道："也好，也好。"

在旁边给他们倒茶的刘夫人听了二人的对话，心里很不是味。这时刚好门口"嘀嘀嗒嗒"过娶亲花轿，张刘二人都朝花轿张望。刘夫人趁势说道："有啥好看的，四个'恭喜'抬一个'也好'罢了。"

讲述者： 张中振，男，55岁，南召县，大学，县文化馆干部
采录者： 赵明生，男，37岁，南召县城关镇人，高中，县文化馆干部
采录时间： 1986年8月
采录地点： 南召县文化馆
选自： 《中国民间故事集成·河南南召县卷（下）》

521

沾光人

从前，有一个妇女，脖子上长了一个大瘿包，丈夫见不得，成天吵架斗嘴。这一天丈夫骂她："你个大脖子也不死！"又把她打了一顿。

这女人想：我这光景咋过？有瘿包干啥不方便不说，男人还见不得，大吵三六九，小吵天天有。想想心里难受，就跑到土地庙里哭起来，哭哭睡着了。

土地庙里的土地爷跟前有个小童。这小童听见妇女哭，觉得怪好听，就站跟前听。猛然看见妇女的脖子上挂了一个大瘿包怪好看，就想取下来玩玩。他等这妇女哭睡着以后，去轻轻一摘，把妇女脖子上的瘿包摘掉了。他把瘿包拿去吹着玩哩，吹多大，一放又是一古抓皮[1]。

妇女自觉脖子一凉，一下子醒了。待她用手摸脖子时，瘿包没有了。她赶紧爬到地下磕头："土地爷哟，保佑哟，灵验哟。"磕磕头走了。回到家里，丈夫一看女人的瘿包没有了，两个人再也不争吵了。

这天小童正在玩瘿包，叫土地爷看见了。土地爷说：

[1] 古抓皮：皱皱巴巴的一层皮。

"小童，你玩的是个啥东西？"

"葫芦，一吹多大，不吹精小。"

土地爷过去一看说："这哪是葫芦？这是人家脖子上挂的瘿包，你赶紧还给人家！"

土地爷一说，小童也不敢再玩了，说："我这就送去！"

小童送瘿包哩，那个妇女早就回家去了，没找着。正在着急，看到庙内又来了一个大脖子的妇女。这个大脖子妇女是原来那个妇女的邻居，和丈夫俩非常和气。这天，她丈夫看邻居女人的瘿包没有了，一问知道是到土地庙里哭哭，叫土地爷给取了，就对老婆交代，也叫她去哭。

老婆到土地庙里哭，哭得伤心极了。土地爷的这个小童在一边笑："这下可好了，我把这个瘿包送出去，回去就吃不了八叉[1] 啦！"过了一会，这个大脖子妇女哭哭也睡着了。小童跑过去把瘿包往妇女的脖子上安，可用手一摸，脖子怪粗，安不下。小童急了，一摸后脑窝，还有点空，就把这个瘿包安到了妇女的后脑窝上。

妇女醒了，只觉得后脑上像是压了很重的东西，一摸又长了一个大瘿包，这回是真的哭了。哭着，哭着，找到男人诉说："都是你个鬼货，叫我学着人家去沾光哩。这可好，这可好，光没沾着，后脑窝又长了个大瘿包。"

她丈夫一看果然不错，心里十分后悔。

讲述者： 殷士范，男，64岁，西峡县西坪镇豫边村人，不识字，农民

采录者： 方志峰，男，32岁，西峡县西坪镇豫边村人，高中，农民

采录时间： 1986年5月

采录地点： 西峡县西坪镇豫边村

选自： 《中国民间故事集成·河南西峡县卷（下）》

[1] 八叉：地方土语，办错事挨批评的意思。

522

难坏算命先儿

从前有个好吃懒动的马嫂，四十多岁了，还没有上过街赶过会，更没有见过啥稀罕东西。

一天，马嫂对男人说："听说明儿街上有会，我也想去赶个会，看看热闹，中不中？"男人看看她身上穿的衣裳又脏又烂，实在出不去门，外人看见自己也不体面，就说："把咱箱子里那件新裤子穿上去吧，也免得人家笑话。"她套上新裤子，高高兴兴地上街去了。

马嫂走到街头，碰见一个卖粽子的，上前指着粽子问："这是什么？"卖粽子的人解释说："这叫黏糕，想吃了我给你剥一盘儿。"说着就剥了一大盘子递了过来。马嫂接过盘子大口大口地吃了起来，一会儿可把一盘子黏糕吃完了。卖主问她还吃不吃，她说还吃，又给她剥了一盘。吃完又剥了一盘，总共吃了三盘黏糕。

吃罢以后，问她要钱哩，她说："咋？还要钱？""不要钱那你算白吃了？""那我没有钱咋办？"卖主对马嫂浑身上下看了一遍，没有什么值钱东西，就身上穿的那条裤子是新的，能值三盘黏糕的钱，就对她说："把你的裤子脱了给我也行。"马嫂没方，只得把裤子脱了给人家。

先生真灵

晚上回到家里，男人见她身上套的新裤子不见了，问她弄哪儿去了。马嫂就把上街吃了黏糕没钱，把裤子脱给人家的事说了一遍。男人一听火冒三丈，拉住就打。打罢以后，叫她跪在床前，自己气呼呼地睡了。睡到半夜翻了个身，见老婆还在跪着，有些心软了。伸手拉起了马嫂，叫上床睡觉。

第二天，马嫂拿着钱上街赎裤子，走了不远儿，碰见一个算命先生。她问人家干啥的，人家说是算命的。"给我算算吧。"

谁都知道，算命先儿开头要问三条，年龄、住处和属相，问清了才能算命。算命先儿问马嫂："你年高几何？"马嫂一听，咦，这先生真灵！开口都知道我吃人家黏糕了！就说："三盘儿。"算命先儿一听，哎，年高几何是问她几岁嘛，咋说三盘儿？觉得莫名其妙，又不好再打听，就接着往下问："贵处哪里？"马嫂一听，这先生中！还知道我夜黑下跪哩！就对先生说："床帮子边儿。"算命先儿更糊涂了，心想算了吧，只要能问清她的属相，这命倒也能算成，所以又问她："你是属啥哩？"马嫂一听，心想这先生真是行！连忙说："赎裤子的。"

讲述者、采录者： 罗荣来，男，24岁，西峡县陈阳乡龙庄村人，高中，农民

采录时间： 1982年

采录地点： 西峡县陈阳乡龙庄村

选自： 《中国民间故事集成·河南西峡县卷（下）》

附记

后经西峡县文化馆干部谢启超整理，1987年发表于河南《故事家》第一期。（田晓）

李万喜欢赌博，可很怕老婆。

一次，李万输得只剩一条裤衩回去了。他老婆气得咬牙切齿，就叫他跪到三更天。第二天给他二十个铜钱，让他去把裤子赎回来。他到街上，见到卖凉粉的，怪香的，就买了一碗。吃过后，忽然想到赎裤子的钱不够了。回去要吧，想起昨晚的情形，好不心酸。心想：我咋恁不走运哩？他想算个命，看啥时候交好运，恰好路边有个算命先生。

算命的问他："先生贵庚？"

李万把"贵庚"二字听成跪更。他四下瞅瞅无熟人，就往算命先生的跟前凑了凑，低声说："先生真灵，昨黑儿我一直跪到三更，起来后，两腿一直麻到四更才好。"

算命的见他领会错了，就用白话问他："你是属啥的？"

谁知李万一听更加敬佩，心想这先生真灵，只好实说："我是赎裤子的。"

讲述者： 罗双成，男，30 岁，淅川县上集镇老刘
沟人，初中，农民
采录者： 郭振范，男，30 岁，高中，淅川县人，
配件厂工人
采录时间： 1987 年 5 月
采录地点： 淅川县上集镇老刘沟村
选自： 《中国民间故事集成·河南淅川卷（二）》

524

吉庆话

　　早先，有个人迷信吉庆话，年关写对联时，总要叫人家给他写个报条。因为他家常年好出事，做酒肯坏，做醋不酸，老鼠很多，养猪不肯长，所以人家给他写的是：喜报新春好，是非少，不得打官司，做酒做成，醋酸，养猪长成象，老鼠都死光。

　　腊月三十上午，他把这个报条，贴在门外边墙上。正月初一早晨，吃罢饺子，他找了一个识字人，给他念报条，想借借口，招个吉庆。谁知报条没标点，这人念的是："喜报新春好是非，少不得打官司，做酒做成醋酸，养猪长成象老鼠，都死光。"他一听，活活气坏了。

讲述者、采录者：冯锦山，男，72 岁，西峡县陈阳乡木
瓜村人，小学，农民
采录时间： 1986 年 5 月
采录地点： 西峡县陈阳乡木瓜村
选自： 《中国民间故事集成·河南西峡县卷（下)》

525

可不怨我

从前有个人好说没意思话，人们都讨厌他。有一天，他父亲对他说："今天是你外甥的生日，你去你姐家，可别乱说话。"他满口应下，保证到那里一句话也不乱说。真的到他姐家，他就坐在那里一动也不动，一句话也不说。他姐对他说话，他也不搭理。他姐感到莫名其妙，家里的客应接不暇，也没顾上再问他。吃过午饭，客人们都陆续走了，他姐站在门口送客，这时他把篮一提就走。走到门口，他姐看见他要走，刚要张嘴挽留他，谁知他可开口了："姐呀姐，我今天可没有乱说话，你娃子要是死了，可不怨我！"他姐气得目瞪口呆。

讲述者、采录者：姬红梅，女，17岁，西峡县重阳乡八庙村人，初中，学生

采录时间：　1986年5月

采录地点：　西峡县重阳乡八庙联中

选自：　《中国民间故事集成·河南西峡县卷（下）》

526

吃猪油

有个女人，出去门见娘家村上一个女人提一大块子猪肉，急忙上前拉住那肉，硬要人家上屋。人家不去，越挣她越捞得紧，直到双手油光光的才松开，然后说几句热合话，回来了。趁油手和面做面条子。

丈夫一尝，香极。一问，女人说了说。男人把两眼一瞪，掂起棒子就往女人身上打。邻居来拉架，男人气呼呼地说："她摸两手猪油，只和和面，才吃一顿，要是在水缸里洗洗，不也多吃几顿！"邻居们一听也气，都说："打吧，她要在水桶里洗洗，再倒到井里，井里不也有点油？我们都能吃一点。"

女人哭，男人打，邻居骂，下村人们听上村怪热闹，赶来一问原因，也气了说："打死她，她要是在渠里洗洗手，油不也能让我们尝一点！"

讲述者：　庞惠芳，女，59岁，西峡县回车镇花园村人，初中，农民

采录者： 符文娟，女，19岁，西峡县回车镇花园村人，初中，农民

采录时间： 1986年

采录地点： 西峡县回车镇花园村

选自： 《中国民间故事集成·河南西峡县卷（下）》

527

给棒槌号脉

有一个大夫看病，摸着病人的手脖就瞌睡。睡起来没有一晌他不醒。注意的人知道大夫是睡着了，不注意的人，还以为大夫是在静心号脉哩。

有一天他给王猴看病，又是摸着手脖瞌睡了。王猴有急事要走，可大夫还摸着手脖。王猴看地下放一个棒槌，灵机一动，拾起棒槌放到桌上，慢慢把大夫手掰开，手指头移到棒槌上，王猴走了。

大夫从早上睡到晌午，才慢慢醒来。他为了掩盖自己瞌睡，没立即睁眼，手指头在棒槌上移了几移……哆哆嗦嗦地说："人已经没脉了，手脖都硬了！凉了！"

他连说几声没人回话，吓得出身冷汗，急忙睁开眼一看，原来手按在棒槌上。

讲述者、采录者： 朱玉强，男，32岁，西峡县回车镇大块地村人，高中，农民

采录时间： 1986年4月

采录地点： 西峡县回车镇大块地村

选自： 《中国民间故事集成·河南西峡县卷（下）》

528

爷儿俩骂笑

　　从前，有一家爷儿俩好说笑话。有一次出远门，走了很多天还没有走到，已经很累了。同路的只有他们爷儿俩，连个笑话也说不成，很感沉闷，就商量着咋拍个笑话，提提精神。

　　想啊想，儿子想出来了。儿子走在前头，离他爹已经很远了。晌午时，儿子先到饭店里吃饭。吃罢饭，算了钱，给掌柜多出了一个人的饭钱，交代说："后头还有个人要来这儿吃饭，吃了饭就说前头那个人已经给你掏罢钱了。他要问那个人是谁，你就说我跟他儿媳妇好。"

　　果然，不多时，后边那个老头一步一挪，皮条嘴歪地来了。正是饿得没法儿，掌柜叫吃饭，老头也不客气，端住就吃。吃罢饭掏钱哩，掌柜说："不要了，钱，前边那个人已经给你掏罢了。"老汉问："那个人是谁？"掌柜说："是谁我不知道，他光说是跟你儿媳妇好。"老汉一听，便知道是他儿子干的事，马上来了精神，说道："我倒跟他妈好。"说罢，一阵风似的撵儿子去了。

讲述者： 王春华，男，62岁，西峡县陈阳乡古峪村人，不识字，农民
采录者： 杨文锁，男，23岁，西峡县陈阳乡古峪村人，初中，农民
采录时间： 1986年4月25日
采录地点： 西峡县陈阳乡古峪村
选自： 《中国民间故事集成·河南西峡县卷（下)》

529

降辈儿

一个小伙子拉了一架子车东西，正上坡哩，拉不动了。迎面走来一位六十多岁的老头儿，小伙子忙上前说："大爷，帮我推推车吧？"老头儿觉得这小伙子怪懂礼貌，就帮他把车子推了上去。车子上了坡，小伙子说："谢谢你了，大伯。"老头儿一听，不高兴地说："刚才让我推车时，你叫我大爷，咋一会儿就改成了大伯呢？真不像话！"小伙子忙道歉，说："实在对不起哥儿们，弟儿们就有这个毛病。"

讲述者： 陈明栓，男，59岁，桐柏县城关镇西关居民区，初中，居民
采录者： 梁士东，男，38岁，桐柏县程湾乡人，高中，农民
采录时间： 1986年10月
采录地点： 桐柏县城关镇西关居民区
选自： 《中国民间故事集成·河南桐柏县卷（第三分册故事)》

530

死人吓死人

收集时间： 1986 年 6 月

采录地点： 桐柏县城关镇西关居民区

选自： 《中国民间故事集成·河南桐柏县卷（第三分册故事）》

刘二一次吃鸡蛋，没招呼好鸡蛋黄滑进了气管里，上也上不去，下也下不来，不多一会儿，就憋死了。

第二天，家人就买了棺材，把他埋了。晚上一个盗墓贼来盗墓。他挖开刘二的墓，打开棺材盖，也没见啥贵重财物。心想：贵重的财物一定放在尸体下面。他就用一条绳，套住刘二的脖子，往上拉，一拉不打紧，卡在刘二气管的鸡蛋黄滑了下来，刘二"忽"的一声站起来了。盗墓者以为是刘二"惊尸"了在"显灵"，吓得松开绳子就往回跑。

刘二黑灯瞎火地摸回家去了。过了两天，刘二备上厚礼，去谢那个盗墓贼，谁知盗墓贼一回家，拉了一裤子稀屎吓死到床上了。

讲述者： 王开基，女，63 岁，桐柏县城关镇西关居民区，中专，教师

采录者： 胡宏伟，男，20 岁，桐柏县城关镇西关居民区，高中，居民

531

翻墙陪客

这一天，有两家要好的邻居不知为啥事吵了起来。

一个说："你凭良心说，我哪一点对不起你？你每次来客，不请我都去给你陪。有一次你家来了一位女客，我不好意思去，就让我妻子去陪。还有一次，你家大门关着，我就翻墙过去给你陪客，你说说，俺咋对不起你？嗯！"

讲述者：　刘三生，男，21岁，桐柏县城关镇西关人，高中

采录者：　胡宏伟，男，25岁，桐柏县城关镇西关人，高中

采录时间：1986年10月

采录地点：桐柏县城西关居民区

选自：　　《中国民间故事集成·河南桐柏县卷（第三分册故事）》

532

滚烧饼

从前，有一个人去赶庙会。看到会上卖那又焦又黄的肉馅火烧，心里想着："我妈八十多岁了，赶会走不动，我得给她捎回去几个。"就掏钱买了三个，揣在怀里往家走。

半路上，他一会儿摸摸那三个火烧，自言自语说："这火烧她肯定舍不得吃完，不如我先吃一个吧。"他走着吃着，连味儿也没品出来就吃完了。他咂咂嘴，心里想："妈年纪大了，吃多了不消化，不如我再吃一个吧！"想到这儿，他又吃了一个。第二个吃完，他越想越觉得火烧好吃，忍不住走几步就掏出来看看，馋得嘴里直流水。后来，他实在忍不住了，就对天作了个揖说："这个火烧该谁吃叫天定吧！我把火烧顺着大路滚一下，立着了就叫我妈吃，平着倒了我吃。"说罢，把火烧滚了出去。谁知火烧滚到车辙里，正好立着。他气了，拿起来咬了一大口说："站着我也非吃你不中。"

讲述者： 丁玉玲，女，32 岁，社旗县田庄乡段洼村
人，初中，农民

采录者： 乔天义，男，32 岁，社旗县田庄乡段洼村
人，高中，乡文化专干

采录时间： 1986 年 3 月

采录地点： 社旗县田庄乡段洼村

选自： 《中国民间故事集成·河南社旗县卷》

533

懒汉骂庄稼

　　从前，有个懒汉，一年到头光知道吃喝玩乐，就是不想下地干活。收秋时，他到地里一瞅，别家的庄稼长得又高，穗子又大，他地里的庄稼又瘦又小，还没有草长得高哩。懒汉越看越生气，指着地里的苞谷[1]、谷子骂道："麦连籽[2]给你打着伞，刺角芽[3]给你挠着痒，锄地怕伤你的根，上粪怕你身上脏。恁说我待恁哪儿不好，为啥不给我好好长！"

讲述者： 不详

采录者： 张海亮，男，33 岁，社旗县城郊乡柳营人，
高中，农民

采录时间： 1986 年 3 月

采录地点： 社旗县城郊乡柳营

选自： 《中国民间故事集成·河南社旗县卷》

[1]　苞谷：玉米。

[2]　麦连籽：中药名王不留行。

[3]　刺角芽：小蓟草。

534

到底谁是『吾』

从前，有个学生问先生："老师，曾子曰：'吾日三省吾身。'这'吾'字是咋讲哩？"先生说："'吾'就是我。"放学以后，这个学生又问他哥："'吾'字是啥意思？"他哥说："'吾'就是我。"

第二天，那个学生到学馆以后，先生问他："那个'吾'字你会讲了吗？"学生说："你说'吾'是你，我哥说'吾'是他，谁知到底'吾'是谁咧？"

先生一听，笑得说不出话来，半天才指着他说："你呀！"那个学生一听，忙说："噢，我可明白啦，半天'吾'字就是我哥咱仨呀！"

讲述者：　　不详

采录者：　　刘子林，男，64岁，社旗县大冯营乡杨庄
　　　　　　村人，高中，教师

采录时间：　1986年3月

采录地点：　社旗县大冯营乡杨庄村

选自：　　　《中国民间故事集成·河南社旗县卷》

535

买竹竿儿

明朝宣德年间，南阳来了一个新县官，是湖南人，说话谁也听不懂。

一天，他叫一个叫王顺的衙役到街上去买几根竹竿，王顺听成叫买几斤猪肝了。他到肉铺说："掌柜的，来几斤猪肝。"掌柜的赶紧称了几斤交给王顺。王顺想着是给县太爷买的，怕少了，眼一瞪说："就恁些儿！"掌柜的一见来人是个衙役，又拿起一对猪耳朵递给他说："小意思，添点。"王顺走到路上想想，这猪肝足够数，猪耳朵是添哩，白赚，我何不把这猪耳朵藏起来带回家自己吃！于是就把这包好的猪耳朵揣在了怀里。回衙以后，他把猪肝交给县官。县官一见气得一拍桌子站起来说："你这人真可笑，我是叫你去买竹竿，难道你就没有耳朵？"王顺一听，吓了一跳，心里说：怪不得人家当县官，我把猪耳朵揣在怀里他都知道。

讲述者：　　不详

采录者： 杨维永，男，24岁，社旗县城郊乡双庄村人，高中，农民

采录时间： 1986年3月

采录地点： 社旗县城郊乡双庄村

选自： 《中国民间故事集成·河南社旗县卷》

536

猜姓

　　两个久跑江湖的人，住到一家客店。晚上，店家女主人到客房查铺，问他俩高名上姓。其中一个哈哈大笑说："不敢当，在下姓长弓，名为手握两条腿，胸对风火轮，没劲它不走，使劲它叫唤。"女主人听罢，也笑了笑说："噢，客人叫张推车呀。"另一位说："鄙人十八子，名叫一人能拿两捆柴。"女店主说："客人姓李，但不知是挑挑哇，还是担担？"那人说："是担担。"女店主说："府上何处？"二人同说："是同乡，按方位说，在老爷顶，地名叫门前庙。"女店主想了好一阵子也没想出来。那俩人反问女店主说："尊嫂，贵姓？"女店主回答说："笑话了，我姓墙头上挂棒槌。"那二位也一时想不起来，就各自休息去了。

　　第二天一早，女店主前来清账，二人又问她姓啥。女店主笑了笑说："墙是土墙，棒是木棒。"俩客人听罢，一齐笑着说："嗨哟，你没想到吧，俺俩为你这个肚（杜）子（字）想得半夜都没睡着。"女店主见他俩嬉皮笑脸不正经，就接口说："多亏您俩住在神屋，要不然，我这肚（杜）子（字）就把您俩闷糊涂了。"

讲述者： 不详
采录者： 张万平，男，54岁，私塾五年，农民
采录时间： 1986年3月
采录地点： 社旗县大冯营乡张营村
选自： 《中国民间故事集成·河南社旗县卷》

537

你一个人说了不算

从前，有个人好赌博，他爹见他输得多了，就把钱藏了起来。时间长了，他欠了好些赌债。

一天，几个赌鬼来向他要债。他问他爹要，他爹不给，出去借也借不来，急得他抓耳朵挠腮没有办法。几个赌鬼很生气，非叫活埋他爹不中。这人开始不同意，后来被逼得没门儿了才吐口[1]。

第二天，他和几个赌鬼弄了一口棺材，把他爹强按里头了。这时，正好有个县官路过这儿，他爹就喊县官救命。县官问是咋回事，他说是他爹死了。他爹在棺材里连忙说："我没死，我没死呀！"县官又问别的人，几个赌鬼都说死了。

县官听了对那老头说："别人都说你死了，只有你一个人说自己没死，你一个人说了不算。"说罢就扬长而去了。他爹伤心地哭了。几个赌鬼说："甭哭了，这年头当官的能会救你的命？"

[1] 吐口：答应。

讲述者： 杜付堂，男，28 岁，社旗县饶良乡人，高中，农民

采录者： 王庚有，男，28 岁，社旗县饶良乡人，高中，乡文化专干

采录时间： 1986 年 3 月

采录地点： 社旗县饶良乡饶良街

选自： 《中国民间故事集成·河南社旗县卷》

538

喷大话喝酒

从前有三个人到一家饭馆去喝酒，饭馆里只剩下一瓶酒，只够一个人喝，咋办哩？

有个人说："咱们喷大话，谁喷的话最大，这酒就叫谁喝。"那俩人一听都说中。

一个人说："俺家有个盘子比天还大，一个碟子比地还大。"

另一个接着说："俺家有个萝卜，能切你那七盘子、八碟子，手里还剩半截子。"说罢伸手就去端酒。

第三人说："慢着，我还没说呢，我这嘴只要说声长，上嘴片能挨着天，下嘴片能接着地，喷个吐沫星子，能盛下那七七四十九盘子，九九八十一碟子，舌头底下能放你家的大萝卜，牙缝里能卡下你那半截子。"

那俩人问他："那你的脸有多大呢？"

第三人说："喷大话就不要脸，要脸就不喷大话。"

讲述者： 不详

采录者： 魏广新，男，22 岁，社旗县唐庄乡苗庄
村人，高中，农民

采录时间： 1986 年 3 月

采录地点： 社旗县唐庄乡苗庄村

选自： 《中国民间故事集成·河南社旗县卷》

539

文字之交

　　李、王二秀才是好朋友。到了一块儿，每人面前放着一叠纸，互相写字说话，不用动嘴。

　　有一天，二人在一起说些古今中外的好文章，每人面前写下一大堆，还是说得没完。正说着炉里的一片火炭炸了，火星跳到王秀才的袍子上，燃着了。李秀才看见了，在纸上写："着火了。"王秀才看后写："什么着火了？"李秀才写："袍子着火了。"王秀才看后又写："谁的袍子着火了？"李秀才写："你的袍子着火了。"没等王秀才看完，火已烧到腰里，惊得他大叫一声，躺在地上打滚。李秀才又写道："用不用我帮你灭火？"王秀才顾不得看他写的啥了，大叫："快来呀，再写一阵，我就要见阎王了！"

讲述者： 刘洌，男，40 岁，唐河县城郊乡常花园
村人，初中，农民

采录者： 朱玲，女，35 岁，唐河县城郊乡秦冲村人，
初中，农民

采录时间： 1984 年 2 月

采录地点： 唐河县城郊乡常花园村

选自： 《中国民间故事集成·河南唐河县卷》

540

敲盆子

　　从前有个二百五[1]，带着妻子到亲戚家赴宴。妻子怕他在宴前出丑，对他说："开宴以后，我敲一下盆子，你夹一箸菜，不要狼吞虎咽惹人笑话。"二百五记下了。

　　开宴以后，妻子敲一下盆子，二百五夹一箸菜，配合得很好。别人都以为二百五很有礼貌，谁也不敢轻慢。谁知过一会儿，妻子出外小解，有个孩子见她敲击得很有趣，就举起筷子在脸盆上不停地敲，二百五也不停地夹起菜来。别人看了，都觉得吃惊。又过了一会儿，孩子碗里的米饭撒在瓦盆上，哭着走了，一群鸡跑进来，对着盆子叽叽叽地啄个不停。二百五听到响声不断，一筷接一筷地夹菜，还来不及，手插在盘子里抓起来。正好妻子进来，大为恼火，上前制止。二百五说："谁叫你敲得那么快？我不用手抓还能赶得上吗？"

[1]　二百五：傻子。

讲述者： 王同显，男，50 岁，唐河县源潭镇人，不
识字，铁匠

采录者： 党大展，男，18 岁，唐河县源潭镇人，学
生

采录时间： 1986 年 5 月

采录地点： 唐河县源潭镇

选自： 《中国民间故事集成·河南唐河县卷》

541

年龄之争

　　有两个人十分好。他们约定：两家将来都生了孩子，如果一家是男、一家是女，就结为亲戚。后来，两家真的生了一男一女，可是女家又犹豫了，找到男家说："你家男孩两岁，我家女孩一岁，你家男孩比我家女孩大一半，咋结亲呢？"男方想了想，也吃了一惊说："可不是，我家男孩二十岁，你家女孩才十岁，怎么能成亲呢？"二人正在犹豫的时候，过来一个老太婆劝说道："你们不必担心，到明年，女孩长一岁，不是跟男孩一般大了吗！"

讲述者、采录者：王清华，女，45 岁，唐河县源潭镇人，
高中，农民

采录时间： 1986 年 4 月

采录地点： 唐河县源潭镇

选自： 《中国民间故事集成·河南唐河县卷》

542

好吃的媳妇

　　有个馋嘴的媳妇，说话做事总在吃上打搅[1]，她丈夫很恼火。

　　媳妇早晨把门一开说："哟！下雪了。"丈夫问她下多厚，她说："薄的地方像煎饼，厚的地方像锅盔。"她丈夫一听火了，拿起一根棍子，把她的嘴打肿了。她哭了，邻居来问她为啥哭，她伤心地说："他问我雪下多厚，我说薄的地方像煎饼，厚的地方像锅盔，他就拿起油条粗的棍子，把我的嘴打成了肉包子！"

　　讲述者：　刘善举，男，75 岁，唐河县龙潭乡人，不
　　　　　　　识字，农民
　　采录者：　不详
　　采录时间：1986 年 12 月
　　采录地点：唐河县龙潭乡曹庄村
　　选自：　　《中国民间故事集成·河南唐河县卷》

[1]　打搅：纠缠，犹如三句话不离本行。

543

旅人写信

　　过去有个人读书不多，外出的日子久了，很想念家中的妻子。于是取来笔墨，写了首诗寄给妻子，以示其情。诗是这样写的：出门人儿想家乡，"乡"字不会写，于是画了个"○"（念圈儿）。想起家乡泪双行，"乡"和"行"字都不会写，又画了两个"○"。啥时见了我妻面，"面"字不会写，又画了个"○"。大家抱头哭一场，"场"字不会写，又画了个"○"。

　　其妻也不识字，收到信后，找来个识字人念。这个识字人也是个半瓶子[2]，他是这样读的：

　　　　出门人儿想家○（读圈儿），
　　　　想起家○泪双○。
　　　　啥时见了我妻○，
　　　　大家抱头哭一○。
　　　　读后哄堂大笑，难悉○意。

[2]　半瓶子：土语谓读书少识字少的人"一瓶子不满，半瓶子晃荡"。

544

令尊

讲述者： 刘华民，男，邓县人，农民

采录者： 刘鼎炜，男，邓县人，教师

采录时间： 1988 年 3 月

采录地点： 邓县东南南楼村

选自： 《中国民间故事全书·河南·邓州卷》

乡下人第一次进城，来到一个茶店。只见一个穿长袍的人对另一先生拱手道："令尊好吗？"

"令尊？"乡下人想，啥叫令尊？得请教一下，出门问路，一旦说错，会被人笑话的。想到此，便向长衫人欠身问道："啥叫令尊？"长衫人斜睨了他一眼，轻蔑地笑笑说："令尊就是儿子。"

乡下人想：噢，令尊就是儿子。我有五个儿子，按这儿的叫法，我就有五个令尊。想着想着，他忽然关心地问长衫人："先生，你有几个令尊？"

长衫人一怔，冷冷地答道："我没有令尊。"

"啥？没有令尊！"乡下人同情地看了看他，心想：真可怜，有钱人没有令尊。哎！令尊就会生在咱这穷人家。咱总是养不起，干脆……想到此，他诚恳地对长衫人说："干脆，我送你两个令尊吧！"

"啊！"长衫人目瞪口呆。

讲述者：　杨芝兰，女，64 岁，淅川县老城镇石门村人，教师

采录者：　小畦，男，29 岁，高中，淅川县人，文化馆干部

采录时间：　1984 年

采录地点：　淅川县老城镇石门村讲述者家中

选自：　《中国民间故事集成·河南淅川卷（二）》

545

『坎子』精

　　俺这儿，有个好板凉腔[1]、说溜松话儿的庄稼人，肚子里的"坎子"多得能说七天八后响。出口都是一溜子。人叫他"坎子精"。

　　谁知，"坎子精"到老来得个噎食病。从早到晚滴水不进，粒米难咽。虽经调治，不见好的兆头，眼看不得了，这才捎信叫闺女回来。

　　闺女听说爹得病，赶紧回到娘家，二话没说，先到父亲床前问安，小声问："爹，这两天你老感觉怎样？轻不轻？"

　　"坎子精"见是闺女，也不知是心里高兴还是咋，顺嘴溜了半句坎子："唉，稿荐调个席——"闺女从小在父亲身边长大，听惯了说坎子，知道父亲说病比前略微强不多，心里稍微安慰些儿。又问："爹，多少能吃点儿啥儿？"

　　"磨眼插擀杖——""坎子精"说着摇摇头。闺女一听，心里沉甸甸的，心里话：喔！一点儿也下不去。接着又试

[1]　板凉腔：爱说风趣幽默的话。

探着问："爹，先生给你看看，没说这病啥时能好？""爹是头枕茅池睡瞌睡呀——"闺女一听，父亲的病是"离死（屎）不远啦"，鼻尖一酸，伤心得哭起来。

母亲在灶房，听见哭声，端茶进来，责怪老头子全没些正经，闺女好心来看你，尽说些没要紧的话。"坎子精"一听，说："小斧头别腰里——不……"他想说"不砍就不砍"，可是一口痰气堵住嗓子，只说个不，眼一白瞪，脖子一歪头一偏。娘俩吓一跳，闺女抱住父亲的头哭着："爹，闺女我想听，该砍你还砍呀！"可是"坎子精"已闭上了眼睛，死了。

讲述者：　蔡青山，男，55岁，内乡县瓦亭镇人，初中

采录者：　杜明遐，不详

采录时间：　1985年

采录地点：　内乡县瓦亭镇

选自：　《中国民间故事全书·河南·内乡卷》

546

搭锅饭

一个眼睛完好的人，欢欢喜喜地接受了一个瞎子的建议，晚上同吃搭锅饭。他们一起炒好了萝卜，加上合伙买的二斤肉，又烧了汤，便按瞎子事先的要求：吹熄灯，然后再吃。

吃了半晌，眼睛好的人问瞎子："你吃着肉了吗？炒时那么多肉，怎地吃时却连一块肉也夹不起来？"瞎子不动声色地回答："是吗？"又停了一会儿，瞎子笑着让眼睛好的人点着灯。眼睛好的人这时才发现，黑暗中瞎子是用手捏着吃，吃的全是肉。

讲述者：　不详

采录者：　范清润，男，56岁，内乡县岞岖乡人，小学

采录时间：　1985年

采录地点：　内乡县岞岖乡

选自：　《中国民间故事全书·河南·内乡卷》

547

油嘴猫

采录者： 白平玉，不详

采录时间： 1986 年

采录地点： 内乡县城关镇

选自： 《中国民间故事全书·河南·内乡卷》

　　从前，有个人在街上割了二斤肉，拿回家让妻子做饭，改善一下生活。交代毕，扛起锄头下地去了。

　　妻子见丈夫走了，便把肉放到锅里煮了起来。煮着煮着，肉出味了。闻着闻着，妻子的涎水流下来了。忍不住割吃一块，嘴里嚼着，还想再吃一块。就这样，烧着煮着，割着吃着，待到丈夫锄完地回来，锅里只剩下肉汤了。

　　丈夫问妻子："肉哪儿去了？"妻子指着地上的小花猫说："你问它个油嘴猫，都怪我肉没看好，让它全吃了。"丈夫看了看妻子脸色，二话没说，从地上抓起小花猫，放到秤盘上一称，不低不高，正好二斤，问妻子："肉叫猫吃了，那么，猫上哪儿去了！"

　　妻子被问得满脸通红，哑口无言。

讲述者： 刘会珍，女，60 岁，内乡县城关人，小学，居民

548

二能赶年集

采录时间： 1986 年

采录地点： 内乡县城

选自： 《中国民间故事全书·河南·内乡卷》

农历腊月二十九这天，二能爹对二能说："明天就是年三十儿了，你上街去割几斤肉。"说罢，递给二能十元钱，接着又对二能说："记住，再买包佐料面儿。"二能问："买佐料面儿干啥？"二能爹说："真是个傻瓜，没有佐料面儿，肉不好吃。"

二能到了集上，买了一块肉，又买了一包佐料面儿，装在衣兜里。看了一会儿热闹，就欢欢喜喜地回家了。

一路上，二能拎着肉，高兴地走着甩着。谁知，从后面来一条偷嘴狗，叼起肉就跑。

二能见狗噙着肉跑了，心中好恼。追了几步，摸摸衣兜，佐料面儿还在，就停住了脚步。指着远去的饿狗，拍着兜哈哈大笑道："傻家伙，佐料面儿在这儿，你噙跑也是白搭。这肉没有佐料面儿，看你咋吃。"

讲述者： 不详

采录者： 庞丽娜，女，46 岁，内乡县城关人，高中

549

油嘴葫芦

南庄有婆媳俩，是出了名的油嘴葫芦。有一次，婆媳二人在院里淘麦。媳妇一见没有淘麦箩头，借口找箩头，到邻居家逃懒去了。

媳妇前脚走，婆婆后脚烙油饼。她怕媳妇回来撞见不好看，装作拉屎，跑到厕所里吃去了。媳妇借箩头回来，一见没了婆婆，也赶紧拿出几个咸鸡蛋，放到锅里煮熟。剥了壳，刚咬一口，害怕婆婆回来瞧见，便借故撒尿，拿着鸡蛋朝厕所跑。刚进厕所，她婆婆正蹲在茅池边，津津有味吃油饼哩！一个吃油烙饼一个吃咸鸡蛋，婆媳俩一对儿尴尬。还是媳妇点子多，对婆子说："妈，我知道你吃油饼没带菜，就煮了咸鸡蛋。给，你吃吧！"

讲述者：　樊书琴，女，44岁，内乡县城关人，初中
采录者：　凌晨，不详
采录时间：　1985年
采录地点：　内乡县城
选自：　《中国民间故事全书·河南·内乡卷》

550

爷孙赶考

一天，孙子和爷爷一同进京赶考。考题是：什么高？什么厚？什么香？什么臭？

爷爷的回答是：天高，地厚，肉香，屎臭。

孙子的回答是：父母恩德比天高，夫妻感情比地厚，饥不择食糠菜香，酒池肉林终发臭。

结果，孙子榜上有名，爷爷名落孙山。

讲述者：　不详
采录者：　王达臣，男，48岁，内乡县城关人，初中
采录时间：　1986年
采录地点：　内乡县城
选自：　《中国民间故事全书·河南·内乡卷》

551

有识之女

一个好心的母亲,处处心疼女儿。女儿都二十出头了,她还不给女儿找婆家。生怕女儿到婆家吃不饱,穿不暖,丈夫欺,婆母管,干活累坏了身子。

一天,女儿把一窝小鸡的腿都拴在老母鸡的腿上。她妈见了很稀奇,就问她。她回答说:"不拴到老母鸡腿上,小鸡丢了咋办?老鹰抓了咋办?刨不来吃食,饿死了咋办?"

当妈的明白了女儿的心事,由她自己寻夫去了。

讲述者: 翟东廷,男,45 岁,内乡县城关人,初中
采录者: 翟学禹,男,33 岁,内乡县夏馆镇青杠树
村人,高中,教师
采录时间: 1986 年
采录地点: 内乡县城
选自: 《中国民间故事全书·河南·内乡卷》

552

说大话

从前,有三个人同投一店求宿。由于店小客满,只剩下夹道一张床。三人又不同乡里,互不相让。店掌柜无奈,只得和三人协商:"说大话,床由优胜者住。"

第一个听了,不假思索地说:"我们县里有口锅,比天大一桌。"

第二个接着说:"我们县里有个碟儿,比天大半刃儿。"

第三个想了想说:"你有锅,他有碟儿,俺县只有白菜娃儿。切你一锅带一碟儿,最后还剩多半截儿。"

前两人听后,转身便走。

讲述者: 不详
采录者: 邢巧灵,女,47 岁,内乡县城关镇人,
初中
采录时间: 1985 年
采录地点: 内乡县城
选自: 《中国民间故事全书·河南·内乡卷》

553

死脑筋

讲述者：　魏唐子，男，42 岁，内乡县灌涨镇人，高中

采录者：　张学魁

采录时间：　1984 年

采录地点：　内乡县灌涨镇

选自：　《中国民间故事全书·河南·内乡卷》

　　从前，王店街南有个村庄叫刘观，村上有个叫刘二的人，为人处事死筋呆板。

　　有一天，刘二上山拾柴，三岁的女儿笑着要刘二带她上山玩。刘二无奈，只得带上女儿。当他拾了柴火，捆好绑牢，坐下歇息吸烟，冷不腾儿[1]从林中窜出一只老虎，朝女儿扑去。刘二慌了手脚，急忙抄起扁担上前救护。当他听到女儿吓得"妈呀妈呀"大叫时，他却收起扁担，丢下女儿飞跑回家。

　　刘二跑到家里，上气不接下气地对妻子说："快，孩她妈，女儿让老虎噙跑了！"妻子一听，吓得脸色煞白，忙问："那咋不救她呢？跑回来干啥？"刘二一本正经地说："老虎要吃她，我就拿扁担去救她。可女儿并不喊我，只是一个劲地'妈呀妈呀'地喊你，所以我才赶紧跑回来叫你去救她。"妻子听了，气得打了刘二两耳光，骂道："你这死货，还愣个啥，赶快去救女儿！"当他们跑到山上，女儿早成一摊碎骨头了。

[1]　冷不腾儿：猛然的意思。

554

憨小办年货

年岁将尽，老大叫老二去街上办两样年货。老二是个憨瓜，背起褡裢就动身。他从大街东头转到西头，又从大街南头转到北头，没见一个卖年货的。他正想走，忽听有人喊"粉汤黏活"，就买了两碗装在褡裢里。他想：哥让他办两样年货，只办了一样，还差一样。他见卖浆饭的也黏活，又买了一碗装在褡裢另一头，就回了家。

老大一见老二背着年货回来，不知是啥东西，伸手往褡裢一摸，连叫："这是浆饭？"

老二忙说："这是黏活，浆饭在那头。"

讲述者： 翟东廷，男，45 岁，内乡县城关人，初中
采录者： 翟学禹，男，33 岁，内乡县夏馆镇青杠树
村人，高中，教师
采录时间： 1986 年
采录地点： 内乡县城
选自： 《中国民间故事全书·河南·内乡卷》

555

一棵老葱

李大对李二说："爹在世的时候，进城赶集从来没舍得给咱们买过一点好吃的东西。如今哥哥当了家，要改改门风，今儿哥赶集，一定给你捎回点好吃的。"

李大进了城，走遍四关，问清了所有吃食的价钱，都嫌太贵，只有开花儿老葱便宜，就买了一斤。回家对李二说："哥给你买回来好吃的了，兄弟大大方方吃吧！"李二抽了一棵老葱还没吃完，就辣得鼻涕眼泪长流。李大说："我看透了，你和爹一样是抠索手，就称斤葱，你就心疼得出眼汗！"

讲述者： 不详
采录者： 刘亚林，男，39 岁，内乡县城关镇人，
高中
采录时间： 1986 年
采录地点： 内乡县城

556

赏日

张秀才接到李秀才的请柬，上写："即午，上半鲁，恭候光临。"便高高兴兴地去赴宴。见席上只有一鱼，便问："怎么就这一道菜？"李秀才说："君不见，请柬上写得明白。所谓'上半鲁'，即是鱼也，岂有他哉！"

礼尚往来。次日，张秀才回请李秀才。二人在庭院里谈到过午。李秀才饥饿难忍，问道："何不进餐？"张秀才说："君不见请柬上写明'下半鲁'乎？阳春烟景，风和日丽，特请仁兄赏日耳，岂有他哉？"

讲述者：　不详

采录者：　刘亚林，男，39岁，内乡县城关镇人，高中

采录时间：　1986年

采录地点：　内乡县城

选自：　《中国民间故事全书·河南·内乡卷》

557

一粒芝麻籽

钱三抠经常在茶馆喝二茶（不掏钱的残茶），却吹嘘他家里顿顿摆席。他的小儿子叫回家吃饭，别人问："你们今儿晌午吃啥饭？"儿子回答说："米汤。"走出茶馆，他严厉责骂儿子不会说体面话："谁再问啥饭，就说火锅儿。"

这天，钱三抠在茶馆吃烧饼，不小心，一个芝麻籽掉进桌缝里，怎么也抠不出来。恰好儿子又叫他吃饭。他问："啥饭？"儿子说："火锅儿。"别人问："火锅里是啥？"儿子说："米汤。"钱三抠听了大怒，骂儿子说："我交代割二斤羊肉，为啥不去割？"说话时，把桌子狠拍了一巴掌，那粒芝麻籽就从桌缝里蹦了出来。他赶紧用手指沾起来，放进嘴里。

讲述者：　不详

采录者：　刘亚林，男，39岁，内乡县城关镇人，高中

采录时间：　1986年

采录地点：　内乡县城

选自：　　《中国民间故事全书·河南·内乡卷》

558

有肉不吃豆腐

从前有个人，天生一副巧嘴，好吃懒做。一天，他去走亲戚。主家热情，留饭，先端上来两碟素菜。他掯起筷子，尽捡豆腐吃。主家夹块莲菜，说："这东西嫩，清香油调的，你尝尝。"

巧嘴说："我对莲菜没缘法，吃了反胃，我喜欢吃豆腐。"主家笑了笑，叫端盘炒鸡蛋来。鸡蛋盘刚上桌，巧嘴就舍了豆腐，专抄鸡蛋吃。主家问他说："你不是喜欢吃豆腐吗？"巧嘴说："你不知道，鸡蛋是我的命啊！"主家也不言语，最后叫端盘肉来。巧嘴一见有肉，哪儿还再抄鸡蛋，筷子就朝肉盘里夹。主家说："你不是说鸡蛋是你的命吗？"巧嘴说："对呀！今儿个，我是舍命陪君子，有肉我就不要命了。"

讲述者：　陈要中，男，48 岁，内乡县城关镇人，初中

采录者：　王杰臣

采录时间：　1986 年

采录地点：　内乡县城
选自：　《中国民间故事全书·河南·内乡卷》

559

菩
萨
吃
肉

异文：不要命

主人为客人做了两盘菜，一盘萝卜，一盘豆腐。客人眨眼把一盘豆腐吃个精光，萝卜却一块没动。主人笑笑说："看来你挺喜欢吃豆腐？"客人连连说："对对，豆腐就是我的命。"

过了几天，这位客人又来了，主人又为他做了两样菜：一盘豆腐，一盘肉。他眨眼把一盘肉吃光了，豆腐一块没动。主人又问他："先生，上次你说，豆腐是你的命，这次为啥一块也不尝？"客人说："我一见肉，命都不要了。"

讲述者：　张云先，男，62 岁，唐河县古城乡大张庄村人，不识字，农民
采录者：　张果夫，男，39 岁，高中，唐河县文化局干部
采录时间：　1982 年 1 月
采录地点：　唐河县古城乡大张庄村
选自：　《中国民间故事集成·河南唐河县卷》

从前，在赵店乡北边的西岳庙坡下，住着一个老头，非常相信鬼神。他便请来了泥水匠，做了许多泥菩萨，放在屋里，整天供奉，每日香火不断，烟雾缭绕，十分虔诚。

一天，他应邀到一个朋友家做客，临走对儿子说："厨房里的肉煮好后，可别慌吃，要先拿去敬神。"儿子欣然答应了。可老头刚走，儿子便把神像一个个打烂推翻，又把煮好的肉吃了个净光。

老头回来后，看见屋里弄成这样，又惊又怒："是谁打烂了这些菩萨？"说着跪倒在地，双手合拢，嘴里念念有词："罪过，请菩萨饶了我吧。"

儿子走过来说："爹，我把肉煮好后，就照你的说法，拿来敬奉。菩萨们为争肉吃，互相打了起来，一个个打得稀烂。"

"放你妈那个屁。"老头气极地说，"泥菩萨咋会打起来？"儿子说："是呀，泥菩萨咋能会吃肉呢？"

讲述者：　不详

采录者：　杜中林，男，40岁，内乡县赵店乡张庄人

采录时间：　1986年

采录地点：　内乡县赵店乡张庄村

选自：　《中国民间故事全书·河南·内乡卷》

560

走乡随乡

有个走路人，两顿没吃饭，实在饿坏了。

他见路边有几个人正端着碗吃饭，站着看了好久，"嘿，嘿"地冷笑起来。

几个吃饭的人很反感，就问："你这人古怪，有啥可笑？"

走路人说："我笑你们吃个饭，都是下嘴唇动弹。"

"去，给他盛一碗，看他咋吃！"

马上有人给走路人盛来一碗饭。走路人也不客气，端着碗，扒叉扒叉就往嘴里送。

几个吃饭的人看了，问他："你吃饭为啥下嘴唇也动弹？"

走路人回答："我这叫走乡随乡。"

讲述者：　不详

采录者：　陈洪义，53岁，内乡县湍东镇陈营人，
　　　　　高中

采录时间：　1985年

采录地点： 内乡县湍东镇陈营村
选自： 《中国民间故事全书·河南·内乡卷》

561

『看叔』

十字街西边有个茶馆，有两位喝茶常客。一个姓丁，一位姓王，都是晚清未榜不第秀才。晚年子孙满堂，倒也安逸快乐。每日三餐后，必到茶馆会友闲聊。两位学究茶客，性格豁达，爱做文字游戏。他俩说出的笑话，文词之雅趣，讥讽之巧妙，往往使满堂茶友捧腹大笑。

这日，丁茶客到得茶馆，见王茶客尚未来到，便信手翻看闲书。还没翻过一页，便听见背后有脚步声。扭头一看，是王茶客正拿眼偷看他手中书本；一时灵感触动，便冲王茶客笑道："你也来看叔（书）！"王茶客自感吃亏，有心报复，然一时找不到合适的词语。他一边应着："是，是。"一边搜肠刮肚，想点儿。忽然鼻子嗅到一股煎药味，思路顿时大开。他连叹两声，冲丁茶客说道："拙荆偶感小恙，今临茶馆，特地来看岳（药）叔（书）[1]。"说罢，冲丁茶客长揖一礼。

众茶友正竖耳聆听二人谐斗，见如此结局，都笑得喷茶捧腹。

[1] 岳叔：老岳父的弟弟。在南阳地区，称别人为老丈人、小舅子，都是骂人。

讲述者：　不详

采录者：　张英甫，男，32岁，内乡县湍东镇人，高中

采录时间：　1986年

采录地点：　内乡县湍东镇

选自：　《中国民间故事全书·河南·内乡卷》

562

怕老婆

有个叫张三的，怕老婆出了名。晌午，老婆在厨房擀面条，命他看娃子。这时，村里另一个怕老婆的叫王五，拎着尿布，低头从他面前过。张三见了，扑哧一笑："王五，干啥差事？"

"老婆叫俺洗尿布。"

"啥？男子汉洗尿布？"张三回头看了看老婆，低声说，"要是我呀……"

"要是你咋？"他老婆将擀面杖在案板上咚地一敲，厉声问。

"要，要是我，早洗好了，哪能等到晌午头呀！"

讲述者：　罗秀玲、王国荣，内乡县七里坪人，小学教师

采录者：　罗秀燕、吴金惠，内乡县小学教师

采录时间：　1984年

采录地点：　内乡县七里坪乡小学

选自：　《中国民间故事全书·河南·内乡卷》

563

吃苍蝇

从前，有一个秀才到好朋友家做客喝酒。他发现酒杯里有只苍蝇，随手用筷子夹起，把酒喝了。然后把酒斟满，又把苍蝇放了进去，递给主人："请！"

主人大惑不解，吃惊地问："你怎么能这样呢？"

秀才说："是这样，就我个人而言，一般情况下是不喜欢吃苍蝇的。但是，我不敢保证你喜欢不喜欢。所以……"

讲述者：　不详

采录者：　苗中义，36岁，内乡县师岗镇人，高中，
　　　　　村干部

采录时间：1986年

采录地点：内乡县师岗镇朱坪村

选　自：　《中国民间故事全书·河南·内乡卷》

564

虮蛋儿

从前，有一个财主家的学生，笨得出奇。三年换了三个先生，到头还是连一个字也学不会。

第四年，换了一位老先生。开始讲好了条件，只要教会一个字，就照发一年的工钱。从杏花开到雪花飘，老先生辛辛苦苦教一年，财主家的学生仍然丝毫没长进。先生已无心思再教，心想：这一年的工钱算没指望了。

这一天，老先生随意在桌子上划了一个"记"字，教学生认。教过几遍之后，让学生自己去读，便坐在一旁晒太阳，一边用手在头上抓痒。过了一阵，发现学生不读了，就问："怎么不读了？"

"忘读什么了。"

老先生很生气，一巴掌拍在桌子上说："天下数你最笨了！"

学生忽然高兴地大叫："虮！想起来了，是虮子！"学生一边读，一边拿眼睛死死盯着先生手掌拍过的地方。老先生仔细一看，原来刚才抓痒的时候，把头上的一个虮子带了下来，正好落在了"记"字的旁边。老先生禁不住笑起来了。

年关将到，财主照例要同先生一起检查他家学生的学业。老先生说："令郎虽笨，今年总算学会了一个字。这是最根本的字，来年定然还会大大长进呢！"财主一听，高兴得眉开眼笑，忙问是什么字。先生从怀里掏出一张纸，摊在桌子上，上边写着大大的一个"记"字。

财主一边招呼学生来认字，一边高兴地对先生说："这就好了！只要学会这个字，准保教什么都忘不了。"

学生来到桌子前边，看着"记"字，摇了摇头不出声。先生只好把事先藏在指甲里的虮子偷偷地放在纸上。学生一见十分高兴，眉飞色舞地拍手叫道："虮蛋儿，对，是虮蛋儿！"

他不念虮子的"虮"了，念成"虮蛋儿"了。

讲述者：　不详

采录者：　魏逸民，46 岁，内乡县师岗镇人，高中，纪检干部

采录时间：　1985 年

采录地点：　内乡县卫生局

选自：　《中国民间故事全书·河南·内乡卷》

565

谁说没贼

老两口住在一间屋子里，一进门就是床铺。一天夜里，老头儿将要睡着，察觉外边有人拨门，便装着打呼噜。一小会儿，小偷拨门进屋。老头儿手一伸，把小偷身上披的棉袄抓了过来。

小偷摸索中碰到了椅子，发出响声。老婆子被惊醒了。她用脚蹬了蹬老头儿，小声说："你听，啥子响？"

"老鼠。"

"会不会有贼？"

"没有。"

小偷听了老两口的对话，慌了脚，"叭"的一声弄翻了椅子。

老婆子吓得惊叫起来："老东西，这能是老鼠？"

"是猫。猫逮老鼠。"

"不像，肯定有贼。"

"睡你的！哪里有贼？"

"谁说没贼？没有贼，我的棉袄哪儿去了？"小偷不服气地同老头儿争辩。

采录者： 魏逸民，46 岁，内乡县师岗镇人，高中，
纪检干部

采录时间： 1985 年

采录地点： 内乡县卫生局

选自： 《中国民间故事全书·河南·内乡卷》

566

山里话难改

深山里的爷儿俩出山赶集。一出山口，儿子说："哎呀，这里天真大，要是下雨，可不得二年阴[1]。"父亲忙说："哪儿哩，有半月就阴严了[2]。"并嘱咐孩子，可别说山里话，免得被人笑话。

他们来到一家饭店铺里，要来两碗面条。儿子又说："爹，你看这面条跟葛条一样长，可碗跟橡壳一般大。"父亲瞪了儿子一眼，意思是你咋光说山里话。可儿子不懂父亲的意思，又说："看你眼瞪哩跟橡子一样。"

父亲再也忍不住了，厉声嚷道："你再说山里话，我一脚给你踹到桦栎扒里[3]！"

[1] 可不得二年阴：这是一句土语，在故事里嘲笑山里人没见识。因为大山、树木遮挡，山里人只能看见头顶巴掌大一片天，下雨前一小块乌云飞来遮挡了天空，天就阴下来。山外的天空一望无际，那要多少片乌云、多长的时间，才能把天空遮住？恐怕得二年吧。

[2] 半月就阴严了：这也是一句土语，嘲笑父亲同样没见识。父亲以为，只用半个月的时间，阴云就可以把山外的天空给遮挡严实。

[3] 桦栎扒里：桦栎，南阳地区也称柞树，叶可养蚕。桦栎扒，即柞树丛。扒有聚拢的意思，南阳山区对树丛称扒，唐河有大茶扒村，淅川有桦栎扒村。

讲述者：	赵新立，56 岁，内乡县夏馆镇后街人，农民
采录者：	翟学禹，男，32 岁，内乡县夏馆镇青杠树村人，高中，教师
采录时间：	1985 年
采录地点：	内乡县夏馆镇后街
选自：	《中国民间故事全书·河南·内乡卷》

567

岂能成亲

　　有个老财，善于结交，与街上的另一位老财交为朋友，并结下了儿女亲家。当时男孩儿四岁，女孩儿两岁，准备再过十八年结婚。

　　街上的那位老财回到家里，高兴地将此事说给了妻子。妻子一听大哭道："你好糊涂，咱女儿两岁，他儿子四岁，岁数相差一半。再过十八年，咱女儿才二十岁，他儿子都四十岁了，岂能成亲？"老财觉得言之有理，脚一跺，气冲冲地陪着妻子去退亲。

讲述者：	不详
采录者：	邢巧灵，女，46 岁，内乡县余关乡人，高中，小学教师
采录时间：	1987 年
采录地点：	内乡县余关乡邢庄
选自：	《中国民间故事全书·河南·内乡卷》

568

白字布袋

讲述者： 许建林，男，60 岁，内乡县余关乡人，高
中，小学教师

采录者： 邢巧灵

采录时间： 1987 年

采录地点： 内乡县余关乡

选自： 《中国民间故事全书·河南·内乡卷》

从前，有一个穷秀才，自以为肚里装的墨水多，走一
处，显一处。

一次，他遇到一件稀罕事。有这么一个人，拿着醋瓶
子到店家去灌醋，问声店家有醋没醋。店家随即回了一
声，有醋，灌多少？那人回答说："灌一分钱。"店家听说
只要一分钱的醋，便改变了口气："没有了，刚卖完。"那
人一听这话，也板了脸，说道："不行，刚才问你，还说
有，现在问你，又说没有，是嫌我的钱少，还是什么原
因？"店家婆听到了争吵声，便上前解围。问明原因，便
对那人说："要是这，好办，好办，来，我给醋，给醋。"
那人灌了醋，边走边想：不对，他这样看不起我，我得
想个法子骂他一下。于是，就扭头往回走，提笔在店门
墙上写道："可恶可恶真可恶，先说有醋后无醋。中间来
了花大嫂，给醋给醋还给醋。"那人写罢便走。围观人很
多，这时，那穷秀才也在场。他又想炫耀自己，只听他念
道："可恶可恶真可恶，先说有错后无错。中间来了花搜
子，给错给错还给错。"念罢，惹得哄堂大笑。从此，落
了个白字布袋的绰号。

569

不
懂
不
要
装
懂

讲述者：　熊老六，男，76 岁，内乡县城关建福寺人，
　　　　　高中，农民
采录者：　王秀荣，女，文化站干部
采录时间：　1987 年
采录地点：　内乡县城关镇
选自：　《中国民间故事全书·河南·内乡卷》

山里有个小伙子，到平地姑妈家走亲戚。夜间听见鸡子叫鸣，问姑妈："院里是啥叫唤？"姑妈说："那是叫鸣鸡。"小伙子又问："鸡子叫鸣做啥？"姑妈说："下地干活，赶集上店，人们想起早，没个时间。它一叫唤，人们都知道时间了，所以又叫更鸡。"小伙子说："真好，我走时给我一个吧？"姑妈答应说："走时你自己逮一个。"

小伙子住了两天，临走时挑了最大的一只鸡抱回家里。母亲问他："这是啥？"小伙子说是更鸡，并说了更鸡的用途。谁知一连好几夜，就听不见更鸡叫唤，心想：这是咋啦？认生不成？妈叫小伙子去后山，把他大爷请来，因为他大爷见过世面，三年赶过俩集。下午，大爷来了，一看鸡子毛病，埋怨小伙子："嗨，你把鸡嘴压扁了，它咋会叫鸣？"

过了几天，小伙他姑妈抱个更鸡找来了。原来，小伙走后，几天不见鸭子下蛋，一看鸡笼里鸡子都在，唯独大鸭子不见了，所以，一进门就对小伙子说："你这娃不是要更鸡哩，怎把鸭子逮来？死了它，也不会给你叫鸣。"

570

吹大气

采录者：　陈英兰，文化馆干部
采录时间：　1986 年
采录地点：　内乡县马山文化馆
选自：　《中国民间故事全书·河南·内乡卷》

　　有一天，吹大气碰见争头青，问争头青："你去过深山没有？"争头青说："去过几次。""既是进过深山，可见到那里的大豆吗？""见到过。""有多么大呀？""像指头顶儿那么大。""哈哈！你真是井里头的蛤蟆。"争头青一听，瞪着眼问："那么，你看到的豆子有多么大？""有多么大？告诉你，就是这个。"吹大气举起拳头晃了晃。

　　争头青见争不过吹大气，就变了个话题说："你说的也不差。那一年我到山后朋友家，他家有一条恶狗。我刚进门儿，它就扑上来咬我。我急了，见朋友家门外有盘磨，我纵身朝磨盘上一蹦，跳到磨眼儿里藏起来了。"吹大气一听，两眼一白瞪说："胡扯，哪有那么大的磨眼儿？""没有那么大的磨眼儿，咋能磨你拳头大的豆儿……"争头青说完，吹大气张张嘴，没话了。

讲述者：　王孔亭，男，50 岁，内乡县马山口人，高中，小贩

571

爱虚荣的人

采录者：　田志秀，女，22岁，唐河县苍台乡人，初中，学生

采录时间：　1984年4月

采录地点：　唐河县苍台乡

选自：　《中国民间故事集成·河南唐河县卷》

　　从前有个虚荣心很强的人，因为自己没有头发，对周围的一切事都怀着疑心。

　　有天天亮，他听到鸡子打鸣，就怀疑鸡在骂他是："没一根……没一根。"赶走鸡子，又听见猫在骂他："没毛……没毛……"打走猫，去茅坑边倒夜壶，又觉得夜壶在骂他："秃秃秃！"他很气愤地把夜壶甩进茅坑。夜壶灌进了水，又发出一种声音："不秃，不秃！"他认为夜壶是在向他认错，就把夜壶捞出来。回头见隔壁邻居家的驴在对着他叫："秃吭，秃吭……"他恼火了，抄一根木棒撵过去，一顿棍棒，活活把一头带驹的母驴打死了。驴的主人很恼火，抓着衣领让他赔偿。他傻眼了，没门儿[1]，只好赔人家一头驴钱。

讲述者：　田志宏，男，21岁，唐河县苍台乡人，初中，学生

[1]　没门儿：没办法。

附录

一

南阳常用方言对照表

搜集整理

田　晓　曲凡杰　李修对

词条	释义
八叉：	地方土语，办错事挨批评的意思。
把式：	这里指掌握某种技能，如牛把式、车把式。
掰豁子：	扒漏子、惹是非的意思。
白胡：	土话，指白干，白忙。
白尖石：	石英石的俗称，很硬。谁要是遇着难办的事，就比喻为碰上白尖石了。
白起：	白天。
摆个场儿：	摆酒席。
摆调：	来回摆治。
摆治：	戏弄。也有整治、修理的意思。
板跟头：	摔跟头。
板凉腔：	爱说风趣幽默的话。
半瓶子：	谓读书少识字少的人，"一瓶子不满，半瓶子晃荡"。
褒祖：	也作褒贬。
逼罗：	做好准备。
表吃表喝：	骗吃骗喝。
憋燥：	生闷气。
勃过：	生过。
不屑灰：	不掺杂质。
不舒：	即不和睦。
不识眼窍：	不识抬举，不识相。
不沾墨：	木匠砍、锯木料，以墨线作准绳。不沾墨，即离墨线太远。另，演员的噪音与乐队的弦音、打板的节奏不合，叫"不沾弦""不沾板"，与"不沾墨"义同。
擦黑：	与挨黑儿一样，指傍晚。
材料：	能力。
岔板话：	用锯把木头解成木板，必须按照打好的墨线下锯，如果锯偏了，叫岔板。岔板话，指前言不搭后语。
岔拉：	干涉、干预。有些区县也说岔搅。
撑根：	因误会而僵持的意思。
撑摊儿：	摆简易的酒席。
成群达蛋：	很多的意思。
吃风喝沫：	比喻穷得没有任何可以吃的东西。
迟累：	地方语，即连累。
抽地：	把租出去的地收回来。
仇气：	在南阳地区，把仇、仇恨、仇怨，统称仇气。
稠了：	多的意思。
出酒：	酒醉呕吐。
出坡：	指上山打猎。
出殃：	民间丧葬习俗，人死后阴魂要脱离肉体跑出来，就是出殃。

词条	释义
戳牛屁股：	比喻使牲口、干庄稼活儿。
打拐：	暗中把东西截留一部分。
打了一天悠儿：	游玩儿了了一天。
大天老明：	天完全地亮了。
捣鼓：	摆弄、摆布；捣乱。
递不上嘴：	接不上话。
垫害：	背后搬弄是非。
讹新媳妇：	也就是"闹新房"。
二话：	指闲话。
发市：	赚钱。
翻闲话：	以扯闲的方式挑拨离间。
枋子：	指棺材。
杠子头：	与人争论叫"抬杠"，"杠子头"是善与人争论。
圪蹴：	蹲下。
疙叮嘴：	指吵架。
疙家货：	意指难缠，小气、吝啬的人。
搁成伙子：	抱团。
搁在人：	人与人不一样。
根根弯弯：	来龙去脉。
根清来影：	有头有尾的意思。
根子粗：	背景强大。
狗舌头：	暗喻"舔"字，指小巴结。
古董货：	不听话不省心爱挑起事端的人。
诡诈：	炫耀。
鬼弄：	捣鼓。
鬼炸：	显摆。
过底：	交心。
过过眼：	把关。
寒寒：	寒碜，作动词用，有取笑、羞辱的意思。
好家儿：	富贵人家。
合跑连天：	跑得气喘吁吁，一刻也不耽误功夫。
黑冷大早：	又黑又冷的早晨。
忽省儿：	指猛然醒悟。
胡闹台：	闹台指演戏开场的锣鼓曲。胡闹台指乱打一气没有章法。
虎灵：	聪明、机敏。
欢撒：	活泼得过分。
黄天老日头：	晴天太阳好。
浑猪浑羊：	祭祀用的整猪整羊。
活色：	潇洒，很好的意思。
活套：	活泛、活络。
鸡刨命：	谓下力的命，像鸡那样在地里刨食。
鸡子尿湿柴：	鸡不会尿尿，是说事情特别微小。
家儿：	代指人。如"过家儿"指会过日

词条	释义
	子的人，"喝家儿"指酒量大的人。
尖酸琉璃：	形容人吝啬、抠索。
见爱：	也做爱见，喜欢的意思。
见天：	每天。
将才：	刚才。
焦砖：	烧过了火的砖，俗称"琉璃头"，非常坚硬。
绞丝木头疙瘩：	木头纹理混乱，比喻做人难以成材。
解怀：	生孩子的俗称。
精肚娃：	没穿衣服，光着身子的小孩子。
井拔凉：	井水。
开销话：	推脱、拒绝的话。
坎子：	南阳地区称歇后语为"坎子"。
磕头捣碓：	磕头如捣蒜的意思。
肯溜话：	顺口好说的话。
拉勾：	土语，意思是说话算话，不许反悔。
拉锯都有末：	比喻只要付出就有收获。
老鳖一：	冤大头之意。
老腩子：	大腹便便、窝窝囊囊的人。
老啃头儿：	指吝啬的人。
老鼠吃盐：	传说老鼠吃盐可以变成蝙蝠。
老谣婆：	搬弄是非的老婆婆。
冷清明：	天刚刚亮。
冷子：	冰雹。
礼先儿：	风水先生。
理料：	管理、照料。
立住过合：	指能够独立生活。
利亮：	利索。
利麻：	利索。
亮家：	明白人。
摞板肩：	跳水。
买倌儿：	豫西话，即养子。
麦口：	麦收前夕。
瞒眼：	瞒过别人的眼睛，不使发觉。
满汪谷堆：	形容满得像谷堆那样冒尖儿。
毛妮：	指小姑娘，毛孩是小男孩。是亲昵的称谓。
没成色：	形容人不聪慧，差劲。
没道儿：	形容一个人不靠谱，说话、办事不着边际。
没眼见：	厌恶，不喜欢。
门里头出身：	某种技艺世家。
敏禁：	指后人永远流传的物或事。
闹狗蛋：	即半夏，是山区的一种毒药，俗称"七步倒"。
跑墨：	锯木头时，事先用墨斗拉出一根

带有墨汁的墨线，锯子沿着墨线锯成木板。唱戏时，南召人则习惯上把跑调也说成跑墨。

炮客： 说大话。

陪铺： 陪睡。

皮麻： 土语，可怕的意思。

扑棱着头： 意为使劲儿摇头。

喊喳： 咕唧、喊喳都是说悄悄话。

漆蒙眼： 眼睛模糊看不太清楚，方言中也叫眵目糊眼。

齐正： 端正。

起嗒起嗒： 不仔细，不认真，匆匆忙忙地移过去。

起根发苗： 从头到尾。

前窝： 前妻。

饯白： 奚落、指责。

强梁： 强势，霸道，不计后果。

悄密事： 秘密的事儿。

跷起： 缘由。

全焕人： 民间指父母健在的人。

人意儿： 小礼品。

日老： 民间对太阳的敬称。

软埋： 穷人埋葬尸体不用棺木，而用箔或席卷，俗称软埋。

三尺麻绳见阎王：上吊寻死的意思。

上劲儿： 较劲。

生红砖： 比喻那种四肢发达、头脑简单的人。

生些非方儿：豫西南土话，即奇巧计谋。

圣人蛋： 故作文雅，骂人的话。

实坎儿： 事实、困难。

拾掇拾掇，把把遛遛：就是熟化熟化，调教调教，让其听从人的指挥。

使急马慌： 匆忙的样子。

顺风打旗： 附和。

撕叉： 撕烂。

死期了： 断气了，没命了。

松不颠： 也做松不蔫儿，无精打采的意思。

素日： 平时、过去。

塌亏： 内疚，过意不去。

塌蒙： 合上，闭上（眼睛）。

填个蚂蚱： 意为先发制人，拿话头堵着对方的嘴。

舔沟子： 也作舔屁股，巴结的意思。

通腿： 指两三个人睡觉合用一条被子。

土布袋： 一种毒蛇，粗而短，土黄色，形似布袋。

吐口： 答应。

吐拉舌儿： 说话不清楚。

弯腰凸脊： 即驼背。

枉搭工： 白费功夫。

闻风打听： 到处打听。

窝憋： 空间小，舒展不开。

细顾： 细心。

先儿： 在南阳地区，教师、医生、算命先生等，被尊称为"先儿"。

闲嗑牙： 同闲磨牙，说闲话的意思。

芯子： 憨子、傻子。

新年巴节： 新年节气中间。

性皮： 脾气大，从不着急。

絮烦： 即厌烦。

轩尖： 非常尖，尖得再也装不下。

牙骨： 能说会道。

眼气： 羡慕。

把眼药吃到肚里：比喻瞎了眼，看走眼。

扬撒： 卖赖，坏人名声。

夜儿黑： 昨天晚上。

一杆子： 很多。

一抹拉： 一觉醒来的意思。

一气儿： 表示"一直"，是一鼓作气的方言化。

一张嘴里能掏出几个舌头：意思是话不能来回说。

一丈深一丈浅：犹"一五一十"，含贬义。

意连意思： 琢磨来琢磨去拿不定主意。

意怔： 明白。

云天雾地： 一会儿说天，一会儿说地，意思是说些不着边际的话。

栽盹： 打磕睡。

栽摸： 留心。

粘嘴腻牙： 难缠。

仗仗仪仪： 大大方方、有模有样的意思。

找柯杈： 找差错。

照事： 接待、安排。

争竞： 计较，要求。

整掇： 七拼八凑之意。

支哄： 应付，哄骗。

支支楞楞： 大大咧咧。

吱呼： 假意应酬。也指马虎。

主贵： 形容词，像宝贝一样。

抓儿： 即做啥子。

抓瞎： 束手无策，毫无办法。

转珠子嘴： 说话前后否定。

钻窟窿打洞：千方百计。

嘴碎： 爱唠叨，好说闲话。

二

南阳民间故事讲述者简介

搜集整理

田　晓　曲凡杰　刘国胜

曹学典（1891—1970）
男，
新野县王庄镇曹溪营村人，
私塾 6 年，农民

曹学典出身于封建知识分子家庭，识文断字，能说会道，很受乡亲们敬重，经常为人说公了事。他跑的地方多，读过私塾，看的书多，看戏听曲也多，所以积累的故事也特别多。每当农闲年节，就会有不少人找上门来，听他说古谈今。他讲得最多的是与古典小说有关的历史故事、戏剧故事、民间生活故事和神怪故事。曹学典青年时，曾在新野县城学过几年相公（学徒），所以对县城内流传的三国传说知之甚多。他虽然过世早，但他讲了好多故事。

杨清顺（1909—）
男，
淅川县荆紫关镇南街人，农民

杨清顺年轻时当过学徒，跑过生意。虽然识字不多，但他生在荆紫关镇，长在荆紫关镇。荆紫关镇地处豫鄂陕三省交会处，是仅次于湖北老河口的水陆交通要地。不仅是商贾云集之处，也是说书、唱曲儿、玩艺人卖艺谋生之处。杨清顺打小娇气好玩，爹妈前脚把他送进学堂，他后脚就偷跑到街上看戏听书看玩艺儿，是听曲儿看戏听书长大的。他能讲善道，口齿伶俐，讲故事起伏跌宕，语言生动，诙谐幽默。在荆紫关镇南街，人们听见队长敲钟闻若未闻，然而只要听说杨清顺讲故事，人们能围半稻场来听。当年大集体那会儿，生产队就利用杨清顺这一优点，队上开会不用敲钟，让他先到场讲故事。平常开会顶多一家来一人，如让杨清顺讲故事打头阵，好家伙，少则一家来几个，多则全家出动。当年县文化馆、乡文化站给杨清顺务工补贴钱，常邀他随县曲艺队赴山区讲故事。人们为之羡慕地说：真是行行出状元。看人家杨清顺就会拍个"瞎话（故事）"，还能挣工资呢。杨清顺参加县故事会讲三次，参加南阳地区故事大赛两次，分别荣获县故事讲说一、二等奖和地区故事讲说二、三等奖。

褚虎臣（1912—1988）
男，
南召县曹店街人，读过私塾，
上过高小，农民

1960 年因修建鸭河口水库迁居方城博望镇新建村，1978 年后迁居南召县太山庙乡朱砂铺村。他出生在一个贫苦农民家庭，八九岁时读过 4 年私塾，后转入新学堂求学，高小未毕业，因家贫辍学。民国十六年（1927）被抓丁，送往福建泉州当兵。当过班长、排长等，因揭露连长贪污兵饷遭受迫害，于民国二十一年秋开小差逃奔贵州。逃奔途中，因坐车、投店没钱，就到茶馆讲故事，常常听众盈门，茶馆生意兴隆，茶博士主动张罗为其收听书钱。民国三十四年（1945）日军投降后，褚虎臣回家乡务农，过上幸福生活，自觉开展讲故事活动。农忙时田间地头、工程活场，都是他讲故事的好场所。农闲时，茶余饭后，赶集上店，走亲串友，是他讲故事的广阔天地。他走到哪里，就讲到哪里。有时，夜晚讲故事，讲到高潮之处，戛然而止去厕所，男青年就追到厕所去听。"文革"期间，有人把讲故事视为宣扬"封、资、修"，将其戴高帽子游乡，他不服气地说："我讲的故事都是育人向上的，有啥错？"党的十一届三中全会后，褚虎臣的讲故事生涯发展到鼎盛时期。村里的大人、小孩一有空就找他拍故事。冬季屋里宾客盈室；夏季，门前树下，听众满院。老伴支持他，说："燕雀凤凰旺处飞。"他自己说："好者好，恶者恶，喜欢讲故事给大家听！"1981年以来，他六次参加县故事会讲、四次参加地区（南阳市）故事会讲，均获故事讲述一等奖，被地区文化局命名为优秀故事说讲家。1983 年 7 月，出席河南省首届故事说讲会，讲述新编民间故事《看风水》，荣获省优秀故事员称号，受到省委、省政府领导的亲切接见。是年，《河南农民报》发表采访他的人物通讯，题目是《故事员的故事》。他讲故事的录音，在省电台播放后，深受听众的好评，1984 年被南阳地区民间文学工作者协会吸收为会员，1986 年南召县文联成立，被推选为县文联委员、县民间文艺家协会副主席。

王振运（1917—）
男，
淅川县寺湾乡前营村人，不识字，
农民

王振运自小家贫，上不起学，整天拾柴、割草、捡粪。长大后，在码头上扛包装卸。1949 年后，当社员给队上干活，务农终生。王振云所在的前营村在当年丹江通航时是个水旱码头。虽然没有淅川老城、荆紫关、埠口码头大，但也是个中型集镇。南来北往的人多，唱曲儿、说大鼓书、玩猴、耍把戏的穿梭来往，加之此处村大人多，人口居住集中，村里有戏班，还有说大鼓书的。王振运好看戏听曲儿，记性好，有一张会说善讲的嘴，能讲好多故事。王振运讲故事的最大特点，就像拉家常一样，不紧不慢，声音不高不低，没有闲词杂字，故事讲得层次分明，让人听了一目了然，易懂易记，易讲易传。人们很爱听他讲，他也很爱给人拍。不管是饭场、会场、打麦场上，他所到之处，人们就围一圈子听他拍。在前营，人们不叫他的名字，都叫他王拍子。王振运曾多次参加县、地区故事大奖赛，其中获县级一等奖一次，县级二等奖三次，地区二等奖两次，地区三等奖两次。淅川县三套集成和故事全书县卷本，都有他讲的故事。

张子芳 (1920—1993)

男,

内乡县赤眉镇黄岗村冢子凹人,

相当初中文化,医生

张子芳自幼读书,青年时参加解放军,南下过江致残。1950年转业回乡自学从医,以针灸、偏方济世救人。由于身残腿跛行走不便,见有人群的地方就坐下拉家常,把讲故事当作休息和联络感情的媒介。他走南闯北,博闻见广,加上口齿伶俐,讲的故事知识性强,尤其对流传本地区的《王莽撵刘秀》和《二十八宿》故事,讲得绘声绘色,还带有评书风格。娱乐之余,人们总挽留他吃饭、休息,行医倒成其次。知道的人,都不叫他的名字,也不叫他医生,都叫他故事佬。

张殿卿(1923—2011)

男,

唐河县古城乡大张庄人,

读过私塾,农民

张殿卿自幼爱听大人拍瞎话儿,爱听大鼓书。1949年后他当过生产队会计,20世纪50年代末吃食堂时,当过食堂司务长。务农一生,于2011年病逝,享年88岁。张殿卿念过私塾,擅长讲故事和说唱民间歌谣,常于茶余饭后、田间地头、饭场及一些休闲场所向村民们讲述故事。他不仅能连续讲述《三国》《唐僧取经》《说唐》等长篇故事,而且能讲述民间流传的生活故事数百篇。张殿卿讲故事,声情并茂,栩栩如生,颇受听众称赞,被乡亲们誉为故事篓子。

曹衍玉(1923—2001)

女,

桐柏县月河镇人,不识字,农民

曹衍玉记性好,能讲百余篇故事。她讲的《盘古爷的衣裳》《泥巴匠娶妻》《大禹治水》等,都是鲜为人知的故事。不仅当地人称其为民间故事讲述家,联合国教科文组织、中国民协还授予她"中国十大故事家"称号。2000年,海燕出版社将她讲述的故事结集出版,定名为《故事婆讲的故事》。曹衍玉出生在一个故事世家,她父母都是故事篓子,因为家境贫困,她打小和父母一起劳动,从父母那里听来好多民间故事。青年时期的生活非常不幸,婚后丧夫,再嫁不但没有给她带来幸福,反而让她遭到人们的歧视,长期生活于压抑与痛苦之中。为了找到精神上的寄托,她用讲故事来抒发自己的情感,不仅使自己从痛苦中得到解脱,而且也用故事教育了自己的后代和他人。曹衍玉所讲的那些故事,有好多就是她的人生经历和折射。

刘子林(1923—)

男,

社旗县大冯营乡杨庄村人,师范,

教师

刘子林幼年家贫,为供他读书,母亲到一财主家当用人。后终因生活困窘被迫辍学,先到杨庄小学、方城瓦罐寺小学教书。1949年后,又在南阳省立师范进修一年,毕业后任教,当过教导主任等职,1962年因病退职返乡。他一生经历坎坷困苦,见多识广,看的听的也多,就和民间文学结下了不解之缘,民间传说故事成了他晚年的精神寄托。他不仅给人们拍故事,还爱记录故事,先后搜集记录了20余万字的民间文学资料,其中《天官名字勾了》《缺脚宝画》《阴阳伞》《包谷棒为啥长腰里》《鬼在人心里》《到底谁是"吾"?》《考场问字》等故事,被收入社旗三套集成县卷本。

刘国有(1925—1989)

男,

镇平县安字营镇连庄王洼村人,

不识字,农民

刘国有幼时家境贫穷,随父母寄人篱下,长大后帮人做工,后进戏班学艺。曾被抓过壮丁,后逃回家乡,保住了一条活命。1949年后,曾任安字营镇连庄王洼村村长,一辈子在家务农。刘国有年轻时走南闯北,听得多见得广,装了一肚子奇闻怪事。加上他性格乐观向上,爱说好讲,一有空就给人们讲故事。以他的话说,他肚子里的故事,一个月也讲不完。20世纪七八十年代,农村文化生活匮乏,他在茶余饭后、田间地头给人们讲了好多故事。

马海耀(1925—2008)

男,

镇平县杨营镇贾庄村马营人,

初小文化,农民

他虽然文化水平低,但从小喜爱收集民间故事。他从20世纪50年代开始给人们讲述故事,牛屋里、饭场上、田间地头都是他讲述故事的场所。他"拍瞎话"时声情并茂,极富感染力。他讲的故事不仅老少皆宜,易懂易记,而且惊险传奇,起伏跌宕,语言生动形象,所以人们都喜爱听他讲故事。20世纪70年代,马海耀在纸烟盒背面写了一首"割罢麦,打罢场,炸筐油馍瞧老娘。瞧老娘,理应当,切莫动我战备粮"的打油诗,寄到镇平县文化馆,由于他写的诗生活味浓,语言简朴接地气,"政治意义"也高,被登到文化馆主办的《镇平文艺》上。不久县文化馆召开业余作者会,马海耀应邀与会,从此开启了马海耀的民间文学之路。他不仅讲故事,也搜集整理故事。他讲述整理的十多篇故事被编入镇平县三套集成县卷本。再后来,马海耀利用长期担任乡村公路养护工的机会,接触南来北往的人，以讲故事交友搜集民间故事。

吴根兰（1927—2022）
男，
新野县施庵乡河北村人，
上过私塾和师范，农民

河南省民间文艺家协会会员，河南省民间文化杰出传承人。他年轻时当过农村干部，跑过生意，还在新疆生产建设兵团当过农垦工人，一生走南闯北，见多识广。他记忆力强，不管长短故事，听一遍就能给人讲。他积累了一肚子故事，口才又好，讲起故事来非常顺畅；他还善于对故事进行加工，提高其思想性和艺术性。所以，他讲的故事老少皆宜，在当地颇有影响。他特别擅长讲述历史故事、生活故事和文人故事，有几十篇作品入选省、市、县三套集成卷。其个人小传入选河南故事集成卷。2006年7月，河南省委宣传部、河南省文联授予他"河南省民间文化杰出传承人"的称号，并颁发了河南省民间文化杰出传承人证书和奖章。

杨俊龙（1927—1992）
男，
南召县板山坪镇松东村人，
小学文化，农民

杨俊龙是南召县、南阳市民协会员。他文化程度不高，但记忆力和表达力极强。讲故事生动细腻，绘声绘色，娓娓道来，很有艺术表现力。听他讲故事，能让人不知不觉置身于他的说讲氛围中。在他的带动下，板山坪镇松东村成为全县有名的"故事村"，冬季的夜晚或夏日的午后，都是杨俊龙讲故事的最佳时期，全村老少都来听他讲故事。还带出了优秀故事作者铁天培、张万山等。1979年以来，他曾七次参加南召县故事会讲、四次参加南阳市故事讲会，获县故事说讲一等奖和市故事说讲二等奖。杨俊龙能讲70多个故事，他讲述的故事曾在《民间文学》等杂志上发表。

郭松文（1930.10—）
女，
镇平县水泥厂工人

她出生于漯河市一个贫苦农民家庭，9岁随父母逃荒到镇平定居。年轻时历尽各种磨难和艰辛，经历了各个时代的变迁，曾当过合作社妇女组长、水泥厂职工。由于受家庭环境影响，听到很多民间传说故事。在20世纪七八十年代，农村文化生活匮乏时期，郭松文就借农闲和春灯节为农民们讲故事，活跃农村文化生活。郭松文不仅爱讲故事，而且平时与人为善，喜欢用小故事来阐明大道理。她虽然经历艰辛，但乐观向上，乐善好施。郭松文能讲好多故事，其中有多篇故事已被编入镇平三套集成县卷本。现在，郭松文已经90多岁了，但她依然能讲

出许多精彩的故事。

袁相如（1931—2009）
男，
桐柏县城关镇人，初中毕业

袁相如打小就喜欢听人们拍瞎话，据说他上学时为听人家拍瞎话，不是迟到就是旷课，为此常被老师罚站。上中学时住校，听不成人拍故事，他就看闲书。因为上课看闲书，不仅被老师发现收了书，还挨过老师板子呢。袁相如爱听爱记又爱讲，记性也忒好，经常以讲故事交友。后来他参加了工作，不仅经常给同事们讲述故事，而且走到哪里，问到哪里，讲到哪里，是一位受民众喜爱的故事篓子。他讲故事从不信口开河，总是反复考虑琢磨，在保持原汁原味的基础上，淘汰糟粕，取其精华，力求起到寓教于乐之效果。他能讲两百来个故事。其中《泥巴匠要工钱》《淮河神话》等故事，被编入桐柏三套集成县卷本。

臧清莲（1936.12—）
女，
方城县柳河镇上王庄村杨庄人，
高小，农民

臧清莲出生在方城县柳河镇杨庄一个农民家庭。自幼爱听爱讲故事，爱看闲书，爱收集民间故事。臧清莲勤劳俭朴，和睦邻里，心灵手巧，多见闻，擅女红，强记忆。她擅长讲述民间故事，能讲故事、传说和笑话八百多个。她讲故事形象生动，惟妙惟肖，人们都爱听她讲故事。其中，她讲述的《韩信寨的来历》《张仁长李仁短》《杀狗劝丈夫》《城隍受贿》《射腚女婿》《老猴推碓》《老公鸡告状》《蛮子坟》《周春流浪记》等民间故事已被整理出版，深受读者的喜爱。

王振华（1938—）
男，
淅川县上集镇刘营村人，
高小文化，医生，农民

王振华幼时小学上到六年级，因母亲去世而失学。失学后一边帮家中做活，一边看书学医。三年困难时期为了糊口，出门当流医。后来王振华农忙了务农，农闲了出门当流医看病，再后来开门诊行医。王振华虽然只读过高小，但他自幼爱听故事，加上他出门当流医给人讲故事，人们也给他讲故事，以故事交友行医。与此同时，王振华还把听到的奇闻怪事，编成故事讲给人们。如此日复一日，积累了一肚子故事。以王振华的话说，他一屁股坐那儿能拍三天三夜不重样。王振华拍故事演表结合，讲得生动形象，栩栩如生。尤其每到夏天的晌午、黑上，他都在树荫下、稻场里给乡亲们拍故事。拍得人们哈哈大笑，拍手叫好。有的听得忘记回去吃饭，有的忘记回去睡觉。连王振华自己都说，你到村里找他，说王振华人们不知道。可你一说找

王拍子，三尺高的娃娃都知道他。王振华曾多次参加县里故事大奖赛，荣获演讲二等奖两次，三等奖三次。他讲的好多故事都被编入三套集成和故事全书河南淅川卷。

赵云生（1940—2020）
男，
唐河县湖阳镇张湾人，初中文化，
干部

河南省民协会员、唐河县文化馆民文专干，中级职称。赵云生原属一个地地道道的农民，由于他打小爱听爱讲民间故事，走上了专业民文工作岗位。他讲故事语言朴实，生动形象，让听众如临其境。赵云生不仅多次参加省、市故事大讲赛及全国故事大赛并获得大奖，而且把故事讲到中南海，受到社会高度赞誉，被命名为南阳著名故事讲述家。也由此从农民转为国家干部，到唐河县文化馆工作。曾主编民间文学三套集成唐河谚语卷，并在《民间文学》《故事家》等故事期刊发表故事作品。

郭文森（1942.7—）
男，
唐河县源潭镇源中街居民，初中文化，
唐河县源潭铁旗酒业有限公司经理

郭文森年轻时当过四年乡村教师，记忆力强，讲故事声情并茂，时常跳出故事对人物进行评说。他讲述的故事，大多是民国末期和新中国成立后，本地真人真事加以演义杜撰的故事。源潭镇是清末至民国时期因水运发达形成的水陆码头，是"南船北马"万里茶道上的一个重要货物集散地。晋陕商人建有规模庞大的山陕会馆，繁荣时有 32 条街，近百家商行。源潭地处南阳盆地的东部边沿，气候适宜高粱、烟叶生长，为酿酒、卷烟提供了充足的原料。有酿酒作坊 30 余家，卷烟作坊 20 余家，生产 70 多个品牌的纸烟。源潭商人爱国、赶时髦，1945 年 8 月 14 日，日本战败投降，一个烟厂当天出品"八一四"牌纸烟，以示庆祝和纪念。源潭商会、商人多有义举、善举，救助鳏寡孤独，调解商界纠纷，留下许多佳话。这些佳话传播，渐渐成为故事。郭文森讲述的多是美德、智慧故事，而且这些美德、智慧故事，对郭文森本人也产生了潜移默化的影响。就是在《道歉酒席》的影响下，他也成功地调解过一些民事纠纷：如当地有兄弟二人发生争执，其弟失手将一个碗砸在哥哥脸上，划开四指长一道口子。哥哥报案，派出所抓了弟弟。按伤情不仅要赔偿药费，还可能判刑。郭文森不忍看到邻家兄弟从此成为仇人，经他说和调解兄弟和好如初。以郭文森的话说，好故事既然能影响我，肯定也能影响别人，因此，他愿意一辈子传播这些故事。

陈元兴（1944—2006）
男，
新野县新华书店副经理，初中，
干部

陈元兴爱好民间文学，爱听爱讲民间故事，系河南省民协会员。他从小就是个故事迷，成人后一直在书店工作，看了好多故事书籍，积累了一肚子故事。他性情温柔，对人和善，讲起故事来温文尔雅，起伏跌宕，娓娓动听，有很强的感染力，极受群众喜爱。他讲述的故事曾被《故事家》刊登并获奖。他还与人合作，出版了一本《古今柬帖一点通》故事书。

黄道玉（1945—2008）
男，
桐柏县淮源镇板桥村人，不识字，
农民

黄道玉父母都爱拍故事，他是听着父母的故事长大的。只可惜，他三岁上得了眼病，致使两眼落下残疾，失去了上学的机会。虽然他眼难视物，但他记性式好。人家是过目不忘，他是过耳不忘。不管奇闻怪事，还是传说故事，听一遍就会讲。黄道玉特别喜欢他父母讲的故事，平时一没事，就缠着母亲讲故事。不论是鬼狐精怪故事、神话传说故事，还是斗地主打恶霸的故事，黄道玉都百听不厌。如此日积月累，记下满脑子故事。20 世纪 50 年代，黄道玉是忆苦思甜故事讲演员，六七十年代，黄道玉又是大队毛泽东思想宣传队的红色故事讲述员。由于黄道玉根红苗正，以故事歌颂真善美，抨击假恶丑，以故事引导教育社员，曾当过大队宣传队员、生产队干部。

胡金祥（1946—）
男，
淅川县大石桥冉家亢人，高小，
农民

胡金祥所在的大石桥上下人口密集，七八里地有十个大居民村，一到过年过节农闲时，玩把戏、耍猴的跟走马灯似的，单单说大鼓书的，这个村说罢到那个村说。胡金祥爱听爱看，打小就上下跑着看戏、听书。爹妈病故后，他白天帮奶奶干活，黑上跑着看戏听书，回去拍给瞎奶奶听。所以，他虽然学历不高，但听的多看的多，积累了一肚子故事，又好说爱拍，不管茶余饭后，还是田间地头，人们一有空就围着他听故事。胡金祥拍故事语言简练，吐字清晰，加之声音洪亮，村上人都爱听他讲故事。尤其在 20 世纪七八十年代，农村一年看不到一场戏，三四个月看一回电影，一到夏天黑上，人们都搬凳子拿席到大场上听他讲故事。

袁克华（1946.10—）
男，
高中毕业，
唐河县祁仪镇政府退休干部

袁克华当过村党支部书记，因工作成绩突出，被录用为国家干部，任唐河县祁仪镇文化站站长。多年来致力于地方历史文化、红色文化的挖掘整理，主编《祁仪镇志》，已出版发行。

铁天培（1946—2017）
男，
南召县板山坪乡松东村人，高中，
教师

南阳市民间文艺家协会会员、南召县民间文艺家协会理事。铁天培是南召县板山坪乡松东村小学一位教师，在教学之余，喜欢采录整理民间故事。1982年以来，采录故事70多篇。其中《海瑞罚祖师》《鲁班收徒》《张灵访鲁班》《青蛙的舌头为啥短》《鲁班造明柱》等在报刊发表。《傻公子学生意》《错一板》《还阳棍》《猫狗不睦》等，被县三套集成故事卷收录。

贾焕娥（1947—）
女，
淅川县大石桥乡贾洼村人，高小，
农民

贾焕娥八岁上学，十五岁高小毕业回家务农，1966年到大队毛泽东思想宣传队唱戏。她还会扭秧歌、唱锣鼓曲、拍故事。她的父母都会拍故事，她是听着父母的故事长大的。也许受她父母的遗传基因影响，贾焕娥很有拍故事、唱戏的天赋。她讲故事语言朴实，生动形象，并且讲得绘声绘色，惟妙惟肖，能让听者如临其境，如见其人。

余慎度（1948—）
男，
镇平县张林镇大余营村人，初中，
农民

余慎度所在的大余营村地处镇平与邓县搭界，在旧时是有名的"两不管"地界。虽然这里土匪出没、刀客横行，闹得民不聊生，生灵涂炭，但这里却是产生民间故事传说的宝地，余慎度从小就被这里的传奇和故事所吸引。从20世纪70年代开始，他先后在镇平县地毯厂、老庄镇供电所、团结乡派出所等单位当炊事员，一有空闲就找人拍听人讲。年复一年，日积月累，余慎度积累了好多故事素材。数十年来，经余慎度挖掘、搜集、整理的故事有百余篇，其中有二十多篇先后发表在《山海经》《乡土·野马渡》等故事刊物上。他不仅会搜集整理故事，而且爱给人们讲故事。他讲的《烟袋案》《刘秀求贤》《胡立麻达

结善缘》等故事，在社会上产生了很好的反响。由于在民间文学方面成就突出，余慎度先后晋升为镇平县民协副主席、河南省民协会员。虽然他已经七十多岁，但他仍在老家经营着一个茶馆，忙碌之余，继续向人们"拍瞎话"。以他的话说，"开茶馆不为挣钱，只图个快乐"。

范凤兰（1949.11—）
女，
新野县朱庄村人，高小文化，
农民

范凤兰父母多病早丧，出嫁后丈夫又早早病逝，她独自拖着三子两女过着颠沛流离的生活，后以加工面条为主要副业养家糊口。尽管范凤兰边下地上工，边加工面条，整天在超负荷生活压力下生活，但她一直没有放弃对民间故事的爱好和追求。由于她生活阅历广，从小爱听爱讲故事，记性又好，只要听人讲一遍，她就能记住。所以，她不仅积累了很多故事传说，而且能把所闻所见的新鲜事编成故事，又有很好的语言表达能力，经常给人们讲说故事。她讲故事的最大特点，是以朴实原生态的语言，给农民百姓讲身边的事，讲亲历的事。她讲的故事老少皆宜，人们喜闻乐见，易懂易传。她在讲故事的同时，还把自己积累的故事整理了一百多篇，打印成册传给他人。

曲凡杰（1953.11—）
男，
汉族，干部

曾任县文联副主席，中国民间文艺家协会会员，河南省民间文艺家协会会员，河南省作协会员。曾任南阳市民协副主席，南阳市两届政协委员、县政协常委。有故事集《画案》《漫话唐河地名》出版。1984年参与唐河县三套集成编纂工作，任唐河县民间文学三套集成副总编。

薛远增（1954—）
男，
桐柏县沙子岗人，初中，干部

他自小喜爱民间故事，会讲好多盘古神话的故事。不但爱听会讲，而且还能把听到和记录的故事加以整理，有的在报刊发表，有的被编入三套集成和故事全书河南桐柏卷，有的作品参加南阳地区故事大讲赛获得优秀作品奖。薛元增由此被桐柏县视为社会科技人才，被转为国家干部并安排到文化单位工作，后晋升为桐柏县旅游局副局长。薛元增讲述故事的最大特点是语言通俗易懂，故事线条清晰，故事简洁易记，很受人们喜爱。

李明谦（1955—）
男，
唐河县龙潭乡人，初中文化，
农民

李明谦的父亲是个开茶馆的，他打小就跟父母在茶馆吃住。过去，茶馆是富贵闲散人们的聚集之处，这些人出自五行八作，阅历丰富，每日里聚在一起，也就是喝茶闲侃，其中不乏轶事趣闻、民间传说故事。以李明谦的话说，他是听着瞎话、白话故事长大的。李明谦自幼爱听好拍，能拍多少个故事，连他自己也说不上来。只知道他能拍好多故事，尤以传说为佳。如山的传说、水的传说、土地爷土地奶的故事，还有名胜古迹传说、名人传记等等。

邢重长（1956—）
男，
淅川县荆紫关人，高中，工人

邢重长颇有艺术天赋，会讲故事，还会吹笛、拉小提琴。他的母亲是听着他外爷的故事长大的，他自幼耳濡目染，也积累了一肚子故事，又爱说善讲，加上他讲故事生动幽默滑稽，口齿清晰，会讲会表，讲得生动形象，拍得人们哈哈大笑。邢重长多次参加市、县故事大讲赛。其中，他自编自讲的新故事《黄瓜篓给他大婶结婚了》，曾荣获南阳地区新故事大赛一等奖，他也因此被县制药厂特招为乐队队长。邢重长能讲上百个故事，数十篇故事被编入三套集成和故事全书河南淅川卷。

池长生（1962—）
男，
桐柏县月河镇罗堂村池庄组人，
初中文化，农民

池长生在桐柏月河镇一带，不仅是一个出了名的"故事篓子"，而且还被人们称为农民作家。他打小就喜爱民间故事，爱听爱记，还爱讲述故事。他讲故事有其目的：一是以故事交友，引导他人给自己讲故事。二是把听到的故事通过多次讲说，以便更好地整理。三是把自己记录整理过的故事，通过重复讲述日臻完善。所以，池长生讲故事不分时间、地点，也不论人多人少，随时随地就讲。四是他以讲故事召集人、谈心、教育化解矛盾。池长生担任生产队长时，为召集大家开会，他不敲钟，也不喊叫，就先在村头给大家讲故事，这比他喊着通知开会来的人都齐。为给社员解决纠纷化解矛盾，他常以故事开导劝解当事人。池长生记录整理的故事，多篇被选编入三套集成桐柏县卷本，还有多篇故事在微型小说和故事报刊刊登。

刘笔戈（1966—）
男，
桐柏县城关镇人，高中毕业，
农民

刘笔戈不仅爱听爱记录民间故事，而且还爱说讲故事。他讲的故事积极向上，现实教育意义强，不仅受到镇领导和社区的表扬，而且也得到听众的赞誉。刘笔戈能讲很多故事。他讲的《凤凰头的传说》《傻男人赶集》《西峰寨》《五盘耙》等故事，以及他演唱的民歌、民曲，有多篇被报刊登载或被编入三套集成桐柏故事县卷本及桐柏歌谣县卷本。

三

南阳民间故事采录者简介

搜集整理

田　晓　曲凡杰　宋长宽

冯金声（1931.9—2013.1）
男，
方城县券桥镇好庄村人，农民

他年幼时上过两年私塾，善讲故事，会写故事。自 1979 年 3 月以来，采录整理了民间文艺作品 530 多篇，在《故事家》《中州古今》等杂志发表民间故事、曲艺、笑话等 120 多篇。《李世民爱毛鹅贡礼》等多篇民间故事和曲艺发表后，在民间流传非常广泛。

乔明宪（1937.4—2022.8）
男，
南召县留山镇黄楝村人，大学，
文化馆退休干部

河南省民间文艺家协会会员、南阳市民间文艺家协会理事、南召县民间文艺家协会原主席。1978 年始从事民间文学工作，40 多年采录各类民间文学作品 1000 多万字 500 多篇。主编并出版《中国民间故事集成·河南南召县卷》《中国歌谣集成·河南南召县卷》《中国谚语集成·河南南召县卷》共 130 余万字，均荣获省文化厅、省民族事务委员会、省文联颁发的国家哲学社会科学重点科研项目"优秀成果二等奖"。1991 年在国家艺术科学重点科研项目——中国民间文学集成的编纂工作中，被全国艺术科学规划领导小组、中国民间文艺家协会、中国民间文学集成全国编辑委员会评为先进工作者。1992 年被县命名为专业技术拔尖人才。2006 年主编的《中国民间故事全书·河南·南召卷》出版。自 1980 年始，组织并主持南召灯谜节近40 年，制作谜语 15000 多条，为南召县被文化部命名为"中国民间文化艺术之乡（灯谜）"和省级非物质文化遗产保护传承项目做出突出贡献。

孙天成（1939—）
男，
淅川县上集镇上集村人，
初中文化，农民

孙天成当农民种过地，还当过流医，后来开药铺坐门诊，再后来成为下集诊所所长，一生行医。孙天成父亲是一个老私塾先生，还懂医学会看病。其父亲看的书多，又踩百家门看病，听的奇闻怪事也多，又会拍爱讲，孙天成自小听着父亲的故事长大，还继承了其父的医术。孙天成起初跑江湖当流医，整天走村串户行医，以讲故事与人交友行医谋生，后来开药铺坐诊。孙天成不但听了好多故事，而且还爱看闲书，积累了好多故事。孙天成爱讲善拍，讲故事口语清晰，声音洪亮，幽默诙谐，生动形象，绘声绘色。孙天成还多次参加县里故事大奖赛，获得二等奖三次，三等奖两次。

欧阳河（1941.8—）
男，
方城县柳河镇柳河街人，方城县
柳河粮管所干部

河南省民间文艺家协会会员、南阳市民间文艺家协会会员、方城县民间文艺家协会原副主席。自 1979 年开始，他采录整理民间故事 3200 多篇，搜集整理民间歌谣 150 余首。在《故事会》《吉林民间文学》《中州古今》《故事家》等刊物上发表作品 330 多篇（首），仅整理誊写出的书稿就有两麻袋之多。主要代表作品有《金凤赎婆婆》、《抱鸟枪的土地爷》、《李忠学艺》（原名《去吧》）、《海瑞罚祖》、《新娘子解扎》等 30 篇，其中，《李忠学艺》1984 年获省省市好故事奖；《金凤赎婆婆》被青海电视台改编为电视剧，中央及省市多家电视台转播。

曹宝泉（1941.12—2023.1）
男，
新野县文化馆副研究馆员

中国民间文艺家协会会员、河南省曲艺家协会会员、县民协主席。1987 年，完成了本县民间文学三套集成的编纂任务，全省评奖时三个卷本均获国家社会科学重点艺术科研项目优秀成果奖，其中故事卷获得一等奖的第一名，同时也为新野县争得了全省"先进集体"称号。1992 年，作为副主编完成了南阳地区故事集成《南阳民间故事集》（上下卷，70 多万字）的编纂任务，由中原农民出版社出版，获得一等奖，且名列全省地市卷的第一名。1993 年，编纂了 35 万字的《贵地新野的传说》，由文心出版社出版。2008 年，完成了《中国民间故事全书·河南·新野卷》的编纂任务，由知识产权出版社出版。从1990 年到 1994 年，被借调省文联编纂河南省故事集成。书稿通过三审后，被审稿专家誉为"全国最好的卷本"。先后获得国家 4 项奖励和省 6 项奖励。1997 年，与女儿曹宗鑫联手编著了大型民间故事丛书《中国灵异总动员》，共十卷 200 余万字。另外，还先后编印了《新野风物传说》《元侯邓禹的传说》《武圣关羽的传说》及《新野县三国名人传说》等民间文学专集。2013 年，新野三国名人传说进入南阳市非遗名录。

刘筱芬（1942—2017）
女，
镇平县玉都街道办事处大刘营村人，
镇平县文化馆干部

刘筱芬的父亲和她的爱人均是民间文学爱好者，他们一家业余搜集整理过许多民间故事，她的家庭又是典型的民间故事之家。刘筱芬早年生活在农村，在繁重的农业生产劳动及繁杂的家务活动之余，她不间断搜集、整理民间故事，几十年如一日。经她搜集、整理的民间故事达到数十篇。其中《两好合一好》《白果仙衣》《望火楼》等十余篇民间故事在《民间文学》《故事会》等刊物发表，产生了较大的影响，是镇平县老一代从事民间文学工作的骨干人物之一。由于刘筱芬在民间故事的搜集整理方面成绩突出，于1999年经考核被破格录用为国家干部，并安排在文化馆工作。

张果夫（1943.4—2017）
男，
唐河县古城乡张庄村人

曾任唐河县民间文艺家协会主席、名誉主席，河南省民间文艺家协会会员，南阳市第一、二届政协委员，群众文化系列副研究馆员，唐河县第三、四届专业技术拔尖人才。1985年，张果夫因专业成绩突出，被录用为国家干部，曾任唐河县文化分馆馆长、唐河县文化馆馆长。张果夫具有较高的文学造诣，1979年以来，在省以上公开刊物发表文学作品两百余篇。其中《净土悠情》《黄牛告状》均在全国性大赛中获奖，《真假女儿》《国徽的灵光》等获省部级奖。《李小娥分家》发表后被中国新故事协会评为创作一等奖，荣获"1984—1994河南省民间文学优秀成果奖"一等奖等多项奖励，被改编为广播剧、电视剧等，先后获2项全国性一等奖和两次省级奖。张果夫致力于民间文学的搜集、整理及编纂工作，采录民间故事千余篇，1988年任《中国民间故事集成·河南唐河县卷》主编，2011年任《中国民间故事全书·河南·唐河卷》主编。

郭力（1944.8—）
男，
高中文化，已故

20世纪40年代生人，邓州市文化馆工作人员。少时家贫，追随戏班流浪，打杂、跑龙套以糊口。他聪明好学，致力新故事创作和民间故事的搜集整理，因成绩突出被破格录用为国家干部，安排在邓州市文化馆工作。积极参与民间故事、歌谣、谚语的搜集整理与民间文学三套集成的编纂工作，其搜集整理的民间故事有多篇入选三套集成邓州市故事卷。

葛磊（1948—）
男，
新野县房管局干部

河南民协会员、中国楹联协会会员、南阳县民协副主席。自幼就喜爱文学，尤其喜爱在业余时间搜集民间故事、民间楹联、文史资料等。省、市、县故事集成卷本中收录了他采录的不少作品。

梁士东（1948.4—）
男，
桐柏县程湾镇人，中学，教师

梁士东自幼爱听爱讲故事，不管村里村外有说书、唱曲儿，还是唱大戏、放电影，梁士东饭都不顾吃，就跑去看。据说梁士东上学期间，一到星期天、节假日，只要村里村外没玩意，他就独自跑去找故事篓子拍瞎话。有时梁士东为了引诱人们给他拍瞎话，他自己就主动拍故事，并且故意把故事拍错，以此激将引他人拍故事。梁士东不仅爱听故事，而且自己也爱讲故事。他任教期间，以故事教育引导学生，讲课文时特意穿插故事，使学生加深理解。梁士东退休后，以故事会友，不亦乐乎。

习诏（1948.11—）
男，
河南省淅川县老城镇人，干部

中国民协会员、河南省第七届人大代表，曾任淅川县文化馆副馆长、南阳地区民协副主席、《故事家》杂志社副主编、中国故事期刊协会秘书长等。1989年5月调河南省文联工作至退休。在淅川文化馆主抓民间文学工作期间，共采录搜集一千万字的民间文学资料，主编中国民间文学三套集成河南淅川卷共6本。其中故事卷3本，编入故事640篇；歌谣卷2本，编入歌谣630首；谚语卷1本，编入谚语2350条。曾发表民间文学作品和其他文艺作品及理论文章数百篇，出版有理论专著《学海探微》，故事集《丹江的传说》《少儿幽默故事大王》《少儿益智故事大王》《哈哈镜故事王国》《惊变》等；主编的《中国民间故事集成·河南淅川卷》《中国歌谣集成·河南淅川卷》获国家哲学社会科学重点科研项目《中国民间文学集成·河南卷》优秀成果一等奖，曾获文化部先进工作者奖、河南省突出贡献奖等多个奖项。

赵明生（1949—2018）
男，
南召县城郊乡柴岗村人，
高中文化，文化馆馆员

河南省、市民间文艺家协会会员，曾任南召县民间文艺家协会主席，南召县灯谜协会原副主席，民间文学三套集成县卷副主编，文化馆党支部书记。20世纪80年代以来，赵明生采集整理民间故事30多篇（件），计18万字。创作发表新故事30多篇，约20万字，其中《赔鸡》《刘赖毛发功》分别获得南阳市第五和第九次故事会讲作品二等奖和三等奖。参与编纂的《中国民间故事集成·河南南召县卷》和《中国谚语集成·河南南召县卷》均获河南省文化厅、河南省文联颁发的国家哲学社会科学重点科研项目优秀成果二等奖。

何朝贵（1949.11—）

男，

唐河县龙潭镇人，

龙潭镇文化站站长

何朝贵忠于本职工作，热爱文学创作，曾创作小戏剧《王老五招工》，由本镇宛梆剧团参加南阳市庆祝新中国成立 35 周年戏剧大赛，获剧本三等奖。1984 年唐河县启动唐河县民间故事搜集整理工作，何朝贵组织动员全镇十余所中小学学生，搜集民间故事五百余篇。后因搜集民间故事成绩突出，在晋升中级职称评议中，获南阳市群众文化中评委一致通过。1988 年春，何朝贵在县文化馆的指导下，组织有关作者，搜集整理本镇明代名人曹文衡（官至江南巡抚、蓟辽总督、兵部督堂）的传说故事，辑成《曹督堂民间传说故事》出版（内资号）。该书收录曹督堂故事五十余篇，成为珍贵的乡土文化普及教育读物。

刘玉柱（1951—）

男，

社旗县陌陂乡街北村人，高小，

农民

刘玉柱打小就爱听人讲故事，一听说附近村里有说大鼓书的他也跑去听。但他爱听爱记，就是不爱讲。到了 1964 年，刘玉柱因患风湿性关节炎，下肢瘫痪，情绪十分消沉，整天闷闷不乐，更是少言寡语。邻居老人为了安慰他开心，经常主动去给他讲故事。刘玉柱受到鼓舞激励，渐渐地他也给人们讲故事。不仅爱说爱讲的老人来他家说故事找乐，而且引得众多喜爱故事的年轻人和孩子来听故事取乐。从此，刘玉柱不仅用听故事讲故事与病魔抗争，而且以故事启迪教育他人。他在听故事讲故事的同时，还把听的故事记录并加以整理。1986 年，刘玉柱在民间文学三套集成普查搜集活动中，忍着病痛，把记录整理的 16 万字的故事作品，交到县文化馆三套集成办公室，多篇被编入社旗三套集成县卷本。

陈志国（1951.5—）

男，

镇平县张林乡楚营村人，

大专学历

中国民间文艺家协会会员、镇平县民间文艺家协会主席。陈志国高中毕业后，曾担任家乡楚营学校民办教师十年。他的家乡楚营村会讲故事、能讲故事、善讲故事的"瞎话篓子"就有 5 人。在这样的民间文化氛围熏陶中，他爱上民间文学。20 世纪 80 年代中期，他在《故事会》《豫苑》等刊物发表民间故事作品十余篇。从 2014 年至今，在《故事会》《民间文学》《上海故事》《今古传奇》等全国十余家故事刊物发表故事 90 余篇，其中有 20 余篇故事被《民间故事选刊》《小小说月报》《小小说选刊》等刊物选载。2016 年以来，有 7 篇故事在中国民协

等单位举办的全国故事大赛中被评为"中国好故事"，他多次受邀参加"中国故事节"颁奖典礼。2019 年 11 月，他的故事专集《淡淡的木樨香》由河南文艺出版社结集出版发行。

党铁九（1951.5—）

男，

大专文化程度，干部

副高级职称，中国曲艺家协会会员，河南省曲艺家协会理事，原南阳市民间文艺家协会主席，现南阳市民间文艺家协会顾问。1985 年主编的民间文学三套集成，曾获国家哲学社会科学研究成果三等奖；1989 年被评为全国民间文学先进工作者，搜集整理的《伏牛山的传说》《海瑞慧识宝》《诸葛亮慧眼识宝》《诸葛亮传说》《李阁老传说》等选入《河南民间文学集成》大型丛书；发表论文多篇，《民间文化的多向选择》《南阳民间文学之乡 · 歌谣之乡 · 曲艺之乡一体化发展战略》等参加省级全国理论研讨会交流并获奖。出版党铁九小品集等个人专著四部，曾主编《中国民间故事全书 · 河南 · 卧龙卷》。

杨希泉（1952—）

男，

淅川县大石桥乡安凹村人，初中文化，

淅川县信访局干部

20 世纪 70 年代初，开始业余新闻习作和搜集民间故事传说。参与为编纂三套集成而开展的淅川民间故事搜集整理工作，先后搜集了二百多篇民间故事。他参与资料搜集与书籍编纂的《中国民间故事集成 · 河南淅川卷》，获得河南省重点社科项目一等奖。由此县里给予农转非、转为国家干部等优厚待遇。

吴云贵（1952.7—）

男，

淅川县荆紫关镇人，中共党员，

大学本科学历，干部

淅川县史志研究室副主任，1979 年开始搜集整理民间故事、传说，汇集成册有《荆紫关民间故事》。发表民间故事作品数十篇。有数篇故事入选本卷。

翟学禹（1953—）

男，

内乡县夏馆镇青杠树村人，

高中文化，教师

翟学禹爱好民间故事，又是位人民教师，一生教学育人。翟老师在任教期间，经常利用教学之余，深入村户搜集民间故事传说。由于他所到之处地域偏僻封闭，搜集的故事、笑话，古朴纯正，基本保持了故事的原生态，切实反映出千百年来山区民

间生活的文化原貌。翟学禹通过记录整理，再通过自己的讲述，反馈于人民，不仅传承弘扬了优秀民间文化，并且使故事更加完善精美。多年来，他记录整理了 15 万字的民间故事，多篇被编入内乡三套集成县卷本。

张海亮（1953.5—）
男，
社旗县城郊乡人，大专学历

张海亮自幼就对传统文化有浓厚兴趣，尤其对民歌、民谣、民间故事情有独钟。加之他天生爱讲好记，积累了一肚子民间传说故事。张海亮 1972 年初中毕业，留城郊一中任教，1979 年在社旗陌陂乡鲁庄初中任教。1982 年辞去教学工作，随交响乐团采风团队到四川西昌、康定等地考察四川民歌起源与发展。他在外奔波四年，挖掘、整理了大量的民间文学资料。1986 年回乡后，适逢县里搜集民间文学三套集成资料，他就把搜集整理的上百篇故事传说交到县集成办公室。其中他整理的《蝎子坟》《青蛙是怎样改恶从善的》《老虎为啥成了兽中之王》《教书先生与刻薄东家》《聪明媳妇斗举人》《巧姑劝娘》《联语缔姻缘》《便宜都叫咱自己占了》《要钱不要命》《懒汉骂庄稼》《武对联》等故事，被编入社旗三套集成县卷本。1989 年至 1992 年，他在新疆《西部中学生学习报》当编辑期间，又整理出了多篇当地民间文学资料。21 世纪以来，张海亮同志走遍社旗、方城大乘山各个村庄，以讲故事结交故事爱好者，搜集整理了传统故事、红色故事和民间歌谣等 50 余篇作品。其中，他采集的民间歌谣《潘河情歌》被谱曲演唱传承，极受大家喜爱。

吴韵芳（1958.10—）
女，
新野县人，教师

河南省民间文艺家协会会员、新野县民间文艺家协会副主席、新野县政协委员。1987 年搜集整理了 20 余万字的民间文学资料，参与编纂了《中国民间故事集成·河南新野县卷》一书，荣获河南省文化厅、河南省民族事务委员会、河南省文联颁发的国家哲学社会科学重点科研项目优秀成果一等奖；同年发表作品《牛为啥叹气》一组民间故事，作为省民文样品展销于全国；1991 年发表一组老故事家讲述的故事，分别获得河南省《故事家》编辑部大奖赛二等奖、北方十省市成果一等奖、南阳地区文化局文学成果一等奖；1993 年，参与编辑的《贵地新野的传说》一书正式出版，被县政府干部科推荐为科学技术拔尖人才，转为国家干部。以后，继续笔耕不辍，先后创作了中篇传奇故事《万家坟揭秘》等十余万字的故事作品，2000 年被政协新野县委员会评为先进委员。2006 年，主编了《精品故事集》，共收集省非遗杰出传承人吴根兰老先生讲述的百篇故事近 12 万字，在新野内部出版。

陈秀贤（1959.10—）
男，
邓州市夏集乡人，干部

河南省作家协会会员、河南省民间艺术家协会会员、邓州市民协主席。陈秀贤从小受母亲影响对民间故事深爱有加，小时候母亲一边纺织一边给他讲故事，他母亲虽然不识字，但思路清记性好，只要是看过的戏剧，别人讲的故事，只要看一遍或听一次，就全记住了。受母亲的熏陶，他处处留心搜集整理邓州的故事。1985 年招聘到文化馆工作以后，负责全县的群众文化工作，他利用这千载难逢的机会，走遍了全市的基层文化站和有故事的乡村，搜集整理了庞振坤故事、神话故事、传说故事、名人故事等 200 多篇。在此基础上，2006 年他自费将收集来的故事整理出版了《邓州故事集》，得到了著名作家秦俊的高度评价并欣然为此书作序，当时在邓州市传为佳话。

刘国胜（1959.10—）
男，
淅川县大石桥乡西岭建沟村人，
自学高考本科，
淅川县文化馆干部

中国民间文艺家协会会员、南阳市民间文艺家协会副主席、淅川县民间文艺家协会主席、政协淅川县七届常委。1978 年高中毕业后，一边劳动，一边进行文学创作和搜集民间故事传说。后因创作和搜集民间故事传说成绩突出，转干到淅川县文化馆工作。至今创作发表诗歌、小说、散文、故事等作品 800 余篇，撰写发表群众文化论文 20 余篇，获得市以上各类奖项 30 余个。其中新故事《选厂长》获得上海文艺出版社、《故事会》全国短篇故事二等奖；中篇故事《寻回的真情》在浙江文联《山海经》杂志发表后，获得本期最佳作品奖；撰写的论文《浅谈民间艺术形成流传的基因》，在河南省论文论著评奖中获二等奖。出版《一代商圣范蠡故里趣闻——范蠡故事传说》。

熊君祥（1960.1—）
男，
方城县柳河镇人，大专文化，
干部

河南省作家协会、书法家协会会员，中国先秦学会会员，方城县作协主席，原任方城县编办主任。他热衷于民间文学的搜集整理与研究，20 世纪 80 年代开始民间故事的录入与写作，其采录的故事收录于《方城民间故事》和《中国民间故事全书·河南·方城卷》。2017 年出版故事集《故事方城》。

汤清发（1960.7—）

男，

邓州市陶营镇汤营人，本科学历，

干部

河南省作家协会会员，河南省影视家协会会员，邓州市文联委员、影视家协会主席。曾任邓州市龙堰乡一初中校长兼党支部书记、邓州市劳动就业训练中心副主任、邓州市技工学校副校长。出版长篇小说《风雷惊鸿》《情缘》《大道·三部曲》《点亮心灯》，创作多部影视作品，其中电影剧本《目击者》被拍成电影搬上荧幕，在院线上映，荣获国内外六项大奖。创作故事和采录民间故事三十多篇，与人合著出版有《邓州故事选萃》一书。另外，在《人民日报》《经济日报》《农民日报》《中国劳动报》等国内十几家报刊上发表一百多篇新闻通讯，其中《邓州一曲凤还巢，妹妹大胆回乡来》刊登在《中国青年报》一版头题，被评为好新闻一等奖。

刘德洲（1961.11—）

男，

中共党员，大专文化

中国诗歌协会会员、河南省作家协会会员、邓州市应急管理局原副局长。刘德洲老家门前有一个大水池，池边长着一株两人合抱粗的大椿树。每到吃饭的时候，很多人都端着饭碗聚集到椿树下，大家一边吃饭，一边讲着自己喜爱的故事，有神话的，有传奇的，有爱情的，还有一些战争故事。他认真听着，留心记着，有时候，也把一些有趣的故事讲给同学们和小伙伴们。时间长了，他爱听故事，也爱讲故事。在上小学的时候，几次在学校举办的故事会上得奖，上初中和高中阶段，只要学校举办故事大赛，他次次荣获大奖，所获的奖品有《雷锋的故事》《欧阳海之歌》《骄阳似火》《战斗在敌人心脏》《牛田洋》等书籍和一摞子笔记本。参加工作以后，为了提高自身素质，增强认识问题、分析问题和解决问题的能力，坚持经常读书学习。不管是三伏炎热，还是三九寒冷，有空就坚持读书看报，利用一切可利用的机会进行充电。他坚持深入基层，深入一线，深入群众，通过与广大干部群众面对面促膝交谈，掌握第一手资料。同时，留心他们鲜活的语言，研究他们的思维方式。在深入基层的过程中，听到了许许多多的感人故事，收集整理了许许多多优美的传说。多年来，利用工作之余，收集出版了民间故事集《邓州民间故事选萃》。他还利用搜集到的资料，创作出7部长篇小说，有几部还被拍摄成电影和电视剧。刘德洲的多篇故事入选三套集成邓州市故事卷。

张卡申（1961—）

男，

镇平县安字营镇连庄王洼村人

1986年河南大学汉语言文学成人本科毕业后，入镇平县文化

馆专业从事民间文学挖掘、搜集、整理工作，后调入中共镇平县委宣传部外宣办工作。在文化馆工作期间，张卡申担任《中国民间故事集成·河南·镇平县卷》的副主编、责任编辑。张卡申搜集整理的民间故事，五十余篇被收入镇平县卷本和南阳卷本，并先后在《民间故事》《星期天》《大千世界》等报刊发表多篇故事。

杨家新（1962—）

男，

南召县崔庄乡张村人，高中，

农民

杨家新高中毕业回乡后，业余时间采录民间故事、民间歌谣等，并开始尝试新故事创作。从1985年开始，在两年多时间内，采录民间故事50多篇，民间歌谣近百首，并创作出新故事10多篇。他采集的民间故事多数被《中国民间故事集成·河南南召县卷》所采用，他创作的新故事也多次参加南召县故事汇讲，曾获得过县故事会讲新故事创作一等奖。

魏广新（1965.8—）

男，

社旗县唐庄乡楝庄村人

他自幼喜爱民间故事，闲暇时间，听讲述人李清秀、张玉斌、尚秀臣、李静奇等讲述了很多故事。20世纪80年代，县文化部门征集民间故事，他记录的《驴精媳妇》《巧计救长工》《柿树不卖》等多篇故事入选《中国民间故事集成·河南社旗县卷》。

赵文学（1965—）

男，

南召县板山坪镇粉坊村人，

县民协会员，粉坊村党支部书记

赵文学居住的板山坪镇粉坊村，是一个大山深处的古老村落，位于南召、镇平、内乡三县交界处。他是村里的文艺骨干，说拉弹唱都能拿得起放得下，每逢农闲之时，经常组织村里的文艺人才开展讲故事、猜谜语和曲艺演唱活动。赵文学的奶奶、父亲都擅长讲民间故事，赵文学利用业余时间，采集整理民间故事10多篇，有的是他奶奶讲的，有的是他父亲讲的，有的是他跋山涉水采录来的。

周红云（1966—）

女，

唐河县城关镇人，唐河县文化馆副馆长，

南阳市作协会员

周红云多年从事业余文学创作，有故事、散文、诗歌等文学

作品在省地县报刊发表。此次编纂《中国民间文学大系·故事·河南卷·南阳分卷》，周红云任唐河县民间故事编辑，去多个乡镇采访故事讲述者，采录民间故事十余篇，并为讲述者录音录像，搜集音频资料。

张万山（1967— ）
男，
南召县板山坪镇松东村人，初中，
农民

张万山初中毕业后，走上了民间故事采录整理之路，并多次到县文化馆聆听专家老师们的意见和经验，采录整理了民间故事30多个。

曹宗鑫（1972— ）
女，
原名曹红梅，新野县图书馆专业干部

河南省民间文艺家协会会员，《中国民间故事全书·河南·新野卷》副主编。从小热爱读书，作文水平较高，十五岁开始搜集整理民间文学，先后有多篇作品在刊物上发表。1993年，在中州古籍出版社出版了《神灵鬼怪故事精华》，在中原农民出版社出版了《鬼狐精怪故事》（A、B卷），共三本书。1997年，和父亲曹宝泉联手编著了大型民间故事丛书《中国灵异总动员》，共十卷二百余万字。2008年，协助父亲完成了《中国民间故事全书·河南·新野卷》的编纂任务，由知识产权出版社出版。

王潜（1983— ）
女，
毕业于安徽财经大学，现就职于某燃气能源公司

她从小随母亲范凤兰捡拾废品、饲养家畜，站在方凳上代人加工面条，照顾两个年幼的弟弟，饱尝生活的不易，珍惜所有的读书机会，对文学产生浓厚兴趣并热爱文学。虽然未走上文化工作这条道路，但生活和工作的点点滴滴均受益于文学美的浸润。工作之余帮母亲整理书稿、打字排版，分享创作的乐趣。与弟弟王坚共同采录、整理母亲讲述的故事，结集为《范凤兰故事集》。

四

南阳民间故事图书与资料

搜集整理

田　晓　闫俊玲　闫飞雪

1

《北京大学研究所国学门月
刊》第一卷
上海开明书店发行

2

内乡县民间文学资料汇集
之一
《故事传说》
内乡县人民文化馆
1962 年 9 月

3

《河南民间文学（1）》
中国民间文艺研究会河南分
会（筹）编
1980 年
总页码 138 页

4

《南阳民间故事》
河南省南阳市文化馆
1980 年
总页码 86 页

5

南阳地区第三届故事会讲
故事
《四绝楼》
杨清江
新野县人民文化馆印
1981 年 3 月

6

参加地区故事会讲故事之一
《恭贺新禧》
南阳县文化馆编印

7

参加地区故事会讲故事之二
《王小的故事》
南阳县文化馆编

8

《庞振坤故事》
河南省邓县人民文化馆
1981 年
总页码 120 页

9

南阳地区第三届故事会讲
故事
社旗代表队
社旗县文化馆印
1981 年 3 月

10

参加南阳地区第三届故事会
讲会
故事选
镇平代表队
1981 年 3 月

11

《南阳民间文学（第 2 集)》
河南省南阳地区群众艺术馆
1982 年
总页码 170 页

12

《南阳民间文学（第一集)》
河南省南阳地区群众艺术馆
1981 年
总页码 124 页

13

《风物传说（第一集）》

编辑：唐河文化馆创作组

1981 年

总页码 63 页

14

河南省首届故事会讲故事

南阳地区代表队

1982 年 11 月

15

《南阳民间文学（第三集)》

河南省南阳地区群众艺术馆

1983 年

总页数 206 页

16

《河南民间故事丛书之

七·庞振坤的故事》

河南少年儿童出版社

1983 年

17

《庄稼、蔬菜、瓜果传说

故事》

社旗县科学技术委员会、

社旗县科学技术协会、社旗

县人民文化馆编

1983 年

总页码 165 页

18

《南阳民间文学（第五集)》

河南省南阳地区群众艺术馆

1985 年

总页码 258 页

19

《民间文学论文集》

中国民间文艺家协会河南分

会、南阳地区民间文学工作

者协会编印

1987 年

总页码 180 页

20

《中国民间故事集成·河南

社旗县卷》

社旗县民间文学集成编委会

1987 年

总页码 616 页

21

《中国民间故事集成·河南

新野县卷》

新野县民间文学集成编委会

1987 年

总页码 416 页

22

《中国民间故事集成·河南

桐柏县卷第三分册》

桐柏县民间文学集成编委会

1987 年

总页码 630 页

23

《中国民间故事集成·河南

南阳市卷（民间故事)》

南阳市民间文学集成编委会

1988 年

总页码 576 页

24

《中国民间故事集成（方

城卷)》

方城县民间文学集成编委会

1987 年

总页码 486 页

25

《中国民间故事集成·河南
南阳县卷》
南阳县民间文学集成编委会
1987 年
总页码 459 页

26

《中国民间故事集成·河南
南召县卷》
南召县民间文学集成编委会
1987 年
总页码 469 页

27

《中国民间故事集成·河南
淅川卷（二）》
淅川县民间文学集成编委会
1987 年
总页码 369 页

28

《中国民间故事集成·河南
淅川卷（三）》
淅川县民间文学集成编委会
1987 年
总页码 280 页

29

《中国民间故事集成·河南
镇平县卷》
镇平县民间文学集成编委会
1987 年
总页码 420 页

30

《中国民间故事集成·河南
西峡县卷（上）》
西峡县民间文学集成编委会
1987 年
总页码 348 页

31

《中国民间故事集成·河南
西峡县卷（下）》
西峡县民间文学集成编委会
1987 年
总页码 729 页

32

《中国民间故事集成·河南
唐河县卷》
唐河县民间文学集成编委会
1987 年
总页码 643 页

33

《河南民间文学集成·南阳
民间故事（上卷）》
主编：范牧
中原农民出版社
1992 年
总页码 512 页

34

《河南民间文学集成·南阳
民间故事（下卷）》
主编：范牧
中原农民出版社
1992 年
总页码 494 页

35

《故事篓丛书·王小的故事》
闫天民编选
海燕出版社
1999 年
总页码 135 页

36

《庞振坤的故事续集》
搜集整理：樊章、伏牛
河南省南阳地区群众艺术馆
总页码 122 页

37

《奇才怪儒庞振坤》

著者：张德光

吉林人民出版社

1999 年 9 月

总页码 441 页

38

《子夜爆炸》

著者：范牧

2000 年中国致公出版社

总页码 227 页

39

《故事篓丛书·故事婆讲的

故事》

曹衍玉讲述

海燕出版社

2001 年 1 月

总页码 102 页

40

《故事篓丛书·邱海观讲述

的故事》

邱海观讲述

海燕出版社

2005 年 4 月

总页码 172 页

41

《民间文化杰出传承人吴根

兰先生讲述的精品故事》

编著：吴韵芳 吴云静

内部资料

42

《中国民间故事全书·河

南·淅川卷》

本卷主编：王洪连、习诏

知识产权出版社

2011 年

总页码 440 页

43

《中国民间故事全书·河

南·唐河卷》

本卷主编：张果夫

知识产权出版社

2011 年

总页码 476 页

44

《中国民间故事全书·河

南·新野卷》

本卷主编：曹宝泉

知识产权出版社

2011 年

总页码 482 页

45

《中国民间故事全书·河

南·桐柏卷》

本卷主编：李书斌

知识产权出版社

2011 年

总页码 401 页

46

《中国民间故事全书·河

南·邓州卷》

本卷主编：闫俊玲、王正豪、

陈秀贤

知识产权出版社

2011 年

总页码 441 页

47

《中国民间故事全书·河

南·内乡卷》

本卷主编：尹先敦、张虎山

知识产权出版社

2011 年

总页码 464 页

48

《中国民间故事全书·河

南·卧龙卷》

本卷主编：党铁九

知识产权出版社

2011 年

总页码 374 页

49

《中国民间故事全书·河南·方城卷》

本卷主编：毛秀荣

知识产权出版社

2011 年

总页码 400 页

52

《中国民间故事全书·河南·镇平卷》

本卷主编：张锋

知识产权出版社

2011 年

总页码 180 页

55

《中国民间故事丛书·河南南阳·宛城卷》

本卷主编：兰建堂

知识产权出版社

2016 年

总页码 316 页

58

《中国民间故事丛书·河南南阳·内乡卷》

本卷主编：尹先敦、张虎山

知识产权出版社

2016 年

总页码 352 页

50

《中国民间故事全书·河南·南召卷》

本卷主编：张玉峰、乔明宪

知识产权出版社

2011 年

总页码 538 页

53

《中国民间故事全书·河南·唐河卷》

本卷主编：张果夫

知识产权出版社

2011 年

总页码 476 页

56

《中国民间故事丛书·河南南阳·方城卷》

本卷主编：毛秀荣

知识产权出版社

2016 年

总页码 308 页

59

《中国民间故事丛书·河南南阳·西峡卷》

本卷主编：王俊义

知识产权出版社

2016 年

总页码 456 页

51

《中国民间故事全书·河南·社旗卷》

本卷主编：魏学勤

知识产权出版社

2011 年

总页码 553 页

54

《故事方城》

熊君祥编著

中州古籍出版社

2013 年 12 月

总页码 289 页

57

《中国民间故事丛书·河南南阳·社旗卷》

本卷主编：魏学勤

知识产权出版社

2016 年

总页码 424 页

60

《中国民间故事丛书·河南南阳·桐柏卷》

本卷主编：杨相生、李书斌

知识产权出版社

2016 年

总页码 308 页

61

《中国民间故事丛书·河南
南阳·镇平卷》
本卷主编：张锋
知识产权出版社
2016 年
总页码 384 页

62

《中国民间故事丛书·河南
南阳·淅川卷》
本卷主编：王洪连、习诏
知识产权出版社
2016 年
总页码 328 页

63

《中国民间故事丛书·河南
南阳·卧龙卷》
本卷主编：党铁九
知识产权出版社
2016 年
总页码 274 页

64

《中国民间故事丛书·河南
南阳·新野卷》
本卷主编：曹宝泉
知识产权出版社
2016 年
总页码 335 页

五

南阳故事会讲

自 20 世纪 70 年代末开始，南阳地区文化局先后举办了十届故事会讲。第一至第三届在地委一所和三所，第四届以后由各县分别做东，先后在南阳县（后来的宛城区）、邓县（邓州市）、唐河、桐柏、新野等地举行。这种说讲大会实际上就是讲故事的会演，地区各县市均须呈报三篇故事作品、推荐三名故事员参加比赛；起初几届采取两条腿走路的方针，反映现实生活的新创作故事与优秀传统故事并重，时间并无严格限制，一般在 10 至 20 分钟（2000 字—4000 字）之间，择优评出一、二、三等奖；奖项分为组织奖、创作奖、讲表奖。后来，为了提倡推出新人，加设一项荣誉奖，奖给那些甘当人梯、无私奉献、积极提携后进的老一代民间文艺工作者。

地区文化局领导对这项活动非常重视。每次说讲会之前，地区群艺馆都要提前半月至 30 天举行一两次故事作品分析会。会期三天，让各县作者带上搜集整理或新创作的故事作品参加研讨，相互观摩学习，集思广益。专家参与，肯定优点，指出不足，推心置腹，畅所欲言，毫无保留地将自己的好点子拿出来。大家为了一个共同的目标，多出故事，出好故事，努力营造一个良好的故事说讲活动的大环境。稿子基本成熟以后，接下来就进入遴选故事员抓紧排练的程序了。

根据南阳历年来会讲的实际状况划分，故事的说讲，一般是采取三种表现形式：

一、拉家常式。采用这种形式的基本是来自民间的故事讲述家（俗称"故事篓子"）。语言家常朴实，通俗易懂，不紧不慢，娓娓道来。不拘形式，不限场地，不管听众多少。可以坐着讲，也可以边走边讲，甚至可以一边干活一边唠嗑，就像邻里之间拉家常一样。如唐河的赵云生、方城的王幼猛等，都是这种形式的代表人物；毫无疑问，他们才是开展群众性故事说讲活动的中坚力量。不需化妆，不需排练。随时随地，张口就来。

二、评书式。采取这种形式的故事讲述者，本身就是曲艺演员或民间的职业半职业评书、坠子、鼓词艺人，多年的演出实践，使他们对这种形式驾轻就熟，自然而然地嫁接过来。从另一个角度说，评书就是故事，这种嫁接也是顺理成章的。这种形式的代表人物如社旗的王万灵，新野的鲁子惠，西峡的刘明霞、刘明等。

三、普通话式。多是职业播音员或人民教师，或是普通话基础较好的年轻人。他们外表形象好，获奖概率较高。如镇平《包文正怒沉端砚》的讲述者王洪普、新野《一捧雪》的讲述者庄廷荣、南阳县的王淑珍、西峡的王青春等。这种形式富于感染力，获奖概率高。按照江浙故事名家吴文昶先生的说法，应该把他们称之为"功勋故事员"。只要一出场，准拿奖。可惜是雨过地皮干，拿奖以后就销声匿迹了。

1982 年 11 月 10 日，河南省文化厅举办的全省首届故事大赛在省会郑州举行。南阳地区由文化局副局长孙化勤带队，赴省八个节目，有四个节目参赛，另有四个节目应邀作为不同风格的示范讲演。包括：《看风水》，作者杨山林（唐河），讲演者褚虎臣（南召）；《金凤赎婆婆》，作者王岳松、欧阳河（方城），讲述者崔正英（南阳市，撤地改市前的称谓，实为小南阳市，下同）；《喜宴上的喜客》，作者王国全、曲范杰（唐河），讲述者姚英敏（唐河）；《她为什么哭得那样伤心》，作者谷建成、讲述者杜宝贵（南阳市）；《黑牛成家》，唐河县赵云生自编自讲；《曹福学艺》，作者勇章印，讲述者党铁九（南阳市）；《杀葫芦》，作者曹宝泉，讲述者鲁子惠；还有新野杨清江自编自讲的棋艺故事《斗棋遇仙记》。

不难看出，8 个赴省节目有 5 个新编故事，3 个搜集整理的传统故事，而且，4 个正式参赛的全是新故事。这足以说明，省、地主办单位在指导思想上有所侧重了。虽然口头上说是"两条腿走路"，然而在地区历届大赛评奖的时候，新故事获奖的概率要高于传统故事。而且，因牵扯作者的切身利益，他们更希望在省级以上刊物发表并获奖，从而一举改变自己的命运。同时，常来南阳约稿的几家故事报刊，除了北京的《民间文学》以外，其他如上海的《故事会》《上海故事》等，发表传统故事的篇幅页码都很少。

随着时间的推移，传统故事在参赛节目中的比重就越来越少。如镇平姜典凯的《包文正怒沉端砚》、刘小芬的《元好问审猴尿》，唐河张果夫的《曹都堂的故事》，方城董玉泉的《张释之的传说》，南召丁世栋的《五子图》《张灵卖艺访鲁班》。《五子图》是五个儿子争爹的故事，后在《故事会》发表。后来河南有个地方戏《三子争父》就是根据这个故事改编的。当然，也不乏一些作者将获奖和发表看作浮云，咬定青山不放松，默默地致力于某一个专题的研究，最终有收获。除了桐柏马卉欣的"盘古山神话"外，还有邓县郭力、刘平均的"庞振坤的故事"、南召马云太的"王莽撵刘秀的传说"、社旗徐东的"花卉故事""医林故事"……这些选题后来基本已正式出版，为南阳故事园地大大地增光添彩。

从参赛传统故事的数量看，多年来新野一直比较稳定，三个节目总保持着一到两个传统故事。其主要原因是底子较好，仓里有货。《斗棋遇仙记》《君山茶》《莫李家与一捧雪》《唐太宗和兰亭序》等，都是 1962 年民间文艺普查时的库存。需要说明的是，这些故事由于在民间发酵时间较长，在口口相传的过程中不断质疑，不断完善，加之整理慎重细致，后来全部被《民间文学》采用发表，这在当时可是一件很了不起的事。其中，这个"不断质疑"非常重要。农村不乏"杠子头"，故事中有不可信的地方，他总会毫不客气地和你"杠"上："不会如何如何，应该如何如何。"也会有人插上一句：如果如何如何就更好听了。人们在下次讲述的时候，就会避开谬误，自觉不自觉地融进新的内容了。

1962 年前后，根据中央宣传文化主管部门的部署，在全国范围内进行过一次民间文艺的全面普查。也许人们根本想象不到当时采录工作的难度。民间文艺是蕴藏在民间的，想开展工作首先必须深入基层，深入农村，深入田间地头以及集镇的茶坊酒肆，那些普通群众易于聚集的场所。当时，由县城到乡镇还不通汽车，大家全指望两条腿奔波。那时候城里工作人员下乡讲究的是"三同"，即必须和农民"同吃、同住、同劳动"。生产队派饭，还要交 4 两粮票 2 毛钱。晚上就在生产队的牛屋、仓库将就一晚。这些都还不算什么，难度最大的是那时候还没有录音录像设备，最要命的还不能用笔记录。因为刚刚经历过"整风反右运动"，老百姓们几乎都成了惊弓之鸟。一沾帝王将相、公子小姐，就有宣传封建迷信，鼓吹"四旧"的嫌疑，一看见往小本子上记什么他就闭口不谈了。全指望脑子死记，回来后再回忆整理。另外，还得善于见缝插针，抛砖引玉。农村的大白天哪有人陪着你闲谈半晌的，老百姓干什么就跟上干什么。无论是锄地、拔草、砍高粱、刨红薯……一边干活儿，一边跟他唠嗑。别人不讲你先讲，千方百计激发他们的兴趣，把话题引到打算采录的方面去。你一句，他一句，气氛就渐渐活跃起来。重要的是通过这种方法自然而然地就和农民兄弟交上了朋友，让他们觉得可以和你无话不谈，这样，为接下来工作的深入开展打下良好的基础。

南阳地区第一届故事会讲新野没有参赛，次年，我用拉家常的方式坐讲了自己搜集整理的《张飞开店》，现场效果良好。几位外来宾客觉得没听过瘾，让我到他们的住处小范围再讲一次。在场的除了地区文化局领导以外，还有中国社会科学院民间文学研究员祁连休，上海《故事会》编辑何承伟，北京《民间文学》编辑罗载光，河南大学教授张振犁等，张振犁先生还做了录音。故事讲完后，依然是一片赞扬。祁连休先生后来说："你可以和刘兰芳媲美了。"据圈内朋友说，张振犁教授把《张飞开店》的录音在河大课堂上播放时向学生们说："这就是民间文学的语言，这就是民间故事的讲述方法。"

1987 年秋季，《民间文学》在淅川的香严寺举行了一次约稿会，与会的主要是北方的作者，如东北的马亚川、北京的范大宇、山东的刘志平、湖北洪湖的潘焕新。其他多是南阳地区的作者。会上还组织过一次"故事会"，要求作者各自即兴说一个故事。因为比较了解，编辑部老师要我"开一先声"。我自然义不容辞，很快就进入状态，讲了个《土财主告状》的故事，博得与会朋友们的一片赞扬。也就是在那次会上，我觉得是个机会，提出来以后在报刊或公开场合，不要再称善于讲故事的朋友是什么"故事篓子"了，这是极大的不尊重，应该堂堂正正、大大方方地称之为"故事讲述艺术家"！希望《民间文学》能带好这个头。不用说，包括几个编辑在内，一片掌声。全票通过。

1985 年秋季，由上海《故事会》举办的中国第一届"新故事艺术研讨会"，在风景秀丽的江西庐山举行。根据会议的安排部署，每个省市可派 1—3 人参加，与会的共有八十多人。作为全国著名故事基地之一，南阳被特许参加 9 人；地区文化局局长刘成举带队，成员包括地区群艺馆的民间文艺专干范牧，阎天民（南阳县，即后来的宛城区）、王国全（唐河县）、杨清江、鲁子惠（新野县）、徐东（社旗县）、习诏（淅川县）、谢启超（西峡县）。加上省民协的张楚北，有"中原故事大王"之称的郑州人民广播电台的赵维莉，许昌群艺馆的李伟森，舞阳文联的廖新忠，安阳群艺馆的张长荣，河南共 14 人。其中，赵维莉、鲁子惠是以故事员的身份被邀请参加的。会议期间，不仅饱赏了庐山的如画美景，仙人洞的无限风光，更为难得的是聆听了当时全国著名的工人故事大王辽宁的张功昪、浙江的吴文昶，还有号称西南故事大王的四川的肖化、杨昌厚等人的精彩讲演。

据不完全统计，当时，全南阳地区在省以上文艺报刊发表故事作品的作者大约为 60 人。具体到各县市，唐河有王国全、曲范杰、杨山林、张果夫等；西峡有谢启超、封光钊、尹培林等；内乡有丁新秀、张虎山等；南召有李建忠、赵明生、丁世栋等；方城有王幼猛、毛秀荣、董玉泉等；社旗除徐东外，其手下还有号称"八大金刚"的杨东来、孙喜增、姬来钦、邓广林等；淅川有习诏、刘国胜、于慧珍等；新野有杨清江、高德馨、曹宝泉、吴云芳等；镇平有姜典凯、刘小芬、陈志国等；桐柏有孙建英、马卉欣等；南阳有张楚北、范牧、阎天民、邓磊、谷建成、党铁九、王景炎、吕樵等；邓县有周学忠、刘平均、郭力等。另外，南阳籍的著名小说作家张其华（田中禾）、乔典运，因受家乡大气候的影响，也曾一度对故事创作产生了浓厚的兴趣，有不少短篇佳作问世。

从整体创作与说讲活动而言，唐河县应该是比较突出的。他们有一支其他县市难以比肩、在省以上故事报刊非常活跃的作家队伍，佳作频频面世。如张果夫的《李小娥闹分家》、杨山林的《诬告信的背后》，先后获得《民间文学》《曲艺》杂志社颁发的故事创作一等奖。《李小娥闹分家》还被改编为电视剧在全国播映，影响深远。还拥有一大批各种风格的故事说讲人才，如赵云生、李兰军、姚英敏等。其中，赵云生的故事说讲进了中南海，得到了中央首长的好评。中央组织部原部长胡乔木同志在听了他讲的故事后赞道："讲好中国故事，是开展思想政治工作一种很好的方式。"

其间还发生过这样一件事，邓县的故事作者郭力，因为一篇故事获奖而三喜临门——其一是自己因之跳出了"农门"，被转为城市商品粮户口，其二是按照当时有关政策被聘为国家干部，其三是赢得了一位小他 20 多岁的姑娘的芳心，解决了婚姻问题，此事一度被传为佳话。实际上，当时因故事创作的发表、获奖而改变人生命运的作者全区范围不在少数，几乎成了农村文学青年解决工作乃至婚姻问题的一条捷径。这就大大激发了他们投身故事创作的热情，终使这支队伍得以迅猛发展壮大，一大批充满农村生活气息的故事作品和讲述者、采录者如雨后春笋般破土而出。正因如此，引起了国内诸多故事报刊的注意。所以，自 1980 年以后，南阳每次的故事会讲，他们都会委派编辑不远千里、风尘仆仆地来到南阳组稿并与作者交友。《故事会》的主编何承伟、副主编陈中朝、吴伦、鲍放、冯杰，《民间文学》的主编、副主编刘世毅、刘少振、贺嘉、罗载光、冯志华、关艳茹、华积庆、吴薇、刘艳军等，以及中国社会科学院研究员祁连休、辽宁大学教授乌丙安、河南大学教授张振犁等国内知名权威，都曾经亲临南阳观摩指导。其后，河南的《故事家》《故事世界》《传奇故事》《豫苑》、上海的《上海故事》、抚顺的《故事报》等也纷纷来到南阳采风组稿，和作者交友。陕西宝鸡群艺馆、河南许昌群艺馆也先后组队前来观摩学习，交流经验。《民间文学》《故事会》《故事家》等刊物编辑部，还多次在南阳选址召开笔会，更大范围、近距离地接近南阳作者，加强辅导交流。正因有了如此得天独厚的条件，南阳的故事创作又跨上了一个新的台阶。

南阳不仅有一个小说的作家群，故事作家群也是圈子里的共识。21 世纪末至新世纪初，河南共有四家故事刊物。有省民协主办的《故事家》、海燕出版社主办的《故事世界》、省文化厅主办的《传奇故事》，以及省群众艺术馆主办的《豫苑》。可以说，南阳人是无处不在。《故事家》的主编杜道恒、副主编张楚北是南阳人。而且，淅川的习诏、南召的魏敏、唐河的曲范杰、社旗的孙喜增等也都先后在这里做过编辑。新野的杨清江为《故事世界》副主编、执行主编。《传奇故事》副主编赵红都，唐河的杨山林也在此当过编辑。省群艺馆《豫苑》编辑部还有一个负责故事栏目的郑大毕业的杨玉玲，是新野城北杨集街的姑娘。远不止如此，海燕出版社副社长、副总编乔台山，河南省民协主席夏挽群，他们作为故事界的领军人物，更给这支队伍添了一道亮色。也就在这个时期，省文艺界有了个"南阳帮"的说法。南阳故事作者在河南文艺界的位置，由此可见一斑。

1997 年秋季，继曲范杰、孙建英故事作品研讨会之后，由上海《故事会》杂志社、河南《故事家》编辑部联手举办的"杨清江故事艺术研讨会"在古城新野举行。省民协主席夏挽群、《莽原》主编何秋声、《故事家》主编杜道恒、《河南戏剧》主编顾丰年、上海《故事会》副主编吴伦等 50 余人参加了研讨，对他的作品给予了较高评价。

南阳地区文化局领导对故事说讲活动非常重视，不惜人力和财力投入，办好每次比赛。根据文件规定，每个县市参赛三人加上领队（一般由作者兼任）共四人，13 个县市共 52 人，再加上工作人员约 60 人，三天的吃住费用全部由文化局买单。每届说讲会期间，局长刘成举都会在百忙中拨冗亲临赛场看望各县与会作者、故事员并观看演讲。文化科、艺术科、群艺馆领导岳琰、杨自清、相馥伦、李长溪、高连钦、张楚北、范牧等，也都会亲临赛场观摩指导，对参赛故事的思想性和艺术性提出积极有益的意见。至 20 世纪 90 年代末，南阳故事热渐渐降温，只坚持了一届，南阳地区由政府举办的故事说讲活动就再无下文了。

杨清江

2022 年 4 月 6 日

后记

中国民间文学大系出版工程是由中宣部统一部署、中国文联总负责、中国民协具体组织实施的一项文化工程，是中华优秀传统文化传承发展的历史性任务，意义重大而深远。按照中国文联和省文联、省民协的统一部署，2020 年 10 月，南阳市启动本卷的编纂工作，为按时保质保量地完成编纂工作任务，由南阳市文联、南阳市民协成立市卷本编纂委员会，南阳市民协、南阳师范学院美术与艺术设计学院共同承担南阳故事卷的具体编纂工作。

中国民间文学大系出版工程是国家实施文化战略的一项重大工程，是关系到中华民族伟大复兴的文化工程，其意义在于存续民族文化的集体记忆，传承民族发展的文化基因。

盛世修典，传承文化。在 80 年代三套集成编纂时，南阳民间文艺工作者搜集、整理、出版了大量的学术著作，为南阳民间故事研究奠定了丰厚基础，也激发了我们对优秀民间文学的热爱和珍视之情。

南阳是民间故事之乡，民间故事的搜集整理工作也起步较早，富有成绩。

本卷征集编纂资料通知下发以后，在各市县区文联带领下，民间文艺工作者积极开展收集整理工作，经过前期筹备调研、征集资料、召开启动会培训会等工作，建立了以南阳市文联主席鲁吉英为编委会主任，市文联三级调研员郝川丽、市民协主席田晓为副主任，全市各级文联、民协相关同志参加的编纂工作领导小组、市卷本编纂委员会、编辑部。编纂工作确定"以省民协编纂《方案》为指导，严格按照《中国民间文学大系编纂工作手册》要求，以《中国民间故事集成·河南卷》中所选录的南阳民间故事作品为标杆，以《中国民间故事集成》（县卷本）为基础，以《中国民间故事全书》（县卷本）中新增篇目和新征集的故事篇目为有益补充"的编纂主要框架。为扩大收录作品的覆盖面，及时发掘南阳地方优秀民间故事线索，面向全市广泛征集相关编纂资料。以我市县区民间文艺工作者搜集、整理、编辑出版的书籍、电子文档和手稿、内部印发的书刊和录音录像等为主，尤其重视老一辈民间文艺工作者保存的民间故事资料。各县区文联在收到征集通知后，积极筹备并上报县区征集资料方案、责任到人，确保征集工作的有序开展。提出成书规模力争达到100万字，有一定数量的插图，汇稿同时要求把握好故事类型入卷定位，要素齐全，有附记，有讲述者、采录者、采录时间、采录地点和方言注释。

2020年11月20日，南阳市文联组织召开《中国民间文学大系·故事·河南卷·南阳分卷》编纂启动工作会暨培训会，针对编纂体例、任务分工、时间安排、工作流程等进行了部署和指导，就此拉开了全面梳理并将南阳大地上的民间故事资源精彩呈现的故事编纂大幕。各县（市、区）文联负责人、市民协主席团成员及民艺骨干等参加了会议。

编纂工作是一项既繁杂又耗时的工作，既要有一大批文艺工作者深入田间地头调查搜集采录第一手资料，又要坐在书斋静下心来进行归纳整理研究，工作辛苦但任务光荣、使命神圣。南阳民间故事从农耕时代到现代社会，无形地流动在南阳民众口中，是南阳人的心灵形象、文化的身份证、审美的载体。这就要求编纂人员要倾心、倾情、倾力地讲好南阳故事，突出本土特色，全面反映南阳独具特色的璀璨文化、积淀厚重的悠久历史和个性鲜明的城市形象。从总结过去、做好当下、开辟未来、打造经典、造福子孙后代五个方面，进一步明确大系编纂工作的指导思想，确保正确政治方向；要分门别类精心编纂，讲好南阳故事；丰富已有文本，保护南阳珍贵的民间文化资源，为我市高质量建设大城市营造浓厚的文化氛围，为社会主义文化强国建设添砖加瓦、积极助力。

2021年4月13日，本卷编纂工作推进会召开，中国民协副主席、省民协主席程健君，中国民间文学大系河南卷故事专家组组长乔台山，省民协秘书长刘炳强，市文联主席鲁吉英，市文联三级调研员郝川丽，市民协主席田晓，南阳故事卷编纂顾问、专家，各县区执笔编辑及市民协相关人员参加会议。会议明确了审稿要求，确定了评审老师分工，落实编委会审读专家分包各县市区责任制，确立在"故事"的编纂收集中要紧紧围绕"南阳故事"这个主题，讲好故事，紧抓本土特色。针对编纂县选本审读情况，以及在审读过程中发现的问题，大家充分沟通，一对一深入交流讨论，对附录缺失、部分卷本的方言土语没有注释以及故事分类不够精细等问题，明确下一步工作中要进行集中处理。编纂工作已进入中期的重要阶段，该阶段主要工作是对先期所选故事做编辑与补充，并着重强调了故事四要素以及附记的重要性。特别指出附记是故事卷编纂的最大挑战，在编纂过程中要仔细筛选地域特色故事，不求面面俱到只求特色突出，深挖各县区故事资源，努力寻找著名故事村和故事讲述家。

2021年4月，调研组深入方城县柳河镇"故事村"进行实地考察。高庄村历史悠久、民风淳朴、文化底蕴深厚，是有名的"故事窝"。该村不论男女老幼皆可讲上几个故事，故事内容主要涵盖了民风民俗、地名来历、生活趣事等。故事大都以讲、唱、演、画等方式传播，弘扬真善美，鞭挞假恶丑。村民崔明军已将该村民间故事整理成十多册近百万字的文稿。调研组对该村部分民间故事讲述人进行了全程录音录像。

2021年10月8日，南阳市文联三级调研员郝川丽，河南省民协副主席、南阳市民协主席田晓带领本卷采集资料调研组深入新野县开展调研工作，新野县委宣传部副部长赵岭峰、县文联主席冯子鉴陪同调研。新野民间故事丰富多彩、蕴藉厚重，民间故事作家、讲述家人才济济、德高望重。这次调研活动圆满成功、收获颇丰，充满泥土芬芳和生活气息的民间故事正焕发出时代的光彩，显示出勃勃生机。

进入2022年，县区编委会已完成补充内容，《中国民间文学大系·故事·河南卷·南阳分卷（一）》本初具规模。根据编纂工作的进度，曲凡杰进行修改完善相关附录工作，总体汇编的文图统编审校工作由本卷主编田晓修改完毕，2022年5月顺利提交河南省编委会审核。

本卷是在南阳故事卷领导小组及有关领导同志的指导帮助下编纂而成的。卷本成书付梓之际，作为主编，谨向指导、参与本卷编纂工作的领导、专家们、民间文艺工作者们致以诚挚的谢意！本次编纂组继续秉承老一辈的编辑传统，继续凝聚共识，精耕细作，落实好、完成好南阳故事卷的编纂工作，让南阳卷在中国民间文学大系中出新出彩！

本卷编委会

执笔人：田晓

2022年10月